朴京範 感性小說選集

公主와 銀河天使

마지막 공주 3

꽃잎처럼 떨어지다 231

은하천사의 칠일간사랑 381

잃어버린 세대 509

감성소설신집을 내면서

이미 발표한 작품이 오래 남기를 바라는 것은 창작자 누구에게나 당연한 희망이다. 그러나 더 이상 세상에서의 상품성이 없어 사라지고 나면 간혹 구하고 싶은 독자가 있어도 구하지 못하게 된다.

무릇 작품이 세상에서 오래 남을 가치를 인정받지 못했다면 쿨하게 인정하고 역사의 땅 밑에 묻고 길을 나서는게 자기분수를 아는 작가의 적당한 처신일 것이다. 제대로의 명분 없이 재출간하여 독자의 관심을 구걸하는 것은 구차할 것이로되 그럼에도 비록 그 하나를 외따로 다시 내놓기에는 배포가 받쳐주지 않더라도 부끄럼도 함께 받으면 덜하다는 심리에 편승하여 네 작품을 함께 다시 세상에 내놓는 것이다.

작자는 여기 올려놓은 네 작품은 각각이 그 전후세태의 흐름에 관련이 있는 것이어서 결코 일회성의 헤프닝으로 묻혀질 작품이 아니라고 스스로 변명하는 것이다.

마지막 공주, 2007〉는 이십오세에 삶을 마친 여배우의 삶을 소재로 했는데 그러한 일이 더 떨어지다, 2008〉는 후에 드라마 〈검사 프린세스〉와 연관이 있었다. 〈꽃잎처럼 일어나지 않을 것을 기대하며 발표한 작품이니 응당 그 효과가 있어야 할 것인데 그래에 도 유사한 사건이 일어나니 안타깝기 그지없다. 당시에 충분한 전파가 되지 못했음을 한 탄할 일이었다. 〈은하천사의 칠일간 사랑, 1997〉은 이후 일본의 갤럭시안 엔젤을 번역 드라마로 거듭났다. 중국에서의 게임名인 銀河天使는 후에 일본의 갤럭시안 엔젤을 번역 한 이름이다. 〈잃어버린 세대, 2000〉는 한국영화 문화사에서 한자리를 담당하는 모티프라 기 휘날리면〉로 거듭났다. 이처럼 모두가 우리의 문화사에서 한자리를 담당하는 모티프라 고 감히 생각되기에 여기 다시모아 시대의 문제를 간파할 자료로 세상에 오래 남도록 힘써 보는 것이다.

二○二五 三月 朴京範

마지막 공주

작자의 辯

사람들 중엔 자기의 본분과 역할에 충실한 사람도 있지만 유달리 전체적이고 근본적인 일에 나서는 사람이 있다. 그들 중에 성공한 자는 정치를 하고 실패한 자는 글을 쓴다. 할 말은 있으나 듣는 이가 얼른 무릎을 칠만한 탁월한 사상을 발표할 능력이 없는 자는 문학을 한다. 수필을 쓰려면 글쓴이가 이미 유명하든가 깨달음을 주는 교훈이 가득해야 한다. 그 정도의 지명도나 글의 내용을 갖지 못한 자는 결국 소설을 쓴다.

박경범(朴京範)

장편소설 〈천년여황〉
시집 〈채팅실 로미오와 줄리엣〉
평역 〈달콤 쌉싸름한 초콜렛〉
짧은 소설집 〈나는 이렇게 죽었다〉
연작에세이 〈생애를 넘는 경험에서 지혜를 구하다〉
장편소설 〈꿈꾸는 여인의 영혼여정〉, 〈환웅천왕의 나라〉, 〈신미대사와 훈민정음창제〉
평론소설 〈이문열의 삶과 문학세계〉
단편집 〈허시의 사랑〉

머리말

얼마 전에 이라크의 교도소 수감자들에 대한 미군의 성추행 사건은 세계적인 화제가 되었다. 특히 성추행을 주도한 인물이 여성이라는 것은 놀라움을 더해주었다.

이것은 사건의 가해자는 피해자를 자신의 성적욕망과 호기심을 충족시키는 도구로써만 이용하고 피해자가 하나의 인격체로서 당해야 할 육체적, 정신적 충격에 대해서는 전혀 고려하지 않았던 중에서 저질러졌던 것이다. 이와 같은 성적 학대는 가해자가 피해자에게 어떠한 행위를 해도 상대는 저항이나 응징이 불가능한 절대 우위의 상황이나 혹은 그렇게 인식되고 있는 상황에서 발생하며 극단적 행위는 피해자뿐 아니라 가해자에게도 결국 인간성상실이라는 해악으로 돌아오게 된다.

이와 같이 성적 강자의 약자에 대한 일방적인 성적착취는 비단 남성의 여성에 대한 것 이외에도, 여성이라 할지라도 특수상황에 처하게 되면 정반대의 상황이 생겨날 수 있음을 본다.

하지만 여성의 남성에 대한 우월적인 위치는 인류 역사상 그다지 놀라운 일은 아니다. 유사 이래 여성이 그와 같은 위치를 가질 수 있었던 일은 흔히 있었다. 바로 왕조시대의 공주들과 상류계급 여성들은 자신들의 절대적 위치를 이용해 하위계급의 남성을 뜻대로 부릴 수 있었던 것이다.

현대 우리사회는 물론 왕조가 폐지된 사회이다. 출생에 의해 신분의 상하를 구별하는 계급사회도 물론 아니다. 그러나 비록 법적인 신분제도는 폐지되었지만 권력, 금력에 의한 신분의 차별은 아직도 존재하며 그것은 남녀관계에도 영향을 미치고 있는 것이다.

남녀의 신분차 의식에 따른 연애심리를 여성 중심으로 나타내는 말로서 이른바 신데렐라콤플렉스와 공주병이란 것이 있다. 알려지다시피 신데렐라콤플렉스는 여성이 자신보다 나은 사회적 위치를 가진 남성과의 결합을 통해 자신의 신분도 끌어올리고자 하는 목적의식을 말한다.

이에 반해 이른바 공주병이란 것은 그 초점이 연애의 목적보다는 과정에 있는 것으로서 여성이 자신과 연애과정에 있는 상대남성보다 우월한 위치에 있거나 그렇게 여겨질 때 상대남성에게서 더욱 많은 정신적인 봉사를 받음으로써 보상받고자 하는 마음에 말미암은 것이다.

신데렐라콤플렉스는 대체로 현실적인 상황에 따라 연애의 향방이 명백히 드러나게 되므로 적어도 당사자끼리의 관계에서는 문제가 되지 않을 수 있다. 그러나 소위 공주병은 충분히 맺어질 수 있는 사이에서도 소모적인 상처나 파국의 실마리를 줄 수 있다는 것에서 이 땅의 연애인(戀愛人)들은 더욱 되짚어 볼 필요가 있을 것이다.

현대를 사는 평범한 한 사람으로서 예로부터 선망이 되어왔던 신분을 동경함은 결코 허물이 아니다. 인간은 누구나 자신을 향상시킬 권리를 가지고 있으며 그것이 타인에 대한 비하를 수단으로 삼지 않는다면, 그것은 사회를 풍요롭고 활기차게 만든다는 밑거름이기 때문이다.

이제 오늘날과 같이 신분의 평등이 공식화된 사회에서도 과연 봉건시대와 같은 불평등한 연애관계가 존재할 수 있는가, 그리고 왕조가 부재한 오늘날에도 뭇 여성의 꿈이라 할 수 있는 공주가 과연 존재할 수 있는가를 다시 묻고, 만약 그러하다면 현대적 의미에서의 공주는 무엇일까를 함께 알아보기로 한다.

2006年 朴京範

차례

1 여성대법관 황애실 7
2 출세 뒤의 허무 21
3 부마(駙馬)감을 찾아라 46
4 여성정치가 성정아 56
5 명문가의 문화권력 74
6 두 여인의 갈등 90
7 검찰의 간택(揀擇) 106
8 공주의 진노 118
9 여성 극작가 오영자 127
10 공주의 꿈 134
11 사랑의 성체 160
12 사랑의 권리 194
13 진정한 공주 221

1. 여성대법관 황애실

점심후의 나른함 속에서 유진은 전화번호를 눌렀다.

『오늘 취재 일로 여의도에 가거든. 자기는 어디에 있는데? 국회 앞이야?』

남자친구 기준은 경찰간부로서 지금 여의도의 시위진압 전경대 지휘를 맡고 있었다. 그녀는 저녁 시간을 물었다.

『미안해 오늘은 저녁에 교대 못할 것 같아. 지금 몽고 합병 반대시위가 한창이거든. 그리고 또…』

유진은 곧 대답할 말이 나오지 않아 머뭇거리다 끊었다. 다행이 기준이 전화를 받는 곳이 시끄러워서 사무실전화기를 놓는 소리는 그에게 들리지 않았다.

유진은 한동안 멍하니 의자에 앉아 있었다. 마치 그녀의 연애사업이 좌절된 것처럼 의기소침했다.

그것은 평소에도 그녀는 둘의 사이가 자기가 먼저 프러포즈한 것이라는 콤플렉스를 갖고 있었기에 더했다. 석 달 전 유진은 뉴스방송화면에 나온 기준의 모습을 보고 취재 인터뷰를 구실로 연락하여 교제를 시작한 것이었다.

경찰간부인 기준은 저녁이라도 자유로운 시간을 내기 어렵다는 건 조금만 생각하면 이해될 수 있는 것이지만 우선은 감정이 앞서는 것이 그녀의 마음이었다.

『다시는 먼저 전화하지 말자. 어떻게 되든…』

유진은 사뭇 비장한 각오를 하고는 오후 취재를 나갔다. 국회와 정부청사를 돌아보며 매일같이 나오는 여야의 법률안 승강이 등 평범한 기사를 모았다.

다섯 시가 되어 취재에서 돌아온 유진은 책상에서 마감기사를 정리하고 있었다.

『새 대법관 지명자에 황애실(黃愛實) 대검찰청 가족과장.』

모니터 화면에 뜬 속보(速報)였다.

『바로 그녀가 결국…』

유진은 무릎을 쳤다. 이미 유진은 여기자 황애실에 관해서 숱한 인터뷰와 대담을 통해 잘 알고 있는 터였다. 황애실과의 사이는 개인적인 친분이 있다고도 할 수 있었다.

바로 그런 사람이 대한민국 최고의 가치판단기관인 대법원의 대법관이 되다니...
유진은 자기의 사회적 지위가 올라간 것 같은 기분이 들었다. 오후 내내 의기소침한 기분도 위안이 되었다. 대한민국 최고지도층과도 잘 아는 사이인 내가 무엇이 불만이고 무엇이 부족하단 말인가. 그녀는 어서 오늘 일을 마무리하려고 책상 위의 자료와 모니터에 집중했다.

『한기자, 잠깐 봅시다.』

편집데스크에서 부르는 소리가 들렸다.

『예?』

바쁜데 또 무슨 딴소리를 하려하는가 혹은 난 잘하고 있는데 무슨 시비를 걸려 하느냐 하는 듯 유진은 다소 신경질적으로 대답하며 편집부장의 자리로 갔다.

『한기자 구회 취재는 끝났지?』

『예, 미무리하는데요.』

『그건 뻔한 거니까. 신임 나가기자에게 맡기고 지금 빨리 나갈 준비를 하지.』

『어디로요~!』

『지금 막 링 대법관 지명자가 퇴근했거든. 입장 발표는 내일 한다고 했는데 한기자가 오늘저녁 인터뷰를 해보는 게 어떻겠어? 될 수 있는 대로 사생활과 개인적 신념을 묻고 특히 젊은 시절 사랑 이야기 같은걸 캐내면 좋지.』

다소 억지스런 지시였지만 유진은 끄떡일 수밖에 없었다. 입사 삼년째의 그녀는 이미 자기 나름의 친화력으로 유명인사 특히 여성유명인사에 대한 특종 인터뷰를 수차례 해온 전문가임을 부장도 알고 있는 디였다.

유진은 황검사의 집으로 전화했다.

『아직 안 들어오셨습니다.』

집에는 가정부와 열 살 된 딸이 살고 있었다. 십년 전 미국에서 결혼한 남편은 한국에 있는 시간 보다 미국에 있는 시간이 더 많았다.

유진은 황검사의 휴대폰으로 걸려고 다시 손가락을 움직이려다 말고 자리를 정리하고 일어섰다. 황검사는 퇴근 무 곧바로 집에 들어오는 규칙적인 생활을 하고 있다는 것을 알기 때문이었다.

퇴근 후 사적인 술자리 등에서 중요한 결정이 오가는 남자들의 세계는 이미 십여년 전부터 그 모

마지막 공주

순이 드러나서 사회적 병폐로서 개혁의 대상이 되었다. 술을 멀리하는 건실한 여성 지도자들의 역할은 이미 증대되고 있었고 황검사가 대법관으로 지명된 것이 주목받는 것도 단지 그녀가 여성이어서가 아니었다. 그녀는 검찰출신으로서 어쩌면 이년 임기의 검찰총장에 오르는 것보다 더 영광스러운 육년 임기의 대법관의 자리에 지명된 것이었다. 거국적인 사건의 수사에 업적을 남긴 쟁쟁한 선배와 동료 검사들을 제치고 청소년문제와 가족문제에 검사생활의 대부분을 바친 그녀가 지명되었는 것은 분명 훌륭한 기사감이었다.

유진은 일인용 미니카를 타고나서 한남동 황검사의 집으로 향했다. 갈수록 더해 가는 교통체증으로 재작년 획기적인 교통개혁이 단행되었다. 즉 출퇴근용 자가용을 모는 자는 우측에 조수석이 있는 일반 오인승 승용차는 운행하지 못하게 하고 폭이 좁은 일인용 차량만을 운행할 수 있도록 하였다. 기존의 보통승용차는 삼인 이상의 집단이 이동을 하는 영업차량에 한해 운행이 허가되었고 가족의 주말여행용으로 등록된 보통승용차는 휴일에만 운행할 수 있었다.

『처음엔 황당했지만 그런대로 괜찮네.』

유진과 같은 미니카 운전자의 생각이었다. 제 기름 들어가며 옆자리에 마지못해 사람을 태워줄 일없어서 좋았고 무엇보다 승용차에 남녀 둘이 앉아 히덕거리며 지나가는 꼴을 보지 않게 되어 좋았다. 물론 그네도 석 달 전부터는 함께 차를 탈 만한 연인이 생기긴 했지만 옆으로 나란히 앉는 것보다는 정 함께 타고 싶으면 유아도 태울 수도 있고 짐을 올려놓기도 하는 뒷 간이석에 태워서 목을 끌어안게 하면 되었다.

유진은 뒷자리에 취재노트북이 든 가방을 놓고는 아직 퇴근시간 후 얼마 안 돼 막히지 않은 시내 길을 단숨에 내달렸다.

황검사의 집은 요즘 드물게 담장이 있는 이층 단독주택이었다. 평생 검사의 외길을 걸어온 그네가 부유해서가 아니라 미국에서 부동산업을 하는 남편이 그녀와의 결혼 전에 이미 마련해 두었던 집이었다.

미니카는 벽에 바싹 붙여 정차하면 그다지 길을 막지도 않는 편리한 자동차였다. 유진은 차문을 열고 나와 초인종을 눌렀다.

이 때 길 저쪽에서 검은색 승용차가 나타나더니 유진의 앞에 멈췄다. 짧은 겨울 해는 이지 지고 대답은 들리지 않았다.

있었지만 거리의 가로등은 낮이나 다름없이 환했다.

끼익, 자동문이 열리더니 안에서 정갈한 검푸른 정장의 중년여인이 내렸다. 그녀는 차안의 운전기사에게 눈인사를 하고 돌아섰다. 검찰의 관용차는 그녀의 집에 머무르지 않고 차안에 있는 다른 간부를 바래다주러 돌아갔다. 이미 공직자의 청렴은 극에 달해있기 때문에 출퇴근 승용차도 검찰총장을 제외하고는 삼인의 간부를 직책 순서대로 집에 데려다 주는 게 검찰청 운전기사의 일이었다. 물론 시에는 하급간부를 먼저 태우고 황검사의 집 앞에서 황검사는 유진과 눈이 마주쳤다. 유진을 보자 그녀는 미소 지었다. 중년의 온화함 가운데 보이는 총명한 눈빛은 그녀의 오래 간직한 순수를 나타내는 것이었다.

「황검사님, 이제 오셨군요.」

「집에 오면 연락해 줄 건데 왜 기다렸어요? 자, 들어오세요.」

황검사 집의 파출부는 황검사의 퇴근시간에 맞춰 퇴근해 있었다. 아이는 아직 학습지도사의 집에 있는 것 같았다.

「자, 앉으세요.」

짙고 옅은 갈색의 소파와 책장... 모든 가구는 검소하면서도 품위를 갖춘 모습이었다. 오래되었으면서도 깔끔하고 마모되었으면서도 윤기가 흘렀다. 청렴을 지키면서도 과장된 궁색함을 보이지 않는 황검사의 고상한 성품이 그대로 배여 있는 것이었다.

「보잘것없지만... 드세요. 식사를 준비하려면 조금 있어야 돼요.」

황검사는 거실에서 손수 커피를 타서 권했다. 그녀로서는 베풀 수 있는 모든 친절을 베푸는 것이었다.

황검사 정도의 입장에서라면 유진 말고도 얼마든지 다른 기자나 관련자들과 오늘 저녁시간에 만족스런 축하연을 가질 수 있을 것이다. 그러나 그녀는 민감한 시점에 자신에게 등나무 줄기처럼 몰려오는 인맥 여기의 유혹을 우아하면서도 단호하게 뿌리쳤을 것이 틀림없었다. 기실 그녀는 오늘 오후 이후로 휴대폰을 통해 사적으로 걸려오는 모든 전화를 받지 않았다.

만약에 유신과 황검사와의 관계처럼 남성 지도급 유명인사를 단독으로 만날 특권을 가진 젊은 남자 언론인이 있다면 그는 필시 저녁 시간에 고급 양주를 준비해 가지고 비밀리에 찾아와 머리를 조아리며 자신과의 유대를 강화하려 할 것이다. 취재차 왔다고 하더라도 취재를 위한 대담보다는 어떻게 하면 둘 사이의 개인적 관계를 강화할 이야기를 나눌까 잔머리를 굴릴 것이다.
그러나 유진과 황검사와의 사이는 그렇지 않다. 그저 친한 인간 대 인간의 관계이다. 그것이 세속의 욕구에 물들어 변질될 이유가 없다. 두 사람은 인간으로서 서로에게 심취되어 있을 뿐이고 서로의 인간관계는 목적 그 자체이다. 상대로부터 인간미(人間味) 외에 어떤 무엇을 얻을까 기대하는 생각은 본능적으로 갖고 있지 않다.

오늘 유진은 먼저의 그 어느 때보다도 황검사의 원활한 협조를 받으며 자기가 원하는 인터뷰 내용을 얻게 되었다. 황검사의 성장과정, 연애담, 여성법조인으로서의 지난날과 대법관으로서의 앞으로의 포부들이 하나의 인생드라마로 엮어졌다. 출세한 남성들이나 혹은 남성과 다름없는 방식으로 출세한 여성들의 그것과는 다른, 여성으로서의 인간적인 모든 멋을 지니고 여성적인 모든 감정을 두루 겪어 오면서 이 자리에 오기까지의 이야기는 단순한 성공사례와는 차원이 달랐다.

남자들은 세상을 살아가는데 필요한 도전성신이나 과단생활 등을 통해 훈련하여 이후의 인생을 살아 가는 밑천을 만들기도 한다. 간혹 여성의 사회고위직 진출이 적은 것이 여성에 대한 차별 때문이라고도 하지만 실상 사회에서의 축세에는 능력보다는 남성적인 과단성과 적극성이 더 중요하다. 남자도 남성적 성격이 부족하면 출세는 멀어지고 여자라도 남성적인 적극성이 있으면 출세는 열린다. 결국 이 세상에서의 이른바 성차별이라는 것은 생리적 혹은 주민등록상의 문제가 아니었다. 생물적 여성이 사회를 주도한다고 해서 진정한 성평등이 이루어지는 것이 아니었다. 여전히 「男性」이 지배하는 사회다.

황애실 검사의 성공은 단지 생물적인 여성이어서가 아니라 공사(公私)의 모든 면에서 전형적인 여성성을 유지하면서 이 자리에 이르렀다는 데에서 그 의미가 클 것이다.

초임시절 회사전화로 각종오락성 전화를 하다가 절도혐의로 붙잡힌 철없는 청소년 근로자를 조사하면서 그의 집안사정을 듣고 그의 어머니와 함께 눈물을 흘렸던 일, 가정폭력에 못 이겨 살인을 저지른 주부를 기소하면서 법과 인정의 괴리를 느끼며 밤새도록 혼자 눈물을 쏟았던 일, 여성차별 혐의로 고발된 영세기업주의 사정이야기를 듣고 여성으로서 용서한다며 불기소 처분하던 일...

그리고 이미 다 알려진 이야기였지만 폭력사건으로 들어온 고교생의 실수를 사랑으로 감싸 안은 이야기는 가장 잊지 못할 일이었다. 그녀는 고교생 피의자의 딱한 사연을 듣고 사비를 털어 들도록을 내주고 학용품까지도 사주었던 것이다.

『그 때가 십년도 더 지났죠. 가리봉에 사는 김군이란 학생이 학교 화장실에서 우발적으로 친구의 뺨을 때려 고막을 터뜨린 상해혐의로 입건되었어요. 조사하는 과정에서 여느 학생들과 달리 어려운 환경에 처한 사연을 듣고 안타까웠어요.

어머니가 가족들에게 큰 빚을 떠넘기고 가출한 후 아버지가 중국집 주방에서 보조원으로 일하며 살아가고 있었어요. 게다가 그 애는 전 해 가을에 자전거를 타다 뺑소니 사고를 당했고 병원 치료비만해도 그 때 돈 삼백만원이 넘게 들어서 가족의 형편은 더욱 나빠졌대요.

다음 학기 학비조차 내기 어렵게 되자 학교로부터 자퇴권유를 받았고 감수성이 예민한 나이의 그 애에겐 큰 상처가 됐죠. 그러던 중 급우와 싸우다 홧김에 고막을 터뜨리는 사고를 내고 말았던 것이죠.

결국 학교에서 자퇴했고 그대로 가다간 탈선으로 빠져들 수 있었어요. 하지만 초범인 데다 폭행을 저지르게 된 경위 등을 감안해서 선도조건부 기소유예처분을 내렸죠.』

이 정도야 검사의 권한으로 누구나 할 수 있는 것이었다. 그러나 그녀가 한 행위는 검사이기 이전에 한 여인으로서의 모성의 발현이었다.

『그리고 그 애가 학업을 계속하게 할 방법을 찾았죠. 집안이 빚 때문에 도망 다니느라 주소이전신고도 안 해서 주민등록이 말소되었더라고요. 그래서 주민등록을 살리고 다른 학교에 재입학하도록 했어요. 그리고 교복하고 학용품 구입비하고 한 학기 들款금으로 70만원을 줬었죠.』

70만원이라면 십년 전의 화폐개혁 이후의 700환(換)이다. 물가 오름세를 감안하면 황검사는 평범한 월급쟁이로서는 적지 않은 돈인 지금 돈 1000환 가량을 개인적으로 남을 돕기 위해 쓰고 만 것이었다.

이미 너무 오래된 일이고 또 그동안 황검사의 사회적 평판을 감안하면 이 정도 일은 그다지 자랑이 될 만큼 대단한 일도 아니었기에 황검사는 스스럼없이 자기의 오래 전의 선행을 말할 수 있었다.

『그 때 그 애 아버지가 아들이 무거운 처벌을 받을 것 같아서 걱정했는데 오히려 온정을 베풀어 주셔서 감사하다고 했는데 옆에서 그 애도 공부 열심히 해서 검사님의 은혜에 보답하겠다고 눈시울을 붉혔지요. 직원들에게 이 일에 대해서 일절 발설하지 말라고 당부했지만 이미 입소문으로 퍼져

마지막 공주

『내가 버렸더군요.』

유진은 이 말을 듣고 일방적으로 감동하기보다는 그러면 비슷한 어려운 환경에서 사고를 치지 않은 학생은 황검사의 선행대상에서 제외되는 것이 아닌가 검사가 과연 이런 선행으로 명망을 쌓을 직종인가 하고 스스로 회의감이 일었다.

그러나 그녀는 곧 이런 생각은 따지기 좋아하는 자신의 성미 탓이라고 스스로 눌렀다. 물론 이런 생각이 기사에 반영되어도 안 된다. 상업언론은 독자로 하여금 감동의 조화를 느끼게 해야 지 결코 독자의 마음에 심적 갈등을 일으켜서는 안 되는 것이다.

『그 학생의 그 후 소식은 아세요?』

『삼년 후에가 취직한다면서 한번 인사 왔었어요. 그 뒤로는....』

사실 그녀가 상대하는 사람이 얼마나 많은데 한 두 사람을 계속 신경 쓸 수 있을 것인가. 유진은 공연한 것을 물었다 생각하고 곧바로 다른 사람의 이야기로 돌리도록 유도했다. 그녀의 검사생활 중의 에피소드는 일단 유진이 이야기를 유도하니 여성특유의 수다스러움이 발동되어 봇물을 이루며 흘러나왔다.

모두가 그녀의 여성으로서의 인간미가 우러나오는 미담이었다. 그녀의 걸어온 길은 결코 딱딱하고 냉정한 검찰관의 길이 아니라 인간세상의 구석구석을 여성적 자비로 어루만져주었던 감동의 삶이었다.

이만하면 인터뷰 기사의 뼈대는 갖춰졌다. 나머지는 자리에서 정리하면 된다. 유진은 이제 황검사를 쉽게 해줘야겠다고 생각되었다.

『이젠 자리를 떠야지. 나머진 내 스스로 완성하자.』

유진 또한 남다른 기억력과 종합력을 가지고 있다고 자부했다. 인터뷰가 끝난 후 전체적인 정리는 그녀 스스로 살을 붙여도 취재원(取材源)이 아무런 이의를 제기 안 하는 것이 그녀의 삼년간 기자생활의 경험이었다.

유진은 좀 더 편히 쉬다 가라는 황검사의 권유를 정중히 거절하고 나왔다. 황검사는 곧 식사시간이라는 말은 하면서도 함께 식사하자는 말은 안 했다. 고위직 인사로서 공적인 영향력이 있는 외부인물을 자택으로 초대하여 저녁식사를 함께 한다는 것은 상당히 민감한 반응을 일으키는 개운치 않은 행적이 될 수 있음을 결벽에 가까운 그녀의 윤리관은 지나칠 수 없었기 때문이었다. 커피 한잔을 대접해 보냈다면 그것은 가볍게 여겨질 수 있었다. 그 시간이 비록 좀 길었더라도...

유진은 황건사의 집을 나와 신문사로 내달렸다.

늦은 저녁이 편집실에는 아무도 없었지만 불은 켜져 있었다. 유진의 책상 위에는 강부장이 남긴 메모가 있었다.

「오늘밤에 해놓아서 내일 아침 일곱 시 전철배포판과 인터넷판에 실릴 수 있도록 해주세요. 내일은 쉬어도 좋습니다.」

메모지를 휴지통에 넣었다. 하더라도 오후에는 나와 줘야 열심히 일했다는 생색이 날 것이다. 그녀는 무표정하게

컴퓨터를 켜서 준비를 끝내고 화장실에 들어갔다. 옷을 까자 자신의 옆 몸매가 벽면의 검은 거울에 비쳤다. 허리에서 엉치와 엉덩이로 이어지는 곡선을 손으로 짚으니 움푹 파였다 다시 부풀어 오르는 탄력이 유감(肉感)이 느껴졌다. 내려다본 피부는 희기는 하지만 창백하기보다는 상아빛의 싱싱함이 돋보였다. 자신의 몸을 보고 만져볼 때 감각에 충만하는 강건함으로 인해 그녀는 자신에게서 남성적 매력을 느낄 정도였다. 사람의 심신은 서로 연관이 있는 것인지 기실 그녀는 성격으로도 남자와 다름없다는 말을 가끔 들었다.

유진은 활동 중에 쌓인 노폐물을 물통에 쏟아 부었다.

「인간은 다 이렇게 생겼으면서 뭐 그렇게 서로들 야단일까...」

물을 내리고 밑을 씻고 그녀는 옷을 추스리지 않은 채로 벽면 거울에 가까이 얼굴을 비쳐 보았다. 검은 거울이라 짙어 보이는 둥근 계란형의 얼굴이 더욱 인상깊어 보였다. 그려진 듯 단순한 곡선의 반달형 양 눈매아래 콧날은 직선으로 앞으로 미끄러지다 끝에 이르러 둥글게 마무리 지었다. 조금 벌려 웃으면 크다 생각되는 넓은 입은 다물 때의 볼륨감이 무게 있어 보였다. 자신이 하는 일이 과연 이런 나날의 의식을 치르면서 삶을 영위하는 목적이 될 수 있나 돌아보는 바지를 올리고 그녀는 혼자만의 사색의 방을 나왔다.

스팀이 꺼신 사무실의 한기를 이기기 위해 발밑에 마련된 전열기를 켜고 코트를 어깨에 걸친 채로 유진은 기사를 작성했다. 들어온 때가 밤 아홉시였는데 작업을 하다보니 열한시 가까이 되었다.

「참 남편과는 어떻게 지내고 있다고 써야지?」

황검사 자신과 관련된 질문만 하다보니 이제 48세의 그녀가 남편과는 어떤 사이로 지내고 있는

마지막 공주

가를 미처 물어보지 못했다. 현재 아는 것은 남편은 미국에 있고 열 살짜리 딸이 있다는 것뿐이었다. 적어도 남편과는 어떻게 서로를 존중하는 사이고 어떤 사정으로 지금 별거하는지는 밝혀 줘야 한다. 남편의 직업이 무엇이고 언제 어떻게 만났는지도 전혀 알리지 않을 것이다. 그러나 인터뷰를 끝내고 혹시 궁금한 것이 지금이 막 황검사 집에 있으면 언제라도 전화하기로 시간일 것이다. 그러나 인터뷰를 끝내고 혹시 궁금한 것이 나 빠뜨린 것이 있으면 언제라도 전화하기로 허락을 받아 놓은 상태였다.

유진은 황검사 집의 번호를 눌렀다.

몇 번의 신호음이 갔으나 받지 않았다.

「집을 비웠나, 앉았을 텐데···」

유진은 열 번이 넘게 울리도록 기다렸다.

그러자 수화기를 드는 소리가 나더니 졸린 여자아이 목소리가 나왔다.

「누구세요?」

「아, 저···. 한유진(韓裕珍)이라고 해요. 파출부아주머니는 계세요?」

「퇴근하셨어요.」

밤에 바꿔달라고 부탁하기가 미안해서 유진은 우선 파출부를 말한 것 같았다.

「어머니 좀 부탁해요.」

「기다리세요.」

전화 속에서 작은 발소리가 들렸다. 문이 열리는 소리가 나고 잠시 후 다시 닫히는 소리와 함께 똑같은 발소리가 들려왔다.

「엄마 주무시는데요.」

「중요한 일이니 죄송하지만 잠시 깨워드릴 수 있겠어요?」

「예. 잠깐만요.」

갔다 오는 시간이 먼저보다 조금 늘어난 것 같지만 여전히 문 열리고 닫히고 돌아오는 작은 발소리만이 있었다.

「엄마 안 일어나는데요···」

「그래요? 이걸 어쩌나···」

「왜요?」

내일 아침 전까지 꼭 여쭤봐야 할 말씀이 있는데요.」
유진은 일부러 울먹이는 소리를 냈다.
「그래요?」
다시 잠까지는 발소리가 들렸다.
그런데 이번에는 『엄마! 엄마!』 하는 소리가 들리더니 점점 높아지며 집안에 울리는 것이었다.
「아줌마! 엄마, 엄마가 이상해요. 일어나지 않아요.」
아이의 비명과 같은 울먹임이 있었다.
유진은 놀란 중에 마음을 가다듬고 대답했다.
「어서 119에 신고해요. 나도 곧 갈 테니.」
유진은 책상 위에 손도 대지 않고 곧바로 뛰어나와 승강기를 타고 현관 앞의 자기 미니카에 탔다. 사무실은 12층이었지만 승강기는 저녁에 그녀 혼자 타고 왔기에 12층에 서 있었고 현관에는 그녀의 차가 바로 앞에 주차되어 있어서 출동은 순식간이었다.
황검사의 집에 다다르니 119구조대가 와 있었다. 열려진 현관을 통해 방으로 들어가니 구조대는 들것을 바닥에 놓은 채 수군수군 이야기를 하고 있었다.
「왜 그러시나요? 얼른 모셔나가야 하지 않나요?」
사태가 심상치않은 것이 느껴졌다.
「이미 돌아가신 것 같습니다. 현장을 보존하고 경찰에 신고해야죠.」
「112를 걸까요?」 다른 구조대원이 물었다.
구조대는 유진이 황검사의 친척으로 알고 있는 듯했다. 집에 아이만 있고 급히 달려온 성인이 있으니 그럴 만도 했다.
「잠깐, 제가 연락을 할게요.」
유진은 휴대폰을 들고 기준을 불렀다.
전화하면서 그녀는 기자란 참으로 못된 직종이구나 생각되었다. 이런 불행한 일이 생겨난 현장에서도 순간적으로 사심이 발동하여 예사롭게 대처하지를 않고, 놓치기 싫은 큰 건수를 자기 애인에게 주기 위해 전화를 하다니…‥

마지막 공주

그녀 자신도 속으로 큰 특종을 잡았다는 설렘이 있었다. 유진의 전화번호를 본 기준은 짜증스럽게 받았다.

『뭐야? 오늘 지역범죄예방본부서 마무리해야 한다는 것 말 안했어?』

『빨리 일루 와 봐! 여기 황애실 검사 댁에 문제가 생겼어.』

다른 일이라면 바쁘다며 신경도 안 쓰겠지만 지금 뉴스의 초점이 되고 있는 황애실검사에게 유고가 있다는 건 수사업무종사자라면 누구나 긴장할 일이었다.

『알았어. 갈게.』

유진은 휴대폰을 내리며 구조대에게 『이 기준(李起俊)경위란 분이 금방 올 거예요.』라고 했다. 모두들 중대한 사건이니 기왕이면 책임 있는 경찰관이 먼저 보는 게 낫다고 수긍했다.

곧 기준이 두 명의 부하를 데리고 왔다.

『이분이 황애실 검사님 맞죠?』

구조대는 황검사를 가리켜 말했다.

기준은 누워있는 황검사를 잠시 살펴보고 부하들더러 사진을 찍게 했다. 방안의 은은한 분홍색 커튼과 백색 스탠드의 평범한 인테리어가 갑자기 많은 플래시를 받았다.

『관할 경찰관도 오라고 해야지.』

기준은 전화를 했지만 이미 사건의 주도권은 그가 쥐게 된 후였다. 기준은 집안 곳곳을 수색했다. 외부로부터의 아무런 침입 흔적은 없었다. 하지만 중요한 자료 하나를 쉽게 얻을 수 있었다. 황검사가 방에서 쓰는 책상에는 그녀가 치료감호소에 수감시킨 피감호자에 관한 보고서 복사본이 있었다. 피감호자를 출소시키기 전에 감호소로부터 그녀에게 보고된 것이었는데 그녀는 복사본을 만들어 집에 보관하고 있었다. 그리고 황검사의 침대 맡에는 신경안정제 두병이 발견되었다.

밤새도록 현장조사를 하고 서(署)로 돌아온 기준은 어제 황검사의 집에 오간 통화기록을 살펴봤다. 황검사가 숨지기 한 시간 전인 밤 열시 경에 가족친지 외의 곳에서 온 전화가 하나 있었다. 발신자에게 전화하니 곧바로 받았다. 출장 중이던 평범한 직장인이었다.

『천안에서 한 노숙자가 간곡히 빌려달라고 하기에 빌려줬습니다.』

황검사가 수감시킨 피감호자는 바로 어제 출소했다. 노숙자는 바로 그 피감호자일 가능성이 짙었다. 공주(公州)의 감호소에서 올라오면서 전화를 빌린 것일 터였다. 그렇다면 그의 원한에 찬 전화가 황검사를 죽게 했단 말인가. 시체해부결과가 황검사는 사망 전에 다량의 신경안정제를 복용했음이 밝혀졌다. 그러나 반드시 치사량이라고는 볼 수 없는데 호흡마비에 이르렀다고 한다. 단순한 자살이라고도 보기 어려웠다.

『당시에 큰 정신적 압박을 받았던 것 같음.』

검시관(檢屍官)의 추측성 소견이었다.

기준은 이것으로 사건보고를 마무리했지만 이것이 범죄수사로 이어지기는 어려울 것 같았다.

협박의 고통에 의한 호흡마비?

그게 도대체 무슨 이야기란 말인가?

집으로 쳐들어가 위해(危害)하겠다고 했을까? 그건 불가능하다. 그런 소리 때문에 겁을 내고 정신적 충격을 받는다면 검사와 같은 일을 애초에 할 수도 없다. 현대 한국의 고위관리는 청렴하기에 그다지 부유하지는 않으나 신변보호는 국가가 철저히 관리해주었다. 그녀의 집 앞에는 방범원 두 명이 근무하는 초소가 있고 그녀의 집 안에도 국가가 설치한 첨단자동경보장치가 있다. 게다가 통화시간은 짧았다. 물론 황검사의 집전화에는 자동 녹음장치가 있었으나 그녀가 일부러 지웠는지 녹음되어 있었다.

피감호자는 김순하(金淳霞)라고 하는 60세가량의 남자였다. 18년 전에 황검사와 다른 동료검사에 의해 범죄유발성 정신질환의 치료를 위한 감호처분을 받은 자였다. 그가 지금 어디 있는지 당장 알 수는 없지만 그렇다고 그가 황검사의 죽음에 책임이 있다고 추측하는 것도 우스운 것이었다.

유진도 아침에 집에 편안히 있지 못하고 경찰에 출두해야 했다. 황검사의 가장 최후의 시간에 함께 있었기에 그 시간 동안의 모든 행적에 대해서 추궁이 있었다. 유진은 함께 이야기한 대화록과 그 당시의 정황을 낱낱이 밝혔다.

『그 때 아무런 이상한 기색을 못 느꼈다는 말입니까?』

『제가 그분은 평소에도 잘 아는데, 여느 때보다 더 활기 있고 희망에 차 있던 것밖에는 다른 것이 없었어요.』

유진을 심문하던 수사과에서는 오후에 검시(檢屍) 보고서를 받은 시점에서야 유진을 가도 좋다고

마지막 공주

놓아주었다.

「기준씨, 나 이젠 가도 좋대.」 유진은 경찰서를 나가기 전에 기준이 수사보고 정리를 위해서 와있는 곳에 들렀어.

「그래, 수고 많았어. 내가 경찰을 대신해서 위로하지.」

「자기 쪽에선 특별한 것 찾았어?」

「글쎄, 사망 전에 한사람한테서 전화가 온 것밖에는‥‥」

「누군데?」

기준은 그 전화에 대해 설명했다.

「내 선에서의 보고는 종결했어. 당분간 수사는 계속되겠지만 더 무엇이 있을 것 같지는 않아. 아무래도 우리가 할 일은 많지 않아 보이는데? 난 다시 여의도 전경대 일이나 봐야지.」

기준은 쓸쩍 웃음을 지으며 말했다. 범죄사건이 아닌 가십의 소재가 될 것 같다는 것이었다. 유진은 제대로 쉬지도 못하고 신문사로 오후출근을 했다. 어젯밤 곯아떨어져 정리해 놓은 황검사와의 인터뷰기사는 경찰진술에 쓴 것 외에는 당장 큰 쓸모가 없을 것 같았다. 나중에 황애실 검사에 한 추모나 회고기사를 작성할 때 활용하기로 하고 일단 보류했다. 그 대신 황검사의 급사(急死) 현장을 특종 보도했다.

이제 막 대한민국의 최고급 여성지도자로서 부각(浮刻)되고 있는 여검사 출신 젊은 대법관 지명자의 갑작스런 죽음은 국민모두를 경악시키기에 충분했다.

더욱 기가 막히는 것은 그녀의 돌연한 죽음의 사인(死因)이 명확하지 않다는 것이었다. 물론 경찰발표는 있었지만 국민다수는 그것을 믿으려 하지 않았다.

다음 날 유진의 기자블로그 게시판에는 발표가 미심쩍다는 항의성 글이 홍수를 이루었다. 더러는 직접 전화도 걸어왔다. 사회정의실천연합 측에서는 그녀를 인터뷰하자고 했다. 유진은 거절할 수 없었다. 오후 늦게 사무실에 학생티를 벗지 않은 청바지차림의 여기자가 왔다.

「당신이 황검사하고 가장 늦게 함께 있었죠?」

「예, 그렇습니다만‥‥」

「그 때 뭘 했던 것이오? 둘이서.」

「그건 경찰에서 소상히 밝혔는데요. 둘이서 한 대화록도 있었으니 한 점도 빠뜨리지 않고 말했어요.」

「둘이 얼마나 이야기했습니까? 그 때 무슨 문제는 없었나요?」

「그 때는 괜찮으셨어요. 앞으로의 포부로 희망찬 기운만이 느껴졌었어요.」

「겨우 수면제 30알을 먹고 낮에는 팔팔하던 사람이 죽는단 말예요?」

「그건 성찰도 의문이고 저도 의문이에요.」

「믿을 수 없어요. 이제 대법관지명을 받아서 희망에 찬 사람이 왜 괜히 수면제를 먹고 죽는단 말예요? 거짓말이야.」

「그럼 누가 거짓말을 한다는 거예요?」

「당신들 언론과 경찰의 합작품이지.」

「경찰수사는 해볼 만큼 했지만 현장에는 아무 의심되는 것이 없었어요.」

「당신 수사경찰하고 애인사이라며?」

「그 사람 혼자가 아니라 다른 수사팀하고 함께 한 거예요.」

「뭔가 흑막이 있을 거라는 의심이 높아요.」

「그런게 있다면 제가 나서서 알아보겠어요.」

「그녀의 영향력에 위기의식을 느낀 세력의 음모에 희생되었을지도 모른다고들 해요. 한 점 의혹없이 모두가 밝혀져야 해요.」

여론은 뒤숭숭했다. 국민들은 이 사건으로 말미암아, 깨끗하고 투명하기만 한 것으로 알았던 한국의 공직사회의 지도층사회가 아직도 암암리에 음모가 난무하고 있었던 것이 아닌가하는 의심을 갖곤 했다.

「제가 다시 한 번 황검사 주변을 살펴보죠.」

유진은 공개적으로 약속했다. 물론 시민단체에서도 조사할 수 있지만 그녀가 황검사와 가깝다는 것은 알려진 사실이었으므로 사람들은 유진에게 좀더 많은 것을 묻고 싶다는 것을 감지할 수 있었다.

유진은 후속취재에 들어갔다. 이미 기준으로부터 김순하란 인물의 존재를 전해들은 유진은 그의 행적을 파악하는 것이 사건의 전모를 파헤치는데 중요하리라고 여겨졌다. 기준에게 그에 대한 정보를 부탁하고 김호보고서를 자기에게도 복사해달라고 했다.

저녁에 신문사를 나와서 기준을 찾아가 감호보고서를 받아들고 자신의 독신자 숙소로 들어갔다. 어제와 그제 늦게까지 야근을 했고 오늘도 그 놈의 시간을 거의 자리에 있었으니 내일은 늦게 출근하겠다고 부장에게 말한 바 있었다. 급박한 일들은 한 차례 지나갔으니 차분히 집에서 밤 시간을 이용해 읽어 보기로 했다.
유진은 문서의 첫 장을 들췄다.
때는 20년 전으로 돌아가 있었다.

2. 출세 뒤의 허무

1997년 7월.
20대의 초임검사 황애실은 퇴근 후 동네 만화방에서 만화가 양훈성의 신작을 살펴 보고 있었다. 양훈성은 그녀가 학생 때부터 좋아하던 만화가였다. 인간에게 내재해 있는 승부욕과 성취욕을 나름의 강한 필체로 그려내는 그의 만화는 그녀가 딱딱한 고시공부를 하면서 굳어지고 움츠려졌던 마음을 틈틈이 풀어주고 새 활력을 충전(充塡)시켰던 동반자였다.
최근에 그녀는 이 만화가의 작품들을 좀더 살펴봐야겠다는 생각이 들어 많지 않은 저녁 시간을 일 부러 내서 만화방을 들르고 있었다.
만화의 장면을 하나하나 살펴보던 그녀는 얼굴이 화끈 달아오르는 것을 느꼈다.
한국 고대사를 다룬 만화라면서 크게 선전하던 작품이었는데 막상 보면 우리 역사이야기는 별로 없고 피치 못할 이유없이 여성의 나체가 자주 등장하고 동성애와 심지어 수간(獸姦)의 장면까지도 있는 것이었다.
'이럴 수가 있나. 만화는 주로 청소년들이 보는 것인데 이 만화를 애들이 보게 되면....'
잠시 만화를 덮은 그녀에게는 마음속에 장전해 두었던 의무감이 솟아올랐다.
'이 만화를 그냥 놔둘 수는 없다.'
동시에 세간에 모르는 사람이 거의 없는 유명만화가를 기소하면 자기도 덩달아 사회적 지명도가 오르리라는... 은근히 기대되는 효과도 생각할 수 있었다.
다음날 애실은 출근 전에 서점에 들러 판매중인 양훈성의 신작 「제국신화(帝國神話)」를 다섯 권

열한시 쯤 서초동 서울지방검찰청의 집무실에 들어와 책상 위에 쌓인 안건처리를 한 뒤 점심을 지구입했다.

나 오후의 비원 방문객과 예정된 피의자심문을 마치고 오후 늦게 되어서야 시간을 낼 수 있었다. 애실은 그녀의 단소(端小)한 몸집을 가쁜하게 떠받치는 중후한 갈색 회전의자를 창문 쪽으로 돌렸다. 마치 창밖을 보면서 망중한(忙中閑)을 취하려는 것처럼 하고는 바닥에 있는 가방으로부터 제국신화 만화를 한 권씩 집어 들어 무릎 위에 펼치며 고개를 숙이고 대화나 지문은 신경 쓰지 않고 그림들만 하나하나 면밀히 관찰했다.

『검사님, 재밌어? 그게 뭐지?』

총무과 김현정이 와서 말을 걸었다. 애실은 이제껏 그녀가 가까이 온 것을 모르고 있다가 고개를 들었다.

김현정은 애실과 동갑이지만 하급 사무직원에 불과하므로 직장의 위계질서상 황공하게도 하늘과 땅 차이라고 할 수 있었다. 일반 계장이나 주사보들도 받들어야 하는 검사이니 기능직 여직원으로서는 그저 바라만 볼 조아려야 할 처지이겠으나 애실의 방에도 여직원이 주근인 직장에서 같은 여자라는 동류의식은 서로를 가깝게 지낼 수 있도록 했다. 사실 같은 집무실의 직속부하 송계장과 사무라서 김현정과 같이 격의 없는 사이가 되기 어려웠다. 애실이 만화를 보고 있다는 것을 알긴 했으나 감히 농담을 걸 수는 없었다. 마치 부직원 장현숙도 애실이 간섭하는 것 같은 오해를 일으킬 수가 있으니.

아무튼 김현정은 직장 내의 분위기에 맞춰 꼭꼭 애실을 검사님이라고 부르면서도 서로 가까운 큰 거의 말을 뜨며 지내는 입장이었다.

세상의 학력(學歷) 구분이라는 것도 남자들이 만들어 놓은 것이다. 남자들이 남성위주의 사회에서 남자의 성장년「」 단계에 맞춰서 초중고 그리고 대학의 교육과정을 만들어 놓은 것이다. 남자들은 학력이 다른 친구끼리는 서로들 친하기가 어려운 경우가 많다. 그러나 여자들은 다르다. 여자들은 남자가 만들어 놓은 이 세상의 교육제도에 의해 사람을 구분하고 계층화시키는 것을 따르지 않는다.

『응, 이서 양훈성의 제국신화라고 하는 거야.』

『그런데... 재밌냐구 묻잖아?』

『재미? 미스 김, 그게 무슨 소리야? 우리 부장검사님이 지나가다가 들으시면 어쩌려구.』

마지막 공주

『그래? 그럼... 아, 수사 자료로 보는 거구나.』
『그 정도가 아니라 이건 아주 중요한 거야. 난 이걸 더 자세히 봐야 하거든. 먼저 공문은 다 결재 났어?』
『미스 장이 가지고 있어요. 그리고 이건 오늘 접수된 송치사건 관련서류예요.』
김현정은 무릎 위까지 닿는 높이의 서류다발을 이미 손수레에 싣고 온 것이었다.
- 흐유-

애실은 속으로 한숨을 쉬었다.

이렇게 오는 서류들은 거의가 어디서 취객들이 싸우다가 피해자가 전치 몇 주의 상처를 입었다느니 종업원이 회사 돈을 횡령하여 도주하다 잡혔는데 본인은 혐의를 부인한다느니 어디서 신원미상의 변사체가 발견되었다느니..... 등등의 얘기로서 세상의 흉한 면면은 어쩌면 이렇게 긁어 모았는지 할 정도였다.

어서 이 서류들을 읽어 보고 어떻게 조치하는가를 결재해야 하는데 실상 그 처리는 그렇게 어려운 것은 아니고 고등학교를 졸업하고 상식을 갖춘 정상인이라면 판단할 수 있을 일이었다.

전국최고의 일류대학에서도 최고 수준의 학생이 몰린다는 법과대학 그 중에서도 두드러진 성적을 내서 학부 삼학년 때 고시에 합격한 그녀로서는 이런 일들은 공장에서 조립나사를 돌리고 빼는 것처럼 단순하기 그지없는 것이었다.

그렇다고 삼국지의 방통(龐統)처럼 며칠 놀다가 반나절에 해치운다는 것도 곤란하다. 아무리 쉬운 일이라도 빨리 해치우다 보면 실수가 있는 법이다. 방통의 시절에야 백가지 송사를 처리하면서 아흔 여덟 가지를 잘 처리하면 한둘쯤 잘못 처리해서 억울한 자가 생겨나도 그런대로 묻혀버릴 수 있었다.

그러나 현대 민주주의 사회에서는 한두 가지 일만 잘못돼도 마치 매일같이 그런 일이 되풀이 되는 양 언론과 시민단체에 의해 크게 확대되기 일쑤다. 그렇게 비리의 표적이 되면 수십 년 쌓아올린 공적도 하루아침에 물거품이 될 수 있다. 뻔한 문서라도 한 자 한 자 낱낱이 보아가며 실수없는 처리를 해야 한다.

그녀는 이러다 자기가 둔해지는 것이 아닌가 생각됐다. 물론 검찰에는 이런 일을 수십 년 해온 사람들이 많은데 어차피 자기의 직업이니 무슨 문제인가 할 수 있겠지만 그녀로서는 자기만의 남다른 총명함이 조직과 공공의 논리 속에 함몰되어 버리는 게 아닐까 우려되었다.

학교 때에도 단순히 공부 잘하는 아이로서가 아니라 만화와 소설 등 문화전반에 대한 폭넓음은 이해를 가지며 자기만의 독특한 개성에 남다른 자부심을 가졌던 그녀였다. 사실 고교 때와 대학 때의 친구들도, 틈만 나면 만화책과 소설책을 탐독하며 별다르게 학과공부에 매달리는 것 같지 않은 그녀가, 어떻게 그렇게 일류대학 최고학과를 우수한 성적으로 합격하고 그렇게 일찍 고시에 합격했는가 의아해하는 것이었다.

「계장님, 이것 좀 처리해 주세요.」

서류를 보다 지친 애실은 송계장을 불렀다.

사십세를 갓 넘은 중년남자 송계장은 방금 한 청소년 용의자를 심문하고는 자리에 앉은 채 쉬고 있었다. 검은 뿔테 안경아래 가무스레 조금 야윈 얼굴은 공무원다운 범상함을 보이면서도 눈빛에는 수사관다운 날카로움이 있었다. 그의 말씨와 몸가짐은 젊은 상사를 모시는 나이든 부하다운 겸손이 배어 있었다.

「예, 검사님.」

송계장은 대답하고 애실의 자리 앞에 와서 애실이 건네주는 서류뭉치를 받았다. 양손으로 받쳐 들 정도의 양으로서 애초에 애실이 받은 것의 삼분의 일쯤이었다.

'이제 부담 좀 덜어도 되겠구나..'

애실은 조금 가벼운 마음으로 나머지 서류들을 읽어 보았다. 보다만 만화가 아쉽지만 일단 급한 일을 처리하고 나서 저녁에 보기로 했다.

「검사님 퇴근하겠습니다.」

사무직원 장헌숙이 여섯시가 되자 핸드백을 챙기고 일어나 인사하였다.

「예, 미스 장 잘 가요.」

미스 장은 송계장에게는 간단한 목례를 하고 송계장은 가볍게 고개를 끄덕였다.

'집 앞 주차문제로 다투던 갑은, 을이 갑에게 「이놈의 후레아들 놈」하는 말에 격분하여 을을 떠밀어 아스팔트 바닥에 넘어지게 하여…'

애실은 속으로 혀를 찼다. 중학교 때 집 앞에서 어른들이 싸우는 것을 보고는 세상의 보통 사람들이 어찌 저리도 비겁하고 치사한가 한탄하며, 자기는 정말 공부 열심히 해서 보통 사람 이상의 지위를 얻어 고상하고 품위 있게 살자고 거듭 결심했던 그녀였다. 그런데 지금 하는 일은 보통 사람…. 그 중에서도 더욱 저급하다 할 만찬 사람들의 시시콜콜한 사정을 일일이 캐보고 들추는 일이었다. 이런 일을 하자고 여태껏 자기가 남들로부터 영특하다는 소리 들으며 살아왔는지….

다시 정신을 집중해서 하나하나 조치사항을 기입해가고 있는데

『검사님, 이 변사자의 신원처리는 국립과학수사연구소에 의뢰해야 할까요?』

송계장이 물어본다.

『얼굴을 알아볼 수 없는 상태라는 가요?』

『그렇지는 않은데요.』

『그러면 일단 얼굴사진을 수배해야죠.』

『그렇게 하겠습니다.』

사실 송계장이라고 해서 그 정도의 판단력이 없는 것은 아니었다. 하지만 검사인 그녀의 인지와 허가 하에 모든 일이 처리되어야 하므로 그녀에게 물을 수밖에 없었다.

조금 있다 송계장은 다시 미안한 표정으로

『검사님, 여기 땅 사기 고소사건은 약식기소를 희망한다고 해야 할까요?』 했다.

애실은 속으로 짜증이 났으나 송계장을 탓할 수는 없으므로 마음표출은 하지 못하고는

『계장님, 이제 퇴근하세요.』 했다.

『아닌데요. 일이 많이 남아있는데…』

겸연쩍어 할 뿐임을 그녀도 알 수 있었다.

『그건 걱정 마시고요. 오늘 처리하신 사건들도 제가 뒤처리 다 해놓을 테니까요. 안심하고 퇴근하세요.』

명색이 상사가 걱정 마라는데 부하 된 입장에서 토를 달수는 없었다.

『예, 그럼 내일 법도록 하지요.』

혼자 남은 애실은 송계장이 자기 자리에 그대로 놓아둔 서류뭉치를 집어 와서 자기가 처리하고 있던 서류들과 합쳐 놓았다. 그리고 다시 하나하나 살피며 점검했나. 나중에는 한 징을 그저 흘긋 보고는 곧바로 서류철을 넘기는 그녀의 손은 점점 빨라졌다. 사인을 하는 오른손과 종이를 넘기는 왼손이 시계추가 오가듯이 교대로 움직이기를 반복했다. 사인을 하고 넘기기를 이십분 가량 하니 이윽고 그녀 앞에 있는 서류철은 모두 뒤집혀서 옆에 쟁여졌다.

- 휴우- 애실은 심호흡을 한 뒤 처리된 서류들을 다시 뒤집어 정돈하면서 접견 테이블 위에 분류대로 시각으로 엇갈리게 해서 탑처럼 쌓아 놓았다.

다시 그녀는 제국신화를 펴들었다. 아까 이권의 중반까지밖에 못 보았으니 이제 나머지를 퇴근 전까지 보아야 한다는 생각이었다.

아무도 방해하지 않는 분위기에서 그녀는 만화에 대한 관찰을 점점 더 자세히 했고 그녀의 책장 넘기는 속도는 점점 늦추어져 갔다. 간혹 그녀는 혼자 눈을 부라리고 주먹을 불끈 쥐었다.

' 정말 이 만화를 그대로 놔두어서는 안 되겠어.'

애실은 그 권의 만화책에서 중요시되는 몇몇 장면을 스스로 복사하여 철(綴)하고는 공소제기를 위한 품의서를 작성하였다.

일을 마치니 시계는 아홉시 삼십분을 가리키고 있었다. 의자를 뒤로 돌려 유리창을 바라보니 이 서있는 가로등 빛만이 간간이 있을 뿐 어두워진 청사 마당은 보이지 않았다. 그 위에 덧비쳐 보이는 집무실에는 실내의 형광등들을 등져 그늘진 얼굴의 그녀가 있었다. 애실의 낯게 각지면서 이미 넓은 얼굴은 유리창 중앙에 팔걸이를 짚고 일어나 창가로 다가갔다. 창밖의 여인의 얼굴 가운데 저 먼 아래쪽 길의 가로등 더욱 크게 사리하고 그늘은 더욱 깊어졌다.

과 자동차의 불빛 그리고 간간이 퇴근하는 직원들의 모습이 보였다.

「나도 이제 저 들처럼 나가봐야지.」

혼잣말을 의미 있듯이 중얼거리고는 책상에서 간단히 핸드백을 챙겨 나올 준비를 했다.

「황검사님 아직도 계십니까?」

순찰을 돌던 이웃집 경비원 오씨가 문가에 서서 말을 건네왔다. 오십대 중반의 반백머리의 그는 애실에게 대하기 편한 이웃집 아저씨 같은 사람이다.

「아직이라니요? 지금 그만 하는 것이 얼마나 많은데요. 저 혼자 일하는 것 같잖아요!」

애실은 인사를 건네는 하면서도, 남자 같으면 이때까지 야근하는 것쯤은 흔히 있는 일인데 여사이기 때문에 안쓰럽게 생각하는 것 같아서 투정부리듯 대답했다.

「오씨도 애실이 마음을 아는지 너털웃음을 웃으며,

「황검사님은 수고하시고 다른 분들 생각만 하시는군요.」

「어쨌든 이제 오씨 아저씨면서도 다른 분들 생각만 하시는군요.」

「수고랄 게 있습니까? 검사님들 노고에 비하면.」
「일하는데 이 일 저 일 비교할 게 있나요?」
방을 나온 애실은 살짝 웃어 보이며 오씨에게 인사했다.
「안녕히 가십시오, 검사님.」 오씨가 허리를 굽혀 인사하자
「아저씨 그럼 수고하세요.」 애실도 다시 고개 숙여 인사하는데 마치 한 소녀가 이웃집 아저씨에게 하듯 공손한고 붙임성 있어 보였다.
「예-, 예-.」 오씨는 검사에게서 정중한 인사를 받은 것이 내내 황송한 듯 애실이 복도를 돌아 나갈 때까지 연거푸 굽실했다.
지하주차장에서 차를 몰아 나와 집에 도착한 시각은 열한시 가까이 되었다. 늦은 시간인데도 외로 시내의 길이 막힌 것이 그날따라 그녀를 더 늦게 귀가하게 했다.
「아이고, 너무 늦구나. 좀 일 덜할 수 없는 거니?」
어머니는 물으면서도, 나랏일이니 만큼 하기 싫다고 일찍 나올 수는 없으리라 믿는 것 같았다.
다만 한숨을 쉬면서 탄식하는 것이었다.
「고시합격하면 호강시켜줄 것만 같더니 나른 것도 없구나. 이은 밤늦게까지 시키면서 다른 사람 들보다 돈을 많이 주는 것도 아니고….」
서류처리를 하고 만화조사도 하느라 저녁식사를 먹으려 어머니는 밥솥에서 밥을 퍼서 상에 올려 놓았다. 보자기를 덮어 놓은 저녁식사를 하고 앉자 어머니는 반찬도 못해주고….
「어서 먹어라. 좋은 반찬도 못해주고….」
애실이 월급을 받아오니 이제는 분가한 오빠들이 인사치레로 부치는 돈은 그대로 어머니의 용돈이 생활이었지만 그래도 기대한 만큼 큰 덕을 보지는 못해 어머니는 늘 생활에 불만이 있는 듯 했다. 식사하는 애실 앞에 앉은 어머니는
「예, 오늘 태화파이낸스 정영철 회장이라는 사람 집에서 중매 건이 들어왔는데 한 번 만나보지 않겠니?」
애실은 속이 메스꺼웠다. 이게 벌써 몇 번째인지 모른다.

그녀가 실사로 임용된 지 며칠 안 된 어느 날 저녁이었다. 채여사가 하는 호사(豪奢)한 차림의 중년부인이 방문하더니 들고 있던 큰 백에서 커다란 앨범 책을 꺼내 애실 앞에 펼쳤다.

『여기 신랑감들 좀 보시구려.』

어머니와는 미리 얘기된 사이인 듯 어머니도 얼른 다가와 앨범을 들여다보았다. 저녁 식사를 마치고 소파에서 쉬고 있던 애실이 눈길을 주자 채여사는 애실에게 보라고 더욱 가까이 책에 있는 사진들을 얼핏 보면 패션 복장전시를 위한 것 같았다. 핸섬하고 말끔한 얼굴에 늘씬한 키의 남자들이 모두들 정장을 차려입고 슬쩍 미소를 짓고 있었다.

『그 총각 밑에 들어요?』

애실은 갑작스런 질문에 당황했다. 그녀는 그 중 한 사진에서 조금 책장 넘기기가 늦춰 있을 뿐이었는데 그 때를 놓칠세라 채여사는 애실에게 즉흥적 선택을 종용하는 것이었다.

『이 총각은 극동투자신탁 이익대 회장의 둘째 아들인데 개 앞으로 이미 압구정동에 팔층짜리 건물 을 명의이전 해놓았어요.』

극동투자신탁이라고 하는 회사는 이름뿐이고 단지 규모가 좀 큰 사채업자일 뿐이었다. 본인의 직업이 무엇인지는 말해주지도 않았다.

『지금 뭐한대요?』

애실은 자칫 그 남자에 대한 관심표명으로 오해될까 염려하면서 조심스레 물었다.

『아버지 시업 물려받을 때까지 경영수업을 한다는데요.』

『그럼 그 동안 다른 회사 다니나요?』

『아니, 회사는 작년에 그만두고 지금은 잠시 건물임대 경영을 맡아보고 있어요.』

채여사가 사져오는 앨범의 남자들은 대체로 이런 사람들이었다. 아버지는 돈은 상당히 있지만 회적 지위는 그다지 인정받지 못하는 사람으로서 권력과 지위에 주린 사람이었다. 아들은 보통사람의 집안이라면 긴실한 청년이 되었을 수도 있을 멀쩡한 호남이었시만 아버지의 기대가 크다보니 범한 직장인은 되지 못하고 일단 경영수업 등의 명분으로 아버지의 재산일부를 맡아 관리하고 있었다. 결국 일정한 직업 없이 그저 집안의 재력을 바탕으로 생활하는 자들이었다. 다만 외모조건만

마지막 공주

은 모두 어느 정도 이상 갖추고 있어서 작은 키에 평범범한 용모인 애실로서는 전혀 마음을 가지는 것은 아니었다.

그러나 외모만으로 만족할 상대가 될 수는 없는 법이었다. 거기다가 그녀의 마음을 포용할 수 있는 지성까지 갖춘다면 얼마나 좋을까.

사법시험을 합격하고 검사까지 되면 남자는 원하는 여자를 쉽게 고를 수 있다는데. 더구나 여자 검사라면 더더욱 뭇 사람들에게서 선망 받는 자리니 만큼 원하는 이상형의 남자를 수월하게 얻으리라 기대했었다.

그런데 들어오는 자리는 모두가 돈은 많지만 권력에 주린 집안의 욕심을 채우기 위한 것들뿐이었다.

집안이 어떻든 당사자가 괜찮으면 생각해봄직 한데 그들의 면면을 보면 모두가 그녀의 기대만큼의 지성을 갖추지 못한 필부일 뿐이었다. 단지 돈이 많다는 것인데 그녀도 봉급으로 부족하지는 않게 사는데 굳이 돈을 위해 인생을 돌릴 필요까지는 없었다.

- 이럴 수가 있나... 아무리 세상이 예전 같지 않다지만... 내게 오는 남자들이 겨우 이런 수준이라니...

그러나 곰곰 따져보면 왜 그럴 수밖에 없나 수긍이 가지 않는 바는 아니었다.
우선 그녀의 동료 법조인들 중에 집안배경도 좋고 외모도 좋은 남자는 같은 법조인 배우자를 얻는다 해도 두 오빠가 각각 자동차공장용접공과 치킨체인사업을 하는 집안배경에 홀어머니와 단둘이 사는 그녀를 택할 이유는 없는 것이었다.

법조인 이외의 배우자를 얻는 남자는 말할 나위 없이 부유한 환경에 좋은 신체조건을 가진 여자를 구할 수 있었고 설령 여자의 지적수준이 좀 못하다 하더라도 남자는 얼마든지 그러한 여자를 내조자로서 수용할 수 있다. 그러나 여자의 경우 자기보다 지적수준이 못한 남자를 데리고 살기는 거북한 일이다.

인간에게는 두 가지 힘이 있다. 하나는 지력(知力)이고 하나는 완력(腕力)이다. 지력으로 상대방을 누르지 못하면 완력으로 누르고 싶어 하는 것이 인지상정인데 지력으로 여자를 누르지 못하는 남자는 필경 완력으로 여자를 누르고자 할 것이다. 그러니 지력이 자기보다 못한 남자를 배우자로 맞이한다는 것은 상당히 모험적인 일이다.

고등학교 때에도 전교에서 수위를 놓치지 않았고 대학에서도 같은 수재들인 동료 남학생들로부터 원더우먼이라는 칭호를 받을 정도로 학업성적이 뛰어났던 그녀... 남들은 몇 년의 청춘을 소비하며 매달리는 사법고시를 학교수업 좀 빠지지 않고 관련교재 몇 권 훑어봤을 뿐 틈나는 대로 만화를 보며 자유로운 대학생활을 즐기다가 삼학년 때 거뜬히 합격해 급우들의 부러움을 한 몸에 받았던 그녀였다.

우수한 학업성적이 곧바로 사회에서의 지위로 보상받는 길인 사법시험.

다른 어느 분야에서 이런 혜택을 바란단 말인가.

일반 회사에서는 명문대이건 말건 일단 입사하면 다 같이 말단에서부터 시작해야 한다. 승진이란 그 사람의 능력보다는 조직생활에 적합한 원만한 품성을 가졌는가에 달려있다. 그 인품의 검증을 받기까지 십여 년간 윗사람과 동료와의 온갖 갈등을 참고 견뎌야 한다.

그러나 이 무런 조직사회에서의 단련기간 없이 그녀는 조직 내의 중간 간부격의 위치에 올라 있고 십여 세 연상의 대졸출신의 부하를 두고 있는 것이다.

『생각 없어요. 그만두세요.』

애실은 단호히 거절했다.

『왜 그러냐? 너도 내일 모레면 서른이다. 늦기 전에 어서 해야지. 여자는 지가 무슨 용빼는 재주 있어도 나이 먹으면 다 소용없단다. 웬만하면 좀 만나봐라.』 어머니는 권했다.

『결혼 꼭 해야 하는 것도 아니잖아요? 없으면 그냥 지내죠. 뭐.』

『지금은 남자가 아쉽지 않아도 나중에 나이 먹으면 외로운 걸 알 거다.』

『정 그러면 그때 가서 하면 되죠.』

『그때는 이미 늦을 거니까 그러지 않니.』 어머니는 다시 걱정스레 말을 던지다가

『하기사... 여자가 좀 나이 먹었더라도 검사나리한데 장가드는 거 마다하겠나...』하고 더 시비를 걸지 않겠다는 듯 고개를 돌렸다. 방으로 들어와서 쌓여있는 만화책을 들춰보았지만 이내 내던지고 애실도 더 대답 않고 일어섰다.

다음날 출근한 애실은 직속 부장검사실로 갔다.

마지막 공주

「부장님, 청소년보호법위반 사건입니다.」

애실은 서류와 증거철을 내밀었다.

부장은 슬쩍 웃음을 머금었다. 사십세 남짓의 부장은 애실에게는 믿음직한 선배요 다정한 사촌오빠와 같고 엄한 상사이기도 하였다.

「만화 아냐?」

「이게 어쨌다는 거지?」

애실은 가슴이 조마했다. 부장은 생각을 달리하는 것이 아닌가.

「청소년들에게 음란한 도화를 보여주거든요. 미풍양속을 저해해요.」

「이 정도를 가지고 그런다고 말할 수 있나?」

「아니요. 제가 봐도 낯이 뜨거운 것이 많은데요.」

「좋아, 그럼 잘 처리해.」

부장은 결재했다.

「감사합니다. 검찰의 명예를 걸고 잘 해내겠습니다.」

애실은 다소곳이 인사하고 나왔다. 하지만 마음속은 흥분으로 두근거리고 있었다.

이제 양훈성에게 소환장을 낼 수 있다. 그녀의 검사생활 최초로 유명인에 대한 소환조사를 하게 되는 것은 가슴 벅찬 일이었다.

'아, 이제 양훈성을 내 앞에 붙들어 앉힐 수 있다‥‥'

집에 와서도 애실은 좀처럼 잠을 이루지 못했다. 청소년 때의 우상이었던 그도 이제는 내 밥이다. 학생 때는 그토록 까마득히 높게만 보였던 만화가, 한 번 만나 얼굴 보는 것도 어려울 것으로 여겨졌던 최고의 인기만화가 양훈성 그도 이제는 내 지시에 따라 내 앞에 앉을 수밖에 없다. 게다가 나는 검사를 위해 마련된 푹신한 중의자(重倚子)에 앉아 등을 깊숙이 기대고 책상 너머의 양훈성을 간이 의자에 앉혀 꾸짖을 수가 있다. 마치 아랫사람에게처럼.

이제 정말 그녀는 자신의 지위가 상당히 올라와 있음을 느낄 수 있었다. 비로소 그 동안 힘들여 공부했던 결과 (사실 그녀는 남다른 뛰어난 두뇌로 합격했을 뿐이지 그다지 힘을 들였다고는 볼 수 없었지만) 그러니까 그녀의 남다른 우수한 학업성적이 비로소 사회에서 그 지위로 보상받음을 확인하는 것이었나.

양훈성이 수환 날짜가 왔다. 약속시간이 다가오자 애실은 집무실에서 기다렸다. 시간 맞춰 양훈성이 그녀의 방에 들어왔다. 사십 중반을 넘긴 나이에도 머리카락은 대충 잘라낸 채 다듬지 않고 까지 않은 수염이 덥수룩이 방치된 모습은 한 눈에 평범한 샐러리맨과는 달랐다.

『도대체 무슨 이유로 이러는 겁니까?』

양훈성은 도무지 알지 못하겠다는 투로 항변했다.

드디어 지기 앞에 끌려오다시피 한 양훈성을 보고 애실은 자기의 사회적 지위를 실감했다. 아무리 만화가로서 이름을 날려도 자기의 한 번 명령에 의해 앞에 눌러 앉힐 수 있다. 모든 직종 어느 직위라도 그녀가 가진 직종에 의해 통어(統御)되는 것이다. 그녀는 자기의 직종 중에서는 말단이라고 할 수 있지만 다른 어느 직종의 상위층이라도 그녀 앞에서는 고양이 앞의 쥐 꼴이 되는 것이다.

『혐의를 모르신단 말씀예요?』

순간 애실의 마음속에는 오래전 사극 만화에서 본, 사또가 죄인에게 「이놈 네 죄를 네가 알렸다!」 하고 꾸짖는 장면이 생각났다.

『우리만는 창작의 자유가 있지 않습니까?』 양훈성은 반문했다.

『물론, 있지요. 하지만 그것은 우리 사회에 해악을 끼치지 않는 범위 내에서지요.』

『어떤 해악을 끼쳤단 말입니까?』

『자라나는 청소년들이 왜곡된 성 의식을 가질 수 있지요.』

『뭣이 그렇단 말입니까?』

양훈성이 혐의를 인정 않자 애실은 화가 났다. 그녀는 준비하고 있던 만화책의 페이지를 펼쳤다.

『보세요—』

펼친 페이지에는 수십 명의 남녀가 벌거벗고 뒤섞여 있는 장면이 있었다.

『이런 난잡한 성행위를 본받으란 말예요?』

양훈성은 일굴이 벌게졌다. 자기가 작품으로 그린 것이라지만 이렇게 면전에서 들이대니 마치 자기가 성행위를 하는데 들킨 것 같은 기분이었다. 기실 그의 그림에는 잦은 후배위(後背位) 성교장면

등 그 자신의 성적 관심성향이 반영되어 있었는데 그것을 공개적으로 보이며 꾸짖으니 자기의 은밀한 면이 노출된 듯 수치감이 일었다.

뒤편에서는 직원들이 한심하다며 혀를 차는 소리가 들렸다. 양훈성은 여럿 앞에서 망신을 당하는 기분이었다.

양훈성이 당황하자 애실은 자신감이 솟았다. 자기의 허물이 들춰지니 이렇게 당황하는 것은 당연하지 않은가.

양훈성이 별다른 대답을 못하자 애실은 그 사실을 기록하고 돌려보냈다. 일단 그녀의 선에서는 양훈성이 혐의를 부인 못하니 뜻대로 처리할 수 있는 것이었다.

각 언론에는 이 사실이 보도되었다. 창작자유의 침해라며 만화계를 비롯한 여러 곳에서 성명을 발표하는 등 사회적 물의가 일어났다.

애실은 여론을 알아보기 위해 컴퓨터통신 토론란에 올라온 의견들을 보았다.

° ° °

양훈성씨 만화를 음란물로 규정하고 한국만화의 싹을 짓밟고 있는 서울지방검찰청의 황애실의 사퇴를 요구합시다. 그와 함께 초임검사의 철딱서니 없는 짓거리를 결재해준 서울지방검찰청 형사2부장의 사퇴 역시 요구하여야 합니다.

철딱서니 없는 아이의 난도질을 더 두고 볼 수 없습니다. 철부지의 손에 들린 칼은 폭력배의 손에 들린 칼보다 더 위험합니다.

° ° °

시중에 나와 있는 변태적인 성행위가 나오는 만화들에 대해서는 판매장소나 대상만을 규제하면서 우째 양훈성님의 제국신화를 문제 삼는지 모르겠군요.

혹시 양훈성님이 검사 윗분들에게 뭐 잘못 보인 것 있나요? 검찰 측의 해명이 요구됩니다.

° ° °

많은 의견 글들이 있었으나 창작의 자유만을 강조하는 글이거나 무조건적인 인신공격을 제외하면 비슷한 정도의 만화는 많은데 왜 양훈성만을 문제 삼느냐 하며 양훈성이 권력층이나 검찰에 잘못 보인 것이 있느냐는 의문이 많았다.
기실 이에 대한 대답을 애실은 가지고 있었다. 애실은 이미 수개월 전부터 양훈성의 작품경향을 독자가 아닌 검사의 입장에서 눈여겨 보아왔던 것이었다.

양훈성이 제국신화 이전에 내놓은 세간에서 주목받은 작품이 있었다. 제목은 그냥 - 경찰 - 이었다. 주인공은 경찰대학을 나온 의리 있고 능력이 뛰어난 경찰관이었고 조연은 주인공에게 질투심을 가지는 야심 많은 검사였다. 흔히들 나오는 무협지의 주연과 조연의 성격과도 같았다. 완벽에 가까운 능력을 가지고 있으나 지나치게 순수하고 야망이 부족한 주인공... 그리고 야심만만한 출세지향적인 인물이지만 주인공보다 한수 아래의 역량 때문에 주인공에 대한 질투에 불타는 조연....

그의 작품에서 경찰과 검찰을 대표하는 두 젊은이는 각각 이런 캐릭터로 그려졌다. 게다가 이 작품은 크게 성공하여 드라마로 제작 방영되었다. 그래에는 학생 때처럼 만화방을 자주 가지 못하던 애실이 이 작품에 주목하게 된 것도 실상 드라마를 통해서였다.

그 때, 서녁에 거실에서 무심코 앉아 쉬던 애실은 방송에서 느닷없이 대사에 깜짝 놀랐다.

「경찰이 없는 검찰은 있을 수 없어! 우선은 검찰이 경찰의 상위기관이라는 인식부터 고쳐야 해.」

도대체 누기기 이런 소리를 하나 어이가 없어 얼른 화면으로 고개를 돌리니, 드라마 「경찰」에서 주인공인 엘리트 경찰관을 질투하는 검사를 두고 그의 상관인 부장검사가 나무라는 장면이었다.

「세상에... 어느 검사가 그런 소리를 할 수가 있나?... 이건 순억지다. 드라마 작가를 조사해야겠나.」

이것이 그 내 애실의 첫 결심이었다. 그러나 그 방송국은 양훈성의 같은 제목의 만화를 드라마화 한 것일 뿐임은 익히 알려진 사실이었다.

「바로 그 양훈성의... 만화를 찾아 봐야겠구나.」

근래에는 검찰청 일이 바빠서 학창시절 때처럼 만화를 많이 보지 못했다. 연수원 시절에도 보고 싶은 만화는 다 보면서 거뜬히 검사 임용순위에 들었던 그녀였지만 일은 공부처럼 능력 있다고 빨리 해결되지는 않는 것이었다.

그날 애실은 때 아닌 밤 외출을 하여 집 그저 만화방을 갔다.

『아직 문 닫을 때 안 됐죠?』
『별 말씀을... 24시간 영업합니다.』
『양훈성의 「경찰」어디 있죠?』
『저쪽 모퉁이에 있습니다.』

넓은 실내는 거실처럼 소파를 두고 앞에 찻잔 테이블이 있어 편안하게 만화를 볼 수 있는 구조였다. 시간이 늦었지만 아직도 손님은 열 명쯤 되었다. 밤을 새려는 듯 앞에 빵과 우유를 쌓아놓고 만화를 보고 있는 점퍼차림의 중년남자도 있었다.

애실은 주인이 가리킨 곳으로 갔다. 트레이닝복 차림의 이십대 청년이 소파 위에 드러누워 만화를 짚어 들고 보고 있었다. 머리는 저 쪽 팔걸이에 베고 운동화 신은 발은 이 쪽 팔걸이에 올려놓아 있었다. 얼굴은 만화에 가려 보이지 않았지만 간간이 손으로 불붙은 담배를 탁자 위의 재떨이에 떨고 있었다.

애실은 자기가 지나가는데 그대로 흙 묻은 신발을 보이는 청년에 불쾌감이 들었다. 그가 보고 있는 만화의 표지는 바로 양훈성의 「경찰」이었다.

애실이 소파 뒤를 지나가며 그 표지를 잠깐 들여다 보는데 인기척을 느낀 청년이 만화책을 제치고 애실을 흘긋 보았다.

늦은 시간에 여자 손님이 들어오니 신기한 듯 청년은 쓰윽 눈짓을 했다. 애실은 눈이 마주쳤지만 모른 체 했다. 그 순간 더욱 괘씸한 생각이 들었다. 자기와 눈을 마주치고도 벌떡 일어서기는커녕 누워서 눈만 껌뻑이고 있다니...

「경찰」이 꽂혀 있는 데를 보니 1권이 없었다. 청년이 보고 있는 책의 표지는 1권이 아니었다.

애실은 청년의 맞은편의 소파에 앉았다. 청년은 발목을 걸친 소파팔걸이 쪽에 그 높이만큼 책을 쌓아올려 평평하게 해놓고는 좋아리까지 얹어서 편안하게 누워 있었다.

『저어, 1권 좀 볼 수 있을까요?』
애실이 말하자 청년은 입에 문 담배를 재떨이에 비벼 껐다.
『1권만 볼 건가요?』

청년은 누운 채로 애실을 빤히 처다보며 물었었다.

「이런, 누운불손한…」

이 때 애실은 자기 지위의 한계를 느꼈다. 청사에 출입하면 선배들로만 제외하면 뭇 직원들이 나와 상관없이 빈다는 위치…. 게다가 피의자 앞에서는 가히 신과 같은 존재…. 그런데 밖으로 나와서 일반인들을 대할 때 그들은 자신을 알아주지 않는다. 이 청년은 말투로 보나 얼굴의 빈티와 허름한 옷차림으로 보나 아무리 해야 중국집배달원이나 주유소종업원 정도일 것이다. 자기 앞에 타난 사람이 ㅇㅇ명정치인 아니라 연예인이라도 이렇게 대하지는 않았을 것이다.

그녀를 몰라보는 청사 밖의 뭇 인간들….

하지만 그들노 어느 날 갑자기 피의자가 될 수 있다.

피의자는 저설로 생겨나는 게 아니다. 검찰이 만드는 것이다.

검찰 앞에 한없이 무릎 꿇고 복종해야 하는 피의자…. 모든 사람들이 다 잠재적 피의자라는 인식이 퍼져 있다면 검찰은 지금보다 훨씬 일반인들의 경외(敬畏)의 대상이 될 것이며 어느 누구도 검사를 소홀히 대할 수 없을 것이다. 평소의 태도가 유사시의 정상참작(情狀參酌)에 반영될 수밖에 없으니 유력인사들 또한 평소에 검찰을 대하는 자세가 신중해야 할 것이다. 사람은 누구나 어느 때고 피의자가 되어 검찰 앞에 불려 나올 수 있다. 이것이 애실의 생각이었다.

『차례대로 디요。』

『보슈。』

청년은 서심 쓰듯 내뱉고는 아랫다리로 덮어 누르고 있던 책들을 덥석 집어 탁자 위에 내팽개치듯 이 놓았다.

「공손히 누 손으로 갖다 바치지 않고…」

치밀어 오르는 분아를 진정하고 애실은 한 권 한 권 만화를 보았다.

도중에 애실은 아직도 자기 앞에 뻔뻔스레 누워 담배를 피우며 신발을 올려놓고 있는 그 청년을 어떻게 혼내줄 수는 없을까 상상해 보았다.

저놈한테 무슨 죄를 씌울 수 있을까? 장발, 공공장소흡연, 혐오복장, 풍기문란…

그에게서 불쾌하게 느껴지는 모든 것을 동원해도 지나간 시대의 것이든가 아직 제재(制裁)할 법률이 제정되지 않았든가 해서 실정법에 걸리는 것을 찾을 수가 없었다. 당시에 만화방 흡연금지 조항은 만들어지지 않았다.

그렇게 훌륭하게 꿈을 이룬 자리인 검사가 이런 공중도덕에 아무런 영향력을 행사할 수 없다니…….

검사를 두고 사회지도층이라고 한다. 그러면 지도자는 어떤 사람이라도 이끌 수 있어야 한다. 일부 문제 있는 자들 앞에서만 힘을 쓴다면 그것은 사회의 뒤치다꺼리를 맡은 청소부에 불과하지 진정한 지도자가 아니다.

이제까지의 검사들이 그렇지 못했다면 지금부터는 할 수 있어야 한다.

검찰은 필요하면 어떤 사람도 피의자로 만들 수 있고 사람들의 모든 불쾌한 행동거지(行動擧止)에 대해 제재를 가할 수 있어야 한다.

그것이 검찰이 현대사회의 지도기관이 되고 검사가 모든 이들에게 경외 받는 길이다. 이것이 애실의 생각이었다.

만화를 살펴보니 검찰이 경찰의 상위기관이라고 착각하지 말라는 드라마의 그 충격적인 대사는 역시 원작만화에 그대로 있었다.

『저런 말도 안 되는 이야기가 퍼지도록 놔둘 수는 없어.』

애실은 돌아오면서 야훈성을 언젠가 손봐야 하리라 다짐했다. 그대로 놔두면 자기가 평생 종사할 검찰의 위상과 이미지에 문제가 생길 것 같았다.

이런 생각을 갖고 야훈성의 작품들을 관심 두고 지켜보던 중에 「제국신화」가 그녀의 눈에 들어온 것이었다. 그러니 음란 만화가 여럿이라도 특별히 야훈성만은 용서할 수 없음은 그녀도 인정하는 바이었다.

교통경찰이 위반차량을 단속했는데 「다른 사람은 놔주고 왜 나만 잡느냐?」고 항의하는 사람에게 교통경찰은 「당신은 낚시할 때 못(池) 안의 고기를 다 잡느냐?」고 물으며 일축한다는 이야기가 있다. 그러나 이 말은 어폐가 있다. 낚시꾼은 못 안의 고기가 무슨 잘못을 해서 못으로부터 쫓아내려고 낚시를 하는 것이 아니다. 단지 잡아먹을 필요에 의해서 가능한 만큼만 잡는 것이다. 만약에 못 안을 오염시키는 나쁜 어류가 있다면 그것을 잡아 없앨 임무를 띤 잠수부는 그것들을 모조리 잡아 없애야 마땅할 것이다.

검찰에게 피의자는 어떤가. 물론 사회를 오염시키는 범죄자를 잡는 일이니 가능하면 모조리 잡아야 할 것이다. 그러나 반드시 가능한 만큼 다 잡을 필요는 없다. 범죄의 처벌은 응징의 목적보다는 본보기를 보임으로써 잠재적 범죄자들이 범행을 못하도록 예방하는 목적이 있으니 일부에게만 응징이 가해져도 그 효과는 충분할 수 있다. 이럴 때 이미 같은 혐의가 발각된 피의자들이라도 검사의 마음대로 다르게 처리함으로써 피의자들 앞에서 더욱 권능자(權能者)로서의 위세를 가질 수 있는 것이다.

애실은 김사의 업무를 창조적이고 진취적으로 하고 싶어 했다. 남들이 정하는 기준에 따라 기계적으로 따라하는 것이 아니라 누구도 쉽사리 생각하지 못하는 일을 벌이고 그에 따른 명성을 얻을 수 있어야 최고의 수재인 그녀에게 합당하다고 여겨지는 것이었다. 지금은 그녀가 벌인 일의 처리가 시급하다. 하지만 이 모든 생각은 나중의 문제다.

「야단났네.여론이 이렇게 안 좋으니…」

모니터 앞에서 고민하던 애실은 한 게시물에서 눈이 반짝 뜨였다.

만화탄압 운운하시는 이들에게 한 마디 하고 싶은데요. 그건 마치 교통법규 위반하고 왜 나만 단속하느냐와 다를 바 없습니다.

범법은 그 자체로 처벌 대상이지 적발되지 않은 다른 사람과의 형평성을 논할 계제(階梯)가 아니라는 거죠. 물론 규정의 모호함, 단속의 일관성 등이 문제될 수 있겠지만 그렇다고 잘못을 저지른 개개인의 행위가 면죄되지는 않습니다. 그렇다면 앞으로 형평성을 위해 단속의 강도를 높이는 일만 남았겠네요.

양훈성씨를 소환한 여검사가 마치 만화에 대해 문외한인 것처럼 매도하던데 그녀는 나름대로 만화에 대한 지식이 있다더군요. 어쩌면 이 토론에 참가하는 누구보다도 만화에 대한 이해가 있을지 모르는 일 아닐까요? 잘못은 우리 개개인에게 있고 그런 것들이 개선되지 않는 한 아직 우리에겐 규제가 필요하지 않을까요?

「됐다. 바로 이 사람이다.」

애실은 곧바로 이 사람에게 전자우편을 보냈었다.

『제국신화의 음란성 수사를 위해 귀하의 의견을 존중하고자 하오니 서울지방검찰청 4444호로 연락해 주시기 바랍니다.』

다음날 점심때 컴퓨터통신망을 들어와 있었다.

『제 글에 관심을 주셔서 고맙습니다만 저는 아내와 아이들을 데리고 있는 몸입니다. 사회적으로 민감한 문제에 휘말리는 것은 저의 안정된 직장생활을 위해 도움이 안 될 것 같아 나설 입장이 아닙니다. 청소년 보호를 위해 애쓰시는 검사님의 노고에 감사드리옵니다.』

거절의 표시였다.

『에이... 하기야 이런 사람 더 있겠지.』

애실은 실망했지만 그와 같이 자기의 일을 지지해주는 사람이 더 있으리라는 기대를 가질 수 있었다.

다시 집에 와서 애실은 통신망 안의 다른 글들을 찾아보았다. 혹시 있을 협조자를 구하기 위해 컴퓨터통신 토론실 외에도 시사광장, 문학비평란 등 여러 곳을 살폈다. 그러던 애실의 시선은 어느 한 글에 집중되었다.

제목: 檢事가 읽을 冊이 없다

요즘 간행물 등에 대한 검찰의 「과잉단속」이 문제가 되고 있다.

검사는 두말할 것도 없이 냉철한 理性에 바탕을 둔 法理에 의해 모든 법집행을 해야 할 것이다.

그러나 검사도 인간으로서, 아무래도 개인적인 주변 환경의 영향을 받지 않을 수 없을 것이다.

그래서 작금의 검찰의 「과잉단속」의 원인중 하나로 검사게층이 갖는 문화적 소외감을 들고자 한다.

우리의 문학 등이 겉으로는 순문학이입네 본격문학이입네 하지만 사실상 거의가 하층민중을 위한 대중문학임을 부인할 수가 없다.

요는 『거사』 등이 대표적인, 우리사회에서 상당수준의 知的 능력은 있으나 문학에 대해서는 그다지 깊은 소양을 가지지 못한 계층이 알차게 읽고 즐길만한 문학이 거의 없다는 것이다.

『됐다. 바로 이 사람이야. 어쩜 우리의 입장을 이렇게 잘 알 수 있나.』

애실은 중얼거리고는 이 글 외에도 그의 아이디로 나온 글을 모두 찾아 갈무리해 두었다.

통신마을 나오고 난 뒤 애실은 그의 글을 하나하나 읽었다. 모두가 공감이 가고 애실이 하는 일에 좋은 명분을 제공해줄 것 같았다. 무엇보다도 그녀의 마음을 끄는 것은 그의 지성이었다. 글의 내용들은 최고의 수재로 자타가 공인하는 그녀로서도 읽으면서 전혀 맹숭맹숭한 느낌이 안 들었고 오히려 그 흐름을 따라가면서 요 근래 할 기회가 적었던 두뇌회전 운동을 할 수 있었다. 그것은 오랫동안 움직임 없이 갇혀 있던 사람이 모처럼 밖에 나와 맨손체조를 할 때 느끼는 것과 같은 신선함이었다.

애실은 잔자리에 들어서도 생각을 했다.

'과연 어떻게 생긴 사람일까?'

애실은 어느새 모르게 눈에 선 곳에 와 있었다. 자기 옷도 흰색 바탕에 분홍기가 있었지만 그 수놓은 무늬는 눈을 어지럽게 만드는 신비로움이 있었고 겹겹이 두른 옷자락 언저리마다 손톱만한 다이아몬드가 연이어 달려서 오색 찬란한 휘황찬란한 빛을 내고 있었다.

주위에는 자기를 시중드는 여자들이 많았다. 애실이 걸음을 앞으로 하니 그녀들은 앞길을 비키며 양옆으로 애실을 호위했다. 모두들 흰색 옷에 희미한 분홍색 꽃무늬가 있었고 바닥과 옆 건물도 대리석으로 치상된 듯 은은한 광택으로 깔려 있었다.

이곳은 아마도 궁전의 안뜰 같았다.

애실은 자신을 내려다 보았다. 자기 왼손에는 사기키만한 황금색 봉(棒)을 수직으로 쥐고 있었다. 그 맨 위 끝에는 주먹만한 다이아 몬드가 마치 회한 발광체처럼 그녀의 머리 옆에서 빛을 뿌리고 있었다.

자기 자신은 무척 아름답다. 자신은 어떤 부력에 의해 떠올라지고 있고 그만큼 신분이 고귀하다는 느낌이 몸 전체에 충만하였다.

그녀는 시녀들과 함께 앞이 탁 트인 광장으로 나왔다. 많은 사람들이 있었고 이 쪽 높은 계단 위의 옥좌에는 임금인 아버지가 딸인 그녀를 자애로운 눈길과 손짓으로 맞았다. 부왕의 모습은 구름 위의 옥황상제와도 같았다.

그녀가 앞에 넓게 펼쳐있는 계단을 조금 내려가니 군중과 신하들 앞에 미소녀의 티를 벗어나지 못한 한 남자가 서 있었다. 이국적인 옷차림에 귀한 풍모가 어느 나라의 왕자에 준하는 모습이었다.

『페르샤에서 왔답니다.』 한 신하가 애실에게 전했다.

애실은 위엄 있게 목소리를 가다듬어 말을 건넸다.

『불에 넣으면 차가워지고 물에 넣으면 뜨거워지는 것은 무엇이오?』

『사랑입니다.』 왕자는 대답했다.

『왜 그런가?』

『상대방이 뜨겁게 열정을 바치면 자신은 차가운 이성으로 대하게 되고 상대방이 냉정히 돌아서면 자신은 연모의 정에 달아오르게 됩니다.』

『으음, 그렇다면...』 애실은 입술을 깨물며 앞의 페르샤 왕자를 노려보더니,

『그대를 불태우는 얼음은?』

하고 더 한층 준엄한 목소리로 물었다.

왕자는 당황하였다. 한동안 사색(死色)이 되어 말을 못하다가

『그것도 사랑이 아닐까 합니다.』

하고 떨리는 목소리로 말했다.

애실은 속으로부터 느글느글 끓어오르는 화가 치밀어 올랐다.

『아니다. 틀렸다!』

애실은 옆에 서 있는 신하에게 손짓했다. 곧 신하는 부하병사를 시켜 왕자를 결박했다.

『대국(大國)의 신하가 하는 일이 고작 왕자들의 목이나 베는 일이라니...』

신하들은 한탄하고 있었다.

군중들로부터는 커다란 한숨이 일시에 일어났다.

『또 아까운 왕자 하나가 죽게 되는구나.』

『아아, 당당하게 칼을 받으러 가는 저 모습…. 정말 애처롭도다.』

수군수군, 웅성웅성… 군중은 동요했지만 애실의 눈길이 마주치는 곳은 즉시 잠잠했다.

바로 옆의 한 시녀가 소매로 얼굴을 가리며 흐느끼고 있었다. 다른 시녀들도 눈시울이 붉어져 있었다.

『이 앙큼한 것!』

애실은 항급몸을 들어, 흐느끼는 시녀를 힘껏 후려쳤다.

『같이 보내쉬라.』 애실은 가까이의 병사들에게 명했다.

병사들은 쓰러진 시녀를 부축하고 함께 사라졌다.

이 때 군중으로부터 비명소리와 같은 탄성이 터져 나왔다. 저쪽에서 벌써 왕자를 참수(斬首)하고 그 목을 높이 들고 있었다.

애실은 뒤로 물러서 올라가 부왕의 옥좌 바로 아래로 갔다.

『진정 용기 있는 남자는 이 세상에 없는가?』

그녀는 군중을 향하여 일갈(一喝)하고는 돌아서서 들어가려 했다.

이 때 성문 밖에 걸려있는 징이 크게 울렸다.

『공주마마, 청혼자가 또 있사옵니다.』

신하의 부름에 애실은 돌아서 내려왔다. 계단 아래에는 붉은 옷이 거무스레 보일 정도의 헙수룩한 옷차림에 수염도 조금 자라났지만 당당한 체구에 준수한 용모의 청년이 한 노인과 젊은 여인과 함께 서 있었다.

노인은 청년을 붙잡고 돌아가자고 말리고 있었고 여인은 돌아서 눈물을 닦고 있었다. 노인은 쇠약해 보였으나 젊을 땐 그 엄함이 남아 있었고 옷은 비록 해어졌으나 붉은 바탕에 금박이 수놓인 것이 본래 훌륭한 차림새였던 것 같았다. 여인은 소박한 흰 옷 차림에 수수한 용모로서 두 남자와는 신분이 다른 것 같았다.

『저자는 어디서 왔는고?』 애실은 엄숙한 목소리로 물었다.

『타타르의 강명왕족이라 합니다.』 신하는 대답하였다.

『가까이 오라 이르라.』

애실의 명에 따라 신하는 그를 불러 계단을 올라오도록 했다.

다시 노인과 여인은 청년을 말렸으나 청년은 굳은 표정으로 그들의 손길을 뿌리치고 계단을 올라왔다. 노인은 안타까운 듯 헛손질만 하고 있었고 여인은 그대로 엎드려 통곡했다.

가까이 보니 눈빛이 번뜩이는 것이 비록 맹꽁이라지만 과연 왕자다운 위엄을 갖추고 있었다.

『밤이 되면 사람들의 마음속에 다가와 의젓한 모습으로 자리잡다가 아침이 되면 스러져 사라지고 마는 것은?』

『그것은 희망이오.』

애실은 긴장했다. 먼저 한 문제가 넘어갔으므로 이번에는 첫 문제로 한층 어려운 문제를 냈는데 낯선 이는 단번에 풀고 만 것이었다.

『그대를 불태우는 얼음은?』 다시 애실은 엄숙히 물었다.

『그것은...』 왕자는 잠시 몸을 추스르다가

『바로 투란도트 공주 당신이오!』 했다.

공주 즉 애실은 얼굴이 화끈 달아오름을 느꼈다. 마치 자기의 숨겨온 비밀이라도 밝혀진 양 당황했다. 그러나 다시 마음을 가다듬고 곧 이은 반격 즉 세 번째 문제를 냈다.

『어둠이 곧 밝음이고 밝음이 곧 어둠인 것은?』

『그것은 남녀가 교합하여 그 극치에 오를 때 상하좌우의 구분이 없어지는 상태를 말하는 것이오.』

애실은 다시 듣기로 가슴팍을 맞은 듯 충격을 받았다. 어떻게 이리도 대담하게 자기 속마음을 꿰뚫어 볼 수 있단 말인가. 그녀가 낸 수수께끼는 상식의 논리로서 풀 수 있는 것도 아니었고 바로 그녀의 속마음을 알아내는 독심술(讀心術)의 시험이나 마찬가지였던 것이다.

이제까지 어느 남자도 오르지 못한 그녀의 위치이며 어느 남자도 건드리지 못한 그녀의 마음이었다. 여자로서는 그리던 남자를 비로소 만난 것이지만 그보다 앞서 공주로서의 자존심이 상하게 된 것이었다.

『이제 혼인의 예를 준비할 것이니라.』

단상에 높이 앉은 부왕의 목소리가 울렸다.

『아바마마, 소녀(小女)는 저자와의 혼인을 거부하옵니다.』 애실은 부왕에게 호소했다.

『공주를 위해 목숨을 걸었는데 저럴 수가...』

군중은 술렁댔다.

『약속은 신성한 것!』

부왕은 단호히 말하고는

『해가 뜨면 그대를 짐의 아들로 삼겠노라.』

선언하고는 퇴장했다.

왕자는 단(壇)으로 걸어 올라와

『진정한 사랑의 마음이 없는 약속만에 의한 결혼은 나도 하고 싶지 않소. 공주, 그대가 나를 증오하고 멀리하고 싶다면 오늘밤이 새기 전에 나의 이름을 맞추시오. 그러면 나는 그대를 포기하리다.』 하고 공주와 군중을 번갈아 돌아보며 큰 소리로 말했다.

공주에게 청혼하다 포기하면 그것으로 끝나는 것이 아니다. 당연히 먼저 수수께끼를 못 푼 청혼자들처럼 참수되어야 한다. 공주로서는 자기에게 마음을 품었던 남자가 이 세상에 살아 있어서 훗날 다른 여자아 사랑을 한다는 것은 용납 못할 일이기 때문이었다.

『저자의 이름을 알아내라!』

북경(北京) 시내 전역에 오늘은 아무도 잠잘 수 없다는 공주의 명령이 떨어졌다. 모든 신하와 병사들이 왕자의 이름을 알아내기 위해 동원되었다. 그가 누구와 함께 그를 아는 자는 있는가? 모여 있는 군중 사이를 헤집고 다녔다. 그러나 함께 있었던 노인과 여자는 이미 군중 속에 섞여 보이지 않았다.

시간이 지났다. 그러나 새벽이 되기까지 아직은 세 시간을 넘어 기다려야 한다.

『그 왕자의 이름을 알고 있어요!』

젊은 여자의 외치는 목소리에 모두가 그 쪽을 돌아보았다. 바로 그 왕자와 함께 있었던 힌옷차림의 여자였다.

『맞다. 그 여자다!』

몇몇 신하들도 알아보았다. 가냘픈 여자의 용모는 미색이라곤 찾아볼 수 없었으나 순결한 처녀의 면모를 풍기고 있었다.

「너는 모른다! 어서 가라!」 왕자는 소리쳤다.

여자는

「하지만 그것은 저만의 기쁜 비밀이에요.」 하고는 더 이상 아무 말을 않았다.

「어서 밝혀라.」 공주는 다그쳤다.

여자는 여전히 아무 대꾸도 하지 않았다.

「저년이 장난하는 것 아닌가?」

「아닙니다. 저 여자는 왕자와 함께 있었습니다. 그의 이름을 분명 알고 있을 것입니다.」 애실의 물음에 신하가 대답했다.

「그렇다면 끌어다 문초(問招)하라!」

병사 두 명이 여자를 연행하러 다가갔다.

여자는 앞에 다가온 병사의 칼을 갑자기 빼앗고는

「그이를 위하여 간직해왔던 사랑을 공주님께 바치옵니다!」 하며 칼로 자신의 가슴을 찌르고 쓰러졌다.

「아아, 이럴 수가…」

많은 사람들이 감동에 흐느끼고 있었다.

그러는 사이 저 멀리 동편 하늘이 자줏빛을 띄어가고 있었다.

「공주! 인간이 되시오!」

왕자는 애실을 꾸짖고는

「나는 티무르의 아들 칼라프요!」 하고 스스로 이름을 밝혔다.

이제 애실은 왕자의 이름을 알아낸 것이나 마찬가지다. 비록 수수께끼를 풀었지만 그녀가 마음으로부터 왕자와 결혼할 생각이 나지 않으면 자기 뜻에 따라 왕자를 죽일 수도 있다.

날이 밝아지면서 부왕이 다시 단상에 나타났다. 이제 결과는 더 이상 늦출 수 없었다.

한동안 굳은 표정으로 있던 애실은,

「부왕 폐하!」

뒤돌아 부왕을 향해 계단을 올라가며 소리쳤다.

「그의 이름을 알아냈습니다!」

군중은 그녀의 술렁임에 싸였다.
「그의 이름은…. 사랑입니다.」
군중의 음성은 하늘을 찔렀다.
궐 앞 광장을 감싸는 우렁찬 화음이 울려 퍼지며 애실은 군중의 환호 속에 자기 몸이 떠올라지는 극도의 황홀감을 느꼈다.
이윽고 쭈이는 희미해지고 함성도 잠잠해지며 애실을 둘러싸고 있는 모든 느낌은 조화로움 속에 일체가 되고 있었다.

3. 부마(駙馬)감을 찾아라

「이 사람을 수배해 봐요.」
다음날 아침 출근한 애실은 부하 송계장에게 어제 미리 적어 놓은 메모지를 건넸다.
애실이 지목한 사람은 당시의 사회문화코드였던 이른바 컴퓨터통신작가의 한사람인 김순하라는 사람이었다.

「내 글이 문제가 있나?」

김순하는 김포청에서 전화를 부탁한다는 이메일을 받고 요즘 작가들이 종종 검찰에 음란혐의로 불려간다는 것을 늘었기에 긴장하며 전화를 걸었다.

「검사님 바꿔 드리겠습니다.」

딱딱하고 거친 남자의 목소리가 나올 것을 예상하고 있었으나

「안녕하세요, 저는 황애실 검사라고 하는데요.」

수화기에서는 앳된 여자의 목소리가 들려왔다.

「예?」 김순하는 자기도 모르게 웃음이 나왔다.

「왜 웃으세요? 저 아세요?」

「아녜요. 그냥….」

기실 그는 예상외의 여자목소리에 웃음이 난 것이었다. 순간적으로 마치 어린이가 위엄 있는 어른의 흉내를 내는 우스운 것처럼 어린 아가씨가 바로 그, 말만 들어도 긴장을 주는 검사의 역할을

하는 것이 우습게 느껴진 것이었다. 하지만 그 말을 할 수는 없었다.

『컴퓨터 통신에 양훈성 관련 비판 글 올리셨지요?』

김순하는 일전에 통신상에 양훈성 소환사건의 논란이 벌어졌을 때 양훈성의 - 제국신화 - 가 자신의 작품 - 천녀외전(天女外傳) 과 유사점이 많다는 글을 올리고, 표절이 아니라도 최소한 독창적인 예술품은 아니라는 견해를 밝힌 바 있었다.

김순하가 그의 글을 더 검색하다가 마침내 직접 양훈성과 관련된 글을 찾아낸 것이었다. 그것은 무명소설가 유명 만화가 양훈성을 찾아가 자신의 작품을 만화로 각색할 것을 제안한 적이 있었는데, 그것이 거절된 후 양훈성이 펴낸 만화 - 제국신화 - 가 김순하가 양훈성에게 만화제작 검토를 위해 주었던 - 천녀외전 - 과 비슷하다는 것이었다.

『예, 그런데요.』

『지금 여론이 안 좋잖아요? 창작인으로서의 냉철한 비판이 필요해요.. - 제국신화 - 가 예술작품이 아니라는 것을 밝혀야 해요.』

『한번 만나볼까요?』

『예, 내일 오세요.』

애실은 곧 답했다.

김순하는 경우야 어떻든 먼저 자신을 알아보고 연락을 한 여자를 만나보고 싶은 생각이 들었다. 물론 웬만한 여자도 아니고 여검사라는 것이 더 호기심을 자극했다.

한국의 젊은이들에게서 법조인 특히 검사라면 무엇인가.

김순하는 자신을 돌아보았다. 어릴 때 공부 잘 한다 소리 들어본 적 있는 사람 치고 고시공부해서 판검사 되라는 말 안 들어본 사람이 있을까. 그 자신도 중고등학교 때 집안에서 검사를 하라고 성화였다. 하지만 도무지 죄인을 다루며 사회의 온갖 흉한 꼴만 보고 사는 일에는 마음이 내키지 않아 포기했었다. 그 때문에 집안 어른들에게 실망도 주었고 핀잔을 받기도 했었다.

그 후 아이티산업으로 직장생활을 했지만, 이 일은 경영자로 나서지 않는 한 사회적 영향력이 미미한 소시민에 그치는 것 같아 위축감을 가지고 있었다. 역시 세상일에 공짜는 없었다. 판검사도 세상의 흉한 꼴만 보고 사니 싫고 의사는 병지만 다루니 싫고... 그래서 가장 깨끗할 것 같았던 기술 분야를 택했더니 그만큼 당장 사람들에게서 절박한 문제를 다루지 않기 때문에 상대적으로 대접을 받지 못하는 것이었다. 자기 먹고 살 수만 있다면 무슨 상관이냐고 하겠지만 집안과 주위의 평판 그리고 나이를 먹어 갈수록 느껴지는 사회에서의 소외감을 생각하면 명예란 것은 결코 무시할 수 없는 것이 었다. 가끔 순하는 그 때 검사가 되려하지 않은 것을 후회했지만 다시 생각하면 아무래도 자기는 그런 쪽에는 맞지 않는 것 같았다. 세상일은 불공평한 것 같지만 어느 정도 공평하기도 하다. 험한 것을 피하는 유약한 사고방식으로는 남들에게 존중받는 위치에 있다는 언기 어려웠다. 몇 년 전까지는 큰 직장에 있다가, 능력은 충분히 있었으나 사내 여성관계문제로 사직하고는 지금은 프리랜서로 있으면서 컴퓨터통신을 통해 작가활동을 시작하고 있었었다. 그런 중에 컴퓨터통신 망에 쓴 글이 황검사의 눈에 들어온 것이었다.

김순하가 찾아가 만난 황애실 검사는 작지만 단단해 보이는 체격에다 깜찍한 얼굴에 눈동자가 총명한 여자였다.

『어디... 앉으세요.』

애실도 순하의 선해 보이면서도 지적인 인상이 마음에 들었다. 앉으라고 했지만 바로 앞에는 마땅한 자리가 없었다. 피의자 심문용으로 쓰이는 노란 철제 의자 두개만 애실의 중후한 갈색 책상 앞에 있을 뿐이었다.

『그냥 여기 앉죠.』

김순하는 힘새 의자를 애실의 책상 가까이 당겨 앉았다. 순박한 큰 눈과 반듯하면서도 모나지 않게 마름 지어 코 그리고 다물 때의 감촉이 보드라울 듯한 도톰한 입술이 애실의 눈에 들어왔다. 애실은 자신이 검토한 『제국신화』 다섯 권을 그에게 주었다.

『이것을 좀 검토해봐 주세요. 음란물일 뿐 예술작품은 될 수 없다는 것을 한 번 써서 제출해보세요.』

김순하는 애실이 말할 때 드러난 앞니에 있는 보철기를 보았다. 애실은 그의 눈길이 미치자 멋쩍은 나머지 손으로 가리려 했으나 이미 보여진 것이었다. 처음 만나는 사람 앞에서 그런 모습을 보이기가 애실은 쑥스러웠다.

그러나 정작 순하의 해석은 다른 것이었다. 보철을 하려면 학생 때라면 시간여유가 더 있었을 것이다. 그런데 이 사람은 학생 때에는 보철을 할 돈이 없어서 지금에야 했다는 증거가 된다. 황애실이 거리감을 가지지 않아도 좋을 집안의 출신이리라는 것이 김순하로 하여금 그녀와 가까워지고 싶은 마음을 갖게 했다.

『유해성 검토는 일반인의 관점을 기준으로 해야 하거든요. 검찰도 일반인이죠. 그런데 그쪽에서 자꾸 예술도 모르는 무식한 사람들의 잣대라고 하니까 예술에 조예가 있는 분의 관점에서도 분석한 자료가 우리 쪽에 필요해요.』

『예술의 관점으로 분석한 게 법적으로 효력이 있을까요?』

『그 사람들 저번에 음란출판물 문제 공청회에서 말하기를 문제가 있으면 법적으로 해결하지 자꾸 사회적 문제를 일으키느냐고 했거든요. 그러니 당연히 법적으로 조치해야죠. 어휴! 그 사람들 생각하는 게 한심하더라고요.』

애실의 자신만만한 말투였다. 순하는 자기도 문화계 주도층이 마음에 안 들었지만 문화계 전체를 내리깔아 보는 듯한 그녀의 말투가 기분 좋게 받아들여지지는 않았다. 젊다 못해 어린 그녀가 너무 큰 사회적 물의를 일으키는 사건을 맡고 있는 것에 대한 걱정스러움도 생겨났다.

이 때 송계장이 보고사항을 듣고 왔다.

『테이블에서 보고 있을게요.』

순하는 측면에 있는 사각 테이블 쪽으로 가서 벽을 등지고 앉았다. 만화의 장면들을 들춰보면서 틈틈이 검사실의 광경을 보았다.

황검사는 무언가 다른 일로 바삐 왔다 갔다 했다. 자리를 오가는 황검사는 착 붙은 바지를 입고 있었는데 하체의 곡면은 풍만함은 아니지만 정교하게 빚어진 아담함을 보여줬다. 그녀는 여자로서도 상당한 매력으로 다가오고 있었다.

만화를 훑어보던 그는 애실의 앞으로 가서

『대충 봐도 제가 쓴 글과 비슷한 게 있는데요. 음란부분에 대한 건 더 생각해봐야겠어요.』 했다.

『이 만화가 예술작품이 아니라는 것에 중점을 두고 보아주세요. 음란성은 일반인의 관점에서도 충분하니까 예술전문인의 관점에서 본 걸로요.』

『예, 이 만화를 예술작품으로 볼 수 없음을 의견서로 쓰도록 하지요.』

『아니, 지금 여기서 더 봐야 해요. 나중에 댁으로 보내드릴게요. 그럼 빌려갈까요?』

다음날 저녁 순하가 다른 일로 외출해 있을 동안 검찰청의 운전기사가 그의 집으로 「제국신화」 다섯 권을 보내줬다. 무슨 일이냐는 어머니의 걱정스런 물음에 순하는 검찰 쪽이 내 편이니 걱정마시라고 했다.

순하는 집에서 만화책을 더 검토한 후 전화했다.

『이 만화가 예술성이나 작품성이 없다는 것은 충분히 정리해 놨는데요. 이런 걸 가지고 사회적 문제가 될 수 있을까요? 이 작품을 확실히 문제시하려면 다른 명분이 더 있어야 할 것 같은데요.』

『뭐가 있을까요?』

애실은 즐겁게 웃는 목소리로 순하에게 직접 자문을 구했다.

『예, 생각해 볼게요.』

사회적 피장이 큰 일을 맡은 사람이 단도직입적으로 자기에게 어떻게 해야 할 것을 묻고 있으니 순하는 당혹스럽기도 했다. 갑자기 자기 자신에게 큰 권력이 주어진 듯했다. 따지고 보면 자신은 회사조직 같은 데 있다면 이미 과장 내지는 차장급 간부가 되었을 연륜인 반면 황검사는 이제 군대를 마치고 새로 입사한 사회초년생의 정도밖에 안 된다. 사회적인 겉껍데기를 제시한다면 황검사가 자기에게 일을 상의하는 것은 당연하다.

순하는 이 일의 정당성은 차치하고 어떻게 하면 애실의 입장에 도움을 줄 수 있을까를 생각했다. 그녀는 자기의 젊은 나이에 버거운 중요한 판단과 결정을 해야만 한다. 그녀가 자기의 업무사항을 그대로 묻는다는 것이 그 사실을 뒷받침했다.

자기는 임개 신인 통신작가로 무명이지만 그래도 문화계의 한 사람인데 검찰의 이른바 문화탄압에 동조하는 배신자가 되지 않을까 염려도 되었다. 그러나 양훈성의 스포츠만화에도 사랑하는 여자를 위해 자기 팀을 배반하는 주인공 이야기가 있다. 마음을 둔 여자를 향한 애틋한 마음에서 우러나온 행위는 누구도 욕할 수 없다.

순하는 「세기신화」에 대한 검토보고서에 덧붙여 자기 스스로의 의견서를 작성했다. 이전부터 그가 생각해왔던 우리 사회문화풍조의 문제와 그 사회적 대책의 건의를 적어 두었다.

집단성행위의 묘사를 예술표현의 자유라고 하지만 그것은 진정 깊이 있는 예술을 향유할 수 있는 계층에 한정할 때 적용될 수 있는 것입니다. 일반 대중을 위한 출판물의 경우에는 예술에 대한 하등의 조예가 있지 않은 일반인의 관점에서 봐야 합니다.
사진예술, 행위예술, 전위(前衛)미술 등에는 일반인이 언뜻 보기에는 혐오스럽고 음란한 장면이나 행위가 있기도 합니다. 그러나 그들은 그 예술행위를 비교적 소수의 예술애호가와 비평가 앞에 공개할 뿐입니다. 문제는 선정적이며 자극적인 묘사를 일반이 쉽게 읽을 수 있도록 내놓아 널리 팔아 돈을 벌겠다는 데에 있었습니다. 대중을 위한 작품이 일반에게 미치는 영향의 평가는 일반인들이 할 것이지 반드시 작품 속의 오묘한 풍자를 분석해 낼 능력이 있는 예술인들만 할 것은 아닙니다.
...

다시 만난 자리에서 애실에게 의견서를 주었다.

『맞아요. 법에서도 얼마나 많이 전파되는가에 따라서 책임을 다르게 하고 있어요. 그들은 대중문화가 정말로 건전해야 하는 것인데...』 애실은 의견서를 보고는 말했다.

문화는 격이 낮은 것이니까 음란하고 선정적이라도 괜찮은 것으로 착각하고 있더라고요. 대중문화가 정말로 건전해야 하는 것인데...

순하는 자기의 생각을 잘 알아주는 애실에게 호감을 더했다.

사무실의 퇴근시간이 되었다. 먼저 여자 사무직원이 퇴근했다.

『계장님도 퇴근하세요.』

애실은 책상 위에서 멍하니 볼펜만 돌리고 있는 송계장에게 말했다.

『일이 좀 있을 것 같은데요.』

송계장은 자리를 뜨지 않으려 했다. 자기가 모시는 여검사를 잘 모르는 외부인 남자와 단둘이 남아있게 하는 것이 못미더운 것 같았다.

『시간 됐잖아요. 단전호흡하러 가세요.』

애실은 직원모임까지 말하며 송계장에게 퇴그늘을 종용했다.

『아, 그게 있었지요. 그럼 먼저 나가겠습니다.』

애실이 강권하니 송계장도 나가고 집무실에는 두 사람만 남게 되었다.

『힘들지 않으세요?...』

「이대로 그냥 나가도 괜찮아요?...」
「퇴근하면 미워하는 사람 많지 않아요?...」

순하는 눈밑이 남은 시간을 이용하여 애실에게 하다 보면 자연히 여러 사람들한테 원망도 받게 되는데 연약한 여자의 몸으로 혼자 귀가하는 것이 걱정스러워 보였다.

그 질문들은 어찌 보면 유치한 것들이었지만 순하에게는 이미 성인들 사회의 시스템을 벗어난 관계로 애실이 인식되고 있었기에 자연스럽게 흘러나올 수 있었다.

「괜찮아요.」 애실은 웃으며 답했다. 두 사람 사이의 눈길은 이성(異性)을 의식하는 그윽함이 깃들였다.

「다음 주에는 휴가 가시겠네요?」 때가 칠월 중순이라서 순하는 다시 물었다.

「휴가를 언제 갈 수 있을 지요. 후우-.」 애실은 대답대신 한숨을 내쉬었다. 자기에게 부과된 큰 짐을 버거워하는 듯한 그녀는 오히려 황검사는 애처로워 보였다.

「사명감을 가지셔야 해요. 검사라면 사회의 그릇된 것을 바로잡고 억울한 사람을 구해주어야 하잖아요? 어찌 보면 저도 그런 사람일지 몰라요. 이 사회를 살아오면서, 저급한 문화가 지배하는 풍조 때문에 내가 가진 지성적 능력을 무시당하면서 살아왔어요. 그건 비유하자면 검사님 방안의 계장님과 직원, 검사님 말을 무시하는 경우나 마찬가지예요.」

순하는 자기의 사회적 문제의식을 말하는 것 같이 말했지만 실상은 자신의 지극히 내면적인 회한을 말하는 것이었다. 그것은 상대가 여성이었기에 할 수 있는 감성 어린 대화였다.

이후에도 순하는 계속해서 자료와 의견서를 작성하여 애실을 만났다.

「어서 오세요.」

애실은 이번에는 순하를 옆의 접견용 소파로 인도했다. 예상치 않은 친절에 얼떨떨했다. 순하는 칸막이 너머의 그 자리를 이제까지 의식하지도 않았다. 짙은 청색 싱글 정장 스커트 아래 가지런히 모은 두 다리를 감싼 흰 스타킹의 빛나는 올이 보였다. 정강이의 직선과 종아리의 곡선이 만드는 조화는 그녀의 환한 얼굴과 함께 정숙한 여인의 인상을 주었다.

『김순하씨. 어제 우리 청(廳)에 크은 일이 생겼었거든요. 그래서 지금 참 정신이 없어요. 그래서 오늘은 그냥 자료만 주시고 가세요. 네?』

애실은 총명한 눈을 깜빡이며 웃는 낯으로 말했다. 그것은 암시하는 바가 있었다. 순하는 애실의 태도에도 예사롭지 않은 면이 있음을 비로소 확신했다. 그녀에 대한 애정은 속도가 더해졌다.

이제 여검사가 친교의 대상이 되었으니 집안에서 그토록 대단하게 보았던 법조인들과도 동등한 대열에 끼이게 되었다. 순하는 이제 그동안 집안에서 맺혔던 한을 풀어줄 수 있다는 뿌듯함이 가졌다.

이후 그의 마음은, 어디 그러한 일을 위해 선물할 정보가 없나 찾아보려는 생각에 사로잡혀 있었다. 방송이나 언론에서 관련된 이야기가 나오면 꼭꼭 애실에게 전화해서 알려주었다. 그렇게 달이 두 번 바뀌었다.

『양훈성 쪽에서 월간고려에 연속기고문을 냈던데요. 교수들을 동원해서 여론몰이 방어를 하려는 의도 같아요.』 순하의 전화에

『지금은 담당검사님이 바뀌었어요. 그분 집무실로 연락하세요.』 애실은 사무적으로 답했다.

『그러면 그만둘까요? 전 황검사님한테 개인적으로 전하는 것일 뿐이니까요. 굳이 이 일에 끼어들고 싶지는 않아요.』

『그러면 제게 자료를 보내주세요.』

『그런데 저도 더 이상 사람들이 문화탄압이라고 하는 일에 협조하는 듯이 보이기는 싫거든요. 그러니까 한 번 밖에서 만나서 개인적으로 드리는 것이 어떨까요?』

『팩스로 보내주세요.』

『아녜요. 밖에서 만나요.』

『그럴 필요가 있나요? 저는 업무적인 것 말고는 밖에서 사람을 만나지 않아요.』

순하와 애실은 승강이하며 통화를 계속했다. 순하는 마침내

『그러면 그런 잡지가 있다는 걸 제보해 드렸으니까 그것으로 만족하고 이만 마칠게요.』 하고 더 이상 어떤 협조적 행위를 하지 않겠다는 뜻을 비쳤다.

『아녜요. 의견서까지 제출해 주세요.』

예상 밖으로 애실은 간절히 요구하며 전화를 끊지 않는 것이었다.

「정 그러면 작성해 드릴게요.」

「팩스로 보내주세요.」 다시 그녀는 단지 자료가 필요하다는 식으로 말했다.

순하는 일을 도와주면서 그녀를 만나지도 못하는, 그런 손해 보는 일은 하고 싶지 않았다. 애실과의 만남이 아니라면 구태여 일방적인 봉사를, 더구나 문화계 전반에서 눈치 보이는 일을 할 이유가 없었다.

「그냥 가져다 드릴게요.」

「그럼 가지고 오세요.」

결국 애실 만나기로 동의했다. 비록 사무실에서였지만 애실을 다시 한 번 만날 기회가 생긴다는 것에 순하는 잡지에 나오는 글의 문제점을 최대한 애실 측의 입장에서 보는 의견서를 썼다.

「학계의 권위를 빌어 문화사적 정당성을 취하려는 의도로 보임……」

의견서를 갖다 주기 위해 온 순하는 복도에서 애실을 마주쳤다. 그녀는 순하를 먼저 보고 인사했다. 애실은 짙은 갈색의 싱글 정장이었다. 하의는 바지였는데 허벅지를 감싼 모직물에는 제법 팽팽한 긴장이 흐르고 있었다. 복도의 어둔 조명 아래서도 그녀의 얼굴은 반짝이는 눈동자와 더불어 환한 광택을 냈다. 옷 전체에도 덩달아 윤기가 흐르고 있었다.

「예 안녕하세요.」 순하는 무언가 말을 꺼내고 싶었지만 얼른 나오지 않았다.

「안녕하세요!」

순하는 애실의 방으로 들어가 기다렸다. 애실이 들어와서 자리에 앉았다. 넓은 갈색의 목제 책상을 앞에 두고 중후한 검은색 회전의자에 앉은 앳된 숙녀의 모습은 귀엽고 깜찍하며 앙증스럽기까지 했다.

애실은 순하가 건네 준 잡지와 의견서를 잠시 유심히 바라보고는

「그런데요. 지금은 다른데서 맡고 있어요.」

시간도 안 나니 잡지를 들은 채 자리에서 일어섰다. 순하도 따라 일어섰다. 애실은 그 책을 새 담당검사에게 갖다 줄 모양이었다.

그녀는 먼지처럼 업무를 위해 중요한 참고인을 대하던 태도와는 달랐다. 가볍게 시치미 떼는 듯

이대하고 있었었다. 복도에서 애실은 다시 깜찍하게 웃으며 인사했다. 순하는 마지막으로 더 말을 하고 싶었지만 마땅히 할 말이 없었었다.

계절은 가을이 되었다. 사람들은 그동안 일정을 바쳤던 자기의 일들을 돌아보고서 차분히 마음을 가라앉히며 새로운 방향을 찾아볼 시기가 되었다. 김순하는 더 이상 애실에게 만나자고 할 구실을 만들 수가 없었다. 전화를 하면 송계장은 애실이 자리에 없다고만 했다.

그러나 이제 비로소 시동이 걸린 애정 행로를 갑자기 멈출 수는 없었다.
「그래, 여태까지 충분히 서로 만나보기는 했으니 이젠 차분하게 마음을 전달할 시기를 갖는 것이 좋을 거야.」

순하는 저녁마다 편지를 써서 다음날 아침에 부쳤다.

「애실님께, 함께 삶을 개척하는 사이가 되기를 제안합니다. 세속적인 기준으로 보면 나이도 많고 그에 걸맞은 부와 명성도 가지지 못한 자로서 참으로 염치없는 것이 되겠지요. 하지만 애실님도 어떤 사람의 아내가 된다는 것보다는 자기 인생의 큰 꿈과 목표를 이루는 것을 더 중요하게 보시는 분이겠지요. 저와 함께함으로써, 저가 짧지 않은 세월 동안 갖은 후줄를 겪어 오며 쌓아올린 삶의 지혜를, 동등한 위치에서 자신의 것으로 할 수 있는 위치를 가지심은 애실님의 훌륭한 성취를 위해 보탬이 될 수 있을 거예요.」

「그러면, 저가 모든 것을 바치겠다는 것 대신에 님으로부터 받고자 하는 것은 무엇일까요? 그 때 마주앉아 보이던 애실님의 찰기 있는 도톰스런 입술, 가슴 한 중앙 오목 패인 따스한 골짜기... 그리고 오가던 님에게서 흘긋 보였던 엉덩이의 윤곽선의 아름다움... 그런 것들이 저로 하여금 애실님을 저의 사랑으로 원하도록 하는 것이 아니겠어요?」

계절은 겨울로 넘어갔다. 사람들은 당장의 활동적인 행위보다는 마음속에 따스하게 웅크린 희망을 더 즐기고 싶어 했다.

『님에게 마음을 전하는 이 일이 앞으로 언제까지 지속될지는 모르지만 지금 나는 님에게 드릴 편지를 부치러 눈 쌓인 밤길을 걷는 것으로 더 바랄 것 없는 행복을 느낀답니다. 우체통 속에 편지가 떨어지는 소리를 듣고 돌아오는 길은 오늘도 내가 해야 할 큰 일을 성취하고 왔다는 뿌듯함으로 차 있답니다.』

봄이 되이 사람들의 마음이 새로운 결심으로 가득할 시기에도 애정행로는 그대로 이어졌다.

『요즘 일이 많아서 연락을 자주 못 드리지만 항상 愛實씨를 생각하고 있어요. 사랑해요.』

『愛實님이 훗날 퇴직하신 후에는 자아실현을 위해서 하고 싶으신 일 무엇이든지 하실 수 있도록 하고 번호사 일은 안 해도 좋도록 해드리겠다는 것이 저의 마음입니다. 당분간은 저를 위해 밥해주시는 것도 좋지요.』

김순하의 모든 편지는 애실에 의해 모아졌다. 그리고 그것은 이십년 후 고스란히 황애실 검사의 책상위에 놓여 있던 수사기록에 보존되어 있는 것이었다.

4 · 여성정치가 성정아

『수사기록에 웬 연애편지들이 이렇게 많아?……』

유진은 혀를 찼다. 황애실은 김순하가 자기에게 구애했다는 증거를 마치 혐의를 부인하는 피의자의 범죄를 증명하려 하는 것처럼 철저히 모아서 수사 자료로 제출하고 있었다. 만약 김순하가 사건의 다음 시점으로 가자 유진은 한 눈에 익은 이름을 보았다.

『성정아라니? 그럼 바로 지금 노동사회당 대표……』

여성으로서 40대에 차기집권이 유력시되는 제일야당의 대표에 거명되고 있었다. 유진은 동명이인일까 잠시 의심도 했지만 기록된 생년과, 작가라는 직업이 정확히 일치하고 있었다.

그리고 비중 있게 다루어지는 않았지만 오영자라는 이름도 있었다.
그녀의 한마디에 진행 중인 방송의 배우도 도중하차 할 수 있는 절대권력의 극작가.
그녀의 이름만 걸리면 높은 시청률이 보장되기에 연출가와 배우 모두 그녀의 승인 하에 기용되어 오영자 사단으로 불리는 최고의 문화권력자였다. 그녀도 극작가라는 그때부터의 직업이 일치하고 있어서 동일인임을 의심할 나위가 없었다.
성정아와 김순하의 통신대화 내용이 수사기록에 시시콜콜히 나와 있는 것도 황애실이 받은 연애편지가 다량 첨부된 것 못지않게 별난 것이었나. 기록문서 전반을 읽어 보면 마치 황애실과 성정아 둘 중에 누가 더 김순하와 가깝게 사귀었나를 판결하기 위한 자료 같았다.
유진은 성정아가 대학을 다니면서 처음 작가로 데뷔했던 때의 시대상을 자기가 듣고 배운 지식을 동원해 그려보면서 기록을 읽어 갔다.

『참, 내 신문이니 방송이니 컴퓨터통신이니... 하여튼 어디서나 글 쓴다는 자들이 가장 많이 하는 얘기가 뭔 줄 알아?』
『뭔데? 몰라서 묻는 건 아니겠지? 네기 모르는 걸 내가 알리는 없을 테니까.』
1995년 초 어느 대학 식당에서 한 여학생과 이야기를 나누고 있었다. 뚱뚱한 여학생은 성정아라는 작가인데 오년하고 한 학기 더 다니는 중이었다. 바른 여학생은 학교를 이년 늦게 들어왔기 친구로 지내는 사이였다.
『뭐 이런 거지. 글은 관념적이지 않고 사람들에게 쉽게 다가가야... 어쩌구 하고 또 뭐시깽이더라? 이런 소리도 하지. 문학은 겸허한 마음으로 대중에게 다가가야 한다고... 대체로 이런 조의 말들이야.』
『맞는 말이네 뭐.』
『그래? 하기야 밥은 먹을 수 있어야 한다는 말이나 마찬가지시. 그런데 난 이런 말들을 써놓은 걸 보면서 한 번 물어보고 싶어. 그렇게 어려운 글들이 우리나라에서 판 친 적이 언제 있기나 했었냐구. 문학이야말로 허약한 감상(感傷)이 삶의 허울을 쓰고 가장 손쉽게 도피해 들어가던 피난처가 아니었냐 말야. 사실 제대로 난해한 소설 같은 거라도 1920년대부터 1990년대까지 쏟아져 나온 그 수많은 출판물 중에서 도대체 몇 종이나 있기라도 했었냐?』

『그렇긴 한데... 그럼 난해해서 뭘 한다는 얘기니?』

『누가 뭐 일부러 난해하자는 거니? 단지 난 삶의 무게를 지탱해내지 못하는 자기 관념의 무게를 지탱해낼 수 있을 리는 만무라고 생각해.』

『넌 삶의 무게를 얼마나 감당해낼 자신이 있니?』

마른 여학생 연희는 직장생활을 하다가 학교에 들어온 만큼, 유복한 환경에서 자란 정아보다는 인생의 곡절을 겪었다고 자부하는 편이었다. 그런데 걱정 없이 지내오는 아이일줄 알았던 정아가 새삼스레 삶의 무게 운운하는 게 의외였던 것이었다.

『난... 뭐라고 할까... 그냥 밀턴의 실락원에 나오는 악마도 되고 싶어.』

정아는 한마디 알쏭달쏭한 비유로 답했다.

『그래 이만 가자.』

연희는 그런 얘기는 더 못 감당하겠다는 듯 일어섰다. 정아도 웃으며 따라 일어섰다.

둘은 학교 앞에서 버스를 탔다.

때마침 버스 안에서는 오래된 옛 노래가 흘러나오고 있었다. 다방에서 커피를 시켜놓고 애인을 기다리는데 올 사람이 안 와서 이만 가려 한다는 가사였다.

연희는 듣다가 깜짝 놀란 듯 말했다.

『야, 저거 가사가 무섭구만. 8분이 가고 9분이 가고 1분만 지나면 나는 가요? 겨우 10분 기다리고 가면서 저렇게 사랑해서 애가 탄다고 노래를 부르다니...』

『그래. 그니 윗세대들 보기에 요즘 애들 저렇게 연애하는 게 얼마나 헐거워 보이겠어? 한 시간을 기다려 가지고 만나고도 좋다고 해해거리고... 저렴 안 되지 소리가 나오지 않겠어? 약속에 있어서도 한 사람의 안일함과 편의성 때문에 다른 사람의 신체적 자유와 지적 결정권이 침해되어서는 안 된다는 철저한 사회계약론에 입각한 연애관계지. 역시 어른들은 무서워.』 정아는 평론하듯 답했다.

- 58 -

마지막 공주

집에 돌아온 정아는 방에서 문득 생각에 잠겼었다.
아직 많이 살았다 할 수 없는 그녀였으나 새삼스럽게 추억이 물밀 듯이 떠오르는 것이었다.
- 차라리 내가 더 윗세대였다면....-
어릴 때의 기억이 자꾸 떠올랐다. 하지만 기억은 분명 있는데 멀리 아른거리는 듯 희미하기만 했다. 그것을 잡아두기엔 추억을 되새기는 자기의 힘이 너무 약했다. 어릴 때의 좋은 추억은 정말 살기 좋았던 때였을 일처럼 잘 기억할 수 있다면 얼마나 좋을까. 자기가 어릴 때는 정말 살기 좋았던 것 같았다. 그러니 그 때 성인이었던 세대들이 부러워지기도 하는 것이었다.
정아는 돌이켜보았다. 어렸을 때 아빠와 함께 했던 추억은 헤아려봐야 얼마 안 된다. 지방으로 발령이 잦은 직업에다가 그리 자상한 편도 아닌 성격을 가진 아빠였다. 게다가 그녀는 어렸을 때 자의식이 강한 영웅주의에 빠져 있었다. 그녀는 종종 삼국지의 관우나 괴에테의 희곡의 파우스트와 같은 영웅이 되길 꿈꾸었던 것이었다.
때문에 정아는 여자애답게 애교를 떠난다든가 하는 일이 거의 없었다. 결국 그녀의 부녀지간은 잔정이라곤 없는 무뚝뚝한 관계가 되어버렸던 섯이었다.
그래도 기억을 되짚다 보면 아빠한테 고맙다고 느끼는 몇몇 장면들이 있었다.
정아가 국민학교를 갓 마친 때였다.
『오늘 아빠와 함께 외출 좀 하자.』
아빠는 정아의 손을 붙들고 종로에 있는 큰 서점으로 데려갔다.
『이제 너도 중학생이니 어린이가 아니다. 네가 앞으로 읽을 책들을 사주마.』
아빠가 골라주는 책들은 아동물은커녕 중학생을 위한 책 같지도 않았다. 아빠가 정아에게 얼마나 큰 기대를 걸었는지는 몰라도 그 날 아빠는 소크라테스부터 니체에 이르는 철학자들 전기 열댓 권을 사왔던 것이었다.
그 전에도 아빠는 국민학교 삼사학년짜리가 신문을 읽으며 걸어오는 온갖 시비를 논쟁 반 설교 반으로 성실하게 받아주곤 했다. 제삿날처럼 친척들이 많이 모이는 날에는 아빠와 친척들이 이야기하는 정치니 경제 하는 문제에 조그만 딸이 지꼬리만한 지식으로 툭툭 끼어들어도
『그래 알았다. 네 말대로 정승화가 잘 대처했더라면 12.12 사태가 안 일어났을 텐데. 그러면 전두환이 집권하지도 못했을 것이고 많이 달라졌겠지.』

『그래, 네 말대로 박정희의 성장정책이 국민총생산을 올려 놓긴 했다만 우리의 빈부격차를 심화시킨 문제가 있으니 전두환 정권의 물가안정 정책은 실물재산 소유자에 대한 무산자의 불이익을 덜어주어 부의 고른 분배를 증진시키는 효과가 있겠지.』

『이건 애들 참견할 얘기가 아니니 먹고 놀아라.』

때로는 농담 반 권위적인 말투 반으로 깔아뭉개곤 했지만 분명히 이야기에 방해가 되었을 텐데도 화는 내지 않았다. 아빠였다. 그것이 남달리 호기심이 많았던 정아로 하여금 자기의 소질을 키우기에 거침이 없었던 환경을 만들어 준 것이었다.

지난 추석에는 친척 어른 셋이 찾아왔다. 성인이 된 정아는 모처럼 그런 자리에 앉아보니 색다른 재미가 있었다.

아버지와 교수인 삼촌사이에서는

『형님, 반(反)문화라고 해서 반드시 포스트모더니즘이라고 할 수 있는 것은 아니지 않아?』

『현대에 들어와서는 방송의 지나친 상업화가 문화에 끼치는 악영향이 많지.』

등등의 화제가 오갔다. 정아는 별별 이야기가 다 나온다고 생각했다. 하지만 그런 것은 어릴 때부터 보아오던 분위기였다.

- 정말 내가 어린 시절부터 이런 분위기를 맛보면서 컸다는 게 얼마나 행운인가. 다른 사람들 집도 모두 그럴까?

그녀는 혼자 슬쩍 웃음을 지었다. 사실 친척끼리 모이면서 그런 이야기를 나눌 분위기가 되는 집안은 별로 없을 것이었다. 그녀는 스스로 생각해도 타고난 재능에다 주위환경이 더해져서 다른 사람들의 몇 배의 속도로 자기는 지성과 문장력을 향상시켜왔음을 느꼈다.

집안 어른들이 술을 마시면서 그런 이야기들을 눈을 반짝이면서 하고 있었다. 그럴 수 있는 안어른들이 상당히 존경스러웠다. 그것은 그녀가 자라면서 바깥의 사람들과 대화하는 생활을 하면 할수록 더욱 깨닫는 것이었다. 자기 집안사람들과 다른 사람들의... 단적으로 말해서 수준차이를 알아갈 수 있었던 것이었다.

이 때 전화벨이 울렸다. 집에서 정아가 단독으로 쓰기 위해 따로 마련한 전화였다.

『정아야. 나 윤정이야. 그래 다음 주 축제할 때 파트너 구했니? 없으면 내가 하나 소개해 주기를 들었다.

려고 하거든。」

「아직 못 구했는데。」

「그럼 얘。저기 말야 . . . 있잖아? 우리 과 복학생 선배 문혁이형 고등학교 친구가 있거든。

그러니까 모레 저녁 다섯 시에 우리 학교 앞 종달새 다방으로 올래?」

「그래 그럼 그렇고。이번 축제 학술대회에 우리가 발표할 주제는 무엇이니?」

「그건 먼저 번에 얘기했잖아。청소년 성문화와 기성세대의 가치관의 충돌이라고。」

「아니 그건 표제고。우리가 토론할 각론을 말하는 심층주제를 정해야 하잖아?」

「그런건 그 때 발표자들이 알아서 할 일이지。」

「지난번에도 준비없이 가만 놔두면 뭐 고교생 미팅은 어떻게 해야 재미있다는 등 피상적인 얘기만 하더라。시대가치관과 청소년 성문화의 연관성과、전통가치와 기성세대의 가치관의 동질성 여부 등을 따져야 할 것 같은데。내가 전에 학보에 쓴 칼럼을 한번 다시 정리해서 발표해 볼께。」

「어머、참、정말。야、머리 아프다。그런 어려운 이야기는 그만 하자。얘。어쨌든 내일 봐。」

친구는 전화를 끊었다。

정아는 입김을 새었다。친구와 대화중에 골치 아픈 얘기하지 말자는 건 한 두번 들어온 게 아니었다。

그녀는 컴퓨터통신 접속을 걸어 놓았다。채팅방에 들어갔다。그리고 화면엔 신경을 쓰지 않고 옆에 놓인 책을 펴 들었다。

그러다 얼마안가 그녀는 책을 덮었다。

『에이 시시해。이런 순 내용도 없는 생물탱이를 가지고 글이라고 하다니 . . . 글 쓰는 자들이 젤 많이 하는 얘기가 글은 관념적이지 않고 사람들에게 쉽게 다가가야 한다느니 글은 생활에서 우러나와야 한다느니 하고 또 문학은 겸허한 마음으로 대중에게 다가가야 한다는 그런 것들인데 그렇다면 그렇게 어려운 글들이 우리나라에서 판 친 적이 언제 있기라도 했냐?』

투덜댄 그녀는 방안에 신문지 조각과 양말、머리카락 들이 어지럽게 널려 있는 것을 보았다。그녀가 중학생 때까지는 가정부가 와서 청소를 해주었는데 고교생이 된 지도 꽤 쌓인 것 같았다。

무렵부터 그녀는 자기 방에는 자기만의 사생활이 있다면서 가족의 출입을 금지시켰다. 그래서 방청소는 자기가 해야 했다. 그 동안에도 컴퓨터 화면은 약간의 글씨를 올려 보내면 빗자루의 쓰레받기를 들고 방을 쓸었다.

정아가 2라인 글 읽기를 시도한 것은 여러 사람 어울리는 분위기를 좋아하고 심심한 것을 싫어하는데다가 수다스러우면서 책 읽은 것 자랑하기를 무척 좋아하는 성격 때문이었다.

그녀는 선속을 걸어놓고 하는 일들이 많았다. 별 건질 소리는 없지만 그래도 시끌벅적한 대화방에 들어가서 끊이지만 않으면 자신이 혼자가 아니라 세상과 교류하고 있다는 느낌을 가질 수 있었다. 그동안에 책을 읽기도 하고 아침 식전이면 세수를 하고 오기도 하고 심하면 방 청소까지 한다. 누구니 많은 사람들과 함께 있으면서도 혼자만의 일을 할 때가 얼마든지 있으니 사이버세계를 실세계와 똑같이 인정하고 받아들이기만 하면 조금도 이상한 일이 아니었다. 정아가 이런 생활을 한다고 하면 모두들 그럴 바에 왜 통신을 끊고 일을 빠릿빠릿하게 처리하지 못하느냐고 말로 상식적인 질문이지만 거기에 대답할 말은 - 심심해서 - 라는 말 밖에 없었다.

당시에는 뉴터넷 전용선이 대중화되지 않았었고 대부분의 통신사용자들은 전화로 접속하는 국내통신망을 쓰고 있었다. 한번은 엄마가, 정아가 방에 컴퓨터통신을 접속해놓은 채 집안일을 보고 아침이면 세수도 한다는 것을 알고

『어머? 전화비가 얼마라고? 그럴 바엔 왜 통신을 끊고 일을 빠릿빠릿하게 처리하지 못하니?』

했다.

그 때도 정아가 대답할 말은

『심심해서…』밖에 없었다.

엄마는 그러면서도 정아의 전화비를 아무 말 없이 꼭꼭 대주었다. 자식이 작가로서 훌륭하게 자라려면 다소 기벽(奇癖)이 있더라도 그 개성이 억눌리지 않고 마음껏 자라날 환경이 되어야한다는 배려였다.

방청소를 마친 후 컴퓨터를 보니 통신은 저절로 끊어져 있었다. 다시 접속한 정아는 채팅방으로 갔다.

『안녕 정이님 반가워요~ *(^ . . ^)*』

거기서 자기의 이름을 띄우자 그녀를 아는 몇몇 사람들이 반가이 인사했다. 그녀는 - 안녕 나도 반가워요~ 하고 화답하려다 손가락이 멈춰졌다. 문득 지금 자기의 위치가 무슨 의미를 가지고 있나 회의가 들었다. 이제 나는 작가로서의 위치가 완전히 다져지고 있다. 이제부터 내가 글을 쓰면 그것은 출판이 된다고 볼 수 있다. 문제는 그 수요를 충족할 만큼 내게서 글이 생산될 수 있는가이다. 과연 내가 그 요구를 감당할 수 있을까?

한동안 그녀는 채팅하는 글의 흐름을 보면서 컴퓨터 화면 앞에서 멍하니 있었다. 그녀는 컴퓨터를 그냥 놔두고 벌떡 일어섰다. 빌라의 넓은 거실을 지나 엄마가 있는 방으로 갔다.

엄마는 안방 외에 따로 주어진 자기의 방에 앉아서 일을 보고 있었다. 엄마의 책상에도 역시 컴퓨터가 있어서 엄마는 수시로 필요한 출판관련 정보를 검색하여 업무자료로 삼곤 했다.

『엄마?』

책상에서 엄마는 검은 테 안경을 고쳐 쓰면서 회전의자를 돌려 앉았다.

『왜냐?』

『뭐긴 뭐냐? 이번에 우리가 기획한 한국현대문학전집에 실릴 작가들을 선정하고 있는 중이다.』

『어떤 사람들을 모았는데요?』

『해방 후로는 유명한 사람 몇 만 추리고 그 다음 60년대에서 80년대까지 한 열 명 그리고 그 다음 90년대로 열다섯 명쯤 할 예정이다.』

『요새 무슨 문학전집을 내요? 요즘은 문학전집 내는 곳 없는데.』

『그래, 근래 십여 년 간 문학전집은 별로 나오질 않았지. 그래서 우리가 시도하려는 것 아니니?』

『나 지금 바쁜데 뭐 할 얘기 있어서 들어온 거니?』

엄마는 다시 컴퓨터 화면을 들여다 보고 마우스로 무언가 조작했다.

정아는 멈칫했다. 자기도 무슨 용건으로 재택근무를 즐기는 모친의 방에 들어왔는지 모르는 것이었다. 잠시 머뭇거리다 그녀는

"엄마, 나도 이 전집에 넣어줄 수 있어?" 하고 물었다.

정아의 물음에 엄마 최여사는 의외인 듯 잠깐 눈을 깜빡이더니

"그럼, 니라고 못 넣어줄 수 있겠니?" 했다.

"그래? 정말이야?"

"그럼. 네가 그럴 만한 작품을 쓴다면…"

최여사는 인자하게 웃었다. 나이에 비해 주름이 없고 기름기 있는 흰 얼굴이었다. 웃는 입술은 화장을 안 했는데도 붉었다.

"엄마, 나는 이미 작품을 썼잖아?"

정아는 볼멘소리를 했다.

최여사는 미처 생각 못한 허를 찔렸다. 그렇다면 이미 나온 정아의 작품은 그럴만한 자격이 못 된다는 것이었다.

"다음에 노 작품을 쓰면 되지 않니?"

"다음에 쓴다는 보장이 어디 있어요?"

"왜 갑자기 그런 생각을 하니?"

"엄마, 김성욱이란 작가 알지?"

"그래, 내가 학생 때 좋아했던 작가 아니니? 이번 전집에도 물론 포함되었지."

"옳지. 내가 그 작가의 연보를 보았는데 말야. 대부분의 작품이 21세에서 26세 사이에 다 써졌던데요. 대표작인 유명한 「長進山行」도 겨우 22세쯤에 쓰여졌더라고요. 정말 연보를 찾아보기 전엔 그럴 줄 미처 생각지도 못했어요."

"그래, 사실 20대 초반에 그렇게 훌륭한 작품을 쓰는 것은 놀랄만한 일이지."

"하지만 뒤로 더 훌륭한 작품을 쓰지 않았어요. 왜냐하면 그 젊은이가 나이답지 않게 훌륭한 일을 해내면 크게 칭찬받고 주목받아요. 일반 사회에서 젊은이가 앞으로 성장 가능성이 있고 그러니까 앞으로 일거리를 더 훌륭하게 해내는 인재로 성장할 것이 기대되기 때문이지요."

"그런데 무릇 은 어떻단 말이냐?"

『그러나 문학은 해낸 일의 결과만이 그대로 남을 뿐이에요. 훗날의 잠재력을 기대하고 기다린다는 것은 우스워요. 같은 작품을 그 사람이 20세에 쓰건 40세에 쓰건 60세에 쓰건 결과물이 남는 것은 마찬가지예요.』

『그건 그 나름의 경우야. 어쩌면 우리나라의 구조 안에선 그 작가가 그 이상 자라날 여지가 없었는지도 모르겠고…. 어쨌든 그 작가의 작품은 우리문학 최고의 명작 대열에 있는 것 아니니?』

『난…. 아니잖아요?』

『그러니까 너는 더 자라나야 하는 것 아니니?』

『난 이미 그 때 그 작가보다 서너 살 더 먹었는데….』

딸의 갑작스런 심경변화에 엄마는 어떻게 대해야 할지 몰랐다. 무조건 꿈과 의욕을 가지라고는 더 이상 조리 있게 설득할 수가 없었다.

『엄마, 문학작품은 글의 내부에 작가 자신의 정한(情恨)이 스며들어 있나 여부로 나눈다는 말이 있던데….』

『그렇게 말할 수 있지. 정한이라고 하기엔 뭣하지만 작가의 사상이 녹아든 것이 순수소설들이고 그런 것이 없는 것은 어떤 기법에 의해 만들어진 오락소설들이라고 하지.』

『나는 그렇게 사람들에게 감동을 준다고 내세울 만한 자기의 생각을 가지고 있지 않은 것 같아요. 엄마도 알다시피 나는 그저 좋은 아빠와 엄마 밑에서 행복하고 부족함 없이 자라난 것 밖에는….』

『문학에 꼭 자기 얘기가 들어가야 하겠니? 대신 너는 많은 독서로 간접경험을 하지 않았니? 그것이 너의 큰 재산이야.』

『작가는 물품생산자와 달리 작가의 프로필이 작품과 같이 나오는 것이 거의 필수적이잖아요. 이 말은 그러니까 작가 자신이 어떤 사람이라는 것이 독자의 감흥에 영향을 준다는 것이죠.』

『경험이 꼭 있어야 훌륭한 글을 쓸 수 있는 것은 아니란다.』

『그렇긴 하지요. 저도 이미 몇 편을 썼잖아요. 하지만 내게는 순수문학 단편소재는 좀처럼 나오지 않아요. 정 글을 쓰려면 차라리 어떤 역사물 같은 걸 자료조사해서 쓰면 잘 나올 것 같아요.』

최여사는 잠시 고개를 숙이고 묵묵히 있다가 다시 답을 했다.

『네가 그린 오락물 작가나 하길 바라고 엄마가 신경 써 주는 건 아니야. 돈 벌라고 작가 하라는 것은 아니야. 그런 생각 말고 좋은 예술문학 작품 쓰는 것이나 신경 쓰려무나.』

정아는 최여사의 두 손을 잡고 다시 물었다.

『엄마, 정말 내가 훌륭한 작가가 될 수 있을까요? 어떤 평론가는 이런 말을 하던데요. 작가의 창작은 글을 쓰지 않으면 안 될 내부의 정화된 농축액을 미세히 열린 분출구를 통해 조금씩 흘려보내는 것이 되어야 한다고요. 그것은 머리로부터 짜여져 입으로 나오는 글이 아니라 자신의 내부 깊숙한 곳의 퇴적물을 휘저어 끄집어낸 자신으로부터의 추출물이어야 한다고요. 그런데 그러려면 남다른 인생의 경험도 있는 사람들이 더 유리할 것 같은데 그냥 엄마 아빠 사랑 받고 잘 자라난 내가 잘 될까요? 내 나름대로 특별히 사람들에게 토해내고 싶은 얘기도 별로 없는데요. 그냥 다른 작품들에서 본 인간존재의 문제에 대해서 써본 것뿐이었는데요.』

『지금은 태산 아들이나 사생아 같은 치들이 작가를 하는 시대는 지났어. 그 시대는 우리 역사의 과도기였기에 일어났던 현상이지. 이제는 우리 사회도 안정되게 접어들고 있으니까 제대로 된 사람들이 문학을 이끌어야 해. 건전한 다수 가운데서 문학적 능력이 있는 자가 작가활동을 해야 하는 거야. 글이 뭐 꼭 싸우고 엎어터지고 궁상맞은 삶을 살아야 나오는 거겠니? 자기 한몸이나 하는 게 문학이냐. 행복하고 만족한 삶을 사는 상태에서 자기의 정신이 외부의 영향에 의해 왜곡되지 않아야 인간존재의 본질을 차분히 바라보는 수준 높은 순수문학이 나올 수 있는 거야.』

『예, 저 같이 데뷔한 작가 중에 그렇게 말하는 작가도 있어요.』

『무엇보다 너 작가라는 그 본질부터 선한 영혼이 중요한 거야. 너는 전생의 선업, 복을 타고났기에 우리같이 유복한 집에서 태어난 거야. 생이 바뀌어도 깃든 영혼의 본질은 변하지 않아.』

정아는 이 말에 큰 위안을 받았다. 이제까지 자기가 상위층 집안의 자식이라는 것이 작가생활에 오히려 걸림직거리고 때로는 미안하기도 했는데 그게 다 그만한 이유가 있었다는 것... 자기는 남들보다 더히 노력성을 갖춘 영혼이라는 자부심이 생겨나니 자기야말로 남들에게 자기의 생각을 퍼뜨리는, 작가로서의 자격이 있다고 확신할 수 있었다.

정아는 다시 자기 방으로 돌아왔다.
이 때 또 전화가 울렸다. 한 신문사로부터였다.
『성정아 선생님 댁이십니까?』
『예, 전데요.』
이제 선생님이라는 칭호도 듣다니... 그것도 굴지의 언론사로부터.... 자기는 정말 어엿한 본격작가라는 의식이 와 닿았다. 이 정도의 성취라면 집안의 위신에도 가히 부족하지 않은 보탬을 준 것이었다.

이십대에 사법고시를 합격해서 사십세 가량의 하급 공무원들을 아랫사람으로 부리는 것은 이미 그녀의 집안사람으로서는 엘리트로서의 필수 과정이었다. 그녀 또한 이십대에 본격작가의 대열에 올라섰으니 사십세 안팎의 다른 무명작가들보다 높은 신분에 있음을 확인할 수 있었다.

『이번 추석 연휴를 어떻게 보내실 것입니까?』
기자의 질문이 있었다.
『애절한 사랑의 이야기를 쓰려고 해요.』
작품을 발표한 것도 아닌데 어떻게 일정을 보낼 것이냐고 신문사에서 물어볼 정도면 이미 상당한 위치의 작가에 속한다.

『신세대 작가 성정아, 연휴기간 중에 절실한 순정을 그린 연애소설 집필키로』

신문은 정아가 전화로 말한 그대로 보도했다. 정아는 약속대로 연애소설을 쓰려고 노력했다. 그것은 한 두 사람과의 약속이 아니라 수십만의 신문독자들과의 약속이었다.

그러나 막상 쓰려고 하니 좀처럼 뜻대로 안되었다. 나오는 것은 그저 만나고 그리워하고 좋아하는... 평범한 유행가 가사 같은 것들뿐이었다.
'아... 나는 능력이 안 되는 것일까?-

정아는 머리를 쥐어뜯었다. 이제까지 상황묘사와 심리묘사에 치중한 순수문학 단편들은 풍부한 독서경험을 배합해서 그런대로 만들어질 수 있었지만 이야기가 있는 장편은 혼자로서는 도무지 막막했다.

문득 생각이 들었다. 이럴 때 수혈이 필요하지 않을까.

학식과 교양이 넘치고 모든 것이 풍요로웠던 그녀 집안의 분위기와는 또 다른 경험의 자극이 있다면 혹 그녀의 풍부한 문학적 바탕과 어우러져 어떤 작품이 나올 수는 없을까…. 컴퓨터통신상에서 채팅한 바 있는 한 사람이 생각났다. 같은 통신작가라는 김순하라는 남자였다. 그 때 정아는 그에게 자기 책을 소개했다. 나중에 그는 그 책을 사보았다고 했다. 정아가 삼행문 좀 써 올리면 좋지 않느냐고 물었더니 그는 쓰기가 귀찮아서 그냥 놔두고 있다고 대답했다. 정아는 『글 쓰는 연습도 될 터이니 좀 써 달라』고 부탁했다. 그러한 정아의 요청에 대한 답으로서 글이 올라온 적이 있었다.

성정아의 - 성교와 인간관계 - 를 읽고 02/21 15:49 111 line

통신만 상에서 이미 만나본 작가의 글을 읽었다.

…. 기대했지만 미흡했다. 우리의 매스컴과 출판계의 動向을 보면 왜 그렇게 젊은 문학천재를 찾아내고 기사화 하려고만 하는지. 그들보다 나이 많으면서도 원하는 만큼 매스컴을 타지 못한 자의 질투심이라면 할 말이 없겠지만.

무엇 때문에 그릇이 채 차기도 전에 서둘러 퍼내려고만 하는가. 자본주의 사회의 치열한 경쟁사회에서는 남보다 한발이라도 앞서 출발선에 서야만 최후의 웃음을 웃기에 유리하다는 것 때문일까. 그렇다면 일찍부터 이 사회의 적응력을 익히는 소년가장들이야 말로 성공이 보장된 경우란 말인가. 의사는 시체 만지며 짜내니 꺼려지고, 판검사는 흉악범하고 밤새우거나 세상의 온갖 추한 꼴만 보고 사니 그렇고, 교수는 공부할 시간과 돈이 들고, 연예나 스포츠는 육체적으로 힘들고, 결국 사회적으로 명성누리면서 만만하게 보이니까 어서어서 작가나 해보자는 것인가.

물론 글은 어느 연령층에서나 쓸 수 있으며 각 연령층의 글은 그 나름대로 가치가 있다. 사람에 따라 개인적으로는 자신의 이전 글을 유치하다고 하찮게 여길 수도 있지만 객관적 가치는 그와 무관한 것이다. 괴테는 만년에 - 젊은 베르테르의 슬픔 - 을 혐오했다고 하지 않았던가. 그러나 베르테르는 변함없이 많은 사람들에게서 사랑을 받고 있는 것이다.

이런 내용이었다. 정아는 자신에게 적지 않은 영향을 준 이 글을 마음에 두게 되었다. 그는 혼인 적령기를 넘긴 독신자이니, 아직 젊은데다 떠오르는 신예작가이기도 한 자기와 자주 통신대화를 하다보면 저절로 구애가 올 것으로 기대되었다. 그런데 예상만큼 그 남자와의 관계가 진전되지 않아 답답했다.

그 남자는 글은 좀 쓰는 것 같은데 노모를 모시고 살면서 집안일에 매여 새로운 돌파구를 열지 못하는 것 같았다. 정아는 자기를 물심양면으로 후원하는 자기 어머니와 비교할 때 그 남자의 어머니가 한심스러워 보였다.

'참... 낳아주면 다 부모냐. 제대로 키워줘야 부모 자격이 있지.'

자기 집안의 부모와는 너무 차이가 나는 집안 같았다. 이 때문에 정아는 밖에서 그 남자를 만나데려와서 부모에게 소개하는 것은 엄두를 내지 못했다.

'설령 그 남자와 잘 사귄다 해도 우리 부모가 허락할까?'

그래도 그 남자에 대한 희망은 버리지 않았다.

정아가 바라는 것은 될 수 있으면 그가 자기 집 앞에까지도 와서 그가 그렇게까지 자기를 외사랑하니 마지못해 사귀었다는 것을 부모에게 보였으면 했다.

그러나 그는 종종 통신대화를 하고 전화나 편지 등은 보내면서도 좀처럼 정아의 뜻대로는 행동하지 않았다. 그렇다고 직접 어떤 행동을 그에게 요구한다면 그건 자기가 그 남자를 좋아했다는 것이니 부모님 앞에 명분이 안서고... 이래저래 답답하기만 했다.

그가 현재 통신망에 있나 확인하고 싶어졌다. 로그인하여 아이디를 확인해보니 현재 접속 중이었다.

정아는 메시지를 보내려다

「안 돼지, 내가 먼저 보낼 수는 없지」 하고 그가 지금 통신상의 어느 메뉴에 있는가를 살폈다. 그리고 그가 있는 곳으로 따라가서 기다렸다. 자기가 그에게 더 쉽게 발견될 수 있도록.

이십분 쯤 지나서 김순하에게서 메시지가 왔다.

「정아님 안녕하세요.」

「예.」

「요즘은 어떠시나요? 연애소설 쓴다고 신문에 나왔는데 잘 되시나요?」

「잘 되면 여기 안 오죠. 잘 안되니 아이디어나 구해보려고…」
「연애소설 아이디어? 그러면 여러 만남을 가져봐야죠. 우리 채팅만 하지 말고 한 번 만나는 게 어때요? 동호회 모임 같은 거 있으면 나가면 되겠죠.」 그는 제안했다.
「안돼요. 우리는 애초부터 그럴 운명이 아니었어요.」
정아는 마치 그가 진지한 구애를 해온 듯 대답했다.
「그렇게 크게 생각할 필요 없어요. 걱정할 필요 없으시니까 굳이 만남을 두려워하실 필요가…」
「두려워하는 게 아니라 싫어하는 겁니다.」
「동시대를 사는 사람이 된 것도 인연이지 않나요?」
「그런 식으로 연을 이으려고 하는 사람들도 난 질색합니다. 그게 연을 이은 사람들은 한 삼사십명 될까요?」
「만나는 것 자체가 인위적인 거지 자연스런 게 아니죠. 제가 정아님을 만나고 싶어 한다는 게 부끄러울 일이 되나요?」
「부끄럽기보다는 치사하거나 다른 목적이 있어 보입니다.」
「한 독자로서 만나고 싶어 하는 건 당연한 일이라고 생각합니다.」
「독자라는 이유만으로 만나보자고 하거나 전화하는 사람들 싫어해요.」
「글쎄요. 힌 인간 그리고 남자로서 다른 목적을 품고 싶은 경우도 있겠죠.」 김순하는 성정아가 분위기를 연애 관계처럼 몰고 가는 것 같아 그에 맞춰주었다.
「웩…」
「만나고 어시 관계가 발전되는 것은 상대방의 뜻 없이는 절대 불가능한 거예요.」
「저하고는 인연이 아니라니까요. 쓸데없는 사람관계는 필요 없어요.」
「그걸 하루빨리 해결하는 길은 만나버리는 수밖에 없어요.」
「…」
대화는 공전했다. 더 이상 그에게서 자기가 기대하는 말이 나올 기미가 없자 정아는 통신을 끊었다. 그와의 관계가 발전되어 그에게 마음을 두게 된 후 갑자기 그가 대화를 끝내고 정아는 불안했다.

돌아서면 어찌될까. 자기 체면은 말이 아니고 그는 아무 일도 없었던 것처럼 다른 여자를 찾아갈 것이다.

정아는 그가 이전에도 몇 명의 여자와 컴퓨터 통신상에서 교류하다 무산된 적이 있음을 알았다. 정아는 결코 그렇게 되기 싫었다.

통신상의 대화만을 했던 그에게서 며칠 후 우편으로 편지가 왔다. 그리고 그 내용은 마침내 그녀가 원하는 단어를 사용하고 있었다.

정아는 먼저보다 다소 마음의 안정을 얻었다. 이제 그와는 확실한 물적 증거가 있는 관계가 되었다. 사람사이의 계약도 서면의 계약이 있어야 그것을 어기는 자에게 책임을 물을 수 있어 유효하다. 남녀관계도 숱한 전화나 통신의 교류보다는 종이에 써진 편지 한 장이 중요하다. 적어도 두 사람 사이의 약속을 확인하는 의미에서는.

정아는 순하게 이대로 자물쇠를 걸어 자기에게 붙잡아 놓고 싶었다. 그리고 앞으로의 결정권을 자기가 쥐고 싶었다. 그러기 위해서는 우선 그가 나를 믿게 해야 한다.

그러나 아직 그에게 마음을 연다는 것은 지존심이 허락지 않았다. 그는 아직 정아를 위해서 어떤 위험도 무릅쓴 바가 없다.

정아가 어떤 태도를 보이든 그는 결코 마음이 변치 않아야 한다. 그는 이미 물증을 남기는 편지를 보냈으니 그것을 어기면 호된 대가를 치러야 한다.

「만약 그가 나를 배신했을 때 벌을 줄 장치가 없을까?」

물론, 한국사회에는 혼인빙자간음죄 등의 법적장치가 있지만 그 전까지 그와 정사를 벌일 보장은 없다. 설사 간음죄에 준하는 사유로 그의 배신을 걸고 넘어진다고 해도 그런 아쉬운 입장을 보이는 것은 귀한 집안 자제이며 촉망받는 소설가인 자신의 위치로 볼 때 어울리지 않는다.

궁리하던 정아는

- 미리 벌을 주고 나와 결혼하면 용서하는 방법을 쓰자.

하고 결심했다.

정아는 컴퓨터통신상에 그간의 컴퓨터통신 대화록을 공개하고 최근에 편지를 받은 사실도 덧붙여 공개했다. 그러면서 자신은 성희롱을 당했다고 말했다.

[상담요청] 통신상에서의 언어 성희롱 11/05 17:59 37 line

통신상에서의 언어 성희롱은 어디까지 처벌될 수 있는지요? 그리고 긴 달여간 계속해서 통신상으로 언어폭력을 가해오던 자가 다음과 같은 편지를 보내왔을 때 이것이 성희롱으로 고소하는데 증거가 될 수 있는지 궁금합니다(이것은 육필원고입니다.).

정아는 김수하의 편지를 그대로 타이프 쳐서 인용했다.

사랑하는 정아님

정아님께 마음이 진하게 배인 편지를 드리고 싶었어요.
하지만 마음 쓸 얘기는 많지 않네요(^^)
이미 정아님에게로의 구애의 과정은 지났으니까요.
정아님은 서서 정아님을 사랑한다는 사실을 믿어주시니
이제는 정아님의 마음표시만이 남았을 뿐이죠.
(정아님이 사랑을 받아주시지 않는다면
이 편지는 더 읽지 마시고 여기서 찢어버리세요)
정아님과의 만남. 참 벅찬 기분일 거예요.
정아님을 꿈꾸며 그동안 마음으로만 사랑해온
정아님의 실체를 확인하며 기쁨에 겨울 거예요.
그 정아님~ 여느 처녀와 마찬가지로, 아름다운
가슴과 성기를 가지고 있음에… 저의 감격은
극에 달할 것입니다.

다시 정아는 시신의 말을 덧붙였다.

96. 11. 2. 08:30

마지막 공주

저는 그자의 이른바 - 구애 - 에 동의한 적이 없을 뿐더러 오히려 거절 의사를 확실히 밝힌 데다 그자는 직장이 없는 36세의 남자라고 하기에 신변의 위협마저 느끼고 있었습니다. 신문, 잡지 등에서 제 얼굴을 아는 그자가 집 앞에까지 와서 기다리고 있다면 법이 없으니까요. (저는 그자를 한 번도 본 적이 없습니다.) 그자를 강제로 정신감정을 받게 하거나 구속시키거나 벌금을 물릴 수 없을까요? 법의 처벌을 받게 할 수 있는지 어느 정도로 받게 할 수 있는지 제가 지금까지 입은 정신적 피해에 대해서는 보상받을 수 있는지 알고 싶습니다. 힘센 강아지 정아

『아니, 이런 일을 가지고 성폭행이라고 하다니...』

『그러면 대한민국 남자들 중 성폭행죄 짓지 않은 사람이 없겠네.』

사람들은 성정아가 이상한 여자라고들 했다. 그 기록은 일방적인 것이 아니라 서로 말을 주고받은 것이니 다른 사람들이 보기엔 평범한 하나의 통신대화 기록일 뿐이었다.

그러나 정아는 이대로 놔두면 묻혀버릴 수 있으니 어떻게 해서라도 그가 자기에게 구애했음을 밝히지 않으면 참을 수 없었다. 사실 그녀의 부친이 판사인데 이런 이야기를 공개해서 법률자문을 하겠다는 것부터가 모순이었다.

순하는 사람들이 정아를 이상한 여자로 본다 해도 그녀의 비논리적인 행위를 그녀의 입장을 헤아려 이해하기로 했다. 마음이 없으면 편지를 찢어 버리라고 했는데 찢어 버리지 않았음을 분명히 공개한 셈이었다. 그녀가 남들에게 전혀 알려지지 않았던 두 사람 사이의 일을 구태여 공개하는 것은 자신에게 마음이 있어서라고 생각되었다.

사람들은 성정아의 말을 액면 그대로 믿지는 않으나 크게 망신될 것도 없었다. 이미 주류 매스컴과 본격문단이 어떻게 해서라도 기사거리를 만들어 집중조명 하려는 성정아가 자기와 관계가 있다고 알려지면 나쁠 것이 없을 듯했다. 이제 내가 그녀를 멀리하면 그녀는 정말 이상한 사람이 되고 말 것이라 생각하니 의무감과 책임감마저 생겼다.

순하는 이제 정아의 태도가 달라지지 않을까 기대했다.

그러나 다시 전화를 하면 마찬가지였다. 집에 가보면 경비원들이 굳게 지키고 있었다. 컴퓨터 통신상에 소문만 났지 아무런 실익이 없는 채 다시 수개월이 지났다.

순하는 정아의 부친의 직업은 몰랐으나 그녀의 집이 고급빌라인 것을 보고, 자신과는 출신이 다

르며 설사 정아가 마음이 있다고 해도 그녀의 집안으로서는 그에 상응하는 신분상승의 통과의례를 요구할 수밖에 없을 것임을 짐작했다. 극한적인 굴욕과 협박을 오직 여자를 사랑한다는 명분으로 견디고 넘어가야 하는 그것. . . 과연 自身이 그것을 딛고 넘어갈 수 있는 자가 될까. 순하는 自信이 없었었다. 이미 과거 여러 번의 그와 같은 상황을 견디고 넘어가지 못했기에 그는 아직껏 혼자가 아닌가. 여하튼 집요로 거부하는 여자를 굳이 설득해야 하는 것이 법과 사회적 윤리의 요구는 아니다. 실제로 마음이 없어서 일수도 있다.
이렇게 깨가 되어 그녀에 대한 기대를 포기할까 하는 시기에 애실의 전화를 받은 것이었다.

5 · 명문가의 문화권력

송파(松坡)의 고급빌라의 베란다에는 저녁의 어둠이 밀려오면서 하나 둘 황색의 기품 있는 조명이 빛을 발했다. 낮의 적적함이 끝난 이곳에는 오늘하루 이 나라 곳곳을 주물렀던 실력자들이 그들의 처소로 돌아오고 있다.
저녁은 이들에게 휴식의 시간이지만 또 다른 대도약의 전기를 마련하는 은밀한 거래의 시간이기도 하다.
정아의 집 거실에도 조명이 들어왔다. 부친 성대훈씨는 엊그제부터 출장중을 나가서 아직 집에 돌아오지 않고 있다. 정아는 방에 들어가 있는지 보이지 않고 정아의 모친은 소파에서 외국 문학원서와 잡지를 뒤적이며 한가로운 시간을 보내고 있었다. 정아를 본격문단에 등단시키고는 집안에서 뒷바라지하는 것만으로는 못미더워서 자신도 하나의 출판인으로서 평론가들과 교분을 나누며 문단에서 정아의 활동을 엄호하고 있었다. 최여사는 요즘 하루가 멀다앉고 신문 방송에서 나오는 정아에 대한 기사로 인해 흐뭇해하고 있었다. 정아가 부쩍 부쩍 크고 있는 것이 눈에 보이는 것 같았다. 처녀 때 엘리트 재원(才媛)으로서 꿈 많던 그녀가 자신의 꿈을 접고 오직 남편의 뒷바라지로 살아왔던 회한은 이제는 자식키우며 사는 보람으로 보상되는 듯했다.
저녁이 깊어 밤으로 접어드는 시각이었다. 초인종소리가 났다. 최여사는 얼른 남편을 확인하고

마지막 공주

스위치를 눌러 문을 열어 주었다.
『정아 왔소?』
거실에 들어온 성씨는 갑자기 큰 소리로 물었다.
『방안에 있어요. 우선 쉬세요.』
최여사는 남편의 웃옷을 받아 걸었다.
정아의 부친 성씨는 부산에서 열리는 국제 법원장회의에 참석하고 돌아오는 길이었다. 그런데 오자마자 정아를 찾는 것도 이례적이고 평소 부드러웠던 모습과 달리 오늘 오면서 기차에서 심심풀이로 주간지 하나를 펼쳤더니 거기 노기 띤 우리 정아 이름이 나왔더라고.
『오늘 오면서 기차에서 심심풀이로 주간지 하나를 펼쳤더니 거기 노기 띤 우리 정아 이름이 나왔더라고.』
성씨는 들고 있는 가방에서 주간잡지 하나를 꺼내 소파 쪽으로 휙 내던졌다. 속옷 차림의 여자가 턱을 손에 괴고 엎드린 사진과 『신세대 섹스행각 천태만상』 등 자극적인 제목이 빨간색으로 어지럽게 쓰여 있는 매우 조잡한 표지의 잡지였다.
『무슨 일로 나왔는데요? 인터뷰인가요?』
최여사는 잡지를 집어 들면서 물었다.
『그러면 말을 안 해!』
성씨는 소파에 풀썩 앉으며 내뱉었다.
『왜요? 뭐 안 좋은 이야기라도 쓰여 있었나요?』 최여사는 잡지를 뒤적이면서 물었다.
『그래 겨우 열차에서 파는 도색잡지에나 나오라고 우리가 정아를 키운 건 아니잖소?』
『무슨 비방이 실렸나요? 하긴 정아 작품이라고 해서 모든 평론가들에게서 다 호평받기를 바라는 건 무리겠죠.』
『그런 게 아니라니까! 이 사람 명청하긴... 컴퓨터통신 스캔들 가십이 나와 있더라고!』 성씨는 역정을 냈다.
『같은 이름이겠지요. 요새 같은 이름이 어디 하나둘인가요?』 차분한 성격의 최여사는 잡지를 펴들고 보면서 말했다. 컴퓨터통신 성폭력 시비- 라는 타이틀 아래 남녀가 정사하는 사진이 크게 잡지에는 『날로 심각해 가는 컴퓨터통신 음화(陰畵)로 나와 있었다. 그 아래 기사 중에 성정아의 이름이 나와 있는 것이었다.

『통신에서 데뷔한 작가라고 분명히 써있는데 무슨 소리요? 김순하라는 놈과 얘기가 있었었던 것 같소. 옆의 음료가 볼까 무서워서 얼른 가방에 숨겨 넣었소.』

성씨는 소피 등받이에 고개를 젖히고 털썩 기댔다. 착잡한 마음으로 그는 딸의 문제를 생각했다.

정아가 고고생일 때 그 애의 진로를 놓고 고민했던 일이 생각났다.

정아가 고등학교 졸업반일 때였다. 학교에서 전화가 왔다.

『성정아 학생댁이시죠?』

『예, 선생님이세요? 정아 오늘 학교 갔는데 왜 그러시죠?』 엄마 최여사는 답했다.

『집에 안 들어 왔나요?』

『아직 올 때가 안됐는데….』

『정아가 책상 위에다 「입시기계가 되기 싫다.」고 크게 써놓고는 점심시간 이후로 소식이 없어요.』

『아니? 그럴 수가…』

정아가 전부터 기회가 될 때마다 청소년이 입시기계가 되어서는 안 된다는 말을 해왔지만 그것은 사춘기 아이의 투정일 뿐 그렇게 심각하게 생각지는 않았던 최여사와 가족들이었다.

혹시나 하고 저녁까지 기다려 봤지만 정아는 오지 않았다.

『어찌된 기요?』

법원 일로 늦게 귀가한 부친 성씨는 물었다. 그러나 최여사 또한 뾰족이 할 말이 없었다.

열두시까지 오니 파출소에 실종신고를 했다.

『그래도 납치된 건 아닐 테니까 내일 잘 찾아보지요.』

『그러시오.』

다음 날 최여사는 파출소에 정아의 친구주소록을 보이고 서둘러 행방을 찾아달라고 했다. 파출소가 비상을 걸고 정아를 찾을 것이지만 부끄러운 일이라고 생각되어 되도록 신분을 밝히지 않으려 했다. 그러나 정아의 신원조회 결과 성씨의 신분은 드러났고 파출소는 비상체제에 돌입했다.

마지막 공주

그 날 하루를 걸러 다음날 낮에야 성북의 집에 전화가 왔다.
『따님의 행방을 찾아냈습니다.』
경찰차는 최여사의 집 앞에 대기하고 있었다. 최여사를 태운 차는 한강다리를 건너 성북의 산동네로 갔다.
오래된 녹(錄)에 쑥색 페인트가 거품처럼 숭숭 부풀어 올라 군데군데 터진 물집처럼 보이는 철문을 요란한 소리를 내며 밀고 들어갔다. 현관은 그대로 지나치고 다세대 주택의 벽면과 옆집 담장 사이의 어깨만한 틈을 통해 뒤로 돌아들어가니 볕도 들이지 않는 방이 있었다. 하지만 그들이 갔을 때, 창호지를 발라야 할 문살에 반투명 플라스틱판을 붙인 방문 안에는 아무도 없었다.
『이 곳이 정말 정아가 있는 곳인가요?』 어이없어하는 최여사는 물었다.
『의심나시나요? 저희가 정탐하듯 알아보았습니다. 두 학생이 한 방에서 사는데 그 중 하나는 보여주신 법원장님 따님의 사진과 똑같습니다. 같이 사는 친구도 정아라고 부르더군요.』
최여사는 정아를 찾으면 자기가 가서 데려올 때까지 놔두라고 했었다. 정아의 단호한 성격상 찰이 잘못 건드리면 다른 곳으로 피할 수도 있기 때문이었다. 그렇다고 자기의 귀한 딸을 한낱 순경에게 구급하게 할 수도 없었다.
최여사는 그 곳 파출소의 대기실로 가서 저녁이 되기를 기다렸다. 정아가 왔는가는 순찰중인 경관이 알려주기로 했다.
아홉 시가 지나고 열 시가 되어도 정아가 들어왔다는 보고는 오지 않았다. 그러다 열 한 시가 넘어서 정아가 다른 여자친구와 함께 들어왔다는 보고가 왔다.
그래도 남학생하고 동거하지 않는 게 천만다행이라고 여긴 최여사는 경관들과 함께 정아가 묵고 있는 집으로 올라갔다.
마침 바깥 철문은 열려 있었기에 그들은 정아의 방문 앞까지 소리없이 다다를 수 있었다. 정아가 있는 작은 방은 이미 꺼지고 붉은 간이 조명만이 비치고 있었다. 안에서는 속삭이는 소리가 났지만 무슨 소린지 잘 들리지는 않았다.
『부를까요?』
경관은 물었다.

- 77 -

그러나 최여사는 의심되었다. 비록 여자친구하고 같이 있다지만 몰래 어떤 불량 남학생과 동거하지 않음을 보장할 수 없었다.

"남의 집 귀한 자식을 꼬여서 데리고 사는 년인지 놈인지한테 예의를 갖출 필요가 있나요? 그냥 확 잡아버려 주세요."

방안을 급습해 달라는 얘기였다.

경관들도 수긍했다. 그들은 다 같이 심호흡을 했다.

"하나, 둘, 셋."

최여사와 함께 온 두 경관은 방문을 부수듯이 밀고 들어가 회중등을 비췄다. 남은 방문은 안으로 문고리가 잠겨 있었지만 경첩이 떨어져 나가 반대편으로 열렸다.

"아앗!"

놀란 것은 정아와 그녀의 친구뿐만이 아니라 방에 들어온 최여사와 두 경관이었다. 방안의 형광등이 켜졌다. 어떤 불량남학생과 동거한다면 그놈을 잡아서 요절을 내겠다고 벼르던 최여사의 눈에는 더욱 충격적인 장면이 보였다.

정아는 여자 친구와 실오라기 하나 안 걸치고 서로 애무하며 엎치락뒤치락하고 있었다. 경관들은 입이 벌어져 말을 못하고 최여사의 안색은 새파랗게 질렸다.

하얗고 투명한 살진 몸매의 정아와 약간 가무스레하며 야윈 몸매의 상대 여자 친구는 대조를 이뤘다. 짧은 시간이 었지만 불시의 침입에 놀라 이불을 덮어 쓰기까지 그네들의 몸이 절정의 흥에 겨워 요동쳤던 광경이 휘황찬란했다. 어둠에 익은 시각(視覺)에게 형광조명 아래 정아의 새하얀 나신은 불빛 그 자체였고 거기 여자친구의 몸이 불심(火心)처럼 섞여 눈부신 광채를 일렁이게 했다.

"으.... 이.... 이런 못된...."

최여사가 실신하듯 비틀거리자 두 경관이 부축했다.

"이 못된 년들 당장 잡아가 주세요!"

최여사는 정신을 차리자 정아의 상대역인 여학생의 머리채를 붙잡고 흔들었다.

"죄송합니다만 동성애에 대한 처벌조항은 아직 우리나라에...."

최여사의 호통에도 경관들은 움찔하며 머뭇거렸다.

『그렇다면 폭행죄로 잡아가두면 될 거 아녜요!』 최여사는 법률가의 아내답게 대안을 제시하며 다그쳤다.

『두 사람 사이에 물리적인 힘이 사용되었다는 정황이 없기에 곤란합니다.』

『아이고…』

최여사는 주저앉아 바닥을 치고 통곡했다. 경관들은 최여사를 안쓰런 눈으로 내려다보았다.

『아니 이런 못된 짓을 한 년을 처벌할 수가 없단 말이에요?』

『…』

최여사는 현장에 경찰만 데려온 것이 후회되었다. 남편의 대학 후배 되는 검사 밑의 직원을 하나 데려올 것을…

정아의 친구는 어쩔 줄 몰라 했다. 고향이 지방인 그녀는 정아의 유복한 집안환경을 부러워하는 반면 정아는 입시지옥에서 일찍감치 해방된 그 애의 입장을 부러워하며 서로 위로하며 지내왔다.

결국 별다른 조치는 취하지 못한 채 정아를 찾은 것으로 만족하고 최여사는 경관들과 함께 산동네를 내려왔다. 처음에는 부친 성씨에게 정아가 친구와 동거했다는 사실은 말했지만 친구와의 그 사건은 말하지 않았다. 그러나 이내 경찰의 사건보고서를 통해 성씨도 알게 되었다.

사태가 진정될 즈음 어느 저녁시간 성씨는 거실에서 부인과 대화했다.

『어릴 땐 제법 기대를 했더니만 학교 성적도 신통찮고…』

『그 정도면 되지 않아요? 아무리 놀아도 머리는 좋은지 반에서 5등 안에는 들어요.』 부인 최여사는 정아를 변호했다.

『이보시오. 말을 하면 다 인 줄 아시오? 우리 집안에는…』

사실 그러했다. 이미 부친 성씨는 재학 중의 사법고시 수석합격으로 젊었을 때부터 명성을 날렸던 대한민국 수재중의 수재였다. 부인 최씨 또한 법대 졸업 후 인문대를 학사편입해 수석졸업한, 재원 중의 재원이었다. 정아의 바로 밑 남동생과 막내 여자애는 모두 학교에서 수석을 놓치지 않으며 성씨부부의 후배로서의 법대 입학을 예약하고 있었다.

최씨가 학사편입을 한 것은 법대 재학시절부터 교제관계가 있었던 성씨가 먼저 사법고시에 합격하며 사법연수원 입소 후에 최씨에게 자신처럼 법조인의 길을 걷기보다는 문화계 쪽의 길을 걷는 것이 여사법연수원 입소 후에 최씨에게 자신처럼 법조인의 길을 걷기보다는 문화계 쪽의 길을 걷는 것이 더 좋지 않겠냐고 권유한 데서 비롯되었다. 이미 결혼을 약속한 사이인지라 최씨는 곧 남자친구 성씨의 권유를 받아들였다. 오히려 자신으로 하여금 보다 인간적인 분야로 진출할 길을 터준 그에 대한 고마움이 있었다.

『내가 법률가로서 이 사회를 움직이는데 큰 역할을 하겠다는 포부는 갖고 있지만 이 세상의 일이 어디 법률로 모두 해결될 수 있겠소? 욕심 같으면 우리가 다른 모든 분야를 다 했으면 좋겠지만 그래도 가장 포괄적인 것이 문화를 다루는 것이니, 운경! 그대는 인문학을 다시 공부하여 문화계로 진출하시오. 그러면 나와 함께 이 사회에서 폭넓게 뜻을 펼칠 수 있을 것이오.』

당시 대학졸업반 성씨의 말이었다.

그러나 문화계 진출이란 것은 일면 막연한 것이어서 최씨는 인문대 졸업 후 더 이상의 학위공부를 포기하고 성씨와 결혼식을 올렸다. 이후로는 지방전근이 잦은 남편의 내조에 힘을 쏟다보니 자신의 일은 돌아볼 겨를이 없었다.

『들어가시오. 나 좀 생각할 게 있으니.』

성씨는 아내를 먼저 방으로 들여보내고 거실소파에 홀로 남아 생각에 잠겼다. 조용한 거실에서 성씨는 혼자 위스키를 잔에 따랐다.

『어릴 때는 신동이라고 기대가 컸는데 자라면서 어긋나는 길만 골라 가는구나. 행실은 모두 제멋대로고...삼 걱정이다. 이대로는 사법시험은커녕 쓸 만한 법대에도 못 들어가겠는데...』

성씨는 정아의 문제를 고민했다.

그러다 퍼뜩 생각나는 것이 있었다.

「지금 힌국 최고의 작가라고 거들먹거리는 작자도 애초에 사법고시도 떨어졌던 자였다는데...」

성씨는 표정이 굳어지며 눈이 빛났다.

「차라리 내가 그때 문학을 했더라면...」

새삼스런 후회가 밀려들어왔다. 젊어서부터 문학적 소양이 누구이상으로 풍부했고 일찍이 시를 수석으로 합격한 바 있는 그였다. 자기는 학생 때 가뿐히 통과한 시험을 몇 년씩 공부하고도 낙방하는 자들이 그의 기준에서는 참으로 안쓰러워 보일 수밖에 없었다.

그런데 그랬던 자가 지금은 웬만한 정치인 이상으로 세상을 향해 하고 싶은 말을 아무 때나 발표할 수 있고 수많은 사람들에게 존경과 우상의 대상이 되는 영향력과 지위를 갖고 있는 것이다. 제한된 범위의 사람들에게서만 공경을 받는 자신의 위치는 거기 비하면 보잘것없어 보였다. 지금의 자신은 능력에 걸맞은 대접을 받지 못하고 있다고 느껴졌다.

『그렇다. 정아의 길은 문학의 길이다. 한국의 최고 작가… 그래서 프랑스의 까뮈나 사르트르같이 국가적 대사에 대해 아무 때라도 말하고 영향력을 행사할 수 있는 그런 지식인으로 키우자. 그것은 우리 집안의 경사이기도 하다.』

성씨는 두 주먹을 불끈 쥐고 의기양양하게 거실을 떠나 안방으로 들어갔다.

『여보!』

아내를 부르는 성씨의 목소리는 당당하고 힘이 있었다.

『이제 더 이상 걱정할 것은 없소. 정아도 자기 길을 찾았소.』

『방금 그러던가요?』

대형베개를 기대고 침대에 누워있던 아내 최여사는 남편 성씨가 정아와 방금 대화한 것이 아닌가 일어나며 물었다. 그러나 정아는 자기 방에서 새로 알게 된 채팅이란 것에 열중하고 있었고 최여사가 거실에 있을 때도 나오지 않았다.

『아니, 그게 아니라….』

성씨는 딸아이의 진로를 자기가 정하지 누가 정하냐는 듯 손솔 내밀며 거칠게 가로막았다. 그런 중차대한 것은 아이와 상의하는 것이 아니라 가장인 자신이 결단해야 할 사항이라는 게 그의 생각이었다. 가장의 후원 없이는 가족 개개인의 생활 모든 것이 이루어질 수 없는 가정체제 하에서는 당연한 것이었다.

『내가 결단했소. 이제 우리 정아는 문화계로 진출시킬까 하오.』

『어떻게 진출하죠?』

『내가 시킨다고 하지 않았소?』

성씨는 침대에 다가가 잠옷차림의 최여사 곁에 털썩 앉고는 그녀를 껴안았다.

『아아…. 여보.』

최여사도 오랜만에 받는 남편의 열정이라 콧소리를 내며 반응했다. 성씨는 끌어안은 팔에 힘을 더하며 나직이 울리는 소리로 일렀다.

- 82 -

「정아의 문화계 진출을 계기로 이제 우리도 사고방식을 전환시켜야 할 것 같소.」
「글쎄요. 사실 이제까지 우리가 너무 정아를 제대로 이해해 주지 못했지요.」
최여사는 정아의 기벽을 옹호하고 이해해 주려는 입장이었지만 그래도 정아를 남편에게 적극적으로 변호해 주지 않은 것에 자기 또한 책임이 있다고 생각되었다.
「자식이라고 해서 부모 말 잘 따르고 학교공부 열심히 해야만 좋은 걸로 알아왔죠. 하지만 자식의 개성을 인정하는 부모가 정말 좋은 부모라고 봐요.」
「그런 점우가 아니라 우리 좀 대국적(大局的)으로 생각해 봅시다.」
「예?」
침대 맡의 노란 스탠드 불빛 아래 성씨의 표정은 진지했다.
「우리는 이제까지 너무 보수적으로만 살아왔소.」
「보수적이라니요?」
「보수는 현재에 인정되는 가치를 존중하는 것이고 진보는 현재의 고정관념에 매이지 않고 될 수 있으면 새롭고 획기적인 것을 추구하는 것을 말하오.」
「그렇다고 보수...그게 왜 나쁜가요?」
「나쁘다는게 아니라 우리는 보수와 진보 두 가지를 다 수용해야 한단 말이오.」
「어떻게 해야 진보가 되죠? 우리가 진보적이라는 얘기도 들으려면요?」 최여사는 남편의 고담준론(高談峻論)에 호기심이 갔다.
「우선, 우리 정아가 꼭 성실한 학생이 되어서 법관이 되어야 한다는 생각만을 하지 말고 그보다 창조적인 다른 일을 하게 하는 것이오.」
「그건 물론이잖아요. 그전부터 그 애가 원했던 게 그거 아닌가요?」
「그리고 우리 스스로도 진보적으로 변합시다.」
성씨는 이미 안고 있는 최여사를 덥석 당겨 안아보고는 아직까지 갈아입지 않았던 외출복 윗저고리를 벗어 던졌다. 그것만으로 성씨는 최여사와의 행위 준비를 하는 것이 명백했다. 최여사는 엉겁결에 자신의 잠옷과 속옷을 벗고, 아직 침대에 걸터앉아 있는 성씨 옆에 몸을 뉘었다.
「성(性)도 진보적이 되어야 할 텐데...」 성씨는 최여사의 몸을 내려다보며 중얼거렸다.
「뭘요? 새디른 걸 해요?」
「변태를 생각하세요?」

마지막 공주

얼굴이 조금 상기된 최여사는 엷은 미소를 띠며 물었다.
「변태?」 허허. 그런 건 어떤 격의 없는 자리가 아닐 경우 상당히 거부감이 있는 표현이지.」
「참-, 우리야 격의 없는 사이 아니에요? 아무튼 그런 것은 피해야 하잖아요?」
「그래도 가장의 위엄을 생각해주어야 하지 않을소? 변태라니?」
「변태라는 말이 그렇게 치욕적인 것이라고 생각되시면 반드시 준수해야 할 것 일곱 글자를 명심하면 돼요.
정상위삽입성교라…。」
「그래요. 바로 正常位 挿入性交를 철저히 준수하는 것이지요。」
「그래요. 반드시 서로 배를 맞대고 얼굴을 마주보는 정상위여야 하는 거예요. 행위를 하면서 얼굴을 맞대고 속삭여야 진정 인간적인 것이고 문화인이라고 볼 수 있지 않아요? 그리고 애무만으로 끝내도 변태예요. 반드시 삽입을 하고 사정까지 끝내야 변태가 아닌 것이지요。」
「당신 어떻게 그렇게 잘 알지?」
「정아의 독서지식이 너무 앞서나가서 그대로 두면 나중에는 저하고 대화상대가 안될 것 같았어요. 그래서 여러 방면의 교양서를 읽었죠. 특히 성문화의 관련서적을 많이 보았어요。」
「그렇지. 당신도 이젠 나하고 말상대가 되는군 그래。」

최여사는 결혼 후에는 집안 뒷바라지만 하느라 연애시절의 총기는 없어지고 조용한 내조자로만 머물러 있었다. 이 때문에 세상사의 면면을 탐구하며 분석하는 직업을 가진 법관 성씨와는 대화 수준의 차이가 벌어져갔던 것이 지난날이었다. 그런데 요 몇 년 사이 최 여사는 집중적인 독서로 지적 능력을 향상시키며 정아의 성장에 대비하는 것이었다.
「인간이 동물과 달리 품위 있는 성행위를 하게 되는 것은 이와 같이 정상위를 지킨다는 것에 있을 거예요。」
「당신、인간이 동물과 달리 그러한 체위를 갖게 된 게 어떻게 유래했는지 알아?」 성씨는 아내의 지성적 향상에도 불구하고 자신의 변함없는 지성적 우월성을 확인하려는 듯 한차례의 설교를 마음속에 장전(裝塡)했다.
「제가 알 리 있나요?」
최여사는 짐짓 자신의 정숙함을 말하곤 하는 인사는 인간사회에 남을 이기고 살아나려는 싸움이 많았던 시대부터 유래한 것이지. 인간이 상대 앞에서 고개를 숙이는 것은 상대를 싸움의 대상으로 보지 않겠다는 의미야. 상대를 쳐다보지 않으니까 상대에 대한 공격을 포기하는 것은 물론 상대가 공격해 와도 방어하지 않고 순종하겠다는 의사표시가 되지.」

성씨는 설명하는 최여사 앞에서 자신의 설(說)을 교수(敎授)했다. 연애 때부터 그녀보다 한 단계 위의 교양수준을 가지고 있음을 서로 인정했고 때로는 그녀 앞에 교사(敎師)와도 같이 행세하였던 그였다. 그 서로의 교양과 학식의 차이는 계속 벌어져왔지만 둘 사이의 대화부족으로 성씨의 부인에 대한 교수 자리는 자주 갖지 못했다. 둘 사이에 여느 커플처럼 객관적인 학력(學歷) 차이가 있는 것도 아니고 둘 다 최고일류대학법학과의 동기급생 엘리트중의 엘리트였는 것을 최여사가 성씨에게 그토록 순종적이었던 것은 성씨가 대학시절부터 얼마나 특출한 엘리트자세의 강점을 포기한다는 의미가 있지. 그러니 인간의 고개 숙이는 자세는 상대 앞에서 자신의 직립자세를 포기하여 강한 상대에 대한 복종 표시를 하는 습성이 있어. 짐승에게는 배가 가장 약한 부위인데 배를 상대에게 보이는 것은 상대의 공격에 대해 무방비 상태가 되는 것이니 곧 복종을 의미하게 되지.」

「그래서 정승위 자세가 그런 자세가 된다는 건가요.」

최여사는 호기심에 눈을 깜빡거렸다. 성씨는 이야기를 계속했다.

「암컷도 사냥을 하고 활동을 수컷 못지않게 하는 여러 동물에 비해 인간은 암수의 체력차이가 상당히 큰 편이종(種)이라고 할 수 있어. 그렇다면 혹 인간의 조상이 되는 원숭이는 암수의 체력차이가 큰 종이 아니었을까 하는 것이지. 인간의 조상사회에서 암컷은 수컷을 만나면 순종의 표시로서 배를 내보이고 바닥에 드러눕고... 그 다음에 성행위가 이루어지곤 했던 것이 아닐까 해.」

「너무 남성우월주의적이시네요..」

최여사는 미간을 찡그렸다.

「그러니까 남녀평등의 원칙을 세상사의 모든 일에 속속들이 적용하고자 하는 진보적 페미니스트들은 여성의 굴쏘의 상징인 바로 이 정상체위의 관습부터 타파해야 할 거야. 정아도 아마 그런 쪽으로 갈 것 같은데. 남녀가 서로 상하가 없이 수평적인 위치에서 행하는 성 즉 후배위가 진보적인 자들이 추구하는 바가 되어야 할 거야.」

「정아는 그런 여자가 될 거예요.」

『그러면 우리부터 모범을 보여야지.』

성씨는 최여사를 엎드리라고 했다.

『아이...』

최여사는 부끄러운 듯 사양하는 손짓을 하다가 이윽고 몸을 돌렸다. 은은한 검붉은 조명이지만 최여사의 허연 궁둥이가 어둠 속의 발광체처럼 환히 보였다. 그 가운데 거웃이 무성한 검붉은 골이 수직으로 파여 있었다.

『자, 이제 남녀평등의 진보적 성행위를 우리가 솔선하자고.』

성씨는 행위에 들어갔다. 평소에도 그는 사건청탁으로 만나는 사시 동기 변호사들이나 사건브로커들이 내는 술자리가 끝난 후 이차 철야서비스를 사양하는 편이었다. 물론 집에는 사건 심의 때문에 늦는다고 말했지만 가족들은 기다리지 않고 잠을 잤고 특히 정아는 부친의 귀가에는 관심이 없었기 때문에 성씨는 아무 문제없이 그 다음날 아침 여관에서 출근할 수 있었다.

그만큼 가정에서 아내와의 행위 기회는 적었지만 최여사는 가끔 가지는 자리가 만족스러웠기 때문에 남편이 자기를 위하여 정력을 축적해서 해주는 것으로 알고 있었다. 그 삽입은 비 온 뒤의 축축한 계곡 한 가운데 우뚝 선 굵은 떡갈나무처럼 깊었지만 때로는 축하주를 터뜨리는 코르크 마개처럼 가뿐했다. 최여사는 질척이는 도랑을 헤집고 쑤셔파내 뚫어주는 굵은 막대와 같은 옹골찬 육봉(肉棒)이 거푸 파고드는 흡족감을 가졌다.

성씨는 정력은 과연 강했다. 한참의 반복행위 후 잠시 숨고르기를 할 때 최여사는 물었다.

『그런데 정아는 우리보다 더 진보적이잖아요.』

한참의 반복행위 후 잠시 숨고르기를 할 때 최여사는 물었다. 바깥바람을 쐬고 있는 성씨의 양물(陽物)은 아직도 사정(射精)을 보류하고 꼿꼿한 채 허공에 움질거리고 있었다. 최여사의 애액(愛液)에 젖은 붉은 끝단이 스탠드의 백열등 빛을 받아 반짝였다.

『하긴 그렇지. 우리가 하는 이성애는 아무래도 동성애보다는 보수적이니까.』

성씨는 하초(下焦)의 시원함을 느끼며 다시 상초(上焦)의 지성을 가동했다.

『여보, 우린 비록 이성애자들이지만 우리도 충분히 진보적일 수 있소.』

육욕(肉慾)의 시간에도 성씨의 지성은 빛났다. 퍼뜩 그에게 떠오르는 생각이 있었다.

『지금 남녀평등의 자세를 취했으니까 우리도 진보적인 사람이 됐잖아요? 이 정도면 됐지 얼마나

"아니 그보다 더…."

성씨는 읊드려있는 최여사의 검붉은 거대한 방사상(放射狀)의 작고 거무스레한 구덩이에 눈길이 갔다.

"위로… 더 진보적으로…."

"위로 드라구요?" 성씨는 혼자말했다.

"아니, 당신은 자세를 낮추는 게 더 좋지. 내가 더 올라간단 말이야."

성씨는 다시 최여사에게 등신(登身)했다.

"아야!"

최여사의 비명을 들으며 성씨는 충분히 진보적인 성행위를 그 날 실행했다. 집안의 걱정도 정아의 진로와 조화를 맞추기 위해 더욱 진보적인 길을 가기로 결심했다. 성씨 자신도 변하면서 정아를 위해 힘써주기로 그 날 마음먹은 것이었다.

"원래 잘가란 놈들은 청소년 때부터 부모와 학교에 순종을 않던 놈들이야. 그러니 우리 정아가 우리 말을 좀 안 들었다고 해도 괜찮아. 정아는 자기 나름대로 창조적으로 살아가면 되는 것이니까."

"아아! 당신도 이젠 정아를 이해해 주시네요…. 진작 좀 그렇게 해 주시지…. 아아! 악!"

최여사는 통규(痛叫) 속에서도 성씨에게 고마운 마음을 전했다.

작가는 선상기와 젊은 시절에 겪은 주변사회와의 갈등과 불화가 창작의 동력이 되는 경우가 많다고들 했다. 그러려면 가족 등 주변사회의 건전성에 문제가 있어서 작가의 옳은 생각이 잘 받아들여지지 못하는 상황이 되었어야 하는데 정아의 집안은 정아의 꿈을 키우고 개성을 살려나가기에는 더없이 좋은 환경이 되었다. 그래서 정아는 비록 작가적인 재능을 길렀다고는 하나 정작 작가가 되는 주변과의 갈등은 겪을 기회가 없었다. 그렇다고 정아의 환경을 일부러 나쁘게 해줄 수는 없었다.

결국 갈등이 생기려면 주변이 아닌 정아 스스로가 문제성을 가져야 했다. 그래서 정아의 기벽과 작위적인 반항은 정아가 훌륭한 작가가 되기 위해서 가져야 할 필요사항이 되었다.

마지막 공주

『정아야! 오늘은 잘 보냈냐.』

밤 열한시가 넘어서 들어오는 정아에게 던지는 부친의 다정한 말에 정아는 어리둥절했다.

그러나 정아라고 마냥 뻔뻔스러운 자식은 아니었다.

『아빠, 내가 지금까지 어떻게 시간을 보냈는지 아세요?』

『응? 그건 상관없지.』

『여섯시에 학교 도서관에서 나와서 대학로 축제 구경했어요.』

『그래 문화에 대한 감각을 익혀야지.』

『공부는 조금밖에 못했어요.』

『공부야 아무 때나 되는 만큼만 하면 되지. 학교는 아무 곳이나 들어가도 좋으니 공부보다는 문학작품 많이 읽고 창작연습에 힘써야지.』

『아직 창작할 정도는 아닌데요.』

『노력해야지. 창작으로 성공하는 게 제일이지.』

정아는 자기의 진로를 이해하고 뒷바라지하려는 아빠의 마음을 감사히 받아들이고 문학에 전념했다.

정아가 대학입학 후 얼마 안 되어 문단에 나온 뒤 문단과 학계, 출판계 쪽에 영향력 있는 성씨의 동생들과 친구들이 도와주어 정아의 진로는 탄탄대로가 되었다. 그렇게 수년 동안 집안의 희망을 걸고 쏟은 노력의 결실로 정아는 작가로서의 위치가 잡혀가고 있는 중이었다. 정통 순수문예물 작가로서 한국의 손꼽히는 지성인으로 자리 잡게 하려는 것이 부모의 마음이었다.

『문중에서 판사, 변호사 아무리 나오면 뭘 하나. 나라 전체의 방향에 영향을 미치고 영원히 이름을 남기면서 교과서에도 실리는 그런 소설가 하나 배출하는 것이 훨씬 좋지.』

정아에 대한 집안의 기대는 날로 커져갔다.

그렇게 공들여 길렀던 딸의 이름이 저급한 주간지의 가십기사에 나온다는 것은 결코 집안의 위신에 보탬이 되는 일이 아니었다.

「아빠, 무슨 일이세요?」

이윽고 정아가 방에서 나왔다.

「너 김준하라는 놈 아냐?」

「알긴 하는데요.」

「어떤 일이 있었기에 이런 저질 잡지에도 네 이름이 그놈하고 같이 나오냐?」 성씨는 소파에서 잡지를 들고 흔들어 보였다.

정아는 깁이 났다.

「그건‥‥ 나는 전혀 안 그랬는데 그놈이 일방적으로 날 좋다고 쫓아다녀서‥‥」

「그래?」

「그래요. 컴퓨터통신상에도 그 사실을 다 밝혀 놓았어요.」

성씨는 갑자기 일어서서 정아의 방으로 성큼성큼 걸어갔다. 실로 십년 만에 처음 있는 일이었다.

당황한 정아와 엄마는 아빠를 제지하려고 손짓은 했으나 감히 나서지는 못했다. 특히 사생활의 당사자인 정아는 두려움이 컸다.

성씨는 정아의 방에 들어가서 책상 서랍을 있는 대로 열었다. 조그만 장롱의 문도 열고 서랍도 열고 그 안의 작은 상자가 있으면 그것도 열어보았다. 책꽂이에 노트나 앨범 같은 것이 있으면 빼내 펼쳤다.

「이게 뭐야?」

방안으로부터 종이 무더기가 밖으로 쏟아져 나왔다. 정아가 받은 편지뭉치였다. 방 밖에 서있는 정아와 엄마는 발밑에 떨어지는 그것들을 보았다.

「그놈하고 잘도 사귀었었구나!」

「아녜요. 저는 한 번도 안 보내고 그놈이 자꾸 일방적으로‥‥」

「그렇다면 가만둘 수 없다!」

성씨는 둘이서 사귀었더라도 그냥 두지 않고 싶은 마음이었는데 일방적으로 자기 딸을 쫓아다녔다니 더욱 분노가 일었다. 그런 것을 도색잡지에서는 단순히 두 사람의 스캔들로 보도했으니 모르는 사람은 서로 좋아서 사귄 것으로 볼 것이 아닌가.

「당신 어서 고소장 좀 준비해 보쇼. 그냥 둘 수는 없지 않소? 올리기만 하면 내가 다 알아서 할 테니.」

「안돼요.」 성씨는 아내에게 다그쳤다.

「왜 그런가? 여태 사태를 가만히 지켜보고만 있던 아내 최여사는 만류했다.

「왜 그런가? 고소하면 남들이 우리 딸이 그런 놈하고 사귀었던 것이 알려질까 봐 그러나? 걱정 없소. 철저히 비밀로 하면 되니까.」

「그게 아니에요. 우리 정아는 이미 본격문단의 기성작가니까 공인이거든요. 그래서 이미지 관리를 잘 해야 돼요. 만약 우리 정아가 그 일을 고소한다면 공인이니까 사건을 비밀로 할 수가 없어요. 그러면 차라리 길거리의 거지한테서라면 몰라도 삼류통속작가와 법정다툼이 생긴다면 우리 딸의 이미지는 끝장나게 돼요. 사실 먼저 정아가 저한테 그 일을 상의한 적이 있었어요. 저도 그 문제를 고민하다가 우리 정아를 추천했던 문학상 심사위원에게 물어 봤거든요. 그러니까 그분 하는 말을 본격문학 작가로 키우려면 어떤 일이 있어도 상대하지 말라고 하는 거였어요. 대중통속소설을 붙들고 싸워주는 것만도 그들을 격상시켜주는 결과를 낳는다면서 대중문학을 아예 떠나 있어 간주하는 해외 본격문단의 분위기를 침고할 필요가 있다고 하시던데요. 그러니까 잘잘못을 떠나서 우리 정아가 통속작가와 같이 싸운다는 것만으로도 정아는 문학을 할 수가 없게 돼요.」

아내의 말을 들은 성씨는 조금 분을 가라앉히고 소파에 앉았다.

「감히 우리 딸을…….」

성씨는 거실의 책꽂이에서 두툼한 법대 동창회 주소록을 꺼내 펼쳤다. 거기서 잘 아는 후배 엄무웅을 찾아 곧바로 그의 집에 전화를 걸었다.

「아, 엄군. 오랜만이네. 부탁 좀 하려는데 자네도 딸들을 키우는 입장에서 잘 이해하겠지. 그래서 하는 말이네. 글쎄 우리 딸 정아를 김웃순이란 놈이 추근거렸다는데 혹시 그놈을 아나?」

「아, 알다마다요. 요즘 제가 만나는 술친구들한테서도 들은 얘긴데 그놈이 꽤 건방지다더군요.」

「자네 요새는 어떤 친구들 만나고 다니나?」

「글 쓰는 친구들이요.」

「그래? 힘 있는 친구들이면 우리 정아 좀 소개시키지 그러니?」

「제가 만나는 애들은 무협지나 만화스토리 작가들인데 괜찮으십니까. 그래도 개네들 한 달에 천만원씩은 버는 친구들입니다.』

『놔두게. 우리 정아는 본격 순수문학을 할 애니까 상관은 없겠네.』

『그런데 말씀하시는 그 김순이가 제 후배 황애실하고도 문제가 있는 것 같은데요.』

『뭐라고! 그래, 어떤 일이 있었나?』

『잘은 모르지만 그 애가 퍽 부담스러워하는 것 같은 데요.』

『아니 신성문단에도 끼지 못하는 삼류작가 놈이 감히 여검사에게 눈독을 들였단 말인가?』

『그러게 말입니다.』

『아니, 그리고 우리 정아한테도 . . . 어느 쪽이 먼저지?』

『애실이 아고의 일은 우리 현재 진행중이라 합니다.』

『그런데 정아 말로는 지금도 김순이한테서 전화가 올까봐 신경쇠약에 걸릴 지경이라는데.』

『그러는 게 그놈 취미인가 보죠. 되지도 않을 일 가지고 신분 높은 여자 건드려서 자기만족이나 얻으려는 . . .』

『도저히 그놈을 가만 놔둘 수 없군. 아니 잘됐군. 이 기회에 자네가 그놈을 아주 확실히 손봐주게.』

『그러면 따님이 우선 고소를 하게 해주십시오.』

『고소는 무슨 고소인가? 그냥 구속하면 됐지. 다 수가 있잖아? 좋은 머리 두어서 뭣하나? 집안체면도 체면이지만 우리 정아 같은 본격문학 작가가 그런 삼류작가를 상대로 고소를 한다면 세상 이 웃을걸세. 그러니 우리 딸에게는 손이 가지 않도록 하게나.』

『고시 후배인 검사 엄무웅에게 숙제를 내주었다.

『고소가 있어도 수가 있긴 할 겁니다. 법관 성대훈씨는 법대고시 후배이자 법이란 우리가 어떻게 다루느냐에 달린 것이니까요.』

『그래. 의무가 있나? 우리 둘이 힘을 합치면 이 세상에 안 될 일이 어디 있나!』

6 · 두 여인의 갈등

며칠이 지난 후 저녁시간에 성대훈씨는 정아를 거실로 불러냈다.

『정아야. 니도 이제 결혼을 해야 하지 않겠냐.』

정아는 얼른 대답을 못했다.
"왜 그놈이 있기 때문이냐?"
성씨는 표정을 굳히고 진지하게 타일렀다.
"그런 놈하고 어떻게 그냥 결혼을 하냐? 우리 집안 체면이 있지. 적어도 우리 집에 들어와서 주거침입죄로 경찰서 유치장 신세를 한두 번은 져야 해. 그래야 우리 집안 체면도 세워지는 것이지. 그렇지 않으면 네가 그놈이 탐나서 꼬였다는 얘기 밖에는 안 돼."
정아는 계속 대답을 못했다. 그녀도 순하가 집요한 구애를 해 와서 마지못한 듯 결혼을 해야 하는데 뜻대로 안 되고 있다고 생각하는 중이었다.
"그런데... 언제 한 번 찾아오기라도 했어?"
"한번은 왔었어요."
"그래, 언젠데? 어떻게 했냐?" 성씨는 정색했다.
"작년 여름인데... 그 때 할머니하고 같이 있었는데, 어서 가라고 소리치니까 갔어요."
"뭐라고 그냥 갔어? 그래, 바로 그게 그놈은 정신자세가 글러먹었다는 거야. 여자한테 마음이 있다면 경찰에 끌려가든 뭇매를 맞든 남자답게 치고 들어와야 하는 것이지 그따위로 하는 놈만 나봐야 아무 소용이 없어."
"아빠는 그렇게 결혼했어요?"
정아는 핵심을 찔렀다.
"뭣이?" 성씨는 당황하다가
"그야. 네 엄마와 나는 서로 좋아 결혼을 했지. 우리는 서로 어울리는 신분이었고 오히려 네 엄마가 나를 만난 건 행운이었지. 하지만 네 경우는 다르단 말야. 그놈은 집안 배경도 분명찮고..."
"그럼 반대하시는 건가요?" 정아는 다시 물었다.
"음... 나도 진보적인 사람이라서 정 네가 고집한다면 네 뜻을 따르겠지만 그 놈 행태를 보란 말야. 신분상승을 위한 최소한의 통과의례도 못 거치는 놈은 미련 둘 필요가 없어. 벌써 이 년이 다 되가는데 그 뒤로 소식이 없다면 이미 끝난 거야."

『알겠어요. 아빠.』

『그래. 내가 친구아들 봐 둔 애가 있으니 결혼은 걱정 말고 작가 활동이나 열심히 해라.』

정아 또한 순하가 격렬한 구애의 돌진을 하지 않는 바에야 집안의 반대를 무릅쓰고 관계를 유지할 구실이 없었다.

그러나 시금 그보다 중요한 것은 이미 그는 정아에게서 멀어져 황애실이란 여자를 마음에 둔다는 것이었다. 비록 부친 앞에서는 꺼내기조차 자존심이 상하는 일이라 그것을 말하지 않았지만 이미 컴퓨터 통신상에서는 알려진 사실이었다.

「그럼 그동안 나는 심심풀이였다는 말인가?‥‥」

정아는 분노의 마음이 일었다.

한편 이 즈음 애실은 순하와의 결혼에 대해 생각하고 있었다.

- 어차피 졸부하고 결혼하는 것도 치사하고 같은 법조인하고 해봐야 피곤할 테고‥‥ 이런 사람과 결혼해서 나를 받들게 하는 것도 좋을 거야. -

애실은 순하가 보낸 편지들을 다시 뒤적여보았다. 특히 한 구절이 마음에 들었다.

『당신의 부마(駙馬)가 되어드릴게요‥‥』

애실은 청사에서 오후 나른한 때면 그에게서 오는 전화를 기다리곤 했다. 그러나 전화는 근래 그렇게 자주 오지를 않았다. 기껏해야 일주일에 한두 번 정도였고 지난주에는 아예 한 번도 오지 않았다.

물론 애실이 전화를 안 받기에 그렇다고 할 수도 있지만 자기는 전화를 안 받고 피하는 듯해도 자기를 진정 사랑한다면 전화는 꾸준히 와야 할 것이 아닌가 하는 생각이었다. 이미 그와의 일이 공개된 이상 그래야 집무실의 직원들 앞에서도 체면이 설 것이었다.

「이거 혹시 나에게 구애하려고 전화를 하는 게 아니라 심심해서 생각날 때면 편지는 그냥 글을 쓰는 연습하려고 가끔가다 재미로 보내는 것이고‥‥」

애실은 회의감이 일었다. 그의 마음을 의심하는 것은 자기생각일 뿐이라고 해도 확실하는 만큼 구애에 열렬하지 않은 것이었다.

하는 그녀가 바라는 만큼 구애에 열렬하지 않은 것이었다.

애실은 다시 걱정이 되었다. 만약 그를 밖에서 개인적으로 만나서 정식으로 교제를 시작했는데 그의 사랑이 그다지 열렬한 것이 아니라면 자칫 자기의 체면은 형편없이 구겨질 것만 같았다. 그렇다면 졸부와의 결혼을 하는 것과 무엇이 낫단 말인가. 자기를 그저 그렇게 생각하는 상대와의 결혼이라니…

졸부는 돈이라도 있지만 그는 별다른 경제력도 없다. 오히려 내 월급으로 그를 먹여 살려야 할지도 모른다. 그는 단지 내가 검사라서… 아니, 안정된 봉급을 받는 공무원이라서 붙어먹고 살 수 있겠으니… 놓치기는 아까우니까 미지근한 구애만을 계속하는 것이 아닐까.

- 아무래도 확인과정을 거쳐야 할 것 같은데…」

애실의 고뇌는 밤새는 줄 몰랐다.

한편, 밤새 분해하던 정아는 다음날 낮 시간에 애실에게 전화했다.

「예, 황애실 검사입니다.」

사건의 선처를 사정하는 민원인들이 많지만 그래도 여자의 전화는 비교적 친절히 배려해주는 애실이었다.

「황애실 맞지? 너 왜 쓸데없이 김순하한테 수작 걸어서 말썽 일으켜?」

공손히 검사님을 부르는 소리에 익숙한 애실로서는 황당했다. 물론 어쩌다 그녀의 사건처리에 불만을 품은 자의 막말도 있었지만 그것은 이미 그녀 자신이 먼저 무시하기로 작정한 부류의 인간으로부터였다. 자기는 아무런 불이익조치를 하지 않았는데 상대방이 먼저 도발을 해오는 것은 처음이자 뜻밖이었다.

「뭐가 어째? 너 누구야? 김순하는 개가 날 사모해서 알게 된 것이지 웬 말 같지 않은 소리야? 너 그 사람 정부(情婦)라도 되냐?」

「흠… 나 작가 성정아라고 하는데.」

「그런데 어쩌란 거지? 너 잘났다. 처음 들어보는 이름인데?」

「날 모른다고? 무식한 년 같으니라고. 그래도 난 너 안다.」

「어떻게?」

「네가 저번에 양훈성 음란만화 사건 일으켰다면서? 뭐? 청소년 보호법이 어쨌어? 지랄하네.」

"뭣이 어째? 너 어딨어? 체포하러 보낸다."
"나 송파구 빌라야. 법조인 주소록에서 찾아봐."
주소 검색을 해본 애실은 정아가 법원장의 딸이란 것을 알 수 있었다.
애실은 툭 소리를 순하게 누그러뜨렸다.
"우리 아내지 말고 서로 만나서 해결하자."
"그래."

저녁에 정아와 애실은 강남의 르네상스 호텔 커피숍에서 만났다. 서로의 공동관심사가 순하와의 관계이기에 둘이는 그와 자기와의 관계를 경쟁적으로 털어 놓았다.

애실은
"그는 요즘 내게 편지를 많이 보내왔어. 너한테는 없지?" 하며 집무실 책상서랍에 모아두었던 빈 편지봉투들을 가져와 보여주었다.

이를 보고 정아는 잠깐 분노의 기색을 띠었으나 이윽고 태연하게 미소 짓고
"내가 삼년동안 안 만나주니까 너한테 간 모양인데. 사실은 나하고의 관계가 더 깊었어." 하고 자신이 받은 편지 봉투들과 그 안의 것들을 보여주었다.
"이런 건 너 받아 보지도 않았지? 너에겐 그저 손으로 끄적거린 것들뿐이었지?"
그 중에는 애실에게는 보낸 적이 없었던 순하 자신의 사진들도 많이 있었다.
"아니, 이럴 수가?"
애실은 순간 심장이 멈추는 듯해 두 팔을 움츠리고 손바닥으로 가슴을 쳤다.
"그래서…. 포기하라는 거니?"
애실이 서늘해진 마음을 가다듬어 되물었지만 정아는 한동안 조소(嘲笑)만을 띠고 있었다.
정아는 이윽고 고개를 저었다.
"아냐…. 포기는 이미 내가 했어."
정아는 테이블 위에 놓인 것들을 손으로 밀어 애실에게 건넸다.
"이건 다 네가 알아서 처분해. 이미 이 자는 작년 이후 너한테로 방향을 돌린 모양이고 설사 나한테 달라붙는다고 해도 우리 아빠는 여간해서는 허락을 안 할 텐데 지금 상황에서는 가망이 없어. 다만 시간의 흐름을 고려하지 않는다면… 우리가 현재를 살고 있다는 것만을 생각하지 않고 영

원한 시간 속에 살고 있었음을 감안한다면 ㄱ와의 관계는 내가 더 깊었음을 너는 인정해야 할 거야.」

「그게 무슨 소리니? 작가란 인간들은 그렇게 어리둥절한 이야기만 하니? 남 읽으라고 글 쓴다면서 그렇게 어렵게 비비 꼬면서 말할 건 뭐니?」

「뭐긴 뭐. 우리 순수문학 작가들은 존재의 의미를 탐구하기 위해서 가끔 깊은 철학적 사고도 할 줄 알아야 하는 거야. 그런게 대중작가란 부류와 다른 것이지.」

「그럼 김순이는 어떤 작가인데?」

「그는 나를 통해 본격 순수문학작가가 될 수도 있었지만 이제 내 손을 떠났으니 우리 본격문단에서는 결코 인정 못 받을 거야. 네가 먹여 살리든지 해.」

「그렇다면 이제 조용히 떠나 줘. 네가 관계가 깊다느니 하며 허튼소리 할 때는 나의 손바닥 안에서 너도 벗어나지는 못해. 그리고 그의 사생활까지도 다 파악하고 있는 나의 영향권을 벗어나지는 못할 거야.」

「어디서 떠나란 거야? 떠나고 말고가 어딨어? 어차피 그가 작가를 한답시고 할 때는 내 영향권을 벗어나지는 못할 거야.」

「이걸 그냥!」

화난 애실은 일어나 정아의 뺨을 후려치려고 손을 휘둘렀다.

그러나 애실은 중고등학교 때부터 가출을 일삼고 싸움질을 하며 커온 상대가 아니었다. 정아는 얼른 고개를 돌려 피하고는 애실의 머리채를 잡았다.

「이년이! 남이 먹다 버린 것 주워 먹는 년 주제에.」

정아는 애실을 끌어당겨 바닥에 넘어뜨렸다. 무게가 나가는 체격의 정아에게 가녀린 몸의 애실은 당해내지 못했다. 정아는 쌈박질에 능함을 스스로도 자부하는 깃에 비해 만화를 많이 보았을 뿐이지 공붑만 아는 모범생에 불과한 애실은 역부족이었다. 게다가 정아는 평소 그녀의 옷차림대로 티셔츠와 진바지에 운동화를 신었지만 애실은 근무하다 나온 검은 정장 스커트에 하이힐을 신고 있었으니 싸움은 진행될 수가 없었다.

그래도 남 앞에 무릎 꿇은 적이 없는 애실은 벌떡 일어나 정아를 향해 덤벼들었다. 정아는 다시 애실을 밀어 넘어뜨렸다. 넘어진 애실의 스커트가 젖혀져, 드러난 다리의 매끄럽고 세련된 각선(脚線)을 따라 스타킹의 흰 섬유가 가지런히 광택을 내고 있었다. 이 광경을 본 정아는 자신의 통나무

같은 다리와 비교되어 다시 질투심이 났다.

"으, 내가 진작 다이어트를 했다면 이년한테 이런 수모를 안 당했을 것을……"

정아는 쓰러진 애실을 아예 두들겨 패려고 달려들었다.

"천하의 한애실이 맞을 것 같냐!"

애실은 급히 몸을 돌려, 적에게 덤벼드는 고양이처럼 손톱을 들고 할퀴는 반격의 자세를 취했다.

그러나 이미 소란을 보고 달려온 호텔종업원들이 말리고 있었다.

"이러시지를 마십시오. 보아하니 귀한 숙녀님들 같은데."

종업원들은 애실의 고급전문직다운 정갈한 옷차림과, 차림새는 캐주얼했지만 정아가 입은 티셔츠와 진바지이 메이커 상표를 알아보고, 그들에게 예의를 다하여 말렸다.

"두 분은 내화로 타협을 하십시오. 시장바닥의 사람들도 아니고 사회적 지위가 있는 분들은 다 해결의 길이 있습니다."

나중에 다가온 나이든 웨이터는 두 사람의 신분과 사정을 다 아는 듯, 타일러 말리고는 둘을 의자에 앉도록 종용했다.

반강제로 내화의 자리가 마련되니 둘은 정말 자기들의 지위를 이용한 해결책을 찾아야 할 것 같았다. 웨이터들이 주변을 서성이며 지켜보니 자칫하면 자기네 상시나 부친에게 알려져서 망신을 당할 것 같은 염려도 있어 둘은 다시 대화할 수밖에 없었다.

정아는 말했다.

"어차피 그사는 나하고 결혼을 못하게 되었으니 나는 그를 죽여야겠다."

"그건 왕조시대 공주 같은 발상이야!"

애실은 자기 노 꿈꾸바 있는 그런 생각을 하는 정아를 비판했다.

"누가 뭐래도 내가 살려면 나의 활동세계에서는 그를 제거하는 길밖에는 없어. 하지만 인간으로서의 김순이는 너에게 줄 수 있어. 작가로서의 김순하는 조건으로 말야. 내가 문단에서 지장 없이 활동하려면 그를 없애야 해."

"넌 본격작가인데 순수문학작가이고 그 사람은 통속작가인데 무슨 상관이 있단 말야?"

"신경이 쓰이니까 그렇지. 다른 통속작가들은 「나는 문학성 같은 건 따지지 않는다. 다만 독자에게 재미있게 쓰려고 한다.」고 하면서 알아서 기는데 그자는 걸핏하면 순수문학이 제대로 안 되었다느니 본격문단이란 없다느니 하면서 월권을 한단 말야.」

「그건 아무래도 좋아. 나한테는 그가 충실한 부마가 돼 주기만 하면 좋아. 그가 작가든 뭐가 되든 나는 상관없어.」

애실은 아내를 위하여 벼슬도 하지 않는 부마를 생각했다.

정아와 애실은 서로 타협점을 찾았다.

「그래, 그러면 이렇게 하자. 비록 내 마음같으면 나를 떠난 자는 반드시 죽이고 싶지만 너에게 넘겨주고…. 대신 작가의 세계에서는 내 뜻대로 그를 죽여 없애야 해. 우리 문단에도 최대한 압력을 넣겠지만 너희 쪽에서도 도와줄 수 있겠어?」

「우리 검찰이야 마음만 먹으면 안 될 것이 없지.」

「좋아. 마무리는 우리 아빠가 있으니까 일단 너네가 잘 해줘.」

정아와 애실은 타협의 악수를 했다.

「그래 그러면 됐지, 우리가 뭐 상놈의 계집년들처럼 머리끄댕이 잡고 싸울게 뭐람?」

웨이터들은 찻잔을 달라고 하지도 않고 그들을 정중히 배웅했다.

둘은 웃으며 호텔 커피숍을 나왔다.

유진은 두 여자를 이해할 수 있었다. 그들 입장에서 나이도 많고 그다지 이룬 것도 없는 남자에게 먼저 관심을 주어 부심이 남달랐다. 그들 모두 젊은 나이에 사회적 지위를 가진 여성으로서 자교제를 유도한 것은 시혜(施惠)라고 볼 수 있었다. 남자에겐 놓칠 수 없는 기회이므로 자기에게 집착하게 되리란 믿음이 있었다. 남들이 인정해주지 않아 빚을 못보고 있는 자를 자기만의 혜안(慧眼)으로 발굴해 끌어올려주는 선심도 공통된 것이었다.

그렇게 우월적 위치를 자신(自信)하던 관계에서, 열등자의 선택권이 단번에 서로의 입장을 바꾼다는 것은 크나큰 배신이었다. 그것은 단지 상대 남자 김순하의 배신이 아니라 그녀들이 믿고 있던 이 세상 시스템의 배신이었다.

이제 성정아와 황애실이 어떻게 그녀들의 합의사항을 실행했는가가 기록문서에 나오고 있었다. 유진은 기지개를 켜고 양손으로 허리에 엉치를 거쳐 히프에 이르는 곡선을 쓰다듬었다. 그리고

양 허벅지를 손바닥으로 두들겼다. 양손에 닿는 육감(肉感)이 풍실(豊實)했다.
「연애감성을 풀기 위해 공권력을 동원한다는 것이 과연 가능할까? 가능했다면 어떤 방법일까?」
더 이상 연애편지나 채팅대화는 없고 딱딱한 수사보고문서들 뿐이었지만 그들이 그것을 실행에 옮길 때의 광경을 생각하면 그렇게 지루한 것은 아니었다.

황애실은 오후에 선배검사 엄무웅을 방문했다. 점심때의 폭탄주에 거나히 취해 느긋이 창밖을 바라보고 있던 엄검사는 회전의자를 돌렸다.

「무슨 일이야?」
「중요한 얘기 좀 드리려 하는데요.」
「그래? 회의실로 갈까?」
「아니, 그럴 일은 아니고요.」
애실은 간이의자를 당겨 엄무웅의 맞은편에 앉았다.
「개인적인 고민이 있어요.」
「아니, 무슨?」
「요즘 밖에서 자꾸 업무를 방해하는 자가 있어서요.」
「어떤 놈인데? 당장 구속시키지 뭘?」
「내가 나서기도 창피해서요. 김순하라는 자인데.」
「뭐? 컴퓨터 통신상에 소문이 있는 것 같더니 정말이었구나.」
엄무웅은 놀라우면서도 일면 반갑기까지 했다. 먼저 선배 성대훈 판사로부터 전화를 받고 어떻게 그를 처리할까 궁리하던 차였다. 그 뒤로도 가끔 김순하를 비난하는 몇몇 여자의 글이 컴퓨터 통신상에 나타나곤 해서 엄무웅은 그가 여자관리에 철저하지 못한 자라 생각되었다. 언젠가 여자관계를 이용해 한번 손을 볼 기회가 있을 것 같았다. 그런데 후배 애실이 스스로 찾아와 해결을 부탁하는 것이었다.

「그래. 너한테 뭐라고 하던?」
「날 좋아한대.」

둘은 친한 사이라서 애실은 선배 엄무웅에게 꼭 경어를 쓰지는 않았다.

"그럼 사귀지." 엄무웅은 슬쩍 웃었다.

"아니, 그런데 내가 처음이 아니란 말야."

"처음이 아니면 뭐가 어때서?"

"그자에게서 피해본 사람이 한둘이 아녜요."

"어떤 피해?"

"결혼하자구 그랬던 거죠."

"결혼하자는 게 잘못인가?"

"싫다는데 그랬잖아."

"결혼하자고 해서 거절당한 게 잘못인가?"

엄검사는 계속 웃으며 빈정거렸다.

"몰라요! 아무튼 여자들에게 피해를 주었다고요. 검사님 술 깬 담에 얘기해요."

애실은 화를 내고 일어서 돌아갔다. 많은 여자들에게 청혼을 하고 결혼을 하지 않았다는 것은 여자 입장에서는 여자들을 많이 괴롭힌 것이나 다름없었다. 여자가 아무리 거절해도 남자가 집요하게 구혼하여 마침내 결혼했다면 용서될 수 있는 것이지만... 여자가 아무리 거절해도 남자가 집요하게 엄무웅은 가볍게 받아넘겼지만 속으로 짚이는 것이 있었다. 그전부터 통신망 상의 글들을 눈여겨 보며 기회했던 바를 실행에 옮길 때가 된 것이었다. 이제는 정말 맞설이 필요가 없을 것 같았다.

"알았어. 그놈의 추문이 한 두 개가 아니라는 걸 나도 잘 알고 있으니 확실히 손봐줄게."

"그자의 작가로서의 생명을 아주 끝내야 해요."

애실은 겉으로 드러나지 않게 해달라고 했다.

그녀에게 시간의 관념은 없었다. 처녀만이 왕자와 결혼할 수 있듯 공주와 결혼할 남자는 현재와 미래는 물론이고 과거도 순결해야 한다. 자기 외의 다른 여자와도 결혼할 수 있었던 남자가 자기에게 구애하는 것은 용납할 수 없었다. 자기와 같은 그런 여자를 만나지 않았다면 결혼을 하지 않았을... 오직 자기만이 유일한 구원자가 될 수 있는 그런 남자여야 했다.

"다른 여자들에게도 수없이 접근했다고? 그렇다면 난 뭐야. 내 사회적 지위가 탐이 나서 접근했다는 것이냐?」

오직 애실 그녀 자신이 아니면 다른 어느 여자도 용납할 수 없도록, 그렇게 만들어진 남자만이... 그녀라는 이 세상 유일의 특별한 여자에게 접근할 권리를 가졌다고 그녀는 생각했다.

정아를 통해 순하의 과거를 듣고 그 기대가 무너진 뒤부터 애실은 분개하는 심정으로 그의 과거 행적을 엄무웅과 함께 찾아보았다.

「우선, 이걸 봐.」

엄검사는 두꺼운 서류묶음을 보여주었다. 아랫사람을 시켜 통신 게시판에서 수집(蒐集)한 김순하 관련 글모음이었다.

「이런 것들이 놈이 얼마나 사생활이 난잡한가를 보여주는 것이야.」

성정아의 재넝쿨로사건 이후 드라마작가 오영자가 통신게시판에서 밝히기를 김순하가 그전에 자기에게도 사랑한다는 말을 한 적이 있었다는 것이었다. 그리하여 앞으로 다시는 그가 사랑한다는 말을 함부로 하고 다니지 못하게 해주기를 성정아에게 부탁하는 것이었다.

오영자로서는 김순하가 비록 자기와는 실패했지만 앞으로 성정아와 맺어져 정말로 더 이상은 그가 아무에게나 시청한다는 말을 할 필요가 없도록 되었으면 좋겠다는 선의가 있는 말이었지만 황애실과 엄무웅 두 검사의 눈에는 정말 다시는 그가 함부로 사랑을 지껄이고 다니지 말도록 입단속을 해달라는 공개청원으로 받아들여졌다.

「이런 이미 성정아 말고도 또...」

애실은 입을 다물지 못했다.

「하여튼 여긴 차례에 걸쳐 상대여자의 수준을 점차 높여가다가 성정아에게까지 이르렀지.」

「그 다음은?」

애실은 그것이 자신임을 스스로 알고 있으면서도 물었다.

「그 다음은?... 바로 너지... 더 이상 올라갈 수 없는 곳...」

둘이서 크게 웃으니 이제까지는 무심코 있던 다른 직원들도 그들을 돌아보았다.

「그런데 성정아는 어느 만큼 좋아했대?」

애실은 컴퓨터통신상에서 성정아 칭찬도 했더라, 애실은 엄검사가 보여주는 김순하의 글을 읽었다.

「성정아의 작품집은 기존의 소설형식에 매이지 않고 자유로운 상상이 나아가는 그대로 써진 것이다.

떠다니는 듯한 환상의 지방을 배경으로 설정한 것은 현실배경을 채택할 경우에 주제 강조에 관련이 없더라도 배경의 사실성을 검증해야 하는 부담을 더는 효과를 얻는다. 혹은 리얼리즘 작품창작에 따르는 취재와 자료수집의 부담을 피하는 의도라고 폄하할 수도 있으나 이미 기성작가로서 공인된 그에게는 적합하지 않다.

동성애에 대한 작가의 해석이 좀 더 깊었으면 한다. 동성애에 대한 어떤 분석적 통찰보다는 성의 다변성(多變性)의 자유를 나타내려는 한 소품으로서 동성애가 차용되었지 않았나 한다.」

애실은 집무실에서 다시 정아의 전화를 받았다.

「이봐요. 내가 당신 퇴근 시간에 맞춰 청사 앞의 법촌다방에서 기다리고 있을 테니까. 한 번 만나요.」

「오늘 일이 많은데...」

「나는 한가해서 당신 기다리는 줄 알아?! 그래도 당신 지위를 생각해서 청사 앞에 와서 기다려 주려는 건데... 오기 싫으면 말고.」

「먼저 얘기는 다 끝났잖아?」

「그러니까 내가 먼저 할 말이 있다고 하는 거 아냐?」

「알았어...」결국 정아를 다시 만나기로 했다.

「아니 동성애를 그냥 자연스럽게 말하고 있네? 혹시 이 남자 동성애자 아냐? 그러면서 체면상 결혼은 해야겠으니 공연히 이 여자 저 여자 건드리고 다니는 것 아냐?」

「음. 그럴 수도 있겠구나. 알아봐야 하겠네.」

「그래 그것도 한번 알아 봐 줘.」 애실은 엄무응에게 정식으로 부탁했다. 부탁하는 자와 부탁받는 자는 같은 검사로서의 교조적(教條的)인 상황판단에 서로 이의(異議)가 없었다.

애실은 정아의 부친 성대훈씨가 검찰총장과 동기임을 떠올렸다.

정아는 아버지가 마련한 혼사가 마음에 들지 않았다. 그래서 다시 애실의 마음을 떠보려는 것이었다.

법촌다방은 검찰청사에서 내려와서 큰길을 건너 이곳으로 막 속길을 한 것이 불쾌했던데 이곳이었다. 애실은 정문 바로 아래에도 다방이 있는

『나 저녁에도 한가하지 않은 사람이요.』

다방에 들어온 애실은 정아 앞에 털썩 앉았다.

정아는 싫은 하듯 차분히 말을 시작했다.

『당신 김수하 그만 포기해요. 지금 서로 만나고 있지도 않잖아요?』

애실은 지금 만나고 있지 않는 걸 네가 어떻게 아느냐고 화를 내려다 대동문간에 비가 널어서 성정아의 부친과는 틀림없이 유대를 갖고 있으리라고 추측할 수 있었다. 법

『왜 또 그 얘기를 꺼내요? 그럼 그쪽은 지금 만나고 있다는거요?』 애실은 정아의 위치를 생각해

절제하면서도 고위직 여성다운 당당함으로 무게를 얻어 나무랐다.

『만나지는 않지만 이미 진행은 내 쪽으로 훨씬 많이 되어 있어시.』 정아도 당당히 자기의 입장을 나타냈다.

『뭐가 진행이 되었다는 거야?』

애실은 걸으로는 차분했지만 속에는 끓는 분노가 차 있었다. 그것은 단지 정아에 대한 것이라기 보다 감히 사기를 이런 삼각관계에 놓이게 한 순하에 대한 분노였다. 별 대단치도 않은 남자 때문에 싸우는 것도 치욕이지만 그렇다고 해서 선뜻 양보할 수 없는 상황은 더욱 자존심을 긁었다.

드디어 표출되는 것이었다. 『네까짓게 뭔데? 법원장 딸이면 다야? 지는 아무것도 아니면서⋯⋯』 하는 생각이

애실의 기세에 들듣하자 정아는 조금 당황했지만 밀리지 않고 자세를 곧게 했다.

『알잖아? 한테는 모든 것을 다 주었다는 것을.』

순하는 정아에게는 자신의 사진을 주었지만 애실에게는 준 적이 없었다. 정아는 이것을 두고 자기와 그와의 관계가 애실과의 관계보다 더 깊었다고 주장하는 것이었다.

정아가 소리를 높이자 애실은 가소로운 듯 웃음을 터뜨렸다.

『푸후후, 그건 그 남자가 너 자체에 대해서는 관심이 별로 없었다는 거야. 네가 하도 그이를 좋아하고 못 잊어 하니까 불쌍해서 자기 사진이나 보면서 위안을 받으라고 줬던 거야. 내게는 나의

마지막 공주

몸을 보고 싶다고까지 말한 적이 있어. 너하고는 경우가 달라.』
『남자가 여자 몸 보고 싶어 하는 건 누구나 마찬가진데 무슨 소리야! 나한테만 모든 걸 주었다는 것은 나를 신뢰한다는 말이 아냐?』

말은 토해냈지만 정아는 문득, 순하가 여성으로서의 자기를 탐내는 편지글이나 통신대화가 거의 없었다는 것을 상기하고 당황했다. 딱 한번 있었던 「정아님도 여느 처녀와 마찬가지로 아름다운 가슴과 엉덩이를 가지고 있음에 감격할 것입니다…」라는 편지구절도 주민등록상 여자인 그녀에 대한 최소한의 인사치레에 불과한 것이었고 성아의 여성으로서의 어떤 개성적 면모에 매력을 느껴서 못 잊어 한다거나 하는 뜻이 아니었다. 그녀 스스로도 다이어트를 제대로 못한 것이 이 수모를 가져왔다고 생각하지 않았던가.

『여느 처녀와 마찬가지로…….』 여기에 함정이 있는 것 아닌가. 그래도 여자라는 그 한가지 사실로 위안을 삼겠냐는 그런…….

그로부터 나온 말은 그 외에는 모두가 『당신 뜻대로 할 것이니 알아서 하라』는 식이었다. 정아는 계속해서 언어의 사격을 가할 수가 없었다. 여자는 본디 언쟁에서 연발사격에 능하다는데 이렇게 상대 앞에서 침묵한다는 것은 정말로 할 말이 없다든가 마음속으로 충격을 받은 것이었다.

정아가 말문이 막히자 자신감을 가진 애실은 다시 조소를 던졌다.

『정말 못 알아듣네. 네가 하도 매달리니까 「옛다!」 하며 자기에 관한 사실자료를 줘버리고 네 맘대로 하라는 것이었지. 자기를 던져주는 것으로 끝이라고 여자인 너의 몸은 탐내지 않았단 얘기가 아니겠니? 그의 입장에서는 너하고의 결혼이야 아무래도 자기 형편보다 훨씬 나으니까 거절할 필요는 없었겠지. 본격문단에도 이미 자리를 잡고 있고 아버지와 친척의 전폭적인…….』

『그만!』

정아는 분노에 받쳐 두 손으로 탁자를 밀고 허리를 세워 등받이에 밀착했다.

『너 정말 무서운 게 없구나!』 정아의 일갈에

『너야말로 무서운 게 없는 모양이구나. 내가 지금 부하한테 비상연락해서 지시하면 너는……. 애호 그렇다고 너네 아버지가 널 구할 수는 있을 것 같니?』 애실은 지지 않았다.

『제까짓게 뭔데……. 작가라고 거들먹거리지만 어디 작가자격증이란 게 있나. 보통의 경우라면 자기에게 맘대로 말도 못 붙일 년이 당당하게 전화질을 해대고 협박까지

하면서 남의 연애에도 간섭을 하고…. 지금이 세습 관리가 통하던 시대인가? 현대는 자기 노력으로 자기가 성공하는 시대다. 옛날에는 집안 혈통으로 양반과 상민의 구분이 있었지만 지금은 고시합격자와 그렇지 않은 자로 신분이 나뉘는 것이다. 네 년은 착각하지 말라….
자기 자존심까지 미치자 공연히 승진을 걱정해서 가당찮은 인간에게 위축될 이유가 없다고 생각되었다. 흥, 내가 수사 자료로 읽은 글들에도 다 나와 있듯이 사랑보다 중요한 게 뭐가 있어?
애실이 이와 같은 생각으로 뻗대 나가자 정아는 애초에 가졌던 계획을 포기하고
「그럼 앞으로 그가…. 전에 내게 해준 만큼 너한테도 해 줄 것 같으니?」하고 물었다.
「네게 해준 건 의미가 다르다고 했잖아?」
「야, 내 말대로라면 그자가 너를 벗겨보고 싶다느니 하고 말했던 것도 마찬가지야! 남자로서 길가의 창녀에게 가지는 성욕을 너한테도 가졌다는 것밖에는 안 돼. 진정 사랑하는 사람에게라면 상대를 갖고 싶은 마음과 자기를 주고 싶은 마음이 둘 다 있어야 해!」
「으음…. 그건 맞다. 역시 괜히 작가는 아니구나.」
애실은 잠시 말이 없었다가 다시
「내가 바란다면, 당연히 나에게도 그럴 수 있겠지.」 정아의 질문에 답했다.
「그럼 한 번 기다려봐. 너한테도 내게 한 것과 똑같이 한다면 난 정말로 포기할게.」
「정아는 내뱉고는 그대로 자리를 떴다.
「시발년. 죽도 밥도 아니고 뭐야? 그렇게 티미하니까 아비 덕만 보면서 아무 것도 아니지.」
애실은 투덜거리고는 계산대로 갔다.
정아의 행위는 영향이 있었다. 애실은 그저 구애를 받고 있다고만 생각했던 순하와의 관계를 다시 생각하게 되었다.
먼저 포기한다고 뇌었다. 그 애는 아버지가 고위직에 있고 터통신을 많이 했던 정보가 빠를 것이다. 혹시 지금 그가 일이 잘 나가고 있는 것이 아닐까.
「그러잖아도 최근 전화가 뜸하다. 마음이 변한 게 아닌가.
「한번 알아보자.」
애실은 근래 순하의 통화내용을 감청해 보았다.

다른 여자와의 친교를 가지는 통화는 발견되지 않았다. 대부분 출판 등의 거래 관계였다. 그런데 그 통화 중에는 이미 사회적으로 유명한 영화사와 접촉을 시작하는 것도 있었다. 이제까지 김순하는 거의 무명이었지만 만약(萬若) 그곳과 함께 작품을 발표한다든가 하면 일약(一躍) 유명인사가 된다.

만약 그가 갑자기 유명인사가 되면... 아쉬울 것이 없는 그가 과연 애실만을 끝끝내 원할 수 있을까.

그의 예금통장을 추적해 보았다. 이제까지는 기껏해야 수십만원 단위에서 임금이 있어 근래에는 수백만원 단위의 입금이 심심찮게 이뤄지고 있었다. 그의 생활도 이제는 잘 풀려나가는 것 같았다.

문제는 심각했다. 애실은 자부심도 강했지만 자기는 결코 미스코리아나 유명연예인이 아니라는 사실도 알고 있었다. 자기는 어떤 사람에게는 탐이 나는 여자일수 있지만 모든 것에 아쉬울 것 없는 남자가 굳이 원할 만한 그런 여자는 아니다.

이때 마침 순하도 자기 생활이 잘 풀림에 따라 애실과의 관계에 조금씩 회의를 가지고 있었다. 정아를 포함한 이제까지의 여자들과는 다른 여자로 보았던 애실도 막상 연애단계로 진입하려 하니 이제까지의 여자의 생활이 풀리지 않아서 그 돌파구를 열고자 능력이 높은 장벽이 세워지려 한다. 이제까지는 자기의 생활에 작가로서의 기반이 닿아지어 보이는 직장여성을 우선 원했지만 앞으로 유명영화사와의 합작도 하고 하며 스스로 성공할 자신이 생긴다면 굳이 어렵게 그런 여자를 꼭 택해야 할까? 그냥 나를 내조할 수 있는 보통여자가 차라리 좋지 않을까.

예외 없이 신분상승의 통과의례를 요구하던... 그런 부류의 여자들에게 더 이상 미련을 둘 필요가 있을까 …. 또다시 그런 일에 말려들어 시간과 정신력을 낭비하고 현생에 지우지 못할 악업(惡業)과 후생에 이어지는 악연(惡緣)만을 더하는 것이 아닐까.

순하는 이제까지 자기가 전문직 직업여성을 우선해서 원했던 것이 결코 自身이 눈이 높아서가 아니었음을 알게 되었다. 自己自身의 생활력에 自信이 없어서였다. 그런데 이제 그 자신감이 있으니 애실에게는 순하의 이러한 불필요한 바램이 사라지는 것이었다.

물론 그는 노골적으로 먼저 변심할 조짐이 느낌으로 와 닿았다. 하지만 그는 애실이 전화를 안 받고 벽을 세운다고 해서 그 깃을 뚫고 다가올 위인 또한 아니다. 당분간는 못 잊고 매달리는 것 같지만 그러다 자기의 형편이 좋아지고 주변에 괜찮은 여자들이 많이 나타나면... 서서히 변화해갈 것이다. 아니 어느 날 갑자기 변할 수도 있다. 성정아로부터 자기에게로 왔을 때처럼. 애실은 서둘러야겠다고 생각했다. 늦기 전에 조치해야 한다.

7 · 검찰의 간택(揀擇)

금빛 테 누руб는 갈색의 사각탁자가 번쩍이는 가운데 오래돼서 마개에 먼지가 낀 고급양주가 금쟁반에 얹혀 나왔다. 병을 기울여 검보라빛 액체를 따르니 노란 샹들리에 불빛이 유리잔 속에 붉고 푸르게 산란했다.

『카악.』 황토색 가죽소파의 상석에 앉은 짙은 양복 차림의 사내가 먼저 한잔을 들이켰다. 넓적하고 가무잡잡한 얼굴에 가늘게 찢어진 뱁새눈이 무척 야무지고 독해 보였다. 하지만 꾹 다문 무거운 입술과 굳은 표정은 그가 상당한 정신적 무게를 지니고 있음을 보여주었다.

『야, 야광심(夜光劍)! 너 요새 글이 그게 뭐냐?』 한잔 마신 엄무웅은 일갈했다.

함께 있는 미르고 긴 붉은 얼굴의 사내는 세련된 디자인의 금테안경에 굵은 금반지와 금팔찌를 끼고 있어 한눈에 부유한 티가 났다. 그는 월 천만원 가량의 수입을 올리는 삼십대 후반의 무협작가 겸 만화스토리 작가 야광검이었다.

『응? 뭐가 어때서?』

『도대체 묘사가 그게 뭐냐고! 네 작품 일성호협(日星豪俠)에서 말야. 뭐? 쿵- 하더니 아낙네의 허벅지와도 같은 우람한 팔뚝을 가진 사내가 나타나서 목을 조른다고? 팔뚝이 아낙네 허벅지들만 하다는 건 그디지 우람한 것도 아니고 게다가 그 말이 주는 이미지가 다르잖아? 얘네 허벅지들 보면서 무얼 느끼냐? 굵고 우람해서 두려워할 만하냐?』 엄무웅은 끼어 앉은 작부들의 허벅지를 가리키며 말했다.

『으음... 그런 표현이 있었던가?』

야광검은 당혹하며 고개를 갸우뚱했다.
「아니! 자기 글도 기억이 안 나?」
「아니... 다 읽어 봤지. 그런데 기억이 잘 안 나네. 내가 검토를 좀 더 철저히 할 걸 그랬어.」
「검토라니?」
「그거 내 밑에 애가 쓴 건데 지난번에 그 친구가 쓴 글들이 반응이 좋아서 이번에는 거의 손대지 않고 내보냈거든. 이젠 내 문제를 다 숙달한 줄 알았는데 문제가 있었구나.」
「정신 차려. 제조에 자신 없으면 품질관리라도 제대로 해야지.」 엄무웅은 훈계했다.
「그래, 위조 상품에다 제품함량미달로 걸리지 않으려면....」
「검사로서 말하는 게 아냐! 한 독자로서 말하는 거야.」
「미안. 내가 바빠서 좀 그랬어. 다음부터는 그런 일이 없도록 해야지.」
「바쁘다니. 작가가 글 쓰는 일 말고 더 바쁜 일이 있어?」
「다 알면서... 야광검은 겸연쩍은 웃음을 웃었다.
「그럼 다음부터는 네가 직접 쓸 거지?」
「그러도록 노력하지. 하여튼 실망스러웠어.」
「아니, 그 부분 말고 다른 부분은 재미있었어.」 엄무웅은 사정을 봐주는 듯 미소했다.
엄무웅(嚴武雄)은 무협에 조예가 깊었다. 이름부터「武」자가 있듯 일찍부터 무협지에 심취해 있었고 그가 검사(檢事)를 직업으로 택한 것도 무협지의 검사(劍士)가 되는 기분을 갖고 싶은 것이 동기였다.
엄무웅은 때마침 애실의 재촉도 있는 김에 결심이 섰다. 김순하의 사건을 컴퓨터통신 범죄의 심각성을 알리기 위해 크게 터뜨리면 정보화 시대의 첨단 수사검사로서 명성을 얻을 수 있을 것이다.
「그런데 어떤 방법을 쓸까? 이대로라면 법을 적용하기가 어려운데....」
엄무웅은 아이디어 자문 겸 휴식을 위해 친구 야광검이 경영하는 업소를 찾아왔던 것이다.
「그건 그렇고, 김순하 그 놈 문제 해결책을 생각해보자고.」
「그러지. 내 친구들 중에도 걔를 모르는 애가 없더라.」
「아니, 어떻게들 아는데? 너네들도 그 놈의 여자 문제를 아니?」

「그것도 그렇지만, 자기 글을 만화로 해달라고 찾아왔었지. 그런데 스토리작법을 좀 교육시키려고 했더니만 거절하더라고. 나한테 말도 못 여럿이야. 제깟놈 주제에 문학작품 한답시고 우릴 우습게 아는 거지. 건방진 친구야.」
「걔가 히는 환타지는 너네 분야가 아니잖아?」
「그놈이 쓴데없는 건 새로 끌고 와서 우리를 골치 아프게 하지. 우리들 무협시장도 여유가 없는데..」
「그러면 어서 아이디어를 내놓으라고 해버렸으면 좋겠어.」
엄무웅은 룰에서 여자들을 물리고 야광검과 머리를 맞댔다. 명석한 두뇌를 회전하며 여러 가능성을 상의했다.
「젠장 난 가방 끈이 짧아서 법을 생각할 수가 있어야지. 내가 법만 안다면 한번 좋은 아이디어를 내겠는데.」
「나도 귀찮어. 그냥 이대로 집어 쳤으면 좋겠다.」 엄무웅은 입맛을 다셨다.
「그럼 어떡. 죄로 한다는 거야?」
「당연히 성에 관한 법률로 해야지.」
「성범죄가 성립하려면 고소가 있어야 하잖아? 애실이가 고소하겠냐?」
「걘 사건에 관계되는 것도 싫어해.」
「애초에 싱싱아가 먼저였으니까 걔보고 고소하라고 하지?」
「알아봤어. 싱정아도 고소장은 쓰지 않겠대. 걔네 집안이 어떤 집안인데? 아예 무슨 관계가 있었다고 알려지는 것조차 안 된다고 하는데.」
「그렇다면, 딥을 상관하지 않고 아이디어를 짜내야 하겠네.」
「내가 바리는 게 바로 그거야! 엄무웅은 남은 술잔을 들이키고
「나는 아무래도 법의 테두리 안에서만 생각하니까 작가인 네가 자유로이 아이디어를 짜내 보라는 거야.」
「빨리 짜내고 다시 여자 불러야지..」
「너 키케로 키한 말을 알아?」 하고 물었다.
잠시 가만히 생각하던 야광검은

「뭔데? 네가 로마의 키케로까지 알아?」
「그냥 텔레비에서 안 거야. 논리로 안 되면 인신을 공격하라.」
「법률로 안 되면 그냥 구속하라. 이거지?」
「무협에서도 거추장스러운 상대는 단칼에 없애잖아? 그것이 무림고수의 특권이지.」
「어떻게 해서라도 되게 되어있어. 역시 잘 모르니까 용감하구나!」
「알겠다.」

엄무웅 또한 이 사회에서 무림고수와 같은 강자임을 자부하는 입장이었다. 그는 바로 법을 도구로 쓸 길을 찾았다.

「하긴 고소가 아니라도 구속할 수 있는 길은 있어. 성폭력특별법에는 미성년자나 정신장애자에 대한 성폭력은 피해자의 고소가 없이도 가능하다고 되어 있지.」
「어떤 법인데?」
「그전까지 강간치사상이나 강도강간 말고는 대부분의 성폭력범죄가 피해자가 직접 고소하도록 하는 친고죄이던 것을 어린이나 장애인 피해자와 근친에 의한 피해 등의 경우는 직접 고소하지 않아도 처벌을 내릴 수 있도록 한 법이야.」
「그러면 그 법을 적용하면 되겠네.」
「그런데 그러려면 성정아가 장애인이라야 하지.」
「네가 구속이 최우선이라고 했잖아?」

이때 휴대전화가 울렸다. 발신번호를 들여다본 엄무웅은 성정아의 부친 성대훈씨의 전화임을 알았다.

「잘 되어가나?」
「어떻게든 구속은 시키려 하고 있습니다.」
「우리 정아가 다음 달에 결혼하네. 그놈이 있으면 불안해서 결혼을 시킬 수가 없어. 결혼식 날 나타나서 행패부리면 큰일 아닌가?」
「그러니 어떻게 할까요? 구속시키면 영장심사는 선배님께서 통과시켜 주신다 해도 구속적부심이나 보석도 안 되게 해야 하는데…. 선배님께서 더 손을 쓰셔야 하겠는데요.」
「내 밑에 사람들이라고 다 보장할 수는 없어. 가끔가다 말 안 듣는 판사도 있으니까…. 하지지."

"그러면, 어서 고소를 해주십시오."

"고소는 안 된다고 하지 않았나. 우리 집안 체면이 뭔가?"

"그렇다면 이런 방법이…"

엄무웅은 성폭력특별법을 적용시킨다는 말을 꺼내려 말았다.

1994년도에 제정된 성폭력특별법은 성폭력이라는 용어를 최초로 법제화함으로써 이 법에서는 그전 조와 순결에 편한 죄로 치부하는 사회적 편견을 바꾸는 데 크게 기여한 법으로서 성폭력을 정까지 강간사상이나 강도강간 말고는 대부분의 성폭력범죄가 피해자가 직접 고소하도록 하는 친고죄이던 것을 이런이, 장애인 피해자와 그친에 의한 피해 등의 경우는 직접 고소하지 않아도 처벌을 내릴 수 있노록 했다. 특히 형법에 없는 친족간 강간이나 강제추행, 장애인에 대한 준강간, 통신 매체이용음란 능을 처벌대상으로 규정해 성폭력의 범위를 확립시키고자 한 것에 의미가 있었다. 그 뒤로도 계속 개정돼 와서 이전에는 신체장애인만 해당되었지만 징신장애인을 대상으로 한 성범죄 가해자도 가중처벌을 받도록 했다. 이 법대로라면 성정아를 정신장애자로 취급하는 격이므로 부친에게 직접 말하기는 거북한 것이었다.

"뭐, 특별한 수가 있나?"

"어쨌든 저가 알아서 반드시 구속시키겠습니다."

"알겠네. 자네만 믿네."

어떤 수를 쓰더라도 딸의 결혼준비 기간과 결혼식 그리고 적어도 신혼의 살림이 정착되기까지는 김원장의 뜻이었다. 그 구체적 방안은 엄무웅에게 말겼다.

"그러면 어떡한다…"

전화를 마친 엄무웅은 무리한 요구를 자꾸 하는 선배에 대한 약간의 반감도 생겼다.

"도대체 출세가 뭐길래…"

법원이 검시에 대한 인사권을 가질 수는 없지만 법원장이 그 검사의 기소사건은 잘 봐주라는 지침을 내려 보내면 일선판사들이 그 검사의 사건을 잘 협조해주고 그에 따라 무죄판결이 줄어들어 실적

- 110 -

이 올라갈 수 있다. 성씨는 엄무웅에게 아무런 지침도 주지 않고 단지 정아에게 피해가 가지 않으면서 김순하를 구속하라는 요구사항만 전했다. 엄무웅의 명석한 두뇌를 믿는다고 해도 너무나 막연한 지시였다.

『단순하게 생각해.』 옆에서 듣고만 있던 야광검은 부추겼다.

엄무웅은 마침내 결심했다.

『에이! 그래, 둘 다 미친놈으로 하지!』

『결론 한번 화끈하군.』

야광검은 엄무웅에게 엄지손가락을 들어 보였다.

피해자로 삼으려는 성정아에게는 성폭력특별법이 있지만 가해자로 삼으려는 김순하에게는 치료감호법이란 것이 있었다. 정신이상을 가진 범죄자는 검사재량으로 한두 달 정도 감호소로 정신감정을 보내고 그 동안은 석방이 절대 불가능한 법이었다.

『그래 무협의 세계에서 걸리적거리는 놈들은 모조리 죽여 없애버리는 것이나 같지.』

엄무웅은 친구와 양주잔을 나누고 다시 작부들을 불러들였다. 다음날 오전 엄무웅은 부하 주영호에게 지시를 내렸다.

『주계장, 오늘 김순하 잡아들여.』

『어떻게 오라고하지요? 가서 체포할까요?』

『당신이 그런 건 알아서 해야지.』

이미 실행을 위한 사전 준비는 다 되어있었었다. 엄무웅은 그 전에 김순하와 관련된 컴퓨터통신상의 모든 정보를 수집하라고 주계장에게 지시한 바 있었다.

주계장은 일단 성정아에게 전화했다.

『검찰청인데, 성정아씨죠?』

『예, 그런데요.』

『김순하라는 사람 알고 있나요?』

『그 얘긴 왜 꺼내요!』

성정아는 검찰에 대하여 전혀 두렵거나 하는 느낌이 없었다. 그녀의 부친 앞에서는 왜소해지는 것이 검찰임을 알기 때문이었다.

낌새를 느낀 성정아는 처음부터 강하게 밀고 나갔다.
『범죄사실을 확인하려 합니다.』
성정아는 기창되었다. 자신이 그동안 꿈꿔왔던 것을 검찰이 대신 해주려는 것을 감지했다.
『치가 떨려요!』
성정아는 전화통에 대고 부르르 떨리는 소리를 했다.
『조사에 협조해 주실 수 있습니까?』
『더 관계되기는 싫은데요.』
『그래도 다른 피해자를 만들지 않기 위해서 필요합니다.』
성정아는 마시 못한 듯이 주계장과 만날 약속을 했다.

『그 자를 생각하면 지금도 몸서리쳐져요····』
주계장과 만난 성정아는 그간의 한을 풀듯이 이제까지 가졌던 감정을 털어 냈다. 주계장은 모든 것을 맞장구치며 성정아가 가진 생각 그대로 실행하겠다는 의지를 보였다.
『자 이게 ㄱ 증거예요.』
성정아는 먼저 애실에게 준 것 말고 김순하가 준 나머지의 모든 편지들을 주계장에게 건넸다.
『자, 이제 황애실 네가 다 가져라.』
성정아는 시원섭섭하듯 마음으로 손을 털었다. 그동안 겪었었던 정신적 고통을 복수할 수 있게 자기가 가진 커다란 힘에 새삼 뿌듯함을 느꼈다. 이제 그녀는 걸리적거리는 것 없이 작가로서의 입신을 위해서 정진하면 된다.

한편 순하는 지난 일을 돌아 보았다. 통신작가로 글쓰기를 시작한지도 수년째가 되어 이제는 안정되게 살아갈 기반이 잡혔다고 생각되니 생활의 어려움에 밀려 충실하게 보내지 못한 지난날이 아쉬워졌다. 특히 그동안 만났었던 사람들에 대한 아쉬움도 생겼다.
통신작가 생활 초기에 지방라디오방송에 초청받아서 알게 된 여성 방송작가 장영주는 밤 시간에 몇 번 방송국에 오가면서 눈길을 주고받은 적은 있었으나 미처 한번 업무외적으로 만나자고 하지는 못했다. 출연이 끝나고 몇 달 지나 뜻밖에 그녀한테서 전화가 왔는데 지금은 방송국을 그만두고 보험외판을 하고 있다는 것이었다. 그녀는 보험권유를 위해 만나자고 했지만 실상 개인적으로 사귀자는 제안임을 쉽게 알 수 있었다.

컴퓨터통신서비스 「한밤의 이야기」 채팅실에서 알게 되어 그녀가 사는 지방으로 여행가서 만난 적 있던 여자 정윤선은 조금도 어려움 없이 순하게 대해주고 호감을 표시하였다.

최근에 전자출판 회사에서 알게 된 이진수도 만남에 어려움이 없었으며 여인중의 하나였다. 그녀는 점심을 대접하면서 점심시간이 지나고도 사무실로 돌아갈 생각을 않아서 그가 먼저 그녀에게 이젠 그만 들어가라고 한 적끼지 있었다.

그녀들 모두 부족할 것 없는 훌륭한 여성들이었고 그녀들과의 만남은 귀중한 기회라고 볼 수 있었다. 특히 중요한 것은 그녀들이 자기들과의 만남에 아무런 벽을 쌓지 않았다는 것이었다.

그런데 왜 그녀들 중 한사람에게도 성의를 다하지 못했고 결국 떠나가게 했을까. 그녀들의 직장이 변변찮아서 내 입신에 도움을 주지 못해서였기 때문이었을까. 인생목표에 미달상태의 내가 그녀들과의 만남으로 영향을 받기가 두려워서였을까. 이도저도 아니면 그녀들이 절대적인 적극성으로 나에게 다가오지 않아서였을까. 그녀들을 다시 만날 수 있다면 아직 기회가 있을까.

그렇다면 애실은 무엇이 다르단 말인가. 과연 그자체로서 그녀들보다 특별히 강한 호소력을 지금 주고 있는 것인가.

그럴 수도 있고 아닐 수도 있지만 일단은 더 이상 그녀로부터 반응이 있지 않는 한 그다지 연연할 명분은 없다고 생각되었다. 분명히 아니라는 결론이 나면 오히려 먼저의 그녀들을 다시 생각해볼 수도 있을 것이니 아무튼 지금의 상태는 벗어나고 싶었다.

이 때 애실의 집무실이라면서 한번 와달라는 전화가 왔다. 드디어 그녀로부터도 연락이 온 것인가. 한동안 소강상태였던 애실과의 관계가 진전될 것으로 기대됐다.

애실의 방 사람과는 목소리가 달라서 의심은 갔지만 일단 애실과의 관계는 어떻게든 조속히 이나야하니 어떤 일이든 부딪쳐 봐야겠다는 마음으로 곧바로 검찰청으로 갔다. 주계장은 검찰청에서 김순하를 만나자 곧바로 체포했다. 그 날부터 거의 영문도 모르는 채 김순하는 세상과 단절되게 되었다.

퇴근 무렵 엄무웅은 보고를 받았다.

「엄검사님, 김순하를 체포했습니다.」
「그래 지금 어딨지?」
「구치소에 수감했습니다.」
「그래, 주계장 수고 했어. 내일 보자구.」
엄무웅, 힘있게 자리에서 일어났다.
애실은 저녁에 검찰직원들로부터 보고를 받았다. 그녀는 여성다운 부드러움과 아랫사람을 친구나 오빠처럼 대해주는 겸손함으로 검찰 직원들 사이에서 인기가 있었다. 이 때문에 그들은 자기네가 보거나 들은 이야기를 지나가며 애실에게 들려줬다.
「글쎄, 잡히는 중에도 황검사님 얘기를 빼놓지 않더라니까요.」
「그러든 말든 관심 없어요.」
애실은 돌아서 미소를 지었다. 그 날 그녀의 퇴근길은 가벼웠다.

다음날 아침 주계장 앞에 끌려와 조사받고 있는 김순하에게 엄무웅이 다가왔다. 엄무웅은 낯착하고 거무스레한 얼굴에 가늘게 찢어진 뱁새눈으로 하고 경멸의 눈초리로 내려 보았다.
「야! 너, 나 알지?」
「엄검사님 성함은 들은 바 있습니다.」
순하는 컴퓨터통신 동호회에서 엄무웅의 이름을 본 바 있었다.
엄무웅은 주계장 책상 위의 편지더미를 가리키며
「이거 네 것 아냐? 이건 네 사진 틀림없지!」하고 소리쳤다.
「그런데요?」 순하가 묻자,
「그러나 아니냐만 대답해! 이게 다 분명한 증거 아냐?」
엄무웅은 이것이야말로 네놈의 범죄 행각을 증명하는 확실한 증거가 아니냐며 자신감에 차있었다. 그 동안 성정아와의 교제단계에서 보냈던 편지들을 엄무웅은 하나하나 집어 들춰보고 봉투 안에 있는 것은 끄집어 내보였다.
「이게 뭐야! 소설가란 놈이 유치하기는 「당신을 사랑해요」라고 씌어있는 작은 쪽지를 들여다 보며 다시 경멸의 쓴웃음을 지었다. 그는 그것을 움직일 수 없는 명백한 범행증거로 확신했다. 그에게 있어서 물증이란 신앙이었다. 그것이 실제로 죄가 되니 아닌가의 판단은 없었다. 단지 그가 관심을 둔 어떤 사건이 실제로 죄가 되니 아닌가의 판단은 없었다. 단지 흥분하여 그것을 수사 실적으로 만들려는 것이었다.

「야, 이 「천녀외전」 무슨 의도로 썼어?」

순하는 자기가 쓴 책 때문에 조사 받는 것 같지는 않은데 이런 질문을 받자 이상했지만 일단 대답했다.

「인간사회에서 남녀간의 문제가 많은 갈등과 불합리를 일으키고 있어서 차라리 여성천하 사회로 되는 것이 낫겠다고 생각해서 그랬습니다.」

「그것 말고 네가 쓴 것이 또 뭐가 있지?」

마치 불온서적 집필에 관해서 조사 받는 것 같았다.

「황애실 검사님이 다 알고 계십니다.」

순하는 답했다. 그는 이미 애실과 교류하면서 모든 이야기를 했기 때문이었다.

주계장은

「이 자식!」

하고 머리를 주먹으로 후려쳤다.

「여기서 다른 분 얘기 꺼내지 말어. 이 사건은 황검사님과는 관계없어.」

다시 엄무웅이 다가와 옆에서 서성거리며 엄마를 들었다 내렸다.

「이봐! 황검사 얘기 끄내면... 죽는다구.」

「그러면 성정아가 고소했습니까? 저는 싱정아가 바랬던 것을 거절한 적이 없습니다. 제가 다른 여자와 결혼을 한 것도 아니고 혼인빙자간음이 될 만한 일은 없었는데요.」 순하는 이상히 느끼는 중에 질문했다.

「성정아는 네 처벌을 원치 않아.」 주계장은 답했다.

「성에 관련한 죄는 친고죄임은 순하도 알고 있었다. 그런데 성정아는 고소를 하지 않았다고 하고... 황검사는 이 사건과 관련이 없다고 하고... 그러면 도대체 정작 성정아는 무슨 죄라고 이러는 것일까... 아무래도 짚이는 것이 없어서 그냥 으름 있는데

장을 놓는 것이 아닐까 생각되었다.

"성정아하고는 어쨌든 간에 이미 지난 일인데 시효가 지나지 않았나요?"

순하가 다시 묻자.

"삼년 전에 사람 죽이고 지난 일이라고 할 건가?"

주계장은 이번 김순하가 범죄혐의자라는 것을 기정사실로 해놓고 밀어붙였다. 순하도 이런 살인의 시효와는 다르지 않냐고 따질 수 있을 만큼 법률개념을 갖지 못했기에 주계장의 일축에 아무 대답을 하지 못했다.

"이건 누구야?"

주계장은 압수해 온 여자사진을 보이며 물었다.

"그게 무슨 상관인가요?……"

"어서 대답 못해?"

"예。삼년 전에 만났던 최영미라는 여자입니다."

주계장은 순하의 진술을 받아 적었다.

"이건 뭐야!"

주계장은 순하의 집에서 압수한 도색잡지의 여자나체사진들을 보였다.

"그게 왜 문제인가요?……"

"어서 대답 못해! 어디서 구했어?"

"예。오년 전 길에서 산 겁니다."

"어떻게 이런 걸 집에 두고 있어!"

주계장은 계속 순하의 생활상이 난잡하다는 것을 나무라는 것만 같았다.

"너 니 시진을 여자한테 준거 있었어?"

"그건 왜요!"

"대답 못해!"

"재작년에 컴퓨터통신에서 만난 여자한테……"

"그리고 또?"

『기억 안 나는데요.』
『어서 자백하지 못해?』
『오년 전에 다방에서 만난 여자한테……』
『주계장은 그것도 받아 적었다.
『이것들을 모두 우리가 압수한다. 동의하지?』
『예.』

순하는 어리둥절하다가도 다시 생각했다. 다른 여자의 사진을 가지고 있다든가 다른 여자에게 사진을 주었다 하더라도 그것은 여자가 원해서 주고받았을 뿐인데 그것을 잘못인양 하고…… 기타 개인의 사생활과 신상에 대해서도 집요한 추궁을 하고 있었다.
검찰은 국가의 손꼽히는 공신력 있는 국가기관이다. 그리고 양식 있는 엘리트들로 이루어진 조직이 아닌가. 그들이 상식 밖의 일을 할 리는 없다. 도저히 죄를 물을 수 없는 것에 대하여 이렇듯 흥분하며 혐의를 추궁하는 것은 필시 다른 의도가 있어서였을 것이다.
오래 전에 사귀었던 여자가 집에 있는 포르노 사진들을 모두 없애라고 주문했던 기억이 났다. 또한 결혼 전에 과거 여자들의 흔적을 없애는 것과 또 없애라고 요구하는 것은 이미 친구들 사이에서 숱하게 들어본 바 있는 보편적인 일이다.
순하는 이미 애실에게 많은 애정표시를 했다. 그녀로서는 이미 순하를 자신의 남자로 정했는지 모른다. 다만 그의 마음이 진실 되는가를 확인하고 싶을 것이다. 그래서 이 기회에 엄검사에게 확인을 주문했을지 모른다.
그런데 그토록 구애를 해온 남자가 그동안 뒤로는 이 여자 저 여자와 난잡히 교류했다는 것은 애실로서는 충분히 분개할 일이다. 엄검사는 그녀의 마음을 잘 알고 있을 동료검사로서 괘씸하여 혼내주고 싶을 것이다.
순하의 사생활과 작품창작동기 등 모든 것을 샅샅이 묻는 것은 그가 과연 어떤 사람인가 철저히 알아보려는 의도일 것 같았다. 여자인 애실로서는 자기의 남편 될 사람의 모든 것을 미리 알고 싶은 것은 당연하다.
순하는 자신이 가지는 태도가 애실에게도 낱낱이 전해질 것을 짐작했다. 계속되는 사생활의 추궁에 결국 그는 고개를 숙이고

『황애실 김가 님께 사죄드립니다.』 했다.

이제까지 안씨코 자신의 죄를 인정하지 않고 뻣뻣이 버티던 피의자가 마침내 자세가 꺾이면서 잘 못을 인정하자 주계장과 엄검사는 본능적인 감각으로 피의자와의 대결에서 승리했음을 뿌듯이 느꼈다. 완강히 부인하는 피의자에게 증거물을 들이밀며 추궁하니 고개를 푹 떨구고 혐의를 인정하는. . . 그런 승리의 드라마가 그들의 앞에 펼쳐진 것이었다.

『이제 됐어—!』

피의자 신문(訊問)은 끝났다. 엄검사와 주계장은 오늘의 목적을 달성했다. 피의자는 혐의를 인정한 것이다.

이제 할 일들이 사실을 널리 알리는 것이었다. 엄무웅은 친분이 있는 기자들을 비롯해 모든 연락망을 동원해서 이 사실을 알렸다. 특히 문단과 출판사들에 알려서 김순하로 하여금 더 이상 작품 활동을 못하게 하고 본격문단에 발을 들여 놓는 것을 미연에 방지하는 일은 정아와 그녀의 가족들로부터 부탁받은 바였다.

점심시간이 되었다. 주계장은 김순하의 일 때문에 밀렸던 다른 자질구레한 일들을 오후에 처리하는 것이 남았다. 엄검사에게는 폭탄주에 이은 오후의 달콤한 휴식이 기다리고 있었다.

8 공주의 진노

점심 후에 애실은 엄무웅의 방에 갔다. 엄무웅은 아직 폭탄주의 취기가 한창 돌아있을 때였다.

『잘 했어?』

『뭐. 주계장선에서 처리할거야.』

『어떻게 할 건데?』

『죄를 인정했거든. 기자들과 문단관계자들에 충분히 알렸어. 앞으로는 더 이상 허튼 소리를 하고 다니지 못하도록 말야. 인제 용서를 빌면 그냥 기소유예로 내보내버려야지.』

『내 얘기는 않든?』

『성정아하고 사귄 것 미안하다고 하더라.』

『또 뭐래?』

「성정아가 자기를 고소한 것으로 알고 성정아가 아직도 자기를 잊지 못해서 그런 줄로 착각하는 것 같더라고. 그래서 한다는 소리가 자기는 성정아를 배신한 적이 없고 성정아가 원한다면 지금도 결혼할 수 있다나? 원 자식 착각도 후후.」
「뭣이라고?」
엄무웅은 무심코 내뱉었지만 애실의 충격은 컸다.
「성정아하고 결혼할 수 있다고 착각을 하더라고. 왜?」
그러나 애실은 주먹을 쥐고 부들부들 떨었다.
「보내버렷!」
애실은 서 있는 채로 엄무웅에게 소리 질렀다. 그 소리에 직원들이 돌아보았다.
「기소유예도 절차를 밟아야 보내지.」
엄무웅은 의아해 하면서도 웃으며 말했다.
「그게 아니라 구치소 아니 교도소로 확실히 보내버리라구!」
애실은 더 말을 받지 않았고 곧바로 돌아서 나갔다.
애실이 자기 방으로 돌아온 뒤 얼마 안 되어서 전화가 왔다.
「황애실 검사 맞죠습니까? 저 소설가 유문일이라 합니다.」
「예, 그런데요?」
애실은 유문일로부터 전화가 오리라는 것을 예상하고 있었다. 정아의 가족은 자신들의 문단인맥을 동원하여 이 사건은 애실과의 관계 때문에 생겨난 일이지 정아하고는 무관한 것으로 알려지도록 힘썼다. 특히 김순하를 아는 유명작가 유문일에게는 김순하에게 선처가 내려지도록 해달라고 애실에게 부탁하게끔 유도했다. 그것은 애실이 취할 행동에 대하여 그들이 기대하는 것이 있었기 때문이었다.
「김순하라는 사람하고 문제가 있습니까? 심각한 것이 아니면 서로 좋게 해결하는 것이 어떻습니까. 그 친구는....」
「아! 그 사람 생각만 하기도 지겨워욧!」
애실은 긴장되었다. 드디어 벼르고 벼르던 행위를 실행할 순간이다.
실내에 크게 울려 직원들이 돌아보게 외치고는 그대로 수화기를 내리쳐 끊었다.

이 순간 그녀는 짜릿하게 스며오는 쾌감과 함께 자신이 진정 한국사회의 정점(頂點)에 자리하고 있음을 다시 한번 실감했다.

유문일... 그는 작가로서도 최고의 위치에 있을 뿐 아니라 그가 원하든 말든 간에 언론계와 정계에도 상당한 영향을 미칠 수 있는 한국사회의 손꼽는 지도급 인사다.

그러나 아무리 그라 할지라도 검찰의 권력을 가진 애실 앞에서는 아무 것도 아니다. 방금 유문일은 애실에게 무언가 부탁을 하려 했다. 하지만 애실은 그것을 일언지하 거절하는 정도가 아니라 아예 별 볼일 없는 귀찮은 사람 물리치듯 깔아뭉갠 것이었다.

그는 분명 기분이 상해 있을 것이다. 아무 때고 어디에나 전화만 걸면 유력 언론사 편집자들도 황송해하며 정중히 전화를 받는 그런 위치... 정치인들로 그의 영향력을 빌리고 싶어 하나 보통의 국회의원으로는 어렵고 친분이 있거나 고위 당직자라야 종종 조언 한마디를 구할 수 있는 정도였다.

하지만 애실이 그를 어떻게 대한들 어찌할 것인가? 그가 애실에게 제재(制裁)를 내릴 수 있는 것은 아무 것도 없다. 그가 아무리 유명인사라고 해도 애실은 그에게서 봉급을 받는 것도 아니고 승진심사를 받는 것도 아니다. 국가의 권력을 내리받은 그녀와 그녀의 동료들 외에는 어느 누구도 자기영향권 밖의 특정인을 응징할 권리는 없다.

그러나 검찰 밖의 인물이 그녀가 속해 있는 권력의 성에 도전한다면 누구든지 그 때는 철저한 응징이 뒤따를 것이다. 이것이 검찰과 다른 여느 곳과의 다른 점이다.

먼저 만화계의 최고봉인 야훈성을 자기 앞에 끌어다 앉혔고 오늘 또 문학의 에 사정없이 무안을 당했다. 사회 각 분야 정상(頂上)의 인물들을 하나하나 짓밟는 것은 그녀에게 가슴 벅찬 정복감을 주었다. 이제 고교 때와 대학 때의 우상이었던 문화계의 인물들을 눌러봤으니 앞으로 창창히 남은 검사 생활동안 정계니 재계니 하는 모든 곳의 봉우리를 밟고 다니는 삶을 멋지게 살아보자.

그녀는 이 잠깐 동안의 행위로 많은 것을 해냈다. 그녀 자신의 사회적 위치를 뿌듯이 느끼게 하는 그 만족감이 제일 처음이지만 문단에서 김순하를 제거하도록 도와주기로 한 정아와의 약속을 지켜주는 그 효과도 얻을 수 있었다. 김순하는 문단의 다른 인맥도 거의 없고 이른바 본격문단과의 연줄이라면 오직 유문일 하나이다. 애실에게 무안을 당한 유문일은 분명「그 친구가 얼마나 난잡하게

굴었으므로 그럴까…」하고 더 이상 상대하고 싶지 않을 것이다. 그 끈만 끊어 놓으면 안심이다. 그러면 김순하는 점점 문단 활동을 못하게 될 것이고 오로지 그녀의 부마가 되는 것밖에는 살 길이 없게 될 것이다. 설사 유문일이 그를 내치지 않는다 해도 그는 문단활동을 위한 유문일과의 관계와 사랑을 위한 애실과의 관계의 둘 중 하나만을 분명히 택해야 할 것이다.

집에 와서 애실은 다시 조용히 생각했다. 자신이 만약 김순하의 구애를 받아들여 서로 연애를 진행하다가 그가 변심한다면 어떻게 될까.

그것은 단순히 여자의 상처가 아니라 여검사라는 그녀의 높은 위신에 치명적인 손상을 주는 것이 된다.

하지만 그런 일이 벌어졌을 때는 그를 응징할 길이 없다. 설사 혼인빙자 간음죄로 처벌한다고 해도 그것은 더더욱 자기의 위신에 손상이 가는 일이다. 자기가 그를 좋아했는데 그가 피했다는 것이 세상에 알려지게 되니 그것은 안 될 말이다.

애실은 그녀 자신으로서 가장 안전한 길은 무엇일까 궁리했다. 선수를 쳐야 하겠다. 그래서 미리 그를 확실히 가둬야겠다. 그리하여 그가 선처를 간청하면 석방한다. 그 선처는 애실 그녀자신에 대한 변함없는 사랑이 조건이다.

그가 배신할 경우에 그에게 내리고 싶은 벌을 미리 내린다. 후에 그의 마음을 알아보아 그가 변심하지 않았으면 용서하고 만약 그가 변심했다면 영원히 용서하지 않는다.

이것이 그녀가 구상한 각본이었다.

애실의 좌우에는 거대한 석주(石柱)가 즐비하게 서 있었다. 기둥의 주변은 갖가지 신상(神像)의 석조각과 큰 꽃이 심어진 화분으로 장식되어 있었다. 거대한 문밖에는 멀리 궁전과 신전 그리고 스핑크스와 피라미드들이 보였다.

그녀 자신은 금박관과 홍보석이 줄줄이 박힌 망사옷을 입고 머리엔 노랗고 파란 보석핀을 전후좌우로 꽂고 있었다. 반사하는 보석의 광채와 드러나는 그녀 몸의 곡선은 이 세상 으뜸의 색채미와 형태미를 이루어 더할 수 없는 여인의 자태였다. 자기 모습을 거울로 보고 있지는 않지만 그녀 스스로 그렇게 느끼고 있었다.

공주인 그녀 앞에는 장군복장의 한 늠름한 사내가 보였다.

「이디오피아 군대가 침공해 온다고 합니다! 그들을 토벌하여 이기고 돌아오겠습니다!」

「잘 싸우시오. 그리고 승리의 월계관을 내게…」

애실은 자기에게 바치겠다고 하기를 기대했으나 그는 단지

「목숨 바쳐 왕실과 이 나라에 충성을 바치겠습니다.」 하고 물러날 뿐이었다.

이 때 그녀의 시종 아이다가 슬픈 얼굴로 나타났다.

「무엇 때문에 우느냐?」

「아! 나의 아버지나라에서 당신의 나라를 공격해 옵니다.」

「그게 무엇이 대단하다고 우는 게냐!」

애실은 아이나를 꾸짖었다. 한낱 노예에 불과한 여자가 자기네 아버지나라 타령하는 것이 건방져 보일 수밖에 없었다.

그런데 아이나의 눈길은 출전의 맹세를 하고 준비하는 라다메스 장군에게 가 있었다.

「이상하다. 이 년이 라다메스가 출전하는 것이 서러워서 우는 게 아닌가?」

그전부터 아이다의 행동이 이상하다고 생각해왔다. 또 아이다는 노예이긴 하지만 예전에 이디오피아에서 포로로 잡혀 왔을 뿐 본래 신분은 알 수가 없었는데, 그녀의 고상한 용모와 몸가짐으로 보아 예사 신분은 아니었던 것 같았다.

「혹시 이년이 이디오피아의…」

애실은 안 되겠다 싶어 무슨 대책을 세우기로 했다. 그리고 지금 라다메스와…」

뒤편 높은 곳의 옥좌에 부왕이 나타났다.

「장군 라다메스를 토벌군 대장으로 임명하노라.」

부왕은 공주 즉 애실을 불렀다. 애실이 올라가자 부왕은 군기(軍旗)를 주었다. 공주가 직접 장군에게 수여하라 것이었다. 그녀의 마음을 헤아린 부왕의 자비로운 배려였다.

「승리를 빌게 관을…」

「충성을 맹세합니다…」

애실은 라다메스에게 군기를 주었다. 주위에는 승리를 기원하는 합창이 울려 퍼졌다.

시간이 지나 다시 애실은 시녀들에게 둘러 싸여 환영식에 가기 위한 몸단장을 하고 있었다. 흑인

노예들은 큰 파초선으로 시원한 바람을 일으켜 주고 있었다.
『이번이 좋은 기회다 라다메스를 확실히 내 손에 넣어야 한다.』
애실은 그를 생각하며 열심히 화장했다. 계속해서 주변에는 흑인노예들이 춤을 추고 합창하고 있었다.

『공주님 신발 여기 가져왔습니다.』
아이다가 들어왔다. 가무스레하면서도 으은한 포용력을 가지는 그녀의 미모가 애실로 하여금 경계심과 질투를 느끼게 했다.

『이년이 감히…』
생각한 애실은 획 돌아보며 말했다.
『어떡하나? 라다메스 장군이 전사하셨대.』
『예?』

아이다는 입을 벌린 채 부들부들 떨었다. 곧이어 쓰러질 듯하였다.
『너한테는 아무래도 마찬가지야! 단념해!』
아이다의 속셈을 확인한 애실은 크게 꾸짖었다.
밖에서 개선을 축하하는 군중들의 환호 소리가 들렸다. 애실은 기쁜 마음으로 일어섰다.
『야!』
애실은 아이다를 가리켜 불러냈다.
『우리, 누가 더 그이를 사랑하는가 비교해 보자구.』
개선을 축하하는 군중의 합창이 울려 퍼지는 가운데 부왕이 제사장과 무사들과 함께 아이다와 시녀들을 데리고 와서 부왕 옆에 앉았다. 군대가 들어오고 그이가 나타났다. 애실은 아이다 시녀들 앞에서 부왕에게 승리의 월계관을 씌워 주었다.
『공주를 그대의 아내로 선사하노라.』
국왕의 치하가 있고 나서 애실이 장군에게 승리의 월계관을 씌워 주었다.
『이것을 다시 나에게…』
『충성을 변함없이 다짐합니다.』
밤이 되었다. 야자수 무성한 강변이었다. 애실은 작은 배를 타고 와서 시녀들과 위병들의 호위를 받으며 내려 사랑의 여신 이시스 신전에 들어갔다.

그녀는 라다메스 장군과의 결혼을 앞두고 신전에서 행복을 빌었었다.

『사랑의 신이여 장군이 나를 사랑하게 하여 주옵소서.』

그 때 수풀 속에서 소리가 났다. 기도하던 애실과 일행이 밖을 보니 장군과 아이다가 이디오피아 포로 노인과 함께 있었었다.

『반역의 무리들을 체포하라!』

애실을 더욱 화나게 한 것은 라다메스의 반역보다도 아이다와 함께 있었다는 것이었다. 아이다의 부친인 듯한 그 노인은 예사 사람이 아니었다. 눈 깜짝할 사이에 호위병들을 물리치고 칼을 애실의 목에 들이대는 것이었다.

『진정하시오. 이디오피아 국왕폐하. 어서 자리를 피하시오.』

장군이 말했다. 멀리 있던 호위병들도 달려오자 아이다와 노인은 피했다. 그러나 장군은 저항하지 않고 그대로 체포되었다.

애실은 궁전 안의 넓은 방에 있었다. 병사가 라다메스 장군을 끌고 왔다. 애실은 장군의 손을 잡으며 엷은 미소를 띠웠다.

『아이다는 이미 멀리 가버렸소. 마음을 돌려주시오. 판관들에게 용서를 빌고 나하고 사랑과 예와 권력을 함께해요.』

『공주마마의 은덕에 감사하옵니다. 그러나 신(臣)은 이미 조국을 버렸습니다. 변명하지 않겠습니다. 아이다 죽은 이상 그대로 죽겠습니다.』

『아이다는 살아있어요.』

『그러면 기다리겠습니다.』

『어떻게 기다린다는 것이오?』

『저에게는 기다림 다음에는 아이다와 만남 혹은 죽음이 있을 뿐입니다.』

끝끝내 그녀의 사랑을 거부하는 라다메스였다.

『당신에게 아이다와의 만남은 전혀 보장되지 않아요. 그러면 그냥 죽겠다는 말인가요?』

『臣(신)은 아이다와의 만남이 기약 없는 것이라고 해도 상관없습니다. 현생에서 결국 만나지 못한다 해도 좋습니다. 이미 저와 그녀의 영혼의 만남은 영원속의 인연으로서 등재(登載)되어 있는 것입니다.』

『당신은 그 사랑을 무덤까지 지고 갈수 있을 것 같나요?』

『물론 臣은 아이다와의 사랑을 나의 소유로 생각하지는 않았습니다. 단지 神(신)으로부터 대여 받은 것일 뿐입니다. 저희의 사랑은 이 세상에서의 만남을 마치고 소중히 神께 돌려드려야 하는 것입니다.』

『그러면 결국 이 세상을 떠나면 당신의 아이다에게의 사랑은 잃는 것이 아니오? 어차피 세상을 버리면 잃을 것에 그리도 집착할 이유가 있소? 나와 함께 이 세상에서 사랑을 흡족히 누린 후에 神께 돌려드려도 늦은 것은 아니지 않소?』

『神은 사랑을 얼마나 조화롭게 사용하였는가를 심판하십니다. 그리고 이 세상에서 사용한 사랑을 神께 돌려드리면 神은 그것을 다시 이 세상에서 사용할 이들에게 빌려주시지만, 이 세상에서 사랑의 조화를 이루고 돌아간 자들은 神의 품 안에서 함께 화합할 수 있게 됩니다.』

『아, 장군은 천국이란 것을 아시오?』

애실은 이제 라다메스에게서 애정을 얻기는 포기하고 다만 그의 지극한 결심에 감화되어 우러를 뿐이었다.

『천국은 우리의 정신이 무한의 힘을 가지고 있는 최고의 지혜에 흡수되어 자기 자신을 잊고 바로 그 최고의 선(善)에 복종하는 것입니다.』

『천국의 행복은 생전에 마음으로 그리던 신과의 만남에 있겠지요. 장군은 그것을 아시는 것 같군요.』

『그런데 神은 그 천국을 인간의 생시에도 간간이 맛볼 수 있도록 했습니다. 臣은 이제 아이다와 함께 神을 만나 보겠습니다.』

『아‥‥아아.』

애실은 자리에서 고개를 떨궜다. 라다메스는 그대로 서 있었다.

그녀는 이윽고 눈물 젖은 얼굴을 들었다.

『다시 끌고 가!』

한 시간은 바로 그것이었습니다. 臣이 아이다와 함께 분노한 애실은 병사에게 명했다.

혼자 화려한 궁실(宮室)에 남은 애실은 기둥에 머리를 기대고 흐느꼈다.

『사랑하는 사람을 벌하지 않으면 안 될 신세라니‥‥.』

잠시 후 검은 옷의 사람이 애실의 방에 들어왔다. 재판관실 서기였다.

『라다메스는 나라를 판 죄로 신전의 석굴 속에 가두어 죽게 하기로 했습니다.』

애실은 일어서서 서기를 밀치고 재판정으로 갔다. 재판관들이 법정을 나와 복도를 걷고 있었다.

『이보세요— 판결이 너무 무거워요!』

애실은 다가가 소리쳤다.

『고정하십시오. 공주마마.』

서기는 불쌍하고 말렸다.

『내 사랑하는 사람을 죽이고 당신들 저주를 받을 거야!』

애실은 미칠 듯이 몸부림쳤다.

이윽고 냉정을 되찾자 그녀는 방에서 검은 상복으로 갈아입었다. 그리고 지하 감방을 향해 갔다.

『지금 돌아가는 안의 사정은 어떤가?』 애실은 간수에게 물었다.

『저희는 라다메스 장군 한사람만을 들여보냈는데 한 여자가 있습니다.』

『………』

애실은 입술을 깨물었다.

『지독한 년이야. 장군도 결국 이곳으로 올 것을 미리 알고 들어오다니……』

애실은 두 판을 벌렸다. 나는 결국 사랑에서 패했다. 이제 이승의 복락은 포기했으나 사랑을 얻은 자들을 축복할 수밖에.

『모든 것이 끝났다.』

『그들에게 영원한 평화 있으라. 사랑의 여신이여 복을 내려 주옵소서.』

애실은 기도해주고 자리를 떠났다.

애실은 소파에 앉아서 자다가 깼다. 시각은 아직 열한시밖에 안되었다. 그녀는 간단히 주변정리를 하고 침상에 들었다.

이 시간 그녀는 청혼자를 목베는 중국의 투란도트 공주라기보다는 자신의 사랑을 거절한 라다메스

마지막 공주

장군을 지하 감옥에 가두는 이집트의 암네리스 공주였다. 하지만 암네리스 공주도 애실만은 못했다. 공주는 자기가 라다메스 장군을 좋아한다고 밝히는 수모를 겪고 말았던 것이었다. 그리고 라다메스가 자기가 아닌 아이다를 좋아한다는 것이 누차 확인된 연후에야 감옥으로 보냈다. 이미 그녀는 참을 수 없는 수모를 당하고 난 뒤니 아무 소용이 없는 것이었다.

「역시 옛날 사람은 바보 같았어. 공주의 권력으로 기껏 그 정도 밖에 못하다니……」 애실은 한심하다고 생각되었다.

「나 같으면 라다메스가 개선해서 최고의 남자라고 나라 안에 소문이 자자하려 할 때쯤 그를 체포하도록 명령을 내린다. 그리고 온 나라에 라다메스가 나라를 강간했다고 발표한다. 그리고 감옥에 있는 그에게 한 달 동안 매일같이 나타나서 나를 껴안으면 곧바로 죽인다고 하고 만약 안 껴안으면 한 달 후에 석방한다고 한다. 그리하여 그가 나를 껴안으면 그와 결혼하고 한 달이 지나도록 안 껴안으면… 죽여 버리는 거지… 후훗」

애실은 마음속의 혼잣말을 하며 미소 지었다.

9 · 여성 극작가 오영자

간밤에 잠이 밀려올 때까지 수사기록을 읽다가 쓰러져 잠든 것 같았다. 아침에 유진은 끝의 조금을 남긴 상태로 자기 머리맡에 펼쳐져 있는 수사기록을 보았다. 엊그제 동안 쌓인 피로 때문에 밤새 버티지를 못하고 밤세 시쯤 전신이 마비되다시피 몰려오는 잠에 못 이겨 옷 입은 채 그대로 책상에서 침대로 몸을 옮기고 누웠던 것이었다. 침대에서도 몇 페이지 더 읽으려고 하니 가물거리는 글씨 속에 그녀의 마음을 채우고 있는 사건 당시의 정황이 비몽사몽 아른거리다 스탠드불이 켜진 채로 나머지 밤을 온갖 장면이 뒤섞인 꿈속에서 보냈다.

유진은 기록에 조금 이름만 나와 있을 뿐 실질적인 사항이 거의 나타나지 않은 드라마작가 오영자와 사건과의 관계에 대해 알고 싶어졌다. 김순하와의 관계가 있었던 것은 1995년경이었는데 무엇 때문에 그녀는 오년째가 되는 1999년에 이르러서 그와의 과거를 밝히고 그를 구금하는데 일조를 했을까.

오영자는 방송드라마 작가이므로 넓게 보면 유진과 같은 언론계 종사자이다. 노동사회당의 성정 아 대표는 유진이 아무런 친분을 갖고 있으니 법안문제로 국회가 한창 시끄러운 이 때 당면한 제도 아닌 일을 가지고 인터뷰하는 거의 불가능하다. 물론 그녀의 행적에 관한 자료는 수사기록 에 충분히 나와 있으므로 굳이 인터뷰를 시도할 필요도 없었다.
하지만 오영자는 유명인사라고 해도 될 수 있으면 자기의 기사가 언론에 나오기를 즐겨하는 대중문 화인이니 유격언론의 기자인 유진으로서는 비록 처음이라도 인터뷰 신청을 하기는 어렵지 않을 것 같았다.

시계를 보니 정각 아홉시였다. 지난밤에 아무리 잠이 부족했어도 그무시간에 맞춰서는 반드시 깨 는 것이었다.

"그래봐야 흐근하려면 이미 늦은 시각인데..."

유진은 세상의 일을 알아서 동작하는 자신의 교감신경이 신통하고 대견하기도 했지만 동시에 미련 하고 순진한 종과도 같아서 혼자 웃음이 나왔다.

그래도 예고하지 않은 전화를 하기에는 조금 이른 것 같았다. 게다가 드라마 작가처럼 혼자 일하 는 사람은 기상시간이 상당히 늦을 수도 있다. 수사기록 열람은 잠시 쉬고 싶어서 간단한 식사를 하고 커피를 마시며 시간을 보낸 다음 열시가 되어 오영자의 연락처로 전화를 했다.

"진상은 무엇일까? 사회에 큰 영향을 미치는 유명작가의 도덕성을 점검해보자."

유진은 오영자가 비록 영향을 주도한 일은 아니지만 사랑의 순수성을 소재로 한 드라마로 수백만 시청자 를 울리곤 했었던 작가가 과연 그 자신의 일에 관해서는 어떤 견해를 가졌는가를 알고 싶어졌다.

"오영자 선생님이신가요? 전 한진일보 기자 한유진이라고 합니다."

"예."

"이번에 횡에실검사님 사건 아시죠?"

"예. 그런데요?"

오영자는 지금 방송되고 있는 자기의 드라마나 혹은 집필하고 있는 드라마에 대한 질문이 나올 것 같아 퉁명스레 대답했다.

"김순하라는 사람은 아시나요?"

"모르는데요."

『황검사님의 관련자료에 있는 것이거든요. 선생님의 성함이 함께 나와 있어요. 기록에 보면 김순하와는 1995년 통신동호회 채팅실에서 알게 되어 한번 약속하여 신길동의 다방에서 만난 적이 있고 그 뒤로 교제가 진전되지는 않은 것으로 나와 있는데 어떻게 그로부터 오년 째인 1999년에 스토킹을 당했다고 검찰에 신고하셨던가요?』

『왜 남의 집에 전화해서 장난하세요?』

오영자는 자기 쪽에서 전화를 끊지는 않았다. 자칫 「전화를 끊고 회피하더라…」 하면서 자기에게 불리한 이야기가 기사로 나올 수도 있기 때문이었다. 그것은 그녀의 오랜 세월 공인으로서의 감각이었다.

잠시 침묵이 전화선을 점유한 후 오영자는 태도를 바꾸어 말을 시작했다.

『아…. 그 이름 기억합니다. 정정합시다. 스토킹을 당했다고 그 사람을 고소한 분은 제가 아니고 다른 여자 분이었고 저는 3~4명의 또 다른 스토킹 피해자와 참고인 진술만 했었습니다. 그 때 피해자가 굉장히 많았던 걸로 기억합니다. 그 사람이 절 괴롭힌 세세한 기록은 재판기록으로 아마 남아 있을테니 생략합니다. 스토킹이란게 민감한 사안이고 여자 쪽도 혹 잘못한 거 아닌가 라는 시선을 받을까봐 많은 피해자들이 참고인 진술도 나서기를 꺼려해서 고소하는 여자 분께서 나서달라는 부탁을 받아 남아 있는 걸로 알고 있습니다. 저도 그 당시 결혼 전이라 나서달라는 부탁을 술할 사람을 찾느라 고생한 걸로 알고 있습니다. 지금 생각하니 진술을 참 잘한 일이라는 생각이 드네요. 그 때 참고인 진술을 안 했더라면 비겁했다고 후회했을 거라 생각하는 마음입니다.』

고도 망설인 기억이 부끄럽게 남아 있습니다.

그녀는 거침없고 당당하게 오래 전 그 때의 일을 말했다. 사랑의 순수를 주제로 하는 극작가이기도 하지만 극중의 여자는 결코 순종적이거나 소극적이지 않은 당당한 여성으로 묘사하는 그녀였기에 그 자신의 일에 대한 진술도 이렇듯 당당할 수 있나 싶었다.

유진은 일단 자신이 읽어 본 수사기록과 비교해서 의문점을 물었다.

『그 당시 김순하씨를 고소한 사람은 없었고요. 다만 성정아의 원님과 황애실검사님이 법조계에 기반을 갖고 있었기에 그분들의 뜻에 따라 검찰이 자체인지사건으로 처리했던 거예요. 그리고 김순하씨에 의한 성폭력피해자라고 진술했던 사람은 성정아의 원님과 황애실검사님 말고는 오선생님밖에 없었어요.』

『뭐라고요? 그럴 리가?』

『저희는 왕검사님의 갑작스런 죽음이 어떤 정신적인 충격으로 알고 그 배경을 알아보려 하고 있었거든요. 김순하씨와 선생님과의 교제관계는 1995년이었고…。』

『교제는 무슨 교제요? 그 인간이 나를 일방적으로 스토킹한 것이지。』

오영자는 선화에 대고 버럭 화를 냈다. 하지만 여전히 끊지는 않았다. 그녀의 집 전화기는 자동 음성인식 스피커폰 장치였기 때문에 그녀 스스로 「잘있어요」, 「안녕히 계세요.」 식의 인사를 하지 않으면 끊어지지 않는 것이었다.

『그 때 선생님이 통신게시판에서, 김순하가 먼저 자기에게도 사랑한다는 말을 한 적이 있었는데 앞으로 다시는 그 사람이 사랑한다는 말을 함부로 하고 다니지 못하도록 해주기를 성정아의원님에게 부탁했던 적이 있지 않았던가요?』

『그렇게 쓴 적이 있던가요? 나는 단지 그 사람에 대한 혐오감만을 밝혔을 뿐인데.』

『예, 똑같은 게시글을 나중에 그렇게 고치신 것도 수사기록에 나와 있어요. 아무튼 그 때 그 사람한테 그토록 피해를 당하셨다면 그 때 고소를 할 것이지 이미 시효가 지난 1999년에 이르러 이미 헤어진 사람과의 일을 말끔히하셨다는 것이 이상하게 보이거든요. 그리고 저희는 단지 선생님께서 검찰에 의해 성함이 기록된 것만을 보았는데 직접 진술도 하셨다니 놀랍네요. 그런데 그것이 수사기록에는 남지 않았다는 것은 뭔가 문제가 있어서라고 볼 수도 있네요.』

이제까지 오영자는 성정아와 황애실에 비해서는 소극적인 역할로 알았는데 적극 진술도 하였다는 것은 새로운 사실이었다.

『단지 잠시 동안의 교제 혹은 구애 예비단계에 불과한 것을 가지고 이미 시효가 지난 시점에 이르러 자신이 과거에 성폭력을 당했다고 국가기관에 허위고소나 허위진술을 하는 것은 범죄행위가 아닌가요?』

긴의 질문은 신랄했다.

『제 표현이 잘못됐네요. 직접 진술은 아니었습니다. 그 사람이 절 괴롭히며 보낸 메일이나 제게 전화를 했던 기록 등을 참고자료로 제출했습니다. 그 사람이 제게 전화를 했던 것이 수십 번이 넘었던 걸로 기억합니다.』 오영자는 거물답게 참을성 있게 대답했다.

오영자는 잠시 조용히 있다 다시 말했다. 『저도 1995년 당시에 제 피해를 고소하지 않은 게 참 억울합니다. 그 때 비겁하게도… 저는 혹 남들에게 저도 여지를 줬다고 하는 말을 들을까봐 두려워서 참고 말았어요. 그리고 사년 후 1999년에 저뿐아니라 그 사람에게 피해를 당한 여성

아씨들이 그 사람을 고소한다고 했을 때 또다시 비겁하게 피하지 않고 아씨를 위해 저도 피해자였음을 자처한 게 그래도 용기 있는 행동이었다고 지금도 믿습니다."

"저도 그런 여성의 심정을 잘 이해합니다. 옛 이야기에서 자기에게 청혼하다 실패한 남자들의 목을 쳐야만 했던 공주의 심정도 알아요. 자기에게 아쉬운 흔적을 남긴 자는 그대로 두고 싶지 않은 게 여자의 마음입니다." 유진은 되도록 추궁조(追窮調)가 아니라 대담으로 가져가려고 애썼다.

"그런데 선생님의 극본 「가을날의 동화」와 「겨울의 엘레지」에서는 사랑의 아픔을 가진 주인공이 많이 등장해요. 선생님의 사고방식대로라면 거기의 주인공들은 자신에게 사랑의 아픔을 저다 준 상대에게 고소나 기타의 방법으로 복수를 해야 하지 않을까요? 차라리 선생님이 지난번 방영된 「몰디브에서 생긴 일」처럼 사랑의 복수극을 다룬 극작가였다면 더 어울렸을 텐데요."

"드라마는 줄거리는 내가 정하지 않아요. 기획자 측에서 정하지."

"아직도 성정아의원이나 황애실검사가 피해여성이라고 믿으시는 그거가 무엇이신데요? 그들이 법원장딸이나 여검사가 아니라면 가능했을 일이라고 생각하세요? 선생님이 신분제도의 정당성을 주장하는 작품이나 활동을 하는 작가라서 굳이 문제 제기할 일도 아니겠지만요. 전화 몇 통을 했다고 스토킹이라고 신고하는 사회라면 선생님이 쓰신 그 많은 순정이야기는 세상에 있을 수도 없는 것이 겠네요."

"무슨 몇 통이요? 수십 통이라니까."

"얼마 동안에요? 한 달 동안에요?"

"하루에도 수십 통이에요."

"얼마 동안 인데요?"

"1995년부터 일이년은 돼요."

"세상에…. 그렇게 괴롭혔는데도 신고를 안 하시고 1999년에 가셔야 피해당했다고 하셨던 거예요?"

"수사기록 읽어봤다면서 몰라요? 제게 진화했던 기록들 다 제출했어요. 검찰이 그동안의 통화기록이 전부 있다길래 그것을 증거로 쓰라고 동의했으니까요."

"그 사람이 수십 번 전화를 했다는 통화기록은 수사기록 증거철에 없는데요. 그러고도 그렇게 전화를 자주 했더라도 그냥 넘어갔다는 것은 오히려 그 당시 두 분이 친밀했던 사이라는 증거가 아닌가요?」
「친하다니 무슨 소리요? 하루에도 수십 번씩 전화가 와서 얼마나 시달렸는데!」 오영자는 고성을 질렀다.
「그러면 그 때 고소하시지 왜 몇 년이 지난 뒤에 그 사실을 신고하셨냐고요. 그대로 두면 사람들은 모르고 지나갈 일인데 그것이 그렇게도 잊지 못하고 고통스럽던 일이었던가요?」
「그 동안 쭉 고통 속에 살아왔어요.」
「그 이후로는 전혀 연락도 없고 교제도 없었었던 것 같은데 어떻게 그 과정이 그렇게 고통스러울 수 있죠?」
「스토킹당한 기억이 고통스러웠죠.」
「성폭행이라면 후유증이 계속 있으실 거라는 건 이해해요. 그 사람한데 그렇게 당한 적이 있으셨나요?」
「이 사람 무슨 큰일 날 소리를!」
오영자는 행여 자신이 육체적인 성폭력피해자로 의심되는 것은 크나큰 모욕으로 여기는 것이었다. 하지만 정신적인 피해는 떳떳이 강조했다.
「그러면 스토킹은 끊어졌을 때 오히려 좋은 것이 아닌가요? 왜 한창 시달리고 있다가 끊어지고 몇 년 뒤에...」
「좌우지간 그 사람은 나하고 관계가 없으니까 알아서 해요. 그리고 첫 만남이자 마지막 만남도 그 사람이 내게 자기가 쓴 원고를 보여주겠다고 해서 된 공적인 만남으로 기억합니다. 마치 남녀간의 만남으로 몰고 가지 말아주세요.」
「선생님께서, 그 당시 혹 김순하씨와 맺어질 기대도 했던 교제관계라고 다른 사람들이 추측하는 것을 두려워하신다면 더 여쭙지 않겠어요. 하지만 그것은 지나친 순결 이데올로기에 사로잡히신 거예요.」
「모르겠소.」
오영자는 이 악물고 전화를 끊었다. 음성인식스피커폰 전화기의 스위치를 내리는, 퍽- 소리가 들렸다.
「참내-.」

유진은 기분이 좋을 수 없었지만 스스로 생각해도 처음부터 너무 신랄한 질문을 심문하듯이 한 것 같아 오영자에게 미안하기도 했다. 오영자로서는 과거에 사귀었다가 자기 뜻에 의하지 않았고 헤어진 남자에 대하여 좋은 감정(感情)을 가질 수가 없고 때마침 다른 힘 있는 여자들이 그를 혼내주겠다는 데 말릴 생각을 가지기도 어려울 것이다. 더군다나 「그 사람과의 사이는 흔하디흔한 만남과 헤어짐에 불과했으니 그 사람은 잘못한 것이 없다.」고 적극 변호해 주기란 거의 불가능한 일이다.

그러나 오영자는 여심(女心)을 가진 단순한 한 여자로 넘기기에는 너무도 큰 사회적 영향력을 지닌 거물이었다.

그녀가 손댄 방송극은 모두가 안방극장을 점령하다시피하기에 그녀가 절대적인 문화권력자임은 말할 나위 없고 게다가 그녀는 때때로 민감한 시국사안에 대해서도 자신의 생각을 신문칼럼이나 토크쇼 출연의 형식으로 발표해서 상당한 대중적 영향력을 행사하고 있었다. 특히 그녀가 주장하는 것은 평등, 정의, 소외계층옹호와 같은 주제의 진보적인 사상이었다. 사회주류의 부도덕성을 질타하는 그녀의 목소리는 그녀의 드라마에 빠져 있는 수백만 시청자들의 마음을 움직이곤 했고 그녀는 시대의 양심으로 존경받을 수 있었다. 물론 드라마에도 그러한 그녀의 생각이 반영되기는 했으나 아무래도 젊은 남녀의 사랑이야기 위주로 진행되어야 하고 연출자와 배우의 영향도 받기 때문에 한계가 있었다. 그러나 그녀가 칼럼과 토크쇼에서 직접적으로 내뱉는 말은 시청자들로 하여금 사회정의에 대하여 생각하도록 종용하는 것이었다.

하지만 그것이 사람들이 미처 생각지 못했던 면을 새로이 지적한다든가 올바른 해결 방향을 제시하든가 하는 것은 되지 못했고 그저 관념적인 구호에 머물렀다는 비판도 있었다. 기실 그녀의 지명도에 따라 주어진 발언권에 의해 그녀는 사신의 범상한 생각을 사회적 이슈에 가까이 둘 수 있었다.

「아무튼 간에 오영자도 대한민국지도급 여성 중의 한 명인데...」

유진은 오영자에 관한 이야기를 어떻게 정리해둬야 할까 생각했다.

여자는 원래 감정이 과(過)해지면 논리와 이성(理性)을 고려하지 않고 말하는 경향이 있다. 그러나 대체로 순간적인 격한 행동이나 간단한 고성(高聲)으로 표출되는 것이지 여자처럼 감정이 우선되는 거짓말을 잘한다며 편하기도 하지만 그것은 모르는 소리다. 물론 남자도 감정의 지배를 받는다. 그러나 대체로 순간적인 격한 행동이나 간단한 고성(高聲)으로 그것을 두고 일부남자는 여자들은 거짓말을 잘한다며 편하기도 하지만 그것은 모르는 소리다.

세상사는 논리가 전부가 아니다. 여자들의 언어는 설사 논리적 타당성이 없더라도 그것은 그 나름대로의 근거가 있는 것이다.

다만 그것은 사적인 관계···. 남녀간 사랑의 관계에서 통용될 일이다. 남성의 사고방식이 지배하고 있는 이 사회의 단체규범에 그대로 대입하여 의미와 가치를 부여하다가는 문제가 생긴다.

유진은 지신의 남성적 측면의 사고를 동원해 오영자에 관한 이야기를 정리했다.

10 · 군주의 꿈

유진은 보고서의 나머지 십여 페이지 분량을 보았다. 각기 목적은 달랐지만 정아와 애실 두 사람은 모두 어떻게든 김순하를 사회와 격리시킬 필요를 가지고 있었다. 담당검사 엄무웅은 어서 사회적 파문을 일으킬 만한 사건을 처리해 명성을 얻고 싶었다. 세 사람의 목적이 합해 사건은 이뤄졌다. 흥미로운 사건을 일으키고 의기양양해 있을 엄무웅의 당시 모습이 눈에 선했다.

『감호소로 보냈어。 그리고 대대적으로 보도시켰어!』

검사 엄무웅은 김순하를 반드시 사회적으로 매장해야 한다는 정아의 부친 성대훈 판사의 지시에 따라 그가 여자를 건드리며 스토킹했다고 발표하고 각 언론에 퍼뜨렸다.

엄무웅은 애실에게 사건에 관한 자신의 인터뷰 기사가 나온 잡지를 보여주며 자랑했다.

『어때? 한 건 했지? 스토킹 피해가 이렇게 심각한데도 경찰은 그저 당사자들의 사생활을 지켜주는 기관이라는 것을 입증하는 계기가 될 거야。』

그러자 애실의 반응은 뜻밖이었다。 그녀는 당황하여 눈이 붉게 충혈되면서

『이게 무슨 짓이야!』

엄무웅에게 손가락질하며 소리 질렀다。

『아니 너를 그렇게 괴롭힌 놈인데?』

『그게 무슨 짓이냐구!』

비록 잡아가둬 복종시키려 했지만 그를 파렴치한 스토커라고 전국에 공표하는 것은 용납될 수 없

었다. 아무리 자신의 부마(駙馬)로 낮추어서 맞이한다 해도 파렴치범에 정신병자의 아내가 될 수는 없었다.

그러자 엄무웅도 당황한 것이었다. 애실의 마음은 그것이 아니었다는 말인가. 그렇다면 자기는 정말 생사람을 붙잡고 일을 벌인 것이 된다.

엄무웅 또한 최고일류 대학의 법과대학을 우수한 성적으로 졸업하고 대학원에서 형법을 깊이 있게 전공하면서 사법고시도 한번 거쳐보자는 마음으로 응시하여 합격한 수재중의 수재였다. 당초에 검사는 몇 년 경험 삼아 해보자는 생각이었고 모교 교수직을 지망하려 했으나 검찰청에서는 우수인재를 유치하고자 미국연수를 다녀오게 했다. 그는 이미 검찰의 핵심간부 자리를 예약해둔 바 있어 앞으로의 탄탄대로에서 무사고 운행만 하면 검찰 고위직에로의 승진은 마치 앞으로 십년 후에는 나이를 열 살 더 먹게 된다는 것처럼 확실했다.

그러나 이미 활시위는 떠나고 난 다음이었다. 이제는 자기가 내린 결정을 합리화하고 기소희망사항이 그대로 실현되도록 하여야 한다. 만약 피의자의 혐의가 인정되지 않아 풀려나면 승승장구하던 그의 검사생활에는 씻지 못할 오점이 남는다.

『그럼 어떻게 하란 말야?』

『일단 구속했으니 확실히 붙잡아두기만 해요. 다른 건 내가 할 테니까.』

『그럼 석방시키진 말어?』

『석방은 내가 좋다고 할 때까지는 안돼요.』

『알겠어. 확실히 잡아두는 것에만 신경 쓰지.』

엄무웅은 입맛을 다시며 답했다.

애실은 감호소로 전화했다.

『나 황애실검사라고 해요. 거기 김순하라는 사람 있지요?』

『담당검사이십니까?』

『엄검사님이 나한테 위임했어요.』

감호소의 담당의사는 김순하의 담당이 엄무웅임을 알고 있었는데 여자가 거니까 이상해서 되물었다.

「예, 무엇을 보고해드릴까요?」

「거기 그 시신 성불구 아닌가요?」

「특별히 시체상에 문제가 있는 것 같지는 않은데요.」

「그러면 혹시 동성애자는 아닌가요?」

「다른 수용자들과 손잡고 가는 걸 좀 봤는데....」

「그래요? 그리고 어떤 행위를 하던가요?」

「글쎄. 가끔 한 이불 속에 둘이 들어가는 것 같기도 하고....」

「그런 것 철저히 알아 봐 주세요.」

「그런 것이 범죄사실과 상관있습니까?」

「어쨌든 하라는 대로만 해주세요! 우리가 알아봐 달라는 것만 알아봐 주시면 돼요.」

「예, 알겠습니다.」

애실은 이 기회를 이용하여 김순하에 대한 모든 것을 알아내기로 했다.

예정대로 정아는 고려호텔 에메랄드룸에서 결혼식을 올렸다. 혹시 나타나 행패를 부릴까 걱정되었던 김순하를 구속시켰으니 정아의 가족은 마음 놓고 성대한 결혼식을 치를 수 있었다. 넓은 홀에는 하객용 원탁이 수십개 마련되어 있었는데 수백 명의 손님들이 자리를 메웠다. 벽 곳곳의 스크린에는 정아의 어릴 때부터의 성장과정을 담은 슬라이드가 상영되었다. 그림책이나 보아야 할 나이의 어린 정아가 한자로 제목이 박힌 금박의 양장본 사상전집을 서가에서 꺼내 읽는 모습이 나왔다.

「저런...」

「어릴 때부터 문학가로 대성할 소질을 보였군요.」

최여사와 가까운 하객들은 말했다.

하지만 다른 하객들 대부분은 스크린에 나오는 정아의 영상이나 성씨로부터 정아를 인계받는 신랑에 대해서는 별로 관심이 없었다. 그들은 거의 다 법원장 성씨 때문에 온 사람들이었다. 순수하게 정아나 신랑의 친구인 듯한 젊은이는 이십명 남짓일까 했다. 다른 젊은이들도 대부분 법조계 후배들이었다. 신랑의 아버지도 법조인이긴 했으나 판사를 퇴직한지 오래되어서 그다지 후배들 앞에서 힘을 줄 위치는 아니었다.

정아를 신랑에게 데려다주고 난 성씨는 식장을 둘러보고 인사를 다니면서 아쉬움에 젖었다.

"이것이 순전한 나의 행사라면 더 당당히 하객들을 맞이하며 축하를 받을 텐데···."

젊을 때의 최여사와의 결혼은 최고엘리트 학생끼리의 결혼이었지만 그들이 가졌던 잠재력에 걸맞은 성대한 의식(儀式)이 되지 못했던 것이었다.

성씨는 계속 여러 가지 상상을 했다.

"내가 차라리 오십쯤에 결혼했다면 이런 행사를 하면서 스스로 축하를 받을 수 있었겠지···."

"내가 판사를 퇴직하고 변호사 개업식을 하면 순전한 내 행사로 하객들을 맞을 수 있겠지···."

하지만 그게 진정 성대하게 축하 받을 일이 될까?"

"이래 저래 나의 일로 이렇게 화려한 모임의 주인이 되기는 틀렸구나. 옛날에는 대관식이라도 있었지만 지금 내가 대법관이 되고 대법원장이 된다한들 이렇게 성대한 축하연을 열 수가 있을까?"

어차피 한 인간의 일생 중에 결혼식보다 더 큰 사건은 없는 법이었다. 성씨는 헛된 기대를 포기하기로 했다.

"아니 참 한 행사가 남아있지···."

성씨는 자신의 장례식을 상상하며 허탈한 웃음을 머금고 하객들과 인사했다.

감호소로 보냈다고 모든 일이 해결된 것은 아니었다. 감호소에서 정신감정한 결과를 두고 재판해서 판결이 나와야 하는 것이었다.

두 달이 지나 감호소로부터 엄무웅에게 보고서가 왔다.

『이 사람은 완전한 남자라고 보기에는 성적 장애가 있습니다.』

어떻게 해서라도 정신적인 문제점을 찾아 보고하라는 검찰의 종용에 감호소에서는 그가 동성애 성향이 있으며 성도착증을 가진 정신장애 수용자라고 손을 잡기도 꺼안기도 했었다며 그가 다른 남자라고 판정하였다. 감호처분을 위한 근거는 일단 마련된 것이었다.

그러나 보고서만으로 결론이 나는 것이 아니었다. 결정은 법원이 하고 감호보고서는 참고로만 하는 것이니 엄무웅 검사의 고민은 계속 남았다.

먼저는 그가 환상적인 이야기를 쓰다보니 환상을 현실과 혼동하여 여자가 무조건 자기를 좋아하는 줄로 착각하는 정신이상자라고 언론에 발표했는데 만약 애실이 정말로 마음이 있었다고 밝혀지면 큰일난다. 물론 애실이 절대로 드러내지는 않을 것이은 큰 걱정은 없다. 그런데 김순하가 애실을 포기하겠다고 말해도 역시 곤란하다. 그의 정신질환은 상대가 자기를 좋아한다는 착각에서 벗어나지 못한다는 것이었는데 그가 애실을 포기한다고 말하면 의미가 없어진다.

"이놈이 입바른 소리를 하면 애실을 포기한다고 말하면 의미가 없어진다."

어떻게 방안을 짜낼까 그의 명석한 두뇌로도 쉽게 풀려지지는 않았다.

"시발새끼 숙지도 않고... 거기 있는 살인범 놈들은 뭐하는 거야? 어차피 그놈하나쯤 더 죽여도 마찬가지일텐데..."

일단은 다시 압송돼온 김순하를 재차 심문해서 재판을 청구해야 했다. 엄무웅은 주계장에게 김순하가 황애실 검사를 끝내 포기할 것 같지 않다는 결론이 나오도록 심문하라고 지침을 주었다.

"앞으로... 나가서도 계속 황애실 검사에게 연락할건가?"

주계장의 심문은 애초의 피해자라는 성정아는 제외하고 황애실 검사와의 관계에 집중해 있었다.

"그만하면 내 의사표시는 충분한데 무슨 얘기를 더합니까? 이제는 그쪽에서 답할 차례입니다."

순하는 말에만 대답해「당신뜻에 따르겠다.」는 말은 무의미했다. 세상 모든 것에 우선해서 당신을 얻겠다고 맹세하든가 아니면 완전히 시야에서 사라지든가 분명히 하는 것이 남자에게 요구되는 것이었다.

"묻는 말에만 대답해. 다시 연락할 거냐고."

"가만히 기다리겠습니다."

엄무웅이 원하는 결과는 나오지 않았다.

엄무웅은 마지 운동경기 중에 감독이 작전타임을 갖듯이 심문중인 주계장을 옆의 별실로 불러서 조용히 비밀지시를 했다.

마지막 공주

"저 놈이 애실이를 죽어도 못놓겠다며 좋아하고 있는 것으로 유도하라고."
"어떻게 그렇게 하죠?"
"애실이를 만나게 해줄 것으로 말해. 그리고 마음을 떠보는 질문을 계속해서 그놈이 애실이가 정말로 자기를 좋아하는구나 생각하게 하라구. 그래서 끝끝내 애실이를 놓지 않겠다는 말이 나오도록 해야 돼."
"비슷하게는 해봤는데... 그냥 기다리겠다고만 하는데요."
"계속 유도해야지. 그게 심문의 기술 아니겠소."
"혹시 저놈의 마음이 돌아섰을 수도 있지 않습니까?"
"그럴 수도 있지. 혹시 성정아한테 아직도 미련이 있지 않나 물어보도록 하지."
아는 어떻게 생각하고 있나 물어보도록 하지."
"혹시 미련이 있는 것이라면?"
"....."
"그렇다면 더욱 용서할 수 없지. 이미 셜호한 여자를 미련 두다니 완전 미친놈이지. 그렇다면 애실이 생각하고도 관계없이 그놈은 확실히 삼호처분 되는 거지."
"자리로 돌아온 주계장은 다시 순하를 추궁했다.
"앞으로 나가게 되면 계속 검사를 사랑할 건가?"
"황애실을 내가 지금 사랑하든 말든 무슨 상관입니까. 사랑의 마음이 거짓이면 처벌하겠다는 것입니까?"
"묻는 말에나 대답하라니까!"
"그렇게 관계있는 사람이면 대질심문이라도 해야지. 그 사람은 하늘에 있는 사람인가요?"
"만나게 해줄 수도 있지."
"그렇다면 좋지요."

그런데 순하는 애실을 언제 어떻게 만나게 해주느냐고 더 묻지를 않았다. 만나게 해달라고 매달려 사정하고 거듭 부탁했어야 각본이 들어맞는데 그냥 그저그렇게 지나가 버리니 주계장은 미리 준비된 유도심문을 할 수가 없었다. 검찰의 만류에도 불구하고 죽어도 황애실을 놓지 못하겠다고 진술했다고 기록해야 하는 것이었다. 그래서 구제불능 스토커로 감호조치 판결을 받아내고 석방여부는 애실의 뜻에 맡길 작정이었다.

애실에 관한 심문이 끝내 원하는 답을 얻지 못하자

「성정아는 잊었나?」 주계장은 물었다.

「이미 끝난 사람인데 왜 묻습니까?」

「대답을 하라고.」

「아무래도 문단에서 이름을 들을 사람인데 무시하고 모르고 지내기는 어려울 것 같습니다.」

이것은 애실이 바라는 대답이 아니었다. 성정아를 깨끗이 잊지는 못했다니… 애실을 놓지 못하겠다고 하는 것보다 더 분노를 안겨주고 석방을 불가능하게 하는 말이었다.

「뭐? 니를 만나게 해달라고 하지 않는다고?」

「저녁이 가까워 엄무웅에게 찾아온 애실은 접견소파에서 수사기록을 들춰보며 화를 냈다.

「내 일인데 좀 선배가 직접 심문하지 그랬어? 얼마나 중요한 일이난 말야….」 애실은 살짝 찡그린 미간 아래 맑은 눈을 깜빡거리며 엄무웅을 올려다봤다.

「나도 중간에 직접 나서기도 했어. 그런데 그놈이 더욱 긴장하고 나하고 머리싸움을 하려는 것 같더라고. 그래서 좀 무식해 보이는 계장하고 상대하게 하는 게 차라리 나을 것 같더고.」

「…」

애실은 자기기 직접 심문에 나서는 것을 상상했다. 가장 확실한 방법이지만 그것은 또한 자기에게 관심을 누고 있는 것처럼 보일 우려가 있으므로 실행할 수 없었다.

「그뿐만 아냐. 이런 말도 했어.」 엄무웅은 진술조서의 해당된 페이지를 찾아 펼치고 가리켰다.

「뭔데?」 애실은 들여다봤지만 문제의 글귀를 찾지는 못했다.

「여기 말야에도 법은 보호할 가치가 있는 정조를 보호한다고 했는데 일부 여자의 공주병이 법의 보호를 받을 가치가 있나 하는 것이 이번 사건의 관건이라고….」

애실은 더욱 분노하여 부들부들 떨었다.

「절대 내보내지마!」

감호소에 누 날을 가뒀으니 늦게라도 기소유예로 내보낼까 했던 계획도 물 건너갔다. 피의자가 죄를 인정하고 용서를 빌어야 선처할 것인데 아무 죄를 인정하지 않으니 법원에 감호청구 하여 재판에 들어갈 수밖에 없었다.

순하는 처음엔 검찰의 조치가 터무니없는 것이니 자기들이 실수를 알면 금방 석방될 것으로 기대했다. 그러나 재판절차는 이어질 뿐이었다. 검찰은 주장을 그대로 밀고 나갔고 법원은 그것을 진지하게 검토하며 시간을 끌었다. 거기엔 상식에 따른 명백한 판단은 존재하지 않았다.

판사는 검사와 전혀 대립하는 것 같지 않았고 오히려 선후배나 동기 친구로서 서로 잘 믿는 사이인 것 같았다. 비록 약간의 의견 차이는 있다고 해도 상대가 전혀 터무니없는 짓을 할 사람은 아니라고 믿고 있었다.

「두 사람의 말이 전혀 상반되어 둘 중 하나는 터무니없는 주장을 하는 상식이하의 인간이 되어야 할 수밖에 없다면... 같이 연수원 다니며 공부하여 지성과 양식을 확인한 친구의 말을 믿지 신분도 어설픈 처음 보는 사람의 말을 믿을 수가 있을까...?」

실로 검사와 판사가 힘을 합치면 세상에 불가능은 없었다. 최고의 수재들이 머리를 짜내서 수행한 고도의 작전은 그의 가족친지 중 누구도 분석하고 파악할 능력이 없었다. 가족들도 불안정한 생활을 해왔던 그보다는 최고 엘리트이고 출세한 사람의 대명사인 검사의 생각이 더 정상일 것으로 여겼다.

검찰의 감호청구는 정아의 부친 성대훈 법원장의 지시를 받은 판사에 의해 받아들여졌다. 김순하는 다시 공주감호소에 수감되어 정신병 완치판정을 받을 때까지 있게 되었다. 완치가 아니면 석방될 수 없는... 사실상의 무기징역이었다.

그러나 애초에 완치될 병이 없었는데 그에게서 어떤 변화가 생길 여지는 없었다. 변할 것이 있다면 주위의 정신질환자들과 어울리며 점차 그들과 비슷하게 동화되어 가는 것뿐이었다. 정신질환자들과 함께 간호사들을 보모처럼 순하는 이제 모든 것을 포기하여야 했다. 아이처럼 시일을 보냈다.

검찰은 그가 자립생활력이 없고 사람들과 어울리지 못하고 대인관계가 원만하지 못하며 자제력이 없다는 것을 문제시했다. 순하는 재판 중에 검찰이 왜 그리 자기의 사생활을 걱정해 주는지 어리둥절했다. 그렇게 사람들과 원만하지 못하고 인간관계에 문제 있다는 자신을 살인범이 득실대는 치료감호소에 오래 두어서 무엇을 바라는 것일까?

그는 자기를 구급한 자들이 가장 바라는 것을 생각해보았다.
'이 곳의 살인범들과 시비가 붙어 죽어 나가길 바라는 것이 아닐까?'
감호소에는 정신이상으로 인한 살인자들이 많았다. 정신이상으로 인한 살인자는 자기의 죄목에 더해서 한두 명 더 죽여도 받을 형량은 어차피 마찬가지다.
만약에 그런 일이 일어난다면….

그것은 목숨 이상의 문제였다. 만약에 밖으로 나와서 진실을 말하고 사는 것과, 자기의 입장을 밝히지 못하면서 천수를 사는 것과의 둘 중에 하나를 택한다면 주저 없이 앞의 것을 택하고 싶었었다.

집안 가족, 교육수준이 낮고 대학졸업자는 혼자밖에 없었다. 복잡한 내용을 집안 식구는 알 수가 없다. 지신이 아니면 아무도 진실을 이 세상에 말할 수 없으니 그의 목숨은 그 자신의 삶 이상의 의미를 시니고 있었다.

설령 그런 말까지는 벌어지지 않더라도 그런 곳에 오래 있으면 저절로 정신질환자와 비슷하게 될 수 있다. 그렇게 되면 비록 살아 나와도 그들은 소기의 목적을 달성하는 셈이 된다.

「여기서 미쳐갖고 나와도 원래 미친놈이었다고 하면 그만이겠지….」
'좌우간 숙시나 미치거나 두 가지 중한 가지…. 그렇게만 되면 관련자들은 앞으로 두 다리 뻗고 잠잘 수 있게 되겠지….'

순하는 어찌해서라도 온전하게 살아남아야 하겠다고 생각했다. 차량 호송 중에도 만약 이 때 사고라도 생겨 주으면 얼마나 억울할까 불안했다. 죽음이 두려운 것이 아니라 진실을 세상에 말하지 못하게 될까봐 누려운 것이었다.

한편 정아는 예정대로 무사히 신접살림을 차릴 수 있었다.
「아무튼 한시름 놓았으니 이제 마음 놓고 작가로 성공해라.」 성씨는 이삿짐을 꾸리는 정아에게 말했다.
「어렵겠는데요….」
「왜 또 그러나?」
「이번 일을 아빠가 너무 크게 벌이셨어요. 문인들이 다 알아요.」

마지막 공주

『유문일한테 그렇게 분명히 일러줬는데도 효과가 없냐?』
『너무 심했던 것 같기도 해요.』
『그래야 그놈이 매장되는 거지. 너야 훌륭하니까 스토킹당한 것이지. 네가 무슨 비난받을 일이 있냐.』
『어림없어요.』
정아는 문학판의 풍토를 잘못알고 있는 아버지가 답답했다.
『문학판은 법조계하고는 달라요. 어긋나고 잘못된 쪽 편을 들어주는 경향이 있어요. 그 정도를 가지고 너무했다고들 하는 거죠.』
『그야 지들이 안 당해봤으니까 그럴 수 있는 거지. 입장 바꿔놓고 한번 생각해보라고 해. 집안 전체가 큰 망신을 당할 뻔했는데 누구라고 가만히 있겠어?』
『그 사람들은 특권의식이라고 그러는 거죠.』
『참내... 아무래도 문학판 놈들은 믿을 수가 없어. 아직까지도 빨치산 아들 같은 놈들이 설치고 있으니...차라리 다른 곳으로 가는 게 어떻겠니?』
『다른 거 뭘 해요?』
정아가 묻는 것은 이제 와서 다른 직업을 가져본들 무슨 재미가 있을 것이며 무슨 지위를 얻을 수 있겠느냐는 것이었다.
『문학보다 좋은 게 있지.』 성씨는 그동안 정아를 위하여 갖고 있었었던 새로운 제안을 내놓았다.
『뭐가 있어요?』
『정치로 나가봐라. 이미 작가로서 이름을 알렸으니 그게 도움이 될 거다.』
『정치요? 아니 그 힘든 정치를?』
정아는 국회의원 입후보자들의 거리유세를 보면서 그렇게 힘들게 다니면서 꼭 국회의원을 해야만 할까 안쓰러워한 적이 있었었다. 그런 것보다는 가만히 앉아 글만 쓰는 문학이 훨씬 편안하고 이름을 내기에 좋다고 생각했기에 이제까지 다른 마음 없이 부친에게 문학으로 가는 길을 후원해달라고 했던 것이었다.
『왜 뭐가 힘드냐?』

「길바닥에 엎드려 인사하고... 이 사람 저 사람한테 굽실거리고...」
「하하, 그럴 필요는 없다. 전국구... 그러니까 비례대표제로 나가면 된다. 그러면 아등바등할 거 없이 품위있게 정치할 수 있다.」
「그건 어렵잖아요? 당에서 추천 받으려면 오랫동안 당에 충성했어야 하는데. 지금부터 시작해도 이미 민주시민당이나 한국개벽당이나 다 정치지망생들이 들어차 있을 건데요.」
「거긴 새로 시작하긴 힘들지. 앞으로는 진보정치가 유망하다.」
「노동사회당이요? 거기 지역구 의원 하나도 못 내는데 어떻게 해요? 지역구 의원 셋이 나와야 비례대표 하나 정도인데 거기서 설사 다음선거에 두어 명 당선된다고 하더라도 내가 무슨 수로 거기 비례대표 일번을 해요?」

성대훈씨는 나시 껄껄껄 웃으며

「다들 모르고 있지. 하지만 헌법재판소에 있는 내 친구가 알려 줬다. 앞으로 정당투표제가 도입되어서 지역구가 많이 당선되지 않는다 하더라도 정당 투표만 받으면 비례대표 의원들을 당선시킬 수가 있게 된다. 그렇게 되면 비례대표 의원 당선도 어렵지 않을 거다.」
「아 그거 헌법소원 냈다고 들었어요. 하지만 어떻게 결정 낼 것이라고 다 들었다. 그러니 지금부터 거기 권성훈 재판관이 내 동기란 거 모르냐?」
준비를 해서 노동사회당에 입당해서 활동해라. 미리 텔레비 시사토론회도 부지런히 나가고...
내가 다 밀어 주마.」
「그럼, 해늘게요.」

정아는 진보정치로 방향을 잡았다. 그녀는 예정대로 비례대표의원으로 당선되고는 작가생활로 다져진 능란한 어변과 설득논리를 바탕으로 승승장구하여 마침내 지금 노동사회당 대표의 자리에 오르게 된 것이었다.

애실은 거갈치실에서 감호소로 전화했다.
「김순하에게 이런 문항을 질문해 주세요.」
그 문항은 「당신은 지금 성정아를 잊었느냐?」 와 「당신은 황애실에게 아직도 마음이 있느냐」의 두 가지였다.

감호소 담당의사는 의아했지만 따를 수밖에 없었다. 애초에 검찰이 지적한 김순하의 범죄사항이 바로 이것이니 이 문제를 제외하면 그가 이곳으로 올 이유도 없었던 것이었다.

담당의사는 면담자리에서 순하에게 물었다.

「당신은 이제 성정아를 잊었소?」

「아무래도 한번 교류가 있었던 사람이고 공적인 활동을 하고 있으니 완전히 서로를 의식하지 않을 수는 없겠죠.」 순하는 자신의 정신 상태를 사실 그대로 답했다.

담당의사는 잊지 않았다고 답했다고 적었다.

「황애실에게는 아직도 마음이 있소?」

순하는 마음이 있다고 대답한다면 아직도 분위기파악을 못한다고 간주되어 정신병자의 낙인을 벗어나지 못할 것 같았다.

「그 사람을 비록 한 때 마음에 둔 적은 있었지만 이런 고초를 당하면서까지 꼭 그 여자와 결혼하려 할 마음은 없습니다.」

담당의사는 마음이 없다고 적었다.

이 대답은 보고서로 작성되어 엄무웅을 거쳐 애실에게로 왔다.

역시 그녀가 기대했던 대답이 아니었다. 성정아는 이제 깨끗이 잊었다. 황애실에게로의 마음은 어떠한 어려움이 있어도 변치 않을 것이다…. 이것이 그녀가 기대했던 답이었다.

「아직 증상이 변하지 않았소. 계속 수감하시오.」

검찰청의 회신이었다.

같은 질문을 때로는 조금 변화시켰다. 성정아의 지금 안부가 궁금하냐 황애실과 같은 여자를 어떻게 생각하느냐 하는 식으로 바꾸기도 했다. 그렇지만 내용은 늘 정아와 애실에 관련한 그의 생각을 묻는 것이었다.

순하는 끝내 애실의 맘에 맞는 답을 보내주지 못했다.

이후 그는 이십년이 지나, 이제 더 이상 나이로 보아 여성에게 집착하지 않으리라는 소견이 붙어 진 후에야 석방된 것이었다. 그것은 남자로서 더 이상 다른 여자와 결혼할 가능성이 없게 된 이후라야 석방할 수 있다는 애실의 의도에 따른 것이었다.

『나는 여자로서 한창 중요한 나이를 지 때문에 허비했는데... 남자는 웬만큼 나이를 먹어도 손해 보는 게 별로 없단 말야.』

이후 애실은 승승장구하여 유능한 여검사로 이름을 날렸다. 단지 여자로서 남자와 동등하게 능력을 발휘했다는 것이 아니라 여성특유의 섬세함과 다정함으로 인간미 있는 검찰업무를 수행하여 여성지도자의 가치를 돋보였다는 것이 그녀에 대한 세간의 평가였다.

2005년 미국 연수 때 저녁에 숙소에 돌아온 애실은 피곤하여 식사를 마치자마자 선잠이 들었다. 방송에서는 뉴스가 흘러나오고 있었다. 이라크 파병 미 여군 린다 아일랜드 상병이 남성포로를 성추행한 사진의 재판 소식이었다. 애실은 전에도 보았던 이 사건 관련 뉴스화면이 떠오르고 잠결에 들리는 방송의 소리가 어우러져 그 장면들을 스스로 겪는 꿈을 꾸었다.

그녀말로 자신의 욕망을 절대 권력의 위치에서 풀어본 역사상 몇 안 되는 여자들 중 하나였다. 이 시간 애실은 투란도트 공주보다 린다 아일랜드 상병이고 싶었다.

미국 중서부의 한 소도시의 편의점에서 열여덟 살의 린다는 카트에서 물건을 내려 매장에 배치하고 있었다.

『린다야, 이제 시간 끝이니까 쉬어라. 벌써 아홉시야.』

점장아줌미가 철야근무시간을 마치고도 열심히 일하는 린다를 칭찬 반 만류 반으로 타이르고 있었다.

『안녕하세요. 점장님.』

이 때 메리가 왔다.

『아직 메리시 오지 않았잖아요?』

『내가 있잖니? 메리가 와서 저기 린다 일하는 것 좀 말려줘라.』

점장은 린다를 가리켰다.

『그래 이제 왔구나. 어서 저기 린다 와서 천천히 정리해도 돼.』

『어머, 린다야. 아직도 일하고 있니? 미안해 내가 더 일찍 못 와서.』

『뭘? 제시간 맞는데. 난 그냥 네가 오니까 반가울 뿐이야.』

『어디... 도와줄게 없나... 어머, 벌써 다 해놓았네!』

마지막 공주

『내 임무는 내가 마무리 해야지. 팔린 것은 다 나가고 빈자리에 다시 채우고... 원상복귀 하면 끝나는 것이지. 호호.』

이 때 점장이 그녀들을 불렀다.

『린다야, 메리야. 그냥 일루 와봐.』

『예, 점장님.』

둘이 얼른 계산대로 오자 점장은 에게 20불 지폐를 주었다. 메리는 집이 멀기 때문에 아침에 제대로 식사할 겨를이 없다는 것을 알았다.

『메리도 아직 식사 안했지? 둘이서 아침 좋은 걸로 어서 집에 가라.』 하며 둘

『예, 고맙습니다.』

두 소녀는 점포내의 햄버거를 사고 거스름돈들을 가지려 하였다.

『그러지 말고 저 앞에 식당에서 스테이크 사먹고 와. 이건 내 지시야!』

점장 아줌마는 소리를 높여 두 소녀에게 강권했다.

『예.』

소녀들은 겸연쩍게 웃으며 점포를 나와 길을 건넜다. 식당에서 음식을 시키고 린다와 메리는 마주 앉았다.

『린다야. 너 이번에 점장님이 우수 직원으로 본사에 추천했다며?』

『응, 뭐 바란 건 아니었는데. 호호.』

『그런데 우수직원 되면 뭐가 좋은 거니?』

『응? 상금 받고 상장 받는 거겠지. 그린 것보다도 난 뭘하든 열심히 살아가는 게 좋은 자세라고 생각해.』

『나도 열심히 살려고 해. 그런데 난 하고 싶은 게 있거든....』

『뭔데?』

『뭐긴? 대학가는 거지.』

메리는 답하고 식당 안을 살짝 둘러봤다. 식당의 안쪽 자리에는 밖에 주차된 낡은 캐딜락 차를 타고 온 듯한 젊은 남녀가 있었다. 탁자위에 책을 몇 권 올려놓고 서로 리포트를 상의하는 것 같았다. 차림새는 수수했지만 앞날을 위해 진지하

게 공부하는 한〜 고상한 삶을 사는 이들 같았다. 붉은 뿔테 안경을 쓴 여자의 창백하고 지적인 얼굴은 경외심마저 일으켰다.

"우수직원 상금이 대학등록금이 될까? 아니면 우수직원의 명예가 대학생이 되는 것만 할까?" 린다도 대학가는 것이 당연한 그녀의 바램이었다. 그러나 이제까지 미처 엄두도 내지 못했기에 생각을 안 한 것이었다.

"나도 대학 가고 싶어." 린다는 졸린 눈을 깜빡이며 다시 푸념했다.

"우리 미국은 기회의 땅이라고들 하는데… 열심히 일하면 그 보상은 받게 돼 있다고 외국에서도 몰려오는데 우린 왜 이렇게 살기가 답답할까?" 메리도 한숨을 지었다. "어쨌든 넌 우수직원 표창 받게 되니까 좋겠다."

"그냥 열심히 일해서 점장(店長)이나 되라는 거지. 이 일을 그냥 일생동안 해? 하〜." 린다는 납작한 얼굴에서 입술을 늘이며 허탈하게 웃었다. "아무리 열심히 일을 해도 결국 그 자리가 그 자리야. 그러면 먹고 사는 거야 해결할 수 있겠지만 인생이 너무 단순한 것 같애. 나도 남자친구도 똑똑한 애 사귀고 싶고 품위 있는 사교모임 같은 데서 세상 돌아가는 얘기나 하고 싶고…. 여기라고해서 그냥 애 낳고 기르고 하는 걸로 끝은 아니잖아?"

"더군다나 태어날 애도 자기와 별다를 바 없는 인생을 살 것이 뻔하다면 더욱 그렇지." 메리는 자기와 린다가 서로 뜻이 일치함을 발견하며 맞장구쳤다.

"자기 힘으로 성공하는 건 한계가 있을 지도 몰라. 우리 같은 사람들은 그냥 대대로 근근이 먹고사는 것에나 만족하라는 세상인가 봐."

"우리 미국이 선조의 업적 덕에 부강한 나라가 되었다고 하지만 우리에겐 해당사항이 없지. 개개의 사람들도 자기네 선조의 업적이 있어야 성공하기가 수월한 것 같애. 그렇지 않으면 신분상승이란 참 어려운 일인 것 같애."

"어려운 통과의례를 겪어야 하지… 집안을 일으키고 신분을 올리기 위해선… 린다야 넌 오빠가 있잖아? 그런 일은 남자가 먼저 해야지." 메리는 린다를 가리켰다.

"몰라, 오빠는 맨날 말썽만 부리는데 뭐. 마약이나 피우고…."

매일 매일을 그럭저럭 살아가는 그녀 집안 식구들과 달리 린다는 신분상승을 하고 싶었다. 그것은 메리도 마찬가지였다.

『린다야, 나 군대에 들어가려고 해.』 베리는 자기의 결심을 말했다.

『거길 왜?』

『군대에 들어가면 대학 학비를 주고 연금도 준대.』

『정말? 그럼 제대만 하면 우리는 더 이상 빈민이 아니겠구나.』

『그렇지.』 생활은 보장되고 그 위에서 우리는 우리 나름대로 더 높은 것을 추구할 수 있지.』

린다는 다시 메리를 쳐다 보았다. 식당에 비쳐든 아침햇살에 메리의 갈색 머릿결이 예였다. 그녀의 희고 갸름한 얼굴에는 순수한 열정이 깃들어 보였다. 자신이 가지는 목표를 위해 할 수 있는 모든 것을 해보며 노력하겠다는... 그것은 결코 자기의 이익을 얻으려는 욕심이 아니라 주어진 삶을 다해서 열심히 살아야 한다는 가치관에의 순종에 따른 것이었다.

『넌 참 예쁜 순 갈색머리구나 부럽다.』

린다는 자기의 거무칙칙한 회색빛이 감도는 머리가 맘에 들지 않았다. 흔하면서도 별로 사람들이 좋아하지 않는 색이니 마땅한 이름도 없는 머리색이었다.

『그래? 내 정도는 약과야. 우리 언니들은 쌍둥이인데 둘 다 금발이야.』

『어머, 쌍둥이라니... 대통령 딸들하고 같네... 너보다 예쁘니?』

『호호 나보다 예쁘다고 하기는 좀 그렇지만.. 더 글쎄지.』

『그래? 지금 뭐하는데? 그 언니들도 대통령 딸들처럼 말썽피우고 다니니?』

『우리 언니들한테도 들어가자고 했어. 그래서 같이 간대. 군대에』

『그래! 나도 갈께.』

이렇게 해서 린다와 메리 그리고 메리의 언니들은 모두 군에 입대했다.

입대하기 전 린다는 집에서 오빠에게 입대를 권했다.

『오빠, 그러면 우리 집안도...』

『내가 미쳤냐? 거길 가게. 주유소 일해도 먹고는 살아. 난 남한테 간섭받고 명령받는 건 질색이야. 전쟁나면 상류층 놈들 총알받이나 하고...』

린다는 오빠의 성격을 알기에 애초에 기대는 못했지만 그날그날 품팔이해서 번 돈을 마약과 술로 써버리고 앞날생각 없이 살아가는 오빠가 안쓰러워 한번 말을 꺼내본 것이었다. 말이 백인이지 흑인평균보다 못사는 것이 그녀의 집안사정이었다. 오빠는 정작 여동생의 입대에 대해서는 그다지 반대하지 않았다. 군입대자는 실상 가족이 더 큰 혜택을 본다는 것을 알기 때문인지 몰랐다. 메리는 훈련을 마치고 군대생활을 시작했다.

「어때 지낼만 하지?」 처음 입대를 권했던 메리가 막사에서 린다에게 물었다.

「응 편의점 점원보다야 훨씬 폼나지. 월급도 눈치 볼 것 없이 척척 나오고.」

「우리 같은 서민들도 이렇게 좋은 자리를 얻을 기회가 있으니 역시 우리 미국은 기회의 땅이야.」

두 처녀는 앞으로 제대해서 좋은 남편도 얻고 자기들로부터는 대대로 미국이라는 나라로부터 대접을 받는 집안으로 살아갈 희망에 부풀었다. 입대 석 달이 지나서 매스컴에는 정부에서 이라크 공격을 준비한다는 이야기가 흘러나왔다.

「어쩌나? 전쟁을 한대.」 린다는 걱정했다.

「뭐하러 하지? 그냥 이대로 지냈으면….」

「우리 혹시 파병가야 하는 거 아냐?」

「명령이 떨어지면 가야지. 우리 그렇게 서약했잖아? 상부의 명령에 절대 복종하고 중간에 싫고 나가면 안 되고 전쟁 나가서 죽어도 불만 없다고……」

「역시 세상에 공짜는 없구나….」

결국 둘이 속한 부대에도 이라크 출병명령이 떨어졌다.

「무서워.」 린다는 다시 걱정했다.

「괜찮을 거야. 우린 보급부대지 전투병이 아니니까.」

「그래도 저항세력은 미군이라고 하면 무조건 이를 간다는데….」

메리는 『마음먹기에 따라서지. 우리 언니들도 같이 가기로 했어. 그래서 난 마음이 든든해』 라고 했다.

메리는 파병훈련장에서 언니들을 소개했다.

「여기, 우리 언니 디아나하고 아만다야.」

메리와 닮았시만 조금 넓은 얼굴과 통통한 몸매의 두 아가씨가 군복을 입고 있었다. 똑같이 닮은 금발의 그래머 아가씨가 둘 있으니 클럽의 버니걸로 행세해도 손색없을 것 같아 보였다.

"얘기 들었어요. 예쁘시네요."

"우린 둘이서 서로 메리를 귀여워하며 자랐어." 그들은 답했다.

"예, 네 언니들 클럽가도 잘 벌겠는데 왜 군대왔니?" 린다는 메리에게 속삭이며 말했다.

"무슨 소리야! 『우린 아무리 가난해도 자존심은 지켜.』 했다.

"미안. 그런데 너네 언니들 같은 쌍둥이인 대통령 딸들은 음주운전으로 걸리고 마약도 하는데 무위도식하며 놀고 있는데..." 클럽에서 일한다고 해서 그것보다 못한 건 아니잖아?"

예정된 날짜가 차서 그들은 이라크행 비행기를 탔다. 자신의 운명이 어떻게 바뀔까 하는 긴장과 두려움에 싸인 젊은이들과 함께 오랜 시간을 비행하니 이윽고 푸른 수풀은 드물고 누런 모래흙이 뒤덮고 있는 이라크 땅이 보였다.

"정말 우리가 여기에 내려야 하나? 생전 원수진 일 없는 사람들이 우릴 미워하는 곳에 말야."

"린다야, 나도 싫어. 하지만 국가의 명령이니 어떡해? 입대할 때 서약해 놓고는 가기 싫다고 하면 안 돼지... 『너희들이 좋아서 지원해놓고서는 무슨 딴소리냐?』고 하면 우린 할 말이 없어."

"정말 전쟁을 꼭 해야 하나. 먼저 아프가니스탄에 테러응징 한 것도 있는데 한 차례 끝내놓고 왜 또 하는 거야?"

"정치인 가족 중에 군대 갈 만큼 아쉬운 애들이 얼마나 있겠어? 그냥 대학가고 공부하고 취직해도 상류생활은 할 수 있는데..."

"전쟁하고 나면 나라 경제가 좋아진다며?"

"응 그런 얘기도 들었어."

"그러면 부유층 사람들만 더 좋아지고 우리는...."

"뭐, 그래도 우리 참전자들은 좀 보상을 받겠지...."

"지금 대통령안보좌관도 빈민가 출신이라는데 왜 우리같은 사람들은 생각은 안하지?" 린다는 여전히 납득이 가지 않는 것이었다.

"엘리자 보좌관 말야? 그 여자는 어릴 때부터 엄청난 수재였다는데."

"너무 뛰어나면 자기 출신 같은 건 잊나봐."

『당연하지. 상류층에서도 서로 자기편으로 끌어들이려 하는데 아쉬울 것이 있겠어?』

『인제 와서 불평해야 소용없고… 어쨌든 잘 버텨내는 수밖에는 없겠지?』

『그래 우리 함께 잘 견뎌내자.』

두 처녀는 기내에서 서로 손을 꼭 쥐었다.

이라크에서 린다는 보급담당 일을 맡으면서 지냈다. 메리와는 같은 대대에 속했고 메리의 언니들은 인접 부대에 배속되었다.

후방 보급부대인 만큼 주둔지는 예상보다 평온했다. 린다와 메리는 남들이 쉽사리 겪지 못할 외국생활을 해본다는 생각으로 자신들을 위로하며 하루 이틀 이국의 생소한 환경에 적응해 갔다. 린다의 부대는 전투부대는 아니었지만 이라크 저항세력의 표적이 되었으므로 이따금 외출 나갔던 병사들의 사고 소식이 들려왔다.

『우린 임무 외에는 나가지 말아야지.』

『부대에 잠입해서 자살 폭발한 사고도 있었어. 어디나 안전하지는 못해.』

린다와 메리는 군용 대형 수송트럭을 타고 관할지역 내 여러 주둔부대에 의약품과 탄약을 보급했다. 운송 중에는 그들 외에 운전병과 세 명의 전투원출신 호송경호원이 동승했다. 물론 린다와 메리도 소총으로 무장은 했지만 그들만큼 싸움에 능하지는 못했다.

여덟 개의 관할지역 내 부대를 돌면서 부족분을 조사하고 예정된 보급품을 건네주는 임무를 거의 마치고 한 부대만 남았다. 남은 곳은 메리의 언니들이 있는 시내 치안담당 대대였다.

『시간이 좀 남았는데 여기서 좀 쉬었다 출발할까요?』 운전병은 지금 와 있는 부대 주변에 이슬람 사원이 있고 호수와 숲이 조성되어 경관이 좋으니 조금 쉬다 가기를 건의했다.

『그러도록 하지. 잠시 물품 정리도 할 겸.』 조수석에 앉은 분대장은 동의했다.

이 때 메리가 앞쪽을 향해 말했다.

『상사님, 시내 치안대대로 어서 가지요. 거기 제 언니들이 있어서… 오늘 제 생일잔치하기로 했거든요.』

『아참. 메리 일병의 쌍둥이 언니들이 거기에 있다고 그랬지? 거기의 마스코트나 다름없다며?』

분대장은 씩 웃고 운전병과 다른 남자병사들도 어서 한번 보고 싶다며 흔쾌히 동의했다.

트럭은 다시 출발했다. 가로수도 없이 넓게 트인 도로를 달렸다.

린다는 의약품을 보급하며 취급부주의 사항으로 전달하고 방문부대의 현황파악을 하는 등 임무수행의 피로 때문에 트럭짐칸덮개의 버팀살에 기대서 멍하니 쉬고 있었다. 하지만 메리는 언니들을 다시 만난다는 생각에 짐칸덮개의 옆으로 작게 나 창 밖을 보면서 얼마만큼 왔나를 헤아리고 있었다. 짐 칸에 탄 두 명의 전투병들도 창밖을 보면서 경계를 늦추지 않고 있었다.

이 때 메리는 차가 지나갈 곳에 미리 기다려 있던 대여섯의 두건 쓴 자들이 지프를 타고 다가오고 있는 것을 보았다. 운전석에서는 이미 그들을 보았는지 트럭은 전속력으로 발진했다.

『린다야 위험해 어서!』

메리는 얼른 안으로 돌아서 버팀살에 기대 앉아 있던 린다를 밀치고 엎드렸다. 전투병들도 본능적으로 엎드려 짐칸 뒤쪽의 철난간을 엄폐물로 해서 사격을 개시했다. 그러나 그보다 앞서 저항군의 사격은 차후미를 향해 불을 뿜고 있었다.

정신없는 총격전이 계속되다가 분대장의 구조요청을 받고 출동한 헬기가 공중사격을 하여 저항군은 진압된 것 같았다. 차는 목적지인 시내 치안부대를 향해 가고 있었다. 하지만 크게 아픈 곳은 없 엎드린 린다의 등에는 따뜻하고 끈적끈적한 액체가 흠뻑 적어 가고 있었다.

『혹시 너무 크게 다쳐서 감각이 없는 게 아닐까?』

고개를 들고 정신을 가다듬어 보니 자기 몸은 정말로 온전했다. 그러나 린다를 밀치면서 엉치부위를 껴안은 채 있던 메리는 등 쪽에 수발의 총탄을 맞아 피투성이가 되어 있었다.

『메리야, 정신 차려.』

짐칸의 다른 병사 하나가 팔에 총을 맞고 다른 하나가 봐주고 있었으나 당장에 어찌할 도리는 없었다. 이윽고 그들도 메리를 보았으나 그 정도면 전장에서는 경상에 불과했다.

『응…‥ 나 너무 맞은 것 같애.』

『조금만 기다려! 메리.』

『흑‥‥ 나는 정말 부모덕을 보는 아이를 낳아서 기르고 싶었어. 그런데 이제 안 될 것 같 아.』

메리는 차차 울림이 없는 소리로 말했다.

『우리 언니들은 명랑하고 잘 지내니까 내가 죽어도 내가 못한 꿈들을 이룰 수 있을 거야. 그런데 린다야. 난 네가 걱정돼. 넌 너무 기분대로 나가는 것 같애. 조금만 더 참으면서 살아가면 너도 잘 될 수 있을 거야.』

『걱정마· 내 말 명심하고 앞으로 잘 해낼게.』

린다야 그리고…』 메리는 생의 마지막 자리를 같이 한 친구에게 여한을 털어 놓았다.

『저번에 우리 처음 세븐식스에서 일하기 시작했을 때 훈제 칠면조다리 하나 없어진 사건 알지? 그거 사실은 내가 먹었던 거야. 그 때 너무 배가 고파서…. 멜리사 아줌마한테 외상으로 달라고 하기는 창피해서 말을 못했지. 우리 거기 그만둘 때 말하려고도 했었지만…. 나중에 제대하고 찾아가서 열배로 갚아드리려고 일부러 숨겼던 거야. 네가 대신 고백하고 사과해 줄래?』

『왜 그렇게까지 할 거 있니? 나도 그 사건 기억해. 한 달 후 어느 날 이상하게 매상에 5불이 더 남았었지.』

『그렇다고 넣었다고 할 수는 없지. 없어진 걸 가지고 우릴 의심할 수도 없었으니…. 점장님을 난처하게 만들었던 그 폐를 갚을 수는 없어.』

메리의 목소리는 점점 작아졌다.

『그리고 나 여태 멜리사 아줌마의 인생을 깔본 것도 뉘우칠게. 자기 위치에서 만족하고 성실히 사는 사람들이 세상엔 제일 필요한 거 아니니. 점장(店長)이 장교보다 못하다는 게 어디 있어?』

『그래 물론 그 아줌마의 인생도 의미 있어. 하지만 운명을 개척하기 위해 최선을 다했던 너의 인생도 아름다운 거야.』

린다는 눈물 속에 이 세상에서 꺼져가는 친구의 목숨을 위로했다.

메리는 죽었다. 가난한 집안에서 태어났지만 자기는 가난한 엄마가 되지 않겠다고 결심했던 처녀의 꿈은 전쟁 속에 사라졌다.

『여기는 이농보급분대, 적의 기습으로 여군 사망 1명, 전투병 부상 1명.』

병원에 도착했다. 군의관의 진찰 후에도 린다는 별다른 외상이 없어서 이틀간 안정을 취하고 퇴원하기로 했다.

군의관이 병실에서 나가고 메리의 두 언니가 들어왔다.

『린다야 무사했구나.』

그들이 흠뻑 젖고 충혈된 눈을 하고서 미소 지으며 손을 잡자 린다는 다른 생각이 들었다. 병원에 오면서 여군 한명이 죽었다고 통보했었다. 이 언니들은 누가 죽었는가 궁금했을 것이다. 그런데 지금 친동생이 죽고 자기가 살아있는 기을 보았을 것이다.

『언니들 미안해요. 내가 살아서···.』

디아나와 아만다는 할 말을 잊다가 각기 침대 양 옆에 무릎을 꿇고 몸을 숙여 린다와 얼굴을 닿고 한 팔씩 그녀를 껴안았다.

『아냐, 우릴 만나러 오다가 그랬잖아. 네가 죽었으면 우린 죄책감이 더했을 거야.』

얼굴을 맞댄 세 사람은 눈물을 섞었다. 이국에 와서 불행을 당한 가난한 처녀들의 울음은 그칠 줄 몰랐다.

린다는 몸은 이상 없었지만 정신적 충격을 받아 다시 먼저 같은 임무를 수행하기 어려웠다. 본대로 돌아와서도 막사에서 휴식을 취하고 다른 조치를 기다리게 되었다. 디아나와 아만다는 본국 송환이 되어 안전하게 제대할 수 있도록 조치되었다. 전사군인의 가족이 받는 혜택은 같은 군인인 그녀의 언니들에게 우선 주어졌다. 포로들이 수용되어 있는 시내의 교도소 관리팀에 속하게 된다에게도 새 근무지가 결정되었다. 외곽지를 돌아다니는 것보다는 울타리 안에서 정해진 일만을 하는 것이 마음의 안정에 도움이 되리라는 상부의 배려였다.

『천운이었군. 나도 지난번 전투에서 죽으려 살아난 후 이곳에 배치되었다고.』

호프만은 린다를 위로해주었다. 교도소에 수개월 근무하면서 둘은 더욱 가까워졌다. 이제까지 남자와 교제가 없었던 린다는 이윽고 그를 약혼자로 받아들였다.

매일 정해진 일정에 따라 기상을 시키고 식사, 운동, 취침을 시키는 일은 사람을 다루는 일이지만 포로들에 대해 절대적 위치에 있는 그녀와 동료들에게 별다른 어려움은 없었다. 다만 걱정거리가 생겼다. 작전부서로부터의, 포로들에게서 정보를 얻어내는 실적이 미미하다는 지적이었다.

『포로들이 너무 편하니까 여유가 있는 것 같은데.』
『한 번 군기를 확 잡아 버려야 하는데.』
『언제 한 민 단체 얼차레를 가하는 게 어때?』

회의는 했시만 서로들 실행은 미루고 있었었다. 그러다 가장 하급자인 린다에게 조금 애매한 임무가 주어졌다

『우리가 서네들에게 무엇이든 할 수 있다는 것을 보여주라고.』

꿈속에서 애실은 린다가 여기까지 오게 된 과정을 떠있는 위치에서 보았다. 그러나 이제부터는 자기 스스로 린다가 되어 있었다.

그녀는 감방이 양옆으로 늘어서 있는 복도를 걸었다.

『포로들에게 우리가 너네들에게 무엇이든 할 수 있음을 보여주라…….』

『나보고 그걸 하라고 하는 것은 나는 이 자들에게 무엇이든 할 수 있다는 것인데…….』

애실은 복노 한가운데 정지했다. 열쇠로 한 감방의 문을 땄다.

『모두들 나앗!』

한 방에 몰려있었던 이십명 가량의 수감자들이 밖으로 나왔다.

『일렬로 늘어섯!』

모두들 차렷 자세로 정렬했다.

『옷 벗어!』

모두들 윗도리를 벗었다.

『어, 이 자식들, 동작 봐라?』

애실은 가끼이 있는 한 포로를 걷어 찼다.

『똑똑히 하시 못하겠어? 여기가 늬집 안방이야? 벗으라면 그냥 다 벗지 누가 윗도리만 벗으라고 했어?』

애실은 획 둘러 보며 일갈하고는

『제일 늦게 벗는 놈 조인트 백대다!』했다. 포로들은 일제히 옷을 다 벗었다.

그녀는 다시 휘 둘러 보았다. 눈 아래 옆으로 늘어선 검붉은 열(列)이 참으로 진기해 보였다.

『좌우로 정렬!』

포로들은 서로 서로 옆을 보면서 줄을 맞췄다.

그러나 애실은 다시 얼굴을 붉히면서

『똑바로 못하겠어?!』 하며 닿치는 대로 걷어차고 뺨을 갈겼다. 포로들은 영문도 모르고 그저 맞기만 했다.

포로들은 조금씩 줄을 맞추고 있었다.

『모두 65도 지대공 미사일 조준 대열로 정렬!』

애실은 늘어선 포로들을 하나하나 지나다니며 점검했다.

『시원찮어!』

애실은 한 포로 앞에 서서 손봐주었다. 디른 포로들도 그녀의 손길이 지나가자 모두들 요구사항대로 빳빳이 정렬하고 있었다.

『넌 각도가 지나쳐!』

애실은 과도히 세워 있는 한 포로 앞에서 지적했다.

이 때 얼굴에 화끈함이 느껴졌다. 지나치게 발기했던 포로가 마침내 사정(射精)하고 말았고 높이 쳐든 성기 때문에 애실의 얼굴까지 닿았던 것이다.

애실은 화가 나서 후려치려고 손을 들었다가 문득 그 포로를 혼내줄 마음이 나지 않았다. 다만 손으로 얼굴을 쓸어내리고 입맛을 다셨다.

『읍...이 자식이...』

애실은 방금 사정한 포로의 성기를 가리키며 기가 차다는 듯 웃었다.

『어라 아직도 서 있네!』

이 때 플래시가 터졌다.

『호호, 좋은 장면인데.』

이곳서 새로 친하게 된 언니 셔먼 하사가 디지털 카메라를 들고 있었다. 그 뒤에는 애실의 약혼자 호프만 상사도 있었다.

『그럼 기왕이면 앞에서 찍어...』 애실은 다시 정면으로 포즈를 취했다. 납직한 얼굴에 웃음을 머금은 애실의 모습이 다시 찍혔다.

『둘이 약혼사진 찍지 그러니?』 셔먼 하사의 권유에 애실 즉 린다 상병은 호프만 상사와 함께 포로들을 양옆에 줄 세우고 웃으며 기념사진을 찍었다.

『그리고 이런 퍼포먼스도 있었어.』

셔먼 하사는 포로들을 불러 모았다. 그리고 엎드려 피라미드처럼 서로 쌓아 올리도록 했다.

『이 뒤에서 씩어』

셔먼 하사가 말하자 우선 호프만 상사가 그 자리로 가서 포즈를 취했다.

『린다, 어서 자리 잡으라니깐.』

셔먼이 권했지만 애실은 그대로 있었다.

『에이, 우리는 얘네들보다 신분이 높은 사람들인데 어떻게 얘네들 뒤에서 후장을 바라보며 있어? 더럽잖아?』

애실은 뾰로통했다. 그러자 셔먼은

『호호, 넌 아직 어려서 성(性)의 참 맛을 몰라, 후장구경이 얼마나 재밌는데…… 자 그럼 네가 찍어.』하고 디지털 카메라를 애실에게 건넸다.

셔먼은 쌓여있는 포로들 뒤로 가서, 서있는 호프만 상사 앞에 얼굴만 보이게 엎드렸다. 그녀의 손은 앞에 엎드린 포로들의 후장아래 주렁주렁 매달린 환낭(丸囊)들을 두루 만지작거렸다. 시원한 이마와 맑은 눈매의 활짝 웃는 그녀의 모습이 애실에 의해 찍혔다.

『그런데 모두들 쓸만하니?』

다시 셔먼이 애실에게 묻자

『아까 차렷하는 거 시켜봤어. 좀 미흡하지만 내가 손봐주면 잘들 꼿꼿이 서더라고.』

『잘 훈련시켰어. 이제 쉬어.』

『응, 그런데 언니, 하나 좀 빌려줄래?』

『왜? 우리 애네들 조사해야 될게 있어.』

『아니, 이까 65도까지 세우라고 해서 다들 60도 이상은 올라갔지. 그런데 하나 아주 70도까지 올라간 애가 있더라고. 그래서 좀 욕심이 나거든. 나 내무반으로 가서 걔하고 좀 놀고 싶은데.』

『어머, 그럼 나 말고 호프만 상사님께 허락을 받아야지. 나한테도 상관이고 더구나 너한테

「언니가 좀 대신 말해 줘.」
「그래.」
셔먼 상사는 포로들을 정리하고 있는 호프만 상사에게
『상사님, 아일랜드 상병이 휴식시간 중에 좀 가지고 놀게 히나 빌려주는 것 어떨까요?』 하고 물었다.
호프만 상사는 셔먼과 린다를 돌아보고는 다시 잠시 포로들을 둘러보고 나서, 가지고 있는 포승 한 가닥을 꺼내 고리를 엮어서 린다와 셔먼이 있는 곳으로 던져졌다.
『약혼자가 개하고 노는 걸 질투하는 남자는 없지.』
애실은 자기가 지목한 포로에게 손짓으로 가자고 했다. 그러자 그는 거부하는 손짓을 했다. 애실은 받은 포승으로 그의 목을 묶어 당겼다.
퍽!
호프만 상사가 다가와 그를 발로 차 넘어뜨렸다. 애실은 쓰러져 있는 포로를 줄로 끌어 숙소로 데리고 갔다.
그리고 그 날 저녁 마음껏 즐거운 시간을 보낼 수 있었다.

애실은 다시 그 후의 린다를 보았다.
성추행 사건이 밝혀져 그녀는 징계를 받아 수인(囚人)의 몸이 되었다. 제대군인으로서의 혜택을 누릴 수 없게 됐으니 일단 군대를 통한 신분상승은 좌절되었다.
약혼자는 그녀를 그러나 비관하지 않았다. 감옥에 있는 그녀는 그러나 비관하지 않았다. 약혼자는 그녀의 출감을 기다려 준다고 했다. 장교는 아니지만 평생이 보장되어 있는 고참직업군인과의 결혼은 편의점 직원으로서는 힘들었을 것이다. 나라에서는 인정하지 않지만 이제 그녀는 군대를 통해 인생개척의 기회를 잡은 거나 마찬가지다.
그러한 자위(自慰) 말고도 그녀로서는 자존심을 살려 주는 소식이 있었다. 영부인과 부(副)영부인 그리고 엘리자 국무장관과 오프라 대법관 등 미국의 최고지도층 여자 넷이 서 함께 남성과 스트립바를 갔다는 이야기를 일부러 공개하는 것이었다.

『흥, 여시 지들이라고 별 수 있어?』
린다는 동료 여수인들과 함께 비웃었지만 다시 생각하니 일부러 그들이 지어내 쇼를 하는 것 같았다.
린다를 가혹하게 처벌하면 현재 전쟁을 치르고 있는 군의 사기에도 문제가 되니 법정(法定)대로 중형을 내리기는 어려울 것이다. 그래서 비판여론의 예상보다는 상당히 형량을 감했다. 그 때문에 비판여론도 무마해야 하는데, 전장(戰場)에서 오죽 얼룩렀으면 철부지가 그랬겠냐? 하는 변명은 통하지 않는다. 결국 귀하신 몸들이, 우리도 린다와 다를 바 없는 여자들이다 라는 인간선언을 하게 된 것이다. 실로 그녀 하나의 힘이 엄청나다는 것을 느낄 수 있었다.
무엇보다도, 자신이 무엇을 해도 상대가 저항 못하는 절대권력을 자신의 욕망해소를 위해 누려본 것은 결코 아무나 겪을 수 있는 것이 아니었다.
애실은 잠을 깨고 수상기를 껐다. 내일은 미국에서 새로 사귄 애인을 만난다. 애실은 소파에서 침상으로 자리를 옮겨 다시 달콤한 잠을 청했다.
「그래, 린다 아일랜드. 넌 이라크의 공주였어. 난 한국의 공주였고...」

11. 사랑의 정체

다시 2017년.
애실의 빈소를 지키는 두 오빠는 이제는 모든 것이 끝났다는 허탈함에 빠져 있었다. 애실로 인해 집안의 자식들이 사회에서 커나가는데 큰 후원이 되기를 기대했었는데 이젠 그 기대도 없어졌다. 애실 말고는 변변한 공무원 하나 없던 집안에서 유일한 큰 기둥이 사라졌다.
빈소는 생전 그녀가 가졌던 지위와 사회적 명망에 비하면 조촐하다기보다는 초라했다. 정승 집 말이 죽은 샘이 아니고 정승 자신의 죽음이었다. 그녀는 친지 중에 검찰은 물론 재계나 정계 어느 곳에도 실력자가 없었다. 그녀가 남긴 것도 숱한 업무상의 문서들뿐이지 인맥상으로는 아무런 족적도 남기지 못했다.
여성 유명인사인 성정아 노동사회당 대표와 유명 드라마작가 오영자도 나타나지 않았다. 그들로서는 애실과 함께 얽힌 과거를 세상에 알리기도 싫을 것이었다.
검찰동료 몇이 인사치레로 온 것이 그나마 구색이었다. 후배 여검사들도 띄엄띄엄 하나 하나 왔다가기만 할 뿐이지 단체방문은 없었다. 그녀는 모든 인간관계를 지극히 개인적이고 인간적으로만 유지할 뿐이었지 어떤 결집력 있는 모임을 통해 가진 적이 없었다.
검찰관계자와 그녀의 집안에서 알 수 있는 사람들 말고는, 허름한 차림의 삼십대 안팎의 남자 몇이 울먹이며 향불을 밝혔고 짙은 화장에 투박한 인조눈썹이 애처로운 여자들 몇이 와서 통곡하고 간 것이 전부였다. 생전 공주의 꿈을 꾸고 또 어느 정도 이루기도 했던 그녀의 마지막은 평범한 서민과 다를 것이 없었다. 그것은 그녀를 제외한 집안사람 모두가 평범한 서민이기 때문이기도 했다.

그러나 남다른 것은 지방(紙榜)으로 쓰려는 글귀와 고향 밀양에서 올라온 친척 어른 십수명이었다.

「顯考判書昌寧黃氏神位(현고판서창녕황씨신위)」

그들은 제대(祭臺) 앞에서 허탈감에 고개를 가누지 못하는 애실의 오빠들 건너편에 모여 옥신각신 하고 있었다.

「아직 국회인준을 받지 않았으니 대법관은 아니고 고위검사요. 예전엔 검사장이라고도 부르지 않았소?」

한 중년남자가 「顯考叁判昌寧黃氏神位(현고참판창녕황씨신위)」 라는 지방을 써들고 와서 준비한 지방과 바꾸려고 일어났다.

「아니오. 당연히 인준 받아 마땅한 것으로 세상모두가 인정하고 있으니 대법관이오. 현고판서창녕황씨신위가 맞소.」

그보다 조금 나이 들어 보이는 반백의 남자가 제지하며 말했다.

「이게 뭐야? 아무리 세상이 바뀌어도 여자는 그저 남편의 종부(從婦)라니까. 故室孺人昌寧黃氏神位(고실유인창녕황씨신위)가 맞어.」 흰 한복의 노인이 자기가 써온 지방을 손에 들었으나 미처 일어날 힘도 없는 것 같았다.

「남편 오지도 않았는데 고실은 무슨 고실입니까.」 건너편의 애실의 오빠중 하나가 조금 신경질적으로 내뱉었다.

「아무리 여자라해도 지위가 있는데 故室貞敬夫人昌寧黃氏神位(고실정경부인창녕황씨신위)라고 해야지。」

먼저의 노인보다는 젊어 보이는 노인이 말했다.

계속해서 그 나름대로의 토론이 벌어졌다.

「남편이 뭣한다 합니까?」

「미국에서 부동산소개업 한다고 하던데.」

「그러면 아무 소용없소。 남편벼슬이 중요하지。」

「지금이 어느 시대인데 여필종부를 따지오?」

「아이가 있으니까 顯妣孺人昌寧黃氏神位(현비유인창녕황씨신위)는 어떻소?」

「그렇다면 당연히 顯妣叅判昌寧黃氏神位(현비참판창녕황씨신위)로 해야지요。」

「아니 그러면 顯妣判書昌寧黃氏神位(현비판서창녕황씨신위)로 해야 한다지 않았소?」

「국회의원이 끝나지 않았다지 않소?」

「왕조 때 국회가 있었나? 나랏님이 임명하면 그뿐이지。」

「맞아。 이미 대통령이 지명했는데 그 이상 뭘 더 따질 것이 있나?」

「그런데 무슨 제사를 지낸단 말이야?」

「그만들 하씨오。 다시 그들 중의 한 중노인이 말했다. 이제 와서 그런 게 무슨 소용입니까?」

애실의 오빠들이 와서 그들의 논쟁을 중지시켰다。 그리고 자기들이 다시 지방을 써서 올렸다。

결국

『亡妹檢事愛實神位(망매검사애실신위)』로 되었다。 집안에 검사를 지낸 사람이 있다는 것은 영원히 지킬 업적이었다。

「우리도 어스럽네。 아무렇게나 하지。」

「후손이라도 다시 관직에 나가고 번성해야 하는데 직계손도 없고⋯⋯。」

「아들 있었니라고 해봐야 남의 집안 자식인데 뭐⋯⋯。」

친척문상객들도 조용히 애실 가족의 허탈감을 나누었다。

유진이 수사기록에서 확인할 수 있는 것은 세 사람 사이에서 오간 단편적인 통신대화 기록과 편지 기록이었다。 나머지는 그녀의 상상력에 의해 추측할 수밖에 없었다。

『이것만으로는 부족해. 김순하씨를 찾아 인터뷰를 해야 해.』

그녀는 스스로 자신에게 지시했다.

유진은 기사 원고를 제출하라는 편집데스크의 권유에도 마찬가지로 답하고는 기준에게 김순하의 행방을 능력껏 찾아달라고 부탁했다. 하지만 경찰에서 일개 노숙자의 행방을 찾으려고 일부러 인력을 동원할 수는 없는 것이어서 곧바로 결과를 기대할 수는 없었다.

그러나 기다린 보람으로 며칠 후 기준에게서 연락이 왔다. 그것은 우연에 의해 얻어진 것이었다.

『폭행혐의자가 하나 들어왔는데 김순하의 조카라고 해.』

『지금 어디 있는데?』

『남대문경찰서 유치장에 있어.』

유진은 얼른 찾아가 면회를 신청했다. 건장한 체격에 얼굴은 순해 보이지만 불만이 배인 듯한 청년이 면회석에 나왔다.

『누구요?』

면회석에 나온 청년은 처음 보는 유진을 보고 의아해했다.

『한진신문 기자예요.』

『그런데요?』

『김순하씨가 삼촌이신가요?』

『그게 어쨌단 말이요?』

청년은 더욱 짜증냈다. 집안에 감옥신세를 진 사람이 자기 말고도 있다는 것을 지적당한 데 대한 불쾌함의 표출이었다.

『나하고 상관없어요.』

『삼촌 같은 사람을 자기하고 같이 싸잡으려는 것을 경계하는 눈치였다.

『괜찮아요. 당신한테 연계시키려는 게 아녜요.』

『난 적어도 그런 쪽팔리는…...』

『최근 삼촌을 만난 적 있었어요?』 유진은 말을 막고 물었다.

『몰라요.』 청년은 어서 가라는 듯 대답을 회피했다.

『당신을 도와 드리려고 온 거예요.』

유진은 애써 미소까지 지으면서 청년의 한심을 사려했다. 청년도 미녀수준의 여성이 와서 호의를 베풀겠다는데 시구 마다할 수는 없었다.

『집에 오신 적 있어요?』 유진은 다정스런 말투로 다시 물었다.

『출소하고 심깐 우리 집에 모셔왔었는데 며칠 안 돼 나가버렸어요. 왜요?』

『삼촌에 대한 명예를 회복하려는 기사를 쓰려고 해요.』

『다른 얘기가 있나요?』

청년은 눈을 크게 떴다.

『예, 어서 삼촌을 찾을 수 있는 정보를 아는 대로 말해주세요.』

『뭐 어렵지는 않아요. 삼촌은 막무가내로 나가 있는데 솔직히 엄마도 굳이 모셔오려고 하지는 않을 뿐이니까요.』 며칠 전에 제사떡 좀 갖다드리라고 엄마가 저한테 시켜서 을지로 삼가 부근에서 봤어요.』

『자주 자리를 옮기시나요?』

『그렇지는 않을 거예요. 삼촌도 모진 사람이 아니니 우리가 아예 찾지 못하게 하지는 않아요. 다른 데로 옮기다면 엄마한테 말했을 거예요.』

『아 참 그럼 죄송하지만 어머니 연락처 좀…. 여긴 이만 시간이 됐네요.』

유진은 청년에게서 받은 연락처로 전화를 걸어 알아보았다. 그러자 멀리 갔다는 말이 없을 뿐 다른 특별한 정부는 없었었다.

황검사의 급사(急死) 사건에 자기 나름대로 신경쓰며 몰두하다보니 연재기사 등 일상의 회사업무가 많이 밀려 있었다. 유진은 저녁식사 때를 지나 늦은 시간이 되어 을지로삼가역을 찾았다.

『김순하씨 계세요?』

유진은 노숙사들이 모여 있는 곳마다 가서 물었다. 모두들 이불을 들춰 쓰고 가만히 들쳐내 부르려다 손목을 잡히기도 했다. 그래도 아랑곳없이 역군데 가까이 돌아다녔다. 다시 이불을 딪집어쓰고 있는 너댓명의 노숙자 무리를 보았다.

『김순하씨 계세요?』
대답은 없었다. 그들은 그것이 자신들을 부르는 소리라고 예상하지도 않았다.
『보세요.』
유진은 가만히 머리카락이 나와 있는 쪽 이불 끝을 당겼다.
『뭐야!』
이불속에서 나온 손목은 유진을 잡아끌었다. 유진은 바닥에 넘어졌다. 곧 그 손목은 유진의 스커트 아래를 파짚었다.
『아아.』
유진의 비명에 아랑곳없이 텁수룩한 수염에 먼지 묻은 얼굴이 목도리가 풀어진 유진의 목덜미를 파고들었다. 열시가 넘은 지하도는 한적했지만 그보다는 유진이 소리를 크게 지르지 않았기 때문에 사람들이 오지는 않았다.
『자꾸 그러면 신고해요.』
『네가 먼저 이불 속에 들어오려고 했잖아?』
『어디 그랬어요? 그냥 손으로 부른 거지. 여기 지나가는 사람들도 있는데 비명만 지르면 끝장이에요.』
『할래면 해. 어차피 막가는 인생인데 여기 있으나 거기 있으나 별 차이도 없는데.』
그럴 수도 있었다. 빵보다 자유가 좋아시 수용시설보다 지하도를 택했다지만 이제 겨울이 오니 당분간 구치소 같은데 가는 것도 나쁘진 않을 것이었다.
그러나 유진은 일단 목표를 이행해야 했다. 어차피 이 자의 행위도 한계가 있으니 벗어나려고 부림치면 되었다. 굶주려 기운 빠진 노숙자는 줄글머격의 유진에게 그다지 힘을 쓰지 못했다.
막 그 손을 벗어나려고 할 때
『아서라, 굶어도 추하게 살지 말라고.』
옆에 돌아 누워있던 한사람이 일어났다.
『에구, 꼴에 대학물 먹었단 자존심은 있어서... 거지도 급수가 있나 벼.』
유진을 붙잡았던 자는 손을 놓았다.
『아가씨는 뭘 하러 여기서 이 사람 저 사람 들춰보고 야단이시오?』

일어난 지는 떠나지 않고 있는 유진에게 물었다. 그의 반백 머리의 얼굴은 때를 빼고 빛을 내면 여느 대학교수라고 해도 좋을 풍모였다.

『김순하씨를 찾는데요.』

『내가 그 사람인데 왜 그러시오?』

아직 육십이 안 되었을 텐데 나이보다 많아 보이는 얼굴이었지만 눈빛은 맑게 보였다.

『한진일보 기자인데 인터뷰를 하려고요.』

『인터뷰는 있소?』

보통사람은 인터뷰 조건 없이 승낙한다. 그러나 유명인사는 자신의 이미지 관리를 해야 하기 때문에 인터뷰를 하자면 대개 사례를 해야 한다. 노숙자는 자기가 알려지는 것을 좋아할 리 없다. 그러니 숙자도 인터뷰를 하면 보통사람이라도 원칙상 시간당 오십환 정도는 주어야 한다.

『죄송한데요…….』

유진이 준비해온 것이 없었다. 카드가 되냐고 속으로 말이 나오다가 웃고 말았다.

『나중에 지불해 드릴게요.』

『그걸 어떻게 믿소?』 먼저 행패를 부린 자가 누워서 말했다.

『저희 회사에서 확실히 해주거든요.』

『그 때까지 우리가 여기 있나?』

『내일 해올게요.』

『괜찮소. 그 대신 여기 오래 있어주시오.』 김순하는 그녀에게 손짓했다. 사실 유진도 자신과 같이 예쁜 아가씨가 노숙자들과 함께 있는 것으로도 큰 봉사이고 값으로 치면 인터뷰 일이 백환보다 훨씬 더 하리라 생각되었다.

『할 말은 하시오.』 순하는 그녀에게 자리를 권하고 말했다. 물론 자리라봐야 불결한 깔개의 귀퉁이 공간이 있다.

유진은 비로소 어색한 쪼그린 자세에서 벗어나 그들의 요자리에 엉덩이를 얹고 다리를 옆으로 모으고 비껴 앉았다.

『황애실껌사라는 분 아세요?』

"그 사람이야 전국적으로 유명한 사람 아니오?"
"아니... 최근 황검사님의 소식은 아세요?"
"그건 뭣 하러 묻소?"
"당신과의 사이가 어떠했나를 알고 싶어서요."
"그러면 우선 내 얘기를 들어주시오."

그는 비로소 그녀를 앉힐 목적으로 들어갔다. 그는 뒤로 물러서 더 가까이 앉으라고 공간을 내주었다. 유진은 내키지 않은 전진을 조금 더 해야만 했다. 어서 취재를 마치고 귀가하고 싶었던 유진은 그의 완만한 이야기 진행이 답답했지만 들을 수밖에 없었다.

"나에 대해서 취재하고 싶소?" 둘이 가까이 자리를 잡자 그는 다시 정식으로 물었다.

"예. 그래서 지금 이리로 왔잖아요?" 유진은 지금 관심의 대상이 당신이 아니라 당신이 얽힌 사건과 그리고 황검사와의 관계라고 복잡하게 설명할 계제(階梯)가 아니었다.

그녀가 미처 알려고 하지 않았던 그의 개인적 인생사와 집안사들이 전개되었다.

그는 고향은 서울이지만 집안은 서울사람이라고 할 수 없었다. 부모는 그가 나기 전 어린 형들을 데리고 상경했다.

아버지는 청과물시장에서 리어카행상을 하고 어머니는 광주리행상을 하면서 잘살아보겠다는 일념으로 살아서 한 때는, 그대로 두었다면 나중에는 퍽 비싼 재산이 되었을 만한, 마당을 끼고 있는 집을 장만했다.

"어떻게 그런 장사로 서울에 마당 있는 집을 사실 수 있었어요? 굉장히 열심히 일하셨나 보군요."

유진은 놀라 물었다.

"그 때는... 서울이란 곳도 열심히만 일하면 마당 있는 집을 살 수 있는 곳이었소."

집에는 방이 여럿 있었으나 안방을 제외하고는 세를 주었다. 세 들어 있던 사람들 중에는 아버지보다 더 나이 많은 사람의 가족이 있었다. 무슨 일인지 아버지와 그 사람이 자주 말다툼하는 것을 보았다.

어느 날 언덕 위에서 싸움이 붙어 아버지는 그 사람을 주먹으로 쳐 쓰러뜨렸다. 시골에 있을 때 육체의 힘이 퍽 세었었다고 소문이 났었다던 아버지는 서울의 세파에서 살아갈 정신의 힘은 약했다.

얼마 되지 않는 경상임에도 불구하고 거액의 치료비를 내주고 가족은 살던 집을 처분하여 산언덕의 작은 집으로 이사 왔다.

그 동네에 살면서부터 가난이라는 말은 그의 의식에 항상 붙어 따라다녔다.

「우리 집은 예전에는 부자였었지. 언젠가는 다시 부자 될 거야.」

그것은 형제들의 신앙과 같은 것이었다.

이사 온 지 두어 해 지난 뒤부터 알 지 못할 병으로 아버지는 몸져 누웠다. 작은 집의 두 방중에 그나마 하나를 남에게 세를 주고 난 방의 아랫목에는 늘 아버지가 있었다.

얼마 후 아버지는 돌아가시고 형들이 노동일로 벌어서 집안일을 꾸려갔다.

니순하가 중학교에 들어갈 때가 되었다. 1970년 당시 중학교에 들어가기는 마냥 쉬운 것이 아니었다. 공부는 잘하는데 집안이 어려워 진학을 못할까 걱정해 주는 친구와 어른들이 있었다. 그렇지만 집안에서는 하나라도 제대로 공부시키려고 돈을 보태 중학교에 들어갈 수 있었다.

그는 성실한 학생이어서 입학한 뒤로는 장학금을 타서 집안부담을 덜 수 있었다. 고등학교에서도 공부하는 일 말고 한눈을 파는 일이 없이 무난히 세칭일류대학에 입학했다. 형들은 사회생활에서 겪은 여러 길들에서 생긴 억울함이 한이 맺혀 검사가 되어서 집안에서 힘을 써주기를 바랬다. 그러나 내성적인 그는 도저히 죄인을 다룬다는 그 일을 택할 용기가 없었다.

대학 이년만 마치고 사회에 나가서 돈을 벌 수 있다면 얼마나 좋을까하는 그런 생각으로 한 학기 한 학기를 힘겹게 넘기며 대학생활을 버텨온 그는 무사히 졸업하여 취직할 수 있었다.

비록 판검사같은 것을 하면서 만족스러울 만큼 성공하지는 못했으나 그래도 이름난 좋은 직장을 다니며 어느 정도는 성공했다 할 수 있었다.

그런데 다 잘되어 갈 수 있었던 그의 집안생활에서 계속 걸림이 되었던 것이 여자문제였다.

형들과 그리고 동생도 비록 가난했던 집이지만 상승세가 보이는 집안으로 무난히 결혼할 수 가 있었다.

집안에 들어온 며느리들은 형제 중에 자기 남편보다 능력 있는 형제가 있다는 이유로 아무도 시어머니를 모시며 십안 살림의 중심역할을 하려 하지 않았다.

그는 현대사회에서 여성에게 희생을 강요할 수는 없다는 진보적인 생각을 갖고 있었다. 옛날처럼 넓은 농가도 아니고 아파트 안에서 전업주부가 하루 종일 시어머니와 맞대고 있기는 불편하리라 생활을 하기로 결심했다. 그래서 자신은 직업을 가진 여성을 맞아들여 함께 일을 하고 아이는 어머니께 맡기는 생일의 완성이다. 순하는 어서 자기의 학벌에 걸맞은 훌륭한 며느리를 맞아 제대로 성공한 모습을 집 아무리 혼자서 잘되어도 결혼을 하여 인생의 안정궤도에 도달해야 성공한 자식으로 보이는 안에 보여주고 싶었다.

그런데 여자와 사귀어서 혼담이 오가려 하면 여자의 집안에서는 김순하 개인의 능력은 탐이 났으나 그의 집안에서 신뢰할 만한 어른이 없다는 것이 불만이었다. 결혼식에서 사돈내외와의 품위 있는 대면을 기대하지 못한다는 것은 그들로서는 불만사항이 아닐 수 없었다. 자기네 귀한 딸을 취하고 나면 혹 그의 집안과 자기네 집안이 동등하게 취급되는 것이 아닐까 염려되어 사윗감으로부터 미리 충분한 다짐을 받아둘 필요가 있었다. 그가 과연 자기 딸을 이 세상 다른 누구와도 비교되지 않게 절대적으로 사랑하느냐를 시험하고픈 것이었다.

대등한 경제력과 지위의 양가 부모의 축복 속에 서로의 사회적 결합이 자연스러운 경우라면 집안끼리의 결합이라는 의미로 결혼을 정의할 수 있었다. 그러나 두 사람의 주변사회적 결합이 불만스러울 때 그들에게 사윗감의 명분은 사위의 자기 딸에 대한 절대적인 갈구로 인해 불가피했다고 말할 수 있음이었다. 그들은 사윗감이 과연 자기의 딸을 절대적으로 원하고 있는가를 여러 방법을 동원해 시험하려 했다.

얼핏 흔한 세상사의 하나로 보아질 수도 있었으나 과단성이 없고 소극적인 성품의 김순하에게 그 시험과정은 혹독한 것이었다. 한창 사귀어 무르익어 갈 때 여자의 집은 갑자기 만나지 못하게 했다. 그보다 더한 문제는 그 자신이었다. 그 스스로 여자에게도 확신을 주지 못하여, 진심을 시험하고픈 여자도 함께 자신의 지침에 동조했다. 만나주지 않는 그녀에게 접근하면 부모는 그 사실을 순하의 집에 알려 다시 그러지 못하도록 한껏 거만을 떨었다. 사랑을 얻으려 하는 노력이 그대로 가족의 성가심으로 이어져 자신의 가족 내에서의 망신 및 신뢰상실로 이어지는 상황에서 괴로움은 컸다.

『여자 쪽에서 싫다는 것이 아닌가요?』 유진은 말을 막았다.

『그렇다면 포기하고 난 후에는 자기네 뜻대로 되었으니 뒷말이 없어야 하지 않겠소? 포기하고 난 후엔 보복이 따르곤 했소.』

그 중에는 남자의 집안이 직접 나섰어도 직장상사의 동조가 있었던 것도 있었다. 27세의 수하가 지방의 대기업에 있으면서 사내의 여성 은선을 향한 답보상태의 구애가 계속되고 있을 때였다.

저녁에 회사 식당에서 식사하던 그는 저 앞의 배급대에 줄 서 있는 은선을 보았다.

그녀도 수하의 눈길을 알아차린 듯했다. 순하의 눈길은 줄곧 그녀에게로 향했다. 선이 굵은 마스크에 탐실한 수하의 체격에 흡사 서양귀족여인의 기품이 느껴지는 그녀였다.

식판을 받아들고 그녀는 순하가 있는 테이블 가까이 오고 있었다. 그녀는 수줍어 웃으며 일부러 순하가 앉아있는 가까운 곳을 지나갔다. 그녀의 얼굴은 그의 앞을 눈부시게 비추고 지나갔다. 순하는 흐뭇한 일렁임였다.

겨울해는 짧아 이내 밖은 어두웠다. 그녀를 이렇게 가까이 본 것은 드문 일이였다. 날씨는 그리 춥지 않았다. 식사 후 식당건물에서 나와서 직장단지의 마당을 산책했다. 조금있다 은선이 나왔다. 그러자 순하는 동행자로부터 떠나 은선이 가고 있는 곳으로 향했다.

그녀 또한 함께 나왔던 다른 여자들과 헤어져 본관 쪽으로 가고 있었다.

순하는 그녀가 있는 곳 가까이 갔다. 주위는 어두웠지만 여러 사람들에게 보이고 있었다.

그는 더 사뿐히 가기가 두려워졌다. 뒤에는 많은 동료들이 보고 있는데 내가 그녀와 대화하는 것이 알려지면, 그 뒷감당을 어찌 해야 하나...

순하는 먼거니 그녀를 앞서 들어가도록 놔두었다.

「너 이따 내방으로 와!」

다음날 순하가 복도의 휴게실에 앉아 있을 때 담당 실장이 불렀다.

실장실로 들어가자마자 둥그스럼한 얼굴에 뚱뚱한 체격의 삼삽대후반의 실장은 의자에서 일어서 버럭 큰 소리를 내며 달려들 기세로 말했다.

「이놈 자식이! 똑똑히 해.」

「더 추근대니 알지?」

큰소리에 겁을 집어먹은 듯이 보이자 실장은 더 펄펄 뛰었다.

「너 사장한테 일러서 모가지 칠테야.」

실장은 성을 내는듯하더니 다시 동그라며서 꼬리가 치켜 올라간 눈을 씰룩거리며 실실 웃고 있었다. 검은 얼굴 위에 나이보다 이른 흰머리가 대조적이었다. 그의 말은 모순되고 있었다. 똑똑히 하라는 것은 잘 해보라는 것인데 추근대지 말라는 것은 여기서 그만두라는 것이었다.

계속되는 억박지름에 말을 못하고 있자 실장은 이윽고 입을 다물고 조용히 창을 바라보며 순하를 등지고 섰다.

『세상살이란 게 어려운 것이네…… 연애도 그렇고……』

그는 점잖은 소리로 인자하게 말했다. 순하는 실장의 의도가 조금은 짐작되었으나 자기가 노리개 감으로 다루어지는 것 같았다. 자기와 같은 가진 것 없는 젊은이들에게만 주어지는 통과의례인가. 나중에 안 일이지만 실장은 가난한 집안출신으로 결혼할 때 처가(妻家) 될 집안이 반대하였지만 굳은 의지로 극복하고 결혼을 이루었다는 것이었다.

『야. 김순하, 화끈하게 해!』

이후에도 실장은 회식자리 등 다른 직원들이 다 듣는 앞에서 말했다. 컴퓨터 앞에 앉아 일을 할 때도 옆에 와서 조금 엄한 목소리로

『잘해야 돼. 화끈하게.』하고 불쑥 말을 던지고 갔다.

순하는 계속되는 압박에 만약 은선을 포기하고 실장에게 인간성을 잘못 보여 인사고과를 나쁘게 받을 것 같았다.

『그래 어렵더라도 한 번 해보는 거야.』

퇴근 때 그녀가 탄 회사버스를 좇아 타고 따라갔다. 버스를 내릴 때는 회사의 사람들이 적으니 그 때 말을 걸어볼 생각이었다.

그녀는 버스에 있으면서 순하가 따라 탔다는 것을 알았다. 탔을 때는 혼자 탔으면서도 의식적으로 앞자리에 있는 다른 남자 둘과 자꾸 이야기를 하면서 순하의 접근을 피하려는 태도를 취했다. 따라 내린 순하는 그녀의 뒤에 내린 뒤에도 그녀는 한 남자와 함께 총총히 걸음을 재촉했다. 저녁의 가로등 아래 흘끔 흘끔 보이는 그녀의 얼굴표정은 굳어 있었다. 그녀는 자기의 숙소인 아파트에 들어갈 때까지 동행한 남자와 헤어지지 않

앉다. 순하는 끝내 쫓아가서 말을 걸 엄두를 내지 못했다.

다음 날 퇴근시간 가까워서 실장은 은선이 있는 자리에 다가서서 직원들을 둘러보며 말하는 것이었다.

『오늘 최은선이 퇴근하는데 누구 같이 가면서 보호해줘라. 추근덕대는 치한이 있다니까.』

순하는 옆에서 이 말을 듣고 심한 모욕감을 받았다. 자기의 본성과 너무 다른 매도를 당한 것이었다.

그러나 그 뒤로도 실장은 수시로 순하에게 압력을 가했다. 어서 여자에게 화끈하게 잘 해서 맺어지라는 것이었다. 그러나 그의 말을 듣고 한번 시도하려 하면 여자는 달아나고 주변에는 모욕적인 소문이 늘어날 뿐이었다.

그 일로 인해 받는 피해를 실장이나 여자의 집안에 항의하려 하면 그들은 오로지

『당신이 먼저 가만있는 애를 건드렸기에 일어난 일이 아니냐!』

하며 일축했다.

다음해 볼 지난해의 인사고과가 마무리 지어질 즈음 실장은 회의석에서

『일 아무리 잘해봐야 무슨 소용이야. 우선 사람이 되어야 해.』

하고 순하를 흘겨보았다.

나중에 알았지만 최은선의 아버지는 사장과 아는 사이였다. 순하는 그 때 실장이 가능한 한 최악의 인사고과를 매긴 결과로 감봉처분 되었다. 이미 사내에서의 소문도 너무 퍼져있어 더 이상 회사를 다니기 곤란했다. 물론 그 여자도 그만두었지만 임시직으로 있었을 뿐이었으니 순하가 엄든 피해는 훨씬 컸다.

이렇게 과거 상대했던 여자들의 혼담이 어긋나게 된 것은 거의가 여자 혹은 여자의 집안 쪽에서 이쪽에서는 마음이 없는데 거기서 간청해서 한 결혼이라는 구실을 남겨두어 유리한 결혼조건과 결혼후의 우월적 지위를 확보하려 했었는데 그것이 각본대로 되지 않은 것이었다. 순하는 여자 쪽이 바라고 기대했던 이른바 남자다운 면모를 결코 내지 못했다. 간혹 용기를 내어보려 했으나 결정적인 순간에는 그것이 나서 스스로 접근들을 피했다. 여자 쪽은 그것이 진심이 부족해서라고 간주했다. 결국엔 헤어졌지만 당장에 곧바로 끊지를 못하는 과정에서의 고통은 컸다.

집안에서는 이러한 문제의 본질을 이해 못했다. 여자관계에서 일어나는 거듭되는 말썽 때문에 집안에서는 신뢰를 잃었었다.

『마음이 있으셨다면 사생결단으로 끝장을 보시지 그랬어요?』

유진은 여자의 입장에서 안타까워 물었다.

『그래야 했을지도 모르지요. 하지만 그럴 능력이 태생적으로 없었던 내 자신을 몰랐던 것이 근이었소. 진작에 쉽게 잡히는 여자에게로 눈을 낮춰 결혼하든가 아니면 아예 포기하고 결혼에 신경을 쓰지 않았을 것을 그랬소.』

『여자는 연애관계에서 약자이기 때문에 조심하고 움츠리는 것은 당연하잖아요?』

『무엇이 약자란 말이오? 힘이 그렇다는 서요?』

『우선은 그것부터 그렇죠.』

『요즘 세상에 여자를 완력으로 제압하고 남아 날 남자가 있겠소? 그것보다는 집단사회 내에서 누가 누구와 사귀었다 헤어졌다면 남자는 괜찮고 여자는 피해가 크다는 생각 때문이 아니오?』

『예, 그런 것도 있죠.』

『그래서 웬만하면 모든 책임을 남자에게 씌우고 아예 미리 남자를 망신시켜서 방비를 하기도 하지요. 저 남자가 자기를 치근덕대고 괴롭힌다고 소문을 내고는 그럼에도 불구하고 계속 집요한 구애를 하면 받아들여서 용서하고 만약 중도포기하면 그대로 혐의를 뒤집어쓰고 망신을 면할 수가 없도록…』

『그런 얘기를 왜 자꾸 하시는 거예요?』

유진은 김순하가 기사취재에 필요한 얘기는 안 해주고 자기의 이야기를 자꾸만 하는 것에 짜증이 났다. 그렇다고 화내고 돌아설 수는 없었다.

순하는 태연히 이야기를 계속했다.

『당신은 사회적 언론권이 있는 사람이니 앞으로 혹 기회가 있으면 기사에 반영을 해달라고 말하는 것이오. 연애관계에서 여자가 약자라는 것이 남자는 과거가 있어도 용서가 되지만 여자는 용서가 안 된다는 것인데 결코 그렇지 않소. 소위 과거가 있다고 해서 여자를 무시하는 남자는 극히 상류층에서도 일부를 제외하고는 없소. 여자들은 과거시대의 남성 상류층의 생각을 그대로 받아들여 스스로 만드는 덫에 빠지는 경향이 있소.』

『그래서 어쩌란 말인가요?』

『별말이 있겠소? 사랑하려는 사람은 마음 그대로 행동하면 되지 공연히 강박감에 빠지지 말라는 것이지요.』

유진은 모두 아래가 차게 느껴져 불결한 이불이지만 끌어당겨 종아리를 덮어씌었다. 일찍 자리를 뜨는 것을 아예 포기하고 그가 하고 싶은 이야기를 마음껏 들어주겠다는 표시였다. 움직이는 중에 서로의 간격은 조금 더 좁혀져서 그녀의 숨결과 입김이 그에게 느껴질 정도가 되었다. 다시 그의 긴 이야기가 이어졌다. 그에게서 수감이전의 인생은 자신의 빛나는 시절이었는지도 몰랐다.

1980년대 초 캠퍼스의 초여름 햇살은 조금 따가웠다. 오후에 어렴풋이 도서관에 자리를 잡은 순하는 초여름 캠퍼스의 중앙을 통하는 넓은 계단을 내려왔다. 저 아래쪽의 식당에서 사람들을 만나는 시간은 그에게 있어 가장 즐거운 시간이었다. 사람들을 만나 미리부터 알던 친구들은 더욱 깊이 있는 이야기를 하고 그 동안 얼굴만 알고 있었던 이들과는 어색하게나마 서로 말을 트는 계기를 만들어 새로운 친구가 된다. 이제 졸업힐년이 된 그에게는 하급생들과의 만남도 많았다. 그가 인상이 순해 보였는지 상급생으로서의 어려움이 없어서인지 특별히 고교동창이거나 학과선후배의 관계가 되지 않는 하급생들도 형이라 하며 친구처럼 가까이 지내는 경우가 많았다.

남들은 대학 일이학년이 지나면 좋은 시절이 다 갔다고들 하는데 그는 오히려 학년이 거듭 올라갈수록 대학생활의 재미를 더 느끼는 것 같았다. 사귀는 친구의 폭도 넓어지고 이 한정된 기간의 의미를 최대한 살리려 노력할 줄도 알게 되었다. 그는 하루하루의 대학생활에서는 무언가 새로이 배우는 것이 있어야 한다고 생각하며 캠퍼스에서 얻을 수 있는 모든 것에 대해 촉각을 세웠다. 마음 맞는 여러 친구들과의 다양한 만남은 캠퍼스를 떠나고 난 후에는 얻을 수 없을 것이라 생각하여 그 기회를 최대한 살리고자 했다. 대학은 인생의 축소판이다. 일학년 시절은 유년기와 같아 멋모르고 그냥 흘러 지나가고 말았다. 이학년 시절은 청년기와 같아 뭘 좀 알 것 같은 마음에 이것저것 의욕만 앞서 좌충우돌 하지만 제대

마지막 공주

로 되어나가는 것은 없었었다. 삼학년 시절은 장년기와 같이 주변의 돌아가는 원리를 일을 앞에 나서서 이끌 자신도 있게 되었다. 그 역량을 발휘할 기회는 충분하지 못했지만 어쨌든 그런대로 보람 있게 보내듯하다. 이제 맞이한 사학년은 마치 노년기와 같아서 알 것은 다 알고 모든 일에 현명히 대처할 지혜도 쌓았으나 이미 더 남은 기회가 거의 없는 것이 아닌가.

인생으로서는 청년기의 초반에 불과하지만 앞으로의 인생이 어떠하리라는 것을 살아보지 않고도 짐작되는 바 있었다. 대학생활을 통한 집약된 시행착오를 거침으로써 다가오는 인생의 큰 마당에서 고비마다 현명히 대처할 지혜를 쌓아 훗날 후회를 적게 하는 것이 대학생활의 의미를 더욱 실리는 것이라 생각되었다.

계단 중간의 평평한 곳에서 한 지기(知己)와 마주쳤다.

그는 이즈음 들어 그전까지는 모르던 여사와의 대화라는 것에 매력을 느꼈다. 사람들과 대화할 때는 만나는 이의 취향에 따라 자기가 변하나. 그런데 여자와의 만남의 자리는 정말로 확연히 구별되는 별개의 자신을 느끼게 했다. 여자와의 대화는 대학 초년 시절의 미팅에서 있기도 했다. 그렇지만 그 때는 그저 피상적인 자기 주변 얘기일 뿐이었다. 최근의 만남에서 가지는 것은 친한 친구에게 이야기하듯 자기의 깊은 감정을 진지하게 털어 놓는 것.... 말 그대로 여자친구와의 대화이다. 거기서 그는 자기의 무척 비약할 자유가 주어짐을 느꼈다. 같은 남자와의 대화는가 구체적인 논리가 있지 않으면 싱겁고 헛시간 보낸 것같이 일쑤다. 그러나 여자와의 대화는 그러한 보이는 알맹이에 아쉬울 필요 없이 감성의 나래를 펼 수가 있었다.

마주친 여자는 한해 후배 정임이였다.

그녀와는 이전부터 서로 얼굴은 알아 왔지만 작년의 누런 마른 잔디와 뒤섞인 채로 자라고 있을 때였다. 그러니까 아직 잔디밭의 새싹이 연녹색을 띠고서 하급생인 광수와 함께 하교하려 하는데 광수는 도서관 자리에 앉아 있던 정임을 불러내는 것이었다.

그녀는 이미 커플이라고 불릴 정도로 영근이라는 남자친구와 가까이 지내는 사이였다. 영근도 그전부터 순하고 말이 트여서 잘 알고 지내는 사이다. 아직 정임은 그저 서로 안면이 있고 인사교환 쯤은 하고하여 인근의 음악다방에 들어갔다.

다방에서는 그즈음 유행하는 팝송인 「베티데이비스 아이즈」가 나오고 이어서 국내가요인 「목로주점」이 흘러나왔다. 꽤 큰 음악소리 때문에 서로 얼굴을 가까이하며 가볍게 소리질러가며 대화했다.

광수는 오늘 순하를 일부러 정임과 대화하게 하려 한 것 같았다. 그는 영근이 동료학생들 사이에 인기 있는 정임을 독점하려 하는 것을 정임 본인과 더불어 못마땅한 눈으로 보고 있었다. 오늘 순하와 그녀가 이선보다 서로 잘 알게 되면 그녀의 생활의 폭은 더 넓어질 것이다.

순하는 다방에서 정임과 대화를 나눴다. 광수는 자기 이야기보다는 둘의 대화의 분위기를 더 맞춰주려는 것 같았다.

대화의 주제는 남녀의 차이점이었다. 이야기는 순하가 주도하였다.

「지난 삼학년 겨울방학이 끝날 즈음에 친구 몇 명과 함께 일박이일 야유회를 갔어. 엄밀히 말하면 나는 그냥 따라갔다고 볼 수 있었지.

일행은 우리 친구들 모두와 잘 아는 여학생과 걔 동생과 후배를 합해서 남자 다섯 여자 셋이었지. 우리는 그날 저녁 숙소에서 짐을 풀고 즐거운 분위기 속에 가벼운 농담을 하면서 저녁채비를 하였어.

한참 화기애애한 분위기가 익어갈 무렵이었는데 갑자기 대화상대의 중심이 되었던 친구 여자애 크게 울음을 터뜨리는 것이 아니겠어? 모두들 어안(魚眼)이 벙벙하며 말을 못하고 있었지. 이러한 와중에서 걔는 울먹이며 계속 말을 해댔어. 「정수야 너는 그저 가벼운 마음으로 장난삼아 농담을 했지만 나에게는 자존심에 비수를 꽂는 상처를 주는 이야기였어. 너는 저 주를 받을 거야.」라고. 나는 그동안 오가던 이야기를 옆에서 듣기는 했지만 그게 그럴 정도의 이야기인지는 도저히 이해가지 않았어.

걔 혼자의 독무대는 한참 계속되고 이윽고 누가 불을 껐는지 방이 어두워졌어. 기타를 잘 치는 친구가 걔의 독백에 맞춰 기타를 쳤어. 시간이 흐르면서 다른 친구들도 하나둘 이야기를 했어. 다른 친구들의 이야기들은 기억 안 나고 나는 이렇게 말했지. 「나도 남들은 알지 못하지만 이러한 마음을 느낀 적은 있어. 그런데 감히 이런 행위를 하는 건 관습으로도 용납안되었지만 그런게 아니라도 마음이 터져 나오지를 않았어.」 제멋대로 분위기를 반전(反轉)시킨 그녀에 대해 그런 류의 특권을 갖지 못한 자의 푸념이라고나 할 수 있었어.

한참이 지난 뒤 이윽고 불이 켜지고 저마다 술도 마시며 자연스레 이야기를 했어. 그런데 걔는 상황이 종료되니 다시 웃는 낯이 되더라. 그리고 자기가 울먹이며 말할 때 기타로 독백의 반주를 쳐준 분위기는 매우 좋았다며 그걸 누가 녹음 좀 하질 아쉬워하기도 했어.

나는 그때 여자는 사고의 차원이 전혀 다른데 무심코 남자들끼리의 사고방식으로였던 것이라 평해주었지. 그러면서 마음에 와 닿는 것이 있었어. 이전에 어린소견에 의문을 품었던 것인데 왜 우리가 배운 여성스러운 서정시의 작자는 거의 남자들일까 하는 물음에 답을 얻을 수 있었지.

여자는 닥쳐온 감정의 밀물을 그때그때 소화해 낼 수 있기에 마음의 신진대사가 원활할 수 있지만 남자는 생겨나는 감정과 한이 바로 분출되지 못하고 쌓이고 맺혀 서정시로 됐던 것이 아닐까···. 그래서 여자가 더 오래 사는 것 같아.

『나도 여자로 태어난 걸 참 다행으로 생각하고 있어요. 군대 삼년이 절약되니까요.』 정임의 생각은 단순했다.

한참을 대화하고 난 뒤 함께 다방 밖으로 나와서 그녀와 헤어졌다. 그 때 찻길을 건너 헤어지면서 오늘 비로소 새로이 난 한 사람에게 호감어린 눈길과 미소를 보내던 그녀의 모습이 아직도 선했다.

그 뒤로도 순하는 가끔 교내에서 그녀와 마주칠 때마다 단편적이나마 서로의 생각을 나누며 나름의 친목을 가꾸어 왔다.

『좀 얘기하지요.』

가벼운 인사를 하고 내려가려는데

그녀가 불러 세웠다.

그녀는 오늘따라 검은 정장 투피스에 흰색 블라우스를 받쳐 입은 단아한 모습으로 있었다. 초여름의 환한 햇빛아래 그녀의 모습은 오늘따라 눈부셨다. 갸름하며 두드러지지 않은 그녀의 얼굴이 오늘은 무척 선명히 시야에 들어왔다.

그러나 그녀에게서 받는 느낌은 어디까지나 어깨 위에서 뿐이었다. 그녀의 인상을 대하는 것이 마음에 적잖이 상쾌함을 주는 것은 사실이다. 하지만 그럴 때에도 심장의 박동횟수는 조금의 변화도 없이 정상을 유지하고 있었다.

그녀가 새삼스레 나와 무슨 할 얘기가 있을 것이라고 이렇게 단 둘이 만났을 때 얘기하자는 걸까. 순하는 정임과 함께 계단 중턱의 벤치에 앉았다. 많은 학생들이 앉아있는 그들의 앞을 저마다의 용무 때문에 바삐 오가고 있었다. 이렇게 세련된 차림의 여학생과 벤치에 나란히 앉아 팔목을 무릎에 걸치고 마주보며 사뭇 진지하게 이야기를 나누는 장면이 친구에게 혹은 좀 안면이 있는 누구에게 보이는 것은 과히 기분 나쁜 일이 아니다.

『요즘 성에 대한 부담이 닥쳐와 마음이 흔들려요.』

평소에 그녀와 같이 이야기할 때에 주로 하던 어휘에 속하지 않는다. 이제까지 그녀와는 대개 학교 주변얘기나 시국얘기를 하지 않았던가.

『무슨 말인데?』

처음에는 알아듣지 못했다. 말을 할 때 일일이 「性」이라고 명시할 수는 없으니까.

『영근이 말예요.』

『그런데‥‥』

『‥‥ 친구로시는 좋은데‥』

『남자로시 그 애를 생각하면 싫어졌어요.』

이어서 그녀에게서 나오는 얘기도 처음에는 무슨 소린가 했다. 그러나 이내 그 말뜻이 무엇인지는 알 수 있었다. 야릇한 긴장감이 일어났다.

그러나 만사를 올바르게 긍정적으로 유도해 주어야 한다는 마음으로 곧 그녀에게 그것은 대수롭 않은 일이다고 말해 주었다.

『그야 처음 동급생으로 만나 사귀는 사이다 보니까 한꺼번에 훗날의 모든 것을 다 생각해 보기는 힘들겠지.』

『사람들은 내가 어려서 그렇다고 하는데 그것만이 이유인 것 같지는 않아요.』

정임은 계속 진지했다.

이처럼 정임이 자기에게 마음속의 갈등까지 털어놓는다는 사실은 고맙기도 하고 또 약간의 의무감까지도 느끼게 했다.

『글쎄 어쨌든 현재는 친구로서 편한 사이로 지내는 것에 만족하는데 너무 훗날 일을 생각하니까 그렇겠지. 다음에 강의 시간이 있어서 그녀와 헤어졌다. 곧 한번 부담 없이 얘기해 보자.』

그 날 저녁 정임과 영근을 식당에서 보았다. 순하는 그들과 자리를 같이 했다.

약간의 잡담이 끝나고 일동은 도서관으로 올라가려고 일어섰다. 이 때 정임은 영근에게 말했다.

『나 이 형하고 좀 얘기하다 올라갈게.』

『그래 좀 얘기하다 금방 와.』

영근을 비롯한 정임의 남자 급우들이 모두 남아 저녁 날 캠퍼스의 한적한 벤치에서 이야기를 나누었다. 오늘 낮에 하다 못한 얘기를 하자는 데에 그녀와 의견의 일치를 보았다.

『정임이의 그런 생각은 아마도 우리가 지랄 때의 교육이 너무 성에 대한 가치부여를 안 했기 때문일 거야. 우리 시대의 교육은 생명창조의 신성한 행위를 너무 저급한 것으로만 여기게 만들었지. 우리가 고등학교 때 배운 알퐁스 도데이 「별」에서도 몸을 전혀 대지 않는 것이 순결한 사랑이라고만 생각하게끔 되어 있잖아?』

『어머, 맞아요. 형. 그런 거 같아요.』

정임은 순하가 하는 얘기의 거의 전부 고개를 끄덕이고 맞장구를 쳐주었다. 그녀는 순하의 말에 맞서 동조해 주는 것이라기보다는 서로 아무 방해도 받지 않고 대화할 수 있는 기회를 가진 것을 마냥 즐거워하는 것 같았다. 대화 그 자체만으로도 여자와의 행복을 충분히 느끼고 만족하던 시절... 더없이 순진하고 순결했던 그 시절이었다.

날이 어두워지면서 하나 둘 주위의 가로등이 켜졌다. 바람도 어느 덧 서늘해졌다. 둘은 모처럼 맞이한 자기들끼리의 대화에 시간가는 줄을 몰랐다.

『인제 올라갈 때가 되지 않았을까? 영근이가 기다리고 있지 않을까?』

『그래요. 그런데 오늘은 더 공부하거니 할 마음이 안 나네요. 그냥 가려는데 형은 이따 세요?』

『나도 오늘은 오래 있지 않으려고 그래.』

『그럼 우리 올라가서 정리하고 도서관 문 앞에서 만나 같이 가요.』
『그래 그러시.』

순하는 그녀와 둘이 하교하는 기회를 갖게 된 것이 기뻤다. 가방을 챙겨 다시 나오니 정임은 조금 먼저 나와서 기다리고 있었다. 함께 어둑해진 캠퍼스의 길을 걸었다.

그런데 같은 사람들끼리의 대화라도 분위기에 따라 내용이 달라질 수밖에 없었다. 주위는 아직 방금 전과 같은 어둑한 초저녁이지만 서서 걸어가는 지금은 앉아서 대화할 때와는 전혀 다른 말이 나오고 있었다. 차분하고 긴 내용은 나오지 않았고 짤막짤막 단편적인 얘기만이 그로부터 나왔다. 그냥 단순한 무난 밖에는…….

자연스레 손이라도 잡을 수 있었다면 훨씬 함께의 시간이 자연스러울 수 있을 텐데…… 별다른 몸짓 없이 그저 나란히 걸어가기는 시종 어색함을 주었다. 그것은 훗날 그가 맞선을 본 초면의 여자와 함께 걸으면서 많이 겪을 것이기도 했다.

교문을 나와서 일단 정임을 만나면서 사는 하숙집 앞까지 한 정거장을 동행하고 버스를 타기로 했다. 그런데 오늘 정임을 만나면서 생각나는 것이 있었다. 바로 어젯밤의 꿈이었다. 꿈은 긴 내용은 없었다. 배경은 어슴푸레 어둠이 깔리고 주위의 한적한 길에는 허영고 낮은 건물인 듯 하는 것들이 있었었다. 거기서 정임과 함께 있었었다.

그러다 어느 순간 순하는 정임을 껴안았다. 그녀도 얼른 그의 품안에 들어왔다. 둘이 거의 동시에 말하면서 나는 한늘에 울려 펴지는 듯한 소리가 있었다.

「우리가 서로 이렇게 사랑하면서 왜 말을 못하냐 말야!」

순하는 이 이야기를 그녀에게 할까 망설이고 있었다. 그런 생각 중에도 둘 사이는 그저 단편적인 말들이 오가면서 걸음이 계속 옮겨지고 있었다. 길은 아직 택지개발이 안 된 좁은 길로서 주위에는 낮은 비닐하우스들이 있고 사방은 탁 트여져 있었다. 꿈에 본 곳과 같음을 알아 챘다. 꿈에 본 주변의 낮은 건물 같은 것들은 바로 이들 이연 비닐하우스들이었다. 그러면서도 미처 말로 털어 놓지는 못하고 있었다. 결국 그녀와 갈라서 가야할 곳에까지 이르렀다. 아무래도 말을 해야겠다 싶었다.

『꿈에 정임이를 만났어.』
정임은 놀라는 눈치였다.
『그럼 뭘 했나요? 얘기하고 있었나요?』
그녀로서는 자기를 꿈에 보았다는 것이 상당히 큰 의미로 받아들일 수 있었다. 더구나 꿈에 무엇을 했느냐가 궁금하지 않을 수 없을 것이다.
『아니... 그냥.』
더 이상의 말은 나오지 못했다. 순하가 너 말을 못하니 아마 정임은 꿈속에서 어떤 육체적인 무엇이 있었기에 말하지 못했을 거라고 생각했을 것이다.
순하는 그대로 그녀와 갈림길을 돌아서고 말았다. 그 날의 일은 이렇듯 별다른 계기를 만들지 못하고 넘어갔다.
그렇다고 해서 정임의 생각으로 인해 그에게 깊고 애틋한 회한이 젖어드는 것은 아니었다. 담담하게 그 날을 넘어갔고 그 다음날 그리고 그 다음날 여전히 정임을 만나고 또 서로 편하게 대화하며 지냈다.

여름방학은 순하에게는 학교를 쉬는 시간이 아니었다. 그는 학교에 적을 두고 있을 때에는 학생이 아니면 할 수 없는 일에 시간을 투자해야한다는 생각에 따라 빠짐없이 학교에 나왔다. 그리고는 예의 그 절정에 오른 폭넓은의 교우관계를 뜨거운 태양아래 즐겼다.
정임과 영근도 학교에 나왔다.
마주친 정임과 영근이 말했다.
『우리 수영장 같이 가요.』
『자기네들끼리 오붓하게 갈 것이지 왜 그러지?』
순하는 생각했지만 그들의 권유는 순수했다. 순하도 따라서 뒷산 높은 곳에 있는 수영장으로 올라갔다. 그러나 그는 수영을 할 줄 모르기 때문에 그냥 몇 번 들어갔다 나오고는 서있기만 했다.
정임은 수영을 꽤 잘 하는 것 같았다. 한 오 미터 이상 떨어진 거리에서 영근을 향해 헤엄쳐 가서 안기곤 하는 것이 보였다. 하지만 그녀의 손을 잡는 영근이 그렇게 부럽게 느껴지지는 않았다. 순하에게는 아직도 여자를 품는 것이란 매우 먼 것으로 여겨져 그런 행위에 대한 아쉬움이 별로 없었다.

밤 열시가 되어 학교를 나왔다. 한적한 밤에 좌석에 여유가 있는 버스를 타고 집에 가는 것이 좋았다.

이제 사학년이다. 여름방학이다. 졸업 후에 무엇을 할까. 그러나 막연히 어떻게 되겠지 하고 기대하며 큰 신경을 쓰지 않았다. 대학입학 때 그렇게 기력을 소모했으면 됐지 또 무슨 시험인가 했다. 과학원 입학시험을 보느니 하며 또 다른 관문의 통과를 열심히 준비하는 친구들이 부질없게 보였다.

버스는 덜컹거리며 밤의 고개를 넘었다. 학교에서 한 정거장을 지났다. 한 여자가 올라타더니 옆자리에 앉았다.

『이 차가 노량진 쪽으로 통해서 아현동으로 가나요?』 여자는, 순하를 돌아보며 물었다.

그녀는 얼굴선이 크고 눈이 깊은 여자였다.

『예. 다리 건너서 가요.』

순하는 대답했다. 다 알면서 그저 확인하려는 것 같았다.

그가 무심코 있는 동안 여자는 그대로 순하를 쳐다보고 있었다.

『그런데 보니까 이과생이신 것 같은데요.』 여자는 마침내 말을 걸었다.

『예?』

그는 뜻밖의 지적에 놀랐다. 그러잖아도 그래 진로결정을 앞두고 이과생으로서의 자신의 정체성에 관심을 두고 있었던 터였다.

『눈빛이 예니하고 이성적이에요. 이과생들은 그 특유의 분위기가 나거든요.』

순하는 싫지 않은 그녀의 말로 인해 그녀에게 관심을 갖게 되었다. 이윽고 타인으로서의 경계를 허물고 이야기를 나눴다.

그녀는 28실의 영어교사였다. 여자라면 동갑내기만 여자로 보이는 그 당시의 순하에게 그녀는 상당한 노처녀로 인식되었다.

그녀는 저녁에 자기의 지인이 개설한 이 그방의 결혼상담소를 나간다고 했다. 그것이 무엇하는 곳이냐고 물으니 사람들의 결혼에 관한 문제점을 듣고 그 해결책을 자문해주는 곳이라고 했다. 어린 순하에게는, 그것이 무슨 사회운동 같은 것으로 여겨졌고 그녀는 무슨 거사를 도모하는 사람처럼 느껴졌다.

그녀는 같이 아현시장에서 차를 내렸다. 걸으면서도 그녀는 호기심을 줄만한 이야기를 계속 늘어놓았다.

『상당히 일을 많이 하시나 보죠?』
『그렇죠. 난 일군이에요.』

그녀는 어떤 신비한 일을 하는 사람으로 여겨졌다. 정계 막후실력자와 교섭을 한다거나 외계인과의 교신에 관여하고 있다든가···. 순하는 모레 토요일 날 다시 전화를 해서 그녀와 만나기로 했다.

약속했던 토요일 오후가 되었다. 학교 문 가까이의 주황색 공중전화에서 그녀의 집에 전화했다.

『신- 향숙이 누나 있어요?』

떨리는 소리로 말했다. 굳이 누나를 붙인 것은 만약 신향숙씨라고 했다면 무슨 연애관계로 오해할까 저어해서였다. 이성으로서의 느낌 없이 순수하게 누나로 생각한다는 의사표시였다. 순하는 광화문의 잔디 다방에서 그녀를 만났다. 순하는 평소에 시내를 다니는 것보다는 학교에서 친구들을 만나는 것을 선호했기 때문에 시내는 생소했다.

『저는 이성친구도 없고 집에 누나도 없어서 전에부터 누나를 하나 갖고 싶었어요.』
『부를 때 신향숙이 누나 바꿔달라고 했죠?』
『예, 그런데요?』
『집에서 웃음이 터졌어요. 원 자식도 그냥 신향숙씨 하면 되지 처음부터 무슨 누나냐고····』
『그게 어때서요?』 순하는 어리둥절했다.
『그냥 순진한 애라는 거지요.』

향숙은 넓은 입술에 미소를 머금었다.

『여기 주소 좀 적어줘요.』

순하는 그녀가 준 메모지에 주소를 적었다.

『전화번호는 왜 안 알려주지?』
『그건 없는데요.』

그녀는 서운하다는 표정이었다. 하지만 순하의 집에는 정말로 전화가 없었다. 그녀는 우산을 펼쳤다. 순하는 고개를 숙여 그 아래로 들어갔다. 밖에 나오니 비가 오고 있었다.

다.

『여자체면이 말이 아니네.』

그녀의 말에 그제서야 눈치를 채고 우산을 받아들었다. 그 뒤로 가끔 그녀와 만남을 가졌다. 여름방학이었기 때문에 시내에서 인명이 있는 친구가 자기애인과 손을 잡고 가는 것과 마주쳤다. 서로 애인을 보게 되는 상황이 되어 순하는 수줍게 인사했다.

그들이 지나고 나서 그녀가

『우리도 손잡고 갈까?』

하자 『에이 창피하게요.』 하고 거절했다.

처음 만나서의 누나(연상의 여자)에 대한 호기심도 잠시였다. 만나서 함께 걷고 그녀의 다른 지인을 만나곤 하는 것은 아무런 감흥을 주지 않았다. 순하는 그녀에게 만남의 목적을 물어었다.

『나는 함께 교회를 다닐 친구를 원했어요. 우리 복락교회에 오면 기쁘겠어요.』

순하는 확답을 주지 않았다. 그녀는 퍽 쓸쓸해 보였다.

다음날 일요일 그는 아침에 나서서 시내 중심가의 교회로 그녀를 찾아갔다. 순하를 본 바가움에 그녀는 그 자리에서 곧바로 기도했다. 그녀는 『내가 아는 교수님은 남편이 다섯 살 아래라고 해요.』 말하기도 했다.

예배를 마치고 둘은 다방에서 자리를 가졌다.

『누나 우리 손잡아요.』 헤어지면서 순하는 먼저 안 받아들였던 그녀의 제안을 실행했다.

그는 이 받남을 친구들에게도 얘기했다. 그 여자와 맺어지면 어떻겠냐는 그들의 말에 순하는 두려움을 느꼈다.

『그렇게 못생겼어?』 친구는 의아해 했다.

그건 아니었다. 미모라고는 할 수 없지만 그녀도 충분히 여성으로서의 매력을 가진 숙녀였다. 그러나 어둡고 그늘진 인상의 그녀가 나의 인생의 절반을 차지하게 된다는 것은 두려움을 주었다.

『이제 이학기라서 시간이 없을 것 같은데요. 방학이 끝나가는 날 낮에 헤어지면서 순하는 그녀에게 말했다.』

『시간은 아무 때고 낼 수 있어요.』 그녀는 답했다.

육교를 올라가면서 본 그녀의 뒷모습은 보이지도 않는데 마치 눈물을 뿌리고 있는 것 같았다. 이 학기가 되어 순하는 절정을 넘어선 대학생활에 빠져 있었기 때문에 되어 굳이 시간을 내어 밖에서 그녀를 만날 생각은 하지 않았다.

『나머지 남은 한 학기를 어떻게 보낼까. 입학 후 사년 동안 사물의 이치를 깨닫는 사고력은 크게 향상됐다. 그러나 가끔가다 그것을 표현할 언어 능력은 입학 후 보다 늘지 않았다는 것이 느껴진다.』

순하는 문학 강의를 듣고 싶어졌다. 한국현대시인에 관한 강좌를 마지막 학기에 신청했다. 첫 날 웅성거리는 강의실에서 들리는 한 목소리가 있었다.

『너희들 내년에는 뭣 하려고 이걸 듣니?』

삼학년 강의인 이것을 들으려고 이학년 후배들이 많은 것을 보고 한 삼학년 여학생이 하는 말이었다.

『내년에는 휴학하죠.』

한 이학년 학생은 웃으면서 말했다.

이때 차분한 낮은 톤의 그녀의 목소리가 그를 사로잡았다. 그녀를 주목하자 곧 목소리와 같이 온화한 그녀의 첫 인상에 다시 사로잡히고 말았다.

『아아 남들이 말로만 하던 첫눈에 반한다는 것이 바로 이런 것이구나. 이제야 나는 그 참 의미를 몸소 체험하는구나.』

사람은 성장기를 통해 자기 마음속에 나름대로의 이성(異性)의 모습을 만들어 나간다. 그리하여 그의 성장과 함께 그의 이상(理想)의 이성도 성장하여 나아간다. 그 다음 만난 현실의 어떤 이성이 그의 공상의 이성과 일치할 때 상대방의 인상(印象)은 처음 그대로 받아들여져 그의 마음속 빈자리를 메우는 것이다.

출석이름을 통해 그가 사랑을 느낀 여자의 이름은 영희라고 하는 것을 알게 되었다.

그 날로부터 순하는 영희라는 여학생을 만나는 데에 의미를 두고 강의를 계속 착실히 수강했다. 한번쯤 그녀를 만나 마음을 고백할 기회를 가져볼까 생각한 적도 있었지만 그것은 너무도 높은 담장 위의 것이었다.

그는 혼자 간직한 사랑의 마음을 그녀를 향해 가지는 것만으로 의미를 두고 지냈다.

영희를 알게 된 후로 정임에게서 느끼는 마음과 영희에게서 느끼는 마음의 차이를 알 수 있었다. 정임은 자주 가까이 지내다 보니까 친숙해졌고 그러니까 여느 친구와 다를 바 없이 만나면 보고 싶고 만나면 얘기하고 싶은 것이다. 그녀는 여자이니 사회적인 관습에 따라 육체적 욕구도 해결하면서 평생 가까이 얘기할 수 있는 방법이 있다. 그리하여 성(性)과 무관하게 여느 친구에게서도 가질 수 있는 우정이라는 것과 마음의 교류와는 관계없이 여느 여자에게서도 가질 수 있는 성욕이라는 것이 서로 더 해졌던 것은 아닌가 했다. 먼저는 그것을 몰랐었지만 이제 영희를 보아 첫눈에 사랑을 느낀 뒤에 알았다.

사랑이라는 것은 다른 여타의 요소로부터 말미암지 않고 그 자체 그대로 인간의 의도와는 무관하게 생겨나는 그 무엇이 아닐까….

캠퍼스에는 마지막 겨울이 다가왔다. 졸업이 가까워지면서 순하는 당장 진로가 시급한 상황이었다.

영희와의 만남에 대한 기대는 더 이상 하지 않았다. 사실상 그녀에로의 사랑을 포기한 것이나 다름없었다.

「나는 그녀를 매우 원하지만 그녀는 나를 별로 원하지 않는다. 그런데 나는 매일같이 그녀를 생각하며 살고 있다. 내가 앞으로 이 사회에서 사는 삶의 형태는 어떠할 것인가. 나를 필요로 하는 사람들을 위해 살 것인가 아니면 내가 필요로 하는 사람들을 위해 살 것인가?」

앞으로 「나를 필요로 하는 사람들을 위해」 사는 마음가짐의 첫 실천으로서 그녀를 포기할 것을 결심했다.

졸업하며 지방의 직장으로 가기 전에 여름에 만났던 향숙을 연락하여 만났다.

「취직을 했다고? 머리가 아깝지 않아요? 나는 그 전부터 크게 될 사람으로 보아왔어요.」 향숙은 그 전에도 틈나면 그런 이야기를 했었지만 순하는 잘 받아들여지지 않았다. 자기 앞의 삶을 살기에도 힘겨운 입장이기만 했다.

「아니에요. 석박사과정 공부는 그냥 교과과정 따라가는 것이지만 자기의 특별한 창의성을 발휘하려면 회사의 연구소가 더 유리해요.」 그는 자기 나름의 생각을 말했다.

「그래. 여하튼 잘 됐으니. 앞으로도 시간되면 서울 와서 만나요.」

마지막 공주

『저의 쪽으로도 와요. 거기 유성온천도 있어요.』

같이 오겠는 얘긴지... 순하는 그 때는 여자로 받아들일 준비가 되어가고 있었던 것 같았다. 하지만 향숙 또한 순하에서 더 이상 학생의 나긋함은 얻기 어려웠을 것이다. 단지 연애와 결혼의 상대로는 조금 어색한, 다섯 살 연하의 남자라는 것뿐이었을 것이다.

지난여름 그녀는 집에서 같이 식사하자며 시장 안의 자기 집으로 순하를 데려온 적이 있었다. 집에는 그녀의 가족이 아무도 없었다. 순하는 식사를 받아먹었으나 누가 들어올까 두려워 허겁지겁 나갔다. 그 지극한 순진함은 학생의 신분에 어울리는 것이었다.

학생 때는 어린 나이의 두려움 때문에 그녀를 제대로 수용 못했으나 직장생활 이후 달라진 상황에서 그녀로 하여금 솔직한 자기 얘기를 할 기회를 더 마련해주었다면 결과는 달라졌을지도 몰랐다. 얼마 후 다시 전화했을 때 전화를 받은 그녀의 가족은 그녀가 마침내 결혼했다는 것을 알려주었다.

이어서 80년대 중반 지방의 직장에서 먼저의 영희와 닮은 인상의 최은선이란 여자를 마음에 두었던 시기의 이야기를 다시 털어 놓았다.

먼발치서 바라보기만 하면서 말 접근을 시도할 기회를 보기만 했던 은선 그녀는 먼 곳의 여인이 아니었다. 아무 때라도 가까이 가 볼 수 있는 같은 직장 내의 여자였다.

그동안 그녀에게 말붙일 기회가 없었었던 것인가. 그렇지 않았었다. 그녀를 보았던 그때그때의 상황이 나름대로 기회가 될 수 있었다. 그런데 막상 나서려면 나서지지가 않았다. 결국 장애는 외부에 있었던 것이 아니라 자신의 내부에 있었었다.

『오늘 나가서 맥주 한 잔 할까?』

객지의 직장에 오게 된 후 친하게 된 고교선배 진호가 말했다. 퇴근 후 그와 함께 쌀쌀한 가을바람이 느껴지는 읍내 유흥가의 어둑어둑한 거리로 나왔다. 어디 스탠드바나 들어가 볼까 하며 순하와 진호는 서성대며 마땅한 곳을 찾았다. 넓은 찻길 옆에는 왠지 발걸음이 멈춰지지가 않았다.

그러던 중에 옆으로 난 골목길을 걸어 들어가 어둠침침한 흙돌투성이의 공터 옆에 세로로 세 글자 활주로- 라고 써있는 키 높이의 네온사인 간판이 보였다.

『저리로 들어가지.』

들어간 곳은 뒷문이었던 것 같았다. 곧바로 계단을 내려와 지하업소로 들어섰다.

제각기 개성을 강조하여 써놓은 팻말을 등 뒤에 걸고 반원의 탁자 가운데 서 있는 그 만느 그만한 연령의 여자들이 손님 서넛씩을 둘러앉히고 술을 권하고 얘기를 나누는 곳이 대여섯 군데쯤 되었다. 저 쪽에는 늦은 무대가 있는데 아직 공연은 안하고 색 불조명만이 바닥을 돌아 비치고 있었다. 입구 바로 왼편의 스탠드가 비어 있었다. 둘은 별 망설임 없이 이 코너에 자리했다.

어쩌면 바댕더 여자의 인상이 순간적으로 끌렸기 때문인지도 몰랐다. 그녀는 희고 둥근 얼굴에 눈까풀이 선명하고 무척이나 큰 눈을 가졌다. 코는 낮으면서 얼굴이 썩 균형 잡힌 모습이 아니면서도 무척이나 여성적이고 애잔한 인상을 주었다.

그들은 그녀가 자연스레 잡다한 이야기를 나눴다. 그녀의 이름은 영실이라고 했다. 그녀와의 분위기는 유흥업소의 여자 느낌은 안 들었고 그저 직장이나 학교에서 만나 알고 있는 여자와 대화하는 느낌이었다. 그것은 그들에게 적잖이 호감을 주었다.

순하가 잡아든 그녀의 손은 참 보드러웠다. 가을을 타면서 허해진 마음에 그녀와의 분위기는 잘 이루어졌다.

『아가씨는 고등학교 때 공부를 중간 이상은 했던 것 같아.』

순하가 한 이 말은 그녀가 서비스업에 종사하는 여느 여성들과는 달리 아마도 고등학교 시절 그다지 『문제 있는 불량소녀』이지는 않았을 것이며 웬만한 직장생활도 해보았으리라는 짐작에서 물은 것이었다. 그 여자에게 직접 대놓고 - 스탠드바 아가씨지만 그보다는 건전한 직업의 아가씨 같다.- 고 말할 수는 없는 노릇이었으므로....

『응, 뭐 그저 그런 정도였지.』

그녀는 약간의 회한이 일어나는 듯 가볍게 웃으며 말을 받았다.

순하는 그녀의 손을 더욱 꼭 잡아 보았다. 그에게서 테이블 건너의 아가씨는 일시적 오락을 위한 여자가 아니었다. 응당 있어야 할, 마음을 받아주어야 할 여자, 그러나 지금은 없는 여자의 역할을 그녀는 하고 있었다. 함께 있던 진호도 간간이 그녀와 담소했다. 그도 이 여자를 마음에 들어 했다. 그 날 그들은 저녁 시간을 즐겁게 보냈다.

이후 회사 인에서 마음 두었던 은선에게 한 마디 말도 못 건넨 채로 첫눈을 맞았다. 순하는 다시 혼자 스탠드바의 그녀를 찾았다.

마지막 공주

「첫순이 내린 오늘 누군가를 만나고 싶어졌어.」

어깨 위에 진눈깨비 녹은 물이 축축한 채로 순하는 영실에게 말했다.

「이제 마음도 심숭생숭하니 애인보고 싶어지겠네. 이번 주말에 서울 가서 분위기 있게 데이트 해 봐야겠네.」

흰 얼굴에 붉은 입술에 다시 새하얀 치열(齒列)... 그러나 낮은 코에 큰 눈에 납작한 입술... 균형은 잡히지 않은 그녀의 얼굴이 었다.

「아니, 만날 사람 없어.」

「그럼 따뜻한 집에 가서 부모형제와 만나 포그한 주말을 보내기 위해서도 가 봐야지.」

「난 안 올라가.」

「아니 왜? 여기 회사사람들 다 주말에는 서울로 올라가던데.」

「집에 가야 좋은 게 있어야지.」

「집에 무슨 일이라도 있어?」

「그런 건 아닌데...」

순하는 비좁고 찬바람 새는 집을 생각했다. 한 사람 누워 잘 공간도 아쉬운 우리 집에 구태여 가 있을 필요가 있을까 했다.

영실은 더 묻지 않고 맥주를 따라주었다.

순하는 맥주잔을 잡고 턱을 내리며 그녀에게 물었다.

「자기는 먼저 어떤 곳에 있었어? 아마도 어떤 회사에 있었을 것 같은데.」

「조그만 데 어디 다녔었지.」

「그럼 직장생활은 어땠는데?」

「뭐, 그저 그랬지.」

「거기 잘 다니다 시집가지 왜 안 그랬어?」

「그러려고 한 적 있었어.」

「그런데?」

「몰라...」

그녀는 쓸쓸한 미소를 지으며 얼버무렸다. 순하도 더 묻지는 않았다.

『회사 생활은 잘 돼?』

그녀는 맥주병을 놓으며 물었다.

『난 큰 기대를 가지고 왔는데 그와는 달라. 나는 어떻게 하는 것이 가장 올바른 것인가 생각을 하고서 그렇게 행동하려고 하는데 다른 사람들은 나와는 다른 것 같애. 그들은 자기의 이익을 위해서 행동하는 것 같아.』

그녀는 그의 말을 모두 알아들을 수는 없는 모양이었다.

밤이 늦어지자 숙소로 돌아왔다. 룸메이트는 서울로 가고 없었다. 다음날인 주말 오후 모두가 떠나고 난 쓸쓸한 기숙사 방안으로 퇴근했다. 방안은 스팀이 켜져 있었지만 몹시 쌀쌀했다. 인원의 대부분이 떠난 주말 밤은 난방을 소홀히 하는 것인가. 아니면 모두들 빠져나간 냉랭한 분위기가 더 그렇게 느끼게 만드는 것일까. 창문가 선반에는 룸메이트가 갖다 놓은 전기곤로가 있었다. 가끔 라면을 끓여먹을 할 때 쓰는 것이지만 그밖에는 그냥 켠 채로 두는 일이 많았다. 부족한 방안의 열기를 채우기 위해서였다. 처음에는 룸메이트가 그것을 켜놓는 것이 맘에 들지 않았으나 그래도 요즘 날이 더 추워지면서부터는 조금이라도 보충하기 위해서는 그럴 필요도 있을 것 같았다. 순하는 그것을 켜고 침대에 더 가까운 곳에 두려고 책상 위에 놓았다. 그리고는 침대 위에 누웠다.

한주일간의 피로가 쌓여 피곤한 그는 곧 잠에 빠졌다. 그러다 주변이 조금 어둑해지기 시작할 때쯤 잠을 깨었다. 주변은 흐릿해 보였다. 뭔가 타는 소리와 냄새가 났다. 어리둥절하여 방안을 두리번거렸다. 책상 위에 그로가 아직 켜져 있는 것이 보였고 거기서는 나무 타는 소리가 들렸다.

— 아니 책상을 보니 곤로 밑은 새까맣게 타 있었다. 일어나 그것을 보니 곤로 밑은 새까맣게 타 있었다.

— 아니 이럴 수가 내가 그것도 모르다니. 나무 위에다 전열기를 올려놓다니. 그대로 오래 있었 다면 꼼짝없이 나는....

혼자의 생활에 두려움을 느꼈다. 더욱 외로움이 더해졌다. 다음 주에 그녀에게로 회사로 전화가 왔다.

『이번 토요일에 어디서 만날까?』

『거기 사거리 이층에 있는 학림다방으로 오후 두시쯤에.』

순하는 먼저 영실과 언제 어디론가 하루 종일 놀러가기로 약속한 날 그녀는 때맞춰 왔다. 검은 바지에 상의는 털올이 무성한 하늘색 스웨터를 입었다. 고속버스를 타고 부산까지 갔다. 멀리 바닷물의 습기가 배여 있는 곳에서 일상을 벗어나 둘이 다니는 그 자체가 즐거웠다.

자갈치시장에서 같이 서서 홍합을 사먹기도 하고 계속 돌아다니면서 부둣가에 늘어선 노점 이곳저곳에 앉아 술을 많이 마셨다.

『이렇게 자꾸 마셔도 돼?』

순하가 묻자 그녀는

『난 보통여자가 아냐. 오늘 나 잘 만났어.』

하면서 웃기만 했다.

그녀는 가다가 보이는 스탠드바에 들어가자고 다시 나와 걷다가 부둣가에 앉았다. 거기서 둘이 손님으로서 「사랑해 당신을」이라는 노래까지 불렀다. 그 안에서

『아, 피곤해.』

하면서 그녀는

『여기 쉬 좀 해야겠는데.』

하고 돌아앉아 오줌을 누었다.

『우리 이렇게 돌아다니지 말고 어디 들어가자.』

순하는 바다를 향해 노출된 그녀의 엉덩이를 살짝 치며 말했다. 밤이 늦었다. 밤 시간을 보내는 문제는 어떻게라도 해결해야 했다.

그녀는 『이제 곧 막차가 있어 그냥 도로 기자』고 했다.

순하는 듣지 않았다. 무심코 발걸음을 옮겼다. 결코 역이 있는 쪽으로는 가지 않았다.

결국 어느 여관으로 들어갔다.

『안 들어가.』

계단까지 딛고 따라 올라가던 그녀는 여관낭 앞에서 갑자기 발길을 돌려 뛰어 내려갔다. 뒤쫓아

가니 곧 그녀를 앉을 수 있었었다. 아래층 계단에서 그녀는 울고 있었다.
그녀를 끌어안고 잠시 있다가 손을 잡고 계단을 올라갔다.
방안으로 들어갔다. 그녀는 웃옷을 벗고 상하 속옷만 남기고 자려 했다.
순하는 자신의 옷을 벗고 그녀의 속옷을 사정없이 벗겼다. 희디흰 그녀의 몸은 가냘프면서 볼륨
없는 일자형이 아니였다.
밝은 형광등 빛이 피차 민망하여 곧 불을 껐다. 둘은 어둠 속에서 뒤치락거렸다. 그녀는 계속
양다리를 세게 모으고 있었다. 순하는 군이 그것을 해제하려 하지 않았다.
「나보다 이리게 자꾸 그러고 있어.」
한동안 무언인지 신음만 내던 그녀는 말했다.
「그럼 누나라 해줄게.」
「음 누나 아냐.」
그녀는 입맞춤을 거부하는 몸짓과 함께 말했다. 더 친하고 싶지 않다는 뜻이 아닌가 했다.
얼마간을 뒤척이다 둘은 잠들었었다. 이미 깊이 술에 취해 있었기 때문이었다.
다음날 아침 순하는 말했다.
「난 아직도 총각이야 자기는 처녀 아니지?」
그녀는 픽식 웃었다. 그냥 그대로 수긍하는 것 같았다.
방에서 나와서 같이 복도에 붙은 큰 거울을 보면서 각자의 차림새를 다듬었다.
그녀도 거울을 보며 말했다.
「나, 이상해보여.」
순하도 하얀 둥근 얼굴 위의 큰 눈이 슬퍼 보이는 그녀와 더 가까워지면 뭔가 불행에 빠지는 것이
아닐까 느껴지는 것이었다.
부산을 출발하고 오는 길에 그녀와 나누는 말에 특별한 것은 없었다.
차가 도착하자 순하는 황급히 작별인사를 하고는 곧 헤어져 돌아왔다. 혹 누가 작부와 동행하고
있는 자기를 보고 비웃지나 않을까 해서⋯⋯.
그녀도 그의 마음을 간파한 듯
「왜 그렇게 급해? 누가 우리 볼까봐?」

하며 서운한 듯하였다.

며칠 후에 순하는 다시 그녀에게로 갔다.

"오늘 회사의 그 여자에게 또 말 못 붙이고 왔어."

그녀에게서 뭔가 좋은 조언이 있지는 않을까 하는 마음으로 말했다. 그러나 이처럼 어리석은 일이 있을까 아무리 자기하고는 어떤 선이 그이진 관계라 하더라도 아는 남자의 다른 여자와의 관계를 신경 써 줄 여자가 있을까.

"너무 여린 것 같아…."

그녀는 순하를 바라보며 말했다.

"이번 주말에 서울 올라가?"

"아니…."

"이제 자기도 집에도 좀 가고 그래 너무 외롭게만 혼자 있지 말고…."

순하는 그저 고개를 숙이고 있었다.

그러다 그는 다시 고개를 쳐들고 그녀에게 물었다.

"자기는 결혼하고 싶어? 앞으로 어떻게 잎으로 살고 싶어?"

그녀는 의외의 물음에 당혹한 것 같았다.

순하는 다시 고개를 숙이고 맥주잔만 들이켰다. 잠시의 침묵이 흘렀다.

그녀는 순하에게 얼굴을 가까이 대고 말했다.

"우리 집 지을까?

큰집 지을까 작은 집 지을까?"

순하는 아무 말도 않고 고개를 숙이고 듣고만 있었다.

그 뒤 그는 영실을 자주 찾지 않았다. 그 대신 다른 호스티스 하나를 사귀었다. 그러나 그 여자는 얼마큼 가까워진 뒤 돈을 꾸어달라더니 그 뒤로는 잘 만나주지 않았다.

다시 영실을 찾아왔을 때 그녀는

"나 이제 얼마 있다가 멀리 떠나…." 했다.

그녀는 그 후 이민을 갔다고 했다.

봄이 가까울 때쯤 순하는 집에 올라왔다.

집에 오랜만에 오니 어머니와 같이 있는 형은 제법 큰 셋집방을 얻었다. 형은 말했다.

「이제 집도 넓어졌으니, 주말에는 집에 자주 와라.」
「그래 나도 이제 방황하지 않은 삶을 살자.」

그때 순하는 새로이 다짐했다.

12 · 사랑의 권리

「그 때 나도 이제 그만 내 생활의 방향을 찾아야겠다고 다짐했었소. 돌이켜 보면 이 때 나의 이야기가 끝났더라면 참 좋았을 수 있었을 거요.」

유진은 당상매는 순하의 말이 무슨 소린지 알아듣지 못했다.

「무슨 말씀이세요?」

순하는 다시 자기의 생각을 말하였다.

「어릴 때 나는 매일매일 지나는 삶은, 훗날의 보다나은 그 무엇을 위해 나아가는 과정이라고 믿었소. 삶의 길을 계속 따라가다 보면 어느 땐가는 찬란한 그 무엇이 우리 앞에 있을 것이라는 기대를 가지면서 우리의 삶도 어떤 해피엔딩의 드라마와 같이 나아가리라는 믿음을 가졌었지.

그러나 나이를 먹어 가면서 인생이란 그저 지나가는 그 자체일 뿐이고 저 멀리의 무지개는 결코 우리에게 잡힐 것이 아님을 알게 되었소. 미래는 과거보다 반드시 행복한 것이 아니라는 그 간단한 진리도 깨닫고 받아들이기까지는 꽤 오래 걸렸소.」

「예, 좀 알겠어요.」

「그러니 지금 현재의 삶 하루하루가 그 자체로서 중요한 거요. 오늘 당신과 나는 서로가 각자의 삶에서 가장 중요한 사람이 되어 있는 것이오.」 순하는 단정짓듯 말했다

「예, 이 시간에는 당신만을 생각할게요.」

유진은 순하에게로 더 가까이 몸을 당겨 서로 체온이 느껴지도록 했다.

그의 이야기는 끝날 줄을 몰랐다.

다시 그 몇년 후 그가 직장을 서울로 옮기고 나서 먼저의 영실이란 여자와 놀러 갔었던 부산을

마지막 공주

주무대로 있었었던 일이었다.

카페가 늘어선 광안리 바닷가는 여름에는 많은 피서객들로 분주한 해수욕장이지만 겨울에는 적은 사람들이 바닷바람을 맞으며 모래를 밟으며 파도를 느끼러 오는 곳이었다.

미자라는 여자는 이제 서른 살로 당시의 순하와 동갑이었다. 그녀는 몇 해 전까지는 서울의 제약회사에서 약사로 일하면서 제법 즐거운 직장생활을 보냈었지만 몇 년 지나면서 직장 다니기가 어려워졌다고 했다. 다리가 소아마비로 불편하면서 서울에서 다니는 것이 스스로도 힘들었지만 다른 사람들도 수군댔다. 몸도 성치 못한 여자가 뭐 대단한 일 한다고 객지에서 직장생활을 버티려는가 하고.

입사 초기에는 선배들이 보살피고 위해주는 맛에 다닐 만 하였지만 해가 지나면서 남을 돌봐줘야 할 위치가 되니 그녀도 부담이 컸다. 그래서 이윽고 스스로 그만두고 고향으로 내려왔다. 병원 부속약국을 다녔지만 거기도 짝짜인 직장이라 이내 그만두고 조그만 약국으로 나갔다.

순하는 여름에 지방 출장중에 약국에 들렀을 때 그녀를 보았다. 마침 약국이 곧 닫을 시간이어서 그녀가 조제실을 나와 물건을 정리하고 있을 때였기에 그녀의 비척이는 걸음이 보였다. 순하는 물건을 받으며 카운터 건너의 그녀에게 슬쩍 손을 닿아 보고 싶은 것을 참을 수 없었다. 드링크제 하나만 사면서 단지 인사말을 나눈 것 외에 특별한 언질을 주지는 않았으나 약국의 전화번호를 적어간 것이었다.

몇 달 후의 겨울에 그녀에게 전화하여 약속했다. 밤차로 내려와 다음날 아침에 역전에서 만나기로 했다.

다시 보게 된 그녀는 아담한 체격에 안경을 쓴 전형적인 지적인 여성이었으나 왼쪽다리가 굽혀지지 않고 걷는 것이 확인되었다.

『당신의 사랑의 권리를 되찾아주고 당신의 삶을 해방시키고자 합니다.』

인사가 끝나고 찻집에서 대화를 시작하면서 순하가 내놓은 본론의 첫마디였다. 함께 주말이 되어 광안리와 해운대의 바닷가를 다녔다. 그녀는 많은 행복을 느끼는 것 같았다.

『이건 집에서의 모습이야. 이건 놀러갔을 때고···.』

다방에서 미자는 자기의 사진을 보여줬다. 순하는 사진을 보고

『미자씨, 왼쪽 다리 있어?』

그는 미자의 한쪽 다리에 보조기를 한 것을 의족으로 알았었다.

『어릴 때는 미수술도 다니고 괜찮았는데 중학교 때 이후부터는 보조기를 하고 다녔어요.』 그녀는 대답했다.

순하는 기대하지도 않았었던 미자의 다리를 더 얻었다. 물론 완전치 못한 다리였지만 반갑게 느껴졌다.

순하는 자기가 계획한 사랑의 설계를 말했다.

『나는 이 세 인생의 새 방향을 잡아야 할 때가 되었어요. 이제까지는 나의 바라는 대로 살았지만 앞으로는 다른 사람들을 위하여 살아가기로 했어요.』

『그렇게 생각하게 된 계기가 있었나요?』

『나는 올해 서른 살이에요. 예수님이 하나님의 말씀을 전파하러 다니기 시작한 나이죠. 하나님의 영(靈)을 지닌 예수는 세상에 내려와서 인간으로서의 생을 살았어요. 천상의 그 모든 존귀와 영광을 버리고 한 인간으로서 죄악과 타락이 가득한 이 땅에 머문다는 것은 얼마나 답답하고 지루한 기간이겠어요?

그러나 하나님의 현신(現身)도 일단 세상에 인간으로서 내려온 이상 세상의 기본 과정은 거쳐야 했어요. 인간은 어릴 때는 어른들에게 지도를 받고 살아가다가 연륜이 쌓여 감에 따라 자기도 남을 이끌고 생활의 지혜를 주어가며 살아가도록 되어 있지요. 즉 지도자가 되려면 연륜을 갖추어야 하는 데 예수님도 그러한 인간의 법칙에 따라 인간세상에서 지도자로서 인정받을 수 있는 최소한의 나이를 먹어야 할 필요가 있었지요. 그리하여 예수님은 30세까지 인간으로서의 수련과정을 거쳤던 것이에요. 인간세상에서 남의 도움을 받고 살아가는 기간을 끝내고 비로소 남을 위하여 살아갈 수 있는 전환점으로써 하나님도 30세를 정한 것이지요. 당신은 특별히 남을 위해 일해야 할 사람이라고 생각되시나요? 너무 큰 범위를 두고 하는 말 같아요. 사랑이란 자신의 지극한 기쁨을 얻기 위한 것이고 이 세상에 사랑의 상대와 나 둘밖에는 없는 느낌과 마음가짐으로 존재해야 하는 것이 아닌가요?』

미자의 말에 아랑곳하지 않고 그는 계속 진지하게 말을 이었다.

『어려서부터 나는 특별한 존재라는 인식을 가지고 살아왔어요. 학생 때도 주위로부터 무언가 남다른 일을 할 사람으로 여겨졌어요. 자라서 세상사는 철학이 쌓이면서도 나는 남을 위하여 크게 쓰일 하늘의 도구일 것이라는 생각을 더욱 굳히게 되었어요.
하지만 그렇다고 해서 내게 다른 사람들을 위해 일할 특별한 기회나 지위가 주어지지 않았어요. 사회에서도 사람들은 내게 특별한 평가를 부여했지만 그들이 인정하는 나의 능력을 발휘할 기회는 좀처럼 주어지지 않았어요.』
그는 찻잔을 한 모금 마시고 낮고 떨리는 목소리로 덧붙였다.
『남을 위해 내 한 몸을 바쳐 일하고 싶은 마음은 넘쳐 났지만 그것을 담을 그릇이 주어지지 못했어요.』
『그런 좋은 기회는 쉽게 오는 것이 아니잖아요? 정 그러면 스스로 나서서 봉사활동을 하시든가.』
『내가 바랐던 것은 대단한 것이 아니라 단지 나의 주변에 나에 의해서 행복을 받을 수 있는 몇 사람이라도 있으면 좋겠다는 것이지요. 회사에서 관리자가 되어 부하들을 잘 돌봐 주어 그들로 하여금 직장생활을 즐겁게 해 줄 수 있어도 좋고 가정을 이뤄서 가장으로서 가족의 행복을 지켜줄 수 있어도 좋았어요. 나만의 한 작은 천국을 만들고 싶었던 것이었어요.
그러나 남들이 다들 갖는 그런 흔한 기회도 내게는 주어지지 않았어요. 회사에서는 내가 보람을 느낄 만한 관리자의 자리를 주지 않았고 가정을 꾸미는 일은 더욱 쉽게 되지 않았어요.
아무도 나를 이 세상을 위해 써주지 않았던 것이었어요. 그럴수록 나 자신의 존재의미는 찾을 수가 없었지요.
그러던 중 결심했지요. 나의 욕심을 완전히 버리고 자신을 모두 바쳐 한 여자를 행복하게 해주는 것으로 나의 인생의 의미를 찾기로요.
순하는 미자에게의 사랑에다 자신이 걸고 싶은 최대한의 큰 의미를 부여했다. 미자에 대한 애정이 자신을 위한 이기심의 발로가 아니라는 것이었는데 아름답고 숭고해 보일지는 모르지만 그것이 진정한 사랑인가는 문제가 있었다.
또 다음 주 순하가 내려와 둘이 만났다.
『어제는... 우리 가족이 모두 외식을 했거든、 그제는 언니네 다녀왔고... 그 그제는 친구를 만났고…. 그렇게 정신없이 지내다 보니 한 주일이 다 가버리더라.』
그와 헤어진 민 주일간의 생활을 전하는 미자는 무슨 흥미 있는 이야기를 말하듯 가
벼운 흥분을 더하고 있었다.

『나는 지금까지 성실하게 직장생활을 했지만 나의 뜻을 도와주는 여성은 없었어요. 차라리 학생
운동이나 했다면 지금쯤 똑똑하고 주장강한 능력 있는 여성을 배우자로 맞아 안정된 생활기반이나
갖추었을 것을….』

파도가 보이는 카페 유리창 옆자리에서 순하는 시선을 밖의 바다로 향하며 계속 말했다.

『자기 처지에 만족하고 사는 저임(低賃)의 노동자에게 노동운동가는 - 당신들은 더 잘살 권리가
있다‥ 며 익는 일을 일깨우듯이 나는 사랑에게도 - 당신은 사랑의 기쁨을 누릴 권
리가 있다‥ 고 알리고 싶어요.』

사랑을 잊고 체념해 사는 그녀에게 사랑의 권리를 일깨워주는 사랑운동가를 자처했다.
둘의 교제도 상당히 오래 계속되었다. 사랑도 무르익을 때가 되었으니 사실 육체의 사랑을 나눌
때도 되었다.

『나를…. 다시 보았는데…. 자신 없어….』
미자는 먼저 번에 순하에게 이런 생각을 말한 바 있었다.
『당신의 몸이 내게 만족을 주지 않으리라는 우려는 안한 것이 아니에요. 하지만 사랑의 마음으
로 그복해야지….』
『어떻게요?』
『육체의 욕~보다는 우리의 마음의 합일을 중요시하는 마음으로 임하면 되지 않을까요?』
순하는 미자의 자리를 영화에서 보이는 것과 같은 기본적인 것만으로 만족하려고 작정했었다.
그러나 미자는 그의 의례적인 행위로 만족하는 것이 아니었다. 그녀에게도 육체의 사랑의 욕망은
다른 여느 여자와 마찬가지로 있었다. 그녀의 육체를 애무하며 사랑해 주기를 원했다. 차갑게 늘
어진 한 쪽 다리까지도.
미자는 집에 초청한 순하를 자기 방에 들였다. 방안에서 순하가 미자의 몸을 대하는 태도는 너무
무덤덤했다. 참다못한 그녀는 하체를 의식적으로 보이며
『나 이뻐?』

마지막 공주

하고 물었다.

그러자 순하는 말하기를 머뭇거리다가

『응, 그 그래.』

하고 더 이상의 말은 하지 못했다.

상상을 넘는 흉하게 일그러진 육체, 더군다나 그것을 적극적으로 애무하고 사랑해주기를 바라는 그녀의 태도는 도저히 수용이 되지 않았다.

그녀의 방을 나와서 함께 근처의 공원으로 갔다. 계절은 겨울을 지나 봄날의 화창한 빛이 내리비쳤다.

『지금 진해에서 군항제(軍港祭)를 하고 있는데 우리 가보지 그래?』

미자는 제안했으나 순하는 대답하지 않았다.

서로의 사이는 이미 균열이 생기기 시작한 듯했다. 그러나 미자의 생활을 답답하지 않게 하기 위해 순하는 여전히 필요한 존재였다. 미자는 순하의 진심을 믿지 않으면서도 그와의 교제를 계속하는 것에 대해서는 다른 생각을 품지 않았다.

『내일이면 회사에 출근해야 하는데…….』

『회사에 좀 모양은 안 좋겠지만 내일도 니하고 계속 있어 줘.』

순하에게 거듭 월차휴가를 내게 했다. 미자는 순하가 가졌던 사회적 목표를 희생하고 자기를 위해 살기를 바랐다. 사실 이것은 순하가 먼저 내세운 명분에 일치하므로 그녀의 생각에 잘못은 없었다.

미자는 순하를 서로 사랑을 나누는 상대로 여기지 않았다. 그녀의 필요에 따라 곁에 있게 하려는 것뿐이었다.

처음에 가졌던 그에 대한 어떤 존경이나 어려움이 없어졌기에 미자는 순하를 점차 아무런 삼가함 없이 막 대하게 되었다. 때로는 기분 따라 싸증스러움도 내보였다.

순하가 조금 앞서서 힘없이 걸어갈 때 그녀는

『아이, 걸어가는 것이 꼭 병신 같애.』

하기도 했다. 그녀는 되도록 순하의 결점을 찾아서 서로를 동등한 위치로 만들고 싶어했다.

『저기 가서 담배 사와.』

그에게 심부름을 시키기도 했다. 말을 잘 듣는 몸종으로 삼고 싶은 마음까지 있었다. "이렇게 있다 하는 생활을 더 견딜 수 없어. 도대체 왜 그러냐 말야? 언제 결혼할거야?"

순하는 물었다. 결정적인 순간에 그녀를 두려워하는 심리는 있었지만 평소의 마음은 늘 어서 그녀와의 관계가 실실을 맺기를 기대하는 것이었다. 그것은 모순이었다. 결혼을 하자는 순하의 말을 물리치고 미루었다. 그 대신 계속 놀러 다니자고 했다.

미자는 결코 서점은 안 했다.

"오늘은 태종대(太宗臺)로 가는 게 어때?"

"오늘은 범어사(梵語寺) 가자."

"오늘은 시외버스 타고 해인사(海印寺)로 가자."

"이번에는 기차 타고 김천(金泉)에로 놀라가자."

그녀는 가족들과도 함께 여행을 떠나 본 지가 오래됐다. 그녀와 함께 다닌다는 것은 부담스러운 것이었기에 은연중에 가족은 여행 가자는 제의를 그녀에게 하지 않았던 것이었다. 순하와 함께 여행을 가면 미자는 그의 부축을 받으면 필요한 건 시킬 수 있었다. 만약 결혼을 하면 순하도 그녀의 가족과 마찬가지로 함께 여행을 다녀주지는 않을 것이니 되도록 이런 기간을 늘리고 싶었던 것 같았다.

미자가 순하를 찾아 서울에 가기도 했다. 함께 명동거리를 다녔다. 순하는 한 하려한 구둣가게의 쇼원도우를 보면서 그 상표의 이름을 중얼거리고 있었다.

"흥, 나는 저런 거 못 신는다는 거 알고 나를 놀리려고 그러는 구나? 인간성이 나빠. 영혼이 싫어."

미자는 그에게 성을 냈다. 항상 자기의 마음을 헤아려 행동해주길 바라는 그녀의 바램을 지키지 못한 것에 대한 불만이었다. 순하는 황당했고 인내의 한계에 달했다.

"가! 여기시 헤어져. 집으로 가."

그러잖아도 오랫동안 그녀를 부축하며 여행을 다닌 데 지친 그는 단호히 말했다.

"그래? 그럼 오늘이 마지막이야."

그녀는 자주 하던 말을 다시 했다.

『그래. 이제 더 만나지 말자.』

순하도 대답하고 돌아섰다.

그가 조금 가다 돌아보니 전철 출입구에서 미자는 눈물어린 표정으로 빤히 쳐다보고 있었다. 순하는 다시 그녀에게 다가왔다. 그는 오직 그녀를 불쌍히 여기는 마음 때문에 다가온 것이었다.

미자는

『그냥, 그 동안 쌓인 생각이 북받쳐서…』

하며 서울의 친구 집까지 바래다 달라고 하였다. 그것은 지하철 남쪽 종점에서 북단까지 가는 거리였다.

순하는 미자의 부탁을 따랐다. 자정이 되도록 수유리의 친구 집까지 바래다주고 자기는 심야 택시를 타고 다시 자기 집이 있는 수원 쪽으로 돌아갔다. 사실 이 정도는 먼저 번에 올라왔을 때 부산까지 함께 기차를 타고 바래다주고 그대로 다시 올라가곤 했던 것에 비하면 대단한 것은 아니었다.

순하는 더 이상 미자를 만나자고 하지 않았다. 그녀가 나중에 전화가 오기는 했지만 순하는 이제는 더 이상 불가능하다고 했다.

『이제는 나의 사랑이 잘못되었다는 것을 일았어요. 나는 당신을 진정으로 사랑했던 것이 아니에요.』

물론 그녀는 순하의 사랑이 진정이었느냐를 따지지도 않았다. 이제껏 그에게 의지해서 무료하지 않은 시간을 보내왔던 그녀에게 그의 공백은 건전했다. 아무리 해도 다시 만나겠다는 것은 새로 가능성을 만들겠다는 것이었다. 순하는 그녀와 다시 만나는 것이 아예 두려웠다. 명분도 잃고 애정도 식은 이상 어떤 미련을 둘 이유가 없었다. 순수한 사랑을 실천하기 위하여 한 몸을 내던지겠다고 했던 그는 결국 그 뜻을 이루지 못했다.

『그 뒤로는 모든 것을 초월하는 사랑이란 것에 대한 절대적인 믿음을 덜고 오히려 세속적이고 이기적인 사랑의 가치를 존중하게 되었소.』

『사랑의 방법이 잘못되었던 것이죠. 그냥 자기가 좋아서 다가가야지 상대방에 대한 일방적인 사랑을 베풀겠다는 선심(善心)에 도취되어 다가갔던 것이 아녜요?』 유진도 자기 생각을 말했다.

『맞소. 세디가 그 선심이 완전히 자기의 고통까지도 감수하겠다는 만큼 강했던 것도 아니었으니 진정한 선심도 아니었소.

남녀간의 연애에 있어 이기심은 필요악인가 보오. 사랑은 인간의 동물과 공통된 원초적인 본능에 의한 것이지 인간의 발달하고 포괄적인 이성적(理性的) 판단에 의한 것이 아니기 때문이오. 상대방의 결점을 감싸주겠다는 마음도 그것이 자기의 마음에 쾌락을 주는 범위 안에서 가능한 것이오. 그한도의 바깥이라면 그것은 이미 연애의 단계가 아니라 봉사의 행위요.』

계속해서 순희는 90년대 초 자신의 직장생활의 말기에 겪은 이야기를 들려주었다. 유진은 듣는 것 말고 다른 선택이 없었다.

순희는 다녔던 회사의 인간관계 스트레스를 견디지 못하고 사표를 냈다. 이번의 직장은 비록 유명한 대기업은 아니었지만 건실한 중견기업으로서 그 전에 그만했던 대기업보다도 근무환경이 더 좋았고 중소기업으로서는 구하기 어려운 명문대학 출신의 간부사원인 그에 대한 대접도 그리 섭섭하지 않았다.

그러나 이 정도 대우면 열심히 봉사해 줄만 하다는 마음가짐으로 그만큼 회사에 열성을 바쳐 일하려는 그에게 불필요한 간섭과 시비는 끊이지 않았다. 걸핏하면 업무와 직접 관계도 없는 인간관계에서의 사소한 면을 붙들고 꼬투리를 잡는 상사와 동료들의 시비를 견디다 못해 결국 손을 들고 만 것이었다.

순하는 신문을 보았다. 하단 여기저기 크고 작은 구인광고는 많았다. 하지만 대개가 보이는 이 미지부터가 별로, 들어가 봐야 결국 먼저의 회사보다 지내기에 나을 것이 없을 것 같았다. 여진 기존의 체제 안에 조금 틈새가 벌어졌다고 그 안을 비집고 들어가 봐야 결국엔 생체 거부반응의 제물이 되고 말 것이 눈에 보였다. 기왕 새로 들어갈 바에야 그래도 어느 면에서든 먼저번보다는 나은 점이 기대되는 곳엘 가야겠다 생각되었다. 그는 먼저번과 같은 조직 내 문제의 소지가 애초부터 배제된 곳을 가고 싶었다.

신문 한켠에

마지막 공주

『우리는 새로 발돋움하는 회사입니다.』
『우리와 같이 밤새울 사람을 구합니다.』
『창조력 있는 고집쟁이를 원합니다.』
라고 씌어 있는 광고가 있었다.

바로 전의 회사는 물론 그 이전의 직장생활을 통틀어, 우리는 이제까지 고생하며 회사를 위해 일해 왔으니 당신은 그 은덕을 알아주어야 한다며 소위 기득권을 주장하는 자들로부터 온갖 시달림을 생각하면 진저리가 났다. 그것은 그가 첫 직장을 다닌 지 삼년이 되어서 회사 내의 최은선이란 여자와 생겨난 문제 때문에 회사를 옮긴 뒤부터 어딜 가나 뒤따르던 것이었다. 이제는 회사가 아무리 작더라도 그러한 자들이 없는, 내가 바로 창업공신이 될 수 있는 회사를 갈 수는 없을까 생각했다.

이력서를 부치고 낮에 옛 학교 친구들을 만나며 소일하던 그에게 며칠 지나 집에 전화가 왔다고 어머니가 일러 주었다.

순하는 그 회사에 전화를 걸어 만날 약속을 했다.

회사는 오층짜리 적벽돌 건물의 맨 위층은 가정집이고 아래층들은 점포를 세주는 흔한 형태의 건물의 이층에 있었다.

순하는 회사 문을 들어섰다. 사무실의 첫 인상은 우선 갑갑한 느낌이 들었다. 먼저 회사의 깔끔하고 세련되게 정돈된 분위기에 비하면 차이가 컸다.

사장은 30대 중반인 순하에 비해 나이 차이가 크게 나지는 않는 것 같았다. 사장은 대뜸 말했다.

『실망하셨죠? 회사가 너무 초라해서….』
『뭘요. 괜찮습니다.』
『대우를 어떻게 해 드릴까 고민도 많이 해보았습니다. 저희로서는 영입하고 싶지만 어찌 생각하실지 모르겠습니다.』

순하는 사실, 새로 시작하는 회사에서 기득권을 주장하는 자들에게 시달리지 않고 마음껏 능력을 발휘하며 일해보고 싶다는 사치스러운 선택적 바램보다는, 어서 목전에 닥친 자기의 호구가 급했다. 모아둔 돈이 없는 것은 말할 것도 없고 다달이 신용카드 현금서비스를 갚아 나가기에도 급급했던 것이다. 그러니 기왕 바라던 여건도 갖추어져 있는 판에 조목조목 조건을 따지고 선택해 볼 여지도 없었다.

『새로 시작하는 회사에서 소신을 가지고 일하는 것은 이전부터 바래왔습니다. 그런데 작은 회사에서는 때때로 월급이···.』

『그런 것은 전혀 적정 마십시오. 우리가 새로 내놓은 컴퓨터용 주변장치 제품은 그 성능의 우수성이 입증되어 날로 매출이 올라가고 있는 추세입니다. 벌써 우리 회사 온 식구들 당분간 먹고 살기에는 충분할 정도이니 월급은 걱정 말고 회사를 건실하게 잘 키워 보는 것이 중요합니다.』

『예, 일해 보도록 하겠습니다.』

『반갑습니다.』

이렇게 하여 순하는 신상품을 히트시켜 막 커나가는 회사의 임원을 맡게 되었다. 외형상 직책은 연구소장으로 됐다.

우선 새로 조직을 구성해야 한다. 이제 막 체제를 갖추려는 회사를 위해서 순하는 부하직원들을 뽑아야 했다.

그러나 공개모집을 통해 지원서를 받은 이들은 모두 그가 책임 맡은 회사를 위해서 현저히 수준 미달이었다. 이에 따라 그는 먼저 직장에서의 부하 및 후배들을 불러 보기로 했다.

그는 전화를 걸었다.

『최대리 한잔 부담 없이 와서 구경해 봐. 이전에는 내가 실권을 갖지 못해서 자네를 제대로 도와주지 못했시민 이젠 내가 완전한 책임자이니 확실하게 뜻을 같이할 수가 있어.』

『예, 그러십니까? 참 잘 됐네요. 그럼 한 번 가 보기로 하지요. 김차장님.』

먼저의 회사에서 비록 바로 위의 상사와 동료들과의 관계는 실패했지만 그는 일단 자기의 한 내에 들어오 부하에게는 자신의 조직의 안위를 돌보지 않고 신경을 써주곤 했다. 그리고 그는 일 처리의 능력 면에서는 사장 등 최상부층에 상당히 인정받기도 했다. 때문에 아래 직원들 중에 진지하게 일을 배우려는 마음을 가진 이들은 그에게로부터 더욱 많은 것을 얻고자 체계와는 상반되이 그를 잘 따르는 경우가 많았다. 반면에 일을 좀 적당하게 넘어가고 싶어 하는 부류는 그의 융통성 없는 질책 때문에 그를 몹시 싫어하기도 했는데 그것은 그를 시기하는 동료간부

마지막 공주

의 험담의 구실이 되기도 했다.
최대리는 순하의 회사를 찾아와서 그를 만나고 사장과도 면담했다. 최대리가 가고 나서 순하는 전화로 그에게 입사 의사를 묻는 질문을 했다.

『좀 생각해 보고요.』

그에게서 다시 연락은 오지 않았다.

다른 몇몇 먼젓번의 부하와 후배들도 마찬가지였다. 그들 모두는 책임자가 되었다는 순하의 말을 듣고 기대감을 안고 왔다가 사무실을 들러보고 나서는 다들 고개를 젓고 돌아갔다. 이 허름하고 초라한 회사에 어느 누구 하나 쉽게 동참해 주지는 않았다.

순하는 작년에 먼저 회사에서의 일이 생각났다. 아는 후배 하나가 결혼한 여자후배의 취직을 문의했었다. 그런데 여자가 28살이나 되는데 이렇다 할 기술 분야 경력은 없다는 것이었다. 지금 있는 직장은 남편과 같이 있으니 새로 전공으로 일하고 싶은 것이 그 여자의 바람이라 한다. 그 때 순하는 바로 윗사람들에게 이 얘기를 전해 주기는 했었다. 그러나 역시 단번에 안 된다는 말을 들었다. 그 나이에 경력하니 제대로 없는 여자를 새삼스레 키워 봐야 오래 쓰지 못하고 아무런 소득이 없다는 것이다. 당연힌 것이었다.

순하는 아쉬운 김에 그 여자를 얘기한 후배한테로 연락을 했다. 물론 그 여자는 아직 한 번도 본 적은 없었다.

『878-○○○○ 주희경으로 연락해 보세요.』

순하는 그 번호로 다시 연락을 했다.

『이번에 새로 시작하는 회사인데 변변치 못하지만 기본 생활을 보장해 줄 수는 있어요. 오히려 자기의 하고자 하는 뜻을 자유로이 펼칠 수 있으니까 큰 회사보다 더욱 좋은 곳이 될지도 몰라요.』

『예. 가 뵙겠어요.』 여자는 곧 찾아온다고 했다.

약속한 시간이 되어 키 작고 납작한 얼굴의 여자가 찾아왔다. 사실 이미 결혼했다는 여자가 신경 여자의 모습이 별로 매력적이지 않자 순하는 마음이 놓였다. 이 여자가 앞에서 아른거린다면 부담스러운 일이겠지만 이 쓰이도록 매력적인 자태를 가지고 매일같이, 그렇게 남부럽지 않은 학벌을 가진 여자가 미모까지 그것은 기우였다. 결혼 여부와는 상관없이,

지겹비했다더니 이 작은 회사와 인연을 맺으려고 하는 지경까지 다다르지는 않았을 것이다.

『이번은 참 좋은 기회예요. 사실 여자에게 있어서 직장을 꼭 사생결단으로 다니라는 법은 없잖아요? 더군다나 남편도 있는 입장에서. 그러니 비록 회사의 안정성은 모르더라도 자기의 역량이 충분히 발휘될 수 있는 곳에서 중요한 역할을 맡아 일을 해 보는 것이 어떻겠어요? 말하자면 자아실현의 장을 여기를 이용하면 되는 것이지요.』

그녀는 슬며시 웃으면서

『자아실현도 그렇겠지만 생계문제도 있지요.』 했다.

『어쨌든 우선 한 번 시작해 보지요.』

『그런데 제 능력이 될지 몰라서…. 자신이 없는데요.』

『어차피 주식경씨는 저희 입장에서 보면 과분한 인재예요. 한 번 동의해 보세요.』

『예, 어떻게 잘 해나갈까 생각해보고 며칠 후에 다시 오지요.』

희경은 자신없어 하면서도 일단 그만두겠다는 의사는 밝히고 돌아왔다.

희경은 집안이 부유하였다. 그녀는 남들이 하는 입시공부 좀 해서 대학에 들어왔으나 졸업 후에 이렇다 할 진로를 찾지 못했다. 집안이 부유해도 공부 그 자체를 깊이 하는 것은 체질적으로 맞지 않았던지 그녀는 그 흔한 석박사 과정을 가지 않고 이년동안 집에서 놀다가 별로 이름난 큰 회사는 아니지만 그렇다고 작은 회사도 아닌 한 출판사에 취직했다. 그녀의 일은 상식이 바탕이 될 뿐 별다른 기술을 요하지 않았다.

거기서 남편을 만났다. 남편은 교사였는데 전교조 활동으로 해직되었다. 희경은 직장동료로서 지내면서 여성을 동등한 인격체로 대우하는 진보적이고 개방된 사고방식과 이 사회의 여러 문제에 관한 확고한 주관을 해박한 사회역사적 소양을 바탕으로 들려주는 그의 면모에 끌려 남편으로 받아들였다. 그는 전적으로 남편들의 민주적 사고와 개혁적 사상을 지닌 전형적인 진보성향 학생출신이었다.

남편의 집안이 말 그대로 프롤레타리아 집안이어서 그녀에 비해 비교할 수 없이 가난한 것은 그녀에게 전혀 문제가 되지 않았다. 물론 결혼할 무렵 집안의 반대가 있었지만 듣지 않고 결혼을 고집하였다. 부족할 것 없는 환경에서 순탄한 생활을 보낸 희경은 남편의 출신가정의 빈한함과 살아온 인생 곡절이 오히려 청량한 자극으로 와 닿았다. 남편과 같은 계층 사람들의 살아온 내력에 대한

마지막 공주

호기심이 동하여 더욱 그와 그의 주변의 모든 것에 가까워지고 싶은 마음이 생길 뿐이었다. 이렇게 해서 29살의 기혼녀 희경은 중간관리자로 채용되었다. 사장도 순하에게 인사문제를 일임하여서 그녀의 채용에 어려움은 없었다. 사람귀한 회사에 그녀는 가뭄에 비처럼 그렇게 반가울 수 없었다. 단 그녀의 사정을 감안하여 오후 여섯시까지의 그녀들을 조건으로 했다.

희경은 자리는 순하의 바로 앞에 위치했다. 그녀는 비록 결혼한 여자라는 불편함이 있었지만 아쉬운 대로 역할을 해주었다. 그녀의 채용 이후로도 순하는 인원확충을 위한 노력을 계속했다. 몇 명의 남자직원이 더 모집되었다. 그들은 연륜과 자격조건에서 모두 희경보다는 아래 급의 직원이 되었다. 회사는 구색을 맞춰나갔다. 직원들은 모두 벽을 보고 자리를 앉혔지만 희경만은 명색이 중간관리자라고 해서 순하의 앞자리에서 모든 직원들을 볼 수 있는 위치에서 일하게 했다.

희경은 업무에 익숙해지고 순하와도 친해졌다. 계속 지내면서 순하는 희경이 남편과는 그리 원만한 생활을 하지 않을 것 같음을 느꼈다. 남편은 희경의 부모 집에서 함께 살고 있었다.

희경과 근무하면서 처음엔 의식 안했지만, 차차 깨닫는 것이 있었다. 좁은 사무실에서 희경의 책상과 순하의 책상은 매우 가깝다. 그래서 그녀가 자리에서 일어날 때마다 그녀의 엉덩이는 앞에 정면으로 들이대어진다. 만약에 여느 남자가 그의 앞자리에 이토록 가까이 있었다면 그는 불쾌감을 단번에 느꼈을 것이고 애초에 그렇게 자리배치를 하지도 않았을 것이다. 사실 그는 이런 것에 조금 민감하기도 했다. 간혹 점심때나 퇴근 시간 이후에 직원들이 그의 자리 앞쪽에 둘러 모여 이야기 하다가 누가 그의 책상 위에 기대앉기라도 하면 그는 자리를 떠나는가 참다못해 비키라고 하기도 했다. 그러나 희경이 자기의 책상에 걸터앉는 것에 대해서는 전혀 개의치 않았았다. 그렇다고 희경의 엉덩이가 앞에 가까이 보인다든가 아예 가까이 자기의 책상에 걸터앉는다 해서 대단한 성적 감흥을 느끼는 것은 아니었다. 단지 그다지 싫지 않을 뿐이었다. 그것이 그녀가 여자이기에 용납됨을 새삼 상기하니 야릇한 느낌이 왔다.

회사는 계속 신장하였다. 제법 자격을 갖춘 남자직원들도 입사하였다. 그들은 모두 열심히 일하고 야근을 매일같이 했다.

희경은 점차 물위의 기름처럼 되었다. 모두들 한창 열중하는 시각인 저녁 여섯시에 꼭꼭 퇴근하는 것이 전체 분위기에 어울리지 않았다. 특히 다른 여사무원들의 불만은 많았다. 순하의 회사는 평일 날 퇴근시간을 저녁 일곱시로 하고 토요일마저도 그렇게 했던 것이다.

「특별 야근수당을 더 주어야겠는데 한 번 상의 해 보자고．」

사장은 순하의 자리로 와서는 말했다．

「음．일반 연구원은 삼만원, 주임연구원은 사만원 정도로 하려는데…」

「예 그 정도기 좋은 것 같군요…」

「그런데 여기 이 사람은 빼고．다른 사람들은 모두 야그하는데 혼자 매일같이 나가잖아? 문제 있어．」

「다른 나 주면서 빼면 좀 문제가 있을 것 같은데요．그래도 이 사람이 하는 역할이 있는데…」

「일단 더 생각해 보기로 하지．」

사실 희경의 자격조건으로는 남자이거나 최소한 미혼여자라도 이런 회사에 직원으로 올 리는 없을 것이다．세상 모든 인연은 이런저런 조건들이 조합되어 만들어지는 것인데 사람들은 좋은 것은 보지 않고, 나쁜 것들만을 두고 불평한다．순하 또한 조직에의 융화와 처세를 능란히 하지 못하는 결점이 없었다면 어디 이런 조그마한 회사에서 변변치 못한 대우를 받으며 지내겠는가．

그러나 희경은 순하의 이러한 고민을 아는지 모르는지…

하며 한 프린트 물을 보였다．

「이것 보세요．」

「저와 같이 일했던 먼저 회사 사람 월급이란 말예요．」

희경이 부인 프린트 물에는 순하 자신의 봉급과 비슷한 금액이 찍혀 있었다．

「그런데 전 겨우 요만큼만 받고．게다가 잘 대해주는 것도 아니고 소장님은 절 구박만 하시고．」

그런데 불평하는 희경이 순하에게는 오히려 애정이 끌릴 만치 귀엽게 느껴지는 것이었다．그녀의 태도 회사 측에 대해 따지다기보다는 마치 친한 오빠에게 앙탈을 부리는 것 같았다．

「이제 기나가는 회산데 이해해야지．그리고 내가 가끔 희경이에게 그런 건 이쁘다고 그러는 거 미워서 그러는 게 아냐．」

희경은 순하의 다독거림을 다 소곳이 받아들이는 것이었다．순하는 묘한 감정을 느꼈다．도대체 이 여자와 나와의 관계는 무엇이란 말인가．

하지만 이후에도, 직원들의 질시의 눈초리는 계속 더해 가는 것 같았다. 그녀를 싸안으려는 순하의 태도에 대해 사장의 눈치도 보이게 되었다.

회사의 업무량은 더욱 늘어났다. 희경은 대기업에 대한 납품에 관련한 행정 일을 주로 맡게 되었다.

결국 그녀도 급한 일에는 잔업을 하게 되었다. 정말로 일 처리의 중요성이 직원 이상으로 책임감을 가지고 일했다. 그녀가 야근을 자주하게 되자 조용한 저녁시간에 함께 자리하는 시간이 많아졌다. 그러면서 순하와는 더욱 가까워지고 서로는 이런저런 많은 대화를 나누게 되었다. 순하는 그녀와 상대하는 중 가끔씩 몸이 스치는 감촉이 싫지 않았다. 회사의 사람들도 이제는 그녀를 상당히 인정하는 쪽으로 기울었다. 오히려 야근하는 그녀에 대해 너무 늦지 않나 걱정들도 해 주었다.

그녀는 저녁 8~9시까지 근무하기를 여러 날 했다. 이러던 어느 날 늦게까지 일하는 그녀에게 순하는 말했다.

『이제 퇴근하지. 내 차로 집에까지 데려다 줄까?』

『그러죠. 예.』

그녀는 곧바로 응했다. 함께 차를 타고 퇴근했다. 순하는 희경이 여자로서 회사 일에 매여 스트레스도 받곤 하는 것이 안쓰러워 보이기도 했다. 차는 양화대교를 건넜다.

『아차 괜히 건너 왔다. 마포에서 강남 방향으로 갈 때는 올림픽로를 따라 가는 것 보다는 강변로를 따라 가는 게 더 좋은데. 오른 쪽에 강물을 배경으로 좋아하는 사람의 얼굴을 보면서 가는 게 얼마나 좋은데.』

『그럼 저기 끝에서 돌아서 가지 뭐.』

『그런가? 그럼 그렇게 가지 뭐.』

순하는 다리를 다 지나온 곳에서 아래로 돌아 다시 건너왔다. 그리고는 강변로를 따라 강남 쪽으로 진행했다.

차를 몰며 오른쪽을 보니 검푸른 강물이 펼쳐져 있고 그 앞에 희경의 옆얼굴이 자리하고 있는 것이다. 그녀의 모습을 둘러싸는 배경이 썩 분위기를 자아내었다.

"역시 좋은데."

"뭐가요?"

"좋은 사람의 얼굴을 강물을 배경으로 보면서 드라이브 하는 맛이."

"아이, 그러지 마요. 사고 나요."

찡그리면서 얘기하는 희경의 모습이 좋아 보였다. 첫인상은 그렇게 변변찮게 보이던 그녀가 몇 달간의 친숙해짐에 의해 이제는 달라 보였다.

"소장님은 결혼하려던 적이 있었어요?"

"예전에 하고 한 적 있었지."

"어떤 여자면 될 것 같아요?"

"글쎄 집안 형편 보아서는 내 다른 친구들처럼 진작에 고등학교 나온 여자와 결혼했어야 했던 것 같기도 한데."

"그럴지도 모르겠네요."

"욕심대로 맞춘 여자는 그만큼 너무 걸리는 게 많아서 잘 되지가 않지."

"그냥 맘 맞고 편한 사람이 좋은 것 아닌가요?"

"물론이지. 그런데 내 취향이 좀 평소에 생각을 덜하고 쉽게 넘어가는 식이었으면 아무 여자도 될 텐데... 워낙 생각을 많이 하고 따지는 편이라서 그런 것에 대한 이해력이 없는 여자라면 결혼해 봤자 결국은 그 여자를 무시하게 되고 말 것 같애."

"그렇긴 해요. 소장님은 평소에 나도 겨우 이해할 얘기들을 하시곤 하는데 아무 여자나 맞출 수는 없을 것 같아요."

"지금은 아예 웬만한 여자들에 대해서는, 그들은 본래 맞는 짝이 따로 있는 여자인데 나 혼자 결혼 못하며, 못했지 내 학벌조건을 이용해 남의 몫을 빼앗지는 않겠다는 생각을 하고 있지."

"결혼할 만한 사람만 상대하시면 되죠."

"아참 저번에 내가 부탁했잖아. 소개해준다는 말 어찌됐어?"

"내가 그랬었나요?"

"희경은 다시 말하기를"

"지금 그대도가... 좋잖아요?" 하였다.

참 의외의 말이었다. 노총각보고 지금 당신의 혼자 그대로의 상태가 좋은데 무슨 소개 같은 것이 필요하냐는 것이다.
「회사가 입사 때의 약속을 지켜주지 않는 것 같아 속상했어?」
「정말 그래요. 들어올 때는 여섯 시 되근을 보장해주고 봉급도 먼저 회사에서의 봉급이상으로 준다고 했었는데 이제 와서는 정말 처음에 얘기와 너무 달라요.」
「하지만 애초부터 있는 그대로의 사정을 다 얘기하면 우리 같은 변변치 못한 회사가 어떻게 사람을 뽑겠어?」
「하긴…. 그렇죠.」
그녀는 이 변명 아닌 변명을 의외로 잘 수용해 주었다. 순하 자신 또한 이 회사로 올 때 들은 조건과 지금의 형편은 다르다는 것을 말했다.
계속 천천히 가다 서다 어둠 속의 강변로를 나아가며 순하는 희경과 대화를 계속했다.
「스페인의 초현실주의 화가 살바도르 달리는 그의 아내를 처음 만났을 때 그녀가 다른 사람의 아내였었대.」
「그래서 어떻게 되었대요? 둘이 잘 살았어요?」
「잘 살다가 최근에 죽었잖아?」
「어떻게 살았나 잘 알아 봐줘요.」
「그래 다시 확실한 참고 자료를 찾아보지.」
「내가 아이를 낳지 않았다면 모르겠는데….」
가다가 차는 자주 막혔다. 그러나 전혀 짜증나지 않았다. 차는 강변로를 거쳐 반포대교를 지나 잠실 쪽을 달렸다.
「저기가 올림픽 공원이에요.」
희경의 집 가까이 잠실 네거리에 왔을 때 그녀가 말했다. 공원 안에 강한 조명들이 많이 켜 있는 것이 눈에 띄었다. 그렇지만 이미 널리 퍼진 밤의 어둠을 모두 걷어내기는 역부족일 것이다. 빛의 사각지대(死角地帶)는 도처에 자리해 있을 것이다.
「응 그래 가 봤어요. 저길 모르는 사람이 있나?」
「그냥 말해 봤어요.」

희경은 픽 웃었다.

순하는 모두들 아는 장소를 그녀가 왜 새삼스레 얘기하는지 의아했다. 계속 대화를 나누다 그녀를 집 가까이 내려다 주고 집에 돌아왔다.

다음 날 저녁도 그녀는 야근을 했다. 순하는 역시 그녀를 태우고 나왔다.

『자꾸 이러다가는 말나와요.』

그녀는 말했지만 그것이 우려될 것은 없었다. 다시 잠실까지 둘만의 대화를 하며 저녁시간을 보냈다.

순하는 희경에게 더욱 정을 두고 대했다. 그러나 아무래도 회사의 분위기에서 겉으로 나타내기는 한계가 있었다. 야근이 그쳐서 퇴근하는 것은 더 이상 하지 못했다.

순하는 자기의 하고 싶은 말을 편지로 써서 건네주기로 했다. 희경은 그것을 기꺼이 건네받았다. 이때 쯤 은 그녀의 남편은 혼자 따로 여행을 갔다고 했다.

더욱 신기한 것은 그녀의 옷차림이었다. 애초에는 그 흔한 아줌마 식의 볼품없는 반바지가 그녀가 기장 많이 입고 오는 차림이었다. 그런데 이번에는 화사한 노란 원색의 상의에 검은 가죽 타이트 미니스커트를 걸치고 오지를 않는가! 입술도 빨갛게 화장을 하고... 애초 첫인상에 그녀를 볼품없는 여자로 마음속에 치부하였던 것을 무색케 했다. 정말 여자는 가꾸기에 따라 이렇게 차이가 나는가.

계속 순하는 전날 밤에 쓴 편지를 아침에 그녀에게 전하곤 했다. 그 내용도 점차 발전해 갔다.

『이즈음 외서 희경 씨의 모습이 무척이나 예뻐졌어요. 아름다운 갈색 눈동자는 그날 첫 인상의 그것과 같지만, 그 때의 일견 파리하고 무언가 근심이 있는 듯한 모습은 지금은 화사한 낯빛의 물오른 여인으로 변해 있어요. 그리 상상하기 원치 않지만 사랑 받고 사랑 주기 위해 당신이 가진 뽀얗고 하얀 살결이 소녀시절로부터의 단꿈을 그대로 지닌 채로 편안히 숨쉬고 있으며, 한 뿐입니다.』

『... 이 밤 희경 씨는 어떻게 무얼 하고 있을까. ...』

이러한 상태는 오래 못갈 것 같았다. 사실, 밤에 사람이란 얼마나 냉철하지 못한 생각을 갖는가. 그 마음상태에서부터 나온 비약을 상대방은 밝은 낮에 받아 보게 되니....

역시 일은 간단한 것이 아니었다. 희경은 얼마 안 가 제동을 걸었다.

"오늘 같이 갈까?"

"저 혼자 갈래요. 그리고 필요 없는 거 주지 마세요."

그녀는 편지도 더 이상 받지 않았다.

웬만한 연애관계라면 이 정도로는 아무리 연애추진력 없는 그라도 다시 시도해 볼 것이다. 그러나 이 경우는 서로 물 흐르듯 어우러지지 않을 바에야 계속 해나갈 엄두가 나지 않는 것이었다. 순하는 희경을 더 이상 사적인 마음을 두고 대할 수 없게 되자 냉정한 업무효율의 측면에서 그녀를 다시 생각해 보았다. 사실 그녀는 이제 체제를 갖추어 가는 이 회사에서 그리 필요한 존재가 아니다. 남들은 모두 밤늦도록 일하고 있는데 오후 여섯 시만 되면, 어김없이 퇴근하면서, 어떻게 말하면 적다고도 하지만 달리 말하면 매일같이 그토록 과중한 책임을 지고 일하는 자기와 별 차이 없는 월급을 받아 가고...

순하는 희경에 대한 보호막을 풀었다. 그녀도 다른 사원들처럼 회사에서의 위치에 맞는 모든 책임과 의무를 부과해야 할 것이다. 이렇게 생각하니 이제까지 그녀에게 주어진 특혜가 많았음을 알았다. 순하는 모든 일에 대해 일일이 따졌다. 더 이상 그녀가 중간관리자라는 위치에 어울리지 않게 쉽고 편한 일만을 하며 지내지를 못하게 했다.

그녀는 곧 반응했다. 희경은 자기에게 애정을 가지는 순하와의 갈등관계를 의식하여 곧 사표를 냈다.

순하는 조금 당황하면서도 막연히 그녀를 설득해 보려 했다.

"먼저 그 허름한 사무실에 혼자 와서 일을 준비했던 모습이 아직도 눈에 선해. 이제는 우리 회사도 업계에서 인정하고 잘 되어가고 있는데 왜 그간의 고생을 무위로 둘리고 말아? 생각을 돌려 줘."

"괜찮아요. 너무 안타깝게 생각하지 마세요."

둘 사이는 꽤 많은 이야기가 오가게 되었다. 순하는 업무시간에 과도한 사담을 하는 것 같이 느껴져 말했다.

"너무 업무시간에 사적인 얘기를 많이 하는 것 같다. 일단 그만하고 나중에 저녁 때 얘기해 보든지 하자."

"아녜요. 저와 면담하는 것도 소장님의 업무니까 관계없어요. 계속하세요."

희경은 그 동안 갖지 못했던 이야기의 기회를 모처럼 맞이한 듯 진지하게 대화했다. 물론 이전에 차 안에 단둘이 있었었던 적도 있었지만 그 때는 자유스런 방담을 나눈 것이고 이제는 그녀와 관련된 문제를 정식으로 결론지어 주기를 바라는 듯 했다.

순하는 사직의 이유를 물었다.

『애초에 입사할 때의 약속과 다르게 대하기 때문이야?』

순하는 내심 그것을 인정했지만 사과나 변명은 하지 않았다. 그는 희경의 대답을 기다리지 않고 말했다.

『그런 것에 대해선 추호도 양심의 가책을 느끼지 않아. 직장은 나중에 다른 데로 옮기고 나면 과거에 다른 지장에 다녔다는 것이 허물이 될 것도 없어. 그런데 일생을 좌우하며 돌이킬 수 없는 흔적을 남기는 일을 숱한 거짓약속을 내세워 이루었던 자들은 일말의 양심의 가책을 느끼기는커녕 오히려 당연하게 여기면서 큰소리치며 살아가고들 있는데...

왜 작은 일에만 분개하느냐 말이야?』

희경은 무표정했던 얼굴이 상기되었다.

그리고 그녀는 천천히 대답했다.

『그런데 큰-일에는, 저의 힘이 너무 미약해요.』

순하는 희경의 사직 번복을 조금 더 설득했다. 그러나 형식적인 의례일 뿐인지도 몰랐다. 사실 그녀가 계속 다닌다면 어쩔 셈인가. 다른 사람의 여자인 지금의 상태로서도 더 이상 자연스레 지내 기는 어려워진 것이고 설령 순하와 가까워진다 한다면 더더욱 이 곳에 붙잡아둘 이유는 없는 것이다.

더 이상의 대화는 거북하게 느껴졌다. 아무리 사직서 제출후의 면담이라도 길게 이야기하는 것이 다른 직원들의 눈에 이상하게 보일까봐 순하는 그녀와의 이야기를 마쳤다.

사표는 수리되고 희경은 마지막 날까지 휴가 형식으로 보내기로 하고 그 날로 회사를 나가기로 했다.

『너의 그간의 태도는 석연찮은 것이 많아. 한번 나중에 다시 얘기해 보자.』

그녀는 문 밖으로 나가 희경을 보내면서 마지막으로 몇 마디 그간 일의 본의에 대해 물었다.

그녀는 개과식 관점으로는 그리 내세울 것 없었던 그녀의 용모와 몸매에서 그나마 포인트가 되는

맑은 갈색 눈을 의식적으로 깜빡깜빡 반짝이면서
『앞으로 맘대로 하세요. 맘대로...』
하기만 했다. 순하는 편지에서 그녀의 눈이 맑다고 한 바 있었다. 이후 회사는 더욱 신장했다. 회사는 이제 안정세로 접어드는 듯 했다. 그러나 순하는 더 다닐 의욕이 생기지 않았다. 회사는 마치 꽃을 제거한 장미줄기 같았다. 순하는 회사를 그만두었다.

이야기가 하도 오래 계속되어서 유진은 졸면서 들었다. 하지만 그 장면이 꿈처럼 전개되어 오히려 생생히 전달되었다.

『직원모집을 하면서 좋은 대우를 약속하고는 지키지 않는 회사가 더 나쁘겠소? 아니면 아내를 구하면서 지극한 사랑을 약속하고는 지키지 않는 남편이 더 나쁘겠소?』

유진은 비몽사몽간에 얼른 대답할 말이 나오지 않았다. 어찌 보면 남편이 더 치명적인 거짓말을 했으므로 나쁘지만 현실적으로는 회사만을 나쁘다고 한다. 순하도 대답을 강요하지는 않았다.

이제 순하는 비로소 직접적인 자기의 이야기를 하기 시작했다.

순하는 이와 같은 여자관계의 갈등으로 맺힌 한(恨)이 동기가 되어 글을 쓰기 시작했다. 때마침 90년대 중반에는 컴퓨터 통신문학이 태동하여 까다로운 절차나 힘든 원고지 작성을 거치지 않고도 대중에게 글을 발표할 수 있게 되었다.

그러던 중 컴퓨터 통신상을 통해 황검사외의 관계가 시작되었다. 까지 그가 엎으려다 놓쳤던 모든 여자들을 이 여자와의 결혼을 통해 비로소 집안의 성공을 이룰 꿈을 꿨다. 그녀가 나타나자 순하는 그 전 순하는 그 여자와의 여한을 검사를 며느리로 맞아들임으로써 말끔히 씻는다는 것은 상상만 해도 벅찬 기쁨이었다.

이전의 숱한 여자들과의 관계에서 갖은 곤욕을 치르고 집안에서도 문제가 되어 형제들의 비웃음을 받았던 수모를 보상하려는 듯 순하는 그 여자와의 관계의 성사에 일생을 걸었다. 단지 애심이 탐이 난다는 것 이외에도 적어도 그녀로서는 그전의 뭇 여자들처럼 경찰을 개입시켜 순수한 사랑의 마음을 오염시키는 일은 하지 않으리라는 믿음이 그녀에 대한 집착을 더하게 했다. 동네파출소에서 시시콜콜하게 사생활을 까발릴 수 있을까. 그럴 수는 없을 것이라고 생각되었다. 애실과의 관계가 막바지에 들어갈 때 그녀의 집무실 직원들이 보이는 반응은 검사 체면에 어떻게

『편지 잘 받았어요.』
『올테면 와라.』
『맘대로 하라.』 등이었다.

어떤 남자직원은 『당신이 진정 열정이 있다면 여기 와서 한 번 기다리기도 해야 할 것 아닌가?』하기도 했다.

그런데도 애실은 좀처럼 응해주는 것 같지 않았다.

이런 중에 애실은 『그래 가까운 곳에 전근 왔다는 학교 친구 강두헌이 생각났다. 그는 오래 전부터 순하에게 이제 좀 먹게 해달라고 성화였던 친구였다.

전화를 하니 그도 오늘 일찍 집에 온다며 한번 자기 집에 들르라고 했다.

두헌은 학교 졸업 후 얼마 안 되어 결혼했다. 학생 때부터 사귀어온 여자로서 상업학교를 나온 평범한 여사무원이었는데 두헌이 학교 다닐 때 자취생활을 많이 도와주었다고 한다. 아순하는 그가 일찍부터 애인이 있고 비교적 이르게 결혼한 것을 그다지 부러워한 적이 없었다. 무리 자기가 가난한 집 출신이고 졸업 후 큰 욕심 없이 교직을 걷는다지만 그래도 명문대학 출신의 남자가 배우자 선택에 너무 욕심을 내지 않는 것이 안쓰럽기도 했다.

여덟시쯤 그의 집을 방문했다.

『오랜만이다. 그래 글은 잘 쓰지냐?』 검은 뿔테 안경에 구레나룻의 자국이 덮인 두헌이 씩 웃으니 거무스레한 얼굴 중에 흰 이빨이 두드러졌다.

『항상 그렇지.』
『뭐가 항상 그래? 넌 항상 다르겠지. 나야 매일 똑같은 거 애들한테 되풀이하지만...』 두헌의 아내가 식사를 차려서 저녁자리를 함께 했다.

『그래, 이번 여자는 정말 가능성 있냐?』

몇 년 전까지는 새로 여자를 사귀면 두헌에게 진행상황을 말해서 기대감을 나누곤 했다. 그러다 번번이 허탕을 치고 말아서 나중에는 순하도 더 이상 말하기가 멋쩍어지고 말았다. 그러나 두헌이

지방으로 전근간 뒤로는 거의 연락이 없었다가 그래 다시 만나게 된 것이었다. 순하는 애실과의 일에 대하여 설명했다. 연애보고는 근 오년만이었다.

모처럼 오랜만에 대단한 여자를 만나 그동안 기다린 보람을 얻으려 하는데 친구가 격려는 못할망정 한마디로 일축하니 어리둥절했다.

『걔가 아직 안 만나 주지?』

『밖에서는 아직 안 만났지만 사무실에서는 벌써 많이 만났지. 단둘이 있으면서 개인적으로 얘기도 많이 나눴고.』

『그런데 왜 밖에서는 안 만나는 것 같애?』

『뭐... 같이 처리할 일도 끝났고 이제 본격적으로 개인적인 교제를 하려면 좀 숨고를 시기가 필요하지 않겠어? 곧바로 일이 풀려가길 바라는 건 무리지.』

『솔직히 말야. 친구의 연애문제를 두고 다 싸고자 관뒀라 하는 것으로는 좋은 친구라고 볼 수 없어. 관두게 되면 책임질 일이 없거든. 애인과 헤어져서 생기는 고통이야 알 바 아니니 말야. 그러니 진정한 친구는 다소 힘들더라도 혹은 가능성이 높지 않더라도 친구의 연애문제를 최대한 긍정적으로 보면서 가능성의 실마리를 찾아주는 친구야. 그러기에 나도 예전에 네 연애문제를 함께 고민해 보기도 했잖아.』

사실 예전에 순하가 연애문제를 자주 두허과 상의했던 것은 그만이 거의 유일하게 순하의 연애문제를 긍정적으로 보려 했기 때문이었다. 다른 친구들은 애시당초 그런 이야기를 꺼내기가 멋쩍었다. 조금이라도 현실을 그대로 얘기하면 곧비로 『관둬라.』 라는 말밖에는 나오지 않았다.

『그 여자가 날 싫어했다면 이제 더 이상 같이 할 일은 없을 것이라고 말하고 그대로 전화를 끊으려고 했거든. 그런데 끝끝내 전화를 끊지 않고 나한테 끈질기게 나한테 그렇게 매달리게 있어?』

『그래서, 여검사란 말이냐?』

『그렇지...』

『그렇지...』

『챠라!』

『아니, 왜?』

개가 뭣이 아쉬워서 나한테 그렇게 부탁을 하더라고. 솔직히 내가 뭐가 그리 중요한 사람이라고...

"걔가 그럴 때 구실을 붙인 게 있었을 거 아냐?"

"뭐, 경찰의 의견으로는 호소력이 한계가 있으니까 밖에서 예술창작인의 입장으로 비판하는 의견이 있어야 한다는 것이었지. 하지만 이건 진짜 구실에 불과한 거고 걔는 쉽사리 관계를 끊지 않으려고 한다는 것이…."

"야, 너."

두헌은 순하의 말을 막았다.

"네가 만약 길을 가다 금은방 진열장의 값비싼 금반지를 사고 싶다고 하자. 그 때 네가 그 금반지를 살 수 있다고 생각하니?"

"그게 무슨 소리야?"

"그냥 대답을 해봐."

"살래면 살 수 있겠지."

"그래 아무도 말리지 않아. 하지만 넌 돈을 내야 해."

"당연하지."

"대가를 치러야 한다는 말이야. 그 다음에 네가 빈털터리가 돼서 생활을 못하는 건 감수해야 해."

"그 여자에게도 결국 대가를 치러야 한다는 말이구나. 그것도 당연한 얘기겠지."

"그래, 너의 기력이 죄다 소진해 버려도 좋다면 말이야."

두헌은 술잔을 비우고 순하에게 권했다.

"알 것 같은데 술이 취해 헷갈린다. 이젠 그대로 얘기해봐라."

"그 여자는 네게 비싼 대가를 요구해. 네가 그 여자와 맺어질 가능성에 희망을 걸고 있는 것은 네가 전 재산을 털면 비싼 금반지든 다이아몬드 반지든 살수 있다고 생각하는 것이나 같애. 그리고 그 여자와 맺어진다 치자. 그 여자는 그야말로 너를 부마와 같이 다루고 싶어 해. 네가 지금이라서 그렇지 결혼하고 나서도 그 여자를 계속 받들면서 살 수 있을 것 같애? 물론 그럴 수 있는 남자도 있겠지. 하지만 네 성격으로 봐서는 아무래도 안 돼. 바로 그걸 그 여자가 어디 보통여자냐? 통과해도 나중에 파국을 맞을 것이지만 그 여자는 그럴 남자라면 통과도 못할 든든한 시험대를 앞에 세울 것이라고! 그러니까 넌 통과하지도 못할 거야.』

『맞아요. 이 이도 결혼하기 전엔 날 공주 못잖게 대해줬지요, 그런데 지금은….』 옆자리에서 음식을 나르던 두헌의 아내가 말참견을 했다.

『당신 조용히 하라고! 당신 경우하고 비교할 일이 아냐.』 두헌은 아내를 나무랐다.

『네 말 참고(參考)는 하겠지만…. 연애는 수학공식으로 되는 것이 아니고, 또 전화위복(轉禍爲福)이나 새옹지마(塞翁之馬) 같은 것을 생각하고 미리부터 복을 멀리할 수는 없는 것이 아닐까?』

『수학선생이라고 세상사를 수학으로 생각하는 줄 아니? 그건 소설가는 세상일을 소설같이 생각한다는 것이나 같은 말이지. 수학선생이니까 수학으로 되는 것과 그걸로 안 되는 것을 더 구분할 수 있어야 해. 연애는 물론, 수학처럼 공식으로 예측할 수는 없지. 마찬가지로 연애상대 또한 수학적으로 자기가 취할 수 있는 최대값이나 극대값을 추구하는 것이 아니라 자연스런 나아감 그 자체여야 하는 거야.

물론 나도 사랑에 빠졌던 경험이 있으니 이럴 때 옆에서 뭐라고 해도 안 들리는 건 사실이지. 하지만 내가 그럴 때는 철없던 젊은 학생이었고….』

두헌의 아내는 남편을 흘겨보았다. 두헌은 계속 말을 이었다.

『지금은 우리가 세상일을 어느 정도 관조할 수 있는 나이가 아니겠어? 좀 냉정하게 생각을 해보자고. 그리고 네 마음도 진정 모든 것을 물리치고 추구할 만한 진한 사랑을 하고 있나 다시 생각해 봐.』

두헌의 아내는 재벌아들이든 찍는 대로 얻을 수 있는 여자가…. 내게 웃음 띤 얼굴로 눈을 깜빡이며 교태 섞인 목소리로 유혹을 하던… 그 광경을 생각하면 차마 무시하고 넘어갈 수가 없다.

두헌은 느리게 고개를 끄덕였다.

『알았어. 내 마음이 진실한가 더 돌아보지. 하지만…. 그냥 결혼을 하려고 마음먹었다면 몰아붙이지도 않겠네. 두고 보세…. 내 할 말은 이제까지 한 것 그대로일 뿐이야.』

순하는 몇 잔의 술을 더하고 두헌의 집을 나왔다. 그런 마음을 사랑이 아니라고 하는 것도 사치인지 모르지. 친구로서 그걸 착각이라고 돌아오면서 두헌이 한 말의 의미를 다시 생각해 보았다. 그로서도 이미 숱하게 연애의 곡절을 겪어 왔으니 그 말뜻이 이해되지 않을 것도 없었다.

하지만 이제 막 흥미 있게 전개되어 나가려는 연애사업을 무조건 포기하라 하는 것은 당사자로서 섭섭할 수밖에 없었다.

『에이 씨. 친구가 뻐적지근한 와이프 얻으면 불편할 것 같으니까 꺼리는 거겠지.』

순하는 가볍게 일축하고 계속 기왕의 다짐을 굳혔다.

『세상의 일네는 알지 못하는 복병이 있었소. 예상했지만 사상로 못한 방법으로 체포되고 어찌할 도리가 없게 되자 집안 식구들은 조롱했소. 어떻게 오르지 못하 나무를 기어오르려 했냐고. 가족은 나를 이미 제대로 된 세상살이를 포기해야 할 사람으로 보았소. 그도 그럴 것이 그들의 명석한 두뇌를 총동원하여 나를 정신이상자라고 가족들에게 말이였소. 단순한 가족들은 그대로 받아들였소.

그나마 어머니만은 가장 훌륭한 아들로서 믿고 있었는데 내가 정신병범죄자로 수감되자 충격으로 쓰러져 얼마 안가 별세했소. 하나있는 여동생은 그 때 약혼 중이었는데 정신병자의 집안이라고 파혼 당했소.

그 후로 민 18년... 20년 가까이 구금생활을 하면서 나는 집안걱정도 할 수 없었소. 보잘 것없는 재산은 집안에서 관리했는데 사업하는 동생은 자기 집을 처분하고 내 집에 들어와 산다고 했소. 나는 그것을 막을 수도 말릴 수도 없었소. 내 집을 이용하는 것은 좋지만 동생이 살던 집을 처분하면서까지 무리하게 사업을 확장하는 것이 마음에 걸렸소.

공고를 나온 동생은 어려서부터 성품이 활달했소. 평소에도 인간관계에 자신이 있었던 터라 거래관계를 잘 꾸려나가 사업을 확장하는 것 같았소. 면회 오면서 때 미국의 회사와 거래계약체결을 위해 미국출장을 나간다고 자랑했소.

영어도 못하면서 어떻게 그런 일을 해나갈 수 있을까 걱정도 되었지만 워낙 자신감 있게 말하니 나는 도리가 없었소. 나와 같이 정신병자로 구금된 자가 한창 사업을 잘해나가고 있는 애에게 충고할 자격은 있었소.』

순하의 눈가엔 눈물이 고였다.

『집안에서 성공하리라고 기대했던 내가 정신병원에 갇히자 그 애는 내 대신 성공하여 집안을 일으키기 위해 인간힘을 쓰는 것 같았소. 형들도 나에 대하여 실망하고 난 뒤엔 오직 그 애만을 믿어

주는 것 같았소. 나는 반신반의했지만 잘되길 바라는 것밖에는 없었소. 그 애는 그저 성공을 위하여 사는 것 같았소.

내가 어릴 때 저금통에 동전을 모으면 그 애가 빼가곤 했지. 자라면서도 나는 손해보고 그 애는 이익을 챙기려는 듯이 보이는 일이 많았소. 그만큼 그 애는 세상 이해타산에 바르고…. 나보다는 이 세상을 헤쳐 나가기에 더 강할 줄로만 알았지…. 아무튼 남들로부터 이익을 챙기는 일에는 나보다 나을 줄로 알았소.

그러나 그것은 착각이었소. 그 애가 나와의 사이에서 더 가지려고 하는 것은 단지 나보다 단순했던 탓이지 결코 나보다 모질고 강한 성품의 소유자가 아니었던 것이었소. 그 애는 남에게 피해를 주고 그것을 변명해가며 견딜만한 배포가 없었소.

그 애가 사업부도로 빚에 시달려 자살했다는 소식을 들은 후로는 다른 가족들도 더 이상 면회를 오지 않았소.

그 뒤로 십여년 동안 집안소식은 거의 모르고 지냈소.」

잠시 동안의 침묵이 흘렀다.

「이젠 제가 여쭐 말을 답해주세요.」

그의 이야기가 끝나는 듯하며 잠시 침묵이 지난 뒤에 유진은 이제 자기가 가장 중요하게 생각한 것을 묻기로 했다.

「아니오, 더 할 말이 있소.」

그는 다시 입을 열었다.

13. 진정한 공주

「모름지기 사랑을 하려는 자는 자기가 사랑을 할 수 있음에 만족해야 하오. 성정아와 황애실은 많은 사람들 중에 내게 먼저 관심이나 혹은 연락을 취해 관계가 시작된 것이었소. 그들이 진정 사랑을 하려 했다면 자신들이 사랑을 할 수 있음에 만족해야 했소. 나는 사람 대 사람으로서 조금도 그들에게 부족하게 대해준 것이 없었소.」

그는 할 말이 너무 많은 것 같았다. 자기에 관한 이야기이건 자기의 생각이건 그는 내보내지 못하고 쌓인 내면의 이야기가 웅축되어 있었었다.

「그러면 낭임은 그 여자들을 진정 사랑하시면서 관계를 시도하신 것인가요?」

유진은 사랑은 둘이 서로 해야 하는 것이 아닐까 생각하며 물었다. 진정한 사랑이 아니면서 그 여자들의 접근을 허용한 것은 사랑이 아니라 이해타산밖에 되지 않는 것이 아니냐며….순하는 조금도 꺼려하지 않고 대답을 이었다.

「내가 어떻게 그 여자들을 진정 사랑해야 한다는 것이 오? 그래야 만이 그 여자들의 접근을 받아들일 자격이 있단 말이오? 나는 그 때도 나이가 많아서 여느 여성이라도 어서 정말 받아들이고 싶은 시기였소. 결코 그 여자들의 조건이 탐나서 그 여자들의 접근을 받아들인 것이 아니오. 그런 여자 아니라 여느 평범한 여자라도 그들 대신에 내게 왔다면 나는 받아들였을 것이오. 내가 필요로 할 때 내게 나타난 여자를 받아들이는 게 옳지 못하다면 도대체 사랑은 어떤 가치를 지닌 것이오? 육욕(肉慾)의 강렬한 본능적 충동이 이성적(理性的) 판단을 흐릴 만큼 동반(同伴)하지 않는 모든 남녀 관계는 가치가 없단 말이오?」

「하지만 그 여자들의 생각은 이랬겠죠. 자신들을 진정 사랑하지 않는다면 자신이 관심을 표명해 도 그냥 넘어가 주어야 옳는 것이라고…」

피곤 때문에 벽을 기대고 비스듬히 있었던 유진은 먼저 묻은 이불을 어깨까지 끌어올렸다.

「이론은 옳지만 그것이 대체 가능하다고 생각하시오? 수도승도 아니고 여자에 주린 남자가 자신 에게 오는 여자를 진정한 사랑을 못 느낀다고 보내는 것이오….」

「그건 무리인지도 모르겠네요. 하지만 사랑은 양쪽에서 함께 해야 하는 것이 아닌가요?」

유진이 이제까지의 마지못해 듣는 태도를 벗어나 고개를 들고 눈을 치떠 반짝이며 묻자 순하의 발설은 힘이 주어졌다.

「그렇소. 그들은 자신이 선택한 대상이 그대로 자신을 극진히 사랑해주기를 바랐던 것이었소. 큐피드의 화살을 맞은 자가 스스로 큐피드의 화살을 쏠 수 있기를 바라는 것이나 마찬가지였소. 사랑은 쌍방이 동시에 일어나지 않는 경우가 많음은 당신도 알 것이오. 어떻게 자기가 많은 사람 중에 고른 남자가 자신을 동시에 사랑해 주기를 바랐단 말이오? 현대는 왕조시대의 공주와 같은 꿈을 이루기는 어려운 사회임을 그들은 진작에 알았어야 했소.」

「그럼 그 때 무슨 이야기를 했나요? 협박을 했나요?」

마지막 공주

유진은 황검사가 죽은 날 저녁 여행객의 휴대폰을 빌어 전화 건 사람이 순하라는 것을 의심할 여지가 없었다. 그리하여 마침내 그녀가 묻고 싶었던 가장 핵심적인 질문을 던졌다.
그는 출소 수개월 전부터 황검사의 연락처를 준비하고 있었다. 그는 이미 오랫동안의 수감생활을 통해 모든 병원내의 서류를 찾아 황검사의 연락처를 알아냈다. 그래서 기회가 있을 때마다 집착과 열정이 사라지고 뚜렷이 사는 것이라 할 것이 없는 중늙은이였으므로 병원직원들은 그가 면담을 위하여 사무실을 지날 때 경계하지 않았다.
그는 한동안 떨며 말을 잇지 못하더니
『그건…. 나는 이제껏 당신을 사랑했소…. 그 말뿐이었소.』
유진은 입을 다물지 못했다.

그 날 애실은 유진을 보내고 난 후 차분히 대법관으로서의 자신의 계획을 구상했다. 오랜 기간의 검사생활로 적극적으로 사회의 문제점을 파헤치는 데 그녀는 이력이 나 있다. 이제, 단지 판결기관을 넘어 국가사회의 최고 가치판단기관이라고 할 수 있는 대법원의 대법관이 될 것이다. 사회의 문제점을 먼저 찾아내 지적하지는 못하지만 그런 아쉬움을 가질 겨를도 없이 몰려드는 송사에 대한 판결을 통해 그녀는 충분히 자신의 뜻을 펼칠 수 있다. 그리고 그 결정은 두고두고 판례로서 남아 국가적대소사의 가치판단에 잣대역할을 한다.
그 일에 있어 남성적인 논리보다는 여성적 감성이 존중되게 할 수는 없을까. 감성의 편을 든다는 것은 인간의 정서적 행복을 중요시한다는 것이니 그것이 인간본연의 가치추구와 더 어울리는 일이다. 애실은 이러한 자신의 생각을 누구의 간섭과 방해도 받지 않고 육년 동안 실행할 수 있다 생각하니 가슴이 벅차오르고 심장의 고동과 호흡이 가빠졌다.
애실은 침대 맡에 있는 약병에서 신경안정제 두 알을 먹었다.
이제 국회의 인준은 명백한 것이었다. 지난해 대법관 임명 때 국회추천의 몫을 그녀에게 돌리려는 여러 의원들의 움직임이 있었으나 그녀는 아직 대검 가족과에서 마무리져야 할 일이 있다고 고사(固辭)한 바 있었다. 사심을 전혀 욕심내지 않고 오로지 공직자로서의 기여만을 생각하는 그녀의 놀라운 태도에 전국민은 감동했고 그에 따라 대통령은 올해 대통령 추천의 몫으로 곧바로 그녀를 지명했던 것이다.

그녀의 앞으로의 육년은 진정 영광과 찬사를 한 몸에 받는 기간이 될 것이다. 그것도 남성적인 명예욕과 출세욕에 말미암은 것이 아닌 여성적인 섬세한, 인간에 대한 배려가 누적되어 이루어진 것이기에 더욱 소중한 가치가 있는 기회였다.

그녀는 벽에 붙여있는 책상을 보았다. 검은 가죽표지의 법전 세 권이 중후하게 책꽂이 가운데 자리를 차지하고 있었고 그에 곁들여 법률잡지와 검찰소식지 여러 권이 희끗하고 좁은 책등을 보이며 모여 꽂혀 있었다. 소설 등 문학책은 읽지 않은지 오래 되었다.

사실을 다루기만도 힘든 세상이었다.

책상에 다가가 위에 놓인 흰 서류철을 보았다.

공주치료감호소에서 순하의 석방을 앞두고 그녀에게 보낸 것이 마음에 걸렸다.

그녀 앞의 모든 것이 희망차게 출발하는 이 때 다만 이것이 마음에 걸렸다.

「하필 이 때 그가 석방되다니….」

혹시 그가 자기와의 오래 전 이야기를 인터넷 등에 퍼뜨리면 어떡할까. 대응하자니 그 자체가 오점을 남기는 것이고 무시하자니 불길한 소문은 자꾸만 퍼져가겠고….

그래도 그는 이미 이십년의 감호소 생활로 이제는 정말 인사불성의 미친 사람이 되어 있겠지 하는 위안이 있었다. 이미 그에 대해서는 검찰과 법원이 합동하여 정신이상자 판정을 했으니 그가 설사 무슨 이야기를 퍼뜨릴 수 있다고 해도 사람들은 귀담아듣지 않을 것이다.

그가 애실과의 과거 이야기를 하고 다니면 사람들은 금시초문이라고 하며 어떻게 알았느냐고 하고 그가 애실의 마음은 이러이러했다고 설명하면 그걸 어떻게 아느냐 네 귀에 도청장치라도 달렸냐 하며 일축할 것이다.

이 때 전화기가 울렸다.

발신번호는 모르는 사람의 휴대폰이었다.

혹시 귀찮은 취재기자의 전화인가 했지만 유진과의 인터뷰시간 동안 전화를 받지 않았으니 다른 신문기자의 전화도 하나쯤 받아두어야 유진과 한진일보에 특혜를 주었다는 구설수를 방지할 수 있기에 애써 수화기를 들었다. 그녀의 청렴성유지를 위한 운신법(運身法)은 이미 체질화되어 있었다.

「오랜만이오. 그동안 잘 지내셨지요?」

수화기에서는 중노인의 쉰 목소리가 나왔는데 그 소리는 처음 들은 게 분명하면서도 어디선가 들어보던 목소리 같기도 했다.
『누구세요.』
이윽고 수화기의 주인공 순하는 목을 가다듬고 비교적 또렷한 소리로 다시 말했다,
『나는 그동안에도 당신을 사랑했소.』
애실은 그가 누구인가 인식하기도 전에 몸 안에서 흘러나오는 전율을 느끼며 후들후들 떨었다.
그리고 놓쳤는지 놓았는지 수화기를 내려 전화를 끊었다.
그녀의 가슴은 망치로 치듯 두근두근 뛰었다.
「어서 자자」
그녀는 침대에 들어 신경 안정제를 다시 세 알 복용했다.
그래도 두근거림은 계속되었다.
「이놈의 심장이…」
자신의 바램대로 움직이지 않고 거스르며 도전하는 상대를 누르지 않고는 참지 못하는 그녀였다.
그것이 사람이든 물건이든 사회인습이든 생명화하고 의인화하는 것이 그녀의 감성적 사고방식에 기인한 세계관이었다.
그녀는 다시 신경안정제 여러 알을 복용했다.
그래도 여전하다 생각되면 다시 먹곤 했다.
「어디 누가 이기나 해보자」
따지고 보면 순하의 전화를 받고 자기가 왜 이러는지도 설명할 수 없었다. 이미 경호를 받는 중요인사인 그녀가 그를 두려워할 필요는 없었다.
그동안 사랑했다…
이십년 전의 그가 단지 이렇게 말했다면 믿지도 않을 것이다. 그런데 지금은… 믿을 수밖에 없다.
아아, 이제 어쩌란 말인가.
모르겠다. 없었다면 편안했을 일이다.
이 상황을 없었던 일로 하고 벗어나고 싶었다.

그녀는 전화기의 녹음장치에 자동 녹음된 순하의 목소리를 지웠다.
"이젠 끝이야."
그녀는 모든 것이 끝났다는 마음으로 다시 신경안정제 한 움큼을 먹고는 침대에 들었다.
마침내 그녀의 심장은 평온해졌다.
그에 따라 그녀의 호흡도 평온해지고…… 이윽고 잠잠해졌다.

황검사는 김순하의 전화를 받고 극한 흥분에 싸여, 그 전부터 복용하던 신경안정제를 과량(過量) 복용하다 사망한 것이라고 유진은 결론지었다. 경찰도 밝혀내지 못한 사실을 그녀는 밝혀낸 것이었다.

시간은 어느 듯 새벽 세시였다. 졸음과 피곤함에도 벗어나지 못하는 힘에 의해 의식을 지켰던 유진에게는 이제 상황종료와 함께 무너져 내리는 졸음이 덮쳐 눌렀다.
"이젠 가야겠군요. 고맙습니다."
"밤인데 어떻게 간다는 거요? 그냥 아침까지 같이 있읍시다."
"찜질방으로 들어가야죠. 같이 가실래요?"
"그 돈 나 주시오."

유진은 순하에게 십환을 주고는 헤어져 찜질방에서 아침까지 지냈다. 아침에 나와서 그녀는 생각이 바뀌어 다시 순하가 있는 곳으로 갔다.
"잘 지냈어요? 제가 돈을 더 드릴 테니 오후에 모시러 올게요." 하고 십환을 더 주고는 회사로 들어갔다.

기사를 대강 정리하고는 회사차를 빌려 순하가 있는 데로 몰고 나왔다. 순하는 기분 양식이 있는 자라 약속대로 깨끗이 씻고 옷도 먼지를 털어낸 상태로 있었다.
"함께 합검사의 묘소에 가요."
묘소는 남골당이었다. 유진은 순하를 업무용 차량에 타도록 권했다. 업무용 차량은 옆 조수석에 동반자를 태울 수 있었다.
"자 여기서 그녀에게 하고 싶은 말을 해보세요."

마지막 공주

애실의 자리 앞에 도착하여 유진은 애실에 대한 순하의 태도를 살피고 역시 그것을 기사화하려고 한 것이었다. 철저한 프로의식은 그녀 자신이 보아도 대견했다.

『황검사는 과연 자신의 소원대로 공주의 삶을 산 것일까요?』

질문으로 취재원의 이야기를 끄집어내는 것은 유진의 직업적 기술이었다.

순하는 고개를 끄덕이고는 유진이 메모하는 것을 묵인하며 조용히 읊조리듯 말했다.

『사랑이 이루어지려면...

선택하는 쪽과 선택 당하는 쪽이 있소. 선택하는 쪽은 원하는 상대를 얻지만 상대에게 지극한 사랑을 바쳐야 하오. 반면에 선택 당하는 쪽은 지극한 사랑을 받기도 하지만 자신이 만족하는 상대를 얻지 못할 수도 있소.

사랑의 대상을 자신이 선택하면서 그로부터 지극한 사랑을 받는 이가 바로 공주요.』

『그러면 황검사는 어떤 경우에 해당될까요?』

유진은 뻔히 예상되지만 재차 확인을 위해 순하에게 물었다.

순하는 유진에게 고개를 돌리지 않고 황검사의 납골함만을 바라보며

『당신은 당신이 택한 남자로부터 지극한 사랑을 받았으니 소원대로 공주의 삶을 살았소.』

그에게서는 더 말이 나오지 않았다. 고개를 숙이진 않았으나 눈을 내리깔고 상념에 젖은 듯했다.

『이제 그만 집에 들어가세요.』 유진은 가자는 손짓을 하며 순하에게 말했다.

『집에 들어가면 뭘 하오? 눈치만 보이는데.』

『결코 그렇지 않을 거예요. 정 못 믿으시겠으면 제가 하루를 머달아앉고 취재한다고 방문하겠어요. 집안사람들 마음이 어떤가는 제가 전해 드릴게요.』

『허허허.』

『어쨌든 차에 타세요. 집까지 모셔드릴게요.』

유진은 특종기사를 무사히 실을 수 있었다. 물론 평은 좋았고 사회적 반향도 지대했다. 하루로는 소화하지 못하는 후속기사 쓰기와 월간지에의 기고청탁 응하기 그리고 방송출연과 그녀

자신에게 몰려오는 인터뷰로 유진은 며칠 날짜를 숨가쁘게 보냈다.

그러다보니 남자친구 기준에게 선물을 해야 마땅할 발렌타인데이를 그냥 보내고 만 것이었다.

유진의 바쁜 나날이 잠잠해질 때 화이트데이가 다가왔다. 유진은 먼저 발렌타인데이를 그냥 보낸 것이 미안해서 기준에게 연락하려고 했지만 그래도 화이트데이인데 자기가 연락하고 선물을 주려 한다는 것은 어색하게 느껴져 망설였다.

그러나 고민이 오래가지는 않았다. 이날 낮 기준에게서 전화가 왔다. 저녁시간을 비워두었다는 것이었다.

오늘 유진은 모처럼 이른 저녁에 그를 만날 수 있었다.

「자기는 나를 사랑할 수 있어? 지극하게?」

초콜렛 선물상자를 가운데 두고 그와 앉은 맞은편 자리에서 유진은 미소 지으며 물었다.

「물론이지。」

「그래? 그러면 나는 이제 공주야。」

기준은 의아해하며 쳐다보고 있었지만 유진은 한동안 함박웃음을 머금으며 있었다. ♣

공주

사랑이 이루어지려면
선택하는 쪽과
선택 당하는 쪽이 있습니다.

선택하는 쪽은
자신이 원하는 상대를 얻지만
상대에게 지극한 사랑을 바쳐야 합니다.

선택 당하는 쪽은
지극한 사랑을 받기도 하지만
자신이 만족하는 상대를 얻지 못할 수 있습니다.

공주는
사랑의 대상을 자신이 선택하면서
그로부터 지극한 사랑을 받는 여자입니다.

꽃잎처럼 떨어지다

- 序言 -

한창의 여배우 박혜영, 그녀는 왜 죽음을 택해야 했나? 과연 그녀 자신의 우울 탓이라고만 해야 하는가? 그녀는 이 사회의 모순에 떠밀려 삶을 놓아야 했던 것이 아닐까? 발밑에 짓이겨진 꽃잎을 두고 우리는 단지 꽃줄기가 너무 약했다고만 탓할 수 있을까?

글을 쓰는 사람은 할 말이 많은 사람이다. 그러나 정치인처럼 아무 때나 말을 할 권리는 주지 않는다. 그래서 말을 할 그릇을 찾는다. 그러다 그 그릇이 발견되면 기존의 담고 있던 말을 쏟아 붓는다. 그릇의 모양보다는 그 안에 담긴 것을 주목받고 싶다.

2007年 朴京範

차례

1 화면 속 여인 233
2 가족이 된 나무 254
3 여배우 박혜영 268
4 삶의 목표 292
5 무너지는 욕심 302
6 대박을 위하여 309
7 예술과 긴력 315
8 감독과 입작자 319
9 배우와 감독 325
10 극합의 촬영 339
11 순정의 여자 352
12 자신으로 돌아가자 374

1. 화면 속 여인

오늘밤 창문에 때리는 빗줄기 소리가 귓가를 간질이고 있다. 시간도 꽤 늦었다. 잠들락 할 만큼 피곤하기도 하지만 막상 쓰러져 자기엔 아까운 시간이다. 주말의 밤은 한정 없는 자유의 밤이다. 원하고 즐기는 것을 중지할 아무런 이유가 없다. 자작시를 아마추어 시인 김인호(金仁浩)는 컴퓨터 앞에서 작업에 열중하고 있었다. 자작시를 블로그에 올리는 일은 그래 들어 그의 가장 재미있는 취미생활이었다.

『젠장, 이젠 저작권법 때문에 음악도 맘대로 못 고르겠군...』

전에는 인터넷을 검색해서 쉽게 자기가 원하는 음악을 찾아 링크할 수 있었다. 그러나 이제는 원하는 음악을 막상 찾아보면 이미 없어져버린 것이 많았다.

『썼던 음악을 다시 쓰자.』

먼저 썼던 이름 모를 피아노 연주곡은 어느 글과 화면에도 어울리는 것 같았다. 음질은 썩 좋지 않았는데 오히려 그 때문에 저작권과는 상관없을 것 같았다.

인호는 음악의 제목을 굳이 알려고 애쓰지 않았다. 예술작품의 제목은 식별을 위한 것 말고는 부질없는 것이다. 특히 음악 더구나 기악곡은, 그렇다. 「당신의 소중한 사람은」이니 하는 제목을 붙인다고 해서 감상에 도움을 주는 것은 아니다. 그 자체로 듣고 느끼면 된다.

인호는 특히 음악방송 홈페이지에서 시그널 음악의 제목을 알려달라고 보채는 자들이 한심했다. 방송을 시작할 때 그 자체로 느끼면 그만이지 제목을 알아서 뭘 하나. 그 음반을 구해본다해도 막상 전곡을 들어보면 별 대단한 감흥은 받지 못한다.

평소에 좋은 음악을 좋아하면 될 것이지 단지 기회를 타서 알려진 것에 그들이 집착하는 것은 일종의 속물근성이다. 평범한 사람이라도 어떤 일로 갑자기 알려지면 많은 사람들이 열렬한 관심을 보내는 것도 마찬가지다.

음악은 그렇게 정해졌고... 배경화면은 무엇으로 할까.

인호는 아는 사람의 홈페이지에서 갈무리하여 사용했던 한 영상을 다시 쓰기로 했다. 비가 쏟아 내리는 날에 두 남녀가 우산 아래 있다. 남자는 한쪽어깨가 흠뻑 젖어있다. 남자는 비 젖는 것을 거의 신경 쓰지 않는 것 같다.

우산은 남자가 들었을 수도 있지만 어찌 보면 여자가 들고 어있는 듯했다. 뭔가를 체념한 듯 고개를 숙이고 있다. 비 맞는 남자를 걱정스레 쳐다보는 여자의 눈은 선해 보인다. 입술을 앞으로 모아 벌린 여자는 곧바로 무슨 말을 할 것 같다. 그녀의 입에서는 빗속의 냉기를 덥히는 더운 김이 나오는 것 같다.

「그렇게 낙심하지 말고, 다시 한 번 생각해보는 것이 좋지 않겠어요?」

여자는 말하는 것 같았다.

저 여자를 만나고 싶다. 저 사진에 찍힌 여자의 이름을 알고 싶은 게 아니라 사진에서 느껴지는 저런 인간미를 가진 여자를 만나고 싶다.

사진 속의 이 여자처럼 남자를 염려(念慮)해주고 격려(激勵)해주려는 그런 여자…. 상상과 기대는 쉽게들 하지만 실제로 그런 여자를 만나기는 어렵다는 것을 인호는 잘 알고 있었다.

「죄다 남자한테 무한책임을 씌우고 도피하려는 여자들뿐이지 뭐…」

정말 사진 속의 이 여자 같은 여자가 동화처럼 현실에 나타난다면 그 이상의 행복이 없으리라. 따져보면 이 영상은 어느 영화의 한 장면인 듯했다. 영상을 가져올 때 씌어있던 제목도 봤지만 그리 신경을 쓰지 않았다.

그녀는 그대로 동화 속 신비의 여인으로 남게 하자. 아니 확실했다. 그러나 인호는 알아보고 싶은 마음이 없었다.

사진의 배우가 현실사회의 누구인지는 관심이 없다. 오히려 되도록 모르는 채로 신비감을 간직하며 이 영상이 주는 느낌을 음미하고 싶다.

인호는 이 사진을 또다시, 블로그에 올리는 자작시의 배경화면으로 사용했다. 특히 사랑의 이야기를 쓸 때 이 배경은 웬만하면 어울리는 것이었다.

여자는 남자를 위로하는 듯하다. 하지만 그녀의 얼굴에도 그늘이 드리워 있다. 배우인 만큼 어느 정도는 색관적 미인이라고 할 수 있지만 남자의 혼을 빼는 강한 매력은 그다지 나타나지 않는다. 그저 하나의 서글서글한 인상의 전형적인 현대 한국여인으로 보였다. 비오는 장면에서 화장이 지워져서인지는 모르지만 얼굴은 톱스타의 개성 있는 미모와는 달라 보였다. 흔히들 말하는 최고 황모니 하는 여자 톱스타의 개성 있는 미모와는 달리 얼굴은 물기와 기름기가 빠진 부석한 느낌을 주었다. 그만큼 남에게 빛나지는 않고 남에게로부터 흡수당하는 그런 사람이 아닐까 싶었다. 여자는 관택이 없는 얼굴이었다.

꽃잎처럼 떨어지다

「어쨌든 이 여자의 사진으로 나는 덤을 보니 이 여자를 위해 뭘 좀 해줘야 하지 않을까?」

인호는 영화팬이라고는 할 수 없었다. 몇 달에 한번 호기심 가는 화제작 한두 편을 보는 것 말고는 극장에 가는 일이 없었다. 예술은 특별한 경우 외에는 작은 화면에 집중하기가 지루했다. 비디오도 감상하는 일은, 창작하는 수단이라고 하는데, 창작하는 사람과 감상하는 사람의 노력 차이가 그다지 크지 않은 소설이 더 좋은은 전달수단으로 생각되었다. 예술은 작자의 마음을 전달하는, 창작하는 수단이라고 하는데, 창작하는 사람과 감상하는 사람은 매우 힘들지만 감상하는 사람은 편한 영화보다는,

「그래도 이 여자의 영화 한두 편은 봐줘야 할 텐데……」

생각한 그는 지갑을 열어보았다. 한숨이 나왔다.

「휴, 그래봐야 나보다는 나은 사람일 테니……」

인호는 잠자리로 들어가며 중얼거렸다.

「영화야 그게 그거지. 뭐.」

인호는 영화는 자기가 추구하는 예술의 가치에 그다지 도움이 안 된다고 여겼다. 끝끝내 그 사진은 영화가 아니라 하나의 상상 속 이미지로 간직하려 했다.

밤 시간을 인터넷서핑으로 보낸 인호는 휴일아침 늦잠을 깨 다시 컴퓨터를 켰다. 인터넷뉴스에는 매일 자극적인 제목이 눈에 띄곤 한다. 그런데 오늘은 정말로 쇼킹한 뉴스가 있었다.

여배우 박혜영(朴惠英)이 죽었다고 한다. 그녀는 자택에서 목을 매 자살했다고 한다. 영화팬이 아닌 인호가 평소 암기하던 이름은 아니지만 아무튼 한창 잘나가는 젊은 여성의 죽음은 그에게도 충격으로 와 닿고 호기심을 불러일켰다. 이어서 특집코너에는 그녀의 유작영화의 영상사진들이 게시되어 있었다.

『아니! 이건……』

영상사진들을 본 인호는 한 사진을 보고 충격을 받았다.

그것은 너무나 눈에 익은 사진이었다. 비 오는 날 우산 속에서의 남녀! 그 사진의 주인공이 배우 박혜영이란 것을 오늘에야 알았다. 동시에 그녀가 오늘 죽었다는 걸 안 것이다.

그렇다면 이제 상황이 달라졌다.

사진 속 그녀는 신비에 머물 수 없었었다. 그녀는 더 이상 미지의 환상적 여인이 아니다.

그리고 그녀가 생전에 어떤 부나 명성을 가졌다 해도 이제 이승에서는, 매일같이 밥값 걱정하고 매달 전화세, 가스비, 관리비를 걱정하는 인호의 신세보다 나을 것이 없는 사람이다.

『이제 그녀가 어떤 사람인지를 알아보고 그녀에 대해 내가 할 수 있는 것을 해보자.』

인호의 형편이 아무리 보잘것없다 해도, 세상에서 공수거(空手去)한 그녀를 위해서는 할 수 있는 일이 있다.

『그녀가 이 세상에서 살다간 것에 의미를 더해주자.』

인터넷에서 박혜영을 검색하여 자료를 찾았다. 그녀의 프로필과 뒷얘기들을 있는 대로 찾아보았다. 그리고 그녀가 출연한 영화비디오를 빌려 보았다.

할 수 있는 내로 그녀가 지나온 생을 그려보고 싶었다. 그러나 인터넷자료를 통해 모은 그녀의 이야기는 흩어진 단편(斷片)뿐이었다. 비디오관람을 통해 얻은 것은 배우로서의 개성뿐이지 그녀가 어떻게 살아왔느냐는 전혀 알 수 없다.

그렇다고 그녀의 주변인들에게 취재를 할 만한 입장에 있는 것도 아니고….

인호는 훗일 한나절 그녀와 관련된 작업만을 하다가, 어둠속에서도 여전히 그녀의 생각에 사로잡힌 채 잠을 청했다.

잠들었는지 아닌지 구분되지 않았다. 자신은 침대에 그대로 있지만 몸무게는 느끼지 않고 가만히 떠 있는 듯했다.

앞에 흰 눈매가 보였다. 어둠 속에 스스로 빛을 내는 듯 보이지만 그렇게 밝지는 않고 야광물질보다 조금 밝았다.

시간이 흐르며 여성의 원피스 드레스 같은 모양이 나타났다. 그 위에는 긴 머리의 여자 얼굴 윤곽이 보였다. 그것은 다가오다가 적당한 자리에 멈춰 섰다.

인호는 몸을 움직이지는 못했으나 말은 할 수 있었다. 그러나 소리는 들리지 않고 단지 마음속에 느끼며 전해지는 듯했다.

「당신은 누구요? 혹시 박혜영씨는 아니오?」
「맞아요. 내가 박혜영이에요.」

그 여자의 말은 소리 없이 인호의 마음속으로 스며들어 왔다.

「왜 하필 내게 왔소? 지금 당신을 마음속으로 통곡하고 있을 가족친지들을 둘러봐야 할 것 아니오?」
「유령은 가장 진실한 마음을 찾아가요. 당신은 지금 가장 진실하게 나를 원하고 나에게 관심을 주고 있어요. 당신은, 나로 인해 재물을 얻을 수 있었던 가족이나 영화계 동료들과는 달라요. 게다가 당신은…. 그저 나의 모습을 두고두고 보고 싶어 했던 나의 영화팬도 아니에요. 당신은 오로지 나의 혼을 달래고자 하는 마음밖에는 없는…. 가장 순수하고 진실한 사람이에요.」
「당신은 나를 믿는군요. 아, 당신 같은 여자를 세상에서 만날 수 있다면….」
「유령은 모든 것을 알아요. 하지만 내가 세상에 있었다면 당신과 같은 마음을 몰랐을 거에요.」
「그러면 나를 위해 내가 묻는 것을 말해줄 수 있겠소?」
「그거요? 그건 내가 필요해서 당신에게 온 거에요. 나는 나의 얘기를 세상 사람들에게 알리고 싶은 거에요.」
「이승을 떠나면 대부분 이승의 일은 관심을 안 둔다던데…」
「맞아요. 이승의 사람들이 보기엔 상당히 억울하게 죽어서 한이 클 것 같은 영혼도 결국 자기의 지난 업보에 따른 것임을 알고 미련 없이 떠나지요. 하지만 난 달라요.」
「원한이 너무 사무친 영혼은 이승을 못 잊는다던데 당신이 그렇소?」
「아녜요. 난 아무도 원망 안 해요.」
「그렇다면 왜 아직 남아 있소? 게다가 이승의 사람에게 나타나기까지 하오?」
「당신이 아니라면 난 조용히 빈소를 둘러보고 떠났을 거에요. 하지만 당신을 통해 정말 남기고 싶은 이야기가 있어요.」
「그래요? 그렇다면 나도 당신의 모든 이야기를 이 세상에 전하고 남기고 싶소.」
「자 그러면 오늘 밤 그대의 영혼은 나와 함께하는 거에요.」

인호는 두 팔을 펼치며 다가왔다. 여인은 그의 옆에 자리했다. 인호는 몸을 일으켜 있는 것이 조금도 피곤하지 않았다.
『그러면 맨 처음... 내 영혼이 우주를 떠돌다 지구의 한 곳에 자리를 발견하고 급전직하(急轉直下)로 내려와 태어나기... 조금 전부터 말하지요.』
『여러 태어기 전의 일도 알아요?』
이야기는 당신이 운명들 중에 자기에게 적합한 것을 우주의 영혼이 찾아가는 것이니 내가 택한 곳의 여인 박혜영은 마음에 울리는 소리로 이야기를 들려줬다. 그 이야기는 그대로 영상화되어 펼쳐졌다.

1980년 새해가 왔다.
이번 새해는 여느 해와 달랐다. 대한민국 국민들은 이제까지와는 다른 새로운 기대를 가지고 출발했다.
세상은 바야흐로 큰 변화를 맞이할 듯 보였다.
긴장과 설렘 속에 보냈던 겨울이었다.
추위는 바닥을 쳤지만 아직 봄의 기운은 없는 이월중순이었다.
남도(南道)의 한 작은 도시의 역에 밤 열시경 하행열차가 도착했다.
하차하는 수십 명의 승객 중에 한 남자가 클로즈업되어 나타났다. 개찰구의 형광등불빛 아래 보이는 남자는 짙은 색 양복과 코트 차림의 사십대 신사였다. 역을 나온 신사는 그리 넓지 않은 역 광장을 두툼한 김을 가방을 들고 건넜다.
도시의 인구는 많지 않았지만 철도의 갈림길이 있어 역 앞 광장에 이어져 있을 만한 곧바로 뻗은 대로는 보이지 않았다. 광장 앞에는 차가 겨우 지나다닐 정도의 길이 가도리 있을 뿐이었다. 정면에는 이삼층 높이의 상가들이 시야를 메웠다. 대체로 일층은 식당 이층은 다방이 들어서 있었다.
신사는 길을 건너 좌우편의 상가를 잠시 두리번거리다 한 식당으로 들어갔다. 식당 안에는 둥근 화로식탁이 다섯 개 있고 그 중 두 곳에는 손님이 있었다. 신사는 빈 식탁 앞에 앉았다.

꽃잎처럼 떨어지다

『어서 오세요. 무엇을 드릴까요?』

식당에는 갓 삼십으로 보이는 여인 하나가 주인인 듯했고 국민학생으로 보이는 아들이 이따금 잔심부름을 하고 있었다. 여인은 얼굴만 보면 더 젊게 볼 수도 있었으나 앞치마 두른 작업복에 어설픈 화장, 물 젖은 손에 분주한 발걸음이 그녀를 식당 아줌마로 이미지화 했다.

『그저 이제는 세상이 곧 뒤집어져야 한다니까.』

구석의 식탁에는 육십쯤 되어 보이는 남자가 혼자 술을 마시며 소리치고 있었다. 다른 자리에 있던 두 명의 남자손님은 이내 자리를 떴다.

『오씨 아저씨, 이제 그만 드셨으면....』

주인여자는 주문의 손짓을 하는 남자의 청을 손을 저으며 거절했다.

남자는 여전히 자리를 뜨려 하지 않았다. 그는 신사 쪽을 바라보며

『보아하니 저 양반 번듯하니 생기고 한자리 할 사람 같은데... 이런 곳에 올 사람 같지가 않소이다.』

남자의 식탁에는 김치와 나물이 조금 남았을 뿐 기름기 있는 음식은 없었다. 그리고 방금 비운 소주 두 병이 있었다.

주인여자는 이 남자가 어서 갔으면 하지만 그렇다고 무작정 내쫓을 수도 없는 것 같았다. 남자는 자주 오는 단골이고 주인과 어느 정도 친한 사이 같았다.

『이제는 세상도 변할 건데 한번 대처로 나가 뜻을 펴 보시는 게 어떻겠소?』

남자는 신사의 침묵은 아랑곳 않고 계속 신사 쪽을 향해 지껄여댔다.

『삼겹살 이인분과 소주 세 병을 주시오.』

조용히 있던 신사는 주인여자에게 주문했다.

『아니... 또 오실 계시나 보지요?』

여자는 잠깐 의아해 하다가 상관할 바 아니라는 듯 얼른 주방으로 갔다. 분명히 시켰으니 많이 파는 걸 마다할 수는 없었다.

『아니... 혼자요. 하지만 함께 드실 분은 있는 것 같소.』

신사는 물러서 가는 여자를 향해 조금 크게 말했다. 그 말은 꼭 그 여자에게 들려주려고 하는 말 같지는 않았다.

신사의 말에 중노인 남자는 솔깃 하는 눈초리로 보았다.

"합석하시는 게 어떻겠소?"

신사는 남자를 향해 말했다.

"이쪽이 치이었으니 오시구려."

그가 기다리던 말이었다. 중노인 남자는 얼른 일어나 신사의 앞자리에 앉았다.

신사는 일어서서 자기 앞자리를 권했다.

"노형은 어디서 오는 길이오?"

"우선 한 잔 드십시오."

중노인은 신사가 따라주는 술잔을 받고는 얼른 마셨다. 신사는 기다리지 않고 자기 잔에 술을 따랐다.

"아저씨께서는 이곳에 사시는 분 같군요. 여행하는 분 같지 않으니."

"그렇소이다."

"오늘 낮 서울에서 내려오는 차를 탔지요. 오늘밤은 이곳에서 자고 내일 버스를 타고 고향으로 가려 합니다."

"설은 아직 안 됐는데... 학교에 계시나 보죠?"

중노인은 말투는 마냥 거칠지만은 않았다.

"아닙니다. 아주 내려올 겁니다."

신사는 옆에 놓인 큼직한 검은 가방을 가리켰다.

"그럼? 사업을 하시다 정리하셨소?"

"사업? 허어 사업이 있어야 사업이 정리되죠. 정치사업도 사업이고 민주화사업도 사업이니까....돈은 별로 안 생기지만..."

"정치를 하셨소?"

중노인은 눈을 크게 뜨며 신사에게 시선을 맞췄다. 물고기가 물을 만난 격이었다. 이제는 그가 하고 싶은 대화를 마음껏 할 수 있을 것 같았다.

"정치를 했다니요? 지금 체제에서 그런 걸 어떻게 제가 했겠습니까?"

"그럼 무슨 일을 하셨단 말이오? 민주화 투쟁을 해온 사람들도 있지 않소? 그게 바로 정치 아니오? 이제는 세상도 바뀌지 않았소?"

꽃잎처럼 떨어지다

『저는...』

신사는 자기가 이곳까지 오게 된 경위를 밀했다.

그는 박정희가 살아있는 동안 탄압받아온 정치인 김중삼 밑에서 민주화추진회의 일을 맡아왔었다. 본래 대학교수였다가 수년 전부터는 아예 정책고문으로 나와 있었다.

『교수직이 좋지 않소? 아무리 모시는 분을 돕는다 해도 자기 생활이 있는데.... 교수이면서도 정책자문 정도는 할 수 있지 않소?』

『제가 나왔다기 보다는 학교에서 제가 하는 일을 알고는 사퇴압력을 넣은 것이었지요.』

『오랫동안 고생하셨으니 이제 그 보람을 조금 높이려는 하지 않겠소? 선생!』

신사의 신분을 알게 된 중노인은 말을 조금 높이려는 듯했다.

『보람을 얻어야 좋은 건 당연하지만 그럴 가능성이 없으니 내려오는 것이지요.』

『김중삼 선생 눈 밖에 나서 내몰리셨소?』

『그런 건 아닙니다.』

『그렇다면 이제 세상도 달라지는데 왜 서울에서 내려오시오? 선생 같은 분들이 세상을 지도할 때가 오고 있는데...』

『제가 무엇을 한단 말입니까?』

『크게 쓰이셔야죠.』

『크게? 헛헛헛.』

신사는 너털웃음을 웃고는 중노인에게 공손히 술을 따랐다.

『제가 쓰여서 이 나라를 위해 도움 되는 게 뭐가 있겠습니까?』

『나라를 바로 이끌어야죠.』

『다른 사람들도 나라 이끌겠다고 합니다.』

『그래도 옳고 바른 생각을 가진 분들이 하셔야죠.』

『내가 나서는 것이 남이 나서는 것보다 조금 낫다고 생각되더라도 그 차이는 별 것이 아닙니다. 주관적인 환상일 뿐이죠. 설사 정말로 더 낫다고 해도 그렇게 남을 물리치기 위해서 들이는 노력이 더욱 소모적인 것이라면... 차라리 양보하는 것이 낫죠.』

신사의 말을 중노인은 받아들이지 못하는 것 같았다.

「이 나라는 이제까지 너무 힘들었소. 제 할 말도 마음대로 못하고 툭하면 잡혀가고…. 그게 공산당하고 나를 게 뭐요?」

「그래도 나라가 망하지 않게 이끌어 온 것만도 평가해야죠.」

신사는 조용히 술을 들이키며 가벼운 미소를 지었다. 자기와 동료를 탄압한 독재자에 대한 용서이기보다는 허무감에 의한 것 같았다.

「이제 독재자가 사라졌으니 새로운 세상이 오지 않겠소?」

「세상은 한 개인에 의해 변하는 게 아닙니다. 큰 움직임의 대기에 달린 나뭇가지 때문에 그 나무가 키가 큰 것이 아닙니다. 새로운 세상이 오고 있다하지 않소? 민주화의 앞날은 밝다고….」

중노인은 답답하다는 듯 다시 강조했다.

「희망을 갖고 사는 것도 좋겠지요.」

신사의 거듭되는 허무주의적 태도였다.

신사는 자기도 마시고 다시 권했다. 계속해서 중노인의, 앞으로의 세상은 어떻게 되어야 한다는 발언과 신사의 냉소적 대답이 오갔다.

「어서 김주삼 선생이 대통령이 되어야 우리나라가 세계적인 강국이 되는데….」

「그럼 이제까지는 왜 강국이 못되었다고 생각하십니까?」

「몰라서 묻소? 독재자가 국민을 억압하니까 우리 국민 개개인의 뛰어난 역량이 발휘되지 못해왔던 것이 아니오? 쿠데타로 일어난 정부가 정통성이 없다 보니까 외국에 인정받으려고 갖은 뇌물을 써대고 굽신댔으니까 나라 위신도 깎이고 새나가는 국부(國富)도 많고…. 우리나라가 민주화만 되면 일본도 미국도 우리를 함부로 넘보지 못할 것이오.」

「허허. 풍선의 한쪽을 누르면 다른 쪽이 부풀어 오릅니다. 사람이나 국가나 각자 주어진 역량 대로 성실히 살면 그만입니다. 정치가 지금과 달라진다고 해서 한국 사람이 하게 될 일인데… 다 어차피 같은 인간이고 같은 한국 사람이 하게 될 일인데….」

「당신 김주삼 선생한테서 쫓겨났다고 억하심정 가지고 하는 말 아니오? 커억!」

이윽고 중노인은 취해서 몸을 못 가눴다.

「그것 봐요! 더 드시지 말라고 했는데.」

주인여자가 나무라자 신사가 대신 대답하고 중노인을 부축했다.

「내가 책임져야 죠. 이 양반 댁은 가깝습니까?」

「저쪽 길 건너편이에요.」

「그럼 수고하시오.」

「조심히들 가세요.」

신사는 술값을 치르고 중노인을 부축하여 그의 집에 바래다주러 갔다.

「또 술이요? 아저씨가 사주셨소?」

그의 아내가 투정했다.

「먼저 드시길래 조금 같이 했습니다. 폐가 되었다면 죄송합니다.」

「이이는 낮에는 자고 밤에는 동네를 돌아다니면서 술 마시는 게 일예요. 혼자 감당하시기 힘드시겠습니다.」

「지용돈은 지가 얻으니까요. 그래도 구가 유공자라니까요.」

「그러시군요. 어쩐지 말씀이 예사롭지 않으시다더니…….」

「어쨌든 고맙습니다.」

「예, 잘들 주무시오.」

신사는 집 앞의 작은 첨문을 닫고 돌아섰나.

「참 가방을 두고 왔군.」

신사는 중얼거리고는 왔던 길로 돌아갔다.

식당에 돌아오니 주인여자는 덧문을 닫고 있었다.

「아, 가방을 두고 가셨더라고요.」

여인은 신사를 보자 곧 말했다.

「이 그처에 숙박하는 곳 좀 알려주시오.」

「이 근처에 여인숙은 없는데요.」

「그럴 리가?」

여인의 대답에 신사가 의아해하자

『권해드릴 만한 곳이 없다는 것이지요. 선생님이 일부러 찾아다니신다면 왜 없겠어요. 하지만 썩들 좋지가 못해요. 닭장같이 좁은 방에 퀴퀴한 냄새가 나는…..』

주인여자는 원칠한 키에 잘생긴 이 남자가 주변의 청결하지 못한 여인숙에 숙박하고, 또 불건전한 유혹을 받을 것을 상상하기가 마땅치 않았다.

『그럼, 이렇게 하는 것이 좋겠소? 장급(莊級) 여관을 소개해 주겠소? 아예 호텔을 들어갈까?』

신사는 웃었다.

『일곱 시요.』

『내일 몇 시에 출발하셔야 하죠?』

『여관은 저쪽 너머에 있는데. 지금 열두 시 다 됐잖아요? 통금인데 공연히 힘들게 가시지 말고 여기서 쉬세요.』

『예?』

『지금 힘들이 여관 들어가 봐야 비싼 숙박료 내고 아침에 허겁지겁 나와야 하니까 손해죠. 저희 집은 방이 두개인데 식구가 저와 아들밖에 없으니 여기서 쉬시고 아침에 떠나세요.』

여인은 손을 내밀어 신사의 소맷자락을 당겼다. 신사는 가볍게 끌려왔다.

여인은 덧문을 모두 닫고 그중 하나에 달린 쪽문을 통해 안으로 인도했다.

『그럼…..』

신사는 식탁 앞에 앉아 자신의 검은 가방을 만졌다.

여인은 주방 안쪽에 있는 안방으로 들어가서, 자고 있는 아들을 깨우려 했다.

『예, 잘 깡각하셨어요.』

『놔두시오. 이쪽 건넌방으로 가지요.』

『비좁으실 텐데.』

『누워있을 자리는 있지 않겠소? 아니 눕지도 않을 테지만.』

『그럼 어떻게 하시려고요?』

『책을 보면서 밤을 그냥 넘어가려고요.』

『일단 들어와 보세요.』

여인은 안방과 통해 있는 건넌방의 방문을 열었다. 두 사람이 들어가 누울 공간의 작은 방은 평소에 그다지 쓰지 않았는지 낡은 화장대와 검은 옷장만이 있었다. 옷장 위에는 이불이 접혀져 올려 있었다.

『이불 펴드릴게요.』

『우선 놔두십시오. 제가 펴겠습니다.』

신사는 지갑에서 만원을 꺼내 주었다. 당시로서는 여관비보다도 훨씬 많은 금액이었다.

『아? 예。』

여인은 고개를 숙이고 받았다. 그리고 안방으로 건너갔다. 신사는 어서 혼자 있고 싶어 하는 것 같았다.

『불이 어두우시지 않나요?』 여인은 다시 방문을 열고 물었다.

『괜찮습니다.』

신사는 벌써 책을 꺼내놓고 있었다. 천장에는 이십촉 형광등이 달려 있었는데 방이 크지 않아서 그리 어둡지 않았다.

『불을 넣어 드릴게요.』

이번에 말하는 불은 온돌을 말했다.

안방과 그대로 맞닿는 건넌방에는 안방 쪽에서 배어나오는 미열만이 있고 가운데 바닥은 싸늘했다. 식당 뒷문을 통해 집밖으로 나온 여인은 안방의 아궁이에서 불이 붙은 연탄을 옮겨 넣었다. 방은 얼마 후 따듯해졌다. 그때까지 신사는 겉옷을 입은 채로 방석하나에 의지해 앉아서 두꺼운 책을 읽고 있었다.

여인이 안방에 들어가 잠자리에 드는 듯 안방의 불이 꺼졌다. 겨울밤 소도시의 역전에는 사람의 소리는 더 이상 들리지 않고 지나가는 찻소리와 가끔 들리는 기적소리만이 있었다.

안방의 침묵이 한 십분 쯤 지나서였을까.

안방 쪽의 방문이 또다시 열리더니 여인이 살짝 얼굴을 내밀었다.

『선생님, 아직 안 주무시나요?』

부르는 말투는 손님을 대한다기보다는 다소간 존경의 대상이 되는 지인을 부르는 듯하였다. 손님이 잠을 자지 않아 방해되다기보다는 염려의 미음이 담긴 것이었다.

『아, 미안하오.』

안방과의 사이에 문이 있으니 창호지를 통해 안방에 곧바로 불이 들어온다는 것을 그는 의식했다. 하지만 지금 하고 있는 일이 있는데 불을 끄고 눕는 것도 마땅찮아 신사는 잠시 머뭇했다.

그러나 여인은 신사를 어색하게 놔두지 않았다.

『잠시 들어가 봐도 될까요?』

신사는 뻗어 있던 다리를 오므려 자리를 만들어줌으로써 답을 대신했다.

여인은 방금외 헐렁한 몸빼바지에 앞치마를 두르고 주방 일을 보던 모습이 아니었다. 문치방을 건너오는 그녀의 어깨 파이고 몸매 드러나는 짙은 보라색 원피스 아래 유선형의 종아리 곡선이 보였다. 신사의 앞에 무릎을 모으고 앉으니 발의 아담함과 정강이의 일직선 광택이 두드러져 그녀가 지금 한창의 여인임을 보여주었다.

『어떤 책을 보세요?』

『보시겠소?』

신사는 책을 들어 보였다. 「人間的國家管理論」이라고 씌어있었다.

『인간적국가관리론이란 게 뭐예요?』

『인간을 다루는 것과 같이 기초한자는 읽을 줄 아는 여인이니 아주 대화가 막힐 사람은 아니었다. 신사는 설명하기를 국가를 한 인간을 다루는 것과 같이 기르고 보전하는 법을 다룬 책이요.』

『다시 정치하실 생각이 있으신가요?』

『전혀 없소.』

『아니, 정치를 떠나신다는 분이 왜 이런 책을 읽으시죠? 정 심심하시면 여기 잡지들이나 보시지.』

여인은 방구석에 쌓여있는 주간지들을 가리켰다.

『인간은 현생에서 쓰이기 위해서만 지혜를 닦는 것이 아니오. 영원불멸할 자신의 영혼을 고양(高揚)하기 위해서 현생에 있는 동안 할 수 있는 대로 힘써야 하는 것이오.』

『잘 모르겠네요. 하지만 현생에서 최선을 다한다는 것이 꼭 자기만의 만족을 위하는 것은 아니지 않아요? 만나는 많은 사람들 간의 인연을 중요시하고 최선을 다한다는 것도 중요하지 않아

꽃잎처럼 떨어지다

요?』

여인은 신사의 말을 맞상대하지는 못했으나 또 다른 관점에서 신사에게 생각해볼 여지를 주는 것이었다.

신사는 미소를 지으며

『내가 무슨 사람간의 인연을 중시하지 않는다고 했소? 다만 김중삼 선생 그리고 우리 동지들간의 인연은 충분히 격었었고 이제 더 이상 현생에서 함께 추구할 것은 없다고 느껴지는 것이지요.』했다.

『훌륭한 분들이 함께 하셔야 할 일들이 많을 텐데...』

『해야 할 일을 안 해서 보다는 안 해도 될 일을 해서 생기는 화그이 더 많소.』

『그럼, 선생님은 안해야 될 일들을 구분할 줄 아시나요?』

『세상의 일은 두 가지가 있소. 자기가 살아가는 수단으로서 남을 위해 해야 할 일이 있고 또 그 저 자기의 만족을 위해 하는 일이 있소. 살아가는 수단으로서의 일은 어차피 남들에게도 필요한 일이니 악한 마음을 먹지 않는 바에야 문제가 되지 않소. 그런데 자기의 만족을 위해서 하는 일이 문제요. 다른 어느 누구도 강요하지 않고 권하지도 않는 일을 그저 자기가 하고 싶다고 해서... 자기만을 위해서 하는 일... 그래서, 일을 안해서라기보다는 공연히 일을 해서 생기는 화가 더 큰 경우가 많은 것이오.』

여인은 여전히 잘 모르겠다는 듯 고개를 가볍게 젓고는 자기기 이 방에 들어온 용건을 실천하려 자세를 가다듬었다.

『그러면 이제는 새로운 인연이 있으셔야 하겠네요.』

『그렇겠지요. 자연과의 인연도 인연이니까. 아직 살날은 많을지도 모르니 뒷산의 고목과도 새로이 더 깊은 인연을 가질지도 모르겠소.』

『그렇겠지요. 앞산의 바위도 마찬가지일 테고요.』

여인은 신사와 대화의 운(韻)을 맞추었다.

여인은 한 뼘 가까이 다가왔다. 신사에게는 여인의 체감이 느껴졌다. 여인의 접근은 다분히 의도적이었다. 그것은 그녀가 비록 접개업에 종사한다 해도 평소에 익숙하지 않았던 동기에 말미암은 것이었다.

신사를 집에 늘이고 난 후 그녀의 마음은 두근거리는 심장 위에서 요동치고 있었다. 그녀 자신의 지나온 생도 되새겨졌다.

시골집에서 가난했지만 화목한 집안에서 재롱을 발하며 귀여움을 받았던 어린 시절. 자라면서 드러났던 영특한 기(氣)로 인하여 뭔가 빛깔 있는 인생을 살리라고 주변에서도 또 자기 스스로도 기대하여 마지않았던 시절. 그러나 기다리던 남다른 기회는 오지 않고 집안 식솔을 줄이기 위해 서둘러 출가해야 했던 일.

배운 것은 없었지만 세상에 못할 것이 없듯 욕심과 자신감이 가득했던 남편은 결혼 몇 년 후 집을 나가 소식이 뜸하더니 지금은 아예 연락이 없다.

그와의 사이에 아들 하나... 이것이 여자로서 그녀 일생의 전부란 말인가. 앞으로는 단지 아이를 키우며 지치는 늙어가는 그런 삶만이 남았단 말인가. 그녀는 도저히 수긍할 수 없었다. 이럴 바엔 차라리 자기 인생을 단순하지 않게 하고 싶었다. 희망 없는 삶보다는 다소의 파란이 더해지더라도 변화 있는 앞날을 기대할 수 있음이 삶의 명분을 받쳐줄 것이었다.

그런 그녀에게서 이 남자의 출현은 기의(機宜)한 만남으로 여겨졌다.

이 남자가 (=)부남인지 다른 어떤 형편에 있는지는 중요하지 않았다. 기왕에 얽혀 있던 모든 것을 버리고 고향에 간다하니 그의 사정은 어떤 상관도 없으리라 여겨졌다.

이 남자를 통하여 인생의 전기(轉機)를 얻어 보자. 이 남자를 이용하여 답답한 인생의 돌파구를 열어보자.

남다른 재산도 능력도 없는 그녀가 인생을 역전시킬 힘의 원천은 오직 한가지였다. 아직 그녀는 젊었다.

작은 방은 불붙은 연탄아궁이로 후끈 덥혀지고 있었다. 여인의 얼굴은 상기되어 딴사람과도 같았다. 평범한 식당아줌마가 색정을 일으키는 요부로 변한 것은 분위기 때문만이 아니었다. 그녀의 속 마음가짐, 그리고 보는 자의 입장에서도 그녀에 대한 시각(視角)이 달라졌기 때문이었다.

눈길은 마주하지 않았다. 지근거리에 무방비로 불룩 돌출하여 유혹의 선봉에 있는 아랫입술로부터, 반드러운 아래턱을 넘어 내리뻗은 목선, 그 아래 양쪽으로 직사(直斜)로 펼쳐진 쇄골이 형광등 아래 희번득하게 빛나고, 반쯤 드러난 양 가슴 사이로는 덥혀진 온기가 밀려나오고 있었다. 그녀가 이따금 의도적으로 바꾸는 무릎자세에 따라 통 원피스 안쪽에 엉겨있던 체향

꽃잎처럼 떨어지다

이웃의 펄럭임과 함께 훅훅 불어 나왔다.

「아주머니는 이제 세상이 바뀌면 식당에 손님이 늘 것 같습니까?」

「아니 대통령 바뀌는 것하고 식당 손님이 무슨 상관이에요?」

「우리가 우연으로 보는 주변 일 모두가 다 나라전체가 움직이면서 일어나는 일입니다. 관련 없는 것이 뭐가 있겠습니까.」

「죄송해요. 저는 선생님이 말씀하시는 것을 받아들일 능력이 없네요.」

여인은 대화보다는 다른 인연을을 원함을 솔직히 드러내 보였다. 그러나 신사는 아직도 그녀를 세상을 이루는 온갖 현상 중의 한 관찰대상으로만 보려는 것 같았다.

「잠깐만요.」

여인은 기왕에 쌓아 놓은 분위기를 일순간에 깨뜨리고 일어섰다. 창호지를 바른 자그만 통문(通門)을 열고 다시 안방에 들어가서 쟁반위의 조그만 술상을 차려 돌아왔다. 쟁반에는 두 개의 작은 유리잔과 소주 두병 그리고 식은 파전안주가 있었다.

신사는 사양하지 않았다.

「우리 둘을 잇는 매개체를 만들어 오셨소? 사실 둘 사이에 아무것도 없으면 어색하는 것이 인간이고 보면 인간은 우주를 이루는 하나의 그물망이 될 수 있어도 우주를 채울 수 있는 것은 되지 못함을 생각하게 하오.」

「‥‥‥」

둘은 몇 잔을을 교대했다. 통금으로 적막해신 거리의 정적을 깨는 기적소리가 울렸다.

여인이 다시 가져온 유혹의 분위기는 풍겨오는 체온이 한결 높아져 있었었다. 남자 쪽도 먼저보다는 가슴이 데워져 있었었다.

여인은 모처럼 신사에게 눈길을 맞추더니 중심을 잃은 듯 흔들렸다.

「오늘‥‥‥ 당신은 아무런 책임이 없어요.」

여인은 신사의 품안에 푹 쓰러지듯 엎드렸다. 이제껏 그녀의 마음을 헤아렸을 듯싶은 신사는 말없이, 자기에게 들어와 안긴 여자의 머리를 쓰다듬었다.

그녀는 본능에 따라 움직였다. 신사는 여인에게 밤 시간의 주관(主管)을 허용했다.

「그대가 오늘 이 자리에까지 이르게 된 내력을 말해주구려.」

신사는 대화를 병행하고자 했다.

"…"

"신체와 마음의 인연은 함께 하여야 하오."

"…"

여인은 육체의 격동이 한 고비 지난 후에야 조금씩 자기의 이야기를 털어 놓았다.

그녀는 29세의 이경자(李京子)라는 여인이었다. 그녀의 여덟 살 된 아이의 아빠는 이 년 전 교도소에서 출소한 후 소식이 없다고 했다.

신사도 자신의 이름이 박흥식(朴興植)이라고 일러주었다.

"어머, 우리 아이 아빠도 박씨인데… 잘 됐네요."

잘 됐다는 말이 무슨 뜻인지 다소 생뚱하지만 박흥식은 문제 삼지 않았다.

박흥식은 벽에 기대고 이경자는 그의 품에 기대고… 두 사람은 품어 안고 밤을 새웠다.

아침이 되어 박흥식은 막 잠들어가는 이경자를 가만히 떼어 눕히고 일어났다.

"자 이젠 떠나야 할 것 같소."

박흥식은 두꺼운 지갑을 들고 수표가 섞인 뭉칫돈을 꺼냈다.

"여기 돈 아낄 차비만 빼고… 나머지는 그대가 쓰시오."

그는 만원 흰 장을 제외하고 나머지를 모두 이경자에게 주었다. 그녀 또한 돈이 절실한 형편이라 사양할 수는 없었다.

"김중삼 선생이 마지막 용돈으로 쓰라고 주신 것이오. 하지만 이제 필요 없소. 고향에 나 하나 누일 방 한 칸은 있으니까."

이경자는 무너지는 졸음을 헤치고 그를 배웅하려 일어났다.

"그대로 계시오. 난 이만 가오."

박흥식은 코트를 걸치고 가방을 들고 서둘러 떠나갔다. 이경자는 더 이상 몸이 움직여지지 않았다. 그녀 스르르 이대로 쓰러져 자고 싶을 뿐이었다.

"엄마 왜 인 일어나? 나 아침 안 먹었어."

꽃잎처럼 떨어지다

낮이 다 돼서야 손을 흔들어 깨우는 아들에 의해 이경자는 잠에서 벗어났다.

그날 이후 이경자의 몸에는 새 아기가 자라났다. 다행인지 불행인지 이경자의 남편은 끝내 돌아오지 않았다. 박흥식이 남겨준 일백만원은 당시로서는 큰돈이었기에 이경자가 임신한 뒤 식당일을 다소 느슨히 하고 몸조리하며 아이를 낳기에는 어려움이 없었다.

사실 그녀는 임신을 의도한 것이었다. 자신의 몸이 때마침 임신에 적기라는 것을 알고는 그녀는 이 보기 드문 호남자에게서 자신의 아이를 얻고 싶었던 것이었다.

「그렇게 해서 태어나셨다는 말이군요.」
「그렇게 태어날 아이를 내가 택한 것이지요.」
「택하셨다니?‥‥」
「한 인간의 생에 있어서도, 자신이 어떤 진로를 택했다가도 그것이 고되거나 즐거움이 없으면 자신이 선택한 책임을 잊고 불평하게 되잖아요? 인생전체도 마찬가지예요.」
「듣고 보니 그럴 것 같네요. 그러면 더 자세히 말해주세요. 왜 그 아이를 당신의 인생으로 택했으며 영혼이 인생을 택하는 기준은 무엇인지를‥‥ 비단 당신만의 이야기가 아니라 우리 인간의 출생의 내력을‥‥」
「그리 새로운 이야기가 아닌데요. 이미 오래 전부터 세상에 진해진 바 있는‥‥」
「그래도 보통 사람들에게는 신기해요.」
「그럼‥‥」

박혜영의 희뿌연 영상은 희미해져 사라지고 그녀의 목소리만이 느껴졌다.

혜영은 먼젓번 삶을 마친 뒤 초원을 걸어있다. 꽃인지 잔디인지 모르는 갖가지 색의 풀이 바닥에 깔리고 주위에는 동행하는 여러 사람들이 있었다. 그들은 모두가, 설령 세상에서 알고 지냈던 사람이 아니라 해도, 언제 어디선가 보았던 사람들이었다. 그녀와 인연을 함께 하는 자들이 모두 함께 행진하는 것이었다.

혜영의 먼젓번 인생은 한 평범한 나약한 성격의 남자였다. 세상 살아가기를 무척 힘들게 여겼다. 차라리 여자였으면 어려울 때 남들에게 호소하고 의지하기가 좋았을 테데 남자라서 혼자 이겨 나가기가 참 힘들다며 주어진 운명을 불평하기도 했다. 여자, 그것도 용모가 썩 잘 난 여자는 얼마나 살기가 편하고 좋을까 부러워하는 마음을 가지고 있었다.

그런 중에도 여하튼 혜영은 주어진 인생과 제들을 무난하게 수행했다.

초원을 걷너 도차한 곳은 하늘과 땅에 각각 두 개의 구멍이 있는 곳이었다. 선한 자는 판결을 받아 위로 올라가고 악한 자는 내려가는 것이었다. 혜영은 선한 편이 되어 위로 올라가는 것이었다.

그리하여 혜영은 먼저 생의 보상으로 천국에서 천년을 살았다. 그리고 다시 먼저의 자리로 내려왔다.

그녀는 함께 내려온 일행들과 함께 다시 초원을 며칠 걸었다. 이윽고 앞에는 끝없이 가로지른 높은 성벽이 나타났다. 연분홍 빨갛고 노란 커다란 튜윱꽃들이 요부(凹部)마다 한 뭉치씩 피어 있었고 중앙에는 궁륭형(穹窿形) 상량(上樑) 아래 거대한 황금및 성문이 있었다.

『자, 이제 멈춰라.』

앞에 있는 안내자가 모두에게 줄을 서도록 했다.

일행이 먼저 서자 성문이 열렸다. 그 안의 뜰에는 한 아름 크기의 각색(各色)의 함(函)이 쌓여 있었다.

『자, 너희들은 이곳에 있는 여러 생(生) 중에 너희 마음대로 하나를 택하라. 너희들의 수보다 상자의 수가 더 많으니 너희의 선택은 자유롭다. 너희 생의 책임은 선택한 자에게 있느니라!』

혜영은 먼저 삶의 비한을 풀기 위하여 자기에게 가장 알맞은 생을 찾아보았다. 인간으로 태어날 자들은 주어진 보기 중에 자기 생을 택할 권리는 있으나 완전히 자기 뜻에 맞는 생을 마음대로 짤 수는 없었다.

『큰 줄기는 여기 있는 대로다. 그러나 너희 하기에 달린 것도 있다.』

흰옷을 두른 안내자가 말했다.

먼저 삶은 니약한 남자였다. 그렇다면 이번은 강한 남자로 태어나야 할까?

그러나 전생의 그녀는 그다지 바라지를 않았다. 그녀는 강해지고 싶어 하기보다는 차라리 여자였으면 더 나았을 걸 하는 생각이 더 많았다.

그래도 혜영은 전생의 선업(善業)의 상을 먼저보다는 더 좋은 인생을 택할 권리가 주어져 있었다.

혜영은 한 상자를 들어보았다. 겉면에는 태어나게 될 사람의 시간과 장소 그리고 주요 개성이 설명되어 있었다.

『남자…. 상장과정 유복, 가정생활 원만, 정년퇴직 후 평온(平穩)한 일생 마치다….』

혜영은 보라색 네모상자를 만지작거리다가 내려놓았다.

『좀 비범한 삶을 살고 싶어.』

다시 혜영은 빨간색 상자를 들어보았다.

『남자, 사업성공 뒤 정계진출. 말년에 잠시 수감생활하나 명예회복 후 평온한 최후….』

혜영은 다시 내려놓았다.

『남자는 아무리 잘 나가도 더 이상 흥미 없어.』

혜영은 여자의 삶을 사는 상자를 찾아보았나. 그러다 분홍색 상자를 발견하고 집어 들었다.

『여자, 발랄하고 적극적인 성격. 글래머 몸매. 운동선수로 성공한 뒤 연예계진출….』

인생의 설명은 대체로 추상적인 것에 그치고 어떤 운동을 택하나 등 구체적인 것은 자신이 세상에서 직접 정하기로 되어 있었다.

『이것…. 괜찮겠다.』

『혜영은 상자를 들고 안내자에게로 갔다.

『천사님, 이것을 갖고 가려해요.』

『흠…. 말릴 수는 없다만….』

『왜요?』

『너는 전생에서도 그렇고 그 전생에서도 대체로 가느다랗고 빈약한 몸을 가지고 살아가기에는 네가 가지고 있는 생체구동(生體驅動) 에너지로는 힘겨울 수 있어….』

『그러면요? 운동을 잘 못하게 되나요?』

『운동선수야 하기로 되어 있는 것이고 몸이야 지상의 물리적인 현상으로 만들어지는 것이니까 상관없겠지만, 생활버릇이 그 몸의 에너지를 따라가지 못해서 나중에 문제가 생길 거다. 이를테면 은퇴하자마자 비만이 오든가 선수생활 중에 사고가 생기든가…』
『그런데 또다시 약한 몸을 받기는 싫은데요. 전 이번 생에서 먼저보다는 나은 생을 살기로 이미 상을 받아놨잖아요?』
『물론, 먼저보다는 낫게 태어날 수 있지. 하지만 본래 향상이란 것은 위험을 동반한다는 것을 너도 알 것이다.』
『예, 그러면 더 찾아보지요.』
혜영은 비슷한 운명을 가지고 있지만 몸이 다소 약한 인생을 찾기로 했다.
『여자. 일년 적극적이면서도 일면 내성적인 성격. 좀 늘씬하지만 미미한 체격. 남들 앞에 나서기 좋아해서 연예계로 진출하지만 남들 앞에 움츠리는 면모도 있다. …』
혜영은 여황씨의 상자를 들었다.
『이 정도면….』
『그 정도면 네 영혼의 상태와 어울린다.』
안내자의 말이었다.
혜영은 출발 준비를 했다.
상자를 살펴보았다. 그런데 중년 이후의 삶이 나와 있지 않았다.
『중년 이후는 어떻게 사는지 정해져 있지 않네요.』
『여기 해당된 개성을 가지고는 설계가 어려우니까 비어있는 것 같다. 상자에 명시되어 있지 않은 것은 자기가 해야 할 몫이다.』
『알겠어요. 그럼 갈게요.』
『잘 가라.』
일행이 모두- 준비가 되자 맞은편의 성문이 열렸다. 새 탄생을 준비하는 영혼들은 신에게로부터 떠났다. 지구로 내려온 혜영은 1980년 한국에서 박흥식과 이경자의 딸로 태어난 것이었다.

2. 기독의 꿈나무

박흥식에게 연락을 할 수 없는 것은 아니었지만 이경자는 초야에 묻혀 살겠다는 그를 굳이 찾을 생각은 없었다. 받은 돈으로 식당을 보수하고 계속 일하며 그녀는 두 아이를 길렀다. 아들 일규는 평범하였으나 딸 혜영은 남달랐다. 식당에 오는 손님들은 지방 소도시 소객점(小客店)의 아이답잖게 조숙하고 반듯한 외모의 혜영을 예사롭게 보지 않았다.

혜영은 일곱 살이 되었다.

역전이라 여행객 두엇씩만 상대하는 식당에 한꺼번에 열 명이 넘는 손님이 왔다. 그들은 모두 중년 남자였다. 지역 향우회가 단체로 밤차로 놀러가기 전이었다. 일부는 평소 안면이 있는 사람이었다. 이경자는 부담스러워서 피하고도 싶었지만 그렇다고 손님을 안 받을 수는 없었다. 손님들은 늦게까지 앉아 있었다. 저마다 기분 내키는 대로 주문하니 매상은 많이 올랐다. 모두들 술을 마시고 취했다.

『어이, 아가씨!』

취한 남자는 아직도 한창 여인의 티가 나는 이경자를 불렀다. 그래 들어보지 않은 아가씨 호칭이라 조금 당황했지만 그녀는 자기를 부른 손님에게로 다가갔다.

『무엇을 드릴까요?』

『그게 아니라 우리하고 같이 마시자고.』

취객은 옆의 자리를 비워 이경자에게 권했다.

『아니에요. 저희는...』

그녀가 사양하자 옆의 다른 남자가 슬쩍 그녀의 엉덩이를 쓰다듬으며

『이제 다른 손님도 없잖아. 그냥 대충 함께 즐겨보자고. 그렇다고 우리가 뭐 이런 곳에서 허튼 짓을 하겠어?』 하여,

『지금 하시는 것이...』 이경자는 제대로 항의도 못하고 주춤하고 있었다.

식당 안은 단체손님들에 의해 점거되었다. 더 이상 다른 손님은 들어오지 않았다.

『지금 뭐가 어떻단 말야?』

그들 더러는 이경자를 접대부 삼아 건드리고 더러는 웃으며 방관하고 있었다.

그녀가 좀처럼 응하지 않자 치근대던 취객은 매우 화가 나 있었다.
"네 이년, 네가 여기서 십년을 산 거 다 아는데 무슨 내숭이야?"
"십년동안 어쨌단 말예요?"
"서방도 없으면서 아이는…."
"뭐야!?"
"이게!"
"아서라, 살살 구슬러서 놀자고 해야지. 그래도…."
분위기가 험악해지자 그동안 점잖빼던 동료가 말렸으나 먼저 건드렸던 자는 행패를 부릴 기세였다.
내실에 있는 일규는 이미 열다섯 살이 되어 있었다. 알만한 것을 다 알 나이의 그였으나 이 분위기에서 선뜻 앞으로 나설 용기가 나지 않았다. 그저 어찌할 바를 몰라 했다. 손님으로서는 자기 일행의 잘못은 알 바가 아니었다. 자칫 싸움이라도 나면 단골손님을 잃게 될 수도 있다.
참다못한 일규가 뭐라고 말하려 입을 뻥긋거리며, 나서려고 일어섰다. 이때
"오빠 가만히 있어. 내가 나가볼게."
혼자 무언가 준비를 하고 있었던 혜영은 내실 밖으로 나아가 손님들 앞에 섰다.
"응, 넌 누구냐?"
손님 중에 이경자의 식당에 처음 온 사람은 이 시간에 여자아이가 잠을 자지 않고 아저씨들의 술자리에 나타난 것이 의아했다. 더군다나 잠옷도 아니고 빨간 드레스 외출복 차림이었다.
"아저씨를 서 노래 들어봐요."
손님들의 시선이 집중되자 혜영이 말했다.
혜영은 건너편 빈 테이블에 올라섰다.
"노랑나비 한 마리가 꽃밭에 앉았는데…."
혜영은 때마침 유행하는 춤을 추고 노래를 불렀다. 노래실력은 평범했으나 쭉쭉 뻗는 몸동작과, 표정이 강한 얼굴은 예사롭지 않았다.
"거 참 예쁘다."

『연예인해도 되겠다.』

저절로 박수가 나왔다. 친한이 되다시피 하며 이경자를 치그대던 자들도 혜영의 연기에 빠져 그들의 취기를 누그러뜨렸다.

『다음에도 보여줄 수 있어?』

『많이 사 주신다면요.』

『그래 기특한 것.』

이후 그들 중에는 혜영을 보러 일부러 식당에 오기도 했다. 소문을 듣고 여러 손님이 와서 부탁하면 혜영은 당시 방송에서 유행하는 쇼를 흉내 내서 보여주었다.

식당일은 잘 되었다. 일규는 고등학교를 졸업했다. 그다지 공부를 잘하는 것도 아니고 다른 특기도 없어 어머니를 따라 식당 일을 맡아보기로 했다. 청년의 일손이 더하니 장사의 규모는 배 이상 불어났다. 살아가기 위한 벌이는 충분했다. 중년의 아주머니와 아직 어린 청년이 생활을 위해 쓸 돈은 그다지 많지 않았다.

그래도 그들은 이전보다 더한 열의으로 장시에 몰두했다. 그것은 그들에게 새로운 목표가 생겼기 때문이었다.

혜영을 연예계로 보내는 것이었다.

혜영은 나이를 먹어감에 따라 남들 앞에 지기를 내보임으로써 자기존재를 확인하는 것이 일상화되었다. 그것은 그녀 스스로의 말미암은 것뿐 아니라 주위의 부추김이 더해진 것이었다. 학교친구 친척 등 모두가 만날 때마다 그녀를 단순한 한 아이로 보지 않았다. 그녀는 무엇인가를 해보이고 다른 사람들은 그것을 봄으로써 즐거움을 얻는 그런 관계가 이루어졌다. 고등학생이 되어 교내 연극반에 들었다. 뛰어난 연기력으로 연극발표회에서 주연을 맡게 되었다.

국어선생인 담임의 창작극을 발표하기로 되어 있었다.

『로미오와 줄리엣의 이야기는 그렇게 기발한 것이 아냐. 비슷한 이야기는 희랍신화에도 있거든. 그와 비슷한 모티브로 만들어진 작품이니 한번 연슥해봐.』

담임선생은 희곡대본을 연극반의 혜영과 다른 학생들에게 돌렸다. 제목은 「Tommy와 Laura」였다. 담임은 로미오와 줄리엣의 아류인 것처럼 말했지만 실은 그가 학생시절에 들은 팝송을 참고하여 만들어진 것이었다.

토미와 로라가 산골마을에 각기 혼자 살고 있는 것을 무대의 양쪽 두 오두막집으로 보여주었다.

토미는 로라를 사랑하여 매일저녁 밭일이 끝나면 로라의 집에 들러 꽃과 열매등 선물을 주고 갔다.

토미는 그러면서도 매일 『예쁜 로라가 과연 가난한 농사꾼인 나를 좋아할까?』 하고 걱정했다. 토미역을 맡은 남학생이 방백(傍白)으로 표현했다.

토미의 반복적인 정성이 극에 나타났다. 로라는 무덤덤했다. 무대의 불이 꺼지고 다시 켜진 뒤 어느 날 저녁 토미가 찾아 갔을 때 로라는 집에 없었다.

옆집에 물어보니 오늘 낮 짐을 싸고 이사갔다고 하고 어디로 갔는지 모른다고 한다.

『아, 내가 싫어서 떠난 거야...』

토미는 절망하여 강물에 투신해 죽었다.

이틀 후 주인 없는 토미의 집에는 편지가 배달되었다. 그것은 무대 뒤에 역광조명을 받으며 서 있는 로라역의 혜영이 낭송해주었다.

『토미씨 저만을 사랑하는 당신의 마음을 이제 알 것 같아요. 당신은 모르셨겠지만 저는 이제까지 저의 미모를 보고 찾아오는 많은 남자들을 만나며 마음을 정하지 못하고 있었어요. 그러나 이제는 마음을 정했어요. 당신만을 사랑하기로. 그래서 저는 자꾸 저를 찾아오는 사람들을 피해서 떠난 겁니다.

자, 이리로 오세요. 요 밑 개울 건너서 산모퉁이를 오른쪽으로 돌아 마을을 두 번 지나간 뒤 세번째 마을 빨간 지붕 있는 조그만 집이 제집이니까. 저는 이미 마음을 정했으니 언제라도 당신이 올 때까지 기다릴게요. 로라.』

연습작의 연기는 호평을 받았다. 혜영은 낭독을 제외하고는 대사보다는 표정연기를 보이려 애썼다. 흰옷을 입고 이국적인 지세와 표정의 연기를 보이려 애썼다. 담임은 그게 만족했다.

『혜영이의 연기는 학생수준이 아냐. 학교에서만 묻히기에는 아까워. 기성연극단과도 공연하고 혜영은 도청시(道廳市)의 기성극단과 함께 도민회관에서 공연하는 연극에 출연하였다. 제목은 록 해보지.」
「에밀리의 삶」이었다. 영국의 여성작가 에밀리브론테의 일생을 극화한 것이었다.
이야기의 진행보다는 분위기를 나타내는 장면이 많았다.
첫 장면은 무대 뒤에 펼쳐진 스크린에 비스듬한 언덕의 그림자가 비쳤다. 앙상한 관목줄기들이 흔들렸다. 바람은 그들을 언덕
휘이잉-, 폭풍이 몰아치는 소리가 났다. 생명들은 끈질기게 살아가는 것이었다.
에서 떨쳐낼 듯이 불어댔지만 그 생명들은 끈질기게 살아가는 것이었다.
바람에 밀려 차자자작, 사사사삭, 잔 술기들이 서로 부딪치고 비벼대는 소리가 바람 부는 방향
을 따라 가까이 다가왔다 멀리 사라지곤 했다.
『시커먼 요정이 다가오는 것 같애.』
어린 에밀리는 두려움에 휩싸이다 그 소리가 사라지자 이윽고 안도하기를 반복했다. 이러한 장면
들은 그림자의 영상위에 흡사 라디오 방송극같이 녹음을 틀어줌으로써 표현되었다.
에밀 조금 자라나서 소녀가 되었을 때부터 혜영은 직접 연기하였다.
에밀리는 언덕 곳곳에, 특히 사람의 발길이 닿지 않는 험하게 경사진 언덕이나 깊숙한 골짜기에
더욱 무성히 자라난 히스(heath)를 관찰했다.
『뭐야? 가늘고 거칠게 막자란 줄기…. 작고 볼품없는 꽃. 차라리 흉측하다고하겠다. 그러
니 아무도 예뻐하지 않지…..
하지만 남들이 좋아하건 싫어하건 아량곳하지 않고 너희들은 언덕배기에 끈질기게 뿌리박고 살아
가고자 버티는 구나.
그래, 삶이란…. 인생이란 이렇게 치열한 것이야! 삶이란, 삶을 방해하는 그 무엇과의 싸움
이 있기에 비로소 생명다운 것이라고!
자매가 고향을 떠나 공부하러 타지에 갈 때 에밀리는 향수병을 못 이겨 돌아오곤 했다.
『넌 왜 고향을 떠나지 못하니?』
아버지의 물음에
『고향의 자연에서 느끼는 세상과 생명에 대한 진리 외에 더 중요한 것은 없어요.』
『네가 유학 갔을 때 너무 말이 없던 것을 사람들이 싫어하더라.』

『그들에게서 배울 것이 나 혼자 사색하며 터득하는 것보다 못하니까 그렇죠.』

두 통의 편지가 배달되어 왔다. 하나는 오빠고 하나는 언니의 것이었다. 오빠는 가정교사로 있던 집의 부인과의 연애사건으로 파면되었다. 언니도 공부를 마치고 돌아온다고 했다. 가족은 다시 함께 살게 되었다.

언니 샤루이 말했다.

『에밀리, 니 시집 좀 내지 않을래?』

『응, 갑자기 무슨 소리야?』

『네 시 침 좋던데?』

『뭐라고?』

『그러지 말고... 네 시를 출판하자. 그 좋은 생각들을 혼자 묻어 두기에는 아까운 것 아니?』

『싫어.』

언니는 내가 그 동안 써서 내 서랍 속에 넣어둔 시들을 읽어 보고 말하는 것이었다.

『왜 몰래 봤어!』

『그러면 우리 세 자매 공동으로 시집을 내.』

이어서 에밀리역의 혜영의 방백이 있었다.

『언니는 우리 자매를 이끌어 주기도 하지만, 나는 언니의 사고방식은 마음에 들지 않았어요. 그 때 언니는 시시한 연애 소설로 히트를 치고 있었죠. 작품 속에서 하는 말이 뭐 개방적인 교육이 좋다고? 어릴 때 우리 위로 언니 둘이 기숙학교에서 죽었다고 원한에 사무쳐서 아이들은 풀어서 행복하게 키우는 게 제일이라는 생각을 말하고 있는데요. 그냥 그대로 흘러가듯 사는 게 무슨 의미가 있나요. 그건 지렁이나 뱀의 삶과 같을 뿐이죠. 인간은 투쟁하며 사는 거야. 두 언니는 그 치열한 투쟁에서 살아남도록 운명 지워지지 않았으니까 죽은 것이고. 그런 혹독한 과정을 극복하고 살아남지 않는다면 삶은 의의가 없는 거라 생각해요.

그리고 언니와는 또 다른 측면에서 불만스러운 우리 오빠가 있어요. 오빠는 가정교사로 간 집에서 그 집 부인과 연애하는 것까지는 좋았는데 그 뒤로도 계속 미련을 버리지 못해 술과 아편으로 사는 것이었죠.』 에밀리의 오빠 브란웰의 주정이 이어졌다.

『왜 세상은 인생의 낭만과 사랑을 억압하는가!』

『오빠, 아편 그만 해!』

『그럴 순 없어. 아편은 나를 이상(理想)의 세계로 인도해. 로빈슨 부인과도 원 없이 사랑을 나누게 하지.』

『그러려면 차라리 나하고 사랑을 해.』

에밀리는 오빠의 손을 잡았다.

『그래 솔직히 나도 너를 사랑한다. 하지만 인간 사회의 통념은 너와 나의 사이도 넘을 수 없는 벽을 치고 있어.』

오빠는 에밀리를 껴안았다. 에밀리는 뿌리치고 나왔다.

『오빠, 인생은 장난이 아니야.』

『그래. 맞아.』

브란웰은 주저앉고는

『너도 이곳에 피어나는 히스 풀을 사랑하지?』

『나는 히스와 같이 남이 어떻게 보든 꿋꿋하게 도전하며 살아가는 인간이라고 생각해.』

『그래 어떻게 알아?』

『그러면 한번 그런 인생을 살아봐. 아편만 좋아하지 말고.』

『나는 그렇게 살아갈 배포가 없어. 나는 아마도 인생의 패배자가 될 거야. 하지만 그런 인간을 상상한 적은 있어.』

『어떻게?』

『너에게 들려줄게.』

『오빠가 한번 작품으로 써봐.』

『나는 도저히 내 생각을 정리할 수 없어. 네가 한번 얘기를 듣고 써봐.』

브란웰은 손짓으로 에밀리에게 히스와 같이 거칠게 살아가는 인간의 이야기를 들려주는 모습을 보였다. 에밀리는 경청했다. 그리고 책상에 앉아 글을 썼다.

브란웰이 죽어 장례식에서 에밀리는 감기에 걸렸다. 감기는 폐결핵으로 바뀌었다. 심한 기침이 있었고 괴로운 호흡을 해야만 했다. 가슴에 진통이 거듭했다.

「에밀리. 니 건강이 안 좋다. 의사를 불러서 치료해야 겠다.」 샤롯이 말했다.

「아냐. 이긴 병이 아니야. 나는 나의 삶을 방해하는 악마의 역사(役事)일 뿐이야. 그리고 싸워 이겨 극복하는 것이 나의 삶의 자세야.」

에미리는 변함없이 가사를 열심히 돌보았다.

「어서 의사를 불러 치료해야 하지 않겠니?」

「필요 없어! 나는 나 스스로 극복하는 인생을 살고 있어! 깨어있으면서 누워 있다는 것은 하늘을 향해 일어서서 사는 인간에게는 굴욕이야!」

12월 19일 아침, 에밀리는 언제나처럼 일어 났으나 옷을 갈아입기가 힘들었다. 비틀비틀하며 아래층으로 내려가 의자에 걸터앉아 가쁜 숨을 몰아쉬며 바느질을 하려고 했다.

서재에 있던 샤롯이 내려왔다.

「너 정말 아프구나. 의사를 불러야 해.」

「아냐. 괜찮아.」

나갔다 들어온 샤롯은 히스 꽃을 꺾어왔다.

「에밀리야. 이 꽃처럼 힘차게 살아야 해.」

「이미…. 시들고 있어.」

「우리 어릴 적에 병정나라 같은 세상을 만들자고 했잖아?」

「…。」

「이젠 정말 어떻게 해? 의사를 부를게.」

「…。」 샤롯은 차림을 하고 나갔다. 이 때 동생 앤도 건강이 나빠져 있었다.

「언니 들어가 침대에 누워.」 힘없는 소리로 권했다.

「아니, 필요 없어.」

꽃잎처럼 떨어지다

에밀리는 그대로 기력이 회복되길 기대했다.
샤롯이 의사를 데리고 들어왔다.
에미리를 침대로 옮기려고 하자 그녀는 에밀리를 진찰한 의사의 표정은 심각했다.
던 그녀는 풀썩 쓰러졌다.
『그래, 인생은 이렇게 끊임없이 일어서며 올라가려다, 결국 몸은 지상에 엎어지지만 영혼은 한 단계 높은 곳을 향해 오르는 것이야.』

이번의 제목은 「졸부냐 명문가냐」였다. 혜영은 그대로 등장인물이 되어 있었고 남자상대역 민수가 있었다.

『너무 고상한 연극이었다.』
『다음에는 좀 속물적인 것을 하려고 해.』

극장을 경영하는 집안의 내부에서 벌어진 일이었다. 혜영이 맡은 딸이 집에 들어오면서
『아빠, 우리 국민극장이 문화재로 지정되었대요!』
하며 기뻐했다.
그러자 아버지는
『기어이 올 것이 왔구나.』
하며 전혀 즐거워하지 않는 것이었다.

다음날 아버지는 철거용역회사를 불러들였다.
『아빠, 이 귀중한 건물을 왜 헐어요?』
『네가 상관할 바 아니다.』
『이 건물은 역사가 배어있다고 하잖아요? 그대로 두고 많은 사람들이 보면서 우리 역사를 되새기게 하면 얼마나 좋아요. 그러면 우리 집안사람들도 우리역사와 문화의 맥을 같이 한 명문가로서 사람들의 존경을 받을 수도 있었을 건데....』

아버지는 손짓을 하며 설명했다.

『그렇지 않나. 요즘 같은 세상에 그렇게 되어 봐야 우리 후손들이 과연 진정 사람들의 존경을 받을 수 있을까 보냐. 아마 사람들은 집안사람들이 그저 조상 덕을 보았다고만 말할 거야. 하지만 이 건물 터에 빌딩을 지어 세를 받으며 재산을 늘리고, 네 오빠들 유학 보내고 사업에 성공하게 하면 그때 사람들은 너희들을 성공한 사람들이라고 생각할거다.』
『우리가 아니라 아빠는 집안의 맥을 이어오셔야 하잖아요?』
『나도 이게 문화재 건물의 주인으로서 있기보다는 큰 건물에서 많은 세입자들에게 집세를 받는 대접이 더 낫다. 지금의 세태에서는 자손에게 명문가라는 명예를 물려주기보다는 돈을 물려줘야 더 좋은 유산이 된다. 가문의 명예는 자기의 것이라고 주장할 수가 없다. 하지만 돈은 아무리 조상의 것이라 하여도 결국은 자신의 것이 되고 그대로 세상에서 대우받는데 유용하게 쓰이니 얼마나 좋으냐.』
『예, 안겠어요.』
주인집 딸 영희는 고개를 끄덕였다.
연극의 결론은 한 철거용역원이 작업중 고개를 돌려 방백하는 것으로 마무리됐다.
『여튼 산·성경에도 「비천(卑賤)히 여김을 받을지라도 종을 부리는 자는 스스로 높은 체 하고 음식이 핍절(乏絶)한 자보다 나으니라」고 했습니다. 그 돈이 남에게 생업의 길을 만들어 주는데 쓰이기만 한다면 정말 실속 없는 명문가 대접보다는 나을 수 있는 것입니다.』
『그래. 남으로 하여금 시키는 일만 하면 먹고 살 수 있게 해주는 그런 능력이 있는 사람은 실속 없는 예술가니 문학가니 보다 존경받을 만하지요. 모두 학생답지 않은 수준의 연기라고 칭찬해 주었다.
『이번에 서울에서 배우 오디션이 있으니 함께 가시는 게 어때요?』
식당손님 중에 영화계에 인맥이 있다는 사람이 어머니 이경자에게 말했다. 그는 마침 지방에서의 촬영답사 일을 마치고 서울로 가는 중이라고 했다.
『우리 영화사에서는 발랄한 고교생역이 필요해요.』

꽃잎처럼 떨어지다

이 사람이 혜영의 집에 온 것은 우연이 아니었다. 이미 혜영은 고교연극반과 지방연극단에서의 활동으로 시내에 소문이 나있기에 영화 관계자가 일부러 찾아온 것이었다.

『그럼 우리 혜영이를 영화에 출연하게 해주신다는 건가요?』

『당장에 보장은 안 되지만 아마 가능할 겁니다. 어차피 뜻이 있다면 한번 서울 와서 시험을 보는 것이 좋아요. 좋은 경험이 될 테니까.』

무리하지 않은 권고였다. 혜영은 어머니와 함께 그 남자를 따라 서울로 왔다. 밤에 도착하여 남자는 떠나 보내고 여관에 투숙했다. 아침에 여관방에서 목욕과 화장을 하고 다시 그 남자에게 연락하여 영화사 사무실로 갔다.

그곳에는 또래의 여자애들이 대체로 혜영보다 세련된 옷차림을 하고 모여 있었다. 특히 그 애들의 어머니들은 혜영의 어머니보다 훨씬 차림새가 나아 보였다. 대부분 서울에서 모였고 지방에서 올라온 애는 혜영 말고는 거의 없는 것 같았다.

『전부 쟁쟁한 애들 같은데 우리 혜영이가 될 수 있을까요?』 이경자가 묻자

『아녜요. 얘네들 대부분 우리 연기학원 수강생들인데 감독님이 얘네들 중에선 특별히 쓸일만한 애가 안 보인다고 해서 내가 혜영이를 픽업한 겁니다. 집에서 해오던 대로만 하면 무난할 겁니다.』 혜영을 데려온 남자는 말했다.

시간이 되어 혜영은 오디션을 받았다. 심사위원들은 우선 기본적인 표정연기 몇 가지를 해보이게 했다.

『용모는 예쁘긴 한데 너무 개성이 없이 평범해요.』

혜영을 앞에 두고 심사위원들의 평가가 오갔다.

『그래도 배우(俳優)는 가만있을 때의 용모가 중요한 게 아니죠. 한번 실전 연기를 해봐요.』

심사위원들은 혜영에게, 미리 정해진 대본을 읽으며 표정을 어떻게 짓느냐가 중요하죠. 모델하고는 다르고, 표정을 혜영은 주어진 대본에 있는 대사를 읽으며 표정을 따라하는 연기를 주문했다.

"아빠는 아빠의 못 이룬 꿈을 저를 통해 이루시려고 하는 것 같아요! 하지만 전 저대로의 인생을 살아갈 권리가 있어요. 아빠가 좋아하시는 음식과 제가 좋아하는 음식이 다르듯이 아빠가 보는 성공한 인생과 제가 생각하는 성공한 인생은 다르단 말이에요!"

혜영은 연기한 대로 최선을 다했지만, 아빠와 함께 산 경험이 없는 자신이 얼마나 감정을 제대로 볼멘소리에 학간의 눈물을 의도적으로 머금은 연기였다.

혜영은 연기한 대로 최선을 다했지만, 아빠와 함께 산 경험이 없는 자신이 얼마나 감정을 제대로 살리고 싶냐는 연기를 했는지 걱정이 되었다.

"이제 자유연기를 해 보세요."

기다렸던 순서였다. 혜영은 이제 자기가 준비해 두었던 몇몇 장면들을 연기했다.

"당신이 술의를 계속 만나도 상관 않겠어요. 그 대신 제발 저는 버리지 말아주세요."

"호호, 자기는 마치 돈키호테 같이 엉뚱한 데가 있단 말야."

"아니, 어쩌면 그러실 수가 있어요?"

"정말, 짱나네."

자유연기는 한 장면만 해도 되는데 혜영은 심사위원 앞에서 쉴 새 없이 울고 웃고 화내고 찡그리는 표정을 바꿔서 짓고…. 나중에는 춤을 추었다. 좀 정신 나간 듯이 보일정도였다.

"자신의 모든 면모를 보여주려는 저 열의가 충분히 배우가 될 소질을 보여주고 있다."

혜영은 합격판정을 받았다. 이제는 그녀가 어릴 적부터 본능적으로 추구했던 욕구를 자기의 일로 삼고 살아갈 수 있게 되었다.

배우는 자기의 가능한 여러 면모를 실현하는 일이다. 분명 자기이긴 한데 또한 자기가 아닌 한 인간을 마치 현실을 그대로 찍어둔 것 같은 영상을 통해 표현한다. 자기가 상상했던 또 하나의 자기가 탄생하게 되는 것이다.

내가 생각하는 나의 이상적 삶도 영상으로 보여준다니…. 혜영은 자기의 영화에 대한 철학을

꽃잎처럼 떨어지다

생각하지도 말하지도 못할 어린 나이였지만 느끼는 감은 있었다. 앞으로의 할 일을 생각하면 벅찬 가슴에서 심장이 두근거렸다.

오디션 합격은 단지 촬영의 기회를 준다는 것이었다. 촬영하더라도 기대에 못 미치면 편집과정에서 삭제돼 상영되지 못할 수도 있다. 아직 영화제작기간은 많이 남아 있어서 혜영은 준비연습을 할 시일이 있었다.

혜영의 가족은 역전의 식당을 정리하고 서울로 이사 왔다. 어머니와 오빠는 서울에서 새로 식당을 열려고 했다.

그런데 그럴 필요가 없게 되었다.

이사 온 지 한주일이 못돼서 온 전화였다.

『박혜영 씨 찾습니다.』

『예, 맞습니다.』

『여긴 태경(泰慶)학생복인데요⋯⋯.』

『혜영을 방송광고모델로 쓰겠다는 것이었다.

『텔레비전에 네가 나오게 한대―!』

혜영의 방송출연만으로도 영광이었다. 그런데 광고계약서를 본 세 가족은 꿈인 듯 즐거워했다.

『아⋯⋯. 이럴 수가. 단지 한번 나가서 춤 한번 춰주는 것으로⋯⋯.』

제시하는데 그것은 그들이 식당일을 일 년은 해야 벌 수 있을만한 돈이었다.

혜영의 방송출연은 예전에 식당에서 자발적으로 했던 것과 같은 놀이일 뿐이지 어머니와 오빠의 식당일을 같이 남에게 고되게 봉사하는 일이 아니었다. 자기가 좋아하는 것을 즐기면서 거액을 버는 혜영을 두고 어머니 이경자와 오빠 박일규(朴一圭)는 보물을 대하는 듯이 느껴졌다. 그들은 새로운 위치에서 자신들이 살아갈 앞날에 장 가까운 가족이라는 것도 얼마나 큰 행운인가. 통화를 하던 이경자는 입이 벌어졌다. 모델료를 대한 감격스러운 동경에 사로잡혔다.

3. 여배우 박혜영

혜영은 광고출연을 끝내고 첫 영화촬영에 들어갔다.
혜영이 받아든 시나리오는 문학을 지망하는 소녀 숙희의 이야기였다.
여고생 숙희는 작가를 꿈꾸는 소녀였다. 책을 즐겨 읽고 틈틈이 컴퓨터 모니터 앞에서 습작을 하는 소녀의 모습을 혜영은 보여주었다.

학교에서는 지기가 원하는 직업을 찾아 인터뷰를 하는 숙제를 내주었다.
『너무 유명한 사람에게 보내면 답장이 안 올 수 있으니까...』
숙희는 인터넷에서 검색하여 한 무명 소설가의 홈페이지를 찾았다. 순수한 눈빛과 인상이 마음에 들었다.
『이메일이나 전화로는 기분이 안 나.』
숙희는 그 소설가의 집주소를 찾아서 편지를 쓰기로 했다.

혜영은 책상에 앉아 달이 뜬 창밖을 바라보며 한 마디 한 마디 달을 향해 말하면서 편지를 쓰는 연기를 했다. 그리고 화면이 겹치며 바뀐 후 스탠드불빛 아래서 답장을 받아 읽는 연기도 했다. 비교적 단조로운 연기였지만 소녀의 순수한 마음을 드러내는 표정을 만든다는 것은 쉽지 않았다.
받아든 편지에는 숙희가 쓴 하나하나의 설문에 대한 답이 씌어져 있었다.
편지의 글씨틀과 그것을 읽는 숙희의 얼굴이 겹쳐 보이면서 편지를 읽는 목소리가 울렸다. 숙희의 질문은 숙희의 목소리로 읽혀지고 작가의 답변은 자상하고 부드러운 남자의 목소리로 읽혀졌다.

- 안녕하세요. 작가 선생님의 어렸을 때 꿈은 무엇이셨나요?

꽃잎처럼 떨어지다

어렸을 때의 꿈은 과학자였어요. 학교도 그런 쪽으로 나왔고 과학자로서의 생활도 해보았죠. 그러나 내가 남달리 겪은 인생유전(人生流轉)의 경험은 물질과학의 탐구활동에는 효과적으로 활용되지 못할 것 같았어요. 그래서 과학자로서의 할 일도 이만하면 됐다 싶은 시점에 글쓰기로 전향을 했죠.

- 저는 여행을 하면서 소설을 쓰고 싶은데 그에 대해 어떻게 생각하세요?

일단 소설을 쓴다는 생각을 말고 여행을 하면서 일들을 있는 그대로 모두 다 써보세요. 그러면 기행문이 될 아녜요? 거기다가 여행길에서 겪은 풍경에 대한 느낌이나 만난 사람들에 대해서 최대한 자세히 묘사해 보세요. 특히 만난 사람들의 겉에 드러나는 행위만 그리는데 그치지 말고 그들의 마음속과 그들 각각의 살아온 인생여정을 추측해서 글을 써보세요. 그러면 소설처럼 만들어질 겁니다.

- 저도 소설을 몇 번 써 봤거든요. 그런데 그것을 몇 년 후에 읽어보면 진짜 유치하거든요. 이렇게 많이 쓰다보면 실력이 느나요?

글쎄요. 읽기와 자료공부를 하고나서 쓰는 것을 연습해야지, 쓰는 것만 가지고는 실력이 늘기가 힘들지 몰라요. 일단 읽기를 권유할 수밖에요. 그리고 소설을 쓰기 위해 읽기를 연습한다고 해서 주위에 흔한 보통소설만 읽으면 늘기가 어렵죠. 달리기선수도 발에 쇠를 달고 연습하듯이 보통소설보다 어려운 철학책이나 사상책, 고급순수문학 등을 읽어봐야죠.

- 소설가가 되기 위해 힘드셨던 날들이 있으셨을 텐데 어떻게 극복하셨어요?

힘들 때는 수익이 더 나은 다른 일로 돌아설 수도 있었지요. 그러나 그럴 바에는 예전에 다녔던 회사를 계속 성실히 다니는 것이 차라리 낫지 않았느냐는 생각에 그렇게 하지 않았습니다. 소설가가 글을 쓰는 것은 돈을 많이 버는 것 외의 다른 목적임을 분명히 함으로써 도중하차의 유혹을 벗어날 수 있었습니다.

숙희의 질문과 소설가의 답은 목소리를 바꿔가며 영상과 어우러졌다. 평범한 이야기였지만 숙희는 그 내용을 아주 소중히 여겨, 편지를 자신의 앨범에 넣었다. 그리고 내용을 학교에서 베껴 써서 학교 과제물을 완성했다.

숙희는 학교에서 만점을 받았다. 그리고 다시 소설가에게 편지를 썼다.

『과제물은 만점 받았어요. . . . 그런데 요전에 대학교 백일장 하는 곳에 글을 보낸 적이 있는데 한명 차이로 떨어졌어요. 예전에는 내가 정말로 글을 못 쓴다고는 전혀 못 느꼈는데 이제야 그 맛을 톡톡히 치러낸 것 같아요. 언젠가는 나에게도 기회가 주어지겠지 하면서도 한편으로는 마음이 편하지가 않아요. 왠지 그 행운이 나의 옆으로 비켜나갈 것만 같아서요.

하지만 여기서 무너지면 내가 그동안 그 믿음으로 걸어왔던 인생이 너무 허무할 것 같아서 항상 소설 쓰는 것을 먼저하고서 그 두번째가 공부였어요. 어쩌면 나에게 다른 끼가 있을지 모르겠다는 생각도 해봤지만 전혀 그러한 끼도 없어요.

어떻게 해야 할지... 그래도 해 보는 데까지 해 볼려구요.

자기의 꿈을 포기하지 못하는 사람은 있잖아요. 저도 그럴려구요. 언젠가는 지쳐서 못하겠지만 힘이 닿을 때까지는 할려구요. 소설이든 시나리오든... 저번에 제 친구한테 제가 쓴 소설을 보여 줬더니 한번 시나리오 쪽으로 할 수 없겠냐며 묻더군요. 그래서 저는 시나리오 작가가 될 거라고 말을 자르기도 했어요. 저도 어떻게 보면 시나리오를 쓰는 것이 좋지만 소설이 재밌고 좋은걸요. . . . 제 편지를 받아 보시고 마음이 어땠어요?』

그런데 다시 그에게서 온 답장은 의외였다.

『창작인은 꼭 진로를 일찍 정해야 하는 건 아니니까 일단 자기가 배울 것을 충분히 배우고 생각해도 괜찮을 겁니다. . . . 학생의 편지를 받으며 반가웠지만 제일 반가운 건 저의 순수한 독자죠.』

혜영은, 부족수업을 마치고 돌아온 숙희가 반갑고 떨린 마음으로 편지를 열었으나 작가의 타산적인 대답에 실망하는 표정을 연기했다. 편지내용을 요약하면, 그냥 딴 생각 말고 공부나 열심히 하라는. . . 아빠와 학교선생님에게서

꽃잎처럼 떨어지다

도 들을 수 있는 말일 뿐이었다.

『문인은 마음이 순수할 줄 알았는데···』

숙희는 밤늦게 혼자 공부방에서 눈물을 지었다.

영화 속 이야기는 십여 년을 건너뛰어 다시 전개되었다. 세월은 흘러 숙희는 결혼을 준비하는 나이의 회사원이 되었다.

혜영은 나이 들어 보이는 분장을 했다. 아직은 이십대 후반의 젊은 여자이니 주름살 같은 것은 그리지 않았는데도, 분장사의 작업을 끝내고 거울을 보니 신기하게도 자기가 언니라고 부르는 대학생 연령의 여자들보다도 더 나이 들어 보이는 자신이 나타났다. 분명 자기이면서도 또 다른 자신의 면모를 보는 것이 재미있었다.

영화 속 그녀의 짝사랑이었던 무명작가 손일영(孫一永)씨는 그다지 크게 성공하지는 못했으나 조금은 인정받는 사회적 인사로 자리를 잡고 있었다. 숙희가 고교생일 때 30대 중반이었던 그는 여전히 독신이었다. 손일영이 아침방송 프로그램에 출연하여 자기 신상을 인터뷰하는 장면을 통해 그의 현재의 사회적 위치와 생활상이 표현되었다.

숙희는 고교 때의 꿈을 접은 지는 오래였다. 그러나 잡지사 직원으로서 취재를 다니며 세상의 여러 단면들을 살피는 글을 쓰니 자신의 소망과 전혀 관계없는 것은 아니었다. 조금은 회한이 든 듯싶지만 열심히 자기의 일을 하는 숙희의 모습이 관객에게 전해졌다.

숙희는 사무실에서 동료들과 그 방송을 보았다. 팀장은 저 사람을 우리도 인터뷰하자고 말했다. 숙희는 자기가 하겠다고 자원했다.

숙희는 「사랑의 순수」라는 제목의 인터뷰기사를 위해 어릴 때의 짝사랑이었던 그 작가를 방문했

손일영은 숙희를 알아보지 못했다. 그때 숙희의 얼굴을 보지 못했고 흔한 이름이었기 때문이었다.

숙희의 취재를 통해 손일영의 사랑 경험 이야기와 그가 가지고 있는 사랑에 관한 소신이 피력되었다.

「당신은 스스로 사랑의 순수함에 긍지를 가지고 계시나요?」

인터뷰 중에 숙희는 질문했다.

「예. 그렇습니다.」

「그러면 지금 시중에 떠도는 가십을 해명해 주세요. 드라마 작가 양모 씨와 염문이 있었다는데 양씨는 당신을 공개적으로 좋아한다고 할 정도잖아요? 여자가 그럴 정도면 정말 당신한테 마음을 바치는 것이 아녜요? 그런데 계속 냉담하게 거부하시는 이유가 뭐죠?」

손일영은 어색한 미소를 지으며 답했다. 「사랑은 인간의 권리이자 의무입니다. 그런데 사랑하여 상처를 입을까... 혹시나 손해 보는 관계가 될까 두려워하는 나머지 사랑을 좀처럼 받아들이지 않는 여성들이 있습니다. 그러다 이윽고 중년을 넘겨서야 사랑하고 싶다고 말하는 여성이 있습니다. 그 여성도 라미 작가 양모 씨는 손씨와 거의 나이 차이가 나지 않는 사십대의 독신녀였다.

손씨는 계속 말했다.

「사랑에 따른 구속은 그 결실인 생명에 대한 책임이 근거가 됩니다. 출산의 시기를 지나서서 어찌 상대에게 구속을 요구할 수 있을까요?」

「그러면 구속을 당하지 않는 순수연애를 원하신다는 것인가요?」

「예, 결혼이 사랑을 위한 필수요소는 아니잖아요? 어차피 양육을 책임지는 일이 있지 않을 바에야 구태여 서로가 구속을 당하는 결혼을 추구할 이유는 없죠. 순수한 이성친구로 지내도 충분한데 결혼을 요구한다는 것은 상대의 사랑 외적인 것을 공유하자는 것으로서 그 자체가 순수하지 못한 것이죠.」

「상대 여성의 사랑을 격하시켜 보시는군요. 그 여자에 대한 동정심은 일어나지 않나요? 물론 동정으로 사랑을 받아들이는 것이 옳은 건 아니지만 순수한 마음을 가진 자에게는 동정과 사랑의 분

꽃잎처럼 떨어지다

"거의 안 느끼십니다. 오히려 그녀가 이전에 상처를 주었을 남자들에 대한 동정심이 일어나죠. 한창 사랑의 수용력이 있던 때에는 구애하던 남자들에게 많은 상처를 주다가 늦게야 아쉬움에 사랑을 구하는 여자는 동정이 안 갑니다. 이십대에 자기의 인생진로와 직장취직을 걱정 안하는 남자가 올바른 남자라고 할 수 있겠습니까? 여자도 마찬가지입니다. 남자가 젊었을 때 군대나 직장이 필수이듯이 여자는 젊었을 때 사랑을 받아들여야 진짜 여자입니다."

작가 손씨는 당당히 사랑의 의무감이 결벽한 여자들을 비판했다. 자신은 순수하다고 자부하면서, 순수하지 못하다 여겨지는 다른 여자들을 탓하고 있는 것이었다.

숙희는 손씨에게 인터뷰 예정에 없던 질문을 했다.

"그러면 당신을 돌이켜 생각해 보세요. 당신이 나이를 따져 가까이 하지 않은 여성 중에 혹 당신을 사랑하는 여성이 나이가 너무 어리다고 해서 거부했던 적은 없었나요? 그녀가 당신과 사랑할 수 있을 나이가 되면 당신은 이미 너무 나이 들어서、 그녀가 당신을 버리고 당신은 손해보고 상처를 받을 것이라는 두려움 때문에……"

"예? 무슨 말씀이신지요?"

"기억을 더듬어 보세요. 십년 전 오숙희(吳淑姬)……"

손씨는 숙희를 다시 쳐다보고 잠시 생각에 잠겼다. 그러다

"아 그때 고교생 숙희……"

"그래요. 그리고도 당신은 이제껏 당신의 사랑의 마음이 순수했다고만 주장할 수 있나요. 당신은 이에 대해 변명할 수 없을 것입니다."

"그래 당신이 바로…… 알겠어요."

손씨는 크게 깨달은 듯 끄덕였다.

"늦게나마 사과하겠어요. 그 때 내가 너무 무심했던 것을……"

"아니、 사과할 일은 아니죠. 하지만 자신의 소신을 피력함에 있어서 일관성은 유지하셔야지

요."

숙희는 사뭇 순엄하게 손씨에게 충고했다.

"저는 이만 들어가 봐야겠어요. 인터뷰 응해주셔서 고마워요." 숙희는 도구들을 챙기며 일어서려 했다.

"잠깐, 저녁에 시간을 좀 낼 수 있겠소?"

"왜요? 시간 내더라도 마감이 내일이라 다시 들어가 야근해야 되는데요."

"내가 당신 회사 근처에 가서 기다리겠소."

"좋아요. 뇌근시간에 봐요."

둘은 저녁에 카페식당에서 환담하며 회포를 풀었다. 손씨는 숙희 앞에서 일종의 맹세를 했다.

"순수의 의미를 다시 가다듬겠어요. 사랑은 이해득실을 생각 않고, 상처의 두려움 때문에 소멸되지 않는 것이을... 그리고 사랑은 기다리지만... 그렇다고 미래를 걱정하지는 않는다는 것을..."

둘은 여름 저녁의 공원을 거닌 후 다음 약속을 않고 헤어졌다. 이미 서로의 신변은 서로가 잘 알고 있으니 모든 것은 상대를 새로이 어떻게 생각하느냐에 따라 전개될 것이라는 것이 관객에게 주어진 암시였다.

숙희가 오래신 짝사랑했던 그 남자를 다시 만나서 자신의 마음을 허락하리라고 추측한다면 그것은 지나치게 남성 중심적이었다. 이미 남자는 여자를 놓아 보낸 지 오래다. 이제 새로 만난 각자는 상대방을 자기 나름대로 새로 인식해야 하는 것이었다.

그렇게 단순하면서도 순수한 사랑 이야기의 주인공은 혜영에게 어울리는 배역이었다. 완성된 영화는 개봉하고 크게 히트는 하지 못했으나 제작 측에 큰 손해는 주지 않았다. 그 정노인으로도 주연을 맡은 신인의 입장으로서는 다행이었다. 영화는 비디오로도 대여되고 앞으로도 두고두고 수익을 얻을 수 있으니 제작진은 그것으로 위안을 받을 수 있었다.

혜영이 자라나면서 본격적인 성인 배역이 주어졌다. 이번 작품에서는 발랄하면서도 정에 약한 아가씨를 구현하는 것이었다.

「영화의 성격상 노출신이 있는데 괜찮겠어요?」

출연계약을 하는 중에 양영호(梁永浩) 감독은 물었다. 그는 삼십대 후반의 덩치 큰 남자였다.

「어떤 건데요?」

「포르노 수준은 아녜요. 허허‥」

「작품상 꼭 필요한 것이라면‥‥」

「꼭 필요? 그렇게 얘기하면 오히려 우리가 미안해지죠. 영화란 것 자체가 사람이 먹고살기 위해 꼭 필요한 것이 아닌데 영화의 한 장면이라고 해서 없어서는 안 될 꼭 필요한 장면이 어디 있겠어요?」

「그래도 작품의 진행상 노출신이 필요할 수 있지 않겠소?」

소파의 상좌에서 가만히 있던 제작자 김철호(金哲豪) 사장이 양 감독에게 물었다. 김 사장은 흰머리에 호리한 체격의 육십대 남자였다.

「소설책을 보십시오. 사진장면 없이 글이나 대화를 통해서도 이야기는 전달할 수 있는 것이 아닙니까. 노출신을 안 넣고 그냥 「어제 누구와 잤더니 어떻더라」하고 대사나 설명으로 해도 됩니다. 그게 정 어색하면 방벽이나 창밖에 비치는 그림자로 처리해도 되고요.」

「젊은 양반답지 않게 그게 무슨 고리타분한 생각이오? 그러면 영화가 재미가 없지 않소?」

「하하‥ 바로 그것입니다. 재미‥. 우리네들 입장으로 보면 작품성‥‥ 노출신을 넣는 것이 작품진행상 더 호소력을 줄 수 있고 그 장면이 아름답게 관객에게 보일 수 있다면 노출신은 필요하다 할 수 있는 겁니다.」

「하여튼 필요하다 말다 판단할 책임은 양 감독에게 있으니 잘 해주셔야 하오.」

김 사장은 소파의 등받이에 몸을 기댔다.

「여기서 나오는 것은 방에서 애인과 있을 때 잠시 자기 몸을 보여주며 진심을 말하는 장면이야.」

양 감독은 혜영에게 나직이 말했다.

정사신 축에 노 못 들어.」
「상대역은 누구예요?」
「오대성(吳大成) 씨 알지? 하지만 그 사람은 벗지 않아.」
「그럼 뭐하는 건데요?」 혜영은 얼굴이 붉어지며 물었다. 마치 자신이 상대남자가 벗기를 바랐던 것이 아닌가 오해되는 것 같았다.
「주인공은 오직 혜영이니까... 그 장면은 은은한 백열등 조명아래 창밖의 도시야경을 배경으로 여인의 아름다움을 나타낼 거야. 대성씨하고는 신체접촉도 없어.」
「아름답게요?」
「응, 대성씨는 그냥 네 손끝하고 팔목을 잡는 데 그칠 거야. 원래 시나리오에는 엉덩이에도 손이 가는 걸로 되어 있는데 불필요한 장면이고 왜곡된 성취향을 나타내는 것 같아 없앴지. 대성씨는 군자 같은 사람으로 연기할 테니까 네 몸은 거의 터치 받지를 않아.」
「그러면 해볼게요.」
자신을 아름답게 보인다는 것은 비록 노출장면이라 해도 그 부끄러움을 상쇄할 만한 보상이 있는 것이었다. 혜영은 원래 자신을 사람들에게 나타내고 싶어서 배우를 택한 것이었으니 그것은 충분히 해볼 만했다.
「고맙다. 그런데 배우는 다양한 캐릭터를 소화해야 대성장면이라 해도 그칠 수 있으니까 나중에 혹 다른 배역을 받더라도 노출신 같은걸 너무 의식하고 따지지는 않는 것이 좋을 거야. 좀 더 대담해져야 한다.」
이 때 다시 김 사장이 말참견을 했다.
「양 감독! 우리들 일은 해결되었는데 나중일 걱정하나? 혜영이는 잘 해낼 거야. 나중에 혜영이가 우리 영화로 톱스타가 되면 그때는 얘 맘대로 시나리오도 고칠 수 있을지 어찌 아나?」
「그렇군요, 사장님. 하여튼 혜영이를 유리잔 다루듯 잘 해보겠습니다.」
혜영은 출연계약서에 서명했다.

영화는 계획내로 촬영되고 상영되었다. 혜영이 맡은 역은 극중 최경숙(崔京淑)이었다. 유부남인 직상상사를 병적으로 사모하는 처녀 경숙은 그 남자가 혼자 부산으로 출장 가는 결재서류를 보고 사신도 그 날짜에 맞춰 휴가를 내서 그 남자를 따라나선다. 저녁에 여관에 있는 그 남자

꽃잎처럼 떨어지다

에게 경숙은 전화한다.
「신 부장님.」
「아, 미스 최? 어쩐 일이야?」
이미 저녁시간이 되어 회사 서무직원으로부터 전화가 오니 급힌 일인가 했다. 그러나 그녀는 차분한 목소리로
「저 부장님 계신 곳 그처에 와 있어요.」 한다.
신부장은 당황한다.
「왜 왔어? 회사일은 어떡하고?」
「휴가 냈어요.」
「어디냐? 내가 나가마.」
「아니에요. 제가 갈게요. 호실이 어디시죠?」

신 부장은 그녀를 말리려고 했으나 이미 이곳까지 온 성의가 가상했다. 게다가, 혼자 객지로 온 김에 밤 시간에 콜걸을 부를까 망설이고 있던 참이었다. 그는 특별한 도덕주의자도 아니었다. 경숙은 비록 당돌하고 위험한 짓을 했으나 평소에 회사에서 보았던 그녀는 참으로 호감이 가는 참한 처녀였다. 그것을 의식하고 신 부장이 너무 다정한 말씨를 쓰곤 했던 것이 이렇듯 두 사람의 사이가 부적절하게 발전한 원인이 되었을지도 모르지만....
「한번 들어오게 놔두자. 자기가 일부러 들어온 건데 내가 허튼짓만 안하면 책임질 일 있겠나?」

배우 오대성은 전화를 끊고 여관방에서 고심하는 신부장의 연기를 했다. 전성기 때 꽃미남 스타였던 그는 이제 사십이 넘어 중년의 연기를 했지만, 여관방의 백열 스탠드 불빛 아래 보이는 그의 모습은 여성에게 한창의 매력을 풍기는 건장힌 미남자였다. 스탠드 조명아래 반듯한 콧날의 그림자가 선명하고, 걸쳐 있는 금테안경의 광택은 그의 모습을 더욱 이지적으로 보이게 했다.

똑똑- 두드리는 소리에 문을 열어주니 경숙이 나타났다.

「나에게 용건이 뭔가?」
「일단 앉아서 말해요.」
경숙은 먼저 방안의 간이 테이블 앞 의자에 앉았다. 신 부장은 그냥 앉으세요. 경숙은 서있는 신 부장에게 앞쪽의 빈 의자를 가리켰다.
신 부장은 마시못한 듯 경숙의 앞에 앉았다.
「이렇게라도 만나지 않으면 먼저 우리의 만남이 끝내 안 좋은 기억으로 남을 것 같았어요.」
경숙은 자신이 보여준 행태가 드문 것임을 아는 듯 먼저 자기입장을 설명했다.
「내가 다 말했잖아? 이제까지의 만남이 우리가 이 세상에서 가질 수 있는 최대의 교제라고..」
신부장은 어느덧 방어하는 처지가 되어 있었다.
「식사하고, 드라이브하고... 그것으로요?」
「그럼 그게 아무하고나 가질 수 있는 자리인가?」
「그런 뜻이 아니에요.」
경숙은 자세를 가다듬고는
「부장님께서는... 세상에 나와서 다른 사람들에 의해 인위적으로 씌워진 꺼풀을 벗고...
각자 그 자신만으로서 만난 적이 없다는 거예요.」
「그럼 어떻게 하자는 말인가?」
「오늘은... 저하고 있었던 회사에서의 모든 일은 잊어주세요.」
「그런다고 내가 자유로울 수 있을 것 같은가?」
「회사뿐만 아니라... 부장님... 아니 영식 씨에 딸린 모든 것을 잊어주세요.」

경숙은 그전부터 신 부장 즉 신영식(申榮植)을 만날 때에는、그에게 아내와 자식들이 딸려 있음을 생각하기도 싫은 듯 아예 가족이란 낱말을 입에 올리지 않았다. 그녀는 가족 이야기가 화제로 나오면 일부러 피하고 다른 이야기를 꺼냈다.
영식도、 아무도 그들을 감시하지 않는 독립공간에 그녀와 함께 있으니 아내보다 경숙과의 함께함이 훨씬 행이 움직이는 것 같았다. 기실 세상에 딸린 의무를 제외한다면

복함은 사실이었다.

얼굴을 마주한 경숙으로부터 재촉하는 드스한 발섬을 들으며, 점차로 상기되어가는 영식의 얼굴색과 표정을 배우 오대성은 충실히 연기하였다.

『나의 과거를 모두 지우고 나에게 딸린 모든 것을 무시한다면 나는 너와 함께 있는 것이 이 세상 누구와의 자리보다도 즐거운 것이 사실이야. 하지만···.』

『하지만 뭐란 말예요? 그럼 먼저의 스키이라운지에서의 식사와 강변의 드라이브는 다 당신의 시간 때우기였던 것인가요? 나와 같은 사람에게서는 그러한 사건이 훨씬 큰 영향을 준다는 것은 당신은 전혀 생각지를 않으시는가요?』

경숙이 눈을 크게 뜨고 소리 높여 항변하는 것을 혜영은 연기하였다. 그녀 스스로의 경험이 없으니 다소 어려운 연기였지만 혜영은 이제껏 겪어온 말싸움의 경험을 살려 감정(感情)을 최대한 넣었다.

『알지, 알아. 너는 여자고 또 아직 이성(異性)을 겪어보지 못한 처녀다. 그러기에 나는 내 마음대로 너를 데리고 있지 못하는 것이 아니냐. 내가 설령 너를 내 마음대로 할 수 있다고 해도 나는 그럴 수 없다. 그래서 우리 사이가 더 이상 진행한다는 것은 무모한 것이기에 그 정도에서 이 편안한 사이로 돌아가자고 하지 않았냐?』

『이미 늦었어요.』

경숙은 일어서 웃옷을 벗었다. 그리고 스카트 아래의 스타킹도 잡아당겼다.

영식은 손을 내저어 말리려 하다 그대로 일어서 멈췄다. 그녀의 행동이 너무 단호했기에 말릴 수도 없었고 그러다간 또 몸부림이 생겨 정말 불상사가 일어날 수 있기 때문이었다. 경숙의 마음을 의심하는 것은 아니지만 아무튼 간 남녀가 아무 입회자 없이 단둘이 있었는데 여자의 몸에 상처가 생긴다면 그것은 그대로 그 남자 인생의 종말을 뜻한다.

정말 중요한 것은 그 자신이 평소에는 원한다 해도 가질 수 없었던 이 극한 상황을 구태여 놓치고 싶지 않은 것이었다. 그것은 돈으로 사는 여자나, 관행적으로 몸을 허락하는 아내에게서는 느낄 수 없는 감정(感情)이었다. 게다가 학생시절 연애과정의 그것과도 달랐다. 그 때의 애인은 훗날을 기대하는 예비단계로서의 값을 치르는 것이었다. 하지만 지금 경숙의 행위는 아무것도 바라지 않고 오직 사랑하기 때문에 행하는··· 모든 것이 배제된 순수 그 자체였다.

「먼저 강변을 산책할 때 저의 몸을 위아래로 훑어보시는 것에 기분이 상했어요.」
「내가 그랬었나? 잘 기억이 안 나는데.」
「제가 강변의 경치를 가리키며 이야기를 하는데 영식 씨는 제 쪽을 바라보고 계셨고, 경치를 보려면 눈길을 좌우로 돌려야 하는데 당신은 상하로 치뜨다 내리깔다를 반복하셨어요.」

경숙은 그 상황을 매우 깊이 생각한 것 같았다. 지금 하는 말도 즉흥적인 말이 아니라 미리 심사숙고하여 준비한 말인 듯 논리정연했다.

「그 당시 나는 영식 씨가 나를 바라보길 원치 않았어요. 강가의 어스름한 풍경 가운데 무심히 강물을 바라보는 영식 씨의 옆모습을 기대했던 것이었어요. 그런데 영식 씨는 보라는 강물은 안 보고 자꾸 불필요하게 고개를 끄덕이면서 제 쪽을 보고 있었던 것이지요.」

영화는 그 당시의 장면을 겹치며 보여주었다, 노을을 배경으로 한 신영식의 옆모습은 역광으로 반듯한 얼굴선이 강조되어 남자의 얼굴이 가질 수 있는 극한의 아름다움을 보였다.

경숙은 눈물을 글썽였다.
「아니 그게 그렇게도 잘못한 건가?」
영식은 어이가 없다는 표정을 지으며
「물론, 여서난체 같은 곳에서는 으슥한 눈길로 몸을 훑어보는 것이 성희롱이라고들 하지만 그건 회사나 공공장소에서 아무런 사적인 친분관계가 없는 사람에게 가했을 때 해당되는 것이고 경숙이는 이미 나하고 親한 사이가 아니었어?」
「그렇다면 왜 지금 저와의 만남을 꺼리셨던 거예요?」

꽃잎처럼 떨어지다

「그건... 너와 나와의 사이는 서로 절제가 필요한...」
「절제가 필요하다면서 왜 그런 행위를 하셨어요? 저를 성욕의 대상으로 보지 않았다면 그런 불쾌한 행위는 안하셨을 거 아녜요!」
경숙의 목소리는 더욱 높아졌다.
여자와의 말싸움을 더 이상 감당 못하는 남자의 그런 표정으로 영식은 가벼운 한숨을 쉬며 한걸음 물러섰다.
「차라리...」
경숙은 자기 옷에 손을 댔다.
「제 알몸을 그렇게 유심히 보셨다면 기분이 그렇게 나쁘진 않았을 거예요.」
경숙은 차분히 옷을 하나하나 벗었다. 벗은 옷은 염의 경대 위에 차례대로 고이 개서 얹었다.
그녀가 벗는 과정은 의자와 탁자로 앞을 가리게 하고 초점도 정물에 맞춰 있었으므로 혜영이 나중에 영화를 보았을 때 아무런 수치감이 들지 않게 하였다.
옷을 벗는 과정은 옷을 벗은 상태보다 더 부끄러운 것이었다. 화실의 누드모델도 옷을 입고 벗는 과정은 보여주지 않는다. 옷을 벗고 있는 부자연스러운 상태에서의 나신은 보여주고 싶지 않은 것이 보통여자로서의 혜영의 마음이었다. 그것을 양감독은 배려해주었다. 영화에서도 영식은 고개를 돌리고 있었다.
경숙은 나신이 되어 섰다. 그것은 수줍으면서도 끼 있는 여배우 박혜영이 처음으로 자신의 몸을 대중 앞에 공개하는 장면이었다. 바른 자세로 서있는 살아 있는 조각상이었다. 영화 속의 영식도 그런 입장이었고 관객들 또한 거의 정지영상으로 있는 혜영의 몸을 한 예술품으로서 받아들이게 하는 것이었다. 오히려 몸의 윤곽과 굴곡을 강조하는 조명과 그녀의 피부빛 그리고 얼굴 화장들이 잘 어우러져 여느 조각 작품 이상의 미를 관객들이 느끼게 했다. 여체조각상을 감상해본 기억이 있는 관객이라면 그와 동등한 형체의 아름다움을 갖고서도 검푸르고 차가운 고체가 아니라 곳곳의 고운 빛깔과 우러나오는 체온 그리고 자기를 접촉하고자 하는 손길을 배려하는 보드라움을 가지고 바가까운 감동을 느끼고 이 세상에 매우 많이 있다는 사실에 전율에라는 마음에 따라 움직여 줄 수도 있는 그러한 객체가 이 세상의 영광을 찬미할 것이다.

- 281 -

영식은 말없이 경숙의 몸을 보았다. 조금 늘씬하다고 할 수도 있으나 그다지 두드러진 볼륨을 갖지 않은 평범한 몸매였다. 영식은 가끔 고개를 위아래로 움직였지만 그것은 전혀 음험한 눈길이라는 느낌은 주지 않았다. 창백한 빛깔의 야한 피부가 어깨와 옆구리 군데군데 붉게 변색된 것이 지극히 평범함한 여성 몸의 면모를 보여주었다. 그것은 관객에게 경숙이 어떤 특별한 사람이 아니라 우리 주변에서 흔히 보는 회사원 아가씨와 같다는 친근감을 주었다. 그들은 저마다 자기가 아는 여자 직장동료를 영화 속의 경숙에 대입하여 상상하는 즐거움을 가졌다. 카메라가 멀어지면서 촬영 각도를 바꾸어 혜영의 몸 전체가 관객에게 보이도록 했다. 영화 속의 화면은 돌아갔다.

『마음대로 보세요. 저는 지금 아무런 수치감을 갖고 있지 않으니까.』

경숙은 부동자세로 중얼거렸다.

영식은 조용히 경숙에게 다가갔다. 이때 관객들은 욕정을 못이긴 영식이 경숙을 와락 껴안는 것을 예상했다.

그러나 영식은 조용히 경숙의 손끝을 잡았다.

『그래 너와 나의 인연은 오늘 이 자리로 여한이 없게 되었어.』

경숙은 더 할 말이 없는 듯 입을 다물고 있었다.

『오늘 나는 네가, 이 세상에 더없이 아름다운 마음의 소유자라는 것을 알았어. 이제 너는 더 깊고 진실한 남자의 사랑을 받을 권리가 있어. 너는 이미 순수한 마음의 사랑을 이뤘으니 이제 인생의 현실적인 사랑도 찾아야지.』

영식은 경숙을 마치 옷을 입고 있을 때나 마찬가지로 어깨를 살며시 짚고 위로했다.

이 장면이 이 영화의 하이라이트였다.

혜영은 이 영화로 인해 많은 팬을 더 얻을 수 있었다. 다소 철없는 직장여성이 맹목적으로 상사를 좋아했지만 다행히 상사는 흔해빠진 불륜이야기로 진행시키지 않고 그녀로 하여금 자제하도록 하되 사랑의 성취감을 느낄 수 있도록 갖은 수사를 동원해가며 설득했던 것이다. 거기서 혜영은 막무가내로 고집을 피우지는 않으면서도 자신의 마음을 솔직히 표현하며 사랑을 쉽게 지나치는 일상사로 넘기지 말 것을 호소하는 순수한 처녀 최경숙을 연기했던 것이다.

꽃잎처럼 떨어지다

『정말 저런 여자 나한테 한번 안 걸려드나? 난 총각이니까 그런 상황이었다면 그대로 천국일 텐데…』

영화를 본 젊은이 남자들의 반응이었다.

『정말. 여자의 마음을 대변해주는 연기야. 남자들은 여자들이 무조건 내숭을 떤다고 생각하려 할 그건 아냐. 여자를 진정 진지하게 보아주지 않으면서 한낱 노리개로 보고 또 그렇게 취급하려 할 때 여자는 거부감과 수치감을 갖고 남자를 피하는 거야.』

『여신들은 벌거벗고도 부끄러워하지 않지. 자신을 진지하게 섬기는 자 앞에서는 내숭이란 있을 수 없는 거야.』 여자들은 말했다.

이번 영화는 대체로 성공적이었다. 하지만 혜영으로서는 너무 이미지에만 치중한 것 같았다. 스토리가 탄탄한 영화에서의 열정적인 연기파 배우도 하고 싶은 것이 혜영의 마음이었다. 다음 출연교섭이 온 작품은 혜영의 그런 소망을 충족시켜 주었다.

영화에서 남자주인공 병수는 건실한 직장인이었다. 직장생활은 잘해가고 있으나 결혼을 하여 집안의 흐르머니께 효도를 하고 싶은데 번번이 좌절되면서 여자에 대한 회의감을 가지고 있는 남자였다.

이번 영화에는 비오는 날 우산 아래 함께 걷는 남녀의 대화 장면이 있었다.

『학생 때 사귀던 여자 있었나요?』

『있었었지요.』

『그 뒤에도 노력을 하셨나요?』

『학교 때는 애인을 그렇게 원했었는데 직장 초년에는 오히려 잊고 살게 되더라고요. 그렇지만 이삼년 지나면서부터 다시 결혼이라는 현실적 목표 때문에 애인을 찾게 되었지요.』

남자 역은 떠오르는 미남스타 한민수(韓旻秀)였다. 병수가 직장 일로 시내에서 우산을 받고 가는데 김엽 은행건물에 있던 선영이 갑자기 우산 밑으로 뛰어 들어오는 것으로 이야기는 시작되었다.

『어머, 아저씨. 실례 좀 해요.』

『아니오, 괜찮습니다.』

- 283 -

「저 앞 사거리까지 가는데 괜찮으시겠어요?」
「예, 가시는 데까지 바래다 드리겠습니다.」
「바쁘실 텐데…. 사실은 저 사거리 너머까지 가야 하거든요.」
「일보고 오는 길입니다. 조금 늦어도 됩니다.」
「그럼 같이 가요.」

영화 속의 병수에게는 차갑게 물젖은 여인의 팔목이 자꾸 맞닿았다. 영화는 반소매를 입은 두 사람의 팔목이 스치는 장면을 클로즈업하여 그들의 상황을 나타냈다.

「현경물산(現慶物産)에 있는 임병수(林秉洙)라 합니다.」
「어머, 그런 일류회사에 다니시다니…. 저는 그냥 저쪽 효령(曉零)빌딩에 세 들어 있는 작은 회사에 다녀요.」
「회사가 다 먹고살자고 하는 일인데 그런 게 무슨 상관이겠습니까.」
「그래도 안성되고 대우가 좋잖아요. 우린 언제 망할지 몰라서 위태위태해요.」
「우린 언제 잘릴지 몰라서 위태위태합니다. 허허.」
「하긴…. 회사가 너무 좋아서 그만두는 사람이 통 없으니까 그렇겠죠, 호호.」
「피장파장이군요.」

병수의 우산는 손은 선영에게 가까워졌다. 친한 사이라면 손을 그녀의 어깨에 얹든지 하겠지만 그럴 수도 없는 어색한 손짓이 보였다. 선영이 걸음을 빨리하면 우산을 든 병수의 손이 선영에게 부딪쳐 병수는 멋쩍어하며 팔을 당겼다.

「그런데 병수는 아직 총각이신 곁 같아요.」
「어떻게 아세요?」
「뭐라고 설명은 못하지만 확 느껴오는 것이 있죠.」
「뭐…. 사람이 불안해보이고 제대로 갖추어있지 못한 듯 보이는 것이겠죠.」
「그럼 저는 어떤지 알아볼 수 있어요?」
「잘 모르겠는데요. 그냥 사람이 좋아 보인다는 것 밖에는….」
「그래요. 판심 없다면 알 필요 없죠.」
「좋은 대화친구로서는 관심이 가는데요.」

『그러면 아무거나 하고 싶은 얘기 하세요.』
『그래도 관심 있어 하는 얘기를 해야죠.』
『여자들을 어떻게 생각하세요? 설마 관심이 없어서 여태 결혼 안한 것은 아니겠죠?』
『알았던 여자는 많이 있었죠.』

영화 속에서는 한민수의 지나간 애인과의 만남 장면이 여러 차례 겹쳐 보였다. 모두 그의 실패한 연애상대자였다.

『여자가 바라는 이상형의 남자는 이래요. 자신은 아무런 부담이 없는 홀몸이면서도 아직 건강한 양친부모는 계셔야 한다고도 해요. 정말 마음에 흡족한 결혼상대자의 조건을 따지는 것은 당연한 권리겠지만 그래도 일관성은 있어야 할 건데. 결혼해서 시부모를 모시고 사는 것을 원한다면 당연히 남자가 양친이 있어야 하겠죠. 그런데 자기는 어려운 시부모 없이 단란한 핵가족으로 살기를 원하면서 상대방의 부모는 생존해 있기를 결혼상대 조건으로까지 내세우는 것에는 쓴웃음이 절로 나오더라고요.』

우산속의 두 사람과 한민수의 과거 연애담은 여러 차례 오버랩으로 나타냈다. 두 사람은 대로변에서 어덜진 골목길까지 이동했다.

『나는 이제 삼십이지만 앞으로 어떻게 살아가야 할지가 걱정이 돼요. 그러한 식의 생각을 가진 인간부류와 남은 반평생을 함께 사는 것이 정상적인 삶으로 간주되고 있는…… 이 세상이 너무 힘겨워 보여요.』

『어떻게 그렇게 쉽게 단정 지을 수 있어요? 여자란 탈을 쓴 사람들을 더 많이 만나 보세요. 당신이 너무 한 울타리 속에서 세상과 여자를 바라보고 있기 때문이에요.』

혜영은 영화에서 마치 사랑의 화신처럼 나타나 실의에 빠진 청년의 꺼져가는 사랑의 불씨를 지펴주는 역할을 했다.

둘은 그날 빗속의 첫 만남 이후 만남을 계속 가졌다. 둘의 회사는 서로 가까운데 있었다. 병수가 가까운 거래처를 방문하고 오는 길에 은행 일을 보고 오던 선영은 비를 만나 병수의 우산 속으로 들어온 것이었다. 시간이 오후 다섯 시가 다 된 까닭도 있었지만 선영은 회사로 들어가지 않고 그대로 병수를 따라 갔던 것이었다.

병수는 갑자기 나타난 그 신비의 여자 선영과 결혼을 꿈꾸게 되었다. 만남의 기간은 한 달 남짓이었지만 춥답지 그런 생각을 가질 만큼 둘은 깊은 마음의 교류를 했다.

병수는 선영의 출신과 주변신상을 많이 물어보지는 않았다. 그냥 자취한다는 것 밖에는... 하지만 함께 하기에 포근함을 느끼게 하는 그녀의 말투와, 때에 따라 활기를 나눠주는 적극성 있는 몸가짐은 병수로 하여금 그녀와 자신의 미래를 함께하기에 주저할 마음이 없게 했다. 그녀가 그날 갑자기 우산 속에 뛰어든 것도 부근의 은행건물에서 나온 것이 아니라 때마침 하늘에서 떨어져 자기 옆에 나타난 것인 양 생각되었다.

"선영이 정말 하늘에서 떨어졌어?"

"응, 자기 좋을 대로 생각해."

"내 무슨 짓이 마음에 드는 거 있어? 물론 나는 선영이 그 자체를 좋아하지만...."

"몰라. 이쨌든 난 자기가 처음 본 사람 같지 않아."

"전생의 인연? 하하 너무 많이 쓰는 레파토리잖아?"

"그렇게만 알아둬. 더 따지면 재미없으니까."

"혹시 내가 자기의 먼저 번 애인하고 닮은 건 아냐?"

"더 따지지 말랬잖아!"

"그래, 미안. 참 그런데 너는 내 옛 애인들과는 전혀 달라. 나는 그 애들을 만나던 때에는 와 같은 여자가 이 세상에 있을 거라고는 상상하지를 못했어."

"어머, 그럼 나 같은 여자가 아니래도 좋아할 수 있었다는 거 아냐?"

"그... 그런가?"

"난 병수 씨야말로 나를 위해 예비된 사람으로 믿고 있는데 그럴 수가....

우리 서로 과거는 따지지 말자고 했잖아? 과거의 내 사랑의 방향이 잘못된 거는 사과할게."

"사과. 하하. 배터지겠다."

"그래. 하하하."

아직 선영의 배경을 거의 알지 못하기에 병수에게 그녀는 신비의 대상이었다. 또한 그것이 당분간 더 지속되었으면 하는 것이 영화 속에서 병수의 생각이었다. 그녀를 될수록 긴 기간 동안 마음으로 섬기고 싶었다.

하지만 이윽고 그 베일은 벗겨질 수밖에 없을 것이었다. 둘의 만남이 더해가고 그 결실을 맺고 살아감에 따라...

그러나 그 신비의 여인인 선영은 정말 그녀의 신비성을 영원히 변치 않게 하고 말았다. 다시 비 오는 날에 선영은 병수와 만나기로 하여 그의 회사 앞 장소로 향했다. 시간이 늦어 서둘렀다. 밀린 일을 마치고 퇴근해서 신호등이 바뀌자마자 바삐 길을 건너던 선영은 때마침 빗길에 미끄러져 횡단보도를 넘는 차에 받힌다.

약속장소에 안 오고 휴대전화를 안 받고....

다음날 선영의 회사에 처음으로 전화를 건 병수는 그녀가 죽었음을 알게 된다. 병수와 선영과의 교제사실은 아직 그녀와 단둘이 말고는 아무도 몰랐다. 하지만 병수는 혼자 선영의 빈소를 찾아갔다.

「누구십니까?」

선영의 가족이 병수에게 물었다.

「이선영(李善英) 씨의 친구입니다.」

병수는 가만히 고개를 숙이며 답했다.

「얼마 되었소?」

병수는 한 달뿐이라고 답하기 어려웠다.

「오래...... 됐습니다.」

병수는 자기의 느낌 그대로 말했다.

「그렇다면...」

병수의 모습을 찬찬히 훑어보던 삼십대 중반의 남자는 부르르 떨었다.

「네놈이 이제야 나타났냐!」

갑자기 병수의 멱살을 잡고 쓰러뜨렸다.

「형, 왜 그래?」

두 명의 젊은이들이 다가왔다. 다른 조문객들도 쳐다보고 가까이 왔다.

「이 자식이 선영이 애인이었대!」

남자는 병수를 눕힌 채로 주먹질했다.

「그래? 이 죽일 놈의 자식!」

두 청년도 합세했다.
「이 천벌을 받을 놈의 자식아! 선영이가 낙태한 줄로 아냐? 네놈 때문에 자살하려 했다가 유산한 거야!」
「매일 다니는 길에서 갑자기 차에 치일 리가 없어. 틀림없이 네놈 때문이야.」
「청년들은 울부짖으며 병수를 흔들고 주먹질했다.」
「낚뒤라! 인생이 불쌍한 놈. 우리가 뭘 안 해도 업보를 받을 거다.」
한 중노인이 와서 그들을 말렸다.
「나쁜 놈, 시골노인네한테 한번 찾아간 걸 가지고 다 된 것 마냥 제 여자 생기니까 내팽개치다니.」
「처음부터 그럴 요량이었으니까 우리들한테는 코빼기도 안 비쳤지.」
모여든 사람들은 한마디씩 더 했다.
병수는 빈소 밖으로 쫓겨났다. 선영이를 부르며 주저앉아 통곡하는 병수의 모습을 두고
「이제야 제 잘못을 뉘우치는군.」
「그래봐 소용없어. 제 가진 인간성 어디로 가나?」
여인네들도 한마디씩 했다.
시간이 흘러 병수가 흐느끼며 저녁거리를 걷는 장면에서 지나서 영화는 끝난다. 그 때 선영의 모습은 하늘에 밝은 표정으로 떠 있었다.
「병수씨 미안해하지 마. 난 그래도 자기 덕분에 진실한 사람을 이루고 간 거야.」
선영은 하늘에서 땅에서 비틀거리는 병수를 다정히 위로하고 있었다.

이번 상대역 한민수와는 처음으로 몸을 맞닿는 연기를 했다. 먼저의 영화에서는 비록 노출신이 있었으나 상대역 남자와는 신체를 맞닿은 적이 없었다. 그러나 이번 영화에서 혜영은 한민수와 숱한 포옹 신을 연출하면서 그의 체온을 느끼며 일했다. 촬영이 막바지에 이른 때 그날의 스케줄을 마치고 혜영은 민수와 남게 되었다. 그날 마지막으로 촬영한 것이 그들 둘이 함께 감독과 스태프들은 촬영기자재의 문제 때문에 급히 자리를 떠났다. 둘이는 세트장에서 잠시 남아 그들을 기다려야 했다.

꽃잎처럼 떨어지다

「아까 찍은 것이 괜찮을까?」

민수는 혜영에게 물었다. 그것은 둘의 포옹신이 미흡한 것 같으니 다시 해봐야 하지 않겠느냐는 것이었다.

혜영도 내심 그와의 연기가 아쉬운 감이 있었다.

「우리 한번 다시 연습해 볼까요?」

「그것 좋은 생각이야.」

지금의 배경 세트는 차가 오가는 것을 스크린에 상영할 수도 있고 비가 오게 물을 뿌릴 수도 없다. 하지만 방금까지의 배경을 상기하면서 두 사람은 다시 자발적인 연기연습을 했다.

「선영이, 정말 내게로 와줄 수 있겠어?」

「이제는 하루도 걸러서 만나기 싫어요. 내일 만나요.」

「그래 나도 마찬가지야. 내일 일곱 시에 우리 회사 앞의 낙랑(樂浪) 꽃집 앞에서 기다리고 있을게.」

병수가 꽃집 앞에서 기다린다는 것은 선영을 위해 바치는 꽃송이를 안고 최종고백을 한다는 것이었다. 선영은 이제까지의 병수의 교제를 매듭짓을 시기가 다가왔음을 알 수 있었다.

「그래요. 내일 병수 씨를 받아들이는 의식(儀式)을 거행하겠어요. 세상에 우리 둘만이 있다고 생각하면 우리 둘 사이의 의식은 곧 세상에 공표하는 것이나 마찬가지니까요.」

「하루도 걸러서 만날 수 없다는 것에 대해 오늘 우리는 합의했고, 내일 또 만남으로써 구체적인 결실을 맺는 거야.」

「하루도 만남을 거를 수 없는 사이란 곧 부부 사이였다.

「비가 오다가 안 오곤 하네요. 지금 비도 안 오는데 우산 속에 있는 게 어색해요.」

「우리가 우산 속에 있는 것이 더 좋다고 느끼면 그냥 들고 있으면 되는 것이지 남을 의식할 거 있나?」

「그래요. 내일은 방송 들었는데 비가 더 많이 올 거래요.」

「오늘 나오면서 방송 들었는데 내일은 비가 더 많이 올 거래.」

「어머, 그럼 내일은 우리 우산속이 더 분위기 있을 것 같아요.」

「그래. 내가 좋은 곳에 저녁 예약도 해놓을 테니까 늦지 말도록 해.」

「그래도 부딪는 물방울 소리가 없어서 심심하네요... 아, 다시 방울이 굵어져요.」

선영은 행복감에 물이 오른 미소가 얼굴가득이 번졌다. 두 팔을 벌려 병수의 가슴을 껴안았다. 병수는 자기도 팔을 벌려 선영을 품으면서 적당하게 두 손을 상하로 움직이다는 데 그 동작은 진혁 성욕을 충족시키기 위한 애무로 보이지 않았고, 「당신의 모든 것을 나의 책임 하에 두겠다.」는 믿음직한 남자의 다짐의 확인이었다.

이때 갑자기 주변의 조명들이 일제히 켜졌다.

박수와 웃음소리가 났다. 스태프들이 그만한 일을 처리하고 모두들 돌아온 것이었다.

「훌륭한 장면이었어. 다시 한 번 해보지 그래.」 감독은 두 사람에게 손짓했다.

「아까 필름은 오케이 아니었나?」

촬영감독은 슬쩍 미소 지으며 감독에게 말했다.

「예술에서 완성이란 것이 어디 있어? 절대적인 완성이란 있을 수 없는 거야. 할 수 있는 데까지 해보고 상대적으로 가장 잘된 것을 골라서 편집하는 것이지.」 감독의 답이었다.

혜영의 영상이 움직이고 천장에서 비가 뿌려지기 시작했다.

혜영은 민수와 함께 방금 연습한 장면을 다시 촬영했다. 먼저 둘이서 했던 것보다 못하다는 말을 듣고 몇 번 다시 촬영해서, 비로소 먼저 둘이서 했던 것과 손색없다는 평이 내려진 뒤에야 촬영을 마칠 수 있었다.

「자, 오늘 민수와 혜영이를 비롯해 모두 수고 많았어요. 저녁식사하고 가도록 해요.」

일행 십여 명이 식당으로 향하는 중에도 혜영은 민수와 할 이야기가 생겨서 둘이 가까이 걸었다.

「두 분이 무슨 할 얘기가 그렇게 많아요?」

지나치게 둘만의 대화를 하는 것 같아 서운히 생각했던 한 촬영보조 스태프가 물었다.

「영화 어떻게 하면 잘 할까 얘기하려고요.」

혜영이 대답했다. 민수는 아무 말도 하지 못하고 있었다.

「쳇, 배우는 감독의 지시만 따르면 되지 자기들 간의 수평관계가 무엇이 중요하다고……」

질문했던 스태프는 혼잣말을 한 후 의도적으로 걸음을 늦춰 두 사람과 떨어져 걸었다.

혜영은 영화 「바람의 여자」촬영을 마치고도 한 민수와 교제를 계속했다. 그녀도 어느 덧 스물 두 살이 되어 있었다. 이때 민수는 스물여섯 살이었다.

연애감정을 겪어보지 않은 상태에서 연애 중에 있는 사람의 배역을 하던 혜영은 이제 스스로 그런 입장을 겪어보니 세상의 이치를 알게 되고 연기에도 자신감이 생기는 것 같았다.

두 사람은 서로가 상대를 부족감 없이 원했으나 아직 나이가 너무 어렸다. 그것은 다른 젊은이들처럼 생활능력이 부족해서가 아니었다. 이미 하나는 톱스타 그리고 하나는 톱스타에 가까워져 있으니 수입은 충분했다. 그러나 배우로서 결혼을 선언하기에는 너무 아까운 나이 같았다. 솔직히 스타에게 선부른 결혼은 팬들에게도 좋은 서비스가 아니었다.

둘은 훗날을 개의치 않고 현재의 둘이 만나는 기쁨에 만족하기로 합의했다.

한민수는 아직 제대한지 일년 남짓 밖에 안 되어서 비록 유망한 배우로 인정을 받는다 하더라도 그의 출연료는 혜영보다 적었다.

『민수 씨는 출연료 받아서 어떻게 쓰는데?』

『다 어머니한테 드리는데... 내가 관리할 엄두가 나지 않아.』

『나도 그러고 싶은데.』

『왜? 어머니가 안 받으시나?』

『돈이 생기면 우선 쓰고 싶은 게 있어. 어머니께 드리고 다시 받을 때가지 기다려지지가 않아.』

『하기야. 여자가 새 옷도 사고 싶고 명품 같은 것도 사고 싶고 하겠지. 다음부터는 내가 조언해줄게. 지금 돈 있다고 너무 맘대로 쓰지 마. 우린 나이 먹어서 더 잘 벌 수 있는 일이 아니잖아?』

『남자들은 평생직장인데 잘 계획을 세워야지. 하지만 우리 여자들은 그렇지 않잖아.』

『배우도 남녀 구분이 있나?』

『보통 직장여성들은 결혼 전에만 일하잖아. 나도 혹...』

『하긴 그럴 수 있겠다.』

민수는 혜영과 같은 여배우들의 입장을 추측할 수 있었다. 보통의 직장인들이라면 여자는 임금을 적게 받는 점을 때 일하다가 숙련되어 높은 임금을 받을 때쯤이면 결혼하여 퇴직한다. 설령 일을 계속한다 하더라도 육아와 직장의 이중부담을 지는 경우가 많다. 그러나 여배우는 한창 젊을 때 활동하고 난 뒤 소금내리막 길을 갈 때쯤이면 결혼이라는 다음단계로 자연스럽게 진입하면 된다. 게다가 그 결혼은 경제적으로도 오히려 더 도약하는 계기가 될 수가 있다. 일곱배우가 아무리 일반인보다 고소득이라고 하지만 재벌가에 비길 수는 없었다.

4 · 삶의 목표

한편 오빠 바일규가 제대했다.

한민수와의 제사실은 혜영의 어머니와 오빠도 알게 되었다.

어머니와 오빠는 이미 식당일을 그만 둔지 오래였다. 식당으로 버는 것과는 비교 안 되는 돈이 혜영을 통해 들어오니 당연했다.

그런데 먹고사는 데는 지장이 없지만 도대체 무엇을 하며 세월을 보낼 것인가? 아직 젊은 두 사람에게는 그것도 간단한 문제가 아니었다.

아직 어머니는 크게 변하지는 않았다. 어머니는 계속 집안일을 해주는 것으로 소일거리를 삼았다. 집은 모든 환경이 잘되어 있는 고급 빌라로 이사 가서 집안일이 고되지는 않고 청소 등 힘든 일이 있으면 때때로 사람을 사서 부리면 되었다. 남은 시간은 거실에 설치된 대형화면으로 방송시청을 하며 보내면 되었다.

하지만 오빠는 마땅히 할 일이 없었다. 친구와 많이 어울리기를 좋아한다면 풍부한 용돈으로 친구들과 놀며서 지내겠지만 고향에서 올라온 후 서울에는 친구도 거의 없었다.

젊은 사람이 돈이 있으면 공부를 하는 것이 좋겠지만 일규는 고등학교 때부터 공부와는 담을 쌓았다. 아무 직장이나 소일거리로 다니는 것도 좋겠지만 그의 능력으로 취직할 수 있는 것은 식당종업원 정도일 뿐이었다.

『어떤 사람은 형제가 좋은데 자리 잡으면 따라서 취직하기도 하는데 우리는 혜영이가 잘되니까 뭐 따라서 될 건 없을까?』

답답한 마음에서인지 집에서 일규는 말했다.

『오빠도 촬영을 배우든지... 지금 촬영보조 같은 건 당장에도 할 수 있어.』

『막노동이야 어디가든 못하겠니? 좀 좋은 자리를 얻을 수 있나 해서지.』

『기술을 좀 배워야 하는데…』
『기술 없이 하면서 좋은 거 없니? 감독이나 각본을 하는 거…』
『감독은 되기가 어렵고 시나리오는 써서 제출해서 채택되기만 하면 되는데.』
『그럼 시나리오 좀 써볼까? 나도 이야기 꾸미는 건 자신 있는데.』
『그래, 오빠 시나리오 쓰는 거 연습해봐. 그건 무슨 특별한 기술 배우는 게 없으니까.』

일규는 자기 나름대로 생각한 줄거리를 토대로 시나리오를 써보려고 했는데 막상 손을 대려니 대사와 장면 메우기가 막막했다. 낙서처럼 종이에 몇 번 줄거리를 써보기만 했지 실제로 진행되지는 않았다.

『작가학원을 다녀봐.』
『학교 공부도 따분해서 못했는데….』

일규가 시나리오를 쓴다는 것은 애초부터 허황된 일이었다. 특별한 개성이나 재주가 없이 누구나 할 수 있는 것. 결국 오빠가 하고 싶은 것은 사업이었다. 그러면서도 인간세상의 삶을 이루는 그간이기에 잘 해내기는 가장 어려우면서도 책임도 따르는 것. 일규는 포장마차 경영이나 치킨체인점 경영 같은 것이 아니라 수십 명의 종업원을 거느리는 큰 사업을 하고 싶은 것이 아니었다. 손님들에게 일일이 인사하며 고개를 숙여야 하는 그런 일을 구태여 하고 싶은 것이 아니었다. 종업원들로부터 그들의 생계를 쥐고 있는 사람으로서 존경과 두려움의 대상이 되는 그런 기업주가 되고 싶었다. 자본금은 혜영이 댔다. 수십 명을 먹여 살리는 데는 거액이 필요했다. 이익이 창출되지 않으니 계속 돈이 들어갔다.

강남 테헤란로에 사무실을 마련한 일규는 자신의 사장실에서 오후의 노근한 햇빛이 배어있는 녹색 블라인드를 배경으로 앉아 중후한 듯받이에 몸을 기대고 점심 후 몰려오는 졸음을 풀고 있었다. 번쩍이는 갈색의 목재 책상에 다리를 올리고 낮잠을 자려던 그는 의자를 밀고 무슨 생각이 난 듯 일어섰다. 그리고 책상을 돌아 소파의 상석에 앉았다. 옆의 간이테이블에는 해외여행을 안내하는 화보잡지가 놓여있었다. 점심 때 호텔식당에서 잘 아는 웨이터가 준 것이었다.

일규는 그럼에도 해외여행을 가고 싶었다. 하지만 그저 여행사를 따라다니기는 답답했다. 영어를 전혀 모르니 혼자 다닐 수도 없었다. 방송에서 자주 보는 기업총수들의 해외출장이 생각났다. 국제사회를 무대로 활동하는 사람들이야말로 진정한 상류층 사람들이라고 생각되었다.

'그저 구경이나 외국을 나다니는 것이 무슨 의미가 있나?' 국제사회를 무대로 활동하면서 틈나는 대로 관광을 하는 것이 진정 성공한 자들의 삶이지…'

일규는 해외시장개척을 위해 미국출장을 가기로 했다. 창업당시 발탁했던 정이사를 불러 계획을 말하니 쾌히 동행에 응했다. 자기도 마침 구상 중이었다고 했다.

먼저 정이사가 마련해준 일규의 명함에는 체어맨 즉 회장(Chairman)이라고 씌어 있었고, 정이사의 명함은 최고경영자(CEO : Chief Executive Officer)라고 씌어 있었다.

「무슨 뜻이에요?」

「사장님이 가장 높은 분이고 저는 지시를 받아 일을 하는 사람이라는 뜻입니다.」

「알겠소.」

미국에서 매년 가을에 열리는 컴퓨터제품전시회를 둘러보았다. 별도로 미국에서 정이사가 인도하는 대로 LA의 한 회사를 방문했다. 필요가 있어 일규를 회의실 상석에 앉히고 상대회사의 담당자와 마주앉았다. 정이사는 일규가 미리 아는 사이인 것 같았다.

사와 대화했다. 서로는 한참을 이야기했다. 이윽고 커피잔을 비운 일규에게 정이사는 결과를 말해주었다.

「앞으로 우리에게 미국의 선진경영기법을 자문해주겠답니다.」

「이것으로 출장의 성과를 거둔 것으로 하고 돌아오기로 하지요.」

「너무 성과가 간단한 것 아니오? 출장비만 해도 수백만원이 들었는데.」

「더 중요한 것은 글로벌 기업경영을 위한 국제적 안목을 가지기 위해 견문을 넓히는 일입니다. 그것은 다른 것이 아니라….」

일규는 정이사와 함께 그랜드캐년을 관광하고 돌아왔다.

혜영이 집에 돌아왔을 때 어머니는 그날따라 기다리던 눈치였다.
「어서 오너라. 늦었구나.」
「예, 좀...」
「회사에 물어보니 오늘은 오전에 회의만 있었다는데.」
「예...」
혜영은 자신에게 사생활의 행적을 물어보는 엄마가 당혹스러웠다.
「어디 있었는데?」
「시내에 동료하고 있었어요.」
「누군데?」
「저번에 함께 출연했던 한민수예요.」
「그 정도 같이 만났으면 우리한테도 소개를 해야지.」
「예, 다음에 데리고 올게요.」
「아직 괜찮다. 우리가 찾아가마.」
어머니는 한민수와 함께 출연하는 영화 촬영장에서 만나자는 것이었다. 물론 그전에도 어머니는 혜영의 일터에 자주 나타나곤 했으니 특별한 것은 아니었다. 다만 이제까지 가벼운 인사만 했던 한 민수를 정식으로 어머니에게 소개를 하라는 것이었다.
「그 사람은 이번 영화에는 많이 나오지를 않아서 내가 갈 때마다 있지는 않을 거예요. 지금 다른 영화에 주연하고 있거든요. 내가 언제 그 사람 나올 때 말씀드릴게요.」
「우선은 필요 없다. 내가 말하거든 소개시켜라.」
「왜요?」
「글쎄, 며칠만 기다려라.」
혜영은 조금 의아했지만 애초에 그녀가 민수를 서둘러 어머니에게 소개할 생각은 아니었기에 더 묻지 않고 자신의 방으로 들어갔다.
그녀의 방은 벽면을 열면 백여 벌의 옷이 있는 의상실이었다. 옷장 벽의 반대편 벽은 온통 거울로 되어 있어 그녀가 옷을 갈아입으면서 자신의 옷매무새와 몸가짐 그리고 몸매를 점검하기에 좋도록 되어있었다. 방 안에는 별도의 화장실이 있기 때문에 그녀는 일단 방으로 들어 오면 나갈 필요가 없었었다. 잠옷을 입은 그녀는 경대 옆의 아담한 책상에서 잠시 몇 권의 대본을 들춰보다 잠자리에 들었다.

혜영의 어머니 이경자는 전화를 걸었다.

「여보세요? 미스터 최?」

「예, 사모님.」

「사모님이라고 부르지 말랬지. 내가 무슨…」

이경자는 지금 남편도 없는데 사모님이라고 불리는 것에 짜증이 났다. 부르는 것이지만 그녀로서는 찜찜한 것이었다.

「예, 사장님….」

아무 것도 마땅치 않았다. 지금 밑에 월급주고 부리는 사람도 없는데 사장님이라는 호칭도 흔해빠진 소리에 지나지 않았다.

그렇다면 자신이 실제로 그러한 사람이 되어야 했다. 남을 자신 밑에 부려 실질적으로 대우받는 사장님이 되는 것이 그녀로서는 자신의 신분을 높이는 길이었다.

돈만 있으면 뭘 하나. 아무리 일류호텔 일류양식점에서 극진한 대우를 받는다 한들 그곳으로부터 나오면 자기에게 머리를 조아리던 자들은 언제 보았느냐 하는 남남일 뿐이다. 지기를 실질적으로 이 세상에서 떠받쳐 주는 그런 사람들이 있어야 비로소 이 세상이라는 시스템에서 자신은 맨 위의 위치가 아님을 실감할 수 있는 것이다.

미스터 최라는 사람은 이경자가 혜영의 촬영현장에 갔을 때 때마침 비가 오자 그녀의 우산을 들어주며 같은 호의를 베풀었기에 연락처 교환을 한 사이인 기획사 직원 최민철이었다.

「내, 부탁이 있는데 한번 해주겠나.」

「예, 말씀해 주십시오, 사장님.」

「사장님」소리는 작게 들어갔다. 윗사람을 받드는 자로서는 필요하지 않을 때라도 호칭을 불러주는 것이 통례이지만 마땅한 호칭도 없으니 최민철도 마찬가지였다.

「거기 합민수라는 친구에 대해서 아는 것 좀 있나?」

「아, 배우 한민수 씨요? 저희 회사소속인데 당연히 알죠. 그런데 무엇을 알고 싶으신가요?」

꽃잎처럼 떨어지다

『우선, 회사에서는 그 친구를 어떻게 보나?』
『아주 유망한 신인으로 보고 있습니다. 지난번 첫 주연 작품 「바람의 여자」도 히트하지 않았습니까. 지금 조연 한두 군데 나가고 있으면서 다음 주연작을 상의하고 있습니다.』
『무슨 소리가?』 「바람의 여자」가 히트한 건 우리 딸애 덕분이지 뭐 그 사람이 잘 나서 그랬나?』

최민철은 『말실수를 했나?』 하고 목소리를 가다듬고.
『아, 예. 물론, 박혜영 씨가 너무 잘해주었기에 성공할 수 있었죠. 어쨌든 그 친구도 잘 나갈 수 있게 되었답니다.』 조심스럽게 다시 설명했다.
『그 사람 출연료는 얼마인가?』
『지난번 주연에 오천만원 받았습니다. 혜영 씨에 비하면 한 급 아래입니다.』
이미 이경자의 관심사는 예사로운 것이 아님을 최민철도 알 수 있었다.
『알고 있는 게 그것뿐인가?』
『저희가 알고 있는 것은... 인사서류를 뒤져보면 더 알 수는 있는데... 연기에 관련된 것 말고는 그렇게 깊은 신상 내용은 없을 것 같습니다.』
『자네 지금 바쁜가?』
『아닙니다. 지금 먼저 작품 끝내고 새 작품 기획단계라 가장 여유 있을 때입니다.』
『그러면 한번 조사해 주게. 그 사람 아버지는 무엇 하는 사람인지. 형제관계는 어떤지. 먼저 사귀었던 여자들은 몇이나 되는지. 학교 때 품행은 어땠는지 알아봐주게.』
『예, 알겠습니다. 그런데 시간이 필요합니다.』
『얼마나 걸리겠나?』
『한... 두 달쯤 걸릴 것 같습니다.』
『그렇게 늦으면 소용없네. 일주일 안에 알려주게.』
『저희 회사에서 갑자기 급한 일이 생길지도 모르는데 어떡하면 좋겠습니까?』
『일단 자네 은행계좌를 불러주게.』
거래관계가 필요한 상황이었다.
이렇게 해서 이경자는 혜영이 사귀는 한민수라는 남자에 대한 조사를 영화사의 말단 직원에게 의

뢰했다.

조사의 결과가 궁금하기도 했지만 돈으로 남을 부리는 우월감이 생전 처음 그녀의 마음을 사로잡았다.

사흘 뒤 최민철은 이경자의 집으로 한민수에 관한 정보를 가져왔다. 오후 시간이라 집에는 이경자 혼자만 있었다.

출신은 전남 강진. 아버지는 농업, 사남매 중 막내. 고교졸업 후 서울 와서 주유소 일하다가 나이트클럽에 취직함. 웨이터로 일하다 클럽주인의 눈에 띄어 전속가수의 백댄서로 발탁. 자신이 백댄서로 있었었던 여가수와 친해짐. 3개월 동거 후 헤어지고 입대. 제대 후 엑스트라로 활동하다 먼저 사귀었던 여가수 김지수(金枝茱)로부터 김명철 감독 소개받음. 이후 연기자로서 조연을 거쳐 「바람의 여자」에서 주연발탁.

정보파일의 요약문이었다.

이경자는 하나하나 훑어보며 질문했다.

「김지수 하고는 왜 다시 안사귀지?」

「제대하고 니왔을 때는 이미 톱스타가 되어 있기 때문에 어려웠죠.」

「김지수가 민나주지 않았었던가?」

「아니죠. 김지수는 한번쯤 일부러 자기 공연장에 부른 적도 있어요. 그래서 김명철 감독도 소개받아서 영화계에서 뜰 수 있게 된 거 아닙니까.」

「그러면 확실하게 자기 여자로 하면 될 거 아닌가?」

「한창 떠오르는 가수에게 자기가 남자친구라며 브레이크를 걸면 지장이 있을 수 있다는 생각이 있겠죠.」

「아니 그 게 남자가?」

이경자는 갑자기 목소리를 높였다.

최민철도 서실에 울려 퍼지는 이경자의 소리에 깜짝 놀랐다. 마치 자기에게 화내는 것 같았다.

그러나 지금 최민철은 이경자에게서 대형 프로젝트를 받아서 일하고 있는 중이었다. 최민철은 차

꽃잎처럼 떨어지다

분히 되물었다.
『왜 그렇습니까?』
『자기 앞에 있는 귀중한 보물은 사력을 다해 쟁취하고 말아야 진정 남자가 아닌가?』
『그 친구가 가진 가치관이 달랐나 보죠.』
『지금 그 사람 변명해 주는 건가?』
이경자는 다시 조용한 노기를 띠었다.
『아, 아닙니다. 그것으로 보아 그 사람은 추진력이 부족한 사람 같습니다.』
『그런데 배우로서의 전망은 어떤가?』
『말씀드리기 지금은 혜영씨보다 출연료가 적지만 얼마 안 가 톱스타 대열에 들어서기는 시간문제인 듯싶습니다. 외국 영화사와 감독들도 눈독을 들이는 상황이니까요.』
최민철이 말하는 내용은 파일에 모두 있었지만 이경자는 자세히 읽지 않고 직접 설명을 들었다.
『그걸 어떻게 믿나?』
『저의 회사에 오는 팩스와 사장이 전화 받으면서 하는 이야기들을 들으면 확실합니다. 저희 사장도 직접 직원들에게 한민수를 잘 간수하라고 지시를 합니다.』
『음, 그러면…』
이경자는 헛기침을 하고
『설령 한민수가 뜬다고 하자. 김지수 하고의 관계는 다 정리 되었는가?』
『그건 당사자들 말고는 모르겠지요. 제가 확인한 것 말고는 연예계에 떠도는 소문은 없습니다.』
『그 능구렁이들이 둘이서 어떤 관계를 가질지 어떻게 알아? 한민수가 대단한 놈이라도 된다면 김지수 잘롱 속에 숨겨둔 사진 공개하면서 자기 애인이라고 설쳐대면 끝장이지.』
『김지수도 아쉬울 것이 없는 여자인데 그럴 리야 하겠습니까?』
『여자의 마음은 모르는 거야!』
이경자는 남자와 여자란 무엇인가에 대해 통달한 사람이양 했다. 자기가 부리는 사람 앞에서 현자연(賢者然)하는 것은 단순히 호텔이나 식당에서 고가의 서비스를 받을 때와는 다른 만족감을 그녀에게 주었다.

- 299 -

"알겠습니다. 제가 뭐 한민수를 변호하자는 놈도 아니고…. 그럼 이제 어떤 말씀을 주시겠습니까?"

"이번 일은 끝났지만 짭짤한 부엌감을 놓치기는 서운한 것이 최민철이었다.

"다음 일은…?"

"있지."

이경자는 상시장에서 양주와 잔을 가져와 자신도 마시며 권했다.

"자네가 할 수 있는 대로 둘 사이를 갈라 놓게."

"제가 무슨 권한이 있다고?"

"무슨 바보 같은 소리냐? 차라리 조직을 동원….."

"그럼 제가 알아서 해야지! 내가 그럴 정도로 무지막지한 사람 같은가?"

"그건 자네가 알아서 하게…?"

"예, 무슨 수라도 쓰겠습니다."

최민철은 두 사람 누구와도 대화할 수 있는 사이였으므로 자기 나름대로의 생각을 꾸밀 수 있었다.

"그럼 됐네. 자, 한잔 들게."

오후의 시간은 흘러 창가에는 햇빛이 잦아들고 있었다.

영화사에서는 한민수를 주연으로 하는 새 영화를 기획 중이었다.

"어이, 민철 씨."

팀장 고영애의 부름에 민철은 뒤돌아 보았다.

"저~기, 한민수의 상대역을 이번에도 박혜영으로 할까 하는데 어떻게 생각하나?"

둥근 살찐 얼굴에 검은 뿔테안경의 그녀는 영화사에서 사장 다음가는 실력자였다.

"그건, 저…."

민철은 마른얼굴에 좁은 턱을 쓰다듬으며 대답을 머뭇거렸다.

"한민수의 의사를 먼저 물어보는 게 좋을 것 같은데요."

그는 미리 생각해두었던 대답을 마치 이번 질문을 받아서 궁리한 듯 한참 있다 대답했다.

"왜? 난 자배우가 상대를 가리나? 둘 사이도 좋은 것 같던데."

꽃잎처럼 떨어지다

『박혜영하고 친한 다른 남자배우가 있을지 모르잖아요?』
『있나? 그럼 말해줘 봐. 그런데 꼭 친한 애랑 같이 하라는 법은 있어?』
『먼저 공연 했던 배우가 하나 둘인가요? 물론 그들 말고도 다른 사람이 있을 수 있고... 이번에 정사 노출신이 있다면 걔 애인인 배우와 함께 하도록 해야지요. 만약 다른 배우와 함께 애인인 과연 허락할까 의문이죠.』
『아니 그런걸 허락을 받아야 해?』
『허락이라기 보다.... 섣불리 틀을 짜다간 나중에 문제가 생기기 쉽죠. 혜영이의 남자관계가 단순하지 않다는 건 들었겠지요. 만약 이번영화에서 정사신을 촬영한다면 상대가 누구이든지 분명 어떤 조건을 달 거예요.』
『그것 참 골치 아프네. 만약 걔 애인 아닌 남자하고 이번에 러브신을 해야 한다면 어떻게 걔 애인을 설득하지?』
『그럼 이렇게 말해요. 이미 혜영이는 다른 남자하고 수없이 살을 부볐는데 무슨 상관이냐고?』
『그런 인격모독적인 말을?』
『팀장님이 하기 싫으시면 제가 하죠.』
『그래, 한번 설득해 봐.』

혜영은 민수와의 교제사실을 저녁에 어머니와 오빠가 있는 자리에서 털어놓고 가족이 받아주기를 부탁했다.
『당장 그 사람하고 결혼하겠다는 것이 아니라 당분간 서로 친구처럼 사귀면서 나중에 배우생활을 한숨 돌릴 때쯤 결혼하려 하는데 어떻겠어요?』
그러나 어머니 이경자는 단호했다.
『안 된다. 너는 아무하고나 결혼하면 안 된다..』
『예?』
『같은 배우라고 남자배우나 똑같은 입장이 아니다. 여자는 자기의 타고난 것을 바탕으로 최대한 성공해야 하는 것이란다. 기껏 배우하고 결혼하려고 배우를 하는 것이 아니란 말이다. 너는 고은 아처럼 최고의 집안에 시집을 가야 한다.』

「엄마…」

「글쎄, 나 네 몸을 이렇게 낳아 준 내가 너를 위해 하는 말이다. 나이 먹어 봐라. 한물 간 배우가 무슨 수용이 있냐? 뻑적지근한 집안 마나님이 최고지.」

「쉽사리 생각하지 말고 어머니 말씀 듣는 게 좋겠다.」 오빠도 거들었다.

「예, 알겠어요.」

당장 한민수와 만나지 말라고 집안에서 강제하는 건 아니므로 혜영은 당분간 한민수와의 만남은 유지하되 결혼은 거론하지 않기로 했다. 자신을 이렇게 성공하게까지 키워 준 가족을 배려 안 할 수 없는 것이 그녀의 마음이었다.

5. 무너지는 욕심

「사장님, 넷째 올릴 일이 있습니다.」

「음, 정 이사, 어서 오시오.」

박일규(朴一圭)는 녹색 블라인드가 드리워진 창가의 책상에서 정남일(鄭男一) 이사의 방문을 받았다.

「앉으시오.」

박일규는 소파 쪽을 손으로 가리켰다. 정 이사는 기다란 테이블 양옆으로 나란히 있는 자리 중 한곳에 앉았다.

박일규는 책상을 돌아 나와 기다란 테이블을 종관(縱觀)하는 상석에 앉았다. 두 손을 무릎에 대고 바르게 앉아 있는 정 이사와는 대조적으로 다리를 꼬며 팔꿈치를 옆으로 기댔다.

박일규는 옆 간이탁자의 전화기를 눌렀다.

「예, 사장님.」

여직원의 친절한 대답이 스피커폰을 통해 들렸다.

「미스 장, 여기 커피 두잔.」

「아니 사장님 저 커피 마셨습니다.」 정 이사가 말했다.

「그럼 녹차 두잔.」

꽃잎처럼 떨어지다

『아니 사장님은 드시지….』
『아니오. 뜻을 함께 하기 위해서는 마시는 차도 같아야 합니다.』
일규는 입가에 온화한 미소를 지었다.
『예. 잘 알겠습니다.』
정 이사는 사장의 자상한 배려를 알겠다는 듯 가볍게 고개를 숙였다.
정남일은 서른여덟 살로 얼마 전까지 국내 굴지의 모 대기업의 차장(次長)이었다. 능력 면에서는 뛰어나다고 자타가 공인하는 그였으나 사내의 알력으로 부장승진에서 탈락하여 불만을 가지고 있던 중 박일규가 의뢰한 인력중개회사를 통해 연결되어 일규의 회사에 들어왔다. 물론, 굴지의 대기업에서 갑자기 신설회사로 옮긴다는 것은 어려운 일이었으나 연봉을 두 배로 올려주고 입사와 동시에 고급승용차를 사주는 조건으로 합류한 것이었다. 이제 막 서른이 되는 일규가 자신보다 높은 학력에 연상의 사람을 부하로 거느린다는 것은 뿌듯한 일이었다. 그 자신 이제는 이 사회 상류층에 속함을 느끼게 해주는 것이었다.
『우리 〈나중 커뮤니케이션〉이 메이저 포털업체로 발돋움하기 위해서는 많은 회원들의 확보가 필수적입니다. 그런데 아직 지명도가 높지 않아 회원확보에 어려움이 많습니다.』
『무료로 혜택을 주는데 왜 많이 모이지를 않죠?』
『아직 홍보가 되어있지 않기 때문입니다. 우선은 기본회원을 확보하는 것이 중요합니다.』
『그러면 어떻게 할까?』
『제가 먼저 회사에 있을 때 미래 커뮤니케이션에 하청을 준 일이 있는데 그 때 미래의 회원정보를 모아둔 것이 있습니다. 그들 모두에게 전체메일을 발송해서 우리 소개를 하면 됩니다.』
『그렇게 하도록 하지.』
『아르바이트생도 백 명은 고용해야 하지요. 백만 명에게 새로운 메일을 보낸다는 게 보통작업이 아니니까요.』
『한 사람당 만 명이요?』
『예, 하루에 천 명씩 보내고 다시 발송대상명단을 정리하는 일을 하려면 보름씩은 고용해야 합니다. 그러면 하루 일당 오만원을 잡고 휴일 하나 빼고 14일 고용해서 일인당 칠십만원, 백 명이니까 칠천만원에 부대장비 포함해서 일억원의 자금이 필요합니다.』

『그럼 정 이사가 알아서 집행하도록 하시오.』

『예, 잘 알겠습니다.』

포털업체 회원의 증원은 당장에 눈에 보이는 효과가 있는 것도 아니고 전문가가 아닌 일규로서는 확인할 길도 없는 것이었지만 임원의 건의를 받아들여 허락했다.

수십 명의 종업원을 거느린 인터넷포털업체의 최고경영자 박일규... 연상의 직원들에게 윗사람으로 대우를 받으며 기사가 딸린 고급승용차를 타고 다니며 거래처 대표와 고급 술집의 별실에서 상담하는 그는 자기의 신분이 상승했음을 실감했다.

박일규의 사업은 얼핏 특별한 기술이나 지식이 필요 없을 듯싶기에 시작한 것이었다. 인터넷의 사용은 누구나 하는 것이니, 기본자금을 풀어 회원을 확보하고 광고 등으로 수익을 얻으면 될 것 같았다. 임규 또한 인터넷 게임을 즐기는 편이었으니 스스로 일가견이 있다고 자부했다. 게다가 제조업처럼 재료를 들여오고 물건을 내보내는 귀찮은 작업이 없으니 한결 편안하게 사업을 해나갈 수 있을 듯했다. 하지만 세부적인 사항으로 들어갈수록 생소한 용어와 기술들이 필요해서 일규는 사업의 중요한 결정을 정 이사에게 위임해야 했다.

일년 동안, 돈을 쏟아 부었지만 사업은 제자리걸음이었다.

『정 이사, 실적이 왜 이렇게 저조합니까?』 일규는 모처럼 경영자로서의 책임감을 가지고 정 이사를 질책했다.

『죄송합니다. 요즘 워낙 경쟁사들이 많이 생겨나서...』

『경쟁사들에게 이기기 위해서 정 이사를 앉힌 것이 아니오?』 쩔쩔매는 정 이사를 닥달하는 일규는 한껏 고용주로서의 위엄이 서린 목소리를 냈다.

『이번 달 말까지 한번만 기회를 주십시오. 지금 메뉴서비스를 변경해서 반응을 알아보고 있는 중입니다.』

『믿어보겠소. 하지만 이번 달 말에도 변화가 없으면 정 이사는 옷 벗을 각오를 하시오!』

『명심하겠습니다.』 정이사는 사색이 되어 조아렸다. 일규는 자신이 정 이사의 생사여탈권을 쥔 보스의 자리에 있음을 새삼 느끼면서, 다시 한 번 기회를 주었다는 것에서 자신이 자비를 베풀었다는 만족감도 가졌다.

약속했던 기한이 다가왔지만 회사 사정은 나아지지 않았다. 자본늘임이 바닥이 나서 다음 달에는 월급도 나가기 어려울 것 같았다.

「안되겠다. 정 이사를 잘라야지.」

일규는 마음을 단단히 먹고 출근했다.

그러나 막상 정 이사를 불러 해임을 통보하려니 그 다음 대책이 막막했다. 회사는 돈이 바닥이 있다. 가진 것이라고는 건물 보증금과 직원조직 그리고 그 동안의 홍보로 쌓인 지명도이다. 일규는 대금지불서류를 결재하는 것 말고는 할 수 있는 일이 없다. 회사조직은 정 이사 아니면 무용지물이다. 지금 새로 사람을 뽑는다고 해도 정 이사만큼의 대우를 해줄 수 없고 이미 기울어가는 회사에 정 이사 정도의 인력이 와줄 리도 없다. 설사 새로 온다고 해도 업무인수 인계를 정 이사로부터 받아야 한다.

일규는 모 처럼의 현명한 결단을 내려야 했다.

그는 정 이사를 불렀다.

「매출을 늘릴 방안이 있었습니까?」

「최선을 다했습니다만 경기가···.」

정 이사는 분위기를 파악했는지 결연했다. 책임질 것이 있다면 지겠습니다.」

아니다. 정이사가 일하면서 그 동안 쌓인 포털업체 경영의 노하우는 그 동안 받은 월급으로 모아둔 약간의 돈을 가지고 자기가 갖고 있는 인맥과 지식과 수완으로 새로 사업을 하면 된다. 그게다가 지금 이 회사가 가지고 있는 모든 빚의 책임은 일규에게 있었다. 정 이사를 내보내면 아무 대책이 없다.

「책임지겠다니 무슨 말씀입니까?」

「사표는 이미 써 두었습니다. 사장님께서 결정해주십시오.」

「지금 우리 회사에는 정 이사가 필요하니 다른 해결책을 내놔주세요.」

「해결책은 제가 열심히 하는 것밖에는 없는데 당장에 잘 안되니까 문제죠. 그럼 얼마의 기간을 더 주실 수 있겠습니까?」

정이사에게 더 기회를 준다는 것은 회사를 이대로 몇 달 더 운영한다는 것인데 지금 남은 자금으로는 정 이사는 물론이고 직원들의 월급도 줄 수가 없다.
일규는 드디어 준비한 결정을 내놓았다.
『그러면 이렇게 합시다. 모든 책임은 내게 있을 수밖에 없으니 내가 영업부진의 책임을 지고 물러나는 것이…』
일규는 부하를 위하여 희생하는 지도자의 심정으로 비장하게 말했다.
『아니, 그럼 회사부채는 어떻게 합니까?』
『그건…』
일규는 부채는 정 이사가 알아서 해결하고 자신은 손 털고 나갔으면 하는 생각으로 말했던 것이었다. 그러나 그것은 불가능했다. 정 이사는 일규가 부채를 해결해주기를 원했다. 아무런 협상의 여지는 없었다. 정 이사는 뜻대로 관철되지 않으면 이사직을 사임하면 그만이었다.
『부채해결을 해야죠. 저도 책임이 있으니 함께 해결하는 식으로 하죠.』
정 이사도 사뭇 진지하고 비장한 말투였다.
한동안 침묵이 흘렀다.
『그럼 어차피 정 이사와 나 둘의 책임이니까 반반씩 나누는 걸로 합시다.』
『예, 알겠습니다.』
반반씩의 책임이라는 것은 있을 수 없는 것이었으나 상황을 보아 정 이사는 동의했다. 회사는 정 이사에게 넘겨주고 부채는 반반씩 나누는 조건으로 일규는 사업을 정리했다. 각서를 쓰고 나니 일규는 더 이상 사무실에 있을 필요가 없었다. 일규는 자리에서 책상 속을 몇 번 열어보고는 일어섰다.
『그럼 안녕히 가십시오.』
『예, 잘 해나가시기 바랍니다.』
이후 다시 만난다면 심히 어색할 두 사람이었다. 이제까지는 상사와 부하의 관계로 만났지만 앞으로는 채무거래관계일 뿐이다. 앞으로 회사부채의 대외적인 책임은 정 이사가 지게 된다. 정 이사가 갚아야 할 돈의 절반은 일규가 갚아야 한다. 그러니 정 이사는 채권자이고 일규는 채무자이다. 일규가 채무상환이 원활하지 못하면 다시 만나야 할지 모른다. 그때 정 이사는 나이도 연하인

대다 학벌이나 사회적인 경륜이 한참 처지는 박일규를 어떻게 대하게 될까. 일규는 벌써부터 불안 감이 생기는 것이었다.

한편 이경자의 씀씀이도 나날이 그 단위를 더해가고 있었다.
혜영은 엄마와 오빠와 함께 가족회의를 했다. 셋이 함께 있는 시간은 자주 있었으나 이날은 특별히 진지하게 대화를 하게 되었다.

『혜영이 이번에 받은 이억 원 있지?』 오빠는 조심스레 물었다.
『아직 안 들어왔어. 내일 온다는데.』
혜영은 오빠가 직접 돈 얘기를 꺼내는 것이 걱정스러웠다. 이제까지는 들어오는 돈은 그대로 엄마한테로 가서 엄마가 관리해주었고 자신의 쓸 것은 엄마가 내주었으니 큰 문제는 느끼지 않았다.
『크게 쓰일 데가 있으니 네게도 물어보는 거다.』
『가만히 있던 엄마도 입을 열었다.
『오빠 이제 사업 안한다면서?』
『빚을 갚아야 다시 뭐라도 해볼 수 있지.』
『빚은 먼저 갚은 것 같은데... 아냐?』
『먼저 빚은 갚았지만 거래처와 신용을 지켜야 할 일이 있거든. 그래서 사업규모를 줄여서 꼭 필요한 것만 남겨서 운영했는데 그게 또 어음 돌아올 때까지 매출이 예상대로 나오지를 않아서...』

『오빠 먼저 시나리오 쓰고 싶다는 건 어떻게 됐어?』
일규는 먼젓번에 시나리오를 쓰든가 해서 영화사업에 동참하고 싶다고 한 적이 있음을 상기했다.
『무슨? 아, 그건 막상 해보려니까 잘 안되더라. 생각처럼 되는 게 아니더라.』
『그래도 계속 해보지.』
『난 재능이 없는 것 같다니까. 성공하긴 글렀어.』
『안되면 어때? 그냥 하고 싶은 얘기 써보면서 지내면 되잖아?』
『써봐야 영화 되지도 않을 건데 뭐하러 써?』
『그럼 지금 사업은 돈 벌리지도 않는데 왜 하는 거야?』

"나중에는 훨씬 큰 이익을 낼 수 있잖아?"

"시나리오 쓰는 것도 나중에는…"

"아무나 찍가 하면 못할 사람 없겠지. 사업은 그럼 아무나 하는 거야?"

"혜영아 시금 철학토론 하자는 게 아니야. 지금 처리하지 않으면 큰일 날 일이니까 너에게 염치없이 부탁하는 거 아니니?"

"이대로 사당간 우리 집도 넘어가고 거리에 나앉게 생겼다."

엄마가 다시 묵묵히 오빠를 거들었다.

"오빠 어쨌든 그런 거 안 하면 안 돼? 그냥 집에서 하고 싶은 거 하면서 지내. 돈 안 벌어도 좋아. 지금 나오는 돈이면 우리 식구 그냥 살 수 있잖아."

"지금 하고 있는 일이 내가 하고 싶은 일이야."

"인터넷사업이 뭐가 그렇게 하고 싶어? 전공을 한 것도 아니잖아?"

기실 일규에게는 인터넷사업이니 식당업이니 하는 것이 중요한 것이 아니었다. 그가 추구하는 은 사업… 아니 농물의 본능의 추구였다. 돈으로 여러 사람들의 명줄을 쥐고 자신의 앞에 수그리게 하는…… 인간의 본능…

"자꾸 어렵게 만들래? 줄 거야 안 줄 거야?"

"그건 엄마가 하지 내가 무슨 결정을 해?"

"그러니?"

엄마 이경자는 소파에 기대고 있던 몸을 추스르고 앉았다.

"일규는 이제부터 회사 일을 나한테 상의하면서 해라. 이번 일까지는 해결되겠지만 다음부터는 이런 일이 없게 해야 한다."

일규를 나무린 이경자는 다음 혜영에게는 위로를 해주어야 할 차례였다.

"혜영아."

"예."

"너를 오늘까지 키우느라고 엄마와 오빠가 얼마나 고생했다는 것은 알겠지?"

"예…. 그걸 왜 모르겠어요."

『오빠도 이제부터 가족을 생각해서 조심해야겠다만 너도 가족을 위해서 힘 좀 써야 하지 않겠니?』

『예, 뭔데요?』

『네가 재벌가로 시집가면 우리 식구는 더 이상 걱정이 없게 된단다. 내가 한번 알아볼테니 기다리다 내 뜻대로 해라.』

『예? 어떤 사람하고요?』

『아직 안 정했다. 나중에 일이니까 오늘은 이만 하고 다들 잠이나 자자.』

혜영은 어리둥절해 말문이 막혔다.

자신의 방으로 들어온 혜영은 생각했다.

「내가 영화를 할 수 있는 이유가 뭐지? 엄마와 오빠의 뒷바라지 덕이 아냐? 그렇다면 소망대로 해야지. 이제 배우로서도 어느 정도 이름을 냈으니까 정말 돈이 많은 집안으로 시집가면 엄마하고 오빠 편하게 해줄 수 있겠는데...」

혜영은 혼자 침대에 얼굴을 묻고 울었다.

『흑, 그런데. 나는 영화를 더 하고 싶어... 그런데 엄마 말을 안 들으면 나도 오빠를 나무랄 자격이 없는 건가? 자기 욕심 채우기 위해 가족의 행복을 막고 있으니...』

6 · 대박을 위하여

오빠의 빚은 현재로선 혜영이 오히려 감당할 수준이었다. 혜영의 어머니가 오빠를 은근히 두둔한 건 그녀 스스로 걸리는 것이 있었기 때문이었다.

이경자는 낮에는 주식시장에서 아무도 사지 않는 저가주와 관리대상 종목의 주식을 사서 대박의 꿈을 키웠다.

「희영(熙永) 건설? 우리 딸 이름하고도 비슷하고 앞으로 잘 될 이름이야」

저녁에 집에 들어가 봐야 아들많은 각기 자기의 일 때문에 여간해서는 일찍 들어오지 않았다. 이경자는 저녁시간도 자기 스스로 보낼 거리를 찾았다.

밤에는 호텔 카지노에서 딜러로부터 귀빈대접을 받으며 그동안 잃은 돈을 찾을 궁리를 했다. 자금이 떨어지서 그녀가 현창을 떠나려고 하면

『톱스타 박혜영의 어머님 아니십니까?』

어디서 왔는지 검은 양복에 검은 선글라스의 청년이 나타나더니 선뜻 돈을 빌려주었다. 이경자는 한창 달아오르는 홍을 멈출 수 없었다. 처음 본 사람이 자신을 전적으로 믿고 많은 돈을 정중히 빌려주곤 하니 자신이 사회적으로 인정받는 높은 신분의 귀부인이 된 느낌이었다.

『역시 딸 잘 키운 보람이 있어…….』

세 번 시도해서 두 번 잃고 한번 따도 그 희열은 놓치고 싶지 않을 만큼 컸다. 그러기를 석 달쯤 하니 다달 쓰쓰이는 억 단위로 늘었다.

혜영의 휴대폰으로 전화가 왔다.

『박혜영 씨 맞습니까?』

『예, 그런데요.』

『먼저 대박난 영화 흥행옵션은 받으셨나요?』

『대박이라뇨? 그건 왜 물으세요? 제가 나와서 대박난 영화는 아직 없는데…….』

『허, 요전에 재미 봤다는 거 다 아는데….』

『「바람의 여자」가 손해는 안 봤지만 그렇게 대박은 아닌데요. 그리고 저는 출연료 받고 끝난 일이고요.』

그녀의 전화번호는 영화 관계자 말고는 알 수 없는 것이었는데 어떻게 알고 전화를 했는지도 이상한 일이었다.

『그런데 누구세요? 영화관계자세요?』

『혜영씨는 알 필요는 없어요. 우린 어머님과 거래하는 사이니까….』

이쯤 되니 혜영은 사태를 짐작할 수 있었다.

『연말까지 해결될 수 있겠습니까?』

『저희 같은 배우가 마음대로 돈을 마련할 수 있나요? 출연교섭도 광고교섭도 다 그쪽에서 먼저 연락해야 가능하죠. 되는대로 해드릴 테니까. 기다려 주세요.』

『그렇게 1억도 안되게 겨우겨우 찔끔찔끔 넘어주는 걸로는 안돼요. 이자가 그보다 더하다는 걸 모르시오?』
『예?』
혜영은 엄마의 빚 액수가 십억 대를 넘는다는 걸 처음 알았다. 공포감이 일어났다.
『연말까지 마련하지 못하면 공개할 것이 있어요. 그러니 알아서 해요.』
『뭘 말이죠? 저는 크게 어긋난 일 한게 없는데.』
여자 연예인에게 협박이 될 수 있는 것은 데뷔 전 매니저와의 성관계를 미리 찍어놨다든가 하는 따위의 것이었다. 그러나 혜영은 데뷔를 미끼로 성 상납을 한 일은 없었다. 그녀는 이미 청소년 때에 연기력을 바탕으로 데뷔한 것이었다. 연기 말고는 아직 별다른 사회경력도 없는 그녀에게 어떤 비리연루가 있을 일도 없고 부끄러운 것은 자신의 신체를 찍은 모습인데 이미 영화로 공개된 것인데 무엇이 켕길 게 있단 말인가.
『혜영씨 「애정의 진실」에서 벗었지요?』
『그런데...』
정말 별 소리를 다한다 생각되었다.
『촬영하고 영화에는 안 나간 부분이 있지요?』
혜영은 당황했다. 그때 혜영이 촬영 자세를 잡느라고 옷을 벗고 촬영장에서의 위치를 바꾸곤 할 때 그녀의 몸이 여러 각도에서 찍힌 필름들이 있었다. 엔지장면으로 편집되었음에도 파기되지 않고 당시 스텝진의 누군가에 의해 유출되어 이들에게 넘어간 것이 틀림없었다. 촬영상의 실수이니 사실 이들은 특정인에게만이 아니라 연예계 전반에 걸쳐 침투한 조직이었다. 그다지 수치가 될 수 없을지 모르나 어린 혜영에게는 신체 각 치부가 선명한 영화필름으로 공개되는 것이 두려울 수밖에 없었다.
『최대한 해볼 테니까 그런 건 하지 마세요.』
『알겠소. 우리도 파국이 일어나지 않길 바라는 건 마찬가지요..』
목소리는 굵고 낮아지면서 마지막 말을 하고 끝났다.
『어서 돈을 많이 벌어야 할텐데...』
혜영은 어서 출연작을 정하고 싶었다. 그러나 영화대본은 검토 자료만 있는 상태이고 지금 하고 있는 것은 언속방송극 뿐이었다. 방송극은 안정된 수입은 가져다 줄 수 있어도 큰눈을 해결해 줄 수는 없다. 히트하고 광고 섭외나 기다리는 수밖에 없는데 그것을 기다리기는 너무 막연했다.

"영화출연에 힘써 줄 힘 있는 감독을 찾아야겠다."

혜영은 소속사에서 새 작품을 하고 싶다는 의사를 전달했다.

"배우가 영화에 출연하고 싶은 거야 당연한 것이고. 어떤 작품을 원해요?"

강인철 조감독은 그 또한 실적의 부진으로 앞으로 투자를 계속 받을 수 있을까 염려하던 입장이었다.

"이번 작품은 평범하지 않았으면 해요. 세상 사람의 이목을 집중시키는 정말 쇼킹한 작품을 해보고 싶어요."

혜영은 대박영화를 해보고 싶은 마음을 이렇게 표현했다.

"그래요. 이제까지 혜영씨가 출연한 작품들은 대체로 무난했지만 너무 평범한 감도 없지 않았어요. 영화는 일부러 돈을 내고 찾아와서 보는 건데 텔레비 방송극처럼 밋밋하면 주목을 끌기 어렵지요."

"예, 이번에는 우리 회사나 저나 여한 없이 성공할 수 있는 그런 작품을 해보고 싶어요. 우리 회사 사람만 영화인이 아니지요. 내 친구 영화인 중에서 한번 알아볼게요. 배우가 획기적인 작품을 하고 싶어 하는데 감독이야 어련하겠어요?"

"그게 무슨 뜻인데요?"

"감독은 기본적으로 자기의 예술작품을 만들어내는 작가예요. 그런데 화가는 붓을 다루고 문학 하는 글을 나루면서 자기 뜻대로 작품을 창조하지만 감독은 영화의 재료인 배우를 다루는데 한계가 있어요. 즉 획기적인 작품을 창조하려고 해도 그에 맞는 배우라는 재료가 없기 때문에 작품을 만들지 못하는 경우가 많아요. 배우가 적극적으로 획기적인 작품에 의욕을 보인다면 감독은 나타나게 되어 있어요."

"그럼 기대하겠어요."

"반드시 좋은 기회가 있을 테니까 기다려 봐요."

강인철은 작년에 프랑스에서 온 안희석을 만나기로 했다. 그는 인철과 예술대학 동기였다.

꽃잎처럼 떨어지다

안희석의 아버지는 재벌기업을 거느리고 있지만 안희석은 사업후계자가 되기를 거부하고 자기는 자유롭고 창의적인 일을 하고 싶다고 고집하였다. 부득이 아버지는 영화이론 수업을 받으라고 유학을 보내주었다. 그는 프랑스에 있으면서 유럽 각지와 미국을 두루 들러보면서 오년간의 유학생활을 한 뒤 작년에 칸나 영화제 단편영화 수상경력을 가지고 귀국했다.

인철은 희석을 만나 혜영의 이야기를 전했다.

「그래, 뭔가 새롭고 획기적인 영화에 출연하고 싶어 하는 여배우라 이 말이지?」

「그렇지. 벌써 여러 편 출연했으니 이젠 하나쯤 대박영화 터뜨릴 때도 됐잖아?」

「무슨? 작년에 개가 출연한 전쟁영화 「잃어버린 세대」도 대박나지 않았어?」

「그게 무슨 소용 있어? 개 주연이 아닌데.」

「하긴 그렇지. 개스스로 주연이면서 대박을 터뜨리는 영화가 있을 필요도 있을 거야.」

「그런데 년 개를 벌써 잘 아는 것처럼 말한다.」

「아, 개…. 난 이미 알고 있었지. 개는 나를 잘 모를지 모르지만.」

「하기야 아직은 개가 더 유명하니까. 하지만 년 외국에 있었잖아?」

「특별한 기회가 있었지. 솔직히 개에 대한 첫인상은 별로 안 좋았어. 기억나니? 이년 전에 영화제. 그때 내가 잠시 귀국했었지.」

「뭐. 부산영화제? 그때 무슨 일이 있었냐? 난 모르겠는데. 아 참 그때 너도 왔고 혜영이도 왔었지.」

「그때 그 여자 날 아주 웃습게 봤었지.」

「희석은 담배연기를 후 불며 슬쩍 미소 지었다.

「모르겠는데. 말해봐.」

인철은 호기심을 나타냈다.

「그때 저녁에 호텔 가든파티에서 누가 내게 박혜영을 소개했더라고. …. 한국의 유명한 젊은 여배우라고. …. 내가 한국에 돌아오고 나면 함께 할 일이 많을 거라고…. 그래서 난 정중히 인사를 했지. 그런데 그 여자는 나를 두고 눈도 아예 마주치지 않더라고. 나를 소개하니까 그냥 곁눈질하고는 다시 고개를 획 돌리더라고. 마지못해 인사를 하는 건지 마는 건지…. 참 불쾌했지.」

「뭐…. 모르고 그랬던 거겠지.」

『모르니까... 무시했다는 것 아니니? 영화인이라는 네가 그래 해외영화제 소식도 몰라? 하기야 밤낮 통속영화만 해왔으니 모를 수밖에.』

『그건 지나친 일이고... 어쨌든 넌 이제 너를 무시할 수 있겠니? 넌 네 뜻대로 그 여자를 다룰 수 있게 되는 거야.』

『먼저는 그런 입장에 있었는데 이제는 내가 박혜영을 부릴 수 있게 되었다니 감회가 새롭네.』

『벌써 다 된 듯이 말하는 구나. 그런데 영화제작 계획은 있니? 네가 전에부터 네 의도를 소화할 만한 배우를 찾는다고 했었으니 이제 그런 배우를 구할 길이 생겼다만... 제작자는 구했냐 말야?』

『영화제작 계획은 이미 서 있지. 어떻게 실행하는가만 남아있었던 거야.』

『그래, 이제 국내에서 어떤 영화를 만들려고 해? 키치적인 컬트영화?』

『인철은 희석과 같은 부류의 예술가들이 즐겨 쓰는 용어를 아무렇게나 섞어 물어보았다.

『무슨, 난 이제 어린애가 아냐. 현실을 생각해야지.』

『현실? 그래 본격 상업영화를 만들겠다 이거구나? 그럼 나도 좀 많이 못해도 조감독는 그래도 충분히 해봤다.』

『상업영화지만 무작정은 아니고 내 색채는 지켜가려고 해.』

『그런 생각 안 이댔어? 현실을 생각한다더니 아니었구나.』

『내 포부는 상반된 방향으로 뛰고 있는 두 마리 토끼를 잡겠다는 것이지. 아무나 할 수 있는 것을 하자고 내가 영화를 만드는 것이 아냐.』

『영화는 혼자 하는 게 아냐. 한 편 제작에 생계가 좌우되는 사람들이 얼마나 많은데.... 딸린 식구들 생각을 해야지.』

『그러니까 책임자가 있는 거지. 내가 좋은 방향을 잡았어. 원작도 골랐고.』

『어떤 소재를 하려는데?』

『불륜을 소재로 한 영화를 해야겠어.』

『그건 너무나 흔한 소재인데? 자신 있어?』

『이번은 좀 특별해. 원작자를 거물로 골랐거든..』

희석은 자기 책상으로 가서 책 한권을 집어 들었다.

꽃잎처럼 떨어지다

『이거야.』

책에는 흰 바탕에 붉은 검은 무늬의 글씨로 「욕망 끝의 파탄」이라는 제목이 씌어 있었다.

『이거 강영훈(姜永勳)의 소설 아냐?』

『너 강영훈 아냐?』

『야, 요새 누가 소설을 가지고 영화를 만드니? 별 내용도 없이 잘 난체하는 놈들 대접해줄 일이 뭐가 있어? 촬영하러 막 노동할 필요도 없고 그저 젤 하기 쉬우니까 소설을 쓰는 놈들이지. 차라리 만화나 연극으로 나온 걸로 하는 게 연출하기도 편하고 좋아.』

『그래도 앤 우리 문단에서도 알아주는 작가 아냐?』

『저작권 협의는 했니?』

『했지. 내가 이미 만나봤어.』

『그래, 그럼 정말 이젠 다 된 거군. 내가 혜영이한테 전하지. 당신이 원하는 그런 영화를 제작할 멍석이 이미 깔려져 있다고….』

『다 돼있지. 각본구상도 했어. 먼저 이걸 읽으면서 내게도 박혜영이 떠올랐는데 참 우연이 아닌 것 같아.』

안희석은 책상위의 판촉용 성냥을 그어 담배에 불을 붙였다.

『내가 어떻게 강영훈을 만났냐면….』 안희석은 성냥을 흔들어 끄면서 말했다.

그것은 상당히 높은 위치에서부터 진행된 일이었다.

7 · 예술과 권력

강영훈의 아버지 강인찬이 부총리로 임명되고 나서 정부의 경제정책 기조가 조금 변할 듯 보였다. 이제까지는 경기활성화를 우선하는 정책을 폈는데 앞으로는 물가안정과 부동산 투기 억제가 최우선 과제가 될 듯했다.

이때 안희석의 아버지 안길환은 자신의 태평그룹을 안정되게 이끌 책임이 있는 입장에서 강인찬을 만날 필요가 있었다. 자칫 건설경기가 침체되면 주력계열사의 자금조달이 어려워지기 때문이었다. 안길환은 강인찬의 대학 선후배 사이로서는 강인찬을 만나기가 그리 어려운 일도 아니었다. 사실 안길환으로서는 강인찬을 만나

배인 데다가 강인찬이 부총리로 임명되기 전까지는 안길환이야말로 대한민국 굴지의 재벌그룹 총수로서 오히려 일개 차관급 경제관료에 불과한 강인찬보다도 사회 지도급인사의 위치에 있었기 둘의 회동은 경제인골프 모임과 공직자골프 모임이 한 컨트리클럽에서 이뤄진 뒤 각각의 주최측이 배려한 상호 라운딩투어 시간을 통해 이루어졌다. 경제정책에 급변한 충격은 주지 않기를 바란다고 재계를 대표해서 한마디 했다. 강인찬은 이에 화답했다.

「알겠습니다. 경제정책이라는 게 어디 그리 쉽게 변하는 게 있겠습니까. 우리나라는 시장경제를 존중하는 자본주의국가입니다. 장관이라고 해서 정책을 마음대로 바꾸는 게 아닙니다. 단지 경제이론을 정책에 반영하는 데 조금 힘을 보탤 뿐이죠. 회장님께서는 기업경영에만 힘쓰시면 그것이 곧 국민과 정부의 걱정을 더는 일입니다.」

「부총리님의 역량은 저희 기업인들이 익히 아는 바이니 정부를 믿고 기업경영에만 전념하는 것이 곧 나라를 위함임을 알겠습니다. 부총리님께서 나라를 위해 역량을 발휘하시기 위해서는 기업인의 협조도 필요하기만 댁내 편안하시기도 하셔야겠죠.」

「그렇습니다. 우리 기업인들이야 세계적으로 알아주는 분들이고 제 자신의 수신제가 문제이지요. 뭐 집안에 큰 걱정은 없습니다만 자식이 더 잘되었으면 하는 바램뿐이죠. 뭐...」

「아드님들은 재계에 있습니까? 한 자제분은 다른 곳으로 진출했다는 말도 있는데.」

「재정경제부」에 있는 큰아들이야 뭐 잘 나가고 있으니 상관없지요. 극동물산에 있는 셋째아들도 이익훈 회장께서 잘 보아주시니 걱정이 없고요. 다만 둘째아들이 다른 길로 갔지요. 문학을 하겠다고 해서 치워에는 반대했는데 아들애가 하는 설명과 주위 분들 이야기를 듣고 나니 그 길도 괜찮더라고요. 집안에서 꼭 관료나 기업가만 나오라는 법은 없지요. 역사에 남을 문인하나 배출하는 것은 더 좋지요.」

「데비한 지는 얼마 되었습니까?」

「이제 한 5년 됐다 하지요. 인간의 파괴적 본능을 주제로 한 순수문예 소설을 발표해서 평단으로부터 큰 주목을 받고 있지요.」

「아니 그렇다면...」

안 회장은 깜짝 놀란 듯이 라운딩하던 걸음을 멈추었다.

꽃잎처럼 떨어지다

『왜 그러십니까?』
강 부총리는 따라 걸음을 멈추면서 미소를 띠었다.
『아니, 그, 문단의 촉망받는... 젊은 마에스트로라 불리는 작가 강영훈이 바로 부총리님의 아드님이셨다는 말입니까?』
『허허... 그렇죠.』
강인찬은 미소를 머금은 채로 고개를 끄덕였다. 모자 밑의 색안경에는 골프장의 푸른 잔디가 하늘과 번갈아 비쳐졌다.
기실 안길환은 강인찬이 임명되었을 때 기획조정실의 보고를 통해 그의 아들이 작가 강영훈이라는 것을 알고 있었다. 때문에 미리 강영훈의 작품을 구해 정독하며 사전에 준비를 했다. 하지만 강인찬의 앞에서는 마치 강영훈을 별도로 잘 알고 있었든듯 시늉을 내었다. 강인찬이 더 흡족하였음은 말할 나위도 없었다.
『이제까지는 작가는 뭐 비정상적인 집안이라든가 정서적으로 특이하다든가 하는 사람이 하는 것으로 알려져 왔던 게 사실이죠. 그런데 그러다 보니 문학작품이 일반인에게 생활의 올바른 가이드를 주지는 않고 오히려 왜곡된 정서를 심어주는 경향이 있었습니다. 이제 아드님의 경우는 건전한 집안에서 자라나서 가장 보편적이고 왜곡되지 않은 정서를 가진 지성인이 작가의 역할을 하게 되는 선례로 자리 잡을 것으로 보여 집니다.』
『그렇기는 해야겠죠. 국민의 정서생활을 이끄는 중요한 역할을 비정상적인 환경에서 자라나서 정서적으로 결함이 있는 자들이 맡는다는 것은 안 될 말이죠. 과거에는 우리사회가 불안정했기 때문에 그런 현상이 있어 왔지만, 이제 우리 사회도 안정궤도에 접어들었으니 상식적인 양식(良識)을 중요시하며 원만한 인간관계를 유지하고 정상적인 가정도 꾸려가는 사람들이 문화 창조를 주도하는 것이 이제는 필요한 듯싶습니다.』
『아드님의 작품이 훌륭하다 보니까 국내에서 손꼽는 신문사들의 문학상들도 다투어서 상을 주려 한다고 들었습니다. 고려일보에서는 작년에 경쟁사에 밀려서 상을 줄 기회를 잡지 못해서 올해는 어찌해서라도 상을 주려고 벼르고 있다고 합니다.』
『그런 걸 아들도 좀 부담스러워하는 것 같습니다... 지난번 국제문학교류행사 때는 국내 굴지의 원로작가와 평론가 세 분이 한꺼번에 자기와 중요한 상의를 해야 할 것이 있다며 각기 만날 약속을 정하자고 해서 참 난감한 적이 있었답니다. 그래서 지금은 작가는 작품에만 전념해야 한다고 해서 아예 이메일이니 휴대폰이니 같은 것도 안 받습니다. 연락은 며느리가 꼬치꼬치 물어봐서 확인된 사람에게만 받죠. 허허.』

『아드님도 대단하십니다. 어느 사람이 삼십대에 그렇게 저명인사가 될 수 있겠습니까? 물론, 연예인이나 운동선수도 있지만 그래도 격이 다르죠. 허허. 정말 훌륭한 아드님 두셨습니다. 이젠 문화계 어느 쪽에서도 아드님을 몰라볼 사람이 없을 것입니다.』

『다 잘되었던 것은 아닙니다. 재작년엔 내 아들 작품으로 영화를 하겠다고 나선 쪽이 있었는데 이러쿵저러쿵 핑계 대더니 취소하더라고요. 계약금 몇 푼 받은 거 무효가 됐으니 그쪽 손해랄 수도 있지만 아들의 실망감도 크더군요. 사실 대중이 가장 많이 접하는 매체인 영화라는 곳에서 원작자라며 이름서지 올라가는 게 정말 품위 있는 명예가 될 수 있는데… 나까지 아쉽더군요.』

『그렇습니까?』 안회장은 다소 놀라운 듯 크게 되물었다.

『뭐 그런 일도 있었단 말이지요. 참, 안회장님 자제분은 하고자 하는 일들을 잘 됩니까?』

『예, 저도 말씀드려야겠군요. 글쎄 제 하나밖에 없는 아들놈은 말입니다….』

안회장은 한번 샷을 날린 후 다시 말을 이었다.

『어려서부터… 회사를 물려준다고 했더니 자기는 그런 따분한 거 안 하겠다고 고집하더군요. 대신 창조적인 예술분야를 하고 싶다고 해서 뭘 시켜야 할까 고민했죠. 음악을 시켜 볼까 했더니 연주는 따분하고 남에게 순종하는 일이라서 싫다더군요. 한다면 작곡이나 지휘를 하고 싶어 했는데 특별히 그쪽에 재능이 있어야 말이죠. 공부도 많이 해야 하고.

미술은 애초부터 손에 지저분한 거 묻히는 게 싫어서 안한다고 했고, 그럼 편하게 한 커트 찍는 걸로 때우는 사진가를 할까 물었더니 그것도 대부분이 남 뒤따라 다니는 일이라서 싫다고 하더군요.

결국 영화계가 제일 나을 것 같았어요. 그런데 배우(俳優)는 남의 지시를 받는 것이라서 역시 싫고…. 그래서 결국 감독으로 정했죠. 회사는 사위에게 물려주기로 하고 대신 그 애는 감독이 나 하도록 뒷바라지 해주기로 했죠.』

『아드님이 그렇게 속박을 원하지 않는다면 회장님도 문학을 시키면 될 거 아닙니까?』

꽃잎처럼 떨어지다

『문학도 책을 많이 읽어야 하니 역시 따분한 것이라 싫다고 하더라고요. 활동적인 것을 좋아한답니다. 직접 일을 시키면서 사람들을 지휘하는 게 좋다고 합니다.』

『완전한 자유인이로군요. 허허. 사실 영화감독이야말로 최고의 자유인들이 하는 일이죠. 어떤 특별한 기능을 배울 필요가 없이 순전히 창조력과 통찰력으로 해나가는 일이니까요.』

『이제 유학에서도 돌아왔으니 한번 작품다운 작품을 만들어야 하겠는데…….』

『제작사 측과는 잘 통하셨습니까?』

『걔가 마땅한 소재만 잡는다면 제가 알아볼 생각이 있는데 아직 소재를 못정한 모양입니다. 투자할 회사야 제가 찾으면 있겠죠.』

『소재야 널리고 널린 게 소재이지요.』

강인찬은 골프공을 홀에 밀어 넣으며 『바로 이런 것이 세상사의 원리 아니겠습니까? 들여보내려는 욕망과 받아들이려는 욕망이 만나서 생기는 일이…….』 하고 미소 지었다.

『허허, 물론 남녀관계란 모든 이야기의 중심이지요. 그런데 시대에 맞게 변화가 있고 새로운 자극도 있어야 대중에게 호소력이 있는 법이겠지요.』

『영훈이가 처음 쓴 것들을 두고 그때 평난에서는 충격적이라고 난리였지요. 지금은 좀 잠잠하지만. 허허.』

안길환은 자신의 센스가 늦은 것을 한탄했다. 주저 없이 그는 제안을 꺼냈다.

『부총리님 그럼 한번 그 애들끼리의 만남을 주선해 보도록 하지요. 젊고 창조적인 예술인들끼리 나름대로 좋은 결론이 날 듯합니다.』

『얘기해 보도록 하지요. 참 영훈이가 아직 모르지도 모르는데 누구라고 말해줘야 하지요?』

『영화감독 안희석이라고 하면 됩니다. 그 사람이 전화 오면 받아달라고 며느님에게 부탁해 주십시오.』

이렇게 해서 두 사회지도급인사들의 만남은 예술의 길을 걷는 아들들의 만남으로 이어졌다.

8 · 감독과 원작자

집에서 작업에 열중이던 강영훈은 아내에게서 전화를 받으라는 말을 들었다.

「영화감독이 나는데요.」
「누구래? 이름은?」
「안희석이라는데요...」
「잘 모르겠는데... 들어본 것 같기도 하고...」
「일단 받으세요. 받고 거절하면 되잖아요?」
「나중에 선다고 해.」

아내는 영훈이 시키는 대로 했다.
「당신도... 전화 받는 게 뭐 그리 대단한 일이라고.」
아내는 다시 나가 와 말했다.
「무슨? 저번에 평론가 장봉익 교수하고 저녁약속을 했는데 또 작가 양창진 씨가 같은 시간에 만나자고 해서 얼마나 난처했는데? 그래도 한국문단의 원로라는 사람들인데 내가 맘대로 거절할 수도 없고... 문인행사 선날인데 다른 약속이 있다고 구실을 댈 수도 없고... 참 난처했지. 아예 전화를 안 받아야 걱정이 없었을 텐데.」
「두 분은 서로 아시는 사이니 셋이서 함께 만나면 되지 않았어요?」
「모르는 소리 그 사람들이 왜 나를 만나자고 한 줄 알아? 창작이든 비평이든 이제 글로 먹고 살기에는 밑천이 딸려가니까 원로자리라도 확실히 유지해야 하는데, 그러려면 유명한 젊은 작가가 자기 계열로 인정이 되어야 한단 말야. 그래서 서로들 나한테 연줄을 대려고 애쓰고 있는 것이지. 그 사람들은 야과야 출판사 기획자들이야 원래 하는 일이 그래서 그렇다지만 신문사 문화부기자들도 얼마나 귀찮게 달라붙는지...」
「기자들이야 당연히 유명한사람 인터뷰하러 애쓸 거 아녜요?」
「그런 데서 그치는 게 아냐. 자기네 신문사와 평생계약을 맺자는 암시를 주던데. 기사로 잘 밀어줄 테니까 자기네 논조와 입장을 대변하는 글을 써달라고 하기도 하고... 정말 지겨워.」
「그건 그렇다 해도 안감독이란 사람은 한번 만나보시죠?」
「놔둬. 서툴 것 있어. 먼젓번에 영화 제작한다고 잔뜩 헛바람만 일으키고는 못하겠다고 발뺌해서 공개망신 시킨 거 다들 똑같게 생각하기도 싫어.」
「영화를 한다고 다들 똑같게 볼 수 있나요? 그러면 글을 쓰는 사람들도...」

『놔두라니깐.』

이때 다시 전화벨이 울렸다. 전화를 받고 온 아내는 말했다.

『여보, 아버님이세요.』

강영훈은 전화를 받았다. 안부를 묻고 용건을 물으니 부친은 다름 아닌 안 감독을 한번 만나보라는 것이었다.

『어려울 건 없죠.』

『우리끼리 미리 얘기됐던 것이니 성과는 있을 거다.』

강영훈은 약속된 커피숍에서 안희석을 만났다.

『강영훈 선생님 처음 뵙겠습니다. 전 안희석이라 합니다.』

『아, 안 감독님 얘기는 들었습니다.』

연배는 안희석이 조금 위이나 사회적인 명망으로 보아 강영훈이 앞서 있고 게다가 안희석은 자신의 감독생활에 도움을 부탁하는 입장이었다. 그나마 만남이 이뤄진 것은 현재 소설계의 위상은 바닥에 있었고 영화계의 위상은 하늘을 찌르고 있으니 영화계의 말단 초보감독이 소설계의 최고 작가를 만날 수 있었던 것이었다.

『제가 영화감독이라고는 하지만 아직 제대로 해낸 작품이 별로 없습니다. 먼저 국내에 있을 때는 단편영화 몇 편 제작이 전부고 유학중에도 단편영화제 수상이 고작입니다. 이제 본격적인 장편영화를 새로 만들고 싶은데 강 선생님의 도움이 필요합니다.』

『제가 무슨 도움을 드리겠습니까. 오히려 작가들이 감독님들한테 영화원작으로 한번 채택되어 봤으면 하고 부탁하는 게 보통 아닌가요?』

『새롭고 신선한 작품을 선보이려면 강 선생님과 함께 가야 할 것 같습니다. 작가님은 이미 관록이 있으시지만 저는 처음이나 마찬가지니까요. 잘 부탁드립니다.』

『그렇지 않아요. 창작인은 처음 내놓는 작품이 제일 중요해요. 그 다음 내놓는 작품은 두 번째 곰탕이지요. 관록이 더할수록 차차 기름기가 빠진 것들을 내놓게 되죠, 하하.』

『작가님은 해를 거듭할수록 더 문제작을 내놓으시는 것 같은데요.』

『그런 건 아니죠. 물론 문단에 쌓인 관록인지 뭔지가 있으니까 더 크게 선전되고 더 평론을 많이 받게 되고, 덩달아 조금 더 팔리고 유명할 수는 있겠지만... 그 개성과 시대적 주제의 강렬함은 초기작품만 못해요.』

『그럼 작가들은 어떻게 초기에 그렇게 강렬한 주제를 포착할 수 있었는지요? 그것도 재능이라면 할 말이 없겠지만요. 저는 예술을 하겠다고 나서기는 했지만 자라면서 집안도 아무 문제가 없고 학교생활도 부족인 것이 없어서 사회에 대한 아무런 문제의식을 느낄 기회가 없었는데요. 그래서 창작을 위한 주제포착을 하려해도 그냥 개인적인 반항이라든가 하는 것 말고는 마땅히 내가 사회에 밝히고 주장해야 할 어떤 걸 딱히 정하기 어렵더라고요. 그런 게 있어야 창작이 잘 된다고들 하던데. 창작인으로서 이것만은 꼭 이 세상에 알려야겠다는 집요함이 있어야 한다고들 하는데... 작가님도 성장과정에 그다지 곡절은 있지 않은 유복한 가정 출신이신 것으로 알고 있는데 어떻게 주제의식이 투철할 수 있는지 부럽습니다.』

『유복하다뇨. 그저 먹고사는데 큰 어려움 없었다는 정도일 뿐이죠. 안 감독님 집안에야 비하겠습니까? 그건 그렇고... 살아오면서 별다른 걸 겪지 못하면 주제포착에 어려움이 있다는 말씀은 저도 동의합니다. 저도 마찬가지였으니까요.』

『그러신가요?』

안희석은 솔깃하며 고개를 강영훈에게로 가까이 들이댔다.

『하지만 바로 그런 여건에서... 인간이면 누구나 가지는 보편적이고도 본질적인 문제를 캐낼 수 있다는 것이요. 자기의 지엽말단적인 경험을 가지고 피해의식과 한풀이 욕구에 휩싸여 세상을 색안경을 쓰고 보려하는 비(B)클라스 작가들과의 차이점이죠.』

『그렇습니다. 저도 어떤 특별하고 지엽적인 사건을 다루는 것보다는 인간본연의 문제를 탐구하는 작품을 연출하고 싶습니다.』

『그러시려면 순수문학에 대한 이해가 필요합니다.』

『순수예술... 저도 생각은 하고 있습니다만 작가님의 생각은 어떠신지요?』

『인간의 탐구를 목표로 하고 있는 순수문학은 우선 그 주제부터가 단순하지 않지요. 순수문학 작품의 대명사니고 할 만한 알베르 까뮈의 이방인을 경우를 보면, 어머니의 장례식 날 섹스를 하고 바닷가에서 이유 없이 사람을 쏘아 죽인 뫼르소가 나오죠. 그야말로 부조리의 전형을 보여주는 주인공 뫼르소를 통해서 인간은 누구나 때로는 자신의 이성을 벗어나서 자신도 이해할 수 없는 부조리

꽃잎처럼 떨어지다

한 행위를 할 수 있는 운명을 타고났음을 보여주고 있지요. 작품의 시선은 보편적인 눈으로 보면 한 파렴치한 악인에 불과한 뫼르소의 입장에 서 있는 것입니다. 그를 단죄하는 재판관은 인간의 본 질에 무지한 군상의 하나일 뿐입니다. 또 순수문학의 경우 전쟁을 다루었다 하더라도 결코 영웅적 인 업적의 칭송에 그치지는 않고 그에 따르는 인간적 고뇌와 세상가치의 모순과 허위 등을 파헤치 죠. 이로 인해 독자는 세상의 이면(裏面)을 보는 눈을 기르게 되는 것입니다.』

『말씀을 듣고 보니 얼핏 순수문학이란 세상일을 뒤틀린 시각(視角)으로 바라보기만을 즐겨하는 반 항적 좌파를 대변하는 문학 같군요. 작가님은 그런 관점에서 주제를 포착하시렵니까?』

『결코 그렇지 않습니다. 순수문학의 목적은 독자로 하여금 인간과 세상의 원리에 대한 깊은 통 찰력을 기르기 위한, 인간세상 이면에 대한 탐구와 해석인 것이죠. 뭐... 소설하고 영화하고 반드시 같지는 않겠습니다만... 작가는 자기 자신과 주변사회와의 갈등으로 인하여 창작의 동기 를 얻죠. 자신의 생각이 제대로 수용되지 않는 주변사회를 보고 그것을 바로잡기 위한 욕망으로부 터 창작의 동기는 나오는 것이죠.』

『작가님은 그런 경험이 있었습니까?』

안희석은 강영훈이 언제 세상과의 갈등을 겪었는지 선뜻 짐작되지 않았다.

『아시다시피 저의 집안에는 나라의 공무원으로 성실히 계시는 아버지와 교수인 어머니 그리고 말 썽 없는 형제들... 모두가 다 좋은 환경이었기 때문에 주변사회와 제가 갈등을 느낄 만한 여지가 없었습니다.』

『그러시다면 어떻게...』

『뜻이 있으면 길이 있습니다. 자신의 주변이 너무 자신과 조화롭게 존재하고 있다면 스스로 그 틀을 깨는 것입니다. 적극적인 창조자가 되는 것입니다. 자신이 주도가 되어 세상과의 갈등을 일 으키는 것입니다. 그러면 주제는 나옵니다.』

『반항이라면 저도 단편영화에 조금 넣기는 했습니다만...』

『단순히 반항이라는 보편적 개념으로는 부족하죠. 일상에서의 일탈... 세계와의 대립, 시대 와의 불화... 인간끼리의 반목... 등등 다양한 반항적 주제를 우리 스스로 만들어 나가야 죠.』

『그렇습니까? 그렇다면 이제 제가 할 일은 그것을 영상으로 구현하는 일입니다. 허락해 주십시오。」

희석은 대화에 빠져 있느라 미처 꺼내지 못했던 본론을 꺼냈다.

「글쎄요, 반드시 영상으로 하랴는 법은 없을 것 같은데요. 인간 욕망의 대리만족은 물론 예술작품을 통해서 얻을 수 있는 것이긴 하죠. 그 욕망이 옳지 못한 것이라 해도, 말하기조차 민망한 혐오스러운 것이라 해도, 그것을 금지하면 대리해소의 길이 없어 곤란하기 때문에... 대리만족의 수단이 있기는 있어야 하겠죠. 그렇게... 인간의 어쩔 수 없는 변태적이고 불건전하고 안어떻게 해서라도 대리만족을 시켜야 한다면... 그것은 글을 통해 하는 것이 가장 경제적이고 전합니다.」

「글로는 대리만족이 부족할 수도 있지요. 그래서 영화가...」

「말리지는 않습니다. 그게 감독님 하시는 일이라면 어쩌겠습니까. 하시겠다면 추진하시고요.」

「예, 원작계약만 하시면 됩니다. 원작료는 작가님의 명성에 걸맞게 해드리겠습니다.」

「제가 뭐 더 할 일도 없는데 많이 욕심낼 필요나 있나요. 잘 히트시켜서 제 작품이나 대중적으로 유명하게 해주시면 좋은 거죠. 참 그런데 뭘 영화화 하신다는 것이죠?」

「예, 우선 작가님의 초기작인 「욕망 끝의 파탄」을 크랭크인하려 합니다.」

「욕망 끝의 파탄」이요?」

강영훈은 놀라고 어이없다는 표정을 지었다.

「왜 그러십니까? 「욕망 끝의 파탄」이야말로 작가님의 말대로 초기의 강렬한 주제의식이 돋보이는 걸작품 아닙니까?」

「허..... 참.」

강영훈은 찻잔을 한모금 마시고 다시 말을 이었다. 「저야 어쨌든 제 작품이 영화화 된다는 걸 싫어할 입장은 아니지만... 그 작품은 전혀 영화화하기에 유리한 것 같지는 않은데요. 제의 도도 그렇게 영상화를 염두에 둔 것이 아니고요. 그저 인간의 욕망과 타락이 어디까지 갈 수 있나 상상력을 최대한 발휘한 것일 뿐입니다.」

「그렇다고 그 작품이 환타지입니까? 저도 자세히 읽어 봤지만 환타지는 아니지 않습니까? 어차피 「반지의 제왕」보다는 영상화가 어렵지 않을 것 같은데요.」 안희석은 슬쩍 미소를 지었다.

『그런 뜻에서가 아니라 갈 데까지 간 그런 장면들을 어떻게 구현하실 수 있을지 걱정이 되는 겁니다. 어떤 배우가 그런 걸 다 해내는지도 믿어지지가 않고요... 그렇다고 맹물같이 얼버무려 바꾸지는 않으시겠죠.』

『물론입니다. 그럴 생각이라면 제가 왜 강영훈 작가님의 작품을 굳이 찾았겠습니까. 작가님의 그 초기작품에서 보이는 인간본성 탐구에 대한 강렬한 메세지를 그대로 영상에 담고 싶었던 것입니다. 자, 허락해주시는 것이겠지요?』

『예, 기대하겠습니다.』

이렇게 해서 안희석은 작가 강영훈의 소설을 원작으로 영화를 제작하기로 했다. 제작비와 기타 부대비용은 그의 부친인 안길환 회장이 제작영화사에 투자하는 형식으로 지원하기로 했다.

9 · 배우와 감독

『하여튼 나한테도 박혜영이 자꾸 생각이 나더라. 한번 출연제의를 해볼까 하고 생각하기도 했었어.』

설명을 끝낸 희석은 자기 또한 박혜영을 적극적으로 생각했었음을 밝혀 승낙을 표시했다.

『인연이 맞는군. 그럴 필요 없어. 저절로 오게 될 테니까. 내가 너를 찾아온 것은 개가 너를 찾아온 것이나 같애. 개가 출연을 신청해서 네가 승낙한 것이나 마찬가지야.』

『그래? 그럼 출연료도 절약되고 다루기도 좋겠군. 내가 간청해서 출연한 것이 아니니까.』

『물론이지. 그럼 성공할 때 배당은 넉넉히 약속해줘야 돼.』

『내 영화 성공했으면 됐지 내가 뭐 돈 욕심 낼 게 있니? 어차피 지금 나가는 돈 아니면 넉넉히 해줘도 나쁠 건 없지.』

『그래. 배당 많이 주고 대박 나게 하면 개도 좋고 우리도 좋지. 그럼 내가 혜영이 하고 자리 마련해 줄 테니 잘해봐라.』

『그래.』

『아, 참 세상의 인가에는 미소보다 조금 짙은 웃음이 새겨졌다.

인철이 간 뒤 희석의 입가에는 미소보다 조금 짙은 웃음이 새겨졌다.

희석은 두 손을 머리 뒤로 깍지 끼고 의자에 기대며 이년 전의 기억을 되살려보았다.

영화제가 한창이던 날의 저녁이었다. 희석은 행사장 인근에서 벌어진 가든파티에 참석하고 있었다. 호텔정원에서 바베큐 등의 음식을 차려놓고 서로 오가며 교제를 나누는 자리였다. 자리에 모인 영화인들은 삼삼오오 모여서서 그날 상영한 영화들의 관객반응을 눈치껏 살펴본 소감을 말했다. 연출자들은 막상 상영되고 나니 애초 의도와는 다르게 영화들의 관객반응을 눈치껏 살펴본 예상과는 달리 관객반응이 딴판이더라고 들 했다. 연기자들은 화면에 비친 자신의 모습을 관객들과 함께 보니 다른 느낌이더라는 등... 대화가 끊일 새 없었다. 모두들 환한 얼굴로 즐겁게 수다를 떠는 것 같았지만 그것은 서로가 나눌 이야기가 많았다. 서있는 것이 조금도 어색하고 피곤하지 않을 만큼 그들은 특히 배우들로서는 주위의 기자들 앞에서 이미지를 관리하기 위한 본능적 자기표현이었고 그들 모두는 자신의 연출작이나 출연작에 대한 평가의 향방에 신경을 곤두세우고 긴장하는 중이었다.

이때 희석은 다소 멋쩍은 기분으로 접시에 음식을 담고 있었다. 음식을 담는 행위는 그런대로 어색하지 않게 넘어갈 수 있겠지만 이제 식사를 할 동안은 어떻게 자신의 처지를 자연스레 포장할까 걱정이 앞섰다.

외국에 살던 동안 국내 영화인들과의 교류가 충분히 있지를 못했다. 함께 귀국한 유학 동료는 지금 영화제 주최측의 일로 바쁘다. 영화제참석자 중 예술학교 동창이 몇 있지만 그들은 제각기, 배우나 시나리오 작가나 감독에게, 감독은 제작자에게 눈도장을 찍기에 바쁜 중이라 이 귀중한 시간에 희석과 잡담을 할 여유가 없다.

「제기랄. 술들을 같으니. 모르지기 예술인이라면 자기의 작품 그 자체로 승부해야 모두들 로비활동에 정신을 팔고 있으니...」

희석은 가볍게 투덜대고는 정원수가 야간조명을 가리는 그늘로 가서 혼자 식사를 했다. 조금 있다가

「야, 희석이 여기 있었구나.」

프랑스에 갔다가 함께 귀국한 영철이 그를 발견하고 손목을 쳤다.

「너 바쁠 텐데 왜?」

꽃잎처럼 떨어지다

희석은 자세를 변하지 않고 내뱉었다.
「너 찾느라고 바빴다.」
영철은 희석의 손목을 잡아끌어 주최측의 테이블 가까이 데려갔다.
「자 소개드리겠습니다. 이번에 칸나 영화제에서 단편영화부문을 수상하여 한국예술영화의 위상을 드높인 안희석 감독입니다.」
「아, 그렇군요.」
「그 영화 저도 봤어요.」
모여 서있는 여러 영화인들은 희석의 인사를 받았다. 희석은 악수를 몇 번 나누고 다시 영철의 안내에 따라 주최석 더 가까이로 갔다.
「자, 여기… 소개 안해도 알겠지?」
한 여배우가 머리가 허연 신사 둘과 담소하고 있었다.
희석은 국내 영화에 관심을 두지 않았기에 그 여배우를 잘 몰랐지만 모른다고 하기에도 쑥스하여 마치 잘 아는 듯이 고개를 끄덕였다. 그 여배우는 신사들과 아주 편안히 대화하는 것으로 보아 국내 톱스타 대열에 끼여 있으리라고는 짐작할 수 있었다. 신사들 중 한사람은 방송뉴스에 자주 나온 여당정치인이었다.
영철이 부르자 여배우는 신사들에게 인사를 하고는 영철과 희석에게로 다가왔다.
「저와 함께 프랑스에서 공부하고 있는 안희석 감독입니다. 이번에 칸나 영화제에서 단편영화부문을 수상했죠. 그 영화 보셨죠?」
「처음 뵙겠습니다. 안희석이라 합니다.」
희석이 가까이 보니 자기가 유학을 떠나기 전 청소년광고모델로도 이름나 있던 박혜영이었다.
「박혜영씨의 영화는 프랑스에서도 가끔보고 있습니다.」
희석은 프랑스에서의 수업 때 아시아 영화 참고자료로 박혜영의 데뷔작 하나만을 본 것이지만 의례적으로 말했다.
「아, 예. 반갑습니다. 그런데… 김… 독님의 작품을 아직 못 보았네요. 시간나면 곧 볼게요.」
혜영은 가볍게 답례하고는 다시 먼저 대화하던 자리로 갔다. 거기에는 어느 새 왕년의 최고 여배우아이며 향미필름의 대표인 전향미(全香美) 씨가, 우아하게 성장(盛裝)한 노부인의 차림새로 그들 신사들과 대화하고 있었다. 나이가 칠십이 되었을 것인데도 화장한 얼굴은 안정감이 깃들었을 뿐 한창때의 모습과 그다지 다름이 없었다. 곧이어 한국영화의 신기원을 이룩했다는 대 히트작 「백상아리」의 김구진(金具眞) 감독이 캐주얼한 복장에 빛나는 안경을 끼고 그들 사이에 당당히 끼어들었다. 삼십대의 그는 처음에는 고개를 숙이고 선배들에 대한 예를 보였지만 어느덧 대화하는 품새는 그들 모임의 주심이 되어 있었다.

안희석은 멍하니 그들을 보다가 스스로 자리를 멀리했다. 영철은 이미 희석에게서 떠나 여기저기 이내 몰려온 또 다른 무리와 함께 카메라 속에 묻혔다.

삐걸음을 옮겼다.

희석이 그때 혜영을 본 시간은 잠깐이었지만 그 인상은 강하게 다가왔다. 미모의 늘씬한 여배우의 하나로 볼 수 있기는 한데 어딘가 물이 빠진 듯한 파리한 인상… 부드러운 윤관의 전형적 여성성과는 거리가 있고 오히려 남성적인 직선형 얼굴에 가깝지만, 그러면서도 결코 강인하지는 않으며 가녀린 목소리로 애절한 사정을 호소하는 연기에 적합한 얼굴….

이런저런 복합적인 요소가 함축되어 있는 배우 같았다. 호기심과 탐구심이 남다른 희석에게는 벌써부터 연구의 대상이었다. 그러나 그에게는 그녀를 연구할 아무런 권한도 기회도 없다.

컬트, 키취, 동성애 코드… 저 여자는 남성동성애자들이 메우려 하는 정신적 갈망도 충족할 무엇을 함유하고 있다. 분명 저 여자에게서 엄을 것은 연약한 여성을 보호하고 정복하며 남성적 마초기질을 충속하려 하는 주류남성의 지향과는 다르다. 그렇다고 저 여자가 무슨 남성적인 여성이라서, 여자에게 은근히 기대고 싶어 하는 약한 남자들의 마음을 끄는 유형도 아니다.

다. 저 여자에게서 느끼는 것은? 동성애? 여잔데 무슨 동성애? 아아 어지럽다 더 연구해야 하겠다. 희석은 두 손으로 머리를 짚었다.

그녀는 나에게 관심 없이 떠나가 버렸다. 아직 두드러진 업적이 없으니 그럴 수는 있다고 보겠지만 그때 희석이 느끼는 것은 단순한 무명의 설움이 아니었다. 자신이 원하는 자가 자신을 원하지 않을 때의 배신감…. 희석은 그런 것을 배신이라고 간주했다. 어렸을 때부터 부족하지 않은 환경에서 원하는 물건은 얻을 수 있었고, 학교 때도 자신이 호감을 가진 친구가 자신을 멀리하는 일은 없었다. 그의 관심이 베풀어짐은 곧 그의 혜량(惠諒)이었다. 그것에 대한 무시는 배신이다. 성

꽃잎처럼 떨어지다

인이 되고서 그것이 현실과는 다름을 안다 해도 저변의 마음은 늘 그러했다. 그랬던 그녀가 결국 내손에 잡히다니... 희석은 밤새 뜬눈으로 그 설렘을 맛보았다.
혜영은 인철에게서 자기의 캐스팅 소식을 들었다.
"안희석 감독이 네가 출연할 영화를 감독하기로 했어."
"그 사람 나도 들어봤어요. 작가주의 감독이라고 들었는데요."
"이번에 크게 한 마음 먹고 해볼 모양이야. 그럼 미리 그 감독의 작품에 대해서 조사해봐. 어떤 작품성향인가를 알아봐야지."
"그래요. 그런데 어디 가면 구할 수 있지요?"
"아직 국내에 비디오로 나온 건 없고... 프랑스에서 만든 작품이 있지."
인철은 안희석의 작품이 실린 비디오를 건네주었다.
혜영은 집에서 그의 작품을 보았다.

전원주택에 사는 한 중산층 부부의 삶이 나왔다. 그들은 대학강사와 수학과외선생이라는 지극히 전형적인 직업을 가지고 있었다.
주말에 두 사람간의 충분한 시간을 갖게 된 그들은 함께 길을 나선다.
"뭐야? 그냥 주말에 레저여행 떠나는 거겠지. 영화 참 단조롭네. 그러다가 뭐 삶의 권태나 허무를 주장하는 거겠지."
혜영은 다소 지루하지만 단편영화니까 참고 보아주기로 했다.
시내 한 중학교 가까이 주차한 부부는 눈짓을 하고 헤어진다. 여자는 얼굴이 예쁜 한 남학생에게 접근한다. 학생은 고개를 저으며 딴 길로 피해간다. 여자는 쫓아온다. 아이는 도망가지만 여자라서 별다른 경계는 안 하고 귀찮다는 표정만 짓는다. 길이 한적하자 부부가 타고 온 베이지색 소나타 승용차가 다가왔다. 차는 소년을 앞질러 정차했다. 소년이 지나갈 때 안에서 남편이 나오더니 능숙한 솜씨로 소년의 입을 막는다. 여자가 달려와 트렁크를 열고 남편은 소년을 싣고 닫는다. 부부는 재빨리 승차하여 빠르면서 서두르지 않게 거리를 빠져 나간다.
집에 돌아온 그들은 소년을 데리고 그대로 지하주차장에 이어진 지하실로 들어간다. 지하실은 침대가 있고 촬영장비가 있다. 여자는 카메라를 작동한다. 남자는 소년을 강간한다. 반항하면 여지없는 구타를 가하니 소년은 이윽고 축 늘어진다.

그 다음에는 여자가 카메라 앞에 나온다. 놀라운 것은 여자로서가 아니라 앞에 이상한 도구를 달고 소년을 마치 남자가 그러하듯 강간하는 것이었다.

『다 했니?』
『응 다 했어.』
『그럼 갔다 붙자.』

남자는 기진맥진한 소년에게 다가가더니 사정없이 칼로 찌른다. 단편영화이니 찌르는 뒷모습과 피가 벽에 튀는 장면만 보여주었지만 그것만으로도 충분히 충격적이었다.

그들은 짐 옮기듯 소년의 시체를 끌고 나가서 집 뒤의 공터로 갔다. 공터에는 화초와 정원수들이 제법 많이 자라 있었다. 그들은 그 가운데 구덩이를 파고 시체를 묻었다.

『이제 올 일년 거름 걱정은 없겠지?』
『그래, 다음에 또 생기면 그 땐 다른 용도로 써도 될 거야.』

다시 그들은 밤에 차를 몰고 나갔다. 산기슭의 한 이층 양옥집 앞에 멈췄다. 끼익. 그들이 휴대폰으로 큰삼촌이라는 사람을 부르자 철문이 열리고 차는 안마당으로 들어갔다.

부부는 현관 옆에 아래로 나있는 계단을 내려갔다. 지하실에는 불이 켜져 있었다. 지하실답지 않게 호화로운 실내장식에 소파가 있는데 머리가 벗어지고 흰 피부에 검은 테 안경을 쓴 뚱뚱한 중년 사내가 앉아있었다.

『그래 이번엔 좋은 것으로 가져왔나?』
『예, 아주 좋아요.』 아내가 웃으며 먼저 답했다.
『어디…』

사내는 비디오를 받아 작동시키고 그들에게 자리를 권했다. 셋은 함께 방금 찍은 비디오를 봤다.

『수고했어.』

사내는 소파 옆의 작은 서랍장에서 수표책을 꺼내 차탁(茶卓)에 놓고 숫자를 끄적거리고는 뜯어서 부부에게 건넸다.

『잘 받았어요. 이제 가도 될까요?』

「아니, 내가 너네 물건을 샀으니 너네도 내 물건을 사야지.」

사내는 비디오를 중지시키고 계단을 통해 지상층으로 올라갔다. 부부도 따라갔다.

거실마루에는 삼십 중반의 여인이 발가벗긴 채 입을 막히고 묶여 있었다.

「자, 내 아내야. 이제 더 필요 없으니 네가 사.」

사내는 남편에게 말했다.

「예, 얼마예요?」

「반값에 줄게.」

남편은 지갑을 열어보다가

「지금 돈이 없는데 외상할까요?」

「그래 외상하지. 대신 남겨두고 가.」

사내는 아내를 가리켰다.

「그래 그렇게 하지요.」

「좋아.」

사내는 묶인 여자를 번쩍 들어 방에서 내온 대형 종이박스에 노끈을 묶어 들고나갔다.

「나와라!」

거실의 벽마다 있는 문이 열리더니 네댓 명의 청년들이 나왔다.

「마음껏 즐겨라.」

그들은 아내를 윤간했다. 이윽고 모두들 일을 끝내고 아내가 기진맥진 쓰러지자 그들은 아내를 들고 보일러실에 들어갔다. 그리고 거기 있는 불구덩이에 집어넣었다.

「도대체 이게 뭐지?」

물론 단편영화의 특성상 각 장면을 사실 그대로 보이는 것은 거의 없었다. 살해장면도 피가 튀는 것만 보여주고 강간장면도 흥분한 얼굴과 어깨의 들썩임뿐이었다. 그것은 안감독이 보이고 싶지 않아서가 아니라 단편영화의 제작비로는 살해상면을 연출하기가 어렵고 강간장면의 배역을 구할 수 없었기 때문이었다. 발가벗긴 채 묶여있는 여인도 평범한 여인을 얼굴을 가리고 쓴 것이었다.

『이런 걸 애 영화라고 보여주는 거지?』

혜영은 의아해했다.

비디오에 딸려 있는 설명서를 보았다. 감독 안희석의 인터뷰였다.

『영화는 현실의 모방이다. 작품을 위해 국내외의 엽기적 사건들을 취재해 보니까 실제 사건들이 영화보다 훨씬 끔찍했다.』

실제로 그런 일이 있으니 그보다 덜한 걸 영화로 만드는 것은 당연하지 않느냐는 것이었다.

평론가들의 평은,

『이 영화는 현대사회의 주변부에서 박탈과 소외의 체험을 안고 사는 젊은이들의 원한과 울분을 실어 나른다. 급속하게 변해가는 소통수단인 「엽기」에 대한 감각을 무디게 만드는, 「엽기를 즐기는 문화현상」과 「엽기로 분출하는 울분」에 대해 또 다른 논의가 필요한 시점에서 이 영화가 우리에게 시사하는 충격적이다. 자유와 일탈을 꿈꾸는 등장인물들은 권력에 지배받는 일반 사람들을 멸시하는 인물들로 묘사된다. 그리고 남자의 냄새를 수컷냄새라느니 하며 짐승으로 묘사하는 부분이 많아 권력에 의해 지배받는 현상을 마치 동물들의 약육강식처럼 떠올리게 한다.』

와 같은 식이었다.

『도대체 뭐가 뭔지…. 어쨌든 영화 참 특이하다.』

혜영은 고개를 갸웃거렸다.

혜영은 영화사 사무실에서 안희석과의 만남을 가졌다.

『안녕하세요? 안 감독님에 대해서는 익히 들은바 있어요.』

『예, 저야 혜영씨에 대해서는 더욱 훤하죠. 톱스타이시니까요. 허허.』

희석은 혜영의 인사가 먼저 온 것을 의식했다. 이제 그녀는 내 영향권 안에 들어오게 되었으니 입장이 달라졌다고 생각되었다. 물론 혜영은 먼저의 그 만남을 기억 않을지 모르지만.

『감독님의 단편영화들을 보며 참 특이한 분이시리란 예상을 했어요.』

혜영은 어찌했든 영화를 출연해야 하겠다고 마음먹었으니 희석에게 친절히 대해야 할 것을 의식했다. 그의 영화를 보고 무슨 뜻인지 모르겠다는 것도 기분 나쁘지 않게 둘러서 이야기했다.

『그랬어요? 실제 보니 어땠어요?』

『기대를 저버리지 않았어요. 역시 분위기부터 특이한 분이에요. 호호. 프랑스에 오래 있다가 오셨다니 감독님을 보면 에펠탑이 떠오르는데요.』

안희석의 혜영에 대한 관심은 처음부터 성에 관련한 잡다한 심리에 기초를 두고 있었다. 안희석은 흡사 프로이드의 심리학처럼 그녀에게서 느끼는 어떠한 것이든 모두 성과 연관 지어 생각했다. 그녀는 여자이되 반드시 여자 그 자체도 아닌... 그렇다고 해서 여자 아닌 것에게서 얻을 것을 얻을 그런 대상도 아니다. 나에게 혼란과 어지러움을 주는 저 여자는 분명 연구대상이었다. 특히 그녀의 내면에 있을 성적욕망은 무한한 호기심을 불러일으키는 탐구대상이었다. 그녀에게서 나오는 어떠한 사소한 정보라도 그녀의 성취향을 가늠해보는데 보탬이 된다면 놓칠 수 없는 것이었다.

이제까지의 정보로 보아 판단할 수 있는 것은 그녀가 출연한 영화들로 보면, 꽤 순수하고 착해 보이고 싶어 한다는 것, 그리고 지난번 영화제 때 잠시 만났을 때의 행태로 보면 힘있고 지위 있는 남자에게 접근하여 자신의 위치를 끌어올리고 싶어 한다는 것 등이었다. 즉 겉과 속이 다른 욕망을 갖고 있으리라는 것이 혜영에 대해 할 수 있는 추측이었다.

그런 그녀로부터 너무나도 중요한 성적 키워드가 나오자 희석은 당혹하기까지 했다. 에펠탑... 그것은 하늘을 향해 꼿꼿이 치솟아 있는 어떤 물건이다. 혜영은 그것을 희석 자신에게 연관시키고 있었다.

희석은 내심 불쾌하고 당혹스러웠다. 자기가 마치 성적욕망의 화신인 것처럼 보였다는 것이었으니.

『구렁이 같은 년 같으니... 정말 음흉하지 짝이 없군. 그렇다고 남자체면에 성희롱 당했다고 성질내기도 뭣하고... 이년을 어떻게 손봐줄까?』

희석은 이제 막 혜영에 대한 우월적 입장에서 그녀를 길들이려 하는데 처음부터 한방 맞은 것 같았다.

안희석은 뚜렷한 반언(反言)이 생각나지 않아 일단 직설적으로 응수했다.

『나도 혜영씨에 대한 첫인상은 별로 안 좋았어요. 기억나요? 이년 전에 그 영화제?』

『뭐가요? 부산영화제요? 그 때 무슨 일이 있었길래요? 전 모르는데.』

『날 우스꽝스럽게 보았던 일.』

희석은 슬쩍 미소 지었다.

『모르겠어요. 빨리 말해줘요.』 혜영은 눈가를 찡그렸다.

『그때 어느 날 저녁 호텔 가든파티에서 누군가 내게 박혜영 씨를 소개했어요. 그래서 난 정중히 인사를 했는데 그쪽은 눈도 마주치지 않고 하는 둥 마는 둥 인사를 하길래 속으로 적잖이 불쾌했지요.』

『어머 그때 그랬나요? 외국에서 잠시 오신 분이라서 잘 몰라봤나 봐요. 지금 혜영씨와 나는 함께 뜻을 맞춰야 할 동료가 되었죠.』

『하여튼 그건 그때 일이고…. 아무튼 죄송해요.』

『그런데 왜 많은 여배우 중 저를 캐스팅했어요?』

희석은 내가 언제 너를 골랐냐며 어이없는 표정을 하다가, 그래도 처음 만남이라 참기로 했다.

『한마디로 어떻게 설명할 수 있겠어요? 해보면서 차차 이해하게 될걸요. 아무튼 그런 입장에 있던 내가 "욕망 끝의 파탄"의 각본작업을 하며 박혜영 씨를 떠올린 건 아이러니지요. 내 그 영화 말고 프랑스에서 만든 영화는 봤어요?』

『그건…. 강인철 조감독님이 주지를 않아서….』

『비디오를 빌렸어도 볼 기회는 많았을 텐데요.』

『극장에서 본 적이…. 대여점에서도….』

『영화인이라는 년이 그래 해외영화제 소식도 몰라? 밤낮 통속영화만 해왔으니 모를 밖에.』

안희석은 못나 말했지만 다시 차분히 말을 이었다.

『아무튼 이 일을 계기로 그동안 동경의 대상(?)으로만 삼고 있었던 박혜영 씨를 나도 가깝게 이해할 수 있는 기회를 가지게 되었어요. 혜영 씨도 나를 잘 알고 내 작품세계를 이해하도록 노력해줘요. 사실은 조감독이 되냐 안 되냐의 취향문제는 종이 한 장 차이에요. 자기취향이 아니라고 생각되었던 예술작품의 팬이 되어 의도적인 관심을 두면 곧 좋아하게 돼 있어요.』

『즐기기 위한 팬은 아무나 될 수 없지만 먹고살 일에 관련된 팬은 누구나 노력하면 될 수 있어요. 그러니 저 프로의식으로 취향을 조절해서 안 감독님의 팬이 되겠어요.』

『그래요. 혜영씨는 나와 호흡을 맞출 잠재력을 충분히 지녔다고 봐요.』

『그러면 저의 그런 면들을 미리 파악하고 캐스팅하신 건가요?』

꽃잎처럼 떨어지다

『그냥... 저절로 캐스팅된 거지...』
희석은 이번에는 자기가 대세를 점할 것 같았다. 혜영을 야코죽일 수 있는 화제가 나온 것이다. 혜영 쪽에서 출연할 영화를 찾는다는 걸 미리 알고 받아들인 것임을 강조했다.
『그럼 둘이서 동시에 뜻이 맞았나요? 이것도 운명이네요.』
혜영은 어색할 뻔했던 첫 만남의 인사를 서둘러 마쳤다.
『그럼 시나리오 좀 보여주세요.』
『아직 각색작업 하고 있어요. 완성되면 다시 부를게요.』
혜영을 보내고 나서 희석은 의자에 등을 내고 기지개를 켰다.

집에 돌아와서도 희석은 궁리했다. 어떻게 하면 우월한 입장에서 혜영과 출연계약을 맺을 수 있을까. 자칫 자기가 배우 박혜영이 필요해서 기용한 것이라는 입장이 되어버리면 혜영을 뜻대로 다루기 어렵게 될지 모른다. 어디까지나 혜영이 그녀의 필요에 의해 자원하여 영화에 출연하는 형태가 되어야 한다.

희석은 혜영을 다시 사무실로 불렀다.
『이게 새 영화의 시나리오예요.』
희석은 노트용지 한 뭉음으로 된 책을 혜영에게 건네주었다.
『어떤 내용인데요?』
『읽어 보면 알 거 아녜요?』
『그래도 먼저, 조금.』
『그냥 불문영화예요. 그런데 상당히 쇼킹하지요. 단순한 애정물이 아니라 인간에 내재한 파괴 본성을 그린 영화로서 순수 예술적 깊이도 있어요. 개봉되면 센세이션을 일으키고 비평가들의 격력한 논쟁을 불러일으킬 것이 틀림없는 영화예요...』
『그런데요, 저는 그런 것보다는 솔직히 흥행성이...』
혜영은 멋쩍게 웃음을 흘리며 미안한 듯이 말했다.
『흥행? 그건 기본이지.』 여의 인철이 거들었다.

『먼저 이야기한 것들도 다 흥행전략의 일환이에요. 이제 우리영화도 세계적인 수준인데 우리관객들도 더 이상 상투적인 애정물은 안통해요. 색다른 자극을 주며 관객이 미처 생각지 못했던 장면을 보여주는… 관객의 뒤통수를 치는 그런 영화를 우리 관객은 기대하고 있어요.』「욕망 끝의 파탄」은 바로 그런 충격을 주는 영화예요. 자, 아직 결정하라는 건 아니고 시나리오를 한번 읽어 보라는 것이니 한번 읽어보고 그 다음 결정해요.』

안희석은 책을 가리키며 손짓했다.

『이 영화에서 전 어느 역을 맡을 건가요?』

『거기 여주인공이 셋이나 나오는데…. 그건 나중에 정하지요. 일단 혜영씨에게 그 영화가 마음에 들어야 하는 것이니까. 오늘 들어가 읽어보고 내일이나 모레 아무 때나 연락해줘요.』

희석은 혜영이 어서 집에 가길 바라는 것이었다. 저녁에 인철과의 술자리 약속이 있었다.

『자, 갑시다.』

두 남자는 일어나 혜영에게 함께 나가자고 했다.

『차가 어디 있지요?』

인철은 혜영에게 물었다.

『이 건물에 자리가 없어서 옆 건물 주차장에 있어요.』

『거기까지 바래다줄께요.』

『괜찮아요, 기사를 이쪽으로 오라고 할께요.』

『그러면 둘이 내려가서 기사 올 때까지 동행하죠.』

건물 아래로 내려와 혜영이 떠난 후에 희석과 인철은 눈짓과 웃음을 교환한 다음 자기들의 차에 올랐다.

며칠 후 혜영은 희석을 다시 만났다.

『시나리오 봤는데요. 아무래도 못하겠어요.』

『왜요?』

『너무 연기직이고 잔혹한 장면이 많아요. 특히 피투성이 정사장면이요.』

『그게 어때시?』

희석은 태연히 물었다.
『너무 심하잖아요. 제 성격과는 안 맞아요.』
『참, 그게 무슨 상관이라고…… 배우는 남의 인생을 연기하는 것이지 자기인생을 보여주는 일이 아녜요.』
『예, 알아요. 하지만 자기의 한도 내에서 남의 인생도 보여줄 수 있는 것 같아요. 극중에 동성애 여인도 있는데 그런 건 제가 믿는 신앙에도 안 맞아요.』
『그럼 그냥 놀래요?』
희석은 눈을 치켜뜨고 물었다.
혜영은 망치로 얻어맞은 듯 멍해졌다. 혜영은 지금 출연을 할 만한 다른 작품이 없었다. 그러나 엄마의 빚은 매일같이 불어나고 있었다. 어서 억대의 출연료를 받아서 갚아야 했다. 희석은 그 사정까지도 이미 알고 있는 것이었다.
지금 혜영은 우선 출연계약금부터가 급했다.
『그럼 배역은 내가 정해도 될까요?』
혜영은 자기가 출연의사가 있다는 것을 나타냈다. 그러나 희석의 입장은 불변이었다.
『우선은 혜영씨 생각을 존중하겠지만 사정상 달라질 수도 있어요. 아무튼간 이 영화의 주연은 혜영씨인 것을 알아두세요.』
희석은 혜영의 어깨를 가볍게 누르며 격려했다. 어찌 보면 그녀가 놓인 처지에 대한 위로의 제스처일 수도 있었다.

둘은 다음날에도 사무실에서 만났다. 혜영은 진행되는 추이가 궁금하여 계속 사무실에 나올 수밖에 없었다. 희석은 자리에 없었다. 오후 한 시가 넘어서 희석이 들어왔다.
『안녕, 많이 기다렸나?』
『아뇨. 방금 왔어요.』
『그럼, 뭘 알고 싶은데?』
『내 배역은 누구죠?』 혜영의 물음에
『혜영 씨는 나영의 역이야.』

희석은 답했다. 어젯밤 내내 고민 끝에 내린 결정이라는 것이었다.

『내가요?』

『왜, 그게 어때서?』

『아니, 기왕이면 내 스타일에 맞는 배역을 주시지…』

『혜영씨 스타일이 뭔데? 난 훌륭한 연기자라는 것 밖에는 모르겠는데.』

『내 개인적인 성격이 있잖아요? 그것에 어울리는 것이 좋지 않아요?』

『어떤 배역이든 소화하고 끊임없이 변신하는게 프로 아니겠어?』

희석은 철회할 마음이 없는 것 같았다.

혜영은 고개를 숙이고 한참 생각하다가

『내일 말씀드릴게요.』했다.

『왜? 맘설여져? 그럼 하기 싫다는 건가?』

희석은 혜영의 사정을 알기에 마음 놓고 다그칠 수 있었다.

『아녜요. 제 마음을 확실히 잡아 놓을 시간이 필요해서요.』

희석은 그 다음날 오전 열시가 되어야 자신의 오피스텔에서 전화벨소리에 잠을 깼다.

『젠장, 난 열두시는 되어야 전화 받는다고 했는데…』

희석은 투덜기리며 수화기를 들었다.

『누구요?』

『저 혜영인대요.』

『아…. 그래. 어떻게 결정했는데?』

『출연할게요.』

『그렇지, 이번이 얼마나 좋은 기회인데. 내가 아는 평론가들도 모두 문제작이 될 것이라고 이구동성으로 말하더라고.』

『저 감독님을 믿어야지요…』

『그래야지. 지금 이 시간 전화를 받는 것도 특별이야. 다른 사람 같으면 왜 이리 일찍 사람을 귀찮게 하느냐고 성질냈을 거야. 너니까 괜찮은 거지.』

『제가 감독님께 특별한 사람인가요? 전 그런 것까지는 바라지 않는데요.』

『넌 이미 나의 회심의 역작의 주연을 맡았으니 나에게 특별한 사람이야.』

『특별대우는 바라지 않아요.』

『물론이지 내가 너를 아무리 인간적으로 아끼고 존중해도 너는 내 작품의 한 도구로서 쓰이게 될 거야. 마음가짐을 단단히 해둬.』

통화가 끝나고 희석은 크게 기지개를 켜면서 두 주먹을 하늘로 뻗었다. 아직 영화를 완성한 것도 아닌데 벌써부터 큰 성취를 이룬 것 마냥 뿌듯함으로 마음이 들떠 있었다.

벼르고 별렀던 박혜영의 기용이었다. 희석은 창작의 의욕을 넘어서 남들이 모르는 자기만의 야심 찬 의욕에 사로잡혔다.

박혜영... 팬들에게 그녀는 순수한 이미지로 각인되어 있다. 영화에서 그녀는 대체로 순정의 여자로 나온다. 설혹 정사신을 보인다 하너라도 그녀는 결코 요부가 아닌 진실한 사랑의 주인공으로서 자신을 바치는 역이었다.

『인간이 그렇게 단순한 동물이 아냐.』

희석은 종이에 자신의 구상을 메모했다.

사람들에게는 순수해 보이는 박혜영에게도 내면에는 도발적인 욕정이 숨어 있으리라. 나는 그것을 캐내 관객들에게 보일 것이다. 나는 박혜영이란 인간에 대해 대중이 알지 못하는 면모를 까발려 보이는 예술을 구현하겠다. 겉으로는 얌전을 빼는 박혜영도 내면에는 남자를 밝히는 끼가 숨어 있을 것이니 그녀의 내숭을 뒤집어 보이겠다.

10. 극한의 촬영

「욕망 끝의 파탄」의 촬영이 시작되었다. 우선 평범한 대화 장면들을 서둘러 마쳤다. 영화의 하이라이트인 정사장면은 특별히 준비하여 산장에서 로케이션하기로 했다.

『저들 앞에서 나는 옷을 벗고 정사를 흉내내야하는구나....』

혜영은 신장에 함께 따라 온 스텝들을 둘러보 보았다. 캐주얼 차림에 각가지 촬영도구를 메고 그들은 앞으로 전개될 장면들을 효과적으로 필름에 담을 대책을 숙의하고 있었다. 그들에게 혜영에게 특별한 상황없는 전혀 상관없는 일이었다.

혜영은 자신의 피투성이 벗은 몸이 팬에게 어떻게 보일까 걱정도 되었지만 현재 자기와 가족이 겪는 위기를 벗어나기 위해서는 참고 견뎌야 한다는 마음으로 해냈다.

엘리트 경찰관 영식은 바이올리니스트인 아내 정숙을 두고 있다. 그는 불법 성매매단속수사를 맡게 되었다.

영식은 손님으로 가장하여 늦은 저녁시간에 한 흥등가를 찾았다. 얼마 전까지도 줄줄이 늘어서 분홍빛을 발하던 쇼윈도우는 거의 꺼져 있었으나 딱 하나 켜있는 곳이 있었다.

「영업합니까?」 영식은 그 앞에서 태연히 물었다. 경관의 절도 있는 몸가짐을 버리고 꾸부정한 자세와 건들거리는 걸음을 보였다.

「요즘 단속하잖아요.」

「그런데 왜 불은 켜놓았죠?」

「그러는 아저씨는 왜 여길 와요?」

「혹시나 하고서죠.」

「그럼 피차 마찬가지죠.」

여자는 슬쩍 눈짓하며 영식을 안으로 불러들였다.

「아가씨가 직접 합니까?」

영식은 연륜이 제법 있어 보이는 그 여자에게 물었다.

「현역은 은퇴했어요.」

「그래도 아직은 한창 나이인 것 같은데.」

「후배에게 길을 열어주어야죠.」

「후배라니…. 허허, 이제 길도 정부에서 막아버리는데.」

「바로 그래서 저희도 답답한 거예요. 돈과 사랑에 가난한 자들이 서로 돕겠다는데….」

영식은 방으로 안내되어 접대부를 소개받았다.

이제 확실한 증거는 잡혔다. 이 여자 나영은 이곳의 포주와 같았지만 그녀는 이곳을 자신이 동생으로 삼고 있는 접대부 신영과 함께 사는 살림집이라고 했다.

영식은 신영이라는 접대부와 돈을 지불하는 성행위를 하기에 이르렀다.

그러나 영식은 나영을 현행범으로 체포하지 않았다. 평범한 유곽 여성에 불과한 신영과의 행위를 끝내고 영식은 다시 나영을 만났다.

「마담, 나 좀 봅시다.」
「왜요? 미진한 게 있으세요?」

영식은 나영에게 마음이 끌렸다. 얼굴에는 비록 세파의 그늘은 배여 있을지언정 타락한 성의 도구로 전락한 여자의 티는 나지 않았다. 늘씬한 키를 가졌다. 그녀는 유곽여성으로는 드물게 높은 통굽 구두를 신지 않고도 영식은 나영 아래 그윽한 눈을 치뜨며 물었다.

「다음에 올께.」
「예 다음에 오세요.」

영식은 바로 다음날 다시 왔다.
「어머, 정말 약속 잘 지키시는군요. 신영이 나오라고 할게요.」
「아냐, 필요 없어.」
「그럼 뭔데요? 오신 이유가?」

나영은 홍등 아래 그윽한 눈을 치뜨며 물었다.
「나는 너를 원해.」
「농담하시는군요.」
「그렇지 않아. 진실이야.」
「네가 왜 거절하지?」
「원하지 않으니까요.」
「그럼 넌 어떤 섹스를 원해?」
「진실이 담긴 섹스요.」
「네가 감히….」

영식은 나영의 어깨를 짚고 끌어안으려 했다. 그러나 나영은 뿌리쳤다.

영식은 지갑을 꺼내 경찰 신분증을 보이려다가 다시 접어들었다.

『필요 없어요. 제가 원하는 건 그게 아녜요.』

나영은 영식이 돈을 보여주려는 것으로 안 모양이었다.

영식은 『그렇다면 진실을 믿어주면 가능하겠나?』 했다.

『그렇지요.』

『그러면 그냥 술상만 주문하겠다.』

『여긴 유식점이 아닌데요.』

『대충 너네 먹는 거에다 술만 가져와.』

나영은 심하게 의아하지는 않았으나 그렇다고 자기는 창녀가 아니라며 화내지도 않았다. 만약 그랬다면 영식은 신분증을 보이며 체포를 위협했을지도 몰랐다. 적발되면 용서받지 못할 포주가 정숙한 여자인 양 하는 것은 영식으로서는 용납할 수 없었다.

두 사람 사이에는 여느 저녁상 같은 식탁이 차려졌다. 신영이 마치 하녀인양 두 사람의 연회를 도왔다. 두 사람은 색을 탐하기보다는 우정을 만들었다. 서로를 알기 위한 대화가 피부접촉보다 많았다. 영식은 하루 종일 회사원으로서 디자인업계에 일한다는 것도 알게 되었다. 나영이 저녁에 올 때까지 나영이 낮에는 나영을 기다리는 신영은 나영과 동성애의 관계를 갖고 있었다. 이후 영식은 자주 나영의 집을 방문했다. 나영은 함께 충분한 마음의 대화는 나누되 육체의 접촉은 지극히 차분하게 단계적으로만 허락했다. 마치 여염집의 규수처럼... 그러나 영식은 그것을 술집 포주인 주제에 어울리지 않는 내숭이라고 생각지 않았다.

단속을 나간 형사가 뚜렷한 결과 하나 가져오지 못하고 자주 우범지대를 찾아간다는 것이 상부에 알려졌다. 영식은 난처해졌다. 사실 성매매단속은 오래 걸리는 일도 아니니 달리 이유를 붙일 수도 없었다.

영식은 결국 비리수사의 대상이 되어 동료의 감시를 받는 처지가 되었다. 그러나 나영과의 관계는 끊을 수가 없었다.

영식은 나영에게 도피를 제안했다. 나영 또한 그와의 관계에 빠져 있었다.

『휴직계를 냈어. 나하고 여행 가자.』

『앞으로 어떻게 살려고? 복직은 가능해?』

꽃잎처럼 떨어지다

『그건 그때 봐서 생각할 일이야. 분명한 건 적어도 일주일간은 너와 나는 세상 누구도 신경 쓰지 않고 함께할 자유가 있다는 거야.』

『그래요.』

둘의 만남이 주는 쾌락은 다른 것을 고려할 여지가 없었다. 휴가철이 아니라서 쉽게 얻을 수 있었던 설악산의 콘도를 임대했다.

산장에서의 일주일은 꿈같이 흘러갔다.

정사 후의 늘어진 자세로 저녁방송을 보니 한 경찰관이 실적부신추궁과 비리의혹을 받자 휴직하고 잠적했다는 보도가 나왔다. 물론 가족들도 행방을 모른다는 것이었다.

이곳에는 몰래 들어온 것도 아니므로 비록 계약은 가명으로 했어도 영식이 금방 경찰의 추적망에 걸릴 것은 뻔했다.

『우리가 행복하게 함께할 시간도 얼마 안 남았군.』

『그들은 산장에서 마지막이 될지도 모르는 정사를 시작했다.

『얼마 안 되다니요?』

『나는 곧 붙잡혀서 면직되고 얼마간 징역을 살지도 몰라.』

『그 다음에는?』

『......』

영식은 적어도 수개월의 징역을 살고 나서도 나영에 대한 열정이 살아있을지 확신되지 않았다.

그가 그때 가서 바랄 것은 아내에게 용서를 빌고 몰락한 가장의 자리를 유지하는 것뿐이었다.

나영은 말없이 정사에 응했다.

그러다 잠시 영식이 쉬는 틈을 타서 나영은 주방의 칼을 집어다 팔목을 그었다.

『무...... 무슨 짓이야!』

『나는 이대로 끝내고 싶어요. 나 죽은 뒤 당신은 자유예요.』

『안 돼!』

영식은 전화기를 들었다. 그러나 나영은 전화기를 잡아 뺏으며

『사람들이 오면 당신이 나를 죽이려 했다고 할 거예요.』

전화를 걸려하면 나영이 막으려 몸부림칠 것이니 나영의 상처는 저항흔적으로 간주되어 꼼짝없이

누명을 쓰게 된 것이다.
영식은 나영의 요구대로 정사를 재개했다. 산장의 거실 바닥에 깔린 카페트는 나영의 피로 붉게 물들어갔고 영식의 몸도 눅진눅진한 피범벅이 되어갔다.

안희석은 이런한 정사신의 촬영을 여러 차례 반복했다.

혜영은 주로 밑에 누워 정사행위를 보였다. 순결한 이미지의 그녀는 피범벅의 흡혈귀와 같은 마녀가 되었다. 이 끔찍한 상황도 영화 속의 그녀 스스로가 만든 것이니 그녀는 얼마나 독하고 악랄한 여자가 되어 있는가.

『액션이 부족해요. 좀 더 몸을 비틀고 격렬하게 몸부림쳐요. 특히 혜영씨는 상처의 고통도 표현해야 하지 않아?』

혜영은 압감독의 요구대로 격렬히 몸부림쳤다. 그러나 계속 황성구의 밑에 희석은 두 사람의 몸 전체가 보이게 화면을 잡고 싶었으나 하체는 남자배우 황성구의 엉덩이만 보였다. 화면은 계속해서 두 사람의 상체와 어깨주변의 피로 물든 카페트만 보여 주었다.

『안 돼. 혜영의 엉덩이를 좀 제대로 보고 싶어.』

희석은 이 정도의 장면으로는 만족할 수 없었다. 혜영은 엉덩이가 남달리 탐스럽거나 아름답다는 평을 듣는 편이 못되었다. 배우란 선입감을 제하고 보면 허리가 잘록해서 상대적으로 크게 보일 뿐 그저 무르고 밋밋한 평범한 여자의 엉덩이일 뿐이었다.

그러나 순결한 여인으로 인식되어온 그녀이며 자기와도 정신적 긴장을 교류했던 그녀였다. 그녀의 치부를 확인함은 도도하던 그녀를 정복함에 다름없었다. 기회는 놓칠 수 없었다.

『컷트.』

땀에 젖은 두 남녀는 호흡을 가다듬었다.

『장소를 좀 옮기자. 각도가 실감이 안 나.』

벌거벗은 두 남녀는 일어서 감독의 지시를 기다렸다.

『욕탕에 나와서 거실로 기어가는 걸로 해.』

『욕탕엔 어떻게 해서 들어가는 가죠?』 스태프의 물음에

꽃잎처럼 떨어지다

『혜영이 정사 중에 화장실 가겠다며 몰래 칼을 들고 들어가 팔을 그고, 팔을 욕조 속에 담그고 있는데 영식이 들어와서 끌고 나가는 것으로 말야.』

하고 정사를 요구하는 것으로 말야. 그 다음은 먼저처럼 혜영이가 신고 못하게 촬영이 다시 시작되었다. 피투성이의 남녀가 욕실에서 나와서 거실로 핏자국을 끌며 가는 장면이 연출되었다. 카펫은 새로 깔아야 했다. 다시 거실 카펫에서 피투성이의 남녀는 뒹굴었다.

『혜영아, 좀 더 괴로운 듯 뒤채는 액션을 취해!』

혜영은 지시를 따라 몸을 뒤채고 허우적거리는 연기를 했다.

『더 실감나게! 사람이 죽으려 할 때는 부르르 떨어야지 그렇게 얌전히 몸을 돌리면 어떡해!』

혜영은 더욱 몸을 흔들고 발광하는 연기를 했다. 감독의 거듭되는 커트지시에 따라 갈수록 그도 를 더했다.

그러나 희석은 만족하지 못했다. 혜영의 엉덩이는 충분히 드러나 있지만 몸이 올라가 있을 때는 꽃꽂이 다리를 뻗고만 있었다.

『혜영아, 정사하면서 그렇게 다리를 뻗는 여자가 어디 있어─ 밑에 있을 때처럼 자연스럽게 리 각도를 두고 있어야지.』

기실 혜영은 위로 올라갈 때마다 본능적으로 카메라를 의식해 놈자세를 곧게 한 것이었다. 이것을 감독이 지적하니 혜영은 다리 각도를 정사의 자연스런 자세로 유지하면서 몸부림의 연기를 계속했다.

지시대로 혜영이 다리를 풀고 단말마의 연기를 거듭하니 그녀의 양 엉덩이 사이 회음부가 희석의 눈에 들어왔다.

『이제야 제대로 보이는구나. 내숭 떠는 넌.』

희석은 촬영을 클로즈업하여 혜영의 피투성이 몸을 샅샅이 훑었으나, 시간도 너무 흘러 스태프도 지쳐 있어서 더 이상의 반복은 어려웠다. 안희석도 일단 목적은 달성했기에 이제 그만 오케이 지시를 내렸다.

촬영이 끝나자 혜영은 여러 스태프 앞에서의 자신의 행태에 수지를 느꼈다. 얼른 목욕탕으로 들어가 붙은 물감을 씻었다.

『옷을 갖다 줘요.』

- 345 -

그녀는 안에서 옷을 입고야 밖으로 나왔다. 산장의 피투성이 정사장면 촬영은 사흘간 계속되었다. 희석은 필름을 여러 번 돌려보고서야 수락했다.

영화는 천신만고 끝에 촬영이 완료되어 시사회를 가졌다.

혜영은 시사회장의 맨 앞자리에서 자신의 또 다른 모습을 보았다.

출연배우들로 시사회를 통해 만인에게 공개될 자신의 모습을 보았다. 그리고 자기 몸이 과연 공개될 가치가 있는 것인가 스스로도 되물었다.

사람들의 얼굴은 가지각색이다. 그 중 좋은 얼굴도 있고 그렇지 않은 얼굴도 있다. 그런데 만인에게 공개함 만한 얼굴로는 적합한 유형이 따로 있다. 사적인 장소에서는 괜찮은 용모라 해도 많은 사람들에게 빈번히 보이기에는 부담 주는 얼굴이 있다. 배우(俳優)는 얼굴이 얼마나 잘생겼는가를 떠나, 많은 사람들이 빈번히 보아도 거부감을 주지 않는 편안한 얼굴이 기본 요건이다.

혜영의 얼굴은 그럭저럭 배우로서의 요건은 갖췄다고 볼 수 있다. 그런데 이제 그녀의 몸이 문제인 것이다. 말하자면 몸도 만인이 보아서 무난한 몸이 있고 그렇지 않은 몸이 있는 것이다. 그러나 지극히 평범한 일반인의 허영고 밋밋한 육체가 공개방송을 통해 보인다면 특히 남자들은 거부감을 갖게 된다.

여자들의 경우도 정도의 차가 있을지 몰라도 기본적으로 같다. 볼륨 있는 글래머 여성의 벗은 몸은 분명 아름답다. 그러나 평범한 여성의 육체는 객관적으로 보기 좋은 것이라고만 할 수는 없다. 보잘것없는 육체의 여성이라도 많은 남자들이 그 알몸을 보고 싶어 하는 경우가 많은 것은 성적욕망이 뒷받침하고 있기 때문이다. 자기가 성행위를 할 수 있는 대상일 경우 남자들은 일단 여자를 벗기는 것을 즐겨할 것이다. 그러나 성행위를 함께할 가능성이 없는 경우에도 과연 남자들은 여자의 알몸이라면 무조건 호감을 표시할까? 그 시험대가 이번 영화였다.

혜영의 몸은 결코 훌륭한 누드모델의 그것이 아니었다. 그녀는 여자로서의 기본적인 곡선을 그럭저럭 지녔다는 것 말고는 내세울 것이 조금도 없는 평범하고 밋밋한 몸매였다. 그러한 몸이 적나

꽃잎처럼 떨어지다

하게 만인에게 공개되고 있었었다.

벗는다 여배우라고 하면 다소 끼 있는 적극성이 있다거나, 관객을 끌려려면 벗어야 할 정도의 하급배우라고 여기기도 한다. 실제로 톱스타 중에는 벗는 걸 않는 여배우가 많다.

그러나 그것은 잘못된 생각이다. 아무나 벗는다고 팬들이 좋아하지는 않는다. 만인에게 보여도 좋을 객관적 아름다움을 가진 여자라야 벗는 여배우가 될 수 있다. 이른바 육체파 여배우도 할 사람이 따로 있는 것이지 벗는 용기만 가진다고 될 일이 아니다. 특히 영화 속의 나영이 앉아서 영정사의 장면들은 굳이 벗지 않아도 표현 가능한 것이 많았다. 혜영은 전라가 되어 연기해야만 했다. 벗고 있는 얼굴이라야 더 색정적으로 보일 수 있다는 것이 그 이유였다.

아무튼 시사회에서 혜영이 본 그녀 자신의 나체는 썩 신선하게 와 닿지는 않았았다. 정말 차마 꺼낼 수 있는 용기도 나지 않는 생각이지만 영화 속 혜영의 몸은 오히려 민망하다고도 볼 수 있었다. 혜영은 이러한 자신의 생각 자체가 두려워 시사회를 끝내고 도저히 자기 생각을 말할 엄두가 나지 않았았다.

『혜영씨 어때? 힘들었지? 나도 힘들었어.』

정사신을 함께 했던 황성구가 옆에서 물었다.

『힘든 것보다도...』

혜영은 울먹였다.

『도저히 나 같지가 않아요. 내가 왜 이런 연기를 했어야 했나... 내가 한 일이란 게 도대체 무엇인지 이상해요.』

혜영은 영화가 상영될 동안 내내 흐느꼈다. 주변사람들은 알고는 있었지만 어두운 상영장이어서 크게 의식하지는 않았았다. 그저 여자의 민감한 감성에 따른 것으로 여겼다. 또는 평소의 자기와 너무 다른 연기를 해냄에 대한 감격이라고도 여겼다.

『이건 내가 아냐!』

『배우는 원래 자신과는 다른 여러 사람의 역을 소화해야 하는 것 아냐?』

『그래도 자신의 유연(類緣)의 범위 안에서야. 장애인을 하건 공주를 하건 자기와 통하는 인간형의 역이어야 해. 나영이란 여자는 도저히 내 스타일이 아닌건...』 그건 자기냐!"

그녀 내면의 내화만이 있었다.

"결국 나는 돈 때문에… 원하지도 않았던 배역을 할 수밖에 없었던 것인가? 나의 일은 나의 정신은 배제하고 오로지 온몸으로만 해내는 일이었다. 내가 그런 고통스런 마음속에서 일을 할 때 나는 옷을 모두 벗어던진 나신이었다… 그리고 이제는 그만하고 싶을 때… 그 행위를 감독은 자꾸 반복하노록 했다.

그렇다면 나의 신세는 생계를 위해 몸을 사용하는… 여자중의 가장 낮은 자들과 무엇이 다르단 말인가…"

이런 생각을 남에게 말할 수만 있다면 「아니야 그렇지 않아 배우란 것은…」 하는 위로의 말을 들을 수도 있겠는데 현재의 그녀로서는 차마 할 수 있는 말이 아니었다. 이제 제작을 끝내고 개봉에 들어가는데 그런 이야기를 꺼내서 혹 소문이라도 나면 흥행에 악영향을 끼칠 수 있다. 남은 희망은 오직 팬들이었다. 영화가 성공하여 이제까지 순수하고 여리고 착하고… 그런 이미지의 박혜영이 섹시한 요부의 역할도 해내는 진정한 프로 연기자라고 인정받으면 그나마 위로가 될 것이다. 이익금을 배당받을 테니 기다려 달라고 채권자들에게 말했다. 집에서는 혜영의 출연료로 빚의 일부를 갚고서, 흥행에 따른 배당금은 말할 나위없다. 흥행에 따라 이익금을 배당받을 비롯한 제작진들과 함께 기자회견을 했다.

시사회가 끝나고 혜영은 안 감독을 결정하셨군요?"

"박혜영씨는 어떻게 이 영화의 출연을 결정하셨군요?"

기자는 기본적인 질문만 던져놓고 제작진의 대답형식으로 구성한다고 했다. 희석은 제작진을 대표하여 설명하기로 되어있지만 기자들의 관심은 주연 박혜영의 파격적인 연기였다.

"감독님이 새로운 이미지의 영화에 출연해보라고 했어요." 혜영은 답했다.

이때 희석은 어이없는 표정을 하며

"아니, 혜영씨가 적극적으로 하고 싶다는 의사를 밝힌 것 아니었어?"

혜영은 기가 막혀 입이 벌어졌다. 그러잖아도 피범벅의 죽음 연기를 세상에 보이면서 자신의 본질과 다른 이미지가 널리 퍼지는 것이 꺼림칙했는데 안감독은 그것을 마치 그녀가 하고싶어한 듯 말하니 어이없다.

"아니, 감독님이 저한테 시나리오를 줬으니까 그런 것 아녜요? 이건 너무 공격적인 말씀 같아

꽃잎처럼 떨어지다

요. 나영의 역은, 애초에 저한테 익숙한 스타일도 아닌데 내가 왜 하자고 그래요? 그냥 배우로서 영화출연 기회를 달라 했던 것을 그렇게 보시면 어떻게 해요?』
『혜영씨는 그전의 영화에서도 모두 보통여자답지 않게 먼저 남자에게 다가가는 역할을 했어요. 그처럼 혜영씨는 모든 것을, 먼저 원한경우가 많았던 것 같아요. 이번 경우도 혜영 씨가 먼저 영화출연을 원했으니 그것으로 설명은 끝나는 겁니다. 저는 사물에 잠재하는 의외성을 끄집어내길 좋아합니다. 어떤 배역을 줘서 배우의 내면을 끌어내는 역할은 감독에게 달려 있어요. 어떤 배역으로 혜영 씨가 먼저 도발적 욕망이 숨어 있으리라 했던 것이었습니다. 그리고 또, 여성스럽고 지순(至純)의 부드러운 미소에도 비틀린 욕망이 있을 것 같았어요... 황성구선배의 아내일 줄 알았는데 나영이라니... 정말 기가 막혔어요. 그때 정말 알았어요. 감독님이 진짜로 특이한 사람이란 걸 말예요.』
『얌전한 강아지 부뚜막에 먼저 오른다는 속담에 의한 연출이시군요. 하하..』
자리에 있는 남녀 기자들은 웃었다.
혜영은 더 약이 올랐다. 황성구는 이때 잠자코 있었다.
『아니 사람을 캐보면 그렇지 않을 사람이 어딨어요? 내가 언제 성인군자인 척 했어요? 정말...』 처음 배역이 적힌 시나리오를 보고는 내 뜻이 잘못 전달된 게 아닌가 생각이 들었어요. 난 그냥 볼품 없는 몸매인데 뭘 믿고 베드신을 찍겠다는 건지... 배역도 당연히 황성구 선배의 아내일 줄 알았는데 나영이라니... 정말 기가 막혔어요. 그때 정말 알았어요. 감독님이 진짜로 특이한 사람이란 걸 말예요.』
둘의 대화를 연예잡지 기자들은 경청하며 메모했다.
『난 영화를 위해 이 사람을 벼랑 끝으로 몰아야 했고 그때마다 이 사람은 아슬아슬하게 잘 견뎌줬지요.』
희석은 휴대폰을 꺼내 혜영에게 열어 보였다. 거기엔 『감독님, 오늘은 제가 할 수 있는 것이 얼만큼인가를 비로소 깨닫는 날이었어요.』 하는 문자가 있었다. 희석은 기자들에게도 보였다. 배우 박혜영이 가진 잠재력을 최대한 끌어냈다는 것이 그가 자랑하는 실적이었다.
혜영은 반응이 없었다. 희석은 다시 혜영에게 물었다.
『네가 정사신을 처음 연기한 날 밤 보내준 거야. 기억나니?』
『그날이요? 어휴, 말도 말아요.』 혜영은 손을 저었다. 『베드신할 때 말예요? 그때 기억은 정말 떠올리고 싶지도 않아요. 그 장면을 찍을 땐 마냥 서럽게 울고불고 했어요. 정말 그땐 제정신이 아니었던 것 같아요. 시나리오대로 찍겠다는 감독님이 얼마나 야속했는지 아세요?』

혜영은 희석을 충혈된 눈빛으로 바라보았다.

『베드신 씩인 날 감독님의 눈빛을 보며 정말 이해하기 어려운 남자란 걸 알 수 있었어요.』

『내가 그 때 어땠길래?』

『감독님의 속마음을 알기 어려웠어요. 도대체 어떤 영화를 만들려 하시는지 모르겠더라고요. 감독님의 그런 성격에 질려 있었어요. 그 때 감독님의 흔들리는 눈빛을 보며 어쩔 수 없는 남자란 걸 또 느낄 수 있었어요.』

『나도 네가 그렇게밖에는 생각할 수 없으리란 걸 이해해. 하지만 또 자연인으로서의 자기 자신을 뛰어넘는 것이 바로 프로연기자가 아닌가 해.』

희석은 다시 시작 쪽으로 고개를 돌렸다.

『혜영씨는 명소에 자신에게 축적되는 에너지를 아껴 두었다가 작품에다 모조리 쓰고 싶어 하는 배우입니다. 난 이 사람이 이제 겨우 스물넷이라는 것이 믿기지 않아요. 불륜연기의 분위기를 깨지 않으려고 촬영장에서 황성구씨에게 선배라 부르지 않기로 하기도 했어요.』

기자는 다시 혜영에게 물었다.

『촬영 중 가장 인상 깊은 장면이 뭐었나요?』

『물론 피투성이의 욕실 신이었어요. 영화가 하나의 산이었다면 욕실신은 바로 산꼭대기 같은 그런 장면이었어요. 사흘 밤낮을 피 분장을 뒤집어쓰고 롱테이크로⋯ 정말 평생 잊을 수 없는 생지옥이었어요. 그 장면들 준비할 때는 스태프와 배우들 모두 끝장을 보자는 듯 살벌한 표정이었더라고요.』

『정말 대단했군요.』

기자는 말했시만 실상 그렇게 요란법석을 떨며 촬영한 영화가 고작 그 정도냐는 안쓰러움도 담겨 있었다.

혜영은 계속 불만 반 한탄 반으로 당시의 정황을 말했다.

『그런데 그게 상당히 파격적이고 엄청난 신이란 걸 감독님도 잘 알지 않아요? 그런데 감독님은 너무 쉽게, 또 아무렇지 않게 그도 혜영이가 잘 해낼 수 있을까 걱정했잖아요. 난 배우이기 전에 여자이고 이제 겨우 스물넷이이요. 엄청난 베드신에 대해 말해서 속상했어요.

마치 가족 내에서 억울한 일을 당한 사람이 바깥 친척이 함께 있을 때 신세를 털어 놓으며 자기편을 들어주기를 바라는 것처럼 혜영은 기자들 앞에서 그동안 자기의 심정을 말했다. 기실 영화제작을 위해 함께한 사람들 누구에게도 혜영은 자기의 어려움을 솔직히 밝힐 처지가 못 되었다.

『그때 우리가 가장 많이 한 말이 모두 미친자가 아니었나?』 혜영에게 말한 안희석은 다시 기자들을 향해 『표현의 극단이라고 할 만한 그 장면을 찍고 난 뒤 연출 크레디트에 내 이름과 함께 황성구와 박혜영을 넣어주고 싶을 만큼 고맙고 만족했지요.』 했다.

기자들은 희석과 혜영의 이야기를 듣고 이 영화가 상당한 센세이션을 일으킬 것이라고 예상하는 보도기사를 썼다. 그러나 그들도 시사회를 다 본 입장이라 진심어린 찬사는 그다지 배어 있지 않았다. 다만 일반관객은 혹시 견해가 다를 수도 있으니 흥행에 대해서는 충분히 기대한다고 말할 수는 있었다.

『그래, 다 벗고 힘썼으니 한번 믿어 보지.』

혜영에게 빚을 독촉하는 목소리는 할 말에 아무런 거리낌이 없었다. 그들도 혜영의 영화가 개봉한 뒤 이틀 후에 다시 그들로부터 전화가 왔다.

빚을 그녀 못지않게 바랐다.

『이봐, 보니까 영화 영 아니던데. 벗은 꼴도 별로고…. 거기 거…. 뭐 소파에 앉아서 얘기하는 장면 말야. 차라리 빤쓰 입고 있는 것이 나을 뻔했어. 뼈다귀 튀어나오는 빈약한 네 엉덩이 보라고 사람들이 돈 내고 죽치고 있는 게 아니라고. 옷도 경우를 찾아가며 벗는 거라는 건 너도 알잖아. 그건 단지 여러 사람 앞에서 예의를 모르는 것밖에는 안 돼. 여러 사람 보는 앞에서는 적어도 빤쓰는 입고 있어야 하는 건 상식이잖아? 벗고 돈 벌려면 차라리 다른 방법을 찾아. 시시껍적한 영화는 빚을 집어치우고 직접 몸으로 나서서 해결할 수도 있을 거 아냐?』

혜영은 빚의 두려움 때문에 미처 그들이 하는 말을 알아들을 겨를도 없었다.

『기…. 기다려 주세요.』

『영화는 사흘이면 결판나는 거야 기다릴 게 뭐가 있어.』

『아…..』

혜영은 힘이 빠지며 수화기를 내려놓았다.

혹시나 하고 버칠을 더 기다렸다.
그러나 영화는 얼마 안가 개봉관에서 내려졌다.

11. 순성의 여자

「욕망 끝의 파탄」은 흑자를 내지 못한 채 영화관에서 퇴장했다. 앞으로는 비디오 대여를 통해 만회(挽回)해야 하겠으나 그 또한 불투명한 것이었다.

회사에서는 대책 회의를 했다.

「비디오 대여로 적자분을 회수해야 하겠는데 전망이 어떨까요?」

「영화의 성격상 에로비디오 수요층에게서 대여될 전망이 높다고 봅니다.」

「에로비디오를 기대하고 본 사람들이 실망하지 않을까요? 그 정도로는 에로비디오로서는 약하지 않아요?」

「비디오 빌려보는 사람들은 재미있다는 소문보다는 그냥 호기심으로 보겠지요. 영화에 대한 평이 어떻든 간에 상당량의 수요는 있을 것 같습니다.」

「순수한 이미지의 여배우 박혜영의 벗은 몸을 볼 수 있다는 것에 의미를 두고 보려는 사람들이 많을 거야.」

「그거 잠깐 보려고 지루한 영화를 한 시간 반 기다리는 사람들이 있을까?」

「아니, 요즘에는 컴퓨터영상 저장장치가 많기 때문에 정사부분을 저장해서 갖고 싶어 할 거야.」

「그럼 그 동영상 나돌면 비디오 대여 안 되겠는데?」

「그런 걱정까지 하나? 오히려 비디오 선전이 되지.」

「그래봐야 얼마나 수입이 올까‥‥.」

「대체로 회사의 앞날들을 걱정하는 분위기였다.

「에로비디오하고 섞여서 좀 나간다 해도 그 때문에 우리 회사의 이미지가 내려가는 것을 보상할 만큼 될 것 같지는 않아.」

「아무튼 그선 이제 우리가 신경 쓴다고 달라질 것 같지도 않아. 다음 작품기획을 해야겠는

꽃잎처럼 떨어지다

데…』

이제는 영화사의 면모를 일신하자는 의견도 나왔다.

『우리가 이번에 너무 엽기적인 영화를 해서 이미지가 좋지 않아요.』

『이젠 정말로 정숙한 여자를 주인공으로 하는 거…. 이른바 여성영화를 한번 해보는 것이 좋지 않겠어요?』

『어쨌든 이번에는 좀 깨끗한 영화를 해야 싰어….』

『여성의 심리를 잔잔한 수필같이 아름답고 깔끔하게 그려내서 기존의 멜로물이나 애정물과 차별화를 시도하는 것이 좋지.』

『그런 사실을 알고 있었나요?』

인호는 혜영에게 물었다.

『처음에는 그것까지는 생각 안했었죠. 영화사에서도 실망하고 있겠다. 그 정도였죠. 그런데 사무실 들어가 보니 분위기가 딴판이었어요.』

혜영은 오후에 영화사로 갔다. 이제 극장에서 내려지고 비디오 출시가 되니 수익의 배당문제를 알아보기 위해서였다.

『안녕하세요.』

『예, 혜영 씨 잘 지냈어요?』

들어서는 혜영을 보고 직원들은 무덤덤하게 맞아주었다.

『사장님은 계세요?』

『계신데 지금 손님하고 말씀 중이세요. 접견실에 잠시 계십시오.』

혜영은 사장실 옆에 배우들을 위해 특별히 잘 마련된 접견실에 앉았다. 그녀는 나이가 혜영과 동갑이지만 평범한 사무직원이니 회사에서 보는 위치는 큰 차이가 있었다.

갈색 가죽소파에 앉으니 직원 이미영이 커피를 타왔다.

『지금 바쁜가 보죠?』

회사의 분위기가 자신에게 집중하지 않는 것 같아 혜영이 물었다.

「예, 새로 영화기획을 하기에 그런가 봐요.」
「어떤 건네요?」
「잠깐 있어 보세요.」

미영은 기획작품 대본을 두 권 가져와 혜영 앞에 놓았다.
「이것 한번 보세요. 혜영씨. 저희가 검토하고 있는 대본들이거든요.」

혜영은 시나리오를 보았다. 사장은 좀처럼 밖으로 나오지 않아서 혜영은 기다리는 시간동안 끝까지 읽게 되었다.

그 중 하나에는 「사랑과 용서」라고 씌어 있었다.

시대는 6·25전쟁당시였다.

마을에 오후의 햇볕은 완전히 기울고 바람에 날리는 먼지 속에 전쟁으로 곳곳이 부서진 회색의 마을집들 사이로 미약한 저녁햇빛이 간간이 비쳤다. 마을 길 곳곳은 길게 늘어선 그림자로 가려 멀리서는 검은 목탄가루가 깔린 듯 어둠침침해 보였다.

남루한 옷차림의 한 남자가 긴 그림자를 끌며 나타났다.

마을에는 허물어져 노출된 건물 안의 사람들과 길에서 보수공사를 하는 몇몇 사람들이 있었다.

「이제 한 달인데 당국에서 아직 반도 돌아오지 않았군.」
「아직도 빨갱이들이 다스리는 줄로 알고 있을 텐데 어떻게 오나.」
「당장 먹을 것도 없는데 집수리도 해야 하고…. 완전 의식주 삼중고이군.」

집들은 반 이상이 파괴되고 불태워졌고 집집에는 사람이 없거나 있는 사람들도 행색이 남루하고 해쓱한 얼굴로 있었다. 그들은 마을에 들어오는 또 다른 귀향객을 관심 두어 맞이할 여지는 없었다. 아무도 그를 주목하지 않았다.

남자의 행색 속에는 알맞은 키와 완만한 몸매가 엿보였다. 헝클어진 머리칼 아래 무상(無想)하게 뜨여진 크고 선한 눈매와 순탄히 마른진 코, 그리고 도톰한 입술들이 연한 피부빛의 뺨과 어울린 곱살스러운 모습은 조신(操身)한 걸음걸이와 더불어, 만약 누가 그를 여자라고 우긴다면 그렇게 믿을 만도 한 것이었다.

남자는 교회당을 지나 마을 어귀에서 멀지 않은 한 작은 집에 들어갔다.

- 354 -

꽃잎처럼 떨어지다

끼익ㅡ. 낡은 문을 열었었다. 이미 어두워진 집안은 조용했다. 그는 좁은 안마당을 질러 구석방으로 갔다.
방문을 열어보니 어머니가 누워있다. 어머니는 방금 잠에서 깬 듯 부스스 몸을 일으키고 있었다.
「어머니, 접니다. 형식(亨植)이예요. 형네식구는 안 왔나요?」
「응, 亨植이라고? 정말이냐?」
돌아온 자식을 본 노모는 무표정했다.
「안 왔다. 세상이 너무 험악하니 이제는 조용히 살아라.」
「인민군이 도망할 때 빠져나왔어요.」
「그래, 이제 쉬어라.」
집안살림은 모두 엉망이 되어 있었다. 지친 형식은 아무도 없는 먼지 낀 큰방으로 들어와 누웠다.
거기서 그가 지나온 날을 회상했다.
그는 인근 마을의 중학교 교사였다. 전쟁이 나자 젊은이들은 생명을 걸고 참전했다.
「김형식 선생도 입대하시려오?」학교에 들른 징집 담당관이 물었다.
「예? 저는 나이가 서른셋인데요.」
「대학출신자는 장교로 지원하면 입대할 수 있습니다. 생각 있으면 저녁에 우리 부대로 오시오.」
「아직...」
「그럼 괜찮소. 사람이 부족하지는 않소.」
형식이 있는 학교가 끝나고 부대가 있는 쪽으로 가지 않고 마을로 들어갔다.
마을 사람들이 모여서 애기하고 있었다. 그들은 형식을 보자 아는 체를 했다.
「김선생님 오시는군.」
「예, 오늘은 왜들 많이 모이셨나요?」
「선상님, 공산주의 하면 다 잘살게 되지 않나요? 우리 같은 못난 놈들은 평생 아무리 열심히 일해도 이 모양으로만 살게 되어 있는데 차라리 먹고살 걱정이나 없이 좀 편하게만 살았으면...」
한초로의 남자가 말했다.

「영감님은, 에전에 소작농으로 일하면서 보람이 있었습니까?」

「보람은 무슨 보람, 열심히 일해봐야 내 것은 별로 없었는걸.」

「지주가 국기로 바뀌는 것뿐입니다. 마름들이 당간부로 바뀌는 것뿐이고.」

「그래도 이대로 가면, 계속...... 있는 놈들만 더 잘살게 되는 것이 아닌가요?」

「그것은 체도를 개선해 나가면 되는 겁니다. 돈 있는 사람에게서는 세금을 더 많이 거둬서 나라에서 어려운 사람을 도와주도록 하는 것입니다.」

「그게 언제 우리에게 돌아온단 말이오?」

「그걸 기다릴 수는 없지요. 우선 열심히 일해야만 합니다. 일하면 그것이 곧 자기 것이니까요. 토지개혁도 되지 않았습니까.」

마을사람들은 고개를 끄덕였다.

「여태까지는 공산당 얘기하면 그저, 빨갱이 놈들은 쳐죽일 놈이니 하는 소리만 하고 무조건 싸우자라고만 하던네 김선생의 말을 들으니 좀 알겠구려.」

「암, 무조건 안된다, 싸우자, 하는 얘기보다 훨씬 낫지.」

「김선생네도 본래 소작농 집안이라 공산주의 하면 더 좋을 것 같은데도 반대하시는 이유를 알겠구려.」

「애국자가 바로 없지. 김선생같은 분이 애국자지.」

「아닙니다. 목숨걸고 참전하는 군인들에 비하면 저는 아무것도 아닙니다.」

우렁찬 목소리와 함께 군대가 마을에 주둔했다. 학교는 군대의 숙소가 되었다.

「김형식 선생 저 좀 봐주세요.」

퇴근하던 형식이 자기를 부르는 여자의 목소리에 돌아보니 장교복장의 여자가 지도를 펴들고 그를 향해 오고 있었다.

「아, 황애실(黃英實) 소위님.」

그녀는 작지만 단단해 보이는 체격이고, 깜찍해 보이는 얼굴에 눈동자가 총명했다.

「김선생님, 이 곳 주민들의 사상 동향은 어떻죠?」

「대체로 돌요는 없습니다.」

『우린, 이곳의 적 침투와 선동을 방지하는 일을 해야 하거든요. 김선생님 같은 분의 힘이 절대적으로 필요해요.』
『그런데, 간호장교가 이 일까지도 맡아 하시나요?』
『중대장님이 원하시니까... 다른 사람이 없으면 누군가라도 해야지요.』
형식은 어느새 황소위와 걸음을 함께 하고 있었다.
『그런데, 어떻게 남자도 피하고 싶어하는 일을... 후우…』
『언제나 이 일을 끝마치고 쉴 수 있을지요, 후우…』
황소위는 가늠하면 이 무거운 짐을 벗고 싶다는 말을 먼저의 존경스러운 선망을 떠나 애처로운 눈빛으로 바라보았다.
카키색 군복을 입고 조금 앞서 걸어가는 황소위의 하체는 제법 세련된 곡선을 이루고 있었다.
『공비들이 수시로 내려와서 주민을 선동하곤 하다 간다는데, 사람들이 현혹되지 않게 하려면 어떻게 해야 할까요?』
『다음 번 마주칠 때, 그들은 아직 간단한 인사 후 곧바로 형식에게 묻는 것이었다.
『이곳은 특수한 곳이라 공비들의 세력이 결코 마을의 치안체제보다 약한 것이 아녜요. 그래서 공비들도 전혀 행패를 부리지 않고 기회만 되면 주민과 접선하여 사상개조를 하려고만 하지요. 저는 이전부터 마을 사람들에게 당장의 달콤한 유혹에 넘어가지 말고 인간으로서의 진정한 삶의 자세를 가져야 한다고 설득하고 있어요.』
『좋아요. 저도 나름대로 노력은 하겠지만 이런 일은 오히려 민간인 신분에서 하는 게 더 효과적일 거예요. 계속 수고하시고 출몰하는 공비들의 동향을 제게 전해주세요.』
형식은 기쁜 얼굴로 헤어졌다.
저녁 퇴근 때 형식은 군사령부의 사무처에 들러 저녁순찰로 비어있는 황소위의 자리에 편지를 남겼다. 편지에는 공비들의 출몰상황, 그들의 선동행위, 동조하는 마을사람들의 동향과 그 대책 등을 적어 두었다.
다음날 점심시간 황소위와 마주칠 때 그녀는 한층 밝은 표정으로 형식을 대하였다.
형식은 그날에도 그 다음 날에도, 기회가 될 때마다 마을 곳곳을 다니며 보고할 거리를 찾았다.
그리하여 나날이 저녁마다 황소위의 자리에 편지를 남겼다. 낮에 잠시 마주칠 때 그를 대하는 황소위의 태도는 날로 정겨워보였다.

『매일 쓰시니 이젠 더 적을 내용이 별로 없네.』

형식은 황소위에게 보내는 보고편지에 자기의 개인적인 마음을 전하는 쪽지를 넣었다.

『당신에게 단순한 동지로서 협조하는 것이 아니라 마음으로 받들기에 최대한의 성의를 바치고자 합니다.』

다음날, 형식이 두려워하며 마주친 황소위는 그다지 변하지 않은 상냥한 미소로 형식을 대했다.

형식은 가슴을 쓸어내리며, 한 단계 강하게 올라오는 내부의 벅찬 기쁨을 진정시켰다.

역시 다음날, 그 다음날, 형식은, 황소위에게 공비의 동향 보고서와 함께 자기의 마음을 담은 편지를 동봉하였고 황소위의 변함없는 미소는 형식에게 기쁨을 배가시켰다.

그러던 중 이제는 낯의 黃소위의 표정이 가끔은 굳어지는 것 같기도 하고 때로는 亨植과의 마주침을 피하려는 듯 고개를 돌리는 것 같았다.

『응? 황소위가 나를 피하나? …』

형식은 당황하다가도

『너무 바쁜 탓이겠지.』

하고 넘어갔다.

마을사람에 기니 사람들 사이에는 소문이 나돌았다.

『산속의 공비가 대공세를 준비하고 있다는데요.』

『김부자가 식량을 대준다는데.』

『쉿.』

『뭐, 이제는 다들 아는데. 면장 아들도 그쪽하고 통했다는데.』

『눈치없는 사람만 모르지. 이미 마을에서 힘쓰던 자들은 다 넘어갔어.』

『김선생도 그쪽에 줄을 대보소. 자칫하단 힘한 꼴 당할지 모르오.』

『그런가요? 하지만 그렇다고 어떻게 신념을 바꿉니까.』

『이런, 누가 신념을 바꾸고 싶어서 바꾸나. 다들 먹고살려고 하는 짓이지.』

『츠츠, 더 말을 말게 우리도 무슨 일 당할지 모르니.』

사람들은 헤어졌다.

형식은 고뇌하며 집으로 갔다.

다시 다음날 저녁.

『김선생님 안녕하세요.』

저녁 퇴근길에 그녀를 마주쳤다. 황소위는 형식을 먼저 보고 인사했다.

『아, 예 황소위님 안녕하십니까.』 형식은 당황과 쑥스러움으로 인사를 받았다. 무언가 말을 꺼내고 싶었지만 얼른 나오지 않았다.

『야! 선생님 연애하는가봐!』

초여름의 긴 낮을 이용해 운동장에 남아 놀고 있던 몇몇 아이들이 깔깔댔다. 형식은 얼굴이 붉어지며

『그럼, 황소위님 내일 또 봐요.』 하고 교문 쪽으로 피했다.

황소위는 찌푸린 얼굴로 형식의 뒷모습을 보다가 자기의 저녁 그믐지를 향해 돌아섰다.

형식은 집에 와서 후회하며 잠을 못 이루었다.

일요일 오후, 자취방에 있었었던 형식을 집주인이 불렀다.

『거기 선생 전화받으시오.. 학교인데.』

형식은 주인집 마루의 전화를 받았다.

『김형식선생이오? 황소위와 함께 긴히 의논드릴 것이 있으니 학교로 나와주시오..』

『누구십니까?』

『와보면 알거요.』

형식은 학교에 급히 와서 황소위의 집무책상이 있는, 사령실의 문을 두드렸다. 그러자 안에서 깡마른 얼굴에 안경을 쓰고 구렛나루가 덥수룩한 자가 나타났다.

그는 곧바로 총을 들이댔다.

『들어가!』

형식은 사령실 가운데의 접견탁자 앞에 앉혀졌다. 창가의 중대장 집무책상에는 인민군 장교가 앉아 있었었다.

『엄소좌님, 반동 김형식을 체포했습니다.』

『그래, 주상사 주고 했어. 어디 보자..』

엄소좌는 사괴에서 일어났다. 주상사는 벽 쪽의 캐비넷에서 종이뭉치 한 움큼을 가져오더니 탁자위에 쏟아 부었다.

작은 키의 엄소좌는 납작하고 거무튀튀한 얼굴에 가늘게 찢어진 뱁새눈을 하고 있었다.

「야! 너….」

엄소좌는 경멸하는 눈초리로 바라보며 손가락질하고는 탁자 위에 있는 편지더미를 가리켰다.

「이거 네 글씨 아냐?」

엄소좌의 목소리는 이것이야말로 네 놈의 반동 행각을 증명하는 확실한 증거가 아니냐는 듯 자신감에 차 있었다.

그 동안 형식이 황소위에게 보냈던, 공비의 동향과 대책을 건의한 편지들이었다. 엄소좌는 하나하나 집어 들춰보이고 봉투 안에 있는 것은 끄집어 내보였는데 모두 연애편지들뿐이었다.

「이게 뭐야? 선생이라는 놈이 유치하기는….」

엄소좌는 작은 쪽지를 들여다보며 다시 경멸의 쓴웃음을 지었다.

「黃소위는 어디 있습니까?」 형식은 물었다.

「이 자식! 세상이 바뀐 줄도 모르네!」

옆에서 있던 주상사는 주먹으로 형식의 머리를 내리쳤다.

「그 자식 창고로 끌고 가서 정신차리게 해줘.」 엄소좌는 지시했다.

주상사는 총을 겨누고 형식을 학교 뒷편의 창고로 몰았다. 문 앞에는 인민군 사병 두 명이 지키고 있었다. 창고에는 학습기재는 없고 천막, 탄약, 피복 등 군수품들로 채워있었다.

「이 자식 이 안에다 가둬.」 주상사는 그들에게 지시하고는 돌아갔다. 하나는 다시 나가서 밖에서 지키고, 안에는 병사하나와 단 둘이 있었다.

「옷 벗어.」

형식은 상의를 벗었다.

「그거 말고 다.」

형식은 바지를 벗었다.

퍽. 병사의 발이 그의 엉덩이를 걷어찼다.

『다 벗으란 말야! 이 새끼야!』

형식은 팬티까지 벗고 알몸이 되어 섰다.

『엎드려!』

다가온 병사는 샅샅이 몸수색을 하고는 다시 옆에 앉아 옷을 뒤쳐보면서 주머니에서 소지품을 검사했다. 황소위에게 전달하려고 써놓았던 쪽지도 나왔다.

『뭐야?』

황소위는 황소위에게 어제 저녁 놀빛의 배경에서 본 당신의 발그스레한 모습이 참 깊이 인상깊었다고 하는 내용이었다. 병사는 피식 웃고는 주머니에 넣었다.

『됐어. 저 구석에 가서 꼼짝 말고 있어.』

병사는 옷 뭉치를 던져주고 일어났다. 동네사람들은 학교 운동장에 모였다.

먼저 악덕 지주 崔주사에 대한 비판이 끝났다.

『다음은 두 얼굴을 가지고 선생질을 하면서 인민들을 속여온 김형식의 차례다.』

형식은 포승에 묶여 구령대 위에 꿇어 앉혀졌다.

『이자의 집에서는 여자 사진이 발견되었습니다. 요 건너 반동 지주 송영감의 딸이오. 그때에는 재산이 탐나서 그 여자를 쫓아다니더니 요번에는 황소위로 상대를 높여 쫓아다녔던 것입니다. 이런 파렴치한 자가 학생교육을 시킨답시고 선생행세를 해왔고 더 나아가 구민교육까지 나서고 있었으니 이 마을의 인민해방이 될 턱이 있겠소? 자, 이 반동놈이 그 동안 여자들을 추근거린 증거를 봅시다.』

엄소좌는 형식이 황소위에게 보냈던 편지들을 단상 앞의 사람들에게 뭉치째 뿌렸다. 사람들은 하나하나 주워보며 더러는 혀를 차고 더러는 킥킥 웃었다.

『저놈, 파렴치한이에요. 내게도 자꾸 만나자고 추근덕대곤 했어요.』

사람들의 뒤쪽에서 한 여자가 일어나서 말했다. 조금 큰 키에 색정적인 둥그스럼한 얼굴, 고양이같은 눈매였다.

『글쎄, 저의 집에 쫓아와서 다짜고짜 옷을 벗더니 자기를 애무해 달래요. 안 해주면 행패를 부릴 기세여서 할 수 없이 했지요. 지금도 그 생각을 하면…. 치가 떨려요.』

형식은 얼굴을 튀며 크소리로 외치면서 이주현은 주먹을 불끈 쥐어 부르르 떨었었다. 얼굴은 붉게 열이 오르는 듯 했다.

형식은 얼굴이 흙빛이 되어 이를 악물고 고개를 내렸다. 손은 묶여있어 머리를 쥐어뜯을 수도 없었다.

『됐소. 이자는 그냥 놔두면 인민들에게 심각한 해를 끼칠 놈이니 우리 인민들과 상당기간 격리해 두어야 마땅하오. 여러분의 생각은 어떻소?』 엄소좌는 모두에게 물었다.

『옳소!』
『옳소!』

형식은 단상에서 내려져 학교건물 안으로 들여 보내졌다.

이후 국군의 반격으로 인민군이 퇴각할 때까지 학교 창고에 갇혀 있었다 나온 것이었다.

형식은 캄캄한 밤에서 잠을 청했다.

다음날 아침은 일요일이었다. 亨植은 마을 변두리의 교회당 건물로 갔다. 거기서는 예배가 진행되고 있었다. 벽 한쪽은 떨어져 나가고 안벽은 타서 그을려 있었다. 마당에는 부서진 건물잔해들이 어지러이 뒹굴고 있는데 한쪽에는 새로 복구공사를 하려는 듯 벽돌과 목재가 쌓여 있었다.

『하나님 아버지시여. 우리에게 물질의 축복을 내려 주시옵소서.』

실내의 그을린 기둥 바로 옆에 중년의 목사가 애절하면서도 처량한 소리로 기도하고 있었다.

형식은 주앙에 있는 장의자의 빈자리에 앉았다. 옆에는 아기를 안고 있는 한 여자가 있었다. 키는 큰 듯 했는데 검은 옷 안의 몸집은 야위었고 윤곽이 강한 얼굴에 그늘진 큰 눈에는 검은 동자(瞳子)에 은백(銀白)의 자위빛이 두드러졌다.

빈손으로 옆에 앉는 형식을 보고 여자는 곧 자기의 성경과 찬송가책을 형식과의 중간 쪽으로 밀어 놓았다. 형식은 여자와 함께 책을 보고 노래를 했다.

예배가 끝나고 사람들이 나가는 중에 여자는 아기를 달래며 자리에 그대로 있었다. 아기는 형식

꽃잎처럼 떨어지다

에게 소늘을 내밀었다. 형식은 아기와 마주보며 놀았다.

『이 동네 사시는 가요? 전 이동네 사람이지만 읍내 학교에 있다가 이리 와 있습니다.』

『그러시군요. 저도 여기 살게 된지는 얼마 안돼요.』

형식은 그녀와 다음의 모임에서 다시 만날 것을 약속하고 헤어셨다. 다음 번 만났을 때에 여자는 조금 큰 아이를 데려 왔다. 예배 후에 亨植은 옆자리에서 아이와 함께 놀아주면서 그녀와의 시간을 가졌다. 허물어진 교회당은 나날이 수리되어갔다. 형식은 가끔 복구공사를 도와주기도 했지만 많은 일을 하지는 못했다.

『다음 달에 교회 낙성식(落成式) 행사가 있어요.』 여자는 말했다.

그날이 왔다.

『오늘 이 기쁜 날 무사히 공사를 마치게 하여주신 주님께 감사합니다.』

모두들 노래를 부르며 이 날을 축하하고 있었다. 교회당 바닥에는 식사를 얻어먹으러 온 행려자와 노인들이 많이 있었다. 여자는 그들에게 음식을 대접하고 보살피며 분주히 일하고 있었다. 그러면서 간간이 오는 의젓한 차림새의 방문 손님들에게도 일어나 인사하고 안내하였다.

멀리서 보이는 그녀는 참으로 세련되고 예의 있는 여인으로 보였다. 검소하게나마 정장을 한 차림새로 사람들과 이야기하는 그녀의 염모습에서는 고아(古雅)한 기품마저 풍겼다.

참석객중의 뒷자리에 앉아 있는 형식은 지런 여인이 자신의 아내가 될 수 있다면 얼마나 좋을까 하며 다소 침울하게 바라보았다.

행사가 끝나고 형식은 다시 그녀와 가까이 대면할 수 있었다.

『저의 집에 놀러 오실래요?』

『예?』

『생각해 보겠어요.』

『그래요. 좋을 대로하세요. 오신다면 서녁 일곱 시 반쯤에 오세요. 요 앞길 모퉁이를 오른쪽으로 돌아서 세 번 집을 지나가고 공터를 거쳐서 조금 큰 판자집이 보일 거예요.』

그녀는 태연히 미소짓고 있었다.

집에 돌아와서 망설이던 형식은 시간이 다가오자 결단을 내렸다. 약속된 시간에 그 집 앞을 지나 가기로 하고 집을 나왔다.

벌써 어두운 서리였지만 그 집에는 불이 켜져 있었다. 작은 창문으로 들여다보니 호롱불 아래 그녀와 다섯 명의 아이가 있었다. 남자의 모습은 없었다.

가운데는 초촐한 저녁식사가 차려 있는데 대여섯 개의 밥그릇과 가운데의 반찬그릇은 거의 비어져 있었다.

형식은 문을 두드렸다. 그냥 왔다고만 하고 갈 생각이었다.

『반가와요, 어서오세요. 잠깐 기다리세요.』

문을 연 여자는 비록 초라한 것이라도 형식에게 따로 밥상을 차려주었다.

『아이들이 많군요.』 亨植은 멋쩍어 하며 말했다.

『이애는 두 달 전에 혼자 마을로 걸어 들어왔고, 이애는 저 건너 마을 애인데 부모님이 모두 돌아가셨고...』

여자는 아이들 하나하나를 가리키며 설명하였다.

형식에게는 조용한 흥분이 일어났다.

형식은 짐짓 담담하게 아이들을 안아 주며 재롱을 받고 시간을 보냈다.

『아이들이 다 자네요. 오늘 일도 끝났어요. 이제 하루를 감사하며 잠자리에 들어야죠. 어떠세요? 조금 여기 쉬시다 가겠지요? 자리는 없지만...』 여자는 말했다.

『좋아요. 밖에 나가서 바람 좀 쐬고 있는 것이 어떨까요?』

형식은 여자와 함께 밖으로 나왔다. 부서진 건물잔해를 의자로 삼아 둘이는 하늘의 달과 구름을 바라보았다.

『우리가 만난 지도 좀됐는데 서로의 근본을 말한 적이 없었네요.』

『지금 보이는 그대로 알고 싶어서 필요가 없었나 보지요.』

『그래도 제가 이 교회를 찾아오기까지의 일은 얘기할께요.』

형식은 자기의 지내온 일을 이야기했다. 여자는 놀라운 표정으로 들었다. 장면은 잠시 멀어졌다가 밤하늘을 비춘 후 다시 그들의 모습으로 돌아왔다.

『당신은 시대와 적당히 타협했다면 그런 일을 안 겪으셔도 될 것인데 왜 그런 신조를 지키셨나

『우리는 지금, 인간이 하나님의 뜻에 따라 생명으로 나아가느냐 아니면 악마의 의도대로 죽음으로 나아가느냐는 기로에 있어요. 미래의 인류 전체가 어느 방향으로 갈 것인가는 양쪽의 대립이 가장 극심한 우리 한국이 나아갈 방향이 중요한 지표가 될 것이에요.』

『잘 알지 못하겠는데요.』

『공산주의자들은 사람들에게, 자기가 할 수 있는 노력을 안 하더라도 편히 살 수 있게 하겠다고 유혹을 하지요. 결국 인간의 마음이 쉬운 것만을 생각하게끔 하여 사람들 모두가 생각하는 힘이 줄어들게 하려고 하고 있죠. 그것은 곧 인간영혼의 퇴보가 되는 것이고 영혼의 퇴보는 곧 죽음을 향하는 것이 아니고 무엇이 되겠어요?』

『그렇게 인간영혼의 죽음을 향하여 나아가게 하는 그 작용이 바로 사람들이 말하는 마귀의 역사(役事)라는 것인가요?』

『그렇지요. 우리가 흔히 말하는, 사람들이 사망권세를 이겨야 한다... 하는 것이 바로 그런 보이지 않는 힘과 싸워 이기는 것임을 우리는 알아야지요.』

여자가 고개를 끄덕이다가 형식을 바라보며 다시 고개를 쳐드니, 흰 얼굴 위의 검은 눈이 밝은 달빛을 받아 반짝였다.

『그래요. 우리가 이 마음을 가지고 많은 사람을 옳은 데로 돌아오게 하기 위한 노력을 계속한다면 옛 순교자 못지않게 하나님의 사랑을 받을 것이에요. 그것을 위해서는 이제 인간 사이의 사사로운 원한과 증오는 거두어야지요. 사실 황소위가 당신을 버린 것은 당신이 미리 그 여자의 마음을 잡아주지 못했기 때문일 거예요. 당신과 황소위와의 사랑이 인민군이 오기 전에 이루어졌다면 그 여자는 어떤 수단을 써서라도 당신을 보호하려 했을 거예요.』

『그 여자를 용서하길 바라세요?』

더 이상의 말은 없었다.

조금 후 누가 먼저랄 것 없이 둘이는 손을 잡았다. 차가운 밤바람이 배인 돌돌 위에 겹쳐진 두 손은 서로의 체온을 교차해서 전달하고 있었다. 두 사람은 고개를 돌려 서로를 마주보려는 듯하다 완전히 돌리지는 않고 서로의 곁눈을 마주 받는 상태에서 정지했다.

다시 한 차례의 바람에, 보이지 않는 낙엽 무더기가 굴러가는 소리가 들렸다. 늦가을 밤의 냉기

중에 서로의 입김의 온기가 뒤섞이며 두 사람 사이에 번져갔다.
형식은 두 손으로 그 여자의 손을 잡고 말했다.
『내가 이제까지 겪은 일은 결국 당신을 만나기 위한 과정이 아닌가 생각돼요. 내가 아무리 고초를 겪었다 해도 지금껏 몸이 온전해서 이 자리에 있게 된 것이 얼마나 다행인지 모르겠어요. 지금 이 만남을 있게 내 운명이 새삼 감사히 생각합니다. 무엇보다도 황소위와 다른 몇 여자들을 용서할 수 있게 됐다는 것에 감사합니다.』
어둡고 차가운 폐허의 거리를 배경으로 달빛아래 여자의 온화한 미소가 영화의 마지막 장면이었다.

혜영은 극중에 이름도 나오지 않는 그 여자의 역에 동경심이 일어났다.
「그런 여사가 영상화된다면 정말 아름다운 여자일 것 같애.」
혜영은 다음 내본을 보았다.
시대는 1980년대였다.

시골 길을 가는 정희의 모습은 순박하고 청순하다.
어느 날 정희는 보따리를 싸고 부모와 동생들을 두고 집을 나온다.
정희는 서울의 거리에서 두리번거린다.
그녀는 곤단의 한 방직공장에 취직한다.
출퇴근하면서 책을 가슴에 품은 여대생들을 동경의 눈초리로 보는 정희.
회사 게시판에 붙은 야학안내를 보고 저녁에 야학에 출석한다.
간혹 졸지만 눈을 치뜨고 칠판을 바라보는 나이 많은 학생들. 그리고 그들을 열성적으로 가르치는 나이어린 선생님들.
한 남자선생이 유달리 정희의 눈에 띈다. 그는 수혁이라 했다.
수혁은 수업이 끝나고 정희와 눈이 마주친다. 비록 꾸민 것은 없지만 정희가 가진 청순한 매력에 수혁도 이끌리는 듯 미소를 보낸다. 정희는 다소곳이 그에게 인사한다.
그녀의 뒷모습을 수혁은 대견하면서도 감동어린 눈으로 쳐다본다.

꽃잎처럼 떨어지다

그러다 결심한 듯 그는 앞으로 달린다. 정희를 앞지르러 건물을 나와서 어두운 학교 마당을 가로질러 교문 밖으로 나간다. 하교하는 야학 학생들의 무리를 그들의 눈에 띄지 않게 가로수 밑에 숨어서 본다.

학생들은 마당을 건너오면서 뿔뿔이 흩어졌다. 정희는 한 친구와 잠깐 이야기 하더니 곧 손 인사하고는 교문을 사이에 두고 반대로 갈라선다. 그녀는 혼자 걸어간다. 그것을 본 수혁은 다시 미소 짓고는 그녀를 따라간다.

더 이상 함께 하교하는 학생이 안 나오자 수혁은 정희에게 다가간다.

『안정희 학생!』

『어머, 아. 이선생님!』

『무슨 선생님이에요? 우린 학교 밖으로 나왔어요. 나나 정희 씨나 다 같은 젊은이에요. 그냥 수혁씨라고 불러주세요.』

『예, 그런데 무슨 일이세요?』

『우리, 친구가 되자고…』

『아니? 선생님과 저가 어떻게 친구를…』

『선생 아니래두. 난 정희의 순수한 여성다움 그 자체가 내게 소중한 감동으로 다가왔어.』

『아니… 수혁… 씨는 저 말고도 훌륭한 동료 여대생들이…』

『나 이제 잘난척하는 여대생들은 질렸어. 걔네들은 느끼해. 너에게서는 그들과는 다른 신선함이 있어.』

정희는 손을 잡는 수혁을 받아 들였다.

이후 정희는 종종 수혁의 자취방에 방문해 청소를 해주었다. 정사장면은 정희의 순결한 이미지를 해치지 않게 하라는 주의문구가 시나리오에 붙어 있었다.

이윽고 그의 방에서 잠자리도 같이 했다. 정희는 수혁과 함께 행복한 가정을 이뤄 살려는 꿈을 꾼다.

수혁은 졸업을 했다. 시골에서 올라온 수혁의 부모님들은 정희의 다소곳함에 마음 들어 하고 정희의 한밥은 개의치 않았다.

『이제 졸업했으니 직장은 어디로 다니기로 했냐?』

"대학원에서 더 공부하려고요."

"그럼 박사 되는 거냐?"

"예…. 그렇죠."

"학비를 어쩌나."

"걱정 마세요. 제가 해결할 거니까요. 몇 년 더 기다려주시기만 하세요."

수혁은 부모에게는 공부를 계속한다고 말하고 학교 부근 자취방에 남았다. 실상은 자취방이 아니라 정희와의 살림집이었다.

"수혁씨 시금 뭐해."

"보면 몰라? 공부하고 있잖아."

"자기 대학원입학 안 한 것 같은데…."

"우리 동지들과의 학습교재야. 야학교사들을 위한 지침서도 만들어야 하고."

"이젠 그런 서 그만해야 하지 않아? 살림생각도 해야지."

"내가 어떻게 해서든 가져오고 있잖아?"

"그걸로 어떻게 생활을 해? 이젠 아이도 갖고 제대로 된 살림을 해야지."

"내가 그런 소시민적인 생각을 했다던 벌써 취직준비를 했지. 아니… 너와 만나지도 않았을 거야."

"어쨌든 간에 이제 우리의 삶을 설계해야 하지 않아? 그러려면 왜 나와 동거했어?"

정희는 목소리를 높여 항변했다.

"난 너를 동지로 생각했던 거야."

수혁은 전혀 미안한 기색이 없었다.

"그럼 내가 뭘 해줘야 해?"

"나와 함께 운동에 나서야지."

"난 아이를 갖고 가정을 갖고 싶어…."

"내겐 그것은 두 번째 문제야."

정희는 더 씨우지 않고 물러섰다.

그녀에게 아직도 수혁은 자신에게 과분한 우상이었다. 아직은 순종의 자리에 머물러 있었다. 시

꽃잎처럼 떨어지다

나리오는 그러한 그녀의 처지를 표정과 몸짓으로 표현하기를 주문하고 있었다.

저녁, 술집에서 수혁은 친구 인환과 있었다.

"네 친구 정희는 잘 있니?"

"잘 있지. 그런데 실망이야."

"뭔데?"

"난 나의 실질적인 동지를 원했어."

"동지? 그 애한테서?"

"왜? 그 애가 어때서?"

"걔는 공부를 하지 않았잖아?"

"하지만 걔는 노동현장을 몸소 겪었잖아. 실질적인 동지가 될 수 있지. 내게 노동현장의 체감을 그대로 전해주는..."

"노동현장은 우리도 가보았잖아?"

"그래도 다르지. 언제라도 빠져나올 여유가 있는 마음으로 들러보는 것하고 생존을 위하여 투쟁하는 노동자의 고뇌하고는 다르지. 나는 바로 그런 현장의 마음가짐을 그녀에게서 받고 싶었던 거였어."

"그런데 지금은 어떻길래?"

"변절했어. 나를 단지 요행히 얻은 대학생 애인으로만 보는 것 같애. 허구헌날 살림 걱정에, 빨리 결혼식 올려서 아이 키울 생각이나 하고 있어."

"그게 여자의 행복 아니냐?"

"뭐라고? 알고 보니 너 참 보수적이구나."

"그런가?"

"넌 우리의 다짐을 잊었니?"

"지금 당면한 건 다른 이야기다. 네가 콧대 높은 여대생들을 상대하기에 질려서 여공을 택했지 만 일단 함께 살려면 서로 이야기가 통해야 할 것이 아니겠니?"

"그렇지는 않아. 그 애도 문화 예술에 대한 교양은 못하지 않아."

"그렇기는 할 거야. 너도 알다시피 걔는 우리 야학의 최우수생 아니었니?"

『그 애는 난순(蘭順)한 지식뿐만 아니라 정서적인 해석에 있어서도 상당한 수준의 이해력을 가지고 있더라. 나도 평소에 나의 지적 수준에 대한 우월 의식을 가지고 평소 만나는 여느 남자들하고는 쉽게 통하지 않았던 고상한 생각과 섬세한 정서가 평범한 자격수준의 여성과 거침없이 통하는 것에 놀라었어。』

『그건 네가 순진한 거야。 네가 여자를 많이 못 만나봐서 그런 것 같은데 사실 그 여자가 특별히 똑똑하고 우수한 여자라고는 보기 어려워。 다만 보편적이고 자연스러운 현상일 뿐이야. 여자는 보편적으로 남자보다 섬세하고 민감한 사고력을 갖고 있어。 바로 그렇기 때문에 이른바 교양수준이 높은 남자와 평범한 여자와의 결합은 무난히 이루어지는 거야 반대로 이른바 수준이 높은 여자들은 쉽사리 평범한 남자와의 결합이 어렵고 설사 이루어지더라도 문제점을 남기는 수가 많지。』

『그럼 여자는 남자보다 사고력이 우월하다는 것이네。 공부를 한 남자는 보통 여자들과 맺어지고 공부를 한 여자는 남자가 감당 못하니까 홀로 남고···。』

『그렇다는 것은 아니지。 여자는 반면에 집안의 사소한 전기설비도 쉽사리 손을 보지 못하는 등, 어떤 포괄적인 범위의 사고력에서 보통의 남성보다 약한 면이 있어。』

『여자를 띄웠다 낮췄다 하니 헷갈린다。』

『남녀의 시고력의 차이는 소수점을 가진 수치(數值)로 비유하면 설명이 되지。 대개의 여자는 원주율 3.1415···를 남자보다 더 깊은 소수점 자리까지 섬세히 알고 있지만 정수(整數)의 자리가 3인지 4인지 모두를 생각하지 하지 않아。 반면에 대개의 남자들은 원주율이 3···인 것은 알지만 소수점 이하의 자리는 여간해서 생각하려 하지 않아。 사고력이 섬세한 일부의 남자만이 3.1415···를 생각해。 그렇지만 이러한 사고력의 한계는 남녀의 원초적 여자만이 섬세한 임을 생각해。 그렇지만 이러한 사고력의 한계는 남녀의 원초적 본성에 해당할 뿐으로서 훈련이나 교육 등의 의식적인 노력으로 극복할 수 있는 것이지。 남성이 여성적일 때 혹은 여성이 남성적일 때 높은 지성을 나타낸다는 말이 있어。 이것은 높은 지성을 가진 사람은 성적인 특색을 덜 가졌다는 것이 아니라, 남성 혹은 여성의 원초적 충동을 극복하고 공히 이성적(理性的)인 가치를 추구하기 때문이지。 아무데서나 훌쩍훌쩍 울어대는 여자가 높은 수준의 지성인이라고 볼 수 없고 아무데서나 폭력을 쓰는 남자를 지성인이라고 할 수 없잖아。 지성인은 성을 초월하여 대범함과 섬세함을 두루 갖추어야 한다는 것이야。』

꽃잎처럼 떨어지다

「그래도 모든 사람들더러 이른바 지성인이 되라고 강요할 수 있는 거 아닌가? 우리 순희 선배는 중졸 공원과 결혼하고도 지금 열심히 운동을 이끌고 있잖아.」

「먼저 말했듯이 함께 가정을 일구어 원만한 삶을 살려 할 때는 대학생 남자는 여공이 잘 어울릴 수 있어. 섬세한 면을 서로 공유하니까.」

「그런데 난 그런 커플을 기대한 것이 아니었지.」

「그래 큰 뜻을 함께 품은 동지로서는 남사 공원과 여대생이 잘 어울릴 수 있지. 순희 선배의 경우처럼. 서로 대범한 면을 공유하고 있으니까.」

「그럼 우리 얘한테 물어보자.」

이때 두 사람의 친구 하정이라는 여대생이 들어왔다.

「그래.」

「하정이는 아이 낳고 살림하는 게 여자의 행복이라고 상각하니?」

「글쎄…. 그게 전부는 아니겠지. 여자에게도 자아실현의 기회는 주어져야 한다고 생각해.」

「여성해방은 노동해방과 일맥 상통하지. 미국의 흑인민권운동과 여성운동은 마찬가지로 사회약자의 권리 찾기 운동이야….」

그들의 이야기는 계속되고 술집의 전경(全景)이 멀어져갔다.

인환이 먼저 둘에게 인사하고 술집을 나오는 것이 보였다. 그 후에도 술집 유리문에 비치는 두 사람의 그림자는 서로 손짓을 더해가며 대화에 열중했다.

「나…. 형이 늦어 하정은 내가 데려다 줄래?」

「응, 그래. 물론이지.」

수혁은 하정을 부축하고 골목을 올라갔다. 방에 들어오자 하정은 수혁의 품에 안긴 그대로 잠이 들었다.

「하정이, 기분이 어때?」

「응, 나 지금 천국에 있는 것 같애….」

하정의 꿈이 펼쳐졌다.

그녀는 자기가 꿈꾸는 이상(理想)의 나라에서 정사를 하는 꿈을 꾸었다. 모든 사람이 행복하고 평

- 371 -

등한 세상에서 사기뿐만 아니라 다른 모든 사람들도 마음껏 그들의 행복을 추구하는 장면이 펼쳐졌다.

그런데 그 정사는 실제의 것이었다.

아침에 하성은 수혁을 그다지 책망하지 않았다.

"인환이한테는 미안해서 수혁을 어떡하지?"

"괜찮아. 걔하고는 순전히 친구로만 지냈을 뿐이야. 이제껏 손목 한번 잡힌 적 없었어. 물론 손이야 잡은 적 있지만. 후후."

수혁은 그 뒤로 자신의 자취방에 가지 않고 야학사무실에서 밤을 지내는 일이 많아졌다. 물론 하정과도 자주 자리를 같이 했다.

수혁의 자취방에는 가끔 인환이 걱정 어린 얼굴로 왔다가 정희를 만나고 갔다.

봄이 오자 하성은 수혁과 정식으로 결혼했다.

"나는 수혁 씨에게 누구였죠?"

정희는 인환에게 울먹이며 물었다.

"정희 씨는 수혁에게 삶의 현장체험을 가르친 교사 역할을 한 것이에요. 여공을 단지 운동대상으로 보지 않고 가정을 갖고 싶어 하며 살림을 위해 싸우기도 하는.... 인간으로 볼 기회를 준 것이었죠."

정희는 인환의 손을 잡았다.

정희는 인환과 결혼했다. 인환은 회사원이 되어 정희와 가정을 꾸렸다. 인환과 정희의 가정은 평온하였으나 인환은 평범한 생활에 권태로움을 느끼며 꿈 많던 학창시절을 그리워하였다. 그러나 정희는 그 마음을 나눌 친구가 되지 못했다.

하정이 이혼되었다는 소식을 듣고 인환은 그녀가 근무하는 학교로 찾아가 만났다.

이 사실을 알게 된 정희는 인환과의 결별을 선언했다.

"매일같이 집에서 당신을 기다리기만 하는 생활은 더 이상 못살겠어요."

"당신이 어찌 그런 말을? 내가 생각하는 당신은 그게 아니었소."

"그래요. 닐 그저 순종적인 여자로만 알았어요? 그렇지 않아요. 나도 당신들한테서 배운 거예요."

꽃잎처럼 떨어지다

가 출한 인환은 하정과의 교제를 시도했다. 그러나 하정은 계획된 유학을 떠난다. 정희는 인환을 용서하고 다시 만난다.

혜영이 시나리오 책을 덮고, 이제는 그냥 가든지 해야겠다고 몸을 추스를 때 하사장이 밖으로 나왔다.

「안녕하세요? 사장님.」
「아, 혜영씨 왔어요?」
「오늘은 얘기를 많이 못하겠네. 손님하고 저녁도 약속이 있어서⋯⋯ 아침 오 사장, 여기 배우 박혜영 씨입니다.」
「아, 반갑습니다. 집적 가까이 뵙기는 처음인 것 같군요.」
「예, 안녕하세요.」

오 사장이라는 반백머리의 남자는 아마 영화사업에 처음 발을 들여 놓는 투자가인 듯했다. 혜영은 그가 앞자리에 앉을 것을 예상하고 자세를 고쳐 앉았다. 그러나 그 남자는 목례 정도만 하더니 그대로 하사장을 따라 밖으로 나가버렸다.

「혜영 씨 저희하고 저녁 하시죠?」
사장일행을 배웅한 안 부장이 아직 그대로 앉아 있는 혜영에게 권했다.
「괜찮아요. 오늘 좋은 시나리오들 봤으니까 됐어요. 어떤 게 영화가 될 가능성이 많은가요? 제 생각에는 사랑과 용서가 더 좋을 것 같은데요.」
「아, 그거? 「사랑과 용서」는 종교적 편향도 있고 꼭 60년대 반공물 같아서 요즘시대에는 안 맞는 것 같다고 결론 났어요. 그래서 이미 「순정의 여자」로 결정했지요.」
「그런가요? 「순정의 여자」도 괜찮으니끼 더 알아보고 싶어요.」
「예, 한번 댁에서 다시 검토하시고 생각을 말씀해 주십시오.」

안 부장은 잘 제본된 시나리오 한부를 다시 혜영에게 주었다.
혜영은 집에서 다시 시나리오를 검토해보았다.
이야기는 전형적인, 시대속의 연인스토리지만 세부적인 인물설정은 마음에 들었다. 80년대의 운동권 사회 속에서의 남녀관계는 이미 소설 등으로 숱하게 파헤쳐진 것이지만 그것도 한 시대의 신인 남을 소재였다. 1980년대의 이야기가 아무리 많다 한들 1950년에서 1953년까지의 일을 소재로 한 그 수많은 이야기에 비하면 그다지 많지 않은 것이다. 시대의 기록에 참여한다는 것은 스스로 영원히 문화재가 된다는 것이었다.

혜영은 이 영화에 출연하고 싶었다. 게다가 정희 역은 여성다움을 최대한 보여주는 배역이었다. 혜영이라 해도 꿈 장면에서 상당히 순결한 이미지를 보여줄 수 있을 것 같았다.

혜영은 아는 사람들을 통해 의사타진을 했다.

그러나 연락은 오지 않았다. 혜영의 의사를 전해들은 감독과 스탭진은 생각했다.

「박혜영은 안 돼. 이미 「욕망끝의 파탄」에서 요부의 이미지로 나와 있기 때문에.」

그들은 순결한 이미지의 여배우가 필요하다며 이미 다른 사람을 섭외하고 있었다.

혜영은 「순정의 여자」가 촬영되는 그 겨울동안 아무 일없이 지냈다. 모르는 사람들은 그녀가 재충전을 위한 휴식을 취하고 있다고들 하겠지만 실상 그녀는 일자리를 얻지 못한 것이었다.

「순정의 여자」의 시사회가 열리자 평론가들은 극찬했다.

「마술 같은 힘의 배우…」

「보석 같은 영화…」

12 · 자신으로 돌아가자

「순정의 여자」 개봉일이 다가오면서 나는 자존심이 짓눌려지고 있었어요. 모든 영화팬들 앞에서 너무 부끄러웠어요.」

「뭐, 다른 사람들이 혜영 씨가 출연을 거절당했다는 것을 아나요?」

「다들 알고 있는 것 같았어요. 나 박혜영은 순정의 여자에서 나오는 그런 타입의 여자가 아니라고 세상이 말하고 있는 것 같았어요. 아무도 보지 않는 혼자만의 공간에서도 수치감을 느꼈어요. 내가 아무리 나만의 닫힌 공간에 있어도 나의 육체는 발가벗겨져 사람들에게 내보여지고 있다는 것을 생각하니 이 세상에 있는 것 자체가 부끄러웠어요.」

『아니, 배우가 그러려면 어떡해요? 그러면 왜 진작 정사신 촬영을 거부하지를 않았어요?』

『사람들은 내 몸을 보되 단지 한 여자를... 이제까지 옷 속에 감춰져서 순결한 이미지를 보였던 여자를 무너뜨렸다는 그런 파괴본능을 충족할 뿐이었어요. 나의 모습은 사람들에게서 영상미로서 받아들여질 여지가 없는 그런 장면들이었어요.』

『그런데 왜...』

『그래도 촬영 때는 감독을 믿었지요. 관객들이 순결한 여배우 박혜영을 정복하되 그녀에 대한 애틋한 사랑마저도 나눠가질 만한 그런 영상이 나오길 기대했죠. 하지만 시사회에서 본 내 모습은... 정말... 오히려 민망했어요.』

『하기야 여자 입장에서는 그럴지도 모르죠. 남자들도 보디빌딩선수나 격투기 선수의 우람한 육체를 보는 것은 즐기지만 평범한 육체의 남자가 밋밋한 상체를 벗어제끼는 건 보기 민망하죠. 여자들도 볼륨 있는 글래머 여성이 벗은 것은 볼만하겠지만 평범한 육체의 여성이 벗은 것은 썩 보고 싶지는 않을 거예요.』

『그저 그런 육체를 보는 걸 즐기는 건 오직 성적욕망과 파괴적 호기심 때문이죠. 그런 걸 일부러 즐기려는 사람들은 의외로 많아요.』

『그래서 영화는 성공을 못 거뒀잖아요. 안 감독이 스스로 생각했던 것처럼 변태적 욕망을 가진 사람들은 관객 중에 그다지 많지 않았던 것이군요.』

『나는 나를 제대로 표현하고 싶었어요. 내가 아무리 배우생활을 하면서 나를 제대로 표현하려했지만 결국 내가 생각하는 이상형의 여자는 구현할 수 없는 것일까 하고... 막막했어요.』

『그러면 배우감독 다 해야지요. 허허. 제작투자도 자기가 하고....』

『나를 제대로 나타내는 것은 내 인생밖에 없었던 것 같아요.』

『그래서 그런....?』

『그렇죠....』

한동안 어두운 방 속에 침묵이 흘렀다. 그런 중에도 혜영의 희끗한 환영은 유지되어 있었다.

『마음은 이해를 하겠지만 꼭 그래야만 인생인가요? 평범한 인생도 인생이지 않아요? 물론 화려한 배우생활을 하다 평범한 생활을 하기는, 말이 쉽지 답답해 견디기 어려울 수도 있겠지만... 인생이라는 것이 자기 뜻대로만 살고 그렇지 않으면 안 살겠다는 태도는 좋지 않은 것이 아녜요?』

이미 늦은 것이지만 인호는 혜영이 아까운 마음에 헛된 나무람을 했다.

『나도 그런 마음 안 먹었던 게 아니에요.』

다시 혜영의 나머지 과거 이야기가 더해졌다.

혜영은 재벌가에 시집가라는 어머니와 오빠의 소원을 따르기로 했었다.

「그래 나도 영화 해볼 만큼 했어. 내 인생은 이걸로 사실상 접는다셈 치고 엄마와 오빠에게 행복을 안겨주자. 또 결혼한다고 영화를 아예 못하는 것은 아니잖아?」

혜영은 엄마에게 혼처를 더 열심히 알아보아도 좋다고 허락했다.

그러나 엄마에게서 확실한 소식은 오지 않았었다. 실상 그녀에게 관심을 두는 혼처는 기껏해야 작은 건물세를 받아 사는 졸부들뿐이고 내세울만한 명문재벌은 시크둥했다.

『그런 민망스런 알몸을 보인 여자를 며느리 삼아? 어림없지.』

어머니가 심구름꾼을 시켜 알아본 뒷얘기는 이런 식이었다. 영화에서의 그녀의 이미지는 집안체면을 중시하는 재벌가들로 하여금 며느리로 맞이하기를 꺼리게 했다.

그토록 재벌가에 시집가기를 강권하던 어머니에게서 좀처럼 소식이 없자 혜영도 이윽고 상황을 알게 되었다.

『아아…. 내가 겨우….』

자괴감은 끝을 모르고 더해갔다.

배우라 하면 사람들은 일단 그 외모의 매력을 본다. 그러나 다른 세상일도 그렇듯이 미모만으로는 배우가 될 수 없다. 자신이 실제로 느끼지 않아도 필요에 따라 표정을 바꾸는 기술이 있어야 한다. 그러기 위해서는 스스로 감정을 조절하고 느껴볼 수 있는 능력이 있다면 더욱 좋다.

혜영은 미모라면 미모일 수도 있지만 처음 보는 이에게 큰 매력을 끌만한 개성 있는 외모는 아니었다. 그녀가 사람들의 주목을 끌 방법은 환한 표정과 활기찬 몸짓으로 관심을 끄는 것이었다.

나는 정말…. 잘 웃고、 잘 울고、 잘 자고…. 마음만 먹으면 얼마든지 밝은 감정을 솟아낼 수 있었던…. 그래서 정말 예쁜 아이였어요. 그런데 점점 자기감정 하나 조절 못하는 사람이 되어가고 있었어요. 그 영화를 촬영하기 전으로 돌아갈 수 있다면 얼마나 좋을까 생각했어요. 이제 자존심도 바닥을 친 느낌이었어요. 더 이상 갈 길이 보이지 않았어요. 내가 그렇게 우울해하는 것이 보이자 엄마는 권했어요.

『혜영아, 일단 좋은 드라마 출연이나 한 번이나 해보는 게 어떻겠니? 저번에 「물시계」라는 드라마에 출연했던 강희정도 거기서 고상한 재벌가 아씨 연기를 하더니깐 명성그룹가문에서 데려가지 않았나? 이번에는 정말 시나리오 잘 골라서 해봐라. 나도 알아볼게.』

작년 「욕망 끝의 파탄」을 촬영하기 전에 연애드라마에서 발랄하고 새침한 여학생 역을 맡았었죠. 그 방송극이 나가던 중에 엄마한테 혼났죠. 그러나 대체로 엄마가 만족할만한 집안은 아니었어요. 그때 내가 극중에 맡은 배역도 조금 부잣집의 여학생일 뿐이지 경호원을 거느리는 대재벌의 따님은 아니었으니 그럴 만도 했죠.

엄마는 다시 출연작을 알아보라고 하지만 이미 내 사정과는 다른 이야기였어요. 이젠 무엇을 새로 하기도 벅차게 느껴졌어요. 움직일 기력이 없어요. 앞으로 어찌해야 할까 답이 안 나와요. 피범벅의 죽음... 동성연애... 영화 속의 여자가 아직도 자신인가 헷갈렸어요. 영화 속의 나 생각에 밤에도 잠을 못 이뤘어요. 촬영 할 때도 도중에 그만두고 그냥 딱 죽고 싶다는 마음이 들 정도로 지옥 같았는데 그 후유증도 계속되는 것이었어요.

안희석은 시나리오를 각색할 때부터 박혜영을 떠올렸다고 한다.

그 역할이 박혜영이 아니면 안 된다는 생각에서였을까? 그것이 아니다.

안희석이 그녀를 택한 것은 결코 그녀가 배역에 맞는 배우라서가 아니었다. 안희석은 자기와 인간적으로 거리가 있었던 박혜영에 대하여 속속들이 알고 싶었다. 그녀를 철저히 알기 위하여 그녀의 내면을 끌어내고 싶은 욕망이 강했다.

인간은 자신을 지키려는 마음도 있지만 남을 파괴하려는 욕망도 있다. 박혜영이 가지려는 자신의 정체성. 그것을 안희석은 파괴하고자 했다.

안희석은 박혜영에게 숨겨진 욕정이 있을 것이라고 생각했다. 그녀는 자신의 내면에 있는 욕정을 솔직히 밝히고 다니지를 않으니 사람들에게 그녀는 그다지 음란하지 않은 여자 즉 순수한 여자로 인식되어 있다. 그런 그녀의 이미지를 깨뜨리고 싶었다.
안희석은 작가주의 감독이다. 화가가 붓을 사용하듯 문필가가 글을 사용하듯 그는 자기만의 독특한 세계를 외부사정의 제한 없이 자유롭게 표현하고 싶었다. 예술가로서의 자기세계 창조를 위한 실험적 도구로서 박혜영을 사용했다.

『당신의 순수한 이미지 뒤에 숨어있는 욕정을 파헤치겠다는 것... 어찌 보면 우습군요. 선생님도 화장실을 가는지 기어코 따라가 보겠다는 어린아이와 같군요. 여자건 남자건 모든 순하고 점잖은 사람에게서 섹스장면이란 연상하기 어색한 것 아니겠어요. 그것을 꼭 까발려야 직성이 풀린다는 것이었는지...』

그녀는 얼핏 밖으로 드러나 보이는 강한 개성이 없는 만큼, 얼른 보아 정체를 종잡기 어려운 여자로 보일 수 있다. 그것이 호사가의 호기심을 자극하지 않았을까.

예술을 통한 인간본성 탐구... 일반인에게 떠오르는 것은 인간은 성욕과 식욕 그리고 명예욕을 가진 생명체라는 것이다. 식욕은 너무 단순하고 명예욕은 너무 복잡해서 예술표현의 소재로서 적당하지 않았을 수 있다. 만만한 게 성욕이다. 인생의 곡절을 그다지 겪지 않은 예술인에게 와 닿는 소재는 이른바 인간본성 탐구 밖에는 없으며 그 중에서도 성욕 말고는 운신의 폭이 넓지 않다.

『하지만 당신도 자신의 이미지에 대한 융통성이 너무 없었던 것 같아요. 영화 속의 당신과 실제의 당신이 다르더라도 그렇게 안타까워할 것은 없었지 않아요? 당신은 감독과 같은 주체적 예술인이 아니라 감독의 작품표현의 수단인 배우였음을 알고 있잖아요?』

『나에게 나외는 다른 것을 요구한 이유가 영화예술창작 본연의 목적에 맞았다면 내게도 아무 문제가 없었을 거예요.』

그것은 갈독의 작품을 위한 연기의 요구가 아니었다. 또한 관객의 욕망을 충족시키기 위한 희생도 되지 못했다.

물론 배우는 평상시의 자연인과 영화 속의 배역이 일치하라는 법은 없다. 그러나 관객이 반드시 기존의 배우의 이미지와 다른 면모를 보고 싶어 한다고는 볼 수 없다. 오히려 배우의 기존 이미지가 그대로 유지되길 원하는 게 관객이며 팬의 주된 소망이 아닐까.

『그것은 개인과 개인의 충돌이었고... 현세에서 나는 약자로서 패배자이며 피해자의 길을 갈

꽃잎처럼 떨어지다

수밖에 없었었어요.』

밤은 깊었었지만 새벽은 오지 않고 있었다. 인호는 어두운 방에서 독백을 겸한 대화를 하고 있었다. 그가 하는 말은 만약 다른 사람이 있다 해도 듣지 못할 만큼 나지막이 중얼거리는 소리였고 혜영의 말은 귀에 들리는 소리가 아니라 마음속에 전달되는 울림이었다.

『내가 언제 나는 순결한 여성이라고 주장하며 다닌 적 있어요? 왜 나를 파괴하려는 세상에 있어야 하는가요. 이제 나는 그것을 따지러 가야 하겠어요.』

어둠 속 그녀의 희뿌연 영상은 희미해지면서 사라졌다.

월요일 아침 인호는 출근을 하러 일어났다.

한겨울이 지나고 새봄을 기다리는 2월. . . 희망을 가진 자들에게는 봄날의 밝고 희망찬 도약이 기대되는 시기이지만 절망하는 자들에게는 세상의 새로운 열림이 두렵기만 한 달이다.

간단한 아침식사와 세수를 거치면서 간밤의 일을 되새겨보았다.

「박혜영 . . . 그녀에 관한 나의 생각을 정리하자.」

인호는 자신과 그녀와의 관계를 돌아보았다. 그녀와 나는 어떤 인연으로 만났는가. 아무것도 없지 않은가.

그래도 집히는 것은 사진이다. 사진을 통해 그녀와 처음 교감을 나눴다. 비오는 중 우산 속에서 옆의 남자를 걱정스레 쳐다보고 있는 그 눈. . . . 그 광경을 바탕으로 나는 시를 썼다.

그녀 내면에 숨겨있는 잠재력을 나는 끌어낸 것이다. 나는 그녀의 내면을 끌어내었다. 하지만 그녀가의 도적인 파괴자에 의해 자신의 내면을 유린당한 것과 무엇이 다를 수 있을까. 내가 끄집어낸 그녀의 면모도 그저 내가 바라는 여성상의 범위 내에서 그녀에게 강요한 것이 아닐까. 안희석이 그가 바라는 요부(妖婦)가 되기를 그녀에게 강요한 것처럼.

하지만 어차피 세상의 사람들은 타인들이 보는 자신을 자신으로 인정하며 살아가야 한다.

박혜영, 그녀는 이곳을 떠나면서 본래의 그녀 자신으로 돌아갔을 것이다. 하지만 이제 세상 사람들은 더 이상 그녀의 진실한 정의(定義)에 대하여 알아볼 여지가 없다.

비록 지금 나는 타인들이 알아주기는커녕 존재의 식별마저 제대로 해주지 않는 무명의 소시민에 불과하지만, 아직 세상에 살아있는 나는 그녀와는 달리 나 자신을 올바로 알릴 기회가 더 남아있다.
할 수 있는 데까지 진정한 나와 타인들의 나와의 격차를 좁히자.
인호는 힘차게 거리로 나섰다.

은하천사의
7일간 사랑

銀河天使는 생명체를 찾아 태양계로 잠입했다.

태양계는 은하계 별무리 소용돌이의 굽이지는 한 가닥의 꼬리에 매달려, 태고부터 계속되어온 초거대 소용돌이의 도도한 흐름을 힘겹게 뒤따라가는, 한 조촐하고 쓸쓸한 별[星] 집단이었다.

은하천사, 그의 고향은 어디인가.

은하계 중심, 바알간 별구름의 보드라운 감싸임 위에, 청(靑)、남(藍)、자(紫)、주(朱)、적(赤)、백(白)、황(黃)··· 갖은 불빛깔의 생기 넘치는 항성들이, 저마다 그 호화찬란한 광채와 더불어 강렬한 열기를 내뿜으면서, 거느리고 있는 뭇 행성들에게 가득한 생명의 원기를 부여하며 운집해 있는 곳.

그 곳에 무수히 번영하는 최고도의 문명국 가운데서도, 그 구성원의 면면과 사회 인습의 고결함이 가히 은하계 제일 간다고 할 나라.

억만 겁의 유구한 역사와 전통에 빛나는 대 은하제국의 정보원 은하천사는, 어떻게 해서 은하계의 저 바깥 이 곳 태양계까지 찾아오게 되었는가.

그가 이 곳까지 오게 된 것은 지극히 우연한 사건이 발단이 되었다.

은하계 변방을 다니며 우주의 이모저모를 살펴보던 그는, 구석 어딘가 에서 일어난 한 조그만 폭발을 보았다.

그것은 불타는 항성에서 예사롭게 일어나는 그런 폭발이 아니라 차가운 행성에서의 예기치 못한 것이었기에, 우주의 평상시 질서를 벗어난 예외적 사건이었다.

그는 곧 그 폭발의 원인을 알아냈다.

오랫동안 근방을 맴돌던 한 혜성이 마침내 한 큼직한 행성과 충돌했던 것이다.

그는 그대로 지나칠 수 없었다.

『비록 은하계 저 변두리에서 일어난 일이지만, 오히려 그 때문에 더욱 주목해야 할 사건이다.

한 구석에서의 유동(流動) 질량의 변화가 전 은하계에 미치는 영향에 대해.... 알아볼 필요가 있다.』

그는 본국에 이 사실을 전했다.

『여기는 은하천사. 은하계 변방을 시찰하는 도중, 별들의 무게 흐름의 균형을 일그러뜨릴 수 있는 사건 발생. 그로 인해 은하계 전체가 받을 영향을 알아볼 필요가 있다고 생각됨.』

본국에서는 추가 조사의 필요성을 인정했다.

『혜성과 임의별의 충돌에 의해 야기되는 유동 질량의 변화는 너무나 빈번한 다반사지만, 변두리에서의 발생은 그만큼 커진 회전 모멘트에 따라 어느 만큼 은하계 전체에 줄 것 같으니, 그에 대한 추가의 정밀 관찰이 필요할 것으로 인정됨. 시찰 궤도의 연장을 허가함. 특히 혜성과 충돌된 행성의 생명체들에게서 예상되는 변화에 대해서도 관찰하여, 결과를 보고해 주기 바람.』

회신을 받은 뒤 그도 생각했다.

『그렇다. 이 기회에 이곳 은하계 변두리에는 어떤 생물들이 살고 있는가를 알아봐야겠다. 그리고 은하계의 자연 법칙이 이 변방의 오지(奧地)에도 어김없이 적용되는지 알아봐야 하겠다.』

그는 대충돌이 일어났던 큰 행성이 위치한 곳을 향해, 타고 있는 우주선을 가속했다. 우주선의 장거리 이동 방법은, 구부러진 삼차원 공간의 지름길을 찾아 한 번씩 점프하며 이동하는, 亞空間多段階跳躍(아공간다단계도약)[1]의 방식이었다.

우주선은 얼마 안 가서, 폭발이 있었던 그 행성이 속해 있는 恒星系(항성계), 즉 태양계로 진입했다.

우주선은 목선하고 있는 그 행성에 가까이 갔다. 다시 삼차원 공간 내의 평이한 단거리 이동방법인 세제곱立方空間移動(입방공간이동)의 방식으로 동력을 전환했다. 항색의 별이 관활한 암흑 공간에서 점차 그 모습을 드러냈다. 그 주위를 나선으로 돌면서, 조금씩 더 가까이 나가갔다.

---

1) 아공간이동이란 삼차원 공간을 이차원 공간으로 비유했을 때, 종이를 접어 서로 만나는 점 사이를 이동하는 것과 같은 방식. 이것을 단계적으로 반복하여 이동함.

이윽고 그 행성의 모습은 바싹 가까이 다가왔다.
하늘의 半을 덮는 球面(구면)의 일렁임은 괴연 壯觀(장관)이었다.
광활한 無의 공허함을 지나와, 이제 비로소 존재의 域圈(역권)에 들어서니,
나오는 반사광의 微熱(미열)이 우주선의 표면을 미지그하게 데우고 있었다.
행성은 전혀 화려하지 않은 누런 유동 물질에 덮여 있었다.
그 흐름의 결이 이리로 저리로 치우칠 때마다, 간간이 넘겨다 보이는 저 아래편의 바닷은 아득한 深淵(심연)으로만 보였다.
우주선은 주위를 선회하면서 더욱 표면 가까이 내려갔다.
가까이 가자、뜨금 없는 고열이 감지되고、부딪치는 이물질들이 자꾸만 늘어났다.
이예기치 못한 장해를 뚫고 계속 전진했다. 이윽고 바깥의 광경을 보니 마침내 이 행성의 표면에 다다른 듯 했다.
그러나 착륙할 곳은 없었다. 그대로 더 깊이 빠져들 뿐이었다. 표면을 뚫고 내려가도、진한 황색구름의 무더기가 상하좌우로 어지러이 교차할 뿐, 어디하나 딛고 내릴만한 단단한 바닥은 없었다.

『온통 바다로만 이루어진 행성이로군. 그렇다면 헤엄쳐 사는 바다생물이라도 살고 있을까?....』

그는 중얼거리고, 일단 더 내려가 보기로 했다.
그러나 더 내려가도 기대하던 생명체는 발견되지 않았다. 갈수록 더 밀도가 높아지는 유동 물질층만이 계속되었다.
그것은 어떤 경계선도 없었다. 그저 깊이 들어가면 들수록 더 진해질 뿐이었다.
내려가면 갈수록, 여기저기 떠다니는 反固形(반고형) 물질의 저항을 받아 속도가 느려져 갔다.
그 반면에 동력을 가하지 않더라도、점점 더 강하게 아래로 빠뜨리려는 힘이 느껴지고 있었다.
주위는 자꾸만 어두워졌다. 저 아래 보이는 칠흑의 구덩이는 공포감을 자아냈다. 더 이상 생명을 가진 무엇은 없을 것 같았다.

『이 곳은 크기만 했지 아무런 생명체도 살지 못하는 곳이구나. 먼저 충돌한 혜성도 그저 흡수되어 들어갔을 뿐 이 행성에 아무런 영향을 준 것이 없다.』

그는 방향을 바꾸고 우주선을 가속시켜, 이 기분 나쁜 늪지대로부터 벗어 나왔다.

『그래도 이곳 은하계 구석 태양계까지 먼 길을 왔는데 그냥 갈 수는 없다. 한 번 더 찾아보자.』

이대로 돌아가자니 허탈한 기분이 들었다.

그는 다시 태양계를 가로질러 나아갔다.

창에는 붉고 조그마한 행성이 나타났다.

원격탐사로 그 행성의 표면을 이루는 성분을 조사해보니, 굳은 대지와 엷은 공기 층으로 가진 행성이었다.

그는 주변을 계속 선회하면서 착륙에 적당한 장소를 알아보았다.

그러나 골라낼 필요도 없었다. 모두가 굳은 땅으로 이루어진 벌판이라, 아무 데라도 내리기에 문제가 없을 것 같았다.

우주선은 평원에 사뿐히 내려앉았다.

이 곳은 땅위에서 생물이 그대로 돌아다닐 만한 곳이었다. 은하천사는 밖으로 나왔다.

나와 보니 미약한 바람이 있는 듯 마는 듯 느껴지고 있었다.

이 휘젓는 바람이 있는 듯 마는 듯 느껴지고 있었다.

『온통 붉은 자갈밭과 붉은 하늘뿐이다. 다른 곳도 모두 이런지 더 조사해 봐야겠다.』

그는 다시 이륙해서, 이 별의 주위를 저공 비행하며 몇 바퀴 돌았다.

충분히 살펴본 결과 결론을 내릴 수 있었다.

『이곳은 황량한 자갈 투성이의 사막으로 덮여 있을 뿐, 역시 이렇다 할 생명체의 흔적은 없다. 이런 후미진 곳에서 더 탐사를 계속해 봤자 소용이 없다. 이정도로 임무를 다했다 하고 어서 나의 아름다운 고향나라 은하제국으로 돌아가자.』

행성을 두 곳이나 찾아다녔는데도 형편없는 환경뿐이다.

그가 막 태양계 바깥쪽을 향해 빠져나가려고 할 때였다.

우주선의 후면탐색기(後面探索器)에는 눈에 많이 익은 듯한 모습의 푸른 행성이 나타나는 것이었다.

그는 이 행성을 보고는 멈칫했다.

『저 자그마한 행성은 우리 은하제국의 보통 행성들과 비슷해 보인다. 저기엔 뭔가 있을 것만 같다. 이왕 여기까지 왔으니 조금만 더 가보지.』

우주선은 그 푸른 행성을 향해 아공간이동을 실행해서 가까이 접근하고, 다시 나선형으로 주위를 맴돌며 다가갔다. 행성의 모습이 전면 가득히 펼쳐졌다.

행성 위에 떠도는 하얀 구름의 무리는, 누손 만으론 자기의 나신을 가리지 못해 안절부절못하는 수줍은 여인네처럼, 더러는 감청색 표면을 부분 부분 가렸다 이내 드러냈다 하며 우아하게 출렁이고 있었다.

은하천사는 멀고먼 여행길 끝에 떠있는 오아시스를 발견한 흥분에 절로 외쳤다.

『그렇다. 이곳의 환경은 여기서 먼저 보았던 행성들과는 다르다. 이 별은 우리 은하제국의 행성들처럼 숱한 생명체가 번성하는 곳임에 틀림없었다!』

우주선은 구름 층을 뚫고 들어가 이 별의 상공을 몇 번 더 맴돌았다.

과연 이 곳에는 군데군데 살아 움직이는 생명체의 모습들이 눈에 띄었다. 더러는 한 무리를 이루어, 전체가 마치 하나의 거대한 생명체와 같이 일사 불란하게 움직이는 것들도 있었다.

그는 더욱 저공 비행하여 이 곳 생물들의 모습을 자세히 살폈다.

그리고 우선 이 곳 생물에 대한 관찰 결과를 간단히 정리해서 본국에 알렸다.

『이곳의 생물들은 대체로, 位相學的(위상학적)인 공통점을 가지고 있음.

중앙에 위치한 몸통의 양끝에는, 활동을 위한 두 쌍의 길다란 突起(돌기)가 나와 있음.

앞 뒤 각 쌍의 돌기 사이에는, 외부와의 물질 교류를 위한 입출력단자 부위가 있음...』

이 별에 착륙하기 위해서는, 우선 자기의 겉모습을 이 별의 생물들과 같게 나타나야 했다.

만약 이곳의 생물들 사이에서 그네들과는 다른 모습으로 나타난다면 방문객으로서 그들에게 자기의 방문 목적을 누구이 설명해야 하니 그에 따르는 부담이 많아질 것이다. 그들과 같은 모습으로 어우러져 지내는 것이 가장 효과적인 탐사의 방법인 것이다.

이 곳에도 은하제국의 사람들처럼, 다른 모든 생물들을 지배하는 지배생물이 있었다.

그는 자기의 모습을 이 행성의 지배생물과 같게 보이도록 하기 위해, 船內(선내)에 있는 細胞再整列機(세포재정렬기)를 가동했다. 이것은 은하제국 정보원이 타 행성에 들어가서 원활히 활동하기 위해서 몸세포의 배치상태를 착륙지 행성의 생물을 본뜨는 형식으로 바꾸어 주는 기계이다.

그는 원격탐사 장치에 의해 모아진 정보를 참조하여, 자신의 모습을 이곳 행성의 지배생물의 모습과 같아지도록 하라는 명령을 입력하고는, 중앙의 대형 시험관 안에 들어가 앉았다.

그러자 기계로부터는 추가의 명령입력을 요구하는 메시지가 튀어나왔다.

『같은 人間의 종족이라도 저들 각각은 모습이 다르다. 그 중 어느 모습을 해야 하는가?』

그는 다시 밖으로 나와 기계를 초기화했다.

『참, 그렇겠다. 해변의 모래알이 다 똑같아 보인다 하더라도 그것들은 모두 제각기 다른 하나 하나의 개체들인진대…. 마찬가지로 이들 人間種(인간종) 생물도 얼핏 보기엔 다 똑같아 보이지만 서로들 약간씩은 다른 개체들일 것이다. 그 중 어떤 모습을 취해야 할 것인가를 지시해야 하겠다. 하지만 이들 생물에 대해서는 제대로 아는 바가 없으니 어쩐다….』

잠시 생각하던 그는 기계를 향해 말했다.

『이곳 지배생물의 형태를 취하면서도, 내가 지니고 있는 정신을 반영한 모습으로 하라!』

그는 다시 시험관 안으로 들어가 대기했다.

잠시 후 심한 전기충격을 받고 일순간 혼절했다가 다시 정신을 차리려고 눈을 떠보니, 自身의 새로운 모습이 옆의 거울에 비쳤다.

『아, 이것이 바로 이 행성의 지배 생물의 모습이로구나!』

그는 이 민 외딴 곳에서 구현된, 새롭고도 신비한 또 다른 생물체의 모습을 경이의 눈빛으로 바라보았다.

그러다 그는 의외의 사실을 발견했다.

이제까지 그는 탐사장치를 통해 대충 훑어본 이 곳의 지배생물의 모습은 울긋불긋하고 들쭉날쭉한 표피가 더덕더덕 붙어있는 모습이었다.

그런데 지금 보이는 자기의 몸은 완만한 곡면을 이루는 單色(단색)의 피부로만 이루어져 있었다.

『이건 다르지 않은가? 이대로 어떻게 내려가 본단 말인가? 저들의 모습과는 판이하게 다른데….』

그는 중얼거리며 다시 기계조작을 하려고 밖으로 나와, 세포재정렬기 앞에 다가갔다.

그러나 주정화면에는, 단지「변환완료!」라고만 씌어 있었다. 더 이상의 추가 조치를 할 여지는 남아 있지 않았다.

『내가 본 것만이 이들 생물의 모습의 전부가 아닐 것이다. 이 기계가 실수할 리는 없으니 다시 알아보자.』

은하천사는 다시 遠隔探査機(원격탐사기)를 사용해, 이 행성의 생물들의 생활에 대해 잡히는 대로 조사했다.

그 결과 이 생물은, 보통의 상황에서는 본체 외에 별도의 섬유질 거죽을 덮고 생활한다는 것을 알았다. 단지 이 생물은 때와 장소에 따라 곧잘 그것을 몸으로부터 이탈시키는 경우가 있는데, 그럴 때는 보통 때보다 더 즐거워하며 생동감이 있어 보였다.

그러나 이네들이 많이 모여있는 곳에서는 솜처럼 그들 본래의 모습을 찾아보기가 힘들었다. 그러므로 이네들 속에 들어가 있기 위해서는 거죽을 상태가 되어야 함이 분명했다.

그는 곧 물질합성기를 이용해 겉보기에 완전히 저 아래의 생물체들과 같도록 하였다. 에다 이것을 덮어, 겉보기에 완전히 저 아래의 생물체들과 같도록 했다.

착륙 준비가 된 우주선은 보다 낮은 궤도를 선회하면서 마땅한 착륙지를 찾아보았다. 마침내 착륙에 적합한 곳을 찾아내자, 우주선은 生體亞空間傳送(생체아공간전송)의 방식으로 은하천사의 몸을 이 행성 표면의 목표점을 향해 밀어냈다. 우주선은 계속 이 행성의 주위를 공전하면서 대기하기로 했다.

한여름의 暴射(폭사)하는 烈光(열광)은 도로 가득히 타오르는 아지랑이를 만들었다. 거리를 오가는 사람들은 모두 두 눈을 마저 뜨지 못해 그저 위아래 속눈썹 사이의 가물가물한 앞 풍경만을 보면서 쫓기는 발걸음을 옮기고 있었다.

신촌로타리의 한 步道(보도)에서는 이제 갓 스물이 될 듯한 한 여자와 방범원 둘이서 승강이를 벌이고 있었다.

「아저씨들 이것 놔요. 저 갈 길이 바쁘단 말예요.」

「잠깐만이면 된다니까요. 저기 길 돌아서 파출소에 잠깐 들어왔어요.」

「왜 그래야 하는 거죠?」

「아가씨가 이 근처에서 자주 노출이 심한 옷을 입고 다닌다고 신고가 들어왔어요.」

「강도 강간범이나 잡으러 다니시지 그런 할 일없는 사람 말은 왜 들어주세요? 제가 그런데 가야할 이유가 뭐가 있냔 말예요?」

여자는 계속 내뱉었다. 그러자 옆에서 그 동안 말을 적게 하고 있었던 나이 든 방범원이 말했다.

「아가씨, 뭘 잘했다고 그러는 거야. 세상이 자기 혼자 사는 것이 아닌데. 제멋대로 그런 차림새로 쏘다녀노 되는 거예요?」

「왜 안 되는 거예요?」

「남들에게 위오감을 주니까 그렇지.」

「저 만나는 사람들은 전부 예쁘다고만 하던데요?」

「그거야 아가씨 아는 사람들이 앞에서 그러는 거지 모르는 사람은 달라. 피부에 바람을 씨면 씨일수록 요즘 건강 관리도 이렇게 하고 다니는 거예요.」

「배꼽티 입는 건 요샌 흔한 거 아녜요? 왜 나만 가지고 그래요? 피부도 호흡을 한다고요.」

「배꼽티도 배꼽티 나름이지. 이건 원 수영복도 아니고⋯ 어깨도 잔뜩 파여 있고. 그냥 가슴만 덮고 있잖아. 아가씨 같은 여자들이 이렇게들 하고 다니니까 성범죄들이 끊이질 않는 거라고. 아가씨 같은 사람은.」

「그런게 무슨 관계가 있어요? 아무나 탐나는 것이 보인다고 해서 그냥 자기 맘대로 해서 자기 몸을 보여준다고 해서 자기를 가져도 좋다는 뜻은 절대 아녜요. 그렇다면 저기 지금은 방에 사람들이 보고 다니라고 진열된 보석은 도둑이 훔쳐가도 할 말이 없겠네요. 자기가 가진 것은, 그만한 대가를 받고 내주는 거예요. 반드시 물질적인 것만도 아닌⋯⋯」

「원 참. 말이 많군.」 이봐 어서 이 아가씨 어서 끌고 가.

방범원들은 결국 이 여자를 강제로 끌고 가려 했다.

이 때,

『운선아 웬 일이니? 널 여기서 만나다니…』

거리의 뜨거운 공기를 무릅쓰고 이 진풍경을 보려고 주위에 모여든 몇몇 구경꾼 중에 선뜻 나서서 말하는 이가 있었다.

이 사람은 한 여름에 어울리지 않는 회색의 진 바지와 붉은 셔츠 차림에 노란 캐주얼화를 신고 있었다. 전체적인 인상을 보자면 우선 성별이 모호했다. 남자라면 보통 키이고 여자라면 큰 키라 할 이 사람은 희끗한 얼굴빛이 싸늘해 보이면서도 무척 理智的(이지적)으로 보였다. 淸白(청백)의 눈자위 가운데 맑게 빛나는 黑褐色(흑갈색)의 눈동자를 가진, 반달 같은 운선형의 눈매…. 그 가운데 앞으로 내리 깎아 빚은 듯한 코…. 다시 그 아래의 입술은 화장한 것 같지도 않은데, 새빨갛고 윤기 있게 도톰한 곡면을 이루고 있었다. 꼽게 빗어진 머리카락은 귀밑까지 닿아 있는데 끝은 조금 말려 올라가면서 가벼운 물결을 이루고 있었다.

하지만 그가 내는 목소리는 女子의 소리였다. 그다지 관심 깊게 살펴보지는 않는다면, 그냥 미모의 늘씬한 여자가 남자 같은 옷차림을 하고 있는 것으로 보아 넘길 수 있었다.

그는 이 아가씨, 그러니까 운선을 향하여 눈을 찡긋했다.

전혀 모르는 사람이 난데없이 자기 이름을 부르며 마치 잘 아는 사이인 것처럼 다가오니, 운선은 순간 당황했다. 하지만 지금은 상황이 상황이니 만큼, 그녀는 임기응변으로 대응하기로 했다. 이 사람의 인상으로 봐서 그저 호락호락한 보통 사람 같지는 않다. 뭔가 기대된다. 자초지종은 나중에 알아봐도 된다.

『어마! 언니, 오랜만이야….』

『왜 여기서 방범원 아저씨들이랑 싸우고 있니?』

『내 옷 입은 것 가지고 자꾸들 그러시는 거야….』

『아가씨 아십니까?』 방범원 중 젊은 자가 나서서 물었다.

『예 그런데요. 웬일이죠?』

『보면 모르십니까? 이렇게 노출이 심한 옷을 입고 다녀서 거리에 풍기문란을 조장하고 있습니다. 친척이나 선배 되신다면 각별한 지도 부탁드립니다.』

그는 이 말을 듣고도 잠시 그대로 멍하니 있었다. 곧바로 여자에게 무슨 말을 하지 않는 것을 보면 누가 봐도 그렇게 가까운 사이는 아니라는 것을 알 수 있었다.

「이상하다. 내가 얼핏 본 이네들의 마음속은 그렇지가 않았던데….」

이해가 가지 않는 그는 다시, 앞에 보이는 사람들을 하나 하나의 마음속을 자세히 읽어 봤다.

「하 참 셰시하다. 좀 더 구경하다 가야지.」

「음, 좀 신경 쓰이긴 하지만 괜찮은데….」

「그 아가씨 봄매 참 잘빠졌다. 이런 건 되도록 보여줘야지 감추고 다닐 필요가 없잖아.」

「잘 됐다. 그냥 지나가는 걸 계속 쳐다보기는 민망하지만, 이렇게 싸우는 걸 구경하는 척하면서 실컷 보니까 좋다.」

거의가 운선씨 모습을 보면서 마음속으로는 기분 좋아하고 있는 것이었다. 심지어 그녀를 연행하려는 두 방범원 소차도 마음속으로는 가벼운 즐거움을 느끼고 있다는 것을 그는 알 수 있었다.

「너 지금 그히 가야할 데가 있니? 빨리 해결해야지. 나도 같이 가자. 난 지금 시간이 남거든.」

그는 다시 눈을 찡긋하며 운선에게 뭔가 암시했다.

운선은 수순히 두 방범원을 따랐다.

「보호자 되시면 같이 갑시다.」 방범원들도 그의 동행을 허락했다.

둘이는 방범원을 따라 근처의 파출소를 향해 갔다. 주위에 있던 구경꾼들도 흩어졌다.

얼마간 가던 도중에 그는 운선에게 살짝 다가가 귓속말했다.

「화장실 가시 않겠니?」

운선은 이 에상 밖의 낯선 협조자의 눈치를 어렵지 않게 파악했다. 벌써부터 이 두 사람은 정말로 잘 알고 지내는 사이 같았다.

「아저씨들, 저 잠깐 화장실 좀 갔다 올께요.」

「조금만 더 가서 파출소 화장실 쓰면 되잖아?」 젊은 방범원은 짜증스럽게 말했다.

「아녜요. 급해요. 지금 해결해야 돼요. 아저씨들과 싸우느라 그 동안 참았어요.」

「잠깐 갔다오게 하지.」 나이든 방범원이 말했다.

「그럼 요기 이 건물 안에 들어갔다 올께요.」

운선이 길 옆 건물로 들어가자 방범원들도 건물의 열려진 유리 현관문들 따라 들어갔다.

「쳇, 두말 안 가요. 뭘 숙녀 화장실 가는 데까지 따라 들어오려고 그래요?」

『말이 많아. 우린 화장실 문 밖에서 있을 거니까 얼른 보고 나와.』

화장실은 건물 이층으로 올라가는 계단이 꺾어지는 곳에 위치해 있었다. 그녀가 화장실의 바깥문을 열고 들어가면서 문을 닫으려 하자 젊은 방범원은 말했다.

『그 문 닫지 말아.』

『어머머 참 별꼴이야! 뭘 볼게 있다고 그러는 거예요?』

이 때 그가 다시 나섰다.

『마침 나도 화장실 가야 했는데 같이 들어가자.』

둘이 들어가면서 다시 문을 닫으려 하자 젊은 방범원은 문을 붙잡으려 했다.

『정말 그러면 성희롱죄로 고발할 거예요.』

운선이 쏘아붙이고, 그도 슬쩍 안 좋은 눈치를 보내자 방범원은 멈칫하고 물러섰다. 나이든 이가 말했다.

『놔두게. 공연히 쓸데없는 문제 만들지 말고. 우리가 뭐 간첩 연행이나 하는 것이라면 몰라도.』

『화장실을 보니까 소변기 위에 큰 창문이 있어요. 거길 통해 달아날 수도 있잖아요.』

『비밀 공작원도 아닌 여자가 그렇게까지야 하겠어?』

방범원 둘은 건물 현관에서 잠시 기다리기로 했다.

화장실 안에 들어오자 그는 운선의 손을 덥썩 잡았다.

『잠시 가만히 있어 봐...』

바깥에 기다리고 있던 방범원들은 한참을 기다려도 그들이 나오지 않자 이상하게 느껴졌다.

『들어가 봐야겠는데요.』

『재들이 시비 걸면 어쩌지?』

『여긴 본래 남녀 공용 화장실인데 뭐가 어때요? 한 번 가 봐야겠어요.』

젊은 방범원은 화장실 바깥문을 열고 안을 들여다봤다. 아직도 그들은 나오지를 않았다.

그는 들어가서 두 개의 작은 문들 중에 하나를 두드렸다. 그러나 대답은 없었다.

「이것들이 산 통 안에 들어간 거 아냐? 그러나 그 안에서···」

다시 그 옆의 작은 문을 몇 번 두드렸다. 그러나 대답은커녕 인기척도 없었다. 순간적으로 참을 수 없는 호기심이 발동한 그는, 에라 모르겠다 하며 작은 문을 확 밀쳤다.

그러나 그 안에는 아무 것도 없었다.

뒤따라 들어온 나이든 대원도 화장실 안에는 이미 아무도 없다는 것을 보았다.

「그러기에 내가 뭐랬어요. 벌써 도망쳐버리지 않았어요?」

「미안하네. 하지만 뭐, 별 대단한 범죄자도 아닌데 그냥 가지 뭘–」

「그래도 참- 이제까지 헛수고 한 것밖에 더 돼요?」

젊은 방범원은 입맛을 다셨다.

「이번은 참 좋은 기회였는데···」

사실 그는 먼저 이 부근에 파견 나오기 시작하면서부터, 가끔가다 눈에 띄었던 그녀를 눈여겨보아두고 있었다. 그렇지만 마땅한 계기가 없어 벼르던 참에 이번에 정말 좋은 구실이 생겼다고 기대했는데 놓친 것이었다. 그 여자를 파출소에 데려다 놓고는 적당한 때 접근해서, 「잘 봐줄 테니 그 대신 어디서 한 번 좀···」하려 했던 것이었다.

화장실의 창(窓)에는 창틀에 붙은 수북한 먼지가 그대로 있었다. 그 밑의 소변기에는 어떤 발자국 같은 것도 보이지 않았다. 물론 방범원들은 그런 것을 살펴보고 의문을 품을 만큼까지 생각이 미치지는 않았다.

두 사람은 그녀를 한참 벗어나서, 어느 야산 기슭의 풀밭에 한동안 홀연히 나타났다.
이 여자 분(盆)은, 자기가 당한 일에 대한 놀라움에 한동안 정신을 차리지 못하고 멍하니 서 있었다. 잠시 후 정신을 가다듬은 그녀는 곧 옆에 있는 수수께끼의 낯선 이에게 물었다.

「당신은 도대체 누구예요? 초능력, 초능력 말은 많이 들어보고 실제로 보기도 했지만 이런 엄청난 초능력은 체험은커녕 들어 본 적도 없었어요. 당신은 이 세상 사람이 아닌 것 같아요. 혹시 외계인 아녜요? 그렇죠?」

운선의 둥그스름한 얼굴의 동그란 눈이 더욱 크게 떠졌다. 손가락을 들어 바로 앞의 그를 가리키고 다그치듯 말하는 질문에 그는 무표정하게 조용히 대답했다.

「아직은 밝힐 수 없어요. 나중에 때가 되면 저절로 알게 될 거예요.」

그는 다름 아닌, 지구에 내려온 은하천사였다. 운선은 자연스레 말을 이었다.

둘이는 그대로 풀밭에 나란히 앉았다.

「어쨌든 곤경에 빠진 저를 구해 준 것은 감사해요. 그런데 당신이 이 곳에 와 있는 목적은 무엇이죠?」

「별다른 것은 아니고 그냥 여행길에 두루 견문을 얻고 싶었는데, 말벗할 사람이 필요했어요. 그러던 중 아가씨가 내 눈에 띄었던 거예요.」

「당신은 어디서 왔고 어디로 언제 돌아갈 것이죠?」

「아가씨는 요?」

「예 저라뇨? 보시다시피 그냥 여기 살고 있잖아요?」

「여기서 살기 전, 당신은 어디서 왔고 또 어디로 언제 돌아갈 것이냐고요?」

운선은 잠시 어리둥절했다가 곧 그 말뜻을 받아들였다. 그녀 자신도 역시 대답할 수 없는 질문이지 않는가?

「으음……. 전……. 몰라요. 내가 어디서 왔고 또 나중에 어떻게 될지……. 언제 어디로 돌아갈지는 저도 모르죠. 하지만 당신은 그런 것들을 다 알 것만 같은데요.」

「글쎄, 어쨌든……. 지금 말하기는 곤란하다고 했잖아요. 나에 대해선 묻지 말아줘요. 그대신 내가 묻는 것들에 대해서 잘 대답해 주기만 하면 나는 아가씨가 원하는 것을 많이 해 줄 수 있을 거예요.」

운선은 기대되었다. 자기를 붙잡으려는 방범원들을 따돌리고 이 곳으로 옮겨줄 정도의 초능력자가 자기를 위해서 많은 것을 해 주겠다니. 당장 떠오르는 궁금증들은 일단 접어두기로 했다.

『그래요. 저도 일일이 귀찮게 따지는 거 안 좋아하니까, 우선 그냥 잘 알고 지내죠. 아시겠지만 제 이름은 운선(雲仙)이라고 해요. 구름(雲)위의 仙女라는 뜻이죠.』

『그래요. 서로의 신분에 대해서는 차차 알게 될 테니 우선은 서로가 그냥 친해지는 것이 좋지 않겠어요?』

『근데. 어떻게 부를까요? 언니…?』

그를 가까이 자세히 본 운선에게는, 우선 이 사람의 성별부터가 의문스러웠다. 지금 그의 목소리는 시내에서 본 것보다는 많이 가라앉아서 여자보다는 남자의 소리에 가까웠다. 시내에서는 별로 눈여겨보지 않고 있었지만 가까이 본 그의 모습은 그저 여자로 넘길 수는 없었다. 여자의 얼굴이라고 하기에는 얼굴의 선이 굵고 인상이 강했다. 악수하듯이 잡아본 그의 손도 여자의 손이라기에는 너무 폭이 넓고 손가락 마디가 굵었다.

그의 얼굴은 나이를 알아보기도 힘들었다. 전반적으로 고결한 기품이 느껴지는 인상의 이 사람은, 어찌 보면 속세의 때가 전혀 묻지 않은 二十代의 순결한 청년 같기도 하고, 달리 보면 깊은 철학적 사색에 빠져 있는 四十代의 인텔리 같기도 했다.

『뭐가 좋은데요?』

『예 뭐라니요? 그건 당신이 알려줄게 아녜요?』

『그래도 운선 씨가 좋은 것으로 해야지요.』

따지고 보면 그렇다. 그는 도대체가 어떤 사람인지 구분할 수가 없었다. 언니라고 할 만한지 아니면 오빠 혹은 아저씨 같기도 하고… 보는 사람이 마음속으로 어떤 선입감을 가지고 본다면 곧 그렇게 보일 것만 같다.

『몰라요. 그냥 아저씨라고 하지요. 어때요?』

운선은 자기가 원하는 부류의 사람으로 그의 신분을 지정했다.

『그래요? 그럼 그렇게 불러요.』 은하천사는 답했다.

아직 해가 질시간은 안 되었으나 저 앞의 산봉우리에 해가 가려서 벌써 이 곳은 어둑어둑해지기 시작했다.

운선은 한기를 느껴 몸을 으스스 떨었다.

『추워요?』

『예, 좀 추워요. 오늘 낮에는 너무 더워 이렇게 입고 나왔는데 뜻밖에 이런 곳에 있다 보니 배가 너무 쌀쌀해요.』

운선은 흰 핫팬츠에 노란, 소매 없는 윗도리를 입었는데 셔츠는 가슴 부분만을 가린 채였고 배는 그대로 노출되어 있었다. 거의 투피스 수영복에 가까울 정도의 옷차림이었다. 검은 생머리는 어깨까지 닿아 있었다. 얼굴은 구리빛의 건강한 황갈색으로 타 있었고 반짝이는 눈을 비롯한 이목구비는 야무지게 띠끈(요철)이 분명했다.

『여길 뭐라고 하지요?』

은하천사는 운선의 가운데 넓게 노출된 부위를 손가락으로 가리키며 물었다.

『농담하는 거예요? 배지 뭐예요?』 운선은 바람 빠지는 목소리로 답했다.

은하천사는 그곳에 얼굴을 더 가까이 들이내고 중얼거렸다.

『이 가운데 있는 자국은 射出成形(사출성형)을 하고서 남은 것 같은데···.』

은하천사가 하는 말은 그의 생각이 이 곳의 언어로 자동 전환되어 나오는 것이었다. 따라서 그는 이곳의 여러 사정에 대해서는 모른다고 해도 이 곳의 말은 저절로 할 수가 있게 되어 있었다. 만약 그가 자기 배의 위치에 통증을 느꼈다면 배가 아프다고 말할 수 있을 것이다. 그러나 지금 그는 단지 운선의 배 부분을 가리키며, 거기에 대한 의문을 품는 것이었다. 상대방의 몸에 대해서는 그 감각이 없으니 그의 말이 무슨 말인지 몰라 어리둥절했다.

운선은 처음에 이윽고 알아듣고는, 기가 막힌 듯 입을 벌리다가, 곧 그가 가리킨 곳을 붙잡고 자지러지게 웃었다.

그러다가 그의 웃는 소리가 커지자 그는 말했다.

『정말 아저씨 별난 사람이네. 아니, 하긴 우리가 쓰는 플라스틱 제품들도 다 배꼽이 있으니 마찬가지긴 하죠. 후후.』

『쉿 조용히 해요. 너무 떠들지 말고.』

『어머, 이 근방엔 아무도 없는데 무슨 상관이에요. 아저씨는 제 소리도 듣기 싫으세요?』

『그게 아니라 옆에 나무들이 무서워하잖아요? 그러면 우리가 필요한 산소를 이네들이 덜 내뿜게 돼요.」

「그런가요?」

운선은 이미 초능력을 보여준 사람의 말이니 그대로 따랐다. 은하천사는 다시 조용히 운선에게 물었다.

「그렇다면 배라는 곳은 사람의 몸에서 무슨 역할을 하는 곳이지요?」

운선은 계속 황당했으나, 이 사람은 어떤 별세계의 사람이라고 짐작되는 만큼, 그냥 말을 계속 받아주기로 했다. 우선 이 사람의 바램을 들어주어 이 사람으로부터 얻을 수 있는 것부터 얻고서 그 정체를 알아봐도 될 것 같았다.

「배라는 곳은……. 먹은 음식을 소화해서 우리의 몸 전체를 움직이게 하는 열량을 만드는 곳이지요. 그러니까 우리 몸의 중심이지요.」

「그렇죠.」

「배가 그런 역할을 맡는다면 식지 않도록 열을 가해줄 필요가 있겠네요?」

「그래요.」

「그러니까 추운 지방의 동물들은 몸에 털이 많이 나 있어서 배를 따뜻하게 하죠. 반면에 더운 지방의 동물들은 털이 적게 나 있고…. 그리고 온대 지방의 동물들은, 겨울에는 털이 많이 나서 배를 따뜻하게 덮고 여름에는 털이 적게 나서 배를 시원하게 하죠. 우리, 사람들도 마찬가지예요. 추운 지방에 사는 사람들은 옷을 두껍게 입고 더운 지방에 사는 사람들은 옷을 얇게 입거나 별로 안 입죠. 계절이 변하는 우리 나라에서는 추우면 옷을 두껍게 입고 더우면 옷을 얇게 입고.…. 하지만 요즘 날씨는 너무 더워서 이렇게 배를 완전히 내놓을 정도로 더워요. 배를 내놓을 정도로 더우면 다른 부위는 뭐하러 옷을 입어야 시원해요.」

「그런데 이상하네요. 배를 내놓는 옷을 걸치고 있는 건가요?」

그의 질문이 더해졌다. 운선은 이제는 당혹감 대신 재미를 붙였다.

「후후, 그럼 아저씨는 왜 옷을 입고 있어요?」

「나야 내 생각이 없이 그냥 남들 하는 대로만 따라서 입고 있으니 그렇지요. 하지만 자기 생각이 다르다면 다르게 입어볼 수도 있는 것 아니겠어요?」

사실 은하천사의 옷 선택은 그 자신의 의사는 전혀 반영되지 않았다. 우주선의 자동 환경 적응

장치에서 이 곳의 여건에 맞는 異物質 껍데기를 임의로 만들어 준 것일 뿐이었다.

『제 생각도 그래요. 그런데 지금 옷을 걸치고 있는 디운 것이랑 상관없이 가리고 있어야만 해요. 이것마저도 안 입으면 정말 큰–일이거든요.』

『큰일이라니요?』

『아까 봤지요? 내가 옷을 너무 적게 입었다고 했던 거. 그 정도 가지고도 그렇게들 난리인데, 요기까지도 안 입으면 아주 확실히 잡혀갈 거예요.』

『왜 잡아가지요?』

『몰라요. 나도 따져보기 싫어요.』

『아까 그 사람들하고 한 얘기가 뭐죠?』

『뭐가요?』

『그....뭐 금은방 얘기 말예요.』

『아, 그거요? 예전에 어떤 신문에서 읽은 얘기가 생각이 났거든요. 여자들의 지나친 노출이 남자들의 성폭력을 불러일으킨다는 어떤 남사의 견해가 신문에 나왔어요. 그러자 어떤 여자가 투고해서 말하기를, 그렇다면 금은방에 남들 보라고 훤히 보석을 진열해 놓는 행위는 도둑으로 하여금 훔칠 마음을 불러일으키는 것이니 금지해야 된다는 말이냐고 했어요. 도난 사건 나면 금은방 주인에 책임이 있다는 말이 되는 것이냐고....그 말에 저는 무척 공감이 갔어요. 다시 잘 얘기하자면, 자신의 소유인 어떤 소중한 것을 자랑하고픈 마음은 누구나 당연히 있는 것이 아니겠어요? 그리고 만약 그것을 탐내는 이가 있다면, 그 사람은 그 소중한 것의 주인에게 정당한 대가를 지불하고 그것을 받아야 하지요. 그 정당한 대가는 반드시 물질적인 것만은 아닌 것이지요. 이를테면....훗.』

『그럼 원하는 대가는 뭔가요? 들어보니 성폭력이라는 것은 몸의 주인인 여자에게서부터 허락을 받지 않고 그 몸을 훔치는 것을 뜻하는 것 같은데...어떤 경우가 되어야 여자는 자기 소유의 몸을 상대방 남자가 빌어 가져도 좋다고 허락하나요?』

『글쎄, 여러 가지 복잡한 중간 설명이 있을 수 있지만. 결론적으로는, 한마디로 말해 사랑이라고 할 수 있지요. 여자의 몸을 한 남자가 공유할 권리를 가지기 위해서 치러야 할 그 대가는 바로 사랑이죠.』

「그렇다면, 그런 것, 사랑을 얻기 위해 운선 씨도 그렇게 노출을 하고 다닌단 말이죠?」

「꼭 그런 것을 얻기 위해서라기보다는, 말하자면 그렇게 해석을 할 수 있으니까 너무 사람들이 멋대로 저극한 해석을 하지 말아달라는 얘기이죠.」

「그렇듯이 시신의 아름다움이 되도록 밖으로 내보이고 싶어하는 여자들은, 자기의 재산을 진열대 위에 올려놓고 고개를 기다리고 있는 상태라고 볼 수 있겠네요?.」

「그렇게만 해석한다면 비약이겠지만... 아무튼 그런 행위와 일맥상통한다고 볼 수 있겠죠.」

「그럼요 만약 행복한 것이라면 보여주는 것이 善行이 아니겠어요? 온 우주의 어느 생물치고 자기 동족의 참된 모습을 그대로 보고싶지 않아 하는 생물이 있겠어요? 그 욕망은 지극히 자연스럽고 당연한 것이에요.」

「후훗, 그럼죠. 그런데 사람들 생각이 모두 똑같지는 않으니까 문제죠. 적어도 겉으로는 사람들은 인간의 참모습을 논할라치면 곧바로 性하고만 결부시킨단 말예요. 꼭 그래야 할 이유가 없는 건데.」

다시 은하천사는 운선의 두 팔을 가리키며 중얼거렸다.

「여기가 한 쌍의 上部 돌기로구나. 그리고 그 가운데 있는 둥그렇게 튀어나온 부분에서는 말소리가 나오고 공기가 들어갔다 나온다... 그렇다면 바깥 세상과의 교류를 여길 통해서 하는 것이니까, 여기 외부와의 접속 부위라고 할 수가 있겠구나... 그래서 다른 부분은 거죽으로 덮고 여기 이곳을 외부와의 교류를 위해 밖으로 나와 있구나.」

「아니, 그렇게 어렵게 표현할 필요 없이, 요긴 그냥 머리라고 하면 돼요.」

운선은 오른손으로 자기의 얼굴을 가리키며, 「그리고, 여기 이 말하는 기관은 또한 음식물을 먹는 일도 해요. 그러니까, 외부로부터의 에너지源(원)을 받아들이는 역할도 한다는 말이죠.」라고 설명하고는 계속해서 눈, 코, 귀를 가리키며 말을 이었다. 「여기서는 바깥 세상에 대한 정보를 빛으로 느낌으로 알아내고요. 여기서는 바깥 세상에 대한 정보를 공기의 떨림을 감지해서 알아내죠.」

펴보고요, 그리고 여기서는 바깥 세상에 대한 무릎을 올려 가지런히 세워 있는 운선의 연황빛 두 다리를 설명을 다 듣은 은하천사는 이번에는, 내려다보며 중얼거렸다.

「이 둘은 下部돌기라고 말할 수 있겠는데... 이쪽에도 둘 사이에 무엇이 있음직 한데...

별로 보이는 게 없네…」

「있는 사람도 있고 없는 사람도 있어요.」

말하고 나서 운선은 고개를 두리번거리더니, 손바닥을 내보이며 기다리라는 표시를 했다.

「잠깐만요. 저 좀 쉬하고 올께요. 더 못 참겠어요.」

「왜요?」

「여태 참았어요?」

「뭘?」

「오줌 좀 누어야 한다는 말예요.」

「오줌이 뭔데요?」

운선은 피식 웃으며 대답했다.

「몸 안의 불필요한 찌꺼기를 물에 타서 내보내는 거예요.」

은하천사는 우주 어느 곳에나 공통될 수 있는 개념 언어나 형용사는 쉽게 구사할 수 있었다. 그러나 어느 특정한 지방에서 어느 특정한 것을 가리키는 이름은 알아듣기에 시간이 걸렸다.

「어디로 나오는데요? 나올 만한 곳이 없는 것 같은데…….」

「아이 참. 요기 아래서 나와요.」

운선은 집게손가락을 들어 살짝 아래로 가리켰다.

「그래요? 그러면 그 쪽 하부 돌기의 사이도 몸 안과 외부 세계를 이어 주는 접속부라고 할 수 있겠네요. 그런데 왜 하필 그 곳을 그렇게 두꺼운 껍데기로 막아 놓고 있어요? 찌꺼기를 제 때 빨리 내버리지 않으면 몸에 해로울 텐데.」

「아이, 몰라요. 어쨌든 잠깐 기다려요. 저기 바위 뒤에 갔다 올테니.」

은하천사가 계속 그녀에게 관심을 집중하니, 屈折視力(굴절시력)이 작용하여 바위 뒤에 숨은 그녀의 모습이 그대로 보였다. 下部의 이물진 껍데기를 풀어 내리고 몸 안의 노페물을 물에 흘려 배출하는 그녀를 볼 수 있었다.

운선은 곧 돌아왔다. 은하천사는 궁금함을 이기지 못해 운선에게 다시 물었다.

「이런 건 나와야 할 때 즉각 나오도록 해야 하지 않나요? 그런데 왜 이렇게 겹겹이 가리고 있죠? 왜 다른 곳보다 하필이면 출력 부위를 막아 놓아서 물질대사가 제 때 원활히 이뤄지지 못하게 하고 있죠?」

운선은 ㅇㅇ음을 참으며 대답했다.

「아저씨 말이 맞아요. 근데 이 세상은 합리성으로만 사는 것이 아녜요. 아저씨 살던 곳은 어땠는지 몰라도…」

그녀는 비로소 주위를 둘러보았다.

「여기가 어니죠?」

그가 즉시 대답을 하지 못하자 운선은 곧 다시 말했다.

「참, 나도 모르는 곳인데 아저씨가 알 수는 없겠지. 우리가 어떻게 이동한 거죠?」

「아까 있던 곳에서 가장 가까우면서 주위에 사람이 보이지 않는 곳을 택했어요.」

「그러면 기껏해야 서울 근교이겠네요. 이젠 날도 어두워지니 어서 마을로 내려가야겠어요. 저 아래 지나가는 버스를 타면 서울로 갈 수 있겠어요.」

은하천사 노봉을 일으켰다. 둘은 같이 산길을 내려와, 버스 정류장이 있는 곳에 다다랐다.

「그럼 우리 다음에 다시 만나기로 하고 여기서 헤어지기로 해요.」 은하천사는 걸음을 멈추고 말했다.

「어머, 벌써 가요? 아직 초저녁도 안 됐는데.」

「난 이만 가야 해요. 그럼 다음에 봐요.」

「아저씨는 이디로 갈 건데요? 여기서는 버스 타는 것 말고는 나갈 수가 없을 텐데.」

「그런 건 모지 않기로 했잖아요? 어쨌든 오늘은 그냥 가요.」

「아 참. 아저씨는 여기도 단숨에 왔는데 그런 걱정은 할 필요 없겠네. 그럼 내일은 만날 수 있어요?」

「그래요. 내일부턴 언제라도 시간이 있어요.」

「그럼 내일 어디서 만날까요?」

「아무데라도 괜찮아요. 내가 가는 데 걸리는 시간은 다 똑같으니까.」

「그럼 내일 가만있자. 우리가 처음 만난 곳은 또 그 아저씨들에게 걸릴까 염려되니까. 내일 오후 서울에 대학로의 벌꿀 다방에서 만나요. 참 또. 아저씨가 거길 어떻게 찾을 수 있을까 염려되는데….」

— 402 —

『괜찮아요. 운선 씨가 있는 곳으로 가면, 되니까요.』

운선은 이 사람의 능력을 믿었다.

『아저씨는 그럴 수 있겠어요. 그럼 위치를 설명 안해도 되겠네요. 어쨌든 내일 내가 말한 곳에서 기다릴 거예요.』

흙먼지를 뿜으며 버스가 왔다. 운선은 손을 흔들며 올라탔다. 은하천사는 가는 버스를 잠시 바라보다가 걸음을 돌려 야산 속으로 향했다. 그는 얼마간 이 곳의 식물들의 모습을 신기한 듯 살펴보고 만져보고 하면서 걸었다. 그러다가 어느 순간, 갑자기 모습을 감추었다.

銀河天使는 다시 우주선 안으로 들어와 있었다. 선내로 들어오자마자, 그는 우선 거추장스러운 겉껍데기를 제거했다. 이런 불편한 것을 왜 꼭 덮고 다니는지 가벼운 의문이 일었다. 이 곳의 생활에 더 알맞은 형태로 자기의 몸을 개조시킬 필요가 있다 한 번 내려가 보고 나니, 생각되었다.

세포재정렬된 그의 모습에는 그의 정신의 類型(유형)만이 반영되었을 뿐, 나이와 성별 등의 다른 조건들이 반영되지 않았다. 이 때문에 극도의 이지적 용모를 제외하고는, 이 곳 인간 모습의 평균을 취하고 있었다.

그는 가만히 자신의 모습을 돌아보았다.

이 곳 인간 생물의 모습을 본뜬 은하천시의 몸은, 양 상부 돌기의 사이에 크게 솟은 감각 기관 밀집 부분이 있고, 그 아래로 매끄러운 고면을 타고 내려와 한 쌍의 봉긋하게 융기(隆起)한 부분이 있었는데 그 모양은 보기에 썩 좋았다. 아래로 더 내려가면서 몸통의 폭이 어느 정도 좁아지더니 중앙에는 시추성형의 자국이 있고, 하부 돌기가 가까워지면서 폭이 다시 늘어났다. 양 하부돌기 바로 위의 하체부는 앞은 밋밋하지만 뒤는 상당히 정교한 半球(반구)를 한 쌍 그리고 있었는데 이 부분 또한 퍽 매력적이었다. 물론 은하제국 사람 본래의 고결한 모습에는 미치지 못하지만 이 구석진 곳의 생물도 이 정도나마 미를 갖추고 있다는 것은 조그만 흥분을 주었다.

「가만있자. 그 인간 개체가 나보고 아저씨라 불렀었지. 그렇다면 같은 인간 중에서도 그렇게 불리는 개체들의 모습을 본떠야 하지 않을까.」

그는 선니의 정보분석기를 통해, 이들 인간세계에서 통칭 아저씨라 불리는 집단에 속한 인간 개체들의 몸에 대한 정보를 원격 추출했다. 그리고 그들을 자기의 몸과 비교해 보았다.

그런데, 보니까 이들 아저씨라 불리는 집단에 속한 자들은 전반적으로 몸체의 균형이 맞지를 않아서, 대부분 보기에 썩 좋지가 않았다. 가끔가다 상당히 보기 좋은 개체도 있었으나 극소수에 불과했다.

그는 아저씨라는 인간들 중의 평균형으로 자기의 몸 모양을 바꾸기가 꺼려졌다.

하지만 이런, 남녀평균의 몸으로는 이곳 사회에서 제대로 지낼 수가 없을 것이다. 때와 장소에 따라서는 겉껍데기를 제거해야 하는 경우가 적지 않기 때문에... 그래서 자연스러울 정도로 몸을 바꾸기로 했다.

은하천사는 자기의 몸과 아저씨라 불리는 인간들의 몸의 평균형으로 자기의 몸 모양을 더욱 자세히 비교했다.

이 사람들도 정도의 차이가 있을 뿐, 몸 윗부분이 융기된 개체가 더 보기 좋은 개체로 분류될 수 있었다. 오히려 이들 중에서도 어느 정도 가슴이 융기된 것이 다르긴 했지만, 그 자신의 가슴도 아주 여자의 모양으로 생기진 않았으니 얼핏 보아 크게 다르지 않았다.

그는 이곳, 그대로 놔두기로 했다.

문제는 하체부였다. 아저씨라 불리는 그룹은 보기 좋은 개체나 보기 싫은 개체나 모두 앞면 중앙부가 첨예히 융기되어 있었다.

그러나 은하천사의 하체부는 이들 생물 전체의 평균형으로만 만들어져 있었고, 아저씨들처럼 솟아오르지도 않은 모호한 형태였다. 하체부는 반드시 융기 혹은 아줌마들저런 푹 패이지도, 아저씨들처럼 솟아오르지도 않은 모호한 형태였다. 하체부는 반드시 융기 혹은 인간 생물 개체 중에 하체부가 이렇게 되어 있는 개체는 거의 없었다.

- 404 -

은하천사의 칠일간사랑

은 함몰(陷沒) 두 가지 중 하나만을 취하여만 정상적인 개체라고 할 수 있었다.
은하천사에게는 陰陽(음양) 中의 擇一(택일)이 요구되었다.
「먼저 본 운선이라 하는 인간 개체의 하체부는 함몰되어 있었지... 그렇다면 그녀와의 음양 조화를 위해서...」
은하천사는 하체의 前面(전면) 중앙부만은 아저씨라 불리는 개체들의 형태를 따라 융기 상태를 취하기로 했다. 나머지는 그대로 두었다.
결국 그의 몸은, 성기만은 남자를 따랐으나 가슴이 남자와 여자의 평균 정도로 반쯤 나오는 등, 몸매 전체는 지구인 이의 평균을 취하게 되었다.
다시 그녀와 만날 약속 시간이 되었다.
은하천사는 약속 장소에 가기 위해 다시 아공간 생체 전송을 했다.

쭈日 오후 대학로는 사람이 그다지 북적이지 않았다.
광장에서 조금 들어간 안 골목의 소극장이 있는 어느 5층 건물, 그 안의 2층 화장실에서는 안으로 들어간 적이 없었던 한 청년이 밖으로 나왔다.
그는 물론, 지구인으로 나타난 은하천사였다.
계단을 내려가던 그에게는, 마침 이 건물에서 공연하는 한 연극의 선전 벽보가 보였다. 그는 잠시 걸음을 멈추었다.
벽보에는 한 여자가 앞에 나와 앉아 있었고 배경에는 여러 사람들이 일렬로 늘어서 있는 모습이 보였다. 늘어선 사람들은 나체로 뒷모습을 보이고 있었는데 어깨 위를 가려서 보이지 않았다.
「앞에 앉아 있는 여자는 上接續部(상접속부)를 노출시켜 보이고 있고 뒤에 늘어서 있는 남자들은 下接續部(하접속부)를 노출시켜 보이고 있다. 이렇듯 상하 접속부는 지구인의 몸에서 키-포인트가 되니 예술적 이미를 나타낼 때 강조하는 부위로구나. 이렇게 두 군데의 접속 부위에 의해서 몸의 악센트가 주어지는 것은 흥미롭다."

그는 사무 이네들의 몸 구조에 대한 好奇感(호기감)을 가지며 계단을 내려왔다. 연달아 붙어 있는 다른 연극 선전 벽보들에도 눈길이 갔다.

그러나 다른 벽보들은 상접속부는 모두 노출시킨 모습을 하고 있지만 하접속부가 노출된 것은 거의 없었다. 오히려 다른 모든 부위를 다 노출시켰다고 해도 유독 하접속부만은 가리는 것이었다.

"아까 화장실에서는 칸칸이 있는 별실 안에서 모두들 상하 접속부를 고루 노출시켜 외부와의 물질 교류를 하던데... 하접속부는 꼭 필요할 때만 바깥 공기를 쐬게 하는구나. 그 이유가 뭘까...?"

그는 생각하니, 공원을 가로질러 어제 운선과의 약속 장소로 갔다.

운선은 이 날은 전날의 배꼽티를 입지 않고 흰색 반소매 상의에 청바지 차림으로 약속한 다방에 들어오고 있었다.

"안녕, 잘 있었어요?"

먼저 앉아 있던 그는 인사를 했다.

"어머, 내가 여기 오기 전까지 이리저리 서성대고 있었는데 좀더 일찍 올걸 그랬네요."

"아녜요. 나도 방금 왔어요."

"어제 깜빡 시간 약속을 정확히 안하고 와서, 무척 걱정했는데...."

"괜찮아요. 어젯밤은 잘 보냈어요?"

"예 잘 보냈어요. 어젯밤 내내 아저씨 생각하며 혼자 우스워서 혼났어요."

운선은 커피를 시키고, 앉은자리에서 그에게 어깨를 좀더 가까이 다가갔다.

"우리 자기 소개 좀 하지요. 아저씨는 고향이 어디고 가족은 어떻게 되시죠? 또 직업은?"

"나에 대해서는 묻지 않기로 했잖아요?"

"그래서 자세한 건 안 묻잖아요? 이상과 같이 간단한 사항에 대해서 간단하게만 대답해 줘요."

운선은 그의 기분을 거스르고 싶지 않았다. 그녀는 지금 미지의 초능력 인간인 그와 가까워져서 무언가 얻을 수 있을까 하는 기대에 부풀어 있다.

「그러면 제 소개부터 할까요. 저도 간단히만....」

운선은 몸을 추스르고 자세를 고쳐하더니 말을 이었다.

「전 고향은 요, 부모님 적에 저쪽 南道 시골에서 서울로 올라왔고요. 지금 아빠와 남동생 하고만 살고 있어요. 學生이고요. 모란 대학 디자인 학과 2년 다니다 休學했는데 아마 복학 할 것 같아요. 그냥 내가 할 수 있는 선 이것저것 가리지 않고 아르바이트하며 살고 있어요. 안 다른 남자들과 만날 땐 제 집안 얘기하기가 싫었는데 아저씨는 왠지 저의 사정을 숨기고 싶지 않지네요.」

은하천사는 그녀의 말에 거의 귀를 기울이지 않는 것 같았다. 그러다 갑자기 물었다.

「그런 이야기들을 내게 왜 하지?」

운선은 민망했다. 그것은 상대방에게, 「나는 당신과 친할 마음이 없으니 착각하지 말라」고 하는 뜻이랄 밖에.

그러나 지금 그녀는, 누군가를 어서 사귀려고 하는 처지였다. 어제까지 그녀가 노출이 많은 옷을 입고 다닌 이유도 어서 빨리 남자들의 눈에 띄어서, 원하는 남자가 나서주기를 바라는 마음에서였다. 하지만 그렇다고 해서 아무 남자나 그녀에게 용납되는 것은 아니었다. 지금 필요한 건 그녀의 삶의 질을 지금보다 끌어올려 줄 수 있는 남자다. 그런데 이 남자는 그 바램을 충족시킬 수 있을 것으로 보인다.

「이 사람은 비록 정체가 모호하고 약간의 괴벽까지 있지만, 그래도 이제까지 내가 만났던 그저 그런 남자들하고는 달라. 이 사람이 보여주는 비범한 면면을 따져 본다면, 적어도 내 생활을 이보다 못하게 주저앉게 할 사람은 아닐 거야. 이 사람은 아마도 내 생활에 돌파구를 열어줄 수 있는 사람이 될 거야. 그러니 이 사람에게 마음을 맞추자. 별난 사람은 별난 사람의 생각을 가지고 해야지...」

운선은 그의 질문에 아무런 선입 관념 없이 그대로 답해주기로 했다.

「그건 아저씨하고 친해지고 싶기 때문이지요.」

「처음 만나면 이런 얘기들을 하게 되나요? 이 곳의 사람들은?」

「예. 자기의 소개를 하죠.」

"그런 얘기들이 자기의 소개가 될 수 있을까요?"

"그럼 어떤 얘기를 해야 한단 말인가요?"

"서로의 있는 그 자체를 알려줘야 하지 않은가요?"

운선은 잠깐 어리둥절했다.

그러다 그녀는 그 말뜻을 짐작하고는 다시 正色을 하고 답했다.

"물론 서로의 진실한 마음 그 자체를 제대로 아는 것은 중요하지요. 하지만 그런 것들을 어떻게 금방 알 수가 있겠어요? 그런 것은 알려주려고 해도 당장에는 불가능한 일이에요. 같이 지내고 살아가면서 처천히 하나하나 알게 되는 것이 아니겠어요? 그러면서도 끝내 가까운 사람의 아가미 속을 모르는 경우도 많아요. 열길 물 속은 알아도 한길 사람 속은 모른다는 말이 있지 않아요?"

"서로의 있는 그대로의 진면목을 서로가 알 수가 없다니..."

"그게 그렇게 이상해요?"

가만 생각해보니 그의 생각을 이해할 수 있겠다. 그는 아마 보다 차원 높은 감각으로, 사람을 볼 때 그 자체로서 파악할 것 같았다. 그의 입장에서 본 이곳의 사람들은 마치 저 앞의 물건을 척 봐서 알아보지 못하고 직접 만져봐야 아는 맹인과 같을 것이다.

"그래요, 어쨌든 사람이란 서로의 모든 진실을 한꺼번에 알 수는 없어요. 그러면서 살아가는 것이 또한 이 곳의 인간사회이기도 해요."

"그렇게 사람의 본질과 무관한 사항들을, 서로가 만나면 자꾸자꾸 질문하게 되는 이유가 뭐죠? 그것이 서로를 더 잘 알기 위해서라면 또 그것의 목적이 있을 것 아닌가요?"

"어쩌면 많은 경우 사람을 알게 될 때 상대방 사람 자체보다는 그에 더 붙어 딸려오는 주변의 많은 것들이 더 의미가 있기 때문일지도 모르죠. 서로 사귀어 애인이 되고 결혼을 하는 목적도..."

"결혼을 하면 어떻게 살아요?"

"뭐... 같이 살고... 애기 낳고 살죠."

"애기는 어떻게 낳아요?"

"서로 그걸... 하죠..."

"어떻게 하는 거예요?"

『남자의 거기와 여자의 거기가…』

운선은 손으로 아래로 가리켰다.

『하접속부를 말하는군요. 그럼 그걸 하면서 사는 사람들이 바로 부부라고 할 수 있네요.』

『그렇죠.』

『그렇다면 거기부터 알아봐야 하는 것 아녜요?』

『뭘요?』

『부부가 되어 날마다 접속하는 부위 말예요. 그곳이 잘 호환되어야 원만한 부부 생활이 가능한 것 아니겠어요?』

『하긴….』

운선은 잠시 머뭇하더니 조금 허리를 움츠리고 고개를 들어 그에게 물었다.

『혹시 술 좀 할 줄 아세요?』

은하천사의 몸은 이제 지구인의 한 사람이었다. 지구의 모든 일과를 받아들일 준비가 그는 돼 있다.

『물론, 많이는 아니지만 남들 할만큼은 하지요.』

『저도 술은 좀 하는데….』

『그럼 한잔 좀 마시러 가요.』

지구인의 생활에 대한 호기심이 動해 그는 얼른 답했다. 운선도 기다렸다는 듯이 대답하고 일섰다.

은하천사는 술의 참 의미는 모르고 있었다. 다만 이네들 인간들이 저녁마다 이것을 자주 마시고, 또한 마시고 나면 말이 많아진다는 것을 이 곳의 사정을 원격 탐사로 훑어보았을 때 대충 알아 둔 바가 있었다.

둘이는 다방 계단을 올라가 밖으로 나왔다. 저녁이 가까워지니 길에는 오가는 사람들이 많았다.

술집이 모여 있는 곳은 큰 길을 건넌 편이었다. 신호등을 기다려 큰길을 건넌 후 조금 더 길었다. 운선은 옆의 골목 안으로 그를 끌고 들어가 두 술집이 보이는 곳에서 멈춰 서더니 그에게 물었다.

『어느 쪽을 좋아하세요?』

오른쪽의 술집은 두어 발짝을 걷는 짧은 돌 포장길이 입구에 자리해 있었다. 그 끝에는 흰색의 유리문이 있고 옆으로는 흰 테이블과 의자들이 놓인 테라스가 있었다. 테라스와 술집 내부는 서로 터져 있었다. 흰은은 샹들리에가 노오란 빛을 발하고 있는 그 안의 분위기는 퍽 정갈하고 품위 있어 보였다. 이런 곳은 아마도 애인에게 자기의 세련된 면모를 보여주어 그녀의 마음을 사로잡으려 하는 자에게 알맞은 분위기일 것이다.

왼쪽의 술집은 갈색의 목조 건물같이 보였다. 문 옆에는 커다란 나무 수레바퀴가 놓여 있었다. 문은 반쯤 열려져 있었는데 안에서는 진한 술 냄새가 풍겼다. 그 안의 분위기는 불규칙한 조명 빛과 삐걱거리는 의자 소리 등으로 해서 혼돈의 무질서에 가까워 보였다. 이런 곳은 서로가 理性의 통제를 벗어나, 자기의 속 감성을 단숨에 내게에 적당할 것이다.

은하천사는 그녀를 알기 위해 자기에게 주어진 시간이 많지 않음을 안다. 우선 그녀 하나만이라도 자세히 알아야 이곳 생물체의 면면을 깊이 살필 수 있지 않겠는가.

「난 몸과 마음이 혼돈의 무질서와 같은 불안정한 상태로 놓이는 환경을 좋아해요. 불안정하고 불안정한 것은 그만큼, 다른 외부로부터 더해지는 무엇을 필요로 하며, 그러한 것들은 자연히 서로 결합하고자 하는 성향이 있거든요. 그러니 하나로 남지 않고 둘이 되고자 하는 개체들은 서로의 화학적 결합에 촉매제 역할을 해줄 분위기를 선호할 수밖에 없어요.」

「어머, 간단히 물어 봤더니…… 되로 주고 말로 받네요. 왼쪽으로 가자는 얘기 같은데 그런 구구 절절한 이유까지야……」

운선도 내심 그 쪽을 원했던 것 같았다. 그녀는 은하천사의 팔짱을 살짝 끼고 안으로 잡아끌었다.

술집 안은 이층은 거의 만원이었으나 이층은 자리가 있었다. 어둠침침한 조명의 술집 내부를 빙 둘러서 간이로 설치된 이층의 맨 구석 자리로, 둘이는 삐걱거리는 계단을 딛고 올라 들어가 앉았다.

「안주는 뭘 드실래요?」
「按酒는 술을 다스리기 위해 술과 같이 먹는 음식을 얘기하지요? 그렇다면 알코올 성분을 체내에서 중화시키기에 알맞은 단백질 안주로 시키는 것이 좋겠어요.」
「훗. 그러면……」

운선은 메뉴 판을 보고 여기 저기 훑어 본 다음 물었다.
「우선 소주 두 병하고… 두부 김치, 파전 어때요?」
「그게 어떤 것들인데요?」
「그냥 제가 시킬게요.」

그녀는 옆에 와 있는 종업원에게, 「그러니까, 두부 김치는 고기가 많이 들어있는 걸로 하고, 전은 기름기가 듬뿍 있는 채로 주세요.」 하고는, 이제 정식으로 할말을 하려는 듯 은하천사를 보고,

「아저씨, 그날 저 구해 준 것 감사해요. 좀 기분 내려고 그렇게 입고 나왔는데 그런 일까지 당할 줄은 몰랐어요. 이 술자리 값은 제가 낼께요.」 했다.
「사람들은 다들 보기 좋아하는 것 같던데 왜 잡으려고 그러는 거죠?」

운선은 그가 그렇게 묻는 이유가 주위에 모인 사람들의 마음을 읽었기 때문이라고는 생각지 못했다. 그냥 상식적인 판단에 의한 해석으로만 여겼다.
「그러게 말예요. 지들도 속으로는 좋아하면서. 사실 가끔 그렇게라도 하고 다녀야 내게 좀 재미있는 건수라도 생겨나거든요. 똑같은 여자라도 하고 다니는 차림새에 따라 남자들의 관심의 도(度)가 너무 차이가 나요.」

술과 안주가 나왔다. 안주에는 삶은 달걀이 들어 있었다.
달걀을 본 운선은 문득 생각이 나는 것이 있어 물었다.
「아저씨는 뭐든지 다 아시는 분 같아요. 그럼 하나 물어볼게요. 달과 달걀의 어느 것이 먼저 생겨난 것인 줄 아세요?」
「달걀이 뭔데요?」
「뭐라뇨? 닭의 알이란 뜻이지 뭐예요?」
「닭이 소유하고 있는 알이라는 건가요?」
「뭐요? 푸후후.」

운선은 한 차례 웃고는 다시 설명했다.
「글쎄요. 본디 닭의 소유라고 할 수는 있겠지요. 하지만 인간사회에서 동물에게서 소유권이 인정되지는 않고요. 그냥 닭이 낳은 알이라고 생각하면 돼요.」

「그렇다면, 당연히 닭이 먼저 이 세상에 나왔지요. 달걀이 있다는 것은 닭이 있음으로 해서 일어날 수 있는 상황이니까.」

「하지만 그 닭은 달걀로부터 나오지 않아요?」

「왜 달걀로부터 나와요?」

「닭이 달걀에서 나오지 그럼 어디서 나와요?」

「달걀이 닭이 나오는 알이라는 뜻인가요?」

「그걸 말이라고 해요? 당연하지.」

운선은 뻔한 얘기를 자꾸 물어보는 그가 답답했으나, 다시 생각해보니 의미의 차이가 있었다.

「닭이 낳은 알」과 「닭이 나올 알」은 그 단어의 定義가 다른 것이 아닌가.

「그렇다면, 달걀이 먼저예요. 달걀이 있어야 닭이 나오는데 달걀 없는 닭은 이 세상에 존재할 수 없지요.」

운선은 해답을 얻어냈다. 문제의 요지는 달걀이 무엇을 뜻하느냐에 달려 있었다.

「맞았어요. 결국은 질문 자체가 모호했다는 것이 되네요. 호호.」

시간이 흐르면서 운선은 자기의 지난 이야기를 했다.

「전 말예요, 예전에 아르바이트하던 직장에서 한 남자를 정말 무척이나 사랑했어요. 그런데 그 사람은 유부남이었어요. 그는 저보고 자기 아내하고 이혼할 테니 같이 결혼하자 하는 것이었어요. 그러나 저는 말했어요. 나를 진정 사랑한다면 그런 말을 하지 않으실 거라고. 저는 그를 사랑한 것은 사실이었지만 그의 청혼은 거절했던 것이지요.」

「그렇게도 될 수가 있나요? 그렇다면 한 남자가 두 여자하고 사랑하게 되네요. 당연히 어떤 남자는 사랑을 한 번도 못하겠네요.」

「그렇겠지요. 근데 왜 새삼스레 그런 것부터 문제 삼으시죠? 남녀관계를 너무 산술적으로만 보시려는 것 같아요.」

은하천사의 말은 운선에게 당혹스럽기도 했지만, 반면에 그녀는 야릇한 매력도 느낄 수가 있었다.

「아저씨는 결혼했어요?」

은하천사는 결혼했다고 대답할 수는 없었다.

『아직 안 했어요.』

운선은 얼굴에 희색이 돌았다. 그러면서 그녀는 다시 하고싶은 말을 계속했다. 학교 다닐 때의 얘기, 어릴 때의 얘기 등등이 이어졌다. 은하천사는 귀담아 듣지는 않는 것 같았으나 그녀가 말하는데 심심하지 않을 정도의 대꾸는 간간이 해주었다.

그러면서 운선은, 오늘이 그녀에게 주어지는 많지 않은 기회의 날이 될 것이라는 생각을 더해갔다. 오늘 무언가 일을 만들어야 할 것만 같았다. 상대방이 꾸며내는 성격이라면 자신도 그에 따라 겉포장을 하고 움츠려야 유리하겠지만, 상내방이 솔직담백하다면 자기가 느끼고 생각나는 그대로 나아가도 무방할 것이다.

술이 취하면서 운선은 그에게 기다리던 본론을 말하듯, 그러나 아무것도 아닌 것처럼 물었다.

『아저씨, 섹스 좀 해 본 경험 있으세요?』

『그게 뭔데요? 아까 얘기한 거 말하나요?』

『예 그래요. 아저씨가 말하는 하접속부끼리의 접합을 의미해요.』

『그런데 그걸 해보자는 말이에요?』

『서로가 마음이 맞는다면 해 볼수도 있겠죠.』

『그런 건 서로 같이 살고 아이를 준비가 되면 하는 것이라고 안 했던가요? 안 그래도 할 수는 있어요. 반드시 그 목적을 위해서만 하는 것이 아녜요.』 그보다 더 폭넓은 의미가 있어요.』

『어쨌든 안 해봐서 잘 모르는데...』

『있다가 내가 하자는 대로 따라 해 보세요.』

시간이 흘렀다. 술집에 남아있는 사람도 뜸하고 주위는 더 이상 소란스럽지가 않았았다.

은하천사는 갑갑한 이 안의 공기를 벗어나고 싶었었다.

『자, 이제 밖으로 나가 보지요.』

『그래요. 아저씨와 모처럼 도시의 밤거리를 거닐어 보는 것도....』

둘이는 술집을 나왔다. 시간이 늦어, 바깥튼 제법 선선한 바람이 불고 있었다.

『아, 좀 취하는데요.』

운선은 갑자기 은하천사에게 가까이 다가가 기댔다. 그리고 자기의 달아오른 얼굴을 그의 뺨에다가 댔다.

그러자 그는 약간의 쾌감을 느꼈다.

"이 생물의 상부에 있는 접속 부위끼리는 자석과 같이 서로 가까이 닿으려는 성질을 가지고 있구나. 서로 당으면 이렇듯 쾌감이 전해지는 것을 보니…." 그는 생각했다.

얼굴을 뗀 뒤 운선은 주위를 두리번거렸다.

"가만, 어디 들어가야겠는데. 여관 같은데 들어갈 돈은 없네. 아저씨 어떡하죠? 이대로는 집에 못 들어가겠어요. 차라리 친구네 집에 있는다고 하면서 안 가는 게 낫지."

"저기 여관이라고 써있는 곳을 들어가려고요? 그럼 내 손 꼭 잡아요. 들어가게 해 줄 테니까."

"에이, 안돼요. 그런 건 물건 훔치는 거나 같아요. 몰래 들어가서 들키면 무슨 망신. 아니 그냥 사라지면 되겠지만… 하지만 그러면 여관 주인이 너무 황당해서 돌아버릴 거야. 아저씨는 혹시 돈이 없어요? 없을 것 같네…. 다른 세계에서 오신 분이니."

"돈이 뭔데요?"

"모든 물품과 용역의 가치를 대신해주는 공동의 가치 평가 수단으로 쓰이는, 얇은 펄프질의 물체예요."

"그런 거 이 안에 있어요."

은하천사는 옷 주머니에서 지갑을 꺼내 안에 있는 지폐를 꺼내 보였다. 그가 걸치고 지니고 있는 모든 것은 지구인의 보편적 상태를 반영한 것이었다. 그의 옷안에는 지갑도 어느 정도 만들어져 있었다.

"휴우, 다행이네요. 자 그럼 저기 길 건너 보이는 곳으로 들어가요."

여관에 들이닥치자 술에 취한 운선은 그대로 침대에 쓰러졌다.

은하천사는 답답한 듯 몸을 뒤치락거리더니 자기의 상하 겉옷을 벗었다. 그리고는 깊은 잠에 들지 않고 옆에 그대로 걸터앉았다.

은하천사는 삼자 자기의 상하 겉옷을 벗었다. 그리고는 깊은 잠에 떨어졌다.

은하천사는 미벽지, 배 등 그녀의 몸 곳곳에 조심스레 손을 대어봤다. 이 생물의 몸체로부터 느껴지는 감촉은 실제로 어떤가 알아보기 위해서였다.

다시 그녀의 몸 여기저기를 더듬어 보았다. 그녀가 잠꼬대를 하며 무릎을 들자 매끈한 脚線(각선)이 형광 조명을 받아 비쳐져서, 미끄러져 내리는 윤기가 시야를 가득 메웠다. 그는 고개를 더 가까이 이 생물의 하접속부의 모습을 유심히 살폈다. 중심부의 흰 섬유 이물질을 집어서 이물질로 덮여 있는 곳에서 삐쳐 나온 거웃을 발견하고 더욱 호기심이 갔다. 조심스레 흰 이물질을 집어서 이물질로 덮여 있는 곳에서 삐그 안은 어떻게 생겼는가 살펴 보려고 더욱 호기심이 갔다. 그러자 운선은 잠결에 알아차린 것 같았다. 그녀는 몸을 뒤집었다. 은하천사는 손을 빼고 다시 기회를 엿보았다.

그러나 기다릴 필요는 없었다. 운선은 자기 스스로 그것을 벗어 버렸다. 가슴팍의 다른 이물질에도 손을 대니 그것도 벗었다.

은하천사도 『나도 더 이상 거죽을 덮고 있을 필요가 없겠지…』 하고 옷을 벗었다. 그대로 잠을 자는가 했더니 운선은 다시 눈을 떴다. 은하천사는 그때까지도 지구인의 실제 참모습을 보는 신기함에 그저 지켜보고만 있었다.

운선은 손을 내밀어 은하천사의 하복부를 가리켰다.

『자 세워서 여기다 넣으세요.』

『왜 넣는 건가요?』

운선은 잠결에 부스스한 눈을 하면서도 입만은 크게 벌리고 웃었다.

『넣으면 아저씨의 거기에서부터 흰 액체가 나올 거예요. 그걸 받으면 난 아기를 낳는 거예요. 또 다른 작은 사람이요. 자라면 우리들과 같이 생기게 돼요. 호호.』

그의 하체부는 이미 경직되어 있었다.

『아까는 자기가 상접속부를 서로 맞닿게 했었는데, 지금은 하접속부를 서로 맞닿게 하자는 말이군요.』

『아니, 아까 밖에서 내가 한 건 진짜 한 것이 아녜요. 단지 닿기만 하는 것하고 완전히 맞물리는 것하고는 달라요. 완전히 하는 것은 키스라고 해서, 상접속부의 접합을 지칭하는 말이 있어요.』

운선은 상체를 일으켰다. 두 손으로 은하천사의 양어깨를 짚고 앞으로 잡아당겼다. 그는 순순히 끌려와서, 드러눕는 운선의 배 위에 그대로 엎어졌다.

은하천사도 그가 인간의 형체로서 가진 본능이 작용하여, 입으로는 키스를 하고 하체는 운선이

하라는 대로 삽입과 상하 왕복을 했다. 그녀는 「음음」하며 자그만 비명을 질렀다.

『왜 그래요? 아파요? 그럼 하지 말까요?』

『아녜요. 좋아서 그러는 거예요.』

역시 인간의 몸체를 가진 그도 쾌감을 느끼기는 마찬가지였다.

『그렇군요. 바로 이 막아 놓고 다니는 하접속부가 몸체 중의 다른 어느 곳보다도 인간의 생활을 위해서 중요한 곳이로군요. 단순한 접촉과 마찰의 행위에 의해 이렇게 서로가 즐거운 감정을 갖게끔 만드다니.』

『그래요. 그래서 사람들은 이 부분을 아주 신성하게 여기죠. 그래서 소중히 보호하고 아무 데서나 함부로 내놓고 다니지 않는 것이 아니겠어요?』

운선은 슬쩍 웃으며 약간의 농을 섞어 답했다. 그러나 은하천사는 이를 진지하게 받아들였다. 얼마간의 반복 행위 뒤 운선은 다시 잠들었다.

은하천사는 잠든 그녀의 모습을 대견한 듯 바라보았다.

「이것은 중요한 발견이다. 이 하접속부는, 남녀 개체간에 서로 강력한 흡인력을 가지고 있다. 그리고 서로에게 강한 쾌락을 제공해줌과 함께 자손 번식의 결실을 안겨주고 있다.

무릇 대다수의 생물체는 조물주가 지어진 그대로 생활하면서 자기 몸의 소중함은 스스로 깨닫지 못하고 있다. 저 조물주의 배려에 의한 보호 장치에 의존하여 그네들의 삶을 이어가고 있는 것이다. 스스로 자기 몸의 가치를 감지할 수 있는 생물이야말로 진정한 고등 생물에 속한다는 것은 만국 어디에서나 공통하게 적용되는 法理이다.

그런데 이 생물체는 자기 몸의 중요한 부분에 대해 항상 각별한 의식을 두고 있으며 몸의 다른 부분보다도 상하지 않도록 주의하며 생활하고 있다. 이는 스스로 조물주의 뜻을 헤아리는 바이니 어찌 기특하지 아니할 수 있으랴.

이제까지 은미계의 변두리에서는 은하 회전의 원심력에 의한 離散(이산), 退化(퇴화)의 현상으로 인해서, 高等산 물질 조직은 유지될 수가 없는 것으로만 인식되어 왔었다. 그런데, 물질의 下等化가 이미 상당히 진행되었을 은하계 변두리에도 자기 몸의 소중한 부분을 아끼는 생물이 살고 있었다니……. 놀랍다. 이 사실을 본국에 알리자. 대 발견으로서 크게 칭찬 받을 것이다.」

운선의 몸 이곳 저곳을 만져 보면서 새삼스럽게 실체 확인을 해보다가 그는 다시 생각했다.

『평소에 껍데기로 씌우지 않는 상접속부는 또 다른 의미가 없을까? 단지 외부와의 교류를 위해서라면 이렇게 클 필요는 없을 텐데.』

그는 잠시 의문을 가졌으나 곧 궁금증을 풀 수 있었다. 그가 그녀의 상접속부위, 즉 머리를 만지자, 운선은 다시 깨어났다.

『음. 아저씨 아직 안자고 있었어요?』

『다시 자요. 피곤할 텐데.』

은하천사는 그녀에 대한 관찰의 상태를 더 유지하고 싶었다. 그러나 운선은 그와 같이 지내는 시간을 늘리고 싶었는지 가벼운 기지개를 켜고 일어났다.

『아뇨. 지금 이 시간은 소중한 시간인데 왜 잠으로 허비해요? 잠은 내일 자도 돼요. 말하세요. 뭐 얘기할 것이 있으신 것 같은데?』

은하천사는 그녀가 일어난 김에, 그 동안 그의 뇌리에 맴돌던 궁금증을 직접 묻기로 했다.

『자기의 요 아랫부분을 보며 생각해보니 많은 의미가 깨달아지더군요. 사람이 살아가는 보람은 자신이 있음으로 해서 상대방이 더 즐거운 생활을 하도록 하는 데에 있는 것이 아니겠어요? 자기의 아랫부분은, 자기가 내 앞에 살아있음으로 해서 내게 큰 즐거움을 주는 역할을 했어요. 이렇게 아래쪽 접속 부위가 서로에게 행복을 주는 중요한 일을 한다면, 이 윗 부분은 무슨 중요한 역할을 하는 것은 없나요?』

『머리가 하는 일요? 글세 입으로 키스하는 것도 그 중 중요한 역할이긴 하지만, 호호, 그보다 더 중요한 일이 있죠. 이 부분은 바로 우리의 동작을 제어하며 사고 활동을 관장하는 일을 하는 곳이에요. 즉 우리의 영혼과 신체를 연결하는 기관이죠.』

『그렇다면 그것은 바로 생명체가 가진 가장 중요한 역할이 아닌가요? 생명은 사고를 함으로써, 그 자신의 존재를 스스로 증명하니까요.』

『그렇겠지요.』 운선도 그와의 대화에 몰입했다.

『그렇다면 머리는, 개체로 하여금 다른 상대방에게 즐거움을 주도록 하는 역할을, 할 수가 있나요?』

『글쎄… 즐거움을 주는 일도 많지만 때로는 상대방에게 해를 입히는 사람들이 즐기는 詩와 음악도 바로 이 머리에서 나오는 것이지만、반면에 상대방을 누르고 害(해)하려는 음모도 바로 이 머리에서 꾸미니까요.』

『그러면 이 부분도 껍질 밖에만 두지 말고 좀 보호를 해줘야 하지 않아요? 그렇게 중요한 일을 한다면… 이대로는 외부에서 오는 어떤 충격도 막을 수가 없잖아요?』

『모르겠요. 오토바이 탈 때는 헬멧을 쓰긴 하는데 보통 때는….』

은하천사는 더 묻지 않았다. 운선은 스르르 눈을 감으며 침대에 누웠다. 또 다시 그녀는 잠에 떨어졌다.

『이상하다. 생명을 이루는 데 있어 어느 부분이 가장 중요하단 말인가? 가장 중요한 부분인 머리는 항상 무방비 상태로 내놓고 다니면서 유독 이 곳만을 겹겹이 싸서 보호하다니.』

지구에서 보내는 첫날 밤, 은하천사는 한 지구인의 알몸을 앞에 두고 지구인에 대한 궁금증과 경이감을 더해가고 있었다.

『생명체의 몸을 이루는 각 부분 중에서는 思考의 작용을 담당하는 부분이 가장 소중하다는 것은 不問可知의 사실이다.

그런데 이 곳 지구의 인간들은、생식과 쾌락을 담당하는 하체의 접속부를 사고작용과 신체 제어를 담당하는 상체의 접속부보다 더 소중히 간수하고 있다.

그렇다면 이네들은 하접속부의 역할을 사고의 활동보다도 더 소중하게 여긴다는 뜻인데….』

여관방의 큰 창문에 드리워진、짙보라색 불투명 커튼의 오롯볼록한 아랫자락으로 아침 빛살이 간간이 새어나올 즈음에、운선은 부스스 몸을 떨며 일어났다.

『생각을 제대로 잡게끔 체험해 봐야 하지 않을까?… 』

『어젯밤에는 서로 너무 피곤해서、하접속부의 접합을 제대로 실행해보지 못한 것 같아요。이제 피로도 풀렸으니 맑은 정신으로 한 번 다시 시도해봐요. 그게 사람들에게 그렇게도 중요한 일이라면서요?』

운선은 손을 내밀어 저으며,
『아니예요. 이제 약속이 있어서 가야해요. 친구들과 오늘 낮에 만나기로 했거든요.』
하고는, 속옷을 집어 들면서, 『아저씨 몸은 색다른 매력이 있어서 한 번 다시 기회를 가져 봄직도 한데...』 하고 혼잣말했다.
은하천사는 다시 원초적 질문을 던졌다.
『친구가 뭔데요?』
『자기와 마음이 잘 통하는 사람을 말하죠.』
운선은 이미 그와의 의사 소통에 익숙해져 있었다.
『마음이 뭔데요?』
운선은 오른손을 들어 자기의 머리를 가리켰다.
『머리에서부터 우러나오는 자기 자신을 뜻하죠. 마음이 있음으로 해서, 즉 생각함으로써 자기가 있다는 것을 알 수 있잖아요?』
은하천사는 고개를 끄덕이며, 『영혼과 비슷한 뜻인데 각자가 가진 개성과 현재의 상태를 더 강조하는 말이군요.』 하고는 다시 운선의 머리를 가리키며, 『여기 兩(양) 상부돌기 사이의 우묵 솟은 부분에서 말미암는 자기 자신의 내부 상황을 마음이라 한다면, 그것은 곧 상대방에게 전달하기 위한 자기 고유의 정보 체계라고 할 수 있겠는데, 그렇다면 그것을 외부로 전달하려면 그 방식이, 서로가 그 의미를 해석하고 받아들일 수 있도록 호환성을 가져야 하겠군요.』 라고 말했다.
『그렇다고 볼 수 있겠죠.』
『그럼 친구라는 사람은 그 정보의 호환성이 잘 이루어지는 사람이겠군요.』
『그렇죠. 참 총명하시네요. 호호.』
『한 번 그, 친구라는 사람들과는 어떻게 지내나 알아보고 싶은데요.』
『오늘은 얘길 안 해놨으니 다음에는 어때요?』
『다음 언제요?』
『요다음 수요일 때요.』
『난 그때에는 여기 없어요.』
『다음주엔 여기 없다니요. 그럼 어디로 가실 건가요?』

『그런 건 자꾸 묻지 말기로 해요.』

『아니, 그러면 제게 잔뜩 기대와 호기심만 불러일으키고는 갑자기 떠나버릴 예정인가요?』

『어쨌든 간에 갑자기 떠나지는 않을 거예요. 우선 이곳의 생활에 대해서 되도록 많이 알고 싶어요.』

『좋아요. 그럼 내 친구들한테 소개해 드릴 테니 참 그런데 걔네들한테까지 내게 했던 식의 질문은 하지 마세요. 그러면 걔네들이 도대체 그 사람 어떤 사람이냐고 자꾸 물어볼 테니까요. 그러면 나도 걔네들한테서 이상한 애가 되고 말아요. 될수록 말을 하지 마세요. 특히 질문 같은 걸요.』

『알았어요. 그럼 한 번 같이 가 봐요.』

은하천사와 우선은 밖으로 나왔다.

이미 해는 中天을 향해 떠가고 있었다. 거리의 공기는 아침의 선선함을 벗어나 한낮의 뜨거움이 느껴졌다. 수위에는 여기저기 오가는 사람들이 많았다.

더러는 혼자 더러는 둘 더러는 서넛에서 대여섯 명까지 무리 지어 오가는 사람들을 바라보던 은하천사는, 이들에게서 어떤 법칙을 발견할 수가 있었다. 이들 중 둘이 같이 다니는 쌍들은 상당수가 남녀로서 구성되어 있는데 반해서, 세 명 이상 모인 자들은 모두 남자이거나 모두 여자인 경우가 대부분이었다.

『자기의 친구들은 남자가 많아요 아니면 여자가 많아요?』

우선은 피식 웃으며 대답했다. 『내가 뭐 남자 친구 여럿 거느릴 능력이 있는 줄 아세요. 그러니까 아저씨와 만나게 된 것인지도 모르지만.』

『그럼 전부 여자란 말이야요?』

『당연하지 뭘 또 물어요?』

둘이는 우선이 친구들과 약속했던 자리인 마른잎 다방으로 들어갔다.

『야! 우선이 여기야.』

유리문을 열고 네댓 개의 계단을 내려가자, 저 안에서 한 여자가 손을 번쩍 들며 그녀를 불렀다. 그들이 다가가니 거기엔 원형의 소파 위에 세 명의 여자가 둘러앉아 환담을 나누고 있었다.

『오늘 이 부하고 저녁에 볼일이 있거든. 그래서 잠시 같이 좀 동행하기로 했어. 너희들 양해해 운선은 다시 은하천사를 향해 돌아보며 친구들을 소개했다.

『자 봐요. 여기 제 친구들예요. 얘는 車英이, 얘는 美子, 얘는 淑敬이.』

『어머 네 새 애인 참 멋지다 얘.』

아까 손을 들어 그녀를 부른 여자 차영이 말했다. 이 여자는 희고 긴 얼굴에 노란 블라우스 상의를 입었고, 안 자리의 그늘진 곳에 있는 또 한 여자는 흰 머리에 안경을 쓰고 긴 생머리에 파란 티셔츠를 입었다. 다른 한 애는 둥근 얼굴에 짧은 상의에 작고 마른 편이었다. 이들도 은하천사에게 질문을 해댔다.

『둘이는 어디서 만났어요?』

『만난 지는 얼마 되었어?』

은하천사는 질문에 대한 대답은 않고는, 난지 『아직 뭐라 말할 수 있는 사이는 아닙니다. 단지 일이 있어 서로 만났을 뿐입니다.』 하고 잠자코 있었다.

『그 일이란 게 뭐지요?』

먼저 은하천사를 보고 멋지다고 한 차영은 그에게 상당히 관심이 있는 듯이 고개를 내밀며 물었다.

『그것도 아직 말할 수 있는 단계는 아닙니다.』

『한마디로 모호한 사이라 이 말이죠. 호호호.』

나머지 둘도 함께 깔깔대며 웃었다.

『얘들아, 이 분은 그냥 잠시 기다리는 손님이니깐 우리 얘기나 하자. 쓸데없는 소리 말고.』

운선은 이들의 관심을 은하천사에게서 돌리려고 했다. 그러나 차영은 여전히 그에 대한 시선을 거두지 않고 곁눈으로 보고 있었다. 운선은 그네들에게 말했다.

『다음다음 일요일의 우리 첨단 의상 디자인 연구 모임 야유회 장소를 오늘 여기서 정해야지. 미리 물색해 둔 데가 몇 있는데 내가 후보지를 서너 군데 얘기할 테니까 너희들이 맘에 드는 곳을 정해. 내가 미리 자료 조사는 충분히 다 해놨어.』

『자료는 어디서 구했니? 여러 군데를 미리 다 답사했니?』

동그란 얼굴의 미자가 물었다.

「답사는 무슨, 이번 월간 미스 7월호 별책 부록에 다 나와있어. 브로스라고 해서, 전국의 별로 유명한 곳까지 다 망라되어 있어。 갈만한 여름 피서지와 드라이브 코스라고 해서、 전국의 별로 유명한 곳까지 다 망라되어 있어。」

「그래、 서울보다도 인구밀도가 높은 곳은 가지 말고 조용한 곳으로 한 번 골라보자。」

숙경이라는 친구가 책자를 받아들었다。

차영은 그 책사에는 눈을 돌리지 않았고 다른 말을 꺼냈다。

「여기 이 뷰노 그날 갈 수 있니?」

운선은 대답했다。 「아니래도。 이분은 그날에는 사정이 있어서 안 돼。 그리고 이번 야유회는 우리끼리만 가는 거잖아。 내가 이 분을 데리고 간다면 미자하고 숙경이도 파트너 데리고 와야 하겠네。 그러면 너만 혼자잖아?」

「나만 혼자라도 좋아。 이분 그날 갔으면 좋겠는데。」

「내 애이이 아닌데 어떻게 동행해?」

「네 애이이 아니니까 더욱 그럴 수 있는지 모르지。」

차영은 휘 얼굴에 가늘고 붉은 입술을 활짝 옆으로 펴 웃으면서 말했다。 그녀는 반듯한 코에 홀까풀의 양 눈을 가늘게 뜨면서 조금 안으로 기울어져 보였다。

운선은 더 이상 말할 것이 없다고 손을 내저었다。

「쓸데없는 소리 말아。 나중에 이 아저씨한테 물어서 너 만나고 싶다고 하면 얘기할게。」

차영은 운선에게 눈을 돌려 지금 혹 대답을 얻을 수 있을까 눈치를 살폈다。 그러나 그는 굳게 입을 다물고 침묵을 지키고 있어서 더 말을 걸지는 못했다。

계속 운선과 그녀의 친구들이 야유회 계획을 얘기하며 농담과 수다를 주고받고 있는 동안 은하천사는 잠자코 있었다。

그러다 그는 건너편의 자리를 봤다。 거기에는 세 명의 남자들이 저희들끼리 무슨 얘기를 주고받으며 가끔씩 어깨를 툭툭 치며 웃음을 교환하고 있었다。

「아까 길에서부터 오면서 보아 왔지만、 셋 이상이 모여서 같이 담소하는 자들은 거의가 남자끼리이던가 아니면 여자 끼리들이다。 이것은 우연이라고 하기에는 너무 확실하게 드러난다。 아마도 이곳 생물의 남자와 여자는 상부 돌기 중앙의 접속 부위 즉 머리라고 하는 곳에서의 정보 교환의 양식이 서로 다른가 보다.」

은하천사는 겉으로는 가만히 있으면서도, 지구인에 대한 조사를 계속 신경을 곤두세우고 주변을 관찰했다.

토의가 어느 정도 이루어진 다음 운선은 모두에게, 『나 이분 데리고 가야 할 데가 있으니까 오늘은 먼저 갈게. 자, 아저씨 이제 여기 일 끝났어요.』라고 하고는, 멍하니 앉아있는 듯이 보이는 은하천사의 어깨를 쳤다. 운선은 그의 손을 잡아끌며 일어나 다방 문으로 향했다. 그 동안 지루한데 기다리느라 힘들었죠? 친구들은 나가는 은하천사의 전신을 위아래로 훑어보며 서로들 눈치를 교환했다.

「야 재 새 애인 참 멋지다. 그지?」

「그렇긴 한데 너무 고상하게 생겼다. 우리하고 같이 놀 만한 사람 같지가 않아.」

「그런데 생긴 거와는 달리 차림새는 너무 어설프지 않니? 얼굴도 남자면서도 어찌 보면 여자같기도 하고. 참 이상해 나중에 정말 알아봐야겠다. 어디서 온 사람인가 하고.」

차영, 미자, 숙경은 나가는 그들의 뒤를 바라보며 저마다 한마디씩 내뱉고는, 다시 서로 고개를 가까이하고 자기네들의 관심사로 화제를 돌렸다.

둘은 다방 문을 나와 공원을 걸었다.

「아까부터 묻고 싶었는데 묻지 못했던 세 있었어요. 왜 여자는 친구들을 여자만으로 하고 남자는 친구들을 같은 남자들로만 사귀고 지내지요?」

「글쎄요. 다 그런 건 아녜요. 가끔 남녀간에도 친구라고 하는 경우가 대부분이에요. 하지만 훨씬 드물죠. 실제로는 애인이면서 그냥 친구라고 하는 관계는 있어요. 대개는 같은 남자나 여자 중에서 친구를 가지게 되죠.」

「남자와 여자는 머리에서 발생하는 정보 교류의 방식이 서로 다른가요?」

운선은 이미 그의 질문을 차분히 설명해줄 여유를 갖췄다.

「그래요. 남자와 여자는 서로 사고방식이 달라요. 그건 누구나 다 인정하고 있죠. 정말, 얘기해 보면 남자들은 우리 여자들하고는 너무나 달라요. 그런, 남자를 옆에 끼고 앞으로 반평생을 같이 살아야 된다 생각하니 아득하기도 해요.」

"그런데 애 저 사람들은 서로 가까이 몸을 맞대고 정답게들 얘기하고 있는 건가요?"

은하천사는 공원 가장자리 벤치에 보이는 두 쌍의 남녀 연인들이, 서로 얼굴을 마주보며 얘기하는 광경을 가리키며 물었다.

"재네들 하는 얘기는 별로 내용 있는 얘기는 아니에요."

그는 청각을 예민하게 강화시켜 그들의 대화를 들어보았다. 역시 운선의 말 그대로 실없는 이야기들일 뿐이었다. 그 내용은 이와 같았다.

"좋아하냐. 우리 서로 좋아해야 하지 않냐. 그냥 서로 좋아한다…. 난 널 좋아한다. 너도 날 좋아하냐. 아이 왜 좋아해. 근데 넌 날, 내가 널 좋아하는 만치 안 좋아하지 않느냐. 아니 난 널 좋아해."

"서로 좋아한다 안 한다의 말만 주고받고 있는군요. 정말 저게 무슨 의미가 있겠어요?"

"재들 얘기를 들으시는군요. 예, 뭐, 뭐 그런 얘기들이죠. 아무래도 남자와 여자는 서로 맞지 않는가 봐요. 서로 마음이 맞지 않는 사이에서 얘기가 깊이 가 봤자 뭐가 있겠어요. 그냥 그런 얘기나 할밖에."

"자기는 저런 거 안 해봤어요?"

"글쎄요. 하려다 말았다고나 할까요? 나도 재네 들처럼 저런 연애 해 볼까 생각했죠. 그냥 남자실없는 소리 하는 거나 받아주고…. 그래야 나도 애인 좀 확실히 만들어 볼 수가 있었던 건데. 하지만 나 저런 게 싫으니 어떡해요. 좀 더 의미가 있었으면 좋겠어. 무조건 좋아하는 것 말고 정말 이슈 있게 좋아하는 거…."

은하천사는 횡설수설하는 그녀의 소리를 옆으로 흘리며 저 앞의 남녀를 예의 주시했다. 그는 다시 고개를 들려 운선에게 물었다.

"그런데 저 니들 표정은 전혀 그렇지 않은데요? 오히려 아까 그 친구들끼리 만날 때 보다 훨씬 더 진지해 보이는데요."

"재네들이 신지해 보이는 건, 앞으로 서로 애인이 되고 결혼을 할 것인가를 요모조모 따져 봐서 결정하려 하니깐 그렇죠. 자기네들 앞날의 방향이 걸린 문제이니까 진지할 밖에요."

"애인이 뭐고 결혼이 뭔데요?"

"했던 질문도 다시 하시네요. 하기야 명확히 정의를 내려드리진 않았으니깐…."

운선은 애인과 결혼에 대한 자기 나름대로의 정의를 이 기회에 마음껏 설파했다.

『음…. 愛人이란、 그러니까 결혼하기 전까지…. 가만、 결혼을 먼저 설명해 줘야 하겠네요. 결혼이란…. 남자와 여자가 서로 맘에 드는 짝을 골라 나머지 평생을 같이 사는 것이죠. 애인은 성인이 되어서、 異性과의 접촉의 필요성을 느끼기는 하지만, 아직 결혼하지 않은 남녀가, 결혼할 것을 예정하거나 결혼하는 대신 서로 자주 만나는 사이죠.』

『서로 마음도 맞지 않는다면서 왜 같이 살고 서로 만나고 하나요? 답답하게….』

같은 남자나 같은 여자를 만나지….』

『낮에는 보통, 같은 여자나 같은 남자들하고 지내잖아요. 음…. 그런데 그 이유는…. 남녀가 같이 살려고 하는 이유는…. 참 별세 아니라, 바로 우리가 어젯밤 지낸 것처럼 남녀가 서로 같이 뒤엉켜 잠자는 게 서로에게 매우 큰 즐거움을 가져다주기 때문이죠.』

『그 큰 즐거움이 어제 우리가 느낀 그 쾌락을 의미하는 건가요? 그런 것도 매일 자꾸 하면 싫증 날 것 같은데. 그것만을 위해서 같이 사나요?』

운선은 오늘 다시 한번, 그와 하루를 보내야 하겠다고 생각했다. 이번에는 맑은 정신으로 그와 하룻밤을 보내면서 그를 완전히 자기의 사람으로 만들어 놓고 싶었다.

『이제 날도 어둑어둑해지네요. 그 진정한 의미는 오늘밤에 아르켜 줄께요. 육체에서 느끼는 쾌락만이 전부가 아녜요. 서로의 마음의 교감이 있으면서 거기에다 육체의 숨이 되었을 때, 그 사랑의 감흥은 그에 달하는 것이거든요.』

운선은 고개를 두리번 했다.

『어디로 갈까요? 우리 이제 한강변에 가 보는 게 어때요?』

『거기가 좋은 곳인가요?』

『아뇨, 그냥 가까운 곳이니까요. 그래도 저녁때는 제일 좋은 곳이 江가잖아요.』

『거리에 상관 말고 가장 맘에 드는 곳을 골라요.』

『참 그렇지. 그러면 요전에…. 울산에 태화강이 밤 풍경이 좋던데 그리로 가요.』

운선은 은하천사의 손을 잡았다…. 그들은, 사람이 없는 어두운 공원 구석으로 가더니 이윽고 사라졌다.

둘이는 밖의 江가를 거닐었었다. 운선은 제법 은하천사와 친해진 듯 그의 팔짱을 끼고 얼굴을 가까이 하며 눈을 지그시 올려다 보았다.

「아저씨는 아직 결혼을 안 했는데. 해야 할 때까지 안한 사람은 대개 그냥 안하고 넘어 가기도 한대요. 그런데 꼭 결혼할 사람을 구해야 한다는 것이 아니라, 더러 마음과 사랑을 주고받을 애인이라 도 어서 하나 정해야 할 거예요.」

「남녀간의 사랑이란 것이 살아가기 위해서 꼭 필요 한가요?」

「그럼요.」

「그런데 남녀간의 사랑은, 본래부터 서로 호환성이 부족하기 때문에 그 정신적인 교류가 한정될 수밖에 없지 않나요? 그러니 아마도 깊고 넓은 사고력을 가진 자, 정신적 자산이 풍요로운 자, 큰 꿈을 가진 이 등에게 있어서는 그의 정신세계에서 사랑이 차지하는 비중이 작을 것 같은데요.」

「은하천사는 여기서 관찰한 남녀간의 사랑문제에 우주공통의 법칙을 적용해 보고자 했다. 물질이 나 氣는 그 흐름이 원활한 곳으로 편중될 수밖에 없다는 것을.

「어머, 사랑이 차지하는 비중이 작다니요? 역사상 위대한 인물들도 모두가 다 보통의 경지를 넘는 열렬한 사랑을 했다고들 하는데 어떻게 그렇게 말할 수 있겠어요? 사랑이란 신분이나 知的 수준을 넘어, 누구에게나 절대적인 가치를 지니고 있지 않을까요?」

「글쎄요. 그런 부유한 사람일수록, 그 사람의 경제생활에서 식비가 차지하는 비중은 전체에 비해서 작아지지만 그 사람은 분명 좋은 식사를 할 것이니 그 절대량은 가난한 사람의 것보다 큰 것처럼... 정신적으로 풍요로운 사람일수록, 남녀간의 사랑이 그 사람의 정신생활에서 차지하는 상대적 비중은 작아져도, 그 사랑의 절대값은 크다고 할 수가 있겠지요.」

「어디서 들은 말[2]) 비슷한데...」

「그렇죠. 그런 법칙은 이 곳에도 이미 정리되어져 있잖아요?」

2) 엥겔법칙: 소득이 낮을수록 전체 지출에서 식비가 차지하는 비중이 크고, 소득이 높을수록, 절대적인 식비는 많더라도, 전체 지출에서의 비중은 적은 것.

『그런데 그, 〈정신과 사랑 - 경제와 食費(식비)〉의 법칙은, 그 자체 말고 우리에게 시사하는 것이 뭐가 있죠? 그 법칙의 진실을 인정한다 하더라도, 우리 보통 사람이 받아들일 수 있는 어떤 깨달음 같은 것이 있어야 의미가 있지 않아요? 억지로 사랑의 감정을 억제한다고 해서 정신적으로 부유한 자가 되는 것도 아니잖아요? 억지로 밥값을 아낀다고 그 사람이 부자가 되나요? 오히려 굶어 힘을 못쓰면 열심히 일해 돈버는데 지장만 너할 뿐이지. 후…. 아무런 지침을 내려주지 않는 명제는 비록 진리라 하더라도, 우리 일반인들에게는 공허할 뿐이에요.』
『자기의 말은 일리가 있네요. 하지만 굳이 말하자면, 보다 열렬하고 강한 사랑의 감정일수록, 그보다 더한 만큼씩의, 깊고 넓은 총체적 정서의 뒷받침이 있어야만 그 가치를 부여받을 수 있다는 말이라고 해야 하겠네요. 기름진 음식을 비싸게 사먹으면 그만큼 힘을 내고 일을 열심히 해서 돈을 많이 벌어야만 한다는 것처럼 말예요.』
강 저편에는 黃(황), 綠(녹), 赤(적), 靑(청)의 네온사인 불빛들이 상하 대칭으로 환하게 비쳐 보였다. 둘이는 강변의 돌계단 위에 앉았다.
밤이 깊어갔다. 은하천사는 시력을 집중하여 저 멀리 보이는 아파트촌의 각 칸칸의 사는 모습들을 보았다.
역시 陽陰(양음)의 인간 개체가 쌍을 이루고 사는 곳이 많았다. 그것은 어제 은하천사가 불이 어두워진 곳에서 상당수의 쌍들은 하접속부간의 교류를 하고 있었다. 그것은 어제 은하천사가 겪어 보기긴 했지만 그 느낌을 가지지 못했던 그것이었다.
「저 행위가 이들의 삶에서는 참으로 중요한 의미가 되어 주고 있구나….」
『이제 어디 좀 들어가죠.』
명하니 강 건너를 응시하고 있었던 그의 팔둑을 잡아 흔드는 운선을 따라 그는 다시 일어났다.
『자기는 오늘도 집에 안 들어가요?』
은하천사는 이 곳의 일반적인 생활양식으로 미루어 생각해 그녀에게 물었다.
『집에는 여행 간다고 얘기해 놨어요. 그러니까 우리 집엔 당분간 안 가도 돼요.』 하며 그의 손을 끌고 돌계단을 올라갔다. 그의 손은 다시 그곳을 가리키고 그의 얼굴은 그녀를 돌아봤다. 계단을 올라가다 잠깐 멈춰 서서 돌아본 은하천사에게 저 건너 수많은 아파트의 창문들은 더욱 확연히 펼쳐 보여졌다.

『저 칸칸마다에 사는 남녀들은 모두가 서로간에 상당한 교감을 가지고 지내는 것 같은데요. 전후 접속부를 서로 가까이 밀착하면서 온 밤을 보내려는 이들이 많이 보여요.』

『그건 당연한 일이지요. 결혼한 남녀는 매일같이 저런 행위를 하는 것이 원칙이에요. 바로 그런 것을 위해 결혼을 하는 것이기도 하고요.』

낮에 보던 여러 사람들의 무리 중에서는 좀처럼 섞이지를 않았던 남자와 여자들이, 밤의 격리된 공간 안에서는 서로간에 활발한 교접 활동을 벌이고 있었다. 그러나 그들이 아무리 몸전체를 고루 밀착시키며 육체간의 교류를 한다해도 하접속부를 제외한 몸의 각 부분들은 서로 표면의 마찰만이 반복되고 있을 뿐 이렇다 할 물질의 교류는 없었다. 상접속부에서 오가고 있는 것은 그가 낮에 숱하게 보았던 그대로였다. 그냥 나 좋아하냐 너 좋아하냐의 실없는 언사들이 오가거나 아무 의미 없는 발성음뿐이었다.

「저들의 접속 행위는 하접속부에 의한 것이고 상접속부는 단지 보조 도구에 지나지 않는다. 이 생물의 하접속부야말로 이 생물의 陽個體(양개체)와 陰個體(음개체) 사이의 교류를 위한 중요한 기관이다. 양개체와 음개체가 한 쌍을 이뤄서, 하접속부간의 에너지 교류를 매일같이 하는 것이 이 생물의 삶의 양식이다.」

계단을 다 올라가서 강둑을 넘어, 차들이 오가는 거리로 나설 즈음에, 은하천사는 다시 운선에게 물었다.

「그렇다면 이떻게 저들의 쌍은 이루어지는 것인가요? 아무렇게나 임의로 맺어지는 것은 아닐 테고. 계속해서 서로 오가는 것이 있으려면 주고받는 방식이 서로 들어맞아야 하는데, 서로간의 호환성을 충분히 시험해 봐야 하는 것이 아닐까요?」

『그건 바로 어제 저하고 했던 것에 관한 문제가 아녜요? 호환성이라? 후훗. 먼저의 것이 비록 만족스럽게 잘 되었던 것은 아니었지만.... 한 번에 잘 안 된다고 실망하면 안되죠. 다시 또 해보면 될 것 아니겠어요?』

『어제 우리가 해 본 걸 다시 한 번 잘 해보자는 말인가요?』

은하천사는 새로운 기대감을 가지고 운선에게 물었다. 그도 한 번 미진하게 지나쳐 버린 것을 다시 한 번 완전히 치르고 싶은 마음이 있었다.

그가 고개를 들이밀며 다그쳐 묻자 운선은 그에게서 향긋한 레몬과 파파야의 향기를 느꼈다. 은하천사의 몸은 이미, 지구인의 몸으로서 호감을 주며 사랑의 마음을 불러일으키기에 최적화가 되어 있었다. 그의 몸이 이곳에서 활동하기 위해서 필요하고 요구되는 바가 바로 그것이므로. 사랑의 마음에 의한 행위는, 그것이 애초에 인간으로서의 아무 것도 없었던 중에서 생겨난 것일지라도, 강할 수밖에 없다. 그런데 운선은 이미 그에게서 호감을 가졌었고 또 현실계산적인 면에서도 그를 원하고 있다. 이들 요소만으로도 그녀로서는 그와 가까워지려는 바램을 강하게 가질 수밖에 없는데, 이제 거기에 사랑의 마음마저 더해진다면, 그에 대한 그녀의 지향은 더없이 강해질 수밖에 없을 것이다.

『그래요. 어제는 너무 대충 넘어갔으니까 오늘은 정말 확실히 해두어야 하지 않겠어요?』

운선은 그녀 자신을 어서 은하천사로부터 자유롭지 않게 하고 싶었다. 그가 보통의 사고를 가진 사람이 아님을 알기에, 그에게로의 말투는 전혀 몸사람이 없이 직설적으로 말할 수 있었다. 평소에 자기에게 가까이 접근하는 주위의 남자들은 영 눈에 안 차고, 반면에 자기가 만족할만큼 강한 느낌을 받는 남자는 만남이 여의치 않았었던 것이 그녀의 형편이었다. 그런데 지금 이렇게 강한 매력을 가지고 있으면서 꽤 능력도 있어 보이는 남자와 쉽게 가까워질 수 있는 기회가 주어지니, 그 사람의 자세한 내막은 제쳐두고 어서 이 기회를 붙잡고 싶은 것이었다.

그녀는 어서 집안의 답답한 생활로부터 벗어나고 싶었다. 그녀는 체질적으로, 되도록 자연과 가까운 차림새로 자유롭게 생활하고 싶은 취향을 가졌다. 그래도 그럭저럭 집에서도 더욱 그러고 싶었다. 그런데 이제까지 아버지와 같이 살아 왔을 때는 그래도 그럭저럭 지내 왔는데 이번에 동생 여름날 공기하나 잘 안 통하는 옹색한 집 안에서 거추장스러운 잠옷을 걸치고 지내는 것은 고역이었다. 어서 따로 독립해 살고 싶었지만 무작정 집을 나와 자취방 하나 얻어 산다는 것은 어려운 것이었다. 그렇다고 아주 형편없는 방을 얻든지 남하고 동거하든지 하는 것도 싫고…. 그러면서까지 혼자 있는 아버지를 떠나버릴 수도 없었다. 결국 그녀의 바램은 당연했다. 방문제도 해결하고 또한 그녀의 강한 兩性合一의 욕구도 해결시켜 줄 남자를, 한시 바삐 구하는 것이다. 그리하여 좋은 모양으로 집에서 분가하고 싶었다. 하지만 그렇다고 아무 사람이나 눈 딱 감고 도장 찍을 수도 없는 노릇이었다. 때문에 그녀는 이제까지 답답하고 조바심 나는 나날을 보내야만 했다. 『좋아요. 사람들이 어떻게 자기의 짝을 선택하는가 나도 참 자세히 알고 싶어요.』

은하천사의 말에 운선은 거의 본능적으로,

"어머, 그런 뜻은 아닌데…"

저는 그냥 저기 아파트에 사는 사람들처럼 한 번 해 본다는 뜻은 아녜요. 결혼 상대를 택하기 위해서는 대개 찻잔을 가운데 놓고 입을 움직이는 과정을 거치죠. 아랫부분의 실험은 꼭 요구되지는 않고요…

하며 일단 한 걸음 물러섰다. 물론 그녀의 속마음은 어서, 좋고 확실한 결론을 얻어내는 것이지만.

"아니, 그것을 하기 위한 상대를 택한다는데 그것을 안 해보고 어떻게 상대를 택해요? 그래도 되나요?"

은하천사는 어리둥절했다. 목적을 위해 합당한 만남인가를 미리 확인해보는 절차가 반드시 필요한 것이 아니냐….

"서로의 마음을 알아봐야 하는 것이지요. 서로의 마음이 얼마나 잘 통할 수 있어서, 같이 살아가는데 지장이 없는가의 여부를 충분히 확인해야죠."

"마음을 어떻게 알아보죠? 물론, 서로 마음을 주려면 마음끼리 서로 잘 통해야 하니까… 아바로 그 상업소부의 교류를 말하는 것이군요. 그런데 가장 마음이 통하는 사람끼리 같이 살아야 한다면 남자는, 여자끼리 살아야 옳은 것이 아닌가요?"

"어머. 동성애? 물론 그런 것도 있지요. 남자끼리나 여자끼리도 서로 몸으로 쾌감을 느끼려 그러기도 하지요. 하지만 그런 건 비정상이라고들 해요. 그리고 그런 건 결혼이 안돼요."

"안된다고요? 그렇다면 결혼은 서로 성행위를 같이 하는 것을 목적으로 맺어진다는 게 확실하군요. 마음의 기밀한 교류만을 가지고는 결혼이라는 가장 가까운 인간관계의 성립은 불가능하단 말이군요."

"응… 그래요."

"그러면 결혼을 위한 상대를 선택하는 방법은 여러 선택 대상 개체들의 하접속부들의 상태를 두루 알아본 뒤, 그들과의 호환성 시험을 거쳐 그 중 최적의 것을 지닌 개체를 선택하는 것이어야 하겠네요."

"글쎄요. 참 좋은 방법이네요. 저도 심정적으로는 동조해요. 하지만 호홋. 아직은…"

『아직은 어떻기에... 설명해 줘요.

운선은 자기의 친구나 선배 중 결혼한 사람들의 성사 과정에 대해서, 아는 대로 최대히 얘기하며 들려주었다. 『걷던 둘이는 어느 덧 강둑을 벗어나, 立看板(입간판)의 네온과 展示窓(전시창)의 白熱光(백열광), 차량의 라이트 빛등이 현란하게 뒤섞여 비치는 시내로 들어와 있었다.

운선의 이야기로부터 실상을 알고 난 뒤 그는 더욱 의아했다.

『아니 그래 남녀의 결합을 위한 짝의 선낵을 주로 상접속부의 상태를 점검해 보아서 결정 한다고 요?』

『그렇다고 볼 수도 있죠. 대개 서로의 결혼을 결정하는 동기는 진실하게 서로를 이해해 준다고 믿는 것에 있으니까요.』

『그래도 결혼 후 빈번히 접속하게 될 부위의 호환성 시험은 거쳐야 하지 않을까요?』

『아니에요. 그걸 해보았다면 대개는 이미 결혼하기로 한 사이라고 보아야죠. 그것이 또한 건전한 사고방식이라고 인정되고요. 설사 시험을 해보았는데 결혼은 안 하는 경우가 있다고 하더라도 이 사람 저 사람 두루 호환성 시험을 거쳐서 최적의 결혼 상대자를 선택한다는 얘기는 흔치 않아요.』

『아니, 일생 동안 하접속부의 교류를 해가며 살아가기로 했다는 사람들이, 상대방을 알아보기 위해 그 중요한 하접속부의 호환성 시험은 안하고, 기껏 한다는 것이 상접속부에서 흘러나오는 엉뚱한 정보나 점검하고 있다니... 이상하네요. 단지 상접속부의 교류 시험만이 결혼을 위한 자료가 된다니, 이런 불합리한 일이 있을 수 있어요?』

『그래도 대충은 해요. 이를테면 몸의 대강을 봐서 짐작한다든지... 하죠.』

『하긴... 상대방의 몸이나 하체에 대한 정보를 알아내는 것도 호환성 시험이라고는 볼 수 없죠. 다들 자기의 몸은 상관없이 무조건 상대방은 좋은 걸 바라고 있으니까요.』

『아무튼 그렇게 결혼한 사람들은 잘 들 살고 있대요?』

운선은 지구인의 풍습에 대한 약간의 변명을 해주려 했으나 스스로도 논리가 부족함을 느꼈다.

그의 눈빛은 거리의 온갖 빛을 되받아 黑水晶(흑수정)같이 반짝였다.

고개를 숙이고 조금 앞서가던 은하천사는 운선을 돌아보며 물었다.

「아니에요. 바로 당신이 얘기한 그 이유 때문인지도 모르죠. 이 곳의 이미 짝지어진 쌍 중에 절반이 넘는 사람들은 거의 마지못해 살아간다고 봐야겠죠. 자기의 선택을 후회하는 이들이 상당수예요. 하지만 이미 만들어져, 진행되어 가고 있는 그네들의 삶의 체제를 도중에 무너뜨릴 수는 없는 것이니까…. 많은 사람들은 그냥 그대로 살고 있지요.
그것은 마치 薄土(박토)에 잘못 심은 나무라 할지라도 과감히 옮겨 심는 용기를 갖지못할 바에는, 힘써 가꾸고 거름주어야 할 도리 밖에는 없는 것과 같지 않겠어요? 그들 삶의 부조화의 원인은….」 은하천사는 조금 심각해하면서 측은해하는 표정으로 말했다.
「이제 어디 늘어가야지요.」
운선은 앞으로만 걷던 은하천사의 팔을 옆으로 살짝 끌어당겼다.
「여관 같은데 말이죠? 먼젓번에 갔지 않았어요?」
정해진 시간에 많은 것을 두루 돌아다니고 싶은 그는 어제 갔던 곳을 또 간다는 것에 대해 의미를 둘 수가 없었다. 그는 다시 원초적 질문의 자세로 물었다.
「여관엔 왜 가는 건가요?」
「남이 안 보이는 데서 있으려고요.」
「그것이 거기 들어가는 이유인가요? 지금은 날씨가 춥지도 않고…. 남이 안보는 곳에 가려면 한적한 곳으로 가면 되잖아요?」
「주위에 사람이 하나도 없는 데는 이 근방에는 없어요. 밀폐된 방밖에는….」
「아무도 없는 대로 가면 되지 않아요?」
언뜻 그의 말을 잘 알아듣지를 못해, 운선은 잠시 어리둥절한 표정으로 은하천사를 바라보았다.
「아무도 없는 곳 어디를 가야 한단 말인가.」 그러다 이윽고 그녀는 그 참뜻을 알 수 있었다.
「아, 참. 그러면 되지요?」
그녀는 운하천사를 길옆의 으슥한 골목으로 끌어당겼다. 그리고 그의 손을 꼬옥 잡았다.
달빛 아래 한적한 숲 속, 두 사람이 누울 만한 공간이 있는 곳에 그들은 와 있었다. 바뀌어진 주능을 돌아본 운선은 은하천사를 바라보고 살며시 웃으며 말했다.

『정말 이런 곳이 여관 대용으로는 참 좋은 곳이네요. 아니, 때맞춰 찾아올 수만 있었다면 더 낫겠어요. 금방 갔다 올 수가 없으니까 못 오는 것뿐이지. 아저씨, 이제 너무 그런 어려운 얘기들은 하지 말고 그냥 우리 그것만 같이 한 번 더해 봐요.』

웃으며 드러난 그녀의 치아가 달빛을 받아 더욱 희게 두드러져 보였다.

『그래요. 우리는 이제까지 상접속부의 교류를 많이 해왔어요. 그래서 지금 그 부위가 상당히 피곤하거든요. 이제는 하접속부의 교류를 좀 해 봐야겠어요. 사실 어제 나도 재미있었는데…. 하접속부간의 교류가 비록 상접속부간의 교류처럼 빈번히 하기에는 부적합하지만 그 대신 한 번 할 때는 훨씬 강하고 진한 감동을 주는 것 같아요.』

그는 어제 잠깐 느낀 쾌감을 어서 다시 확인하고 싶었으나 어떻게 시작해야 할 줄을 몰라 그 자리에 그대로 앉아 있었다.

『그런데 아저씨가 저하고 정말 충분히 친해져 있는 사람인가 모르겠네요. 정말 이래도 되는 지….』

운선은 그가 가만히 있자, 스스로 면구스러워서 더 나서지를 못했다. 먼저는 술김에 그래본 것이라지만 하루를 멀다않고 여자가, 아무리 별세계에서 온 이상한 남자라지만, 만난지 얼마 안되는 남자에게 그것을 자꾸 요구하기는 쑥스러운 일이었다.

『왜 가만히 있어요?』

어제와는 다르게 있는 운선에게 은하천사는 물었다.

『아까도 말했잖아요? 우리가 이래도 되는 건지 모르겠어요.』

『우리가 너무 가까워진다는 얘기인가요?』

『그래요.』

『그것을 두려워할 필요가 있나요?』

『왜 두렵지 않겠어요? 앞으로 감당해야할 많은 일들을 생각하면….』

『감당하라고 누가 강요하나요?』

『…….』

은하천사는 지구의 한 남자가 여자를 설득히는 자세로 말했다.

『삶이란 결국 흘러가는 거예요. 나날의 삶은 훗날을을 위한 수단으로서 보내는 것이 아니에요.

그 자체가 삶이죠. 그 하루 하루가 모여서 한 인생을 만들죠. 그러니 하루 하루만을 따로 떼어 가지고 인생을 해석할 수도 있어요. 우리는 오늘 하루를 같이 지낸 만큼, 이미 오늘 하루의 인생에서 우리는 서로 가장 가까운 사람이 되어 있는 거예요.』

운선은 내심 그의 설들을 기대했는지, 금방 이해하고 동의 했다.

『그렇군요. 결혼한 부인이 하루를 외간남자와 같이 지냈다 하더라도 그날 하루로서는 그 외간남자가 그 부인과 가장 가까운 인연을 가진 사람이라고 할 수 있겠죠. 하물며 저는 달리 더 친한 남자도 없으니 아씨는 분명 오늘 하루의 제 인생에서 저와 가장 가까운 사람이지요.』

은하천사가 그녀의 옷을 헤치고 들어오길 기대하며 운선은 나무에 등을 기대고 잠시 가만히 앉아 있었다.

다시 조용한 어색함이 흘렀다. 그것은 서로가 서로에게 몸을 내맡기고만 있는 形局(형국)이었다.

『아 참, 저 사람은 잘 모르지...』

그는 상식이 상당히 부족한 자라는 것을 왜 생각 안했던가. 운선은 무릎을 딛고 일어나, 『내가 준비해 줄께요.』 하고는 자신의 상의를 벗어 바닥에 깔았다. 그녀의 가슴에 두른 것도 같이 풀었다.

어둠 탓인지 그녀의 유두는 검보라빛으로 보였다.

『이리, 기씨 와요.』

그녀는 앞에 가까이 다가온 은하천사의 上衣 단추를 풀었다.

『참 매력적인 가슴이에요. 옷 입었을 땐 잘 몰랐었지만요. 이렇게 가슴의 그윽이 두드러진 사람은 별로 없는데요.』

운선은 아직 다 열려 젖혀지지 않은 은하천사의 셔츠 안으로 손을 넣어 촉을 세게 끼고 싶어 한껏 움켜잡아 보았다.

그러자,

『물컹』

하고 그녀의 손끝은 예기치 못한 감각을 전달했다. 그녀는 순간적 황당의 극한점에 도달했다.

「어머, 이 느낌은...」

그 감촉의 반은 여자의 그것과 같았다.

그러나 그녀는 이 느낌이 그렇게 나쁘게 생각되지는 않았다. 이전에 그녀는 가끔가다, 같은 여자 친구와 보통 이상으로 가까와지고 싶은 마음이 일어나곤 했었다. 그런데 그런 마음은, 아예 취향이 돌아버리지 않을 바에는 원활히 해소될 것이 아니었다. 그렇다고 절실한 것도 아니니 단지 막연한 호기심으로 같은 여자와의 신체적 친밀을 상상해 본 일이 있을 뿐이었다. 그런 중에 은하천사의 몸의 색다른 감촉은, 일석이조의 효과를 주는 야릇한 감흥이었다.

바닥에는 까칠한 잡풀과 잔 나뭇가지들이 많았다. 운선은 하의는 벗지 못하고 그냥 지퍼만 내렸다. 은하천사도 상의 단추만 풀고 역시 하의는 지퍼만 내린 상태로, 하접속부의 교접을 본격적으로 시도했다.

하고 그 느낌을 나름대로 받아들이던 운선에게는, 다시 남자를 향한 욕구가 일어났다. 조금은 미지근

둘은 공히, 이 곳 지구의 관례를 따라 자신들의 하접속부를 덮씌우고 있던 내부 가리개를 젖혔다. 둘이 신체를 밀착하자 은하천사의 피부 감촉이 운선에게 확연히 전달되었다.

『아저씨, 좀 더 남자답게 되어 보세요.』

그러자 은하천사가 그녀를 껴안는 힘은 깅해졌다. 운선은 가슴에 이제까지 느껴보지 못한 강한 포옹의 압력을 느꼈다. 은하천사의 가슴과 팔뚝으로부터는 단단한 그윽의 量感(양감)이 전해왔다. 下部의 노킹(knocking)은 完固(완고)한 나무 틈새에 쐐기를 박는 해머와 같이 激(격)해졌다. 지금 있는 곳은 먼저처럼 도시 그교가 아니라, 도시로부터 꽤 멀리 떨어진 곳 같았다. 그들은 여관과 같이, 저녁에서 다음날 아침 열두 시까지 아무도 들여다볼수 없는 장소에 와있는 것이었다.

반복되는 강한 충격에 잠시 혼절했다 깨어난 운선이 다시 가느다란 소리로 요구하면, 그 즉시 은하천사는 강한 打力(타력)에 의한 반복 실행으로 응답했다.

이 정도면 호환성의 시험이 충분하다 할 징도다 싶을 지경에 이르러, 그녀가 피곤을 못 이겨 잠에 빠져들자 은하천사는 그녀를 뉘인 채로 어둠 속에 일어나 앉았다. 가슴, 어깨, 배... 그리고 바지가 반쯤 내려간 채로 달빛 아래 보이는 운선의 나체는 우주 최상의 아름다움에만 익숙해 있던 외계인 은하천사의 눈에도 제법 불만했다. 조금은 그을린 피부의 그녀이지만 달빛 아래서는 누

구나 그렇듯、 은백의 빛깔로 보였다.

「이들 생물은, 배에서 열을 보존해야 한다지...」

은하천사는 옆에 놓인 웃저고리를 운선의 배에다 덮어주었다.

「이것이 바로 하접속부에 의한 에너지의 교환 작업이로구나. 이 정도 쾌감을 느낄 수 있다면 서로간의 호환성이 충분히 있는 것이라고 해야 할 수 있지 않을까? 그렇다면 나는 이 여자를 데리고 우리 은하제국으로 돌아갈 수 있는 자격을 갖춘 것일지도 모르지. 그러면 나는 이 여자를

우리 은하제국의 위대한 생명학자 M의 설에 의하면, 같은 환경에서 같은 핏줄을 타고난 자들끼리 오랫동안 사손을 이어가면 새로운 발전이 없다고 한다. 그래서 근세에 이르러 다른 행성 종족끼리의 星際結婚(성제결혼)3)이 매우 빈번했었는데, 오랜 세월이 지난 지금에 이르러서는 별 효과가 없게 되었다. 길국 서로 교환해 봤자 그 종족이 그 종족이므로... 아예 이 여자와 系際結婚(계제결혼)4)을 해서 우리 은하제국에도 새로운 轉機(전기)를 마련해 볼까? 아무리 우리보다 하등하다해도 이들도 나를 대로의 강점은 있는 법. 한 번 생각해 보자. 내일 아침이면 말해야지. 이제 우리끼리의 호환성은 충분히 검증되었으니 결혼하는 것이 어떻겠냐고...」

밤이 깊어가니 주위의 기온은 내려갔다. 운선은 스며드는 추위에 눈을 뜨려 했다. 그러자 은하천사는 그녀를 온몸으로 덮고 양 팔로 싸안아 주었다. 그녀의 몸은 은하천사로부터 번져나오는 짙은 溫氣(온기)에 감싸여、 온 밤을 깊고 깊은 따스함과 포근함에 묻혀 보내고서는, 새벽녘 이슬지는 산 속의 쌀쌀함도 모른 채 아침을 맞이하게 되었다. 그 얼굴의 감각이 밤 동안의 검음과 서늘함을 아쉽게 떠나 보내고, 새로이 붉은 광명과 따사로움을 맞이할 때에 이르러, 그녀는 눈을 뜨고 잠에 깨어났다.

이윽고 운선의 감은 눈에는 엷은 햇살이 비쳤다. 그녀 숲 속의 아침、 쏟아지는 햇살을 등뒤로 받으면서 은하천사는 깨어나고 있는 그녀를 바라보고 있

----

3) 다른 별 행성들의 사람끼리의 결혼、 영문 : interplanetary marriage.

4) 태양계와 같은, 각 항성들의 항성계(恒星系)가 있을 때、 그들 서로 다른 항성계의 사람들이 하는 결혼、 영문 : inter-starsystematic marriage.

었다. 그의 모습은 온 밤을 한-데(外地)서 지낸 사람 답지 않게 안면은 희고 윤기가 나 있었으며, 두 눈 안에는 아침 햇살을 직사로 받는 운선의 상체가 선명히 비쳐 있었다. 그의 얼굴 주위에는 곱슬한 머리칼이 逆光(역광)을 받아 금빛을 산란시키고 있었다.

『나는 이 곳의 많은 것을 알고 나서 돌아가고 싶다고 말했지요. 이 곳의 여러 사정에 대해 조사해 보기에 가장 좋은 곳이 어디죠?』

『당신이 말하는 이 곳은 무엇을 뜻하는 가요? 우리가 온 이곳 산 속을 말하는 것인가요? 여기가 어딘지는 저도 몰라요.』

『역시... 당신은 외계인이었군요. 지구를 조사하러 온...』

운선은 누워있는 그대로 은하천사를 올려보다가, 다시 시선을 집중하여 그의 눈을 마주 바라보았다.

『당신의 이름은 무엇이죠?』

『이름을 굳이 얘기하자면... 이 곳의 입장에서 본 나는 銀河天使라고 할 수 있겠죠.』

『어머, 천사! 그럼 하느님에게로부터 어떤 사명을 품고 오셨다는 것이네요!』

『음? 천사라고 하면 여기서는 우선 그런 뜻으로 생각하나요? 그럼 다시 자세히 설명하죠. 말하자면 은하계 중심 쪽은 여기서는 그냥 하늘(天)이라고 밖에 할 수 없잖아요? 문자 그대로 거기서 온 사절[使]이란 뜻으로 한 말이에요.』

운선은 잠시 곰곰 생각하다 고개를 끄덕였다.

『그래요. 銀河天使라는 말은 문자 그대로의 뜻이네요. 하지만 어쩌면 우리가 생각해왔던 그 천사라는 것도 본래는 같은 의미였는지도 모르죠.』

『아무튼 이 곳을 조사하러 오신 것이라면요. 이 곳은 워낙 다양한 생활상들이 있어서 어느 한 곳만 가지고 전부 이야기할 수는 없어요. 뉴욕의 북적이는 인파, 북극의 빙산과 오로라, 고비 사막의 뜨거운 햇빛, 아프리카 초원의 짐승들 모두가 제각각이에요. 어느 한 곳만 가지고 이 곳을 다 말할 수는 없어요.』

『나는 이 곳에서 문명사회를 이루고 살고 있는 고등 생물의 사회를 알아보고 싶어요. 제대로 오신 것 같아요. 이곳은

『그렇다면 당연히 사람이 많이 사는 곳을 조사해 보셔야지요.

지구상에서도 많은 사람들이 살고 있는 곳 중의 하나이니까요.

『사람들 사는 곳에서 생기는 여러 가지 일들을 두루 알아보고 싶은데요.』

『그런 면에서도 이 곳은 알맞은 곳이에요. 이 곳 한국은 별로 크지 않은 나라이면서도 이 온 지구의 모든 문제가 집약되어 있다고 할 수 있죠. 이웃의 큰 나라들의 이해가 서로 얽혀 이 곳에서 나타나고 있으니까요.』

운선은 일어서 옷을 추스렸다. 그러나 숲의 흙먼지와 습기 등이 배어 있어서 그대로 사람들이 많은 데로는 갈 수 없을 것 같았다.

『옷이 너무 지저분한데... 새로 입을 옷은 없을까?』

운선이 혼잣말을 하자 그는

『내가 새로 옷을 만들어 주실래요?』했다.

『어떤 옷을 만들어 주실래요?』

『모르죠. 그냥 이 곳 여자들이 입는 평균으로 만들어 줄 수밖에는..』

『그러지 말고 돈을 만들어 주세요. 내가 직접 살 테니까.』

『그래요? 내가 만들어온 돈은 있거든요. 그럼 그렇게 하지요.』

『그럼 우리 먼저 처음 만났던 데 부근으로 가요. 거기는 옷파는 데가 많으니까.』

둘이는 손을 잡고 이 곳 이름 모를 숲 속에서 다시 그들이 처음 만났던 곳 부근으로 이동했다.

이번에는 학교의 校庭(교정) 깊숙한 곳에 은하천사는 나타났다.

많은 학생들이 오가는 길을 걸어나오면서 은하천사는, 이번에는 먼저처럼 단순한 의문에 그치는 것이 아니라, 직접 이곳의 형편을 조사해 보기 위한 목적으로 운선에게 말했다.

『이 곳에서 최근에 일어났던 일들을 말해 주세요.』

『최근까지 우리 나라는 군사 정부에 의한 독재정치가 행해졌어요. 그래서 언론, 집회, 結社의 자유가 상당이 제한되고 있었죠.』

은하천사는 언론, 집회, 결사가 무엇을 뜻하는지를 잘 알수 있었다. 그것은 우주 어느 곳에도 있게 마련인 槪念語(개념어)이기 때문이었다.

『그러니까... 최근까지 여기에는 戰士계급에 의한 독재정치가 계속되었다는... 전사계급이란 본래 물리력으로 상대를 제압하는 집단을 말하는 것이 아닌가요? 그러한 집단이 사회구조의 최상부에 자리한다면 그들은 당연히 무력에 의한 통치로 사회체제를 유지하려고 하겠죠. 당연히 여러 개체들이 모여서 각자의 상접속부로부터 우리나오는 정보를 교환하는 것과 같은 행위를 통제하려 하겠지요. 자기네들과 같은 편이 아닌 측에서, 서로간의 의견교류에 의한 화합이 자꾸 일어나면, 자기네들의 세력이 상대적으로 위협받게 될 수밖에 없을테니까요.』

운선도 은하천사식의 표현으로 말을 이어 나갔다.

『그래요. 과거의 戰士政府의 독재 정치에 반발하여、자유로운 상접속부끼리의 정보 교환을 위해서 전사 계층에 대항하는 많은 지식인, 예술가 등이 해직과 투옥을 당했었죠.』

『지식인, 예술가 등이라.‥ 비교적 고노의 정보처리 능력을 지닌 시스템 개체들을 발휘 못하게 해 왔었다는 말이군요.』

『하지만 지금은 달라요. 그래에 들어와서 상접속부의 정보 교류의 자유를 갈망하는 다수 개체들이 들고 일어났어요. 그래서 그들의 힘에 의해 戰士 지배자는 물러났어요. 지금은 문민정부라고 해서、비전사 출신의 통치자가 들어서 있는데, 적어도 언론, 출판, 집회、결사의 자유가 예전보다는 나은 수준이란 말에、이의를 다는 사람이 적어요.』

『지금은 상접속부의 정보교류의 자유가 싱당수준에 이르렀다는 말이군요...자유를 얻기 위해 투쟁하는 그런 역사는 사람이 사는 곳이라면 어느 곳이라도 공통되게 마련이죠. 다만 그 시기의 차이가 있을 뿐이고...』

그런데 그들이 교문을 나오자 한 현수막이 보였다. 거기에는 정부의 조치에 의해서 해직된 한 교수의 석방과 복직을 촉구하는 내용이 쓰여 있었다.

『아, 저, 저기 저건 뭐죠? 지금은 이런 일이 없어졌다고 했지 않았어요?』

『아니, 저, 저건 내용이 달라요. 언론 출판의 자유가 아니라 서로간의 愛情 교류의 자유를 주장한 사람이 잡혀가서 투옥되고 해직되었던 것이에요.』

『하접속부의 교류의 자유를 주장하던 사람이 잡혀갔었단 말인가요?』

『예. 어서 길 건너요. 저기 가면 옷 파는 가게가 있어요.』

운선은 어서 흘투성이 차림새를 면하려고 길을 재촉했다.

『그렇게 빨리 가야 해요?』

그는 운선이 소을 잡고 끄는 대로 몸을 내딛지를 앓고 한 걸음 뒤쳐져서 갔다. 차분히 걸어가면서 많은 것을 묻고 싶었다.

"이렇게 대낮에 거리에서 흙 묻은 옷을 입고 다니면 사람들이 이상하게 봐요. 더군다나 웬 아저씨하고 같이 가면서 그렇다면 저들이 상상하는건 뻔하지요. 내가 아는 사람이 보면 어떡해요?"

"그러면 우리, 사람이 안보는 곳으로 빨리 가요."

앞에는 높이 올려져있는 철길이 있었다. 둘이는 그 아래를 통과하는 길을 지나다 방향을 돌려서, 옆의 비탈진 곳을 따라 철길을 향해 올라갔다. 지나가는 사람 몇몇은 잠시 고개를 돌려 이상한 눈으로 그들을 올려보았다.

철길 위로 올라가서 운선은 시계를 보면서 말했다.

"우리 어제 만난 그곳으로 가요. 같이 연극이나 하나 봐요."

주변엔 아무로 없었었다. 은하천사는 그녀의 손을 잡았다.

곧 둘이는 맘원이 된 어느 연극 공연장 안에 있었었다. 불은 꺼져서 깜깜했고 무대에는 옷을 거의 다 벗은 한 여배우를 향한 가느다란 조명만이 있었다. 그들은 무대 바로 앞의 공간에 자리잡았기 때문에 아무도 눈치채지를 못했다. 운선은 공짜 구경이 재미나고 은하천사는 이네들 지구인들의 예술 활동에 대한 호기심이 일어나서, 둘이는 공연시간 동안 줄곧 조용히 관람했다.

은하천사는 연극을 보고 나서 나오면서 말했다.

"왜 평상시의 사람들은 옷을 입고 있는데 무대 위에선 벗는 경우가 많지요?"

"관객들이 그걸 원하니까요."

"그런데 벗으려면 다 벗지 왜 조금씩은 무엇을 걸치고 있지요? 그것도 꼭 외부와의 교류가 필요한 접속 부위를요."

"다 벗으면 법에 걸리지요."

"왜 법에 걸리지요?"

"아직 우리 나라는 그런 자유가 있지 못해요."

"여기도 언론 사상 집회 결사의 사유가 있다면서요?"

"예, 그래도 그런 자유가 상당히 주어져 있다고 해요."

「상접속부에 의한 정보 교류의 자유에 대해서는 어느 정도 보장이 되어 있다는 얘기로군요?」

「그렇다고 말할 수 있겠군요.」 운선은 그의 표현방식을 이해하려 노력했다.

「그러니까, 상접속부의 교류의 자유는 싱당히 주어져 있음에도 불구하고 하접속부의 교류의 자유는 아직도 보장되어 있지를 않아서, 응당 보여줘야 하고 또 보고싶어 할 때에도 그러지 못한다는 말인가요?」

「그렇게 생각되시나요?」

운선은 그와 대화를 맞춰 가다가도 자꾸만 어리둥절했지만, 다시 그의 사고방식을 따라 적극적인 상황 설명으로 들어갔다.

「그렇죠. 아직 우리의 하접속부의 자유가 상접속부의 자유의 수준을 따라가려면 멀었지요.」

「그렇다면 참 이상하다···.」

그는 잠시 생각하며 말없이 걸었다. 둘이는 공원 벤치에 앉았다.

「몸을 이루는 각 부분 중에서 최상의 개념을 가지는 부분은 어디죠?」

「무슨 말씀이죠?」

「어떤 시스템이 있다면 거기에는 각각 上下의 개념을 가진 부분이 있어요. 下개념을 가진 上개념을 가진 부분의 상태와 통제를 따르도록 되어 있고, 上개념을 가진 부분은 下개념을 가진 부분에 영향을 주고 통제하면서、下개념을 가진 부분 內의 조그만 변화에는 영향받지를 않죠.」

「그렇다면 사람의 몸에서는 시스템의 상개념은 단연 두뇌 활동이지요. 두뇌는 다른 모든 기관의 동작을 제어하니까요.」

「그렇다면 두뇌 즉 상접속부는 다른 신체 기관에 대해 통제력을 행사할 수 있어야 한다는 말이겠군요.」

「물론이죠.」

「그런데 상접속부가 자유스런 교류를 하게 되었다고 모두들 말하고 있는데、왜 아직도 하접속부는 자유를 찾지 못하고 있죠?」

「그-건···.」

「그렇다면 이 곳에서는 상접속부가 하접속부보다 상위 개념을 가진 신체 기관이 아니라는 말인가요?」

「그래도 머리에 의해서 성욕을 자제할 수는 있죠.」

운선은 말했지만 다시 속으로 깨달았다. 성기의 흥분과 체액의 배출은 전혀 머리에서 조절하는 것은 아니지 않은가. 그녀는 은하천사의 의문에 대해 동의할 수밖에 없음을 느꼈다.

「그렇긴 해요. 두뇌 활동인 언론, 집회, 결사의 자유가 제아무리 보장되어 있다 하더라도 자유로운 性의 교류는 아직도 생각을 못하고 있으니까요.」

운선은 고개를 끄덕였다.

「이제 오늘은 집에 가야 하지 않아요?」

그가 묻자, 운선은 『아저씨는 집에 안 가세요?』하고 반문했다.

「나는 당분간 특별히 가야 할 곳은 없어요. 그냥 이곳 지구를 오가며 여러 가지 정보를 얻어내는 것밖에는…….하지만 굳이 어디냐고 묻는다면 지금 집이라고 할 곳은 있어요.」

「그럼 거기로 가요. 난 집에 며칠간 여행 떠난다고 말해 놨다잖아요.」

「그래요. 마침 나도, 그냥 이곳의 땅위를 밟고 다니는 것보다는 전체적인 조사와 정리를 할 필요가 있다고 생각됐어요. 그래서 다시 내 선실 안으로 가려고 하니 같이 갑시다.」

「아. 거기요? 말로만 듣던 외계인 우주선을 이제 보게 되다니…….」

운선은 놀라움과 두려움에 눈을 크게 떴다.

두 사람은 그 순간 선내로 들어와 있었다.

잠시 어리둥절했던 운선은 이내 정신을 가다듬어 선내를 둘러봤다. 앞면에 있는 바깥 우주 공간의 모습이 보이고 그 아래 있는 수많은 계기판(計器盤)에는 여태껏 만화나 영화에서 본 것들과 비슷하게 크고 작은 원형단추와 왕복조절장치 등이 빽빽이 들어차 있었다. 천장 가운데는 샹들리에 조명등이 실내를 환하게 비추고 있었다. 그 아래에는 희고 둥근 탁자가 놓여있고 역시 흰색의 네 의자가 둘러서 있었었다. 탁자와 의자는 금박 장식이 되어 있었으며 각각의 네 다리는, 두툼한 곡면이 볼록하다가 아래로 폭이 좁아지며 굽이쳐 들어가고, 맨 끝은 바깥으로 둥글게 말려진, 고풍스런 모양으로 휘어있었었다.

「저기 가서 앉읍시다.」

운선은 그의 권유를 따라 자리에 가 앉았다. 그녀는 신비로운 우주의 전경을 앞에 볼 수 있는 곳에 위치했다.

둘이 자리를 잡은 뒤 은하천사는 탁자 위에 보일 듯 말듯 있는 조그만 스위치를 눌렀다.

그러자,

「핑.」

하면서 탁자 가운데에는 원통형의 주전자가 은빛광택을 내며 튀어 올라왔다.

그리고,

「핑.」

주전자의 아래쪽에서는 조그만 문이 열리더니, 안 쪽은 희고 매끄러우면서 바깥은 짙은 갈색 바탕에 굽은 검은 줄무늬가 양각되어진, 납작한 원뿔형의 두 개의 찻잔이 튀어나왔다. 찻잔들은 한 뼘 가량만큼 나동그라지더니 뎅그르르 떨리면서 중심을 잡아 그 자리에 멈춰 섰다.

「찻잔을 잡아서 여기 갖다대요. 그러면 커피든지 뭐든지 이 주전자가 따라줄 거예요.」

운선이 자기에게 가까운 찻잔을 손으로 잡아 주전자의 출수口 앞에다 놓으니, 주전자는 그 자리에서 정확히 거리를 조준하여 찻잔에 커피를 딸아 부었다. 은하천사도 마찬가지로 잔을 채우고 두 사람은 자세를 잡았다.

「지구에서 두 남녀가 결혼하기 위해서는 이렇게 찻잔을 들고 마주보는 과정이 꼭 필요하다고 했죠?」

輝煌(휘황)한 별무리를 창 밖 배경으로 둔 어엿한 우주카페였다. 운선은 찻잔을 만지작거리며 잠시 멍하니 있었었다.

「참, 조명이 너무 환하군요. 지구에서 잠깐 가봤던 곳들은 이렇게 밝지는 않았었죠.」

그가 고개를 들어 샹들리에를 쳐다보니까, 그 불빛의 세기가 줄어들었다.

「어머 어떻게 이렇게 돼요?」

『이 선내에 있는 모든 물건들은 나를 위해 있는 것이거든요. 그러니까 내가 눈이 부시지 않게 하기 위해 조명이 더 어두워지게 되는 것이죠.』

『그럼 다시, 내가 계기판이나 어떤 구석진 곳을 자세히 들여다보면 내가 더 잘 볼 수 있도록 조명이 더 강해지죠.』

『그건, 내가 밝게 하고 싶으면 어떻게 해요?』

운선은 고개를 끄덕였다. 아무튼 은은한 연황색의 조명이 퍼져있는 정갈한 실내에서, 저쪽 벽면을 메운 유리창 밖의 칠흑 같은 우주 공간에 떠있는 螢螢色色(형형색색)의 별무리를 바라보는 기분은, 가히 觀(관)의 극치였다.

그녀는 분위기에 한껏 취한 듯 황홀한 표정을 지었다.

은하천사는 사기의 마음을 정식으로 그녀에게 전했다.

『우리는 이미 상하 접속부의 호환성 시험을 충분히 거쳤어요. 그것은 서로간의 일체합일에 문제가 될 것이 없음을 확인한 거예요. 이제 우리 결혼해요.』

운선은 몸을 움츠렸다. 그리고 은하천사를 향해 고개를 돌리고는

『저가 그냥 이런 멋진 프로포즈를 받아도 될까요? 우선, 당신에게 저의 사정을 숨김없이 밝히는 것이 우선되어야 하지 않을까요? 그에 대한 당신의 마음을 알아봐야 할텐데···』

하며 걱정스런 눈초리로 올려다 보았다.

『무슨 말이에요? 당신은 나와의 호환에 아무 문제가 없었지 않았나요?』

『저는 처녀가 아녜요.』 운선은 금방 말했으나, 꺼내기 힘든 것을 애써 끄집어낸 듯, 그 말에는 추진력의 여운이 실려 있었다.

『그게 무슨 뜻이지요?』

『저는 먼젓번에 유부남인 사람과 사귄 적이 있었다고 했지요? 그 때의 첫 경험 이후, 나는 처녀의 신분에서 비처녀의 신분으로 변했어요. 그로 인해 나에 대한 남자들의 평가가 달라졌고, 그 이후 내가 남자들을 대하는 태도도 달라졌어요.』

운선은 이제시지는 없었던 무거운 표정으로 말했다.

은하천사는 處女라는 말의 정확한 뜻이 해석되어지지 않았다. 글자 그대로 해석한다면 「그 자리(處)에 그대로 있는 여자」라는 뜻이겠는데 어디에 그대로 있다는 말인가.

「처녀가 뭔데 비처녀가 뭔데요?」
「제 말에 나와 있지 않나요? 처녀는 한 번도 남자를 겪어 보지 않은 여자를 말하는 것이고 비처녀는 말 그대로 처녀가 아닌 모든 여자를 말하는 것이죠.」
「남자를 겪었다는 기준이 뭐지요? 대화를 해보았을 수도 있고 서로 포옹을 해보았을 수도 있고... 남자를 느끼는 방법은 여러 가지가 있는 것이 아닌가?」
「글쎄 그런 것들이 다 남자를 겪기 위한 진행 과정이라고 볼 수는 있겠지만, 결정적인 것은 바로 이곳에 남자의 성기가 들어왔나 여부를 손으로 가리키죠.」
운선은 또 어색하게 자기의 하복부를 손으로 가리켰다.
「남자들은 여자가 그 중 어느 쪽에 속하는가에 대해서 상당히 민감하지요. 첫 경험을 했다는 것은 바로 저의 성기에 처음으로 남자의 성기가 삽입되었다는 것을 말해요. 그로 인해 저의 성기 부분은 변화를 맞는 것이지요. 바로 아저씨가 말하는 하접속부의 변화가 온 것이지요.」
「그렇다면 처녀란, 『그곳에 그대로 있는 여자』가 아니라 『그곳이 아무런 변화가 없이 그대로 있는 여자』라는 뜻이로군요. 단순히 그 차이인데 그게 그렇게 중요한 것인가요?」
「남자들은 순결한 여자를 좋아하니까요.」
「처녀가 순결하단 말예요? 한 번도 남자에 의해 더럽혀지지 않은 깨끗한 하체를 가진 여자를 남자들은 원하죠.」
「하체는 원래가 불결한 물질들을 처리하는 곳이 아닌가요? 그런데 단지 같은 인간인 다른 남자의 손길이 갔다고 해서 어떻게 더 더럽혀졌다고 할 수가 있죠?」
그는 통 이해가 안 가는 듯 계속 물었다.
운선은 잠깐 멈칫 하다 고개를 끄덕였다.
「그래요. 그렇기는 하죠.」
「한 번 자세히 관찰해 봐야겠어요.」
그는 일어나 계기반이 있는 곳으로 가서, 처음 지구에 내려올 때 했던 것과 비슷한 작업을 하기 시작했다. 그는 먼젓번에 모아 두었던 지구의 여자들에 관한 정보를 불러냈다. 그 중 하접속부에 관한 정보들을 추려내어, 모든 여자들을 채내에 남자의 체액이 들어간 적이 있느냐의 여부로 처녀와 비처녀로 구분했다.
『뭘하고 계시는 거죠? 자꾸 이상한 그림만 나오고…』
계기반 위에 있는 모니터에 수많은 여자의 하복부 모습이 前面, 後面, 下面, 그리고 斷面(단면)의 순으로 잇달아 나타나자 운선은 조금 당혹스러워 물었다.
『처녀라는 여자 집단과 비처녀라는 여자 집단의 하복부 청결 상태가 서로 어떻게 다른가 알아 보려고 해요.』
『처녀막이 있는나의 여부겠죠. 처녀가 순결하다는 것은 상징적인 의미인데 그걸 왜 굳이 물질적인 차이로 구분하려 하시나요?』
그는 대꾸 않고 한참 동안 모니터를 들여다 봤다. 전체적으로 보(觀)다, 세부적으로 확대하기를 반복했다.

조금있다 그는 고개를 흔들었다.
『비처녀의 십단을 조사해보면, 상대방의 전접속부와 동등한 자격으로 교류한 흔적이 있고 또 새로운 생명을 잉조하기 위한 忍苦(인고)의 흔적도 엿볼 수가 있었어요. 그야말로 숭고한 생명체로서의 敬畏心(경외심)을 느끼게 하는 자료를 얻어낼 수 있었는데 반면에 처녀라는 집단은 하복부에 배설물밖에는 없어요. 어째서 그런 여자가 더 순결하다는 것일까요?』
이 때, 뒤에서 바라보던 운선은 더 이상의 질문을 회피하고는,
『어머, 이건 컴퓨터와 비슷하네요. 모니터가 있고 자판이 있고…』 라고 다른 얘기를 했다.

『컴퓨터가 뭣 하는 기계인데요?』
은하천사는 돌아보며 물었다. 그 말솜으로 미루어서는 셈을 한다는 뜻인데 셈을 할 수 있는 것이 아닌가. 그런데 그런 뜻을 가진 기계가 있다는 것이 이해가 안 되었다.
『말하자면, 셈하는 기구이지요.』
『셈은 머리로 하면 되잖아요?』
『사람이 히면 실수를 자꾸 하게 되잖아요.』
『그런…, 가요? 지구인들은 그게 제대로 안 된다는 말인가요? 하나에다 하나를 더하면 둘이 된다는 걸 판단하기가….』

은하천사의 칠일간사랑

운선은 다시 설명했다.

『그런 건 물론 판단할 수는 있어요. 그런데 일이 커져서 자꾸 셈의 양이 많아지고 복잡해지면 실수해서 틀리기가 쉽거든요. 그런 것을 막기 위해서이죠. 셈하는 일 뿐만 아니라 다른 여러 분야에서 컴퓨터는 사람의 생활을 보다 편리하게 만들어 주고 있어요.』

『주로 무엇을 해주나요?』

『복잡한 계산이나 정보의 통신을 하지요. 많은 사람들이 디지털 정보로 서로 교신하기도 해요.』

『정보의 통신은 서로의 감각 기관으로 하면 되지 않아요? 먼데 있는 사람들끼리의 디지털 정보 통신은 遠距離多者間以心傳心 5)으로 하면 되고…. 그런걸 하는데 기계가 무슨 필요가 있지요?』

『안돼요, 우리 지구 사람들은 어려운 계산을 몇 번만 반복해도 하면 금세 머리가 어지러워져요. 몇 시간 동안 계속 말을 하거나 글씨를 쓰고만 있어도 쉬 피로해져서 더 작업을 못하게 되고…. 또한 자기가 정리해 놓은 지식 정보를 한 번에 여러 사람들에게 복사해서 전파할 수도 없어요.』

『그러니까 그 일을 기계가 대신한단 말인가요?』

『예, 컴퓨터가 하는 일은 바로, 인간이 살아가기 위해 필요하기는 하지만 인간 스스로는 원활히 해내지 못하는 성격의 일이라고 할 수 있어요. 그래서 불완전한 능력을 완전에 가깝게 하고자 하는 인간 노력의 산물이죠.』

『그것은 참으로 훌륭한 면이라고 봐야 하겠어요.』

은하천사는 지구인의 노력이 기특하게 여겨졌다. 지구인의 몸의 능력의 한계에 동정을 느끼면서도 컴퓨터라는 것을 만들고 사용하는 지구인의 노력이 기특하게 여겨졌다.

『그래요, 아저씨도 이 곳에서 살아 보려면 한 번 써 봐야 할지 몰라요. 지구에 관한 각종 정보를 잘 정리해 두려면.』

『그런 건 없어도 될 것 같은데요….』

그는 가볍게 고개를 저었다. 사실 비행접시 안의 資料貯藏器(자료저장기)에 이미 모아져 있는 지구로부터의 각종 정보만 하더라도 엄청나게 많았다. 그러나 그것들은 단지 저장 원반에 기록되어

---

5) 원거리다자간이심전심, long distance multitelepathy, 먼 거리에 있는 여러 사람끼리의 텔레파시

있을 뿐이고 그것을 찾아내서 모니터위에 나타나게 하고 서로 비교해 보는 것은 모두 그 자신의 직관에 의한 것이었다.

하지만 이곳의 생물은 본디 사고를 담당하는 상접속부 즉 두뇌의 능력이 이토록 불완전함은 당연할 것 같았다. 간주하고 중요히 여기니, 상접속부 즉 두뇌의 능력이 이토록 불완전함은 당연할 것 같았다.

『참, 이제 이곳 생물 과거의 역사도 알고 싶어요.』

『지구 생물의 과거요? 내가 설명해 드릴께요. 인간이 나타난 것은 약 일백 만년 전이고... 그리고 그 전 약 일억년전에는 공룡이라는 큰 동물들이 번성했고...』

『그 동물들은 어떻게 생겼나요?』

『지금 발견되는 화석을 보고 알아내죠. 가령, 공룡이라고 하는 것들은...』

운선은 주머니에서 볼펜을 꺼내 탁자 위에다가 공룡의 모습 두어가지를 대강 그려주었다.

『색깔은요~』

『그건 몰라요. 영화를 보면 그냥 회색 같기도 하고 검정색 같기도 하고...』

『그럼 제대로는 모른다는 것이잖아요?』

『그 이상 어떻게 알아요? 지금은 뼈의 흔적만 남아있고 아무것도 없는데. 사실 그 정도 알아낸 다는 것만도 대견한 것이죠.』

『옛날의 모습을 그것을 따라가 보면 될 것 아녜요?』

『예??』

『자, 한 번 보죠. 지구의 옛 모습들을.』

놀라 멍하니 있는 운선을 두고 그는 다시 돌아앉아 모니터를 향했다. 거기에는 방금까지 그들이 있었던 지구사회의 모습이 나타났다.

『여기서 원격집광기(원격집광기) 이동 장치를 조작했다.

『여기서 원격집광기를 지구로부터 먼 쪽으로 쏘아보내서, 옛날에 지구로부터 나간 빛을 거기서 보도록 해서, 나시 그 장면을 아공간 전송을 통해 여기서 보도록 하면 되지요.』

운선은 입이 딱 벌어져서 말이 안 나왔다.

화면에는 현재의 지구 모습이 이것저것 임의로 보여지고 있었다.

은하천사는 그 밑의 서랍에서 조그만 쌍안경과 비슷한 물건을 꺼냈다. 그리고는 거기 달려있는 정밀한 계기반을 조작했다. 그리고는 많은 편에 있는, 마치 전자렌지처럼 생긴 소형아공간전송장치6)에다 올려놓고 스위치를 눌렀다. 쌍안경은 곧 사라졌다. 화면에 보이는 시간은 시간을 거슬러 올라갔다. 화면은 어지러이 움직이다가 가끔 가끔 멈추면서 어느 한 시대의 모습을 간간이 보여주고 있었다. 옛 시대로 갈수록 더욱 많은 하늘과 푸른 물 그리고 순박하고 선량한 사람들의 얼굴을 보여주었다.

『아. 이 모습들을 직접 볼 수가 있다니. 그렇다면 먼 옛날도...』

화면을 보면서 윤선은 생각나는 것이 있어 말했다.

『역사나 신화 책을 보면 예전의 인간 사회는 모두 지금보다 좋았다고들 해요.』

은하천사는 모니터의 화면을 前 시대로 退行(퇴행)시키다가 군데군데 중요한 장면에서는 다시 그대로 進行(진행)시켜서, 인간들의 사회에서 어떠한 일들이 일어나 왔었나를 알아 보았다. 많은 이야기들 중에 관심을 끄는 것은 역시 인간 남녀간의 사랑 이야기였다. 그 이야기들은 공통점이 있었다. 한 여자를 사랑하는 두 남자가 있으면 여자는 반드시 남자들 중에서, 더 자기를 탐하는 이기적인 남자와 결혼하는 것이었다.

『우리 은하제국에서는 두 남자가 한 여자를 좋아하면 곧 보다 훌륭한 품성을 갖춘 이에게 여자를 양보하는데... 여기서는 두 명 이상의 남자가 한 여자를 놓고 경합을 하게 되면, 반드시 자기만을 생각하는 사악한 개체가 여자를 차지하는 방식으로 이어져 왔군요.』

『어머, 야망이 있는 남자라면 자기가 좋아하는 여자를 얻기 위해서는 수단과 방법을 총동원해야 하는 것이 아녜요?』

『그거야 좋아하는 여자의 마음을 얻기 위해서는 특별한 정석이 없죠. 그것은 求愛者와 被(피)구애자의 개성에 따라 다를 테니까요. 사랑을 얻기 위해 애쓰는 남자의 아름다운 이야기가 얼마나 많이 있는데요.. 들어보실래요?』

6) 소형 아공간 전송 장치. 무생물인 물체를 원하는 먼 거리의 장소에 위치시키는 일을 한다.

『괜찮아요. 아까 많이 봤으니까…. 만약에 비슷한 조건의 두 남자가 서로 자기를 좋다고 한다면 여자들은 대개 어떻게 진로를 결정하나요?』
『당연히 더 자기를 좋아하는 남자를 택하지요. 여자란 본래 남자의 사랑을 받는 것이 삶의 의미이고 목적이 되는 것이 아녜요?』
『누가 더 자기를 좋아한다는 것은 누가 판단하나요?』
『스스로 판단하는 수밖에는 없지 않아요?』
『여자들은 모두가 가장 현명한 재판관이 될 수 있나요?』
『그게 무슨 말이죠?』
『남자를 선택하는 여자들 모두는 서로 대립하는 두 주장에 대해 가장 현명한 판단을 할 수 있냐고?』
『그건….』
『아니죠. 그 여자들은 아직 세상사의 이치를 충분히 파악하지 못한 이십대의 젊은이들이고. 그 여자로 하여금 보다 현란한 환상에 현혹되게 만들 배짱을 가진 자가 여자를 얻게 되는 이야기들을. 나는 줄곧 관찰해 왔어요.』
『결국 그 판단은 理性보다는 感情에 좌우되는 것이고….』
『환상이라…. 글쎄요, 여자가 행복한 환상에 빠질 수 있다면 그것은 좋은 것 아닐까요? 그렇게 할 수 있는 남자가 바로 여자가 원하는 그런 남자 아닐까요?』
『아녜요. 그것은 기만이에요. 앞으로 반평생을 살아갈 삶의 기틀을 잡는 일에 그러한 술수가 필요하다니….』
『당연히 그런 행위가 손쉬운, 보다 사악한 자가 여자를 차지할 수밖에 없겠지요. 그러니 또한 갈수록 사악한 무리의 수효가 상대적으로 늘어날 수밖에 없겠고…. 바로 이런 이유 때문에 이 곳 인간 사회의 도덕성이 갈수록 퇴보할 수밖에는 없었던 것 같아요.』
『하지만 그런다 하더라도 퇴보의 속도가 너무 빨라요. 사악한 무리의 자손 증식의 속도가 아무라도 그것에는 한계가 있을 텐데…. 이 정도의 조사 가지고는 지구사회의 급속한 퇴보의 이유를 잘 알 수가 없어요.』
『빠르다니요? 우리 인간 개개인으로서는 알 수가 없고 이렇게 지나간 역사를 자세히 훑어봐야만 겨우 알 수가 있는데. 퇴보는 한다 하더라도 빠르다고 할 수는 없는 것이 아닌가요?』

운선은 묻다가 다시,
- 하긴 하루살이의 하루가 우리에겐 하루밖에 안돼도 그들에겐 한 생애인 것처럼, 지구의 역사도 이들이 보기에는 급격히 변화하는 것일지도 모르지. -
생각하고는 그대로 잠자코 있었었다.

은하천사는 더 자세한 조사를 위해, 화면에 나타나는 모든 남녀관계의 정황을 더욱 정밀하게 나타나도록 했다. 세부적이지만 핵심적인 현상을 크게 확대했으며, 순간 순간의 움직임을 저속 동작으로 보이게 하여 일일이 관찰했다. 受精(수정)행위를 할 때의 모든 세밀한 현상이 적나라하게 나타났다.

운선은 뻔한 장면들인데도 멋쩍음을 느꼈다.

『별걸 다 관찰하시네요.』
『아니, 잠깐만 더 있어봐요.』

은하천사는 화면의 구석구석을 확대해서 보이는 모든 미세한 움직임을 관찰했다. 그는 혼자말을 하며 보고서의 내용을 정리했다.

『수정의 과정에서 더욱 큰 불합리성이 관찰된다. 응당 가장 훌륭한 인격과 품성을 가지고 있는 정자가 난자와 수정하도록 뽑혀야 할텐데도, 저들 정자들의 모임에서는 전혀 그런 움직임이 관찰되지를 않는다. 수정할 때가 다가오면 저희들끼리 투표라도 해야 할 것인데... 그냥 무조건 난자를 향해서 앞다투어 돌진하는 것밖에는 없다. 그저 동족이 밟혀 죽든 말든 무지막지하게 저돌적으로 처들어가는, 가장 사악하고 이기적인 개체가 결국 인간으로 성장하게 된다. 이런 식으로 자손을 이어가니 한 代만을 거쳐도 크게 타락이 나타날 수밖에 없다.』

계속해서 은하천사는 인간이 아기를 낳는 과정까지 호기심을 가지고 살펴보았다. 화면을 보던 그는 놀라운 듯 운선에게 물었다.

『어, 이상하다. 왜 아기를 그대로 낳지요? 처음에는 연약한 몸을 보호하기 위해서 든든한 보호막으로 싸여 있어야 할 것이 아닌가요?』
『그게 무슨 소리예요? 사람은 아기로 되어져 낳는 것 아녜요?』
『보호막? 아 그건 막이라기보다 본래 생물의 자손이 처음 바깥 세상에 나올 때는 보호막을 덮고 나와야 하는 것이 아닌가요? 단단한 껍질을 말하는 것이겠네요. 알 껍질... 그래요 대부분의 동물들은 처음에 알로 태어나죠. 하지만 인간이 속한 포유류는 보호막이 필요가 없을 만큼 충분히 자라고 나서야 어미 뱃속에서 나오니까 상관없어요."

"포유류라…. 그 외 중요한 특징은 뭐가 있나요?"

"음, 뭐라 할까. 새끼를 알을 거치지 않고 그대로 낳고, 낳은 새끼는 젖을 먹여 기르는 것이 가장 큰 특징이죠. 목뼈가 일곱 개라는 것도 있지만 그런 건 곁으로 드러나는 것이 아니고…."

"젖이 뭔데요?"

"응, 그 그건 사람의 엄마나 짐승의 어미의 몸에서 나오는 거죠. 잘 보세요."

운선은 손을 들어 화면에 나오는 사람과 동물의 젖 주는 모습을 가리켰다. 은하천사는 곧 그것을 확대했다.

"가만있자 저건 몸으로부터 나오는 즙이군요. 그런데, 우리 은하제국에서는 사람이나 다른 동물이나 모두 알을 낳는데, 어떻게 된 동물들이기에 알도 낳지 않고 그대로 새끼를 낳지요? 다른 동물들보다 꼭 그런 것 같지는 않은데…."

"하등하다니요. 천만의 말씀. 인간을 제외한 포유류도 다른 뭇 짐승들보다 고등한 생물인데요."

"그런데 왜 그런 껍질도 안 만들고 낳지요? 그렇게도 시간이 없고 급한가요? 이상하다. 인간과 그 아류들이…. 그 이유가 뭐죠?"

"다른 동물보다 진화된 생물이기 때문이잖아요?"

"이건 전혀 진화된 방식 같지는 않은데…."

"지금 보시다시피 젖먹는 동물은, 이렇게 훌륭한 인간의 종을 비롯해서 갖가지 모습의 동물로서 번성해서 이 지구를 지배하고 있잖아요?"

운선은 자기 자신을 가리키며 대답했다. 하나의 고등 생물로서의 자긍심을 나타내는 표정이었다.

"그런데 이 곳 지구에는 이렇게 인간의 종류만 많이 살고 있나요? 다른 생물들도 꽤 살고 있는 것으로 알았는데."

"여기는 우리, 사람들이 많이 사는 곳이니까 그래요. 여기서는 사람들이 기르는 동물 몇 가지만 볼 수 있을 뿐이지 다른 동물들은 보기 힘들어요."

"내게 다른 동물들을 좀 구경시켜 줄래요?"

「그럼 데려가 주실래요?」
「어딜요?」
「동물원이요.」
「동물들의 땅인가요?」
「예, 그런데…」

운선은 말을 중단하고는 잠시 생각하다가, 가자고 말할 곳을 바꿨다. 그냥 동물원으로 가는 것보다는, 보다 확실한 데를 갈 수가 있다. 은하천사와 같이하는 그녀는 어느 곳이라도 갈 수 있고 더군다나 사람이 없는 곳일수록 더 자유롭게 왕래할 수 있지 않은가.

「자연 동물원, 아프리카…」
「거기가 어딘가요?」
「우선, 지구 전체를 봐야죠.」

운선의 말에 따라 은하천사는 화면을 조작하여 배율을 조정했다. 시야가 급격히 멀어지면서 지구 전체가 보였다.

「어디지요?」
「요기예요.」

운선은 아프리카를 가리켰다.

다시 화면은 확대되기 시작했다. 아프리카 전체가 화면을 가득 메웠다.

「가만 있어봐요. 이곳이라도 아무데나 가면 안 돼요. 거기 자연동물원을 가야 되는데. 케냐라는 나란데… 여긴 국경이 안 그려 있네요.」

운선은 어림잡아 손끝으로 케냐가 있는 곳 부근을 가리켰다. 그러나 정확한 곳은 아니었다.

「어떻게 찾아야 할지 모르겠네요. 자세히는 모르는데.」
「거기의 광경을 찾아보면 되잖아요?」
「그럴 수 있어요? 너무 많을 것 같은데.」

은하천사는 당연한 걸 새삼스럽게 묻는다는 듯이 그녀에게 싱긋 웃어 보이고는 계기의 단추를 조작했다.

화면에는 지상의 풍경이 보이는 또 하나의 窓이 생겼다. 은하천사의 손가락 끝이 아프리카 전체

- 454 -

가 보이는 화면 위에서 조금씩 움직임에 따라, 그 창에는 그 곳의 지상의 모습이 빠른 속도로 나타났다가 사라졌다. 도시와 사막을 수없이 거치고 많은 동물들이 보이는 초원이 나타났을 때 은하천사는 소가락의 움직임을 그쳤다. 운선도 화면이 마음에 드는 듯 그의 손목을 잡으며 말했다.

『됐어요. 이런 데 가면 되겠네요. 마침 잘 됐어요, 이 곳은 낮이니. 지금 한국 시간은 저녁 8시지만... 기간있자... 그러니까 이 곳은 오후 2시쯤 되겠네요. 가죠.』

『그럼 내 수을 꼭 잡고 있어요.』

은하천사는 치연동물원의 경치가 보이는 곳의 한 큰 나무 위에 화살표를 위치시키고, 아공간 생체 전송 명령을 실행했다. 순식간에 그들은 우주선 안에서 사라졌다.

은하천사는 아프리카로 감으로써, 이 행성의 번성 생물인 인간이 자기네들과 구별해 짐승이라고 부르는 여타의 낯선 생명체들을 충분히 접해볼 기회를 맞았다.

둘이는 예정대로 초원의 한 높은 나무 위에 나타났다.

『저기 저 동물이 百獸(백수)의 王 사자예요.』

『저 동물은 무엇을 먹지요?』

『다른 동물들을 잡아서 그 고기를 먹지요.』

『먹이가 되는 동물들은요?』

『풀(草)을 먹지요.』

사자들은 대부분 낯잠을 자고 있었고, 몇몇 어린 새끼들만이 장난을 치며 놀고 있었다. 풀을 먹는 얼룩말 들은 한시도 쉬지 않고 바삐 몸놀림을 하며 풀을 뜯어먹고 있었다.

「왜 저렇게 차이가 나지? 똑같이 살아있는 동물이면서 뭐는 놀면서 살고 뭐는 한시도 쉬지 않고 몸놀림을 해야만 살고...」

은하천사는 念力投射(염력투사)를 해서 그들이 먹는 음식물의 성분을 조사했다. 그 결과 이유를 알 수 있었다. 얼룩말은 하루 종일 풀을 먹어서 풀의 영양분을 자기 몸 속에 저장하는 것이었다. 그러므로 얼룩말의 몸 속에 있는 영양분의 밀도는 풀보다 월등히 높았다. 사자는 얼룩말을 잡아먹음으로써 이런 농축된 영양분을 단시간에 얻는 것이었다. 영양분의 밀도가 높은 식사를 하니까 자연히 먹는 시간이 적어서 여가 시간이 많이 남았다. 그래서 평소에는 낮잠이나 자면서 보내는 것이었다.

『동물들 중에는 남이 종일토록 먹어대며 자기 몸에 저장한 영양분을 단숨에 먹어 삼키는 무리가 있고··· 그들을 위해 하루종일 풀을 뜯으며 노동을 하는 무리가 있고··· 동물 계층간의 불평등이 심하네요.』

한참 그들을 바라보던 은하천사는 역시 모처럼 맞이하는 구경에 정신없이 주변을 둘러보고 있던 운선에게 말했다. 그의 말을 듣고 잠시 어리둥절해 있던 운선은 조금 있다 깨달은 듯이 말했다.

『인간들의 사회에서도 이런 불평등은 존재해요.』
『인간에도 육식과 채식의 종류가 따로 있나요?』
『아니요. 겉보기에 다른 종류가 있는 건 아녜요. 단지, 하는 일이 다르죠. 적은 시간 동안 적은 만큼의 일을 하고서도, 많은 시간 동안 많은 만큼의 일을 하는 자들보다 더 많은 수입을 갖는 자들이 있죠. 저기 얼룩말들이 보리나 벼 이삭을 줍는 농부라면 사자는 어음과 수표에 숫자를 적고 서명하는 자들이라고 할 수 있죠.』

『약육강식의 법칙이 동물의 사회나 인간의 사회나 마찬가지로 적용이 되는군요.』

이때, 사자의 무리 중에 한 마리가 몸을 일으켰다. 그리고 무리를 떠나 얼룩말이 모여있는 곳을 향했다. 다른 사자들도 몸을 일으켜, 옆으로 돌아나가서 다른 곳을 향해 옮겨가고 있었다.

주변의 환경을 잠시 잊고 진지한 대화에 빠져들던 그들도, 포효하는 짐승의 소리에 놀라 고개를 들어 저 앞의 초원을 바라보았다.

사자들은 잔뜩 웅크린 자세로 먹이가 될 동물에 다가가고 있었다.

은하천사는 이 광경을 보고 또 의문을 가졌다.

『아니 짐승의 왕이라면서 왜 저렇게 비굴힌 행동을 하지요? 당당하게 나서지도 못하고 숨어서 접근한다니··· 자기 먹이가 될 낮은 신분의 짐승을보다 고개를 더 아래로 내려뜨리고··· 먹혀달라고 구걸하는 것도 아닐텐데... 이상하네요.』

『저래야 짐승을 잡아먹을 수 있는 것이 아녜요? 안 그러면 도망가는데 어떻게 잡아먹겠어요?』

운선은 답답해 하며 말했다.

『아무리 생각해도 이상해요... 저기를 좀 봐요. 저기 풀을 먹는 동물들은 목을 길게 내밀고 당당히 서 있는데, 왜 저 동물들은 이렇게 바닥에 엎드려 다니느냔 말인가요. 옛날부터 이곳의 동물들은 이렇게 살아 왔었나요? 먹는 동물이 먹히는 동물보다 더 고개를 숙이고 숨어 다니는 것이 전통인가요?』

『글쎄요. 띄어도 우리 인간이 살아왔던 동안은 그랬다고 봐야죠. 그 이전의 공룡시대에는 어땠는지 모르지만...』

『한번 볼까요?』

『그것도 볼 수가 있어요? 아참 아까 보여준다고 했었지. 깜빡 잊었네.』

『그 때가 언제라고 했지요? 공룡이 번성했을 때가요?』

『약 1억년 선이요.』

은하천사는 말른 그녀의 손을 잡고 우주선 안으로 돌아왔다. 도착하자마자 그는 계기판을 조작했다.

『지금 우리는 1억광년 떨어진 곳에서 超密集光(초밀집광) 망원경으로 분석한 영상을, 다시 그곳으로부터의 아광간 전송으로 보려고 해요. 지금 망원경을 아공간 전송했으니 이제 거기서 보이는 광경을 여기서 보면 되는 거예요.』

화면에는 1억년 前 지구의 모습이 나타났다.

면을 주의깊게 들여다 보았지만 운선의 놀라움은 그보다 더 했다.

거기에도 넓은 초원이 펼쳐져 있었다. 한가로이 풀을 먹는 초식동물들이 나타났다. 그런데 온 지구의 나무 밑에도 초식동물들이 있었지만 화면 안에 나타나는 이 옛 동물들은 달랐다. 지금의 동물들과는 비교할 수 없이 유선형 氣品(기품)있는 모습들을 한 짐승들이었다. 물가를 한가로이 노니는 늘씬한 뿔을 앞세우고 부채 모양의 화려한 목도리를 두른 채 땅위를 꿋꿋하고 절도 있게 걷는 짐승, 반달 모양의 빛나는

- 456 -

머리에서 꼬리까지 등짝 전체에 걸쳐, 흡사 커다란 꽃잎이 연달아 붙은 것 같은 아름다운 장식물을 가지런히 얹고서, 우아한 입놀림으로 풀잎 사이를 헤쳐 나가는 짐승 등, 하나 하나 모두가, 볼품없는 원통형 몸집에 꿰어 박힌 듯이 붙은 꼬챙이 같은 다리로 천박하게 껑중거리는 지금의 뭇 짐승들과는 그 격이 다른 모습들이었다.

한동안 풀을 뜯던 그들 짐승들은 그림자가 생겨난 쪽을 돌아보았다. 화면도 그곳을 따라 이동했다.

그러자 거기에는 한 위엄 있게 생긴 동물이 두 발을 딛고 일어서서 당당히 포효하는 모습이 보였다.

몸 전체는 고운 비늘로 덮여 있었는데, 그 하나 하나가 하늘의 靑(청)빛, 숲의 綠(녹)빛, 땅의 黃(황)빛을 뒤섞어서 맑은 거울같이 반사해내고 있었다. 그 몸의 떨림에 따라 세세한 오색의 잔 빛깔이 몸전체에 현란하게 반짝였다.

커다란 눈은 벌건 대낮인데도 강한 광채를 내고 있었다. 노란 금빛 눈자위의 가운데는 주황 바탕에 빨강 放射(방사)무늬의 虹彩(홍채)가 선명했다. 그 안의 눈동자는 검푸른 코발트빛 윤이 났다.

『오! 이렇게 아름다운 생물이 이 행성에도 있었다니…』

은하천사는 감탄했다. 운선도 지구인들이 그저 뼈대만을 보고 단순히 볼품없게 상상했던 공룡의 모습이, 실제로는 이토록 아름다운 모습이었다는 것을 보고는 그 경이로움에 말을 잃었다.

그 짐승은 입을 크게 벌렸다. 그러자 눈부시게 희고 가지런히 솟은 齒列(치열)을 좌우로 하여, 융단같이 포근한 느낌의 짙붉은 혓바닥이 가볍게 떨리면서 미끄러져 나왔다. 그것을 본 자라면 누구나 그 안에 뛰어들고 싶은 충동을 느끼게 할 그런 모습이었다.

그 짐승 앞에 다른 풀 뜯는 짐승들은 가지런히 정렬했다. 그리고는 다시 몸을 쳐들어 그 서있는 짐승의 입에다 머리를 가까이 대었다.

다소곳이 머리를 숙이며 그 짐승 앞에 가까이 갔다. 그리고는 서서히 멀음을 짐승을 자기 몸 안으로 집어 넣었다. 다른 풀 뜯는 짐승들은 모두 좌우로 방향을 돌려, 다시 자기들의 평소 일과를 계속했다.

그 서있는 짐승은 입을 더욱 크게 벌리고는, 자기 앞에 다가온 짐승의 머리에서부터 목덜미까지 삼키었다. 삼켜진 짐승이 바닥에 내려앉자 그 짐승도 자세를 낮추었다.

『오오, 바로 이것이다.』 이 행성도 옛날에는 우리 은하제국처럼 이런 조화로운 생태계의 원칙이 지배하고 있었구나!』

은하천사가 간격스러이 화면을 보고 있을 때 운선은 더욱 놀라움을 금치 못하며 말했다.

『어쩜 이럴 수가, 이 시대의 백수의 왕은 정말 멋지네요. 이렇게 품위 있게 자기의 먹이를 먹다니...』

다시 화면에 비치는 상대도 전혀 불필요한 앙탈을 부리지 않고...

군데군데 피어있는 형형색색의 이름 모를 식물들은, 은하천사에게는 그저 이 먼 곳의 또 다른 식물로서의 관심거리였지만 운선에게는 극도의 경이로움 그 자체였다.

어느 식물 하나를 두고 보더라도, 현재 이 땅에 피어 있는 꽃들과는 비할 바 없이 우아한 기품을 지닌 줄기와, 남스럽고 화사한 꽃으로 이루어져 있었다. 꽃들은 그 크기를 어림해 보면 대체로 커다란 배추 포기 만한 크기 같았다. 하늘을 향해 곧게 뻗은 노오란 꽃술은 그 스스로 위풍당당하고 군세기가 이를 데 없었다. 핏빛으로 빨간 꽃잎은 꽃술 주위를 호위하듯 둘러쳐지고, 그 끝은 제 무게를 견디지 못해 축 늘어져 있는데, 그 모습은 고개를 뒤로 젖혀 늘어뜨린 舞姬(무희)와도 같이 우아했다.

그러다 화면은 어느 한 나무 밑동에서 멈췄다. 거기에는 여태껏 이 화면 안에서 보아왔던 다른 동물들과는 선혀 다른 인상을 주는 작은 짐승이 나타났다.

몸전체는 척척한 검회색의 털로 덮여 있었다. 눈은 눈자위와 눈동자가 구별되지 않을 정도로 그저 쿵하니 검게 박혀 있었다. 네 발목은 볼품없이 가느다랗고, 퇴색한 黑紫(흑자)색의 비늘로 덮여 있었다. 입가에는 거친 회색 수염이 나 있었는데, 그것은 그 짐승의 인상을 더욱 흉물스럽게 보이게 했다.

그 짐승은, 고개를 들고, 머리를 좌우로 빠르게 왕복하며 주변을 살폈다. 어느 쪽으로 방향을 잡는듯 하자, 재빨리 그 쪽으로 튀어나가 달려갔다. 달려갈 때에는 길게 자란 풀숲의 사이로 자기 몸이 보이지 않게끔 숨기며 달렸다.

저 짐승은 겁게 머췄다. 그 옆에는 하얀 공룡의 알들이 보였다. 그 짐승은 길다란 턱으로 알을 쪼아댔다. 마침내 알이 깨어졌다. 그 짐승은 알속으로 처박고 게걸스럽게 먹어댔다.

한참을 정신없이 먹어대던 그 짐승은 갑자기 무슨 소리가 들렸는지 황급히 깨어진 알로부터 고개

은하천사는 시간차를 두어 그 짐승을 관찰했다. 시간을 더 건너뛰려면 지금 지구로부터 일억 광년의 거리에 가 있는 관찰 망원경을 빛으로 몇 분 혹은 며칠 걸리는 거리만큼 더 지구 쪽으로 이동하면 된다. 그러면 그만큼 더 늦게 지구로부터 나간 빛을 받아보게 되므로, 더 늦은 시간의 모습을 볼 수가 있다.

곧 화면에는 같은 짐승의 며칠 후, 한달 후 등의 모습이 나타났다.

그 짐승은 새끼를 낳았다. 새끼는 짐승의 모습을 담은 그대로 어미의 배로부터 나오는 즙을 빨아먹고 있었다. 그리고 무슨 소리가 났는지 그 짐승은 귀를 쫑긋했다. 풀잎과 잔 나뭇가지들이 흔들렸다. 그 짐승은 자리로부터 도망쳤다. 새끼도 뒤따라갔다.

은하천사는 바로 이들에 의해서 그 때까지 내려오던 지구의 생태계 전통이 깨어졌다는 것을 알 수 있었다. 이들은 지구생태의 역사상 처음으로, 정당하게 먹이를 구하는 이제까지의 전통을 깨고 몰래 다른 짐승들의 먹이나 알을 훔쳐먹는 행농을 하면서 살았던 것이다. 이들은 항상 쫓겨다니기에 바쁜 생활을 하게 되니 알을 가지고 다닐 수가 없어서 일단 그대로 몸 속에 넣고 다닐 수밖에 없었다. 그러다 몸이 감당하는 한계에 다다라서 새끼를 밖으로 내보내면, 새끼는 빨리 자라나서 같이 도망 다니며 살아야 하니까, 어미는 자기 몸으로부터 농축된 양분 즙을 뽑아내서 새끼에게 먹여지고 서둘러 자라게 하는 방법을 취했던 것이었다.

『그런데 지금도 모두 그렇게 살고 있나요? 즙빠는생물들은?』

『아니, 지금이라뇨?』

『지금도 그렇게 도망다니면서만 살고 있냐고요. 먹이도 몰래 남의 것을 훔쳐먹기만 하고…』

『글쎄요…. 그거야 잡아먹으려고 쫓아다니는 동물들도 있고 안 잡아먹히려고 도망 다니는 동물도 있으니깐…. 그런데 훔쳐 먹다니요. 동물들의 삶이란 원래 그런 게 아닌가요?』

『그렇다면 지금까지도, 이 곳에는 저 타락한 생물의 생활 방식이 그대로 이어져 내려오고 있단 말이네요.』

『우리가 어릴 때 들어왔던 바로는, 포유류의 조상은 영리하고 재치가 있어서 미련한 공룡들을 물리치고 빙하기를 살아 남았다고 하던데…."

운선은 혼삿말로 대답을 대신했다. 은하천사는 다시 화면을 향했다. 그리하여 이 곳의 옛 모습의 영상을 1년, 10년, 100년,‥‥해서 1000만년 정도씩 시간을 건너뛰면서 담아 보았다.

은하천사는 휘면에 나오는 시간의 간격을 넓혀 갔다.

그러자 어느 시대 이후 알지 못할 이유로, 이 거대한 아름다운 생물의 類는 자취를 감췄다.

그리고 이와 거의 때를 같이하여, 비겁자의 무리 즉 즙빠는생물의 종류가 번성하여, 각각의 형태로 분화되어 나가는 것이었다.

이윽고 이늘토, 다른 짐승의 고기를 먹고사는 짐승이 생겨나고 풀을 먹는 짐승이 나오는 등 이전 시대의 공룡과 같은 여러 가지의 짐승들로로 각기 분화되어 나아갔다.

그러나 이 즙빠는생물의 종류들은 모두가, 허락 없이 남의 알을 훔쳐먹던 조상의 버릇을 그대로 따라 하고 있었다. 육식 공룡에 해당하는, 이빨이 길게 나오고 호랑이와 같이 생긴 짐승도 오래 전의 쥐와 같이 생긴 조상처럼 행동했다. 그들은 먹이를 얻을 때에 당당하게 앞으로 나서서 구하지를 못하고, 몸을 납작 엎드려 뒤로부터 접근하는 것이었다. 먹이가 될 짐승의 허락을 받지 않고 몰래 자기의 먹이로 삼는 것은, 마치 그들의 조상이 몰래 숨어 들어가 알을 까먹는 방식 그대로였다.

이 때 근처 늪의 나무 위에는 또 다른 한 떼의 짐승들이 보였다.

이 짐승들은 당위의 다른 짐승들과는 달리 몸통을 수평으로 뉘이고 다니지를 않고, 어느 때는 매달리고 어느 때는 앉기도 하면서, 몸을 수직으로 세우고서 생활하고 있었다. 그들은 저 아래에 보이는 사냥 현장을 보면서 저희들끼리 대화를 나누고 있었다. 그들 중 늙은 한 마리가 나머지 원숭이들에게 무언가 이야기를 전해 주고 있었다.

은하천사는 그 원숭이들이 대화하는 내용을 들어보았다.

"먼 옛날에는 백수의 왕이 저렇게 비겁한 방법으로 몰래 먹이를 얻지는 않았단다."

"할아버지, 그럼 어떻게 먹이를 먹었지요?"

"전하는 바에 의하면 당당히 머리를 처들고 높이 일어서서 먹이를 구했단다."

"그런데 지금은 왜 이렇게 되었죠?"

"그들이 멸망한 후에 진정한 뭇 생물의 왕이 생겨나지 못한 것이다. 지금 저들은 왕의 자격이 없어. 저렇게 살금살금 기어가는 것은 왕이 취해야 할 행색이 아니지."
"그럼 어떤 동물이 앞으로 왕의 자리를 대신하게 될까요?"
"달리 길이 없다. 우리의 족속이 해야 한다."
"어떻게요? 우리는 지금 나무 열매나 먹고 있잖아요? 다른 짐승을 잡아먹을 힘도 없는데 어떻게 왕의 자리에 오른단 말이죠?"
"우리에게는 다른 짐승과는 달리 자유로운 손놀림이란 것이 있다. 이것을 이용하여 우리는 더욱 큰 힘을 가지게 될 것이다."
"손은 나뭇가지를 잡는 데에만 쓰잖아요. 그게 무슨 큰 힘을 가지게 된단 말이에요?"
"앞으로 우리가 사는 이 곳은 점차 건조해지고 나무가 드물어질 것이다. 그러면 우리는 나무에서 내려와 살게 될 날이 올 것이다. 그러면 그 때에는 땅위의 온갖 사나운 짐승들과 맞상대하게 될 것이다. 그 때 되면 우리는 우리의 손놀림을 이용하여 그들을 이겨야만 한다. 그 준비를 이제 우리의 시대에서부터 해야 한다."
"우리는 손으로 나뭇가지를 잡고 다님으로써 우리의 몸을 수직으로 세울 수가 있잖아요? 하지만 땅위에서는 늘 몸을 수직으로 세우고 있기가 어려울 것 같은데요. 그렇다고 앉아만 있을 수도 없고."
"맞다. 우리가 땅 위로 내려가면 지금처럼 몸을 수평으로 하고 네발로 기어다녀야 할 것 같은데요."
"으로 나무에 매달릴 때는 몸이 늘어지니까 저로 균형을 잡을 수가 있었지만 땅 위를 디딛고 있을 때는 균형을 잡기가 어려울 것이다."
"그렇다면 우리가 땅위로 가면 도로 몸을 수직으로 세워 멀리 바라보려 하는 자들이, 代를 이어 승리하게 될 것이다. 당장에는 고통스럽더라도 몸을 수직으로 세워 멀리 바라보려 하는 자들이, 代를 이어 승리하게 될 것이다. 당장에는 고통스럽더라도 땅을 짚는 데 사용하지 말고 땅으로부터 해방시켜야 한다. 손은 장소를 이동하는 것 이외에 앞으로 해야 할 일이 너무나도 많다."
"옛적에 땅위를 지배했던 그 짐승들처럼 굵고 튼튼한 다리가 아닌, 우리의 이렇게 짧고 허약한 다리로는 땅을 짚고 다니기가 어렵지 않을까요?"

「고통을 감수하면 고통은 고통이 아닌 것으로 된다. 팔이 땅 짚는 일로부터 해방되고서는 다리 또한 이제까지보다 많은 일을 하기 위해서 더 훌륭하게 자라날 것이다. 특히 너희들의 다리는, 세상에 있는 뭇 현상 가운데 가장 아름다운 하나가 될 것이다.」

늙은 원숭이는 앞 가까이에 있는 암 원숭이들을 지그시 바라보고 미소지으며 말했다. 그는 계속해서 한참 동안, 둘러서 있는 여러 원숭이들에게 앞으로 올 시대와 그 대처의 방안을 설교했다. 은하천사는 朱光望遠鏡(집광망원경)의 위치를 십만 광년 정도씩 지구 쪽으로 가까이 당기며, 화면에 나타나는 시대를 차근차근 현대에 가깝게 이동하며 지구의 역사와 인류의 역사를 훑어보았다. 원숭이들이 사는 곳은 점차 비가 드물게 오고 기후가 건조해졌다. 나무들은 적어지고 초원이 드러나 보였다.

나무 위의 원숭이들이 내려와 땅 위에서 사는 모습들이 보였다.

그들 중 예전에 그 늙은 원숭이의 가르침을 받은 원숭이들의 후예는, 옛적에 지구를 지배했던 공룡들과 같이 두 뒷발로만 땅을 짚고 일어서서 살려고 노력했다. 시대가 지날수록 두 발로만 일어서는 시간이 많게 되어 이제까지 나뭇가지를 집는데 쓰여져 왔던 손은 자유로워져서 물건을 집는데 이용했다. 그들은 손으로 나무토막이나 돌 조각을 집어들고 휘둘러, 다른 동물들의 이빨과 발톱에 맞서는 무기로 사용했다. 그들의 무기는 시대가 흐를수록 더욱 발달했다. 본래 약한 동물이었던 그들은 점차 웬만한 초식동물도 사냥해 잡아먹는 강한 위치로 올라섰다.

그들은 기존의 맹수들처럼 몰래 기어 들어가 잡아먹는 것이 아니었다. 당당히 일어서서 사냥을 했다. 물론 먹이가 순순히 먹혀주지 않는 것은 어쩔 수가 없었지만.

그들은 자신들의 힘에, 지혜를 이용해 만들어낸 도구를 사용함으로써 극복하고 다른 모든 동물들을 제압일 힘을 얻었다. 더욱 강해진 그들의 힘은 마침내 맹수들보다도 더 강하게 되었다. 그들은 드디어 이제까지 땅위를 지배해왔던 백수의 왕을 타도했다. 비겁자로서의 행위를 지배하는 행위를 버리지 못했던 그들 맹수 족속을 왕좌에서 몰아내고, 새로이 인류가 지배하게 된 지구는, 사라진 옛 지구사회의 榮華(영화)를 되찾았다. 이 시대에서는, 비록 다른 畜生(축생)의 사회에서는 아직까지도 그런 관습이 남아있다 하더라도, 그들 위에 군림하는 인간의 사회는 사랑과 자비가 최고의 가치로 여겨지고 통용되는 사회가 되었다.
 인간의 사회는 확장에 확장을 거듭하여 지구를 덮어 나갔다. 처음 그들의 사회는 자기들의 본래의 蜂起(봉기) 이념에도 맞게, 정정당당하고 공평한 善意의 경쟁을 통해 지도자를 선출하고, 통치의 방식도 피지배자들에 대한 사랑과 자비의 이념이 그 주축을 이루었다.
 그러나 시대가 흐를수록 그들 사회에서는 남을 누르고 지배자가 되려는 경쟁이 치열해져 갔다. 지배자가 되려는 것이 베풂의 수단이 아니라 자신의 榮達(영달)을 위한 것으로 여기는 자들이 많아졌다. 그리고 그런 자들은 뜻을 이루기 위해서 갖은 수단과 방법을 가리지 않게 되었다.
 이들의 사회 내에서도 먼 옛날 그들의 조상이 공룡 사회를 무너뜨렸던 방법과 같이, 몰래 상대방의 허점을 찌르는 비겁한 방법으로 다른 자들을 제압하는 자들이 생겨났다. 결국 인간 사회를 일으킨 이념인 정정당당함도, 점차 그 빛을 잃게 되었다.
 다시 인간사회는 즙빠는생물 특유의 투쟁 양식이 지배하는 사회가 되었다. 인간 혁명 초기의 영화는 길게 이어지지 못했다. 아무리 직립의 기치를 들고일어났다 하더라도, 胎生(태생)으로 이어온 즙빠는생물 본연의 비겁함은 벗어날 수가 없었던 것이었다.
 하지만 그 뒤로도 인간이 즙빠는생물의 본성으로부터 벗어나려 하는 노력은 간간이 있었다. 인간은 역사 시대에 들어와서도, 여러 차례 그들의 즙빠는생물의 본능을 극복하고 보다 품격 있는 사회를 만들려고 노력해 왔던 것이다. 그것은 초기에 인류의 삶의 방향을 설파했던 聖人들이 그랬고 그 이후로도 종교개혁, 르네상스, 근대 자유주의 사상 들등이... 하지만 그러한 노력도 대세를 거스르기에는 역부족이었다고나 할까... 작금에 이르러서는 정신적 타락뿐만이 아니라 물질적 타락인 환경 파괴가 더욱 심해져 있었다.
 현재 이들에게 우선 시급한 것은 물질적 타락의 해결이었다. 정신적 타락은 하도 많이 거론되었던 얘기라서 이제는 귀기울여 주는 사람도 없었다. 그저 그냥 시대의 변천에 따라 사람들의 생각이 이렇게 저렇게 바뀌는 것이라고만 생각하고 타락이라는 거의 없었다. 단지, 물질적 타락, 공해의 해결이 우선되는 문제였다. 물론 그것도 정신적 타락이 원인이 되어서 생긴 것이라고 할 수 있었다. 사람들이 모두다 올바른 사고를 가졌다면 환경을 파괴하는 일을 모두들 삼갈 것이니까.
 결국 인류는 즙빠는생물로서의 타고난 천성을 버리지 못하고 도로 예전의 탐욕과 이기가 지배하는 사회로 돌아갔다.

관찰을 마친 은하천사는 자기의 관점에서 이 곳의 역사와 인류의 역사에 대한 총체적 정리를 했다.

이 곳에 살았던 생물 중에 정도에 의한 삶을 미덕으로 여기는 생물의 부류는 오래 전에 절멸하고 말았다. 그 뒤, 비겁자의 무리인 즙빠는생물의 시대가 오고 난 후에, 다시 인간의 시대가 왔다. 한때나마 초기 인간사회의 부흥 시대에는 정당함을 추구하는 옛 생물의 기질이 되살아난 적도 있었다. 그렇지만 그 이념도 결국은 즙빠는생물로서의 인간 본성의 한계를 넘지 못하고 다시 사그러 들고 말았다.

바람직한 행성의 생태계라면 당연히 땅을 덮고 있는 많은 생물들 중에서 가장 높은 품격을 지니는 생물의 자손이 번창해서, 그 위에 더욱 발전을 이뤄야 할 터인데, 이 소행성의 생물은 가장 최상의 품격을 지니는 생물은 이윽고 절멸하고 저급한 생물의 후손이 살아남아 대를 이어가는 방식으로만 이어져 왔다. 이러한 과정을 반복하므로 갈수록 퇴보만을 거듭할수밖에 없는 것이었다.

인간 중에서도 각기 여러 가지의 모습을 가진, 서로 다른 인간의 집단들이 있었다. 그들은 제각기 나름대로의 문명을 일으키고 살았다. 많은 노란 족속의 문명이 생겨났다 번영했다 사라졌다.

그런데 그 중에 지구를 지배한, 털이 많은 인간 족속의 문명이 특이한 데가 있었다.

이제까지의 나른 모든 문명은 어느 정도 다른 짐승들을 제압할 만큼의 수준이 되면, 그 다음부터는 자기네들 인류사회의 번영을 위해서 지혜를 짜내는 것이 보통이었다. 그런데 이들 족속은 계속해서 상대방을 제압하는 방법에 온갖 지혜를 총동원하는 것이었다. 그리하여 총과 대포 등, 같은 인간족이라도 다른 족속들을 제압할 수 있는 도구를 발명했다. 그들은 이 도구를 이용하여 다른 여러 족속들을 어느누르고 다스렸다. 그리하여 지구는 그들 종족의 문화가 지배하는 사회가 형성되었다. 또한 지금은 다른 족속들도 모두 그들의 문명을 본받아 너도나도 殺傷(살상)의 힘을 기르기에 여념이 없었다.

반나절 동인에 걸쳐 지구의 역사를 화면으로 훑어본 은하천사는 다시 현재의 실상을 낱낱이 접하고 싶었다.

「여기서 참 오래 있었네요. 다시 내려가 보는 것이 어때요?」

운선은 이 곳에서 색다른 체험을 하는 것이 신기하기도 했지만 시간이 지나면서 다시 돌아가고픈 생각도 났다.

『그래요, 돌아가요. 여기서 아저씨 따라 신기한 구경하는 것도 좋지만 사람은 자기가 있던 곳이 제일 좋은 것 같아요.』

『그래요. 일단 돌아가도록 하지요. 나도 고향을 멀리 떠나 와 있으니 그 입장을 알아요.』

운선은 지구를 떠난지 불과 하루 이틀 밖에 안되었는데도 강한 鄕愁病(향수병)을 느꼈다. 지구 안에서 고향을 떠나 다른 곳에 갔을 때의 것보다는 다른 느낌이었다. 그 자세는 이제까지 그들이 했던 어느 경우보다 자연스러웠다.

둘이는 누가 먼저랄 것도 없이 서로 포옹했다.

그들은 먼저 왔던 나무 위에 다시 나타났다. 우주선에 있을 동안 하룻밤이 지나가서, 높이 떠오른 아침해가 초원을 달구어가고 있었다.

은하천사는 여기서 인간과 같은 아류에 속하는 모든 즙빠는생물, 즉 포유류에 대해서 더욱 자세히 조사해 보고자 했다.

보이는 온갖 네발짐승을 관찰하던 그는 암수 사자 두 마리가 포개져 있는 것을 보고는 물었다.

『응? 저게 뭐지요?』

운선은 금방 대답했다.

『저건 암수 즉 양음의 개체의 생식활동이에요. 다를 저렇게 하는 거예요. 우리도 저번에 해 봤잖아요?』

『우리가 했던 게 저런 것이었던가? 그런데 우리가 했던 건 조금 달랐던 것 같은데...』

『아녜요. 맞아요. 우리가 했던 거나 저기 사자들이 하는 거나 또 저기 코끼리들이 하는 거나 다 같은 거예요.』

그 행위는 모두들 암컷이 똑바로 엎드려 있으면 수컷은 그 위에 올라가 포개져, 전후 왕복 운동을 하는 식이었다.

자세히 관찰한 은하천사는, 동물들도 모두 뒷다리 사이의 후접속부끼리 맞닿아 있는 것을 보고는, 『맞아요 저 행위는 저번에 우리가 함께 했던 그것과 같은 행위로군요.』하고 수긍했다.

하지만 아직 의아스러운 것이 있었다. 저번에 운선과는 서로 얼굴을 마주보고 배를 마주보지는 않았다. 닿는 것은 암컷의서 행위를 했지 않았는가. 그런데 이 짐승들은 서로 배를 마주보면

등과 수컷의 배였다.

아무튼 호기심으로 한동안 지켜보기는 했지만 그가 느끼기에 썩 보기 좋은 광경은 아니었다. 저번에는 자기가 식접 했으니까 잘 몰랐지만. 은하천사는 낯설해하며 말했다. 『왕복하는 운동의 모습이 썩 보기가 좋지 않아요. 그래도 이건 가장 신성해야 할, 후세를 이어가는 生命 創造의 儀式(의식) 행위라고 할 수 있는데 왜 이렇게 아름답지가 못할까요? 평소에 누워서 낯잠 자는 자세보다도 보기가 좋지 않아요.』

그간 같이 지내며 은하천사의 성향에 많이 동화된 운선이었지만 이 말은 좀 의외로 받아들여졌다.

『왜요? 성행위가 남보라고 하는 건가요? 자기네들이 좋아서 하는 거 아녜요? 남보라고 춤추는 것도 아니네...』

『춤은 뭐죠!』

『흠... 뭐라 할까... 사람이 움직이는 이유는, 첫째 그냥 자기가 살기 위한 물자 생산을 위해 일을 하는 것일 수가 있고, 그 외에, 둘째로 그냥 자기가 기분 좋게 하기 위해서 움직일 수도 있고, 셋째로 남이 보기 좋게 하기 위해서도 있고, 넷째로 요즘엔 또 자기 몸의 건강을 위해서도 있고...』

『그러니까 자기가 말한, 몸의 움직임의 네 가지 동기 중 첫 번째와 네 번째의 것은 그 움직임이 생활과 건강을 위한 수단이 되는 것이고, 두 번째와 세 번째의 경우는 움직임 그 자체가 목적이 된다고 할 수 있겠군요.』

『그렇죠. 그 시간 동안의 움직임 그 자체에 의미가 있고 그로 인한 차후의 어떤 다른 효과는 기대하지 않는 거이죠. 이것을 바로 춤이라고 할 수 있어요. 하지만 네 가지의 인간의 움직임에 대한 분류에서 서로간의 엄격한 구분은 존재하지 않아요. 네 번째 목적의 움직임에도 춤을 사용할 수가 있으니까요. 이를테면 에어로빅 같은 거...』

『그러면 지구인과 지구의 짐승들의 성행위는 이 네 가지 중 어느 범주에 드는 것일까요?』

은하천사는 비로소 핵심을 묻는 질문을 했다.

운선은 얼른 답할 수 없었다. 조금 생각한 그녀는 말했다.

『동물들의 경우는 첫 번째에 해당한다고 할 수 있죠. 자손 생산을 위한 것이니 즉 삶의 목적을 위한 것이라고 봐야죠. 사람의 경우는 첫 번째와 두 번째의 목적을 가지고 있다고 볼 수 있고…』

『세 번째의 목적으로는 행해질 수 없나요?』

『글쎄요. 남이 보기에 기분 좋기 위해서 하는 것… 물론 배우들이 남들에게 보여주기 위해 하는 경우도 있어요. 하지만….』

『하지만요?』

『모르겠어요. 보는 사람이 기분 좋도록 성행위를 보여주긴 하지만 그걸 보고 아름다움을 감상하라는 건 아닌 것 같아요.』

『왜요? 생명 창조의 행위는 인간의 가상 신성하고 아름다운 행위가 되어야 하는 것이 아닐까요?』

『원칙으로 보면 그렇게 말해질 수도 있겠네요.』

운선은 깨달은 듯 웃고는 말을 이었다.

『그런데 그것이 가장 신성하고 아름다운 행위라면 당신의 나라에서는 어떻게 취급되고 있는지 궁금하네요. 그 행위를 여기 지구처럼 숨어서 하지 않고, 모두들에게 보여주는 것을 당연하게 생각하나 보죠. 물론 정식으로, 제도권에서도 후원하고….』

『맞아요. 은하제국에서는 십 년마다 한 번씩 은하 올림픽 경기가 열려요. 거기에는 피겨 섹스(Figure Sex)라는 종목이 있는데 올림픽의 꽃이라고 해서, 항상 폐막식 직전에 열리죠. 2인 1조의 各省(각성) 대표 팀이 저마다 갈고 닦은 기량을 뽐내면서, 최고의 아름다운 연기를 관중에게 보여주죠. 그 경기의 우승 팀은 그야말로 최고의 영예를 얻게 되지요.』

『정말 그래요? 한 번 보고 싶어요.』

『보여줄 수는 없어요.』

『왜요? 일억년전의 모습까지도 보여주었으면서 겨우 최근 그곳의 일을 못 보여준다는 말에요?』

『아직까지의 우리 은하제국의 기술 수준으로는 안 돼요. 지구에서 우주 공간으로 쏘여진 빛도로 받을 수는 있지만, 은하계 중심부에서 나오는 빛의 형식을 가공해서, 이쪽의 생물이 인식할 수 있는 형식으로 변환시킬 수는 없어요. 아니, 관심을 두지 않았기에 아직 그런 도구가 개발되지 않았던 것이지도 모르죠.』
『그런데 당신은 이 곳의 모든 것을 다 볼 수 있잖아요?』
『그건…‥.』
은하천사! 어떻게 설명할까 잠시 손을 입가에 대고 있다가
『낮은 解像度(해상도)의 畵像(화상)을 높은 해상성능을 갖는 모니터로 볼 수는 있지만 높은 해상도의 화상을 낮은 해상성능을 갖는 모니터로 보기는 어렵죠.』 하고 말했다.
운선은 가만히 고개를 끄덕였다.
『아예, 나는 본래 몸으로 돌아가고 자기는 우리들 몸의 형식으로 세포재정렬 해서 함께 거기로 간다면 몰라도…‥.』
『그래요? 그럼 생각해 보기로 하죠.』
운선은 대답했으나 막상 생각하니 두려워진다. 그와 함께 간다면 이 곳에 다시 올 보장은 없다. 그것은 곧 지신의 실종을 의미한다. 간간이 운선의 손을 잡고 이 나무에서 저 나무로, 때로는 정글 속으로, 때로는 늪가로, 때로는 사막 한가운데의 오아시스로 자리를 옮겼다.
『지구의 즙빠는생물은 전부 이런 행위를 통해 자손을 번식시켜 나가는군요. 인간 이외 많은 종류의 동물들도 집단생활을 하고 있고…‥. 이제 집단생활의 생리에 대해 더 자세히 관찰해 보아야 하겠어요.』
원숭이의 사회를 보기로 했다. 그런데 나무 위에 사는 원숭이는 관찰이 어렵기 때문에 초원에 사는 원숭이를 택하여 나무 위에서 관찰했다.
두 원숭이가 한참을 서로 싸웠다. 이윽고 승부가 났다. 불리한 원숭이는 자기 배를 하늘로 내놓고 누웠다.
이 상태에서는 상대방은 얼마든지 누운 자를 공격할 수가 있었다. 상대방을 경계하지 않고 방어를 포기하니 알아서 처분해 달라는 뜻이었다.
『저 행위는 무슨 표시인가요?』

『저건 바로 복종의 표시죠.』
『인간사회도 그런가요?』
『예. 그렇진 않죠. 사람들은 윗사람 앞에서 벌렁 드러눕는 않아요.』
『그런데 저번에 나하고 성행위를 했을 때‥ 자기는 바닥에 드러 누웠잖아요?』
『예? 그거요? 그건 그런 의미는 아닌데‥‥ 하기야 그것도 어쩌면 사실은‥‥ 나도 그때 아저씨에게 날 허락한다는 생각을 가지고 있었으니까‥‥. 그래서 요즘은 여성 상위 시대라는 말이 있기도 하지만‥. 아무튼 사람은 눕는다고 해서 그 앞의 사람에게 복종한다는 뜻은 아녜요. 오히려 예의에 어긋난다고 하죠. 사람의 배야 항상 상대방에게 보이는 상태로 있으니까 굳이 배를 보이려고 누울 필요가 있는 건 아니죠.』
『사실 지금의 인간은 배를 항상 앞으로 히고 다니니까 다른 동물들하고는 몸가짐의 양식이 다를 수도 있겠네요. 지금의 인간사회는 어떻게 그런 의미를 나타내나요? 한 인간이 다른 인간에게 복종을 표시할 때 말예요.』
『저하고 인간사회를 좀더 오래 같이 다녔으면 저절로 아셨을 텐데. 보통 고개를 숙이잖아요. 비슷한 신분의 사람끼리 서로 만나서 인사할 때는 가볍게 고개를 숙이고 자기보다 높은 사람을 만나면 고개를 깊이 숙이게 되죠. 한번 보세요.』
『지금 마땅한 곳에 가 보기는 번거로우니 기억을 되살려 보지요‥‥.』
은하천사는 잠시 눈을 감고 운선과 같이 사람 사회를 지나가면서 눈에 보였던 장면들을 기억해내 떠올렸다. 그가 무심코 지나치던 광경 중에, 모여 있던 사람들이 누군가가 나타나자 모두들 그을 바라보는 새로이 나타나는 자 앞에서 툭 드러 인 길을 마련해 주는 것이 보였다. 그리고 도열한 자들은 일제히 머리를 아래로 내리고 있었었다.
그 외에도 그가 기억을 되살려 떠올린 장면들에는 인간이 자기보다 높고 힘있는 자에게 복종의 표시로서 고개를 숙이는 모습이 여기저기 많이 포함되어 있었다.
『과연 그렇군요. 머리를 숙인다는 것은 곧 상대방의 행동을 볼 수 없는 것이니 상대방이 어떤 행위를 해도 처분에 맡긴다는 의미가 되겠군요.』
은하천사는 말하고는 잠시 생각하다 다시 물었다.

『그런데 시님들 중에 높은 사람과 낮은 사람은 어떻게 해서 구분되요? 지금의 인간사회에서는 반드시 몸으로 싸워서 이기는 사람이 높은 사람이 되는 것 같지는 않던데.』

『그건... 우선 나이로 구분되기도 하지만... 제가 짧은 인생 경험으로 미루어 보자면, 실제로는 아무래도 힘에 의해서이죠. 그것은 몸으로 싸우는 힘을 말하는 것이 아니고 상대방의 앞길을 좌우할 수 있는 힘이죠. 부모는 어린 자녀의 장래에 큰 영향을 줄 수 있고, 학생을 가르치는 선생은 학생의 진로를 좌우할 수 있고, 월급을 주는 고용주는 종업원의 생계를 좌우할 수 있고...』

운선은 자기의 이야기도 덧붙여 말했다.

『어릴 때는 부모에 대한 공경과 인간으로서의 순수한 도리가 전부인 것으로 알았어요. 그러나 자라면서 그와는 다른 것이 있다는 것을 깨달았어요. 방송국에서는 하나같이 장성한 아들딸들이 부모 앞에서 무릎꿇고 쩔쩔매는 것만을 보았는데 어째서 우리 집은 안 그럴까. 두 오빠들은 결혼 전에도 아빠 말씀은 안 듣고 자기 뜻대로만 행동했고 결혼하고 나간 뒤에도 제대로 문안 인사도 않고 그저 명절 때 슬쩍 왔다가는 정도 일 뿐이고... 우리 집의 식구들은 방송국에 나오는 집의 사람들 만치 인간으로서의 도리가 없어서 그런 것일까... 그러나 철들고 알았어요. 오빠들과 올케들은 아빠한테 아쉬운 것이 없었거든요. 아빠한테 잘 보이면 유산을 더 주는 것도 아니고, 애인을 사귈 때 아빠 말씀을 따른다고 해서 결혼 자금을 보태주실 수 있었던 것도 아니고...』

『은하제국에서는, 사람의 靈的(영적)인 성숙도가 얼마나 더 우주 전체의 總和的(총화적) 질서에 근접했는가를 가지고 서로간 예우의 정도가 결정되어지는데...』

은하천사는 운선의 말을 들으며 나지막하게 중얼거렸다.

『그게 무슨 말인가요?』

『한 개체가 上級에서는, 그 개체는 그만큼 다른 여타의 개체들과 공유하고 공감하는 범위가 넓다는 것이 되겠네요.』

『그렇지요.』

『그렇다면, 나른 사람의 행복을 나의 행복으로, 다른 사람의 고통을 나의 고통으로 느낄수 있는 것이지요.』

사람이 높은 예우를 받는 것... 아 그래요... 정말 그런 사회이어야 해요.」

운선은 계속 말을 이었다.
「집에、제대한 동생도 제 갈 길만 찾느라고 여념이 없어요. 결혼 전에는 자기의 식구가 가장 중요한 가족이지만 결혼 후에는 자기 배우자가 최고인 것이 사는 세상이에요. 형제 가족이 아무리 사랑해 준다 해도 그것은 일부분의 의미밖에는 안돼요. 아무리 다 합쳐봐야 남편이나 아내 한 사람만 못해요. 그러니 형제 중에 결혼 안한 형제는 결혼한 형제를 자기의 가장 가까운 혈육으로 생각하지만 반면에 결혼한 형제는 그렇게 여기지 않죠요.」
「말하자면 「편애합의 법칙」이 성립된다는 것이로군요.」
「어머 그건 또 뭐예요?」
은하천사는 잠깐 그녀의 손을 잡고 나무 밑으로 내려와 가만히 땅바닥에 글씨를 썼다. 그는 어느 언어로서든 논리적인 표현은 즉각적으로 가능했다.

片愛合의 法則
(The Law of Partial Love)

$$\sum_{i=0}^{\infty} p(i) < 1$$

운선은 보고는 고개를 끄덕거렸다.
「여기서 - $p(i)$ 는 말하자면、배우자가 아닌 주변 모든 사람으로부터의 관심과 사랑을 뜻하는 군요. 다들 각각 마음을 충만 시키기에 어느 정도의 효과는 있지만 아무리 산술적으로 합해봐야 하나、그러니까 전부에는 미치지 못한다는 의미... 그래요、그래서 전 결혼하고 싶어요. 다만 누구보다도 능력 있는 남자와. 그래서 아빠의 노후를 편하게 해드리고 자식 키운 보람을 갖게 해드리고 싶어요. 그런데 아직도... 여자로서 집안에 어떤 도움을 주기는 어려움이 너무 많아요. 아직까지도 우리 사회에는 도처에 성차별이 존재하거든요... 능력도 있으면서 처갓집을 돌봐 줄 남자를 구한다는 것은 정말 어려워요.」
「성차별이라...」
은하천사는 퍼뜩 감이 잡히는 것이 있었다.
그러잖아도 그는 이제까지 이 지구에 떠도는 기운 중에、유독 인간의 사회에서만 性차별에 대한 논란이 심하다는 것을 느꼈었다. 다른 동물들은 모두 제각기 저할 일을 묵묵히 하고 있는데 왜 인간사회만이 자연에 의한 분업의 섭리에 반항하며 끊임없는 논란을 불러

일으키고 있는 셋인가.

둘이는 나무 위에 다시 자리잡았다.

"여기의 다른 생물들은 그렇지 않는 것 같은데요? 전부 자기들의 생활과 역할에 만족하는 것 같아요. 왜 인간의 사회에서만 性차별에 대한 논란이 자꾸 오고 가는 건지 모르겠네요."

"은하제국에는 그런 문제가 없었나요?"

"물론 있었죠. 은하제국에서는 남자들과 여자들 사이는 애초부터가 서로 돕는 보완관계에 있어 왔으니까요. 여기에서와 같은 남녀간의 차별 문제는 없었어요."

"은하천사는 조용히 무언가를 회상하는 듯 하다가 말을 이었다.

"하지만, 옛날에 부유한 자들과 가난한 자들의 차별이 문제가 돼서 혁명이 일어난 적은 있었어요."

"그런 일이 거기에도 있었군요."

운선은 진지하게 은하천사의 말을 들었다.

"그런데 그 당시에, 가난한 자들이 부유한 자들의 대열에 끼이고 싶어하는 것은 당연한 것이어서, 가난한 자들 스스로의 차별 타파 운동은 큰 호소력을 갖지를 못했어요. 그래서 부유한 자이면서도 일부러 가난한 자들의 대열에 합류하는 이들이 혁명을 주도했어요. 정의를 위해 자기 몸을 던졌던 그들은 사회적으로 존경을 받았죠. 그리고 그네들 혁명가들의 희생에 의해 그 뜻이 널리 받아들여져서, 드디어 가난한 자와 부유한 자간의 평등이 이루어졌던 것이죠."

"그런 얘기는 저도 많이 들은 얘기인데요. 지구에서도 사회혁명의 주도세력은, 자기도 얼마든지 기득권을 향유할 수도 있었지만 스스로 그 권리를 내버리고 자기 몸을 던진 지식인계층에 의한 것이었다고…."

"마찬가지로 하면 되지 않을는가요? 성차별의 문제도…. 여기서도 그런 헌신적 마음을 가진 이들이 있다면 뉘세의 해결이 가능할 거요."

"성차별의 해소를 위해 헌신적인 사람이라니… . 어떤 사람을 말하는 것일까요? 요새 여성인권옹호단체를 운영하면서 그것을 자기의 직업으로 삼고 발벗고 뛰는 여자들은 좀 있는데… ."

"아니, 그게 아니라, 아까 말했잖아요. 스스로 자기 몸을 던져 낮은 곳에 임하는 사람. 그런 사람이야말로 사회적인 갈등을 그 본질적으로 풀 수 있는 사람들이에요. 남자로서의 특권을 포기하고 여자와 다를 바 없는 생활을 기꺼이 원하는 헌신적인 사람…… 지구에도 그런 사람이 있어야 해요.』

운선은 잠깐 또 어리둥절하다가, 답해주었다.

『그런 사람…… 있기는 있죠. 남자로 태어났지만 여자와 똑같이 생활하고픈 사람들…… 때로는 완전히 성전환 수술을 하기도 하고.』

『그런가요? 그렇다면 여기도 역시 희망은 있어요. 그래요, 당신과 같이 여자이기 때문에 받아야 했던 모든 사회적 불이익을 떨쳐버리고 싶은 사람들은 모두 합심해서 그런 사람들을 밀어줘야 돼요. 그러면 같이 여성의 권익신장을 이룩할 수가 있어요.』

『글쎄요…….』

『그들을 존경하지요?』

『모르겠는데요.』

『모르다니요? 자기의 기왕에 가지고 있던 특권을 버리고 보다 아래쪽의 생활을 자청하는 헌신적인 사람들이 존경스럽지 않으세요?』

운선은 입을 손으로 가리고 피식 웃고는,

『안 그래요. 나만해도 전혀 그런 사람들에게서 존경심이 우러나지가 않는데요.』

했다. 은하천사는 고개를 갸웃하며 다시물었다.

『다른 여자들도 그렇게 생각하나요?』

『대개가 그렇죠. 남자답지 못한 사람. 체신머리없는 사람이지 뭐예요? 어떤 여자가 그런 사람을 좋아해요?』

『자기네 여자들과 같은 입장에 서서 문제의식을 공유하려는 사람인데도 그런단 말예요?』

『모르겠어요. 아마도 그런 사람들이 여권신장에는 도움이 안된다고 생각되니까 그렇죠.』

『그럼 그런 사람들은 지금 어떻게들 생활하고 있는데요?』

『그런 사람들은 여기저기서 멸시와 조소를 받고 있어요. 그들은 보통의 사회생활도 같이 하지를 못해요. 남녀가 같이 낮에 모여서 일하는 일반 회사 같은 곳에는 끼지를 못하죠. 거의가 저급한 유흥업소의 종사원 등으로 그날그날 연명하고 있어요.』

은하천사는 잠시 눈을 감고, 원거리 염력투시로 그러한 자들의 생활상을 하나 하나 찾아내어 확인해 보았다. 과연 그들은 남자에게 건 여자에게 건 모두에게서 천대를 받고 살아가고 있었다.

『참 안타깝네요. 이 사회에는 억눌린 자의 편에 서서 그들의 힘을 북돋워 주려는 가상(嘉尙)한 자들이 있는데, 이 사회에서는 그들의 뜻을 전혀 수용하지 못하고 있네요.』

은하천사는 지난번 지구에 내려올 때 알아보았으면서 그냥 지나쳤던 사실 하나가 생각나서, 다시 질문했다.

『보니까 다른 동물들은 수컷이 더 아름다운데, 왜 인간은 남자가 더 아름답지 못하죠?』

『요즘 남자들은 별로 남자의 일을 하지도 않아요. 남자는 본래 움직여야 하는데 지금은 움직이지 않아도 살 수 있게 되어 있거든요. 본래 여자는 가슴과 엉덩이가 튀어나와 몸의 조화가 이루어지게 되어 있고, 남자는 몸 곳곳의 근육이 튀어나와 몸의 조화가 이루어지게 되는데, 여자의 생활은 옛날 그대로이지만 남자의 생활은 왜곡된 상태죠. 남자는 근육이 안나오고 대신 배가 나오니 볼품이 없어질밖에요.』

대화에 열중하던 그들은 자기들이 지금 어디에 있는지도 잊어버리고 있었다. 시간이 흘러, 초원에는 한낮의 햇빛이 곧장 내리비쳤다. 그들이 지금 나무 그늘 속에 있다지만, 地面으로부터 되쏘이는 熱氣가 뜨겁게 달구어, 예전처럼 시원한 배꼽티를 입지도 않은 은하천사에게는 후텁지근한 주변 공기의 느낌이 잔뜩 밀려왔다.

이제 이곳 동물들의 관찰은 할만큼 한 것 같았다.

『이제 우리 집이 있는 데로 가죠?』

『그래요. 우리가 지금 어디에 와있는지도 깜빡 잊고 있었어요.』

더위를 느낀 운선이 말하자 은하천사는 대답하며 그녀의 손목을 잡았다. 그리고 둘이는 나무위에서 사라졌다.

漢江邊 고수부지의 가로등도 하나 없는 으슥한 한구석에 두 사람은 홀연히 나타났다. 열 이렛날의 밝은 달빛이 강물에 되비치어 두 사람의 얼굴 윤곽은 턱과 코끝이 더욱 희게 강조되어 선명히 보였다. 강물에 담금질하고서 되올려진 밤바람은 두 사람의 뺨을 서늘하게 식혀, 서로가 맞닿는다면 찰기 어린 촉감이 각자에게 느껴져 그 떨림이 몸 아래까지 흘러내려갈만 했다.

「이제 집에 가봐도 될까요? 우리 집에 한 번 오시겠어요?」

「집에요? 아, 인간사회를 구성하는 가장 작은 단위라고 했죠? 그래요. 한 번 가 봐야지요. 집이란 것은 내부가 어떻게 이루어져있고 또한 어떠한 방식으로 운영되고 있는가 알아보기 위해선…」

운선은 일단 말을 내놓고 다시 생각해보니, 한 사흘 동안을 집에 안 들어갔다가 웬 남자를 데리고 갑자기 들어오는 것이 이상할 것 같았다.

「아니, 오늘 일단 집에 가서 말씀드리고 나서…. 다음에 한 번 꼭 오세요.」

「그래요. 그런데 집에는 왜 가야하는 건가요?」

「아저씨를 아빠께 소개시켜 드리려고.」

「그래요? 그건 좀 천천히…. 내가 괜찮다고 한 다음에 해요.」

「왜요?」

「나도 자기를 마음에 두고 있었어요. 그런데 우리 사이에는 현실에서 넘어야 할 벽이 있을 것 같아요. 그 실상을 확인해보기 전에는…」

「그게 뭔데…?」

운선은 물었으나 뭔가 집히는 것이 있었다. 같은 지구상에서도 출신 집안의 차이, 국적의 차이 등으로 생기는 어려움이 많은데 하물며 별(星)무리의 주소가 서로 다른 사람끼리의 경우에랴.

「이제 바래다줄게요.」

은하천사는 운선을 포옹했다. 운선은 자연스럽게 머리를 그의 가슴에 기댔다.

잠시 동안 그 상태로 있다 보니, 운선은 어느새 운선의 집, 길 쪽으로 문이 나 있는 화장실 안에 들어와 있었다.

화장실은 두 사람이 겨우 있을 좁은 공간에, 바닥에 박힌 변기 하나만이 있을 뿐이었다. 나무판자로 된 문에는 네 개의 간유리 중 위쪽에 붙은 하나가 깨져 있었다.

「자 여기서 나가면 자기네 집 맞죠?」

「그런데, 먼저 나가세요. 저 여기서 조금 있다가 나갈 테니까요.」

「난 그냥 가지요 뭐.」

은하천사는 운선에게서 몸을 떼고 곧 사라졌다.

운선도 화장실 문을 나가서 옆에 있는 철 대문을 두드렸다.

「아빠, 저왔어요.」

「오냐. 잘 놀다 왔냐.」

끼이익하며 철문이 열렸다. 운선도 열리는 문을 들이밀어 문은 평상시보다 더 넓게 열렸다. 허술했던 페인트칠의 틈새를 군데군데 파고 들어와 繁盛(번성)한 酸化鐵(산화철)이 부풀어올라서, 송송하니 일어난 칠 조각들이 우수수 떨어져 나가는 소리가 마침음의 끝마디에 더불어 들렸다.

아버지는 지금 시간이 하루 중 가장 의미 있는 시간이다. 종일 동안의 무료함이 지나가고 이제 들어오는 자식과 만남의 시간을 가지는 지금이.

의 방에 있지는 못하고, 그렇다고 해서 아버지와 한 방에 있기도 갑갑하다. 동생은 거의가 밤 열두 시에서 두 시쯤에 들어오곤 했는데 그럴 때마다 술에 잔뜩 취해서 들어오곤 했다.

동생이 제대해 집에 들어온 뒤로는 밤에 알 수 없는 전화가 자주 왔다. 낮이나 저녁에 동생을 찾는 전화는 어떤 친구나 젊은 여자의 목소리였지만, 밤 열 한시쯤이 지나서 오는 전화는, 벨소리가 울려서 수화기를 들면 아버지나 운선이 말을 하면, 뚝 끊어져 버리거나 혹은 아무 말도 없이 거친 숨소리만 나곤 했다. 더러 한밤중 두세 시에 걸려오는 전화는 느끼한 목소리의 남자가 무슨 소린지 모르게 웅얼대는 소리도 있었고, 혹은 어떤 여자의 다 죽어 가는 듯한 신음 소리도 있었다. 동생이 들어와 있을 때는 대개 그가 잠을 누워자기 때문에 전화를 받지 않았지만, 어쩌다 그가 전화를 받을 앉을 때는 그냥 욕지거리를 하고 전화를 끊었다. 그 다음에는 계속 울리는 벨소리 때문에 전화 코드를 뽑고 잠을 자야 했다.

「전화 왔었다」. 준이라는 남자 애가.」

아버지는 오늘도 여느 날과 같이 낮에부터 초저녁까지 걸려온 전화를 운선에게 말해준다. 그러나

은하천사의 칠일간사랑

이미 아무런 의미가 없는 전화들이 대부분이나, 단지 반신불수로 하루종일 집안에서 무료히 지내는 아버지의 할말을 만들어 주는 데 의미가 있다.

운선은 양말을 벗고 화장실에서 손발을 씻는 다음 문이 열린 자기 방으로 들어왔다.

아버지는 아직 마루에 있다. 운선은 생각나는 것이 있어 다시 마루로 나왔다. 그러다 느껴지는 것이 있어, 그녀는 가볍게 한마디를 했다.

『아빠 몸에서 냄새가 나네요.』

『미안하구나. 두 달 째 목욕을 안하다 보니……』

운철이는 뭔가 일이 바쁜 것 같아서 차마 부탁할 수도 없고.』

『그럼 목욕하세요. 제가 해 드릴 테니까.』

『아, 아서라. 이제 운철이도 제대했는데. 무슨.』

『아녜요. 몸을 씻는 건 남을 위하는 일이라고 아빠도 제가 어릴 적에 말해주시지 않았어요? 자 어서 오세요.』

운선은 아버지의 한쪽 성한 손목을 잡아 끌었다.

『며칠만 기다리면 되지 않냐. 운철이도 시간이 있겠지.』

운선은 동생이 이미 집안에서의 수고를 꺼려한다는 것을 알고 있다. 그녀는 계속 아버지의 손목을 끌어당겼다. 아버지는 안 끌려가려는 시늉을 했으나, 비록 여자지만 성한 젊은이가 완강히 끌어당기는 힘을 이겨내지 못하는 듯 끌려왔다. 욕조도 없는 좁은 화장실 안에 두 사람은 들어갔다.

운선은 둥그런 플라스틱 의자를 가운데 놓고 벽면의 온수기를 틀었다.

『자, 어서 앉으세요.』

아버지를 앉힌 다음 윗도리부터 하나 하나 벗겼다. 양말을 벗기고 마지막 속옷을 벗기려 할 때, 아버지의 얼굴은 난처하기 그지없는 표정이었다.

『이 못할 노릇을 그만 시켜야 할텐데. 내가 어서 어찌 되든가 해야지.』

『아빠, 그게 무슨 말씀이세요? 이제 환갑도 안되셔 가지고.』

『나이가 무슨 상관이냐 사람 구실을 해야지.』

『집에 계신다는 것 하나만으로도 저게 얼마나 소중하신 데 그러세요?』

물을 퍼서 아버지의 몸에 비누질을 하려 하니 물이 튀어 운선의 옷이 자꾸 적셔졌다. 운선은 웃저고리를 벗어 욕실 바깥으로 던졌다. 그러자 그 바로 밑 속옷이 적셔졌다. 또한 바지도 물이 흥건한 바닥으로부터 마구 적셔지고 있었다.

"아빠, 잠깐 기다리세요."

운선은 욕실 문간에서 웃도리와 바지를 다 벗고 브라자와 팬티 차림으로 다시 들어왔다. 그리고 그녀는 아직도 아버지의 얼굴에 남아 있는 당혹스럽고 난처한 기색을 느낄 수 있었다. 아버지의 팔다리를 거쳐 가슴에 비누칠을 하던 운선은 문득 하던 일을 중지하고 수건을 바닥에 놓았다.

그녀는 아버지의 몸에 비누칠을 다시 시작했다.

"아빠."

"왜냐?"

"불공평하죠?"

"무슨 소리니?"

어리둥절 하는 아버지를 향해 운선은 부끄러운 듯 얼굴에 홍조가 어리면서,

"혼자 벗으시니까..."

했다. 아버지는 소리 없이 웃음만 지었다.

"잠깐 기다리세요."

운선은 아버지의 뒤편으로 잠시 돌아가 있더니, 조금 있다 다시 먼저의 자리로 돌아왔다. 그 동안 수도꼭지의 물소리 때문에 부스럭거리는 소리는 들리지 않았다.

"아빠, 저도 다 벗었으니까 부끄러워하실 것 없어요. 이젠 서로 공평해요."

운선은 아까보다 더 적극적으로 활기 있는 몸놀림으로 아버지의 몸을 씻겼다. 아버지는 염은 미소를 지었다.

목욕을 끝내고 아버지의 옷을 입히고, 자기도 옷을 입은 후 운선은,

"아빠, 드릴 얘기가 있어요."

하고 아버지를 자기 방으로 불렀다.

船內에서 자료를 정리하던 은하천사는 이제 다시 그녀를 만나러 내려갈 때가 되었음을 알았다. 은하천사는 운선과의 교제를 보다 진전시켜, 그녀를 자기와의 결합상대로 삼으려 했던 계획을 실행에 옮기로 했다. 그리고 그에 따르는 온갖 장애를 극복하기 위한 방안을 강구해야 한다 생각했다.

그러기 위해서는 우선 운선과 더욱 가까워져야 했다. 먼저처럼 우유부단한 性의 교류가 아닌, 스스로 적극적으로 그녀와의 관계를 깊이 하는 것이 필요하다는 것을 그는 깨달았다. 그녀와의 재차 만남을 앞두고 그는 그녀에 대한 마음가짐을 가다듬었다.

지구에서의 남녀관계에 대한 많은 자료조사 결과로 미루어 볼 때, 은하천사와 그녀와의 관계는 지구촌 남녀간의 보편적인 관계양식과는 많이 달랐다. 대개의 경우 여자는 속마음대로 행동하지 않는 경우가 많았다. 여자가 남자의 참마음을 확인하는 과정에서는 적지않은 노력이 소모되는 일이 많았고, 운선과의 일과 같이 서로가 자석 끌리듯 다가붙는 경우는 흔치 않았던 것이다. 그만큼 그녀와의 만남은 지구의 여자를 확실히 알아두기 위한 절호의 기회였다.

그런데 생각해보니, 운선과 다시 만날 약속 장소를 정하지 않았다.

은하천사는 그녀와 원거리 이심전심을 시도하려 했다.

그러나 지구인의 思考와는 호환이 안되어 불가능했다. 그는 다른 방법을 생각했다.

「지구인들의 영혼은 밤에 잠을 잘 때 분열의 상태에 있다고 한다. 그때 영혼의 갈라진 틈을 파고들면 되겠다.」

그날 아버지에게 은하천사의 얘기를 하면서 오랜만에 긴 대화의 시간을 갖고, 잠을 자던 운선은 꿈에 한 한적한 거리를 보았다.

서울의 한 거리 같지만 어디서 본 듯도 한데 확실히 집히지는 않았다. 그녀는 車道 한쪽에 서 있는 듯 떠있는 듯 했는데, 차도에는 차가 한 대도 지나가지 않았다. 그대로 人道쪽을 바라보고 있었는데, 늘어선 선물들을 가운데 어느 찻집 앞에 은하천사의 모습이 반투명으로 겹쳐 나타났다.

『내일 해(日)지고 난 뒤 여기로 나와요. 장소는 우리가 처음 만났던 데서 북쪽으로 이 킬로쯤 떨어진 곳이에요.』

운선은 그를 향해 뛰어가려 했으나 땅바닥을 딛는 느낌은 나지 않았다. 그에게 가까워지려 하자 그의 모습은 사라지고 그녀는 붕 떠올라 주위를 眺望(조망)하게 되었다. 주변의 잘 아는 곳곳이 확인되고 위치를 확실히 알게 되자 꿈은 끝났다.

운선은 그의 말을 의심치 않았다.

다음 날 지녁, 운선은 꿈속에서 그로부터 계시 받은 약속 장소에 나갔다. 이번에는 운선은 무릎까지 내려오는 하늘색 치마와 흰 블라우스 상의를 입어, 전형적인 여성 복장이었다.

그곳은 잎 큰 가로에 고가도로가 있어 눈에 잘 띄지 않는 곳에 있는 조그만 찻집이었다. 고가도로가 뻗어있는 쪽은 터널이 뚫린 산이 있을 뿐이어서 일부러 찾아오는 사람들 말고는 달리 붐빌 일이 없는 곳이었다. 아직 이른 저녁인데도 지나다니는 사람은 거의 없었다. 가끔가다 약속이 있는 듯한 젊은이 하나 둘이 길가의 몇몇 찻집을 들락거릴 뿐이었다.

『참, 어떻게 이런 곳을 다 알고... 벌써 이곳 형편을 이렇게나 파악했나?』

운선은 꿈도 꿈이었지만 약속 장소라고 정한 곳도 너무도 호젓한 것이, 수수께끼의 그 외계의 면모에 대한 새로운 느낌으로서 다가왔다.

운선이 문을 열고 들어가려 할 때였다.

『읍。』

그녀는 갑자기 뒤에서 덮쳐오는 한 괴한에 의해 입을 막히고 가슴이 짓눌려졌다. 괴한은 우악스럽지는 않았으나 그로부터는 대항할 수 없는 강한 힘이 느껴졌다. 운선은 그대로 몸이 풀어졌다. 그녀의 몸은 한 순간에 옆의 샛길로 옮겨졌다.

곧 정신을 차리고 보니 다름 아닌 은하천사가 그녀를 안고 있었다. 옆의 전봇대에 달린 白熱(백열) 街路燈(가로등)의 直射(직사)하는 빛을 등지고 있는 그의 실루엣이, 그녀 앞에 보이는 광경의 전부였다.

『아이, 이게 뭐에...』

운선이 말하려는 순간 두 사람은 좁은 샛곬목 가로등 밑에서 사라졌다. 그 짧은 시간 동안에 지나가는 사람은 없었고 흰 고양이 한 마리만이 고개를 갸웃거리고 킁킁대면서 그들이 사라진 자리를 훑고 있었다.

두 사람은 해 저무는 해변의 서늘한 바닷바람을 맞으며 있었다. 이 곳이 어딘가 운선은 두리번거렸다. 저 쪽 육지 쪽에는 열대 야자수가 무성했다. 아마도 사이판이나 괌이나 발리 섬 중의 하나 같았다.

『여기가 오늘 밤 우리가 시간을 보낼 장소예요.』

은하천사가 드디어 입을 열었다. 운선은 이제까지 당한 일이 조금 약오르기도 했지만 동시에 그가 이제는 여느 지구의 남자들처럼 장난도 칠 줄 알게 되고 자기와 친숙해졌다는 것에 반가움을 느꼈다. 이 남자는 맘만 먹으면 무엇이든지 할 수 있는 남자다. 그간 『시덥잖은』 남자들을 거쳐오면서 적잖이 자존심의 손상을 겪어 왔던 그녀로서는, 어서 보란 듯이 이 남자를 자기의 남자로서, 자기를 아는 뭇 사람에게 내보이고 싶었다.

『어쩜. 이런 곳을 어떻게 아셨어요?』

『그 동안 지구 곳곳에 대한 자료를 다 조사했어요. 어떤 사람들이 어떤 목적으로 만날 때에는, 각각 어느 장소가 가장 적합한 곳인가를 가늠해 보는 기준도 터득했어요. 지금 이 곳은, 우리와 같은 사람들이 우리들 마음에 품고 있는 목적을 가지고 만날 때, 가장 적합한 장소라고 선택이 된 거예요.』

운선은 그대로 잠시 은하천사를 바라보았다. 그녀의 두 눈은 바닷물에 번진 노을 빛을 받아 붉게 되비추었다. 역시 바다와 석양을 등에 지고 있는 은하천사의 얼굴도 검붉게 상기되어 있었으며 그의 머리칼 가장자리만이 저물어 가는 햇빛을 역광으로 받아 黃赤色(황적색)의 가느다란 실광택을 뿌리고 있었다.

『쒸이— 쏴아아—.』

파도가 한 무더기 밀려왔다 떠나갔다. 노을 빛이 어두워 짐에 따라, 해변을 오가는 파도의 소리는 점차 크게 들려오면서, 視覺(시각)이 사위어가며 생기는 感覺(감각)의 공백을 메워갔다.

해변에는 어둠이 깔렸다. 주위에는 가끔 가다 들리는 짐승과 새의 울음소리 뿐 사람의 흔적은 없었다. 아마도 관광지 부근의 아주 작은 무인도 같았다.

달은 떠있지 않았다. 땅위에 드리운 칠흑 같은 어둠 속에서 백사장 바닥에 드리누운 은하선은, 오리온 座(좌)가 하늘 높이 떠 있는 밤하늘의 銀(은)과 택을 배경으로 은하천사의 얼굴이 자기의 얼굴에 조금씩 다가와 오고 있음을 눈으로 보고, 또한 몸 전체로 느끼고 있었다.

이윽고 유선의 몸은 은하천사에 의해 완전히 하늘로부터 가리어졌다. 그녀는 방금보다 짙은 숨소리를 내야만 했다.

그런데 그녀가 느낀 은하천사의 감촉은 먼저와는 사뭇 달랐다. 그의 얼굴은 약간은 까칠한 감촉이 있으면서 남성의 강한 체취가 풍겼다. 그의 가슴으로부터는 단단하고 억센 근육의 질감이 강하게 그녀의 가슴을 압박해 왔다.

『이제 우리 완전한 접속 행위를 하도록 해요.』

은하천사는 시만히 속삭였다. 모든 준비와 여건이 완벽하게 갖추어진 상태에서 그는, 이 행성 생물의 생존 그 자체의 의미가 될 정도로 매우 중요한 행위인, 바로 그 접속 부위들끼리의 접합을 아주 정식으로 아수 확실하게 해 보자는 것이었다.

아아. 인간의 上下 접속 부위끼리는 각각의 異性 개체들간에 얼마나 강력한 흡인 작용을 하고 있는가 !

『은하천사』그 가장 첫 단계를 실행했다.

그것은 兩性의 상접속부끼리의 접합이었다.

운선의 입과 은하천사의 입은 서로 마주쳤다. 그리고는 서로가 깊이 맞물렸다.

『이게 바로 상접속부끼리의 접합이로군요...』

잠깐동안의 止時間(휴지시간)을 통해 은하천사는 말했다.

다시 한동안 더 계속하니 그 짜릿한 쾌감을 은하천사도 느낄 수 있었다.

그러나 흡수 기관끼리의 접합이라서 그런지, 서로간에는 물리적인 교류는 없었다. 다만 이렇다 할 실행할 것은 하접속부끼리의 접합이었다.

두 사람의 假表皮(가표피)의 離脫(이탈) 과정은 새삼스럽게 이야기될 필요가 없었다.

기대했던 대로이 이렇게 다음으로 다시 정식으로 실행할 것은 하접속부끼리의 접합이었다. 너무도 자연스럽게 이루어진 하접속부끼리의 접합은 은하천사도 해본 적이 있으므로 자신이 있었다. 지금 이토록 잘 갖춰진 분위기에서 그는 다시 한 번 정식으로 시도했다. 그의 몸도 이 행위를 위해 몸의 모든 요소가 더욱 잘 갖춰진 상태라서, 예전보다 한결 원활한 교류의 행위가 이루어지는 것 같았다.
운선은 예전에 느꼈던 그 어느 것보다 강한 힘에 취했다. 두 눈은 이미 쪽의 허공을 향한 채 부동의 자세로 몸을 내맡기고 있었다.
그러나 은하천사는, 한참을 실행해보고 난 뒤 새삼 느끼게 된 극도의 쾌감에도 불구하고, 별다른 흥미를 느끼지 못했다.
「물론, 이것은 많은 쾌락을 주긴 한다. 그러나 이런 건 우리 은하제국에서 인간과 인간끼리의 만남이 있을 때마다, 그들끼리의 情에서 우러나오는 靈的 高揚(영적고양)에 의한 쾌감보다는 본질적으로 한 단계 아래에 위치한다. 특히 은하제국의 사랑하는 남녀끼리의 접합 시에 일어나는, 영혼과 육체의 완벽 하모니에 의한 최고 품격의 情緒充滿(정서충만)과는 비할 바가 아닙니다.」
하접속부끼리의 접합이란 것은, 생식의 원리에 따라 남자 즉 양개체의 체내에 저장되어 있는 小個體가 여자 즉 음개체로 집단 이동하는 것일 뿐, 어떤 특기할 만한 感想 포인트를 그에게 제공해 주지는 못했다.
「이것이 남녀 관계의 전부이며 종착역인가요?」
은하천사는 가만히 운선에게 물었다. 조금은 실망한 표정으로…
운선은 저만 혼자 흠뻑 기분에 취해 있다가, 그가 불만족스러운 듯 하자 조금 당황했다. 그러다 곧 다시 말했다.
「아니에요. 더 있어요. 당신과 저가 서로 진정 아끼는 사이라면…」
쏴아ㅡ 쏴ㅡ
잠시의 조용한 휴지기간을 틈타 파도가 밀려오는 소리가 다시 들려왔다. 그러나 파도의 물결은 암흑 속에 묻혀 보이지 않았다.
『저 별을 봐요.』
운선은 은하천사에게 가만히 일렀다.
은하천사는 고개를 돌려 별을 올려보았다, 한 가운데의 오리온 좌가 가장 먼저 눈에 띄었다. 물론 그에게는 지구보다 조금 덜 후미진 곳에 있는 잡별에 지나지 않는 것이었지만.

「저 별이 모두 그 위치를 반대로 바꾸어도 나를 변함없이 사랑할 수 있겠어요?」

「별이 모두 위치를 바꾸다니?... 우주가 뒤집어져도....?」

운하선은 대답을 않았다. 그저 계속 하늘을 바라보고 있을 뿐.

「어쨌든 나의 마음은 일시적인 감정이 아니에요. 나는 그대 운하선이를 나의 능력껏 행복하게 해줄 마음이 있어요.」

「...」

「...」

「그걸 어떻게 믿어요?」

운하선은 눈을 내리깔고 입을 열었다.

은하천사는 잠시 몸을 일으켜 하늘을 올려다보았다.

조금 있다 그는 몸을 돌려 얼굴을 그전에 운하선의 하체가 있는 곳으로 향하게 했다.

「하늘의 별자리는 거꾸로 변했어요. 그래도 나는 계속 그대를 사랑하고 있어요.」

「그렇다면 제속... 사랑해 주세요.」

은하천사는 먼저 안 겪었던 새로운 접합 방식을 겪어보게 되었다.

그는 어느 때보다도 가장 흥미를 가지고, 스스로 행하며 그 현상을 관찰할 수 있었다. 이것은 서로 진실하게 아끼는 사이에서나 이루어질 수 있는 접합의 형태가 아닌가.

兩性의 上下 接續部 相互間의 交叉接合!

흡수를 주로 하는 상접속부와 배출을 주로 하는 하접속부 사이의 접합인 것이다.

「이 접합 방식으로는 혹 유기물의 순환이 가능한 것이 아닐까?」

은하천사는 이렇게 생각하며, 그녀로부터 무언가 생겨남과 같은 것을 흡수하려는 듯, 口腔(구강)을 강하게 그녀의 下部出口에 吸着(흡착)시켰다.

그가 모처럼의 힘을 다해 적극적인 흡입의 행위를 하고 있을 때, 동시에 그녀의 혀도 배암의 그것과 같이 움직였다. 그녀의 그것은 마치 길다란 被食物(피식물)을 집어먹어 버릴 듯이 그의 하접속부 隆起體(유기체)를 집어삼키고 핥기를 반복했다.

「교차접합 중의 兩개체의 상접속부들은 마치 자양분을 섭취할 때처럼 활발하게 움직이는구나.」

은하천사는 새삼 느껴가며 더욱 열심히 교차접합의 행위를 계속하려 했다. 그런데 먼저보다 더욱 더 몰입하여 빠져드는 운선에 反해, 은하천사는 서서히 짜증이 나기 시작했다. 그가 기대하는 아무 것도 그녀의 몸에서는 나오지 않기 때문이었다.

은하천사는 잠시 행위를 중지했다.

『어, 그런데 아무 것도 없잖아? 영양가 있는 것이 전혀 안 나오는데... 짭짤한 노폐물 같은 것만 나오고... 서로 침만 뿌리는 것 같은데.』

『예? 뭐가 나와야 한다니요?』

『입은 원래 영양가 있는 유기물을 섭취하려고 있는 기관이 아녜요? 그런데 이렇게 열심히 입을 사용했는데도 아무런 유익한 성분들을 흡수하지 못했어요.』

『음... 음... 그런 건 없어요... 그냥... 그냥....』

그러나 은하천사는 실망을 감출 수 없었다. 이렇게 격렬한 행위를 했음에도 불구하고 아무런 유기물의 교류가 없다니....

『뭐가 있어야 된다는 거죠?』

운선이 다시 묻자 은하천사는 그녀를 가만히 잡아 일으켰다. 검은 바다로부터 소리로만 들리는 파도를 염두에 가득히 느끼면서, 둘이는 희미한 서로의 윤곽만을 보면서 마주 앉았다.

『이런 것이 가능해야 하지 않을까....』

은하천사는 진지하게 말했다.

『교차접합의 행위는 이곳의 생물로서 우주의 영원성에 근접하는 노력을 보이는 것으로서, 일단 중요한 가치를 둘 만 해요. 하지만 그 본래의 순환의 의미가 제대로 적용되고 있는 것인지는 모르겠어요.』

『교차접합이 그런 의미를 가졌다고 보시나요? 전 그냥 아주 친해진 남녀 사이에서 할 수 있는 性의 유희 정도로만 알고 있는데.』

『보통 정도의 사이에서는, 섭사리 실행될 수 있는 것은 아닌가보죠?』

『아직 사귀기 시작하는 단계에서는 대개 입맞춤부터 시작하죠. 말하자면 상접속부 상호간의 접합이 먼저 이루어지죠.』

『그 다음 하접속부 상호간의 접합은 대개 언제 이루어지죠?』

『그것은 둘이서 서로 상대방을 자기의 사람으로 결정했을 때 행해지는 경우가 많죠. 말하자면 자기 몸전체를 내맡기어도 좋다고, 특히 여자 쪽에서 생각이 되었을 때 말이죠. 저 또한 그렇게 생각했기에 서로 당신께 모두 맡겼던 것이 아녜요?』

그렇게 말하면서도 마음속으로 조금 걸리는 것을 느꼈다. 맨 처음 그에게 자기를 내주었던 행위는 충분한 심사숙고의 과정을 거쳤다고는 볼 수 없었기 때문이었다.

『상접속부의 접합이 발전해서 하접속부의 접합이 이루어진다는 말이군요.』

『대개는 그렇죠. 하지만 때에 따라서는 상접속부의 접합이 진정 더 좋은 분위기를 줄 수 있는 경우도 많아요. 특히 자기의 직업상 하접속부를 뭇 남자들에게 개방하는 여자들도, 상접속부만은 마음을 주는 남자에게만 열어 놓는다고 해요.』

『몸과 마음을 다 줄 수 있는 경우라야 상접속부와 하접속부의 교류가 모두 가능하단 말이군요. 서로 마음이 친해졌을 때에는 상접속부끼리의 접속을 하고, 서로 몸을 내어줄 수 있을 때에는 하접속부끼리의 섭을 하고…』

『그러니까, 서로 친하고 아껴주는 남녀 사이 이지만 결혼은 이루어지지 않는 경우에는 상접속부의 접속만으로 그치는 경우가 많죠. 반면에 어떤 거래관계에 의해서 몸은 내주지만 마음은 전혀 동하지 않는 경우에는 하접속부의 접속만이 이루어질 뿐이죠.』

『서로 친하고 몸도 내줄 수 있는 경우에 상하의 접속부가 두루 접속이 가능하다면…그 때에는 또 상호간의 교차접합도 가능하겠군요….』

『그렇다고 할 수 있죠. 교차접합이란 것은 서로의 모든 것이 다 허용될 경우에만 가능한 것이니까요.』

『접속행위는 정말 양욱의 개체들에게 상당한 쾌감을 안겨준다는 것을 새삼 다시 느꼈어요. 아까 행위 때 나도 깨감을 느꼈고 자기도 흠뻑 느끼고 있었던 것 같으니 말이에요.』

『반드시 그렇지만은 않아요. 지구의 남자들 중의 일부는 상대방 여자가 원하지 않는데도 자기의 쾌락을 위해 강제로 접속을 감행하는 경우가 적지 않죠.』

운선은 잠시 수축하다 다시 이어서 말했다.

『교차접합이라…. 그것은 그래도 금방 이루어지지는 않아요. 비록 서로가 상하 각각의 접속 이 이미 가능하다고 할지라도, 그것은 완전히 서로간에 진정 아껴주는 마음이 있어야만 돼요. 그

『맞아요. 지구에서도 교차접합의 가치성에 대해서는 충분히 인식을 하고들 있었군요.』

것은 상대방에게 그대로 몰입하는 것이라고나 할까. 그리고··· 그것은··· 결코 한 쪽의 일방적인 강제로는 할 수가 없어요.』

은하천사는 고개를 더 들고 자세를 가다듬어 말을 이었다. 이제 어둠도 익숙해질 대로 익숙해져, 서로간의 얼굴 모습도 大氣에 스며있는 미미한 반사광을 통해서 확인될 수 있었다.

『이런 교차접합의 행위를 할 때에···. 봐요.』

은하천사는 다시 자세를 살짝 취하면서 말했다.

『자기의 하접속부에서 배출되는 유기물을 이렇게 내 상접속부에서 흡입한단 말예요. 그러면 내가 다시 자양분섭취를 할 수 있게 되잖아요?. 다시 그것을 내 하접속부를 통해 배출한 뒤, 그것을 다시 자기의 상접속부에서 흡입하는 과정을 되풀이해요. 그러면 우리가 서로 계속해서 많은 자양분을 흡수할 수 있어요. 그러면 우리는 그것을 접합행위를 할 때의 에너지원으로 쓸 수가 있잖아요. 합리성을 추구하는 생물이라면 이런 습성을 지녀야 하는 건데, 자기는 그런걸 시도 안하고 있는 것 같애요. 한 번 그렇게 해 볼까요?』

『어머, 그건 어려워요. 소화시간이 얼만데···. 불가능해요.』

운선은 상식적인 판단은 접어두고는, 엉겁결에 대답했다. 그녀의 대답에는 단지 자기로부터 상대방의 상접속부로 들어간 유기물이 다시 자기에게로 돌아오려면 시간이 너무 걸려, 그 때까지 성행위의 자세를 유지하기는 곤란하다는 뜻만이 있었다.

『음···. 시간이 오래 걸려요?』

은하천사는 듣고 나서 조금 고개를 끄덕였다.

운선은 자기가 무슨 대답을 했는지 몰랐다.

『그러면 내가 소화를 단시간에 마칠 수 있도록 해 볼까요? 내 몸은 그럴 수가 있도록 내가 스스로 조절하고 자기의 몸은 내가 소화촉진 효소를 발생시켜 넣어줌으로써 그럴 수 있도록 하면 되잖아요. 자 그럼 한 번 시도를 해 보죠.』

『무엇을 어떻게 시도한다는 거죠?』

『교차접합시의 유기물 순환 말예요.』

『어떻게요?』

잠시 의아해하던 운선은 이윽고 깨닫자 두 손을 가로 내저으면서
『안돼요. 그건… 우리로서는 불가능해요…』 했다.
그녀는 아픔에 어둠 속의 보이지 않는 눈물을 흘렸다. 새삼 그와 자신이 얼마나 이질적인가─
가 느껴졌다. 이런 것을 그녀로서는 생각이라도 해봤던 말인가.
그러나 은하신사는 더욱 의아해 할뿐이었다.
『아니, 유니물의 순환이 안 된다면, 이제까지 왜 그렇게 열심히 접속, 흡입, 흡착, 마찰의 행위는 반복했었던가요?……』
『그건… 아무것도 아녜요… 다만 서로의 사랑의 확인이었을 뿐. 그 이상 더 의미를 갖지는 못해요.』
운선은 해변 바닷가에 두 팔을 짚고 고개를 떨구었다. 약간 흐느끼는 듯한 소리가 이어졌지만 그 소리는 밤바다의 파도 소리에 가려 들리지는 않았다.
칠흑 같은 異國의 밤은 깊어갔다.
바다 반대편 농녘에는 이미 下弦달이 떴다. 그러나 산언덕에 가려 보이지는 않고 저 쪽 먼바다만 을 비추어, 무수한 파도자락의 나타남과 사라짐을 희미하게 보여줄 뿐이었다.
산언덕을 덮고 있는 우거진 수풀의 실루엣 위에는 남청색의 미미한 殘光(잔광)이 조심스레 뿌려져 있었다. 그 빛의 입자들은 조금씩 조금씩 굵어지며 번져가더니, 어느 순간 이후 조용한 빛의 폭발 을 일으켜, 저시간의 강렬한 명암대조를 이루며 길게 늘어선 산등성이 전체를 뒤덮었다.
능선의 기울어진 한 쪽 면 가운데 유난히 빛줄기가 뿜어져 나오는 곳으로부터 은백색의 하현달이 웅크린 몸체를 조금씩 일으켜, 처음에는 눈부신 등쪽의 곡면만을 보이다 곧이어 반투명으로 옅게 드리워진 복부까지 그 모습을 허공에 드러냈다. 뿜어 올라오던 청백색의 빛줄기는 이제는 放射形(방사형)의 달무리로 하늘에 자리잡았다.
움직이지 않는 해시계의 그림자가 돌아가며 이동하듯, 움직이는 형상을 이루고 있었다.
오직 달도 늪이 떠올라 해변가를 비쳤다. 두 사람의 모습은 비록 밤이지만 활짝 열려진 하늘에 그대로 노출되었다.
운선은 새삼스레 몸을 떨면서 말했다.

『부끄러워요. 어서 저 안 수풀이 우거진 곳으로 가요.』

기온도 서늘해졌다. 둘이는 옷을 주워 입고 바닷바람이 덜 닿는 저 안쪽 깊숙한 곳으로 자리를 옮겼다.

거기서 그들은 한 동안 아무 말 없이 꼭 껴안고 있었다.

운선에게는 그와의 사이가 진전되어 가면서 따르는 불안이 다가왔다. 이제까지 그녀는 그와의 대화를 통해, 그의 사고방식에 맞춰 동화되어 가는 자신을 느껴 왔다. 그러나 이제 또한 거기에는 범할 수 없는 어떤 한계가 있음을 감지할 수밖에 없었다.

그녀에게 은하천사는 놓칠 수 없는 하나의 남자였다. 그와 결혼하면 그녀는 신데렐라와 같이 자기가 원하는 모든 것을 얻을 수 있을 것 같았다. 그는 이제까지 운선을 위해 무엇이든지 할 수 있었으며 또한 그녀가 원하는 것은 무엇이든지 거절한 적이 없었다. 그는 가장 뛰어난 자이면서 또한 가장 겸손한 자이다. 그는 배우자 선택에 있어서 서로 어긋나기 마련인 두 요소를 동시에 갖춘 이상형의 남자이다.

뒤에는 바위 절벽이 병풍을 이루고 있고 옆에는 야자수가 커다란 잎을 휘 늘어뜨린 곳에 자리잡아 둘이는 그들의 앞일을 논의했다. 이제 더이상, 그저 즐거움을 위한 만남만으로 서로가 하루 하루를 지낼 수는 없다. 게다가 운선은 무엇보다 자기의 장래설계가 급하다.

달빛은 환히 비치고 있었으나 운선의 얼굴은 늘어진 야자수 잎의 그늘에 가렸다.

『우리 이제 앞으로의 생활을 설계해야 하지 않았어요?』

운선은 조심스레 물었다. 그러나 그가 그녀의 바램을 받아들일 수 있을지는 그의 마음에 달린 것이 아닐 것이다. 그것은 이 우주의 법칙이 해답을 줄 것이다.

은하천사는 망설이지 않고 대답했다.

『그래요. 운선, 우리는 광활한 우주를 가로질러 이 자리에서 만났어요. 이제까지 우리의 영혼들은 서로 먼 곳에 떨어져 있었지만, 앞으로의 생은 우리가 같이 영원히 사랑하는 형태로 化해서 이 우주와 함께 남아 있기로 해요.』

『그게 뭐예요? 영원히 사랑하는 형태로 남는다니요?』

『영원한 사랑의 氣를 서로 교환하고 순환시키면서 있는 것이 사랑의 종착역이 아니겠어요?』

운선은 처음에는, 「영원히 사랑하자」는 그의 말을, 언뜻 상투적인 사랑 표현에서 흔히 쓰듯이, 다시 태어나도 천년 후에도 사랑하자는 修辭(수사)로만 들어졌다.

그러나 이미 그의 사고방식을 알고 있는 그녀는, 곧 그 참뜻을 알 수 있었다. 그는 있는 그대로를 말할 뿐이지 거짓이나 과장이나 비유나 美化를 할 줄 모른다. 그가 말하는 것은 문자 그대로 永生이며、永愛이며、영원한 사랑의 氣순환이었다.

운선은 먼저 은하천사가 교차접합의 순환상태를 제의했을 때부터 생겨나던 비애감이 솟아올라, 차오르는 눈물을 닦으며 말했다.

『그건…. 안돼요. 여긴…. 사랑하는 사람이라 해도 언젠가는 누구 하나가 죽게 되고…. 그래서 주위는 더욱 밝아졌으나 새벽의 스산한 기분이 주위를 덮어, 적막의 무게가 두 사람을 누르고 있었다.

은하천사는 운선의 입장을 헤아렸다.

『이 곳이 공기가 맑다니요?』

『여기에도 너무 오래 있었군요. 이제 살던 곳으로 돌아가고 싶지 않아요?』

『아녜요. 사바에 갑자기 나타날 곳도 마땅치 않아요. 그냥 공기 맑은 이 곳에서 더 있고 싶어요.』

『그냥 자연 그대로의 바람이 불기 때문이죠.』

『먼저 우리가 있던 곳. 한국. 서울은?』

『거긴 공기가 많이 오염되어 있죠.』

『오염이란 불순성분이 많아졌다는 뜻인데… 하긴 먼저 나도 그런 걸 느꼈어요. 거기에는 생물의 자연스러운 호흡으로 인한 대기성분의 구성과는 뭔가 다른 것이 많이 있다고 느껴지더라고요. 지극히 부자연스러운 불완전연소의 결과물들 같더라고요. 그게 무엇 때문이죠?』

『원인에는 여러 가지가 있지만, 그 중 대표적인 것은 길에 다니는 차들이 있죠. 차량의 매연 때문에 공기는 날로 불순해져 가고 있어요.』

『차라니요. 그게 뭐지요?』

『저번에 길에서 많이 본 것 말예요. 사람들이 장소를 이동할 때 이용하는 기구 말이죠. 이동할 때는 그냥 다리로 걸어가면 되잖아요?』

『먼데를 빨리 가려 할 때 말예요.』

『그 때는 걸음을 빨리 하면 되잖아요? 징 안되면 아공간이동을 하고....』

『사람이 빨리 가는데는 한계가 있죠.』

은하천사는 이 행성의 사람들은 자체기능에 결함이 많다는 것을 떠올리고는 질문을 그쳤다. 이네들은 자기들의 신체적 부족함을 보완하는 도구를 많이 만들어서 생활하고 있으며 거리를 다닐 때 쓰이는 차는 그 중 대표적인 하나임을 어렵지 않게 짐작할 수 있었다.

그는 그러나 또다시 의문이 생겼다.

『그런데 매연이라니... 그렇다면 車들은, 끊임없이 이 행성의 물질을 분해하는 파괴행위를 해야만 움직일 수 있단 말인가?』

『차는 왜 그렇게 매연을 뿜어야만 가게 될까요?』

『달리려면 에너지를 필요로 하잖아요? 매연은 휘발유가 연소됨으로 인해 생기는 부산물이죠.』

『휘발유에서 에너지가 되는 성분을 제외한 나머지가 공기와 결합해서 남는 것이잖아요.』

『연소되고 남는 물질의 용도엔 무엇이 있나요?』

『쓰다니요? 버리는 수밖에 없어요. 어떻게 해서라도 그에 따른 피해를 최대한 줄이려는 연구가 요즘 지구의 각 나라에서 환경보호를 위해 하는 일들이잖아요?』

『매연을 다시 휘발유로 변화시키는 건 안하나요?』

『그런 얘기는 없어요. 다른 폐기물 재활용 얘기는 많이 있지만...』

운선은 지구 환경의 사정을 그에게 자세히 설명해봐도 좋겠다 생각되었다. 어떤 초인적인 해결방안이 나온다면 그것은 대단히 중요한 일이 될 것이며, 그것을 세상에 발표하면 크게 도움될 한밑천이 만들어질 수 있지 않을까 하는, 생각의 비약이 마음속에 일어났다.

『완전히 먼저의 상태로 되돌릴 수 있는 선 없어요. 어차피 휘발유는 움직임을 위해 다 타서 쓰였으니까요. 본래부터 휘발유가 분해됨으로써 활동의 에너지가 생기는 것이잖아요? 그렇지 않을 수도 있나요?』

『물질은 계속 분해만 되고 다시 합성되는 일은 없단 말이네요. 고급한 물질이 저급한 물질로 변하기는 해도 저급한 물질이 고급한 물질로 되지는 않는다는 얘기네요.』

『그렇다고 볼 수 있어요. 각종의 화학 생산품은 일시적으로 물질을 보다 유용한 물질로 변화시키는, 하지만, 그것도 용도가 폐기된 다음에는 원래보다 훨씬 저급하고 무용한 물질로서 남아 있게 돼요. 지금 각종 플라스틱 공산품의 쓰레기 처리는 확실한 대책이 없을 정도이니까요.』

팽창하는 소용돌이의 원심력에 의해 無의 공간으로 밀려나가는 이 곳 변두리의 삶이란 이런 법칙을 따를 수밖에 없는가. 은하천사는 이들 지구인에 대한 연민이 일어났다. 아니 아예 지구인의 입장이 되어 조바심마저도 느꼈다. 결국 이 곳 지구는 서서히 해체되어 가는 것은 아닐까.

은하천사의 고향 은하제국에 차를 갖다 놓으면 어떻게 될까? 일단 한번 동력을 가하면 차는 달리기 시작하여, 달리는 동안에 생기는 열에너지는 고스란히 모아져 다시 車를 움직이는 운동에너지로 변할 것이다. 이러한 과정을 되풀이할 수 있으므로 일단 車를 움직인 후에는 더 이상의 물질 분해 행위가 필요 없을 것이다. 필요할 때마다 기어를 다시 연결만 하면 언제라도 그대로 다시 움직일 수 있을 것이다.

이 곳에서는 왜 그럴 수가 없는가.

그것은 이곳의 기본적인 물리 법칙이 그의 고향 은하제국하고는 다른 때문이었다. 은하계의 중심에 안정되게 위치한 은하제국과는 달리 은하계 맨 가장자리의 팽창하는 소용돌이에 휩싸여 있는 이 곳 태양계에서는, 물질과 에너지의 효과적인 순환이 애초부터 불가능하다. 모든 사물의 상태는 항시 엔트로피가 증가하는, 혼돈지향으로 나아갈 수밖에 없다. 이 행성, 지구의 생물 모두가 이제까지 그토록 타락의 방향으로만 이어온 데에는 이 행성에 통용되는 열악한 물리 법칙에 그 근본 원인이 있었다.

이 곳의 물질계 전반에 어김없이 적용되는 퇴보와 분해의 법칙은 역시 그 물질로 이루어진 이 곳 모든 생물에 그대로 적용되었다. 다만 계속적인 퇴보와 분해만이 있을 뿐이다. 이 곳 생물의 모든 생활에 영속성이란 것은 없다. 다만 계속적인 퇴보와 분해만이 있을 뿐이다. 그 때문에 남녀간의 사랑의 궁극점이라는 교차접합 상태의 영원한 희열도 이 곳의 인간은 가질 수가 없는 것이었다.

은하제국에서는 서로 극진히 사랑하는 남녀가 그 사랑의 희열을 영원히 느끼고자 한다면, 그들은 교차접합의 상태로 돌입한다. 그리하여 영원한 氣순환의 형태로 자신들 사랑의 화려한 종착역에 도달한다.

그러나 이 곳에서는 한 번 사랑으로부터 나왔던 사랑의 기운은, 일단 상대방에 전달되고 난 후엔 그 기세가 약해진다. 그리하여 사랑과 사랑을 거쳐가면서 본래의 사랑의 힘은 이윽고 소멸하고 마는 것이다.

이 지구인들도 영원한 사랑을 가지고 싶은 욕구는 마찬가지로 가지고 있었다. 여기에 그들의 끝없는 고뇌와 번민의 원인이 존재하는 것이다.

운선은 어떤 대답을 기대했으나 그에게로부터는 지구의 환경문제 해결을 위한 아무런 해결책은 나오지를 않았다.

단지 사랑의 영원성에 대한 새삼스런 질문뿐이었다.

「이 곳의 사람들로서는 영원한 사랑의 실현이 정녕 불가능한 것인가요?」

은하천사는 두 손을 들어 운선의 어깨를 가만히 누르며 나지막이 물었다.

「현세에서는 불가능해요. 그래서, 때로는 영혼 만으로라도 영원한 사랑의 실현을 기대하며 동반죽음을 택하는 수도 있어요.」

이 행성을 지배하는 물리법칙으로는 본래부터 영원한 순환관계가 불가능하다. 그 숙명적 불안정의 물리법칙으로부터 벗어날 방법은 오직 동반죽음을 택하는 것 밖에는 없다는 것이다.

「그건 단지 이 곳을 동시에 같이 떠난다는 의미밖에는 없을 것 같은데요.」

은하천사의 말에 운선도 살짝 고개를 끄덕였다.

「그럴지도 몰라요. 하지만 어쨌든 그렇게 믿고 있으니까···. 아무래도, 동시에 길을 떠나는 자들은, 보다 영원성이 있는 다른 세계에서 함께하기가 수월하겠죠. 오래 전에 길떠난 자를 나중에 도착한 이가 찾아가 만나기는 아무래도 더 어렵겠고···.」

은하천사는 잠시 고개를 숙이면서 하염없이 솟아나는 이 불행한 우주의 局外者(국외자)들에 대한 연민의 마음을 정리하고 있었다.

이윽고 그는 고개를 들고 다시 말했다.

「지구에서는 여자가 결혼하는 것을 시집간다고도 하는 것 같던데. 그게 무슨 뜻이죠?」

은하천사는 그녀의 바램이 이뤄지도록 하기위해, 자기가 어렴풋이 짐작하고 있는 말뜻을 상기해 묻고는 확인하려 했다.

「그건, 여자가, 남자가 이제까지 살던 집에 가서 그 집의 선통을 이어받고, 애초에 그 집의 사람인 것처럼 생활하면서, 그 집에 점차 동화되어 간다는 것을 의미해요.」

「그렇다면 여자는 시집오기 전의 자기 개성은 버리는 것이 유리하겠네요?」

「그렇다고 하죠. 바로 그것 때문에도 여성차별의 문제가 생기기도 하죠.」

운선은 잠시 가만히 있다가 다시 말을 이었다.

「하지만 저는… 자기 개성 같은 것은 버려도 좋아요. 우리 아빠만 버리지 않을 수 있다면 제 남편 될 사람의 집안을 위해서는 무엇이라도 할 수 있겠어요.」

「그렇다면….」

은하천사는 다시 차분히 생각하는 듯 하다가 말했다.

「나에게도 시집을 와요…. 단순히 결혼을 하는 것이 아니라…. 우리 은하제국의 방식대로 살자는 것이에요. 서로가 서로를 아끼는 마음만 변치 않는다면 우리는 영원토록 행복을 누릴 수 있어요.」

「하지만 저는 지구인의 몸이잖아요.」

「그러니까 완전히 우리에게로 시집오라는 말이 아녜요? 이제까지 당신이 해왔던 생활방식을 모두 버리고, 안전히 우리 은하제국 집안의 사람이 되어 달라는 말예요. 그러기 위해선 우선 당신의 몸을 은하제국 사람들과 같은 구조로 바꿀 필요가 있어요. 자 어때요? 내 제안에 동의하시겠어요?」

「저의 조건이 허락된다면요….」

「물론이죠. 그대의 아버지도 괜찮다면 우리 은하제국에 모셔올 수도 있고 이 곳에 남으신다더라도 충분히 도와드릴 수가 있어요. 물가를 환산해보니까 은하제국에서 차(茶) 한잔 값이면, 집 값을 포함해서 이곳 사람의 평생 생활비 정도이더군요.」

「그래요…. 그럼 당신이 좋으실대로 하세요.」

은하천사는 니시 운선을 안았다.

검푸르던 하늘은 紺靑色(감청색)을 거쳐 軟靑色(연청색)으로 변해 가고 있었다.

「그럼. 일단 우리 우주선으로 가요. 그리고 거기서 준비를 해요. 우리가 맺어질 수 있도록 당신의 몸의 구조를 우리 식으로 바꾸는 거예요.」

은하천사의 칠일간사랑

둘은 어느새 우주선 안으로 들어와 있었다.

은하천사는 먼저와 같이 선내에 즉석 우주카페를 차렸다. 이번에는 천장의 휘황한 샹들리에 외에도, 창문가의 커텐이 말려 올라간 곳 옆에 키 높이의 조명 스탠드가 붉은 갓을 쓰고 서 있었다.

『어때요? 분위기를 더 잡아 볼까요?』

『어떻게요? 한번 해 보세요.』

은하천사는 샹들리에의 불을 끄고 스탠드의 불을 켰다. 그러자 두 사람의 가슴 위로는 바알간 光(미광)의 은근한 습기가 실내를 감싸 덮었고 그 아래로는 누렇고 조금은 강한 듯한 황색조명의 온기가 방안 가득히 퍼져 깔렸다.

광활한 우주의 모습은 이번에도 염퍠면 넓은 유리창을 가득 메우고 있었다. 窓은 은하의 중심이 있는 곳을 향해 나 있어서, 가득히 펼쳐진 青紅黃白의 各色 별의 뒷배경에는 짙은 은가루의 불룩한 띠가 대각선의 방향으로 자욱히 깔려있었다.

가운데 있는 탁자 위에 마주 앉으니 두 사람의 네 손은 보랏빛 벌판 위에 뛰노는 男男女女 두 쌍의 요정이었다. 이 쪽 저 쪽에 男男 女女 끼리 얽혀 움츠려 있다가 어느 덧 얽혀있는 그들은 서로간에 모두들 스르르 풀려 떨어져 나가, 이 쪽의 男 하나가 벌판을 곧바로 저 쪽의 女 한 짝과 결합하니, 이윽고 다른 男 하나도 건너편 저 쪽의 다른 女 한 짝과 결합했다. 평행으로 뻗어나가 마주 만나던 두 쌍의 男女 요정들은 한 쌍 위에 포개지더니 한순간에 넷은 일제히 사방으로 흩어졌다. 다시 이 쪽 男 한 짝이 훌쩍 뛰어넘어 다른 쌍 위에 포개지고, 곧이어 이쪽 나머지 다른 男 한 짝이 벌판을 대각선으로 질러나가 저 쪽 女 한 짝과 결합하고, 먼저의 한 쌍이 포응해 있는 곳 위를 훌쩍 뛰어 넘어가 남은 女 한 짝과 결합하고는 그대로 끌어 와서, 같이 먼저의 두 쌍 위에 포개졌다.

얽혀 포개진 두 쌍의 요정 중에 아래에 있던 男은 살짝 빠져 나와 나머지 셋의 위로 올라탔다.

두 男이 두 女를 감싸 덮은 채로 은하천사는 운선의 손을 잡으며 한동안의 정지상태에 돌입했다.

『자, 이제 나와 함께 우리 은하제국에 가는 거예요. 그러기 위해서는 우선 당신의 몸을, 우리 은하제국 사람과 같은 분자구조로 변형을 시켜야 해요.』

은하제국 사람기 같은, 분자구조로 변형을 시켜야 해요.』 운선은 두려움에 긴장하면서, 탁자 한 쪽에는 필기구통과 넣은 메모지 철까지 마련되어 있었다. 은하천사의 손 밑에 깔려 웅크리고 있던 자기의 손을 젖혀 올려, 그의 손을 강하게 덮어잡고는 물었다.

『어떻게요? 어떤 모양으로 변하게 되는 거죠? 한 번 그려 줘 보세요.』

은하천사는 빙긋 웃으며 한 손을 얽힘의 상태에서 해제하고는, 팔을 들어 운선의 어깨를 가만가만 쓰다듬었다.

『모양은 특별한 모양이 아녜요. 인간은 다 인간이니까요. 은하제국 사람의 모습이 어떤 모습인가는 지구인의 언어를 가지고는 설명이 안 돼요. 물론 지구인의 視覺으로는 볼 수도 없고요.』

『그건... 너무 무서워요... 그러지 않으면 안 될까요? 난 지금 내 모습에 만족하고 있는데..』

은하천사는 너욱 여유와 편안함을 주는 목소리로 그녀에게 말했다.

『그렇다면 시금 그대로라도 괜찮아요. 중요한 건 분자의 구조이지요. 지금 당신의 모습 그대로라도 괜찮아요, 분자구조의 변형만 하면.』

『정말 그래요?』

『그럼요. 지금 나도 모습만 지구인이지 분자구조는 은하제국사람의 방식 그대로인데요. 자. 당신의 모습은 그대로 두고 나와 같은 분자구조로 바꾸는 작업을 이제 시작하도록 하죠.』

『잠시 기다려 봐요.』

『각오는 되나 있어요, 당신을 믿겠어요.』

그는 세포재정렬의 시 안쪽에 있는 세포재정렬기로 가서 기계의 상태를 점검했다. 그리고 세포재정렬을 위한 分解能부해능의 경우와 같은 공식을 적용하면, 분자구조의 재정렬도 가능하다고 생각했다.

- 496 -

기계의 분해능을 대폭 올려 운선의 몸을 분자 이하의 단계 즉 원자의 단계까지 분해하고 난 뒤에, 다시 그녀의 몸을 자신의 몸 구조를 따라 원자 재정렬 시키면, 분자구조의 변경이 가능하리라 생각되었다.

한참동안 세포재정렬기를 만지며 이 곳 저 곳에 붙어있는 작은 계기반을 움직이고 확인했다. 기계는 때때로 『핑』, 『핑』 하고 요상한 소리를 내며 시험삼아 점멸이 반복되기도 했다.

『이제 다 됐어요. 들어가 봐요.』

커다란 유리시험관의 모습을 하고있는 세포재정렬장치 안에 들어가라는 말이었다.

운선은 두려워 은하천사의 손을 잡고 머뭇거렸다.

『괜찮아요. 나도 여길 통해 지구인의 모습으로 변한 거니까. 이 안에서는 몸의 구조를 바꾸는 일만을 하지 어떤 경우라도 몸에 異狀(이상)을 주지는 않아요. 자 들어가요.』

운선이 조심스레 발을 들여 놓으며 그 안으로 들어가려 할 때였다. 갑자기 은하천사는 그녀의 팔뚝을 잡아 밖으로 끌었다.

『잠깐. 빼먹은게 있어요.』

『뭔데요?』

『異物質까지도 모두 변환시킬 수는 없지요. 옷을 모두 벗어요.』

정밀작업을 하는 동안에 샹들리에의 조명은 저절로 강해져, 선내에는 눈부시게 한한 조명 빛이 가득했다. 게다가 그대로 서 있는 채 지켜보고 있는 그의 눈길이 있었다. 운선은 그 앞에서 옷을 벗은 일이 예전에도 있었음에도 불구하고, 부끄러운 마음이 일어 잠시 두 손을 가슴에 대고 머뭇거렸다.

그러다 그녀는 이윽고, 가슴을 덮고 있던 두 손으로 그대로 윗노리를 쥐어서 잡아 올렸다. 그리고 치마와 속옷 모두를 하나 하나 바닥에 떨구었다. 운선의 연갈색 몸은 갈아 빛낸 구리와 그 빛깔로 받는거렸다. 그녀가 발을 들어 걸음을 옮기자, 황백색의 광택 부위가 그녀의 몸의 유직임을 따라 엉덩이에서 엉치로, 허리로 이동했다 다시 내려오곤 했다.

운선은 대형 유리시험관에 들어가 앉았다.

은하천사는 스위치를 눌렀다.

「징.」

그 다음 ㄱ 안에는 희뿌연 연기가 가득했다.

은하천사는 ㄱ... 걱정이 앞섰다. 자기가 먼저 세포재정렬을 했을 때에는 잠시 뜨끔하고는 곧 바로 정신을 차렸었는데, 연기 속에는 그녀의 얼굴이 그대로 보이지를 않았던 것이다.

그는 곧 기계 옆으로 가서 문을 열었다.

그러자 쓰러져 있었던 운선이 밖으로 넘어져 그의 품에 안겼다.

운선은 한동안 정신을 차리지 못하고 있었다. 연기는 시험관 밖으로 나와 그들의 앞에서 퍼져 올라갔다.

운선은 몇 분쯤 있다가 눈을 떴다.

「어떻게 된 선가요? 아까는 너무 고통스러웠어요...」

은하천사는 운선의 손목을 쓰다듬어 봤다. 그녀에게는 아무런 변화가 없었다.

곧 세포재정렬기의 화면에는 결과가 게시되었다.

異性物質, 原子間有引力, 分離不可, 接受拒否
(이성물질, 원자간유인력, 분리불가, 접수거부)

받아들인 것은 이제까지 취급했던 것들과는 성격이 다른 물질인데, 원자들 사이에 서로 끌어당기는 힘이 있어 분자의 분리가 불가능하니, 접수하기를 거부한다는 것이었다.

「안 된다고 하네요...」

은하천사는 힘없이 한숨을 쉬며 운선에게 알려주었다.

「그러면 우린 어떻게 해야지요?」

「다른 방법을 또 시도해 보도록 하지요.」

은하천사는 운선을 일으켰다. 그리고는 다시 탁자가 있는 곳으로 가서 마주앉아 의논했다.

「자기의 몸이 모두 지구인의 분자구조이니까 안 되는 것 같아요. 몸 안에 내 흔적을 좀 남기면 될 것 같은데.」

「조금이라도 되나요?」

「그래요. 그런데 여기서 갑자기 수혈을 하기도 힘들고...」

운선은 잠시 생각하다 그의 위팔을 잡아 흔들었다.

『그럼, 이렇게 해요. 당신의 일부가 내 몸 안에 들어오도록 해요...』

그도 自身의 일부가 운선의 몸 안에 들어가려면 그 방법밖에 없다는 것에 동의했다. 그것은 짧은 情事였다. 요란한 事前 유희를 거치지 않는 간단명료한 과정이었다. 그러나 그러면서도 전혀 기계적이거나 사무적인 것이 아니었다. 자신의 가진 것을 있는, 농축된 애정행위였어, 상대방과의 合一을 이루려는 간절한 바램으로부터 우러나오는, 농축된 애정행위였다. 정사는 끝났다. 운선의 몸을 일으키고서 은하천사는 그녀를 가만히 시험관 안으로 밀어 넣어주었다.

운선은 다시 들어가 앉았다.

다시 조심스레 은하천사는 계기의 단춧를 눌렀다.

『지이이이잉ㅡ』

『파바박.』

이번에는 분홍색의 연기와 함께 안에서 불꽃이 튀었다.

또 한번 당황한 은하천사는 급히 시험관의 문을 열었다.

운선은 얼굴이 붉게 충혈 되어 쓰러져 있었다.

그녀를 끌어안고 상태를 확인하던 은하천시는 고개를 돌리는 순간 놀라 움찔했다.

그녀의 하체로부터는 빨간 피와 함께 희끄무레한 물질이 흘러나오고 있었던 것이다.

다시 기계의 조정화면의 중앙에는, 처리결과에 대한 통보문이 검은 바탕에 흰 글씨로 나타났다.

(양이성물질간, 원자상호혼란, 재정렬불가, 접수거부)

게다가 빨간 경고문이 오른쪽 위에서 껌뻑거리고 있었다.

兩異性物質間、原子相互混亂、再整列不可、接受拒否

異分子間摩擦、高熱發生、致命상위험、再試圖不許

(이분자간마찰, 고열발생, 치명상위험, 재시도불허)

운선은 이번에는 먼저보다 훨씬 오래, 한 십여 분이 지나서야 눈을 떴다.

『어떻게 되었어요? 이번에는?』

은하천사의 표정이 굳어있는 것을 보고 그녀는 일이 그르친 것을 짐작했다.

『왜 안된대요?』
은하천사는 계속 고개를 떨구고 말이 없었다.
운선도 더 이상 묻지 않았다. 단지 그녀의 두 눈은, 예전에 그가 자기에게 영원한 교차점집합의 상태를 권했을 때 직감적으로 느꼈던 그와의 괴리감이 이제 확연히 드러난 데 대한 좌절감으로 인해, 그 때의 것보다 더 깊고 진한 눈물을 머금고 있었다.
은하천사는 발가벗은 채 엎드려 흐느끼고 운선은, 구태여 지금 일어나서 옷을 입으라고 하고 싶지 않았기에 그대로 두었다. 그리고 그녀의 기분을 그나마 자연스레 풀어주기 위해 샹들리에를 끄고 스탠드를 켜서 선내 바닥의 조명을 노랗고 은은한 빛으로 바꾸었다. 그 상태에서 둘은 한 시간 정도 그대로 있었다.

오래간의 침묵을 깨고 은하천사는 입을 열었다.
『이제... 돌아갈 때가 되었어요.』
운선도 고개를 들고 대답했다.
『현실을 받아들이겠어요.』
두 사람은 일어섰다. 그리고 각자는 그들이 본래 왔던 곳으로 돌아가기 위해 채비했다.
『그럼 저를 집 앞으로 보내 주시기만 하면 되죠?』
운선의 물음에 은하천사는 선내의 비품을 정리하다가 대답했다.
『아니, 집 앞까지 바래다 줘야죠. 지구인 남자들은 사랑하는 여자들을 그렇게 해 준다면서요?』
『아니 반드시 사랑하는 사람 아니라도 그렇게들 해요.』
『자, 그러면 갑시다.』
은하천사는 운선의 어깨를 짚었다.

그녀의 집에서 멀지 않은 곳 어두운 공원길에 그들은 나타났다. 여느 연인들 사이처럼, 그들은 벤치에도 앉았다 길을 거닐다를 반복했다.

당신의 나라는 어떤 나라인가요?

운선은 눈에는 때마침 공원의 밤하늘에 떠있는 가로등 빛이 내리비쳐, 검푸르른 눈동자 끝에 조그맣게 반짝이는 하얀 빛점이 보였다. 그러나 은하천사의 눈에는 그것이 아롱진 눈물 방울로 보였다.

아니 사실이 그럴지도 몰랐다.

모든 이의 理想이 이루어지고, 사랑하는 이들은 영원히 사랑할 수 있는 곳이지요.

그 곳은 어떻게 생활하나요?

그렇게 특별한 것은 없어요. 자기의 理想으로 여기고 있는 것을 따라 생활하면 돼요. 그보다 더 자세한 건 지구의 언어로는 설명할 수 없어요.

그런데 말이에요. 내가 의문이 가는 것이 무엇인가면요. 나는 매일같이 살아가면서 살아가는 의미를 이런데서 찾아요. 이를테면 나는 저기 저 여자보다 더 예쁘다. 나는 내 친구가 해보지 못한 것을 해 보았다. 나는 남들보다 훨씬 캐락적이고 멋진 사랑을 해보았다. 나는 적어도 저 길거리에 있는 사람보다는 행복하다. 이런 것들로 말예요. 그런데 모든 사람들이 다 이상을 실현하고 사랑을 실현한다면 무엇으로 삶의 의미를 찾을 수 있을까 걱정되는데요. 물론, 현실에 있어서 사람들은 남보다 나은 상황에 있다고 행복해하는 경우보다는 남보다 못한 상황에 있어 불행해하는 경우가 더 많지만... 아무튼 인간들은 누구나 남들보다 더 나아질 수 있다는 희망과 바램으로 생을 살아가고 있으니까요.

그것은 인간의 관점에서의 판단이 아닐까요? 그러면 인간의 것 말고 무슨 관점이 있죠? 자연의 근본법칙에 의하면 그것은 불공평한 것이 아녜요. 다만 자연을 구성하기 위한 역할분담이라고나 할까?

자연의 법칙? 神을 말하는 것인가요?

지구인은 그런 절대적 개념을 신이라고 부르는가 보죠. 아무튼 절대적인 관점에서는 그건 불공평이 아녜요. 하나의 조화예요.

알송달송한 말을 하시네요.
그러면 내가 이야기를 하나 들려줄께요.
옛적에 한 어머니가 있었어요.
어떤 어머니를 말하는 거예요?
그냥... 그러니까 한 어머니라고 하잖아요. 어떤 추상적이고 상징적인 의미를 가지는 지도 모르죠.
어느 날 그 어머니의 아이들이 제각기 먼길을 떠나게 되었어요.
그 전날 밤이 되자, 어머니는 아이들이 먼 길을 가면서 고된 행로에 도움이 될 만한 것들을 찾아 나누어서 짐을 싸주었어요.
제각기 다른 물건들은 서로 쓰임새가 달랐지만 합하여 아이들의 수만큼 밖에 없었으므로 어머니는 아이들에게 한 개씩 고루 나누어주었어요.
이튿날 어머니는 아이들에게 말했어요.
얘들아 너희들이 먼 길을 가는데 도움이 될 물건들을 하나씩 짐에다 넣어서 나누어주었으니 너희들은 이것을 의지해서 앞으로의 길을 잘 헤쳐나가야 한다.
그리고 아이들을 하나하나를 가리키면서
네게는 부귀, 네게는 빈곤, 네게는 명예, 네게는 멸시, 네게는 건강, 네게는 질병, 네게는 행복, 네게는 고통, 네게는 사랑, 네게는 증오... 이렇게 골고루 하나씩 아무도 빠짐없이 나누어주었단다.
어머니는 이 세상 할 일을 다 해 놓았노라 하면서 흐뭇한 마음으로 아이들을 보냈어요.
그러자 어머니의 선물을 하나씩 나누어 가진 아이들은, 누구는 기뻐 날뛰며 바삐 떠나는 한편 어느 아이는 원망 어린 표정으로 힘없이 떠나가고 또한 어느 아이는 울부짖으며 가기 싫다고 하는 것이었어요.
그러나 이미 떠나보내기로 한 이상 어쩔 수 없었지요.
그로부터 어머니는 까닭 없이 자신을 탓하며 울고 떠난 아이들을 생각하며 통한의 눈물의 세월을 보낼 뿐이었어요.
의미를 잘 알 시 못하겠네요. 무슨 뜻인가요?

은하천사의 칠일간사랑

인간은 자기의 운명을 불평하지만 신의 생각은 그렇지 않다는 것이죠. 모두가 같은데 다만 놓인 위치가 다를 뿐이라는 것입니다. 건물을 지을 때는 맨 아래쪽에도 벽돌이 있고 맨 위쪽에도 벽돌이 있죠. 집 짓는 이의 마음에는 벽돌에게 차별을 주었다는 생각이 있지를 않죠. 들어보니 일리가 있는 것 같아요. 하지만 그건... 벽돌의 입장을 전혀 고려 안한 논리예요. 아니 벽돌은 그냥 무생물이지만 인간은... 영혼을 가진 하나의 주체가 아녜요? 생명의 의미도 상대적인 것이 될지 모르죠.

...
...

운선은 더 반문을 못했다. 인간으로서의 자존심 위에 냅덩이를 올려놓는 듯한 그의 말이었다.
은하천사도 더 말을 않고 한동안 그대로 같이 걸었다.
그러다 그는 무언가 또 다른 이야기를 꺼낼 듯, 다시 그녀를 향해 멈춰섰다.
당신은 아빠를 만나고 싶지요?
운선은 그의 갑작스런 질문에 얼른 대답할 수 없었다. 지금 멀리 있지도 않고 바로 집에 있는 아빠를 새삼스럽게, 만나고 싶지 않느냐 라니.
나하고 같이 오랫동안 집을 나가서 있었을 때는 물론이고, 그 전에도 낮에 학교를 갔다오든가 일터를 갔다 오든가 할 때에도 항상 아빠를 마음에 두고 생각하고 있지요?
그래요.
하루 하루 헤어졌다 다시 만나면서도 왠지 마음속엔 미진한 것이 남아있고... 집에서 만난다고 해서 헤어져 있을 때의 아쉬움이 채워지는 것도 아니고... 그 무언가 일체화된 영원의 상태를 동경하게 되지는 않나요?
그런 것 같아요.
그리고 아빠뿐만 아니라 돌아가신 엄마도 그렇고, 지금 나 몰라 하고 멀리 살아가고 있는 오빠들도, 그리고 지금 집에서 말썽만 부리는 동생도, 살아오면서 그네들과의 관계는 무언가 미진한 것이 남아있다고 느끼고... 그런 것을 완전히 풀기에는 무엇인가 현실에서는 벽이 있는 것 같이 느끼지는 않나요?
그래요. 느껴요.
그렇죠. 애인의 경우에도 몸의 交合 만으로는 해결되지 않는 서로간의 거리가 있을 것이고...

서로가 행복하게 사랑한다 해도 언젠가는 헤어져야 한다는 것에, 현생 그 자체에 불안을 느끼기도 하고….

또, 살아가면서도 이런 것을 느끼지 않아요? 자기가 어떤 생각을 하고 있고 그 생각을 하고 있는 것을 알 수 있고…. 다른 많은 사람들과 무언가 한꺼번에 마음이 이리로 저리로 가는 듯한 느낌을 받지는 않나요?

그럴 것 같아요. 전 잘 안 겪어 봤지만….

러 사람들에게 얘기한 적도 없는데, 신문이나 방송을 보면 다른 많은 사람들도 현재 자기가 하고 있는 생각을 하는 것을 알 수 있고…. 다른 많은 사람들과 무언가 한꺼번에 마음이 이리로 저리로 가는 듯한 느낌을 받지는 않나요?

맞아요. 그래요. 먼저 혼자 그런 생각을 해 본 일이 있었어요. 왜 사람들은 신체의 노출을 성적 유혹에만 견부시켜서 생각할까. 사람이 사람의 참모습을 보고 싶어하고 때로는 그대로 보여주고도 싶어한다는 것은 당연한 것이 아닐까. 그런데 그런 생각이 신문이나 방송에서도 화젯거리가 되더라고요. 나는 누구한테도 그런 얘기를 한 적이 없는데….

지구의 동물들의 사회에서도, 그런 것이 있다고들 하지는 않나요?

그래요. 동물들의 사회에 대해서도 들은 바가 있는데요. 연어는 알을 낳을 때가 되면 먼 거리를 여행하여 처음 자기가 났던 곳으로 돌아온다고 해요. 어떤 들쥐는 때가 되면 종족의 수를 적당히 유지하기 위해 집단자살을 한다고도 하고…. 서로 다른 개체들이 공통되게 움직이는 것은 동물의 세계에서 더욱 두드러지게 나타나죠. 사람들은, 사고의 능력이 현저히 떨어지는 동물들이 어떻게 그런 계획성 있는 행위를 하는가 의아해하지만, 아마도 그들은 하나의 통일된 영에 의해 움직여지는 것 같아요. 사람의 경우는 그 靈的 결속이 아주 느슨하게 되어 있다고나 할지 모르겠어요.

운선의 말이 그가 말할 결론에 가까이 이르는 듯 하니, 은하천사는 유도질문을 끝내고 비로소 자기의 말을 꺼냈다.

은하제국에서는 개체 각각이 고도의 思考를 지닌, 사람이라 할지라도, 그 결속은 강하죠. 은하의 중심부에서는 강한 결속력으로 뭉쳐있던 靈의 분포는, 은하계 회전의 원심력으로 인해서 변두리로 갈수록 흩어질 수밖에 없었던 거예요. 그래서 함께하는 靈의 量에 한계가 있지요. 사람처럼 개체가 강하면 다수의 결속이 안 되고, 연어처럼 전체의 결속이 강하면 개체는 미약하고…. 그러나 결속력이 약한 인간의 영혼도 서로 합하고자 하는 강한 바램은 똑같이 가지고 있어요.

그것은...
은하천사는 중요한 결론을 끄집어내기 직전의, 진지한 표정을 지었다.
바로, 그것은... 그들이... 분리된 조각들이기 때문이에요.
고 있었는데 그들은 개체로 분리되어 떠돌다가 있기 때문이에요. 본래는 하나로서 우주를 이루
그러니까 인연이 얽힌 가족 친지부터 시작해서, 모든 인간의 마음은 다시 하나로 합해지고자 하고
있는 거예요.

그런가요?... 그런데요?
은하천사는 운선이 물었던 질문과는 다른 쪽으로 가는 것 같았다.
하나예요. 은하제국의 사람들은 그냥 하나로서 살아가는 거예요. 육체로서의 개체는 나누어지
만 그들은 본질적으로 모두 하나로서 서로이 조화를 완벽하게 이루어가며 살아가고 있는 거예요.
이것이 내가 지구의 언어로 가장 잘 설명할 수 있는 그곳의 삶에 대한 표현이에요.
운선은 작은 소리로 되물었다.
여기서도 모든 사람이 하나가 되자는 말은 많이 있어요. 하지만, 모든 사람이 다 그렇게 하나와
같다면 너무나도 단조로운 세상이 아닌가요. 그곳은?
그러나 그는 아무 대답도 하지 않았다. 운선의 질문은 사실, 먼저 물어본 것을 다시 물은 것에
지나지 않았다. 그녀는, 더 이상 은하천사가 대답할 가치를 지닌 물음을 할 수 없는 한계에, 이
미 와 있었다.
그 대신 그는 말했다.
내가, 그대를 위해 무엇을 해 줄까요. 그 청록색의 얇은 직사각형의 軟體(연체)가, 이 곳에서는
상당히 귀중한가 본데, 그것을 많이 만들어 줄까요? 그 구성성분은 여기 흔하니까 내가 만들어 주
기는 쉽거든요. 참 먼저 옷을 사기 위해서 필요하다고 말한 적도 있잖아요.
필요 없어요. 그건... 아무 것도 아녜요. 사람들이 만들어낸... 그냥 하나의 약속일 뿐이
에요.
운선은 고개를 흔들었다.
나도 그것이 단지 상대적인 가치를 지닐 뿐이라는 걸 알아요. 하지만 절대 가치를 지닌 것을 그대
에게 만들어 줄 수는 없어요. 그것은 이곳에 없는 것을 다른 데에서부터 옮겨오는 것이라서, 우주

의 平衡(평형)을 깨는 일이에요.

우주 각 영역은 서로 평형을 이루려 하죠. 물질이건 영혼이건 간에…. 한 쪽이 다른 쪽보다 열이나 에너지가 높은 상태라면 우리 주위에서 흔히 쌓여있는 열이나 에너지는 평형을 이루려고 낮은 쪽으로 흘러가게 마련이죠. 우리 주위에서 흔히 생기는 물체의 振動(진동)이라는 것도, 물체간의 역학관계가 평형의 상태를 이루기 위해서 무던히 애쓰는 과정에서 생겨나는 것이 아니겠어요?

영혼도 그러나요?

물론이죠. 한 영혼이 이제까지 다른 영혼으로부터 무엇인가 받는 상태로 있었다면 다시 그 쪽으로 되돌려 주는 성질이 있죠. 利가 한쪽으로 흘러 들어왔으면 다시 반대쪽으로 利를 돌려주려 하고 害가 한쪽으로부터 흘러 들어왔으면 다시 반대쪽으로…. 또한 利가 한쪽으로부터 흘러 들어왔는데 利를 돌려주지 않았다면 본래 利가 온 곳으로부터 害가 들어오는 방법으로 평형이 이루어지기도 하고, 마찬가지로 害가 들어온 쪽으로 害를 돌려 주지 않았다면 그곳으로부터 利가 대신 들어올 수도 있고…. 바로 業(업)에 따르는 인과응보의 법칙이죠.

그건 여기서도 많이 들어본 얘기네요. 하지만 물질의 평형과도 일맥상통한다는 사실은 처음 듣네요.

어쨌든 그대에게서 나는 많은 도움을 얻었어요. 그러니 그대를 위해 나는 무엇인가 해주어야 합니다.

아무것도 바라지 않아요.

운선은 작게 흐느끼며 말했다.

은하천사는 긴 음을 멈추고 운선을 바라보며 말했다.

그대의 삶을 존중하겠어요. 앞으로 그대가 더욱 아기자기한 사랑의 이야기를 겪어갈 수 있기를 기원하겠어요.

그리고 그는 아무 말도 없이, 그 자리에 그대로 서 있었다.

안녕, 당신과 같이 있었던 추억은 내가 살아있는 동안 잊지 못할 거예요.

운선은 눈물을 뿌리며 그에게로부터 뒷걸음질쳐 돌아 나왔다.
은하천사는 공원의 어둠침침한 구석으로 소리 없이 걸어 들어갔다.
그리고는 사라졌다.

아빠 나 왔어요.
운선의 집 녹슨 철제 대문이 끼이익하고 열렸다.
잘 왔냐? 늦어서 걱정했다. 차영이란 애한테서 전화가 왔더구나. 왜 모임 날에 나오지 않았느냐고…. 그래, 누구냐? 혹 데려오지 않았느냐? 그렇게 잘났다면서 이렇게 짐만 되고, 재산도 없는 장인을 데리고 살겠다는 남자가 누구냐? 어디 얼굴이나 좀 보자….
아빠…. 없어요. 그 理想의 남자는 내 마음속에 있었을 뿐이에요. 나는 한 며칠간의 꿈을 꾸었던 거예요.
운선의 아빠의 품에 뛰어들어 와락 울음을 터뜨렸다.
그러면 그렇지…. 설사 그 젊은이가 우리 운선이를 맘에 들어 한다고 해도, 걔네 부모들이 가만 둘리가 없지…. 어디 그런 사람이 여자가 없어서….
운선은 계속 울었다.
이제 그만 들어가자. 어제 비 내린 뒤로 밤바람이 차다.
아빠는 그녀를 방안으로 들어가라고 잡아끌었다. 운선은 두어 걸음 따라 들어가다 뒤편 하늘을 올려다 보았다.
밤하늘에는 오늘따라 맑은 은하수가 하늘을 가로질러 가득히 드리워져 있었고, 그 물결은 그녀의 눈길을 따라 일렁이고 있었다.

(結)

잃어버린 세대

작품의 시대배경은 6·25 당시임에도 불구하고 등장인물의 면면과 심리 등은 오래전의 이야기가 아닌 바로 지금 우리의 이야기로 느껴진다. 시대와 상황이 변하더라도 인간이 가진 문제는 동일하고 또한 추구하고 노력해야 할 바도 마찬가지임을 생각케 한다.

—김승옥 소설가, 세종대 교수

우리 현대사의 이념갈등문제의 본질에 접근하면서, 결국 이데올로기라는 것은 人間愛의 구현 방식의 차이일 뿐이라는 평범한 진리를 되새기게 한다. 이념의 문제에 관심 있다기보다는 인간과 사랑의 본질에 대하여 깊이 생각하고 싶은 이에게 호소력이 있을 것이다. 부드러운 흐름이 소설 밑바닥에 깔려 있는 것도 그 때문일 것이다.

—김채원 소설가

피할 수 없는 저마다의 숙명 속에서도 이 세계를 지배하는 絶對善으로부터 멀어지지 않으려는 등장인물들의 노력이, 우리에게 삶의 진정한 목적이 과연 무엇인가 알려주려 한다.

—서영은 소설가

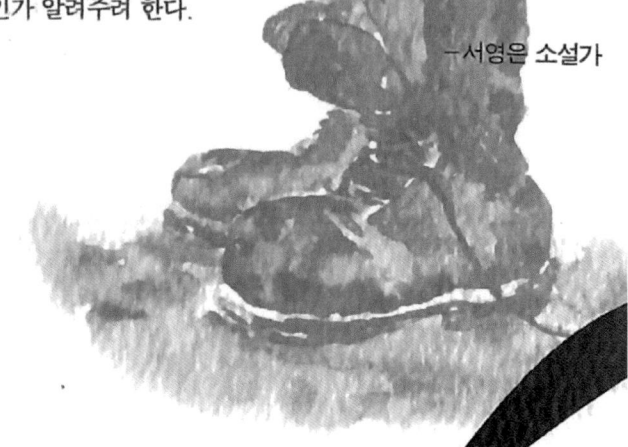

잃어버린 世代

- 序文 -

동구권의 사회주의 국가들은 나치주의와 극우민족주의에 대한 비판을 어릴 적부터 철저히 교육시켰다고 한다. 그런데 오늘날 네오나치 세력이 구 동독을 비롯한 옛 사회주의 국가들에서 더욱 기승을 부린다고 한다.

우리 또한 어릴 적부터 「철저히」 반공교육이 시행되었다. 북한의 주민들은 새벽 네 시에 일어나 하루종일 강제 노동하고 밤 열 두 시에 집에 들어온다는 식으로 「생지옥」 북한에 대하여 교육을 받아왔다.

그런데 지금 우리의 현실은 어떤가. 좌경이념의 대학사회 및 지식인 사회의 확산은 새삼스런 거론이 멋 적을 정도이다.

이것은 동구권이나 우리나 모두가 그 교육에 있어서 문제의 본질을 뿌리깊이 이해 시키지를 못하고 겉핥기 식의 반복주입에만 치중하였기 때문이다. 이러한 피상적인 반공교육은 오히려 젊은이들에게 좌익사상에 대한 호기심과 동경을 불러일으키는 촉매제로서 작용하고 있는 것이다.

이제 간접적이면서도 보다 근본적인 사상운동의 필요성을 느끼면서 그 한 시도로서 본 작품의 연재를 시작한다. 이야기의 전개는 서사적 리얼리즘이라기보다는, 현 시대 젊은이들과 공감할 수 있는 성격의 주인공들이 겪는, 6·25를 배경으로 한 또 하나의 가상공간에서의 사건들이다.

1998年 6月 한국논단

차례

一 피구름 맺힌 稜線 513
二 生時에 겪은 天國 556
三 英雄의 죽음 581
四 수수께끼의 豫言書 608
五 사랑보다 중요한 것은 없다 642
六 붉은 저녁노을의 나라 673

一 · 피구름 맺힌 稜線

공산주의자들을 왜 빨갱이라고 하는지 나는 그 이유를 알지 못했다. 그들이 가끔 붉은 깃발을 들고 붉은 완장을 찬다는 것은 알았다. 하지만 그 정도를 가지고 겉모양은 여느 인간과 다름없는 그들을 마치 몸 전체가 빨간 짐승인 양 빨갱이라고 하는 것은 무리가 아닌가 생각했다.

그러나 그날 이후 나는 그들이 어째서 빨갱이일 수밖에 없는가를 알게 되었다.

피!

어릴 적, 산에서 놀다 가시나무에 찔려 손가락을 다쳤거나 들판을 뛰놀다 넘어져 무릎이 까졌을 때 피를 본 기억이 있다. 피는 이 세상 다른 무엇보다 더 새빨갰다. 그 색은 섬뜩하면서도, 익숙해진 후에는 차라리 아름답기도 했다. 그러면서도 그것은 보기 드물고 귀한 것으로 여겨왔다.

그 피를 그렇게 많이 본 것은 그 때가 처음이었다.

빨갱이는 피를 좋아한다!

南侵의 그 이튿날 옆집에서 나는 (發) 총소리를 들었다. 그러나 그것은 다분히, 다듬어지고 緩和되어 현실감이 덜한 소리였다.

섞은 銃聲은 숱하게 들어왔다.

하지만 아무런 마무름도 없이 가까이서 牛硬히 들리는 총성은, 직접 와 닿는 공포 그 자체였다. 서너 발의 요란한 울림이 그친 후, 그 다음에는 아무 소리도 없었다. 이제까지 먼데서 들렸던 소리는, 한번 나면 반드시 그 응답이 있어 한동안 리듬감 있게 지속되곤 했다. 그러나 이번의 一方的인 총성은, 곧 어떤 一方的인 사건이 있었다는 것이었다. 그것은 오래지 않아 그것을 가 보았다. 사람들이 둘러싼 가운데 나는 그때까지 본적이 없었던 많은 양의 피를 목격했다. 인민군은 순식이 아버지와 삼촌을 단번에 피투성이 시체로 만들어 놓았다.

피의 행진은 그 다음날도 계속됐다. 국민학교 마당에서의 인민재판 후 인민군들은, 가려내어 일렬로 앉힌 반동분자들을 향해 多發銃을 갈겼다. 터져 나오는 피! 생전 처음 보는, 사람의 內容物! 사람도 파리나 쥐처럼 터지고 으깨져 죽을 수 있음을 보았다. 惡童들이 개미를 밟아 죽이듯 이, 그들은 저항 않는 자들을 일거에 처참힌 피 곤죽으로 만들었다.

내가 그 장면을 보고 있는 것이 벌써 몇 번째인지 금도 모른다. 어제도 보고 그제도 본 것 같은데 지금도 보인다. 그것을 처음 봤던 날도 언제였는지 헷갈린다. 지금이 처음인데 먼저도 보았던 것처럼 착각하는지도 모르겠고... 아무튼 공포에 질린 나는 온 바닥이 붉게 물든 그 곳을 피해 숲 속으로 숨어들었다. 그들은 내가 도망친 것을 알고 쫓아오는 것 같았다. 정신없는 달음질이 계속되었다. 주변의 배경은 수없이 변했다. 이윽고 사람 사는 마을이 아니었다.

헉. 헉. 숨을 헐떡이며 어두운 숲 속에서 무언가에 쫓겼다. 나를 쫓는 그것은 한 무리 검은 그림자의 일사불란한 움직임 같기도 했고, 어떤 큰 짐승 같기도 했다. 좀처럼 제 모습을 갖춰서 보이지를 않고, 거무스름하고 불분명한 형체만이 이따금 나타났다. 쫓기는 나는 뒤를 돌아보지도 않았지만 그 추적자는 그렇게 느껴졌다.

그것은 애초부터 실체가 없는, 어떤 자욱한 氣運이었다. 나는 커다란 나무 밑동의 풀섶에 주저앉았다. 더 이상 몸을 움직일 수는 없었다. 모든 것을 운명에 맡기고 체념하며 잠시 편안한 휴식을 취하려 했다.

그러자,

「으-윽.」

나는 소리 없는 비명을 질렀다. 발끝틈을 세게 무는 송곳니의 자극이 찌릿하니 올라와 머리끝을 쭈뼛하게 했다. 고개를 내려다보지도 않았는데 그 짐승은 내 시야에 들어왔다. 그것은, 쥐는 쥐 같은데 웬만한 중 강아지 정도의 크기였다. 아니, 얼른 쥐라고 인식했지만 그 모습은 분명치 않았다. 작고 시커먼 악마라고나 할까. 손을 들어 내리쳐 쫓아내려 했지만 손은 말을 듣지 않았다. 꼼짝없이 이 잡는 악마에게 뜯겨 먹히고 말 것 같았다.

쫓아온 그림자는 이미 내 위에 다가왔다.

「네가 도망을 가야 소용없어. 나의 氣運은 이미 이 숲 속 전체에 퍼졌다.」

텔레파시로 내게 말하는 듯 했다. 괴물은 크기를 가늠할 수 없는 거대한 流動性의 물질같았다, 이윽고 쓰러질 기진맥진한 내 위에서 그 괴물은 최후의 일격을 위한 용틀임을 하는가 싶더니, 어느 순간 둔중한 충격이 直下로 내 머리통을 바쉬뜨리듯 가해졌다.

우당탕. 쿵—

잃어버린 세대

적막 속의 돌연한 천둥 같은 소리에 놀라 눈을 떴다. 저쪽 깨진 판자벽 사이로 下弦의 조각달빛이 새어 들어와, 어두운 광- 속을 분간하게 했다. 달빛이 내리비친 자리에는 藥材상자가 떨어져 나뒹굴었다. 놀란 쥐들의 찍찍대는 소리가 사방팔방에서 입체음으로 들렸다.
『휴우!』 나는 한숨을 내쉬고 떨어진 상자를 안전한 곳에 올려놓았다.
갑작스런 소음에 역시 잠에서 깬 사촌형이 문을 열고 내 안부를 물었다.
『무슨 일이냐?』
『괜찮아요. 상자가 떨어졌을 뿐이에요.』
나는 대답하고 어서 돌아가라는 손짓을 했다. 형은 문을 닫았다. 새벽녘의 찬 기운을 느끼면서 담요자락을 붙들고 잠을 청했다.
날이 밝자 문이 열리고 형수가 조그만 쟁반에 밥을 들고 들어왔다. 형수는 그새 얼굴이 야위고 해쓱해져 이제 서른 남짓한 나이에도 사십대로 보였다.
『자, 어서 드세요.』
보리밥과 소금물 국이 전부였다. 전란 중에 살림이 어려운 때문만이 아니라 설사 좋은 반찬이 생긴다 해도 이 곳에서 음식물 냄새가 나면 매일같이 드나드는 인민군 募兵責이 맡을(嗅)수 있기 때문이었다.
허겁지겁, 오로지 살기 위해 먹는 음식을 먹고, 쑥스러운 표정으로 안에 있던 尿瓶과 糞封을 건네주었다. 형수는 그것들을 가져온 포대자루에 넣고는 새로 빈 병과 洋灰 봉투를 내주었다.
『도련님, 형님이 그러시는데 유엔군이 15일날 인천에 상륙했다해요. 조금만 더 참고 기다리면 될 것 같아요.』
『15일이요? 그럼 벌써 닷새가 지났는데 왜 아무 소식이 없지요? 인민군은 38선을 넘은 지 사흘만에 서울을 점령했는데… 상륙했다고 해서 이긴다고 할 수는 없는 것 아닌가요?』
『글쎄요. 형님 얘기로는, 그네들이 자기네가 갈 곳에 미리 폭탄을 퍼부어서 적을 섬멸해서 안전하게 만든 다음에 온대요. 그리고 먹을 것도 다 먹고 잠자리도 불편 없게 하면서 천천히 오래 걸릴 수도 있겠지요. 어쨌든 방송으로는 작전이 잘 되어간다고 하던데요.』
『예. 더 기다려 봐야죠. 얼른 내려가세요.』
형수는 인간이 살아가는 것과 관련한, 相反된 두 가지의 것들을 한꺼번에 들고는 문을 열고 아래로 내려갔다.

약재창고는 가게 벽면에 조금 높게 문이 달려 있어서 광~이면서도 다락이기도 했다. 나는 의용군으로 끌려가는 것을 避해 외출을 삼가고, 벌써 두 달이 넘게 이 곳에 숨어 있었었다. 사촌형은 단파라디오의 영어 방송을 통해 戰況을 수시로 듣고 있었다.

지리한 날을 며칠 더 보냈다. 그간 두 달을 이렇게 지내왔으니 얼마 더 이렇게 지내는 것이 문제되지는 않았지만, 상륙을 했다면서도 시원한 소식이 없는 것이 더욱 답답하게 했다. 혹시 상륙 직후 패퇴하고 믿은 것이 아닐까. 일차대전 때도 독일에서는 아군이 지고 있으면서도 이긴다고 헛선전을 했었다 하고 해방 전에도 일본군은 항복 직전까지 이기고 있는 듯이 선전했었고…. 하지만 우리 방송도 이니고 외국 방송을 들은 건데 그럴 리가 없겠지…. 믿음을 가지려 하면서도 하루하루는 길기만 했다.

낮 시간에 내가 하는 일은 도스토엡스키의 ·罪와罰·, 톨스토이의 ·復活· 그리고 에밀졸라의 ·나나· 와 朴鍾和의 · 待春賦· 등 가지고 올라온 몇 권의 소설을 읽다가 졸리면 자고 눈뜨면 다시 읽곤 하는 것이었다.

비슷비슷한 꿈은 매일같이 반복됐다. 그날도 낮에, 뭔가 잘 기억은 나지 않지만 나를 뒤덮고 압박하는 거대한 帳幕이 하늘 전체에 걸쳐 있었다. 나는 그 아래로 벗어나려고 안간힘을 썼으나 사방 어디에도 피할 곳은 없었다. 주위는 온통 회색의 하늘과 검은 색의 땅…. 그리고 거칠게 듬성듬성 솟아 오른, 산불에 타다 남은 듯한 나무숲뿐이었다.

갑자기 하늘에서 요란한 소리가 들려왔다. 말발굽의 소리 같기도 하고 폭포수가 떨어지는 소리 같기도 했다. 그것은 하늘의 장막을 거세게 두들겼다. 장막은 뚫리고 밝은 햇살이 쏟아내렸다. 빛도 소리를 내는가…. 내리치는 빛은 雨雷의 소리보다 더하게 검은 땅을 진동시켰다. 땅은 빛을 받자 녹색으로 변했다. 검은 목탄 같았던 나무들도 황갈색 줄기에 푸른 잎이 무성해졌다.

「아ー. 이제 나는 밝은 빛을 볼 수 있는가.」

내리치는 소리가 간간히 뜸할 때면 웅웅거리는 울림이 땅 전체에 퍼졌다. 그 소리는 하늘을 뒤덮는 벌떼의 그것 같기도 했고 아니면 한 마리의 상상을 초월하는 왕벌의 그것 같기도 했다. 때로는 가까이 다가오고 때로는 멀리 사라지고, 때로는 저 높이 蒼空으로 솟아오르고 때로는 곤두박질치듯 地面을 떨었다.

불현듯 눈을 뜨니 그 소리들은 더욱 강하고 명료히 들려왔다. 나는 처음으로 내 스스로 다락문을 열고 나왔다.

『이제 나왔냐? 총소리가 끝나면 한 번 나가 보자.』

어제까지만 해도, 내가 어쩌다 답답한 공기를 避해 밖으로 나올 것만 같으면 우리(圈)를 나온 가축을 몰듯이 서둘러 밀어 들여 보냈던 사촌형이었지만, 오늘은 나를 제지하지 않았다.

『이제 나도 바람을 쐴 수 있겠구나…』 나는 긴 한숨을 쉬었다.

그날 저녁 모처럼 사람 사는 공간에서 식사를 했다. 그 동안 나보다는 덜했지만 형도 마음을 좋이고 살기는 마찬가지였다. 의용군으로 끌려가는 것은 나 같으면 열일곱살 청소년뿐만 아니라 사촌형같이 사십을 바라보는 중년남자도 해당이 되었다. 그렇지만 사촌형은 앞이마가 벗겨지고 주름살이 많은 외모로 인해 서른 일곱의 나이보다 열 살은 더 먹어 보였기에 그들의 포획대상을 면할 수 있었다.

『살기는 살았지만 앞으로 먹고살기가 걱정이다.』 사촌형은 말했다.

『왜요?』 나는 물었으나 이내 동조했다. 『하긴… 이 통에 몸보신하자는 사람은 별로 없을 것 같네요.』

『몸보신 할만한 돈있는 사람들은 다 도망가거나 잡혀갔지요.』 형수도 거들었다.

『黃芪(황기)나 熟地黃(숙지황) 같은 재료는 불려갈 때마다 갖다 바치고 또 찾아오는 인민군들에게 달여 주고 보니 남은 것은 甘草(감초)하고 蘇葉(소엽)뿐입니다. 洋藥 같으면 부상당한 사람들 치료하는 데나 쓰이겠지만 韓藥은 별로 쓰임새가 없으니.』

『다 팔아봐야 원가도 안남겠네요.』

『지금 시대는 얼른 상황판단을 해서 신속하고 정확히 대처하는 것만이 살길이야. 행동이고 사고방식이고 그렇게 해야 되고, 藥도 마찬가지지.』

다음 날 오후 거리로 나갔다. 종로4가에서 동대문까지는 나처럼 호기심으로 밖으로 나온 사람들이 많았다. 저 앞에 웅성거리는 것이 있었다. 한걸음 한걸음 가까이 다가갈수록 소름끼치게 느껴져오는 죽음의 냄새가 있었다. 뭔가 짐작되는 것이 있었다. 모여든 사람들을 헤치고 들여다본 나는 경악하여 벌어진 입이 다물어지지 않았다.

팔십여명의 사람들이 모두 두 손이 뒤로 묶인 채로 총을 맞아 죽어 있었다. 공무원, 경찰관 기타 반동분자로 분류되어 그곳에 갇혀있었다던 사람들이었다. 日帝 때 독립운동자들을 처형하던 이야기도 많이 듣고, 간혹 기록사진도 보았다. 그렇지만 이렇게 많다. 더구나 이미 항복한 것이나 다름없는, 아무 저항도 할 수 없는 구금상태의 사람들을 몰살시켰다는 것은 듣지도 보지도 못했다.

일제가 죽인 한국인은 독립운동을 하는 사람이나 그런 의심이 가는 사람들이었다. 그네들에게 목숨을 구걸하는 사람까지 죽이지는 않았다. 아무 저항 않는 사람을 죽인다는 것에서 그것은 나치독일군의 유태인 학살과도 같았다. 그런데 저들에게 거슬리는 인종은 이 지구상에서 청소하여 없애겠다는 것이 그들 독일군이었는데, 같은 피를 나눈 동족에게 이럴 수가 있을까…. 이념은 수천년을 한 겨레로 살아온 동족을 게르만족과 유태족 사이와 같이 갈라 놓았단 말인가. 그 잔인한 게르만족도 도망가면서까지 상대의 씨를 말리려 하지는 않았다. 그러나 우리의 同族 공산당은 끝내 반동의 뿌리를 뽑겠다는 일념으로, 「反動族」으로 분류되는 「人種」은 더 이상 살아 남지 못하도록 했다. 반동족을 非반동족으로 인종개량할 수 있다면 목숨을 부지시켜줄 수 있었겠지만 그럴 여유를 갖지 못했던가….

9.28수복 이후 나는 거리로 나올 수 있었지만 실상 내가 할 일이라고는 아무 것도 없었다. 동급생들은 석 달 전 운동장조회 중에 공습을 받아 흩어졌던 이후 만나지 못했다. 어머니와 단둘이 사는 서대문의 집으로 돌아 왔지만 텅 빈 잡화상 하나를 가지고 생활할 수는 없었다. 나는 어머니를 외갓집이 있는 김해로 한사코 가시라 하고, 다시 종로5가의 사촌형 집에 머물기로 했다. 어차피 지금의 새생활은 限時的일 수밖에 없는 것이니 나는 내 나름의 인생 구상을 유보하고 시대의 소용돌이에 몸을 맡기기로 했다.

인민군 의용군으로 끌려가는 것은 면했지만 때가 때이니 만큼 필경 내게도 영장이 내려올 것이다. 그러니 이 전쟁이란 연극에서, 나는 관객이 아닌 배우로서 있게 될 것이다. 十二月, 드디어 징병 소집영장이 나왔다. 어떤 추운 곳에서 길을 걷고 어떤 한데에서 잠을 자게 될지 모르므로 솜바지저고리를 껴입고 쓰메에리 上衣 안에도 솜내복을 두벌이나 겹쳐 입었다. 휘몰아치는 바람에 視野마저 흐릿한 아침, 나는 솜옷차에 학생복을 입고 사촌형 내외와 헤어져 집을 나섰다. 눈발을 신고 「병사구사령부」는 敦化門 안쪽 秘苑에 있다. 학생이 등교하듯 일찍 온

잃어버린 세대

나는 다른 사람들보다 먼저 와 있었다. 오전 아홉시가 넘어 가면서 나와 비슷한 행색의 학생과 청년들이 모여들었다. 조금 높은 곳에 올라가서 보니 머리 위에 눈을 덮어쓰고 모여든 많은 사람들이 웅성대는 것이 마치 널찍히 퍼진 흰 양털구름의 움직임과도 같았다.

『원남동, 저 쪽 정자 옆으로!』
『창신동, 저 쪽 소나무 아래로!』
『마장동, 저 쪽 연못가로!』

방위군 장교들은 장정들을 출신지별로 나누어 정렬시켰다.

『좌측열 선두 嚮導(향도) 기준 3열종대!』

내가 속한 데는 일백여 명이 한 무더기가 되었는데, 전체 모인 인원은 비슷하게 오십여 무더기가 될 듯했다. 모인 인원이 워낙 많아서인지 눈 내리는 속에서도 왁자지껄하는 소리가 끊임없었다.

『야! 성철아 너도 왔구나.』
『아니, 만복이 형, 형은 안 올 것 같았는데.』

군데군데서 서로 아는 자들이 소리쳐 부르고 다가가 얘기를 나누곤 해서 대열은 다시 散開(산개)되었다.

방위군 장교들은 다시 고함질렀다.

『三열종대! 정렬!』

『이놈들 동작봐라! 제대로 될 때까지 식사고 잠자리고 없다!』

얼마 되지도 않는 장교들이 이 많은 인원을 통솔하기가 벅차보였다. 한 두사람을 후려친다고 해서 될 일도 아니었다. 이 쪽을 정렬시키고 다시 저 쪽이 흐트러지고…. 화가 난 장교가 한 둘을 붙잡고 주의를 주는 사이에 또 이 쪽은 흐트러지고…. 그러기를 몇번 했을까, 12월 중순의 짧은 해는 정렬되었던 쪽은 또 흐트러지고…. 그러기를 몇번 아니 수십번이나 했을까, 12월 중순의 짧은 해는 정렬되었던 함박눈을 내리는 짙은 구름속에 어둠을 향해 바삐 치달아 날이 이미 저물었을까…. 주위는 어두컴컴해졌다. 부잣집 대학생 같아 보이는 한 청년이 시계를 보며 『벌써 다섯시네….』 하고 불안한 듯 중얼거렸다. 이차피 정해진 길을 가야하는 것인데 좀체로 질서가 안 잡히는 형편이 안쓰러운 듯했다.

이윽고 큰 고함소리가 들렸다.

『각 중대별로 출발!』

방위군 내무의 명령에 따라 즉석에서 형성된 부대는 움직이기 시작했다. 내가 속한 3중대도 출발했다. 대열은 원남동쪽 언덕을 향해 전진했다. 목적지는 어딘지 아무도 몰랐다. 소(牛)도 도살장에 끌려갈 때는 운명을 눈치채고 슬피운다 하는데, 우리들 인간의 대열은 어디로 가는지도 모르고 운명 또한 모르니 아무런 생명다운 반응조차 없었다. 그저 앞사람이 가는 발걸음을 따라 갈 뿐이었다.

그러는 중에 대열은 청량리쪽으로 향했다. 눈 내리는 어둠속의 부석거리는 발걸음이 대여섯 시간 더해졌다. 밤 열두시가 넘었을 즈음 일행은 德沼(덕소)에 와 닿았다. 깊은 밤이지만 눈 덮은 하얀 초가 지붕 수십 채는 헤아릴 수 있을 만큼 잘 보였다. 마을 중심 길가에는 양철지붕을 한 가게가 몇 있는데 장사를 안하고 있는지 가게문은 먼지투성이였다. 우리는 한 집에 열명씩 흩어졌다. 미리 지시가 있었는지 내가 배당된 집에는 장정들을 위한 저녁 식사가 준비되어 있었다. 밤중의 얼얼한 추위 끝에 다소간이나마 몸을 녹이며 먹는 시래기국에 무청 깍두기의 식사는 매우 좋았다. 보리가 반쯤 섞인 밥은 방금 밥솥에서 꺼낸 것이기에 그 따스함이 더욱 배를 만족시켜 주었다. 온종일의 허기로 미친 듯이 게걸스레 밥상을 비운 장정들은 상을 물리자마자 그 자리에 쓰러져 잤다.

아침 깨어날 녘, 따뜻이 밤을 보낸 잠자리가 우리 집이 아니라는 것에, 내 옆에는 낯선 남자들이 어지러이 흩어져 누워 자는 것에 당혹한 나는 다른 사람들보다 일찍 일어났다.

『물 좀 마실 수 있을까요?』

『일찍 일어났네요?』

겨울에 마시는 우물물은 따뜻했다. 물바가지를 주고받는 주인 아낙이, 다른 사람들보다 어린, 나를 보는 눈길은 애틋해 보였다. 아마 그 이도 나만한 아들이 있었을 것이다. 살림이나 세간을 보면 적어도 대여섯 사람 이상은 살던 집 같은데, 집에는 그 이 말고 다른 식구가 보이지를 않았다.

서둘러 아침식사를 하고 다시 출발한 우리는 산길로 들어갔다. 왼쪽 위는 가파른 산비탈이고 오른쪽 저 아래로는 얼어붙은 강이 보이는 산허리 길을, 오천여명의 인원이 일렬로 터덜터덜 걸어갔다. 사실 행군이라기보다는 줄줄이 꿰어 달려 끌려가는 오합지졸의 이동이었다. 가다 보니 길에 쌓

잃어버린 세대

인 눈은 걷히고, 돌 밑에 남은 눈-뭉치와 빙판만이 군데군데 있었다. 점심시간을 그대로 지난 채 행군은 계속되었다. 이런저런 생각을 하며 걷다 지친 나는 길 옆에 털썩 주저앉았다. 저 아래 보이는 계곡의 허연 살얼음물과 앙상한 싸리나무가 메마른 人情을 나타내 주는 듯했다. 멈춰 있으니 추위는 더 했지만, 내가 대열의 앞쪽에 있으니 조금 쉬어도 될 것 같았다. 다시금 나의 뜻과는 다르게 이곳에 이런 생활을 해야 한다는 현실에 억울한 마음이 일어났다. 다시금 나는 동네 아이들이 개미를 죽이는 법을 훈련받아서 사람을 죽이는 일에 나서야 한다. 어렸을 때 나는 이제는 사람을 죽이는 것도 나서서 말리곤 했고 그 때문에 놀림감이 되기도 했다. 그런 내가 죽을 수도 있다. 인생을 살만큼 살아 보았다고 생각한다면 경우에 따라 죽음도 두렵지 않을 수 있다. 그런데 이제 인생이란 무엇인가 하는 관문에 막 들어서려 하는 차에 이런 감당할 수 없는 일이 닥치다니.

한차례 강한 바람이 산 위로부터 골짜기 아래로 불어 내렸다. 동시에 내게서 한줌의 눈물이 噴出(분출)했다. 바람소리와 함께 울음소리도 어우러져 퍼졌다. 바람이 잦아들자 내 울음소리만이 남아 곧잘기에 가느다란 메아리를 일으켰다. 뒤이어는 길바닥을 치며 흙먼지를 일으키는 발걸음 소리가 계속되었다.

갑자기 뒤통수를 쥐어박는 주먹이 있었다.

『조용히 해, 자식아. 우린 뭐 좋아서 나온 줄 아냐?』

내가 더디게 왼쪽으로 돌아보니 나를 친 사람이 누군지 대열 속에서 분간할 수 없었다. 그 순간 다시 누군가, 앉아 있는 내 오른쪽을 걸어찼다.

『이놈아, 뭣하는 거야. 얼어죽으려고 그래?』

걸어찬 사람도 말을 끝내고, 아무 일 없었던 듯 대열 속에서 걸음을 계속했다.

다시 한 사람이 다가와 내 오른 팔목을 잡았다.

『왜 그렇게 우냐, 나하고 얘기나 하면서 가자.』

그는 나를 일으켜 세웠다. 나도 얼른 일어나 그를 보았다. 안경을 쓰고 있는 인상이 먼저 서울에서 눈에 띄었던 그 대학생 같았다.

『이름이 뭐냐? 학생이니?』

나는 그와 동행을 시작했다.

『서울 기계공업학교 4학년 鄭其榮이라 해요.』
그는 자기는 천안에서 올라와 서울에서 대학 문학부 4학년에 다니던 成仁浩라고 밝혔다. 가까이서 자세히 보니 학생이라고는 하지만 턱의 거무스름한 수염도 더해져서 얼굴은 서른 가까이 됨직해 보였다.

모든 것이 미성숙하고 무슨 일이든 스스로 헤쳐나갈 자신이 없는 내가, 따르고 의지할 人情의 여유를 보이는 사람이 없던 것이 내 울음의 원인이었다. 그것은 그와의 대화로 인해 해소되었기에 나는 울음을 그쳤다.

행렬은 장항원을 거쳐 충주를 지나가고 있었다.

『형님은 내 생활을 어떻게 보냈는지 궁금하네요.』

『대학생활이라고 할만한 것이라도 있어야지. 좌익학생간 대립으로 이런 宣言 저런 선언 따라다니다가 세월 다 냈지. 공부는 아예 부차적인 것으로 생각을 하고 있었으니... 하기야 공부해 봐야 어차피 지금은 중단되었겠지.』

『아무 데에도 끼지 않으면 되잖아요?』

『그렇게 나누지 않는 것이 우리 현실이지. 또 가만히 있는다는 것은 상황에 따라 어느 한 편에 유리하게 작용할 수가 있지. 생각해보라고. 주인과 도둑이 싸우고 있는데 아무 편도 안들겠다 하는 것은 결국 누구 편이겠는가를....』

『그럼 형은 좌익학생들을 도둑이라고 생각하시나요?』

『아직 어린 내게 굳이 그렇게 생각하라고 하지는 않아. 나도 사실 자신 있게 모든 것을 알고 있다고는 생각 않으니까. 하지만 우리의 역사와 전통을 돌이켜볼 때 어느 쪽이 우리 민족의 固有 正體性과 어울릴 수 있는가는 생각해볼 수 있지.』

『모두가 다같이 잘사는 사회라는 것은 참 좋은 말인 것 같아요.』

『솔직히 말하면 나도 일학년때는 좌익학생운동에 따라다니곤 했단다. 그런데 자꾸만 그 이념이 인간 본질과 어울리지 않음을 느꼈지. 그 목표를 위해 자연섭리를 거스르는 일이 많아. 인간의 이념이 아무리 훌륭하다 한들 자연의 틀 속에 있는 것이고 또 그래야만 하는 것인데... 쉽게 말하면 호랑이는 호랑이의 삶을 살고 토끼는 토끼의 삶을 살아야 해. 토끼는 토끼로서 행복하게 살수 있도록 해주어야 하는데 토끼이기를 거부하게 만드니까 문제가 되는 것이지.』

잃어버린 세대

『토끼가 토끼이기를 거부한다면 결국 토끼가 될 수밖에 없겠네요.』

『맞았어. 바로 그거야. 소나무는 진달래를 우러러보되 부러워하지 않는다는 말이 있어. 자연이 정해준 자기의 위치에서 도리를 다해가는 것이 인간의 삶인데 좌익의 학생들은 그것 자체도 거부하는 것이지. 결국 수천수백년의 역사에 의해 이루어진 관습을 무시하고 불과 십수년간에 새로이 저희들의 뜻대로 인간사회를 재편성한다는 것인데, 마찬가지로 소외받고 억압받는 계층은 생겨나고…. 단지 다른 것은 좋속한 체제로 따른 공포정치가 생겨나는 것이지. 우리가 원치않는 싸움을 하게 된 것도 바로 그런 독재자들 때문이 아니겠어?』

『원치않는 싸움이니 안 하는 사람들도 있는 것 같던데요.』

『내 친구 중에는 공부를 한다거나 이런저런 이유로 부모나 친지들이 힘을 써서 군대를 안가는 애들이 있지. 생각나는 친구가 있구나. 김석준이라고 고등학교 동창인데 그 애는 지금 유학을 준비하고 있다던데. 그네들은 생각하기를, 자기는 나름대로 국가에 공헌할 수 있는 길이 따로 있다고 하지.』

『나중에 성공해서 국가에 공헌하겠다는 것은 누구나 가질 수 있는 목표인데…』

『결국은 몸 전체를 바치기를 꺼리겠다는 것이지. 그런 애국은 마치 몸 전체를 바치지 않는 사랑과 같이 껍데기에 지나지 않지.』

『몸 전체를 바치는 사랑이라니요.』

『사람이 서로 사랑하는 진정한 의미는, 자기가 상대방에게 일부가 아니라 전부라는 것이지. 사람들은 누구나 남을 위해 무언가 일하며 살아가고 싶어하는 면이 있어. 그것은 인간의 기본적인 예욕이야. 그런데 自身의 일부를 남에게 비쳐 일하는 것 말이야. 그런 것은 뛰어난 재능이나 위치를 가진 자들만이 할수 있어. 하지만 자신의 전부를 남에게 바침은 어떤 남다른 빼어남도 필요치 않아. 그리고 자신의 일부를 남에게 바쳐 일하기 위해서는, 그것은 누구나 하고 싶어하는 일이기에, 제각기 뛰어남을 주장하는 다른 자들을 물리쳐 이겨야 해. 말하자면 정치가들의 권력투쟁이 대표적인 예이지. 하지만 자신의 전부를 바치기 위해선 그 어떤 남과의 겨룸도 필요치 않아. 자기를 내던지겠다는데 누가 앞길을 막을 수 있겠어? 그리고 가장 크게 차이가 나는 것은, 자신의 일부를 내준 뒤에는 구회하면 되찾을 수가 있는데 자신의 전부를 내준 뒤에는 후회해도 되찾을 수가 없다는 거야. 몸을 던지는 것과 그렇지 않은 것의 차이가 바로 이것이지. 그것은 나라를 위한 애국이나 여자에 대한 사랑이나, 모든 명분 있는 목표에 해당되는 것이야.

『형이, 그런 생각을 할 정도면 여자와의 사랑에 대해서도 깊이 생각해 보았겠네요? 애인도 있으시겠고...』

『애인이라... 그다지 진한 로맨스를 가지지는 못했지만 친하게 지낸 사람은 있지. 그리고 사랑의 감정을, 낀 사람도 있고』

『그럼 두 사람이라는 얘기네요. 말해주세요』

『정임이라는 여자와 처음에 뜻을 같이하는 동지로서 만나게 되었어. 나도 그애에게서 호감을 갖고 그애도 나를 가까이 대해서 서로간에는 우정이 발전되었어. 나는 그 때, 사람들이 말하는 사랑을 그 여자와 할 수 있을 것인가 하고 기대했어. 나중에 우연한 일로 영희라는 여자를 알게 되었어. 그런데 그 두 사람에 대한 나의 마음이 너무도 대조적이더라.』

인호 형은 심호흡을 하고 말을 이었다.

『정임은 자주 가까이 지내다 보니까 친해졌고 그러니까 여느 친구와 다를 바 없이 안 만나면 보고 싶고 만나면 얘기하고 싶지. 그리고 그녀는 여자이니 사회적인 관습에 따라 육체적 욕구도 해결하면서 평생 가까이 할 수 있는 방법 즉 결혼이 있지. 그리하여 性과 무관하게 여느 친구에게서도 가질 수 있는 우정이라는 것과, 마음의 교류와는 관계없이 여느 여자에게서도 가질 수 있는 성욕이라는 것이 서로 더해졌던 것은 아닌가. 영희를 보아 첫눈에 그녀에게 사랑을 느낀 뒤에는 정임에 대한 나의 느낌은 진정한 사랑이 아니라고 여겨졌지. 그러니까 이, 사랑이라는 것은, 다른 여타의 요소로부터 말미암지 않고 그 자체 그대로 인간의 뜻과는 무관하게 생겨나는 것이 아닐까...』

『그래서 이렇게 됐어요? 그런데 너는 영희와의 사랑을 이룰 질 수 있는 우정이라는 것과, 마음의 교류와는 관계없이 여느 여자에게서도 가질 수 있는 성욕이라는 것이 서로 더해졌던 것은 아닌가...』

『사랑에 명분이 필요한가요?』

『나는 어떤 少數를 위한 善에 부합되는 일이 아니면 의욕을 가질 수 없었어. 「나는 그 여자를 매우 필요로 한다」. 하지만 그 여자는 나를 별로 신경쓰지 않는다. 따라서 나는 그녀를 별로 원하지 않는다. 나는 그런데 그녀를 생각하며 살고 있다. 내가 앞으로 이 사만 그녀는 나를 별로 원하지

잃어버린 세대

『그렇게 다른 사람들을 생각만을 하면, 결국 사랑을 얻기 위한 노력도 우스운 것이 되겠는데요?』

회에서 사는 삶의 형태는 어떠할 것인가. 나를 필요로 하는 사람들을 위해 살 것인가 아니면 내가 필요로 하는 사람들을 위해 살 것인가?』 나는 그래서 앞으로 「나를 필요로 하는 사람들을 위해」 사는 마음가짐의 첫 실천으로서 그녀를 포기할 것을 결심했던 것이지.』

그는 어찌 다른 사람들을 생각만 하면, 자신의 役割과 使命에 대한 潔癖症(결벽증)이라고나 해야 할까.

『사랑이란 언기 위해 노력한다고 되는 것도 아니고 광맥을 발견하듯이 절로 발견되는 것이라고 생각하거든. 그래서 생겨나게 되는 사랑은 인간의 노력과 무관하게 이루어지는 것이라고... 옛적에 연금술이라는 것을 사람들이 연구하던 때가 있었어. 귀중한 금을 다른 물질들을 서로 섞어서 만들 수는 없었어. 왜냐하면 금은 그 이상 다른 것으로 분해될 수 없고 다른 것으로 만들어지지 않는 그 자체로서의 물질 즉 元素이기 때문이지. 사랑도 역시 그 자체가 하나의 원소로서 다른 여타 감정으로부터 합성해 낼 수 있는 것이 아니겠어? 友情과 性慾을 섞어 사랑을 만들려고 하는 것은 은과 구리를 섞어 금을 만들려는 것처럼 어리석은 일이 아닐까?』

그 때 성인호씨가 말한 그 금이란 원소는 무엇일까. 가장 귀중한 것일까 아니면 가장 원초적인 말초본능에 불과한 것일까? 나는 그 후에도 그에 대한 해답을 찾지는 못했고 나는 해답을 찾으려는 고민 없이 여자를 만나 결혼하고 생활할 수 있었다.

『형은 그런 비현실적인 생각들만 해서 어디다 쓰시려고 해요? 지금 우리나라는 없는 물건들을 만들어내는 게 시급하지 않나요? 건물 하나라도 더 짓고 한강다리 하나라도 더 만들어야 하지 않아요?』

『네 말이 맞아. 그런데 사람은 다 자기의 길이란게 있어. 자기가 보기에 최선의 가치를 가진 길이라고 해서 자기의 본분 즉 적성과 일치되는 것은 아니거든. 사람도 자기가 좋아하고 사랑하는 사람이라고 해서 그쪽도 자기를 좋아하고 사랑한다고 할 수 없듯이, 인생의 진로도 마찬가지야.』

『하긴... 저도 공업학교 다니면서 전공시험 성적은 별로 좋지 못하고 음악 미술이니 글짓기 같은 것만 잘했어요. 다른 애들은 製圖를 꼼꼼하고 깨끗하게 잘 그리던데 내가 제도한 것은 여기저기 연필자국이 번지고 지저분해서 한눈에도 차이가 나더라고요. 나는 한강다리를 만든

崔景

烈 선생같은 훌륭한 土木技師가 되고 싶은데...』

『日帝下에서 한국인으로서 일본인 기사들을 제치고 그런 큰 일을 행한 분을 본받으려 하는 것은 참 좋은 일이지. 그런데... 뜻을 이루려면 의욕뿐만 아니라 소질도 따라야 하겠지. 아직 성적 좀 못한 걸 가지고 뭐라 할 단계는 아니지만 어차피 지금 진로가 막혔으니 다시 생각해 봐도 되겠다.』

『앞으로 내가 어찌될 지도 모르는데...』

『내일 적난을 맞아도 오늘까지는 내일의 설계를 할 권리가 우리 젊은이들에게는 있단다.』

『이루지도 못할 꿈을 설계만 해서 뭘해요?』

『꿈은 그 자체로서 의미가 있어. 네게 관념적인 설명은 의미가 없을 것이고... 자 보라구, 우리가 지금 가는길을 행군하고 있는데 우리가 도달할 목적지는 솔직히 말하면, 우리들 모두가 즐겁고 환희에 찬 무엇이 예비되어 있는 것은 아니야. 적을 무찌른다는 것은 국가적으로는 큰 의미가 있을지라도 그 아래 소모품으로 쓰여질 우리에게는 개인적인 의미가 있는 것은 아니지. 하지만 우리는 산 속에 그냥 멍하니 서 있는 것보다는 명분으로 설정을 택하는 것이야. 그리고 그 목표점도 공산괴뢰의 침략에 맞서 조국을 지키는 큰 명분으로 설정을 한단 말야. 그래서 도중에 죽더라도 그 때까지의 생은 다 의미를 가지는 것이지.』

『알 듯도 해요. 목적 없이 그냥 있기보다는 무엇이라도 목표를 가져야 하는 것을.』

『그 나아감 그 자체가 인생이라 볼 수 있지.』

『형은 그리면 무엇이 되고 싶었어요?』

『시도 쓰고 소설도 쓰려고 했지만 잘 안되더라고. 그리고 앞으로 어떻게 될 것 같아요?』

『무슨 이야기를 쓰기는 현재로서는 썩 재능이 있는 것 같지는 않아. 하지만 나는 글쓰기 외에 너처럼 토목기사같은 어떤 기술직을 택하는 것을 거의 생각 못했지. 나는 수학 과학이나 뭐 만들기 같은 것에는 젬병이었으니 말야... 그래서 어떤 글을 쓸까 하다가 희곡이나 시나리오를 쓰려하고 있지. 소설처럼 장황한 묘사가 필요없고 그냥 사람들의 대사와 분위기 설명만을 해주면 되니까 말야.』

『재치는 있지만 끈기는 부족한 사람이 하기에 적합하겠네요. 나도 소년기에는 내가 노력하는 사람이라기보

인호 형은 웃으면서, 『그렇게 말하면 섭섭하지.

잃어버린 세대

재능 있는 사람이라는 소리를 듣고 싶었지. 하지만 지금은 아냐. 재능은 부족해도 성실한 사람이라는 소리를 듣고 싶어. 나도 철이 들어가는가 보지.』 하고는 외투 주머니에 손을 넣었다.
『보다시피 나는 시나리오와 희곡 작가를 꿈꾸면서 실천에 옮기고 있지. 오래 전에 써두었던 건데 한 번 읽어볼래?』
그는 작은 수첩을 꺼내 펼쳐보였다. 그의 자작 글이었다. 나는 떠나오면서 조그만 책 하나라도 챙겨오지 않은 것을 후회하며 내가 좋아하는 글읽기를 하지 못하는 것이 답답하던 차에 그의 수첩을 편채로 받아 읽었다.

― 蒼空의 못다핀꿈 ―

― 등장인물 ―

지희
나까무라
미야모도
교관
어머니
아버지
훈련생 1, 2, 3
아이
아이엄마

씬 1   하늘 (맑은 날)
       (푸른 하늘에 새가 날아간다. 자유스럽고 시원한 느낌)

씬 2   다락방 (낮)

지희   어떤 소녀 지희가 창문에 턱을 괴고 하늘의 새들을 바라본다.)
       나두 하늘을 날아다니고 싶어... 왜 사람들은 이 땅위에서만 살아야 하나....

씬 3   어낸이들이 노는 동네 골목. 주위가 막 어둑어둑해질 무렵. 지희가 남자아이 다섯명과
       함께 종이비행기 놀이를 하고 있다.)

아이엄마   철수야 그만 놀고 이제 밥먹어라.
아이   예. (엄마가 있는 방향으로 퇴장)
어머니   (멀리서 손짓하며) 지희야 어서빨리 오지 못하겠니. 원 계집애가 뭐 그리 얌전치
           못하고.. (달려와서 지희의 손목을 잡아끈다.)
지희   엄마 지금 다시 시합하려는데...
어머니   어시오지 못해. 원 무슨 머스마들과 같이 뭔짓을 한다는 거여. (억지로 잡아끈다. 지
           희 할수없이 시무룩해하며 따라온다.

씬 4   지희의 집 방안, 장성한 지희와 아버지 어머니 들이 있다.)
아버지   아랫마을 송영감네 큰아들이 서울에서 학교를 나와서 지금 보통학교 선생을 한다는데 우
         리 고향마을에서 신붓감을 구한다더군. 송영감을 오늘 만났는데 직접 말을 꺼내지는 않
         지민 우리와 인연을 맺고 싶어하던데.
어머니   그래요 이번이 우리 지희를 시집보내기 위한 좋은 기회예요.
아버지   (지희에게) 네 생각은 어떠냐.
지희   저.. 아직 안.. 갈래요.
아버지   무슨 소리냐. 계집이 나이 스물이 다 되어가지고 무슨 소리를 하는거냐.
어머니   전 그전에 하고싶은 일이 있어요.
지희   (걱정스런 표정으로 두사람을 번갈아 본다.)
아버지   지 비행사학교에 갈래요.
지희   하늘 날아다니는거 그거 운전하는거 배우는데 말이냐.
아버지   예.

잃어버린 세대

아버지 이것이 그걸 여자가 어떻게 한다고 그래.
어머니 아니 여자가 그런건 배워서 뭣에 써먹는다고. 참 어려서부터 이상하게만 자라오더니...
아버지 지금은 여자도 지원할수 있대요.
어머니 휴.

씬 5
교관 지희 무얼해. 어서 조종간을 잡아봐
지희 예
교관 우선 어떠한 상황에도 냉정하게 대처할수 있는 담력이 필요해. 난 처음에 네가 여자라서 걱정했었지. 그런데 의외로 다른 애들보다도 더 잘 작응하는데.
지희 고맙습니다. 교관님
교관 (웃으면서 등을 툭툭 친다.) 원 무슨. 어서 훈련을 잘 마치고 조선 최초의 여류 비행사가 되어라. 네게 거는 기대가 크다.

씬 6
나까무라 (훈련후 교정내의 담소장면. 그녀에 관해 다른 남학생들이 얘기한다)
야 그 지희란 조선여자 있지? 그애 얼핏보면 남자같이 행동하고 무뚝뚝해 보이지만 잘 보면 꽤 여자다운 것도 있더라. 언제 내가 화장실 가려는 길에 걔가 나오다가 마주쳤는데어머 하면서 얼굴이 빨개지더라. 하하 누군 거기 안가나 원참.
훈련생1 그래도 훈련 끝나고 옷 갈아 입으면 화장하고 나가더라. 누굴 만나는 것 같지도 않은데 그래도 여자라고... 하하
훈련생2 아무튼 그런 애가 하나 있다는 게 얼마나 다행이야. 걔 아니면 우리 이런 훈련받으면서 답답해서 어떻게 견딜 수 있었을까 몰라.
훈련생3 야 무슨 소리! 걔 때문에 난 얼마나 신경쓰이는데. 엉덩이 쪽에 길이 가고. 옷갈아 입을 때 벽건너에서 바시락거리는 것도 신경이이고. 화장실에서 어쩌다 색다른 물흐르는 소리 들리곤 할때도 그렇고. 지금과 같이 훈련에 전념해야 할 이

미야모도　줄요한 때에 웬 요사스런 계집이 끼어들어서 사나이의 야망을 흐트러놓는지. 에잇... 푸하하. (고개를 미야모도에게 돌리며) 야 네 생각은 어떠냐 그렇지 않니? (가벼운 웃음지으며 우수 어린표정) 뭐.. 난 잘 모르겠어... 그냥 별 관심 없다는 것밖엔. (그러면서도 혼자 조용히 심각한 표정지음)

씬 7
나까무라　(이론교육시간 뒤에 걸어나오는데 나까무라가 그녀에게 접근)
지희씨 잠깐 얘기 좀 합시다.
지희　무슨 용건이세요?
나까무라　잠시 저기 나무그늘에서 얘기 좀 하자고요
지희　무슨 얘기예요?
나까무라　지금 여기서 얘기하기는 좀.
지희　그럼 나중에 얘기할 수 있을 때 얘기해요.. 저 좀 빨리 가야할 일이 있어서. (걸음을 빨리 한다)
나까무라　(잠시 멍하니 서 있다가 다시 지희에게 달려간다.) 이봐요 지희씨 솔직히 말해줄께요. 전 당신을 처음 보았을 때부터 당신에게 관심을 두고 있었어요. 저는 당신이 좋아요. 한번 조용히 얘기나 해 볼까요.
지희　(크게 웃으며) 당신의 호탕한 태도가 마음에 드는군요. 그래 잠깐쯤 얘기 못할 것도 없죠 뭐. 후훗. (둘이 같이 즐거이 담소하는 모습을 하며 교육장에서 나옴.)

씬 8
교관　(교육장, 교관과 훈련생 여럿이 모여있다)
여러분들은 이제 고된 훈련기간을 무사히 마쳤으니 참으로 선택된 이들이라 아니할 수 없다. 이제 그 동안 갈고 닦은 실력을 실제로 활용하여 여러분은 이제 비행사로서의 첫발을 내딛는 것이다. 하지만 첫 비행은 여러분의 설레이는 기대 이상으로 아직 미숙한 여러분들에게는 많은 위험이 도사리고 있다. 각자 관제소의 지시를 경청하고 선행기의 움직임에 따라 침착하게 행동하여 주기 바란다.

잃어버린 세대

씬 9 (비행하는 모습。 지희의 긴장되면서도 기쁨에 벅찬 표정。 나까무라의 비행기가 지희의 비행기 옆을 지나가면서 좌우로 날개짓하고 지나가며 나까무라가 손을 흔든다。 지희 급히 뒤를 따라감。)

씬 10 (산기슭。 지희의 비행기 이상 생김。 원하는 대로 작동이 되지 않아 당황하는 지희。 비행기 좌우로 기우뚱하다가 산등성이에 충돌 파괴됨。)

씬 11 (비행기 추락현장。 부서진채 연기가 모락모락 나는 지희의 비행기 주위로 사람들 침통한 표정으로 모여듬。 나까무라와 미야모도의 모습도 보임。 미야모도 가장 가까이 추락된 비행기 앞에 나와 꿇어앉아 흐ㄴ낌)

미야모도 아아 지희 이럴줄 알았으면 먼서라도 내 마음을 이야기하기라도 했다면 차라리 나았을 것을。。(지희의 잠드는듯이 누워있는 시신에 다가가 입맞춤)

— 끝 —

『길가면서 그릴다 넘어지겠다。』
인호형은 피식 웃으며
『괜찮아요。 앞에 사람이 밟았던 길을 계속 갈 뿐인데요。 그런데 형은 일본애 대해 友好的이 세요?』
『뭐 우호적이라기보다는 그냥 아무런 선입감을 가지고 있지 않지。 그냥 배경으로서 그렇게 나타냈을 뿐인데 그런 생각이 난다는 것은 우리가 식민지배의 피해의식에 매여있다고 볼수도 있겠다。 나는 단지 우리 한국인 최초의 여류비행사에 관한 일화를 들은 적이 있어서 그것을 영상에 옮기면 어땠을까 상상해 보았던 것 뿐이야。』 했다。
『못다한 꿈도 아름다움을 느껴요。。이 전쟁에서 내가 어찌되든 간에、나는 꿈을 가지며 살겠어요。。』

『허헛, 나는 단지 심심풀이로 자랑하려고 글을 보였는데 오히려 호소력을 준 것 같구나. 하찮은 버리치에 불과한 글이 좋은 평을 받는 것이나 마찬가지니... 나도 더 용기를 갖고 내 계획을 실천해야겠다.』

그와의 대화가 계속될 때는 내가 처한 상황을 잊을 수 있었다. 대화가 끊길 때에는 주변 경치를 바라보며 마음을 돌리려 했다. 그러나 아무래도 停的인 景觀만으로는 걷잡을 수 없는 혼란과 불안에 휩싸인 내 마음을 추스르기에 역부족이었다. 깊은 산 속을 지나오면서 보이는 눈- 덮인 계곡의 아름다움도 더 이상 즐길 수가 없었다. 문경새재를 지나오면서 추위는 더욱 심해져 쿡쿡 찌르는 눈- 싸라기는 내리는 즉시 피부에 닿아 녹았다가 이내 얼어 내 눈에는 그들의 그심은 저 아래 골짜기에 뛰노는 노루 두어 마리가 흘낏 부러워졌다. 비록 내 눈에는 그들의 그심은 오직 하나 뿐 아도, 실제로는 먹이를 찾아 헤매는 것일 수도 있을 것이다. 하지만 그들의 그심은 오직 하나 뿐이다. 단지 먹을 것을 찾아 살아가기만 하면 된다. 그러나 산다는 것... 그것만으로 만족 못하는 일부 사람들은 사는 것의 以上을 얻기 위해, 사는 것만으로 만족했을 다른 사람들마저 이렇게, 살기는 살되 닮이 아닌 지경으로 몰았다. 인간으로서 추구해야할 그 무엇에 대한 생각도 끼어들 여지가 없었는 것 밖에는 어떤 의미가 없었다. 우리는 단지 한 커다란 목적을 위한 부속물로 이용되는 것. 얼어 굳은. 주먹밥에 소금양념을 쳐서 먹는 그 짧은 동안만이, 몸을 통과하는 부드러운 물질의 감각으로 도물적인 生의 쾌락을 느끼는 시간이었다.

대화를 계속하기 위해서는 내가 인호형에게 물어 말을 걸어야 했다. 그는 담담히 하늘을 보거나 주변을 돌아보며 걷고 있었다. 대화를 하지 않아도 안정될 수 있는 마음을 그는 가지고 있는가. 그의 안에서는 발달한 두 정신이 서로 교류하여, 혼자로도 마음의 대화가 가능하기 때문에, 불안함과 조바심을 갖지 않는 것인가. 나의 어리고 불완전함이 새삼 답답해졌다. 어떻게 훌쩍 뛰어 나의 미성숙상에로부터 탈출할 수는 없을까. 그것은 깊은 구덩이에서 푸른 하늘을 바라보고 있지만 단숨에 뛰어보지 못하는 안타까움과도 같았다.

『도대체 이념이란 것이 무엇이길래 이렇게 死後세계를 다루든 말든 한 인간을 괴롭히는 것일까요?』

『이념은... 종교나 마찬가지지. 死後세계를 다루든 말든 한 인간이 자기의 개성적 판단을 유보하고 어떤 거대한 정신적 흐름에 합류한다는 의미에서 마찬가지야. 그러니 인류역사에 숱한 종교전쟁이 있었듯이, 이념전쟁도 있는 것이 아니겠어.』

『싸우지 말고 하나로 합해버리면 되지 않아요?』

『그게 안되니까 그렇지 않니? 사람의 기질은 서로 달라. 다른 기질의 사람끼리는 섞이지 않는 그 무엇이 있어. 인간의 집단을 나누는 기준 중에 血緣, 地緣이라는 것이 있듯이 혈연 지연과는 무관하게 같은 부류의 사람들끼리 일치감을 느끼게 된다는 類緣이라는 것이 있어. 괴에테의 《親和力》을 읽어보면 주인공 샤를롯데가, 바로 이 유연으로 얽힌 관계로 인해서 사람들 사이가 생겨난다고 말하고 있어. 그런 사람들끼리는 한 눈에도 상대방을 알아본다는 것이야. 말하자면 흔히 얘기되는, 남녀가 사랑의 상대를 한눈에 알아보는 것이 보다 넓은 의미이지. 이러한 인간의 類類相從 성향을 大別하는 「젊은 베르테르의 이념이라고 나는 생각하고 있어.』

『후후, 네게 너무 어려운 소설얘기를 했구나. 아직 한국어로 번역되지도 않은 것을 가지고... 샤를롯데는 「젊은 베르테르의 슬픔」에 나오는 여자주인공 아녜요?』

『그래, 쉽게 「젊은 베르테르의 슬픔」이나 화제로 삼아보자. 흔히 사람들은 이 얘기를 이미 남에게 점유되어 있는 유부녀에 대한 사랑의 감정을 그리는 것으로 말하고 있지. 그러나 여기에 나오는 두 남자는 누가 먼저 여자를 점유하였는가에 관계없이 인간의 두 유형을 대표한다고 할 수가 있어. 理想과 幻想을 좇던 나머지 他者와의 융화에 실패하는 인간 베르테르와 能率과 實質을 숭상하고 인간사회의 상부상조에 적응하는 현실적 인간 알베르트의 對照가 바로 이 이야기의 흐름이 아닌가 해.』

『어떤 사람이 더 좋다고 할 수 있죠?』

『그런 걸 어떻게 단적으로 말하겠니? 하지만 어느 인간형이 더 우리의 마음을 끄느냐와는 별도로 우리사회에서 보다 우선적으로 필요로 하는 인간형은 두말할 것 없이 後者라고 할 수 있어. 야망을 품은 젊은이들에게 도전과 승부욕을 심어 넣어주며 경우에 따라서는 목적을 위한 집요한 추진력도 요구하는 것이 건전한 사회일 수 있어.』

『공산주의는 어떤 사회인가요? 아까의 두 유형의 사람으로 본다면.』

『前者에 속하는 어떤 사람들이 많이 심취하지. 그러나 그들은 거의가 실패하거나 소모품으로서 이용되고 말지. 실제로 뜻을 이루는 사람은 後者에 속한 사람들인데 문제는 그것이 극단적인 성향이라는 것에 있지. 능률과 목적의 달성을 위해 如何의 人間性을 배제시키는 바로 그런 것.』

『그러면 自由主義의 理想은 무엇인가요? 그들 두 가지 유형 사람들의 역할의 관점으로 본다면.』

『건전하게 後者의 성향을 가진 사람들이 사회의 기틀을 유지하면서, 前者에 속하는 사람들의 개성과 창의성이 마음껏 존중되는 사회라 할 수 있지.』

『개인의 자유도 좋지만 우선은 먹고살아야 하잖아요? 모두가 잘살게 되면 좋은 것이 아녜요? 자유와 평등 숭에 어느 한쪽만을 더 중요하다고 볼 수 없을 것 같네요.』

『평등은 신이 인간을 창조한 것에 위배되지 않는 범위에서 가능하다고 볼 수 있지. 자연의 섭리를 거스르며 인위적인 평등을 하는 것에서 인간 본질과의 괴리가 나타나는 것이지. 각자의 역할이 중요하다는 것은 먼저도 말한 것 같은데.』

『사람이 어떻게 善할 수 있고 惡할 수 있는지 모르겠어요. 보면 잘났다고 하는 사람들이 더 악한 것 같아요.』

『드러나는 善과 惡은, 같은 본성을 가졌다 하더라도 그 사람의 지능과 사회적 위치에 따라 큰 차이가 있지. 같은 도덕성의 程度를 가졌다 하더라도 지능이 있고 사회적 역할이 클수록 악에 빠지기 쉬운 것이지.』

그와의 대화는 사실 내가 모두 알아듣지는 못했고, 나로서는 단지 추위와 외로움을 이기기 위한 입놀림의 연속이 대부분을 차지했었다. 그러나 몇몇 句節 이해는 못하더라도 기억나는 것들이 있었고, 그것은 세월이 지나고서 내가 그때 그의 나이를 넘어서면서부터 이해하게 되었다.

가령 「醫師지바고」에서 라라의 젊은 愛人 파샤가 善의 便에 있고 破廉恥漢 코마로브스키는 惡의 便에 있다고 봐야 한 것이다. 그러나 파샤는 혁명의 光氣에 自己를 잃은 나머지 대학살을 저지르게 되었고 결국 평범한 한 사람인 코마로브스키보다 악한 자로 분류될 수밖에 없었다. 사람의 천성의 선함과 악함을 기능하는 程度를 세로축에다 놓고, 그 사람의 능력과 사회적 역할의 정도를 가로축에 눈금지어 놓는다면, 결과적으로 그 사람의 善惡은 45도 각도로 공간을 兩分하는, 말하자면 $y = x$ 線의, 위에 있느냐 아래에 있느냐로 판별될 것이다.

『오히려 뛰어난 자는 악을 마음대로 행한다고 하지를 않나요? 「罪와 罰」에서 라스콜리니코프는 자기가 나폴레옹처럼 인류를 위한 살인을 한 듯 하려 하지만, 자기는 一介 凡人이기 때문에 결국 罪人이 될 수밖에 없었지요.』

『그것은, 시회적인 약속이지. 인간이 판단하는 선과 악은 인간사회의 지배하는 사상에 따라 달라

잃어버린 세대

지니까. 나플레옹의 살인이 정당하다고 여겨지는 것은 라스코리니코프가 사는 시대에 받아들여진 관점이고 다른 시대 다른 사회라면 얼마든지 그렇지 않게 생각할 것 없이 우리 역사에서 홍경래나 전봉준 등과 같이 혁명을 주도했다가 실패한 이들이 한 사람에 대한 살인자 보다 덜한 처벌을 받지는 않았다. 물론 그 후에 얼마든지 또다른 해석을 내릴 수도 있지만, 그것은 한 사람에 대한 살인자의 경우에 있어서도 기억되고 재평가할 기회가 주어진다면 마찬가지의 일이지.』

그는 해온 말을 정리하듯 덧붙였다.

『세상의 범죄자는 대개 지능이 낮은 자들이야. 그러니 일반 사람이 범죄를 하면 그것은 지능범이 되지. 같은 범죄자라도 그들 중에 지능이 조금 높은 자가 섞여 있으면 쉽게 두각을 나타내지. 그런데 재미있는 것은 이러한 현상이 수학적으로 대칭이 되어서도 나타난단 말이야. 사회를 이끌어가는 지도계층 중에 知的인 思慮와 分別이 부족한 자들이 섞이면 그런 자들은 쉽게 두각을 나타내고 상상밖의 큰 영향력을 발휘하게 된다 말야.』

『형이 말하는 그 자들이 누군가요?』

『후후, 네게 어떻게 한마디로 알려줄 수 있겠니? 아니 새삼스레 말할 필요가 있겠니?』

나도 다시 질문을 않았다. 그 동안에 해는 기울었다. 우리 일행은 저녁식사를 하고 山 속에 자리잡아 천막을 치고 취침했다. 잠에 들 때도 나는 인호형의 옆자리에서 잤지만, 눕기만 하면 몰려오는 졸음에 잠자리에서 대화하는 일은 별로 없었다.

행군과 취침 그리고 간간이 있는 식사 이외 다른 아무 것도 없는 생활은 계속되었다. 낮동안의 그와의 대화만이 인간다운 삶의 의미를 주었다.

기상시간이 다가오면 저절로 눈이 떠지곤 하는 나였다. 나는 기상명령을 의식하고 몸을 깰 준비를 하고 있었다. 그러나 아직 깨어난 것은 아니었다. 가벼운 가위눌림이랄까. 어렴풋한 의식은 있으면서도 자리를 딛고 일어나려하는 어떤 몸놀림도 하지 않는 채 나는 그대로 자리에 누워 있었다. 그러다 눈을 떠 일어나기 직전, 나는 한 순간의 꿈을 꾸었다. 그것은 내 시야를 가득 채우고는, 마치 사진과 같이 잠결의 환상이라 할까, 너무도 선명한 영상이었다. 꿈이라기 보다는 잠결의 환상이지 않는, 그대로 머물러 있는 한 장면으로서 자리잡고 있었다.

광화문에서 시대문로 큰길로부터 貞洞 안길로 들어서는 입구에서 나는 축제를 끝내고 밤늦게 나오는 사촌동생 희선을 만나기로 약속했다. 간간이 부는 봄밤의 서늘한 바람을 맞으며 서성이던 나는, 문득 고개를 돌렸다. 밤길의 야경불빛중에 미소지으며 나타나는 희선의 모습이 있었다. 바로 그 순간이 정지되어 있는 한 장면으로 선명히 되살아났던 것이었다.

『많이 기다렸어? 오빠?』

단발머리아래 살짝 주근깨있는 희선의 얼굴은 거리의 어둠 속에서는 그저 달걀닢 환하게만 보였다.

『아니, 방금 왔어. 우리 저녁이나 먹자.』

그 때 나는 희선을 데리고 희선이 나왔던 길 안쪽으로 다시 들어갔다. 담쟁이 덩쿨이 벽에 붙은 한 음식집에서 중학생인 희선이 좋아하는 짜장면과 호떡을 사주고 즐거운 시간을 가셨던 일이 생각났다. 그 때는 사변이 터지기 불과 한달 남짓 전이었다.

최면이 풀리듯 나는 눈을 떴다. 그런데 밖에 으례 들릴만한 짐승과 산새 우는 소리가 거의 들리지 않았다.

「또 눈(雪-)이 오는 것 아닌가?」

어둔 새벽, 깊은 산 속의 적막은 눈을 더욱 의식하게 했다. 깊은 산 속의 함박눈이 내리는 광경은 어떨까. 어린애처럼, 아니 아직 어린애인 만큼 호기심이 일어났다. 담요를 개고 맨발로 천막 바닥의 싸늘함을 느끼면서, 자고있는 동료들을 건너뛰어 밖으로 나가 온 산맥을 眺望(조망)했다.

과연 눈이 왔으며 아직도 내리고 있었다.

눈은 속삭이며 내려와, 쌓이고는 침묵했다. 고개를 올려보니 하늘 높이 떠있는 새벽의 下弦달빛 속에, 눈이 솟은 소나무의 크고 작은 가지는 오통 내리는 눈발이 이루는 純白의 어지러운 소용돌이 속에 덮여 있었다.

이윽고 모두를 기상하고 식사하고, 다시 행군을 계속했지만, 눈이 내리는 날은 보통 더 포근하다는데 그날은 추위가 더해진 것 같았다. 나만이 약간의 동심이 남아 자연의 광경을 즐겼을 뿐이었다. 눈이 내리는 날은 보통 더 포근하다는데 그날은 추위가 더해진 것 같았다. 혹한 속의 찬 공기는 앞에서 깨소용돌이치는 바람을 맞으며 가니 體感寒度가 더해진 탓이었을까.

잃어버린 세대

어쩌 주먹 위에 부스러지고, 발 밑의 깊이 쌓인 눈 위에서는 인솔하는 병사들의 軍靴에서 나오는 삐걱 소리만이 들렸다. 앞에 맞닿는 찬 공기는 얼굴과 손을 쿡쿡 찔러댔다. 山河의 모습은 하나의 線描畵였다. 거기엔 날카롭고 선명한 黑白의 對照만이 있었다. 그 모든 광경은 단조로웠고 一次元的이었으며, 人爲的인 것이기도 했다. 裸木들은 회색 하늘밑의 검은 그림자로 있었다. 그날은 어떠한 色도 보이지 않았다. 이상하게도 상록수의 푸른 잎사귀들마저 無色으로 보였다.

나는 隊伍를 잠시 이탈했다. 山 길옆에서 저 아래 얼어붙은 내(川)를 바라보았다. 내 눈길은 視線)은 천천히 원을 그리고 있었다. 그러다 내려앉아 벙어리장갑 한 짝을 벗고는 맨손으로 한아름의 눈을 퍼냈다. 팔목이 시려올 때까지 나는 눈덩이를 안고 있었다. 얼굴을 들이대한 모금의 눈송이를 깨물었다. 그것은 아침에 마시는 冷水와도 같았다. 일어나 나머지 눈더미를 허공에 뿌려 산산히 하늘에 나풀거리게 하고는, 손을 외투자락에 닦아내고 얼얼해진 손을 떨며 걸음을 재촉했다.

『너 참 여유도 있다. 눈장난이나 다 하고.』

인호형은 내가 여유가 있었어야 그랬던 걸로 생각했겠지만 나로서는 아직도 눈을 가지고 장난하는 시절이 조금 더 있었어야 하는데, 갑작스레 그런 장난과는 거리가 먼 사회로 편입된 것에 대한 아쉬움이었다고 해야 할 것이다.

『할 수만 있다면 더하고도 싶은데요.』

십여 일에 걸친 한겨울의 행군을 끝내고 우리는 대구의 한 학교에 다다라 새해 1951년을 맞이했다. 東仁國民學校라고 씌어있는 팻말부터 귀퉁이가 으스러진 채로 붙어 있었다. 건물은 두 채 있었는데 본관인 듯한 붉은 벽돌의 건물은 검게 그을리고 창문은 모조리 깨지고 불에 타 있었다. 본관 앞에 있어야 어울릴 口슈臺는 옆의 회색 건물 앞에 옮겨 세워 놓았다.

「여기가 바로 우리가 있어야 할 훈련소구나.」

그렇게 오랫동안 추위와 굶주림과 싸우면서 행군하여 찾아온 곳이 겨우 이런 곳이었다니……. 물론 미리 예상했던 것이지만 새삼 지금 지내는 삶의 無味함이 느껴졌다.

훈련복을 지급받고 곧바로 이십일에 걸친 신병 훈련교육이 있었다. 제군들은 응당 하업에 열중해야 할 이 나라의 희망찬 젊은이들이나, 작금에 백척간두에 서 있는 조국의 현실을 좌시할 수 없어 勇躍 입대한 이 나라의 피끓는 애국전사들이다. 당연한 말이지만 이 강산을 유린하는 김일성 괴뢰도당을 무찌르기 위해서는 여러분의 애국심만으로는 안 되다. 적을 어떻게 무찌르는가를 우선 배워야 할 것이다. 바로 그것이 여러분이 받을 훈련이다. 이제 이십일간의 훈련을 마치고 나면 여러분은 늠름한 救國의 干城이 되어 있을 것이다.』

다부진 체격에 넓적한 얼굴의 훈련소장은 우리 일반 훈련병들과는 일절 말을 나누는 일이 없었다. 그는 가끔 단상에 올라 우리에게 입바른 훈시를 하는 것이 전부였다.

제식훈련을 한 사흘 계속한 뒤 우리는 곧바로 M 1 소총의 분해결합 및 사격에 들어갔다. 柔道를 배우는 친구가 있었는데 유도에서는 우선 落法부터 배운다고 했다. 상대방의 공격을 당했을 때 무사히 살아 남는 법을 우선 배워야 한다는 것이었다. 그것은 당연한 일이다. 유도를 흥미로 배우려 하는 자는 남을 통쾌히 넘기는 법을 얻고 싶어 하겠으나 남을 공격해서 남을 죽이고 내가 산다는 것보다는 남의 공격을 방어해 남도 살고 내가 사는 것이 優善하지 않은가. 나는 그래서, 군인이 되기 위한 훈련도 于先 내가 상대방의 공격을 피해 살아 남는 법을 가르칠 것으로 예상했다. 그러나 먼저 받은 제식훈련은 얼른 생각에 내가 살아 남기에 도움되는 것 같지가 않았다. 하지만 제식훈련은 상관의 명령을 정확하고 신속히 복종하기 위한 훈련이라고 한다. 아무래도 상관의 명령을 따르는 것이 싸움터에서 살아 남기에 필요하기는 할 것이다. 물론 그냥 살아 남기 위해서는 도망가는 것이 가장 효과적이겠지만 군인으로서의 생존이란 일단 싸움에 임한다는 대전제를 놓고서 그 다음의 일이다.

어쨌든 수비의 기법을 제대로 익히지 않은 상태에서 나는 공격의 기법을 익혔다. 나중에 배운 수비의 기법은 별다른 것은 없고, 은폐와 엄폐 등의 몸숨기기 방편이 고작이었다.

아침의 구보 훈련중 待機組에 앉아있던 나는 갑자기 난 銃聲에 고개를 들었다. 口令 壇上에 올라온 所長이 구보중인 훈련병의 바로 뒤쪽을 향해 권총을 뽑아 쏘고 있었다. 섯이 발뒤꿈치에 튀는 흙을 피해 혼비백산 달려가는 것을 보았다. 口令 壇上에 올라온 所長이 구보중인 훈련병의 바로 뒤쪽을 향해 권총을 뽑아 쏘고 있었다.

나와 내 옆의 다른 훈련병들은 겁에 질려 말을 꺼내지 못했다. 어떻게 자기 부하를 향해 총질을 할 수 있단 말인가. 그것이 진짜라도 안될 일이고 장난이라도 안될 일이다.

『겁내지 마, 자식들아. 저런 걸 바로 실전 훈련이라고 하는 거야. 너희들 저런 상황에서 살기 위해서는 어떻게 뛰어야 하는지 알지?』 앞에 서 있는 훈련조교는 말했다. 『이게 이곳의 관습이다. 여기서 소장의 지시는 곧 법이고 소장의 버릇은 곧 관습이다. 알겠느냐? 자、너희들도 마찬가지다.

『이 새끼들이 꾸물거리고 있어! 이놈들 그러면 정말 네놈들을 겁먹은 우리 조는 출발하면서 조금 멈칫하는 기색이 있었다.

예 갈 생각도 안 할거 아냐? 신속히 구보 시작! 꾸물거리는 놈은 뒤에서 총알이 날아오는 곳은 아조교의 위협에 우리는 마치、실제 쏟아지는 적탄 속을 避해가듯 내달렸다. 역시 實戰을 방불케하는 총성이 연병장 바닥을 긁으면서 맹렬히 우리를 뒤쫓아왔다. 우리도 실전인양 하는 마음으로살아남기 위한 안간힘의 질주를 했다.

사실 곧 진짜 死地에서 전쟁을 하는데 어차피 마찬가지라 생각하니 마음이 풀렸다. 낮 훈련이 끝난 후 날이 어두워지자 밤의 경계훈련을 더해야 했다. 훈련은 저녁 아홉시가 넘어야 끝이 났다. 그나마 밤추위가 심해 자칫하단 전력손실이 있을까 우려되어 적당한 시간에서 끝낸 것이었다. 교실 안 석탄난로를 가운데 두고 양쪽에 훈련병들에게 가장 행복한 시간인 취침시간이 되었다. 담요를 늘어놓아 만들어진 잠자리에서 오늘 처음 겪어본 소장의 총질에 대해 이런저런 얘기들이 오갔다.

『참내、그러다 진짜 맞아죽으면 어쩌려고。』

『곡마단에서는 벽에 자기 마누라를 세워놓고 칼던지는 놈들도 있잖아。自信이 있으면 뭘 못하겠어?』

『하긴 나치 수용소장은 심심할 때면、총연습을 하려고 멀리서 작업장에 있는 사람을 장총으로 쏴 죽이곤 했다는데 거기 비하면...』

『결국 같은 심리에서 나오는 것 아냐? 사람을 과녁표적으로 삼아 자기 재미를 얻으려는 건。』

『그래도 자기는 절박한 실전의 훈련을 시킨다고 생각하는 것이겠지。』

『그러다 실수해서 두엇쯤 죽여도 별 문제가 없으니까 그럴 수 있는 것 아니겠어?』

잠자리에서 훈련병들은 수군거렸다. 개중에는 어차피 생사의 갈림길로 내모는 마당에 이런 경험을 시켜주는 소장은 오히려 잘하는 것이라고 말하는 이도 있었다. 피곤한 훈련병들은 오래가지 않아 잠이 들었다.

공포의 연병장 구보는 나날이 계속되었다. 훈련병들은 하나둘 익숙해지다 보니 이제는 아무런 뒷

말도 하지 않았나. 그러나 자꾸 걸음이 뒤쳐져서 대열의 맨 뒤에 있곤 했던 내게는 바로 와닿는 공포 그 자체였다. 나는 그 외에도 匍匐(포복), 躍進(약진) 등에서 자주 뒤로 쳐져 조교의 욕설과 발길질의 단골이 되었다.

『멀쩡한 자식이 왜 이렇게 빌빌대는거야. 이놈 몸사리는 것 아냐?』

『저... 사실은...』

『헛소리 말고 빨리 따라가, 누군 핑계 없는 놈 있어?』

포복자세를 취하고 있는 내게, 퍽, 하고 발길질이 와닿는 곳은 양 다리 사이의 급소였다. 나는 터져나오려하는 외마디 비명을 억지로 참았다. 엎드려 있으니 맞은 곳은 下丸이 아니라 後腸이었는데, 지금 내게는 이 곳이 더 급소였던 것이었다. 서울을 떠나오면서부터 조금씩 도지기 시작한 치질부위가 신병일 동안 사정없이 계속된 행군과 훈련소의 찬 바닥과의 접촉에 시달리는 동안 멋대로 자라나고 있었다.

나는 피가 터지든 가랑이가 찢어지든 앞으로 나아갔다. 하지만 정말로 생사를 다투는 전장에서 과연 신속히 상황에 대처하며 견딜 수 있을까 두려웠다.

『인호 형, 이대로 어떻게 나갈까 겁이 나는데. 그대로 총알받이가 되고 말 것 같애요.』

『못나간다고 말해봐. 가봐야 전력에 도움도 안되는데 굳이 데리고 가겠어? 그리고 나는 내일 떠나. 이전에 하리병 훈련을 받은 경험이 있는 자들을 선발하라는 상부의 명령이 있어서 오늘 나하고 다른 사람들 몇백명이 전방전선으로 보내기 위해 차출되었어. 우리가 살아남고 인연이 있다면 언제 다시 만날 수 있겠지.』

갑작스런 소식에 나는 먼저처럼 울음을 내보이지는 않았다. 그저 손을 잡고 행운을 비는 것뿐이었다.

인호형을 보내고 다시 며칠이 지났다. 달리 친하게 지낸 사람은 없는 자리에서 마지막 날 아침이 되었다. 소장이 훈련병들을 모두 모아놓은 자리에서 연설했다.

『이제까지 수고 많았소. 제군들은 이제 풍전등화와 같은 조국의 운명을 짊어지고 전방에 나가 민족의 대역적 김일성 괴뢰도당의 졸개들을 처단하는데 앞장서게 될 것이다. 그러기 위해서는 민족의 체력과 정신력이 필요하다. 혹 누구 심신이 부실하여 시대가 요청하는 민족적 과업을 수행하기에 부적합하다고 스스로 생각되는 자는 없는가? 지금이라도 늦지 않으니 열외하도록 하라.』

이 때에는 아무도 안 나오는 것이 가장 미심쩍한 일이었다. 그런데 나는 이제 발걸음을 떼기도 힘겨울 정도였다. 사타구니를 움직일 때마다 피가 터지는 통증이 절로 입을 악물게 했다.

『훈련병 정기영.』 나는 손을 들고 앞으로 나왔다.

소장은 자기 말을 마치자 마자 이미 단상에서 내려와 건물 안으로 돌아가고 있었다. 나오는 자가 없자 따라서 들어가려던 군의관이 나를 바라보고 소리질렀다.

『넌 뭐냐? 이새꺄.』

군의관은 다가와 내 위아래를 훑어 보았다.

『이새끼. 허우대는 멀쩡한 놈이…. 속병신인가?』

『치질이 심합니다.』

날카롭고 차가운 인상의 군의관은 떨떠름한 표정으로 노려보았다.

『지저분한게 걸렸군. 까뒤집어 봐!』

나는 멈칫했다. 대열을 벗어나 조금 외진 곳에서 보이려고 했었다. 그러나 군의관은 꼼짝 않고 보고 있기에 나는 모두가 보는 앞에서 바지를 내렸다. 피가 흥건한 하체의 몰골이 드러났다. 피에 젖은 맨살이 바람을 맞으니 그 차가움은 더했다.

군의관은 조금 다가오는 듯하다가

『어서 꺼져. 이 재수없는 새꺄.』

하고 발로 걷어찼다. 나는 앞으로 거꾸러졌다가 부스스 몸을 일으켜 바지를 추켜올렸다. 그대로 갈 데로 가라는 것이었다. 엉거주춤 하던 나는 많은 눈길을 의식하며 학교 밖으로 향했다.

내 뒤의 흙이 튀었다. 건물 현관에 서있는 소장이 이 광경을 보고 어서 꺼지라고 총을 쏘아대고 있었다. 부자연스런 발짓으로 뛰는 내 모습은 가관일 것이 분명했다. 권총의 射程에서 벗어날 때까지 우스꽝스런 질주를 했다. 교문까지 쫓겨나 있을 무렵 총질은 멎었다. 조교 하나가 쫓아왔다.

『야, 훈련복 반납하고 가!』

나는 그 자리에서 훈련복을 벗어 반납했다.

탕, 탕!

『저…. 제옷은…』

『저기 가져오고 있어. 어서 갖고 꺼져.』

훈련병 하나가 내 겉옷을 갖다 주었다. 갈아입지도 못하고 그대로 들고 쫓겨나왔다. 이 난리 중에 군대를 빠지게 되었으니 행운을 잡았다고 할 수도 있겠지만 정식으로 군대를 안 가고 좋다고 한 것도 아니고 단지 전방에서의 전투에 부적합하니 쫓겨난 것이 쓸모없는 잉여인력 하나에 신경 쓸 부대에 배속되어야 옳은 것이었다. 훈련소에서는 이 판국에서 쫓겨난 것이 쓸모없는 잉여인력 하나에 신경 쓸 여유가 없어 무작정 내보냈고 아무런 지침도 대책도 주지 않았다. 그러니 다른 적합한 훈자 아무 것도 가지지 않은 채로 서울 쪽을 행해 걸어갔다. 말로만 들었던 서울서 부산 천리 길에 버금가는 특程이었다.

무리와 함께 있을 때는 잘 몰랐지만 혼자 벌판을 걸으니 추위의 느낌이 사뭇 달랐다. 그러나 如意치 않으면 훈련소는 아무리 불편하더라도 얼어죽지 않게 잘 수 있는 곳이 기다리고 있지만 이제는 내 주위에 나의 생명과 利害를 같이하는 그 누구도 없다. 걷다가 피곤해 쉬면 그만큼 추위와 싸워야 할 시간이 많아진다. 차라리 지금이 여름이었다면 산속 호젓한 그늘에서 가당찮은 휴식을 취하면서 여유를 부릴 수도 있었을 텐데….

가다가 유이 좋으면 민가에서 한 끼 밥을 얻어먹고 빈방을 얻어 잠을 잤다. 게다가 훈련소의 외양간에서 짚을 태우며 밤을 지새기도 했다. 어설픈 난방속에서의 섣부른 잠은 곧 凍死 아니면 燒死로 이어질 것이니만큼, 비몽사몽의 의식으로 아침을 기다렸다. 잠귀가 밝은 천성이 나의 생존에 기여했다. 옷차림은 하루 이틀 지나면서 거지행색으로 변했다.

다시 산길 한 고개를 넘어왔다. 한낮을 지났으니 배가 고프다. 저 아래의 집 하나를 잡아 밥을 얻어먹어야겠다. 전쟁 때만 아니라면 민가에서 얻어먹는 것은 자연스러운 것이니까. 낯선 사람이 마을에 들어오면 으레 여기저기 개 짖는 것을 해주고 한 두끼니 얻어먹는 것은 자연스러운 것이니까. 낯선 사람이 마을에 들어오면 으레 여기저기 개 짖는 소리가 내리막길을 재촉해 마을로 들어갔다. 지난여름에 모두 잡혀먹힌 것이 아닐까. 마을 안길이 있다가, 조금 큰 초가집 앞에 멈춰섰다. 문턱이 떨어진 대문 안으로 기웃거려보았다. 안마당이 있는 ㅁ字 집이었다. 문짝을 두 번 넘어 들어가니 사람은 없는데 작은 개 짖는 소리가 났다. 돌아보니 팔뚝만한 흰 털복숭이 개 한마리가 있었다. 강아지 티를 벗은 지

잃어버린 세대

얼마 안되어 보이는 그 개는 짖는 소리를 낮추고 끄응거리며 다가왔다. 꼬리는 가볍게 살랑이고 있었다.

나는 서있던 자리에 쪼그려 앉았다. 개는 다가와 내 품안으로 들어왔다. 개는 쓰다듬는 내 손길을 다소곳이 받고 있었다.

『복실아!』

집 뒷편으로 통하는 쪽에서 여자아이의 소리가 들렸다. 너댓살 됐음직한, 회색 솜저고리에 검은 치마의 아이가 나타났다. 아이는 나를 보자 눈이 둥그래지며 얼굴이 굳어졌다. 通門의 옆벽에 그대로 손을 짚고 기대어 있다가 살짝 살짝 반대편으로 엿걸음질해 나갔다. 내가 잠깐 고개를 숙인 사이 그 애는 획 달아나 뒷마당 쪽으로 숨었다.

나는 작은 삽살개를 안고 가까운 툇마루에 가 앉았다. 그래도 집의 안쪽에 있으니 찬바람을 피해 잠시간의 휴식을 가질만했다. 바람이 없는 만큼 햇볕이 따스했다. 건너편엔 어린아이 상고머리같은 黃色의 초가지붕이 하늘의 熱을 量껏 받고 있었다.

아이가 사라진 곳으로부터 수군대는 소리가 들렸다. 아이와 할머니의 목소리였다. 잠시 후 검은 누비옷의 老婆가 아이의 손을 잡고 나왔다. 노파는 원래에도 작은 키에다 굽은 허리 때문에 키가 아이보다 그리 크지 않아 보였다. 나는 강아지를 마루에 내려놓고 노파에게 고개를 돌렸다.

『할머니, 혼자 서울로 가는 국군 학도병입니다. 잠시 폐 좀 끼쳐드려도 될는지….』

『일일곱이라고? 나이가 몇인데?』

나는 내가 간첩이나 공비나 인민군이 아니라는 것을 믿도록, 그 동안 어떻게 지내왔는가를 설명했다.

『키가 커서 壯丁으로만 보였는데 이제 그렇게 밖에 안되었수? 정말 학생이구먼. 휴우, 이 난리가 언제 끝나려나. 어린것들까지 이 고생을 시키고….』

『밥 좀 얻어먹을 수 있겠습니까?』

노파는 잠시 고개를 돌려, 검은 비녀를 꽂은 잿빛머리를 다듬고는 가벼운 한숨을 쉬었다.

『우리도 먹을 것이 없는데…. 그래도 어서 방으로 들어오시오.』

방으로 들어오라기에 나는 얼른 大廳을 딛고 올라가 안방으로 들어서는 것을 생각했다. 물론 나

같은 거지 행색의 소년이 남의 집 안방에 드는(入) 것은 가당찮은 일이지만, 이 그방에서는 큰 편이라 하더라도 그저 아담하고 수수한 초가집이었고, 현재 살고있는 식구들도 별로 없어 보였기에, 안방이라도 아무런 어려운 느낌을 줄 것 같지 않았다.

그러나 일어서서 대청과 안방을 슬쩍 살펴보니, 마루바닥은 온통 먼지로 덮여 있고 사람의 발자국도 없었다. 안방의 창호지는 無作爲로 찢어져 있어서 그 안은 싸늘한 냉기가 가득할 것이 분명했다.

노파가 인도한 곳은 아이가 있었던 뒷마당 쪽이었다. 通門을 돌아나가 뒷뜰이 보이는 쪽에 조그만 문이 있고, 안에는 작은 부엌과 방이 있었다. 집의 일부이지만 출입구를 별도로 해 놓은 것이었다.

『어떻게 저 양반들을 놔두고 이 쪽에 사세요?』

『사람도 없는데 불필 장작도 모자라요. 사람 사는게 보이면 인민군이고 국방군이고 할 것없이 양식을 가져가니 여기 숨어사는 게 낫지요. 게다가, 우리…』

노파는 방문을 열었다. 내 목소리가 들리자 안에서는 이제 스물남짓 될듯한 여자가 이불속에서 상체를 반쯤 일으키고 있었다. 여자는 아무렇게나 자란 긴 머리에, 얼굴의 틀은 美人에 가까우나 거무스름하면서도 핏기 없는 것이 병색이 완연했다. 입술도 혈색이 없으면서, 말라붙은 표피가 그대로 붙어있어 오히려 허옇게 보였다.

『막내딸이 있어서…』

이 집은 본래 두 형제가 살았는데 형의 가족은 부산으로 피난 갔고 동생은 국방군으로 들어갔다고 한다. 여자는 동생의 아내였는데 폐병이 있어 피난을 가지 못하고 남아 있는데 노파는 여자의 어머니였다. 노파는 작년에 남편이 죽은 후 다른 가족이 없어서 이 집에 마련된 뒷방에 더부살이를 해 왔는데, 지금은 주인집 며느리인 자기 딸과 외손녀를 보살피며 주인집이 남긴 양식과 살림밑천에 의지해 살아오고 있다는 것이었다.

나는 어려운 몸짓으로 방에 들어가 앉았다. 여자는 나를 보고 별다른 얘기를 꺼내지 않았다. 살림형편을 설명하는 잠깐의 대화를 마치고 노파는 부엌으로 밥을 차리러 내려갔다.

이 곳에서 내가 밥을 얻어먹으려면 무엇인가 일을 해주어야 할텐데… 무엇을 할까 생각했다. 이 살림에서 정말로 도움되는 일이 과연 장작패기 같은 것이야 장작이 있은들 얼마나 있을 것인가.

잃어버린 세대

무엇일까…. 작은 방 안을 둘러보았다.

『그냥 누워계세요. 저는 없다고 생각하시고.』

여자가 나를 보고는 안타까운 눈빛을 보이자 나는 말했다. 가만히 고개를 속이고 있다가 다시 벽 쪽으로 고개를 돌리고 누웠다.

보리밥과 무깍두기가 있는 밥이 들어왔다. 훈련소의 밥보다는 못하지만 그래도 요즘 가장 보편적인, 소금물에 말아먹는 식사보다는 맛이 있었다.

『더 드리지 못해 미안해요.』

『아닙니다. 제가 죄송할 뿐입니다. 그런데 뭐 좀 해드릴 일 없습니까?』

『그런 것 생각하지 말고 어서 잘 드시기나 하시오. 아무리 어려워도 봄까지 먹을 만한 양식은 있으니까. 단지….』

『무엇 말씀입니까?』

『보다시피 우리 딸이 걱정이지요.』

아무말 없이 나는 밥그릇을 비우고는 역시 다 비운 반찬그릇과 포개어 내주었다. 그리고 방을 나서면서

『지금 있다 하더라도, 땔나무를 더 구해와야 겠습니다. 편찮은 분도 있는데 따뜻하게 지내셔야지요.』 했다.

사실 마당에 비치던 햇빛도 이제는 東便 사랑채 쪽 지붕 위에만 비치고 있어 곧 저녁이 닥쳐올 것을 알 수 있었다. 작은 안마당에 초가지붕의 누른빛이 환히 뜨이는 것과 대조되는 상대적 어둠이 깔려 있었다. 잠자리를 구해야 하는 현실에 나는 하루 묵고 가겠다는 생각을 내비친 것이었다. 노파도 그것을 알았는지, 『그럼 저기 쓸모 없는 외양간이나 장작으로 패 주시오. 방 하나 때서 학생 오늘 잠자리도 만들게.』 했다.

마당을 가로질러 대문 바로 옆에는 헛간인지 외양간인지 모를 공간이 있었다. 그곳에 있는 도끼로 여물통을 부수고 판자벽을 뜯어 장작을 만들었다. 나는 그것을 뒷마당의 장작더미에 옮기고 일부는 안방 건너 사랑채의 아궁이에 넣었다. 일이 다 끝날 무렵엔 이미 날이 어둑해졌다. 사랑채는 최그까지 사람이 있었는지 비교적 깨끗했다. 아마 국방군이나 인민군이 숙박하고 갔기에 먼지가 그나마 닦여진 것이리라. 방바다은 군화를 그대로 신고 잤는지 흙투성이였다. 그래도

먼지와 거미줄 투성이의 다른 방들보다는 나았다. 불을 지펴 방이 더워지자 웃옷으로 바닥을 닦고 잠자리를 만들었다. 구석에 뭉쳐져 있는 이불을 폈다. 아무리 청소를 했다 해도 방안의 분위기는 목을 칼칼하게 했다. 흙먼지를 마시며 호흡하는 느낌이 들었다.

또 배가 고팠지만 차마 더 달랄 수가 없어 방안에 누워 쉬고 있는데, 누가 툇마루 쪽으로 난 방문을 두드렸다.

『할머니가요 …… 오시래요.』

열어보니 낮의 그 여자아이가 있었다.

아이와 할께 뒷방으로 가니 식사가 차려 있었고 여자도 일어나 앉아 있었다.

『죄송합니다. 너무 폐를 끼쳐서.』

『괜찮아요. 오늘 일을 많이 해주신 덕분에 좀 편하게 됐수다.』

나는 여자에게도 목례를 하고, 반찬은 낮과 똑같지만, 나를 포함해서 넷을 위해 차린 식사를 했다.

『우리 애가 별을 구경하고 싶답니다.』

식사가 끝난 후 내가 막 인사를 하고 나가려하기 전에 노파는 말했다.

『그런데요?』

『오랫동안 방안에만 있으니 너무 답답해요. 밖의 공기 좀 쐬어 보고 싶어서요.』 했다. 낮에는 하도 말을 안해서 혹 벙어리인가도 생각했는데, 그녀가 내게 입을 여는 순간 비로소 나(我)와 意思를 交通할 수 있는 사람으로서의 느낌이 다가왔다.

『늙은이와 어린애가 어떻게 도와 줄 수도 없고.』

이 집에서 내가 해줄 수 있는 일로서는 예상치 못했던 것이었다. 나는 여자와 눈길이 마주쳤다. 여자는 가느다란 웃음을 띠면서 여자의 손길이나 잡는 것도 머나먼 일로 여겨지는 내가 오늘 처음 본 여자의 몸을 안아야 하는 것이었다. 나는 여자에게 다가가 얼굴을 가까이 하여 短時間에 親熟感을 키우고자 했다. 여자도 그 걸 알았는지 내게 보는 눈길이 처음 보는 사람에게 대하는 것 같지가 않았다. 노파는 구석의 낡은 장롱 속에서 군용파카를 꺼냈다. 흰 속옷만을 겹겹이 입은 여자를 협력하여 웃을 입혔다. 나는 앉아서 몸을 가누기도 힘들어 보이는 여자를 안아 일으켰다. 그녀는 내가

잃어버린 세대

『혼자는 다니지 못한다우.』 노파가 말했다.

나는 그녀를 다시 가만히 바닥에 내려놓았다. 그리고 두 팔로 그녀의 어깨 밑과 무릎안쪽을 받쳐 안아들었다.

마당으로 나왔다. 하늘에는 상현달과 뭇 별들이 보였다. 밤 공기는 그다지 춥지는 않았다. 검푸른 하늘 속에 싸늘하게만 보일 겨울의 달은, 그 밑에 떠가는 구름이 마치 감싸주는 솜뭉치와 같아 그 차가움의 程度를 덜어주었다.

나는 여자를 안고 내가 자려고 하는 방의 툇마루에 앉았다.

『내려앉을 수 있겠어요?』

『그래요.』

여자를 품에서 내려 툇마루에 앉히고 문지방에 기대게 했다. 곧바로 내가 가볍게 등을 받쳐주니 여자는 자연스럽게 나란히 앉아 하늘을 볼 수 있었다. 달빛 속에서는 여자의 病氣있는 얼굴빛이 감추어져 그녀는 퍽 아름다운 모습이었다.

『집이 어디예요?』

여자가 묻자 나는 내가 살아온 곳과 어떻게 여기까지 왔나를 말해주었다. 여자는 조용히 있던 때가 언제인 듯, 내게 자기의 얘기를 거침없이 털어놓기 시작했다.

『정말, 왜 이렇게 살아야 하는지 답답하고 억울할 때가 있어요. 어릴 때부터 나는 꿈이 많았어요. 오촌 당숙이 총명하다고 귀여워해 주시고 한문을 가르쳐주시곤 했어요. 그런데 내가 공부에 재미를 붙이려고 할 때쯤 당숙은 일본 순사에게 끌려가시고는 돌아오지 않았어요. 하지만 해방되고 선생님은 고 난 후 일본인 교장선생님은 나를 장학생으로 공부시키겠다 하셨어요. 소학교를 들어가 혼자 일본으로 가셨고…. 내가 남자를 미처 알기도 전에 아버지는 다 큰 년을 집에 놔둬 뭣 하느냐고 시집을 보냈지요. 처음에는 생소하고 두렵기만 했던 남편과의 생활을 몇 년 지난 후에, 이제는 집안의 일이 내 일이라고 생각하고 살아가려 하는데 난리가 터졌지요. 남편이 떠났을 때 나는 오히려 이제는 남에게 부대끼지 않는 나 혼자의 삶을 살아갈 수 있겠다 생각했지요. 그런데 곧이어 병이 나서 이제는 제대로 움직이지도 못하고 있어요. 무슨 일을 시작하려고 하면 꼭 가로막는 일이 생겨요. 이런 게 운명인가요. 정말 내가 무슨 죄를 지었는지요.』

나의 연령에 벅찬 그녀의 하소연은 내가 위로해줄 수 없는 것이었다. 단지 내 얘기로 말대답을 함으로써 역할을 만족해야 했다.

『저는 아직 토목기사가 되려던 꿈이 막힌 것 밖에는 특별히 하소연할 것은 없지만 그래도 내가 왜 자꾸 이렇게만 살아야 하는 것에는 당신과 같은 입장인 것 같아요. 정말 내가 뜻하는 꿈을 이루면서 살아갈 수 있는 그런 세상은 올 수 없을까요? 싸워 이겨서 승리감을 느끼고 싶지도 않은데 왜 나는 싸움에 나가야 할까요? 싸우고 싶은 사람은 저희들끼리만 싸우면 되잖아요? 정말, 난 싸우고 싶지 않아요.』

『우리 같은 사람이 한둘이 아닐 거예요. 아마도 대부분일 거예요. 우리들에게 우리의 뜻과는 다른 삶을 요구하는 그런 사람들은 따로 격리시키고 어디 우리들의 또 다른 사회를 이룩할 수는 없을까요? 정말 그런 세상이 있으며 좋겠어요.』

『우리는 너무 미약해요. 결국 우리는 이 사회라는 큰 나무에 달린 하나의 나뭇잎 정도에 그치지 않을까요. 이사귀 하나 떨어진다 해도 나무는 아무런 걱정을 않듯이. 내가 싸우다 죽어도 이 세상은 별다른 영향을 안 받듯이…』

『내가 병을 놓이기고 죽어도 이 사회는 아무런 영향을 받지 않겠지요. 남편이 戰場에서 살아 오면 조금 섭섭해할지는 몰라도.』

『그 때는 나도 내 인생을 다스리고 있는 전쟁의 굴레에서 벗어날 때이겠지요.』

『훗날 남쎈이 이 모든 시대의 桎梏(질곡)으로부터 해방되어 돌아올 때, 늙은 남편은 집에서 기다리고 있는 나를 발견할 거예요. 아직 젊고 아름다운 나를 보고 남편은 놀랄 거예요. 남편은 나를 끌어안고 감격의 입맞춤을 할거예요. 그러나 남편을 맞은 젊은 여자는 말하겠지요. 「나는 당신의 딸입니다. 당신을 기다리던 당신의 아내는 이미 죽었습니다.」 라고…』

언젠가 읽었던 詩句에 있던 말이지만 여자의 말은 내게 새로이 와 닿았다. 실제로 말하자면 그녀의 남편은 소집해제가 되면 내년이고 후년이고 돌아올 수는 있을 것이다. 하지만 진정으로 그들의 생활을 얼룩지게하고 구겨뜨렸던 그 이념의 질곡으로부터 완전히 해방될 날은 언제인가. 「나는 당신의 딸입니다.」라고. 그것은 병약한 이 여인의 생전에는 결코 이뤄질 수 있을 것 같지 않았다.

하지만 그녀는 생전에는 결코 이뤄질 수 있을 것 같지 않았다. 서로가 잠시간의 침묵을 하고 있을 때에는 저 불의 아궁이로부터 갓 팬 날 장작이 빠개지고 튀는 소리가 들려와 분위기를 적적하지

잃어버린 세대

않게 해주었다.
나는 고개를 처들어 저쪽 지붕 위의 하늘을 바라보았다. 하늘 가득히 반짝이는 빛가루가 깔려 있었다. 그녀의 원대로 별을 마음껏 보기에는 부족하지 않았다.
『별을 보고 싶으십니다고 했죠? 별을 좋아하시나요?』
『예, 그런데…』
『그런데요? 뭐 또 아쉬운 점이 있나요?』
『별은…. 너무 멀어요. 별을 보다 만질 수 없어요.』
『그렇군요. 별을 보다보면 마치 우리가 현실에서 이루어질 수 없는 어떤 理想의 사회를 동경하는 마음과 같은 심정이겠네요.』
『별을 보고 아름답게 느끼고 그를 향해 戀慕하기도 하지만, 그것은 어디까지나 차가운 공간에 머무를 뿐이에요.』
『하지만 마음속에 그리기만 했던 것을 막상 실제로 접하면 실망할 때도 있지 않나요? 하늘의 별이 떨어져 손에 잡히면 그것은 바닷가의 모래알갱이와 다를 바 없잖아요?』
『하지만 그래도 난 모래가 더 좋아요. 모래는 손으로 잡아 만져볼 수 있잖아요?』
여자는 손으로 툇마루의 바닥을 짚어 훑었다. 그녀는 손에 묻은 약간의 모래흙을 확인하고 다시 그것들이 달빛에 비춰 반짝이는 것도 확인했다.
『그렇다면 당신의 생각은, 아무리 바라던 理想도 그것이 想像에 머무르고 있는 것은, 타락되어 세상에 실현되는 것만 못하다는 것이겠네요.』 이미 나는 여자와, 그녀가 연출하는 분위기에 빠져 있었다.
『그렇지요.』
『그러면 공산주의가 추구하는 것도 어쩌면 타락된 이상사회가 아니겠어요? 지상낙원을 건설하겠다던 것이 그들이 뜻이었지 않아요?』
『타락도 타락 나름이겠지요. 별이 모래가 되는 것은 비록 타락되어 격하되어도 그 나름의 반짝거림을 그대로 유지하고 있어요. 현실에 밀려 아무리 작고 초라하게 변할지라도 그 본질을 유지하는 것이 理想의 현실적용에 대한 기본 前提가 아닐까요?』
『맞아요. 인간의 평등사회를 이룩한다해도 그것은 인간의 본질에 부합되는 한도 내에서겠지요.

사실 모든 사람이 다 동일한 인격의 가치를 지니고 있다는 말은 부처도 했고 예수도 했고 마호메트도 했어요. 그런데 새삼스러운 인간속세의 가치인 富의 관점으로 보는 만인의 평등이 과연 얼마나 의미가 있을지 모르겠어요.』

『그것은…. 사람들의 理想이, 이 인간 세상에서 실현되기를 기다리기에는 그 이뤄짐이 너무도 더딘 때문이 아닐까요? 기다리지 못하는 많은 사람들에게, 마치 현세에서 얼은 그것이 이뤄질 수 있을 것 같는 기대를 주는 것…. 사람들은 답답해해요. 나만해도 현세에서 나의 꿈을 이루지 못하는 절망감이 더욱 그들이 주장하는 이념에 귀를 기울이게끔 하고 있어요. 아…. 그러면 어째야 된단 말인가요? 나의 꿈을 이루기 위해서는 모든 이의 꿈이 이루어지는 세계를 꿈꿔야 한단 말인가요. 하지만 밥은 하늘처럼 모든 이에게 고루 분배될 수 있겠지만 꿈은 모두에게 골고루 내려지지를 않아요. 제한된 몫을 모두에게 어떻게 나누어줄 수 있을까요?』 말하는 여자의 눈 속에는 달이 비쳐 보였다.

『자연의 섭리에 따르는 길밖에 없겠지요. 매미의 애벌레 중에 자라나서 숲속에 우짖는 매미의 꿈을 이루는 것이 그 중 다(全)가 아닐듯이….』

『자연의 섭리에 순종하지만은 못하겠지요. 하지만 그것을 타이르기에는 이미 때가 늦은 것 같아요. 내가 본 바로도 그들은 이미 굳은 믿음을 가지고 있으니까요. 그 믿음은 종교에서 神을 믿는 것만큼, 아니 그 이상이에요. 자연의 불평등에 反하겠다는 것은, 神을 부정하고 그 위에 서지 않고는 불가능하니까요.』

다시 우리는 얼마간 無言의 시간을 보내며 하늘만을 바라보고 있었다. 이윽고 여자는 내 어깨에 목을 기대는가 했더니 무릎 위로 쓰러졌다. 그녀를 들어 안고 뒷방으로 가려 했는데 거기는 불이 꺼져 있었다. 노파는 내게 여자를 맡기는 것 같았다. 내가 잘 방은 불이 피워져 있는 툇마루에 올라서서 돌쩌귀(門)를 어깨로 밀어 열고 여자를 들여다 뉘었다.

먼지 낀 창호지를 통해 미약하게 스며든 달빛 속에 보이는 잠든 여인의 얼굴은 病者로는 보이지 않는 평화스러운 모습이었다. 닫힌 방안에 단 둘이 있으니 제법 女人의 香氣도 풍겨졌다. 여자는 갓난아기가 손을 오무리듯 본능적인 움직임으로 내 손을 잡았다. 여자의 얼굴에 가까이 다가가 보았다. 생전 처음으로 가깝게 느끼는 여자의 감각이었다. 그 이상

잃어버린 세대

은, 어떤 보이지 않는 聖域의 울타리가 앞에 둘러쳐짐을 느끼면서 나는 동작을 정지했다. 나는 그녀 앞에 앉아있는 채로 밤을 보냈다. 지구력의 한계에 다다르자 나는 벽면을 의지했다. 그녀가 누운 방바닥마저 내게는 성역이었다. 시간이 지나면서 내가 지금 앉아 있는 곳이 어머니와 함께 있는 안방, 아니면 희선이와 함께 있는 뒷동산, 혹은 형수에게서 음식을 받아먹던 창고다락방이라고 생각하면, 곧 그대로 그렇게 느껴지곤 했다. 여러 장면의 전환은 갈수록 그 교체시간이 짧아졌다. 여러 인물들은 점차 복합된 인격으로 나타났다. 도무지 지금 내가 같이 있는 사람이 있기는 있는데 누구인지 의식되지가 않았다. 아니, 무슨 인간 이상의 靈的 존재로도 느껴졌다. 그런 느낌마저도 혼란에 혼란을 거듭하여, 자아상실에 이를 즈음, 黎明(여명)은 태양을 가린 채 소리없는 회색빛으로 안 벽(內壁)조그만 東窓에 스며들었다.

아침이 되어 눈을 뜬 여자에게 나는 말했다.

『이제 가야 해요. 다음에 연이 닿으면 만나겠지요.』

『식사를 하고 가세요.』

건너편 뒷방은 아직 인기척이 없었다. 노파와 소녀는 자고 있는 것이 아니면 아침 일찍 무슨 일을 나간 것 같았다.

『아니에요. 밝은 시간동안 조금이라도 더 걸어가야 해요. 자, 저 방으로 돌아가야 하지요?』

나는 그녀를 들어 안으려는 자세를 했다.

『괜찮아요. 이제 이정도는 그냥 갈 수 있어요. 내 마음을 이야기하는 한밤을 보내고 나니 기력이 나는 것 같아요.』

여자는 몸을 일으켰다. 내가 부축을 하려 하니까 괜찮았다는 뜻 몸을 틀더니 일어섰다. 나는 그녀에게 파커를 걸쳐주고 가볍게 부축했다. 그러고 보니 나도 그녀와 한 밤을 지내는 동안 거북한 몸상태가 많이 나아진 것 같았다.

아침에 내가 그녀를 보는 태도와 그녀의 나를 보는 태도는 간밤만큼 애틋하지는 않았다. 나는 서둘러 그 집을 나왔다.

『몸조심하고 무사히 잘가세요.』

여자는 대문가에 서서 나를 배웅했다.

『건강하세요.』

다시 걸음을 재촉했다. 작은 마을을 이내 벗어나서 산길로 접어들었다. 점심을 지나도록 人家를 보지 못해 다시 배가 고팠다. 먼저 집에서 조금 기다려서 아침이라도 먹을 것을 하고 생각했다. 봄이나 여름 같으면 산딸기나 산나물 같은 것이라도 따먹을 수 있겠지만 한겨울에는 아무 것도 없었다. 풀을 먹는 산토끼와 노루들은 어떻게 이 겨울을 지내는가 신기했다. 인간으로서 겨울에 할 수 있는 것은 짐승을 사냥해 잡아먹는 것이겠지만 총도 없고 제대로 못 먹어 기운도 빠지고, 게다가 잔병으로 몸이 부자연스런 내게는 불가능한 일이었다. 그대로 마을이 다시 나타날 때까지 걸을 수 밖에 없었다.

날은 다시 어둑해졌다. 어떻게 마을이 안 나타날까…. 낮에 멀리 보였던 그 몇 채의 집이 있는 마을에 들러 볼 것을 하고 후회되었다. 이대로 가면 밤의 잠자리를 구하지 못할지도 모른다. 추위 속에 아무 데서나 잠을 자면 곧 凍死로 직결된다. 밤새도록이라도 걸어야 하겠다. 사람이 나타나면 누구라도 가서 달라붙어야 하겠다.

밤길을 걸어 문경새재를 넘는데 저 앞에 불빛이 있는 초소가 보였다. 사람을 그리워하던 나로서는 반가운 것이었다. 어느 편인가 따지기 이전에, 인간을 만날 수 있다는 기대감이었다. 이 밤중에 혼자 고개를 넘는 자는 공비이거나 첩자일수 있으니 확인하는 것이 국군의 불심검문이었다.

『이놈아, 이떤 놈이냐?』
『귀대하는 학도의용군입니다…』
『귀대는 무슨 귀대? 지금 전쟁터 말고 무슨 부대가 있어? 간첩이 아닌가?』

그러나 아무런 무기나 장비도 없고 어리고 앳된 나에게 어떤 혐의는 찾아낼 수 없었다. 경비병은 본부에 연락을 해서 나를 데려가도록 했다.

『부대장실로 산 나는 어느 소속의 누구냐는 물음을 받았다.
『대구에서 후련을 받았는데 전방의 전투에 부적합판정을 받아 주소지로 되돌아오는 중입니다.』
『지금 주소 같은 게 어디 있어? 중공군이 쳐내려 온 것 몰라? 가봐야 지금은 빨갱이들 천지일텐데. 우리 인원도 부족하니 갈데 없으면 합류하는 게 어때? 아무리 부실해도 걸어다닐 수 있는 놈은 할 일이 있어.』

나는 어디에서든 군대에 배속되는 것을 거부할 이유가 없었다. 사치스러운 애국심이니 이념이니를 떠나서, 일단 의식주는 해결될 것이니 맡이었다. 어릴 때 삼국지를 읽으면서 자주 나오는, 군사를 불러모은다는 말이 이상했다. 왜들 생명의 위협을 당하는 군대를 들어가는가. 그러나 군대에 가면 나날의 의식주를 걱정할 필요는 없다. 바로 그 때문에 옛날 사람들은 군대에 머물렀다. 언제 갑자기 죽더라도 춥고 배고파 서서히 죽어가'는 것보다는 낫기 때문이었다.

이 때 부대장 막사의 문을 열고 분홍빛 얼굴에 흰머리의 미군 장교가 들어왔다.

『히어... 디 에니미즈.... 클라임...』

미군 장교는 벽에 걸린 地圖의 이곳 저곳을 가리키며 戰況을 부대장에게 설명했다. 부대장은 미군장교가 가리키는 곳을 짚은 다음 손가락을 펴서 적군이 얼마쯤인가 언제 발견했는가 를 물고 있었다. 그런데 적군의 수를 헤아리는데 이백이나 삼백이 혹은 이천이나 삼천이냐를 구분하는 것은 손가락으로 확실히 통할 수 있었지만 정작 더 중요한 백단위냐 천단위냐의 전달은 잘 안되는 것 같았다. 게다가 무기사용계획에 관한 설명에 들어와서는 말이 완전히 통하지 않아 미군장교는 흑판에 일일이 그림을 그리고 있었다.

『잇스큐즈미, 써』

나는 미군장교에게 말을 걸었다. 그리고 임시로 이 곳에 배속된 병사라고 말하고는 그가 하려는 이야기를 자유롭게 하라고 했다. 미군장교는 반가워하며 현재 적군 일개 대대병력이 산 아래에 집결하고 있으며 산허리 쪽에 그들의 진입로를 차단하기 위해서는 박격포 부대를 배치해야 한다는 것을 말했다. 나는 그대로 부대장에게 전달하고 더 자세한 서로의 의견도 오갈 수 있도록 해주었다.

『어린 친구가 제법이군. 앞으로 우리 부대에서 통역과 연락병 일을 맡도록 하지.』

미군 장교는 부대장에게 말하고는 고개를 돌려 나를 붙잡았다. 나는 그와 신상에 관한 이야기를 더 한 다음 미군에 소속되게 되었다.

내게는 먼저보다 말쑥한 군복이 지급되고 이십킬로그램의 무게가 나가는 무전기 장비가 주어졌다. 내가 받은 임무는 高地의 陣地에서 전방을 관측하고 한국군과 미군에게 연락하며 서로간의 통역도 해주는 일이었다. 다른 병사들은 교대를 하지만 나는 먹고 자는 시간외에는 전방 관측을 하고 미군에게 상황을 전달하는 것이 常時日課였다. 낮에도 밤에도 나는 경계병과 함께 있었다.

밤이 조금 싶었다. 저 앞 능선에 사람 서너명이 서 있는 것이 보였다.

『저기 적군이 오고 있어요.』

나는 긴장하여 옆에 있는 경계병에게 말했더니 그는 피식 웃으면서, 『저건 나무 세 그루다. 밤에 한 곳을 자꾸 보면 그렇게 보이는 거야. 밤에 경계근무를 할 때에는 여러 곳을 선입감 없이 살펴야 하는 거야.』했다. 다시 그곳을 보니 아직도 부동자세로 있는 것이 정말 사람은 아닌 것 같았다.

잠시 시선이 그곳에 머물고 있었던 나는, 그 아래쪽에 순간적으로 희미한 불빛이 생겼다 없어지는 것을 보았다.

『아니에요. 정말 있어요.』

『무슨 소리야?』

『저기 불빛이 보였어요.』

그가 내 말을 듣고 능선쪽을 보았을 때는 이미 불빛이 없었으므로, 그는 관심 두지 않고 고개를 돌려 반대쪽만을 살펴보았다. 나는 무전기를 켰다.

『뭘 보고하려는 거냐?』

『미군장교에게 전할 얘기가 있어서요.』

미군 측에 영어로 내가 본 바를 전달하는 것은 옆의 상등납자도 간여할 수 없었다. 내 보고가 전달되지 조금 후,

『사격개시!』

하는 소리와 함께, 『피이용—.』

하늘에는 조명탄이 솟아올랐다. 黃白의 放射狀의 불꽃으로 터지는 조명탄은 내가 가리킨 그곳 능선을 사정없이 밝혀주었다. 그러자 인민군 수십명이 능선 부근에서 아래쪽 골짜기로 대피하는 모습이 보였다.

우리가 있는 곳의 조금 뒤에 있던 소대장은 명령을 내렸다. 집중포화가 골짜기를 건너 건너편 산자락을 두들겨 댔다. 적의 대항사격은 없었다. 포화가 주춤한 뒤에는 다시 고요가 감돌았다. 다시 골짜기를 향해 조명탄이 떠오르고 있을 때, 산 아래로부터 총성이 나기 시작했다. 군데군데 흩어져 매복한 인민군의 반격이었다. 우리의 위치를 미리 알고 있었는지 그들은 어둠 속에서도

잃어버린 세대

우리를 향해 조준을 했다. 같이 있던 경계병이 쓰러졌다. 우리도 각자 흩어져서 바위돌 등을 엄폐물 삼아 반격했다.

그러나 이번에 나타난 敵은 화력이 비교가 안 되는 고립된 패잔병에 불과한 것 같았다. 다시 골짜기를 향해 포탄 몇 발이 발사된 후에는 아무런 소식 없이 조용해졌다.

혹시나 있을 적의 반격에 바짝 긴장하며 온밤을 지내고 아침을 맞았다.

정탐을 갔다온 병사의 보고로는 골짜기에 적 시체 이십여구가 있고 나머지는 도주했는지 더 이상의 유류품은 없다는 것이었다.

내가 속한 미군은 한국군과 합류하여 북진을 계속했다. 부대의 행진 방향은 강원도 쭈弖 쪽이었다.

전방관측을 하며 적의 동태를 보고하는 일을 하니 고지의 중요성이 새삼 실감되었다. 고지를 차지하기 위해 일미터를 올라가며, 쏟아야 할 총탄과 흘려야 할 피가 어느 만큼인지 어림잡을 수 있었다.

밤에 북한군의 공격이 있었다. 그들의 火力은 예사롭지 않았다. 우리는 부근의 고지로 일시 퇴각했다.

『저들의 화력은 매우 강해 보입니다. 그대로 대항하기는 어려우니 퇴각하거나 구원병을 요청해야 할 것입니다.』

『퇴로를 알아봐야 하겠다. 혹시 적들의 대공격이 있는 것이 아닐까.』

상관들의 말에, 나는 관측을 하기 좋은 위치로 올라가 쌍안경으로 반대편을 살폈다.

『저 앞에 북한군이 관측됩니다.』

적은 몰래 잠입하려는 것이 아니라 대공세를 준비하고 있는 듯, 모여서 담배 피우고 취사하는 불빛이 보였다.

우리는 북한군에 포위된 것이었다.

二. 生時에 겪은 天國

 우리는 이제 이 곳에서 빠져나갈 수가 없다. 그 사실은 처음에는 실감나지 않았었다. 그러나 우리에게는 아무런 작전지시도 없었었다. 변화 없이 산 속에서의 고립된 생활은 하루 이틀 계속해나갔다. 시간이 가고 날짜가 가면서 우리의 감금상태는 현실이 되었고 생활은 停滯(정체)속의 瓦解(와해)의 順을 밟아 있다.

 이런 중에서도 나(我와 몇몇에게는 계속해서 임무가 주어졌다. 언제 북한군의 공세가 있을지 모르는 만큼 밤낮없이 부근을 돌며 精察(정찰)했다.

 그러나 북한군 또한 좀처럼 공격을 감행하지 않았다. 우리가 비록 포위되었지만 高地를 차지하고 있으니, 그들이 우리를 공격하면 많은 희생을 치를 것은 뻔했다. 그들은 우리가 굶주려 스스로 궤멸하기를 기다리는 것 같았다.

 커다란 불안감 속에서도 接戰의 긴장감은 날이 갈수록 풀어졌다. 모두들 그저 운명을 기다리며 하루하루를 얼마 안 남은 식량을 아껴먹으며 버텨갈 뿐이었다. 굶주림은 내게 지난 번 서울에서 대구까지의 十四日 행군때부터 익숙한 것이다. 이 곳 산 속을 수색하다보면 뱀이나 토끼나 잡아먹을 것이 있을 것이다. 여의치 않으면 총으로 사냥할 수도 있다. 나는 다른 여느 병사들과 마찬가지로 산 속을 돌아다니면서 무슨 움직이는 것이 없을까 두리번거렸다. 그러나 잡아먹힐 짐승은 별로 없는데 굶주린 포식자들은 넘쳐나고, 애초부터 이곳은 먹이사슬이 이뤄지지 않는 곳이었다.

 식량은 이을고 동이 났다. 각자가 가진 물통의 물은 그보다 먼저 없어졌다.

 우선 생존을 위한 물이나 찾아 마셔야겠다. 계곡을 찾아 경사진 쪽으로 내려갔다. 산 속에 눈이 내린지는 오래되어 양지쪽은 마른 흙과 낙엽이 드러나 보였고 다만 구석구석 응달진 곳과 바위틈에만 손바닥만큼씩의 殘雪이 남아있었다. 계곡에 다다르니 넓적한 큰 바위가 傾斜面에 박혀 있었다. 바위 밑에는 사람 하나가 웅크리고 들어갈 만한 공간이 있는데 위쪽에서 햇빛에 녹아내린 눈은 앞면을 타고 내려가다 얼어붙어, 길게 아래로 삐친 고드름의 列을 만들었다. 그것은 검회색의 넓적한 얼굴을 하고 있는 괴물이 날카롭게 빛나는 이빨을 치켜 드러내고, 입을 벌려 으르렁대는 모습이었다. 낮이기에 망정이지 적당한 달빛 속의 밤에 보았다면 더욱더 奇怪하였

잃어버린 세대

을 것이다. 괴물은 아마도 한바탕의 식사를 끝내고 입맛을 다시는 중일 것이다.
꺼림칙해하며 바위의 아래를 지나갔다. 시내(溪)를 덮은 살얼음은 올록볼록 투명하면서도 간혹
유리같이 뿌옇기도 했다. 그 아래는 쉬임 없는 물살의 흐름이 어지러이 엿보였다.
조금 넓게 펼쳐진 얼음판을 찾았다. 그 밑에는 맑은 물이 충분히 고여있을 만했다.
얼음판은 손바닥으로 밀어쳐 간단히 깨뜨릴 수 있었다. 다시 손으로 뜨어내듯이 얼음판을 열어
그 안의 물을 확인했다. 그런데,

「ㅡ으윽」.

물을 보는 순간 몸 속의 것이 올라오는 기분을 느꼈다. 방금 전까지도 물통을 넣어 퍼마시려던
참이었으니, 마치 그 물을 내가 이미 들이킨 것 같은 기분이었다. 지금 뱃속에는 들은(食) 것도 없
는 만큼, 胃臟이 그대로 거꾸러져 솟아오르는 듯했다.
희끄므레한 浮遊物이 잔뜩 끼어있는 중에는 간간이 형체를 알아볼 수 없는, 손가락만한 혹은 주
먹만한 크기의 固形物도 떠다녔다.

「물 속에 시체가...」

더 확인해보고 싶지도 않았다. 일어나 돌아서서 먼저 그 바윗돌을 지나 십여 미터를 올라갔다.
상류 쪽에는 사람의 키만한 조그만 폭포수가 있었다. 폭포는 내리던 물이 얼어붙어, 들쑥날쑥하
고 울퉁불퉁한 얼음기둥의 列을 이루었다. 더 올라가기도 힘겨우니 여기로 내리떨어지는 물을 받아
마시기로 했다.

「이 안에 있는 물은 괜찮겠다. 요 위에 있는 물보다도, 내려오면서 걸러졌으니 더 깨끗하겠
지.」

병풍처럼 둘려쳐진 瀑布面의 얼음은 두꺼웠다. 돌을 주워 기둥같이 버티고 있는 굵은 얼음을 깼
다.

쿵, 와르르.

얼음이 깨지자 무게를 받치우고 있던 그 윗쪽이 무너져내렸다. 그것은 예기치 못한 일이었다.

「크악.」

순간 ㅡ 그것은 내가 사변 후의 가진(多) 충격을 거치지 않은, 있는 그대로의 소년이었다면 아마
까무러쳐 버렸을 일이었다 ㅡ 폭포수 위의 고인 물에서 얼음 속에 썩어가던 시체가, 받치고 있던 아

래쪽 얼음이 어물어지면서 내게 덮쳐들 듯 떨어졌다. 피할 겨를 없이 나는 그대로 시체와 이마를 맞부딪쳤다.

시체는 설음을 깨고 물에 잠겼다. 떨어지면서 힘없이 목이 꺾어졌다. 부러진 머리부분은 물살의 흐름에 따라 실랑살랑 고개를 젓듯이 흔들리고 있었다. 해골에는 본래 살이 썩은 건지 異物이 달라 붙은 건지 알 수 없는 것들이 덕지덕지 붙어있었다. 물에 빠져 젖은 군복 안으로부터 갈비뼈의 앙상한 윤곽이 그대로 드러났다.

쏴아 콰당탕 하며 막혔던 물이 돌무더기와 함께 쏟아 내렸다. 나는 얼른 그 不淨한 물을 피하여 비켜섰다. 내리치는 물줄기와 떨어지는 돌덩이들은, 다 흐물어진 시체를 사정없이 두들겼다. 고개만 흔들던 시체는, 이제는 온 몸을 이리저리 흐르며 무언가 호소하는 몸짓을 하고 있었다.

그러다 푹, 어떤 결정적인 加擊을 받은 후 시체의 목은 돌에 떨어져 나갔다. 그리고 물살에 떠밀려 나가다 괴인 물 가장자리에서 돌에 걸렸다. 시체의 머리는 돌에 부딪혀 되돌아 오다 다시 물살에 떠밀려 부딪혔다. 오락가락 그 머리는 좀처럼 아래쪽으로 흘러넘어 내려가지를 못하고 물위에 떠 맴돌기만 했다. 그러면서 붙어있는 갖가지의 유기물 건더기들이 물에 헹구어져, 이윽고는 순수한 해골과 몇몇 頑固히 붙어있는, 얼굴 구성부위만이 남았다.

나는 시체의 머리가 부딪치고 있는 돌의 옆쪽 돌을 발로 살짝 밀어, 아래로 떨어지게 했다. 그러자 괴인 물, 아래로 쏟아지고 머리도 비로소 아래쪽으로 떠내려갔다. 그것이 시야에서 사라지자 마치 내가 시체의 머리를 장사지내준 것 같은 기분이었다. 더 넓게 보면 아무것도 해준 것이 없는데 이 조그만 폭포수 밑 웅덩이의 세계에서는 그렇게 생각되었다. 설사 제대로 장사지내주었다 도 상대적인 것일 뿐이지 별다를 것이 없지 않은가 하고 생각되었다.

얼굴없는 시체는 마음의 부담을 퍽 덜어주는 것이었다. 놀라움을 추스르고는 내친김에 폭포 위쪽으로 짚고 올라갔다. 혹 더 올라가면 맑은 물이 있을까 하고.

그러나 올라가 계곡 상류쪽을 보니 예닐곱의 시체가 溪水를 중심으로 널려있었다. 결국 이곳 물도 마실 수 계곡이었다. 하류에는 이전부터 물을 마실 수 없디고들 했었지만 왜들 상류로 가보 지 않는가 했었는데 오늘 확인이 되었다. 더 상류로 올라가고 세곡이 좁아질수록 시체는 많아졌다. 이전에 북괴군이 점령했던 高地를 아군이 빼앗으면서 생겨난 선사자들이었다.

잃어버린 세대

겹겹이 둘러친 높은 산맥에 가린 해(日)는 이미 보이지 않았다. 날은 점차 어두워졌다. 나는 아래쪽 부대가 있는 곳으로 걸음을 돌렸다. 포위된 생활이 계속되는 동안 우리 병사들에 대한 통제는 사실상 없었다. 모두들 이 산 속에서 어떻게 살아 버틸까 각자 알아서 궁리하고 다니는 것이었다.

장교들은 적에게 패할 때를 대비해서 계급장을 떼어서 주머니에 넣고 다녔다.

대여섯 시간도 안 될 것 같은 산 속의 짧은 겨울 낮이 끝나고 어둠이 깔리기 시작했다. 하지만 아직, 저 편 가까운 능선 위의 森森한 針葉樹들은 茂盛한 靑綠의 바늘잎을 그대로 어슴푸레한 허공에 찔러대고 서 있고, 저 쪽 먼 視野에 군데군데 흩어져 있는 암회색 바윗돌은 아직도 오목조목히 저네들의 윤곽을 드러내 보이고 있었다.

계곡을 비껴가며 아래쪽으로의 발걸음을 더해가면서 날은 완전히 어두워졌다. 이윽고 사병들의 말소리가 들리고 조그만 불빛이 보였다.

『뭣 하시는가요? 불빛이 비치면 적이 알아볼 텐데 조심들 하셔야죠.』

나는 그들을 향해 말을 건네면서 가다갔다. 고개를 안쪽으로 돌리고 모여있던 그들은 나를 향해 고개를 돌렸다.

『정이병, 뭣하다 이제 오나?』

내 쪽으로 가까이 있는 김상병이 말했다.

『계곡 위쪽에서 마실 물은 없나 찾아봤었죠.』

나는 그들을 향해 말을 걸어 조금 냉소하듯 말했다. 『사실은 나도 어제 계곡 꼭대기까지 올라가 봤지. 하지만 본 것은 시체들뿐이었지.』

『그래서 갈증은 해결됐나?』

『그들은 넷이서 총으로 산토끼를 잡아 나눠먹고 있었다.

『오랜만에 요기 거리가 생겼는데 부르지 않아 미안해요.』

『무슨 천만의 말씀을... 아직 오늘 하루는 넘길 만하네.』

『다들 肝에 奇別한 정도지.』

너털웃음과 한숨이 섞인 목소리를 모여있는 병사들은 교환했다. 나도 그들 가운데 앉았다. 서로의 지나온 인생 이야기와 두고 온 고향 가족에 관한 이야기가 주로 오갔다.

『입대한지도 이제 반년이 되가는군. 南海 고향에서는 지금쯤 무얼 먹고 있을까?』

『지금 가족 걱정을 하세요? 참 여유도 있으시네요.』

『지난번 가을농사도 모두 엉뚱한 사람들에게 넘어갔고…… 收復이 됐다한들 누가 그걸 보상해 주지도 못할 것이고……』 김상병은 쓸쓸이 웃으며 말을 이었다.

그 때였다. 나는 그가 말하다가 침을 내게 튀긴 것으로 알았다. 내 얼굴에 따끔한 액체가 갑자기 날아와 붙었다.

갑자기 김상병이 피를 토하며 앞으로 거꾸러졌다. 동시에 나(我)는 철모 위로 무언가 후려치고 가는 느낌을 받았다.

약간의 시간차를 두고 골짜기 아래로부터 총성이 들렸다. 총소리보다 먼저 온 탄환들은 김상병의 목을 관통했고, 내 철모 위를 스치고 지나갔던 것이었다. 토끼를 구워먹으려고 조금 불을 지핀 화근이었다.

모두 바다에 엎드려 전투준비를 했다. 그러나 허기진 데다가 탄약도 떨어져 가는 지금 우리는 탄을 피하는 것만이 상책이었다. 그리고 적의 공격을 막을 수 있는 유리한 陣地를 찾아, 적들의 우세한 인원과 화력으로도 우리를 공략할 수 없게끔 버티는 것뿐이었다.

퍽, 하고 내 뺨을 강하고 단단한 물질이 비스듬이 부딪고 지나갔다. 얼얼한 통증이 뺨과 턱을 파고들었다. 마지막 그것이 총탄이라면 나는 온전치 못했을 것이다. 탄환에 맞아 깨진 돌 조각이 튀어온 것이었다.

무더기로 들려오는 총성이 몇 차례 있은 후에 드디어 敵의 포격이 시작되었다. 떨어지는 포탄은 계곡물을 속속들이 파헤쳐 뿌려대고 부근의 마른 싸리나무들을 불태웠다. 폭발과 함께 하늘높이 뿜어지는 물줄기, 터지는 불꽃을 받아 반사하면서 생기는 무지개는 밤하늘에 七色의 아ㅡ치를 그려댔다. 이 以上 더 아름다울 수가 있는가!…… 숨어있는 우리는 恐怖(공포)와 戰慄(전율), 그리고 恍惚感(황홀감) 속에서 하늘에 수놓는 色물방울의 현란한 遊戱(유희)를 지켜보았다.

하지만 이미 적절한 엄폐물들을 찾아 숨어들은 우리에게 더 이상의 피해는 없었다. 대항사격이 없자 적들도 더 이상 퍼부어대지 않았다. 어치피 그들이 직접 올라와 우리들을 공략하기에는 무리였기 때문이었다.

四圍는 다시 조용해졌다. 산 속의 짧은 겨울 해가 진(沒)지도 오래되었다. 아무 人工의 빛이 없는 상태에서, 그믐날의 밤하늘은 그야말로 칠흑같은 어둠이었다. 상황이 종료된 듯하자 하나둘 막 안으로 잠자리를 찾아갔다.

또 하루의, 굶주림과 기습의 공포 속에서의 한밤을 모든 병사들은 보내야 했다. 다음날 낮이 되었다. 특별한 일이 없으면, 되도록 늦게까지 잠을 자는 것이 모두들의 일과였다.

그러나 나(我)와 몇몇 보초 근무자들은 일찍부터 밖으로 나와 있었다. 이곳에 온 뒤에 나는 또다른 대화의 상대를 찾아보았다. 지난번 서울에서 대구까지 굶주림과 추위 속에서의 행군 때 어린 내가 도중에 낙오하지 않고 무사히 훈련소에 다다를 수 있었던 것은 나의 말벗이 되어주었던 성인호씨의 도움이 컸다. 이번에는 내가 그 상대를 찾아야 했다. 국군이건 미군이건 가리지 않고, 한국말이든 미국말이든 되는대로 쓰가며...

『미스터 정, 우리 지원부대에서 연락이 왔소. 조금 더 견디기만 하면 우리는 구출될 것이오.』

美 보병대 장교 토마스 요한즌 중위는 은밀에 가까운 白金色의 머리에 건장한 균형잡힌 체격으로서 전형적인 北方 앵글로색슨족의 모습이었다. 그와 나는 틈틈이 바다를 건너 먼 인연을 살리려는 듯 서로간의 궁금함과 관심사에 대해 이야기했다. 물론 언어의 벽 때문에 마음의 어떤 섬세한 부분까지는 소통되기 어려웠으나, 그와 함께 하면 많은 화제거리가 생겨났다. 서로의 이제까지 자라났던 환경이 달랐기 만큼 서로간에 가지고 있는 것의 지식은 달랐고, 반면에 서로는 상대를 통해 자기 정신세계의 補完을 바라는 마음이 있었나. 말하자면 그와 나의 類緣的 기질이 비슷한 만큼 알고자 관심 두는 바는 일치하는 것이 많았으니. 對話는 바로 이런 사람끼리의 만남에서 풍부해지는 것이었다. 두 사람이 태어나면서 선천적으로 가진 本質이 유사할수록, 자라나면서 후천적으로 영향받으며 삶의 지식을 쌓은 환경이 相反될수록...

햇빛을 받으며 바람이 안 드는, 바위 틈새의 호젓한 공간에서 그와 나는 자연스럽게 자리를 함께 했다. 덧없이 흘러가는 젊음의 시간의 아쉬움을 달래며...

『미스터 요한즌, 당신은 이곳 전쟁에 왜 왔지요? 우리가 어떻게 되든 당신네와는 상관이 없는 일이 아닌가요?』

『미스터 정, 그건 너무 추상적인 질문 아니오? 나는 하나의 직업으로서 군대에 있고 단지 상부의 명령에 따라 이곳에 와 있는 것이고... 나 개인에게 그 의미를 묻는다는 것은 無理지요.』

『당신이 누구인가는 상관이 없어요. 여기서 당신이 뭐라고 했다고 그게 문제되지는 않을 거 아녜요? 그저 생각나는 대로 얘기해보세요.』

『침략자를 응징하러 온 것이지요. 우리는 二次大戰에서 동맹군 침략자를 물리쳐 이겼지요. 그런데 그 때 뜻을 같이했던 연합국의 일부가 변절해서, 다시 저들만의 세력 확장을 위해서 전쟁을 일으킨 것이 이번 전쟁이 아니오? 이 전쟁을 우리는 이겨야 하지요. 당신들의 나라가 그들 침략국의 지배를 받지 않도록.』

『당신의 나라는 여지껏 침략자를 응징하여 왔나요? 그것이 비록 그들의 군대에서 忠誠의 培養을 위한 呪文에 불과한지는 모르지겠만···.』

하긴 한번도 남의 나라를 침략하지 않았다는 것은 우리도 마찬가지지요. 단지 우리는 침략을 안 했나보죠? 마음껏 응징하지 못했다는 것이 다르긴 하지만···.』

『그렇게만 말하기는 조금 어렵겠지만, 적어도 근세에 이르러서는 우리는 인류평화를 위해 싸워왔다고 自信있게 말할 수 있지요. 우리는 전쟁에서 이기고 피의 댓가로 얻었던 점령지들을 식민지 삼지 않았고, 몇 년 후에는 모두 다시 반환해 주었지요. 이 점이 以前의 列强들과 우리가 다른 것이지요.』

우리 옛말에도 쌀독에서 人心 나온다고 했다. 가진 것이 어느 정도는 있는 자라야 남에게 인심을 베풀 수 있었다. 美國의 成長 以前의 유럽열강과 일본은 저네들의 솜은 영토를 벗어나 고자 새로운 땅을 침략했던 것이었다. 미국 또한 그 침략의 결과라 할 수 있겠지만 그들은 일단 이미 넓은 땅을 소유하고 있기 때문에, 더 이상의 땅이 아쉬운 형편은 아니었다. 단지 어느 정도의 영향력을 행사할 수 있는 友邦(우방)만 많이 존재하면 되는 것이었다.

『얘기를 들어도, 저는 아직 모르는 것이 많은데, 한번 당신의 민족과 나라의 지나온 역사를 말해보세요.』 우리가 그저 교과서에서 배우기만 한 것과는 다를 것 같아요. 당신네들은 어째서 그리도 强하가···.』

토마스는 웃음을 머금고 말을 시작했다.

『우리의 입으로 우리 역사를 말하라면 자화자찬밖에 없을 것 같은데요.』

『그러고 보니 내가 이곳에 온 것이, 천년 전부터 우리 조상이 계속 西進한 연장선상에 있군요. 내가 태평양을 건너오기 전, 우리 조상은 몇 백년 전에 대서양을 건너 왔고···. 유럽대륙으로부터 영국으로 바다를 건너 유럽대륙에서 힘을 기른 그들의 조상은 北海를 넘어 英國으로 왔다. 그리하여 원주민을 정복하고

잃어버린 세대

그들이 지배하는 새로운 땅을 개척했다. 영국섬에서 힘을 기른 그들은 북해보다 더 큰 바다인 大西洋을 건너 아메리카 대륙으로 갔다. 역시 더 넓은 땅에서 원주민을 정복하고 그들이 지배하는 더욱 큰 나라를 개척했다. 그리고 아메리카 대륙에서 힘을 기른 그들은 대서양보다 더 큰 바다인 太平洋을 건너 한국에 온 곳이었다. 그렇다면 그 다음은...?

『무엇 때문에 그렇게 계속 왔지요? 당신들처럼 강한 민족을 애초에 누가 쫓아내지도 않았을 텐데.』

『더 좋은 땅을 얻기 위해서였지요. 먼저 살던 곳에서 더 이상 뜻을 펼칠 공간이 없다고 생각하자, 야망이 있는 사람들은 未知의 새로운 땅을 찾아 나섰지요.』

『원래 당신들이 살던 곳은 어떤 곳이었는데요?』

『알다시피 우리의 조상은 유라시아 대륙의 서북방에 살았지요. 그곳은 태양이 뜨고 나도 지평선으로부터 좀처럼 떠오르지 않는 채, 뜬 것 같지도 않고, 태양이 지고 나도 지평선 아래서 비추는 殘映(잔영)이 그대로 남아있어, 진 것 같지도 않는 곳입니다. 한밤중이라 해도 어둠은 이곳의 초저녁 정도일 뿐이지요. 하여간 낮과 밤이 언제부터 언제까지인지도 모르게 온종일 음울한 薄明(박명)만이 비추이고 있는 곳입니다. 자연의 가장 큰 혜택이라는 태양빛은 좀처럼 시원하게 나지를 않는 곳이지요.』

『당신네들의 조상은 왜 그런 곳에 살아야 했던가요? 남쪽에는 더 살기 좋은 곳이 많았는데도.

『아마 기록되지 못한 오래 전의 그 때는 우리 조상이 더 약했던지도 모르지요. 남쪽의 살기 좋은 땅을 차지하지 못하고 쫓겨나온 자들이 우리의 조상이라 할 수 있겠지요. 그러나 그 후 北方의 陰濕(음습)하고 瘠薄(척박)한 곳에서 몇 대를 거쳐 살아내려오는 동안, 그들은 열악한 환경을 이겨내고 강인한 체력과 용맹성을 길러내게 되었지요.

당초에는 얼마 되지 않는 수효였던 우리는 늘어나는 사람들이 살아야 할 새로운 곳을 찾게 되었지요. 그리하여 하나 둘 살던 곳을 떠나 더 넓은 곳을 향해 떠나간 겁니다. 헌데 남쪽의 살기 좋은 땅에는 이미 다른 족속이 훨씬 더 많이 번성하고 있었지요. 그렇지만 용맹한 조상들은 그들과 싸워 이겨 그 땅에 자리잡고 살 수 있었지요.』

동양의 역사에서도, 얼마 안 되는 수효의 북방 유목민들이 중원의 문화민족인 漢族을 힘으로 蹂

蹦(유린)하는 이이 되풀이 되었다. 그런데 저네들의 세계도 마찬가지였다. 소수의 게르만족은 다수의 라틴족을 힘으로 점령했다. 중원의 문화국이였던 宋이 거란족에 쫓겨 南으로 쫓겨가고는 이윽고 멸망했듯이, 로마제국은 게르만족에게 멸망당했다.

『당신들이 먼저 살던 곳에서 그대로 남아 있었던 사람들도 많을 텐데요. 살던 곳을 떠나 새 땅을 찾아간 사람들이 그들 중에서 어떤 사람들이었을까요?』

『글쎄, 좋게 말하면 진취적이고 개척정신이 더욱 있는 사람들이라고 하겠지만, 그 動機로 본다면 본래의 체제에서 소외되었던 자들이라고 할 수 있겠지요. 저네들의 능력에 비해 주변사회로부터 대접을 받지 못했고 運身의 폭이 좁았다고 느꼈던 자들은 보다 많은 가능성을 위해 다른 곳으로 떠났던 것이지요. 대륙 각지의 많이들 흩어졌지만, 그 중에서도 특히 바다를 건너 섬나라를 개척한 이들이 더욱 용감했다고 볼 수 있겠지요.』

그는 북해와 도버해협을 건너 영국 땅을 점령한 노르만人들의 이야기를 했다.

『영국 땅으로 건너간 그들은 먼저 섬에 살고 있었던 붉은 머리의 키 작은 종족을 몰아내고 새로운 나라를 세웠죠.

동양 민족을 서양 민족에 비유할 때 우리 韓民族은 어디에 해당된다고 봐야 할까. 세계의 라틴족에 해당한다고 볼 수 있겠지만 우리를 북방민족에 해당한다고 하기에는 조금 무리가 있다. 한번도 남을 침략한 적이 없다고 하는데... 우리 땅을 거쳐 일본에 건너간 이들은 영국을 개척한 이들과 비슷하다고도 할 수 있겠지만... 그러니 바로 이런 이유에서도 우리, 이전에 우리가 스스로 지칭했듯이, 小中華라는 말이 가장 적당한 것일까.』

『그 영국 땅도 결국 좁지 않았나요?』

『그렇죠. 세월이 흘러가면서 그 땅에서도 자리를 잡고 권력을 행사하는 기득권층과 그렇지 못한 자들과의 갈등이 생겨서, 결국 소외된 자들은 먼저와 똑같이 새로운 땅을 찾아 떠났죠. 거기서 또 먼저 살고 있었던 인디언들을 물리치고 새로운 나라를 세웠던 것입니다.

그들 민족 주에서 소외된 계층은, 신천지를 찾아나가 개척하여 그곳에서 새로운 지배계층이 되었으며, 대신 먼저 살던 다른 종족을 소외계층으로 만들었으니 이것이 그들의 세계정복의 手順이었다.

잃어버린 세대

구약성서에서 여호와 하나님은 택한 민족 이스라엘 백성들에게 「너희가 계명을 잘 지키고 순종하면 내 너희들을 젖과 꿀이 흐르는 땅으로 인도해 주리라」고 했다. 그러나 이스라엘 백성들은 하나님에 불순종하여 진노를 샀다. 그리하여 도리어 이천년을 방황하며 살게 되었다. 그런데 그 대신 가장 하나님을 잘 믿은 자들은 누구였던가. 아마도 개혁신앙을 지킬 자유를 찾아 오월꽃배를 타고 대서양을 건넌 그네들 청교도들이 아닌가. 그리하여 여호와 하나님은 이네들에게 그토록 풍요로운 미국 땅을 선사해 준 것은 아닐까.

그러면 노예무역 등 그들이 저지른 많은 잔혹한 범죄는 무엇이란 말인가. 그것도 神의 뜻에 의한 것인가? 그것을 아니다 하며 특별히 다르게 억지해석을 붙일 것도 없다. 神의 正義와 慈悲 또한 인간의 잣대로 잴 수는 없는 것이니…

유럽 대륙에서 덴마크 반도를 거쳐 영국섬으로 건너간 開拓的인 – 나쁘게 말하면 侵略的인 – 민족이 다시 미국을 만들었듯이, 동아시아 대륙에서 한반도를 거쳐 일본섬으로 건너간 개척적인 민족도 새로운 땅이 필요했다. 그러나 중국은 이미 너무도 많은 사람들이 살고 있었다. 東海보다 더 넓은 바다를 활동무대로 삼으려던 그들의 야망은 이미 미국과 호주 땅을 선점한 자들에게 저지당했다. 유라시아 대륙에서 東西로 갈라져나가 개척과 침략을 계속했던 兩大 민족은 지구가 둥근 탓에 태평양에서 만났던 것이고, 東進族은 그들보다 한결 빠르게 突進하여 왔던 西進族의 越等한 運動量과의 衝突에 의한 衝擊量을 이기지 못하고 주저앉았다.

패전후 대일본제국의 부활을 꿈꾸는 일본 極右 세력의 목표는 저들과 한국 그리고 만주와 몽고를 아우르는 大帝國의 건설에 있다고 한다. 모두 같은 용맹한 東夷族이니 함께 뭉쳐 위대한 나라를 세우자는 것이다. 몽고족과 만주족 그리고 일본족은 모두 중국대륙을 지배한 바 있으니 공통점이 있다. 마치 중국 漢族을 서양의 라틴족에 비유했을 때 몽고족 만주족 일본족 등의 동이족은, 앵글로색슨을 포함한 서양의 넓은 의미의 게르만족과 일맥상통하는 것이었다.

그런데 우리들 韓民族은, 이와 같이 동서양에 공통되게 적용되는, 중원민족과 북방민족의 분류 중 어디에 해당될까. 아마도 다들 동이족은 북방민족이니 당연히 진취적인 북방민족이라고 할 것이다. 그러나 몽고, 만주, 일본족과 함께 이렇다할 침략실적이 없는 우리는 그들 중에 뭔가 어색하다. 어리숙한 사람이 약삭빠른 자들과 함께 살아갈 때 느끼는 마음처럼 왠지 이용만 당할 것 같다. 네(四) 민족을 아우르는 제국의 형성론에 거부감을 가지는 것은, 민족국가주의 이외에도 그런 이질감에 말미암지 않았을까. 북방을 호령한 고구려의 기상을 이어받자. 그래 우리 韓民族이 고구려의 법통을 그대로 계승했다면 우리도 몽고, 만주, 일본족에 비해 손색없는 진취성을 가지리. 하지만 한국은 북방민족의 남방 중원족을 계속해서 지배해오지 않았나. 여기서 같은 북방민족의 혼합족속이라도 원주민과 남방주를 철저히 지배했던 일본과는 달라지는 것이었다. 우리는 호전적인, 달리 말하면 진취적인 북방민족인가 아니면 온건한 小中華이냐 그것을 분명히 해야 하겠다. 이도 저도 아닌 혼혈족이라면 또한 그나름의 正體性이 있어야 하겠고….

앵글로색슨족이 도착한 아메리카 대륙에도 이미 인간의 문명은 있었다. 그러나 지금은 제대로 전해져 있지 않다. 지구상에는 여러 가지의 특색을 가진, 서로 다른 인간의 족속들이 제각기 나름대로의 문명을 일으키고 살았다. 많은 문명이 생겨났다 시라졌다 번영했다. 그런데 지금은 그들 서양인들의 문명만이 현대의 문명으로서 이어지고 있다.

그들의 문명은 특이한 데가 있다. 이제까지의 다른 문명은 저 나름 사회의 번영을 위해서 지혜를 짜내는 것이 보통이었다. 善한 일에는 깊은 생각이 자연스럽게 따라올 수 있지만 남을 해하는 일을 깊이 궁리하기는 양심의 가책의 방해 때문에 어려운 것이었다. 다른 민족들은, 賢人들은 올바른 삶의 길을 찾는데 그들의 지혜를 썼고 다른 민족과 싸우는 일은 그보다 아래에 위치한 勇者들의 이었다. 그러니 그들만은, 뛰어난 현인의 지혜를 남을 죽이기에 이용했던 것이 아닌 최고수준의 지혜를 가진 자가 그에 어울릴만한 양심을 가지지 않는 것이 본래 그들의 특성이었는지도 모른다. 그리하여 상대방을 제압하는 방법에 온갖 지혜를 총동원했다. 총과 대포 등, 다른 족속들을 제압할 있는 도구를 발명하여 다른 족속들을 억누르고 다스렸다. 그리하여 지구는 그들 종족의 문화가 지배하는 사회가 형성되었다. 또한 지금은 다른 족속들도 모두 그들의 문명을 본받아 너도 나도 殺傷(살상)의 힘을 기르기에 여념이 없는 것이다.

『그게 뭔가요?』

나는 요 한국 중위가 가지고 다니는 조그만 책이 궁금했다. 책표지에는 「베오울프」라는, 사람이름 같은 제목이 金箔(금박)으로 쓰여 있었다.

『이건 우리 고전 敍事詩(서사시)이죠. 전설적인 전쟁영웅의 이야기입니다.』

나는 그의 책을 건네 받아 조금 들춰보았다. 나에게는 조금 어렵지만 상당히 흥미롭게 관심을 끄

잃어버린 세대

는 문체의 글이 쓰여져 있었다.
『한 번 읽어 보도록 하죠. 어려운 부분은 따로 물어 보도록 하구.』
『좋아요. 특히 지금 우리의 상황에서 그것은 읽어 볼 만한 이야기입니다. 용사 베오울프가 바다 건너 우방국을 위기에서 구출하는 이야기가 있지요.』
주릴 대로 주린 배를 채울 몸의 양식은 없어도, 그나마 허전한 마음을 채울 마음의 양식을 얻을 수 있음은 다행이었다. 나는 반갑게 그의 책을 읽어 보았다.

사람들아 들을지어다. 이 시대의 사람들에게 오늘 날 길히 들려줘야 할 이야기가 있으니.
그것은 태고적 덴마크 위대한 왕들의 시대, 그 빛나는 榮華의 이야기이다.
그들 옛 君主들은 우리의 땅을 지키기 위하여 얼마나 용맹스럽게 싸웠던가.
우리는 그 기나긴 투쟁의 역사를 안다. 저주받은, 神의 異端者들로부터 우리의 땅을 지키기 위해, 그들이 흘린 피의 이야기를 안다.

이렇게 시작된 서사시는 초기의 모든 시련들을 이겨내고 점차 주변의 小國들을 정복하여 나라를 안정시키고 태평성세를 그렸다. 그러나 얼마안가 이 나라에는 그렌델이라는 괴물이 밤마다 나타나 사람들을 잡아먹곤 했다. 평화로웠던 나라는 커다란 공포에 싸였다.
호르드갈 왕과 그의 백성들은 이렇게 끔찍한 재앙 속에서 암울한 한 시대를 지내야 했다. 그들에게는 달리 어떤 길도 보이지를 않았다. 그저 그날그날 괴물의 횡포로부터 어찌하면 조금이라도 더 화를 면할까 궁리하는 것밖엔 아무 것도 없었다.
이 때 바다 건너의 나라 예이츠의 히엘락 왕에게는 베오울프라는 신하가 있었다. 그는 당대의 모든 사람들 중에서 가장 힘센 자로서, 그의 명성은 온 나라 안은 물론이고 나라 밖에까지도 알려져 있었다.
이미 그가 쌓아 올린 무수한 戰功의 결과로 나라 안은 태평하고 國運은 날로 융성해 가고, 그는 누리는 명성 위의 安住가 무료할 정도였다.
그에게도 바다 건너 나라의 소문이 들려왔다. 히엘락 왕과의 宴會의 자리에 나타난 바다 건너의 使臣으로부터 부탁을 받은 그는 곧 왕에게 말했다.

『큰배를 하나 주십시오. 저들은 우리의 도움을 필요로 하고 있습니다. 저들의 옛 왕과 우리의 옛 왕은 서로간에 각별한 교분을 가졌던 바가 있지 않습니까. 우리의 도움을 필요로 하는 그들을 도우러 떠나야 하겠사옵니다.』

왕은 베오울프의 원정에 對해 大臣들의 의견을 물었다.

『그대들의 뜻은 어찌 생각하오?』

왕과 대신들은 한동안 말을 꺼내지 못했다. 그들 자신에게도 베오울프와 같은 용사가 있음이 얼마나 든든했던가. 그를 떠나 보냄은 얼마나 그들의 마음에 허전한 자리를 만들고야 말 것인지를 알고있다.

그러나 이윽고 한 老 대신이 입을 열었다.

『용사 베오울프는 이미 우리 예이츠인들 만의 용사가 아니옵니다. 우리가 할 수 있는 것은 神의 이단자를 征伐(정벌)하러 가고자 하는 그에게 神의 加護(가호)가 있기를 바라는 것뿐이라고 생각되옵니다.』

왕과 다른 대신들 또한 다시 한동안 묵묵히 있음으로 해서 수긍의 뜻을 보였다.

『그의 弧途(장도)가 어떤 運을 지니고 있는가 占해 보도록 할지어다.』

베오울프의 出征은 성공이 예상된다는 점괘가 나왔다. 인간세상의 평화를 위해 그의 출정은 결정되었다.

그는 예이츠인들 중에서 싸움에 나갈 가장 용감한 용사 열네명을 뽑았다. 그리하여 자신을 포함하여 결사대를 조직했다.

베오울프는 항해술에도 능했다. 그는 출정을 위한 배를 마련해 직접 운항하기로 했던 속박해 있는 해안가에 모두를 모이도록 했다. 해안의 깎아지른 절벽에 기대어 있던 배는 지루했던 속박의 나날을 벗어나 바다를 향해 떠날 준비를 했다.

그들의 해야 할 일에 대한 자부심에 충천한 용사들은 앞다투어 신속히 배에 올라탔다. 때마침 불어오는 북풍에, 바다의 찬 물결은 소용돌이쳐서 물밑과 해변의 잔모래를 휘저어 뱃전에 뿌렸다. 저마다의 흑갈색의 갑옷과 화려한 裝具, 그리고 날선 청백색의 번쩍이는 무기들을 배 안에 실었다. 마침내 그들은 열망하던 항해의 길에 올랐다.

잃어버린 세대

배는 船首에 거품을 일으키고, 새처럼 가볍게 바람에 불려가면서 파도를 올라탄 채로 전진했다. 船首가 활처럼 굽은 그 배는 앞뒤가 교대로 상하왕복하며 바다를 헤엄쳐갔다. 바닷바람은 몹시 차가왔지만 항해를 어지럽히는 센바람은 일지 않았다. 예정된 날을 지나 그 다음날에, 船員들은 육지가 보이는 곳에 다다랐다. 해변 절벽의 바위들은 오랜 동안의 파도에 마모되어 반짝이는 黑曜石의 빛을 내고 있었다. 가파른 언덕이 계속 이어지는 그곳은 바다를 향해 튀어나와 있는 넓은 岬(갑)이었다. 큰 뜻을 품고 바다를 횡단했고 항해하는 대륙의 또다른 지형을 약간의 경이감을 가지고 바라보았다. 이제 바다는, 다 횡단했고 항해하는 것은 끝났다. 예이츠인들은 지형을 향해 지체없이 해변에 올라가 배를 묶어놓았다. 그들이 가장 소중히 여기는 戰衣인 쇠사슬 胸部鎧옷을 꺼내는 소리는 퍽이나 요란히 덜거덕거려, 앞으로 다가올 큰 싸움에 神에게 따르는 긴장감을 그대로 강조하고 있었다. 그 와중에도 항해가 평탄하였던 것에 대해 그들은 神에게 감사를 드렸다.

해안 절벽에서 망을 보고 있던 덴마크의 把守兵은, 번쩍이는 칼투브와 방패 등 싸움을 위한 만반의 준비를 갖춘 무기들이 배에서 내려지고 있는 것을 보았다.

『오오. 저들은 누구인가? 어찌 저리도 태연하게 이 王國에 잠입해 올 수가 있단 말인가?』 그는 해안의 모래벌을 달리는데 이력이 나 있는 자신의 軍馬에 올라타고 해안으로 향했다. 그는 배가 있는 곳을 향해 달리면서, 침찬 말발굽 소리와 함께 양손에 든 큰 창을 이리저리 휘둘러 그들에게 자기가 오고 있음을 알렸다. 배에 탄 이들이 그를 보자, 그는 동작을 멈추고 천천히 앞으로 軍馬를 몰아, 말소리가 들릴 만한 곳까지 다가가고는 정중히 물었다.

『이렇게 큰배를 타고서 바다를 건너와, 이곳에 온 당신들 쇠사슬 흉부갑옷 차림의 용사들은 누구시오? 보시오. 나는 오랫동안 해안 경비원으로 있으면서 어떤 적의 해군도 우리 왕국을 습격하지 못하도록 바다를 지켜왔소. 우리들은 창과 방패를 든 용사들이 이같이 공공연하게 이곳에 들어올 것은 상상치도 못했소. 당신네들은 이 나라에 들어오기 위해서는 우리 용사들의 허가나 王家의 승인이 필요하다는 것을 몰랐던 것 같소. 게다가 당신네들의 침입은 결코 예사로이 넘길 일이 될 수가 없음이, 당신네들은 중에 두드러지게 내 눈 앞에 보이는 壯麗하게 무장한 용사... 나는 여태껏 地上에서 저와 같이 위대한 용사를 본 일이 없소. 저 사람의 얼굴에서 나오는 犯接하지 못할 위엄의 眼光이 또한 壯健한 몸 전체에서 우러나는 非凡한 風貌는, 그가 자기의 정체를 숨기려고 하지만 않는다면, 그가 단순히 그의 멋진 武具

"때문에 저토록 훌륭하게 보이는 것이 아님을 증명하고 있소. 당신들과 맞상대하기가 심히 두려움을 주는 것은 사실이나, 國王을 위하여 목숨을 내건 王國의 파수병으로서, 나는 말하지 않을 수 없소. 당신들을 덴마크國에 온 침입자로 간주하여, 당신들이 여기서 온 걸음 더 전진하게 전에 나는 당신네들의 종족에 대해서 알아보아야 하겠소. 먼나라 海人들이여. 나의 진실한 부탁을 들어주시오. 당신들이 어디서 왔는지를 속히 알리는 것이 좋을 것 같소. 정체를 밝히시오. 그러지 않고서는 더 이상 누구하나도 한 걸음도 앞으로 더 나-갈 수 없소.』

이것이 덴마크 파수병의 베오울프 일행에 대한 첫 영접의 말이었다. 베오울프는 자신들이 어떻게 이 곳에 왔는가를 파수병에게 설명하고 이윽고 덴마크 국왕의 영접을 받았다.

깊은 숲속의 늪속에 살다가 밤마다 침입하여 사람을 잡아먹는 괴물과의 一戰을 벌였다. 마침내 神의 저주받은 가인(Cain)의 後裔(후예) 그렌델을 한 팔이 잘리는 큰 부상을 입히고 격퇴하였다. 이번에는 괴물의 어미 괴물은 自身이 살고 있는 늪속으로 돌아갔으나 부상 때문에 죽게 되었다. 베오울프는 괴물과의 싸움을 벌였다. 원수를 갚기 위해 다시 침입하여 승리에 들떠있던 사람들을 잡아먹었다. 용사 베오울프는 스스로 찾아가 나머지 괴물마저 격퇴하였다.

베오울프는 고국과 그 자신의 명예를 천하에 드높이고 본국으로 귀향했다. 뒤에 그는 히엘락 왕의 뒤를 이어 임이 되었다.

그가 왕이 된 후 나라는 더욱더 태평성대를 謳歌(구가)하였다. 그러나 後에 괴물 火龍의 침입으로 나라는 위태롭게 되었다. 이미 나이 늙은 베오울프는 용과의 싸움에 친히 나섰다. 용과의 싸움에서 베오울프는 결국 용을 패퇴시켰으나 그 또한 부상이 커서 숨을 거두게 되었다. 그런데 그가 싸우고 있는 동안 많은 부하들은 두려움에 떨며 나서지 못하였다. 젊은 용사 위글라프만이 그를 도왔다.

베오울프가 성렬한 최후를 마치자 위글라프는 둘러서 있는 동료들을 꾸짖는다. 당신들은 왜 나서지 못하였는가.』 그리고 그 자신도 자기의 용맹이 베오울프의 그것만 못하다며 자책하며 한탄한다.

이것이 서사시 베오울프의 내용이었다. 용사의 戰場에서의 최후는 결코 비극적인 것이 아니라 오히려 더욱 영웅다운 것이라고 요한슨 중위는 설명해주었다. 나도 공감이 갔다. 어렸을 때 이 순신 장군이 마지막 해전에서 적탄에 숨을 거둔다는 이야기를 읽고, 훌륭한 일을 한 위인이 어째서 편안한 여생을 즐기지 못하고 그랬어야 했는가 안타까웠다. 그러나 영웅에게는 영웅다움이 一身의 福樂보다 우선할 수 있다는 것을 나는 받아들일 수 있었다.

하지만 그것도 영웅으로서 성장하는 기회가 주어진 이후의 일이다. 우리와 같은 무명 졸개들에게 그것이 무슨 의미가 있을까.

얼어붙은 山河의 또 하루해가 저물어갔다. 俊木이 드문 이 山의 곳곳을 메우고 있는 앙상한 싸리 나무가지들은, 골짜기를 맴돌다 휘몰아쳐 올라부는 세찬 바람결에 따라 이리 흔들 저리 흔들 하면서 붙어있던 눈-보숭이를 털어 냈다. 털어져 나간 눈-보숭이들은 바람에 날리면서 미세한 가루로 부서지어 퍼져나갔다. 바람을 맞는 내 뺨에는 간간이 한층 더 차가운 눈-粒子의 감촉이 더해졌다. 저쪽의 산 속에는 어둠이 깔리고 있었다. 추위 속에서도 나는 왠지 좀더 산 속을 거닐고 싶어졌다. 저쪽의 변변찮은 잠자리(宿所) 천막 안에 들어가 봐야 춥고 배고픔은 마찬가지이다. 차라리 활동하는 시간은 그런대로 다른 의미를 가질 수 있었다. 내가 잠을 덜 자고 주위를 돌아다니면 그만큼 임무를 철저히 이행하는 것이다.

해(日)는 급속도로 기울어 사방은 나무와 바위의 어렴풋한 윤곽만이 보였다. 오늘밤도 달(月)은 없다. 칠흑같이 깜깜한 산 속의 밤은 目前에 다가와 있다. 적의 공격이 더한층 두려워지는 그런 하룻밤을 또 보내야 한다.

검푸름 일색의 주변을 둘러보며 동료들이 모여있는 곳에서 조금 멀리 나아갔다. 나무가 듬성하고 조금 평평한 산기슭이 앞에 펼쳐져 있었다. 그곳을 넘어 조금 더 내려가면 적군과 마주할 수 있는 곳이다. 문득 떠오르는 그 두려움에 섬찟하여 발걸음을 돌리려 했다. 그럴 찰나, 반대쪽 산자락에 희끄무레한 물체가 보였다.

쌍안경을 들어 관찰하니 그것은 사람이었다. 분명하진 않지만 여인네 같았다.

"저 여자를 구해야 한다. 잘못 이리로 오다가…"

나는 망설임 없이 걸음을 그 쪽으로 향했다. 그녀도 이 쪽으로 오고 있는 것 같았다. 하지만 확인될 때까지는 경계심을 늦출 수 없었기에 나는 총을 든 손에 힘을 주고 있었다. 이윽고 수풀 속에서 그 여자와 나 사이에 몇 그루 나무밖에 없게 되자, 어둠 속의 육안으로도 한 여자인 것을 알 수 있었다.

『멈춰라, 손들엇.』

놀란 여자는 몸을 뻣뻣이 굳게 새우더니 손을 양옆으로 벌렸다.

가까이 다가가니 아무런 수상한 무엇은 없기에, 나는 총을 내리고 물었다.

『이 밤중에 여자 혼자서 어딜 가십니까?』

여자는 둥그스름한 얼굴에, 코와 입술의 線은 꽤 順坦(순탄)해 보였다. 어둠 속에 보이는 눈빛은 善하기만 했다. 희게만 보이는 옷도 印象을 더해줘서, 한 마리 연약한 어린 羊이 거칠고 험악한 환경에 떨어지게 되었나 極的(극적)인 對比를 느꼈다.

『남편과 시아주버니 내외와 함께 산 속 시갓댁으로 피난을 갔었어요. 그런데 한 방에서 시아주버니와 내가 함께 자기 어려워서 나를 따로 친정으로 보내기로 했지요. 남편은 남자가 돌아다니면 잡아간다 하니 함께 가지 못하고요. 迎月(영월)에서 旌善(정선)까지 혼자서 산을 넘어 가기로 했어요. 아침에 나와(出) 저녁 안에 친정에 도착하려고 했는데 길을 잃었었어요.』

『여긴 주문이데 길을 옆으로 빠졌군요.』

『어떻게 해야 갈 수 있을까요?』

『여기까지 어떻게 올라왔어요? 군부대는 어디 있죠?』

『오면서 인민군들 모여 있는 것을 봤어요. 그 사람들 피하려다가 길을 잃었어요.』

『제 길이 나타날 것 같았는데 영 안 나타나더라고요.』

『어쨌든지 오래로는 다시 내려가지 마세요. 날이 밝으면 동쪽으로 떠나가도록 하세요.』

『오늘 밤이…』

여인의 눈빛은 근심에 차 있었다. 그 빛은 조금은 푸르스름하면서도 虹彩(홍채)로부터는 간간이 붉고 노란 광태이 반짝이는 그런 빛이었다.

훗날 그 기억을 되살리며 나는 적잖은 혼란을 일으켰다. 기억으로는 분명 칠흑같은 어둠의 밤이었는데 어떻게 여인의 눈빛의 기억이 난단 말인가. 山짐승이 밤에 眼光을 發하는 것은 알지만 인간의 눈이 어떻게 어둠 속에 스스로 빛을 낸단 말인가. 나는 너무도 의아스러워 스스로 불을 끄고 어둠 속에 거울을 자세히 본적도 있었다. 그러나 역시 사람의 눈은 전혀 빛을 내지 않았다. 그 여인의 印象이 너무 강하였기에 주변의 景觀이 전혀 기억이 안 났던 탓인가. 오직 어둠 속의 그녀의 눈빛만이 떠올려지는 것이었다.

『방법을 찾아 봐야죠.』

나는 여인을 우리 천막으로 데려가는 것이 꺼려졌다. 그래서 될 수 있는 한 다른 길을 찾아야 하겠다 생각했다.

『어디 廢家가 있나 알아봅시다.』

나는 조금 높은 곳에 가서 밤하늘의 구름이 반사하는 미약한 빛에 의지하여 사방을 관측했다. 전략적 목적이 아닌, 인간적 목적의 관측이었다. 말하자면 사람을 죽이기 위한 관측이 아닌, 사람을 살리기 위한 관측이었다.

여인이 나타난 곳으로부터 조금 위 편 얕은 능선너머에 계단식의 논이 보였다. 거기에는 집이 몇 채 있을 것 같았다.

『저 쪽으로 갑시다.』

나는 여인을 인도했다. 한겨울이라 산 속의 밤에 으레 있을 풀벌레 소리도 없고, 부시럭 부시럭, 마른 풀잎과 싸리덤불 헤치는 소리만이 났다. 나의 軍裝이 덜그럭거리는 소리는 내게는 의식되지 않았다. 다시 여인의 옷 스치는 소리와, 그녀의 발걸음에 따라 바다에 깔린 잔(小)나뭇가지 꺽이는 소리가 내게 증폭되어 들렸다.

뭇 생명도 움츠려들어 삭막한 겨울 산의 어둠 속에서, 유독 드러나는 한(一) 강한 생명의 氣가 느껴졌다. 흙과 돌의 부류와 풀과 나무의 부류의 차이만큼, 풀과 나무의 부류보다 생명력이 강하게 느껴지는 그것…. 나의 눈은 부릅떠져 앞의 微微한 殘光을 좇아 나아가고 있었지만, 나의 第六感은 뒤로부터의 강력한 氣運에 휩싸여, 주용하면서도 감당 못하리만큼 벅찬 흥분에 어찌할 바를 모르고 있었다.

계단 논둑길을 걸어 가장 먼저 눈에 뜨이는 집에 다다랐다. 역시 그 집에 사람은 살고 있지 않았다. 방안으로 그녀를 들여 보냈다. 캄캄한 방 속에서 나(我)는 군인다운 감각으로 자리를 확인하고 그녀를 앉혔다.

『이 곳에서 숨어 있다가 내일 아침 출발하면 될 겁니다.』

나는 일어나 먼저 있던 곳으로 가려 했다. 그러자 그녀는 내 옷자락을 잡으며

『너무 추워요. 오늘 밤 같이 있어주세요.』

했다. 기실 나도 이런 곳에 여자 혼자 두고 간다는 것이 께름칙하긴 했다. 나는 주저없이 그녀의 請을 받아들였다.

먼저 번 대구에서 올라올 때의 그 여인 생각이 났다. 다른 것은 그 때는 병약한 여인이었지만 지금의 이 여인은 한창 물이 오른 貪實(탐실)한 자태를 유지하고 있는, 건강과 생명력이 넘치는 女人인 것이다. 그러나 상황은 결코 더 좋지가 못했다. 지금 이 곳 싸늘한 빈집에는 추위에 맞서 몸을 의지할 熱氣 하나 없다. 불을 피운다는 것은 생각 못할 일이다.

사람이 떠난 지는 얼마 안 되는 것 같았다. 어둠 속을 더듬어 이불을 찾아 바닥에 깔고 자리를 만들었다. 그와 나는 나란히 벽을 기대앉았다. 房門의 창호지에는 비치는 달빛도 없어, 그야말로 아주 미약한 殘映만이 있었다. 별빛을 하늘 중에 비추는 것은 달빛과 별빛이라지만, 달빛은 매일같이 어김없이 비춰주지를 않는다. 별빛은 하늘 중에 깜빡이고 머무를 뿐이다. 그 외에 또 다른 빛이 있으니, 그것은 저 멀리 西偏(서편) 하늘로부터 옮겨져 뿌려지는 구름빛이다.

이 순간 빛을 느끼는 감각은 사실상 정지해 있었다. 소리를 느끼는 감각 또한 정지한 것이나 다름없다. 오직 冷氣에 실려 맡아지는 女人의 香氣만이 느껴질 뿐이다. 그것은 나의 의도와는 상관없이 — 그녀의 의도와도 물론 상관없을 것이다. — 視覺(시각)과 聽覺(청각)이 말살된 공간에서 마음껏 춤추고 화산되고 있었다.

여인의 향기는 그것만으로 끝나는가. 그렇지 않았다. 닫혀있는 방안에서 그것은 점차 농도를 짙혀가고 있었다. 조금씩 조금씩 나의 心臟(심장) 鼓動(고동)에 강한 박자를 불어넣었다. 시간이 지나자 그것은 어느 한도 이상 다다르면 터질 것만 같은 그런 기세로 더해갔다. 나는 더 이상 몸이 차분하고 이성적인 상태를 유지할 수 없음을 느꼈다.

내가 느끼는 촉감은 사실상 나의 속옷의 감각이다. 그런데 이 여인과 어깨를 맞닿으니 그 느낌은 현저히 달라지는 것이었다. 찬 기운을 조금 막아주니까 그렇다? 그렇지 않았다. 같은 부대원들끼리 부대끼며 잘 때와는 전혀 다른 것이었다.

이 칠흑의 닫힌 공간에서 내가 느끼는 것은 오직 嗅覺(후각)밖에 없었는가. 그렇지 않았다. 참으로 신기한 일이었다. 내가 느끼는 觸覺(촉각)은 내가 미처 의식하지 못했던 것이었다.

잃어버린 세대

나는 조금 몸을 돌렸다. 그녀와 맞닿아 오묘한 感을 느끼고 있는 부위를 넓혔다. 완전히 몸을 돌려 그녀의 어깨를 잡았다. 그녀의 몸은 묶여있던 것이 풀리듯 무너지며 자연스레 내 품에 안겼다. 화악ㅡ. 내 가슴에는 싸늘한 방안의 냉기 대신에, 여인의 육체의 물컹한 질감과 은근한 온기가 와닿았다.

이것을 어찌 여인의 마음이 허물어진 탓이라고 하겠는가. 그것은 온혈동물로서의 自身을 지켜야 생명을 부지할 수 있는 인간이, 생명의 熱을 앗아가는 주위환경으로부터 自身을 보호하기 위한 본능적인 몸부림이었다.

마치 오래된 연인들이 기나긴 헤어짐의 기간 끝에 감격의 포옹을 하듯 나(我)와 그녀는 힘을 다해 얼싸안았다. 오늘 밤 처음 만났고 어둠 속에서만 보았기에 얼굴도 제대로 알지 못하는 남녀가 연출한 이 장면을, 어색하고 부자연스럽다고 하는 자가 있다면 그는 다분히 人間愛가 결여된 자이다. 서로는 각자의 상황에서 인간에 대한 극한의 갈구함이 있었던 것이다. 지금 이 시간, 사방은 긴장 속의 고요가 덮여있다. 겨울 같이 함에 무슨 거침이 있을 수 있을까. 山中에는 벌레소리도, 새(鳥)지저귀는 소리도 없고 오직 그녀의 살짝살짝 뿜어 나오는 살내음만이 있을 뿐이다. 흙벽과 돌바닥 가운데는 오직 그녀와 나의 숨소리만이 있으며, 냉랭한 내가 밀어낸 힘은 그다지 강하지 않았다. 그녀는 가만히 뒤로 무너져내렸다. 그녀의 가슴 위로 내 어깨는 덮여졌다. 내가 지금 하는 것이 무슨 의미인지는 나도 알지 못했다. 단지, 지금 이곳 철저히 빛도 소리도 냄새도 없는 無의 환경 속에서, 두드러지게 살아있는 생명체로서의 본능을 행할 뿐이었다.

그녀와 나의 얼굴은 숨결을 느낄 만큼 가까워졌다. 그 순간 그녀는 얼굴을 옆으로 돌렸다. 아직 정신의 교감이 이루어지지 않은 남녀사이에, 얼굴의 맞닿음은 두려움을 주는 것인가보다. 나는 더 이상의 進展을 강요하지 않았다. 但(단), 두 손에서 느끼고 있는 푸근한 생명력의 감촉은 더욱 깊이 느끼고자, 두 손의 움켜잡는 힘은 강해져갔다. 그녀의 몸체는 내 손의 움직임에 아무런 반응의 움직임 없이, 다만 더해가는 가슴의 떨림과 커져가는 숨소리만으로 답할 뿐이었다. 그 상태에서 한동안 서로의 몸의 큰 움직임은 없었다. 이제껏 체외의 냉기에 식은 서로의 표피를 덥혀주기 위한 과정이었다. 주변공기의 차가움은 우리의 의식을 벗어났다. 오직 서로에게서 느끼는 인간의 체취와 감정의 熱氣만이 느껴질 뿐이다.

누워있던 우리는 다시 동시에 몸을 일으켰다. 마주앉은 나는 왼손을 들어 그녀의 어깨를 짚었다. 오른 팔을 내밀어 그녀를 휘감아 안고 끌어안듯 당기며 그녀 허리의 감촉을 느꼈다. 그 상태에서 누가 먼저랄 것도 없이 둘이는 또다시 바닥의 이부자리로 스르르 무너지듯 누웠다.

온종일 씹 거울 산의 냉기가 아직도 깊이 한 느낌을 주는 입김이 뿜어졌다. 내 손도 이만하면 녹아졌다 생각되자 나의 두 손은 그녀의 웃옷 자락을 파고 들어가, 따스하고 보드라운 육체의 질감을 촉각으로 확인했다. 추위 탓에 그녀의 옷은 벗겨 넘기지를 않았고 내 손만이 더욱 깊숙이 피륙과 皮肉사이를 파고들뿐이었다. 나는 양팔에 더욱 힘을 주어 그녀의 가슴을 세게 끌어안았다.

그것이 그녀와 내가 온 밤을 온전히 지샐 수 있는 생존의 방법이었다. 나(我)와 그녀는 一體가 되어, 나(我)라는 一個人이 지금 이 세상에 존재하는지, 答할수 없는 그런 마음상태로 밤의 旅路를 향해 나아갔다.

天國이란 어떤 것일까요. 精神은 육체보다 강하므로 그것을 흡수합니다. 정신은 살아생전 육체를 淨化하고 그 힘을 다 소모하게 함으로써 육체를 그러한 변화에 對備해 놓았으니, 육체는 쉬이 정신에 흡수될 거예요. 또 精神은 精神대로 온갖 無限한 힘을 가지고 있게 될 것이고, 그리하여 인간은 고스란히 자기 자신의 밖으로 나가 있게 될 것이고, 그의 행복의 유일한 이유는 자기가 자기 자신이기를 그만두고, 모든 것을 끌어당기는 저 形言할수 없는 최고의 善에 복종하는 것이 될 겁니다.7)

神은 그 선국을 인간의 생전에도 간간이 맛볼 수 있도록 하였으니, 그날 밤의 경험이 바로 그것이었다. 한밤의 抱擁(포옹)은 많은 꿈의 斷片들을 남기고 끝났다. 그 장면들은 기억나지는 않지만, 이제껏 느꼈던 그 어느 것보다 포근하고 달콤한 것이었음은 생생히 느껴지고 있었다.

---

7) 에라스무스, 「狂愚禮讚」 中

잃어버린 세대

나의 품에서 온 밤을 보낸 그녀의 모습은 어스름 새벽빛 아래서도 어둠 속에서 주어졌던 인상과 그다지 다르지 않았다. 그러나 나는 밝은 빛 아래서 마주하기 어려울 것 같았다. 나는 포옹을 해제하자마자 그녀를 보내야 했고 그녀 또한 어서 떠나가야 함을 조금도 주저하지 않고 받아들였다.

『인민군의 포위를 뚫고 갈 수 있을까요?』

『그들이 포위했다고 해서 그물을 쳐놓은 것은 아니죠. 설사 만난다 해도 그들도 사람인데 공연히 한 여자를 어찌하겠어요? 패잔병 하나를 만난다면 몰라도 인민군대가 있는 곳은 괜찮을지 몰라요.』

『하긴 올 때도 가끔 그들과 눈을 마주치기는 했어요.』

옷자락을 여미고 같이 밖으로 나서면서 여인과 나는 가벼운 눈인사만을 교환했다. 그 때는 몰랐으나, 사실 온 밤을 부둥켜안고 지낸 남녀의 헤어짐이라기에는 너무도 단순했다. 떠나가는 그녀의 뒷모습도 나는 그다지 오래 보고있지는 않았다. 그녀는 총총히 산자락을 타고, 새벽의 서리와 안개가 뿌옇게 뒤섞인 저 너머로 사라졌다.

내가 우리 동료들이 모여있는 곳으로 다시 돌아올 때 간밤의 나의 행적에 대해 묻는 이는 없었다.

하늘로부터 요란한 울림이 있었다. 싸리나무 관목들이 부르르 떨었다. 적의 공습인가. 그렇지는 않을 것이다. 이제까지 기다렸을 리가 없다. 그러나 모두들 두려움에 떨었다. B-二十九가 나타났다. 모두들 안도했다. 비행기로부터 대여섯개의 큼직한 낙하산이 떨어졌다. 거기에는 사람이 아닌 물건이 달려있었다. 모두들 낙하산이 떨어진 곳으로 서둘러 가보니 포대 속에는 물이 들어찬 물통들이 우리 인원수에 충분하게 가득 들어 있었다. 비행기는 돌아갔다. 우리는 물을 마시고는, 가축이 주인이 던져주는 먹이를 기다리듯 하늘만 바라보았다. 우리의 운명은 오로지 하늘 쪽에 맡겨있는 것이었다. 우리(圈)안의 가축의 운명이 위에서 먹이를 던져주는 주인의 손에 달려있듯... 두어 시간 후 다시 오더니, 이번에도 낙하산으로 물건을 떨어뜨렸다. 드디어 우리가 먹고 살아

비행기는 음식이었다.

비행기는 나써 사라졌다.

『그래도 먼저 살라고 물부터 주는군·한국군 같으면 어서 싸워서 죽든 말든 탄약부터 보내주었을 텐데...』

『멍청이들 아냐? 한바탕 싸운 다음에라면 식량도 절약될텐데...』 다른 병사는 냉소로 받았다.

비행기는 다시 돌아와 먹기에 여념이 없는 우리들 위에 또 落下物을 뿌렸다.

『탄약이겠지. 밥값하라고....』

『천천히 죽엉 되겠지.』

일단 주림을 면하자 戰列 가다듬기가 시작되었다. 미군 지휘부와 국군 지휘부는 작전을 협의했다. 협의라고는 하지만 우리의 구원부대가 미군이니, 미군 측이 작전을 세우는 것이었다. 우리는 각 분대별로, 아래쪽으로부터의 사격에 엄폐되는 바윗돌이 많은 곳들에 참호를 파서 전투준비를 했다. 모레쯤에 총공세가 있을 것이라고 했다.

긴장 속의 또 하루가 흘렀다. 오랜 무료함을 끝내고 맞는, 激戰(격전)의 前夜는 모두에게 조용한 흥분을 일으키고 있었다.

공격은 갑작스레 예고 없이 시작되었다. 내일 낮쯤으로 예상했지만 바로 지금, 저 아래에서는 천지를 뒤흔드는 폭발음과 함께 섬광이 터졌다. 우리에게 식량과 탄약을 주었던 그 비행기는 저 아래에는 폭탄을 내려뜨렸다.

몇 발의 폭발음과 섬광이 지나가고 한동안 고요가 흘렀다. 그러나 오래가지 않았다. 예상대로 적의 공세가 있었다. 적은 공늘을 피하여 산으로 올라오는 것이었다. 우리와 뒤섞이면 공습이 어려워질 것이니, 그들로서는 어차피 승산이 적은 판에 우리가 있는 고지를 공격하는 것이었다.

긴박한 상황에서 먼 곳을 관측할 일은 없어졌다. 나의 임무는 다른 병사와 같아졌다. 나는 참호 속에 들어가 아래쪽 불꽃이 튀어오는 쪽을 향해 사격을 가했다. 그러나 아무 반응은 없었다. 앞의 흙이 튀어 눈에 뿌려졌고, 적의 총탄에 깨진 크고 작은 돌조각이 간간이 빰을 굵고 턱을 후려쳤다. 나는 칠모를 더 눌러쓰고 더욱 엎드렸다. 밖으로 나온 것은 눈과 총구뿐이었다. 눈까지 가릴

잃어버린 세대

 수 있다면 얼마나 좋을까. 그러나 눈은 가릴 수가 없다. 그러니 만의 하나… 총탄이 날아와 맞는다면 눈에 맞을 것을 생각하니 섬찟했다. 敵은 골짜기를 서둘러 올라오고 있지만, 우리는 이미 시간을 두어 유리한 지점들을 찾아서, 돌로 쌓아 놓은 엄폐물을 앞에 두고 있다. 그러니 밝은 빛 아래서는 우리가 유리할 것이다. 하지만 조명탄 같은 것은 우리에게 남아있지도 않고, 空輸된 보급품에도 없었다.

 어둠 속에서 서로 불꽃만을 보이는 총격전을 계속하다, 적의 총구의 불꽃은 점차 흩어지고 뜸해지는 것 같았다. 화력이 열세인 우리는 적이 물러선 듯 하자 사격을 그쳤다.

 그러자 저 아래에서 다시 여러 커다란 불꽃과 폭발음이 들렸다. 우리는 포격을 한 적이 없는데 일어난 일이었다. 섬광과 굉음은 점점 더해졌다. 자꾸 터지는 폭발의 연속은 한 쪽 방향으로 나아가더니 이윽고 멎었다.

 북한군은 미군의 집중포화 공격을 받아 퇴각한 듯 했다. 다시 산맥의 밤은 조용한 가운데 깊어갔다. 달없는 밤이니만큼 연기는 보이지 않고, 자욱한 화약냄새만이 느껴질 수 있었다.

 아침이 되었다. 미군 지휘부는 우리와 함께 서울 쪽으로 전진할 것을 결정했다.

 우리는 이제 서울로, 진정한 행군을 시작했다. 추위와 고생은 먼저와 마찬가지였으나, 식사는 충분하였고 내가 살던 곳으로 다시 온다는 섯이 발걸음에 조금은 힘을 더해주었다. 대로를 지날 때마다 들리는 환영군중의 소리가 기계적인 발걸음에 리듬감을 더해주었다.

 이틀 밤을 지나 한강에 도착했다. 강북은 남침했던 중공군에 의해 점령되어 있었다. 우리는 강남에 진지를 구축하고 강북을 탈환하기 위한 작전에 들어갔다.

 나는 건설을 위한 측량관측대신에 내가 살고있던 곳 강북을 향하여 파괴를 위한 포격관측을 하게 되었다. 강 건너 북한군이 모여있는 곳이나 그들의 진지가 보이는 곳이 있으면 포격을 가하라는 사실상의 지시를 내가 하는 것이었다.

 『강북 한時방향, 적의 陣地발견.』

 나의 한마디에 곧 포격명령은 떨어졌고 내가 관측한 그곳은 불바다가 되었다. 목표를 빗나가 강물에 떨어진 포탄들이 만드는 물보라가 하늘로 치솟아, 江 위에는 움직이는 분수대가 여럿 있는 듯 이 물기둥이 곳곳에 생겨났다 사라졌다. 포격이 잠시 중단되자 강물은 다시 잠잠해졌다. 나의 망원경 시야에 들어왔던, 그 오락가락하던 북한군 병사는 지금 어찌 되었는지 모른다. 그들과 나(我)와 무슨 緣이 있었단 말인가. 나는 한 번도 그들을 본 식이 없고 그들도 나를 본 적이 없다. 하지만 나는 그들의 인생에 종지부를 찍고 있다. 내가 흑 마음이 변하여, 발켜나 나를 본 적이 없다. 그러나 그들의 운명에 가지고 이런저런 장난을 하고, 보이는 것을 파괴하고 변화시켜 우리가 그곳에 갈 공간을 마련하는 임무에 충실한, 한 구성원으로서 死力을 다했다.

싸움은 여시 밤에 해야 제격인가 보다. 낮 동안 띠엄띠엄 내 관측보고에 따라 쏘아졌던 포탄은 저녁이 되고 밤이 되어 어둑해지자, 이제 끝장을 보려는 듯 集中砲火의 명령에 따라 연이은 불꽃을 수놓았다. 그것은 前無後無의 대규모 불꽃놀이였다. 강 건너 터지는 포탄들이 내뿜는 軟黃色(연황색)의 불꽃들이 하늘에 치솟아, 검푸른 하늘을 가리고 前面 가득이 현란히 色色의 繡(수)를 놓았다. 대칭으로 아래로 비친 火花는 강물 속으로 곤두박질했다. 물결의 프리즘을 따라 색분해 된 靑(청), 藍(남), 紫(자), 朱(주), 紅(홍), 綠(녹), 赤(적)의 빛깔이 깨어져 떠다니는 크고 작은 조각들로 저마다 시시각각 다른 색깔을 내며 강물을 울긋불긋이 물들였다.

화려한 추세가 벌어졌던 곳에 남는 것은 폐허였다. 강 건너에는 이제 위협적인 敵의 陣地도 없고, 숨어서 o 리의 목숨을 노릴 북한군 병사도 없다. 날이 새자마자 강 위에는 浮橋(부교)가 架設(가설)되었다. 출렁 출렁 물위를 걷는 기분으로 단숨에 그 넓게만 보였던 강물을 가로질렀다. 작은 또하나의 인천상륙작전이었다. 중공군에 밀린 뒤 강북은 다시 우리의 손에 들어왔다.

페허를 넘고 넘어 우리는 북진을 계속했다. 市街地와 들판을 아무 저항없이 거쳐가며 한 걸음 한 걸음 내딛을 때마다 우리의 땅이 넓어진다는 야릇한 쾌감을 가지면서 전진했다. 이때는 나는, 이제 몸의 거북한 질환도 사라지고 손색없는 완전한 전투병이 되어 있었다. 나는 더 이상 겁먹고 바황하는 소년병이 아니었다. 군대와 전투의 생리에도 익숙해져 나의 임무수행에는 어떤 감상적인 잡념도 끼어들지 않았다.

우리에게 드디어 올 것이 왔다. 앞에 보이는 산맥을 넘으려면 분명 한바탕의 격전을 치뤄야 할 것임은 누구나 직감할 수 있었다. 고지에는 적이 퇴각하지 않고 숨어있을 것임은 명백했다. 저 앞의 대여섯 봉오리의 고지들을 우리가 우리는 행군을 중지했다. 다시 전열을 가다듬었다.

탈환해야만 된다. 앞의 가장 큰 봉우리 두 곳의 우거진 숲 속에 敵은 집결해 있다. 우리가 그 사이(間)나 옆을 통과하기를 기다려 집중공격할 작정이 틀림없었다. 우리는 전진을 않고 그대로 다시 밤이 오기를 기다렸다. 봄을 앞둔 앞산 곳곳에는 아지랑이가 피어오르고 있었다.

三 · 英雄의 죽음

봄은 우리가 있는 이 곳 들판에도 와 있었다. 군화발에 바닥이 짓이겨질 때마다, 지난 一年, 한 동안의 주어진 生을 마치고 이제는 황토빛이 되어 흙과 더불어 一體化 돼가고 있는 마른풀짚 사이로, 가만가만 조심스레 돋아나는 여리디 여린 軟綠의 새 싹이 드러나 보였다. 새로운 世代는 어김없이 자라나고 있었다. 지나간 세대의 자취를 거름삼아 大自然史의 명맥을 잇기 위해, 어떤 불평도 불만도 없이 환경을 헤쳐가고 있었다.

해가 기울기 시작하면서 구름도 끼어 주위는 어느새 싸늘해졌다. 가만히 앉아있기에는 공기와 바닥이 너무 차가왔다. 우리는 조금 일찍 주먹밥을 나눠받아 저녁식사를 했다.

자연이 베푸는 太陽光에 보답하여 분주히 생명의 原形質을 생산하는 者들, 草木이 즐거이하는 시간인 낮이 끝나고, 어느덧 殺戮(살육)을 즐기는 짐승들이 반기는 시간, 밤이 찾아왔다. 흐린 하늘에 가려 달은 보이지 않았다. 밤이 깊어 자정이 가까와지면서 우리는, 다가올 공격명령을 긴장속에 기다렸다.

쉬이익-.

하늘을 가르는 주홍빛 한 줄기 포탄의 軌跡(궤적)은 밤하늘을 수직으로 갈랐다. 그 뒤를 이어 수십발의 포탄이 이어 날았다. 포탄은 우리가 공격 명령을 받은, 가장 앞 고지의 頂上에 연달아 내리꽂혔다.

꽝, 콰광-.

화산이 폭발하듯 野山 꼭대기에는 放射狀(방사상)의 불꽃이 피어올랐다. 드디어 내가 속한 소대에게도 공격 명령이 떨어졌다. 공격지점에 도달하려면 앞에 펼쳐진 들판을 敵의 반격을 避해 건너가야 한다.

포탄이 날아가거나 터지는 동안에는 들판의 바윗돌이나 움푹패인 곳에 숨어 있다가 잠시 어두워지는 틈을 타 잎으로 전진하고, 마땅한 방어물이 없으면 납작 엎드려 地面과의 구분을 없이 했다. 전진하다 멈추고 다시 전진하기를 되풀이했다.

멈추는 순간은 아무리 짧았더라도, 나 혼자만이 이 벌판에서 사색의 자유를 가지는 시간이었다. 原始, 그대로의 순수함으로 돌아가서, 전후좌우 그리고 하늘에서 펼쳐지는 온갖 불꽃의 生動을 보았다.

우리편의 神이 저쪽 山위의 神과 싸우고 있는데, 우리 神의 편애는 밑에 바퀴를 거느린 커다란 생물들이 줄시이 있는데 行할때는 돌이키지 아니하고 일제히 앞으로 곧게 행하며 생물이 행하면 바퀴도 따라 했하느라. 각각의 앞에는 커다란 뿔들이 나 있는데 그 뿔들이 雨雷(우뢰)와 같은 소리를 내며 뿔혀져 하늘로 치솟아, 심히 커다란 반디(螢)와 같은 형용으로 하늘 가운데 빛을 내며 저쪽 위에 있는 神이 소굴로 날아가더라. 그 반디의 무리가 제각기 퍼덕이는 날개는 꼬리와 같이 뒤로 뻗쳤으며 날아가는 소리는 崑崙(고른)에서 날아온 까마귀양 요란하여 하늘가득이 퍼지고 그 움직임은 번개같이 빠르더라. 그네들이 저쪽 神이 있는 곳에 다다라, 다시금 천지를 뒤흔드는 우리의 소리를 내며 한부두더기 거대한 火山으로 변하기를 연이어 하니, 도무지 어떤 생물일까 헛것을 본듯 싶더라. 저 쪽에도 뿔난 생물이 있는 듯하여, 거기로부터도 한 무더기의 불타는 날짐승이 뛰쳐나오니 더러는 우리가 있는 곳을 넘어가기도 하고, 더러는 바로 옆에 떨어져 불기둥을 일으키며 땅을 파엎으니, 그 기운에 쓰러져 넘어지는 우리 軍兵도 허다하더라.

夢想의 기회는 잠시뿐이었다. 砲彈의 空中舞에 정신을 팔 수는 없다. 上空을 춤추며 날아가는 포탄의 행렬은 응원군인 동시에 공포의 대상이기도 했다. 언제 우리 머리위에 떨어지지 않는다고 장담할 수 있을까. 게다가 간간이 저쪽의 반격이 있어 우리에게 피해를 입혔다. 저들은 우리편 陣地를 향해 포격하지 않고 저들에게 다가오는 침투조를 의식해 山 바로 아래 의심갈 만한 곳마다 포탄을 투下했다. 저들 가까이 다가가는 것만이 저들의 포격을 피하는 방법이다.

어서 전진하니, 저 앞에 우박처럼 쏟아지는 포탄 사이에서 용케도 살아남아 잠복하고 있을, 중

잃어버린 세대

공군을 몰아내고 그곳에 올라서야 한다. 그러고나면 거기서 바라다보이는 땅은 우리의 것이 된다. 그만큼 메스꺼운 異物質을 우리땅에서 걷어내는 것이니 어찌 보람있을 수 없으랴. 총공격의 作戰은 숨가쁘게 이어졌다. 저 쪽 고지에서의 대응사격은 점차 뜸해졌다. 어느새 우리는 평지를 건너와, 고지의 기슭에 다다라 잠복했다. 남은 것은 침투 명령에 따라 저 위로 돌진하는 것이다.

그 동안에도 支援砲擊(지원포격)은 계속됐다. 포탄들은 산허리를 돌아가며, 박혀있던 온갖 나무가 모조리 쓰러지고 불타 없어지도록 들쑤시고 볶아대었다. 과연 저 속에 敵이 남아 우리를 반격하리라 믿기지 않을 정도로, 울퉁불퉁한 산자락을 골고루 다져놓았다.

포격은 잠시 중단되었다. 연달아 튀어오르던 불꽃조명이 갑자기 끊어진 지금, 어렴풋이 올려다 보이는 언덕에는 군데군데 깨진 바윗돌과 타다남은 나무줄기들만이 보였다. 침투명령이 내려졌다. 그 무엇이 보이든 말든 간에 우리는 높은 곳을 향하여 匍匐(포복) 전진했다.

보였던 언덕의 끝에 다다르면 바로 敵의 高地일 것 같아 바짝 긴장하며 소리죽여 접근했지만, 막상 그곳에 오면 앞의 또다른 언덕이 있었다. 그러기를 몇번 하고난 뒤에, 드디어 확실한 高地가 보였다. 目前에 敵을 두고서, 잠시 오르막이 멈춰져 우묵한 산허리가 우리들의 앞에 놓여 있었다.

산마루의 자연적인 평탄함과는 구별되게 울퉁불퉁 돌을 쌓은 적의 陣地가, 暗灰色 虛空 속의 실루엣으로 보였다.

이 곳을 어떻게 소리없이 건너갈까... 우리들은 서로 돌아보며 한결 마음을 조이고 있었다. 마른 나뭇잎 스치는 소리, 숨소리, 기침소리 죽여가며 한 발짝 한 발짝 앞으로 디디는데, 건너편, 적의 진지 아래 이곳 저곳에 적군이 매복하고 있음이 감지되었다. 頂上의 陣地는 집중포화로 인해 이미 흐트러졌지만, 敵은 우리의 공격을 대비해 各個로 埋伏(매복)하여 기다리고 있었다. 못해나오는 자그마한 재채기소리, 그리고 탄알 장전하는 소리... 풀잎 스치는 소리, 참다 적지 않은 인원이 우거진 풀숲을 스치며 움직이고 있는데, 그것도 미리 예상하고 있었던 일인데, 서로가 끝끝내 알아채지 못할 수는 없었다. 저쪽에서도 우리의 접근을 알고, 조용하면서도 부산스레 臨戰(임전) 자세를 갖추는 機微(기미)가 있었다.

돌격! 그리 크지 않은 소대장의 명령과 동시에 우리는 힘을 다해 高聲을 지르며 돌진했다.

저쪽에서도 뭇고함과 함께 한 무리의 적군이 이 곳 저곳에서 튀어나왔다. 미처 전열을 가다듬을 새도 없이 우리는 그들과 한데 섞였다.

총과 대포도 지금은 소용없다. 오직 적군을 하나하나 처치해 우리가 저 높은 곳에 올라가야 한다. 상관의 지휘도 없다. 자신만의 책임하에 여기서 생존하여야 한다.

중공군 하나와 한叅차로 마주섰다. 그가 내게 칼을 내리찌르려 오른손을 드는 그를 밀치고 발을 걸고 넘어뜨렸다. 나도 함께 넘어지고 그와 나는 서로 껴안듯이 밀착하여 뒹굴었다. 단 한차례의 공격기회를 주어도 승부는 결정나는 것이었다. 그러면서 혹 이미 상대편을 처치한 다른 적병이 기습해올까 하는 두려움이 있었다. 그 쪽 또한 마찬가지였는지, 둘은 뒹굴어 조그만 덤불이 남아있는 움푹패인 곳으로 옮겨가서, 어지러이 싸우는 무리들로부터 멀리 떨어졌다. 목을 조르고 주먹으로 치고, 엎치락 뒤치락 상황은 反轉을 반전을 거듭했다. 그러면서도 팽팽한 긴장을 유지했다. 칼을 쥔 그의 오른손에 조금이라도 여유를 주어서는 안된다. 나의 왼손은 그의 오른팔목을 꼭 붙잡고 있었다. 그렇다고 해서 그 손에서 칼을 빼앗을 여유는 없었다. 한 손만으로의 격투 끝에 그의 왼손도 나의 오른팔목을 잡았다.

서로간에 싱내의 양팔에 조금이라도 여유를 주어서는 안되기 때문에, 부둥켜 얼힌 채로 몸부림만을 하고 있었다. 팽팽한 긴장이 계속되었지만 시간이 흐르자 몸집이 작은 상대의 힘이 떨어지는 듯 했다. 그의 어깨너머로, 흙속에서 삐져나온 조그만 바위돌이 보였다. 나는 이제까지 엎치고 뒤치고하는 대수롭ㅇ낳은 동작의 하나인양 그를 밀쳐, 그의 뒤통수를 바위모서리에 세게 부딪쳤다. 충격을 받은 그는 兩 팔을 부르르 떨었다.

약간의 이완이 있기가 무섭게 나는 오른손목을 그의 손으로부터 빼내고 그의 팔목을 붙잡았다. 곧바로 일어나 오른발로서 오른손을 교대하여 그의 왼팔을 눌러 고정했다. 내 뒤에 찬 칼을 뽑을 필요도 없었다. 해방된 나의 오른손은 반원을 그리며 그의 가슴위를 넘어가 그의 오른손에 쥐어있던 칼을 빼앗아 무방비로 노출된 그의 목에 必殺의 내리꽂음을 감행했다.

칼음 푹 들더가는 듯 싶더니 목뼈로부터의 둔탁한 저항을 받으며 정지했다. 내 얼굴에 피가 튀며 서 더러는 입 속으로 들어가 짭짤한 소금기의 맛을 보았다.

잃어버린 세대

한 時도 머뭇거릴수는 없었다. 미처 꺼내지 못했던 내 칼을 戰友의 격전장으로 갔다. 어둠 속의 윤곽으로 보아 중공군인 쪽이 이기는 듯 보이면 뒤에서 다가가 등에 칼을 꽂아 쓰러뜨리고는, 다시 칼을 뽑아 또다른 적을 기습하기를 반복했다. 별다른 특이한 용맹성도 없는 인간백정의 행위일 뿐이었다. 내게 따로 덤벼드는 중공군을 좀체로 만나지 못하는 것은 우리편이 승세를 잡고 있는 것이었다. 내가 너덧을 그렇게 처치하니 그 통에 적으로부터 해방된 동료들도 다시 몇몇을 처치하고... 상황은 금세 기울었다. 이미 포격을 받는 중에 지휘관을 잃고 戰列이 흐트러져 있던 적군은 얼마 안되는 생존자를 捕虜로 남기고 궤멸했다.

싸움에 관한 이야기는 으레 자기의 용맹성과 승리를 자랑하는 무용담이 대부분이기 마련이다. 그것은 잘한 것을 자랑하려는 인간의 심리 때문이 아니라, 이겨야만 살아서 그 이야기를 전할 수 있기 때문이다.

고지 점령의 기쁨도, 生死의 고비를 넘기 지치고 상처입은 우리들에게는 즐길 겨를이 없었다. 의무대의 수습이 진행되면서 우리들은 곳곳이 자리를 찾아 쓰러져 누웠다.

먼동이 트면서 지저귀는 산새소리와 함께 우리들은 잠깐동안의 단잠을 끝냈다. 실상 우리가 차지한 것은, 맨 앞의 조그마한 야산일 뿐이다. 그 앞에 버티고 서 있는, 제법 듬직한 바위산이 우리가 온힘을 다해 차지해야할 곳이다. 그 決戰을 앞두고 우리는 暴風前의 고요와 같은 휴식을 가졌다.

해가 아침안개를 벗고 메마른 산등성이를 비추기 시작하자 봄의 기운이 다시금 주위를 감돌았다. 그러나 보이는 地面은 온통 黑色으로 뒤덮여 있었다. 마른 잔디는 완전히 타들어가 검은 융단을 펼쳐놓은 듯 했다. 군데군데 뭉치로 솟아나 있는 개나리의 그을린 덤불가지에는 갓 망울진 꽃봉오리 김이 타지 않고 노란빛을 내고 있었다. 모락모락 나는(發) 검은 잔디에 엎드려 누워 이야기를 나누며 우리는 다가오는 決戰 앞의 두려움을 달랬다.

『송하사님, 어머님한테서 왔습니까?』
주머니에서 편지를 꺼내들어 보고있는 그에게 나는 물었다.
『이건 원래 내게로 온 것이 아니고...』
그는 숨기지 않고 내게 보내신 편지를 보였다.
『우리 소대장님에게로 보내신 것이라네.』

어제 낮, 소대장 강중위와 송하사는 가벼운 언쟁을 벌였다는 것이다.

『송하사, 이번 작전에는 후방에서 탄약 보급책 임무를 맡아야겠네.』

『그게 무슨 말씀입니까? 이번같이 중요한 때에 저는 앞에서 침투조로 들어가야 할 것 같은데요.』

『그동안 송하사는 많이 맡아왔으니 잠시 돌아가며 쉴수도 있는 것이 아닌가. 최상병도 경험이 많아서 침투조를 이끌수 있을 것이고 정일병도 꽤 완숙한 전투원이 되어 있다네. 송하사는 뒤에 남아도 좋을 것 같네.』

『전쟁은 배우기 위해 있는 것이 아닙니다. 이번같이 중요한 작전에, 아무리 걔네들이 조금 해낼수 있다 하더라도 무조건 맡길 수는 없습니다. 아무래도 제가 침투조에 꼭 들어가야 할 것 같습니다.』

『아니네, 이번은 우리가 많은 폭약을 쓰게 될 것이니 후방과의 교류가 중요하네. 그러니 자네가...』

『소대장님 이유가 석연찮네요. 아무리 군인은 명령에 복종해야 한다지만 그래도 영문을 알아야 임무수행에 좋은 것 아닙니까? 이번작전은 신속한 침투가 중요한 것도 아닌데、 대원들이 조금씩만 폭약을 더 지고 가도 그런 임무는 필요가 없을 텐데요.』

소대장은 말이 막힌 듯 잠시 조용히 있더니 다시 목소리를 낮추어 말했다.

『자네 삼내두자지?』

『그런데요? 그런 얘기 드린 적 없는데...』 송하사는 正色하며 되물었다.

『홀로 계신 어머니를 생각해야 하지 않나?』

『가족걱정 없는 자가 어디 있겠습니까? 저 또한 살아돌아가 못다한 효도를 다하고 싶습니다. 강중위는 외숙모니에서 흰 편지봉투를 슬쩍 꺼내보였다.

『남들이 알이 주는지는 몰라도 송하사는 이미 여러번의 전투에서 많은 戰功을 세웠네. 자네 모친께서 내게 이렇게 부탁하는데... 이번만은 몸조심을 하여 주게.』

『무슨 내용입니까?』

송하사는 얼른 그 편지를 뺏아들었다. 강중위는 손을 내밀어 도로 받으려 하다가 그만두었다.

잃어버린 세대

『중위님은 저를 이용하여 전쟁에서 승리하면 그만입니다. 저의 집안생활까지 걱정해주실 수는 없습니다. 어머니가 부탁한다고 동료들보다 인전한 자리로 간다면, 背景(배경)을 이용해 부정한 방법으로 군대를 피한 자들이나 다를 것이 무엇이겠습니까?』

강중위는 대답없이 고개를 숙였다.

송정식의 대장선생님께 드립니다.

저는 송정식의 에미되는 사람입니다. 엄동설한에 악독한 빨갱이들과 고생이 많으시 겠습니다. 저의 정식이는 삼대독자 외아들입니다. 정식이 아버지는 정식이가 열 살때, 세 살난 누이까지 남기고, 장사나 갔다가 불량배들과 하고 싸우다 죽었습니다. 저는 남의 집 종살이나 나물장 사나 닥치는대로 하면서 두 아이를 길렀는데 딸아이마저 다음해 홍역으로 죽었습니다. 그뒤로는 줄곧 정식이 하나만을 바라보며 살아왔습니다.

제 아이 소중하지 않은 부모가 어디 있겠습니다만 일전에 저는 한 이상한 꿈을 꾸었습니다. 부연 안개가 자욱한 江이 있었는데 안개가 걷히더니 건너편에는 죽은, 정식이 아버지하고 딸 정란이가 있었어요. 이 쪽에는 내가 정식이와 함께 있었던 것 같아요.

우리도 걷고 건너편의 애 아빠와 정란이도 걷고 있었는데, 갑자기 정란이가 우리를 보고 『엄마 보고싶어 어서와!』 하지 않겠어요? 애 아빠는 황급히 애를 말리더라고요. 그러나 딸애는 듣지 않고 더 소리지르는 거에요. 그러더니 이번에는 지 오빠를 크게 부르더라고요. 『오빠, 오빠, 보고싶어서 와!』 하고…. 그러자 애 아빠는 황급히 정란이의 입을 막으면서 나한테 『여보, 정식이 꼭 붙잡고 있소.』 하더라고요.

그 때 내가 옆의 정식이를 붙잡으려고 손이 안잡히더라고요. 건너편의 애아빠와 정란 이도 안보이고…. 다시 온통 자욱한 안개만 있는 가운데 꿈이 끝났어요.

선생님, 제가 한번 부대로 찾아가 보려 하는데 그 때까지 만이라도 제발 우리 정식이를 좀 무사 히 지낼수 있도록 해주실수 없겠습니까. 다음 달 이내로 어떻게 해서라도 가보아서 정식이를 만나 서 얘기라도 하면 厄(액)풀이가 가 될것도 같은데…. 그날 만날 수만 있다면 그 다음에는 왠지 안심 해도 될 것 같아요. 그 다음에는 아들보고 나라를 위해 몸을 아끼지 말라고 하겠으니 한번만 들어주시고…. 부디 조금만 저의 아들 라고만 돌리지 마시고 이 철없는 아낙의 소원이니 한번만 들어 주시고…. 부디 조금만 저의 아들을 보아주세요。」

나는 나의 어머니가 생각났다。 지금 모시고 있는 어머니는 내가 일곱 살 때 생모가 아버지와 다투고 집을 나간 뒤 아버지가 再娶로 맞은 분이다。 소학교 졸업 무렵 아버지가 돌아가신 뒤로, 나는 집안에서 셑도는 생활을 하고 오히려 사촌 형제들과 가까이 지냈다。 계모와 이복동생들과의 사이가 문제있는 것은 아니었지만、 자라서는 혈육간의 애틋한 감정을 느낄 기회가 적었던 나로서는 송하사의 어머니의 편지는 깊은 느낌으로 와닿았다。

「지금 기분은 어떠세요?」

편지를 훑어본 나는 송하사에게 돌려주면서 물었다。

「어머니는 본래부터 迷信을 중히 여기는 분이라 새삼스러울 것은 없는데....」 그는 가벼운 한숨을 쉬었다。 다소 야위고 순박한 인상의 그였지만 어딘가 모르는 무거움이 그를 받쳐주고 있었다。

송하사는 자기의 어머니와 동생의 이야기를 했다。

마을에서 주금 떨어져 있는 언덕배기 산기슭에 외딴 집은 자리잡고 있었다。 아버지는 살아있을 때도 집에 서의 오지를 않았기 때문에 기억이 거의 없다。 어머니는 매일 아침 집을 나와 동네로 가는 길에 있는 城隍堂(성황당)에 들렀다。 간혹 일찍 잠이 깨어 어머니를 뒤따라 나오면, 어머니는 산봉우리가 의시한 東便 하늘의 자욱한 아침 안개를 등지고、 판판하고 고른 돌을 이슬 젖은 채 골라 집어들어、 돌무더기 위에 정성스레 포개올리고 至誠(지성)으로 소원을 비는 모습이 보였다。 그 소원은 분명히 알아듣지는 못했지만 가족들이 삶의 일에 쫓기지 않고 함께하며 살아갈 수 있기를 바라는 그런 것이었다。

아버지가 죽는 후 어머니는 생계뿐만 아니라 아버지가 진 빚을 갚으라는 星火에 시달리며 진종일 일을 해야 했다。 학교에 가있을 동안 어머니는 동네 부잣집의 집안일을 했다。 오후가 되어 어머니가 시장에 나물을 팔러갈 때면 학교에서 돌아와 곧바로 함께 場에 가서 일을 거들었다。 장이 안서는 날에는 인근 다른 마을의 장에 가거나 또다른 집의 품팔이를 하거나、 어쨌든 어머니와 함께의 하루도 일을 쉬는 날이 없었다。

정란이는 해질녘마다 집 아래쪽 수레가 다닐수 있는 길가까이까시 나와서 기다렸다。 저녁이 되어

잃어버린 세대

돌아올 때、 풀꽃을 따며 혼자 놀던 정란이는 놀라 소리지르듯 엄마와 오빠를 부르며、 서둘러 자기 키만큼 자란 풀줄기 사이를 헤치며 내려와 반겼다. 정란이는 엄마한데 달려들려해도 엄마는 머리에 짐을 이고(戴) 있어 안아주지를 못했다. 그래서 정란이는 둘 사이에 끼어들어와 양 손을 잡고 깡충 깡충 뛰면서 집으로 돌아왔다. 뉘엿뉘엿 지는 해를 등지며 보이는 두 개의 긴 그림자 사이에 끼인 짧은 그림자는 유난히도 들썩들썩 움직이는 것이었다. 그 時間... 하늘의 푸르름은 生命가진 者들의 피곤함을 덜어주기 위함이었다. 산새의 지지귐은 땅 위에 사는 者들의 들의 보기는 즐겁도록 그런 것이었고 언덕에 퍼져있는 풀꽃내음의 싱그러움은 움직이며 사는 者들의 이었으니... 그 가운데 있는 삶은 정녕 아름다웠다. 고달픔을 위로하기 위한 것

늦은 봄 어느 날부터인가 정란이가 나와(出) 서 있는 곳이 집에서 더 가까와졌다. 전에는 그리도 호들갑스럽게 뛰어나서더니만 웬일로 얌전히 걸어오는 것이었다. 집에 돌아오면 어두운 방에 호롱 불 켜기도 어려워 얼른 잠자리에 들곤 했기에 별다른 신경은 쓰지 않았다.

마중나오는 장소는 점점 더 집에 가까와졌다. 이윽고 그애가 얼굴에 열이 나고 힘이 없는 것을 알 앉을 때는 이미 마중나오지 못하고 문지방에 멍하니 기대있게 된 때였다. 당장 끼니를 그느니 이어 가며 외딴집에 살면서 어떻게 할 엄두가 나지 않았다. 그저 정란이보고는 낮에 얌전히 누워있으라 고만 하고、 어머니는 일을 나가고... 학교애 갔다 오면 곧바로 시장에 가서 어머니를 돕는 일 을 계속했다.

이제와 다른 것은 아침저녁으로 성황당을 지나면서 어머니는 예전보다 더 정성스레 돌을 쌓으며 울며 신령께 호소했고... 함께 손이 닳도록 빌었다. 엄마 전까지만 해도 그리도 까불대며 재 롱피던 아이가 온종일 방에 누워있으니、 같은 아이인지 믿기지 않을 정도였다.

그러기를 한 보름. 초여름이라 해가 긴 만큼、 밝을 동안 한뿌리라도 더 팔아서 돈을 마련하려고 母子는 오래도록 장터에 있었다. 집에 도착했을 때는 시간으로 보면 저녁 여덟시가 넘었을 시각이 었다. 모자는 오랜만에 집 앞 텃밭에까지 마중나와 있는 정란이를 발견했다. 그러나、 혼자 방을 나와 마루바닥을 기어내려온 정란이는 손에 봄에 엄마가 심었던 갓피어난 맨드라미 한 송이를 잡 고、 뜨락 섬맷돌에 엎어 쓰러져 죽어있었다.

『정란이의 마지막 모습은 가끔 꿈으로 나타났지。 그애는 쓰러져 있다가 금방 고개를 들것만 같았

는데 그럴 즘이면 깨곤 했지. 그 뒤 십여년 동안을 잊고 지냈는데 요 근래들어 다시 나타나곤 하네. 게다가 어머니가 말한 꿈의 이야기를 읽어서 그런지는 모르겠지만 내게도 그 어머니가 이야기한 그 장면이 나타났네. 정란이는 생전에 그리도 입고싶어 했지만 한번도 입지 못했던 고운 색동저고리를 입고 있었지. 내게 어서 오라고 웃는 모습은 재롱피우던 그 모습 그대로이고 아버지가 말리자 울던 모습도 그 모습 그대로였어.』

『허황된 생각을 너무 하시는 것 같은데요. 마음이 약해지신 것 같아요. 정말 이번에는 물러서시는게 좋을 것 같은데요.』

『아니네. 나는 요즘 들어와서 더욱 인간들 사이의 調和에 대해 생각하게 되었네. 인간이란 결국 우주의 일부분이니 인간 하나하나의 영혼이 모여 우주를 이루는 것이지. 그러니 한 穩全(온전)한 인간으로서, 그의 마음상태가 주변 다른 사람들의 마음상태로부터 자유로와질수 없다는 것은 조금도 이상한 일이 아니야. 인간이 서로가 아픔을 같이하고 生死의 운명도 함께하려 하는 것. 이것은 진정 높은 차원의 정신적 안정을 추구하는 노력에서 말미암은 것이 아닐까 생각되네. 同時代人의 고통과 죽음을 자신과는 무관하게 생각하지 않으려는 그런 마음은, 非但 비겁자라는 너울을 쓰기 두려워서가 아니라, 무언가 이 우주를 이루는 큰 질서로부터 벗어난, 부조화의 나락에 떨어지지 않으려는 그의 몸부림에서부터 나온 것이라고 생각되네.』

나는 그의 이야기에 대답할 말을 찾지 못했다.

이 날 낮 우리의 평온은 오래가지 못했다. 오후부터 중공군의 포격이 시작되었다. 흩어져 참호에 숨어들어 적의 공격을 찾기를 피했다.

밤이 되어 포격은 더욱 빈번해졌다. 우리는 더 이상 숨어있기만 할 수 없었다. 드디어 우리는 기다리던 第二次 공격을 감행했다.

우리쪽에서도 맞은 편 고지를 향하여 포격이 시작되었다. 이곳 저곳 예고없이 터지는 포탄을 避(피)해가며 崇司사와 내가 속한 분대는 산을 내려왔다. 敵은 이미 우리의 의도를 알아차리고, 우리쪽 高地보다는 兩高地 사이의 계곡을 향해 내리 포격을 하고 있었다. 골짜기를 훑어가듯이 퍼부어지는 포탄의 아박을 避해 건너편 고지로 침투한다는 것은 사람의 몸을 가지고는 불가능해 보였다. 하지만 그만듬 우리 쪽의 엄호사격도 더해졌다. 폭격기 편대가 적의 고지 상공을 날아 포탄을 쏟아내리기 시작했다.

잃어버린 세대

쿵, 꽈광, 그것은 한 기운찬 活火山이 땅속으로부터 끊어오르던 憤(분)을 못참아 폭발하자, 옆에 오랫동안 잠자코 있던 休火山들마저 덩달아 연이어 터지는 듯한, 천지간의 우렁찬 산울림의 연속이었다. 거대한 주홍빛의 夜光花들이 산꼭대기를 둘러 순간 순간 꽃가루파편을 날리며 피어났다 사라졌다.

연속되는 포격으로 조명탄 없이도 산마루가 환히 보이는 가운데, 아군 비행기 한 대가 꺾어지듯 갑자기 고도를 낮추더니 총탄의 소나기를 퍼부었다.

機銃掃射(기총소사)‥‥ 말 그대로 산마루의 적군을 한바탕 쓸어내버리려는 것이었다. 곧이어 다른 비행기가 두 번째, 세 번째로 산마루를 대패질했다. 공격을 끝낸 비행기는 다시 고지의 주위를 돌며 그 아래 둘러쳐진 산비탈을 온통 총탄의 우박으로 감아 댔다.

敵이 정말 인간이라면 과연 살아남을 수가 있을까‥‥. 한참동안의 포격이 계속되면서 적의 공격은 눈에 띠게 약해졌다. 아군의 공격도 주춤했다. 우리로 하여금 침투의 길을 열어주는 것이었다.

火焰(화염)의 행진이 그쳐 다시 어두워진 가운데, 우리는 산비탈의 凹地를 골라가며 적의 고지를 향해 전진했다. 먼저보다 험한 만큼 몸을 숨기며 침투하기에는 오히려 더 좋았다. 중턱쯤 올라갔을까 싶을 때 위로부터 총소리가 났다. 그 와중에도 살아남아 숨어있는 중공군의 기습이 시작되었다. 우리는 분대별로 흩어져 각개전투로 돌입했다.

저 쪽 높은 곳에 바위로 둘러쳐진 천연의 요새가 있었다. 적의 공격은 그곳으로부터 있었다. 송하사와 내가 속한 우리 1분대는 살짝 뛰어 들어가서 그 요새가 보이는 한 돌무더기 아래쪽에 자리를 잡았다. 한편 2분대는 골짜기에 連해있는 비탈진 곳 아래로 잠복했다.

고지의 천연요새로부터 연속 쏘아지는 총탄은 우리로 하여금 더 나아가지 못하게 했다. 조금이라도 몸을 일으켜 전진했다간 저들의 좋은 목표물이 될 뿐이었다. 반면에 저들은 견고한 바윗돌 뒤에 몸을 가리고 있어 우리의 사격은 종쳐럼 효과가 없었다.

『아무래도 안되겠다. 다른 방도를 써야지.』

송하사는 중얼거리고는 우리들에게 잠시 공격을 중지하라고 했다. 우리는 사격을 멈추고 조용히 있었다. 한동안 우리쪽에서는 아무 반응이 없고 2분대쪽에서만 사격을 가하자, 敵도 우리 쪽에 대한 사격을 그치고 골짜기 쪽으로만 사격을 했다.

『2분대 쪽에서는 우리가 전멸했다고 생각할지 모르는데.』
『우리야 심이 남기 유리하겠지만 좀 비겁한 거 아냐?』
어둠속에서 분대원들은 서로 속삭이며 다음 명령이 떨어지기를 기다렸다. 하지만 송하사는 아무 말 없이 고개를 숙이고 무언가 만지작거리고 있었다. 조금 아래쪽에 있는 소대장으로부터도 우리에게는 별다른 명령이 없었다.

그 때였다. 송하사는 갑자기 몸을 일으켜 앞으로 뛰쳐나갔다. 그는 저 위 천연요새가 있는 곳으로 내달았다. 그러나 적의 눈에 안뜨일 수는 없었다. 곧바로 적의 총탄세례를 받았다. 그와 동시에 그는 수류탄 두어 發을 한데 묶은 채로 敵陣에 던졌다.
섬광과 폭음과 함께 바윗돌이 와르르 무너져 내렸다. 상황을 직감한 우리와 2분대원들은 폭발이 일어난 곳을 향해 돌진했다. 敵은 갑작스런 공격에 큰 피해를 입고, 더러는 쓰러져 허우적거리고 더러는 선 채로 우왕좌왕 하고 있었다. 우리는 주저없이 그들에게 총탄을 퍼부어 地面에 소리없이 엎더지게 했다.

陣地를 점령한 병사들은 각자 적합한 자리를 찾아 다음의 공격을 대비했다. 나는 우선 진지 아래로 내려와 송하사를 찾았다.
송하사는 허리 아래가 오통 피로 물들어 있는 채 쓰러져 있었다. 나는 그를 껴안아 일으켜보려 했지만 그는 가벼운 미소를 머금고는 더 이상 움직이지 않았다. 아래쪽 진지가 함락된 것을 보자 영웅의 죽엄 앞에서의 悲壯美를 느낄 기회도 주어지지 않았다. 더 위쪽에 있던 중공군의 포격이 再開되었다. 번쩍―, 바로 앞에 터지는 불꽃과 동시에 나는 정신을 잃었다.

끝없이 높고 淸明한 푸른 하늘이었다.
그 가운데 어제 모르게 눈부시게 새하얀 한 송이 구름이 떠다니고 있었다.
구름은 떠다니면서 그 모양이 이리저리 변해갔다. 상하좌우가 쑥쑥 솟아나더니 大地를 감아 안을 듯한 날개를 가진 큰 白凰(백황)새가 되어 유유히 날아다녔다. 날개를 접어 어디로가 머물 듯 하더니만 포근하기 이를 데 없는 한 마리 綿羊(면양)의 모습이 되었다. 다시 알 수 없는 모양으로 구름은 움직이고 변해가더니 마침내는 한 아름다운 여인의 모습이 되었다. 그 여인은 넓은 옷소매로 구름을 휘

잃어버린 세대

저으며 유유히 날아다니다가 웃음 띤 얼굴로 다가와 손짓했다. 그 여자는 얼굴이 익었는데 어디서 봤는지 생각나지가 않았다. 잠시 더 생각하다가 나는 소리쳤다.

『어머니...』

어머니의 웃는 얼굴은 어릴 때 기억 속에 남아 있었지만 平時에는 생각내려고 해도 그저 어렴풋하기만 했다. 그런데 이번에는 확실히 보았다. 파아란 바탕의 純白의 强弱으로 윤곽을 보이고 있는 어머니의 모습은 너무도 아름답다와 仙女와도 같았다. 나는 펄쩍 뛰어 구름송이를 잡고 어머니를 따라가며 울며 외쳤다.

『어머니! 보고 싶었어요. 그동안 어디 계셨어요. 이제 떠나지 마세요.』

그러나 어머니는 말없이 웃기만하고는, 날개옷을 펄럭이며 두둥실 날아 멀어져갔다. 나는 구름을 타고 애써 따라가 옷자락을 쥐었다. 그러나 어머니는 옷소매로 살짝 쳐 뿌리치더니, 조금씩 조금씩 뽀얀 연기로 변해 사라지며 茫茫(망망)한 하늘 속에 자취를 감췄다. 나는 울음진 소리로 외쳤다. 『어머니! 나를 떠나지 마요. 나를 버리지 마요. 어머니! 어머니...』

갑자기 손에 쥐었던 구름도 사라져갔다. 나는 공중에서 곧추 땅으로 떨어졌다. 넘어진 땅은 이름모를 풀(草)이 짙게 덮여 있어 푹신했다. 다시 힘을 다해 몸을 돌리자 여자의 향기가 코를 찔렀다. 나는 환희에 겨워 덥썩 여자를 껴안았다.

『이 세상에 있는 한 헤어질 수 없어요. 다시는 떠나지 마세요....』

어머니의 품에 안겨 자욱한 溫氣를 느끼며 나는 깊고 달콤한 잠에 빠져들었다. 시간이 얼마나 흘러갔는가. 귓가에는 상냥한 여자의 목소리가 울렸다.

『너무 껴안지 말아요. 숨이 막힐 것 같아요.』

나는 놀라 깨어났다. 눈을 뜨고 보니 그동안 나는 침대에 누워 한 여자를 끌어안고 있었다. 너무도 민망스러워 일어나 앉으려 했지만 일어나지지가 않았다. 나는 팔을 풀고, 『미안해요. 일부러 그런 건 아니었어요.』 했다.

여자는 성내는 대신 상냥히 웃으며, 『미안하기는요? 이 程度도 싫어 한다면 제가 더 해드릴수 있을까요? 看護婦 일을 하지 말아야죠. 어떻게 하면 더 잘 나으실수 있을까 일부러 그런 건 아니었어요.』

『내가 얼마나 잠들어 있었어요?』

『이틀은 너끈히 잘 거에요. 호호』 옆에 있는 뚱뚱한 체격의 간호부가 입을 가리며 말했다.

나는 그네들이 웃는 영문을 몰랐다.

『왜 그렇게 자꾸 웃지요?』

『웃을 만한 얘기가 있지요. 뭐라던가… 나를 버리지 말아요. 이 세상에 있는 한 헤어질 수 없어요. 다시는 떠나지 마세요…』 옆의 간호부는 다시 말했다.

나는 민망하여 어찌할 바를 몰랐다. 그러자 먼저 내가 앉았던 간호부는 미소를 지니면서도 진지한 표정으로 『괜찮아요. 이제 안정을 취해야지요.』 했다.

『여기가 어딘가요?』

『이곳은 야전병원이에요. 이제 살아나셨으니 안심하세요.』

『송하사님은 어떻게 됐어요? 그리고 소대장님은 어떠시구요? 775고지는 우리가 점령했나요?』

『송하사님은…. 775고지는 우리측이 점령했다고 그래요.』 그녀는 미리 준비한 듯 내 질문을 조목조목 대답해 주었다.

나는 되찾은 정신을 추스리며 말없이 그녀와, 병실의 광경을 바라보며 있었다. 여자는 조금은 길면서도 원만한, 觀世音菩薩像(관세음보살상)과 같은 얼굴이었다. 눈매는 양 옆으로 길게 퍼져있고 코는 그리 높지 않으면서 아래로 곧게 뻗듯했다. 무엇보다도 넉넉한 아래턱이 平安스러웠다. 얼굴의 피부는 生生하고 눈빛은 淸純했으나, 完熟히 보이는 表情 때문에 나이는 스물 일고여덟 되어 보였다. 삶과 죽음이 時時刻刻 교차되며 時急을 다투는 긴박한 상황이 예사롭게 일어나는 이곳에서, 그녀가 퍽이나 침착하고 태연하게 일을 해나가는 것이 두드러져 보였다.

날은 이미 저물고 있었다. 내가 있는 곳은 좁은 방을 개조해 만든 병실이었다. 다른 간호부들은 제자리를 찾아 가고, 병실에는 잠들어 있거나 혼수상태인 다른 환자 셋 말고는 그녀와 나만이 남았다.

주변이 정리되자, 내가 여지껏 눈을 뜨고 있는 것을 본 그녀는 내게로 다가와, 簡易(간이) 의자를 당겨 놓고 앉았다.

잃어버린 세대

『이제 좀 어떠세요?』 아무런 표정없이 묻는 그녀였으나 맑고 차분한 목소리 아래에는 가슴에서 울려나오는 低音部의 은은한 바탕이 깔려 있었다.

『어떻게 이런 일을 하세요? 왜요? 여자에게 강제로 從軍하라고는 하지 않을 거 아녜요? 다른 곳에 가 있어도 될텐데…. 왜….』

나는 별로 마땅치 않은 질문을 그녀에게 던졌다. 극한 전투를 치른 후에, 한동안 숨어있던 冷笑가 다시 일어난 것일까. 그러나 그녀는 아무런 疑訝(의아)함 없이 淡淡(담담)히 대답했다.

『지금 우리 同時代의 형제자매들이 겪는 고통을 같이 겪지 않으면 왠지 내가 이 세상을 이루는 커다란 흐름에서 벗어난 것같이 느껴져요. 어릴 때 부모님 말씀을 안듣고 밖으로 나다니면 마음에 걸리듯이, 어떤 큰 善으로부터 벗어나 있는 소외감과 허탈감을 갖거든요. 그래서 이 곳에 있음으로해서… 육체는 고달프고 위험하지만 정신은 어떤 큰 善에 가까이 함께 모여있는 것과 같아, 한결 안정함과 평안함을 느끼게 돼요.』

이미 들었던 얘기를 다시 듣는 것이나 마찬가지였다. 그녀는 바이올린을 전공하던 音樂徒로서 미국 유학을 갈 예정이었다고 한다. 그러나 출국할 때 동행할 예정이었던 애인이 입대하여 參戰하게 되자 그녀도 유학을 포기하고 종군간호부로 지원했다고 한다. 하지만 음악의 꿈은 버리지 않고 전쟁이 끝나면 다시 시작하겠다고 한다.

『당신이 공부하신다는 클래식 음악은 원래 귀족들의 專有物이었다던데요... 돈은 많고 시간은 남아돌았던 귀족들이 전속 악단을 시켜서 들었던 것이잖아요. 지금 우리같이 어려운 형편의 나라에서는 그런 귀족 예술을 하는 노력을 딴데로 쏟아 굶주린 백성 하나라도 더 먹여살리는게 우선이지 않을까요?』

그녀가 그렇게 자기 희생을 한다면 보다 철저한 희생에 대하여는 어떻게 생각할까 하며, 나는 마음에 없는 질문을 했다.

그녀는 당황하지 않고 에사롭게 대답했다.

『음악이 귀족들의 전유물이라…. 고전파시대 이전까지는 그랬겠지요. 하지만 그 이후로는 시민들도 음악을 들을수 있었다 하지요. 그 시대에 이르러서는 전통 귀족이 아니더라도 조금 경제력이 있는 시민이면 음악회를 갈 수 있었다니까. 그렇다면 말-그대로 부르조아(시민계급) 음악이 된 것이네요. 후후.』

『그렇다고 하지요.

『부르조아라면 요즘은 부유한 사람들을 말하는데… 이제는 그렇지 않아요. 앞으로는 電蓄(전축)의 발달로. 일반 시민들도 클래식음악을 원하기만 하면 들을 수 있을 거예요.』

『그런데 고전주의자들은 옛 귀족들의 취미를 비웃더군요. 저들만의 특권으로 저들만의 高尙(고상)한 인생을 향유하려는 것은 민중의 피땀을 착취한 위에서 이루어지는 것이라고… 또한 그것을 즐길수 있느냐 없느냐로 민중과 저희들과의 구분을 심화시키려 하는 것이라고.』

『글쎄요. 고상하다는 말은 빈정대는 느낌이 있는데, 인간의 정신을 보다 絶對善에 가깝게 끌어올리기 위한 고급예술은, 이 사회에 잠재적 영향력이 있는 계층일수록 오히려 더욱 收容하여야 하는 것이 아닌가요? 말하자면 이른바 귀족이라면 그만큼 고상한 취미를 갖는 것은 권리가 아니라 의무이지요. 그것이 말 그대로 민중의 피땀 위에 올려진 지위라 할지라도 그 보답을 하기 위해서는 지도계층은 보다 진지하고 고상한 사고를 배양해야 하리라고 생각해요. 사회적으로 역할이 있는 자일수록 많은 사람들에게 善을 베풀기 위해 영혼들을 더 高揚(고양)해야 할 것이라는 거죠. 저는 지금 비록 중지하고 있지만 제가 예술의 길에 들어선 것에 대한 자부심이 있어요. 예술은 인간만이 할수있는 가장 숭고한 행위라고 봐요. 地上의 다른 뭇 생물들도 인간처럼 물질대사를 하며 人間처럼 생식을 해요. 그들 동물의 사회에도 정치활동은 있고 그들 동물의 사회에도 경제활동은 있어요. 하지만 오직 인간만이 예술을 하며, 그럼으로써 동물과 구분되지요.』

『그건 인간이 인간이라서가 아니라, 인간이 동물보다 생활에 여유가 있기 때문이 아닐까요?』

『왜요? 동물들은 배불리 먹고 여유가 있어도 놀이와 장난만 하지 예술을 한다고는 볼수 없잖아요?』

『동물들은 간혹 여유가 생긴다 하더라도 예술을 창작하거나 구현하는 기교를 익힐 여유까지는 없지요. 또 山새의 울음 같은 것은 노래라고 볼 수 있지 않아요? 여유만 생기면 동물도 예술을 하고요.』

『그들의 그것은 생식을 위해서 배우자를 부르려는 수단일 뿐이지요. 사람의 예술도 생활방편과 自己顯示(자기현시)에서 크게 벗어나는 것이 무엇이 있을까요? 그러면 민중의 啓導(계도)? 그건 물론 동물에도 있는 정치활동의 一環(일환)이고요.』

『해석하기 나름이겠네요. 그렇죠. 예술의 범위를 어디까지 한정하느냐에 따라서 그것이 인간에 유일한 것이냐 아니냐 하는 견해는 달라질수 있죠. 그런데 왜 그렇게 예술이라는 것을 懷疑(회의)의

『예술에 종사하는 자들은 대체로 본래의 능력이 뛰어난 자들이기 때문에, 다른 어떤 생산적인 일을 하면 많은 사람들을 위해 더 훌륭한 일을 잘 할 자들인데, 예술이라는 허무한 목표를 향해 의해 능력을 소모하고들 있다고 톨스토이용)는 말한바 있어요. 그러니 인간이 생활에 여유가 있다는 것도 동물보다 그렇다는 것 뿐이고 하루 하루를 살아 가기 힘든 민중들로 있는 만큼, 보다 많은 인간이 더욱 인간답게 풍요롭고 행복하게 살기 위해서는 귀족들의 허세는 좀 절제돼야 하지 않을까요?

『당신의 말-도 一理가 있어요. 지금 저도 음악공부를 중지하고 간호부 일을 하고 있고 또 저만의 남다른 感性을 십분 활용해서 누구보다 더 충실히 맡은바 일을 해나가고 있다고 자부해요. 하지만 대개의 경우... 그것은 인간 사회의 조직이 문제겠죠. 인간사회의 일은 개인 하나의 능력으로만 하는 것이 아니니까... 일할 기회만 주어진다면 크나큰 일을 할수 있는 사람도, 현실상 조직에 참여하기 불가능할 때 결국 혼자서도 할 수 있는 일(事)인 예술을 택하는 것이 있겠죠. 물론, 예술에서 도 서로 같이 어울려 해야 할 경우도 있지만 그래도 다른 일 보다는 각자의 개성이 인정되는 편이죠. 능력은 있으나 인간사회에의 융화가 자신없는 이(者)들의 일종의 돌파구라고나 할까요? 그런 탈출구가 없다면 정말 얼마나 암담했을까도 생각돼요.』

『그런데 예술의 참목적은 자기의 깊이 낀 감정을 다른사람들에게 전달하는 것이라고 해요. 그만 큼 예술의 창작은 자기 자신으로 말미암는 비중이 큰 것인데 그런 것을 어떻게 배워서 한단 말에요? 예술을 배운다는 것 자체가 모순이라는 말도 있어요.』

『제가 배우는 것은 이미 창작된 예술을 다른사람들에게 전달하는 技巧(기교)라 볼수 있어요. 완전히 자기의 개성을 드러내는 창작하고는 다르지요. 추구하는 목적 즉 음악의 연주를 위하여 이미 선자들이 어떤 시행착오를 거쳤고 어떤 방법을 찾아냈는지를 배우는 것은 중요해요. 창작의 靈感과 표현기교 아니 기술은 다르죠. 음악는 특히 다른 예술보다 표현기술을 배워야할 필요가 있어요. 그 표현법이, 문학과 같이 日常的인 말과 글이, 아니니까요.』

『어쨌든 공산주의자들은 귀족의 취향이라고 없애려고들 하고 있지요. 인민의 생활에 꼭 필요하지 않은 것은 없애라고요. 다시 말하지만, 여유있는 사람들이 취미활동을 조금만 자제하면 많은 굶주린 인민들이 배를 채울수 있다고들 하잖아요. 언뜻 박애주의적으로 들리는 그들의 이야기에 어떻게 대답할수 있겠느냔 말예요?』

『여유있는 사람들이 가난한 사람들을 위해서 자기 욕망을 절제하는 것은, 당연히 있어야 하겠지요. 하지만 그것을 예술을 통한 인간정신의 상승욕구에까지 적용해서는 곤란하지요. 과거에 귀족들이 가진 이른바 고상한 취향은 그들이 선천적으로 똑똑하고 잘나서가 아니라 그들이 생활의 여유를 가졌기 때문이지요. 이것은 설령 공산주의자라도 동의할 거예요. 산업혁명 이후에 과거에는 인간의 노동으로 했던 많은 일들을 기계로 대신하고 있어요. 그만큼 이제까지 생산을 위해 쉬지않고 일했던 많은 사람들은 시간의 여유를 가지게 된 것이지요. 그러므로 앞으로는 과거 귀족의 취향이라도 일반인도 얼마든지 누릴 수 있는 거예요. 만약에 예전에 귀족만이 누릴수 있는 취향이라서 배척하자는 것은, 그것이 오늘날에도 일반인은 여유가 생긴다하더라도 누릴수 없다는 것이므로 결국 귀족과 일반인의 선천적 능력차이를 인정하는 것이 되고말죠. 오히려 더 만인평등의 사상에 위배되는 것이 되죠. 있으므로의 시대에는 사람들은 모두가 자기의 시간적 정신적 여유가 있으면 이전에는 귀족만의 문화였던 것을 향유할수 있어야 해요. 오히려 억지로 이른바 귀족문화를 억압하는 결과로, 부유하면서 그에 걸맞는 知的 素養을 갖추지 못한 자들이 기생집이나 출입하면서 향락소비에만 빠지고 사회에서의 의무를 생각하지 않게 될 위험이 있어요. 다시 말하지만 귀족문화는 귀족만이 부유히 누리는 특권이 아니라 귀족의 위치에 놓이게 된 자들의 의무일 뿐이에요. 부유하기 때문에 사회에서 힘과 지위를 가지는 자는 당연히 그에 걸맞는 만큼의 소양을 갖추도록 노력해야 해요.

『그 귀족문화, 이를테면 클래식 음악이 대중문화보다 마음을 위로받고 있잖아요? 그러면 되는 것이지 그 외에 어떤 것들이 대중가요를 듣고 따라부르며 마음을 위로받고 있잖아요? 그러면 되는 것이지 그 외에 어떤 것을 해야 마음이 정화된단 말이에요?』

『그렇게 二分法的으로 나누는 것도 語弊(어폐)가 있지만, 또 지금 이 자리에서 그걸 다 설명할수도 없고 저도 그만한 理論 배경을 갖지도 못하지만... 이렇게 설명될수도 있어요. 대중음악은 그 반주가 사람의 心腸의 고동소리와 리듬을 같이해요. 하지만 고전음악은 그 기본적인 리듬이 인간의 몸보다는 인간의 思考의 흐름과 비슷하다고 봐요. 그만큼 인간의 血流에 따르는 感情의 衝動(충동)을 制御(제어)하면서, 듣는 이를 차분한 理性的 思考로 유도할수 있다고 봐요.』

『결국 심장이 상징하는 것, 즉 情은 대중가요가 더 가질수 있다는 것은 인정하시는 군요.』

잃어버린 세대

『그렇다고 할 수 있지요. 그런데 어디서 그런 얘기들을 들으셨는지 모르지만 당신이 하시는 얘기를 극단적으로 주장하는 공산주의자들은 항상 全體 아니면 全無라는 식으로만 나오더라고요. 누가 언제 대중음악을 없애자고 했나요? 여러 다양한 취향을 고루 인정하자는 것인데 그들은 꼭, 어느 한쪽을 옹호하는 말을 하면 그럼 상대쪽의 것은 아무 가치도 없고 쓸모없는 거냐고 대들더라고요. 결국 저네들이 원하는 쪽으로만 획일화 시키자는 것이죠.』

『자기들보다 뭔가 나은 척하는 것은 못봐 주겠다는 것이죠. 아 참, 어떤 공산주의자는 아무리 그래도 심장은 왼쪽에 있지 않냐고 하며 그것에 큰 의미를 두더라고요.』

『비유는 하기 나름이죠. 심장처럼 인정받고 중요시되지는 않으면서도, 묵묵히 보조자로서 우리몸에 없어서는 안될 일을 하는 肝(간)이 오른쪽에 있으니까요. 또 肝은 일부를 떼어내도, 일부가 傷(상)해도 다시 회복된다는데, 그것은 밝히고 또 밝혀도 다시 일어서는 民草와 같은 성질이 아녜요?』 그녀는 여유있는 웃음을 지었다.

『서민들이 귀족의 부유함을 嫉視(질시)하여 그들의 富를 나누어 갖고 싶어하는 것은 당연하겠죠. 富는 나누어 가질수 있으니까요. 하지만 이른바 귀족의 고상함을 질시하여 그들의 知的素養을... 나누어 갖는다면 뭐라 할수 없겠지요. 경제적 부유를 질시하는 마음이 엉뚱하게 知的 부유를 질시하고 빼앗는, 아니 억압하는 방향으로 나아가는 것은...』나는 그녀와 어울리는 대화의 태도로 바꾸었다.

『그래요. 兵士님은 아직 많은 사회경험이 없으니까 어떤지 모르지만, 저는 저의 하고 싶은 음악 공부를 계속 하려고 은행일도 하고 우체국 일도 하면서 생업을 해나갔는데 그러는 중에 무심코 나온 저의 글쓰기와 말하기 습성이 일반 사람들한테 조롱받는 일이 많았어요. 저희 집안도 본래 가난한 농민이라 집안에서 저를 理解해줄 부모형제 친척도 없었어요. 조금만 노력하면 그렇게 먼 것이 아닌데 사람들은 자기의 知的素養을 高揚하기를 너무도 멀리들 생각하더라고요. 마치 그런 건 아주 여유있는 자들이나 할수 있는 것처럼... 우리나라 글자를 봐도 훈민정음이 창제될 때는 대다수의 백성들이 땅파고 먹고 사느라 漢文을 공부할 시간 여유가 없었고 공부할 시간이 있는 양반들의 전유물이라고 해도 과언은 아니었겠지요. 그러나 먼 길을 하루에 오갈수 있는 철도가 있고 옷감을 대량으로 만드는 기계가 있는 현대에서는 일반 민중이라도 옛날 양반들 못지않게 공부할 시간 여유는 있어요. 적어도 어릴때 동안만은요. 그런데 한문은 양반들만의 것이었다고 해서 그것을 읽지 못했던 민중들을 위주로만 문화정책을 해나아가겠다는 것은 결국 일반 민중이라는 사람들은 시간여유가 있어도 한문을 공부 못한다는 애기밖에 되지 않지요. 그것은 인간에게 있어서 선천적 지능의 차이를 지나치게 크게 구분짓는 것이지요. 실제로는 훈련을 하면 인간의 知的 능력은 그렇게 크게 차이나는 것이 아닌데도 말이에요. 당연히 이것은 공산주의자들이 선전하고 현혹하는데 쓰이는 인간평등의 사상에도 그대로 위배되는 것이지요. 그런데도 남한은 벌써 문화적으로는 북한의 공산주의자들에게 동조하는 것이나 마찬가지로 되고 있으니… 앞으로 아무리 반공을 외쳐대도 이렇게 되다간, 형식적인 체제는, 자유민주주의라 하더라도 문화적으로는 우리의 뿌리를 잃고는… 결국 어떻게 바뀔지 걱정돼요.』

『하기야 저토 집안형편은 별로 좋은편도 아닌데 전쟁나기 전까지 공부할 수는 있었으니까요… 옛날 같으면 스무살이 가깝게까지 일을 않고 공부하기는 일부 양반이 아니고는 정말 힘들었겠죠. 아무리 어렵다해도 그때 옛날과는 다르죠.』

나는 점전 더 그녀와 의견의 조화를 이뤄가면서 말을 이었다.

『공산주의자들은 과거에 識者層(식자층)이 저네들만이 아는 지식으로 민중을 속이고 저네들만의 이익만을 추구했니고들 하던데요.』

『물론, 사람의 사회에서 문제는 있게 마련이니까 그와 다를바없는 경우도 있었겠지요. 하지만, 진정 가치있는 정신 노동은 자기희생의 마음에서 있는 것이라고 생각돼요. 중국의 고대신화를 봐도 홍수를 막고, 농사짓는 법을 가르쳐준 이가 神과 같이 받들어졌듯이, 지식인의 지식은 민중의 생활향상을 위해 정신적 부담을 떠맡는 것이 되어야 해요.』

『그 지식을 민중이 알아야 한다는 것이죠. 그들 공산주의자들의 생각은… 공연히 민중이 알아듣기 어려운 말을 써서, 민중의 이익에 반하는 방향으로 나아가는 것을 방지해야 한다는 것이죠. 말하자면, 민중이 항상 지도자의 일을 감시할수 있게 하자는 것이 그들의 생각이죠.』

『아까方속은, 인간이 누구나 노력하면 실상 그들의 知的능력은 별 차이가 없다는 말을 했지만, 그것은 일반적인 지식소양을 말하는 것이고, 어떤 섬세한 구분에까지 들어가 보면 그것을 이해할 정도로 배우도록 하기는 사람은 정말 제한이 돼있어요. 또한 아무나, 모든 사람이 그것을 이해할 가능 여부에 모든 어렵고 그럴 필요도 없는 것이죠. … 이런 실정을 무시하고 지식층의 민중의 이해가 가능여부에 모든 학문과 예술 표현의 기준을 맞춘다면… 그들은 오히려 지식층이라는 명예는 그대로 가진체 일반

잃어버린 세대

민중 이상의 정신노동을 하지 않고 편하게 지내자는 것이 아니고 무엇이겠어요? 지식층이 아무 노력도 안하고 그대로 민중과 함께하는 것에만 가치를 둔다면, 정직 민중의 생활향상을 위한 정신적 책무는 누가 지게 된단말예요?』

『하긴, 한강다리를 짓는 법을 모든 사람이 알게 할 수는 없지요. 그것이 튼튼해야 하는 것은 모든 사람들을 위해 필수적인 것이지만...』

그녀와의 대화가 너무 딱딱하게 깊이 들어가는 것이 아닌가 해서 나는 다시 먼저의 얘기로 돌아왔다.

『농업이나 기술을 위한 학문은 지식인의 역할이 중요하겠죠. 하지만 본디 인간의 생사에 직결되는 것이 아니고 단지 즐기기 위한 것인 예술에서, 모든이가 함께 즐기기 어려운 예술은 명분이 약한 것이 아닐까요?』

『당장의 근시안적인 판단이 중요한 것이 아녜요. 예술은 그 지체로서는 당장에 실질적인 생산을 불러일으키지 못하지만 모든 더 큰 생산을 위한 잠재적인 창조성의 원동력이 될 수 있어요.』

『당신은 너무 시대를 앞서 나가세요. 그건 구미 나라들에서 통하는 얘기에요. 우리는 지금 당장 먹고 사는 것이 중요해요.』

『그 얘기는 알아요. 사람들은 제가 이런 말을 한다고 한가헤서 그러는 것으로 여기기 쉽죠. 하지만 나(我)나 그이나, 우리는 출신이 이른바 귀족은 아녜요. 단지 귀족이라고 불리웠던 자들이 향유할 수 있었던 것하고, 인간의 정신을 고양시키기 위한 문화하고는 구분되어져야 해요. 그들 공산주의자들은 우리 민족의 전래되어온 모든 것을 바꾸려고 해요.』

『그렇지는 않던데요. 그네들도 탈춤이나 판소리 같은 것은 상당히 가치있는 우리문화로 소중히 여기는 것 같던데요.』

『이른바 민중문화라는 것중에서 일부는 지키려는 것 같지만, 그것들은 민중혁명운동의 관점에서, 양반들과의 계급투쟁을 설명하기에 유리한 것들 뿐이죠. 그들의 우리문화 전체의 체계를 바꾸려는 의도는 역력하지요. 과거의 역사는 모두 착취권력과 인민과의 계급투쟁의 역사라 하면서... 어디서 그런 자신감이 생겼는지 몰라요. 수백수천년간 이 사회를 끌어왔던 지도층들이 모두 저들보다 이기적이거나 아둔하다는 확신이나 증거가 있는지...』

『그렇다면 그들은 잘못된 관행을 바로잡기 위한 직분을 부여받은 하나님의 아들로서 십자가 고행의 쓴 盞(잔)이 받는 각오를 가진 자들이 아닐까요?』 나는 냉소하며 물었다.

『그렇지 않으]면 율법으로도 율법학자의 지위를 누리려고 하는데 율법이 너무 어려워서 여의치 않던 중, 보다 쉬운 율법으로도 율법학자의 행세를 할수 있도록 세상을 바꾸어 율법학자의 자리를 누리려는 사람들이겠죠.』 그녀는 곧 맞받았다.

『이제까지 너무 빗대서 질문한 것을 미안하게 생각해요. 하지만 그 내들 공산주의자들의 생각이 어떤지 언젠가는 좀 분명히 알아보고 싶어요. 어떻게 해서 그런 생각들을 가졌는지... 그저 반대하는 사람들끼리의 얘기는 너무 일방적인 것이 아닐까 해서 잠시 그들 편을 조금 들어 봤어요.』

『괜찮아요. 내게도 많은 것을 다시 생각하게 했어요.』

그녀는 내게 더 다가왔다. 내 가슴에 그녀의 가슴이 닿았다. 내 가슴이 두근거리면서 신경이 쓰여 그동안 잊고 있었던 가슴의 통증이 다시 왔다.

『아아, 사슴이 아파요.』

『가슴에 파편이 박혀 있어요. 현재로는 뺄 수가 없네요.』

『몸은 온선히 있어요? 들었던 얘기로는 몸의 일부가 떨어져 나가도 모른다는데.』

『당신의 몸은 완전해요. 정말이에요. 안심하세요.』

『무릎이나 팔꿈치나 조금만 신경을 쓰면 아파요. 지금 생각으로는 이대로 몸에 어디 이상이 생기느니보단 차라리 죽어버렸으면 해요.』

『진정하세요. 당신의 고통은 일시적인 것이에요. 당신이 그렇게 생각하는 것은 이해가 가요.

사실 사람 몸에 어디 하나 중요하지 않은 곳이 있겠어요. 중요하기야 다 중요하겠지만 대접받는 格은 다르죠. 사람에게는 얼굴이 있으면서 또한 恥部(치부)가 있지 않으요?』

『얼굴...』 그러니까 머리가 가장 대접받는 곳이고 그렇지 않은 곳도 있다는 얘기시네요. 사람의 구조를 국가사회 같은 것에 비유하는 것은 옛날부터 있었지요. 9) 정신적 구조로 말하자면 사람의 정신에는 지혜와 용기가 있는데 용기는 지혜의 지배를 받아야 올바른 사람이 될 수 있다는 것이지요. 국가사회도 그런 구조로 되어야 한다는데 지금의 국가들이 과연 그런지는 의문이죠.』

9) 플라톤, 國家

『지혜와 용기는 같이 머리 속에 살면서 어떻게 한 쪽이 일방적으로 양보할수 있을까요? 꼭 그 두가지뿐만이 아니라 정말 사람의 마음은 여러 가지 面이 있어요. 이런 저런 생각이 머리 속에 서로 갈등하고 다투는 것은 그리 많이 살아보지 않은 저도 적잖이 겪어본 것이거든요.』
『영혼이란 머리에만 있을까요? 그렇지 않을거에요. 마음의 여러 가지 면은, 꼭 어디라고 집을 수는 없지만 우리 몸 각곳에 흩어져서 서로 갈등이나 조화를 이루면서 지내고 있다고 봐요. 무생물이라는 산과 들 나무와 풀에도 精靈(정령)이 있듯이 인간의 몸의 각부위에도 나름대로의 精靈이 있다고 봐요.』
『몸 곳곳에 精靈이 있을까요. 후훗.』
『몸 각각은 나름대로 중요한 의미가 있지요. 저의 그이는 언젠가는 글쓰는 일을 한다면서 문학을 공부하고 있는데, 이전에 그이가 제게 求愛(구애)를 하면서 들려준 얘기가 있어요. 그 얘기가 뭐냐면… 호호. 저의 그…. 곳에게 영광을 주기 위하여 자기의 사랑을 받아들이라고….』
『예? 그게 무슨 소리죠?』
『저의 그이가 제게 동화 같죠?』
그녀는 내게, 아이에게 동화를 들려주듯이 한 이야기를 들려주었다. 사람의 몸에 관한 얘기….

주인 아씨는 오늘도 하루의 일과를 마치고 돌아와 이제 막 휴식에 들어가려 합니다. 주인을 따라 오늘 하루 종일 맡은 바 의무를 다 했던 우리의 동료 친구들도 하루의 피로를 풀면서 늘 있었던 자기들의 보람있고 즐거웠던 역할들에 대해 자랑하면서 수다를 놓았습니다.
맨 처음 반짝반짝 빛나는 몸을 가진 초롱이가 말하였습니다.
『얘들아 나는 오늘 아침 주인님이 잠을 깬 후 부터 줄곧 앞장서서 가장 많은 봉사를 해왔어. 주인님이 가는 길을 알려켜 드렸고 주인님이 해야할 일을 위해서 줄곧 피곤해서 깜빡거리면서도 참아가며 열심히 정보를 전해 드렸단다. 낮의 일과가 끝나고 나서도 나는 주인님의 애인님의 멋진 모습을 전해드려 주인님으로 하여금 사랑의 기쁨을 흠뻑 맛보도록 하여 드렸지. 애인님과의 마음의 교류도 주인님께서는 나를 통해서 가장 보배롭고 아름다운 것으로서 칭송되어온 나의 훌륭함과 중요성은 아무리 강조해도 지나치지가 않단다.』

이 말에 소리라고 불리우는 옆의 친구가 말했습니다.

『초롱이가 있는만 그렇다 해도 주인님을 섬기는 정성에서는 나만 못하지, 나는 주인님이 잠들 때에도 언제나 밤새없이 지켜드리고 주인님 주위의 어느 일이든지 단 한時도 쉬지 않고 보고하고 있어. 그리고 애인님과의 더욱 분위기있는 순간에는 나야말로 가장 중요한 것을 전해서 주인님에게 큰 즐거움을 드리는 일을 하고 있지.』

그 조금 아래쪽에 있던 오똑이가 다시 말을 받았습니다.

『너희들 사기 功만 알지 정말 누구 때문에 우리가 주인님을 모시고 이렇게 보람있는 생활을 할 수 있게 되는지를 모르는구나. 나야말로 단 한시도 쉬지 않고 우리들이 활동하는데 필요한 氣運을 얻어오고 있어 애인님과의 가장 가까운 시간은 소라 너보다도 내가 바로 그 느낌을 주인님께 생생히 전하고 있다는 사실을 아니? 그리고 우리 주인님이 어디가나 미인이라고 환영받는 것도 바로 내가 이렇게 반듯하게 잘생긴 때문이라는 것을 모르니?』

이 말에 그동안 잠자코 있던 바로 밑의 촉촉이가 크게 이야기했습니다.

『왜들 그래? 그래 봐야 너희들은 전부 보조적인 것들 뿐이야 모든 것은 나에 의하여 결과를 얻는 것이야. 주인님이 우리들과 같이 매일같이 바쁘게 일하는 것도 모두가 결국엔 내가 맛있는 것을 받아들여 우리의 생활을 이어가게 하려는 것이고, 주인님 자기생각을 바깥세상에 내보내기 위해서 하는 말도 나를 통해서 나오는 것이고, 그리고 너희들이 거치는 애인님과의 여러 단계의 분위기 진전과정도 결국에는 나에 이르러서 그 화려한 결실을 보게 되는 것이란 말이야.』

밑에서 묵묵히 자기 일을 하고 있던 玉手가 말했습니다.

『그만들 해둬요. 여러분이 다 자기일을 제대로 하고 나날을 걱정없이 지내는 것도 다 내가 여러분을 돌봐주기 때문이예요. 여러분은 항상 자기가 좋은 일을 해내는 것을 알아야 해요.』

저 아래에서 지친몸을 쉬고있던 線美가 말을 받았습니다.

『참내. 오늘 우리 모두가 맡은 바 임무를 무사히 다하고 오기까지에는 내가 이렇게 지치도록 열심히 일을 했기 때문이에요. 나는 오늘도 하루종일 주인님을 찾아 가야할 곳에 데려다 주느라 분주했어요. 보람은 있지만 참 힘들단 말예요.』 하고 선미는 피곤하여 다시 몸을 늘어뜨리고 쉬려 하였습니다.

잃어버린 세대

바로 이때 이들 친구들의 수다스런 자기자랑 사이에서 차마 말도 못하고 훌쩍훌쩍 우는 친구가 보였습니다. 그 애는 黑林이라 하여 오늘 하루 종일 주인님을 위해 나름대로 일을 하였습니다. 그렇지만 친구들은 그 애를 더럽고 냄새난다 하여 역시 상대하지 않으려 하는 것이었습니다. 그 애가 자기 일을 하려고 하면, 한창 애인님의 모습을 담기에 여념이 없었던 초롱이나 애인님과의 달콤한 귓속말을 받아 전하기에 바빴던 소라나 모두 한창 신나게 하고 있었던 자기 일을 멈추어야 했었습니다. 그리고는 모두들 흑림이가 일을 끝낼 때까지 지루하고 답답한 시간을 상쾌하지 않게 보내야 하니 오똑이를 비롯한 모든 친구들은 흑림이를 싫어할 수 밖에 없었습니다. 단지 옥수수만이 저녁마다 흑림이의 눈물을 닦아주며 위로하는 것이었습니다.

『흑림아, 딴 애들이 뭐라 해도 난 너를 이해해. 네가 아니면 우리 모두가 얼마나 큰 어려움을 겪을지 알거든. 우리가 이렇게 깨끗이 살아길 수 있는 게 네 덕분이라는 것을…』

어느 날이었습니다. 그날도 초롱이, 소라, 촉촉이 들은 모두 주인님과 애인님과의 사랑의 교류를 위해 저마다의 할 일을 해내느라 몹시 분주했습니다. 그들은 모두 힘들었지만 그만큼의 보람을 느끼는 터이라 더욱 의욕적으로 자기들의 일을 열심히 했습니다.

그런데 그날은 웬일인지 다른 여느 날보다도 더욱 그 일의 强度가 더해 가고, 모두들 이제껏 지 못했던 주인님의 강한 요구에 평소 자기들의 하던 程度보다 훨씬 더해 일을 해야 했습니다. 모두들 힘에 벅차 헐떡거렸습니다. 그러나 그들은 모두 불평이 없었던 것은 물론이었습니다. 이제야 말로 주인님께 자기의 소중함을 알아채도록 해 드릴 수 있는 기회라고 여겨 사력을 다할 뿐이었습니다.

이 때 뜻밖에도 이제까지 이런 환희의 움직임과는 거리가 멀었던 흑림이에게도 주인님의 크고 중요한 명령이 내려지는 것이었습니다. 흑림이도 또한, 아니 다른 어느 친구보다도 더, 이 환희의 움직임에 同參하여 열심히 자기의 부여받은 바 임무를 수행하게 되었습니다.

그날 이후, 이들이 함께 지내는 주인님의 몸 안에는 以前까지 없었던 변화가 일어나기 시작했습니다. 흑림이의 안쪽으로부터 무언가 새로운 것이 자라나고 있었습니다.

모든 친구들은 이 새로운 변화가 도대체 무엇인가 궁금히 여겨 흑림이 안쪽의 변화를 銳意注視(예의주시)하였습니다.

이윽고 흑림이의 안쪽으로부터 자라나는 것이 무엇인가를 알게 된 친구들은 소스라치게 놀랄 수밖에 없었습니다.

그것은 또 하나의 자기들의 모습이 거기로부터 생겨나고 있었으며 더욱이 놀라운 것은 그들 또 다른 자기들뿐만 아니라 그것들을 소유하고 부리는, 자기들의 주인님과 같은 생명까지도 생겨나고 있는 시신이었습니다.

이 엄청난 일이 있은 뒤로 모든 친구들이 흑림이를 대하는 태도가 판이하게 달라졌습니다. 친구들은 그간에 흑림이를 멸시하고 嘲笑했던 일들을 사과하며 앞으로 흑림이를 위해서 자기들의 온갖 노력을 힘이 닿는데 까지 다하겠다고 맹세하였습니다.

친구들은 흑림이를 그들 중에 가장 소중하고 고결한 자로서 높이 받들었습니다. 이제 여태까지 그늘에서 훌륭한 일을 하며 고생했던 이가 인정받는, 진정 정의롭고 참된 새로운 세상이 열리는 것 같았습니다.

흑림이가 새노이 찾아온 영광을 맞이하여 벅찬 기쁨의 나날을 정신없이 보내고 있을 때 이제껏 그 애를 돌보아 주었던 옥수가 말해주는 것이었습니다.

『흑림아 니하고 어릴 때부터 단짝이었던 그 애 주알이는 지금 어떻게 지내니?』

흑림이는 집미는 데가 있었습니다. 주알이는 어릴 때 부터 말없이 곁에 있어 온 흑림이와 늘 함께 지내는 아이였던 것입니다. 그 애가 하는 일은 흑림이 보다도 더욱 거칠고 고된 일이었습니다.

하지만 이런 친구들의 멸시와 따돌림도 아는지 모르는지 오늘까지 주알이는 자기의 일을 할뿐이었습니다. 흑림이의 처지는 변하였지만 주알이는 전혀 변하지 않았습니다. 앞으로도 그 애의 처지는 전혀 새로울 무엇이 있을 가능성도 없었습니다.

흑림이는 자기의 영광에 취해 이제 새 세상이 온 것처럼 기쁨에만 들떠 있었음을 반성했습니다. 친구 주알이의 있는 그대로로서도 행복과 영광을 맛볼 수 있는 세상이어야 진정 참 세상임을 깨달아야 함이었습니다.

『주알아 내가 아무리 좋은 영광을 받아도 앞으로 내가 가지는 모든 기쁨과 영광 모두 너에게도 나누어 줄 것임을 맹세하겠어.』

흑림이는 주알이의 두 손을 꼬옥 잡으며 다짐하는 것이었습니다.

잃어버린 세대

그녀의 이야기를 다 듣고 나는 슬며시 웃으며 말했다. 『미운오리새끼나 신데렐라 이야기하고도 비슷한데요. 멸시는 받고 지내던 아이가 나중에 영광을 차지하게 되는 이야기말이죠.』

『미운오리새끼는 나중에 자기가 오리가 아니고 白鳥라고 알게 되죠. 그러니 결국 미운오리새끼라면 결코 행복할수 없다는 뜻도 되지요. 신데렐라처럼 양자와 결혼하는 것도 모두에게 가능성이 주어진 것은 아니죠. 이것들은 극히 일부에게만 누릴 수 있는 것이에요. 그런 것은 진정한 동화가 될 수 없어요. 어린이들은 그 극히 일부만이 가질 수 있는 행복만을 선망하게 돼요. 그러다 자라면서, 그러한 영광은 극히 일부에게 주어지고 대다수에게는 이루어질 수 없는 것이라는 것을 깨닫게 되지요. 그것은 인간이 자라면서 꿈을 잃고 정신적으로 쇠약해지게 하는 要因의 하나예요. 맡은 바 그대로의 위치에서도 행복을 느낄 수 있게 하는 것. 그것이야말로 인간이 살아가면서 꿈을 키워갈 수 있게 하는 것으로서 현실에서 우리가 바라는 최고의 사회가 될 수 있어요.』

『그런데 대강은 알겠지만 자세히는 모르겠어요. 흑림이가 멸시받다 영광을 얻는 것까지는 알겠는데 어떻게 주알이에게 까지 영광을 나누어 줄 수가 있는지...』

그녀는 어색한 웃음을 지으며 고개를 더 내게로 기울이고는,

『당신은 아직 어리고 순수해요. 인간의 보다 많은 것을 알기까지, 당신은 지금 그대로의 마음을 가지며 성장해야 해요.』

했다. 그리고는 더 말을 하지 않았다.

밤이 되어 房안을 채우던 저녁의 어스름 빛은 달빛으로 바뀌었다. 우리는 室內燈을 켜지 않았다. 이따끔 가까운 곳에서는 한자의 낮은 呻吟(신음)이 들리고, 房 너머에서는 작은 悲鳴(비명)이 들리곤 했지만 그녀와의 분위기에 방해되지는 않았다. 窓門을 通한 달빛으로, 반대 쪽 벽면에는 소나무 가지의 木炭畵(목탄화)가, 일그러진 四角의 畵幅(화폭)위에 선명히 드러났다. 이제는 벽면에서 반사되는 微微(미미)한 빛에 의지한 윤곽선만이 그녀의 모습이었다.

『조금 더 가까이 와 주세요.』

그녀는 주저 없이 의자를 끌어당겨 가까이 와서, 나의 침대에 자기의 무릎을 갖다 댔다. 그녀의 손길을 느끼면서 나는 잠으로 빠져들었다. 눈꺼풀이 무거워진 나는 눈을 감았다.

四 · 수수께끼의 豫言書

사십여일간의 입원치료를 마친 후 나는 야전병원을 나왔다. 그날은 추적추적 비가 내렸다. 환자가 늘어 병원의 자리가 모사라니 갑자기 나오게 된 것이었다. 방으은 제법 굵직했으나, 빗줄기는 급하지 않게 가만가만 땅을 적시고 있었다. 짙은 먹구름이 낮게 퍼져 정오를 조금 지난 時刻임에도 병원 앞은 陰散한 어둠이 잔뜩 깔려있었다. 正門 밖으로 곧게 난 길을 아무도 마중하는 이 없이 절뚝이며 걸어가는 나의 등뒤에서는, 조용하고도 가슴이 울리게 들려오는 소리가 있었다.

그대는 조국의 부름을 받아 이 땅을 붉은 침략의 무리로부터 구하기 위해 젊은 몸을 아낌없이 바쳐 싸웠으니 어찌 구국의 충성스런 使徒로서 所任을 다했다 하지 않을까. 이제 그대는 또 다른 애국의 길로 들어섬에, 일개의 민간인으로서도 변함없는 조국에의 사랑을 후방에서 보내 줄지어다. 자, 멸공 승리의 그날까지 그대는 이 나라 이 겨레와 榮辱을 함께 하며 나아갈 것이로다.

마음으로 依例除隊의 致辭를 되뇌이는 내게로부터는 깊은 한숨이 뿜어나오다 그 자신의 무게로 가라앉고 있었다. 나는 두 번째로 의병제대를 했다. 먼저 번의 그 어설프고 볼품없는 의병제대 이후 두 번째의 것은, 누구 앞에서도 떳떳하고 赫赫(혁혁)한 그것이었다. 그러면서도 내딛는 발걸음의 무거움은 단지 신체적인 불편함에 말미암은 것은 아니었다.

내가 우선 찾아간 곳은 종로에 있는 사촌형의 한약방이었다. 전쟁에서 부상을 당했다기에 염려도 많이 했지만 그래도 혼자 걸어 돌아올 정도는 되었으니 참 다행이라며 어머니와 사촌형네 식구들은 반겨주었다.

『인제 또 안가도 되는 거냐?』 어머니는 물었다. 정확히는 양어머니이지만 아버지가 돌아가신 후 사실상 내게 의지해 살아가시는 분이다. 나는 아버지의 얼마 안되는 遺産으로 학업을 마치면 곧바로 어머니와 두 異腹 동생들의 생활을 보아주어야 할 것이다.

『또 가다니요? 제(正)대로라면 훈장을 타고 포상을 받아야 할 일인데.』사촌형은 대신 답했다. 사변 전에는 비교적 여유가 있었던 살림이었지만 지금은 그근히 살아가면서 우리 가족까지 맡아 지

내리라 가뜩이나 나이 먹어 보이는 얼굴이 더욱 그리 보였다. 벗어진 이마와 야윈 뺨 위에 튀어나온 광대뼈가 얼핏보면 한 오십이라고 얘기해도 곧이들을 모습이었다.

『이제 공부를 해야죠. 어서 토목기사가 되어서 어머니도 편하게 해드리고 동생들도 공부시켜야죠. 그리고 형님한테도 좀 신세를 갚아야 할텐데...』

『그런 생각은 나중에 하고 일단 공부나 열심히 해라.』 사촌형을 말하며 내 어깨를 두드렸다. 『어서 陰陽이 和平되는 좋은 세상이 와야 하는데...』

『음양화평이라면.... 상반된 두 요소가 서로 마찰 없이 조화를 이루는 것을 말하는 것이네요. 그럼 우리 사회의 현실에서는, 좌우익이 서로 共助를 해나간다는 뜻이 되겠네요.』

『새(鳥)는 좌우의 날개로 날 듯이 보수와 혁신의 두 가지 요소가 서로 자연스레 조화를 이루어야만 온전한 하나의 有機體라고 볼 수 있는 것이 당연하지. 하지만 그 좌우의 날개가 진정한 좌우의 날개이냐가 문제이지. 혁신이라는 것은, 기존의 체계를 바꾼다는 그 자체의 의미로서가 아니라, 혁신의 방향이 올바를 때에 의미를 갖지. 그래야만 진정 進步라는 좋은 의미에 부합될 수가 있을 것인데....』

사촌형의 말을 듣고 나는 대강 문제의식이 떠오르긴 했으나, 당장에 더 깊고 구체적인 논의를 전개할만한 마음상태가 아니었다. 사촌형 또한 더 이상의 말-은 없었다.

다음날 나는 어머니와 동생들을 데리고 서대문의 집에 돌아왔다. 허물어진 문짝 등을 수리하면서 생활의 구색을 다시 갖추어 놓았다. 거의 일년만에 가족은 이전의 생활을 되찾았다. 그러나 언제 또 바뀔지 모르는 불안함은 여전히 남아 있었다.

비록 지금 학교가 열리진 않았지만 내게 주어진 시간을 활용하여 부족한 공부를 더 해야 하겠다. 이제, 중단했던 나의 진로를 찾아 나아가야겠다 생각했다.

내가 의병제대한 기회를 이용하여 미리 공부를 더 많이 해서, 훗날 만기제대를 하고 온 급우들보다 앞선다면 그것을 어떻게 생각해야 할까. 道理에 어긋나는 것은 아닐까... 어린 나의 생각이었다. 그러나 다시 곰곰 생각하여 합리화할 수 있었다. 工學의 공부는 다르다. 남보다 상대적으로 앞서는 것이 중요한 게 아니다. 고시공부와 같이 상대적으로 앞서는 것이 우선되는 경쟁자들끼리라면 남들이 얻지 못한 기회를 이용하여 앞서나가는 것이 꺼림칙한 것일 수도 있다. 그러나 내가 지금 이 길에 가치를 두고 있는 이유는, 남들과 경쟁하지 않고도 이 사회에 절대적으로 이익을 가

저다 줄 수 있다는 것에서였다. 내가 더 공부를 열심히 하면 내가 더 훌륭한 토목기사가 되지만 다른 동료를 토목기사가 못되게 하지는 않는다. 나는 오로지 튼튼한 도로나 교량으로서 누가 얼마나 더 사회에 보탬이 되는가 善意의 경쟁만을 할뿐이다.

나는 한가닥 다리를 만든 崔景烈선생과 같은 훌륭한 토목기사가 되고 싶었다. 工學의 길, 아니 더 폭넓게 科學의 길이라고 하자. 과학의 길이란 무엇인가.

나는 입학 후 우리 학교에 와서 우리의 진로에 관해 훈시를 해주었던 海光선생이 생각났다. 선생은 이미 수년 전에 생물교사직을 퇴직하고 교외에서 농사지으며 여생을 보내고 있으면서도 수시로 학교로 찾아와 우리에게 강연을 해주곤 하는 분이었다.

『과학의 길이라는 것은 세속적인 이익과 명예를 좇는 여타의 많은 人間事들과 본질적으로 다른 것입니다. 또한 그것은, 그 일을 行하는 人間 自身의 자연스러운 意慾(의욕)의 方向과는 상당히 乖離(괴리)되어 있는 것이기 때문에, 정신의 고통을 隨伴(수반)하는 것입니다. 가령 건물을 짓는 일은 乖離 설계하는 사람의 즉흥적인 기분에 따라 지을 수 있는 것이 아닙니다. 사람의 思考와 행동은 自己가 가진, 개개의 생명의 리듬을 타도록 되어 있어, 좀처럼 物理法則의 總體的(총체적)인 엄격함과 和合하기가 어려운 것입니다. 본디 불완전할 수밖에 없는, 인간이, 자기 思考의 편의에 따라 짜 만든 것들은 반드시 자연에 의해 그 허점이 들추어지게 되어 있습니다. 인간은 자연을 흥미거리로 생각하고 자신들의 사고 유형에 자연이 따라주기를 바랍니다. 하지만 자연은 전혀 그렇게 해주지를 않습니다.

과학의 길에 있어서는, 어떤 공상소설처럼, 기발한 아이디어를 내서 하루아침에 유명해지고 돈을 번다든가 혹은 어떤 可恐(가공할 무기를 발명하여 권력을 얻는다든가 하는 허무맹랑한 목표를 지향할 수 없는 것입니다. 小兒的인 功名心이 動機가 되어 과학자의 길에 들어섰던 학생 학자로서의 進陟을 마치, 대발견을 하여 크나큰 영예를 얻으나, 아니면 뭇 사람들의 주목을 받지 못하고 평범하게 지내느냐의 갈림길로 생각하기 쉬운데, 이 영예는 과학의 이제까지 쌓여온 成果 위에서 일어나는 사회 가치적인 허상에 불과한 것입니다. 현실에 있어서 최선이라는 것은 곧 크게 주목됨도 없이 무난하게 거쳐가는 것으로서, 오히려 곳곳에서 인간의 사고능력의 헛점을 노리는 자연현상의 심술과 싸워야 하는 것이 곧 과학의 길입니다.

과학의 길은, 평준한 들판을 정신없이 달리다가 어느 날 높이 솟은 화려한 봉우리에 오르는 것이

잃어버린 세대

아니고, 어디 숨어있을지 모르는 함정에 빠짐이 없이 쭈원을 무사히 지나오기 위한 하나하나의 조심스런 발걸음입니다. 건축물이 붕괴되거나 교량이 끊어지거나 하는 것과 같은 함정에의 추락이 있을 경우에만 세상은 과학하는 사람들을 주목하게 됩니다. 여러분은 과학의 길에 대한 잘못된 환상에 현혹되지 말고 진정 조국과 인류 전체를 위해 기여하는 길이 무엇인가를 마음에 새겨야 합니다.』

그분의 말은 무언가 모두를 위해 절대적인 가치가 있는 일을 해 보려는 나의 뜻과 합치했다. 나는 더욱더 자신의 뜻한 바 포부를 펼치기 위해 學問에 精進하겠다는 마음을 다졌다.

그러나 이렇게 人間事와 거리를 둔 순수이성의 학문에의 추구만을 계속하기에는, 늘 머리 속을 맴도는, 시대의 論題가 떠나지를 않았다. 젊은 혈기는 집에만 틀어박혀 있는 생활을 한없이 갑갑하고 답답하게 했다. 그것은 신체에만 영향을 주는 것이 아니고 정신에도 미치는 영향이 컸다. 계속해서 나를 휘감아오는 가치판단의 혼란이 나의 정신세계를 혼란 속에 주체못하게 했다.

여름이 되어 몸이 조금 불편함을 벗어나자 나는 미군 정보국에 취직할 수 있었다. 학교도 열리지 않은 상태에서 살림도 보태고 사회경험과 견문을 넓히기 위한 좋은 기회였다. 내가 관계하는 일은 한국내의 지형조사 자료수집과, 그에 따른 작전계획 수립을 위한 각종 정보의 분석이었다.

늦여름 토요일, 나는 교외 야산 기슭에 있는 海光선생의 댁을 찾아갔다. 선생은 퇴직한 뒤로 농사를 짓고 살아오면서 사실상 은둔생활을 했기에, 공산군 점령時에도 그저 한 村老의 행색으로 지내와서 신변에 별다른 문제는 없었다. 다만 백발 아래의 그을린 얼굴을 눈여겨보면 은은한 眼光과 곧게 경사진 콧날, 무겁게 다문 입술 등이 相當한 知性의 소유자임을 짐작케 하는 것이었지만, 거기에까지 신경을 쓸 인민군간부는 없었다. 그의 손은 이미 밭일로 거칠어져 있었으니 성분 확인을 위해 손을 들여다본 인민군은 의심 없이 지나치는 것이었다. 물론, 손도 유심히 관찰하면 진짜 村夫의 투박함에는 못 미치겠지만 그렇게 세밀한 관찰까지 그들이 해야 할 이유는 없었다.

내가 오자 텃밭에서 쉬고 있었던 선생은 나를 반겨 맞이했다.

『어서 오게. 정말 무사히 살아 돌아온 게 정말 다행이네. 내가 기억하는 우리 학교 제자들 중 벌써 상당수가 소식을 알 길이 없군... 사변 전에는 한 달에 서너 명의 학생은 꼭 찾아와서 이 늙은 이를 심심찮게 해주었는데... 자네들 세대가 이렇게 너무도 큰 시련을 겪는 것을 막지 못한 것에 대해 나도 같은 기성세대로서 自責感과 罪스러움을 느끼고 있다네. 어서 앉게.』

나는 쌀가미니를 펴서 만든 자리에 앉았다.
『선생님, 도대체 좌우익이란 무엇인가요? 보수와 혁신은 또 뭐고…… 무엇 때문에 그런 것이 있고 이렇게 사람들을 고통 속에 몰아넣고 있는 것일까요?』
『자연법칙에 따른 본래의 의미대로라면, 세상의 일은 보수와 혁신의 두 성향이 서로 견제하고 조화를 이루어야 하는 것이 당연하지. 그런데 우리의 특수상황은 그렇게 中庸(중용)의 德을 취하면서 悠悠自適(유유자적)할 자유를 주지 않았다네. 좌익이라 하면 우리의 경우 본래 사회체제에서 바꾸고 고쳐야 할 것들을 찾아내고 강조하는 성향을 가진 측을 지칭하는데, 우리의 경우 이제까지 내려온 모든 제도와 관습들을 봉건적 악습이라하여 통째로 否定하고 공산주의 체제를 새로이 이룩하려는 집단을 지칭하게 되였지. 그런데 새로 공산주의 체제를 심으려 하는 목적이 다른 무엇보다도 앞서다 보니까, 바꾼다는 것의 의미가 기존의 문제점을 찾아서 바꾸는 것이 아니라 바꾸기 그 자체가 되고 만 것이지. 그래서 무엇이든지 손에 잡히는 전통의 것이 있으면 변화시키려고만 하는 집단이 되고 말았지. 우리의 모든 전통의 가치를 버리고 유물사관을 도입하여 이른바 민중이 주인되는 사회로 바꾸자고 하는 셋이지. 옛것과 새것이 뭐가 좋고 뭐가 편리한지를 봐서 새것이 좋다면 당연히 옛것으로 바꿔가야 하겠지. 그런데 뭐가 좋은 지도 불분명하고, 차이가 나더라도 근소한 정도 밖에 안될 때에도, 그저 파괴할 수 있고 새로운 것으로 대치할 수 있는 것이라면 바꾸는 쪽으로 밀어붙이면서 이른바 개혁의 소리를 높이니, 어떤 딱부러진 반대의 명분을 찾지 못하면 결국 그대로 따라가고 만단 말이야. 우익이라는 것은 본래의 뜻으로는 되도록 기존의 질서를 유지하자는 측을 말하는 것인데, 하지만 우리 나라에서는 그것 자체만으로는 아무 소용이 없네. 왜냐하면 그것을 건전하게 견제해주고 보완해줄 세력이 없기 때문이네. 말하자면 한국에서 우익을 표방한다면 그것은 고전적인 우익의 개념에 안주할 수는 없는 것이지. 전통의 가치를 지니면서도 부단히 새로운 요구에 부응해야만이 건실한 근대국가를 이룩하는데 보탬이 될 수 있는 것이네. 그러니 진지하고 사려깊은 자들은 고전적 의미의 좌우익의 역할을 동시에 해야 하는데, 우리의 특수한 상황에 따라 상대적으로 우익의 위치에 놓인다는 말이야.』
『그럼 우리 나라에서 그냥 좌익은 문제 있는 것이고 우익은 좋은 것이라는 말씀이 되는군요.』
『허허, 그렇게 말하다가 누가 들으면 나를 편향된 생각을 가진 자라고 하겠네. 다시 말하지만 우리 나라에서는, 상대적으로 좌익이라는 집단은 한 가지 큰 목적의 포로가 되어있는 만큼, 상대

『보수이든 혁신이든 모두가 더 나은 사회를 위한 수단에 불과한 것인데, 그 성향 자체를 집착하는 데서 문제가 있는 것이군요. 그렇게 된 원인은 어떤 것이 있을까요?』

적으로 우익의 입장에 있는 집단은 본래 의미의 좌익의 일들까지도 도맡아서 해야 한다는 말이네.』

선선한 바람이 불어 내 목의 땀을 증발시키면서 한결 시원함이 느껴졌다. 선생의 부인이 건네 준 수박조각을 먹으며 나는 계속 선생의 이야기를 경청했다.

『좌익의, 변화를 추구하는 가치관 정립에 크게 보탬을 준 것이 일제의 지배이지. 다른 무엇보다 큰, 일제가 남긴 폐해가 바로, 우리민족에게 이제까지 내려온 많은 문화적 무형자산중에, 예전에 그들이 배워갔거나 혹은 다른 이유로 인해 그들에게도 공통된 것이 있으면, 일제 잔재를 극복하자는 명분으로 소홀히 다루거나 배척하게 되는 현상이지. 하여튼 일본과 우리가 공유하는 것은 모조리 일본의 것으로 置簿(치부)히는 것은 참으로 어처구니없는 일이지. 대놓고 그런 얘기를 하면 친일파라고 하고... 허허. 안방에 도둑들이 들어와서 죽치고 있다가 도망갔는데 그 도둑들에 원한이 맺혔다고 해서 안방의 가구들을 죄 내다버린다든가, 아예 안방을 부숴버린다든가 하는 것이나 같지. 그렇게 전통적인 것이라도 일제 시대동안에 그대로 이어온 것이라면 일제잔재라고 도매금으로 몰아서 배척하면, 기존의 모든 가치체계를 바꾸려는 좌익의 목적을 위해 여간 편리하지가 않지. 그것은 사람에 대해서도 해당되지. 이른바 계급혁명들을 위해서는 말야. 사회가 유지되려면, 一面 기능적이면서도, 중추적인 역할을 해야할 지식층이 있네. 민족적, 정치적 목적의식이 강하고 심지가 굳은 일부 사람을 제외하면 털어 먼지 안 날 사람이 있나. 그 동안 공무원으로 등용이 안되었던 사람들로만 공무원을 모조리 바꿀 수 있다면 물론 좋지. 하지만 어떤 사람이 過去에 등용이 되고 안되고의 차이가 반드시 일본인들에게 충성을 바치고 안 바치고의 마음 때문만은 아닌 것을 어찌하겠나.』

『그런데 친일의 청산문제는 남한이나 북한이나 다 심각하게 생각하는 것 같던데요. 특히 좌익들은 북한은 친일파가 완전 청산되었는데, 남한은 친일파들이 그대로 안방차지를 하고 있다는 것을 많이 강조하던데요.』

『중요한 건, 어느 특정인이 친일파이고 아니고가 아닐세. 내 말이 마치 친일행각을 했던 사람들이 아무 거리낌없이 그대로 권세를 누리는 것을 옹호하는 것으로 들릴 수도 있겠지. 그러나 보다 중요한 건 문화정신이라고 봐야 하네. 모든 것이 일제하에서와는 달라야 하겠다는 강박관념이, 많은 「변화를 위한 변화」를 우리 사회문화에 강요하고 있고 불필요한 혼란들을 주고 있네. 그로 인한 비용지출이 얼마인가. 뿐만 아니라 전통가치관의 解弛(해이)로 인해, 지켜야할 가치를 적극적으로 지키지 못하는 데서 일어나는 民族正體性의 상실도 한 몫을 하고 있지. 일단 「지나온 시대를 그대로 잇는다」는 것 자체가 커다란 지탄의 대상이 되고 보니 그 와중에서 누가 감히 「反動」을 표방하겠느냐 말야.」

선생은 자세를 고쳐 앉고 말을 이었다.

『자연 현상의 변화를 설명하는 여러 理論 중에 엔트로피(entropy) 증가의 법칙이라는 것이 있어. 엔트로피란 不確實性, 혹은 더 정확히 말하자면 無秩序度라고 할 수 있는 것인데. 우주를 이루고 있는 질서는 시간의 흐름에 따라 瓦解(와해)되어 무질서한 상태로 변화해간다는 것이라네. 그렇다면 인류의 진화와 문명의 발전은 무엇이냐고 반문할거야. 그러나 그러한 발전은 어떤 강한 目的性, 이를테면 생존을 위한 경쟁 등이 動機가 되어 어느 특정한 성질의 집약적으로 강조되어 나타나는 현상이지. 그러니 자연히 그것은, 어떤 총체적인 것이 아니라 어느 부분적인 것일 뿐이야. 어느 한 쪽이 高等하게 발전되어 가는 중에는, 다른 한 쪽은 下等하게 허물어져 가는 쪽이 있게 마련이지. 서구에서 현대문명사회의 편리함을 찬양하면서도 반면에 인간성 상실이니 하며 다른 정신적 價値 등의 타락을 개탄하는 것이 또한 이러한 맥락에서라고 할 수 있지. 자연이나 人間이 이룩한 어떤 가치는, 아무런 노력이 더하지 않을 경우 서서히 무너져 내리는 수밖에는 없어. 바로 이것이 엔트로피증가의 법칙이야. 그러니 총체적인 와해의 과정 중에서 그래도 부분적으로나마 향상과 발전의 노력이 있어야 만이 그래도 전체적인 현상유지가 가능해지는 것이네. 가령 保守主義라고 해서 단순히 있는 그대로를 소극적으로 지키자고 하는 것이라면 아무런 의미가 없어. 진정한 保守主義의 의미를 가지려면 자연법칙에 의한 질서와해를 修理하는, 補修主義가 되어야 해. 사람 사는 세상에서 끊임없이 자연법칙에 때로는 필요하지만 이미 존재하고 있는 것을 온전하게 닦고 保全하는 것은 더욱 중요하지. 우리가 사(住)는 집도 집안청소를 오래도록 하지 않으면 廢家가 되어 사람살기가 곤란한 상태가 되듯이, 모든 傳來의 價値는 보전의 노력이 없이는 와해되기 마련이야. 특히나 그것이 오랜 세월동안의 보이지 않는 노력 끝에 이루어진, 어떤 高等한 哲學이 內包된 것일수록 그렇지. 그러한 것들은 물리적으로 비유하자면 자연 그대로의 상태보다 낮은 엔트로피의, 作爲性있는 질서를 가진 상태와도 같지.』

잃어버린 세대

『작위성 있는 질서라는 것이 무엇입니까?』

『그러니까, 어떤 목적을 가능하게 하기 위해서 그 주변과 에너지準位가 다른, 물질의 상태도 그와 같은 경우라고 볼 수 있지. 간단한 물질적인 경우를 예로 들자면, 추운 겨울에 특별히 데워놓은 목욕물이라든가, 더운 여름에 우물에 넣었던 꺼내놓은 시원한 수박이라든가, 이런 것들은 그대로 방치하면 곧 주변환경의 영향을 받아 자기가 가진 특성을 쉬이 잃고 말지. 바로 이들과 같이, 우리가 享有(향유)하는 전통문화 中에는, 受惠者의 利得을 위하여 오랜 세월을 거쳐 進化되어, 일종의 昻揚(양양) 상태의, 정신적 에너지의 集約體인 것들이 적지 않네. 바로 그런 것일수록, 적극적인 보전의 노력이 없이는, 마치 高에너지 상태의 물질이 주변의 보다 下等한 환경에 노출되면 쉬이 엔트로피가 높아지거나 에너지準位가 낮아지는 것과 마찬가지로, 와해의 길을 밟아가기 마련이야. 참, 시원한 수박과 같이 低에너지의 상태라도, 주변의 常溫으로 돌아가는 것은, 역시, 에너지準位는 높아지면서도 작위적 실서의 해체라는 것에서, 일종의 엔트로피의 상승이라고 할 수 있겠군. 가만있자. 엔트로피의 상승을 간단히 순우리말로 「식는다」라고 표현하면 안성마춤이겠다. 온도가 더 높아지건 낮아지건 간에, 가지고 있는 자체의 질서가 주변환경에 와해되는 것을...』

『조금 알겠습니다. 그런데 우리 전통문화 중에 선생님이 말씀하시는 그런 것들이 무엇들일까요? 어떠한 성격의 것들인지 대강 짐작은 가는데 확실히 잡히지는 않았습니다.』

『내가 이 자리에서 조목조목 이야기하면 마치 우리가 지금 이 시국에서 새삼스러운 사회계몽운동을 하자는 것 같이도 생각되네. 단지 우리가 당면한 문제가 어떤 것인지나 대강 생각을 해보세. 開國때는 천년만년 지속될 것 같았던 지난 왕조들도 시간이 흐르면 해체되고 다시 새로운 王朝나 國家로 대치되곤 했던 역사적 事實들도 앞에서와 똑같이 설명될 수 있는 것이지. 그런 중에도 왕조를 保存하려는 노력은 왕조가 오래하기 위해 필요했었는데, 그것은 그 왕조 밑에서 권세를 누리는 계층이라면 당연히 할 일이었지만, 일반 민중으로서는 절대적인 가치를 가질 수 없는 것이었지. 왕조의 경우와는 달리, 한 민족 자체의 正體性일 때는 그 보존 아니 保全의 의미가 크게 달라지네. 그것이 어느 특정 왕조나 國體처럼 없어지고 바뀌어도 무방한 것이 아님에 문제의 심각성이 있네. 그것의 상실로 말미암는 폐해는 난지 민족 주권상실이라는 정치적인 피지배의 경우와는 다른 것이네. 우리민족 스스로 우리 국체를 이루고 있다 하더라도 국민 가운데 내재해 있는 정신이 우리 것이 아니라면 무슨 의미가 있겠나. 그러다가는 나라를 뺏긴다는 걱정을 하는 게 아니라, 설사 아무리 표면에 정치적으로는 자주독립국가인양 해도, 그렇게 남의 정신 속에서 살고 있는 국민은 자신의 뿌리와는 異質的인 環境에 억지로 자신을 꿰어 맞추면서 살아가게 될 것이니, 국가 전체가 放浪人의 집단인 것이나 다름없는 것이지. 정신적인 방랑이란 곧 정서적인 불안정을 의미하는 것이니, 이것은 국가주의적인 문제가 아니라 구성원 개개인의 행복추구권에 영향을 주는 것이네.

그런데 이 한반도의 이른바 혁신세력은 시대가 지나면서 변할 수 있는 것과, 민족이, 인류가 존재하는 限은 변하시 않아야 할 것을 혼동하고 있으니 문제라는 것이네. 혁신을 위한 혁신에, 민족 정체성마저도 지금으로 넘어가는 것이 우리의 현실이라네.』

『지금 완전히 구체적으로 알지는 못합니다만, 대강은 어떠한 문제인지 알 것 같습니다. 어떻게 바로잡을 길은 없을까요? 이 전쟁에서 이긴다고 해서 해결될 것 같지가 않습니다.』

『맞는 말이네. 하지만, 참담한 얘기가 될지 모르지만 어차피 우리 나라에서 상당기간 狂氣가 지배하는 사회가 지속됨은 피할 수 없을 것이네. 왜냐하면 그것을 막을 진지한 생각을 가진 자는 少數이고 또 대놓고 쉽게 납득시킬 명분도 가지고 있지 못하니까. 물론 진정한 민족주의인시도 의문이지만, 그 한마디에 벌써 그것에 보탬되지 않는 다른 여하한 력을 잃어버리게 되네. 한 마디의 구호로 요약되지 못하는 주장은, 아무리 합리적인 것이라 라도 이미 핑기의 시대로 돌입한 민중들에게는 효력이 없네. 정말이지 日帝가 우리에게 남긴 가장 큰 弊害(폐해)기 아닐 수 없네. 앞으로 한국에서는, 합리성을 不問하고 일단 명분 있어 보이는 목표를 설정하며, 그것을 위해 수단방법을 안 가리는 毒種性向을 가진 자들이 목소리를 높일 것이고, 진지하게 思慮(사려)하려는 자들은 發言의 여지가 좁아질 것 같네. 이 쪽에서 남한에 반공 자유민주주의의 정부를 세우고 제도로서 공산주의 운동을 금지한다 해도 그것만으로 방패막이가 되지는 않을 것이네. 공산진영이건 자유진영이건 일제하의 원한이 맺혀서 그런지는 몰라도, 변혁의 광기는 비단 공산사회에만 한정되지가 않게 하는 것에. 명분주기가 인색하지 않으니까…. 변혁를 하지도 못했으니 자연 우리 스스로의 새로운 근대화를 하고 싶어하는 의욕은 이해가 가지. 하지만 무분별한 외국의 제도와 관습의 도입은 마치 앞마당이 화초심기에만 정신이 팔려, 안방에 쌓인 먼지와 겹겹이 쳐진 거미줄을 모르고 있는 것과 마찬가지네. 정말 구체적인 各論으로 가면 너무도 많은 문제가 얽혀 있으니, 들어가지 말도

잃어버린 세대

하지. 단지 보수와 혁신이라는 것들은 발전을 위한 수단일 뿐이고, 그들 자체가 목적일수 없는 원론이나 다시 강조하도록 하지. 그간 고생도 많이 했을 것이니, 이제 자네의 생활 얘기나 듣고싶네.』

『그런데 한가지만, 의문입니다. 흔히들 저희 민족만이 제일 우수한 민족이라며 떠버리면서 타민족들을 배척하는 무리를 極右 민족주의자라고도 하는데, 우리의 경우는 다른 것 같습니다.』

『허허, 극우라면, 잘난 자들이 남들을 누르고 잘난 만큼 더욱더 대접받고 행세하겠다는 것인데, 남을 침략하고 지배한 민족이 저히들의 민족주의는 당연히 극우의 성격을 가졌다고 할 수 있겠지. 그러나 우리와 같이 남에게 억눌려온 민족에게서는 민족주의는 오히려 그 반대가 될 수 있는 것이지. 民族主義는 곧 民衆蜂起(민중봉기) 思想과 强한 緣을 맺고 있지. 그 때문에 우리의 사상혼란은 더해지는 것인데... 하지만 다시 생각해보면, 지구는 둥글지 않은가. 極東지역은 西太平洋지역이니 곧 極西가 되네. 우주와 자연의 법칙은 둥근 것과 순환의 원리가 지배하지, 有限하다는 것은 어떤 限定된 범위 내에서만 통용되는 개념이네. 그러니 마찬가지로 極左와 極右는 서로 만나는 것이고 본질적으로 다를 바 없는 것이니 너무 혼동할 필요는 없는 것이네.』

나는 사회성이 적은 얘기로 화제를 돌렸다. 예술, 문화에 대한 일반적 견해, 그리고 근래 내가 만났던 여성들에 관한 이야기들이 부담 없이 오갔다.

『허허, 그래, 자넨 이미, 다른 사람들은 서르니 되도록 겪을까 말까한 여자의 경험과 사랑의 경험을 했군.』

『원, 별말씀을. 그저 수박 겉 핥기 程度일 뿐이었는데요. 그냥... 다 그런 정도에서 그쳤는데요. 뭘..』

『한낱 肉慾의 충족이 사랑의 主題가 아님은 자네도 알겠지. 그보다는 단 하루라도, 서로가 서로를 切實히 必要로 하고, 서로가 서로에게 큰 幸福을 줄 수 있었다는 것이 眞正 사랑의 큰 성취라 할수 있네.』

해가 野山 뒤로 숨어서 산골짜기에 서늘한 기운이 들어서야 나는 선생에게 인사를 하고 길을 나섰다.

돌아오는 길에 폐허가 된 한 마을을 지나왔다. 갈 때에는 미처 의식을 않고 지나갔었는데, 오면서는 폭격맞은 집의 잔해들이 하나하나 눈에 띄었다. 집이 오통 다 타고 부서져서, 흩어진 기왓장과 기둥부스러기만 남은 집터도 있었다.

길에 面한 房이 있는 어떤 집 앞에 섰다. 불탄 초가지붕이 푹 내려앉고 문짝은 아예 떨어져 나房에는 긴 舌盒 설합이 넷 달린 검은 자개欌(장)만이 타지 않고 남아있었다.

나는 그 房으로 들어갔다. 조심조심 맨 아래쪽의 舌盒을 열어 보았다. 그 안에는 검게 물들인 광목 포대기가 들어 있었다. 풀어 보았더니 두 손바닥으로 덮이는 크기의, 아무런 색칠이나 장식도 없는 투박하고 조그만 나무상자였다. 주저없이 상자를 열어 보았다.

빠각, 오랜 시간동안 맞닿은 탓에 일체화 되어가고 있었던 뚜껑과 상자몸체가 拒否(거부)의 소리를 내면서 분리되었다. 상자를 열면서 무척이나 가벼움을 느꼈는데 역시 안에는 아무런 물건이 없었다. 단지 손바닥만한 韓紙에 조그만 붓글씨가 씌어있었다. 그것은 낙서에 가까운 글씨였지만 쓴 사람은 제법 知的素養이 있는 사람일 것 같았다.

『앞으로 이 땅에는 戰亂이 몰아치고, 早晚間 休戰이 되어 끝날 것이다. 그러나 南半部에서는 共産革命을 꿈꾸는 殘黨들이, 左翼剔抉의 行政權力이 미치지 않는 山속 高地에 남아 싸움을 繼續할 것이다. 그들도 이윽고 討伐되고 말 것이나 그 다음부터는 또 다른 게릴라戰이 展開될 것이다. 그것은 國民수般의 情緖에 큰 影響을 주면서 行政權力이 미치지 않는, 社會 各 分野의 高地에 자리잡아 鬪爭하는 것이니, 여기에 反共勢力은 束手無策일 것이다. 山속에서 鬪爭하던 百名의 戰士보다 人民속에 파고들어 文化鬪爭하는 한 名은 더욱 큰 힘을 發揮할 것이니 以後 이 나라 이 民族의 將來는 이 새로운 싸움에 어떻게 對處하느냐에 따를 것이다.』

이 사람은 무엇 때문에 이런 쪽지를 써 놓았을까. 어떤 신통력이 있는 사람인지는 모르겠지만 어쨌든 靈感에 의해 나라와 민족의 장래를 염려하는 예언을 하기는 했는데, 예언을 공개하면 예언이 이미 신비성을 잃고 泛說(범설)과 다를 바가 없어진다 하니 그 타협책으로 이렇게 써(書)서 보관해 둔 것 같았다. 설사 누가 보더라도 일부러 公表한 것이 아니니 天氣漏泄(천기누설)의 책임은 없는 것이었다. 마치 「혹 누군가 이 글을 보면 銘心(명심)하기 바라오.」 하는 것 같았다.

리 나라가 앞으로 어떻게 되기를 바라는지는 잘 알 수 없었다. 단지 「그럴 것이다」는 것뿐이었다. 하지만 그가, 우

잃어버린 세대

맨 위의 설합은 무너진 지붕의 서까래에 눌려 부서져 있었고 나머지 다른 두 설합은 다. 나는 선불리 대할 수 없는 물건을 본의 아니게 만진 것 같았다. 부서진 집의 안마당 한쪽으로 가서 기왓장을 使用해 흙을 팠다. 상자를 묻고 다시 본래 그대로 표가 안 나게 해놓았다. 다시 집으로 걸음을 옮겼다. 그 상자가 썩어 없어지기 전까지 과연 우리 나라가 이념의 문제에서 해방될 수 있을까…. 나는 별다른 추측을 해보았다. 그 여부를 알기 위한 아무런 정보도 나는 더 알지 못했지만, 왠지 고개는 갸웃거려지고 있었다.

『신분증 좀 봅시다.』

집 가까이로 오는 중에 불심검문에 걸렸다. 나는 신분증을 보였다. 신분증을(看)고 병사는 다시 물었다.

『제대증은 있소?』

순간 뒤통수를 맞은 것처럼 나는 멍해졌다. 나는 제대증이라는 것을 까맣게 신경도 안 쓰고 이제 껏 몇 달을 지내왔기 때문이었다.

『갑시다. 부대로.』 머뭇거리는 나를 보초병 중 하나가 데리고 인근 군부대 주둔지역으로 갔다. 장교는 나를 위아래로 훑어보고는,

『지금이 어떤 시국인데 젊은 놈이 거리를 배회하고 있어? 신분증 내놔봐. 아니 제대증. 그 동 안 어디에 있었어?』

『제대증이 없답니다.』 데려온 사병이 말했다.

『뭐야? 그럼 이놈 병역 기피자야 뭐야?』

『아닙니다. 올 봄 775고지 전투에서 부상당한 후 의병제대 했습니다.』 나는 당황한 중에도 사실 그대로의 변명을 했다.

『그걸 어떻게 믿나?』

『미군 측에 의뢰하면 될 겁니다.』

나는 내 직장을 알려주었다. 그러나 전화 확인만으로는 믿지 못하겠다는 것이었다. 미군 정보국 이라는 곳도 공식적으로 드러난 조직이 아니라 일종의 기밀취급기관이기 때문에 일반 한국군들은 잘 알지 못했다. 결국 미군 측에서 사람이 와서 내가 있는 곳까지 찾아와 해명하고서야 나는 풀려날 수 있었다.

집에 와서 나시 제대증을 찾아보니 역시 없었다. 제대하여 집에 돌아온 후 안도감에 취해 보따리 속에 든 제대증은 아예 생각도 안 했던 것이다. 그 때마다 직장으로 연락 이후로도 나는 길에서 불심검문 끝에 군대까지 연행되는 일이 많았다. 그래도 그때뿐, 다시 길을 나서면 여전히 을 해서 나를 믿고 있는 미군이 나서서 해명해주었다. 그래도 그때뿐, 다시 길을 나서면 여전히 한국군 쪽에서는 身元異常者로 몰려 계속 시달림을 받았다.

이러한 생활이 二年 가까이 왔다. 나는 결국 결심을 했다. 이럴 바에는 차라리 다시 입대하자.

그토록 높은 가치를 두고 목표했던 토목기사의 꿈은 이래저래 멀어져 갔다.

나는 통역장교로 가기로 지원하고 발령을 기다렸다. 그런데 보직이 생기기까지는 다소 시일이 걸린다고 했다. 나는 우선 군대 안으로, 나를 계속 시달리게 하는 불심검문을 避해 들어가고 싶었다. 나는 우선 상병으로 들어갔다. 이 때는 전쟁이 막바지에 접어들어 휴전 협정이 진행되고 있었고 그 대신 지리산 등의 빨치산 토벌이 이야기 거리가 되는 시기였다.

나도 빨치산 토벌대에 속하게 되어 지리산으로 파견되었다. 이번에는 적을 무찌른다는 것이 예전처럼 그 때 비장한 각오를 하면서 결전을 치르는 식이 아니고, 어디 숨어 있는지 모를 적을 찾아다니면서 빨들의 우세한 화력으로 소탕하는 것이었으므로 이전보다 부담은 덜하였다. 그러나 역시 언제 기습할지 모르는 적에 대한 긴장감은 마찬가지였다.

그 동안에 휴전이 되었다. 우리 토벌대에는 추가 병력이 보충되었다. 그 중 최병장이라는 이는 바로 우리가 맞싸우고 있는 빨치산의 경험까지도 해본 이로서, 공산당에 대한 적개심 때문에 이번 토벌군에도 지원했다고 한다. 그는 휴전 이전까지 황해도 구월산 유격대에서 활약했다고 한다.

『휴전이 뇌가니까 섭섭했겠네요.』 나는 그에게 말을 건넸다.

『휴전이 뇌면서 백령도에 있는 미군기지에서 통보가 왔지. 모든 작전을 중지하고 다음날 밤 12시까지 해안으로 나오라고... 우리는 그 동안 생명의 위협을 받아가며 싸워왔지만 막상 그런 지시를 받고 보니 허탈하기 그지없었지. 같이 있던 동료들도 대부분 남아 싸우자는 의견이었으나, 그것은 개개인의 혈기 어린 충정을 확인하는 것으로 끝났고 결국 유격대장은 철수를 결정했지.

『그 때의 기분은 가능만 하다면 아예 적진에 들어가 자폭하고픈 심정이었지. 우리가 그 동안 고

잃어버린 세대

생하며 산에서 투쟁한 것도 다 조국의 통일을 위한 것인데 여기서 주저앉다니… 정말 억울하고 답답한 심정이었지. 그러나 그 분이, 「여러분 심정은 충분히 이해하고 나도 일개인이라면 남아 최후까지 싸우고 싶지만, 생각해 보라. 남아있는 우리에게 누가 탄약과 생필품을 보급해 줄 것인가. 그것이 떨어지면 결국 마을로 내려가 시량과 옷을 가져와야 하는데 주민이 만약 거부해 주지 않게 할 것인가. 결국 죽이는 수밖에 없을 것이고 그렇게 되면 도리어 우리 반공유격대의 평판만 나빠져서 조국통일에 악영향만 남기게 된다. 그러니 이 순간 개개인의 의협심을 자제하고 후방으로 철수하여 훗날을 도모하도록 하자.」하시는데 나는 그것도 하나의 군령이라고 받아들이지 않을 수 없었지. 그렇게 해서 다음날 二年 동안의 山속 생활을 청산하고 밤에 장산곶 마루를 건너, 약속된 해안가에서 미군의 배를 타고 철수했지.

그는 해방 전 황해도에서 부친에게서 물려받는 조그만 포목점을 경영하여 어느 정도 기반을 잡고 살았는데 해방 후 단지 돈이 있다는 이유만으로 걸핏하면 당원들에게 불려가 물품을 상납한 뒤에야 풀려나곤 했다는 것이었다. 유격대 참전을 계기로 그는 자기의 생활기반을 버리고 월남한 것이었다.

『같이 일해서 같이 잘살자 하면 누가 뭐라나. 동네 친구중에 한 놈이 부친에게서 물려받은 얼마 안되는 재산을 노름에 탕진하고 나자, 내가 우리 가게에 와서 같이 일하자고 했지. 그런데 시작할 때는 정말 마음잡고 성실히 살겠다고 다짐을 받았었는데 며칠 못가서 거드름만 피우고 물건도 자꾸 없어지곤 해서 도저히 같이 일할 수가 없었지. 그러던 놈이, 소련군이 온 뒤로, 나보고 日帝때 지가 소작농이었다는 이유로 빨간 완장을 차고 거들먹거리는 것까지는 봐주겠는데, 단지 자기 官納을 하면서 일본 순사에게 협력한 친일매국노라고 하는 것은 정말 못 봐주겠더군. 그래서 인민재판으로 올릴 테니 알아서 처신하라고 하루를 말미달라고 울러대곤 하니, 어떻게 피할까 고심하던 중 전쟁이 났지. 징집도 피할 겸 아예 산속으로 도망갔지. 거기서 기회를 봐서 유격대원에 합류했지. 하여튼 빨갱이 놈들은 인간성부터가 틀려먹었어. 그놈들은 우리 땅에 뿌려진 독버섯과 같은 것들이야. 할 수 있는 데까지 내 손으로 하니라도 더 처치하고만 싶네.』

『부친은 지금 어디 계시오?』

그는 대답을 않았다. 나도 더 묻지를 않았다. 사람은 간혹 어떤 사실을 설명할 때가 있는 법이었다. 드리는 핵심적인 것은 避해가고 부차적이고 주변적인 것으로만 얼버무리고 싶을 때가 있는 법이었다. 상처를 건

다.

 그와 다른 동료들이, 조금만 생각해보면 무모한 자살행위가 틀림없는 것도 비슷한 상황을 겪지 않아본 자로서는 잘 믿기지 않을 것이다. 그러나 사람은, 自身이 기왕에 추구했던 것을 그대로 달성하고자 하고, 뜻을 같이하는 주변인들과 조화를 이루고 싶어하는 마음은, 때로는 현세의 생명을 연장하고픈 본능에 우선될 수 있다는 것을 나는 어렵잖게 받아들일 수 있었다.

 우리 작전지역에서는 이미 많은 공비들이 소탕되었으므로 잔당은 얼마 남지 않았다. 落葉이 막바지에 이르는 늦가을에 우리는 마지막이기를 바라는 대대적인 토벌작전을 개시했다. 아 공중 정찰을 통해 의심가는 동굴이나 골짜기 들을 미리 찾아내어 선제공격을 하는 것이었다. 아침부터 시작한 작전은 한낮이 되어 적 다섯 명을 사살하고 두 명을 생포하는 戰果를 올렸다. 아군의 被害는 없었기에 어느 때보다 士氣가 오른 우리는 頂上 가까운 곳 바위돌 틈에 있는 敵의 은신처에 도달했다. 곧 투항 권고를 했다.

 『너희들은 포위되었다. 손을 들고 나오라.』

 분명히 공비가 은신해 있을 곳이지만 아무런 반응도 없었다. 그 틈은 사람 하나가 옆으로 들어갈 만큼 매우 좁아 수류탄을 던져 넣을 수도 없었다.

 『연기를 피워 넣을까。』

 토벌대장은 바위틈새를 바라보고 있다가, 고개를 숙여 입구 바닥에 흩어진 잔 나무가지들을 바라보았다.

 탕-。

 그가 고개를 막 숙이는 찰나 총탄이 날아와 그의 바로 위쪽 바윗면을 박았다. 맞힌 곳의 바위조각이 튀는 소리와 거의 동일하게 그는 아래쪽으로 몸을 굴려 避했다. 건너편 산비탈 숲 속에 매복한 적의 대원들도 모두 아래쪽 수풀 사이로 서둘러 몸을 피했다. 두어 발이 더 울린 뒤 총성은 그쳤다. 敵은 막바지에 이르러 총탄이 부족해서인지 우리가 확실히 드러나지 않으면 총을 쏘지 않고 있었다. 갑작스런 상황변화에, 우리들은 뿔뿔이 흩어져 산 아래로 내려갔다.

 갑자기, 발을 잘못 디딘 것 같았다. 찌익-, 하고 낙엽이 덮인 질척하고 가파른 산비탈을 미끄러져 갔다. 저 아래에는 우거진 수풀만이 보일 뿐 그 아래 무엇이 있다고는 종잡을 수 없었다. 순간 미끄러짐이 끝나고, 낭떠러지는 아무 듯 발에는 아무 것도 밟히지 않았다. 이제는 죽었구나 싶었으나 낭떠러지는 그렇게 깊지는 않고 사람 키의 두세 배쯤 되었다. 풀썩, 수풀더미 위로 떨어지는가 싶더니, 우지끈 하며 다시 그 아래 구덩이로 빠졌다.

내게는 의외의 감촉이 와 닿았다. 폭신하면서도 무언가 따스한 느낌을 주는 것이었다.

『아야.』

사람 소리가 났다. 그것은 여자의 소리였다. 내가 정신을 차리고 주변을 살피려 하기 이전에 이미 아래에 있던 물체는 옆으로 빠져나와 나를 덮어 눌렀다.

『꼼짝마.』

내 귀밑머리에는 서늘한 총구의 감촉이 왔다.

내가 떨어진 곳은 바로 비트라고 부르는, 공비의 은신처였다. 안에는 여자 혼자 있었는데 이번 격전 중에 잠시 避해 있다가, 내가 그 위에 떨어진 것이었다.

나를 내려다 보고 있는 상대의 얼굴이 보였다. 흰자위가 많은 큰 눈에 짙은 눈썹이 우선 내 눈에 들어왔다. 코는 여자의 그것으로는 드물게 묵직했으나 그래도 끝線이 여자로서의 티를 남기고 있었다. 그 아래 두터우면서 거무스름한 입술이, 조금 덜 거무스름한 얼굴 위에 肉感的인 형태를 이루고 있었다. 머리카락은 아무렇게나 자란 뒤 헝겊조각으로 묶었고, 거친 山 생활에 시달려서 그런지 야윈 얼굴은 본래 둥그스런 形임에도 광대뼈가 튀어나와 있었다. 나이는 한 스물 대여섯 되어 보였다.

나는 떨어지면서 바닥에 세게 온몸을 부딪친 다음에 절벽 안쪽으로 굴려져 여자의 옆구리와 닿은 것이었다. 때문에 여자는 별다른 타격을 안 받았으나 나는 몸을 움직일 수가 없었다.

『알겠소. 총구를 내게 겨눈 채로 조금 일으켜 뒷걸음질했다. 여자는 총을 놓겠으니 총구 좀 치워주시오.』

여자는 총구를 내게 겨눈 채로 조금 일으켜 뒷걸음질했다. 여자는 얼른 집어 철컥, 장전된 종탄을 뺐다. 그리고 자기가 뒤는 곳 뒤쪽 구석에 처박았다.

『당신 반동 국방군이로군. 어때... 그냥 보내주고 말까?』

『이제 아무때고 죽일수 있는데 서두를 건 없지 않소? 게다가 여기서 죽으면 당신이 숨어 있기에도 불편할 테니 차라리 밖으로 보내서 죽이든지 하는 것이 나을텐데요.』
『그렇긴 그래. 어쨌든 지금 이 세상엔 당신과 나뿐이니 좀 천천히 되겠지.』
의외로 여자는 닫힌 공간 內의 단 둘만의 세계를 의식하고 있는 것이었다. 여자는 다시 내게 조금 가까이 와서 앉았다. 물론, 총구는 그대로 겨누고 있었다. 긴장감은 늦추지 않고 있었다. 나도 충격을 가다듬고 일어나 앉았다. 비트 안은 작은 방 하나 크기 만했다.
『아무래도 안되겠어. 두 손 내밀어.』
그녀는 주위에 무엇이 있는가 찾는 듯 옆을 둘러보다가 다시,
『우선 군화끈부터 풀어.』 했다. 나는 손을 내려 오른쪽 군화끈을 풀어들고 다시 두 손을 내밀었다.
『한쪽 끝 잡고 있어.』
내가 끈을 잡고 있는대로 그녀는 총을 들지 않은 왼손으로 내 두 팔목을 칭칭 감았다. 팔목에 박이 가해질 정도로 팽팽히 묶여지자 살짝 총을 놓고는 내 무릎 위에 올라타서 황급히 내 두 손을 꽁꽁 묶었다.
『내가 어디 쓸모가 있나요? 이렇게까지 해서 살려두게….』
『잠자코 있어봐. 이 반동아.』
그 이유는 곧 알 수 있었다. 사실 웬만만 해도 없애버리는 건데, 그래도….』
아직 본격적인 異性관계를 가져보지 못한 나로서는 조금 당혹스럽기도 했지만 그래도 이 와중에 수로운 것은 아니었다. 오히려 이 상황을 이용해 국면전환을 꾀할 수 있을 것 같았다.
『우리, 시료. 알고 지냅시다…. 어차피 이 굴 안에는 당신과 나 둘만 있으니, 이념이니 뭐니 하는 것은 나중에 나가서 알아보고. 보면 몰라? 나는 공화국 건설을 위한 혁명전사로서 최후를 마치기로 결심한 몸이고 너는 米帝 악질 반동의 끄나풀인 국방군 졸개 아냐?』
『알긴 뭘 알어.』
『어떻게 해서 이 곳에 혼자 있게 되었소?』
『이번에 대대적인 敵의 공격이 있던 정보가 있어서 여기 숨은 거지. 여기는 본래 우리 여성동지들끼리만 드나드는 곳인데 같이 있던 둘이 다 죽어서 혼자만 남았수다.』
『그러려면 차라리….』

잃어버린 세대

나는 말을 꺼내려다 그만두었다. 아직 너무 이르다 생각되었기에… 이 여자와 좀 더 가까이 지낸 다음에 일을 圖謀(도모)하기로 했다. 그녀도 미처 내가 되삼킨 말은 듣지 못한 것 같았다.

그녀는 내 혁대를 풀었다. 그리고 조금은 거칠면서도 여자의 보드라움이 느껴지는, 찬 공기에 식을 대로 식어 얼얼함이 뿜어나오는 손으로 내 바지속의 좁은 틈새를 무엇을 찾듯이 파헤쳤다. 척-, 싸늘한 찰기가 下體中心을 감싸안으니 이제까지 모르던 卽物的(즉물적) 쾌감이 그리로부터 싸르르 번져 나왔다.

계속해서 그녀는 나의 하체 곳곳에 아무 의미 없어 보이는 마찰을 계속했다. 마뜩찮은 첫 경험의 께름직함을 놓인 상황이 합리화해주었기에 나는 순순히 내 몸을 맡겼다.

『이런 게 무슨 의미가 있어요?』 나는 가만히 물었다.

『시끄러 잠자코 있기나 해.』 그녀는 귀찮은 듯 내뱉었다.

『아니, 그런 게 아니라, 사람과 사람사이의 교류는 우선 정신적인 면에서의 교감이 있어야 한다고들 하잖아요? 정신의 교류가 없는 육체만의 접촉은 저급한 것이라고들 하잖아요?』

『이 자식, 제법이네. 하긴 그래, 아무래도 친해진 사람끼리 하는 게 더 맛을 느낄 수 있지. 하지만 너희 같은 악질반동하고 무슨 마음의 교류니 나발이니 하는 게 있겠어? 그냥 네놈 말짱한 허우대를 가지고 노는 것밖에 난 관심이 없어.』

『그러면서도 얘기는 할 수 있잖아요?』

『할 테면 해. 나보고 인민을 배신하라는 얘기는 아니겠지. 그러면 널 즉시 인민의 이름으로 처치할거다.』

『그런걸 떠나서 사람끼리의 만남을 가지자는 것 아녜요? 그냥 궁금한 것이나 물어보려고요.』

『할 테면 하라니까. 도대체 뭐가 궁금해?』

『아니, 뭐 궁금하다는 것이 아니라…. 그냥….』

『알았다니까.』 그녀는 더욱 깊이 손을 집어넣다가 빼고는 내 下衣를 밀어 내렸다. 그리고는 손 대신에 입을 사용하기 시작했다.

『그럼…. 얘기하죠. 왜 당신은 이렇게 힘든 생활을 하시죠? 여자에게는 억지로 싸우라고 하지는 않을 텐데.』

『으읍. 뭐야? 그럼 나한테 또 허튼 소리 지껄이려는 거지? 이 자식 정말 가만 놔둬선 안되겠는데。그냥‥』

『아니, 진전하세요. 나는 당신 말대로, 그저 시키니까 따라 들어온 끄나풀에 지나지 않아요. 당신의 행위에는 분명 내가 알지 못하는 훌륭한 뜻이 있을 텐데 그것이 궁금해서 하는 소리예요.』

『알면 어떻게 하겠단 말이지?』

『당신의 생각이 옳으면 내가 따를 수도 있지 않아요.』

여자는 하던 동작을 멈추고 고개를 들어 웃으며 『그래…내 말을 듣고 여라도 하겠다는 말인가? 내가 네놈 꾀에 넘어갈 정도로 어리숙해 보였냐? 하지만 넌 이제까지 곧 미제반동들의 선전에 속아 왔을 테니…그냥 심심풀이로 얘기해줘도 상관은 없겠지.』라고 말하고는 자세를 들어 고쳐 앉았다. 나도 묶인 손으로 어색하게 바지를 추켜입고는 일어나 앉았다.

『당신의 이름은 뭐예요?』
『너부터。』
『저는 그냥 평범한 이름, 其榮이라 해요。』
『나는 소회라고 해。』
『昭和? 日帝 때 年號같기도 하고…무슨 뜻이죠?』
『짜식 무식하기는…흰 꽃이란 뜻이야。』

소화는 바닥에다 손으로 그림을 그리듯이 素花라고 썼다。

『원래 그 이름인가요?』

『원래는 順徳이라고 하는데, 너무 순종적인 여자이름이라서 반동적이니, 예전의 나의 지도자 동지가 지어준 이름이지。』

『흰 꽃이라면 白花라고 해야 되지 않나요?』

『그런가? 듣고 보니 그렇기도 하네。그래도 뭔가 느낌은 다른 것 같은데。백화라고 하면 별 맛이 없는 것 같애。』

『素는 단지 희다는 뜻만이 아니라, 아무 것도 더하지 않는 본래 그대로를 뜻하는 것이죠。素服이라는 말도, 아무 물감도 들이지 않은 수수한 흰옷을 말하는 것이니 물감을 들이고 싶어도 물감이 없어서 흰옷을 입은 우리 민족의 옷을 그대로 표현하는 말이죠。그런데 素花라고 하면 아무

잃어버린 세대

더하지 않은 본래 그대로의 꽃이라는 뜻인데 나요? 좀 의미가 모호해지는 것 같아요. 물론 안될 것은 없죠. 素月이란 말도 있으니까... 白月이라고 하면 환히 밝은 달을 생각하게 되는데 素月이라 하면 희기는 희어도 밤하늘에 희미한 빛을 내고 외로이 떠있는 달을 생각하게 되죠. 마찬가지로 白花라고 하면, 百合처럼 색깔은 희지만 화려히 보이는 꽃을 생각하게 되는데、혁명정신에 투철했을、당신의 지도자동지가 그런 반동적인 이름을 지어줬을 리는 없고... 소화는 필경 들판에 널려있는 수수한 흰 꽃을 연상시키고자 지어 준 이름일 거예요. 그러나 기왕 여성동지에게 좋은 이름을 지어주려 했다면 素의 진정한 뜻도 새길 수 있도록 해주었으면 하는 아쉬움이 있네요.』

『자식 허튼 설교를 하고 있네. 그런 건 알아서 뭘해? 검은 꽃으로 잘못 알아들을 사람만 없으며 되는 것이지. 지배층이라는 것들이 민중의 생존권은 생각 않고 그런 쓸데없는 사치스런 말장난에 나 골몰해왔으니 우리 민족이 이렇게 도탄에 빠진 거야. 우리의 혁명투쟁의 목표는 한마디로 말하자면、민중이 주인되는 세상을 이 세상에 오게 하는 거야. 君主나 귀족이 아닌、백성이 나라의 주인되는 세상이지.』

『가만있자... 그럼 民衆에 民字... 그리고 主人 되는 主字... 그러한 세상이 이루어지도록 하는 생각이라면 民主主義라고 히면 맞네요.』

『그래、반만년에 걸쳐 민중을 착취했던 군주통치사회와 반 백년에 걸친 식민통치사회를 극복하고 이제 진정 이 땅의 主人公인 민중이 실질적인 주인의 행세를 할 수 있도록 하는 것이 우리의 투쟁목표야.』

『민주주의란 말은 그런데 이 쪽에서 더 많이 쓰이는 것 같은데요. 어디나 민주주의 표방하는 것은 다 마찬가지 아닌가요?』

『민중에게 형식적인 투표권만을 주고 그걸로 끝나는 건 민주주의가 아니지. 우리 朝鮮民主主義人民共和國에서는 자본가나 지주도 없고 인민을 등쳐먹는 관료도 없고 다같이 평등하게 사는 것을 목표로 하지. 그래서 이곳 未解放地區의 조속한 해방을 위해서 우리가 투쟁하는 것이 아닌가?』

『아무나 다 똑같이 살자는 건 좀 이상한데요. 어느 삶의 단위에 있어서나 그곳을 다스리는 윗사람이 있게 마련인데... 가령 농민들 같으면 땅주인이 있고...』 나는 소화에게 차라리 어리숙한 資本主義의 끄나풀로 보이고자 했다.

『닥쳐 바로 그런 패배적인 사고방식 때문에 우리 혁명이 이렇게 시련을 받고 늦어지는 것이 아니겠어! 자본가니 지주니, 이제까지 봉건사회를 지배했던 모든 반동개자식들을 처단하고 우리 민중이 주인이 되는 사회가 되어야 해. 그러기 위해서는 그네들 없이 우리 민중의 자생력이 얼마가 강하냐를 보여야 해.』

『결국 이제까지 역사를 통해 높은 사람이라고 불리운 자들은 모두 악질이라는 말씀이네요.』

『그렇지. 이제 무리 민중은 지배자의 속임으로부터 벗어나, 스스로 일어나야 하는 것이야. 우리의 혁명과업에 가장 큰 敵인 米帝 怨讐(원수)놈들은 애초부터 거짓말로 뭉쳐진 자들이야. 그놈들이 떠받드는 神부터가 우선 태초부터 거짓말로 자기 백성을 속였는데 하물며 그 뒤를 이어받은 인간들이야 오죽했겠어. 성경의 창세기에서는 하느님이 사람을 만들어 樂園 東山에서 살게 한 뒤 동산 가운데 있는 善惡果를 따먹지 말라고 하면서, 너희들이 그걸 먹으면 죽는다고 했지. 하지만 먹어도 죽지는 않아. 그 뒤로부터 인간의 권위에 대한 투쟁의 역사는 시작된 거야. 자기를 속인 지배자를 딛고 일어나 자주독립을 쟁취하기 위한 것이지. 그러기 위해서는 민중에게 지배자의 속임을 알려주는 지도자가 필요해. 민중은 그 지도자에 의해 일깨워져 눈이 밝아져서, 땅을 박차고 분연히 일어나게 되는 것이지. 인류의 역사를 통해 내려온 그 투쟁정신은 프랑스대혁명을 이뤄냈고, 이제 우리 한민속에게 와서 항일독립운동들을 거쳐 米帝打倒로서 나타나야 하는 것이 아니겠어.』

『소화는 얼핏 무식한 말단세포 같았지만 의외로 깊은 面도 있는 것이었다. 나는 거기에서의 죽는다는 말의 의미가 꼭 우리 인간이 말하는 그런 것은 아니리라고 말하려 했지만, 공연히 그녀의 기분만 흐트러 놓을 것 같아 그만두었다.

『미제타도라니요. 그렇지만 그쪽도 소련의 지원을 받고 있지 않아요? 우리야 단지 위대한 레닌동지의 사회주의 혁명정신을 본받자는 것이지. 너희들하곤 차원이 달라.』

『소련에서 혁명이 잘되었다고 우리도 따라한다? 사회주의가 추구하는 것이 무엇인지는 들었어요. 그런데 그렇게 하면 자기가 아무리 열심히 일을 해도 자기 것이 아니니까 사회발전이 더디게 되지 않아요?』

『저 벌어 저 혼자 처먹겠다는 利己主義者들이야 그런 걱정을 할만 하지. 그러나 인간은 본디 무조건 놀기만을 좋아하는 동물은 아냐. 자기 하고싶은 만큼 적당히 일하고 저 살만큼 벌면 되지.

잃어버린 세대

그것을 공동으로 관리해서 모두가 균등히 잘살면 되는 것 아니겠소。 자본주의 국가 안에서는 서로들 기를 쓰고 남보다 돈벌려고 발버둥치니까 뭐 전체 생산성은 좀 높아질 수 있겠지。 그러나 빈곤의 문제는 그런 물질적인 絶對貧困이 全部가 아니야。 相對的 貧困이란 感情도 매우 중요하다는 것을 알아야 해。 해방된 사회주의 國家가 反動 자본주의 국가보다 전체 소득이 낮을 수는 있지。 그렇지만 반동 자본주의 국가에서 빈곤층이 부유층에 대해 느끼는 상대적 박탈감이 인민이 해방된 국가에서는 있지 않단 말이야。 행복은 반드시 물질적인 것으로만 따지는 것이 아니야。 인민 대중의 상대적 빈곤감을 없애주는 것만으로도 이미 사회주의는 인간을 위한 지상천국을 반쯤 실현시키는 것이란 말야。』

소화는 내게 자기의 생각을 이해시키려고 조금은 차근히 설명하는 투로 얘기했다。 그것은 나의 마음상태에 관심을 두고 있다는 것이니、 이미 그녀가 나를 자기의 생활에 필요한 존재로 여기고 있다고 해도 좋을 것이었다。 나는 조금 안심되어、 나의 생각을 조금 더 말하기 시작했다。

『듣고 보니 一理 있는 말이네요。 전체적으로 제아무리 富를 창조해봤자 그것이 일부계층에 편중되어 있는 限은 아무런 소용이 없는 것이고... 제대로 분배되어야 하겠지요。 하지만 그것이 꼭 사회주의 체제여야만 가능한가는 당신과 좀더 얘기를 해봐야 알겠네요。 그런데 또 걱정되는 것이 있어요。 자기네들이 이미 가진 땅이 넓어서 지원이 풍부한 소련같은 나라는 사회주의를 해서 그걸 골고루 나눠 가지면 살만은 할거예요。 중국도 넓은 땅에 그만큼 자원이 풍부하니까 저들만의 어떤 자급자족하는 生活基盤을 가질 수는 있을 거예요。 중국은 사실 원래부터 주변나라보다 잘사는 곳이었죠。 옛날에도 孔子가、 가난한 것을 근심하지 말고 고르지 못한 것을 근심하라고 했지 않았어요? 그런데 우리 한국은 어떤가요? 이 좁고 척박한 땅에 우리가 가진 자원만으로 나눠 갖고 살아갈 수가 있을까? 아무래도 그 이상의 노력이 들어가야 할 것 같아요。 사람이 그저 자기 일하고 싶은 만큼만 일하는 것으로는 부족하고、 그 이상의 노력이 들어가야 할 것 같아요。 우리의 처지를 생각 않고 소련이나 중국과 같은 사회주의적 요소를 무비판적으로 받아들이는 것은 위험할 것 같아요。 어떻게 생각하세요?』

『씨팔놈 헛소리하고 있네。 악질 지주놈 곳간에 있는 쌀 모두 퍼내면 굶주린 우리 소작농민들 풍족히 먹여 살릴 수 있었어.』 소화는 촛불 들어 개머리판으로 내 가슴을 쳤다.
『그래도 네가 얘기는 조금 들을 만도 하다. 우리 인민들이 사회주의 지상낙원에서 잘살게 하려면
아무래도 땅이 많은 나라놀이 하고는 뭔가 다른 노력을 해야 할 것 같애. 전국민적인 집단노동운동이
있어야 한다든가···· 그래, 좀 더 잘 설명해봐라. 네가 그렇게 생각하는 문제가 뭐니?』
살짝 친 셈이기에 크게 아프지는 않았다. 은연중에 소화가 조금 더 내게 가까와짐을 느꼈다.
『아무튼 쉽은 땅에 가진 것은 인구밖에 없는 우리 나라는 그냥 하고 싶은 만큼의 노동으로는 비빌
로 제대로 살기 어려울 거예요. 중국이 인민 혁명의 모범이 된다고 해서 그냥 『중국이 어쩌니까
우리도 그러자····』는 식으로 생각하는 건 문제가 있지요. 그들은, 못 살아도 뭔가 다른 앞으
언덕이라도 있지 않아요? 하지만 우리는 그럴 것이 없어요. 우리가 중국이 채택하는 사회문화 방
식을 그대로 받아들이는 것은, 우리가 중국에 흡수되어 같이 살아가기를 감수할 때나 가능하다고
봐요. 결국 당신들이 그렇게도 강조하는 민족의 자주독립 정신에도 어긋나는 것이죠. 우리는 그들
보다는 훨씬 높은 사회적인 생산성을 가져야만해요. 우리가 중국의 크나큰 덩치에 맞서 우리를 지
킬 수 있는 길은 우리 인민들이 그들보다 士氣가 오르면 자연히 열심히 일하도록 하는 것뿐이에요.』
『인민해방이 되어서 인민들의 士氣가 오르면 자연히 열심히 일하도록 되어 있어.』
『어느 정도는 그렇겠지만, 아마도 한계가 있을 것 같은데요. 그 以上 더한 노력이 있어야
할 것 같아요. 아무래도 남보다 더 일한 사람은 그 代價를 높일 받는 그런 쪽으로····.』
『열심히 일한 인민에겐 노동영웅 칭호를 줌으로서 사기를 높일 수 있지.』
더 이상은 나도 맞대응을 하지 않았다. 사실 아무 거리낌없이 말한다면 이렇게 말할 수 있을 것
이다. 우리가 중국의 거대한 덩치에 맞서 우리를 지킬 수 있는 길은 철저한 자본주의 경쟁사회로서
단련하는 길밖에는 없다고···. 사회주의 理想이 다른 무엇보다 우선한다면, 民族自存을 포기하고
사회주의 체제의 거대국가에 합류해야 하고, 만약 사회주의와 민족자존 두 가지를 모두 놓칠 수 없다
면, 아예 이거지와 생떼로서 국제사회의 불한당이 되어 살아가는 길밖에 없다.
나는 소화와의 대화를, 다같이 조국과 민족의 앞날이 잘되길 바라긴 매한가지 아니냐며, 서로의
일체감과 화합을 불러일으키는 쪽으로 매듭짓고자 했다.
『어쨌든 척박한 우리 땅에서 살아갈 길은 남들보다 열심히 일하는 길밖에 없다는 것에선 우리 둘
의 생각이 같네요. 정말 우리하고 비슷한 크기의 나라들을 봐도···. 영국은 면적은 비슷하지만

잃어버린 세대

산지보다는 비옥한 평원이 많이 있죠. 이야기책에 나오는 영국의 귀족의 생활과 우리의 양반 생활은 격차가 나지요. 거기의 소작농의 집도 우리네 웬만한 양반 집보다 크겠어요. 프랑스의 비옥한 땅은 우리와 비교가 안돼죠. 하다못해 일본도 우리보다 산지가 적으니 인구에 비해서도 조금은 땅이 더 넓겠죠. 그러나 우리는 과연, 무엇을 가지고 있을까요? 가진 자의 가진 것을 분배한다고 해결될까요? 착취한 것을 되받기만 하면 소작인들이 모두 지주같이 살 수 있을까요? 그래봐야 굶주림을 겨우 면할 정도밖에 안될거예요. 그런 만큼 우리는 무언가를 생산해야 돼요. 분배만이 중요한 게 아녜요. 우리는 분배할 것도 넉넉하지 못하다는 것을 알아야 해요.』

『푸하하.. 이 자식 보아하니 쓸모 있네. 난 그저 갖고 놀 몸뚱아리만 쓸모 있는 줄로 알았는데... 좋아, 인민해방의 날이 오면 너를 인민 생활향상에 일익을 담당하는 지도위원으로 쓰도록 해보지.』

『당신이 그럴 수 있는 위치에 있으신가요?』

『그러면 그런 줄 알지 왜 말이 많아? 남조선의 고립된 곳에서 오랜 기간 영웅적 투쟁을 한 것만으로도 인민영웅의 자격은 되지.』

『그들이 반겨 맞이해 줄까요? 그렇지 않다고 들었는데. 거기서 오라는 지시가 있었나요?』

『아직은 그럴 때가 아니지. 남조선 해방의 그날까지 영웅적 투쟁을 계속하라는 격려가 있었지. 만약의 경우 이 곳에서 최후를 마칠 각오는 물론 단단히 되어 있고.』

『거기서 바라는 것은 그냥 여기 남아 계속해서 후방을 교란시키라는 것이고... 만약 자기들한테로 오면, 투쟁한 만큼 대접해줘야 하니 귀찮기도 하겠지요. 그러니 전멸할 때까지 계속 남아 싸우라고만 하는 것이 아닌가요?』

『그래서 어쨌다는 거야? 나보고 전향하라는 거야? 조금 풀어지실 듯하면 또 그러고... 이 자식 정말 가만 안 둬야 하겠네.』

『아니요. 그냥 당신의 신변을 생각해서요. 아무쪼록 무사히 살아서 서로들 좋은 세상을 보게 되었으면 해서요. 무엇보다도 당신의 그 고운 몸이 생명의 때깔을 잃는다는 것은 상상조차 하기 싫어요,』 나는 아직 보지도 않은 그녀의 몸을 추켜 주었다.

『이런, 지도 생명이 오락가락하는 주제에 주제넘기는... 너부터 정신을 똑바로 갖춰. 임마.』 하면서도 그녀는 싫지 않은 듯했다.

소화는 다시 내 下衣속을 헤집고 한동안 만지작거렸다. 몇 번 하더니 갑자기 손을 쑥 빼고 뒤로 물러섰다. 그리고 벌떡 일어서더니

『자 이제 해봐.』

하며 갑자기 자기의 바지를 내렸다. 안에 팬티는 없고, 겹쳐 입은 털 속옷이 뒤집혀져서 한꺼번에 벗어졌다.

소화는 내 앞에서 발랑 자빠져 누웠다. 그리고 두 발을 들어 벌리고는 발끝을 모두었다. 굽힌 兩다리가 마튿보꼴을 이루고 그 건너로 옷 입은 상체가 보였다. 다리 사이의 모든 부위가 조금도 사림이 없이 그대로 드러났다. 무성히 나있는 거웃도 그렇지만 그 아래 조금 이지러지고 튀어나온 肛門까지, 그녀는 自身의 恥部를 거의 의도적으로 똑똑히 내게 보이고 있는 것이었다.

나는 얼른 이해가 가지 않았다, 그 창피한 치부를 이렇게 일부러 보라고 들이내미는 심리를…. 그것이, 욕망이 억압되었던 여자로서, 自身의 門을 환히 열어 외부로부터의 무엇을 받고자 하는 원초적 본능에서 임을 이해하기까지는, 그 후로도 상당한 세월이 필요했다.

나는 손이 묶인 채 가까이 갔다. 그녀가 원하는 것을 만족스럽게 해주기에는 아직 나의 연륜과 의욕이 따라주지 않았다. 그러나 할 수 있는 만큼까지는 노력했던 것 같다. 서로의 하체와 하체의 만남은 서로의 상체와 상체의 만남보다 앞섰다.

시간은 흘러 밤이 되었다. 달빛이 나있는지는 잘 모르겠지만 아직 희미한 빛은 비트 속에 비쳐 있었다. 몸이 피로한 나(我)와 그녀는 옷을 입고 다시 대화의 분위기로 돌아갔다. 성행위를 할 때보다 쌀쌀함 때문에 둘이는 지연스레 몸을 맞닿고 구석의 그녀 혼자 자던 자리에 누웠다. 밤(夜)인 만큼 소화의 거칠게 단지 몸을 붙이고 있을 때가 더 인간적인 정감을 느낄 수 있었다. 이렇게 보이는 외모는 잘 보이지 않고, 보드라운, 여성의 피부감촉과, 촉촉한 입김만이 수시로 느껴지고 있었다.

『우리는 무엇을 하러 이 세상에 태어났을까요?』

나는 소화에게 인간적인 질문을 던졌다. 전혀 어떤 이념의 편향이 없이 있는 그대로의 순수한 젊은이의 마음으로서….

『동무나 나나 모두 혁명의 사명을 띠고 태어난 것이 아니겠소. 인생은 부단한 혁명 그 정신이 아니고서는 의미가 없소. 인생의 성패는 그가 혁명을 얼마나 충실히 이행했느냐에 있소.』 소화 또한

자기의 철학을 끄집어내기 인색하지 않았다.

『사람은 다 자기의 맡은 바 할 일을 가지고 태어난다 하지요. 知天命이란 말도 있지만 굳이 어느 때를 따지지 않더라도 사람은 살아가면서 자기의 역할에 대해 스스로 조금씩 깨우치게 되는 것이 아닐까요. 세상의 빛과 소금··. 이라는 말이 있어요. 여기서 소금의 의미는 무엇일까요? 음식물에 있어서 음식물 전체와 소금하고 둘을 놓고 본다면 어느 것이 더 중한가는 愚問에 불과하겠지요. 그러나 한 숟갈의 음식물을 더 담그기 위해서 한 숟갈의 소금을 넣지 않는 일이 있다면 그 또한 어리석은 일이지요. 소금은 제 역할을 이렇게 어느 일방적으로 판단할 수 없는, 식탁을 이루는데 빠질 수 없는 상호보완적인 것이에요. 인간 사회도 이렇듯 각 구성원의 역할이 있어요. 하늘로부터 어느 역할을 맡으라는 명을 받은 자는 자신의 본분을 지키는 것이 도리일 것이에요. 어느 쪽의 역할의 인간이 보다 이 사회를 살아가기 수월하다고 해서, 자신의 본분을 어기고 쉽게 그 쪽의 일을 택한다면 그것은 자신을 창조한 神에 대한 배신일 것이에요. 나는 너무 구름 속에서 맴도는 느낌을 받았다. 아직은 내 생각을 구체적으로 거리낌없이 말할 상황이 되지 못한 것 같기에 원론적이고 추상적인 상태에서 머무르고 있었다.

『무슨 헛소리를 하는지 모르겠네. 혁명전사로 타고났다면 당연히 혁명전사로서 몸을 바치지. 하지만···. 혁명에 몸바칠 사람이 따로 있는 것은 아냐. 혁명은 온 인민이 다함께 매진해야 할 공동목표야. 지상낙원 건설을 위해서는 어느 누구도 역사적 과업에 빠질 수는 없어. 그러니까 반동분자는 처단돼야 마땅한거지. 그래서···. 혁명을 위한 사명을 충실히 완수하고, 그 다음은 그냥 배불리 먹고 편하면 되지 무슨 딴소리가 많아? 혁명과업 수행과 생필품 생산 이외의 것에 골치아프게 이것저것 따지는 건 반동적인 생각이야. 꼭 필요한 것 이외에는 편한 것이 제일이야. 공연히 난(秀)체 하는 건 난(我) 딱 질색이야.』

『혁명도 경우에 따라 자기의 본분이라고 할 수 있겠지만, 내 얘기는 사람은 자기가 노력하면 가능할 수 있는 것은 최대한 노력해서 실현해야 한다는 것이에요. 남들과 같은 수준에 머무르는 것이 미덕일수는 없다는 것이죠. 便하다면 제일이라고 다들 말하는데, 편하다는 것이 도대체 무엇일까요? 편함이란, 주위 혹은 對象과 自身이 서로 같이 어울려 어떤 추가의 스트레스가 없는 상태라고 말할 수 있지요. 만약에 자기가 주변 혹은 대상의 요구하는 바와 어울리지 않아 자기 그대로 있기가 어려울 때는, 그 요구하는 바에 따라 자기를 변화시킬 수밖에 없지요. 그 변화시킴으로 말미암아 자신은 平常이 아닌, 들뜬 상태가 되고 곧 편하지 못한 상태가 되는 것이지요. 가령 동화에서 마귀할멈은 언제나도 예쁜 소녀로 둔갑할 수가 있어요. 그러나 평소에는 그런 모습으로 있지를 못해요. 왜냐하면 자기의 本基質과 달리 위장하고 있으려면 힘이 들 수밖에 없기 때문이지요. 이렇게만 생각하면, 편하게 하는 것은 곧 자기에게 이로운 것이라고만 생각하기 쉽죠. 그런데 어떤 나 대상에 대하여, 누구는 불편한데 누구는 편하다면 나중의 그 사람은 보다 더 갖춘 것이라고 보아야지요. 사실 우리 사람도, 누워 있으면 제일 편하잖아요. 따라서 원칙적으로 보면 기어다니는 생물이 가장 편한 생활을 하는 것이고…. 사람도 팔짚고 엎드리고 있으면 서있을 때보다 편하지요. 당연히 네발 가진 짐승은 평소에 사람보다 더 편한 자세를 가지고 있는 것이고…. 인간의, 일어서 생활하는 습성은 어찌보면 뭇 동물 중에 제일 불편한 형태라고도 할 수 있어요. 두 발로 일어설 수 있다는 원숭이나 곰도 그 자세를 오래 하고 있으면 불편함을 느낄 수밖에 없을 거에요. 그러니 인간이 일어서서 생활할 수 있다는 것은 상당히 고도의 성취를 이룬 것인데, 만약 잎드린 자세가 더 편하다고 해서 네발로 걷자고 한다면 얼마나 어처구니없겠어요. 생물이란 것은 이떤 성취를 위해 필요한 것이라면 불편을 감수하고 계속 추구하지만, 반면에 그 성취를 대수롭지 않게 여기고 편함만을 추구한다면 그 반대가 있지 말란 법이 없어요. 만약에 사람이 일어서서 다니지 않고도 먹을 수 있는 세상이 오게 된다면, 아니, 굳이 일어서지 않고도 얻을 수 있는 것들만으로 인간들이 모두 만족한다면, 인간은 다시 네 발로 걷게 될지도 몰라요.』

『무슨 소린지 잘은 모르겠다만 인간은 자꾸 욕심을 내야한다는 얘기 같은데. 뭘 그렇게 아웅다웅 힘들게 살라는 소리야? 인민들은 쌀밥에 고깃국 먹고 겨울에 따뜻하고 편하면 돼.』

『인민생활에 꼭 필요한 신성한 노동만 할만큼 하면 되는 것이지, 공연히 어렵게 필요하지도 않은 知的素養이니 情緖純化니 하는 것은 쓸데없이 반동 부르조아들이나 하는 짓거리야.』

『내 말은 그 편함이 언제까지나 이어질 수 있는 성질이 아니라는 것이지요. 편하다는 것은 당장일 뿐, 그것은 그대로 지속되는 상태가 아니고, 그것은 점차 와해되는 상태예요. 이를테면 당신들 공산주의자들이 읽기 편하다고 해서 서둘러 價를 우리에게 요구하는 것이지요. 이를테면 당신들 공산주의자들이 읽기 편하다고 해서 서둘러 입하려는 가로쓰기 글양식도, 視線을 集中해 글을 精讀하려는 우리 고유의 관습을 무너뜨리고 더 편한 쪽으로 틔보하자는 것이라고 할 수가 있죠. 그렇게 되고 나서는 이전의 세로쓰기는 편하지 못

잃어버린 세대

한 것이 되고 말죠. 동양이 서양에 비해 물질문화발전이 늦은 대신에 그나마 가지고 있는 앞선 정신문화의 상징을 잃고 마는 것이 되죠. 인간이 자기의 주위에 적응하며 進化해 나간다는 것은, 부단히 더 높은 理想을 추구함으로 말미암아, 당장에 편하지 않은 것이라도 점차 자연스럽게 받아들일 수 있도록 적응력을 높여가는 過程이에요. 당장에 꼭 필요하지 않다고 해서 편하게 이완되는 쪽으로만 가는 것은 곧 퇴보라 할 수밖에 없지요.』

『잘 모르겠어. 일단 잠이나 자자. 너, 이 자리에 꼼짝 않고 있어. 먼저 자.』

『저 이젠 손 좀 풀어도 되지 않을까요? 흠도 그쪽에만 있는데.』

『널 어떻게 믿어.』

소화는 한번 내뱉고는 다시 잠잔 머뭇하며 있다가

『좋아, 그 대신 얌전히 있어야 해.』

하고 잠시 일어나서 내 손을 풀어주었다.

『어서, 자.』

나는 피곤했기 때문에 그녀의 명령을 자언스레 수행할 수 있었다. 곧이어 소화도 내 곁에 다시 드러누웠다.

잠결에 또 하체에 차갑고 보드라운 감촉이 있었다. 조금 있다 손을 빼 소화는 내 손을 잡아 자기의 바지 속으로 잡아끌었다. 내 손에는 축축한 수풀이 만져졌다. 그녀의 손과 나의 하체의 만남, 그녀의 하체와 나의 하체의 만남은 오늘 낮에 있었지만, 나의 손과 그녀의 하체의 만남은 지금이 처음이었다. 나는 호기심에, 또한 그녀가 원할 것 같아 손을 움직거렸다. 그녀는 몸을 움찔더니 가벼운 신음을 냈다. 내가 손에 힘을 더 주면 신음이 그만큼 강해지고 몸의 搖動(요동)이 더해졌다. 그러나 오래 계속하려니까 눅눅한 기분이 좋지 않게 느껴졌다. 나는 손을 거두어들였다. 그러자,

『이 씨발 반동노무 새끼…』

이를 갈며, 잠꼬대하듯 중얼거리는 소리가 들렸다. 마음만 막으면 이때쯤 일어나 그녀를 제압하고 초을 빼앗으면 되겠지만, 그것이 단장을 숭지할 만큼 절실한 일로 여겨지지를 않았다. 제대로 독한 마음을 가지고 있는 여자라면 그럴 수는 없었을 것이다. 손을 풀어줬을 때부터 상황은 달라진 것이니 마찬가지였다. 사실 이미

날이 밝았다. 건빵 등 내가 가지고 있는 비상식량을 소화와 나누어 먹었다.

『유격투쟁은 전국 곳곳에 있지만 이곳이 특히나 싸움이 심한 것 같아요.』

『이 곳은 임진왜란 때, 우리 민중이 왜구와 싸운 곳이고... 甲午年 東學 때에도 민중이 朝廷에서 끌어들인 왜군과 싸운 곳이지. 이 곳은 한마디로 민중의 피와 恨이 서린 곳이지.』

『이곳이 그렇게 중요한 聖地라면 그렇다고 하더라도, 당신들이 그렇게 사랑하고 믿었던 북로당은 무력진압은 마찬가지였지. 이순반란 때도 일본군 대신에 미군인 것만 다르지 외세를 빌린 당신들을 버리고 가지 않았어요. 왜 당신들을 버린 자들을 위해 목숨을 바치려 하지요?』

『우리는 인민해방을 위해 투쟁할 것이야. 당신들을 봉건군주시대 마냥 누구를 위해서 투쟁하지 않아. 우리는 인민해방의 그날까지 투쟁할 것이야.』

『믿었던 동지가 의도적으로 당신들을 고립시켰는데도 계속 투쟁하겠다고요? 물론, 당신 말대로, 믿는 것은 시혜주의 이념이지 인간이 아니죠. 당신들의 생각은 종교와도 같군요. 세상사람들이 자기를 버려도 주님은 자기를 안 버리니 신앙을 변치 않겠다는 信者나 마찬가지로, 당신들은 북로당이 자기를 버렸다 할지라도 공산주의 이념이라는 神을 위해 몸바치고 있군요. 정말 완전한 신앙이며 殉敎者(순교사)의 정신이에요. 하지만 唯物論者인 당신들에게 信仰이라는 것을 結付(결부)시킨다는 것은 좀 語弊(어폐)가 있군요.』

『혁명의 뜻을 같이하는 동지들끼리의 믿음이야 너그 반동들의 그것과는 비교가 안되지. 나는 뜻을 같이하는 동지들 중에서 장래 나의 신랑감을 찾으려 마음먹으니까 다른 놈들은 남자로도 안 뵈더라.』

『그래서... 찾았어요?』

『아직... 찾지 못했는데... 혁명정신이 나하고 꼭 들어맞을 만한 사람이어야 하는데...』

『다들 동료 이녜요? 이곳 빨치산 들은?』

『아니, 그래도 진정 여자대 사람대 사람끼리의 만남으로... 우선 만나서 끌리는 사람부터 관심 두는 것이 좋잖아요.』

『만나서 끌려? 부르조아식 연애를 하란 얘긴데... 푸하... 마음이 통하지도 않고 무슨 연애를 하란 말야?!』

『그래도 서로의 思想 以前에、같은 인간으로서의 느낌이 있잖아요?』

『몰라 뭐가 먼전지도 모르겠어.』

『그럼 내게 한 것은 뭐죠?』

『무슨 소리야!』 소화의 上氣된 얼굴은 모멸감에 의해 검보랏빛을 띠었다.

나는 일부러 그녀를 난처하게 할 필요는 없었다. 표정을 가다듬고 가만히 타이를 듯이 말을 시작했다.

『인간에 대한 본능적 사랑을 굳이 이념 때문에 무시할 필요는 없어요. 사랑에는 삼단계가 있다고 봐요. 덴마크의 철학자 키에르케고르는 實存의 삼단계를 얘기했어요. 제일 첫단계는 美的 실존으로서 플레이보이 돈환과 같이 쾌락만을 좇아 생활하는 단계라고해요.

그러나 이러한 생활은 어느 덧 그 한계를 맞이하게 돼요. 그리하여 두 번째로는 모든 생활을 올바른 규범에 따라 자기를 절제하면서 살아가는 윤리적 실존의 생활을 택하게 되는 것인데요. 즉 사람의 이성적 판단에 의한 최선의 삶을 추구하게 되는 것이지요.

하지만 역시 이러한 생활도 인간의 한계에 부닥치게 되어 실존의 삼단계가 있다고 그리하여 마지막으로 택하는 길이 종교적 실존입니다. 자기의 理性에 의한 판단을 모두 버리고 절대적으로 神에게 의존하는 것입니다. 즉 신에게의 믿음으로써 그 종착점을 삼는 것입니다.』

『임마, 그럼 나보고 아편을 피우란 말이야? 하긴 네 말도 일리는 있다. 음식을 먹으면서도 이것저것 다 먹어보았지만 만족할 만치 맛있는 것은 없고... 결국 정신을 뺐는 아편이 제일 좋은 음식이듯이...어디, 말 다한거야?』

『아니요. 아직 끝나지 않았어요. 이와 같은 삼단계가 사랑의 경우에도 그대로 적용되는 것이에요. 맨 처음 남녀가 만나 異性에 대한 호기심과 만남이 주는 쾌락으로 둘의 사이의 의미를 갖게됩니다. 사이가 발전되면서 서로의 마음을 이해하며 감싸주는 정신적인 사랑이 큰 비중을 차지하게 됩니다. 그러나 어차피 서로 다른 인간이 어떻게 다른 한 사람을 완전히 이해할 수가 있겠읍니까. 理解만을 최선으로 삼다가는 갈등들을 피할 수 없읍니다. 결국은 이해되지 않아도 서로의 마음을 믿는, 조건 없는 믿음이 곧 사랑의 완성단계인 것입니다.

『그럴듯도 하네. 제법이군.』

소화는 두터운 입술을 삐죽이며 나를 흘겨봤다.

『하여튼 사랑도 혁명을 제대로 성공시킨 다음 일이지. 가뜩이나 하다면 혁명 성공의 그 날까지 내가 남자였으면 좋겠어. 나도 여자지만 도대체 여자는 아기낳는 것 외에는 쓸모가 없단 말이야. 아니 여자라고 세상 관습이 자꾸 그렇게 만들어 놓았으니까 그런 것이겠지. 여자라고 해서 남자보다 못한 것은 아닐거야.』 이제 자기의 私事로운 생각을 내게 말하는 그녀는 제법 愛嬌(애교)있어 보였다.

밖에 조금 센 바람소리가 나더니 후둑 후둑 빗방울이 떨어지기 시작했다. 비는 금방 강해져서 비트밖에는 흐르는 물소리가 들렸다. 빗방울이 튀지 않는 안쪽으로 우리는 자리를 옮겼다. 비트 안의 공기는 한숨 싸늘해진 것 같았다. 나는 소화의 어깨를 짚었다. 내리는 비의 습기에 젖은 뺨의 촉감은 싸늘하면서도 그녀는 아무 말 없이 내게 어깨를 의지했다. 가볍게 뺨을 뺨에 갖다대며 포옹하자 척 달라붙는 느낌이었다.

『뭐가 여자는 남자보다 못하다고 그러는지 모르겠군요. 비교대상이 아닌데요. 여자는 그냥 여자답게 살아가는 것이 자연스러운 것 같아요.』

『무슨소리— 여성을 억압하는 가부장제야 말로 반동사회의 크나큰 병폐야.』 소화는 다시 입술을 깨물고 눈을 내리깔았다.

『물론, 사람 개개인의 개성은 남녀에 대한 분류기준에 앞서 존중되어야 하지요. 여자라고 무조건 여자다워야 한다고 강요하는 것이나, 남자라고 무조건 남자다워야 한다고 강요하는 것이나 모두 옳은 것은 아니죠. 하지만 그렇다고 무조건 차이를 없애려 하는 것은 무리가 있어요. 공연히 변화를 위한 변화를 위해 여성들이 희생되는 것 같아서요.』

『남자라야만 혁명과업 수행에 많은 일을 할 수 있지 않나? 혁명과업에 한 사람이라도 더 기여하려면 여자들도 여자임을 극복하고 남자와 똑같이 투쟁해야 하지.』

『우리가 생명을 가진 이유가, 어떤 생산, 즉 다른 목적을 위한 수단이라면 남자가 더 우월하다 하는 것도 一理가 있죠. 하지만 생명을 가진 이유가 생명 그 자체를 享有하는 것이라면, 여자가 더 좋은 면도 있다고 봐요.』

『그게 무슨 소리야?』

『내가 느낀 비에 의하면, 여자가 더 행복을 잘 느낄 수 있고 슬픔을 잘 삭일 수 있을 것 같다는 말이죠.』

잃어버린 세대

『뭔지 모르지만 궁금하네. 어디 말해봐. 왜 그렇다고 할 수 있지?』

『예. 한번 내 말을 들어봐요. 예전에 친구들이 모여 야유회를 갔는데, 도착지에서 한 여학생을 중심으로 가벼운 농담을 하며 화기애애한 분위기가 익어갈 무렵이었어요. 그런데 갑자기 대화의 중심이 되었던 여학생이 크게 울음을 터뜨렸어요. 모두들 어안이 벙벙하여 말을 못하고 있었지요. 이 와중에서 그 애는 울먹이며 계속 말을 해대었어요. 너희는 그저 가벼운 마음으로 장난 삼아 농담을 했지만 나에게는 자존심에 상처를 주는 이야기였다고. 나는 그 동안 오가던 이야기를 옆에서 듣기는 했지만 그럴 정도의 이야기인지는 납득이 가지 않았어요. 물론, 나도 남들은 이해 못하지만 그런 마음을 느낀 적은 있었어요. 그러나 그러한 행위를 한다는 것은 관습상으로도 용납 안되는 일이고 용납된다 해도 그렇게 터져 나오지를 않았요. 시간이 지난 뒤에 그녀는 다시 웃는 낯으로 대화하기 시작했어요. 실질적으로는 대수롭지 않은 일이라는 것을 그녀 스스로 증명하고만 것이죠. 문제였던 것 같아요. 아무튼간 여자는 자신에게 닥쳐온 감성의 밀물을 그때그때 잘 消化(소화)해내곤 하는 것 같아요. 그것이 이 세상을 탈없이 살게 하는 힘이 되는 것 같아요.』

『감성을 消化한다。。。 그게 무슨 소리지?』

『글쎄, 그냥 아무 구체적인 이유 없이 울어본 일은 없었어요?』묻는 나의 말투와, 내말을 듣는 그녀의 눈동자 빛은, 처음 만남의 그 때와는 상당히 달라져 있었다.

『혁명전사가 무슨 쓸데없는 눈물을 흘려! 나는 서로 뜻을 같이했던 동지가 너희들 원수의 총에 죽었을 때 말고는 운 적이 없어!』그녀는 앙탈하듯 소리를 높였다. 그러나 이미 내게 위협을 주는 분위기는 아니었다.

『아니, 운다는 것이 뭐 그렇게 수치라도 되나요? 男子인 저도 처음 싸움에 끌려갈 때 운 적이 있었어요. 오히려 그렇게 눈물이 없다면, 당신들은 피도 눈물도 없는 사람들인가요?』나는 내렸던 두 손으로 다시 그녀의 어깨를 짚고 물었다.

그녀는 고개를 정혀 눈을 위쪽으로 하고 잠시 想念에 잠긴 듯했다. 올려다본 그녀의 모습에서, 여자의 얼굴은 世間의 評과 무관하게 모두가 아름답다는 생각을 새삼 하게 되었다.

그녀는 고개를 내리고 나를 보았다.

『사실 나도 가끔, 그냥 감정이 북받쳐 공연히 우는 일은 있었어. 언제였더라... 고향집에서 그저 노을이 새빨갛게 타는 모습을 보고 문지방에 팔목을 대고, 손으로 턱을 짚은 채 그냥 한없이 운적이 있었어. 정말 그 때는 단지 황홀한 그 광경이 아름다와서 울었썼던 것 밖에 없었어.』

『좋은 얘기예요. 그러한 감정은 남자인 나도 충분히 공감할 수 있지요. 그러나 여간해서 그런 적은 없어요. 남들이 남자답지 못하다고 손가락질 할까봐 그러는 게 아니예요. 아무도 없을 때라도 마찬가지예요. 남자의 감성의 오르가즘은 달아오르는가 싶더니 이내 맥이 빠져 버리지요. 이 때문에, 부내끼야 할 일들이 이 세상에서, 남자들은 감정의 분출을 제때 공감하지 못해 많은 들이 정서생활이 흐트러지고 건강한 삶을 유지 못하기도 하지요.』

『하지만 바로 그런 이유 때문에, 남자는 무엇을 함으로써 그것을 이미 상당히 내게 공감하지 않고는 있을 로운 창조가 있는 것 아닐까?』 그녀가 이런 말을 한 것은 수 없는 일이다.

『좋은 지적이에요. 그렇기는 하겠죠, 그 중 몇몇의 이는 그 감정의 고임을 간직하여, 膽石(담석) 과 같은 결정체를 만들기도 하지요. 바로 詩人, 예술가들이지요. 자신이 느낀 그때 그때의 감정 과 恨이 응어리져 쌓이곤 했던 자들, 그 중에서 일부 감성의 結晶(결정)능력이 있는 자들에 의해서 서정시로 이뤄지는 것이지요. 以前에 어린소견에 왜 우리가 배운 여성스러운 서정시의 작자는 거의 남자들일까 했었는데 그 이유가 있었지요. 하지만… 그것도 당사자들의 행복하고는 거리가 있 는 것이에요. 이것 마저도, 男子는 어떤 생산을 위한 도구에 가깝고, 그 자신 생명의 어떤 목적 가치의 실현을 위해서 적합히 이루어진 것은 아니라는 사실을 보충해줄 뿐이죠.』

『예술창작에 남자가 더 유리하다? 그건 편견 아냐? 역시 반동은 할 수 없군. 결국은 남자가 더 잘났다는 얘기를 하려는 것 아냐?』 그녀의 語調는 조금 날카로와졌다.

『아니죠. 예술의 창작은 자기만족보다는, 받아들이는 이들의 정서적 행복을 위한 것이라야 하지 않나요? 마일 예술의 창작이 자기만족을 얻기 위함이라 해도, 예술창작과 관계없이 정서적 앙금을 消化할 수 있는 사람이 더 정서적으로 우위에 있다 할 수 있죠. 삶 그 자체의 온전함을 위해서는 女人性, 즉 여성적 특성이 더 유리하리라는 얘기죠.』

『그렇다면, 여자는 자기 만을 위한 삶을 살게 되어있다는 얘긴가? 그럼 역사상에 아무런 이름을 남기지 못하고 그저 흘러가는 듯이 살란 말이야?』

『그래도 삶 그 자체의 실현에 대해서는 만족을 못하신다는 것인가요? 그래요. 그렇다면 다른 어

잃어버린 세대

떤 흔적있는 창조를 위해서도 여성은 큰 역힘을 할 수 있어요. 여자가 그 자신의 풍부한 감성을, 그대로 흘려버리지 말고 그것을 공감하여 흡수할 수 있는 다른 영혼에게 주어, 잊혀지지 않는 무엇이 되도록 한다면, 그로부터 훌륭한 창작물이 생겨날 수가 있지요.』
『그렇다면 여자의 마음은 남자를 통해 더욱 잘 구현될 수 있다는 얘기인가?』
『그렇다고 할 수도 있지요. 스스로 하지 못하란 법도 없지만 어자에게는 선택의 권리가 있지요. 당신이 그렇게도 강조하는 혁명도... 무슨 혁명이든... 어찌면 당신이 어떤 남자를 몸바쳐 사랑하는 일로부터 찾을 수 있을 거예요.』
『그걸 어떻게 한단 말야...』
소화는 말없이 살짝 고개를 숙였다.
소화의 상체를 노출시키는게 아니었다. 그녀는 순신히 응했다. 이윽고 그녀의 전부를 드러내 보였다. 부만을 노출시키는게 아니었다. 그녀는 순신히 응했다. 이윽고 그녀의 전부를 드러내 보였다. 쌀한 날씨 때문에 닭살처럼 솜털이 일어서는 소화의 피부는 생생한 肉感을 더해주었다. 그리고 나는 다시, 할 수 있는 대로 그녀를 즐겁게 해주었다. 이번에는 단순한 교접행위보다는, 그녀의 몸을 애정 어리게 어루만지는데 더욱 정성이 쏟아졌다. 소화의 몸은 민감하여 작은 자극에도 심상치 않은 반응을 보였다. 나의 손끝이나 혀끝의 미미한 동작은 그녀의 허리와 허벅지의 굴은 요동으로 증폭되어 나타났다. 시간이 흘렀다. 낯의 많은 정신으로 나는, 내가 놓여있는 처지를 直視했다.
소화가 땀을 흘리며 바닥에 퍼져있을 때 나는 슬쩍 구석으로 가서 총을 집었다.
『자 소화 아씨, 이제 내 말을 들어요.』
소화는 깜짝 놀라 상체를 일으켰다. 겁에 질리며 수치스러움에 얼굴을 붉히면서 두 팔목은 부들부들 떨었다.
『사, 살려주세요.』
나는 총의 탄알을 빼고, 뒤쪽으로 휙 던져 넘겼다. 그리고 그녀에게 다가가서, 무릎을 모두고 앉아서 여전히 떨고 있는 그녀의 어깨를 짚었다.
『염려 말아요. 대한민국 군인은 결코 벌거벗은 여자에게 총을 겨누진 않아요.』

五. 사람보다 중요한 것은 없다

『벌거벗은 여자에겐 총을 안 겨눈다니... 왜요?』 素花는 눈을 크게 뜨고 살짝 흘러 보며 물었다. 그녀의 눈은 조금 充血되어 있으면서 가장자리에는 약간의 물기가 괴어 있었다. 쌀쌀한 추위와 두려움이 함께 작용하여 오므린 두 팔목은 가슴을 두드리는 듯이 떨고 있었다.

나는 양손으로 그녀의 어깨를 짚은 상태에서, 손바닥을 그녀의 등뒤로 미끄러뜨리면서 약간의 愛撫(애무)를 쯤 하였음. 그녀의 가슴 뒷편을 掌力으로 압박하며 살짝 포옹하듯 가까이 당겨졌다. 몸이 닿지 않았는데도 그녀의 신체주변에 後光처럼 번져있는 微熱이 느껴졌다. 거기서 더 당기지 않고 정지하고서 나는 입을 열었다.

『벌거벗은, 여자는, 이 地球上 아니 이 宇宙上의 한 생명으로서 가질 수 있는 가장 아름다운 모습이 아닌가요. 거기에다 대고 총을 겨눈다는 것은 穩全(온전)한 한(一) 인간으로서는 도저히 할 일이 못 돼죠.』 나의 語調는 사뭇 진지하고 엄숙했다.

『어째서 그렇다고 말할 수 있죠? 공연히 갖다 붙이는 말 아녜요? 그저 상투적인 慣用句로 하는 얘기 같은데...』 그녀는 나의 포옹 동작에도 불구하고 아직 불안감이 가시지 않은 표정으로 물었다.

『아니에요. 절대 그냥 공연히 하는 말이 아니지요. 세상에는 여러 형체가 있어요. 平面이나 球처럼 자연의 형태도 있고 정육면체나 삼각뿔처럼 인공의 형태도 있고... 그런데 인공의 형태는 어떤 부분적인 것이지만, 자연의 형체에는, 다다를 때까지 다다라서 더 이상 변할 수 없는 어떤 極狀의 것들이 있죠. 하늘의 天體나, 아침 풀잎 위에 맺힌 이슬방울에서 볼 수 있는, 球는, 한 물체덩어리기 시체의 引力으로 뭉쳐질 대로 뭉쳐져서 가장 표면적이 작은 형태에 다다른 것이라고 볼 수 있죠. 그에 反해 들판이나 水面에서 고르게 퍼진 상태이고요. 그 외에 바윗돌이나 모래알, 산脈 등 여러 사연의 형태들은, 인공적인 도형들과 마찬가지로 모두가 有限的이고 過渡的인 것에 불과하지요.』

잃어버린 세대

『그런 것을하고 여자 몸하고 무슨 상관이야?』 소화는 입을 삐죽였다. 비록 아직 알아듣지 못한 長廣舌(장광설)을 내게서 듣고 있지만 일단 분위기로는 안심을 한 것 같았다.

『그들과 女體와의 공통점은, 다같이 극상이라는 것이죠. 천체와 이슬방울이, 들판과 바다가 어느 한 理想을 向하여 極에 達한 형태라면, 사람의 몸은 생명의 理想을 실현하기에 가장 효과적인 형태로 진화한 극상이지요. 神이나, 혹은 지구인보다 문명이 발달한 외계인의 모습을 상상한 어느 누구도, 사람보다 더 조화롭고 균형 잡힌 모습을 디자인하지는 못했어요. 그러니 사람 중에도, 보다 생명 그 자체의 목적에 가까운, 여자의 몸이야말로 생명이 가진 가장 아름다운 형태라고 아니 할 수 없지요.』

『그래서...』 素花는 내게로 고개를 더 기울였다.

『지금 當身 그 自體는 우주질서가 이루어낸 최고의 結實인, 생명의, 궁극적인 최상의 調和 상태. 즉 極狀(ultimate state)이며 極象(ultimate shape)이지요. 게다가 지금 당신이 완전히 벗고 있음으로 해서 그 엄숙한 질서를 내게 숨김없이 감히 허튼 파괴적 잡념이 끼여들 여지가 있겠어요? 인간의 두껍을 쓴 짐승의 족속이 아닌 바에야 벌거벗은 여자에게 추을 겨눌 수는 없는 일이죠.』 나의 發說은 힘이 소화는 가만히 고개를 숙였다. 나는 내게로 몸이 살짝 기울어지는 그녀를 받아 끌어안고는, 다시 자리에 눕혔다.

『그러면 살아 있으려면 계속 벗고 있어야 하겠네...』 그녀는 微笑를 띠웠다. 나는 아니라 할 필요를 느끼지 않아, 역시 슬쩍 웃으며 고개를 끄덕였다.

그 뒤로는 서로간에 격렬한 몸 움직임은 없었다. 다만 그녀의 노출된 배를 싸늘한 공기로부터 보호하기 위하여 대여섯번 쓸어내려 마찰열을 일으켜(發生)주고는, 나(我)는 옷을 입은 채로, 그녀의 몸을 꺼안아 주었다.

『아마 구조하러 올 거예요. 그대로 있어요.』

이제까지 敵對視하러 온 듯한 남자에게 자신의 모든 것을 내어 맡기고 살살 떨면서 몸을 움츠리는 그녀에게서는 어제와 같은 위용은 찾아볼 수 없었고 찬비 맞은 아기새와 같은 연약함만이 느껴질 뿐이었다. 狀況反轉의 놀라움에 말미암은 긴장이 풀어지면서, 새록새록 눈을 감는 그녀를 다시금 힘을 주며 나는 드디어 인간의 본성이 이념을 극복했다는 자그마한 승리감에 흐뭇해 몸을 꺼안아 주었던 팔에 있었다.

『그런데 천사는 날개까지 가지고 있잖아? 인간의 모습이 極象이라고 했지만 천사의 모습은 더 좋은 것이 아닌가!』조는 것 같던 소화는 다시 눈을 뜨고 내게 물었다.

『아니죠. 사람이나 동물이나 팔다리를 공짜로 움직이는 것이 아녜요. 몸에서 그만큼의 영양분을 공급해주어야 되는 것이죠. 그래서 몸에 비해서 四肢(사지)가 가는(細) 초식동물은 육식동물이나 사람보다 持久力(지구력)을 갖고 있잖아요? 사람이 날개까지 달고 있는다면 아마 지금보다 짧거나 가는 다란 복품없는 다리를 가져야 할거예요. 아니면 팔다리의 굵기나 길이에 비해 큰 몸통을 가져야 한다든가... 아무튼 지금과 같은 아름다움 몸과 팔다리를... 인력이 지구만큼 강하지 못한 곳, 가만있자. 그건 지구의 引力이 있는 곳에서의 얘기고.

天上이라면 사실 있을 수도 있겠네요..』

그녀와 나는 웃으며 이런저런 농담을 주고받았다.

『鄭上兵!』

바깥에서 이자 부르는 소리가 났다. 몸을 일으키려던 소화는 내 눈치를 보고 다시 그대로 있었다. 일어나 옷을 입는다는 것은 곧 나에게로부터 떠나려는 것인데 이미 大勢를 쥔 내가 보내줄리 없음을 그녀도 알 것이다. 그녀로서는 그저 모든 것을 나에게 맡기고 벌거벗은 채 가만히 있는 도리밖에 없었다.

『여기 있습니다!』

대답이 있자 수풀을 헤치는 발소리가 크게 들렸다. 나는 옷을 추스르고 다시 그들을 불렀다. 그들은 곧 우리가 있는 곳을 찾았다. 최병장과 신참 김일병이었다.

『무사했군. 정상병.』

최병장은 내 옆의 소화를 보고는 놀랄 수밖에 없었다. 뒤의 김일병도 마찬가지였다.

『이제 우리 자유대한의 품에 안긴 歸順者 동지입니다.』나는 능청스레 웃으며 그들에게 말했다.

최병장은 몸을 움츠리며 고개를 숙이고, 그 상태에서 최대한 자기 몸의 외부노출을 줄이는 자세로 있었다.

최병장은 군다는 표정으로 素花를 凝視(응시)했다. 그는 共匪포로를 잡았을 때, 조금이라도 반항하는 듯하면 서둘러 나서서 즉결처형을 하곤 했다. 설사 歸順의 意思가 분명하더라도 이런 저런 말을

잃어버린 세대

걸어, 대답하는 말에 따라 실컷 두들겨 패고 나서야 산 아래로 내려보내곤 했었다. 국방군을 죽여 봤냐고 물어서 아니라고 하면 『싸움도 할 줄 모르는 병신 같은 놈이나 상대하려고 내가 이 고생이냐?』 하면서 걷어차고, 만약에 그렇다고 하면 『이 원수놈!』 하면서 개머리판으로 사정없이 후려쳤다. 여기 와서 양민학살 해봤냐고 물어서 아니라고 하면 『거짓말 말라』고 얼굴과 가슴에 주먹질했으며 끝내 그런 일이 있었다고 불면 그 다음은 더 말할 나위 없었다. 물론 상대의 男女는 구분하지 않았다.

『이 여자는...?』 崔병장은 나(我)와 그녀를 번갈아 보았다.

『그냥... 우리가 거두어 주어야 할 어자일 뿐입니다.』 나는 다시 힘주어 말했다.

崔병장은 다시 한동안 그녀를 보고 있었다. 그러다 이윽고... 그의 눈길은 증오심과 놀라움과 인간의 본성 등이 어우러져 갈피를 못 잡는 듯 했다. 그의 感情의 複合은 和合하여, 하나로 統一性을 향해 平定되어 갔다.

『알았네. 데리고 내려가세.』

다른 경우 같았으면 일단 발길질부터 시작되었을 것이다. 그러나 崔병장 또한 벌거벗은 素花의 모습에는, 공비이기 이전에 한 여자이며 연약한 생명이라는 생각밖에 있을 수 없었던 것이었다.

素花는 옷을 주워들고 구석의 안 보이는 곳에 가서 옷을 입었다. 옷을 벗는 광경은 인간에게 있어서 옷을 벗은 상태보다 더 私事로운 깃이다.

素花는 이제 비로소 생명의 위협을 받지 않고 밖으로 나왔다. 同行하면서 나는 그녀에게 내 군복의 웃저고리를 덮어 주어, 저 아래에서 우리를 맞는 이들에게 이미 그녀는 우리와 한 무리임을 상징으로 보여주었다.

공비 토벌작전은 그 후 얼마 안 가서 종료되었다. 나는 미군 통역장교로 발령 받아 서울로 돌아왔다. 이번의 군대 생활을 몇 번째라고 불러야 할까? 해석하기에 따라 두 번째라고 할 수도 있고, 또한 네 번째라고 할 수도 있다. 여하튼간 분명한 건 이번이 마지막 군대생활이라는 것이다. 그리고 이제는 같은 군대지만, 사실상 이전의 미군 정보국 근무와 같이 하나의 직장으로서 지낼 수 있었다.

매일같이 내가 접하는 것은 美軍, 그네들의 말―이었다. 그 말―들의 의미를 최대한 살려서 우리 한국인에게 들려주는 것, 그것이 나의 새로운 임무였다. 연락병이 遠距離의 意思交換者들 사이에 있는 空間을 메워 연결시키듯이, 뿌리가 다른 한국인과 미국인 사이에서 서로의 思考의 方式間에 있는 거리를 좁히는 것이 나의 일이었다.

말이 나오는 속도는 생각의 속도보다는 느리다. 자기 생각을 말로 내보내는 속도가 빠르면 빠를수록, 말하기 위해 생각의 시간을 희생하는 손실은 줄어들 것이다. 그러니 되도록 말은 빨리 하는 것이 좋다. 듣는 이가 들을(聽) 수만 있다면….

미국인들의 말을 들을 때 너무 빨라서 알아듣지 못하고 다시 천천히 해달라고 부탁하는 일이 많았다. 같은 의미의 얘기를 할 때 그들과 우리의 평상시의 말하는 시간을 어림잡아 알아봤더니 우리가 한결 오랜 시간을 소비하는 것이었다. 그나마 막상 그순간에 영어로 통역할 때는, 하는 일이 하고 그 다시 특별히 힘든 건 안 느끼는데, 통역할 때가 아니고 보통 때에 한국말을 하다가 갑자기 영어를 하려면 유연하게 혀 돌리기가 참으로 힘든 것이었다.

여름은 여름내로 덥고 겨울은 겨울대로 추운, 대륙성 기후지대의 우리와 달리, 그들의 조상은 사시사철 이간에 살기에 크게 불편하지 않은 곳에서 살아왔다. 매서운 겨울 추위에 움츠려들어 살면서 항아리에 들은(含) 김치깍두기를 먹고 살았던 우리는, 나긋나긋한 해양성 기후의 날씨 속에서 자유로이 돌아다니며 버터와 치즈 등을 먹었던 그들 만큼에 혀의 유연성을 갖지 못하는 것이 아닌가 싶었었다.

처음에 소리를 흉내내거나 또는 모양이나 동작까지 흉내내어 기본적인 말을 만들어 사용하던 인간들은, 문화가 高度化 됨에 따라 이들을 組合하여 새로운 의미를 가진 말들을 만들어 냈다. 그러면서 점차 복잡하고 깊은 뜻을 가진 말들이 많아졌다. 그만큼 箇箇(개개)의 말의 길이도 길어졌다. 그러나 그들 서양인들은 길게 늘인 말을 쓰면서도 당장에는 불편을 느끼지 않았다. 그들의 유연한 혀로 빨리 발음하면 그만이니까.

이에 반해 東洋人은 그러지 못하였다. 영어만큼 명확하지는 못하지만 나름대로의 한 방법이었다. 나타내야 할 의미는 많고 그걸 다 풀어 말로 얘기하자니 혀가 따르지 못하고…. 이런 사정을 극복하기 위해 비슷한 발음이라도 글자의 다양성을 이용하여 그 뜻을 명확하고 자세히 표현하는 방법을 썼던 것이 동양권이었다. 그로 인해 동양권의 문화는 상당히 오랜 기간동안 音文不一致의 문화였다. 게다가 우리는 한글을 사용하면서 소리의 높낮이와 길고 짧음도 그다지 구분하지 않게 되었으니 더욱 그러했다.

잃어버린 세대

 한국과 중국의 근대화 시대에 언문일치 운동이 있었던 것은, 물론 말-만 할 줄 알고 글은 쓰지 못하는 민중들을 위하여 그들의 생각을 쉽게 기록할 수 있게끔 하자는, 博愛主義然의 명분을 내걸었겠지만, 아무튼간에 거기에는 서양문화의 영향이 컸다고 하겠다. 서양은 그들의 말-과 글이 서로 일치하지 않느냐고…. 그랬기 때문에 그들은 민중의 의식이 일찍이 깨어서 프랑스 大革命 등 인류사의 위대한 업적을 남기지 않았느냐고. 그리고 그들은 앞선 나라를 이루지 않았느냐고….

 그러나 동양권의 문자에 의한 의미전달은, 당연히 많은 의미를 표현하고 있는데 이것을 무시하고 口語文化 만으로 어찌 그 많은 학문과 예술의 표현을 할 수 있단 말인가. 결국 언문일치 운동은, 근대 서구열강의 동양침략 과정에서 생겨난, 서양문화흠모의 狂氣에 희생된 동양의 불행의 한 단면이 아닌가.

 특히 우리 한국은, 똑같은 발음을 서로 다른 글자로 쓰(書)는 것이 너무 많아서 민중의 글배우기에 어려움이 많다하여, 똑같은 발음은 똑같이 쓰(書)게 하는 한글이야말로 세계최고의 우수한 표음문자라고 극구 찬양 하지들 않았던가. 그런데 똑같이 쓰(書)면서도 발음이 다른 것은 괜찮단 말인가.

 세 번째의 군대 생활 - 나는 나의 계급과 임무로 구분하여 이번의 군대생활을 세 번째라고 했다. 첫 번째 의병제대는 단순히 훈련병이었으니까 훈련기간으로 간주하고, 그 다음 공비토벌작전에 참여한 것이 두 번째의 것이었다. - 이제까지는 나보다 나이 많은 사람들만을 상대해오던 나는 비로소 나이 어린 사람들도 상대하기 시작했다. 바로 이렇게 인생의 그 단계를 밟아 지나가는 것이구나 실감이 되었다. 年下의 사람에게 말-을 할 때는 자연스럽게 말투에 힘이 더 실리게 되어 설득의 피로를 덜 느끼는 반면에 내 말-을 내가 책임져야 한다는 생각에 신중함이 좀 더 요구되었다.

 『군내는 왜 왔지요? 그 쪽 나라 젊은이들은 군대를 모두가 가야할 필요는 없는 것으로 아는데. 』
 어느 저녁시간 부대 식당에서 나는 그에게 질문을 던졌다. 인간이 왜 서로 싸우게 되었으며, 일을 하는, 군대는 어떠한 사람들이 主從을 이루는가를 끊임없이 묻고(問) 또 물었던(問) 내게, 그 첫 번째 군대생활이 되고, 그 다음 공비토벌작전에 참여한 것이 두 번째의 것이었다. 기억나는 사람으로 흑인병사 테드 알렉산더 일병이 있었다.

는 問題에로의 접근을 위한 하나의 實例였다.

『빌딩청소를 해봐도 고달프고, 공사장 인부를 해봐도 힘들고... 게다가 수입도 변변찮고. 그래서 군대로 들어왔지요...』 그는 黑檀(흑단)같이 검으면서도 潤(윤)이 나(發)는 얼굴에 엄지손가락만큼 두꺼운 입술을 움직이며 대답했다. 먼저 女共匪 素花를 보면서도 얼굴이 검고 입술이 두텁다 여겨졌었지만 흑인의 그것은, 만약에 실제로 본 적이 없었다면, 가능한 상상을 뛰어 넘는 그것이었다. 그천년, 수십만년 아니 수십만년을 태양열에 타면서 형성된 모습... 그것은 이제 그 환경을 벗어난 시금에도 변치 않고 그들의 定形을 이루고 있었다.

『군대가 더 힘들지 않나요?』

『아니요. 더 안 힘들어요.』 훈련도 오히려 신이 나는데요.』 그는 흰자위가 유난히 밝아보이는 눈에서 對照(대조)가 強한 검은 눈을 굴리며 말했다.

사실 인간에게 일(勞)이란 것은, 자기에게로부터 자연스레 나오는 것이 아니라 남들을 편하게 하기 위하여 지기의 본성을 억누르면서 하는 것이다. 더군다나 지엽적이고 말단적인 일은 인간 본성의 자연스러운 욕망에 더욱 어울리지 않는 것이다. 하루종일 비슷한 동작만을 되풀이하는 청소나 막일 같은 것은, 끊을 수 없는 身狀의 불균형을 초래하여 그에 대한 면역성이 적은 자로 하여금 견디지 못하게 했을 것이다. 반면에 군대는, 차라리 원초적 본능에 가까운 몸동작을 필요로 하므로, 물리적인 힘은 더 들망정 自己不調和의 고통은 덜할 것이다.

『군대에는 미국의 인구비율보다 흑인이 더 많은 것 같은데. 흑인들이 군대를 선호하는가 보네요.』

『솔직히, 黑人들 중에는 나 같은 사람들이 더 많으니까요. 일은 하기 싫고... 먹고는 살아야 하겠고... 일하는 것보다는 차라리 조금 위험하더라도 싸우는 것이 낫죠. 정말 가능만 한다면 옛날처럼 숲에서 동물사냥이나 하면서 사는 것은 어떨까 해요. 매일같이 신나는 음악 속에 실컷 춤이나 추고 싶고... 하여튼 지금의 생활이 너무 답답해요. 갈 수만 있다면 자연으로 돌아가고 싶어요.』

『그러면 農村으로 가면 되지 않을까? 거기서 자연의 태양 아래 자연이 길러주는 곡식을 거두면서 인간사회의 답답함으로부터 벗어나는 건...』

『천만의 말씀. 농촌은 더 답답하죠. 농사짓는 일은 정말 우리 적성에 안 맞죠. 그게 무슨 자연

잃어버린 세대

입니까. 인간이 생물의 성장과 번식을 제멋대로 주무르는 것. 그러기 위해서 전혀 인간의 자연발생적인 의욕과는 다른 형태의 따분한 노동을 하는 것뿐인데요.』

사실 인간의 일 중에 농사짓는 일이야말로 가장 作爲性이 강한 일에 속할 것이다. 그것은 동물들의 행위와 생물로서의 공통점이 전혀 없다. 사냥이나 목축은 그래도 동물적 본능을 이용해서 포획을 하거니 무리를 이끄는 등의 행위를 하는 것이다. 그러나 농사는 전혀 자연스러운, 인간의 동물적 본성 위에서 일어날 수 없다. 그 때문에 답답함을 참아나가는 인내심이 필요하다. 집밖으로 나서면 널려있는 것이고 먹을 것이고 사냥감이 참고 기다리기에 익숙치 못한 이(者)들, 結實을 위하여 계절의 변화를 기다린는데에도 익숙치 못한 이(者)들로서는 견디기 어려울 것이다.

『사실, 그대들 조상의 뿌리와는 다른 환경에서 살기가 어려울지도 모르겠군. 아무리 자연을 선호한다 해도. . . 차라리 도시가 낫지. 마음껏 놀 수 있는 기회라도 마련되어 있는. . .』

『우리의 조상들이 어떻게 살아왔다는 이야기는 어렸을 때부터 어머니한테서 들었어요. 인종문제가 있을 때마다 백인들은, 우리 흑인들이 본래부터 일을 하기 싫어하고 게으르다고 멸시하곤 하죠. 하지만 우리가 살던 곳은 본래, 기를 쓰고 일을 하지 않아도 춤과 노래를 즐기며 살 수 있는 곳이었어요. 백인들은 우리보고 왜 농사를 안 짓냐고 했지요. 그러나 但只(단지) 산과 들에 豊饒(풍요)히 열려 있는 열매를 採集(채집)하고 짐승을 사냥하고서도 우리는 살아갈 수 있었어요. 본래 아프리카는 먹을 것이 풍부한 곳이었으나 백인들이 땅을 강점한 뒤에, 그들은 우리의 땅을 갈아엎어 자기들 입장에서 필요한 작물만을 이곳에, 콩, 저곳에는 팥 하는 식으로 경작하게 했지요. 그 땅의 본래 主人인 흑인들을 노예로 부리면서 힘당랑을 못 채우면 가혹한 형벌로서 다스렸지요. 백인들이 떠나가고 난 후 아프리카는 적당한 농경방식을 가지지 못해 기아에 허덕이고 있지요. 또 한편으로는 우리를 강제로 그들의 농토로 끌고 갔던 것이죠. 그리하여 오늘날 저와 같은 사람들이 있게 된 것이고요. 그래놓고 이제 와서 참회와 반성은커녕 자기네들 위주로 구성된 사회형태에 적응하지 못하는 우리 흑인들을 경멸하고 있지요.』

『자네들 종족이나 우리들 종족이나 살아오면서 이러저리 치인 건 마찬가지군.』 나는 그와 함께 웃음을 나누었다.

그 때는 그렇게만 이야기가 나왔지만 훗날 그들과 우리와의 또 다른 공통점을 발견할 수 있었다. 하나 하나로는 다른 민족보다 예체능에 뛰어난 자질을 보여 國威(국위)나 민족자긍심을 드높이곤 하지만 정작 자기네들끼리 모여 국가사회를 이룰 때에는 어지럽고 혼란스럽기 그지없는 것이었다. 基地를 조금 벗어나면 食堂街가 보이고, 거기서 꺾어 들어가는 곳에는 紅燈街가 있다.

나는 그와 함께 거리로 나왔다.

『어머, 군인아저씨 이리와요.』

『저기 까만아저씨 멋져!』

우리를 부르는 기지촌 창녀들의 소리가 요란했다. 두 여자가 나서서 각기 우리의 팔목을 잡아 끌었다. 못이기는 척하고 따라 갔다. 나(我)와 그는 동행한 여자와 함께 각기 다른 작은 방으로 들어 갔다.

『아저씨는 장교이시네요. 그리고 이 그방서 보기 드문 토종... 이시네요.』

나(我)와 같이 한 깡마른 여자는 신기한 듯 조그만 주먹으로 내 가슴을 툭툭쳤다.

『그래서 빈가워요? 아니면...』

『맛이 다르죠. 너무 洋食만을 해서 입맛이 느끼했는데. 잘 됐네요.』 껌을 씹으며 쩝쩝대는 소리는 듣는 지의 그 말의 의미에 대한 감각을 둔하게 했다.

『기름기가 너무 많았어요?』

『그래도 허기진 자에겐 기름진 음식이 좋긴 했어요. 다만 너무 편식해서 입에 물렸다는 것뿐이지. 자, 벗으세요.』 그녀는 웃옷고름을 풀었다. 가슴 중앙의 緩谷(완곡)이 술기운 밴 살냄새와 함께 드러났다.

인격이니 사죄심이니 하는 것도 일단 벽이 허물어진 분위기에서는 아무 것도 아닌 것이다. 실내 등들을 빨간 불로 바꾸고 그녀는 모두 옷을 벗었다. 나도 娛樂用人身相互貸與 행위의 준비를 하고 작고 야윈 肉體의 그녀의 몸 여기저기에는 상처인 것 같기도 하고 文身인 것 같기도 한 자국이 나 있었다.

『테드 일병과 한 부대인가요?』

누워서 문는 그녀는 이름에다가 직함을 붙였다.

나는 한쪽 팔을 짚고 반쯤 옆으로 일어난 상태로 그녀와 몸을 나란히 하고 있었다. 어느 때고 마음을 먹으면 곧바로 始作할 수 있는, 일종의 待機 상태로 있었다. 面 그녀의 봄 위로 포개야 할 것이나, 어느 때고 마음을 먹으면 곧바로 始作할 수 있는, 일종의 行爲를 하려

잃어버린 세대

『우리는 같은 중대요. 저 사람을 아세요?』

『예. 제 가슴의 것은 그 사람의 것에요.』 말하면서 그녀는 왼손 검지(檢指)로 자기 가슴을 가리키며 행위를 재촉하는 신호를 보냈다. 紅燈(홍등) 아래서 자세히 보니 그녀의 가슴에는 하트에 화살표한 문신이 있었다.

『이런 건 뭣하러 새겨넣는데요?』

『자기의 여자라는 걸 밝혀두려는 거죠.』 말하면서 그녀는 오른손으로 자기 하체를 가리켰다. 손꼽을 정도의 陰毛만 보이는 그곳은 그다지 신체상의 특별한 부위 같지도 않았다.

『그러면 오늘 왜 그 사람하고 같이 안있어요?』 나는 그녀가 바라는 몸동작은 안하고 질문만 되풀이 했다.

『헤어졌어요.』 그녀는 살짝 고개를 방바닥 위를 굴리듯이 흔들었다. 나는 그 이유는 묻지 않았다.

『그래도 그 사람의 흔적은 남아있네요.』

『그렇지만 여기 이제 다른 사람이 있어요.』 그녀는 다시 자기 배를 가리켰다. 배에는 엄지손가락 만한 글씨로 「JIM LOVES-」라고 씌어있었다.

『미안하지만 한번 불을 켜도 될까요?』

『아니 불을 켜다니요? 아저씨 變態아닌가요?』 그녀는 눈을 크게 뜨고 목소리를 높였지만 그다지 심하지는 않았다.

『아니, 좀 어떤가 보려고요. 기왕 얘기가 나왔으니... 정 싫으면 안 켜도 돼요.』

『아녜요. 그러고 싶으시면 그렇게 하세요.』 그녀는 방안의 이십촉 백열등을 켰다. 본디 마음이 부드러운 여자같았다.

조금은 밝은 빛 아래서 보니 촘촘히 찍어 새겨진 그 文樣들은 시워질 수 없는 성질의 것임을 쉽게 알 수 있었다.

『더 하지 말아요. 지금은 기분으로 그러지만 두고두고 후회할 일인데요. 그와 같이 산다고 해도 할 필요 없는 것인데... 하물며 곧 떠나갈 사람인데요.』

그녀는 푸욱 깊은 한숨을 내쉬고는 『그래도 간절히 부탁하는데 어쩔 수 없었어요. 이번에는 혹시 정말 자기의 사람으로 해주는 것이 아닌가 생각도 되었고... 제가 아는 언니는 결혼해서 부모님 미국구경도 시켜주고 농사꾼 아들보다 큰 효도했다고들 하는데요. 그 언니는 지금 미국에서 대학도 다니고 있대요』 했다. 내쉬는 한숨이 워낙 크다보니, 이렇게 몸에서 공기가 많이 빠져나간다면 반드시 다른 곳에서 보충되는 공기가 吸入되어야 할 터인데 혹 下體의 入口에서 吸引 作用을 하는 것이 아닌가 순간적으로 생각했다. 그 힘 때문에 내 下體가 곧추 隆起하는 것은 아닌가 하고...

『그건 인간이 意志와는 상관없이 어쩌다 찾아온 행운일 뿐이에요. 신데렐라의 꿈은 당신이 이곳을 나가 공장이 여공 생활을 한다 해도 생겨날 수 있는 일이에요. 위락을 위해 몸을 빌어주는 것은 나도 찾아온 손님이면서 뭐라 할 수 없는 것이지만, 완전히 사가는 것이 손상시키는 것은 있을 수 없어요.』

『사갈지 안 사갈지 모르겠는걸요. 길에 물건을 펴놓고 장사하는 사람은 물어보는 사람마다 친절히 대하지 않을 수 없어요. 예전에 공장에서 일할 때는 이런 곳으로 빠지면 몸은 편할 줄로 알았는데... 정말 사람 사는 것이 너무 힘들어요. 이러려면 인간은 뭣하러 있고 세상은 뭣하러 생겼는지 원망스러울 때가 많아요. 정말 좀 편히 살수는 없는지.... 하느님이 있다면 정말 왜 이렇게 사람을 어렵게 만드는지....』

나의 반응이 신통치 않자 그녀는 다리를 굽혀 들어 올렸다. 나는 조금 뒤로 물러서서 그녀의 동작이 원활하도록 도와주었다. 두 다리의 정강이와 허벅지는 각기 平行을 이뤘다. 그 下部孔도, 體毛가 적은 陰部는 약간의 鮮紅빛이 내리질러 있을 뿐 그다지 두드러져 보이지 않았다. 그 下部孔도, 皮膚色과 그다지 달리 눈에 띄지 않았다. 예전 素花의 짙고 茂盛한 거웃과 深紫色 肉谷, 그리고 그 아래의 暗褐色의 放射狀 주름과는 사뭇 對照的이었다. 사람의 얼굴이 가지각색이듯이....

暫間 동안의 鑑賞을 끝내고 나는 말을 이었다.

『인간은 원래 살아가면서 끊임없이 노력하라고 만들어져 있는 것이에요. 被造物로서의 인간은 노력에 노력을 기듭하여 하늘에 가까와지려 하는 중에 이루어진 것이에요. 그저 살아가기 편한 것만을 따지면 심負의 몸이 더 편리하죠. 네발로 땅을 짚는 것이야말로 형태죠. 그에 비하면 두발로 불안하게 서서 다니는 우리 인간은 一身의 편안함보다는 더 높은 곳을 향해 끝없이 노력하는 것을 숙명으로 안고 사는 생물이죠. 두 발로 일어선다는 것은 비록 안정된 것은 아니지만 생산성 있는 일을 하기 위해서는 참으로 알맞은 자세죠. 인간은 그 자세를 가지고 높은 理想을 추구할 수

잃어버린 세대

있기에 동물보다 더 높은 지위를 누리는 거예요. 그저 눈앞의 행복만이 삶의 목표가 아녜요. 당신이 苦生한다는 것은 바로 인간이기 때문에 겪어야 할 것인지도 몰라요.』

『그건 궤변 같은데요.』 다리를 들고 있기 피곤한 듯 그녀는 무릎을 구부린 채 발바닥을 방바닥에 내려놓았다. 그녀의 호흡 따라 배 위의 「JIM LOVES」가 움직였다.

『인간이 고생하는 것이 자연의 뜻에 맞는다는 말은 당장에 그것을 직접 겪는 이들에게는 공허하게 들릴지 모르죠. 그 말을 이해시키기도 쉬운 것이 아니니까요. 하지만 인간이 다른 모든 생물보다 고생않고 편안히 살라고 되어 있는 것이 확실해요. 흔히들 공산주의 혁명가들이 민중을 인간답게 해달라고 소리치는 것이, 실상은 안정된 환경에서 편안히 살자는 것인데, 그것이 간혹 요구할 수 있는 권리는 될지 몰라도 인간답게 살자는 의미는 가지지 못해요. 인간은 본래부터 끊임없이 고뇌하고 고통받는…. 그런 존재예요. 그러라고 인간은 이런 모습으로 창조된 거예요. 거듭 말하지만 동물이 더 편하죠. 그러니 자기의 육체를 이렇게 만들어준 神의 뜻을 따르도록 노력해 보세요.』 말하면서 나는 손가락끝으로 그녀의 裸身을 새삼스레 가리켰다.

『그럼…』 나는 지금 고통받고 있으니까 神의 뜻을 따르고 있는 것이겠네요.』 그녀는 두 다리의 무릎을 맞댔다가 떨어(離)뜨렸다가 했다.

『그렇게는 볼 수 없죠. 단순한 고통이야 동물도 받고 있으니까. 지금 완전히 설명해준다는 것도 힘들고…. 지금의 상태를 인간이 더 낫게 나아가려는 과정에서 겪는 당연한 고통이라 생각하고 극복하기 위해서는…. 긴 설명보다는 편안함이라는 것에 대한 미련에서 벗어나세요. 물론 나도 여기 들어온 입장에서 닥칠 수 있는 일에 적극적으로 나서서 부딪치고 헤쳐나가려면, 앞으로 자기의 본분을 보다 더 잘 쓰일 수 있는 곳을 찾아보세요. 가령 당신의 고통에서 그본적으로 벗어나 가는다란 몸에서도 가슴에는 감촉이 좋은 두툼한 젖무덤이 있고 엉덩이가 搖籃(요람)만큼 풍성하게 벌어진 것은 당신으로 하여금 어머니의 역할을 하라고 그렇게 있는 것인데 그것을 일시적 쾌락의 거래를 위해서 轉用(전용)하는 것은 옳다 볼 수 없는 것이죠.』

『하지만….. 나는 도무지 일어서서 다니는 것이 싫어요. 앉아있는 것도 싫고 그저 눕고만 싶어

그녀는 귀찮은 듯 고개를 저었다.

요. 아무리 그러지 말라고 해도 난 이대로 살 수밖에 없을 거예요. 결국 나는 누워서 돈을 벌고 있으니까 아저씨 말대로 짐승에 가깝겠네요.』

그녀에게 무쳐럼 삶의 의미를 설교해주려 하다가 도리어 그녀의 自嘲만을 더 해주었을 뿐이었다.

나는, 지식만을 조금 모았을 뿐 그것을 경우에 따라 유효 적절히 사용하는 데는 未熟한 나를 새삼 느꼈다.

『자, 어서 하세요.』 그녀는 다리를 다시 벌렸다.

『아녜요. 피곤하면 그냥 쉬어요. 나는 섹스에는 별 흥미가 없으니까.』

『그러면 뭣하러 여긴 온 거예요?』 그녀는 다리를 펴면서 平常으로 還元했다.

『큰 목적은 없어요. 그냥 저녁시간을 즐기러 온 것이지. 하지만 이것으로 만족이야. 그냥 저 방의 친구가 너 올 때까지 얘기나 하고 있지.』

『더 얘기는 없어요.』 그녀는 몸에 있었던 약간의 긴장을 풀고 말 그대로 가장 편안한 자세로 있었다. 『그녀가 할 얘기가 없다면 나도 물론 할 수 있는 얘기는 없었다.

결국 가장 일반적인 목적을 치루고서, 나는 밖으로 나왔다. 조금 있다 알렉산더 일병도 나왔다.

그와 같이 길을 걸으면서 물었다.

『자네, 여자에게 쓸데없는 짓 안했으면 좋겠네. 자네는 한 순간의 자기 만족이지만 여자에게는 두고두고 상처를 남기게 되는 것이 아닌가?』

『예? 소위 말씀하시는 기죠? 꼭 무슨 强姦을 한 것 같이 말씀하시네요..... 뭘 말하시는 기죠? 우린 돈을 내고 걔네들도 좋아서 했을 뿐인데. 강간은 마음에 상처를 준다고 하지? 물론 우리가 강간을 한 것은 아니지. 그런데 내 말은 상처를 주니까 말이네.』

『아, 그 얘긴 테 그것 말씀하시는군요. 그게 상처인가요? 서로의 사랑의 징표인데요. 비록 헤어졌지만.』

『닥치게, 마음의 상처는 때로는 마음을 더 자라나게 하는 수도 있지만 몸의 상처는 그렇게 극복되는 것이 아니네. 그러니 몸에 상처를 주는 행위는 정신에 상처를 주는 행위보다 더욱 크고 용서 못할 죄라는 것을 알아두게.』

잃어버린 세대

以前보다는 비교적 자유로운 군대생활을 하면서, 나는 내가 뜻하는 正義가 되도록 주변의 사람들에게 전파되기를 바라며 닿는대로 노력했다. 그러나 조직의 임원으로서 그것은 局地에서의 自己滿足일 뿐이었다. 결국 이제 하나의 소시민의 생활로 접어 들어가는 것인가. 어찌보면 차라리 以前의, 생사를 넘나드는 戰線의 兵士로서의 생활이 더 드라마틱하며 또한 무미건조하지 않은 것이 아닌가 하는, 호강스런 생각도 해보았다.

이제 토목기사의 꿈은 완전히 포기했다. 사실 내가 아무리 가치관을 두고 그다지 맞지 않은 것 같았다. 나는 軍에 있으면서 야간 대학 법학부를 다니며 보다 일반적이고 사회성 있는 학문에 나의 精力을 쏟았다.

이것저것 사회의 여러 문제에 관심이 많고 남의 일에 끼여들기를 좋아하는 나로서는 記者가 適格이었다. 제대할 무렵 기자시험에 응시하였다. 高麗日報의 신문기자로서 나는 새로이 인생을 시작하였다. 국가간의 패권다툼의 소용돌이 속에서 떨어지는 떡고물을 챙겼던 이제까지의 일(業)과는 달리, 드디어 민간에서의 순수한 생산적인 일에 종사하게 되었으니 나의 감회는 컸다.

나는 사회부 기자로서 출근하게 되었다. 첫날 여러 선배 기자들과 上司들과의 인사를 나눴다.

『앞으로 잘해보세. 나는 김석준이라 하네.』

나(我)와 가장 가깝게 일하게 될 사회부 고참기자였다. 그러자 바로 오래 전에 들었던 이름이 생각났다. 나이도 그 때 성인호씨가 말한 것과 얼추 일치했다.

『혹시 성인호씨라고 아십니까?』

『아, 그 친구, 내가 미국 갔다와서 다른 친구 결혼식에서 한 번 본 적이 있었지. 잡지사 일을 하고 있다는데 그 후 소식은 잘 모르지. 그냥 동창이었을 뿐이고 친하지는 않아서 잘은 모르네.』

나는 반가왔다. 그가 살아있다는 것에. 그리고 그를 아는 이를 가까이 만나게 된 것도. 희고 터없는 얼굴에 검은테 안경을 낀 그는 내 말에 놀란 듯 눈을 크게 뜨더니

김석준씨는 戰亂中에 정치학 박사과정을 밟으러 유학을 갔으나 그 후 집안사정으로 四年만에 귀국하여 이 신문사에 입사했다고 한다. 그는 취재뿐만 아니라 時事의 본질을 꿰뚫는 예리한 통찰력으로 촉망받는 차세대 논설위원이었다.

인간성과 업무능력 모든 면에서 그는 내게 부족할 것 없고 따를만한 선배였다. 그러나 그와 나는 종종 記事의 視角差로 맞서는 일이 있었다.

『아니, 이러면 되나? 이 기사는 너무 기업주 입장만을 두둔한 것 아닌가? 발포장에서 파업이 장기화 된 후 기업주는 경찰병력을 끌어들여 강제해산 시킨 사건이 있었다. 나는 현장을 취재하면서, 공장을 점거하고 생산에 대신 투입하려던 관리직 사원들과 임시 고용직들을 폭행한 노동자들의 행태를 낱낱이 기록했다.

『저는 있는 그대로를 썼을 뿐인데요.』

『우리와 깊이(似), 사회의 진실을 밝히는 것을 業으로 하는, 기자들은 약한 자들의 편에 서야한다네. 그들이 그럴 수밖에 없었던 배경을 간과해서는 안되네.』

『배경은…. 제가 알기로는 특별한 것은 아니고 다니고 있는 직장에서 요구를 관철시키기 위한 것이 아닌가요?』

『그렇지. 노동자의 생존권 투쟁이네. 基層民衆으로서 인간다운 삶을 요구하는 기본권은 보장되어야 하네.』

『제가 알기로는 그 회사의 賃金은 다른 회사들보다 높았던 것 같은데요. 그런데 이번에 다시 임금인상을 주장하다가 회사측과 마찰이 있었던 것인데…. 그 사람들이 하는 일은 그렇게 특별한 기술이 필요한 것이 아니었어요. 그래서 파업이 장기화되자 관리직 사원들이 대신 들어와서 생산량을 채우고 부족한 것은 임시 일용직을 고용해서 채우려 했는데, 파업노동자들이 들어와서 난장판을 만들어 놓은 것이지요. 머리채를 휘어잡고 할퀴고 싸움이 심해지니까 경찰이 출동한 것이고…. 그것은 그들이, 자신들이 원하는 것을 안정된 직장의 기반 위에서만 해결하려고 하기 때문이에요. 자기들의 수준에 비해 회사가 맘에 안 든다 하더라도, 결코 회사를 그만두고 싶지는 않고 회사에서 자기들의 뜻을 관철하려 하기 때문이죠. 저네들보다 낮은 임금이 다른 공장 노동자들이나 길거리의 날품팔이 들처럼 생활하기는 원치 않으니까요. 그러니까 저들이 가진 일종의 기득권을 수호하려는 것이죠. 설사 임금이 안 오르고 때로는 해고된다 해도 온전한 신체를 가진 인간으로서는 다른 공장이나 날품팔이를 하든가 해서 살아갈 수 없는 것은 아니지 않아요? 자기 삶은 자기 스스로 헤쳐나가는 것이에요. 어쩌면 그것이 보다 인간다운 삶이라 할 수도 있죠. 인간은 편안히 안정적으로 생활을 보장받기보다는 끊임없이 노력하는 데에 그 정

잃어버린 세대

체성이 있어요. 안정된 삶만을 원한다면 草木이 가장 적합하죠. 풀을 뜯는 짐승들이야말로 인간보다 안정된 생활을 하고 있죠.』

나의 말-이 너무 긴 하자 그는 기가 찬 듯 냉소하며 나를 쳐다보더니

『풀을 뜯는 짐승이 어찌 안정된 생활을 한다할 수 있나? 언제 맹수에게 잡혀 먹힐지 모르는 형편인데.』 했다. 그 이전의 장광설은 말-도 안 되는 소리로 일축하고 무시하고는 자투리 얘기나 질문거리로 인정하겠다는 투였다.

『잡혀 먹히는 동물은 실상 병들거나 약한 일부일 뿐이에요. 그것은 自然死의 가능성이나 별 차이 없어요. 대부분은 초식동물은 편온하고 안정되게 한 生을 살죠.』

내 말-을 곁으로 돌리고 그는 태도를 바꾸어 본론을 얘기하기 시작했다. 『동물들 문제야、 나는 자네처럼 理科전공을 해본 적이 없으니 잘 모르겠다만、 그 가발공장의 노동자들의 생존권 투쟁은 자네처럼 단순하게만 보아 넘길 것은 아니라고 보네. 물론 그 공장보다 더 열악한 상태에서 노동하는 노동자들도 많다는 것을 아네. 또한 아예 기본 생계비조차 보장되지 못하는 극빈층들도 있고... 그렇지만 그들 기층민중의 권리를 대변하기 위해서는 그들 중에 그래도 조금은 힘을 가진 자들이 앞장서 나서야 하네. 최소한의 대항할 힘조차 없는 기층민중을 위해 그나마 약간의 對抗力을 갖춘 계층이 앞장서 나서야 하고 거기에다 우리 양심적 지식인들이 힘을 倍加시켜 준다면、 민중의 권익이 옹호되는 세상은 분명 오고야 말 걸세.』

『선배님은 자꾸 대립적으로만 보시는 것 같군요. 자꾸 노동자와 자본가의 대결구도로만 해석하시고 계시는데. 자본가... 그래요. 일부 악덕 資本家가 있다고 칩시다. 그런데 그들이 잘 되는 것이 과연 노동자에게 害가 되는 그런... 서로간의 적대적인 싸움으로 해석해야만 할까요? 資本家가 노동자에게 줄 수 있는 것부터가 우선 있어야 노동자의 권익도 보장될 수 있는 것이 아닌가요? 이 사회에서 책임 있는 자들로서의 입장을 생각해봐야 하지 않을까요? 무조건 노동자와 맞서 저네들의 이익을 지키려는 것이라 간주하면 문제가 있지 않을까요?』

『말을 갖다 붙이면 이 세상에 바르지 않은 사람이 누가 있나? 겉으로는 사회를 위해 봉사하는 것처럼 치장을 하면서 실상 속으로는 저자신의 재산 불리기에만 급급한 기업가들이 얼마나 많은지 모르나? 사람이란 모두가 평등하게 태어났네. 학식이 있고 지위가 높다 하더라도 실상 內面을 살펴보면 일반 서민들보나 나을 것이 없네. 우리 지식인들이 우선 권위의식을 버려야 하네. 우리는 민

중과 함께 호흡해야 하고 조금도 지식을 가졌을 기회를 가졌을 뿐 그들과 본질적으로 다르지 않음은 인간임을 항상 생각해야 하네. 자, 그 기사는 이렇게 고치게. 회사측은 救社隊를 동원하여 농성중인 노동자들을 폭행하고…』

김석준씨는 나의 上司나 마찬가지였으므로 더 이상 말대꾸를 하지 않았지만 내가 마치 노동자들을 깔보고 무시하는 것처럼 얘기하는 데에는 언짢을 수밖에 없었다. 하나는 알고 둘은 모른다는 말이 있다. 그런데 이미 하나를 생각하고 나서 둘을 말하려 하는데 하나에 대해서 알라는 충고를 듣는 것은 참으로 답답한 일이다.

본디부터 가진 것이 많은 나라가 다 나누어 가지자는 사회주의를 생각할 여지가 있듯이 본디 가진 것이 있어 어려움 없이 살아온 사람이 교과서적인 인간평등을 생각할 여유를 가지는가 본다. 이것을 이념적 사치라고 해야 할까. 필요이상의 고급의 衣食住는 마음의 여유를 가지기 위해 도움이 되듯이, 사회주의 인간평등의 사상은 주장하는 이에게 한껏 박애주의자로서의 자기만족감을 주는 것이 아닌가.

『정 선배님, 그럴 필요 있어요. 앞으로 선배기자들의 구미에 맞게 써보도록 해요.』

옆에서 논쟁을 보던 직장 후배 심해철이가 말했다. 작은 키에 善한 印象의 그는 성실하고 인정 많은 사람이지만 사상의 면에서는 어떤 성향도 내비치지 않는 말하자면 灰色人과 같은 사람이었다.

『아무렴. 이제 나도 그래야지. 그런데 자네 생각은 어떤가. 이렇게 민중의 편에 선다는 것이 計算的으로 보면 다수 사람들의 인기를 끌어 판매부수도 올릴 수 있을 것 같은데. 그렇게 생각할 수 있을까?』

『글쎄요. 우리나라는 이미 반공사상이 일반 민중에 널리 퍼져있어서 그렇게 되지는 않을 것 같은데요. 사회주의자들이 博愛主義者然하는 것은 많이 보아왔어요. 사실 옛날 민중봉기와 사회주의 혁명이 만연하던 시대에는 그 구호가 박애주의와 대중 일치하곤 했었죠. 한정된 물적 재산을 소수의 유산계급이 가지고 있었고 그것을 민중들에게 나누어주면 모두에게 그대로 혜택이 돌아갈 수 있었지요. 그러니까 혁명가들이 고통받는 다수민중을 위한 博愛主義의 실현이라는 양심에의 명분과 다수민중의 지도자로서의 영예를 동시에 추구할 수 있었지요. 그런데 자본주의 경제가 이미 진행되고 있는 사회에서는 문제가 복잡해지죠. 어떤 不淨한 財産家가 천억의 돈을 갖고 있다고 해서 그것

잃어버린 세대

을 千名에게 나누어 주면 千名이 다 잘살게 될까요?』

『그렇지 않지. 아마 實在하지 않은 가치에 대한 통화의 증가로 물가만 오르고 말걸.』

『그렇죠. 천억은 단지 남이 소유하고 있는 實在가치를 언제라도 빼앗아 올 수 있는 도깨비방망이 일 뿐이지요. 그만큼 다수민중을 一擧에 해방시켜 호응을 받기는 어려운 일이지요. 더군다나 이제 중산층의 증가로 인해, 財貨의 多少에 따른 계층의 구조가 옛날처럼 피라미드형이 아니고, 중산층이 다수인 타원의 구조로 이루어지면, 運動家가 되고자 하는 이들은 기존의 체제에 합류하는 것이 더 옳을 것이고 지도자의 榮譽(영예)를 추구하려면 정계에 투신하는 등 선택을 결심해야 하지요. 지진정 박애주의의 실현을 하고자 한다면 극빈자, 양로원, 고아원 등 사회복지 사업에 눈을 돌려야 하지요.』

『그런데 그것은 「지도자의 길」이란 것과는 거리가 있지.』 나는 가볍게 미소지으며 답했다.

『그렇죠. 「지도자의 길을 걸음과 博愛主義의 실현을 동시에 추구할 수 있었던 좋은시절은 이제 사라져 가고 있지요.』

퇴근시간이 되어 나는 그와 함께 사무실을 나왔다. 둘은 할 이야기가 마침 봇물처럼 나오는 상황임을 공감하여 가까운 다방에서 얘기를 계속했다.

그는 자리에 앉아 잠시 생각하다 다시 말했다. 『하지만 그런데도 다수 하층 민중들을 대변한다는 신문사들이 늘어가고 있던데요. 우리같이 그저 어물쩡 좋으면 좋게 넘어가는 신문사가 아니라 하층민중을 대변한다는 것을 분명히 표방하는 신문 말이죠. 그런 신문들이 어떻게 버텨갈 수 있을지 모르겠어요. 우리가 얘기했듯이 하층민중의 절대수도 그렇게 많지 않고, 또한 지원을 받는다 해도 정말 하층민중들이 무슨 돈이 있겠어요? 물론, 복지신문이라면 경우가 다르겠지만 그런 것도 아니고…. 어떻게 꾸려나가려고 그럴 용기를 가지고 있는지 모르겠네요.』

『다수의 사람들을 자기편으로 끌어들이기 위해서는 직접 論調를 하층민중의 편으로 하는 것은 큰 효과가 없겠지. 그보다는 민중의 수준으로 내용을 낮추는 것이 더 유리할거야. 대중들은, 하층계급을 옹호하고 그들과 같이 고민하자는 말에는 좀처럼 동참을 안 하지만, 민중 사상의 직접 주입보다는 우한 사고를 가지자고 하는 것에는 곧 따르게 되어 있거든. 그래서 민중 사상의 직접 주입보다는 우선 절대다수 대중의 사고수준을 모두 하층민중과 같도록 하여 知的 정서적인 측면에서부터 절대다수의 하층민중계급을 형성하려는 것이 그들의 의도일지도 모르지. 말하자면 비록 자본주의 사회의 진행으로 재산의 나소에 의한 계급형성이 피라미드가 되지 못하고 타원형으로 되었지만, 그 안에 들은 정신이나 사고방식의 類型으로 나누는 계급은 최하층이 절대다수가 되는 피라미드형이 되도록 하는 것이지. 그래서 글을 출판할 때도 아무리 쉬운 계급을 위해서, 잉크와 종이의 낭비로 인해 책의 가격을 높게 감수하고서도, 반드시 한글로 음을 표기하고 불가능한 경우라야만 한자를 괄호 안에 넣게 하고 있지 않나? 지적인 최하층은 그렇게도 려해주면서 경제적인 최하층은 고려해주질 않더군. 그 많은 괄호만 없애도 값을 절반으로는 줄싶어서 사보았는데. 너무 비싸서 사볼 수가 없더라고. 나도 요전에 출간된 대하소설 〈野火〉가 읽고일 수 있을 것인데... 현재는 소설에만 그런 관행이 적용되고 있지만 소설은 모든 문장의 모범으로 곧잘 인용되는 것이니 머지않아 다른 모든 분야, 학술까지도 따르게 될 것만 같네. 왜냐하면쉬운 것은 전파력이 강하기 때문이지. 학생이 공부를 하든 말든 똑같이 칭찬해주고 똑같이 대접해준다면 마음 공부하는 학생만 바보가 되고 마는 것이지. 이러다 또 다들 成人인 민중을 어린길이 열리는 만큼 공부한다고 결국... 아무튼 걱정이야 이대로 나가다간 경제발전은 더해간다고 해도학생처럼 취급한다고 항의 반겠네. 마치 과거, 재산의 所有 정도로 보아 최하층의 민중이 절대다수문화적으로는 쇠퇴하고 결국... 마치 과거, 재산의 所有 정도로 보아 최하층의 민중이 절대다수일 때 그들이 민중혁명을 일으켜서 체제를 뒤엎었듯이, 知的 能力의 保有 정도로 보아 가장 최하의계층이 절대다수가 되어서 그들에 의한 문화혁명이 일어나고야 말 것 같애.』

『文化革命이니요? 지금 中共에서 일어나는 그런 것 말인가요?』

『집단광기에 따라 일어난다는 것에서는 그들의 것과 비슷하지. 하지만 그들의 것은 表面的이고 物理的이고 突發的인 것인데 비해 우리의 것은 裏面的(이면적)이고 精神的이고 또한 漸進的(점진적)이라는 것이 다르지.

結局 無産階級이 다수의 힘을 이용해 有産階級을 물리치고 현실사회의 물리적인 실권을 잡듯이 無識階級이 다수의 힘을 이용해 有識階級을 물리치고 문화계의 실권을 잡는다는 것이군요. 무식계급이 사회의 투치권을 행사하듯이 무식계급이 문화의 주도권을 잡는다는 것이군요. 민중문화가 그형태 그대로 고급예술문화의 자리를 갖는 것... 그러니까 민중이나 지식인이나 구별 없이 다함께 어우러져 한바탕 화합의 세계로 나아가자는 이야긴데. 그 의도 자체는 나무랄 것이 없군요. 후후. 맞아요, 최근에 전국에서 최우수생들이 몰려든다는 어느 일류대학의 국어문제도 아주 쉽게 출

제를 했던데요. 특별히 우수생이라고 별다를 것이 없다는 생각이신가봐요.』

『가만있자, 그 때 출제한 사람은 요전에 문학의 창작표현의 자유가 침해받는 문제에 대해 항의하는 글을 발표한 閔永基교수가 아니던가?』

『예, 그렇다고 하던대요.』

『민교수는 저번에 월간 《新世代》라는 잡지에서, 군사혁명정부가 중학교 국어 교과서에 실린 詩가 너무 저항적이라며 삭제하라고 문교부에 지침을 내려보낸 것에 대해, 「이념의 그물을 집어치우라」고 하며 신랄한 비판을 썼었지. 문학에 대한 군사혁명정부의 칼날에 대해 정말 그렇게 용기있게 비판하는 것은 나도 놀랐어. 사실 원칙적으로 볼 때 구구절절히 옳은 이야기더군. 모든 문학 작품의 가치에 대한 평가는 문학의 관점에서 본 방법론에 의하여야 한다고 했고, 만약 문학이 어떤 이념만을 편파적으로 추종한다면 그것은 이미 문학이 아니라 정치적 선동을 위한 홍보물에 불과하다고 지적했지. 또한, 단지 체제수호의 이념을 따르는 법의 정서와 인간 삶의 다양한 가치를 따르는 문학의 정서는 애초부터 그 지향하는 목표가 서로 판이하게 다른 것인데 하나의 표준을 수호하는 법의 원리가 다양한 표준을 필요로 할 수밖에 없는 문학의 원리와는 서로 대응하기부터가 불가능하다는 것이지. 문학은 법으로서는 신성불가침이라 할 수 있겠는데 사실이 그래야 할지도 모르지. 그런데 그렇게 다양한 기준을 강조한 민교수도 스스로 국어입시문제를 출제하면서 한글전용이라는 하나의 기준을 고수하는 판이니 문학의 다양성을 인정하자는 주장의 명분이 약하지.』

『그렇다고 그 교수의 사상을 의심하는 것은 안되지 않나요? 출제 誌文만 해도 공산주의 체제를 비판하는 작품으로 유명한 《죽음의 포로수용소》 아닌가요? 게다가 소설이니까 한자를 안 쓰는 것은 당연하고요.』

『거기에 교묘함이 있는지 모르지. 우선 소설이라고 한자를 안 쓰는 것이라는 고정관념도 문제지만 그건 이미 너무도 널리 굳어있는 생각이니 조금 뒤로 미룬다해도, 굳이 문학지망생도 아닌 일반 학생들을 위한 국어시험에 소설만을 제시해야할 이유도 없지. 이렇게 우리의 교육이 표면적으로는 반공!・반공!을 주입시키지만 그것은 기계적인 암기에 불과할 뿐이어서, 그런 교육만을 받고 대학에 들어온 학생들은 어떤 다른 체계성있고 매력적으로 보이는 이념의 논리를 접하게 되면 쉽게 그리로 빠져들곤 하게되지.』

『입시에서의 한글전용출제가 사상문제와 무슨 상관인가요? 그건 비약 아닙니까?』

『아냐, ㄱ 피급효과가 얼마나 큰가는 본질을 파악하면면 알 수 있는 것이야. 그 입시문제를 보라구. 한 시간에 볼 시험에 이렇게 많은 분량의 지문을 싣는 법이 어디 있어. 차근차근히 답안지 작성할 시간도 없어. 결국 수험생은 속독만을 최우선으로 하게끔 하는 것이지.』 나는 찻잔을 손으로 돌리면서 말했다.

심기자는 소ㄱ 수긍하는 듯 『이 사람에게 출제 의도를 물으면 뭐라 할까요?』하고는 잔을 들어 커피를 마셨다.

『내가 한번 진화로 물어봤지. 그러니 그냥 한글은 세종대왕께서 억눌린 백성을 해방시키기 위해 창제하신 우ㄹ ㄱ글로서 세계최고의 표음문자이고 일제의 탄압에서도 지켜온 글이니 자랑스런 우리 글을 앞으로 우리나라를 이끄는 중요한 인재가 될 학생들에게 사랑하도록 해야 하니까라고 대답하더라고. 『그런데 내가 그전에 그 교수 밑에서 박사과정을 밟는, 친구 후배인 어느 학생에게 들은 얘긴데, 私席에서 이런 얘기를 했다는 거야. 물론 그 학생이 낱말을 너무 풍자적으로 바꾼 탓도 있겠지만, 앞으로 共和國을 이끌 인재들이 反動貴族文化에 물들어서는 안되니 다른 건 어찌하더라도 한글선으만은 철저히 지켜야 한다는 것이야. 인재들이라 하더라도 민중과 근본적으로 사고의 차원을 달리해서는 안 된다는 것... 정 두뇌의 사고용량이 남아 심심하거든 速讀훈련을 시켜야지 反動的인 儒學(현학)을 가르쳐선 안된다는 것이지. 그래야 훗날 민중이 주인되는 사회의 충실한 일꾼으로 키울 수 있다는 것이야.』

『그런 목적이 설마 있을까요. 현재의 교육의 하향평준화 문제와 문화의 저질화 문제를 그에게로 모두 책임을 지울 수가 있을까요?』

『로마에서 내려온 유대총독 빌라도는 예수를 풀어주려고 했지만 끝내 예수를 못박은 자로 역사에 기록되었어. 『책임을 맡은 이에게 일단 책임이 가는 것은 어쩔 수 없는 일이지. 물론 책임을 돌린다고 해봐야 ㄱ 나쁜 방도가 있는 것도 아니지. 아무튼 딱 꼬집어 구체적으로 무엇을 시비걸 수도 없고 여ㅕ 그 영향력은 매우 크다는 것에서 좌익의 문화투쟁의 무서움이 있는 것이지. 그들은 속으로 아둔한 보수우익 나부랑이들은 이 意圖를 모르고 다행이라고 쾌재를 부르고 있을지 모르네. ㅃㅣ리가 썩어들어가고 있는데 나무열매를 뺏어가지 말라고 소리치는 멍청이들이라고.

『정말 아직도 그것을 단순히 語文政策의 견해차로만 생각하고 있는 순진한 사람들이 많아.』

『정선배의 말씀은 저도 타당성이 있다고 생각해요. 하지만 너무 반공사상에 치중하시는 것은 아

잃어버린 세대

닌가요? 정말 우리의 체제는 한 쪽이 완전히 사라져야만 할까요? 앞으로 이런 난관들을 극복하고 이곳 자유민주 체제로의 통일이 된다면 그럼 나라의 반쪽은 완전히 없었던 것이 더 나았을 그런 것 일까요? 그러면 우리는 치뤘던 고통의 일부나마 보상받지 못하는, 순소해만을 보는 역사에 불과한 것일까요? 그렇지 않고 북한에서도 우리가 얻을 것이 있지 않을까요? 제가 방송에서 우연히 들은 북한소설의 이야기를 해볼께요. 폐쇄된 사회주의체제 국가 내에서 사랑이 어떻게 가치를 유지하는 가에 관해서인데요. 한번 들어 보세요.』

나는 잠자코 그의 이야기를 들었다.

『저는 밤에 혼자 있기 적적할 때마다 가끔 북한의 방송을 듣고 했어요. 온통 체제 찬양일색인 북한가요들을 듣다가 가끔가다 그들이 쓰는 말투가 재밌기도 해서 거의 매일같이 밤 열 시가 넘으면 그들의 방송에 주파수를 맞춰놓곤 했어요.

그러던 어느 날, 예나 다름없이 어두운 방안에 홀로 누워 잠을 청하면서 이북의 방송을 듣는데 라디오소설 형식의 방송극이 들려나왔어요. 강한 이북 억양의, 공훈배우라는 여자 낭독자가 소설을 읽으면서, 때로는 주인공의 말소리를 감정 섞여 연기하는 것이 퍽 인상적이었는데. 저번 날에도 몇 번 흘러듣기는 했지만 그날은 심상찮은 이야기가 흘러나와 나의 신경을 곤세우게 하였지요. 그 얘기는 대강 다음과 같아요.『

노경숙은 義足한 다리를 끌며 가파른 채석장 길을 올라간다. 힘겹게 땀흘리며 곧 지쳐 쓰러질듯 하면서도 그녀는 자신이 해야 할 어떤 의무감에 사로잡혀있다. 그녀에게는 어릴 때부터 친동생처럼 지내왔으며 지금은 건설현장의 技師인 사촌동생 노동민을 만나야겠다는 생각뿐이었다. 물론 지홍실과의 이전에 맺었던 친분과 그녀에 대한 마음의 빚을 갚아야한다는 생각도 이러했진 것이었겠지만 생 노동민의 그릇된 마음가짐을 고쳐주어야 하겠다는 일념이 그녀로 하여금 이곳까지 찾아오게 한 것이었다. 노동민은 지홍실과 장래를 약속하며 교제해 왔으나 지홍실의 부친의 신상이 곤란한 입장에 서자 자신의 출세 길에 지장을 줄 것이 두려워 지홍실을 멀리하는 것이었다.

노경숙은 이윽고 노동민을 만나 그에게 순수한 사랑의 마음을 되찾을 것을 간곡히 호소했다. 몇 번의 호소반 질책반의 음성이 공훈배우의 애절한 음성으로 인상깊게 흘러나왔다. 그러던 중 귀를 번쩍 뜨이게 했던 그녀의 소리는

『사랑보다 네 장래가 중요하단 말이냐?』는 것이었다.

노동민의 아버지는 6.25 때 전사했고 노경숙은 그 때 부상당했다. 노경숙의 아버지 노장곤은 항일독립투사로 노동민을 아들처럼 키워왔다. 노경숙은 나이차이가 많이 나는 사촌동생 노동민을 어릴 때부터 돌봐주며 키워온, 노동민에게는 어머니격의 권위를 지닌 위치인 것이었다.

『사랑보다 네 장래가 중요하다는 물음이 상당히 중요한 것 같은데.』

『그렇지요. 사본주의 사회에서 세대간에 애정문제에 관한 갈등이 있다면 주로 어떤 형태일까요? 젊은이는 현실을 도외시한 순수한 사랑을 이루려고 할 것이며 나이 많은 어른세대는 - 네 마음도 이해하지만 집안과 네 장래를 생각해야 하지 않느냐? 잊어버리고 다시 마음을 잡아라 - 의 식일 것이겠지요. 그런데 여기서, 집안의 어른의 입장에서, 또한 웃사람의 권위로서 아랫사람에게 하는 이야기가 「사랑보다 네 장래가 중요하단 말이냐?」라는 것은 중요하지요. 反問을 한다는 것은 너무도 당연한 사실을 깨닫지 못하는 것에 대한 질책이라고 볼 수 있는데 자본주의 사회에서 「장래」란 말은 왠지 드려움을 수반할 정도로 신성시되는 말이 아니겠어요? 그것을 얻기 위해서는 남과의 경쟁에서 싸워 이겨야할 필요가 있는 것이고요. 그러나 여기서는 사랑이야말로 최고의 신성한 가치를 지닌 것인데 장래라는 기성세대가 어른으로서 젊은이에게 하는 말이 바로 이것이었어요. 사회규범의 인식을 가진 자가 아무리 독창적이라 한들 이러한 대사를 쓸 수 있었을까요? 도저히 불가능할 것이에요, 아마.』

그의 이야기는 다시 이어졌다.

노경숙은 노동민을 데리고 평양의 집으로 돌아왔다. 아버지 노장곤은 조카 노동민을 반갑게 맞이하였다. 고아가 된 조카를 아들처럼 키워, 이제 훌륭한 기술자로 성장할 모습이 대견할 수밖에 없었다. 『수령님께서 이번에 우리 집안에 혁명가족 칭호를 내리셨다는데... 항일 반미 제국주의 투쟁에 대를 이어 공이 크다고 하시는데... 그렇게 크게 한 것도 없는데 이렇게 큰 은덕을 내려주시니 감사할 뿐이시... 아 참 네 이즈음 여자를 사귄다고 들었다. 대학도 졸업했다지. 글쎄 어떤 아

잃어버린 세대

이냐?』

노경숙은 아버지의 조카에 대한 물음에 대신 대답해 주었다. 듣고 나서 노장군은 더욱 반가와 했다. 지홍실의 아버지와 노장군은 이미 친분이 있는 사이였던 것이다.

『그래 바로 그이의 딸이라고? 어서 만나 보자꾸나 이제 너도 좋은 색시를 맞아들여야지.』

노동민은 힘없이 고개를 숙이고만 있었다. 어색하고 난처한 분위기가 계속되자 노경숙은 노동민의 큰아버지 노장군에게 자초지종을 이야기했다. 지금은 사정이 달라진 상태라고...

순간 노장군은 이마에는 경련이 일어나더니 주먹을 불끈 쥐고 평생 느껴보지 못한 크나큰 분노에 부르르 떨며 일어나

『네 이놈』

하면서 내리치려는 순간, 호흡이 멎는가 싶더니 뒤로 넘어져 쓰러지는 것이었다. 쓰러져 정신이 혼미한 와중에도 중얼거리기를

『내 죽지 말아야지, 저놈 사람 만들기 전엔 죽지 말아야지...』

하는 것이었다.

평생을 日帝國主義와 美帝國主義에 대한 투쟁의 戰士로서 바쳐온 노인은 그 인생 중에 얼마나 피가 끓는 분노를 겪어왔을까 능히 짐작할 수 있다. 그러함에도 불구하고 그에게 있어서 일생 느껴본 가장 큰 분노는 사랑을 배신한 - 자식 - 에 대한 분노였던 것이다.

『그 뒤 계속 듣고 싶었었지만 못했지요. 점차 방해전파가 늘어나기도 했지만 연속극도 자꾸만 수령님 찬양 이야기가 많이 나오고 해서 계속 들을만한 의미를 갖지는 못했지요. 그런데 그 후 취재중 어떤 지하학생운동단체가 그 소설을 등사해서 나누어 읽고 있다는 것을 알았어요. 그래서 저도 학교 후배를 통해 줄이 닿는 대로 그것을 책으로 묶은 것을 찾았죠. 그런데 귀중한 것을 얻었다 싶어 탐독하려 한 저는 크게 실망할 수 밖에 없었어요. 바로 그 소설의 하일라이트인 「사랑보다 네 장래가 중요하단 말이냐?」의 대사가 아무리 찾아봐도 없는 것이었어요. 그들이 방송에 나갔던 사실을 모를리 없는 텐데... 편집과정에서 빠진 것인가... 다른 건 빼더라도 이건 뺄 수 없는 것인데...』하며 허탈해 했지요. 운동권의 독서 지침을 겸하여 첨부한 해설은 사회주의 체제의 所謂(소위) - 활기차고 건강함 - 을 口號 그대로 설명할 뿐이었지요. 그들은 우리가 사회주의 체제에서

진정 주목해야 할 것을 알지 못하고 있다는 것을 알았지요. 경쟁사회의 요구에 의해 억압되지 않은 인간본연의 순수함과 순진함이죠. 그 시기가 문제일 뿐 통일을 앞둔 우리나라는 일방적인 체제의 흡수는 어려울 것같아요. 자본주의와 사회주의의 융화가 필연적으로 요구되는 우리로서는, 그들과 같이 북을 맹주하는 부류가 아닌 우리 진지한 사회주의자들은, 통일 후 불가피하게 사회주의 체제의 관습 요소를 받아들이는 일이 있더라도 진정 사회주의 체제에서 他山之石으로 얻을 것이 무엇인지를 생각해 보는 것이 좋을 것 같아요. 누가 들으면 북한이 좋다고 하는 것 같겠지만 사실 제가 말하는 사회주의는 어떤 특정 국가라기보다는 자본주의 사회의 생존경쟁의 요소가 가미되지 않은 추상의 사회를 생각하는 것이지요. 물론 저의 말에서는 북한을 배경으로 한 얘기이지만. 그러니까... 그와 같은 사회의 새성배경인 神格化된 절대권력의 本質은 觀點의 대상이 아니지요.』

그의 말은 수 없었다. 자본주의 사회의 경쟁에 지친 인간들이 보다 순수해져야 한다는 것에는 일단 동의하지 않을 수 없었다. 그러나 결국 순수함을 추구한다는 것도, 삶의 치열함을 거친 자에게는 일종의 사치로 돌리는 것이 아닌가도 생각되었다. 순수함을 추구한다는 것은 곧 아무런 변화에의 대응력을 갖추지 않은 있는 그대로 있자는 것이니 편안함과 안일함의 추구와 마찬가지고, 그것은 또한 未進化 상태인 것이다. 그리고 순수하고 순진한 대중은 곧 全體的 목적을 위해 이용하기에 수월한 것이 아닌가.

나는 성인들의 소식을 알았을 때 물론 한 번 만나고 싶었지만 곧장 찾지는 않았다. 내가 생활이 어느 정도 안정되고 난 후에 그를 찾아가 보기로 했다. 또한 그와 같이한 그 시절의 기억은 되올릴수록 몸서리쳐지는 일이기 때문에 나의 상처가 아문 다음에 다시 그 시절을 정리하고픈 생각이었다. 행군 중에 허기져 쓰러진 동료의 모습... 지쳐 발을 헛디뎌 절벽 아래로 떨어지던 자의 비명... 훈련이 끝난 뒤 옷 속에 손을 집어넣으면 이가 한줌 쏟아져 나오던 그 몸서리침... 그 성면들을 일부러 다시 되올리기는 꺼려졌던 것이었다. 그러던 것이 차일피일 미루고나니 이미 몇 년이 흘러가 버린 것이었다. 입사 초기에 때로는 거침없이 튀어 나와서 충동을 거쳐 결혼을 하고 평범한 사회적 연륜이 쌓아지면서, 나는, 본래부터 그랬던 연애관계를 거빚었던 나의 수장들은 이쪽으로도 저쪽으로도 안 기울고, 과격하지도 온건하지도 않은 하나의 灰色처럼, 적어도 실으로는 順化되어, 심해철씨처럼,

잃어버린 세대

 내가 신문기자 생활을 한 지도 십여 년이 지난 시점이었다. 나는 김석준씨를 통해 동창 연락처를 수소문해 성인호씨를 찾아갔다. 그는 자그만 출판사를 경영하면서, 그리 인정받지는 못하지만 가끔은 작품발표도 하는 文人이었다. 전화를 걸었을 때는 부재중이어서, 간다는 얘기만 전하고 곧장 그가 있는 사무실로 찾아갔다.

 『죄송합니다만, 여기 성인호씨 좀 계십니까?』

 『예, 사장님 잠깐 나가셨는데 곧 들어오실 거예요.』

 사장이라지만 열 평도 안 되는 사무실에 직원이라고는 타자 치고 사무 보는 직원 외에는 없는 것 같았다. 조그만 칸막이 뒤의 그의 자리와 사무직원 자리 사이에 책상 하나가 더 있었으나 책꽂이 위에 작은 책과 수첩 몇 개만 꽂혀 있을 뿐 사람이 있는 자리 같지 않았다.

 그의 책상 옆에 있는, 의자 두 개가 맞붙은 형태의 조그만 소파에 앉아 잠시 기다렸다. 책상 위에는 옥편과 사전 그리고 원고지 더미가 쌓여 있었다. 낱개로 놓여있는 문학전집도 조금 있었다. 그가 사무를 본다기보다는 글을 쓰는 상소란 것을 알 수 있었다.

 십 분이 채 못될까 해서 그가 나타났다. 옛 모습을 자세히 기억 못해서였는지 그다지 변한 것을 찾지 못하였다.

 『무슨 일로 오셨습니까?』

 『저를 기억하시겠습니까? 그 때 국민방위군으로 같이 행군하면서…』

 『아!…. 누가 찾아온다더니…. 바로….』

 직원은 그냥 옛날에 알았던 사람이라고만 전했던 모양이었다. 그는 반갑게 내 손을 잡고, 일어섰던 나를 눌러 앉히며 자기 의자를 접대용 탁자에 가깝게 밀어 놓고 앉았다.

 『살아있었구나….』

 『형님도 살아 계신 건 그전부터 알았는데… 진작 찾아오지 못하고… 지금 여기에 있습니다.』

 『아, 나는 내 명함을 보여주었다. 가끔 동창회 같은데서 소식을 듣기는 하지. 미리 찾아오지 않은 건 잘했네. 요 근래까지 제 밥 먹기도 어려운 실정이었으니까. 지금 겨우 이렇게 차려서 생활하고 있지만 뭐 그래도 힘든 건 마찬가지지.』

그와 나는 그 때 뒤로 서로가 지내왔던 이야기를 대강 주고받았다. 너무 많은 시간 뒤의 만남이므로 各論보다는 총체적인 흐름이 주가 되었다. 비교적 다양한 삶의 궤적을 가졌던 나는, 그래도 어디 갔었고 어떤 일이 있었다는 것은 대강 구체적으로 이야기했다. 그러나 그로부터는 단지 그 때 전방전투를 누시히 치르고 나서 문단과 출판계를 오가며 힘들게 살아왔다는 추상적인 설명만이 있을 뿐이었다. 내가 결혼을 했지만 그는 아직 혼자라 했다.

『출판업을 하시니 형의 작품 출판은 걱정이 없겠네요.』

지나온 이야기는 다만 非存在일 뿐이다. 비록 非劇的이라 해도 지금의 생활문제가 더 우리 마음의 긴장을 誘發(유발)시킨다.

그는 피식 웃으며

『시작한 지 이제 석달이야. 우리 출판사는 기업 홍보물이나 자서전 같은 거 용역 받아서 하는 덴데 무슨… 내가 쓴 거라도 책을 내려면 돈이 드는데, 팔릴 책인지 재보지도 않고 내가 내고 싶다고 내면 무슨 낭패를 보라고…. 그건 그친상간이나 같은 거야. 남(他)이 그래도 최소한의 돈이라도 지출해가며, 낼 수 있는 책이라고 인정한 다음에야 그나마 조금 가능성이 있는 것이지. 보라구…. 이 입고들 중에는 내가 간절히 내고 싶은데도 여태 내지 못하고 있는 것들이 있지.』하고 원고 뭉음 누엇을 들춰 보였다. 그런데 그러던 중 종이 사이에 끼인 사진 한 장이 휙 빠져서 바닥으로 떨어졌다.

나는 얼른 그 사진을 주웠다. 책상 위로 갖다 놓으면서 흘끗 본 나는 예기치 않은 놀라움이 일었다. 성인호씨와 한 여자가 같이 찍은 사진이었는데 그 여자는 눈에 익은 모습이었다. 바로 그 때 그 간호부가 아닌가.

『저…. 혹시 이 분 종군간호부로 계시지 않았나요?』

『그렇네. 어떻게 아나? 아, 용산 야전병원에 있었다고 했지. 서로 대화도 많이 했습니다.』

그는 사진을 집어 책꽃이 위의 작은 책 속에 집어넣고는

『보다시피 잠시 그런 사이였지. 하지만 전란 중에 제각기 자기 할 일을 하느라 만나지 못했고 그 후 그 사람은 미뤘던 유학을 떠났지.』

『형님도 같이 가시지 그랬습니까?』

잃어버린 세대

『나는, 주변 여건이나 능력도 어려웠지만, 그보다는 다른 무엇과는 달리, 문학을 하려는 자에게는 유학으로 그 돌파구를 찾을 수가 없다는 거야. 국내의 여건이 안 좋고 자기의 뜻을 펼칠 마당이 안 된다고 판단되면, 외국에 나가 더 높은 수준의 학문이나 예술을 배우고 거기에 그대로 있건 다시 돌아오건 국익에 보탬되는 일을 할 수는 있지. 하지만 문학은 그럴 수가 없다는 데에 차이점이 있어. 국내 여건이 마음에 안 들어도 그저 남아서 싸우는 수밖에 없는 것이 문학인의 숙명이라네.』

『영문학이나 독문학을 공부하러들 나가지 않나요?』

『허, 그런 걸 공부함으로써 어떤 정보를 얻는다든지 철학을 배운다는 의미는 있을 수 있지. 그러나 진정 우리 고유 문장의 맛과는 거리를 두고 있어야 하는 거야. 학문의 대상으로는 충분히 그럴 수 있지만, 창작하려는 이에게 외국의 문학은 어떤 参考 이외에 근본적인 만족감을로는 줄 수는 없어. 우리가 아무리 외국어를 배우고 익혀서 잘 안다 하더라도 문학어로서 쓰이기 위해서는 조상 대대로 우리의 정서에 들어와 있는 그런 낱말들이어야 하지. 문학은 읽는 이에게 감동을 주어야지 읽는 이가 이해하는 것만으로는 목적을 이룰 수 없는 것이 아니겠나. 그러니 문학의 本 목적으로 볼 때, 어느 만큼 그 민족에게 오랫동안 쓰(用)여와서 그 민족의 정서 속에 의미가 배여 있는가가 文學語로서의 쓰임의 길고 짧음이 우리의 우선권이 있지.』

『낱말 역사의 길고 짧음이 우리의 감동에 영향을 미친다고요? 우리는 불과 수십 년의 삶의 기억을 가지고 있을 뿐인데 어떻게 그 느낌의 차이가 있을까요?』

『그것은 마치 사람이나 동물의 신체 중에서 많이 쓰는 기관이 발달한다는 用不用說처럼 사람이 살아가면서 획득한 후손에게 유전해 내려간다는 정신적 용불용설에 의해 설명될 수가 있지. 우리 민족의 정서는 우리 민족이 오래 전부터 썼던 언어들에 의하여 특징지워지고 진화되어 왔다는 것이지. 또한 반드시 그런 물질과학적인 해석이 아니라도, 前生에 만났던 인연이 있었던 사람들이 現生에 다시 만나곤 한다고 하지 않나? 사람의 영혼은 자기의 인연이 얽힌 곳에 다시 육신을 입어 태어나곤 한다는 윤회의 사상으로 설명되어도 좋네. 그러니 문학을 하려는 이는 자기의 고난의 땅을 떠날 수 없음은 절대적인 명제이지. 다른 분야는 예술의 자유를 찾아 망명하는 수가 있지만 문학의 경우는 그런 것이 있을 수가 없어. 설사 타국에 간다 하더라도 거기서 모국어로 글을 써서 그것을 받아들일 모국인들에게 전달되지 못한다면 아무 소용이 없지. 만약 타국어로 글을 쓴다면 그것은 모국의 입장에서 본다면 문학이라기 보다는 하나의 사상발표일 뿐이겠고.』

『우리 국내 문학에서는 어떤 문제가 있다고 생각하세요? 사실 나도 좀 짐작되는 건 있지만.』

『글세, 비유를 하자면... 가령 많은 대학생들이 민중과 함께 호흡하자는 운동이 일어났어. 그들은 졸업 후 점잖고 품위 있는 직장을 버리고 기층민중의 고통을 몸소 겪기로 했지. 그런데 노점상을 해나가다 보니 웬만한 기업 월급쟁이보다 수입이 좋은 것이 아니겠어. 게다가 대졸자의 합리적인 사고능력으로 장사의 전략을 세우니 기존의 주먹구구식 노점상들과는 비교가 안되었지. 장사는 번창했어. 대졸노점상들은 학사주점이라는 등의 이름의 간판을 내걸고 상상한 노점상을 운영하니 사람들은 기존의 저급한 노점상은 처다보지도 않게 되었지. 그러니 살길이 막막해진 기존의 노점상들은 경찰의 단속을 피해가며 미성년자 술 판매 등이나 할 수밖에 없었지.』

『그것이 형의 작품과 무슨 관계가 있는지요?』

『다른 작가들도 마찬가지겠지만 나는 나의 작품을 되도록 文學書 출판으로 이름난 굴지의 출판사에서 내고 싶었지. 그래야 혹 작품이 상품성이 부족하더라도 評壇(평단)이나 매스컴에서 지원을 받을 수 있으니까. 그런데 거절이 된 후에 이런 저런 경로를 통해 알아보니까, 主題나 發想 다 좋은데, 이건 너무 衒學的(현학적)이다, 이건 민중민주주의 시대에 역행한다라고. 다른 공을 알아보다가 결국 그쪽 주류문단에 반항적인 다른 영세한 출판사 쪽에서 책을 냈지. 조금 다른 곳에 계약금이라도 받아야 생활이 될 형편이라 그럴 수밖에 없었어. 그런데 그들은 찜찜했지만 다짜고짜 아주 유치한 통속적인 책으로 포장을 해서 내더라고. 그들은 내 意思는 무시하면서, 자기네들은 통속적인 것이 아니면 살길이 없다는 생각을 가졌던 것이지. 고상한 문학을 한다는 文壇에서 실제로는 먼저의 그쪽 문단에서 하니 자기네들이 될 수는 없었어. 대중적인 문학을 하니 그 아래의 문단에서는 통속 아니 저질 문학 이외에는 살길이 없었던 것이지. 二流 예술문학이 우리 나라 문단의 현실이네.』

『형이 너무 자존심에 빠진 것은 아닙니까? 물론, 글을 쓰는 사람은 다들 자기 글이 최고라고들 생각한다지만, 형은 더 노력해서 인정받으려 하지 않고 너무 일찍 포기하고 원망하는 것은 아닌가요?』

『물론 너무 내가 많이 부족하고 더 노력을 해야 한다는 것을 알지. 그런데 노력을 하는 데는 방

잃어버린 세대

향이 있어야 하는데 그 방향을 상실하게 된 것이야. 적어도 현재 우리 나라의, 그들 본격문단의 마음에 드는 방향으로의 노력은 포기했네. 보통의 사람도 일반적인 사람관계에서는 서로가 좋아해야 관계가 이루어지지. 보통의 사람이 다른 누구에게 만나서 알고 지내자는 뜻을 전달했을 때 만약 상대방 사람이 거절하면 한 사람은 먼저 얘기한 사람은 곧 자존심이 상해서 물러서고 말지. 하지만 사랑하는 관계에서는 사랑하는 이에게 만나자고 하다가 자존심이 좀 상했다 하더라도 그간에는 변치 않는 것이지 않은가. 그처럼 한 사람이 인생에서 추구하는 어느 목표도 사랑하는 사람에 대한 열정 정도는 되어야 계속 그것을 향해 나아갈 수 있는 것이지. 그만큼의 가치를 두어야 한번 실패해도, 즉 그 대상이 자기를 받아주지 않았다 해도 다시 도전하게 되지. 그런데 그 정도의 대상이 되지 않으니 문제이지. 한 번 그들이 거절하면 그걸로 끝이고 더 이상 짝사랑의 추파를 던질 만한 가치는 결코 그들에게서는 느끼지 못하니 더 무슨 노력이 있을 수 있겠나.』

『그들이 그런 목적을 안고 있는 이유는 무엇이라고 생각하시지요?』

『문학에 의한 어떤 목적을 문학보다 더 중요시 한 것이지. 창작 표현 그 자체보다는 민중을 위한, 민중에게 쉬운 문학을 주장하는 것이지. 그것이 대중문학이라면 충분히 그럴 수도 있겠지만 예술성을 주장하는 순문학에서 민중전파를 우선한다는 것은 참으로 이율배반적이야.』

나는 오래 전에 본(看),「앞으로 이 나라에서는 행정권력이 닿지 않는 사회 각 분야에서의 문화투쟁이 있을 것」이라는 글이 생각났다. 그래서 그의 말이 곧 이 문제를 얘기하는 것이 아닌가 해서 더욱 호기심이 당겨졌다.

퇴근시간이 되어 그의 사무실 문을 닫고 우리는 밖으로 나왔다. 초가을의 선선한 바람은 일과시간의 누적된 정신적 피로를 날려주었다. 電車길을 건너 그가 자주 가는 곳이라는 조그만 대포집에 들어갔다.

첫 술잔을 나누자마자 이야기는 다시 시작되었다. 그렇지만 아무래도 장소를 옮기다보니 연속성은 덜한 것이었다.

『형의 이야기를 대강은 알 것 같아요. 지금 우리가 체제로는 자유민주주의를 하고 정치나 경제의 지도층은 그런 思想을 가진 이들이 주도하고 있다지만, 그와 달리 문화 예술이란 본래 사상의 자유가 있는 곳이니 만큼 자연히 제도의 영향은 分明히 미치지를 못하겠고... 그러다 보면 목소리가 크고 毒種의 性向을 가진 이들이 세력을 강화하겠고... 결국 주도권을 잡게 되는 것이지요.

그런 결과가 이제 우리의 문단에 나타난 상태라고 볼 수 있지요.』

『문학은 이 사회에 당장에 꼭 필요한 어떤 생필품을 제공해주는 것도 아니고, 특별한 경우가 아니면 당장에 눈에 보이는 영향이나 효과를 주는 것도 아니지. 하지만 뿌리가 썩어 들어가면 처음에는 모르지만, 나중에는 그 결과가 나타나듯이, 상황이 갈 때까지 이윽고 그 여파가 일반 경제 사회에까지 미쳤을 때에서야 비로소 이 나라의 문단에서는 정신을 차릴 것 같네. 현재의 문단은 자꾸 사람들을 편한 쪽으로 몰고 가고 있지. 일제 때는 민중을 계몽하기 위해서 이광수, 심훈 등이 쉬운 순한글 소설로서 운동을 하였다고 하지만 지금은 민중을... 아니 모든 국민 전체를 下層民衆化시키기 위한 순한글의 순문학이 예술 중에서도 가장 人間의 思想을 깊이 표현할 수 있다는 문학, 문학중에서 가장 최고의 예술성을 추구한다는 순문학이 문장구성과 그 표기법의 기준을 大衆 이해력의 下限線에다만 맞추고 있으니 그보다 下位에 있는, 그보다 대중성을 추구해야 할 다른 문학과 예술은 하물며 어떻게 되느냔 말야?』

『그들은 결국 대중을 위한 수준으로도 살아남기 힘들겠지요. 왜냐하면 순문학을 표방하는 곳은 評壇과 언론의 지원을 받으니 벌써부터 불공정 경쟁이지요. 그러니 천상 자극적이고 선정적인 것으로나 대중의 눈길을 끌어야지요. 형의 책을 저질 음란도서처럼 출판한 옛날의 그 출판사들의 입장도 이해되기는 해요.』

『그들은 국민들에게, 아니 그들의 표현대로는 인민들에게, 편한 것만을 추구하도록 하고 있어. 노골적인 사상주입이 들어 먹히지 않는다는 것을 알게된 그들은 우선 인민들에게 편한 것을 버릇 들여서, 인간이 살아가기 위해 持續的(지속적)인 노력이 필요한 자본주의 경쟁사회를 혐오하게 만들려 하고 있지. 하지만, 인간은 본래 노력하라고 창조되어 있는 것이야. 인간의 삶은 본래 그들 개개인의 행복만이 최종 목표가 아니야.』

『그래요. 편한 것만을 따진다면 짐승들이 더 편하지요. 고 사는 것... 그렇다고 배불리 먹지도 못하지만... 그런 것을 理想으로 추구하는, 공산주의는, 마치 두발로 걷는 인간이 네발짐승으로 돌아 가자는 것이나 다름없는 상태로 돌아 가자는 것인지도 모르죠. 더 편한 것이라면... 가만있자... 네발짐승이 되고 나서도 더 편한 것만을 추구한 동물이 있어요. 바로 뱀이지요. 뱀이야말로 가장 편하지 않은 동물이지요. 물론 무조건 가만히 있는 것을 편한 것으로 생각한다면 세균이나 식물이 더 편하지

『정말 우리 사회가 훗날 치러야 할 代價를 그들이 책임질 수 있다는 것인지 모르겠어。』

그는 푹 한숨을 내쉬고는 자세를 가다듬어 이야기를 계속했다.

『말하자면 그들의 행위는 이런 경우나 같애。 밭에 잡초가 많이 나서 김을 매야 했어。 그런데 김을 매기 위해 고용된 품꾼은 잡초를 뽑으려다 문득 딴 생각이 들었던 거야。 「잡초가 다 뽑아져서 더 안 나면 다음에 일을 못 얻지……」라고。 그래서 품꾼은 잡초의 이파리 끝만 조금씩 잘라내고 품삯을 받았던 거야。 다음에 또 자라나면 또 불려가 품삯을 받기 위해서 말이지。 정말 그들이 이런 식으로 생각하는가 의심스러울 정도야。 자기들의 생활밑천을 불리기 위해 일부러 그런 여건을 조성하는 것이나 다를 바가 없지。』

『그런데 어떤 작가는 한국은 독재와 부패가 많아 문학이 할 일이 많아 한국에 나기를 다행으로 생각한다고 까지 하더데요。 그리고 또 어떤 작가는 문학은 사회의 불행을 먹고산다고 솔직히 표방하기도 하고요。』

『그들 말이 맞지。 정말 이렇게 민중, 민중 하면서 쉽고 편하게만 나아가는 것이 결국 우리사회를 불행하게 만드는 것인데, 불행의 씨를 뿌려 키우자는 것인가 봐。 그 열매가 자라난 후에 뒤늦게 정신을 차리자는 것인지, 아니면 그때 가서 페허 위의 혁명을 일으키겠다는 것인지……。』

『제가 보기에는 의도적으로 페허 위의 혁명을 일으키려는 것 같은데요。 마치 울창한 숲에 붙는 곡식을 심을 공간만을 파헤치는 일만으로는 부족하고, 심을 공간이 아니더라도 火田밭을 일구 듯 기존의 모든 植物을 全燒시키는 것이 더 완선한 방법이듯이。』

『맞아。 정말 敵은 나무뿌리를 캐내어 枯死를 시키려고 하는데, 나무열매를 지키느라고 만 급급

六。 붉이 저벽 나에의 나라

느냐고 반문하겠지요。 하지만 그들은 본래부터 진화가 늦어서 그런 것인데, 뱀은 과거에 이미 四肢를 가진 적이 있었지요。 그런데도 자꾸, 더욱 편하게 지내고자 땅바닥을 누우며 살아만 와서… 결국 도로 원시의 無肢狀態로 돌아갔으니 그야말로 神의 뜻을 거역하는 사탄이 될 수밖에 없지요。 인간에게 편한 것으로 유혹하는 무리들…。 그들 또한 마찬가지라 하겠지요。』

한 것이 지금의 우리 정치 사회 지도자들이지. 그런데 참 내가 당장에 두려워하는 것은 말야, 꼭 이 북에서 쳐내려와서 이 나라를 집어삼키는 것이 아냐. 그것은 그들이 아무리 그래도 이 쪽의 권력 계층 또한 호락호락하지는 않을 것이기 때문이야.』

『남북이 서로 야합해서 공존공생 하려한다는 유언비어도 있었잖아요? 서로가 서로의 政權과 기득권 유지에 도움이 되는 만큼...』 나는 그의 말을 가로채며 웃어 보였다.

『그래, 그런 말도 있지. 그래서 적어도 別個의 정치권력이 남북한에서 상당기간 對峙하고는 있을 것인데 말야. 문제는 이 南韓 체제가 정말로 북의 공산주의를 절대적으로 우위를 가질 수 있는 체제를 이루지 못하는 것이지. 정신의 뿌리가 썩어가고 있어도 그저 북한정권을 반대하기만 하면 정당화되는 줄 알고 있지. 그래서 껍데기는 자본주의 체제이지만 안에는 이미 민중의 사상이 깔려서 어실픈 트기가 되고 말지. 그런 다음에 아무리 북한 괴뢰집단의 도발을 初戰에 最于先의 사상에 큰소리쳐봐야 무슨 의미가 있겠어? 다 그게 그런 체제인 다음에 무슨 소용이 겠냐 말야.』

『좌 우 어느 쪽도 치우치지 않으면 마치 진지한 애국자이양 하는 假飾이 널리 퍼져 있었죠. 물론 그 공간배경이 정말로 균형 잡힌 곳이라면 그런 中庸이 바람직하기는 하죠. 하지만 우리 한국이라는 배경에서는 그것이 성립되지 않았지요. 또한 正反合의 結實과 얼치기 짬뽕과는 엄격히 구분되어야 하죠...같은, 말(馬)과 나귀의 트기일지라도, 장점들을 갖춘 노새가 있고 그렇지 못한 버새가 있듯 이...자의적 민중 최우선주의가 자본주의 틀에 부어져서 생겨난 것이 천민자본주의이지요. 인간의 向上努力의 진지함을 度外視하고, 어설픈 평등사상으로 능력 있는 자를 도태시키고, 그저 눈앞의 말초적 쾌락과 돈벌이만을 최우선으로 삼는 사회가 바로 천민자본주의 사회 아닙니까? 人間性에 대한 아무런 가치판단 없이 그저 돈만 가지면 최고로 인식되는 사회...정말 그런 사회는 공산주의 체제보다 나을 것이 하나 없는 그런 사회죠. 저 또한 그러한 사회의 到來를 두려워하고 있어요. 그들이 차라리 국가체제를 완전히 바꾸겠다는 저네들의 의도를 솔직히 내보이든지 하면 좋겠어요. 자본주의 체제하에서의 어설픈 좌익사상의 蠢動(준동)은 결국 천민자본주의 사회밖에는 다다를 곳이 없지요.』

『그런 사회의 도래를 위하여 지금 가장 큰 기여를 하고 있는 곳이 바로 우리 문학계라 하지 않겠어? 모르겠군....정말, 정말 그들은 그냥 이 사회가 문제가 많아지면 소설 쓸 소재가 많아지니까 좋다고 생각하고 아무런 책임의식을 갖지 않는 것인지...』 그는 이미 하던 말을 반복했다.

잃어버린 세대

 이윽고 술에 취한 우리는 論題의 展開와 비유가 躍進해나갔다.
 『불행을 먹기 위해서 불행을 만들어내는 문학은 마치 이산화탄소를 광합성에 필요로 한다고 해서 산소를 내뿜지 않고 이산화탄소를 배출하는 나무와도 같지요.』
 『적절한 비유야.』 성인호씨는 끄덕이며 말-하고, 다시 고개를 들고 나를 보며 엷은 미소를 짓고는,
 『그러면, 동물에 비유하면 무엇 같겠니?』
 하고 물었다.
 『글쎄요...』
 내 대답을 기다리지 않고 그는 덧붙였다.
 『그것은... 후훗. 즐겨 먹는 것과 내보내는 것의 성분이 엇비슷한 동물이지. 거 있잖아? 農家에 흔한, 사람을 잘 따르는 카키색 털빛의 짐승 말이야.』
 『아, 알겠어요.』 나는 웃으며 끄덕였다. 『그리고 그 짐승의 소리는 그 자체로는 의미전달이 되지 않았고 앞 뒤 정황을 따져봐야 알 수가 있지요. 똑같이 짖는 소리라도 먹이를 달라는 건지, 낯선 자가 왔다는 건지, 아프다는 건지... 주인이나 조련사라야 잘 알지 처음 듣는 사람은 알기 힘들죠. 앞 뒤 정황을 봐서 뜻을 파악하면 되는데 왜 시비를 거냐고 하는 그들은 모두들 조련사정도의 눈치를 갖춘 이들인가 봐요. 푸후.』
 『흐유, 참...』 저들은 우리 사회가 正常化되면 문학의 소재가 고갈될까 두려워하는 것만 같애. 사실 그런 걱정은 할 필요가 없는데 말야. 어차피 인간세상은 엔트로피 증가의 법칙에 따라 그 때 그 때 또 다른 문제가 생겨날 수밖에 없거든. 조금 그 관찰의 눈이 섬세해야 할뿐이지 건전한 사회라고 해서 문학의 소재가 줄어들지는 않는 것이란 말야.』
 『그렇죠. 사회의 불행의 뿌리를 뽑아낸다 해도 時日이 지나면 다시 또 다른 문제가 생겨나는 것이 인간사회의 법칙이죠. 아무튼 文學人이든, 記者든, 醫師든 法曹人이든 根本을 도려내기를 두려워하지 말아야 할 거예요. 아무리 그래도 후후, 먹고살 거리가 되는 일은 계속 생겨나는 것이 人間과 자연의 법칙이니깐요.』
 나는 술기운을 진정하고 목소리를 가다듬어 다시 말했다. 『그런데 지금 그들이 밀어붙이는 문화혁명을 과연 되돌릴 수가 있을까요? 한글전용가로쓰기를 내세워, 쉽고 편한 독서를 국민에게 제공하고 쉽고 편한 글쓰기로 얼마든지 고급문화의 자리를 차지할 수 있도록 하는 것은 그 파급력이

대단할 것 같아요. 공부 열심히 하는 아이보다 공부 안 하는 아이를 더 칭찬해주는 격인데 공부할 아이가 남아 있겠어요?』

성인호씨는 그금은 결연한 표정을 지으며 『성취의 가능성보다는 옳으냐 그르냐를 보고 행동을 결정하는 것이 正義로운 자들의 道理지.』 했다.

『일어나 있는 사람을 보고 누워도 좋다고 말해서 눕게 하기는 쉽죠. 하지만 편히 누워 있는 사람을 보고 일어나라고 하지는 어렵죠.』

『그렇지. 그러니 결국 누워만 있으면 밥 벌어먹기가 어렵다는 것을 누운 사람이 알게 된 뒤에야 설득이 가능할 것 같애. 그전까지는 그 集團狂氣를 막을 도리가 없을 것 같애. 그냥 속절없이 한탄하는 것 뿐…』 방금까지도 무언가 결심을 할 것 같았던 그는 다시 힘없이 무너지는 것이었다. 너무도 거대한 집단광기의 흐름을 혼자 깨어 막기는 力不足임을 다시 切感하는 듯했다.

그는 갑자기 눈을 들어 내가 앉은 곳 건너편을 주시하였다.

『美淑씨— 왠일이야?』

『아! 인호 선배. 오늘도 계시는군요. 어떻게, 내가 여기 올 때는 항상 와 있어요?』

『내 주제에 올 곳이 여기밖에 더 있니? 술값 싸고, 없으면 외상도 할 수 있고.』

『오늘도 시니가는 길에 혹시 선배님이 있나 들러봤어요. 역시나….』

『앉아봐. 이 사람은 내가 예전에…. 아니 그냥 서로 얘기나 하지 뭐. 현재 高麗日報社 記者지. 같이 화제가 많을 거야. 그리고 이 쪽은 우리 나라 屈指의 출판사인 國民文化社의 편집부장으로 있는….』

두꺼운 검은 테 안경에 조금은 肥滿해 보이는 여자였다. 그녀가 내 옆의 빈 의자에 앉으니 하늘 색 진(jean)치마가 흰 셔츠上衣를 감싸 두른 部位에도 不拘하고 上下에서 팽창하여, 纖維밑에 隱在한 溫柔한 肉體의 想像되는 質感이, 酒店의 濁한 空氣를 가르며 新鮮한 女香과 함께 확 몰려왔다. 그 아래 엉덩이 부위의 천—(布)은 손톱 끝만 닿아도 착 찢어질 듯한 극도의 긴장 속에서 生生한 肉塊를 떠받치고 있었다.

나는 그녀가 서로 간단히 인사하고 이제까지 이어 왔던 대화를 계속했다. 나는 낯선 이의 등장으로 이제까지의 대화의 맥이 끊기기를 바라지 않았고 그녀 또한 낯선 이와 合席한다고 해서 평소 성인호씨와 하던 대화에 어떤 변화를 주고싶지는 않았던 것이었다.

잃어버린 세대

『일단 우리 문학은 일제시대부터 그 취급하는 내용의 다양성에 한계가 있었던 것 같아요. 그것은 누가 강요해서 그런 성격의 것이 아니라 우리 스스로의 성향 탓이라고 봐야지요. 중국 근대문학에서 작가 魯迅이 차지하는 위치는 매우 크다고 해요. 阿Q正傳 이외의 몇몇 단편들만이 기억나지만 근대 가장 위대한 중국 문학인의 한사람으로서 중국인의 사랑과 존경을 받고 있다고 하지요. 그의 대표작 아큐정전의 주인공은 强한者에 弱하고 弱한者에 强한 노예근성을 가진 者로서 중국민중의 전형적인 모습으로서 묘사했던 것이지요. 그에 반해 우리는 지나치기 우리 자신의 변호에 치중했던 것이 아닌가 싶어요.』

내 옆의 그녀는 내게 얼굴을 돌리고 말을 받았다. 『그래요. 저도 예전에 그 소설을 읽었을 때 「어떻게 이렇게 자기민족을 卑下할 수 있을까?」하며 의아해 했었어요.』

『저도 물론 그때 그런 느낌을 받기는 했죠. 그렇지만 중국인들은 자신들의 치부와 환부를 찌르고 자존심에 상처를 입힌 그를 존경하고 있지요.』

『그것이 결국은 중국인의 자존심을 지켰던 것이라고 볼 수 있지.』 성인호씨는 말했다.

나는 다시 말을 이었다. 『거기에 비해서 우리는 어떤 내용을 주로 얘기했던가요? 간단히 말하면 노신이 「우리는 바보고 멍청이고 나쁜 놈이다.」라고 하는 입장이라면 우리의 소설들은 「우리는 원래 바보도 멍청이도 나쁜 놈도 아니고 잘나기만 했는데 나쁜 놈들이 그렇게 만들었기 때문에 그렇게 보일 뿐이다」의 입장이지요.』

『그게 어찌 문학에만 관련된 일일까. 우리에게도 노신과 같이 우리의 문제를 파악하고 이를 걱정하여 깨우치려 했던 人士들이 충분히 있었을 것인데 말야. 춘원 이광수는 자신에 관한 글을 쓰겠다고 도움을 청하러 찾아온 이에게 「쓰려거든 아큐정전처럼 쓰시오.」라고 했다 하지 않아? 그러나 우리 민중은 그러한 자아비판을 수용할만한 자손심의 여유가 없었던 것이지. 만약 우리의 경우에 그러한 소설을 쓴 작가가 있다면 어떻게 평가됐을 것인가를 상상해보면 되지. 요전번에 일본하고 수교하는 것도 반대시위 때문에 문제가 많았지. 심정적으로야 그들의 시위에 금방 同調될 수 있지. 하지만 사회에서 책임 있는 자라면 現實도 直視해야 하는 것이지. 天皇이라고 불러줘야 그들도 우리에게 돈을 줄 생각이 자연스레 나오는 것을 어찌하겠나. 우리의 경제현실을 고려하지 않고 민족적 자존심만을 내세우다가는 그 代價를 치르고야 말지. 그런데 우스운 것은, 그런 反日示威의 주도층이 日帝 때 日人들에게 핍박을 받아서 원한이 사무친 세대라면 이해할 수가 있는데, 직접 일본인들에게 수모를 당한 적도 없는 젊은 학생들이 더 나서서 굴욕외교라고 결사적으로 막으려 든단 말야. 그 이유가 뭐겠나? 교육 때문이지. 한일합방 당시의 우리가 잘못한 것을 깊이 파헤치지는 않고 그저 일본 놈들이 도둑놈이고 강도고 나쁜 놈이라서 어쩔 수 없이 나라를 잃은 것인 마냥 교육했던 결과가 아니겠어? 그렇게 교육했던 자들과 현재의 爲政者들을 모두 기성세대라고 한다면, 국민감정 때문에 對日 實利外交를 하는데 지장이 있다는 푸념은 결국 기성세대 스스로가 그렇게 여건을 만들고서는 스스로 탓하는 것밖에는 안되지.』

『그래요. 외교에서 자존심을 세우려고 그만큼 국력이 뒷받침되어야지 그것도 없이 무조건 당당하길 바라는 것은 어린애 같은 생각이지요. 』美淑이라는 그녀는 희고 통통한 얼굴에서 두드러져 보이는 짙붉은 化粧입술을 움직였다. 『마치 이런 경우나 같네요. 어느 집에 中年을 넘긴 家長이 있는데 큰 회사의 重役이라고 해요. 그 집에는 장성한 아들이 있는데 그 애는 머리 쓰기를 싫어해서 高級知識人 노릇을 할 수가 없어요. 하지만 힘든 일도 역시 싫어하지요. 그래서 매일같이 하는 일이 머리에 포마드 바르고 고고場 출입하면서 놀기에만 바쁘죠. 왜 자꾸 노느냐고 하니까 아버지가 일류회사의 중역이라서 월급도 많이 받고 생활에 지장이 없으니까 괜찮다는 거예요. 그런데 어느 날 집에 걸려온 시장의 전화가 있었는데 그제서야 아들은 아버지가 사장한테서 갖가지 수모와 굴욕을 견디면서 회사를 다닌다는 것을 알았지요. 사장아들과도 같이 놀러 다닌 적도 있었던 아들은 자존심이 용납될 수 없었죠. 그래서 아버지에게 말했어요. 「아버지 卑屈하게 굴지 마세요. 당당하게 나서세요.」고. 아버지는 한창 젊은 아들의 기를 펴주고 싶지만 當場의 생계가 걱정되어 이러지도 저러지도 못하고 곤경에 처했지요.』

『그 때 이들의 말을 들어 아버지가 뻣뻣이 나서면 그 결과는 아들의 못이지.』 인호씨는 말을 이었다. 『그 아들이란 물론 국민이랄바를 뜻하지. 국민의 책임... 국가의 많은 문제들이 국민의 책임이라고 하는 것은 옳은 얘기이면서도 동시에 아무에게도 책임을 지우지 않는 것이기도 하지. 그러니 바람직한 판단은 아냐. 그렇다면 구체적으로 책임을 묻는다면 어떤 사람들에게 물을까... 흔히들 힘없는 文人 운운하는데 사실 어떤 조직의 힘이라고 할 수 있는데... 흔히들 힘없는 文人 운운하는데 사실 어떤 조직에 속하여 조직의 힘으로 영향력을 행사하는 이들을 제외하면 가장 힘센 계층의 하나로서 文人을 들 수가 있어. 국민이 쉽고 편한 사고를 하면서 노는 것은 부추기면서, 독도영유분쟁 같은 거 있으면 배타고 가서 마세 부르고... 물론, 당장에 기분은 후련할 수도 있지. 하지만 그건 나라(國)의 형편

잃어버린 세대

에 책임 안지는 계층이나 할 수 있는 일이지. 家庭같으면 어린이들이나 할 수 있는 그런 태도이고. 日帝殘在 없애기 위해서 학교이름 갈자, 일제잔재건물 철거하자 하면 國庫의 낭비는 생각 않고 덩달아 목소리만 높이는 것이 우리의 文人들이지. 정말 같은 글쓰는 이로서 창피한 노릇이지.」

『맞아요. 우리 같은 기자는 그래도 회시 내에서 서로의 합의에 의한 글을 많이 쓰지만 일개인으로서는 문인들만큼 영향력 있는 이들도 드물 거예요. 책임은 생각 않고 영향력행사의 권한만을 주장하는 것이 우리 나라 문학계가 아닌가 해요. 문화적 순수성을 지키자? 물론 좋지요. 하지만 어떤 좋은 것이 있다고 그것으로 모두 통일하자는 것은 또 뭔가요? 순우리말을 찾아 쓰자는 문학은 물론 필요하죠. 하지만 그런 문학만을 제일로 하고 최고의 예술문학으로 하는 건 그보다 쉬워야 할 그 아래의 모든 문학을 압살시키는 행위죠. 언론, 학계, 評壇에서 지원하는 문학이 쉽고 편하게 나아가는데 당장에 책 팔아 먹고살아야 할 그 아래의 문학은 선택의 여지가 없는 것이죠. 결국 문화적 순수성이라는 이념으로 통일하자는 것인데요. 사람의 知性은 소(牛)의 뿔이나 호랑이의 이빨과 같이 살아가는데 필요한 것이에요. 그리고 人間에게서, 어느 種族의 文化란 곧 그 나타내는 것인데, 그것은 일반 동물의 세계에서 살아가기 위한 각각의 몸의 능력과 같죠. 토끼가 될 수 있기 때문에 살고 새가 날수 있기에 어류가 헤엄칠 수 있듯이 말이에요. 몇 백년 전에 印度洋의 한 작은 섬에는 도도라는 새(鳥)가 있었다고 해요. 그 새는 섬에서 먹이를 먹는데 아무런 힘을 들일 필요가 없었지요. 敵도 없어서 쫓겨다닐 일도 없었고... 그래서 空然히 힘들어 날 필요가 없게 되었지요. 한 때 「우리는 새이니 만큼 다시 새의 正體性을 찾아 다시 날도록 하자!」고 하는 者가 있었지만, 「날지 않고도 쉽고 편하게 살수 있는데 무슨 허튼 소리냐?」, 「당신은 이미 지나간 역사의 수레바퀴를 되돌리려는 돈키호테 같은 者다.」라고 비웃음만 당했죠. 좌절한 그는 다시, 정 날기가 귀찮으면 駝鳥(타조)처럼 다리라도 강해지게 뜀박질 연습이라도 하자고 했지요. 그러나 역시 「우리는 그냥 천천히 먹이를 찾아다녀도 아무 불편이 없는데 무슨 소리냐?」고 일축되고 말았죠. 특히 도도새 무리의 지도층이 그의 주장이 터무니없다고 하며 내세운 조사자료에는 이런 이야기가 있었죠. 자라나는 병아리 도도새들에게 물어보니 아무도 날기를 원치 않으며 뛰어다니기를 원치 않는다는 것이었죠. 앞으로 이들 병아리 도도새들이 자라나면 나는 것과 뛰는 것은 구시대의 쓸모 없는 관습이 될 것이라며, 더 이상 구시대의 향수에 젖지 말라고 했지요. 역사는 이미 地上時代를 선언했다 하며... 결국 마지막 깨어나 있었던 도도새는 「너 혼자 날뛰어라」는 嘲笑를 등에 지고 쫓겨났고 도도새 무리는 그 이후로도 쉽고 편하게 그 섬에서 살아왔죠. 그러던 어느 날 육지의 사람과 동물이 그 곳에 왔을 때 날지도 뛰지도 못하고 그럴다고 헤엄치지 못하는 도도새들은 널려있는 고깃덩어리나 다름없었죠. 결국 모조리 잡혀 죽기까지는 시간이 별로 안 걸렸죠.」

『정 움직이기 싫으면 거북처럼 등(背) 껍데기라도 있든가 아니면 뱀처럼 숨기 좋게 가는다랗든가 할 것이지. 정말 너무 도도했군요. 호호.」

『그렇죠. 이것 아니면 저것이라도 있어야 하는 것이죠. 서양인들이 왜 모양 예쁘고 안정감을 주는 대문자를 쓰지 않고 보기에 불안한 소문자를 쓰는지도 생각을 못하는 것이 그들이죠. 人間社會에서도 섬의 원주민들은 치열한 생존 경쟁을 거치지 않고 살아온 탓에 나중에 육지의 사람들에게 잡혀죽곤 했지요. 영국과 일본의 원주민들이 그렇고, 미국 원주민들은, 땅은 넓지만 그래도 순진하게 살아온 민족이긴 마찬가지니 역시 그렇고... 그런데 지금, 인간의 사회에서 물리적인 고립은 없다고 해도 송글이 이 시대에 한국이란 나라는 민족주의, 민중주의라는 섬에 스스로를 가두고... 섬 생활과 같은 순수일변도의 문화를 추구하며 人間性을 퇴화시키고 있는 것이죠. 이러다가 불가피한 문화개방 등의 일이 닥쳤을 때 그 결과는 자명한 것이죠.」

『문화는 다양해야지요. 정말, 문학인은 하나의 기준을 적용할 수는 없는 것 같아요. 요번에 저 희회사에서 내 문예지에 발표된 소설에는 어떤 작가를 풍자한 내용이 있었어요. 그 작가는 문학의 목표를 위해서 공부만 너무 열심히 했다고 그러더군요. 「평론가가 되려고 도서관에서 고시공부 하듯 공부한 사람」이고 「다 같이 술 마시는 자리에서 자기는 이제 책을 봐야 한다고 아쉬움 없이 가는」 이기적인 인간이라는군요. 너무 定形化된 사람이라고 비판하는 것 같았어요.』

「아 그 소설, 시간이 없어 정독을 못 했지만 그 부분은 좀 자세히 읽어 봤어요. 거기에는 그 작가가 등단한 과정이 동문과 선배로 구성된 예심 심사위원과 동향 선배로 구성된 본심심사위원들의 支持 덕분이라는데요. 그래서 공정성에 문제가 있다고들 하더군요.」

「무슨 엄어(?)을 공정성 시비... 나처럼 문단에 불만이 많은 자도 심사가 불공정해서 문제가 있고 말하지는 않아. 같은 성향을 추구하고 서로 이해하는 선배나 동료들이 밀어주어 등단하는 것이 무엇이 어떻단 말야. 어떤 예술분야도 다양한 성향이 있고 그 안에서 서로 비슷한 유형을 좇는 이들끼리 선후배관계로서 맥을 잇는 방식으로 하고 있는데... 공정성을 기하기 위하여 심사위원을 비밀에 붙이고 공평한 기준을 제시하는 것은 공인회계사 시험 같은 데서 적당한 거야. 오히려 어느 기관에서 등단심사를 하든지 간에 구별 없이 任意의 심사위원을 통한다는 것이 곧 바라는 대로 획일적으로 통일하자는 의도가 숨어있는 것이. 나도 신문을 봐서 알지만「고시 공부하듯」이라고 하는 데 공부하는 게 왜 그런 뜻으로 쓰여야 하지. 그냥‧열심히 하는 것과 뭐가 다르단 말야? 남들 술 먹는 시간에 공부했다는 것이 그렇게도 욕먹을 만한 일인지.』

『하지만요 선배님. 만약 그 작가가 科學者나 醫師라면, 그렇게 공부하는 것이 매우 바람직한 것으로 인정될 거예요. 문제는 문학인이라는 것이에요. 그래서 다른 곳에 있었으면 성실하고 그만한 사람으로 칭송 받을 사람이, 博識하나 양식을 저버리는 것이죠. 그러니까 공부했던 사람들은 그 소설에서 주장하는 바는 이런 거예요. 남들이 술 마시거나 놀 때 참아가며 공부했던 사람들은 과학자나 의사 같은 사람인데, 이러한 과학자의 성실성과 윤리관이 바로 십구세기 부르조아의 윤리관이라는 사실을 생각해 본다면 그의 行動樣式은 문제가 있다는 것이죠. 십구세기를 통해 과학자와 부르조아는 自身들의 利益을 守護하기 위해서 서로 談合을 했는데, 그렇게 된 契機는 르조아는 자신들의 이데올로기로 과학이란 것을 택했고, 과학자는 자신들의 理論 속에 부르조아의 가치관을 투영시켰기 때문이라고 하지요. 이 過程에서 모든 윤리관을 서로 공유하게끔 되었지요. 돈벌이의 성실성은 곧 실험실의 성실성이 되었고, 노동의 분업은 실험과정에서의 분업이 된 거죠. 성실성이라든지 그면이라는 단어가 의미하는 이데올로기를 생각해본다면 문학을 하는 사람들은 뭔가 달라도 달라야 하지 않을까 하는 것이죠. 문학이 자본주의 이데올로기를 무비판적으로 추종할 것이 아니라면 말이에요.』

『美淑씨는 그것을 진정으로 믿나?』

『그렇게 생각되지 않아요? 문학인들에게 과학자나 의사 같은 사람에게 요구되는 성실성을 똑같이 요구할 수는 없지 않겠어요?』

『그야 물론이겠지. 그런데 또 반드시 아니어야 할 것은 뭐지? 꼭 모범적으로 성실한 사람들로만 문학인들이 채워지는 것도 바람직하지는 않겠지만 성실하지 못한 사람들로만 채워져야 할 것은 또 뭐야?』

『어머, 참 그런가요? 하긴요... 언뜻 들으면 문학은 정형화된 모범인 만으로 이뤄지는 것이 아니라며 문학이 다양성을 존중하는 것 같지만 따지고 보면 그들의 주장은 엉뚱한 뜻이 돼버리네요. 그 또한, 문학인은 다른 어떤 성향의 사람들로만 이루어져야 한다는….』

『그렇지 다른, 사회의 어떤 전문 분야가 가령 오른쪽에 자리해있는 사람들로만 획일화되어 있다 해서 문학이 그것을 따라가야 할 필요가 없는 것은 물론이겠지. 당연히 오른쪽에서 왼쪽으로 자연スㅡ럽게 고루 분포해야 하는 것이 이상적이겠지. 물론 대부분의 분야가 오른쪽으로 치우쳐 있으니까 그 反作用으로 문학만은 왼쪽으로 치우쳐야 균형이 잡히지 않느냐는 생각도 있을 수는 있어. 하지만 문학이 미치는 영향은 다른 분야의 영향력으로는 보상될 수 없는 큰 영향을 미친다는 것에서, 문학세계의 균형은 앞으로 반드시 이루어져야 한다고 봐. 한 쪽으로 치우친 문학이 우리의 젊은이들에게 미치는 영향은 非但 사상적 편향성의 造成 이외에도 크나큰 병폐를 낳고 있지. 현재의 치우친 문학은 현재의 치우친 교육을 全的으로 뒷받침하고 있는데, 뭐 구체적으로 자꾸 그들을 한쪽 성향을 가진 자들이라고 罵倒(매도)할 필요도 없이, 문제는 우리 민족의 본질과는 어긋나는 방향으로 교육시키고 훈련시켜서 차세대의 취향을 의도적으로 바꾸려고 하는데 있어. 소설 長白山脈에는 日帝末의 식민지교육의 陰謀를 폭로하는 구절이 있는데, 日帝는 韓國民을 皇國臣民으로 키우기 위해서는 어릴 때부터 철저히 교육시켜야 한다고 생각했다는 것이지. 그래서 어릴 때 저들의 바램에 맞게 한국신민으로서의 교육을 철저히 하면 그대로 성년이 되어서도 충성을 바치게 될 것이라는 속待를 가지고 교육제도를 만들었다는 것이야. 그런데 사람이란 어릴 때 인위적인 세뇌교육으로 완성되는 것이 아니거든. 아무리 돌려 놓으려 해도 그 사람의 타고난 본질은 자라나면서 다시 회복되는 것이 인간이야. 요즘 어린이들이 입에 들어가는 짜장면이나 빵을 더 좋아한다고 해서 앞으로는 우리음식이 없어질 듯이 난리를 치지만 나중에 자라서는 다시 우리음식을 찾게 돼 있어. 자라면서 자기 뿌리를 찾는 것은 막지 못할 인간의 본성이야. 그런데 문제는 그 회복의 기간이 실로 짧지 않은 세월을 要한다는 것이야. 他意에 의해 뒤틀렸던 자신을 자기 스스로 찾게 되는 과정에서 젊은이들은 크나큰 가치관의 혼란을 겪게 된단 말야. 본래, 교육이란 것은 인간이 자라나면서, 成長하는 자기 固有의 사고능력에 앞서서 思考의 표현도구를 使用할 수 있도록 가르쳐줌으로써. 그 개인의 사고가 성장하도록 이끌어 키워나가는 것인데, 사고의 도구를 가르치지 않은 상태에서 젊은이는 그냥 사회에 부대끼며 살아가는 중에 뒤늦게야 저 스스로 자기의 사고를 표현할 도구가 부족하다는 것을 알게 되지. 그렇게 自覺할 때까지, 자기의 사고능력에 걸맞는 표현

잃어버린 세대

력의 不在로 인하여 사회의 基本 생산계층인 二三十代층은 정서적 불안정을 가지게 되는 것이고, 그것은 곧 이 사회 전체의 불안정으로 직결되는 것이지. 아무러 먼저의 연령층이 나이를 먹어 그 문제를 자각했더라도 사회적 共感帶가 형성되지 않으므로, 이어지는 다음의 연령층 또한 똑같은 시행착오의 과정을 거치게 될 수밖에 없고…. 이대로라면 나라의 기반이 흔들릴 것은 자명한 일이지.」

『우리의 문학이 우리 한국민이 도둑새와 같이 되어가는 것에 큰 기여를 하고 있죠. 정말 人間 中의 韓國民이란 種은 좀처럼 진화가 되지를 않아요. 다른 종족들이 열심히 진화되고 있을 동안에 오히려 퇴화만 하는 것 같고…. 그도 그럴 것이 우리의 역사는 연속성을 갖지 못하고 연거푸 뒤엎어지기만 해왔으니까요. 1910년 500년 왕조가 붕괴되고 우리는 새로운 역사를 출발시켜야 했지요. 그러다 1945년 해방과 더불어 일제에 의한 근대화과정은 붕괴될 수밖에 없었지요. 비로소 자주적인 근대국가를 건국한 후에 얼마 지나 민주정치의 미성숙에 말미암은 독재가 원인이 되어 1960년 4·19로 우리의 國體는 또 붕괴되었지요. 완전한 민주사회로서 새 출발을 하려 한지 얼마 안돼 1961년 5·16으로 우리의 國體는 또 붕괴되었지요.」

그것은, 모든 것이 자연스러운 개혁이나 세력의 교체가 아니라 쌓여진 모순이 터져 발생한 돌발적이고 부자연스러운 것이었으며 또한 너무도 자주 일어났다는 것에 그 문제가 있었으며. 그 뒤 얼마간 지속되었던 개발독재 체제도 1979년 12·12로 붕괴되었으며 다시 조금 탈바꿈하여 뒤를 이은 군사정부도 1987년 6·29로 사실상 무너졌다. 그 뒤는 그 자체가 붕괴의 과정이라 할 수 있는 放縱民主體制가 계속되었다. 1992년부터의 歷史바로세우기는 歷史否定하기로서, 결국 대한민국이 세계로부터 否定당하게 되고, 정권은 자멸했다. 1998년. 이제 또 다른 개혁이 있는가. 개혁이란 단어는 이미 신물나는 것이 되었다. 더 이상 展示的인 개혁은 최소화해야 한다. 오직 눈에 잘 안 보이는, 뿌리의 개혁만이 필요한 것이다.

대화에 열중하느라 술은 그다지 마시지를 않았다. 서로의 개인적인 회포를 풀 시간을 공통의 문제의식이 덮어버린 것이었다. 새로 만난 여성과 인간 對 인간으로서의 대화를 충분히 나누지 못한 것도 아쉬웠다. 집이 가까운 그들은 좀 남아 있어도 되었지만 나는 통근 이전에 귀가해야 하므로 열 시가 조금 넘어 그들과 헤어져 집으로 돌아왔다.

평소보다 늦게 문 두드리는 소리에 아내가 나와(出) 鐵製 大門을 열어 주었다. 끼이익—. 허술한 페인틀의 摩擦音이 들렸다. 나도 열리는 문을 들이밀어 문은 평상시보다 더 넓게 열렸다.

『저녁식사는 했어요?』

트 집 앞 높다란 電信柱의 街路燈에서 내리비치는 白熱빛을 받은 아내의 얼굴이 보였다. 그늘져 있는 눈(目)위에 긴 속눈썹의 列이 미약하게 燈빛을 反射하고 있었고 눈동자에는 쟈켓을 벗어들고 있는 흰 셔츠의 내 모습이 비치어 보였다. 높지 않았지만 끝線이 尖銳한 코…. 그 밑의 엷은 입술은 원래도 색이 엷은데 밤照明 밑에서는 그저 희미한 形態線만 보였다. 가장 뚜렷이 보이는 것은 조금은 주걱처럼 튀어나온 야윈 아래턱이었다. 가로등은 내게서 오른쪽에 있는데 그 빛을 받는, 그녀의 왼뺨에서 턱에 이르는 얼굴피부는 더욱 蒼白하고 軟弱해 보였다.

『했어。』 사실은 按酒를 좀 먹었음을 뿐이지 저녁식사는 잇고 지나갔었다. 나의 입안(口內)은 술기운이 주는 熱氣가 아직 남아있었다. 어서 바깥으로부터의 차가운 氣運을 받아, 내 體溫을 倍加시키는 醉氣를 中和하고 싶었다.

어두운 배경 속에 유달리 희게 드러나 보이는 아내의 빰은 서늘한 發光體와도 같았다. 나는 그래서 드물게 누 팔로 아내의 어깨 위를 덮어 눌러 내게로 끌어안고, 그 왼빰에 내 입술을 담금질했다. 그 순간 싸악 스며오는 冷氣는 내 발끝까지 흘러 내려갔다.

아내의 어깨와 등을 쓰다듬던 두 손은 아래로 미끄러져 내려가, 아래쪽의, 본래부터 愛撫를 받기에 最適요로 되어있는, 살(肉)의 블록(塊)을 가볍게 다독였다. 손(手)이 兩블록의 中谷을 지날 때마다 그 量感씨 形態感이 더해졌다. 보드라운 폴리에스텔 섬유로 덮인 육체의 間接感觸은 때로는 알몸보다 더한 흥분을 가져다주는 것이었다.

아내는 특별히 반가와하지도 투정부리지도 않으며 받아들였다.

『어서 들이뇌요。』 아내는 가만히 나를 떼어 놓았다. 신(靴)을 벗고 양말을 벗고 발을 씻고…. 잠자리에 들기 위한 최소의 과정을 거친 후에 비로소 하루의 긴장을 확 풀 자세로 돌입했다. 사람이나 뱀(蛇)이나 이 때에는 아무런 구분이 없는 그런 자세로….

아내는 처음 만나 교제할 때에는 내가 이런저런 이야기를 많이 늘어놓는 것을 흥미 있어하며 관심을 보였고, 그 이야기처럼 결혼하면 매일같이 새로운 이야기보따리를 풀어놓으며 자기를 재미있게

잃어버린 세대

해줄 것으로 기대했는가본데, 實狀 닥쳐온 생활은 평범한 소시민의 아내 이상도 이하도 아닌 것이었다. 나는 혹 재미있는 이야기가 생각나면 그걸 記事로 쓸 궁리나 하지 아내에게 재미있게 들려줄 생각은 안 하는 것이었다. 생각을 글로 쓰고 난 다음엔 다시 말-로 하기가 멋쩍어진다. 많이 쓰게 된 이후에는 말-을 예전처럼 잘 못하는 것이 느껴진다. 나는 아내에게 남들이 다 읽는 내 글을 읽어보라고 하지도 않고 아내도 굳이 내 社會活動에 흥미를 가지지는 않는다. 나(我)와 時代를 함께 살아가는 뭇 사람들 중에서 내가 가지고 있는 모든 사람관계를 총괄하는 伴侶者(반려자) 가 되지 못한다. 그저 나의 생활의, 바깥 사회에서 만나는 사람들과는 다른 영역을 공유하는, 한 附屬人일 뿐이다. 그런 自身의 역할을 아내도 알고 있는지 나의 바깥 활동에 대해서 어떤 질문이나 관심표명은 안 한다. 가령 部署 轉勤이 되었다면 바뀐 전화번호와 앞으로는 퇴근 시간이 어떻게 된다던가 하는 것만이 관심사가 될 뿐이지, 새로 하게 되는 일의 社會的 意義 같은 것은 전혀 眼中에 없는 것이다. 그렇다고 흔히들 듣는 것처럼 바가지를 긁거나 不和가 생긴다든가 하는 것도 없고, 무덤덤함이란 것이 그녀를 나타낼 수 있는 한 마디 말-이었다.

잠자리에서 나는 또 異例的으로 아내에게 말을 걸었다. 먼저의 이례적인 포옹과 키스에 이어서…

『여보.』

『예.』

『내, 방금 생각이 들었는데 당신이 정말 이 세상에서 제일 좋은 아내라는 것을 새삼 느끼게 돼.』

『그게 무슨 말이에요? 우린 서로가 별로 특별히 잘해주는 것도 없고 그렇다고 對話도 많지 않고 그냥 그대로 지내고 있는데 웬…. 그냥 常套的인 慣用句로 하는 말- 아녜요?』

『그렇지 않지. 대화가 적은 것을 어색하게 생각하지 않는 것이 바로 서로가 잘 지낸다는 것이 되지 않소?』

『그냥 아무 생각도 없을 뿐이지요. 뭐. 시로가 관심이 적은 게 아닌가요?』

『무관심도 의도적인 무관심이 있고, 무관심 그 자체로 말미암은 무관심이 있고…. 또…。 그냥 자연스런 무관심이 있지.』

나는 아내를 등지고 모로 누웠던 자세를 똑바로 펴고는 (누운 자세로서는 그래도 바른 자세로) 말-

을 이었다.

『옛날에도 백성이 아예 모르고 지내는 임금이 진정한 聖君이라고 하지 않았소? 아내에게서는 피식 웃음소리가 났다.

『당신이 개성을 가진 한 인간으로서 어떻다 하는 評은 내가 할 필요가 없어요. 내 앞에 있어 주는 그것으로도 내가 당신을 사랑할 명분은 충분한 거요. 』

나는 그냥 한 여자로서의 아내에 대하여 나의 所感을 말해주었다.

내가 처음 당신을 만났을 때 당신이 내게 주는 의미가 무엇이었냐면... 사람이 인생을 살아가 기에 힘이 되어주는 快樂은 내가 어릴 적부터 알고 있었지요. 주린 배가 채워지는 쾌락과, 다른 사람들에게 칭찬 받는 쾌락이 있지요. 食慾과 名譽慾이라 하지요. 인생에는 그 두 가지의 즐거움 이외에 또 하나의 것이 있음을 새로이 알게 되었을 때... 그 때 내 마음은 앞으로 펼쳐질 찬란한 인생에 대한 기대로 두근두근 뛰었지요. 꽃에도 암술과 수술이 있고 벌레에도 암수가 있고 뭇 새와 짐승에도 암수가 있다는 것은 당연히 여기고 있었지마는 우리네 인간도 두 가지로 이루어졌다는 것을 實感하면서는, 그런 이 세상의 調和가 어찌 그리도 讚揚할만하고 고맙게 느껴지는지 황홀한 마음 그지없었어요.

어찌하여 그대는 단지 손끝만 스쳐도 이 마음에 짜릿한 신선함을 느끼게 하여주는지... 어찌하여 그대의 봄이 숨어 들어있는 毛布자락만을 感觸하여도 내게는 陰陽和合의 상쾌함이 어려 스며들어오는 것인지.

이 세상 아름답다고 하는 다른 어느 것도 이토록 가까이 오래도록 마주보아도 싫증나지 않는 것은 없어요. 그대의 얼굴 이외에는... 이 세상 어느 향기도 온밤을 지새워 맡아가도 그 향내가 유지되는 것은 없어요. 그대의 體香 이외에는... 달리 무슨 소리에 온밤을 귀기울이겠어요? 달리 무엇을 힘겨운 입맛을 하나 없이 삼켜짐 한 온밤 다시겠어요? 생명과 생명의 合一됨에 兩者의 몸은 淨化를 향하지는, 不淨함이 없어 짐은, 그대로 인하여 생명가치의 기준이 餘他에 의하여 정해지는 가치 기준보다 우선됨에 緣由한 것이 아니겠어요?

그대는 열어 보고 확인해도 알 수 없고, 다시 또 열어 보고 싶은 限없는 수수께끼와 같아요. 천장부터 바닥까지 온통 드리워진 揮帳을 걷어 본다면 무엇이 있을까. 未曾有의 벅찬 두려움의 호기심을 밟아딛고 그 全貌를 파악한 然後에도, 그 휘장이 도로 드리워지자 그 마음은 다시 고스란히 되살아나는 것. 그것은 감추어진데 대한 호기심이 아니라, 質量體 間에 引力이 있고 磁性體 間에 磁力이 있듯이 生命體에 본디 있기 마련인 吸引合一力에 따른 것이 아니겠어요? 그대와의 육체쾌락에 빠져들어 살기를 거듭해 넘기어 오면서, 그대의 육체 외에 그대를 이루는 다른 것이 점차로 나를 그대에게 묶어 놓음을 깨달았어요.

이 세상 누구보다도 내 마음을 이해하고 나의 인생의 동반자로서 영원한 벗이 되기를 맹세하는 그대. 그대와 더불어라면 나는 어떠한 시련이 와도 그대의 손을 굳게 잡고 헤쳐나갈 自信이 솟아오르는 것이기에 나 또한 그대를 이 세상 어느 누구보다도 이해하고 아끼는 것이지요.

그대와 인생고락을 같이 하며 살아오며 이제 그대와 나의 사이는 인간사회의 事理만으로는 다 말하여 질 수 없게 되었어요. 내가 초저녁 일을 끝내고 곧바로 집에 돌아오지 아니하고 때마침 내리는 굵은 장마비를 맞으며 까닭없이 거리를 밤늦도록 서성이다 들어와도 그대는 나에게 별다른 疑問을 갖지 않고서 나를 따뜻이 맞아 주는 것이 아니겠어요. 그대와 나는 이미 뭇 인간끼리의 의사소통의 格을 넘어선 믿음과 믿음의 관계로서 다져져 있는 것 아니겠어요?』

아내는 창호지를 통해 들어오는 미약한 外燈빛 아래 미소지으며 말했다.

『정말 夫婦야말로 이 세상에서 唯一하게, 완전히 믿을 수 있는 인생의 同伴者지요?』

아내는 다시 내게 확인질문을 했다. 그러나 나는 얼른 입을 열지 않았다.

나는 조금 후에 대답을 해주었다.

『나는 물론 당신을 이 세상 사람 중에 가장 신뢰하고 있어. 하지만 그것은 당신과 내가 부부관계라서 그러는 것이 아니야. 당신이 가장 많은 시간을 내 곁에 있어주는 한 사람이기 때문이지.』

『그게 무슨 소리예요?』

『아무튼 간 당신의 위치는 변함이 없지 않아요? 당신이 내 아내이기 때문이든 당신이 내게 가장 오래 곁에 있는 사람이기 때문이든 어찌했든… 더 이상 나아가면 당신이 흥미를 가지지 않는 이야기로 밖에 설명되지 수 없어요. 그래도 좋아요?』

『해보세요. 귀담아 듣지는 않을 것이지만.』

『공산주의자』들은 경제적인 소외계층의 이익을 대변한다는 명분으로 그들의 활동을 정당화하고 있어요. 하지만 현대사회로 갈수록 경제적인 소외계층이 집단화되지 않는다는 것이 그들이 혁명노선 추구과정에서 겪는 갈등이지. 아니 어쩌면 집단화 될 수 있다는 것 자체가 이미 소외계층이 아니랄 수도 있지.

내 생각으로는 현대사회에서의 인간을 위한 보다 중요한 것은 사랑의 소외계층에 대한 권익대변의 이념이 定립되어야 하지 않을까 하는 것이오. 물질로는 보상될 수 없는 소외계층을 위한 이념이....』

『너무 막연한 얘기, 아니 너무 상투적인 얘기 같아요. 年末年始에 불우이웃 돕기 운동과 고아원 양로원 방문하기는 모두들 관심 갖고 추진하는 것이 아닌가요? 복지시설도 우리 사회 경제가 나아져감에 따라 하나 둘 건립되어 가고 있고.... 그건 저절로 될 수 있는 것이 아닌가요?』

『아까 이미 집단화되는 경우는 거론대상이 아니라고 하지 않았소? 내가 강조하는 것은 사회의 발전흐름과는 무관하게 생겨나는 소외계층을 말하는 것이오. 그리고 물질적인 보상차원의 그것이 아니라 사랑의 疎外를 소외가 아닌 것으로 바꾸어 주는 새로운 이념을 말하는 것이오.』

『말해보세요. 더 感을 못 잡겠네요.』

『그렇지요. 돈을 들이지 않고도 우리사회의 통념을 바로잡으면 많은 소외계층을 救할 수 있다는 것이 나의 생각이에요. 그 가장 대표적인 것이 결혼을 人生事의 최고가치로 보는 것이지요. 많은 방송극 등에서 노 주인공들이 얽힌 사건은 온통 결혼 얘기밖에는 없어요. 그런데 결혼이란 것이 단지 인간 對 인간의 사랑만으로 이뤄지는 것이 아니라는데 문제가 있지. 그 以前에, 상대방의 육체와 정신을 완전히 받아들이고 자기와 一體化해야 하는데, 그것은 아무리 정신적으로 사랑한다고 해도 모든 경우에 다 넘을 수 있는 것이 아니거든. 일반적인 경우에는 외모의 문제가 있을 수 있겠고, 또 성격의 문제가 있을 수 있겠고, 결국 다른 한사람, 그것도 아무 혈연관계가 없는 전혀 (他者)인 한 사람이 자기 인생을 다해 관심과 사랑을 전적으로 바치기에는 애초부터 걸림돌을 가지고 있는 사람들이 있어요. 상대방이 완전히 자기희생을 하는 사람이 아닐 바에야..... 간단히 말해서 결혼이란 것을 반드시 최고의 인생행복으로 설정하기 어렵단 말예요. 물론 사회통념상 너무 개성이 강하거나 생활상에 문제가 있는 일부 일반인들도 마찬가지지만 말야. 하지만 그들에게도 행복추구권은 全혀 동등하다고 할 수 있어요. 그런데도 우리사회의 다수를 차지하고 있는 심신장애자들의 결혼이란 것을 반드시 최고의 인생행복으로 설정하기 어렵단 말예요.

이(者)들은 저들만의 생각대로 결혼만이 최고의 행복임을 방송이나 언론에서 모든 이를 향해 주입시키고있으니, 그들과 다른, 비교적 소수의 행복추구권은 무시되고 마는 것이지요.』

『정말 그렇긴 해요. 낮의 라디오 방송에서도 온통 나오는 얘기가 시댁과 남편과 아이 사이에서 부대끼는 주부의 얘기뿐이고 저녁의 텔레비 방송국에서도 나오는 것은 온통 남녀의 결혼 이야기뿐이지요.』

『결혼이 인생의 理想的인 목표가 되기 어려운. 장애자들은 그것만을 최고의 행복으로 삼을 當爲性이 없는데도 일반인들은 어쩌다 생겨나는 정상인과의 결혼을 미담인양 크게 선전하고 있지. 장애인도 일반인과 동등하게 결혼할 수 있다고 날야. 물론 똑같이 아이도 낳을 수 있고 性生活도 할 수 있지. 하지만 현실적으로, 구체적으로 까발려 말하기는 어려운 장애가 있는 것은 무시하고 있지요. 방송이나 언론에서 그렇게 말하는 이들도 정작 저들이 몸을 던져 나서라고 하면 안색이 변할 것이 틀림없지.』

『자기네 식구들이라도 그렇게 쉽게 말할 수 없을 거예요.』

『하여튼 결혼을 인간행복추구의 도달점으로 삼는 인식은 고쳐져야 해요. 多數 결혼한 이들의 행복이 감소되는 것도 아닌데 말야. 夫婦는 이미, 가장 많은 시간을 함께 하는 사람으로서의 가치가 있으니 부부라는 그 자체의 의미는 부차적인 것이지요. 그러니 내 말은 결혼하지 않은 자라도 가장 가깝게 지내는 사람은 부부나 다름없이 신뢰하고 지내는 것이 자연스럽게 받아들여지는 사회가 되어야 한다는 거예요.』

『가장 가까운 사람이라면 결혼하면 되는 것이 아니니까 문제라지 않아요?』

『그게 인간의 마음대로 되는 것이 아녜요? 異性이라면?』

『내가 아는 사람이 이런 경우가 있었대요.』

나는 예전에 직장후배 심記者와 대화하던 중 그에게서 들은 얘기를 아내에게 들려주었다.

『그 사람은 참 마음이 순수한 사람이었는데, 항상 누군가를 어느 누구보다도 깊이 사랑하는 일을 자기가 세상에 태어나서 이루어야 할 중요한 과제로 의식하고 있었대요. 그는 自身의 북받쳐 넘쳐흐르는 사랑의 마음을 바치기에는, 完全스러운 여자는 적합치 않아 보였어요. 남다른 傷痕과 不完全性을 가진 여자가 자기의 열렬한 사랑이 온전히 스며들 수 있을 만한 충분한 틈새를 제공하리라 생각했어요. 모든 면을 잘 갖추어 보이는 여자에게는 마음써 사랑을 줄 수 있을 自信이 안가는 것이라는 것이죠. 그런 여자는 정녕 마음이 파고들 자리가 없을 듯 보였대요. 나중에 생각해보니, 그 당시에 조금만 노력하면 자기의 여자로서 얻을 수 있었다고 생각되는 여자도, 그저 「저 사람은 나의 이 풍요로운 사랑의 열정을 굳이 바치지 않아도 이미 충분히 행복할 여자다.」하고는 시나쳤던 경우가 많았다고 그래요.

그러던 그는 어느 날 한 여자를 만났는데, 무척 예쁜 얼굴의 여자였지만 한 쪽 다리가 불구였다고 그래요. 그는 매주마다 지방에 떨어져 있던 그 여자를 만나 서로가 마음깊이 대화를 나누었대요. 그 자신의 북받쳐 숨어있던 사랑의 욕구도 쏟아 부으면서 그와 동시에 그녀의 가슴에 맺힌 한을 서로 나누면서, 비로소 그는 원했던 대로, 걷잡을 수 없이 흘러 넘치는, 누군가를 한없이 사랑하고픈 마음을 쏟아 부을 곳을 마련했구나 하고 생각했지요. 정말 꿈같은 사랑이야기가 얼마간 계속되었다고 해요.

그리고 그녀와의 사랑도 무르익어 비로소 서로가 육체의 사랑에 접어들 단계가 되었지요. 물론 그도 어느 정도, 그녀의 몸이 만족을 주기 어려우리란 것은 예상했었다지요. 그는 그것을 사랑하는 마음으로 복하고, 그저 영화의 장면에서 보이는 정도의 기본행위 만으로 만족하려 작심했었죠. 그러나, 그녀는 그 이상을 원하더라는 것이죠. 그녀는 남자가 자기의 육체를 사랑해 주기를 원했어요. 늘어진 한 쪽 다리까지도 마찬가지로... 그녀는 자기의 하체를 대화하면서 이며 자기의 몸이 예쁘냐고 캐묻기도 하더란 것이야. 그때까지 그 여자와 대화하면서 예쁘다는 말을 수도 없이 해주었었지. 그녀의 상처입은 마음에 대한 애틋함이 더욱 그녀에게로 애정을 더하게 했었던 것이었어. 사실 그녀의 얼굴도 매우 예뻐서 평소에 비척거리며 걷는 모습도 오히려 더 보호느낌을 더해줄 뿐이었다고 해요. 그런데 바로 그 때에 이르러... 깊숙이 파이있는 흉한 수술자국. 핏기 없고 군데군데 검게 퇴색된 생명감 없는 피부빛, 균형없이 일그러진 하체. 그것은 정말 상상도 못했던 혐오였다고 해요. 그 여자의 물음에 바로 앞에서 뭐라 할 수가 없었는데. 그냥. 응. 그래. 하고는, 말았대요.

그리고는, 그녀의 방을 나와 근처의 공원으로 갔는데 화사한 봄 햇빛아래 그녀의 예쁜 얼굴이 빛나 보였대요. 저말 여자의 얼굴도 함부로 볼 수 없는 것이라면 남자들은 어느 여자의 얼굴이라도 기회있을 때마다 훔쳐보고 싶어질 거라고 그는 말하더라고요. 특히 입술 말이죠. 그녀의 탐스럽고 톡한 입술은, 정말 매력적이었다고 해요.

잃어버린 세대

그녀가 그곳서 멀지 않은 벚꽃 널려 피어 있는 항구로 놀러가자고 했는데, 그는 마음이 내키지를 않았대요. 더 이상 그녀와 가까워지는 것이 꺼려졌다는 것이지.

『그 뒤로 어떻게 되었대요?』

『그는 자기도 자기 마음을 모르겠다고 하더라고요. 그냥 그때 헤어졌더라면 좋은데 그 뒤로도 또 찾아가고, 그러다가 결정적인 순간에는 탈출하여 싶어지고... 그러면서 왜 또 가기는 갔던 것인지 한탄하더군요.』

『그 친구 분 정말 잘못 하셨네요. 상처가 더 크기 전에 얼른 매듭지어 버리시지.

『사랑의 방법이 잘못되었던 것이지. 그냥 자기가 좋아서 다가가야지 상대방에 대한 일방적인 사랑을 베풀겠다는 善心에 도취되어 다가갔던 것이지. 게다가 그 친구는 그 선심이 완전히 자기의 고통까지도 감수하겠다는 만큼 강했던 것도 아니었고... 남녀간의 연애에 있어 利己心은 必要惡인 것 같애. 상대방의 결점이나 非行을 감싸 주겠다는 마음도 결국은 그것이 자기의 마음을 傷하지 않는 범위 안에서 가능한 것이지. 그 바깥이라면 지금 내가 하려는 말-은 남녀간의 사랑이 어떻게 해야 올바르다는 것이 아니라... 얘기가 너무 벗어난 것 같은데 본래 이기심의 發露일 수밖에 없는 두 사람 間의 戀愛 말고도, 인간이 서로를 완전히 믿고 서로를 인생행로의 궁극적인 동반자관계로 생각하는 관습이 있어서, 결혼이 있는 거야. 꼭 상대방에게 全的으로 몰입해 결혼에 진입해야만 사랑을 줄 수 있는 경우가 많아서, 결국 그 까다로운 조건 때문에 이루어지지 못하는 사랑이 많아. 인간세상을 풍요히 만들 수 있는 많은 사랑의 잠재력이 死藏되고 있지. 그 잠재력이란 세상에서 마주치는 많은 사람들 사이에서 성립될 수 있는 많은 관계를 말-하는 거예요. 그것은 오늘 낮에 내가 직장에서 만난 청소부 아줌마와 나(我)와의 관계나, 당신에게 오늘 낮에 찾아온 配達員과 당신과의 관계나, 세상 모든 일이 바탕이 되는 것이에요.』

아내는 대꾸하기 곤란한지 그냥 잠자코 있었다.

『참, 이건 오늘 만난 사람한테서 오래 전에 들은 대화를 떠올렸다. 한 詩句처럼 들어 보지.』

나는 성인호씨와 옛날에 행군하면서 들은 오늘 낮에 보았던 것이었다. 그는 그 내용을 自身의 책상 위에 정리하여 두었던 것을 나는 오늘 낮에 보았던 것이었다.

- 몸바치는 사랑 -

그대여 이제 우리는
서로에게 일부가 아니라 전부입니다.
사람들은 모두를 남을 위해
무언가를 하며 살아가고 싶어 하지요
자신의 일부를 남에게 바쳐 일함은
남다른 뛰어난 이들만이 할 수 있읍니다.
하지만 자신의 전부를 남에게 바침은
그 어떤 남다른 뛰어남도 필요치 않읍니다.
자신의 일부를 남에게 바쳐 일하기 위해서는
제각기 뛰어남을 주장하는 다른 이들을 물리쳐 이겨야 합니다.
하지만 자신의 전부를 바치기 위해선
그 어떤 남과의 겨룸도 필요치 않습니다.
자신의 일부를 내준 뒤에는
후회하면 되찾을 수 있답니다.
자신의 전부를 내준 뒤에는
후회해도 되찾을 수 없답니다.

『부부생활을 시작하는 이들에게 적합한 이야기군요.』
『그렇다고 볼 수 있지요. 그런데 이러한 마음의 신뢰를 꼭 부부라는 형식을 갖춰야만 가질 수 있는 것으로 생각되는 관습도 옳은 것이 아니지. 가만, 너무 심각한 얘기만을 자꾸 했는데, 그냥 일반 젊은이들이 듣더라도 지나치게 결혼 전에 性的인 폐쇄가 심한 것은, 누릴 수 있는 삶의 많은 것을 빼앗아가고 있지. 정말 내 미혼 시절의 생각을 당신에게 솔직히 말해보겠는데 이 나라는 참으로 답답하게 되어있어. 여자 구경 좀 하려면 값이 너무 비싸지. 굳이 남녀혼탕이나 나체해수욕장이 흔한 유령을 늘지 않는다 하더라도 미국이나 일본만 해도 많지 않은 돈으로 가지가지 성의 유희를 쉽

잃어버린 세대

게 즐겨볼 수 있다던데. 이 나라는 동방 예의지국인지 뭔지는 몰라도 여자 값이 너무나도 비싸. 여자 한 번 벗겨 보려면 며칠 일당이 한 시간에 훌쩍 날아가 버리니 정말이지 부동산 졸부가 아니고서야 어디 원하는 만큼 여자를 같이하고 살生수가 있어야지.

『그러니까 결혼하는 거 아니에요? 당신두 마찬가지고...』

『물론 그것이 간단한 대답은 돼지. 하지만 그런 사고방식은 다시 잘 생각하면 참으로 잘못된 것이지. 성욕을 해결하는 방법으로서 결혼을 어서 웬만하면 하라는 얘기는... 아니 그냥 저번에 우리 신문의 독자투고에서 여권신장에 관해 누가 쓴 글이 생각나는데 그것을 얘기하지.』

요전에 이혼문제에 관한 방송을 보니 이혼한 여자가 전 남편을 말하기를 모든 일을 자기 어머니 뜻대로만 하고 독립심이 없는 마마보이라는 것이었습니다. 그리고 가정을 책임질 생각을 않고 친구들과의 모임만 잦았다고 합니다. 24살 동갑내기 결혼이었다니 요즘 그 나이의 남자는 그럴 만도 한데 그런 남자가 결혼은 왜 서둘러 했는지 의아하게 합니다. 이유는 결혼을 부모로부터 독립한 완전한 성인으로서의 출발이라고 하기보다는 욕구를 해소시켜줄 같이 있을 여자가 필요했었기 때문이었다고 할밖에. 그런데 우리 나라는 미국, 일본등 밀접한 생활문화를 가진 나라에 비해 미혼자의 욕구불만을 해소시켜줄 기회가 너무 적습니다. 출판, 연예, 사교문화 등에서 불륜이 당치 않는 범위에서 감각매체를 통해서나마 아직 결혼을 할 경제적, 사회적, 정신적 기반을 쌓지 못한 젊은 이의 욕구를 해소시켜주는 기회가 많아져야 한다고 봅니다. 결혼을 성욕해소의 수단으로서 생각하지 않는 분위기가 조성되는 것이 여권신장에 도움되리라 봅니다.

『이런 의견이었어. 그러나 아직도 우리 나라는 여자의 몸을 꼭꼭 닫아놓고는, 남자가 여자 앞에서 어서 그 신비의(?) 몸을 가지고 싶은 조바심에 안달하는 그 과정을 중요시 하고자 하는 여자들이 적지 않은 것 같아. 무슨 포르노 잡지를 낸다든가 그런 영업을 한다 하면 여성의 상품화 운운하면서 반대하는 여성단체들이 많지. 그러니까 우리네 비싼 여자 몸 구경하려면 싼값 주고 보는 건 용납 못한다는 것이지. 異性에 대한 그리움을 정 못 참겠으면 며칠씩 번 돈 한 두 시간만에 퍼 없애든지, 더 이상 그럴 능력 없으면 우리를 평생 책임질 마음가짐으로 결혼을 하든지 하라는 얘기이지. 성욕을 원만히 해결하기 위해서는 남자가 어서 여자에게 잘 보여 결혼이나 하라는 말은 그대로, 도대체 이 사회에서 여자의 역할이 무엇이냐는 물음에 대한 간단한 답이 되고 마는 것이지.』

『그렇게 말이 되기도 하지만‥‥ 그래도 여자들은 놓치기 싫은 자기들의 특권이 있어요. 인류가 생긴 이래 오래도록 누리던 것‥‥. 여자는 약하다고 하지만 여자가 가장 강할 때가 있지요. 바로 결혼 진에 남자에게서 求愛를 받는 과정에서이지요.』

『남자가 너에게 성욕의 조바심을 가지고 어서 열어달라고 事情하는 것 말야? 물론 철모르는 어린 자들의 사랑일 경우 그런 때가 많지. 하지만 진정 여자가 한남자의 아내로서 존중받으려면 육체적 조바심에 의한 求愛는 배제되어야 해. 남자가 이미 성적 욕망의 해소대상으로 자기를 필요로 하는 것을 기대하지 말아야 하지.』

『理想的인 얘기긴 해요. 하지만 많은 여자들에게는 女性 그 자체가 재산인 경우가 많다는 것을 알아야 해요. 성개방이 되면 그 기반을 잃는 여성들의 입장도 생각해야죠. 그것이 당신이 말하는 것처럼 모든 소외계층이 다함께 자기생활의 재산을 갖는 길이기도 하고요.』

『자기의 재산은 性이외의 것으로도 가질 수 있어. 인간 그 자체로 말이야. 우리의 젊은이들도 외국처럼 여자도 아가씨들을 마주할 수 있을 그날이 와야 할 것이야. 그렇게 되기 위해서는 남자들도 열린 마음이 필요하지. 여자들을 볼 때 그 자체의 아름다움으로 봐야지. 그리고 그것만으로도 우리 삶의 활기소가 되게 해야하지. 자손 증식을 위한 것도 아닌데 굳이 그 몸을 가지려고만 하는게 문제야. 正統 성행위가 아니면 자꾸 변태라고 하면서 이상하게만 몰려고만 하고.』

『정상적이지 않은 성행위는 옳지 않은 것 아녜요?』

『물론 정통 성행위보다 사회적으로 해악을 미치고 당사자나 주변사람들에게 고통을 주는 성격의 것은 삼가야 하겠지만, 오히려 사회적으로 아무런 해악을 미치지 않고 당사자나 주변사람들에게 아무런 後患을 주지 않는 성격의 것들도 있어. 구체적으로 조목조목 이야기하기는 뭣한 것이지만 말야. 그런 것들을 단지 정통 성행위가 아니라고 해서 異常視하는 것은 옳지 않은 것이라 생각해요.』

『그렇죠. 미임이니 낙태니 같은 거 신경 안 쓰고 지낼 수도 있고요. 호호。 아내는 몸이 틀어 상체를 살짝 일으키고는, 팔을 이불에서 내어 내 목을 끌어안았다.

『아무튼 우리가 인생의 시간에서 즐길 시간도 많이 지나갔어요. 정말 이즈음에 와서 더욱 시간이, 젊음이 아쉬워져요.』

잃어버린 세대

아내가 누운 쪽 벽의 窓에서는, 밖의 가로등으로부터 창호지를 투과해온 밤 조명이 곱게 부수어져 방안에 은은한 微光을 뿌리고 있었다. 아내가 상체를 움직이자 턱의 모난 윤곽선에 격하게 부딪쳐 튀다가, 목과 어깨의 완만한 곡선에 머물러 안정을 찾았다. 소매를 입지 않은 아내의 팔의 움직임에 따라 어둠 속 逆光의 형대선이 銳角을 그리며 움직였다. 내 턱에 듬성듬성 와 닿는 아내의 수북한 머리칼의 작은 숲 속에서는 마치 땅위의 수풀에서는 식물의 향긋한 즙내음이 나오듯이, 厚熱한 인간의 땀내음이 氣化하고 있었다. 내 입에서는 체내에 고였던 더운 증기가 소리 없이 새어나오니, 어느덧 나의 목주위를 둘러싼 따스한 습기는 내게 재촉하는 바가 있었다.

그러나 나는 아내의 육체적 접근에 아무런 반응이 없이, 그녀의 心情的 發說에 대한 內面 精神의 응답으로만 나아가는 것이었다.

『그렇게만 생각할 수는 없어요. 흔히들 젊음의 오랜 持續에 대해서 그 가치를 의심하는 경우는 없지. 그러나 그것은, 그 깔린 세월동안의 정서적 성숙을 나름대로 취하면서 가진 순수利得에 대한 讚美라고 볼 수 있어. 젊음은 찰나주의적 말초쾌락을 추구하는 마음에 있어서는 한순간 한순간이 놓치고 싶지 않은 애절한 아쉬움이지만, 내면적 가치추구에 따른 苦行을 자처하는 이에게는, 거쳐가야 할 고통과 방황의 혹독한 통과의례로서 儼存(엄존)할 뿐이야. 雅英(아내의 이름), 그 젊음의 시간을 보내고 있을 때의 나의 心情은, 저 앞의 높디 높은 산등성이가 너무에 그리던 바 무엇이 있을 듯이 여겨지는데 당장에 낯맨 발걸음으로 산등성이에 오르지 못하는 답답함 바로 그것이었어요. 그 힘겨운 걸음을 가시밭길을 헤쳐 더디게 내딛는 과정, 만약 그것이 언제까지 계속되는 것이라면 그것은 얼마나 암담한 것일까요.』

『정말 지금 생각하니 그 때의 당신은 너무 불안해 보였어요. 아마 내가 그 때 혼자 살아도 아쉬운 것 없는 여자였다면 결코 당신을 받아들이지 않았을 거예요. 하지만 그만큼의 意義 또한 있는 것이 바로 젊음이고 그래서 아름다운 것이지요. 그 苦難의 골짜기 採集旅行을 눈에 띄게 치열하게 거친 이가 이윽고 산등성이에서 事物을 觀照할 수 있게 될 때, 그가 가지게 되는 眼目은 어떠한 것일까 참으로 기대되는 것이지요.』

아내는 조금 있다 잠들었다. 나는 계속 뜬눈으로 있었다. 피로함을 느끼면서도 잠은 오지 않았다. 아내와 다섯 살 짜리 아들 순철이가 세상모르고 자고 있는 동안에 내 마음속은 온통 이 나라에 앉서, 이 세상에서 벌어지는 두 集團의 대결이 앞으로 어떻게 전개될 것인가에 대한 의문으로 뒤엉켜 있었다.

장시간의 뜬눈으로 濃縮된 졸음이 새벽녘에 밀려 닥쳤다. 몽롱한 의식이 꿈에 뒤섞여, 많은 複雜한 장면이 전개되었던 것 같은데 하나도 기억 안 나는 상태에서, 아침, 아내가 부르는 소리에 의식이 돌아왔다.

『여보, 늦지 않았어요?』

이미 여덟 시가 가까워지고 있었다. 평소 같으면 아침식사를 끝내고 넥타이를 매고 있을 時刻이었다. 그러나 重厚한 새벽잠의 무게가 아직도 어깨를 덮어 누르고 있어 나는 겨우 눈만 가늘게 뜨고

『너무 피곤해. 오늘은 좀 늦게 가야 할 곳 같애.』

하고는 그대로 누워 잤다. 어제 무슨 일이 있어 아무리 늦게 잤다 하더라도 오늘 제시간에 출근하는 것이 프로 직장인의 자세일 것이다. 前에 동료의 집의 백일잔치에 갔다가 술자리가 늦어 歸家하지 못하고 거기서 花鬪로 밤을 보내고 그대로 회사로 출근한 적도 있었다. 그 때도 두 시간 남짓만 잔 것 같았는데 定時 출근에는 문제가 없었고 점심시간의 낮잠과 귀가 후의 이른 잠으로 때울 수 있었다. 그 때와 달리 너무 많은 생각을 한 탓일까. 온갖 생각으로 지샌, 밤사이의 삶의 密度가 너무 높았기 때문이 아닐까. 나는 뭔가 가볍게 몸을 털고 일어나기에는 거북한 感에 눌려 있었다.

時事에 대해서 單發性 事實報道보다는 충분한 資料蒐集을 통한 심층취재기사를 선호하는 내게 요전의 월간지 부서로의 轉補는 좋은 기회였다. 김석준씨와는 헤어지게 되었고 — 물론 반가운 일이었다. 심해철씨는 나와 같이 전보되었다. 월간지의 비중을 강화하는 회사 방침의 일환이었다.

다행히도 먼저 달 첫 작품으로 내 스포츠 기사가 대히트를 하여 우리는 한층 고무된 상태였다. 국민들이 열광하였던 프로레슬링界가 마치 정치판과도 같고 승부조작쇼에 불과하다는 한(一) 선수의 폭로는 스포츠 팬이건 아니건 간에 지대한 관심을 불러일으켰고 月刊高麗의 명성을 한층 드높이는 계기가 되었다. 이번 달에는 보다 진지한 주제로서 우리 사회에 澎湃(팽배)한 民衆主義 意識化가 어떠한 결과를 가져오느냐에 대한 심층분석을 내놓았다. 내가 그 기사를 기획한 것은, 同時代에 있어서 말미암은 다른 일반인들보다 발언권을 다소나마 더 가진 자로서의 召命意識을 무시하지 못한 데서 말미암은

잃어버린 세대

것이었다. 바로 어제 이번 호가 인쇄되어 나갔으니 오늘은 모든 서점에 배포되어 있을 것이다. 아홉시가 넘어서 회사에 전화해서, 시내 서점들에 들러 받음을 보고 오겠다는 구실을 붙이고는 천천히 출근하였다. 나는 얘기한대로 시내 몇몇 큰 서점을 들러보았다. 서점에는 우리 잡지를 서서 보고 있는 사람들이 많이 있었고, 쌓여 있는 책 중 맨 위 것은 어제 저녁부터 많은 사람들의 손이 닿은 탓에 끝이 닳아 벌써 새 책 같지가 않았다. 그런데 심기자 판매가 잘 되는 것 같다고 말하려고 다시 회사에 전화해서 심해철 기자를 찾았다. 그런데 심기자는 내 말을 들으려 하지도 않고...

『정선배님 문제가 생겼습니다. 이번에 韓國經濟社會市民會에 關해서 우리가 써낸 기사에, 그들의 활동 중에 인위적인 소득의 분배마을 자꾸 강조하는 행위가, 결과적으로 북의 對南 선전에 이용될 수 있다고 언급한 것이, 자기네들을 마치 친북단체인 것이라고 해서 명예훼손으로 고소한답니다.』

『그게 갑자기 무슨 얘긴가? 그 단체는 이제까지 방송이나 언론에서 숱하게 자기네들의 활동의 입장을 밝혀왔던 만큼 문제가 있으면 떳떳이 논리로서 반박하면 될 것이지. 우리가 한 말이 그네들 활동에 어떤 지장을 주었다면 내일이라도 빨리 방송에 나와서 말하면 될 것 아니야. 재판을 한다면 時日도 몇 달 내지는 一年이 넘어 걸릴 것인데, 그네들 말대로 우리가 국민들에게 자기네 단체를 오해하게 만들었다면, 그 긴 시간동안의 오해는 어떻게 보상받으려고 그러는 거지?』

『모르긴 해도 작년까지 그네들, 시민들이 제보해준, 대기업들과 政官界와의 정경유착 관계 정보를 가지고, 대기업들에게 그것을 폭로하겠다고 위협해서 활동자금을 많이 받아쓴 모양입니다. 그런데 이번에 庶政刷新으로 기업들이 더 이상 로비활동으로는 버티기 어려워진 만큼, 이미 倒産할 기업들이 상당히 많이 도산해 버리지 않았습니까. 남은 기업들로도 이상은 貴잡힐만한 일을 기피하고 있으니, 그들이 약점을 잡아 돈을 받아낼 곳이 많이 줄어든 모양입니다. 그러다 보니까 우리 회사가 제물로 걸려든 모양입니다. 발행인님은 자기가 알아서 처리하겠다고 하시지만, 그래도 기사를 쓴 건 우리 책임이니 어서 같이 해결책을 강구해야 하겠습니다.』

『보나마나 선임자이므로 내 책임이라는 말도 된다. 自信있는 일이라면 당당히 나서서 논쟁하는 경제적 능력이라든가 혹은 뒷받쳐줄 정치권력도 없다. 그러나 내게는 해결할 것 뿐인데, 그들이 처음부터 그것을 기피하고 있으니 어찌해야 할 것인가.

사실 이번 기사에는 너무 강력한 주장이 담겨 있어서, 어느 정도의 저항은 예상했던 일이었다. 나는 미리, 예상되는 반론에 대한 준비를 하고 있었는데 전혀 뜻밖의 사건이 터진 것이었다.

심기자의 말은 또 이어졌다.

『民主勤勞者總聯盟에서도 이번 기사가 자신들을 폭력 체제전복세력인양 명예훼손을 했다고 나옵니다.』

민주근로자 ● 연맹은 그런 일에 한국경제사회시민회보다 항상 앞장서 있었으므로 그것은 놀라운 일도 못되었다. 나는 전화를 그만하고 싶은 마음에 물었다.

『그것뿐인가? 알겠네.』

『또, 하늘에서 내려온 正義의 使者團에서는, 우리 記事中에, 그들이 思想 非轉向 長期囚의 생활을 배려하는 여러 사업을 하는 것에 對해, 그런 對策없는 온정주의는 북한에 선전물만 된다고 말—한 것을 가지고, 자기네들은 북한을 도와준 일이 없는데도 명예훼손을 했다고 고소한답니다.』

통화는 계속 되어야 했다.

『이거 원, 한 건물에 사는 사람한테, 당신이 문단속을 제대로 안 하면 도둑이 든다고 조심하라고 말해주니까, 자기네들은 도둑이 아니라고 버럭 화를 내며 대드는 것과 같군. 큰일났네. 말로는 도무지 설□할 수 있는 자들 같지가 않고...』

『글세 말입니다. 어쨌든 그들의 요구는 분명합니다. 그들은 어떤 명예회복이나 자기주장의 관철, 혹은 和解나 謝過를 원하는 것이 아니라, 오직 돈을 요구하고 있습니다.

『黃金萬能主義 비판하더니 저네들이 먼저 앞장서는군. 명예를 돈으로 보상할 수 있다고 생각하는 지...진짜, 돈으로 모든 것을 해결하려는, 賤民資本主義의 尖兵들이군.』

『또 이 일두 있습니다. 현 군사혁명정부도, 대통령이 옛날 젊었을 때 잠시 좌익단체에 가입했었다는 사실을 다—들 우리 기사 때문에, 상당히 좋지 않게 우리를 보고 있습니다. 아마 대리인을 시켜 고소할 지도 □릅니다.

『그것이 잘못되고 오해가 있다면 분명히 밝히고, 설사 그랬다 하더라도 그 뒤 문제를 깨달아 轉向했다고 하면, 될 것이지 왜 그럴까. 젊어 철모를 때 순진한 마음으로, 그것이 민중을 위하는 길로 알고 나섰던 것은 사실 그 시대의 사람 웬만하면 다 있을 수 있는 일이었는데 말야.』

『그런데 국민정서는 잘 안 받아주니까 그렇겠지요. 그쪽에서는 이번 국회의원 선거에 악영향을

잃어버린 세대

미칠까 염려해서 무조건 유언비어라고 못박더군요.
『국민에게 사상문제의 본질에 대한 교육이 안되어서 그래. 우리의 國體인 正을 지키기 위해서 反을 배척하는 교육을 하는 것도 좋지만, 反이 왜 생겨났는가를 알아서 反의 모든 논리를 수용하는, 이를 통한 새로운 正을 창조해야 하는 것인데... 하기야 모든 민중에게까지 이런 철학을 주입시킨다는 것은 어려운 일이지만 최소한 교육, 문화의 상층부에서 만이라도 있어야 하는 것인데...정말 앞으로 이 나라의 앞길이 어찌될 것인지...』

공중전화 통화제한이 없었던 시절이라 통화는 길게 계속될 수 있었다. 나는 회사에 곧 들어간다 놓고는 시간약속은 하지 않았다. 몰려오는 어지러움에 견딜 수가 없었다. 오래 전의 물리적인 싸움을 지나, 이제 또 다른 차원의 싸움에 직접 휘말려들게 된 것이다.

회사로 나가면 그 즉시부터 싸움을 시작해야 한다. 어차피 避할 수 없는 싸움이다. 하지만 조금이라도 숨을 돌리고 싶었다. 아예 잠시 서울을 탈출하고 싶었다.

나는 집에도 회사에도 알리지 않고 그 길로 청량리역으로 향했다. 그러잖아도 언제 한 번 가보고 싶은 곳이 있었다. 그 때 국민방위군 훈련을 받고 依病除隊하여 쫓겨난 후 혼자 걸어오던 歷程을 다시 더듬고 싶었다.

기억의 그 길은 堤川 丹陽 쪽으로 이어져, 경부선보다는 중앙선 쪽에 가까웠다. 열차를 타고 옛날 대구에서 올라오던 그 길로 되돌아갔다.

내가 탄 것은 특급열차였다. 창문 밖의 시골 풍경을 바라보며 이제까지 紅塵(홍진)에 부대끼며 얽히고 긴장된 마음을 가라앉히듯이 弛緩(이완)시켰다. 지난 세월 나는 무엇을 위하여 살아왔으며 그 과정에서 인간들이 주고받은 상처는 얼마나 많았던가. 그 추진했던 가치는 과연 인간의 세속적인 臨時判斷을 초월한 불변의 절대진리인가. 대답 없는 懷疑만을 되풀이했다.

열차는 陽平을 지나 어느 작은 驛을 瞬息間에 통과했다. 그 순간 내게는 찔끔 눈물이 흘러나왔다. 저 작은 역은 제 앞에 열차가 머무르기를 입을 벌리고 기다리고 있었지만 열차는 전혀 속도를 줄이지 않고 지나가고 말았다. 작지만 분명히 존재하는 세상의 많은 것들은 거칠 것 없는 大汎한 움직임 앞에서는 있는 것도 없는 것이 되었다.

갑자기 무슨 些少하기 그지없는 생각을 하나... 그러나 사소하기 때문에 더욱 그 생각은 의미를 가졌다.

車窓 밖에 헤전 그 때 본듯한 풍경이 나타나면 반가웠다. 시간이 지나 한낮의 햇볕이 누그러질 즈음, 주번 산맥의 형상이, 내게 가장 진하게 남아 있는 옛 기억의 그것과 같은 곳에서 내렸다. 驛廣場의 한글로「단양」이라고 쓴 간판 밑에는 작게「丹陽」이라고 씌어 있었다. 그 이름이 내게 시다가왔다. 중국역사의 漢의 서울 洛陽을 뒤서 깊은 古都라고 하는데, 아마도 빛이 강물 흐르듯 이 언제까지나 잇닿아 영원히 번영하라는 뜻일 것이다. 丹陽은 그 이름보다 더욱 아름다운 이름이 아닌가. 붉을 丹, 그 의미만으로는 부족하다. 紅, 赤, 朱 등과는 다른, 몸 안에 품은 무슨 생명력을 의미하는 것. 생명의 빛...

市街를 벗어나 산길을 향해 걸었다. 其實 예전에 기억을 더듬어 지도를 통해 보아둔 곳이 있었다. 산언덕을 올랐다. 마을이 보였다. 마을로 내려가 옛 내가 하루를 묵었던 그 口字집을 찾았다. 주위에는 간혹 슬레트 지붕으로 바뀐 집도 있었으나 그 집만은 그 자리에 그 모습 그대로 있었다.

그런데 이상하게도 옛 기억보다 집이 작아 보였다. 그 때는 이미 청소년기를 지나고 있었으니 몸은 그때보다 그다지 자라지 않았는데도... 지금 느껴지는 크기는 기억에 떠오르는 그 집의 크기의 절반정도가 되는 것이었다. 年輪에 따라 넓어진 視野는 實物에도 適用되는 것인가. 물론 尺度가 아닌 느낌 그 자체였지만.

열려진 대문으로 들여다 보이는 집안 마당에는 낯선 몇몇 아낙네가 둘러앉아 바구니의 음식을 다듬으며 談笑하고 있고 옆에는 무를 말려 널어놓은 가마니가 깔려 있었다. 그 때 하룻밤을 지냈던 그 녀의 現況을 묻고 싶었다. 하지만 그녀의 시간을 모르니 어떻게 묻기가 어려웠다. 그냥 오래 전에 살던 사람 아, 냐고 물을까 하다가, 그들의 이름을 별로 달갑지 않은 훼방자가 될 것 같아서 그냥 나왔다. 애초부터 누굴 찾는다는 것은 기대 안 했다. 다만 마음속에 두고 있던 그 장소에 가까이 가면 내 情緒의 調和가 더해질 것 같은 마음일 뿐이었다.

다시 마을 뒷산으로 걸음을 옮겼다. 조금 넓으면서도 한적한 언덕길을 생각 없이 걸었다. 주변은 나무가 적고 있다 해도 키 작은 灌木(관목)이나 어린 나무들뿐이었다. 바람은 잔잔하고 기 우는 햇빛은 초면에서 내 全身을 비추었다. 벌건 낮에 내 자신이 너무 세상과 자연에 노출되는 느 낌이어서 고개를 넘어 低地帶(저지대)로 숨어들고 싶어 걸음을 재촉했다. 아래쪽 물가에 한 처녀가 빨래를 이윽고 언덕를 넘으니 조금 넓은 골짜기에 개울이 펼쳐 있었다.

하고 있는 것이 그녀에게로 가까이 갔다. 멀리서 보면서부터 느낌이 오는 것이 있어 그녀에게로 가까이 갔다. 인기척에 고개(頭)를 든 처녀는 갸름한 미인형의 얼굴이 가무스름히 그을리고, 얇으면서 가지런한 눈매와 입술이 印象的인 것이, 내 追憶과 追跡이 막바지에 다다랐다는 긴 장감을 주었다.

바로 옛 그녀의 모습이었다. 비록 夕陽이지만, 밝게 비치는 햇빛에 보이는 여자의 모습은 옛 그녀가 건강을 회복하고 밖으로 나와(出) 활기차게 생활하는 그 모습이었다.

『아가씨, 여기서 얼마 동안 살았어요?』 나는 조심스레 말을 걸었다.

『얼마요? 난 날 때부터 여기서 쭉 살았어요.』 그녀는 아무런 疑心없이 내 물음에 답했다. 빨래의 양은 많지 않고 조그만 대바구니에 흰 기저귀 같은 것 너댓 조각밖에 얹었는데 그녀는 퍽 큰 일을 하는 듯이 힘을 다해 문지르고 있었다. 쪼그려 앉은 자세에서 검은 치마는 허벅지 너머로 걷어 올려지고, 거무스름히 더께 묻은(着) 양 무릎 사이는 직각으로 벌려져 있었다.

『부모님은요?』 나는 곧이어 물었다.

『아버지는 六二五때 싸우러 나갔다가 행방불명되시고, 어머니는 그 다음 해 병으로 돌아가시고….』

『그 때가 아가씨가 한 여섯 살 때쯤 되었죠?』

『예, 어떻게 아세요?』

『난 오래 전에 이곳에 왔던 사람이거든요. 그 뒤로 어떻게 자랐는데요?』

『외할머니와 같이 살고 있어요.』

『나는 그 때 군인이었는데 이 곳을 지나가면서 아가씨의 어머니와 만난 일이 있어요.』

나는 더 가까이, 그녀가 있는 곳에서 두어 발짝 거리 높은 곳에 있는 조그만 바위에 앉아 십수년 전 그녀의 어머니와의 하룻밤의 이야기를 해수었다. 그녀는 빨래를 주무르던 손을 멈추고 내 쪽을 바라보며 이야기를 들었다. 개울의 물소리는 때마침 적합한 배경음이 되어주었다. 이야기가 끝날 때까지 그녀의 표정은 정지해있었고 눈동자는 내 입술에 고정되어 있었다.

『그랬어요? 그러면 아―저―씨는?』『….』

그녀가 내게 하는, 「아저씨」라는 말은 억양이 조심스러웠다. 그녀는 빨래를 바구니에 넣고 팔짝 뛰듯이 일어나서는 내 옆으로 다가와 앉았다.

한 무릎만큼 높은 저쪽 上流에는 대여섯의 다른 처녀들이 빨래를 하고 있었다. 우리가 상당시간 가까이 앉아 이야기하는 것을 보고는 입을 막고 킥킥대는 여자도 있었고 눈을 흘기며 의심스런 눈초리를 보내는 여자도 있었다.

『아저씨, 그 다음에 얘기 해주세요.』

말 하면서 그녀는 내 위팔을 잡고 뺨은 내 왼 어깨에 닿을 듯 하였다. 웃으며 드러나는 입가의 얕은 보조개와, 가지런하면서도 노르스름한 齒列이 내게 印象지워졌다. 그녀의 긴 머리카락은 저녁 개울가를 스치는 바람에 날려, 黃土氣가 배인 體臭를, 털어내듯이 내게 뿌렸다. 건너편에는 綠林과 靑天이 우리 두 사람을 감싸안듯이 펼쳐있었다. 赤色이 짙어진 五月의 夕陽빛을 받으며 西便을 바라보는 그녀의 얼굴은 上氣된 듯 타올랐으며 눈동자는 紅寶石처럼 유난히 빛나 보였다.

〈끝〉

「잃어버린 世代」를 마치고

여섯 달 前, 時代의 必要性에 이끌리어 多少의 無謀함을 不拘하고 始作한 作品이, 이제 그나마 結末의 形式을 이룰 수 있게 된 것은, 참으로 다행스럽고 天運이라고까지 여길 만한 것이었다. 近者에 신세대의 튀는 문학이니 만화적 상상력이니 하며 갖은 경쾌한 文學觀들이 膾炙(회자)되며 文壇을 어지러이 수놓는 판에, 이미 지나고(過) 또 지난 素材인 6·25를 새삼스럽게 反芻(반추)한다는 것은 新進作家로서 다분히 시대착오적이라 할 것이다. 그러면서도 未體驗 세대의 새로운 時角으로, 우리민족 半萬年의 歷史 중에 屈指의 事件이 틀림없는 이 全近時의 史件을 다루어 봄은 오히려 신선하지 않을까도 생각되었다. 또한 만약에, 지금을 사는 우리들이 그 환경에 처해있다면 어떠했을까 하는 假定下에, 그러한 假想空間을 設定했다는 說의 安全板을 만들어, 다분히 부족할 수 있는 리얼리티에 대한 변명의 구실도 이미 마련해 놓은바 있었다.

그러나 역시 미체험자의 한계를 그 정도로 궁색하게 둘러붙일 수는 없었다. 특히, 當時代의 문제와 그로 인한 同時代人의 苦痛의 集約 그 自體라 할 수 있었던, 國民防衛軍 事件의 처절함을 리얼하게 告發하지 못했던 것은 어떻게도 변명할 수 없는 것이었다. 기회가 되는대로 가진(所有) 力量을 動員하여 補强하고자 한다.

本 作者의 同世代人들이, 그다지 생명력이 질기거나 썩 運이 좋지 않더라도, 모두들 살아서 이제 人生을 알아가는 나이에 이르도록 해주신, 그럴 수 있도록 전쟁을 일어나지 않게 해주신 先世代 분들 모두께 感謝한다. 催淚彈과 休校로 얼룩진 청춘을 不評함은 한낱 사치스런 푸념임을, 본 作品을 쓰는 과정에서 작자는 切感했기 때문이다. 스스로의 生命權을 蹂躪(유린)당한 苦難의 세대로서 그나마 次世代를 살려(生)놓은 것이 어딘가. 비록 思想의 혼란과 文化的 어지럼증으로 有福히 자라나지는 못했다 해도... 이제, 먼저의 경우보다는 훨씬 덜한 試鍊인, 現時代의 소프트웨어적 시련을 극복하기 위해서는, 苦難의 세대를 이은 「푼수」세대의 自己定體 回復을 위한 自覺이 있어야 하는 것이다.

1998. 11

(본 작품은 월간 〈한구논단〉에 1998년 6월부터 11월까지 연재되었음.)

소설 「잃어버린세대」 와 영화 「태극기 휘날리며」 의 공통점

- 정식징집대상이 아닌 주인공들이 종로에서 전쟁을 맞는다. 영화에서의 진태는 이미 20대 후반쯤으로 보이고 진석은 학생이라서 두 형제 모두 정식 입대연령은 아니다. 그러나 전쟁의 소용돌이 속에 예기치 않은 참전을 하게 된다. 잃어버린세대에서도 주인공인 고등학생 기영이 국민방위군에 입대하여 훈련에 참가하고 거기서 이 미 징집연령을 넘긴 「인호형」 을 만나 많은 이야기를 나눈다. 즉 두 작품 모두 학생과 20대 후반의 두 군인이 등장한다.
- 아내(배우자)에 치우치지 않은 가족사랑을 강조한다. 잃어버린세대의 후반부에서는 주인공이 많은 이념과 사랑문제의 갈등을 경험하고 결국 모든 사람에 대한 사랑이 궁극적 지향점임을 깨닫는다. 영화의 단골메뉴인 남녀사랑에 앞서 형제애를 강조한 것은 같은 맥락이다.
- 아군이 포위되어 장교들은 계급장을 떼며 전전긍긍한다. 이것은 보편적인 전쟁기록에 있는 것이지만 공통된다.
- 곤경에 빠진 아군을 구하기 위해 언덕 위의 적의 기관총 사수에게 접근하여 수류탄을 터뜨린다. 전형적이면서도 극적인 「전쟁영웅」 의 모습인 것이다.
- 주인공은 「대와 함께 전진한다.
- 북으로 전진하는 것이 일치한다.
- 팽팽한 긴장의 백병전이 있다.
- 잃어버린세대에는 백병전에 대한 묘사가 강조되어 있다.
- 야전병원이 나온다.
- 주인공은 야전병원에 입원한 다시 참전한다.

- 704 -

박경범 감성소설선집 공주와 은하천사

初版發行　2025年 3月 24日

著者　朴京範

發行者　崔禎恩

發行所　도서출판 恩範商會(은범상회)

　　　　京畿道始興市鳥南洞171-21

申告番號　2024-000029號

電話　(031) 405-2962

　　　https://blog.naver.com/eunbeom24

값　28000圓